Die sagenumwobenen Geschichten um König Artus und die Ritter seiner Tafelrunde gehören zu den schönsten Dichtungen der mittelalterlichen Weltliteratur, die in fast allen europäischen Sprachen erzählt wurden. Die umfassendste, spannendste und literarisch wertvollste Prosadarstellung der Sage gelang Sir Thomas Malory, der im Jahre 1471 gestorben ist.
Die vorliegende einbändige Ausgabe versammelt zudem die wunderbaren Illustrationen von Aubrey Beardsley, 1872 in Brighton geboren, gestorben 1898 in Mentone. Als hervorragender Zeichner und Illustrator beeinflußte er nachhaltig die Meister des Jugendstils.

insel taschenbuch 3209

Sir Thomas Malory

König Artus

SIR THOMAS MALORY

DIE GESCHICHTEN VON KÖNIG ARTUS UND DEN RITTERN SEINER TAFELRUNDE

Übertragen von Helmut Findeisen auf der Grundlage der Lachmannschen Übersetzung/Mit einem Nachwort von Walter Martin/Mit Illustrationen von Aubrey Beardsley

Insel Verlag

insel taschenbuch 3209
Erste Auflage dieser Ausgabe 2006

Vertrieb durch den Suhrkamp Taschenbuch Verlag
Umschlag nach Entwürfen von Willy Fleckhaus
Druck: Druckhaus Nomos, Sinzheim
Printed in Germany
ISBN 3-458-34909-X

1 2 3 4 5 6 – 11 10 09 08 07 06

DIE GESCHICHTEN VON KÖNIG ARTUS UND DEN RITTERN SEINER TAFELRUNDE

WILLIAM CAXTONS VORREDE (1485) ❧ Nachdem ich verschiedene Erzählungen beschaulicher Art sowie von geschichtlichen und weltlichen Taten großer Herrscher und Fürsten und eine Reihe von Büchern der Beispiele und Lehre vollendet hatte, kamen viele edle Herren dieses Reiches England zu mir und fragten mich vielmals und oft, warum ich die wunderbare Geschichte des heiligen Grals und des berühmtesten christlichen Königs, des ersten und obersten der drei größten christlichen und ruhmvollen, des Königs Artus, nicht aufgeschrieben und gedruckt hätte, wo er doch unter uns Engländern vor allen anderen christlichen Königen in Andenken gehalten werden sollte. Denn es ist in der ganzen Welt nur allzu bekannt, daß es neun ruhmvolle Könige gibt, die die edelsten von allen waren, nämlich drei Heiden, drei Juden und drei Christen. Was die drei Heiden angeht, so lebten sie vor der Fleischwerdung Christi und hießen: der erste Hektor von Troja, dessen Geschichte sowohl in Balladen wie in Prosa auf uns gekommen ist, der zweite Alexander der Große und der dritte Iulius Caesar, Kaiser von Rom, dessen Geschichte wohlbekannt und im Umlauf ist. Was die drei Juden angeht, so lebten sie ebenfalls vor der Fleischwerdung Unseres Herrn, und von ihnen war der erste Herzog Josua, der die Kinder Israels in das Gelobte Land führte, der zweite David, König von Jerusalem, der dritte Judas Makkabäus; von diesen dreien berichtet die Bibel all ihre Geschichten und großen Taten. Und seit der Fleischwerdung sind drei edle Christen der ganzen Welt in die Zahl der neun besten und würdigsten eingereiht worden, von denen der erste der edle Artus war, dessen ruhmvolle Taten ich in dem Buche, das hier folgt, zu beschreiben vorhabe. Der zweite war Charlemagne oder Karl der Große, dessen Geschichte vielerorts sowohl französisch wie englisch zu haben ist, und der dritte und letzte war Gottfried von Bouillon, über dessen Taten und Leben ich für den trefflichen Fürsten und König würdigen Angedenkens, König Eduard den Vierten, ein Buch herausgebracht habe. Die besagten edlen Herren forderten mich dringend auf, die Geschichte des ruhmvollen Königs und Herrschers König Artus und seiner Ritter, zusammen mit der Geschichte vom heiligen Gral und vom Tod und Ende des Artus, zu drucken; und sie drängten darauf, daß ich seine Taten und ruhmvollen Abenteuer eher drucken sollte als die Gottfrieds von Bouillon oder eines anderen von den acht, weil er ein Mann wäre, der in diesem Reich geboren und König und Kaiser desselben war, und weil es im Französischen verschiedene und zahlreiche Bücher über seine Taten und die seiner Ritter gäbe. Ich entgegnete ihnen, manche Leute seien der Ansicht, es habe ein solcher Artus niemals gelebt, und alle Bücher über ihn seien nur erdichtet und bloße Erfindungen, weil einige Chroniken nicht über ihn berichteten noch irgend etwas über ihn oder seine Ritter erwähnten. Darauf antworteten sie, und einer im besonderen meinte, daß man demjenigen, der sagen oder denken würde, ein solcher König namens Artus hätte niemals gelebt, große Torheit und Blindheit zuschreiben könnte, denn es gäbe viele Beweise vom Gegenteil. Erstens könnt ihr im Kloster Glastonbury sein Grabmal sehen; und im Polychronikon im 5. Buch, 6. Kapitel, und im 7. Buch, 23. Kapitel, steht, wo sein Leichnam begraben und danach gefunden und wie er in besagtes Kloster übergeführt worden ist. Ebenso werdet ihr in der Geschichte des Bochas, in seinem Buch De Casu Principum, manches von seinen edlen Taten und auch von seinem Falle finden. Auch Galfridus berichtet in seinem Britischen Buch über sein Leben, und an verschiedenen Orten Englands gibt es noch viele Andenken an ihn und seine Ritter, und sie werden ewig bleiben. Erstens ist in der Westministerabtei am Schrein des heiligen Eduard der Abdruck seines Siegels in rotem Wachs, von Kristall umschlossen, erhalten geblieben, auf dem geschrieben steht: Patricius Arthurus, Britannie, Gallie, Germanie, Dacie, Imperator. Ferner könnt ihr in der Burg von Dover Gaweins Schädel und Craddocks Mantel sehen, in Winchester die Runde Tafel, an weiteren Orten Lanzelots Schwert und viele andere Dinge. Wenn man all dies in Betracht zieht, kann kein Mensch vernünftigerweise leugnen, daß es einen König dieses Landes namens Artus gegeben hat; denn überall, bei Christen und Heiden, ist er berühmt und gilt als einer der neun Würdigsten und als der erste der drei Christenmänner. Freilich wird mehr von ihm jenseits des Meeres gesprochen und werden dort mehr Bücher über seine Heldentaten geschrieben als in England, sowohl deutsch, italienisch, spanisch und griechisch als auch französisch. Und doch findet man als nachweisliche Zeugnisse von ihm in Wales, in der Stadt Camelot, die großen Steine und wunderbare Metallarbeiten, die unter dem Erdboden liegen, und königliche Gewölbe, die mehrere jetzt Lebende gesehen haben. Deshalb ist es ein Wunder, daß er in seinem eigenen Lande nicht berühmter ist, es sei denn, es geht nach dem Worte Gottes, daß der Prophet in seinem eigenen Lande nichts gilt. Da nun alle diese Dinge vorgebracht worden waren, konnte ich nicht leugnen, daß es einen solchen edlen König namens Artus gegeben hat; und viele wunderbare Bücher sind über ihn und seine edlen Ritter auf französisch geschrieben worden, die ich jenseits des Meeres gesehen und gelesen habe und die in unserer Muttersprache nicht zu haben sind, nur auf walisisch gibt es viele und auch auf französisch und einige auf englisch, aber nirgends sind annähernd alle beisammen. Und darum habe ich es unternommen, mit der schlichten Kunst, die Gott mir verliehen hat, und mit dem Wohlwollen und der Hilfe vieler vornehmer Herren und Edelleute ein Buch der ruhmvollen Geschichten des besagten

Königs Artus und etlicher seiner Ritter nach einer mir überlassenen Handschrift zu drucken, die Sir Thomas Malory aus gewissen französischen Büchern zusammengestellt und ins Englische übertragen hat. Und ich habe das Buch meiner Handschrift getreu in Druck gesetzt zu dem Zweck, daß edle Männer das edle Betragen des Rittertums sehen und kennenlernen mögen, die hochherzigen und tugendhaften Taten, die manche Ritter in jenen Tagen zu vollbringen pflegten und durch die sie zu Ehren kamen, und wie die Verderbten bestraft und oft in Schmach und Schande gebracht wurden. Demütig bitte ich alle edlen Herren und Damen und alle anderen Stände, die in diesem Buch lesen, welcher Abkunft oder welchen Ranges sie auch seien, daß sie die guten und ehrenhaften Taten in Erinnerung behalten und ihnen nacheifern. Sie werden hier viele frohe und unterhaltsame Geschichten finden und edle und preiswürdige Taten der Menschlichkeit, des Edelmutes und der Ritterlichkeit; denn hier sind dargestellt edles Rittertum, Höflichkeit, Menschlichkeit, Freundlichkeit, Kühnheit, Liebe, Freundschaft, Feigheit, Mord, Haß, Tugend und Sünde. Tut das Gute und meidet das Böse, und es wird euch guten Ruf und Ansehen einbringen! Zum Zeitvertreib wird das Buch angenehm zu lesen sein. Es steht euch frei, ob ihr alles darin glauben und für wahr halten wollt, doch ist alles zu unserer Belehrung geschrieben und zur Warnung, daß wir nicht in Laster und Sünde fallen, sondern vielmehr Tugend üben und ihr folgen, damit wir einen guten Namen und Ansehen in diesem Leben bekommen und behalten und nach diesem kurzen und vergänglichen Leben ewiges Glück im Himmel, was uns der gewähren möge, der im Himmel regiert, die Heilige Dreifaltigkeit. Amen.

Um nun mit diesem besagten Buch fortzufahren, so widme ich es allen edlen Fürsten, Herren und Damen, Edelmännern und Edelfrauen, die von der ruhmvollen und unterhaltsamen Geschichte des großen Herrschers und trefflichen Königs

Artus, ehemals König dieses edlen Reiches, damals Britannien geheißen, zu lesen oder zu hören wünschen. Ich, William Caxton, ein schlichter Mann, biete dieses folgende Buch dar, das ich zu drucken unternommen habe. Es handelt von edlen Taten, ritterlichen Kämpfen, Tapferkeit, Kühnheit, Menschlichkeit, Liebe, Höflichkeit und Milde, mit vielen wunderbaren Geschichten und Abenteuern. Um den Inhalt dieses Werkes in Kürze überschauen zu können, habe ich es in einundzwanzig Bücher und jedes Buch in Kapitel eingeteilt. Das erste Buch soll behandeln, wie Uther Pendragon den edlen Herrscher König Artus zeugte, und umfaßt achtundzwanzig Kapitel. Das zweite Buch handelt von Balin, dem edlen Ritter, und umfaßt neunzehn Kapitel. Das dritte Buch handelt von der Vermählung des Königs Artus mit Königin Ginevra nebst einigen anderen Ereignissen und umfaßt fünfzehn Kapitel. Das vierte Buch davon, wie Merlin betört wurde, und weiter von einem Krieg gegen König Artus, und es umfaßt neunundzwanzig Kapitel. Das fünfte Buch behandelt die Unterwerfung des Kaisers Lucius und umfaßt zwölf Kapitel. Das sechste Buch handelt von Sir Lanzelot und Sir Lionel und von wunderbaren Abenteuern und umfaßt achtzehn Kapitel. Das siebente Buch handelt von einem edlen Ritter, namens Sir Gareth, der von Sir Kay Beaumains genannt wurde, und umfaßt sechsunddreißig Kapitel. Das achte Buch handelt von der Geburt des edlen Ritters Sir Tristan und seinen Taten und umfaßt einundvierzig Kapitel. Das neunte Buch handelt von einem Ritter, der von Sir Kay La Cote Male Taile genannt wurde, und auch von Sir Tristan und umfaßt vierundvierzig Kapitel. Das zehnte Buch handelt von Sir Tristan und anderen wunderbaren Abenteuern und umfaßt achtundachtzig Kapitel. Das elfte Buch handelt von Sir Lanzelot und Sir Galahad und umfaßt vierzehn Kapitel. Das zwölfte Buch handelt von Sir Lanzelot und seinem Wahnsinn und umfaßt vierzehn Kapitel. Das dreizehnte Buch handelt davon, wie Galahad zuerst an den Hof des Königs Artus kam und wie die Suche nach dem heiligen Gral begann, und umfaßt zwanzig Kapitel. Das vierzehnte Buch handelt von der Suche nach dem heiligen Gral und umfaßt zehn Kapitel. Das fünfzehnte Buch handelt von Sir Lanzelot und umfaßt sechs Kapitel. Das sechzehnte Buch handelt von Sir Bors und seinem Bruder Sir Lionel und umfaßt siebzehn Kapitel. Das siebzehnte Buch handelt vom heiligen Gral und umfaßt dreiundzwanzig Kapitel. Das achtzehnte Buch handelt von Sir Lanzelot und der Königin Ginevra und umfaßt fünfundzwanzig Kapitel. Das neunzehnte Buch handelt von der Königin und Lanzelot und umfaßt dreizehn Kapitel. Das zwanzigste Buch handelt von dem jammervollen Tode des Artus und enthält zweiundzwanzig Kapitel. Das einundzwanzigste Buch handelt von seinem letzten Abschied und wie Sir Lanzelot kam, seinen Tod zu rächen, und umfaßt dreizehn Kapitel. Das sind insgesamt einundzwanzig Bücher, die zusammen fünfhundertsieben Kapitel umfassen.

1. Buch

WIE UTHER PENDRAGON DEN HERZOG VON CORNWALL UND SEIN WEIB IGRAINE ZU SICH LUD, UND WIE SIE PLÖTZLICH WIEDER ABREISTEN.

IN jener Zeit, als Uther Pendragon König und Beherrscher von ganz England war, gab es einen mächtigen Herzog in Cornwall, der lange gegen ihn Krieg führte. Das war der Herzog von Tintagil. Eines Tages ließ König Uther diesen Herzog zu sich rufen und befahl ihm, sein Weib mitzubringen, denn sie galt als eine sehr schöne und kluge Frau. Ihr Name war Igraine. Als nun der Herzog und sein Weib zum Königsschloß kamen, wurden sie von den großen Herren des Hofes zum König geführt und bei ihm über alle Maßen freundlich aufgenommen; denn dem König gefiel die Dame sehr, und er wollte gern das Lager mit ihr teilen. Aber sie war eine sehr gute Frau und wollte dem König nicht zu Willen sein. Sie sprach zum Herzog, ihrem Gemahl: Mir scheint, wir sind gerufen worden, damit ich entehrt werde; deshalb rate ich Euch, mein Gemahl, daß wir schnell von hier fortgehen und die ganze Nacht hindurch reiten, bis wir unsere Burg erreichen. Und so brachen sie heimlich auf, daß weder der König noch einer seiner Räte etwas davon bemerkte. Als König Uther von ihrem plötzlichen Verschwinden erfuhr, geriet er in schrecklichen Zorn. Er berief seinen Geheimen Rat zu sich und teilte den Herren die unerwartete Abreise des Herzogs und seines Weibes mit. Sie rieten dem König, den Herzog und sein Weib mit strengem Befehl vorzuladen: Und wenn er auf Euer Geheiß nicht kommt, dann könnt Ihr nach Belieben verfahren, dann habt Ihr Grund, mit starker Kriegsmacht gegen ihn zu ziehen. Darauf sandte der König Boten aus, und die Antwort, die sie erhielten, lautete in Kürze, daß weder der Herzog noch sein Weib kommen würden. Da ergrimmte der König furchtbar und schickte ihm eine neue Botschaft und forderte ihn auf, sich vorzubereiten, auszurüsten und zu versorgen, denn innerhalb von vierzig Tagen würde er ihn selbst aus seiner stärksten Burg herausholen. Als der Herzog diesen Drohspruch erhielt, begann er sogleich, zwei seiner festesten Burgen, Tintagil und Terrabil, herzurichten und auszustatten. Sein Weib, Lady Igraine, brachte er auf der Burg Tintagil in Sicherheit, und er selbst bezog die Burg Terrabil, die viele Geheimausgänge und verborgene Türen hatte. Dann rückte Uther in großer Eile mit einer starken Streitmacht an, baute viele Zelte auf und begann, die Burg Terrabil zu belagern. Es entspann sich ein harter Kampf, und beide Seiten verloren viele Krieger. Nach einiger Zeit wurde König Uther aus purem Zorn und aus großer Liebe zur schönen Igraine krank. Da kam Sir Ulfius, ein edler Ritter, zum König und fragte ihn, was ihm fehle. Der König sprach: Ich bin so krank vor Zorn und vor Liebe zur schönen Igraine, daß ich nicht wieder gesund werden kann. Wohlan, mein König, sagte Ulfius, ich will Merlin aufsuchen, und er soll Euch Hilfe schaffen und Euer Herzweh stillen. Damit nahm Ulfius Abschied. Unterwegs stieß er auf Merlin, der Bettlerkleider trug und ihn fragte, wen er suche. Er gab zur Antwort, er habe keine Lust, es ihm zu sagen. Nun, sagte Merlin, ich weiß, wen du suchst: Merlin suchst du; suche nicht weiter, denn ich bin Merlin, und wenn König Uther mich gut belohnt und mir schwört, meine Bedingung zu erfüllen, werde ich ihm das verschaffen, was er begehrt. Dafür stehe ich ein, sagte Ulfius, daß dir deine Bedingung, wenn sie nur vernünftig ist, erfüllt werden wird. Gut, sprach Merlin, so soll auch der Wunsch des Königs in Erfüllung gehen. Reite du los, und ich werde dir bald folgen.

Kapitel 2

WIE UTHER PENDRAGON GEGEN DEN HERZOG VON CORNWALL KRIEG FÜHRTE, UND WIE ER MIT MERLINS HILFE BEI DER HERZOGIN LAG UND ARTUS ZEUGTE. ❧ Da war Ulfius froh, und er ritt in scharfem Galopp, bis er zu Uther Pendragon kam, und sagte ihm, daß er Merlin getroffen habe. Wo ist er? fragte der König. Herr, sagte Ulfius, er wird gleich hier sein. Da bemerkte Ulfius auch schon, daß Merlin am Eingang des Zeltes stand. Sogleich wurde Merlin zum König geführt, der ihn willkommen hieß. Herr, sagte Merlin, ich kenne den Kummer Eures Herzens. Wenn Ihr mir schwört, so wahr Ihr ein gesalbter König seid, meine Bedingung zu erfüllen, sollt Ihr haben, was Ihr begehrt. Das beschwor der König bei den vier Evangelisten. Herr, sprach Merlin, dies ist meine Bedingung: in der ersten Nacht, in der Ihr bei Igraine liegt, werdet Ihr ein Kind mit ihr zeugen, und wenn es geboren ist, soll es mir übergeben werden, damit es dort aufwächst, wo ich es für gut halte, und das soll für Euer Gnaden und das Kind von großem Vorteil sein. Es geschehe so, sagte der König, wie du es wünschst. Dann macht Euch fertig, sprach Merlin, denn noch in dieser Nacht werdet Ihr in der Burg Tintagil bei Igraine liegen, und Ihr werdet wie der Herzog, ihr Gemahl aussehen, Ulfius wird Sir Brastias, einem Ritter des Herzogs, gleichen, und ich werde einem Ritter des Herzogs namens Sir Jordanus ähnlich sein. Doch hütet Euch und sprecht nicht viel mit ihr noch mit ihren Mannen, sondern sagt, daß Ihr Euch nicht wohl fühlt, und legt Euch schnell zu Bett und steht am Morgen nicht auf, bevor ich zu Euch komme, denn die Burg Tintagil liegt nur zehn Meilen entfernt. Und nach diesem Plane handelten sie. Aber der Herzog von Tintagil erspähte, wie der König aus seinem Heerlager vor Terrabil wegritt, und er machte daher in der Nacht durch einen geheimen Gang einen Ausfall aus seiner Burg, um die Schar des Königs anzugreifen. Doch bei diesem Ausfall wurde der Herzog selber erschlagen, noch bevor der König zur Burg Tintagil gelangte. Mehr als drei Stunden nach dem Tode des Herzogs erreichte König Uther die Burg und zeugte mit Igraine in dieser Nacht Artus, und ehe der Tag anbrach, kam Merlin zum König und hieß ihn sich fertigmachen, und so küßte der

König Lady Igraine und schied in großer Eile. Als aber der Lady übereinstimmend berichtet wurde, daß der Herzog, ihr Gemahl, tot gewesen sei, bevor König Uther zu ihr kam, wunderte sie sich, wer da wohl in der Gestalt ihres Herren bei ihr gelegen hatte; so trauerte sie in der Stille und sprach zu niemanden ein Wort. Dann baten alle Barone einmütig den König, doch Frieden mit Lady Igraine zu schließen, und der König schenkte ihren Bitten Gehör, denn er wollte sehr gern in Eintracht mit ihr leben. Der König vertraute die ganze Verhandlung zwischen ihnen Ulfius an, und während der Verhandlungen kamen schließlich der König und Igraine zusammen. Jetzt wollen wir ein gutes Werk tun, sagte Ulfius; unser König ist ein starker Ritter und hat kein Weib, und Lady Igraine ist eine sehr schöne Frau: es wäre eine große Freude für uns alle, wenn es dem König gefiele, sie zu seiner Königin zu machen. Dem stimmten sie alle gern zu und brachten es vor den König, und der willigte sogleich ein, wie es einem starken Ritter ansteht. So wurden sie bald darauf an einem Morgen mit großer Lust und Freude vermählt. Und König Lot von Lothian und Orkney heiratete Margawse, die Gaweins Mutter wurde, und König Nentres aus dem Lande Garlot heiratete Elaine. All das geschah auf Verlangen von König Uther. Und die dritte Schwester, Morgan le Fay, gab man in eine Klosterschule, wo sie so viel lernte, daß sie eine große Meisterin der Nekromantie wurde. Später vermählte man sie mit dem König Uriens aus dem Lande Gore, der der Vater von Sir Iwein le Blanche Mains wurde.

WIE KÖNIG ARTUS GEBOREN UND AUFGEZOGEN WURDE. Dann kam die Zeit, da Königin Igraine ein Kind zur Welt bringen sollte. Und es geschah nach einem halben Jahr, daß König Uther, als er bei seiner Königin lag, sie, bei der Treue, die sie ihm schulde, fragte, wessen Kind sie in ihrem Leibe trage. Da schämte sie sich sehr

zu antworten. Habt keine Bange, sprach der König, aber sagt mir die Wahrheit, und ich werde Euch, so wahr ich bei Euch bin, noch mehr lieben. Herr, sprach sie, ich werde Euch die Wahrheit sagen; und sie erzählte ihm getreulich, was sich in jener Nacht zugetragen hatte, als ihr Gemahl, der Herzog von Tintagil, erschlagen worden war. Ihr sprecht die Wahrheit, sagte der König, ich selbst war es, der in der Gestalt des Herzogs zu Euch kam; deshalb grämt Euch nicht, denn ich bin der Vater des Kindes. Und nun berichtete er, wie alles auf Merlins Rat geschah. Da war die Königin von Herzen froh, als sie erfuhr, wer der Vater des Kindes war. Bald darauf kam Merlin zum König und sprach: Herr, Ihr müßt Vorsorge treffen für die Pflege Eures Kindes. Es geschehe so, sagte der König, wie du es wünschst. Nun, sprach Merlin, ich kenne einen von Euern Edelleuten in diesem Lande, der ist ein sehr treuer und verläßlicher Mann, dem soll die Pflege Eures Kindes anvertraut werden. Sein Name ist Sir Ector, und ihm gehören stattliche Besitzungen in vielen Gegenden von England und Wales. Sendet nun nach diesem Edelmann und tragt ihm selber Euer Verlangen vor, daß er, bei seiner Liebe zu Euch, sein eigenes Kind einer anderen Frau zum Stillen anvertraut und daß sein eigenes Weib Eures stillt. Und wenn das Kind geboren ist, so laßt es mir ungetauft an dem und dem Geheimausgang übergeben. Und alles geschah nach Merlins Plan. Als Sir Ector kam, gelobte er, für die Pflege des Kindes zu sorgen, wie der König es wünschte, und der König gab Sir Ector reichen Lohn. Nachdem nun die Königin das Kind zur Welt gebracht hatte, befahl der König zwei Rittern und zwei Damen, den in ein goldenes Tuch gewickelten Knaben zu nehmen und einem armen Manne zu übergeben, den sie am Geheimausgang der Burg treffen würden. So wurde der Knabe Merlin anvertraut, und der trug ihn zu Sir Ector, ließ ihn durch einen heiligen Mann taufen und nannte ihn Artus; und Sir Ectors Weib stillte das Kind selbst an ihrer Brust.

VON KÖNIG UTHER PENDRAGONS TOD. Nach zwei Jahren befiel König Uther Pendragon ein schweres Leiden. In dieser Zeit drangen seine Feinde ins Land, lieferten seinem Heer eine große Schlacht und erschlugen viele seiner Leute. Herr, sagte Merlin, Ihr dürft nicht daliegen, Ihr müßt ins Feld, und wenn Ihr Euch von den Pferden in einer Sänfte tragen laßt; denn Ihr werdet niemals über Eure Feinde triumphieren, wenn Ihr nicht selbst dabei seid, doch dann wird der Sieg Euer sein. So wie Merlin geraten hatte, führte man da den König in einer Sänfte an der Spitze einer großen Schar gegen den Feind. Bei St. Albans stieß der König auf ein starkes Heer der Nordmänner. An diesem Tage vollbrachten Sir Ulfius und Sir Brastias große Waffentaten, und König Uthers Mannen besiegten die Nordmänner in der Schlacht, erschlugen viele von ihnen und zwangen die übrigen zur Flucht. Darauf kehrte der König nach London zurück und feierte seinen Sieg. Und dann befiel ihn wieder eine schwere Krankheit, so daß er drei Tage und drei Nächte nicht mehr sprechen konnte. Das bekümmerte die Barone sehr, und sie fragten Merlin, was am besten zu tun sei. Es gibt kein anderes Mittel, sagte Merlin, als daß Gottes Wille geschehe. Aber findet ihr Barone euch alle morgen früh beim König ein, und Gott und ich werden ihn zum Sprechen bringen. So traten am nächsten Morgen alle Barone zusammen mit Merlin vor den König, und Merlin sagte laut zu ihm: Herr, soll Euer Sohn Artus nach Euch in diesem Reiche und allen zugehörigen Gebieten König sein? Da wandte sich Uther Pendragon ihm zu und sprach, daß alle es hörten: Ich gebe ihm Gottes Segen und den meinen und bitte ihn, für meine Seele zu beten und nach Recht und Würde die Krone in Besitz zu nehmen, auf daß er meinen Segen nicht verwirke. Nach diesen Worten gab er den Geist auf und wurde dann bestattet, wie es einem König zukommt, und die Königin und alle Barone trauerten sehr.

Kapitel 5

WIE ARTUS ZUM KÖNIG GEWÄHLT WURDE UND VON WUNDERN MIT EINEM SCHWERT, DAS ARTUS AUS EINEM STEINE ZOG. Danach schwebte das Reich lange Zeit in großer Gefahr, denn jeder Lord, der viele Mannen unter sich hatte, machte sich stark, und viele glaubten, sie könnten König werden. Da ging Merlin zum Erzbischof von Canterbury und riet ihm, alle Lords des Reiches und alle Ritter bei Strafe des Bannfluches zur Weihnacht nach London zu laden, weil Jesus, der in dieser Nacht geboren und als König der Menschheit gekommen sei, durch ein Wunder zeigen würde, wer der rechtmäßige König des Reiches sein sollte. Und der Erzbischof tat, was ihm Merlin geraten hatte. Viele der Geladenen gingen vorher zur Beichte, damit ihr Gebet um so besser erhört werde, und lange vor Tagesanbruch waren in der größten Kirche Londons, ob in der Sankt-Pauls-Kirche oder in einer anderen, erwähnt das französische Buch nicht, alle Stände versammelt, um zu beten. Als das Morgengebet und die erste Messe vorüber waren, gewahrte man auf dem Platz vor der Kirche, dem Hochaltar gegenüber, einen großen viereckigen Stein, wie ein Marmorblock, und mitten darauf etwas, ungefähr einen Fuß hoch, das wie ein stählerner Amboß aussah, darin stak, tief hineingestoßen, ein blankes Schwert, um das in goldenen Buchstaben geschrieben stand: Wer dieses Schwert aus diesem Stein und Amboß herauszieht, der ist der rechtmäßige König von ganz England. Darüber wunderten sich die Leute und sagten es dem Erzbischof. Ich befehle, sagte der Erzbischof, daß ihr in der Kirche bleibt und weiter zu Gott betet und daß niemand das Schwert anrührt, bevor die hohe Messe zu Ende ist. Nachdem die Messen vorüber waren, gingen die Lords alle hinaus, um den Stein und das Schwert zu betrachten, und als sie die Inschrift lasen, versuchten einige, die gern König geworden wären, das Schwert herauszuziehen, aber keiner konnte es auch nur von der Stelle bewegen. Der ist nicht hier, sagte der Erzbischof, der das Schwert herauszieht, doch zweifelt nicht, Gott wird ihn offenbaren. Ich schlage deshalb vor, daß wir zehn Ritter, Männer von gutem Ruf, beauftragen, dieses Schwert zu bewachen. So wurde es bestellt, und dann wurde überall ausgerufen, daß jedermann versuchen könne, das Schwert herauszuziehen. Auf den Neujahrstag setzten die Barone eine Tjost und ein Turnier an, damit alle Ritter, die tjosten oder turnieren wollten, kämpfen konnten, vor allem aber, um die Herren und die Gemeinen zusammenzuhalten; denn der Erzbischof vertraute darauf, daß Gott den schicken würde, der das Schwert herauszöge. So ritten die Barone am Neujahrstag nach dem Gottesdienst zum Kampfplatz, die einen, um zu tjosten, die anderen, um zu turnieren; und so kam es auch, daß Sir Ector, der um London herum große Besitzungen hatte, zum Tjosten ritt, und mit ihm Sir Kay, sein Sohn, der am vorangegangenen Allerheiligentag zum Ritter geschlagen worden war, und der junge Artus, sein Milchbruder. Als sie auf dem Weg zum Tjostplatz waren, vermißte Sir Kay sein Schwert, das er in seines Vaters Haus zurückgelassen hatte, und er bat den jungen Artus, nach seinem Schwert zu reiten. Als Artus nach Hause kam und das Schwert holen wollte, waren die Lady und alle anderen ausgegangen, um dem Tjosten zuzusehen. Da wurde Artus ärgerlich und sagte zu sich selbst: Ich will zu der Kirche reiten und das Schwert nehmen, das in dem Stein steckt, denn mein Bruder Sir Kay soll heute nicht ohne Schwert sein. Als er zur Kirche kam, stieg Artus ab, band sein Pferd an einen Pfahl und ging zu dem Stein, fand aber keine Ritter dort, denn die waren alle zum Tjosten gegangen. Und so packte er das Schwert beim Griff und zog es mit Leichtigkeit aus dem Stein heraus. Dann nahm er sein Pferd, ritt zurück und übergab das Schwert seinem Bruder Sir Kay. Als dieser das Schwert sah, wußte er wohl, daß es von dem Steine stammte, und er ritt zu seinem Vater Sir Ector und sagte: Herr, seht, hier ist das Schwert aus dem Steine; demnach muß ich König dieses Landes werden. Als Sir Ector das Schwert erblickte, kehrten sie wieder um und kamen zu der Kirche, und alle drei stiegen ab und gingen hinein. Dann ließ er Sir Kay auf eine Bibel schwören, wie er zu dem Schwert gekommen war. Herr, sagte Sir Kay, durch meinen Bruder Artus, denn er brachte es mir. Wie seid Ihr zu dem Schwert gekommen? fragte Sir Ector Artus. Herr, ich will es Euch sagen: Als ich meines Bruders

Schwert holen wollte, fand ich niemanden zu Hause, der es mir hätte geben können, doch ich meinte, mein Bruder solle nicht schwertlos bleiben, und so ritt ich schnell hierher und zog es ohne Mühe aus dem Stein. Habt Ihr keine Ritter bei dem Schwert gesehen? fragte Sir Ector. Nein, entgegnete Artus. Dann, sagte Sir Ector zu Artus, glaube ich, müßt Ihr wohl König dieses Landes werden. Wieso ich? fragte Artus. Herr, sagte Ector, weil Gott es so will; denn niemand hätte dieses Schwert herausziehen können außer dem, der rechtmäßiger König dieses Landes sein soll. Jetzt laßt mich sehen, ob Ihr das Schwert da wieder hineinstoßen könnt, wo es war, und ob Ihr es dann wieder herauszieht. Das ist kein Kunststück, sagte König Artus und stieß es in den Stein hinein. Darauf versuchte Sir Ector, das Schwert herauszuziehen, vermochte es aber nicht.

WIE KÖNIG ARTUS DAS SCHWERT ETLICHE MALE HERAUSZOG. Versucht Ihr es jetzt, sagte Sir Ector zu Sir Kay. Sogleich zog der mit seiner ganzen Kraft an dem Schwert, aber es bewegte sich nicht. Jetzt sollt Ihr es versuchen, sagte Sir Ector zu Artus. Das will ich gern, sagte Artus und zog es ohne Mühe heraus. Da kniete Sir Ector nieder und Sir Kay ebenfalls. Wie das, sagte Artus, mein lieber Vater und mein lieber Bruder, warum kniet ihr vor mir? Nein, nein, Artus, mein Herr, es ist nicht so: ich bin nicht Euer Vater noch von Euerm Blut, aber ich ahnte wohl, daß Ihr aus edlerem Blute seid, als ich anfangs dachte. Und dann erzählte ihm Sir Ector alles, wie und auf wessen Geheiß er ihm zur Pflege anvertraut worden war. Da erhob Artus großes Klagen, als er hörte, daß Sir Ector nicht sein Vater war. Herr, sagte Ector zu Artus, wollt Ihr mir ein guter und gnädiger Herr sein, wenn Ihr König seid? Ich wäre sonst zu tadeln, antwortete Artus, denn Euch und meiner guten Mutter und Herrin, Euerm Weib, die mich wie ihr eigenes Kind genährt und erzogen hat, bin ich am meisten in der Welt verpflichtet. Und wenn es je Gottes Wille ist, daß ich König werde, wie Ihr sagt, so sollt Ihr von mir verlangen, was in meiner Macht steht, und ich werde es Euch nicht abschlagen. Herr, sagte Sir Ector, ich will von Euch nichts weiter verlangen, als daß Ihr meinen Sohn, Euern Pflegebruder Sir Kay, zum Seneschall in all Euern Ländern macht. Das soll geschehen, sprach Artus, und so wahr ich hier stehe, soll kein anderer als er dieses Amt haben, solange er und ich leben. Darauf begaben sie sich zum Erzbischof und erzählten ihm, wie das Schwert gezogen wurde und von wem. Am Dreikönigstag versammelten sich alle Barone, um zu sehen, wer von ihnen das Schwert herausziehen könnte, aber vor ihrer aller Augen brachte dies keiner fertig außer Artus. Darüber gerieten viele der Barone in Zorn und meinten, es sei eine große Schande für sie alle und das Reich, von einem Knaben beherrscht zu werden, der nicht von hoher Geburt sei. So einigten sie sich nicht und verschoben die Probe bis Lichtmeß auf ein neues Treffen der Barone. Es wurden aber zehn Ritter bestimmt, die das Schwert Tag und Nacht bewachten, und sie errichteten ein Zelt über dem Stein und dem Schwert, und fünf von ihnen hielten immer Wache. Zu Lichtmeß kamen noch mehr große Herren zusammen, um das Schwert zu ziehen, doch keinem gelang es außer Artus, worüber die Barone sehr erbost waren und die Probe auf Ostern verschoben. Und da zog Artus das Schwert wieder heraus, aber einige der großen Herren waren ungehalten, daß Artus König sein sollte, und verschoben die Entscheidung auf Pfingsten. Da ließ der Erzbischof von Canterbury auf Merlins Rat die besten Ritter kommen. Es waren Ritter, die König Uther Pendragon seinerzeit am meisten geliebt und denen er am meisten vertraut hatte; und diese Ritter, wie Sir Baldwin von Britannien, Sir Kay, Sir Ulfius und Sir Brastias waren bis zum Pfingstfest Tag und Nacht immer um Artus.

WIE KÖNIG ARTUS GEKRÖNT WURDE, UND WIE ER WÜRDENTRÄGER ERNANNTE. Zu Pfingsten versuchten sich die verschiedensten Männer an dem Schwert, doch es gelang keinem außer Artus; der zog es vor allen Herren und Gemeinen, die da waren, worauf alle Gemeinen zugleich riefen: Wir wollen Artus zum König haben, wir wollen ihn nicht länger warten lassen; denn wir alle sehen, daß es Gottes Wille ist, daß er unser König wird, und wer sich dem nicht fügt, den wollen wir erschlagen. Daraufhin knieten sie alle zugleich nieder, arm und reich, und baten Artus um Gnade, weil sie ihn so lange hatten warten lassen. Und Artus verzieh ihnen und nahm das Schwert in beide Hände und legte es auf dem Altar nieder, an dem der Bischof stand, und so wurde er von dem ranghöchsten Manne, der da war, zum Ritter geschlagen. Gleich darauf fand die Krönung statt, und Artus gelobte seinen Lords und den Gemeinen, ein guter König zu sein und von nun an bis ans Ende seines Lebens wahre Gerechtigkeit zu üben. Auch ließ er alle Lords, die königliches Lehensland besaßen, zu sich kommen und verpflichtete sie zu Diensten, wie es sich gebührte. Viele Klagen wurden vor Sir Artus gebracht von großem Unrecht, das seit dem Tode König Uthers geschehen war, von zahlreichen Ländereien, die Lords, Rittern, Edelfrauen und Edelmännern weggenommen worden waren. Und Artus ließ alle Ländereien denen zurückgeben, denen sie gehörten. Nachdem er alle Besitzungen um London herum eingeteilt hatte, machte er Sir Kay zum Seneschall von England, Sir Baldwin von Britannien zum Marschall, Sir Ulfius zum Hofmeister und Sir Brastias zum Statthalter im Gebiet nördlich des Trent, denn das war damals meist in den Händen der Feinde des Königs. Aber innerhalb weniger Jahre eroberte Artus den ganzen Norden, Schottland und alles, was diesem untertan war. Auch ein Teil von Wales stand gegen Artus, aber er besiegte alle durch seine kühnen Heldentaten und die Tapferkeit seiner Ritter von der Tafelrunde.

WIE KÖNIG ARTUS IN WALES ZU PFINGSTEN EIN GROSSES FEST FEIERTE, UND WAS FÜR KÖNIGE UND HERREN ZU SEINEM FEST KAMEN. ❧ Dann zog der König nach Wales und ließ verkünden, daß zu Pfingsten nach seiner Krönung in der Stadt Carlion ein sehr großes Fest gefeiert werden sollte. Zu diesem Fest kamen König Lot von Lothian und Orkney mit fünfhundert Rittern, König Uriens von Gore mit vierhundert, König Nentres von Garlot mit siebenhundert und der junge König von Schottland mit sechshundert. Ferner kam zu dem Fest ein König, der hieß der König mit den hundert Rittern und war mit seinen Mannen in allen Dingen trefflich gerüstet, und außerdem der König Carados mit fünfhundert Rittern. Und Artus war froh über ihr Erscheinen; denn er glaubte, alle die Könige und Ritter wären aus großer Zuneigung gekommen und wollten ihm an seinem Fest Ehre erweisen, weshalb er aus Freude den Königen und Rittern große Geschenke schickte. Aber die Könige wollten sie nicht annehmen, sondern beschimpften die Boten schändlich und erklärten, sie hätten keine Lust, Gaben von einem bartlosen Knaben zu empfangen, der von niederer Herkunft sei. Und sie ließen ihm sagen, sie wollten seine Geschenke nicht haben, sondern sie seien gekommen, ihm Gaben mit scharfen Schwertern zwischen Nacken und Schultern zu verabreichen; denn es sei eine große Schande für sie alle, daß ein solcher Knabe über ein so erhabenes Reich herrsche. Mit dieser Antwort zogen die Boten ab und überbrachten sie König Artus. Der bezog auf den Rat seiner Barone mit fünfhundert wackeren Mannen eine feste Burg, und die Könige belagerten sie, doch

Artus war wohlversorgt. Nach vierzehn Tagen kam Merlin in die Stadt Carlion. Darüber waren alle Könige froh, und sie fragten ihn: Warum ist dieser Knabe Artus zu unserem König gemacht worden? Ihr Herren, sagte Merlin, ich will euch sagen, warum: Er ist König Uther Pendragons Sohn, geboren in der Ehe mit Igraine, dem Weib des Herzogs von Tintagil. Dann ist er ein Bastard, sagten sie alle. Nein, entgegnete Merlin, Artus wurde nach dem Tode des Herzogs gezeugt, mehr als drei Stunden danach, und dreizehn Tage später heiratete König Uther Igraine, und damit beweise ich: er ist kein Bastard; und wahrlich, er wird König sein und alle seine Feinde besiegen, und bevor er stirbt, wird er lange als König über ganz England herrschen, und Wales, Irland und Schottland und mehr Reiche, als ich jetzt aufzählen kann, werden ihm untertan sein. Einige von den Königen waren erstaunt über Merlins Worte und meinten, es könnte so sein, wie er sagte, andere aber, wie König Lot, lachten höhnisch über ihn, und wieder andere nannten ihn einen Hexenmeister. Doch dann kamen sie mit Merlin überein, daß König Artus herauskommen und mit ihnen sprechen solle, und sie sicherten ihm freies Geleit zu. So ging Merlin zu König Artus und berichtete ihm, was er vereinbart hatte, und bat ihn, nichts zu fürchten und unverzagt herauszukommen und mit ihnen zu sprechen und sie nicht zu schonen, sondern ihnen als ihr König und Oberherr entgegenzutreten: Denn Ihr werdet sie alle unterwerfen, ob sie wollen oder nicht.

Kapitel 9

VON DEM ERSTEN KRIEG, DEN KÖNIG ARTUS FÜHRTE, UND WIE ER DAS FELD BEHAUPTETE. ❧ Darauf kam König Artus aus seiner Burg heraus. Unter dem Mantel trug er einen doppelten Kettenpanzer. Ihn begleiteten der Erzbischof von Canterbury, Sir Baldwin von Britannien, Sir Kay und Sir Brastias, die angesehensten Männer, die um ihn waren. Und als die Gegner zusammentrafen, gab es harte Worte auf beiden Seiten, aber immer wußte König Artus die rechte Antwort, und er sagte, bei seinem Leben, er wolle sie beugen. So trennten sie sich im Zorn, und Artus kehrte mit seinen Männern wieder in seine Burg zurück und wappnete sich und alle seine Ritter. Was wollt ihr tun? sagte Merlin zu den Königen, zieht lieber ab, denn ihr werdet hier nicht siegen, und wäret ihr zehnmal so viele. Wären wir gut beraten, uns von einem Traumdeuter schrecken zu lassen? sprach König Lot. Da verschwand Merlin und kam zu König Artus und forderte ihn auf, sie scharf anzugreifen. Inzwischen gingen dreihundert von den besten Mannen aus dem Heer der Könige zu Artus über, und das war ihm ein großer Trost. Herr, sagte Merlin zu Artus, kämpft nicht mit dem Schwert, das Ihr durch das Wunder erlangt habt, bis Ihr seht, daß es schlecht mit Euch steht, dann aber zieht es und tut Euer Bestes. So zauderte König Artus nicht länger und griff sie in ihren eigenen Lagern an. Sir Baldwin, Sir Kay und Sir Brastias schlugen mächtig nach rechts und links, daß es wie ein Wunder war, und König Artus, der zu Pferde saß, holte immer mit dem Schwerte aus und vollbrachte ruhmvolle Waffentaten, so daß viele der Könige an seiner Kühnheit große Freude hatten. Dann brachen König Lot und der König mit den hundert Rittern und König Carados nach hinten durch und fielen Artus ungestüm in den Rücken. Da machte König Artus mit seinen Mannen kehrt und kämpfte nach vorn und nach hinten, und er war stets im dichtesten Gedränge, bis sein Pferd unter ihm getötet wurde. Im selben Augenblick schlug König Lot den König Artus zu Boden, aber seine vier Ritter befreiten ihn und halfen ihm schnell wieder auf ein Pferd. Darauf zog er sein Schwert Excalibur, das strahlte so hell in den Augen seiner Feinde, als leuchteten dreißig Fackeln; und so drängte er sie zurück und erschlug viele von ihnen. Da erhoben sich die Gemeinen von Carlion mit Keulen und Knütteln und töteten viele Ritter, und die Könige sammelten ihre Ritter um sich, die noch am Leben waren, und flohen in die Wälder. Merlin aber kam zu Artus und riet ihm, sie nicht weiter zu verfolgen.

WIE MERLIN KÖNIG ARTUS RIET, ZU KÖNIG BAN UND KÖNIG BORS ZU SCHICKEN, UND WIE SIE SICH ZUM KRIEG ENTSCHLOSSEN. ❧ Nach dem Fest zog König Artus gen London und ließ auf Merlins Rat seine Barone zusammenrufen; denn Merlin hatte dem König gesagt, die sechs Könige, die gegen ihn gekämpft hatten, würden nicht säumen, an ihm und seinen Ländern Rache zu nehmen. Und darum fragte der König sie alle um Rat. Sie wußten keinen, meinten aber, sie seien stark genug. Ihr sprecht gut, sagte Artus, ich danke euch für euern Mut, aber wollt ihr nicht alle, meine Freunde, mit Merlin reden? Ihr wißt wohl, daß er viel für mich getan hat, und er weiß viele Dinge, und wenn er vor euch steht, möchte ich, daß ihr herzlich um seinen besten Rat bittet. Alle Barone versprachen, dies zu tun. So sandte man nach Merlin, und die Barone baten ihn dringend, ihnen guten Rat zu geben. Das will ich, begann Merlin: Ich warne euch alle! Eure Feinde sind gewaltig stark, und sie sind so gute Krieger, wie man sie nur irgend antrifft. Inzwischen haben sie noch vier Könige und einen mächtigen Herzog für sich gewonnen, und wenn unser König nicht mehr Ritter aufbieten kann, als er in den Grenzen seines eigenen Reiches findet, wird er in der Schlacht besiegt und erschlagen werden. Was könnte man in unserm Falle am besten tun? fragten die Barone. Ich will euch meinen Rat geben, antwortete Merlin: Über dem Meere wohnen zwei Brüder, beide Könige und wunderbare Recken; der eine heißt König Ban von Benwick, und der andere heißt König Bors von Gallien, das ist Frankreich. Gegen diese beiden Könige liegt ein mächtiger Kriegsmann im Felde, König Claudas, und kämpft mit ihnen um ein Schloß, und heftiger Krieg tobt zwischen ihnen; dieser Claudas hat so große Besitzungen, von denen ihm gute Ritter zukommen, daß er den beiden Königen übel zusetzt. Deshalb ist mein Rat, unser König und erhabener Herr soll zu den Königen Ban und Bors zwei treue Ritter mit klug abgefaßten Briefen senden, daß er, wenn sie ihn und seinen Hof besuchen kommen und ihm in seinen Kriegen helfen wollen, ihnen schwört, sie auch in ihren Kriegen gegen König Claudas zu unterstützen. Nun, was sagt ihr zu diesem Rat? fragte Merlin. Der Rat ist gut, sagten der König und alle Barone. So wurden eiligst zwei Ritter für die Botschaft an die zwei Könige bestellt und Briefe in der gefälligen Art geschrieben, wie König Artus es wünschte. Ulfius und Brastias waren als Boten ausersehen, und sie brachen mit guten Pferden und in voller Rüstung, wie es damals Brauch war, auf und fuhren übers Meer und ritten auf die Stadt Benwick zu. Aber am Wege waren acht Ritter, die spähten sie aus, und an einer ungeschützten Stelle traten sie Ulfius und Brastias entgegen und wollten sie gefangennehmen. Da baten diese, die Ritter möchten sie ziehen lassen, denn sie seien Boten des Königs Artus und wollten zu König Ban und König Bors. Darum, sagten die acht Ritter, sollt ihr sterben oder unsere Gefangenen werden, denn wir sind Ritter des Königs Claudas. Und darauf legten zwei von ihnen ihre Lanzen ein, und Ulfius und Brastias legten ihre Lanzen ein, und sie sprengten mit voller Wucht gegeneinander, und die Lanzen der Ritter des Königs Claudas zerbrachen, doch die von Ulfius und Brastias hielten, und sie warfen die zwei Ritter aus dem Sattel, ließen sie am Boden liegen und ritten ihres Weges. Die anderen sechs Ritter ritten voraus zu einer anderen Stelle, um sie erneut anzugreifen, und wieder warfen Ulfius und Brastias zwei der Ritter nieder und ritten weiter. Und an der vierten Stelle trafen sie zwei und zwei aufeinander, und wiederum warfen die Ritter des Artus die anderen beiden nieder. So gab es unter den acht Rittern keinen, der nicht schwer verletzt oder zerschunden war. Und als sie nach Benwick kamen, traf es sich gut, daß beide Könige, Ban und Bors, dort waren. Als man den Königen gemeldet hatte, zwei Boten seien angekommen, wurden zwei edle Ritter, Lionses von Payarne und Sir Phariance, zu ihnen gesandt. Sie fragten, woher sie kämen, und sie sagten, von Artus, dem König von England, und da umarmten sie einander und freuten sich sehr. Sowie die beiden Könige erfahren hatten, daß sie Boten von Artus waren, begrüßten sie sogleich die Ritter aufs herzlichste und sagten, sie seien ihnen willkommener als alle Könige der Erde. Die Boten küßten die Briefe und überreichten sie, und als Ban und Bors den Inhalt vernommen hatten, waren die Boten willkommener als zuvor. Und nach dem Lesen der Briefe gaben die Könige ihnen zur Antwort, sie wollten den Wunsch des Königs Artus erfüllen, und Ulfius und Brastias sollten verweilen, solange sie wollten, sie würden die beste Aufnahme finden, die man ihnen in diesem Lande bereiten könnte. Dann erzählten Ulfius und Brastias den beiden Königen von ihrem Abenteuer mit den acht Rittern. Haha! lachten da Ban und Bors, das waren unsere guten Freunde. Hätten wir nur gewußt, daß sie hier sind, sie wären nicht so davongekommen. So fanden Ulfius und Brastias gute Aufnahme und erhielten reiche Gaben, soviel sie tragen konnten, und sie bekamen ihre Antwort mündlich und schriftlich, daß die beiden Könige so schnell wie möglich zu Artus stoßen würden. Dann zogen die zwei Ritter wieder davon und fuhren übers Meer und kamen zu ihrem Herrn und erzählten ihm, was sie erreicht hatten, und darüber war König Artus sehr froh. Wann, meint ihr, werden die beiden Könige hier sein? Herr, sagten sie, vor Allerheiligen. Da ließ der König ein großes Fest vorbereiten und ein großes Turnier ausrufen. Und vor Allerheiligen waren die beiden Könige mit dreihundert Rittern übers Meer gekommen, wohl gerüstet für Frieden und für Krieg. König Artus empfing sie zehn Meilen vor London, und da war so große Freude, wie man sie nur irgend denken oder bezeigen konnte. Und am Allerheiligentag saßen die drei Könige bei dem großen Fest, und Sir Kay, der Seneschall, übernahm den Dienst in der Halle, zusammen mit Sir Lucas, dem Mundschenk, dem Sohn des Herzogs Corneus, und Sir Griflet, dem

Sohn Cardols. Diese drei Ritter führten die Aufsicht über alle, die die Könige bedienten. Und als sie sich gewaschen und erhoben hatten, machten sich alle Ritter fertig, die tjosten wollten; und wie sie gerüstet zu Pferde saßen, waren sie siebenhundert Ritter. Artus, Ban und Bors nahmen mit dem Erzbischof von Canterbury und Sir Ector, Kays Vater, und den Damen und Edelfräulein unter einem aufgespannten goldenen Tuch wie in einer Halle Platz, um zuzuschauen und das Urteil zu fällen, wer der Beste war.

VON EINEM GROSSEN TURNIER, DAS KÖNIG ARTUS UND DIE BEIDEN KÖNIGE BAN UND BORS VERANSTALTETEN, UND WIE SIE ÜBERS MEER FUHREN.

König Artus und die beiden Könige teilten die siebenhundert Ritter in zwei Gruppen, und dreihundert Ritter der Reiche Benwick und Gallien wurden der anderen Seite zugeteilt. Dann erhoben viele gute Ritter ihre Schilde und begannen, ihre Lanzen einzulegen. Sir Griflet war der erste, der mit einem Ritter namens Ladinas zusammentraf, und sie stießen so hart aufeinander, daß alle sich verwunderten, und sie kämpften so, daß ihre Schilde in Stücke brachen und Roß und Reiter zu Boden sanken, und der französische wie auch der englische Ritter blieben so lange liegen, daß alle glaubten, sie wären tot. Als Lucas, der Mundschenk, Griflet so liegen sah, half er ihm wieder aufs Pferd, und die beiden vollbrachten wunderbare Waffentaten mit vielen angehenden Rittern. Sir Kay brach mit fünf Rittern aus einem Hinterhalt hervor, und die sechs warfen sechs andere nieder, und Sir Kay vollbrachte an jenem Tage so wunderbare Waffentaten wie kein anderer. Dann kamen Ladinas und Gracian, zwei Ritter aus Frankreich, die zeichneten sich so aus, daß alle sie rühmten. Darauf kam Sir Placidas, ein guter Ritter, und traf auf Sir Kay und warf ihn mitsamt dem Pferd zu Boden, worüber Sir Griflet in

Zorn geriet und so hart mit Sir Placidas zusammenstieß, daß Roß und Mann niederstürzten. Aber wie die fünf Ritter erfuhren, daß Sir Kay zu Fall gekommen war, ergrimmten sie über die Maßen, und stracks warf jeder von ihnen einen Ritter in den Sand. Als König Artus und die zwei Könige sahen, daß die Wut auf beiden Seiten zunahm, stiegen sie rasch auf ihre Pferde und ließen ausrufen, die Männer sollten allesamt in ihre Unterkünfte zurückkehren. Und so zogen sie nach Hause, legten die Rüstung ab und begaben sich zur Vesper und zum Mahle. Hinterher gingen die drei Könige in einen Garten und verliehen den Preis an Sir Kay und Lucas, den Mundschenk, und Sir Griflet. Dann begaben sie sich in den Rat, mit ihnen Gwenbaus, der Bruder von Ban und Bors, ein gelehrter Geistlicher, ferner Ulfius und Brastias und Merlin. Und nachdem sie Rat gehalten hatten, gingen sie zu Bett. Am anderen Morgen hörten sie die Messe und setzten nach dem Essen die Beratung fort und erwogen hin und her, was am besten zu tun sei. Schließlich kamen sie überein, Merlin sollte mit einem Zeichen von König Ban, es war ein Ring, zu Bans und Bors' Mannen gehen, und Gracian und Placidas sollten wieder heimziehen und ihre Schlösser und ihre Länder behüten, wie König Ban von Benwick und König Bors von Gallien es ihnen aufgetragen hatten. So fuhren sie über das Meer und kamen nach Benwick. Und als die Mannen König Bans Ring und Gracian und Placidas sahen, waren sie froh und fragten, wie es den Königen ginge, und freuten sich sehr über ihr Wohlergehen und ihre Eintracht. Nach dem Wunsche der königlichen Herren rüsteten sich die Krieger, so schnell es ging. Schließlich waren sie fünfzehntausend zu Pferd und zu Fuß, und dank Merlins Vorsorge hatten sie große Vorräte an Lebensmitteln bei sich. Gracian und Placidas blieben zurück, um die Burgen herzurichten und mit allem Nötigen auszustatten, aus Furcht vor König Claudas. Merlin aber brach wohlgerüstet mit dem Heere auf. Als er ans Meer kam, schickte er das Fußvolk wieder zurück und nahm nur zehntausend Berittene mit, die zumeist bewaffnet waren, und schiffte sich ein und fuhr übers Meer nach England und landete in Dover. Mit großer Klugheit führte Merlin das Heer auf den verborgensten Pfaden nach Norden in den Wald Bedegraine und ließ in einem Tal ein geheimes Lager aufschlagen. Dann ritt Merlin zu Artus und den zwei Königen und berichtete ihnen, was er vollbracht hatte. Da staunten sie sehr, wie ein Mensch alles so schnell besorgen und hin- und zurückreisen konnte. Merlin erzählte ihnen, daß zehntausend in allen Stücken wohl Bewaffnete im Wald Bedegraine lagerten. Da gab es nun weiter nichts zu reden, und die ganze Schar stieg aufs Pferd, wie Artus es vorgesehen hatte. So zogen sie mit zwanzigtausend Mann Tag und Nacht dahin, und in kurzer Frist kamen die drei Könige zur Burg Bedegraine und fanden dort zu ihrer großen Freude eine stattliche und erlesene Gefolgschaft und reichen Proviant. Doch Merlin hatte vorher wohlweislich angeordnet, daß kein Kriegsmann in einem Lande diesseits des Trentflusses reiten oder marschieren durfte, wenn er nicht ein Zeichen des Königs Artus trug, und deshalb wagten es die Feinde nicht, auf Kundschaft zu reiten, wie sie es vordem immer getan hatten.

Kap. 12

WIE ELF KÖNIGE EIN GROSSES HEER GEGEN KÖNIG ARTUS SAMMELTEN.

Dies war der Grund für die Feindschaft der nördlichen Länder: sie waren ergrimmt wegen des Schimpfes und der Schande, die die sechs Könige in Carlion erlitten hatten. Und diese sechs Könige hatten indessen fünf andere Könige für sich gewonnen und fingen an, ihre Mannen zu sammeln; und sie schwuren auf Leben und Tod, einander nicht zu verlassen, bis sie Artus vernichtet hätten. Zuerst legte der Herzog von Cambenet einen Eid ab, er wolle fünftausend Bewaffnete stellen, die zu Pferde bereitstünden. Dann schwur König Brandegoris von Stranggore, er wolle fünftausend berittene Krieger stellen. Dann schwur König Clariance von Northumberland, er wolle dreitausend Krieger stellen. Dann schwur der König der hundert Ritter, ein wackerer junger Mann, er wolle viertausend berittene Krieger stellen. Dann schwur König Lot, ein trefflicher Ritter und Sir Gaweins Vater, er wolle fünftausend berittene Krieger stellen. Ferner schwur König Uriens aus dem Lande Gore, Sir Iweins Vater, er wolle sechstausend berittene Krieger stellen. König Idres von Cornwall schwur, er wolle fünftausend berittene Krieger stellen, und desgleichen König Cradelment und König Agwisance von Irland, König Nentres und König Carados. So war ihre ganze Streitmacht fünfzigtausend Mann stark an Kriegern zu Pferde und zehntausend Kriegern zu Fuß. Bald waren sie bereit und schickten ihre Vorreiter aus. Auf ihrem Weg belagerten die elf Könige die Burg Bedagraine, die von den Mannen des Königs Artus gehalten wurde; doch dann ließen sie eine kleine Schar für die Belagerung zurück und zogen Artus und seinem Hauptheer entgegen.

Kapitel 13

VON EINEM TRAUM DES KÖNIGS MIT DEN HUNDERT RITTERN. Auf den Rat Merlins wurden Vorreiter ausgesandt, um das Land zu durchstreifen, und diese stießen auf die Vorreiter des Nordens und zwangen sie auszusagen, auf welchem Wege das Heer anrückte, und meldeten es Artus. Der ließ auf den Rat der Könige Ban und Bors das ganze Land, das vor ihnen lag und durch das das Nordheer reiten sollte, niederbrennen und verwüsten. Zwei Nächte vor der Schlacht hatte der König mit den hundert Rittern einen wunderbaren Traum, daß ein großer Sturm losbrach und ihre Burgen und Städte umblies, und danach kam eine Flut und spülte alles hinweg. Alle, die von dem Traume hörten, sagten, er bedeute eine große Schlacht. Dann fielen die Mannen des Artus, als sie ausgekundschaftet hatten, welchen Weg die elf Könige nahmen und wo sie in der Nacht kampierten, auf

Merlins Rat um Mitternacht über diese her, als sie in ihren Zelten lagen. Aber die Wachtposten schlugen Alarm und schrien: Ihr Herren! Zu den Waffen! Zu den Waffen! Denn eure Feinde sind über euch!

WIE DIE ELF KÖNIGE MIT IHREM HEER GEGEN ARTUS UND SEIN HEER KÄMPFTEN UND VON VIELEN GROSSEN WAFFENTATEN. ❧ Da griffen König Artus und die Könige Ban und Bors mit ihren tapferen und treuen Rittern sie so heftig an, daß ihnen die Zelte über den Köpfen zusammenstürzten; aber die elf Könige lieferten in männlichem Mut eine erbitterte Schlacht, und zehntausend wackere Krieger wurden an diesem Morgen getötet. Die Mannen aus dem Norden hatten eine schwierige Furt vor sich, doch sie waren fünfzigtausend kühne Krieger. Dann kam der Tag heran. Jetzt folgt meinem Rat, sagte Merlin zu den drei Königen. Ich schlage vor, daß sich König Ban und König Bors mit ihrem Gefolge von zehntausend Mann hier seitwärts in einem Wald in den Hinterhalt legen, bevor das Tageslicht kommt, und daß sie sich nicht rühren, bis Ihr und Eure Ritter lange gekämpft haben; und wenn es Tag ist, baut Eure Schlachtordnung so vor ihnen und der Furt auf, daß sie Euer ganzes Heer überblicken, denn sie werden um so kühner sein, wenn sie sehen, daß Ihr nur etwa zwanzigtausend Mann seid, und sie werden Euch und Euer Heer um so lieber über die Furt lassen. Alle drei Könige und alle Barone meinten, Merlin habe vortrefflich gesprochen, und alles wurde sogleich getan, wie er es geraten hatte. So war am Morgen, als die Heere einander ausmachen konnten, die Nordschar guten Mutes. Dann wurden Ulfius und Brastias dreitausend Krieger zugeteilt, und diese griffen über die Furt so feurig an und schlugen nach links und rechts, daß es wunderbar anzusehen war. Als die elf Könige merkten, daß eine so kleine Gefolgschaft solche Waffentaten vollbrachte, schämten sie sich und griffen ihrerseits ungestüm an, und da wurde das Pferd von Sir Ulfius unter ihm getötet, doch er kämpfte erstaunlich gut zu Fuß. Aber Herzog Eustace von Cambenet und König Clariance von Northumberland bedrängten Sir Ulfius schwer. Als Brastias seinen Gefährten in solcher Not sah, schleuderte er eine Lanze gegen den Herzog, daß Roß und Reiter zu Boden fielen. Das bemerkte König Clariance und wandte sich gegen Brastias, und jeder traf den anderen, daß Roß und Reiter zur Erde sanken, und so lagen sie lange betäubt, und die Knie ihrer Pferde waren zerschunden bis auf die harten Knochen. Dann ritt Sir Kay, der Seneschall, mit sechs Getreuen in den Kampf und schlug sich sehr tapfer. Gleichzeitig griffen die elf Könige selbst ein, und Griflet und Lucas, der Mundschenk, wurden samt ihren Rossen von König Brandegoris und König Idres und König Agwisance zu Boden geworfen. Danach entbrannte der Kampf auf beiden Seiten immer heftiger. Als Sir Kay Griflet zu Fuß sah, ritt er gegen König Nentres und warf ihn nieder und führte sein Pferd zu Sir Griflet und half ihm wieder in den Sattel. Mit der gleichen Lanze warf Sir Kay König Lot zu Boden und verletzte ihn schwer. Daraufhin galoppierte der König mit den hundert Rittern gegen Sir Kay, stieß ihn aus dem Sattel und nahm sein Pferd und gab es König Lot, der dafür großen Dank sagte. Als nun Sir Griflet sah, daß Sir Kay und Lucas zu Fuß waren, ergriff er eine scharfe Lanze, lang und dick, und ritt gegen Pinel, einen wackeren Krieger, und warf Roß und Reiter nieder und gab das Pferd Sir Kay. Als König Lot König Nentres zu Fuß sah, sprengte er gegen Melot de la Roche und warf ihn zu Boden und gab das Pferd König Nentres und half ihm aufsitzen. Der König mit den hundert Rittern bemerkte, daß König Idres zu Fuß war, er warf Gwimiart de Bloi aus dem Sattel und gab König Idres das Pferd; und König Lot warf Clariance de la Forest Savage nieder und gab das Pferd dem Herzog Eustace. Und als sie jedem König wieder zu einem Pferd verholfen hatten, ließen sie alle elf Könige zusammenkommen und sagten, sie sollten für den Schaden, den sie an diesem Tage genommen hatten, gerächt werden. Mittlerweile kam Sir Ector in Kampfeslust angesprengt und fand Ulfius und Brastias zu Fuß in großer Gefahr, denn sie wurden von Pferdehufen übel getreten. Da ritt König Artus wie ein Löwe gegen König Cradelment von Nordwales und traf ihn in die linke Seite, daß Pferd und König niederfielen, dann ergriff er das Pferd beim Zügel, führte es zu Ulfius und sagte: Nimm das Pferd, mein alter Freund, denn ein Pferd tut dir sehr gut. Habt vielen Dank, entgegnete Ulfius. Dann vollbrachte Artus so wunderbare Waffentaten, daß alle Männer staunten. Als der König mit den hundert Rittern König Cradelment zu Fuß sah, ritt er gegen Sir Ector, Sir Kays Vater, der ein gutes Pferd hatte, und warf Roß und Reiter zu Boden und gab das Pferd dem König und half ihm hinauf. Wie Artus den König auf Sir Ectors Pferd reiten sah, ergrimmte er und hieb ihm mit dem Schwert über den Helm, daß ein Viertel des Helms und des Schildes herunterfiel und das Schwert bis in den Hals des Pferdes drang und König und Pferd zur Erde sanken. Dann griff Sir Kay Sir Morganore, den Seneschall des Königs mit den hundert Rittern, an und warf ihn nieder und führte das Pferd zu seinem Vater, Sir Ector. Darauf geriet Sir Ector an einen Ritter namens Lardans und streckte Roß und Reiter nieder und gab das Pferd Sir Brastias, der dringend ein Pferd brauchte und der arg zerschunden war. Als Brastias den Mundschenk Lucas wie tot unter den Hufen der Pferde liegen sah – denn so unerschrocken Sir Griflet auch kämpfte, ihn zu befreien, Sir Lucas wurde stets von vierzehn Rittern hart bedrängt –, versetzte Brastias einem von ihnen einen Streich über den Helm, daß das Schwert bis zu den Zähnen durchfuhr, und einen anderen traf er, daß der Arm ins Gras fiel, und einen dritten, daß er Schulter und Arm verlor. Dann brachte er das Pferd eines erschlagenen Ritters zu Griflet, und als Griflet Rettung nahen sah, hieb er einem Ritter über die Schläfen, daß Kopf und Helm zu Boden fielen, und Griflet nahm das Pferd dieses Ritters und führte es zu Sir Lucas und hieß ihn aufsitzen und seine Wunden rächen.

MEHR ÜBER DIESE SCHLACHT.

Dann erblickte Lucas König Agwisance, der kurz zuvor Moris de la Roche erschlagen hatte, und prallte mit einem kurzen Speer so wuchtig gegen ihn, daß dessen Pferd zu Boden stürzte. Auch traf Lucas auf Bloias de la Flandres und Sir Gwinas, zwei tapfere Ritter, die zu Fuß waren, und in seiner Wut erschlug er zwei junge Ritter und gab Bloias und Gwinas die Pferde. Dann nahm der Kampf auf beiden Seiten an Härte zu; Artus aber war froh, daß seine Ritter wieder im Sattel saßen. Die Heere kämpften miteinander, daß der Lärm und das Waffengeklirr weithin über den Wald und das Wasser schallten. Nun machten sich König Ban und König Bors fertig und nahmen ihre Schilde und Harnische auf, und sie waren so mutig, daß viele Ritter vor Kampfeseifer bebten. Unterdessen standen Lucas, Gwinas, Briant und Bellias von Flandern im heftigen Handgemenge mit sechs Königen: Lot, Nentres, Brandegoris, Idres, Uriens und Agwisance. Unterstützt von Sir Kay und Sir Griflet, bedrängten sie die sechs Könige so hart, daß sie kaum noch imstande waren, sich zu verteidigen. Als aber König Artus sah, daß die Schlacht überhaupt kein Ende nehmen wollte, wurde er zornig wie ein Löwe und lenkte sein Roß hierhin und dorthin, nach rechts und nach links, und hielt nicht an, bis er zwanzig Ritter erschlagen und König Lot schwer an der Schulter verwundet hatte, so daß dieser das Schlachtfeld verlassen mußte. Mit König Artus vollbrachten Sir Kay und Griflet große Waffentaten. Ulfius, Brastias und Sir Ector trafen auf Herzog Eustace, die Könige Cradelment, Clariance, Carados und den König mit den hundert Rittern und schlugen so zu, daß sie zurückwichen. Da erhob König Lot großes Klagen über seine und seiner Gefährten Verluste und sagte zu den zehn Königen: Wenn ihr nicht meinem Rat folgt, werden wir geschlagen und vernichtet; gebt mir deshalb den König mit den hundert Rittern und König Agwisance, König Idres und den Herzog von Cambenet und fünfzehntausend Krieger dazu, und wir wollen uns im Hintergrund halten, während ihr anderen sechs Könige mit zwölftausend Kriegern die Schlacht fortsetzt. Wenn ihr lange genug gekämpft habt, wollen wir mit frischer Kraft über sie herfallen, sonst werden wir sie nicht bezwingen. Nach diesem Plane handelten sie, und die sechs Könige verstärkten ihren Angriff gegen Artus und kämpften lange mit ihm. Unterdessen brachen König Ban und König Bors aus dem Hinterhalt hervor. Lionses und Phariance führten die Vorhut an und stießen mit König Idres und seinen Mannen zusammen, und da begann ein großes Kämpfen und Lanzenbrechen und Schwertschlagen, und Krieger und Pferde wurden getötet, und König Idres geriet in arge Bedrängnis. Das sah König Agwisance, und der Herzog von Cambenet sprengte mit einer gewaltigen Schar heran und brachte Lionses und Phariance in große Lebensgefahr, so daß die beiden Ritter beinahe zurückgewichen wären, aber sie retteten sich und ihre Gefährten immer wieder auf wunderbare Weise. Als König Bors die beiden Ritter in solcher Not sah, betrübte es ihn sehr; da sprengte er so schnell heran, daß seine Schar ganz dunkel erschien, als wäre sie von Indigo gefärbt. Wie König Lot König Bors erblickte, den er gut kannte, rief er aus: O Herr, schütze uns vor Tod und schrecklichen Wunden! Ich sehe wohl, wir sind in großer Gefahr; denn ich erkenne dort drüben einen König, einen der angesehensten und besten Ritter der Welt, mit seinem Gefolge. Wer ist es? fragte der König mit den hundert

Rittern. Es ist König Bors von Gallien, erwiderte König Lot, und ich wundere mich, wie sie in dieses Land gekommen sind, ohne daß wir etwas davon wissen. Das geschah mit Merlins Hilfe, sagte ein Ritter. Da sprach König Carados: Ich will mich König Bors zum Kampfe stellen, wenn ihr mir beisteht, falls es not tut. Greift nur an, sagten alle, wir werden alles tun, was wir können. Da ritten König Carados und seine Schar langsam vor, bis sie nur noch einen Pfeilschuß von König Bors entfernt waren, dann ließen beide Schlachtreihen die Pferde galoppieren, so schnell sie konnten. Bleoberis, ein Patensohn von König Bors und ein tüchtiger Ritter, trug die Hauptstandarte. Jetzt wollen wir sehen, sagte König Bors, wie diese Nordbriten mit den Waffen umgehen können. Und König Bors durchbohrte einen Ritter mit dem Speer, daß er tot zur Erde fiel, danach zog er sein Schwert und vollbrachte wunderbare Waffentaten und setzte beide Seiten in großes Erstaunen; und seine Ritter standen ihm nicht nach, sondern taten ihr Teil, und König Carados wurde zu Boden geworfen. Aber der König mit den hundert Rittern kam hinzu und befreite König Carados mit mächtiger Waffengewalt; denn er war zwar noch jung, aber ein sehr wackerer Kämpe.

Kapitel 16

NOCH MEHR ÜBER DIESE SCHLACHT. ❧ Nunmehr kam König Ban, stark wie ein Löwe, mit grünen und goldenen Bändern auf das Schlachtfeld. Ach, rief König Lot, wir müssen ja geschlagen werden; denn dort sehe ich den tapfersten und berühmtesten Ritter der Welt! Zwei solche Brüder wie König Ban und König Bors gibt es unter den Lebenden nicht noch einmal; deshalb müssen wir das Feld räumen oder sterben, und wenn wir uns nicht männlich und klug zurückziehen, bleibt uns nur der Tod. Als König Ban in die Schlacht kam, focht er so grimmig, daß seine Streiche vom Wald und Wasser widerhallten; und König Lot weinte vor Kummer und Schmerz, als er so viele gute Ritter sterben sah. Die gewaltige Kraft König Bans trieb das geteilte Nordheer aus großer Furcht wieder zusammen, und die drei Könige mit ihren Rittern schlugen immer drauflos, daß es ein Jammer war, die fliehende Menge Volks zu sehen. Aber König Lot und der König mit den hundert Rittern und König Morganore sammelten ihre Mannen wieder, wie es echten Rittern gebührt, vollbrachten große Waffentaten und hielten den ganzen Tag in der Schlacht ihren Gegnern stand. Als der König mit den hundert Rittern den gewaltigen Schaden bemerkte, den König Ban anrichtete, sprengte er mit seinem Pferd gegen ihn und versetzte ihm einen mächtigen Streich auf den Helm und betäubte ihn fast. Da ergrimmte König Ban gegen ihn und verfolgte ihn ungestüm. Der andere sah das, riß seinen Schild in die Höhe und gab seinem Pferd die Sporen, aber der Streich König Bans fiel nieder und schnitt ein Stück vom Schild ab, dann glitt das Schwert am Panzerhemd den Rücken hinab, schnitt durch das stählerne Sattelzeug hindurch, teilte das Pferd in zwei Hälften und drang in die Erde. Der König mit den hundert Rittern machte sich schnell vom toten Pferd frei und durchbohrte mit seinem Schwert das Pferd König Bans. Darauf machte sich König Ban schnell von seinem toten Pferd frei und hieb dem Gegner so gewaltig auf den Helm, daß er zu Boden sank. Mit gleicher Wut schlug er König Morganore nieder, und viele wackere Ritter und Kriegsleute wurden hingeschlachtet. Unterdessen kam König Artus in das Handgemenge und sah König Ban zu Fuß zwischen toten Männern und toten Pferden wie einen zornigen Löwen kämpfen, daß niemand in die Reichweite seines Schwertes gelangen konnte, ohne einen schlimmen Schlag zu empfangen; und dieser Anblick betrübte Artus sehr. Artus war so mit Blut bedeckt, daß man ihn nicht einmal an seinem Schild erkennen konnte, und sein Schwert troff von Blut und Hirn. Als Artus um sich schaute, gewahrte er einen Ritter auf einem vortrefflichen Pferd und griff ihn sogleich an und hieb ihm auf den Helm, daß sein Schwert bis zu den Zähnen durchfuhr und der Ritter tot zur Erde sank. Artus nahm das Pferd dieses Ritters beim Zügel und führte es zu König Ban und sagte: Teurer Bruder, nehmt dieses Pferd, denn Ihr braucht es dringend, und mir tut bitter leid, daß Ihr so großen Schaden genommen habt. Er soll bald gerächt sein, antwortete König Ban, denn ich vertraue auf Gott, daß ich noch die Kraft habe, einige von denen dies bitter bereuen zu lassen. Das glaube ich gern, sagte Artus, denn ich sehe Eure Taten vor mir, und ich möchte nicht Euer Gegner sein. Als aber König Ban wieder im Sattel saß, begann die Schlacht von neuem, und sie war grausam und hart und ein großes Gemetzel. Unter Aufbietung aller Kräfte brachten König Artus und König Ban und König Bors ihre Gegner dazu, sich ein wenig zurückzuziehen, aber niemals ergriffen die elf Könige mit ihrer Ritterschaft die Flucht. Zuerst gingen sie langsam zurück auf ein Gehölz und dann über einen kleinen Fluß, und dort rasteten sie, denn in der Nacht hätten sie auf dem Feld keine Ruhe gefunden. Wie Männer in Furcht und schlimmer Lage sammelten sich die elf Könige und ihre Ritter alle auf einem Haufen, und niemand konnte an sie heran, sie hielten auf allen Seiten so dicht zusammen, daß Artus über ihre Waffentaten staunte und in großen Zorn geriet. Ach, Sir Artus, sagten König Ban und König Bors, tadelt sie nicht, denn sie kämpfen, wie tüchtige Männer kämpfen sollten. Bei meiner Ehre, sagte König Ban, sie sind die besten Recken und tapfersten Ritter, die ich je gesehen oder von denen ich je gehört habe, und diese elf Könige sind aller Ehren wert, und wenn sie Euch untertan wären, gäbe es keinen König unter dem Himmel, der elf so vortreffliche Ritter hätte. Ich darf ihnen nicht zugetan sein, sagte Artus, sie würden mich vernichten. Das wissen wir wohl, entgegneten König Ban und König Bors, sie sind Eure Todfeinde, das haben sie vorher schon bewiesen und heute erneut, und ihre Halsstarrigkeit ist sehr bedauerlich. Unterdessen kamen die elf Könige zusammen, und König Lot sprach zu ihnen: Ihr Herren, ihr müßt andere Wege gehen, sonst sind die großen Verluste vergebens. Ihr seht doch, wie viele Krieger wir bereits verloren haben und wie viele tüchtige Männer wir noch verlieren, weil wir immer auf das Fußvolk achten, und um einen vom Fußvolk zu retten, verlieren wir zehn Berittene. Mein Rat ist daher: wir müssen uns von unserem Fußvolk trennen. Die Nacht ist nahe, und der edle Artus wird sich nicht um das Fußvolk kümmern; sie können sich selbst in Sicherheit bringen, der Wald ist nicht weit. Und wenn wir Reiter beisammen sind, achte jeder von euch Königen darauf, daß bei Todesstrafe keiner die Reihen verläßt. Und wer sieht, daß sich einer zur Flucht bereit macht, soll ihn sogleich erschlagen; denn es ist besser, wir erschlagen einen Feigling, als daß wir alle durch einen Feigling erschlagen werden. Was sagt ihr dazu? fragte König Lot, antwortet mir, ihr Könige. Ihr habt gut gesprochen, antwortete König Nentres, und ihm stimmten alle anderen zu, und sie schwuren, einander weder im Leben noch im Tode im Stich zu lassen, und wer zu fliehen suchte, sollte erschlagen werden. Dann besserten sie ihre Harnische aus und richteten ihre Schilde und nahmen neue Lanzen und legten sie in ihre Hüften ein und standen still wie ein Wald.

Kapitel 17

NOCH MEHR ÜBER DIESELBE SCHLACHT, UND WIE IHR MERLIN EIN ENDE MACHTE. Da traten Artus, Ban und Bors vor ihre Ritter und lobten sie wegen ihres hohen ritterlichen Mutes als die tapfersten Kämpfer, die sie je gesehen oder von denen sie je gehört hatten. Darauf stellten sich etwa vierzig edle Ritter auf und sagten zu den drei Königen, sie wollten die Schlacht zu Ende bringen. Mit eingelegter Lanze ritten sie vorwärts und gaben ihren Pferden kräftig die Sporen. Und die elf Könige und ein Teil ihrer Ritter sprengten ihnen, so schnell ihre Pferde konnten, mit ihren Lanzen entgegen, und beide Seiten vollbrachten wunderbare Waffentaten. So kamen Artus, Ban und Bors in dichtes Handgemenge und schlugen rechts und links alles nieder, daß ihre Pferde bis zu den Fesseln im Blut gingen, aber immer standen die elf Könige mit ihrem Heer Artus von Angesicht zu Angesicht gegenüber. Darüber wunderten sich Ban und Bors in Anbetracht des großen Gemetzels sehr, doch schließlich wurden sie über einen kleinen Fluß zurückgedrängt. Da kam Merlin auf einem großen schwarzen Roß daher und sagte zu Artus: Ihr macht nie ein Ende! Habt Ihr nicht genug getan? Von sechzigtausend habt Ihr heute nur fünfzehntausend am Leben gelassen, und es ist Zeit Einhalt zu gebieten, denn Gott zürnt Euch, weil Ihr nie genug habt. Die elf Könige werdet Ihr diesmal nicht besiegen, aber wenn Ihr noch länger mit ihnen kämpft, wird Euch das Glück verlassen, und sie werden die Oberhand bekommen. Zieht Euch deshalb in Euer Lager zurück und ruht Euch aus, sobald Ihr könnt, und belohnt Eure tapferen Ritter mit Gold und Silber, denn sie haben es wahrlich verdient. Keine Schätze sind für sie zu wertvoll; nie hat jemand größere Heldentaten vollbracht als heute die wenigen Mannen, die Ihr besitzt, denn Ihr habt Euch mit den besten Recken der Welt gemessen. Das ist wahr, antworteten die Könige Ban und Bors. Weiter sprach Merlin: Zieht euch zurück, wohin ihr wollt, denn in den nächsten drei Jahren, so versichere ich euch, werden sie nichts gegen euch unternehmen, und dann werdet ihr wieder Nachricht bekommen. Und ferner sagte Merlin zu Artus: Diese elf Könige sind schlimmer dran, als sie ahnen, denn die Sarazenen sind in ihre Länder eingefallen, mehr als vierzigtausend, und sie brennen und morden und belagern die Burg Wandesborow und richten große Verwüstung an; fürchtet deshalb nichts in den nächsten drei Jahren. Und laßt das Schlachtfeld nach Beute absuchen, und wenn Ihr alles gesammelt habt, überlaßt es freigebig diesen beiden Königen, Ban und Bors, damit sie ihre Ritter belohnen können; das soll die Fremden bewegen, Euch bereitwilliger Dienste zu leisten, wenn Ihr sie braucht. Überdies seid Ihr in der Lage, Eure Ritter aus Euren eigenen Mitteln zu belohnen, wann immer

Ihr wollt. Du hast gut gesprochen, sagte Artus, und wie du geraten hast, so soll es geschehen. Als die Beute an Ban und Bors ausgehändigt worden war, verteilten diese alles ebenso freigebig an ihre Ritter. Dann nahm Merlin Abschied von Artus und von den zwei Königen, um seinen Lehrmeister Bleise aufzusuchen, der in Northumberland lebte. So reiste er ab und traf glücklich bei seinem Meister ein, der sich sehr über sein Kommen freute. Merlin berichtete ihm, wie Artus und die zwei Könige die große Schlacht schlugen und wie sie endete, und er nannte die Namen aller Könige und edlen Ritter, die dabei waren. Und Bleise schrieb alles Wort für Wort nieder, was Merlin ihm erzählte. Alle Schlachten, die in Artus' Tagen geschlagen wurden, ließ Merlin seinen Lehrmeister Bleise in dieser Weise aufzeichnen, ebenso die Kämpfe, die jeder der edlen Ritter vom Hofe des Artus zu bestehen hatte. Danach schied Merlin von Bleise und kam am Morgen nach Lichtmeß zu König Artus in die Burg Bedegraine, eine der Burgen im Wald von Sherwood. Merlin war so verkleidet, daß Artus ihn nicht erkannte; denn er war ganz in schwarze Schafspelze eingemummt, trug große Stiefel und einen rotbraunen Umhang, führte einen Bogen und Pfeile mit sich und hielt Wildgänse in der Hand. Herr, sagte Merlin zum König, wollt Ihr mir eine Gabe geben? Weshalb, erwiderte der König, sollte ich dir etwas geben, Kerl? Herr, sprach Merlin, Ihr tätet besser daran, mir eine Gabe zu geben, die nicht in Eurer Hand ist, als große Reichtümer zu verlieren; denn hier, auf dem Schauplatz der gewaltigen Schlacht, ist ein großer Schatz im Boden verborgen. Wer hat dir das gesagt, Kerl? fragte Artus. Merlin hat es mir gesagt, antwortete dieser. Da erkannten ihn Ulfius und Brastias und schmunzelten. Herr, sagten die beiden Ritter, es ist Merlin der so zu Euch spricht. Darüber war Artus sehr beschämt, und er staunte über Merlin, ebenso wie König Ban und König Bors, und es gab viel Gelächter. Mittlerweile war ein Edelfräulein gekommen, die Tochter des Grafen Sanam. Sie hieß

Lionors und war sehr schön. Sie wollte Artus huldigen, wie es viele Herren nach der großen Schlacht getan hatten. König Artus verliebte sich sehr in sie und sie in ihm; und der König wurde mit ihr einig und zeugte ein Kind mit ihr, daß sie Borre nannten. Dieser Knabe wurde später ein wackerer Ritter und Mitglied der Tafelrunde. Dann kam Botschaft, daß König Rience von Nordwales gegen König Lodegrance von Cameliard großen Krieg führte, und darüber ward Artus zornig, denn er liebte ihn und haßte König Rience, der sich immer gegen ihn stellte. So wurden auf Befehl der drei Könige alle diejenigen nach Benwick zurückgesandt, die zum Schutz gegen König Claudas heimziehen wollten, und Phariance und Antemes und Gracian und Lionses von Payarne sollten sie führen.

WIE KÖNIG ARTUS, KÖNIG BAN UND KÖNIG BORS DEN KÖNIG LODEGRANCE RETTETEN UND ANDERE EREIGNISSE. ❧ Danach zogen König Artus und König Ban und König Bors mit ihrer Gefolgschaft aus, an die zwanzigtausend Mann, und kamen nach sechs Tagen in das Land Cameliard. Hier leisteten sie König Lodegrance Beistand und erschlugen viele Männer des Königs Rience und jagten ihn in die Flucht. Darauf gab König Lodegrance den drei Königen ein großes Freudenfest und dankte ihnen für den Freundesdienst, daß sie ihn an seinen Feinden gerächt hatten. Und dabei erblickte Artus zum ersten Male Ginevra, die Tochter des Königs von Cameliard, die er von da an immer liebte. Später wurden sie Mann und Frau, wie in diesem Buche berichtet wird. Dann, um es kurz zu machen, nahmen die Könige Ban und Bors Abschied, um in ihre eigenen Länder zurückzukehren, denn König Claudas richtete dort schlimme Verwüstungen an. Da sprach Artus: Ich will mit euch gehen. Nein, entgegneten die Könige, das sollt Ihr diesmal nicht, denn Ihr habt in diesem Lande noch viel zu tun. Wir wollen allein reisen und mit den reichen Schätzen, die wir hier durch Eure Gaben erhalten haben, tapfere Ritter in Sold nehmen und der Bosheit des Königs Claudas entgegentreten. Und wenn es nötig sein sollte, werden wir, bei der Gnade Gottes, zu Euch schicken und Euch um Beistand bitten, und wenn Ihr in Not seid, schickt nach uns, und wir werden nicht säumen, bei unserem Leben. Es wird nicht nötig sein, sagte Merlin, daß diese beiden Könige zu einem Kriege wiederkommen; doch ich weiß sehr wohl, König Artus sieht euch bald wieder, denn binnen ein oder zwei Jahren werdet ihr in großer Not sein, und dann wird er euch an euern Feinden rächen, wie ihr es an seinen getan habt. Diese elf Könige werden alle an einem Tage sterben durch die große Kraft und die heldischen Waffentaten zweier tapferer Ritter, Balin le Savages und seines Bruders Balan. Nun wenden wir uns den elf Königen zu. Sie zogen sich in eine Stadt namens Sorhaute zurück, die im Reiche des Königs Uriens lag; dort erholten sie sich, so gut sie konnten, und ließen ihre Wunden von Ärzten behandeln und trauerten tief über den Tod ihrer Leute. In dieser Zeit kam ein Bote und berichtete, daß vierzigtausend Feinde, gesetzlose Gesellen und Sarazenen, ins Land eingefallen seien, die ohne Gnade alles niederbrannten und töteten, was ihnen in den Weg kam, und die Burg Wandesborow belagerten. Ach, riefen die elf Könige, hier ist Unheil über Unheil. Wenn wir nicht gegen Artus Krieg geführt hätten, würde er uns bald rächen. Was König Lodegrance angeht, so ist er mehr Artus' Freund als unserer, und König Rience hat genug mit Lodegrance zu tun, denn dieser belagert seine Burg. Sie kamen überein, sie wollten alle ihre Gebiete in Cornwall, Wales und im Norden halten. Zuerst legten sie König Idres mit viertausend Bewaffneten in die Stadt Nauntes, um Land und Wasser zu überwachen, und in die Stadt Windesan legten sie König Nentres von Garlot mit viertausend Rittern. Weitere achttausend Mann zogen sie in allen Festungen der Gemarkungen von Cornwall zusammen. Ferner sandten sie mehr Ritter mit vielen tapferen Kriegern in alle Gemarkungen von Wales und Schottland. So behaupteten sie sich drei Jahre lang und verbündeten sich immer mit mächtigen Königen, Herzögen und Baronen. Und zu ihnen stießen König Rience von Nordwales und Nero, ein mächtiger Kriegsmann. In dieser ganzen Zeit rüsteten sie sich, holten wackere Krieger zusammen und versahen sich mit Proviant und allerlei Ausrüstung, die zum Krieg gehört, um sich für die Schlacht bei Bedegraine zu rächen, wie im folgenden Buch der Abenteuer erzählt wird.

WIE KÖNIG ARTUS NACH CARLION RITT, VON SEINEM TRAUM, UND WIE ER DAS BELLENDE TIER SAH. Nach der Abreise von König Ban und König Bors ritt König Artus nach Carlion. Und dahin kam auch das Weib des Königs Lot von Orkney, zum Schein mit einer Botschaft, in Wahrheit aber, um den Hof des Königs Artus auszukundschaften. Sie kam in stattlichem Aufzug mit ihren vier Söhnen Gawein, Gaheris, Agrawein und Gareth und vielen Rittern und Damen. Da sie sehr schön war, entbrannte der König in großer Liebe zu ihr und wollte gern das Lager mit ihr teilen, und sie kamen zusammen, und er zeugte Mordred mit ihr. Sie war die Tochter Igraines und daher seine Schwester, doch Artus wußte es nicht. Sie verweilte einen Monat und reiste dann ab. Danach hatte der König einen seltsamen Traum, über den er sehr erschrak: Er träumte, es wären Greife und Schlangen in sein Land gekommen und sie würden alles niederbrennen und die Menschen töten; und dann vermeinte er, mit ihnen zu kämpfen, und sie fügten ihm großen Schaden zu und verwundeten ihn schwer, doch zuletzt erschlug er sie. Als der König erwachte, war er von dem Traum ganz benommen. Um den Gedanken an ihn zu vertreiben, rüstete er sich mit vielen Rittern zur Jagd. Kaum war der König im Walde angelangt, als er einen großen Hirsch vor sich sah. Diesen Hirsch will ich jagen, sagte Artus, und er spornte sein Roß und verfolgte ihn lange. Er strengte sich mächtig an und war nahe daran, den Hirsch zu erlegen; schließlich hatte ihn der König so lange gejagt, daß sein Roß erschöpft war und tot niederfiel. Da schickte er einen Knappen nach einem neuen Pferd. So sah der König den Hirsch im Gebüsch verschwinden; er ließ sich an einem Quell nieder und verfiel in tiefes Nachdenken. Als er so saß, glaubte er das Bellen von Hunden zu vernehmen, etwa dreißig an der Zahl, und auf einmal sah er das seltsamste Tier, das er je erblickt oder hatte beschreiben hören, auf sich zukommen. Das Tier ging zum Quell, und aus seinem Bauch drang ein Lärm wie von dreißig bellenden Hunden, aber solange es trank, war alles still; und darauf verschwand das Tier mit lautem Gebell, worüber sich der König sehr wunderte. Tief in Gedanken versunken schlief er schließlich ein. Da kam ein Ritter zu Fuß und sprach zu Artus: Nachdenklicher und schläfriger Ritter, sagt mir, ob Ihr ein seltsames Tier hier vorbeikommen saht. So eins sah ich, erwiderte Artus, das ist jetzt zwei Meilen weg; was wollt Ihr mit dem Tier? Herr, ich habe das Tier lange verfolgt und dabei mein Pferd zu Tode geritten, ich wollte, ich hätte ein anderes, um der Fährte weiter folgen zu können. In diesem Augenblick kam der Knappe mit dem Pferd des Königs, und als der Ritter das Pferd sah, bat er den König, es ihm doch zu überlassen: Denn ich reite hinter diesem Tier schon seit über zwölf Monaten her und werde es entweder einholen oder mein Herzblut vergießen. Es war Pellinore, damals König, der das bellende Tier verfolgte, und nach seinem Tode verfolgte es dann Sir Palamides.

WIE KÖNIG PELLINORE ARTUS' PFERD NAHM UND DAS BELLENDE TIER VERFOLGTE, UND WIE MERLIN ARTUS BEGEGNETE.

Herr Ritter, sagte der König, laßt die Verfolgung sein und erlaubt mir, sie aufzunehmen, und ich will hinter dem Tier weitere zwölf Monate herreiten. Ach, du Tor, sprach der Ritter zu Artus, dein Wunsch ist eitel, denn niemand außer mir oder einem meiner nächsten Verwandten wird das Tier einholen. Damit ging er auf das Pferd des Königs zu, stieg in den Sattel und sagte: Vielen Dank, das Pferd ist mein. Gut, sagte der König, du kannst mein Pferd mit Gewalt nehmen, aber erst, wenn du bewiesen hast, daß du ein besserer Reiter bist als ich. Gut, erwiderte der Ritter, suche mich hier, wann du willst, und bei diesem Quell sollst du mich finden; und damit ritt er davon. Da befahl der König seinen Leuten, ihm, so schnell sie konnten, ein Pferd zu holen, und setzte sich grübelnd nieder. Auf einmal kam Merlin in Gestalt eines Knaben von vierzehn Jahren daher und grüßte den König und fragte ihn, warum er so nachdenklich sei. Ich darf wohl nachdenklich sein, entgegnete der König, denn ich habe eben die wunderlichste Erscheinung gesehen, die mir je begegnet ist. Das weiß ich so gut wie du, sagte Merlin, und ich kenne alle deine Gedanken, aber du bist ein Tor, so zu grübeln, denn es wird dir nicht helfen. Ich weiß auch, wer du bist und wer dein Vater war und wer dich zur Welt gebracht hat: König Uther Pendragon war dein Vater, und er zeugte dich mit Igraine. Das ist nicht wahr, sagte König Artus, wie solltest du es auch wissen, denn du bist doch nicht so alt an Jahren, meinen Vater zu kennen. Doch, erwiderte Merlin, ich weiß es besser als du oder irgendein Lebendiger. Ich glaube dir nicht, sagte Artus und war zornig auf das Kind. Da verschwand Merlin und kam in der Gestalt eines alten Mannes von achtzig Jahren wieder, der zur Freude des Königs recht weise zu sein schien. Und der alte Mann fragte: Warum blickt Ihr so düster? Ich darf wohl düster blicken, entgegnete Artus, und das aus vielen Gründen. Auch war hier ein Kind und berichtete mir viele Dinge, die es, scheint mir, gar nicht wissen konnte, denn es war nicht alt genug, meinen Vater zu kennen. Doch, sagte der alte Mann, das Kind hat die Wahrheit gesprochen, und es hätte Euch mehr berichtet, wenn Ihr es zugelassen hättet. Ihr aber habt vor kurzem etwas getan, das Gott erzürnt hat; denn Ihr habt bei Eurer Schwester gelegen und mit ihr ein Kind gezeugt, das Euch und alle Ritter Eures Reiches vernichten wird. Wer seid Ihr, sagte Artus, daß Ihr mir solche Prophezeiungen bringt? Ich bin Merlin, und ich war auch hier in der Gestalt des Kindes. Ach, sagte Artus, Ihr seid ein großer Weissager, doch ich staune sehr über Eure Worte, daß ich in der Schlacht sterben soll. Staunt nicht, entgegnete Merlin, denn es ist Gottes Wille, daß Euer Leib für Eure schändlichen Taten bestraft wird; doch ich selbst habe Grund zur Trauer, denn ich werde einen schmachvollen Tod sterben und lebend in der Erde vergraben werden, doch Ihr sollt einen ehrenvollen Tod sterben. Und als sie so sprachen, kam einer mit des Königs Pferd, und der König bestieg es und Merlin ein anderes, und so ritten sie nach Carlion. Dort fragte der König sogleich Ector und Ulfius, wer ihn gezeugt habe. Und sie berichteten ihm, daß Uther Pendragon sein Vater und Königin Igraine seine Mutter war. Da sprach er zu Merlin: Ich will, daß meine Mutter geholt wird, damit ich mit ihr sprechen kann, und wenn sie dasselbe sagt, dann will ich es glauben. Eilends wurde nach der Königin geschickt, und sie kam und brachte ihre Tochter Morgan le Fay mit, eine Dame, so schön, wie man sie sich nur vorstellen konnte, und der König hieß Igraine aufs beste willkommen.

Kapitel 21

WIE ULFIUS KÖNIGIN IGRAINE, DIE MUTTER VON ARTUS, DES VERRATS BEZICHTIGTE, UND WIE EIN RITTER KAM UND RACHE FÜR DEN TOD SEINES HERREN BEGEHRTE. ❧ Da trat Ulfius vor und sagte laut, daß der König und alle, die an diesem Tage festlich versammelt waren, es hören konnten: Ihr seid die falscheste Frau der Welt und die größte Verräterin an der Person des Königs. Bedenke, was du sagst, entgegnete Artus, du sprichst Großes aus. Ich weiß wohl, was ich sage, erwiderte Ulfius, hier ist mein Handschuh, um jedem zu beweisen, der das Gegenteil behauptet, daß Königin Igraine die Urheberin Eures großen Schadens und Eures großen Krieges ist; denn hätte sie von Eurer Herkunft gesprochen und bekannt, wie Ihr gezeugt wurdet, als König Uther Pendragon noch lebte, Ihr hättet niemals diese erbitterten Kriege führen müssen. Die meisten Barone in Euerm Reiche haben nie erfahren, wer Euch gezeugt und wer Euch zur Welt gebracht hat; sie, die Euch in ihrem Leibe getragen hat, hätte es offen bekennen sollen, zur Rechtfertigung ihrer und Eurer und des ganzen Reiches Ehre. Und so beweise ich, daß sie falsch ist gegen Gott und gegen Euch und gegen Euer ganzes Reich, und wer das Gegenteil sagt, dem will ich es an seinem Leibe beweisen. Dann sprach Igraine und sagte: Ich bin ein Weib und kann nicht fechten, aber bevor ich entehrt werden soll, möge ein tüchtiger Mann meinen Streit aufnehmen. Überdies, sagte sie, weiß Merlin sehr gut, ebenso Ihr Sir Ulfius, wie König Uther in der Gestalt meines Herren, der drei Stunden zuvor gestorben war, zu mir in die Burg Tintagil kam und in dieser Nacht mit mir ein Kind zeugte. Und dreizehn Tage danach heiratete mich König Uther, und auf sein Geheiß wurde das Kind, als es geboren war, Merlin übergeben und von ihm aufgezogen; danach habe ich das Kind nie wiedergesehen und wußte nicht, wie es heißt. Da sprach Ulfius zur Königin: Merlin ist mehr zu tadeln als Ihr.

Ich weiß wohl, sagte die Königin, daß ich ein Kind von meinem Herrn, König Uther, habe, aber ich weiß nicht, was aus ihm geworden ist. Da nahm Merlin den König bei der Hand und sagte: Das ist Eure Mutter. Und darauf legte Sir Ector Zeugnis ab, wie er Artus auf Uthers Geheiß aufgezogen hatte. Und darauf schloß König Artus seine Mutter, Königin Igraine, in die Arme und küßte sie, und sie weinten miteinander. Dann veranstaltete der König ein Fest, das acht Tage dauerte. Eines Tages kam ein Knappe zum Hofe geritten, der hatte einen tödlich verwundeten Ritter vor sich auf dem Pferd; er berichtete, im Walde habe ein Ritter bei einem Quell ein Zelt aufgeschlagen: Und der hat meinen Herrn erschlagen, einen trefflichen Ritter, sein Name war Miles. Ich bitte Euch, daß Ihr meinen Herrn begraben laßt und daß ein Ritter den Tod meines Herrn rächt. Darauf erhob sich große Unruhe am Hofe über den Tod des Ritters, und jeder gab seinen Rat. Da trat Griflet vor, der erst Knappe war und noch jung, so alt wie Artus, und bat den König, ihn für alle die Dienste, die er ihm erwiesen hatte, in den Ritterstand zu erheben.

Kapitel 22

WIE GRIFLET ZUM RITTER GESCHLAGEN WURDE UND MIT EINEM RITTER KÄMPFTE. Du bist noch zu jung an Jahren, sagte Artus, um in einen so hohen Stand einzutreten. Herr, ich bitte Euch, entgegnete Griflet, macht mich zum Ritter. Da sagte Merlin: Es wäre sehr schade, Griflet zu verlieren, denn er wird ein sehr tüchtiger Mann werden und sein ganzes Leben lang um Euch sein. Und es ist sehr unsicher, ob er wieder zurückkommt, wenn er den Kampf wagt mit jenem Ritter an dem Quell, einem der besten Ritter und der stärksten Männer in der Welt. Also gut, sagte Artus, und er schlug Griflet auf dessen Wunsch zum Ritter. Darauf sagte Artus zu Sir Griflet: Da ich dich nun zum Ritter gemacht habe, mußt du mir eine Bitte erfüllen. Was Ihr wollt, entgegnete Griflet. Du mußt mir bei deinem Leben versprechen, daß du ohne Verzug zu mir zurückkehrst, wenn du mit dem Ritter am Quell gekämpft hast, ganz gleich, ob du zu Fuß bist oder zu Pferde. Das verspreche ich Euch, sagte Griflet und nahm dann eilends sein Pferd, ergriff Schild und Lanze und ritt in scharfem Galopp, bis er an den Quell kam. Dort gewahrte er ein prächtiges Zelt, und unter einem Schutzdach aus Tuch stand ein schönes, wohlgesatteltes und -gezäumtes Pferd, und an einem Baum lehnten ein bunter Schild und eine große Lanze. Griflet schlug mit seiner Lanzenspitze gegen den Schild, daß er zu Boden fiel. Da trat der Ritter aus dem Zelt und sagte: Edler Ritter, warum werft Ihr meinen Schild um? Weil ich mit Euch kämpfen will, antwortete Griflet. Tut das lieber nicht, sagte der Ritter, denn Ihr seid noch jung und erst vor kurzem zum Ritter geschlagen worden, und Eure Kraft ist nichts gegen meine. Was das angeht, entgegnete Griflet, so will ich mit Euch kämpfen. Das tut mir leid, sagte der Ritter, doch wenn es sein muß, will ich mich wappnen. Woher seid Ihr? fragte der Ritter. Herr, ich bin von Artus' Hofe. Und die beiden Ritter stießen heftig zusammen, wobei Griflets Lanze ganz zersplitterte, und der Ritter traf Griflet durch den Schild in die linke Seite, daß die Lanze zerbrach und der Stumpf im Körper stecken blieb und Roß und Reiter zu Boden fielen.

Kapitel 23

WIE ZWÖLF RITTER VON ROM KAMEN UND VON ARTUS HULDIGUNG FORDERTEN, UND WIE ARTUS MIT EINEM RITTER KÄMPFTE. Als der Ritter ihn so am Boden liegen sah, stieg er ab und war sehr betrübt, denn er glaubte, er hätte ihn erschlagen; und dann löste er ihm den Helm und schaffte ihm Luft und setzte ihn mit dem Stumpf aufs Pferd, empfahl ihn Gott und sagte, er hätte ein tapferes Herz, und wenn er am Leben bliebe, würde er sich als trefflicher Ritter bewähren. Und so ritt Sir Griflet zum Hofe, wo großer Jammer um ihn anhub, aber durch gute Ärzte wurde er gerettet und geheilt. Um diese Zeit trafen zwölf Ritter, ältere Männer, am Hofe ein. Sie kamen vom Kaiser von Rom und forderten

Artus auf, ihm zu huldigen, andernfalls würde der Kaiser ihn und sein Reich verderben. Als Gesandte, entgegnete Artus, dürft ihr alles sagen, sonst solltet ihr dafür sterben. Dies ist meine Antwort: Ich bin dem Kaiser keine Huldigung schuldig und werde ihm keine leisten, aber auf offenem Felde will ich ihm meine Huldigung darbringen, und zwar mit einem scharfen Speer oder einem scharfen Schwert, und bis dahin soll nicht viel Zeit vergehen, bei der Seele meines Vaters Uther Pendragon. Daraufhin zogen die Gesandten sehr zornig ab, und König Artus war ebenso zornig, denn sie waren zur Unzeit gekommen, da der König wegen der Verwundung Sir Griflets überaus ergrimmt war. Und so befahl er einem seiner Kämmerer, daß noch vor Anbruch des nächsten Tages sein bestes Pferd und seine Rüstung mit allem, was dazu gehörte, vor die Stadt gebracht werden sollte. Am frühen Morgen bestieg Artus sein Pferd, nahm seinen Schild und seine Lanze auf und hieß seinen Kämmerer an der Stelle warten, bis er wiederkäme. Gemächlich ritt Artus dahin, bis es Tag wurde. Da bemerkte er drei Kerle, die Merlin verfolgten und ihn erschlagen wollten. Da ritt der König auf sie zu und rief: Flieht, ihr Mordgesellen! Und als sie einen Ritter sahen, erschraken sie und flohen. O Merlin, sagte Artus, hier wärest du bei all deinen Künsten erschlagen worden, wenn ich nicht gewesen wäre. Nein, sagte Merlin, durchaus nicht, ich hätte mich retten können, wenn ich nur gewollt hätte, aber du bist dem Tode näher als ich, wenn dir Gott nicht beisteht. Wie sie so sprachen, kamen sie zu dem Quell und dem prächtigen Zelt daneben, und Artus sah einen gewappneten Ritter auf einem Sessel sitzen. Herr Ritter, sagte Artus, aus welchem Grund verweilt Ihr hier und laßt keinen Ritter diesen Weg reiten, ohne daß er mit Euch kämpfen muß? Ich rate Euch, laßt diesen Brauch. Diesen Brauch, entgegnete der Ritter, habe ich immer geübt, und ich will ihn üben jedem zum Trotz, der nein sagt; und wem mein Brauch mißfällt, der mag ihn ändern, wenn er kann. Ich will ihn ändern, sagte Artus. Das werde ich Euch wehren, entgegnete der Ritter, stieg augenblicklich aufs Pferd und nahm Schild und Lanze, und sie stießen so scharf zusammen, daß ihre Lanzen an den Schilden ganz und gar zersplitterten. Darauf zog Artus sein Schwert. Nein, nicht so, sagte der Ritter, es ist gerechter, daß wir beide noch einmal mit scharfen Lanzen gegeneinanderreiten. Das wollte ich gern, entgegnete Artus, wenn ich noch eine Lanze hätte. Ich habe genug, sagte der Ritter, und es kam ein Knappe und brachte zwei gute Lanzen, und Artus wählte die eine und der Ritter die andere. Nun spornten sie ihre Pferde und stießen mit aller Kraft zusammen, daß beider Lanzen zerbrachen. Da legte Artus die Hand an sein Schwert. Nein, sagte der Ritter, Ihr sollt Besseres leisten; Ihr seid einer der besten Tjoster, die ich je getroffen habe, und dem hohen Stand der Ritterschaft zuliebe laßt uns noch einmal tjosten. Ich bin einverstanden, sagte Artus. Sofort brachte man zwei große Lanzen, und jeder Ritter nahm eine, und sie ritten gegeneinander, und Artus' Lanze zersplitterte. Aber der Ritter stieß ihn so gewaltig mitten auf den Schild, daß Roß und Reiter zu Boden fielen. Darüber ergrimmte Artus, zog sein Schwert und sagte: Ich will mit Euch, Herr Ritter, zu Fuß kämpfen, denn zu Pferde bin ich besiegt worden. Ich will zu Pferde bleiben, erwiderte der Ritter. Da geriet Artus in Zorn und ging mit erhobenem Schild und gezogenem Schwert auf ihn los. Als der Ritter das sah, hielt er es nicht für ehrenhaft, über einen Ritter solchen Vorteil zu haben, er zu Pferde und der andere zu Fuß, und er stieg ab und trat Artus mit erhobenem Schild entgegen. Da begann ein heftiger Kampf mit vielen guten Streichen. Sie hieben mit ihren Schwertern so gewaltig drein, daß die Stücke flogen und beide viel Blut verloren, bis der ganze Kampfplatz davon bedeckt war. So kämpften sie lange und ruhten sich aus und kämpften von neuem und rannten gegeneinander wie zwei Widder, daß beide zu Boden fielen. Zuletzt hieben sie so aufeinander ein, daß ihre beiden Schwerter zusammenprallten; das Schwert des Ritters schnitt das des Königs in zwei Stücke, worüber Artus sehr betroffen war. Da sagte der Ritter zu Artus: Du bist in meiner Gewalt, und ich kann dich schonen oder töten, wenn ich will, und falls du dich nicht als überwunden bekennst und um Gnade bittest, sollst du sterben. Was den Tod angeht, erwiderte Artus, der sei mir willkommen. Ehe ich mich dir ergebe und um Gnade bitte, will ich lieber sterben als mit solcher Schande leben. Und damit stürzte sich der König auf den Ritter, packte ihn in der Mitte, warf ihn nieder und riß ihm den Helm herunter. Da erschrak der Ritter, doch er war ein sehr starker Mann und brachte Artus bald unter sich und nahm ihm den Helm ab und wollte ihm den Kopf abschlagen.

WIE MERLIN ARTUS DAS LEBEN RETTETE, EINEN ZAUBER ÜBER KÖNIG PELLINORE WARF UND IHN IN SCHLAF VERSETZTE. Da kam Merlin dazu und rief: Ritter, halte ein, denn wenn du diesen Ritter tötest, bringst du das Reich in die größte Not, in der je ein Reich war; denn dieser Ritter ist ein Mann von höherem Rang, als du glaubst. Wieso, wer ist es? fragte der Ritter. Es ist König Artus. Da wollte der Ritter ihn aus Furcht vor seinem Zorn erschlagen und hob sein Schwert, doch Merlin warf einen Zauber auf ihn, daß er in tiefem Schlaf zur Erde sank. Dann hob Merlin König Artus auf und ritt auf dem Pferd des Ritters davon. Ach, sagte Artus, was hast du getan, Merlin? Hast du diesen trefflichen Ritter mit deinen Künsten erschlagen? Es lebt kein so ruhmvoller Ritter wie er, und ich wollte lieber für ein Jahr auf mein Land verzichten, wenn er nur lebte. Sorgt Euch nicht, antwortete Merlin, es geht

ihm besser als Euch; denn er schläft nur und wird in drei Stunden aufwachen. Ich habe Euch gesagt, fuhr Merlin fort, was für ein Ritter er ist. Ihr wäret hier erschlagen worden, wenn ich nicht gewesen wäre. Es gibt keinen stärkeren Ritter als ihn, und er wird Euch später sehr gute Dienste leisten. Sein Name ist Pellinore, und er wird zwei Söhne haben, aus denen einmal tüchtige Männer werden; mit einer Ausnahme werden sie an Tapferkeit und trefflicher Lebensart niemand ihresgleichen finden, und ihre Namen werden sein Parzival und Lamorak, und dieser wird Euch den Namen Eures Sohnes nennen, den Ihr mit Eurer Schwester gezeugt habt und der Zerstörung über dieses Reich bringen wird.

WIE ARTUS MIT MERLINS HILFE SEIN SCHWERT VON DER DAME VOM SEE ERHIELT. So ritten der König und Merlin zu einem Einsiedler, der ein frommer Mann und guter Arzt war. Und der Einsiedler untersuchte alle Wunden des Königs und gab ihm wirksame Salben, und die Wunden waren nach drei Tagen so gut geheilt, daß der König weiterreiten konnte. Während sie dahinritten, sagte Artus: Ich habe kein Schwert. Das macht nichts, entgegnete Merlin, hier in der Nähe ist ein Schwert, das soll Euch gehören, wenn ich es vermag. So ritten sie, bis sie an einen klaren und breiten See kamen, und in der Mitte des Sees sah Artus einen Arm, der in weißen Brokat gekleidet war und ein prächtiges Schwert in der Hand hielt. Seht, sagte Merlin, dort ist das Schwert, von dem ich sprach. Und da bemerkten sie ein Fräulein, das auf dem See fuhr. Was für ein Fräulein ist das? fragte Artus. Das ist die Dame vom See, antwortete Merlin, und mitten im See steht ein Felsen, und darin ist ein Palast, so schön wie nur einer auf Erden und reich ausgestattet. Wenn dieses Fräulein jetzt zu Euch kommt, dann redet freundlich mit ihr, damit sie Euch das Schwert gibt. Da kam das Fräulein zu Artus und grüßte ihn, und er grüßte sie wieder. Fräulein, sagte Artus, was ist das für ein Schwert, das der Arm dort aus dem Wasser hält? Ich wünschte, er gehörte mir, denn ich habe kein Schwert. König Artus, antwortete das Fräulein, das Schwert gehört mir, aber gebt Ihr mir ein Geschenk, wenn ich darum bitte, so sollt Ihr es haben. Bei meiner Ehre, sagte Artus, ich will Euch jedes Geschenk geben, um das Ihr bittet. Gut, entgegnete das Fräulein, rudert mit jenem Boot zu dem Schwert und nehmt es samt der Scheide mit Euch, und ich will Euch um mein Geschenk bitten, sobald die Zeit dafür kommt. Da saßen Artus und Merlin ab, banden ihre Pferde an zwei Bäume und stiegen in das Boot, und als sie zu der Hand kamen, die das Schwert hielt, faßte es Artus am Griff und nahm es mit, und der Arm und die Hand sanken ins Wasser. Bald erreichten sie das Ufer und ritten davon, und da sah Artus ein prächtiges Zelt. Was bedeutet das Zelt dort? Es ist das Zelt des Ritters Pellinore, antwortete Merlin, mit dem Ihr neulich gekämpft habt, aber er ist nicht da. Er hat Streit mit einem Eurer Ritter namens Egglame, und sie haben miteinander gekämpft, doch am Ende ist Egglame geflohen, sonst wäre er getötet worden. Pellinore hat ihn bis nach Carlion verfolgt, und wir werden ihn bald auf unserer Straße treffen. Das höre ich gern, sagte Artus, jetzt habe ich ein Schwert, und jetzt will ich mit ihm kämpfen und mich an ihm rächen. Herr, das sollt Ihr nicht, entgegnete Merlin, denn der Ritter ist müde von Kampf und Verfolgung, so daß es Euch keine Ehre einbringt, wenn Ihr Euch jetzt mit ihm anlegt; auch kommt ihm unter den lebenden Rittern kaum einer gleich, und deshalb rate ich Euch, laßt ihn ziehen, denn er wird Euch in kurzer Zeit gute Dienste leisten, und nach ihm seine Söhne. Ihr werdet schon bald den Tag erleben, an dem Ihr ihm mit Freuden Eure Schwester zur Frau gebt. Wenn ich ihm begegne, will ich Euern Rat befolgen, sagte Artus. Dann besah sich Sir Artus das Schwert, und es gefiel ihm sehr. Was gefällt Euch besser, fragte Merlin, das Schwert oder die Scheide? Mir gefällt das Schwert besser, entgegnete Artus. Ihr seid sehr töricht, sagte Merlin, die Scheide ist zehn Schwerter wert; denn solange Ihr die Scheide an Euch tragt, werdet Ihr kein Blut verlieren, und wenn Ihr noch so schwer verwundet seid; deshalb achtet gut darauf, daß Ihr die Scheide stets bei Euch habt. So ritten sie nach Carlion, und unterwegs trafen sie auf Sir Pellinore; doch Merlin hatte einen Zauber gewirkt, daß Pellinore Artus nicht sah und ohne ein Wort vorüberritt. Ich wundere mich, sagte Artus, daß der Ritter nicht gesprochen hat. Herr, entgegnete Merlin, er hat Euch nicht gesehen; denn sonst wäret Ihr nicht so leicht davongekommen. Schließlich erreichten sie Carlion, wo Artus' Ritter über seine Rückkehr sehr froh waren. Und als sie von seinen Abenteuern hörten, staunten sie, daß er sich allein solchen Gefahren ausgesetzt hatte. Aber alle Männer von Ehre meinten, es sei eine große Freude, unter solch einem Oberherrn zu dienen, der sich selbst in Abenteuer begebe wie irgendein namenloser Ritter.

Kap. 26

WIE BOTSCHAFT ZU ARTUS KAM, DASS KÖNIG RIENCE ELF KÖNIGE BEZWUNGEN HATTE, UND WIE ER VON ARTUS DEN BART ALS BESATZ FÜR SEINEN MANTEL BEGEHRTE. Unterdessen kam ein Bote des Königs Rience von Nordwales, der auch als König über ganz Irland und viele Inseln herrschte. Und dies war seine Botschaft, mit Grüßen an König Artus in üblicher Art, daß König Rience elf Könige geschlagen und unterworfen und ihm jeder von ihnen seine Huldigungen dargebracht habe, indem er ihm seinen ganzen, sauber ausgerissenen Bart gab, und so sei nun der Bote auch um König Artus' Bart gekommen. König Rience besitze einen mit Königsbärten verzierten Mantel, und auf dem sei noch ein Platz frei, und deshalb habe er um Artus' Bart geschickt; sonst werde er in seine Länder einfallen und sengen und töten und nicht ruhen, bis er Haupt und Bart des Artus hätte. Nun, sagt Artus, deine Botschaft ist die bübischste und hundsföttischste, die man jemals einem König bringen hörte; du siehst auch, mein Bart ist viel zu jung, um einen Mantelschmuck daraus zu machen. Doch sage deinem König dies: Ich bin ihm keine Huldigung schuldig, so wenig wie je einer meiner Vorfahren, aber binnen kurzem soll er mir, bei meiner Ehre, auf beiden Knien Huldigung leisten oder seinen Kopf verlieren. Ich sehe, dein König ist noch nie mit einem Mann von Ehre zusammengetroffen, aber sage ihm, ich will seinen Kopf haben, wenn er mir nicht huldigt. Darauf nahm der Bote Abschied. Ist jemand hier, sagte Artus, der König Rience kennt? Da antwortete ein Ritter namens Naram: Herr, ich kenne den König gut, er ist ein sehr starker Mann und sehr stolz. Zweifelt nicht daran, er wird mit einer gewaltigen Streitmacht Krieg gegen Euch führen. Gut, sagte Artus, ich werde mich schon bald mit ihm beschäftigen.

WIE ALLE KINDER GEHOLT WURDEN, DIE UM DEN ERSTEN MAI GEBOREN WAREN, UND WIE MORDRED GERETTET WURDE.

Dann ließ König Artus nach allen Kindern schicken, die um den ersten Mai geboren, von Herren gezeugt und von Damen zur Welt gebracht worden waren; denn Merlin hatte ihm gesagt, derjenige, der ihn vernichten würde, wäre am ersten Mai geboren. Deshalb ließ Artus sie alle kommen, bei Strafe des Todes. Und so wurden viele Söhne von Herren ausfindig gemacht und zum König geschickt, auch Mordred, der Sohn von König Lots Weib, und alle Kinder wurden auf ein Schiff gebracht, einige vier Wochen alt, andere noch jünger. Und es geschah, daß das Schiff auf ein Riff lief und in Stücke zerschellte. Fast alle kamen ums Leben, nur Mordred wurde an Land gespült, wo ihn ein braver Mann fand, der ihn aufzog, bis er vierzehn Jahre alt war, und ihn dann an den Hof brachte. So waren viele Herren und Barone dieses Reiches erzürnt, denn sie hatten ihre Kinder verloren, und viele gaben mehr noch als Artus Merlin die Schuld, doch aus Furcht oder Liebe hielten sie Frieden. Als aber der Bote zu König Rience kam, ergrimmte dieser über alle Maßen und rüstete ein mächtiges Heer, wie in dem Buch von Balin le Savage erzählt wird, das zunächst folgt und berichtet, wie es Balin glückte, das Schwert zu erwerben.

2. Buch

VON EINEM FRÄULEIN, DAS MIT EINEM SCHWERT AM GÜRTEL DAHERKAM UND EINEN MANN SUCHTE, DER ES AUS DER SCHEIDE ZIEHEN KONNTE.

WÄHREND König Artus in London weilte, geschah es, daß ein Ritter kam und ihm Nachricht brachte, König Rience von Nordwales habe ein großes Heer aufgeboten und sei sengend und mordend über sein Land und seine treuen Vasallen hergefallen. Wenn das wahr ist, sagte Artus, wäre es eine große Schande für mein Reich, wenn wir ihm nicht mit aller Kraft entgegenträten. Es ist wahr, entgegnete der Ritter, denn ich habe das Heer selber gesehen. So laßt ausrufen, sagte der König, daß alle Barone, Ritter und Waffenträger zur Burg Camelot ziehen sollen. Dort wird der König Kriegsrat halten und ein großes Turnier veranstalten. Als sich nun der König mit all seinen Baronen auf der Burg eingefunden hatte und alle nach ihrem Wunsch untergebracht waren, da kam ein Fräulein mit einer Botschaft von der edlen Frau Lile von Avalon. Und als sie vor den König trat, erzählte sie, von wem sie käme und wie sie als Bote zu ihm gesandt worden sei. Dann ließ sie ihren Mantel fallen, der reich mit Pelz besetzt war, und da hatte sie ein prächtiges Schwert umgegürtet, worüber sich der König wunderte und fragte: Fräulein, aus welchem Grund habt Ihr Euch dieses Schwert umgegürtet? Es steht Euch nicht. Ich will es Euch sagen, erwiderte das Fräulein. Dieses Schwert, mit dem ich gegürtet bin, macht mir viel Kummer und Beschwerden, denn ich kann von dem Schwert nur durch einen Ritter befreit werden, der ein vortrefflicher Mann und ohne Falschheit und Tücke und ohne Verrat ist. Wenn ich einen Ritter finde, der alle diese Tugenden besitzt, so kann er das Schwert aus der Scheide ziehen. Ich bin schon am Hofe des Königs

Rience gewesen, denn dort sollten treffliche Ritter leben; doch weder der König noch die Ritter konnten das Schwert bewegen. Wenn es wahr ist, sagte Artus, so ist das ein großes Wunder. Ich will es selbst versuchen, nicht weil ich mir einbilde, ich wäre der beste Ritter, sondern ich will beginnen, um allen anderen Herren ein Beispiel zu geben, daß sie es dann einer nach dem anderen versuchen. Da packte Artus das Schwert an der Scheide und am Griff und zog heftig daran, aber das Schwert ging nicht heraus. Herr, sagte das Fräulein, Ihr braucht nicht so stark zu ziehen, denn derjenige, der es herausziehen soll, wird es mit geringer Kraft schaffen. Ihr sprecht gut, sagte Artus; und nun, ihr Herren, versucht ihr es, doch hütet euch, daß ihr nicht durch Schande oder Arglist befleckt seid. Dann ist es zwecklos, sagte das Fräulein, denn es muß ein reiner Ritter ohne Falsch sein, der von Vater- und Mutterseite her aus adligem Geschlecht stammt. Die meisten Ritter von der Tafelrunde, die anwesend waren, versuchten es der Reihe nach, aber keinem gelang es. Da begann das Fräulein zu klagen und sagte: Ach! ich glaubte, an diesem Hofe gäbe es die besten Ritter ohne Falschheit und Verrat. Bei meiner Ehre, entgegnete Artus, hier sind so gute Ritter wie nirgendwo auf der Welt, aber es ist ihnen nicht die Gnade zuteil geworden, Euch zu helfen, und das betrübt mich sehr.

WIE BALIN, ALS EIN ARMER RITTER VERKLEIDET, DAS SCHWERT HERAUSZOG, DAS IHM SPÄTER DEN TOD BRACHTE. ❧ Da traf es sich, daß gerade ein armer Ritter aus Northumberland bei König Artus weilte. Er war über ein halbes Jahr von Artus gefangengehalten worden, weil er einen Ritter, einen Vetter des Königs, erschlagen hatte. Balin, so hieß der Ritter, war durch die Fürsprache der Barone freigelassen worden, denn er war ein sehr tapferer Mann. Heimlich war er in den Hof gegangen und hatte den

Vorgang beobachtet, der sein Herz schneller schlagen ließ, denn er wollte es gern wie die anderen Ritter versuchen. Aber da er ärmlich und schlecht gekleidet war, getraute er sich nicht so recht ins Gedränge. Doch in seinem Herzen war er fest überzeugt, er könne es mit Gottes Gnade ebenso herausziehen wie irgendein anderer Ritter. Und als sich das Fräulein von Artus und seinen Rittern verabschiedete, ging Balin auf sie zu und sagte: Fräulein, ich bitte Euch um eine Gunst: Laßt es mich ebenso versuchen wie diese Herren; wenn ich auch ärmlich gekleidet bin, so bin ich doch, scheint mir, nicht schlechter als manche von den anderen, und ich glaube in meinem Herzen, ich könnte es vollbringen. Das Fräulein schaute den armen Ritter an und sah, daß er ein stattlicher Mann war; aber wegen seiner ärmlichen Kleidung meinte sie, er wäre kein Ehrenmann ohne Falschheit und Verrat. Daher sprach sie zu dem Ritter: Herr, es ist nicht nötig, daß Ihr mir Schmerz und Qual vergrößert, denn es sieht nicht so aus, als ob Ihr Erfolg hättet, wo die anderen versagten. Ach, schönes Fräulein, erwiderte Balin, Wert, gute Eigenschaften und gute Taten stecken nicht in der Kleidung, sondern Mannhaftigkeit und Ehre sind in der Person verborgen, und mancher treffliche Ritter ist nicht allen Leuten bekannt. Bei Gott, sagte das Fräulein, Ihr sprecht wahr; deshalb sollt Ihr versuchen, was Ihr zu tun vermögt. Darauf nahm Balin das Schwert beim Griff und an der Scheide und zog es mit Leichtigkeit heraus, und als er das Schwert besah, gefiel es ihm gut. Da staunten der König und alle Barone sehr, daß Balin die Probe bestanden hatte, und viele Ritter waren neidisch auf Balin. Dies ist gewiß ein sehr tüchtiger Ritter, sagte das Fräulein, und der beste, den ich je gefunden habe, und der ehrenhafteste, ohne Falschheit, Verrat oder Bosheit, und er wird noch viele wunderbare Taten vollbringen. Doch jetzt, edler und höflicher Ritter, gebt mir das Schwert wieder. Nein, entgegnete Balin, dieses Schwert will ich behalten, wenn es mir nicht mit Gewalt genommen wird. Hört, sagte das Fräulein, Ihr handelt nicht klug, wenn Ihr mir das Schwert nehmt, denn Ihr werdet damit Euern besten Freund erschlagen, den Mann, den Ihr am meisten liebt auf der Welt, und das Schwert wird Euer Untergang sein. Ich will auf mich nehmen, entgegnete Balin, was Gott mir bestimmt, aber das Schwert sollt Ihr jetzt nicht bekommen, bei meinem Leben. Das werdet Ihr bald bereuen, sagte das Fräulein, ich wollte das Schwert eher zu Euerm Vorteil zurückhaben als zu meinem. Ich bin um Euretwillen sehr traurig, wollt Ihr doch nicht glauben, daß das Schwert Euer Untergang sein wird. Damit entfernte sich das Fräulein und klagte gar sehr. Gleich darauf schickte Balin nach seinem Pferd und seiner Rüstung und wollte den Hof verlassen und von König Artus Abschied nehmen. Nein, sagte der König, ich meine, Ihr solltet nicht so leicht aus diesem Kreise scheiden; Ihr seid vielleicht verstimmt, weil ich Euch Unfreundlichkeit gezeigt habe; tadelt mich deshalb nicht so sehr, denn ich war falsch unterrichtet über Euch und hielt Euch nicht für einen so ehrenhaften und trefflichen Ritter. Wenn Ihr an diesem Hofe unter meinen Gefährten bleiben wollt, dann will ich Euch so fördern, daß Ihr zufrieden sein sollt. Gott danke Eurer Hoheit, entgegnete Balin, Eure Güte und Euern Edelmut kann keiner genug rühmen; aber ich muß jetzt fort von hier, und ich ersuche Euch, mir immer gnädig zu sein. Wahrlich, sprach der König, mich kränkt Euer Scheiden; und ich bitte Euch, bleibt nicht lange weg. Ihr sollt mir und meinen Baronen willkommen sein, und ich werde alles Unrecht wiedergutmachen, das ich Euch angetan habe. Gott danke Eurer Herrlichkeit, sagte Balin und machte sich reisefertig. Die meisten Ritter der Tafelrunde meinten aber, Balin hätte dieses Abenteuer nicht aus eigner Kraft bestanden, sondern durch Zauberei.

Kapitel 3

WIE DIE DAME VOM SEE DEN KOPF DES RITTERS, DER DAS SCHWERT HERAUSGEZOGEN HATTE, ODER DEN KOPF DES FRÄULEINS BEGEHRTE.

Während sich dieser Ritter zur Reise rüstete,

kam die Dame vom See an den Hof. Sie kam zu Pferde, reich gekleidet, und grüßte König Artus und verlangte das Geschenk, das er ihr versprochen hatte, als sie ihm das Schwert gab. Das ist wahr, sagte Artus, ein Geschenk habe ich Euch versprochen, aber ich habe den Namen des Schwertes vergessen, das Ihr mir gabt. Das Schwert, erwiderte die Dame, heißt Excalibur, das bedeutet soviel wie Schneidestahl. Es ist gut, sagte der König, verlangt, was Ihr wollt, und Ihr sollt es haben, wenn es in meiner Macht steht. Da sprach die Dame: Ich verlange den Kopf des Ritters, der das Schwert genommen hat, oder den Kopf des Fräuleins, das es brachte; ich habe auch nichts dagegen, wenn ich beider Köpfe bekomme, denn er hat meinen Bruder, einen trefflichen und wahrhaftigen Ritter, erschlagen, und das Fräulein war schuld am Tode meines Vaters. Wahrlich, antwortete Artus, als Mann von Ehre kann ich Euch keinen der beiden Köpfe geben. Verlangt etwas anderes, und ich werde Euern Wunsch erfüllen. Ich verlange nichts anderes, entgegnete die Dame. Als Balin zur Abreise fertig war, erblickte er die Dame vom See, die mit ihren Künsten Balins Mutter getötet und die er drei Jahre lang gesucht hatte. Als er erfuhr, daß sie von König Artus seinen Kopf verlangt habe, ging er stracks auf sie zu und sagte: Übel soll es Euch ergehen! Ihr wolltet meinen Kopf haben, und darum sollt Ihr Euern verlieren. Und mit seinem Schwert schlug er ihr mit Leichtigkeit vor des Königs Augen den Kopf ab. Welche Schande! rief Artus, warum habt Ihr das getan? Ihr habt mich und meinen ganzen Hof entehrt, denn das war eine Dame, der ich verpflichtet war und die unter meinem freien Geleit herkam. Ich werde Euch diesen Frevel niemals verzeihen. Herr, sagte Balin, es tut mir leid, daß ich Euern Zorn errege, aber diese Dame war die heimtückischste Frau, die es je gab. Durch Zauberei und Hexenkünste hat sie manchen wackeren Ritter getötet, und sie war in ihrer Falschheit und Tücke schuld daran, daß meine Mutter verbrannt wurde. Was Ihr auch immer für einen Grund hattet, entgegnete Artus, in meiner Gegenwart mußtet Ihr sie schonen, Ihr sollt es bereuen, denn einen solchen Frevel habe ich noch nie an meinem Hofe erlebt. Verlaßt deshalb meinen Hof, so schnell Ihr könnt. Da hob Balin den Kopf der Dame auf und nahm ihn mit in sein Gemach, und dort traf er seinen Knappen, der es bedauerte, daß Balin das Mißfallen des Königs erregt hatte. Dann ritten sie zur Stadt hinaus. Jetzt müssen wir uns trennen, sagte Balin, nimm du diesen Kopf und trage ihn zu meinen Freunden und erzähle ihnen, wie es mir ergangen ist. Berichte meinen Freunden in Northumberland, daß mein schlimmster Feind tot ist; erzähle ihnen auch, daß ich aus dem Gefängnis freigekommen bin und welches Abenteuer ich beim Erlangen dieses Schwertes zu bestehen hatte. Ach, antwortete der Knappe, Ihr seid sehr zu tadeln, daß Ihr König Artus erzürnt habt. Aus diesem Grunde, sagte Balin, will ich in aller Eile gegen König Rience ziehen und ihn vernichten oder dabei sterben, und wenn es mir gelingen sollte, ihn zu unterwerfen, wird mir König Artus ein guter und gnädiger Herr sein. Und wo soll ich mit Euch wieder zusammentreffen? fragte der Knappe ihn. Am Hofe von König Artus, antwortete Balin, und so gingen sie beide auseinander. Artus aber und mit ihm der ganze Hof trauerten sehr und waren beschämt über den Tod der Dame vom See, und der König ließ sie mit großem Gepränge feierlich bestatten.

WIE MERLIN DIE GESCHICHTE DIESES FRÄULEINS ERZÄHLTE. Zu jener Zeit lebte ein Ritter namens Lanceor, der Sohn des Königs von Irland, der war hochmütig und hielt sich für einen der besten am Hofe, und er haßte Balin, weil er das Schwert erworben hatte und als kühner und tapferer angesehen wurde. Er bat König Artus um Erlaubnis, Balin nachzureiten und den Schimpf, den er ihnen angetan hatte, zu rächen. Tut Euer

Bestes, sagte Artus, ich bin sehr zornig auf Balin, und ich wollte, er würde für die Schande, die er mir und meinem Hof bereitet hat, bestraft. Da ging Lanceor in sein Gemach und rüstete sich. Unterdessen kam Merlin zum Hof von König Artus, und die Geschichte mit dem Schwert und der Tod der Dame vom See wurden ihm berichtet. Ich sage Euch, rief Merlin, das Fräulein, das das Schwert zum Hof gebracht hat, ist das falscheste Fräulein der Welt. Sage das nicht, entgegneten sie. Ich will euch den Grund ihres Kommens nennen: Sie hat einen Bruder, einen trefflichen, tapferen und treuen Ritter, und sie liebte einen anderen Ritter, der sie zur Buhle nahm. Ihr Bruder kämpfte mit diesem Ritter und erschlug ihn. Als das falsche Fräulein vom Tod des Ritters erfuhr, ging sie zur edlen Frau Lile von Avalon und bat sie um Hilfe, um sich an ihrem eigenen Bruder für diese große Schmach zu rächen.

WIE BALIN VON SIR LANCEOR, EINEM RITTER AUS IRLAND, VERFOLGT WURDE, UND WIE ER MIT IHM KÄMPFTE UND IHN ERSCHLUG. ❧ Und so gab ihr Frau Lile von Avalon dieses Schwert, das sie bei sich trug, und sagte ihr, kein Mann sollte es aus der Scheide ziehen können, wenn er nicht einer der besten, stärksten und kühnsten Ritter dieses Reiches wäre, und der sollte mit dem Schwert ihren Bruder erschlagen. Das war der Grund, weshalb das Fräulein an den Hof kam. Wollte Gott, sie wäre nie erschienen, aber sie ist noch nie im Gefolge der Ehre gekommen, um Gutes zu tun, sondern immer nur, um großen Schaden zu stiften. Der Ritter, der das Schwert genommen hat, wird durch dieses Schwert umkommen, und das ist ein schwerer Verlust, denn es lebt kein tapfrerer Ritter als er, und er wird Euch, Herr Artus, große Ehre und Freundlichkeit erweisen. Nun wappnete sich der Ritter aus Irland in aller Sorgfalt, hob seinen Schild auf die Schulter und bestieg sein Pferd. Er nahm den Speer in die Hand und ritt Balin nach, so schnell sein Pferd laufen konnte. Schon nach kurzer Zeit erblickte er Balin auf einem Berg. Da rief er mit lauter Stimme: Halt, Ritter! Halten sollt Ihr, ob Ihr wollt oder nicht, und der Schild, den Ihr vor Euch tragt, soll Euch nicht helfen. Als Balin die Stimme hörte, wendete er rasch sein Pferd und sagte: Edler Ritter, was wollt Ihr von mir? Wollt Ihr mit mir kämpfen? Ja, antwortete der irische Ritter, deshalb bin ich Euch nachgeritten. Vielleicht wäre es besser gewesen, sagte Balin, wenn Ihr zu Hause geblieben wärt, denn mancher Mann glaubt, seinem Feind eine Lehre erteilen zu können, doch oft wird sie ihm selbst erteilt. Von welchem Hof seid Ihr geschickt? fragte Balin. Ich komme vom Hofe des Königs Artus, erwiderte der Ritter aus Irland, um die Schande zu rächen, die Ihr heute ihm und seinem Hof angetan habt. Ich sehe wohl, sagte Balin, ich muß mit Euch kämpfen, doch es tut mir leid, König Artus oder einen von seinem Hof zu kränken, überdies ist Euer Streit mit mir ganz töricht, denn die tote Dame hat mir großen Schaden zugefügt, sonst hätte ich ebensowenig wie ein anderer Ritter eine Dame erschlagen. Macht Euch fertig, sagte der Ritter Lanceor, und stellt Euch gegen mich, denn einer von uns soll auf dem Kampfplatz bleiben. Dann legten beide ihre Lanzen ein und rannten mit der vollen Wucht ihrer Pferde gegeneinander, und der irische Ritter schlug Balin auf den Schild, daß dabei seine Lanze zersplitterte. Balins Lanze hingegen traf ihn so gewaltig, daß sie den Schild durchbohrte und das Panzerhemd durchstieß und durch den Leib des Ritters in den Rücken des Pferdes fuhr. Darauf wendete Balin rasch sein Pferd und zog das Schwert und wußte nicht, daß er Lanceor erschlagen hatte, und dann sah er ihn tot am Boden liegen.

Kapitel 6

WIE EIN FRÄULEIN, DAS LANCEOR LIEBTE, SICH AUS LIEBE UMBRACHTE, UND WIE BALIN SEINEN BRUDER BALAN TRAF.

Er schaute sich um und erblickte ein Fräulein, das auf einem schönen Zelter in vollem Galopp angesprengt kam. Und als sie sah, daß Lanceor tot war, klagte sie über die Maßen und sagte: O Balin, zwei Leiber hast du erschlagen und ein Herz, und zwei Herzen in einem Leib, und zwei Seelen hast du zugrunde gerichtet. Und damit ergriff sie das Schwert ihres toten Liebsten und fiel ohnmächtig zu Boden. Als sie wieder aufstand, erhob sie ein jammervolles Klagen, das Balin tief ins Herz schnitt, und er ging zu ihr, um ihr das Schwert aus der Hand zu nehmen, aber sie hielt es so fest, daß er es ihr nicht hätte entwinden können, ohne ihr weh zu tun, und plötzlich setzte sie den Knauf auf die Erde und stürzte sich in das Schwert. Als Balin sah, was sie getan hatte, war er sehr betrübt und beschämt, daß ein so schönes Fräulein sich aus Liebe zu dem Toten umgebracht hatte. Ach, sagte Balin, um der Liebe dieses Fräuleins willen jammert mich der Tod dieses Ritters sehr, denn zwischen beiden war echte Liebe. Vor Kummer konnte er nicht länger hinsehen, sondern wendete sein Pferd in Richtung auf einen großen Wald, und dort erblickte er seinen Bruder Balan, den er am Wappen erkannt hatte. Als sie zusammentrafen, nahmen sie ihre Helme ab, küßten einander und weinten vor Freude und Rührung. Dann sagte Balan: Ich hätte nicht gedacht, dich so plötzlich zu treffen; ich bin sehr froh über deine Befreiung aus der schrecklichen Kerkerhaft. Davon hat mir ein Mann auf der Burg Zu den vier Steinen berichtet, der dich am Hofe von König Artus sah. Deshalb bin ich in dieses Land gekommen, denn ich hoffte, dich hier zu finden. Darauf erzählte der Ritter Balin seinem Bruder von dem Abenteuer mit dem Schwert und dem Tod der Dame vom See und wie er bei König Artus in Ungnade gefallen war: Deshalb schickte Artus mir diesen Ritter nach, der hier tot liegt, und der Tod dieses Fräuleins jammert mich sehr. Und mich nicht minder, entgegnete Balan, aber du mußt alles so nehmen, wie Gott es dir bestimmt. Ich bin wahrhaftig sehr betrübt, sagte Balin, daß mir König Artus zürnt, denn er ist der würdigste aller Ritter, die auf Erden regieren, und ich will seine Freundschaft unbedingt wiedergewinnen und dafür auch gerne mein Leben wagen. König Rience belagert mit seinen Rittern die Burg Terrabil, und dorthin laßt uns in aller Eile ziehen und unsere Ehre und Tapferkeit gegen ihn beweisen. Das ist mir recht, antwortete Balan, und wir wollen einander helfen, wie es sich für Brüder ziemt.

Kapitel 7

WIE EIN ZWERG BALIN WEGEN LANCEORS TOD VORWÜRFE MACHTE, UND WIE KÖNIG MARKE VON CORNWALL SIE FAND UND EIN GRABMAL FÜR SIE ERRICHTETE. Nun laß uns gehen, sagte Balin, wie gut, daß wir uns getroffen haben. Während sie miteinander sprachen, kam ein Zwerg aus der Stadt Camelot, so schnell er konnte, angeritten und fand die Leichname, worauf er laut zu klagen anfing, sich vor Kummer die Haare raufte und rief: Wer von euch Rittern hat diese Tat verübt? Weshalb fragst du? sagte Balan. Weil ich es wissen will, antwortete der Zwerg. Ich war es, sagte Balin, der diesen Ritter erschlug, denn er verfolgte mich, und entweder mußte ich ihn erschlagen, oder er hätte es getan, und dieses Fräulein nahm sich aus Liebe zu ihm das Leben, was mir bitter leid tut, und um ihretwillen werde ich allen Frauen um so größere Liebe bezeigen. Wehe, sagte der Zwerg, du hast dir selbst großen Schaden zugefügt, denn dieser Ritter, der jetzt tot daliegt, war einer der tapfersten Männer. Glaube mir, Balin, die ganze Sippe des Ritters wird dich durch die Welt hetzen, bis sie dich erschlagen haben. Davor habe ich keine große Furcht, erwiderte Balin, aber ich bin sehr betrübt darüber, daß ich meinem König Artus mit dem Tode dieses Ritters neuen Kummer mache. Während sie so miteinander sprachen, kam ein König von Cornwall angeritten, der König Marke hieß. Und als er die beiden Toten sah und von den Rittern erfuhr, wie sie gestorben waren, erhob der König großes Klagen wegen der treuen Liebe, die zwischen beiden gewesen war, und sagte: Ich will nicht weiterziehen, bis ich auf diesem Fleck Erde ein Grabmal errichtet habe. So schlug er seine Zelte auf und suchte in der ganzen Umgegend nach einem großen Grabstein, bis er in einer Kirche einen fand, der sehr schön war und reich verziert, und der König ließ beide begraben und errichtete den großen Grabstein darüber und schrieb ihre Namen auf den Stein: Hier liegen Lanceor, der Sohn des Königs von Irland, der nach eigenem Willen erschlagen wurde von Balins Hand, und seine Geliebte, Colombe, die sich aus Kummer und Schmerz darüber mit dem Schwert ihres Geliebten selbst tötete.

Kap. 8

WIE MERLIN PROPHEZEITE, DASS DIE BEIDEN BESTEN RITTER DER WELT DORT KÄMPFEN WÜRDEN, NÄMLICH SIR LANZELOT UND SIR TRISTAN.

Während dies noch im Gange war, kam Merlin hinzu, und als er König Markes Tun sah, sagte er: Hier an diesem Ort wird der härteste Kampf, der je war und sein wird, zwischen zwei Rittern, den treuesten Freunden, stattfinden, und doch wird keiner den anderen erschlagen. Und Merlin schrieb ihre Namen in goldenen Buchstaben auf den Grabstein: Lanzelot vom See und Tristan. Du bist ein merkwürdiger Mann, sagte König Marke zu Merlin, du sprichst von Wundern und bist doch ein so grobschlächtiger Kerl, daß es dir nicht ansteht, von solchen Taten zu reden. Wie ist dein Name? fragte König Marke. Das will ich dir jetzt nicht sagen, antwortete Merlin, aber wenn Sir Tristan bei seiner erhabenen Herrin ergriffen wird, sollt Ihr meinen Namen kennenlernen. Dann werdet Ihr Neuigkeiten hören, die Euch gewiß nicht gefallen. Und zu Balin sagte Merlin: Du hast dir großen

Schaden angetan, weil du die Dame, die sich umgebracht hat, nicht vorher gerettet hast; sie hätte gerettet werden können, wenn du nur gewollt hättest. Bei meiner Ehre, antwortete Balin, ich hätte sie nicht retten können, so unerwartet tötete sie sich. Das bedaure ich sehr, sagte Merlin. Wegen des Todes jener Dame wirst du den schmerzlichsten Streich führen, den je einer geführt hat, außer dem Streich gegen Christus; denn du wirst den untadeligsten und würdigsten Ritter, der jetzt lebt, verwunden. Dadurch werden drei Königreiche für zwölf Jahre in große Not, Armut und Elend kommen, und die Wunde des Ritters wird lange Zeit nicht heilen. Nach diesen Worten verabschiedete sich Merlin von Balin, und Balin sagte: Wenn ich wüßte, daß es wahr ist, was du sagst, und ich eine so schlimme Tat verüben sollte, würde ich mich töten, um dich zum Lügner zu machen. Da verschwand Merlin plötzlich, und Balin und sein Bruder nahmen ihren Abschied von König Marke. Erst, sagte der König, nennt mir Euern Namen. Herr, antwortete Balan, Ihr seht, mein Gefährte trägt zwei Schwerter, deshalb könnt Ihr ihn den Ritter mit den zwei Schwertern nennen. König Marke ritt dann nach Camelot zu König Artus, und Balin schlug den Weg zu König Rience ein. Unterwegs stießen sie auf den verkleideten Merlin, doch sie erkannten ihn nicht. Wohin reitet ihr? fragte Merlin. Wir haben wenig Lust, es dir zu sagen, antworteten die beiden Brüder, aber wie heißt du? Das will ich euch jetzt noch nicht verraten, sagte Merlin. Wie es scheint, sprachen die Ritter, bist du kein ehrlicher Mann, da du deinen Namen nicht verraten willst. Das mag sein, wie es will, entgegnete Merlin, doch ich kann euch sagen, warum ihr diesen Weg reitet: Ihr wollt zu König Rience, aber ohne meinen Rat wird euch das nicht gelingen. Aha! sagte Balin, du bist Merlin, dein Rat soll uns führen. Dann kommt, sprach Merlin, ihr sollt große Ehre erwerben, und seht zu, daß ihr ritterlich handelt, denn ihr werdet in schlimme Not geraten. Was das angeht, erwiderte Balin, fürchtet nichts, wir tun, was wir können.

Kapitel 9

WIE BALIN UND SEIN BRUDER AUF MERLINS RAT KÖNIG RIENCE ERGRIFFEN UND IHN ZU KÖNIG ARTUS BRACHTEN.

Dann brachte Merlin sie in einen Wald und versteckte sie im Laubwerk neben der Straße und hieß sie ruhen; den Pferden nahm er das Zaumzeug ab und ließ sie grasen. Als es auf Mitternacht zuging, bat Merlin sie aufzustehen und sich bereit zu halten, denn König Rience war in der Nähe; er hatte sich mit sechzig seiner besten Ritter heimlich von seinem Heer entfernt, und zwanzig von ihnen ritten voraus, um der Dame de Vance Nachricht zu bringen, daß der König komme, um in dieser Nacht mit ihr das Lager zu teilen. Welcher ist denn der König? fragte Balin. Wartet, antwortete Merlin, hier geradeaus sollt ihr mit ihm zusammentreffen; und er zeigte Balin und seinem Bruder, wo er ritt. Kurz darauf stießen Balin und sein Bruder mit dem König zusammen, schlugen ihn nieder und verwundeten ihn schwer und warfen ihn zu Boden; und sie teilten nach rechts und links Streiche aus und töteten mehr als vierzig seiner Mannen, die übrigen flohen. Dann gingen sie zu König Rience zurück und hätten ihn getötet, wenn er sich ihnen nicht auf Gnade und Ungnade ergeben hätte. So sprach er: Ihr wackeren Ritter, erschlagt mich nicht, denn durch mein Leben könnt ihr gewinnen, doch mein Tod nützt euch nichts. Da habt Ihr recht, sagten die beiden Ritter, und sie legten ihn in eine Sänfte. Unterdessen war Merlin verschwunden, und er kam zu König Artus und berichtete ihm, wie sein ärgster Feind ergriffen und besiegt worden war. Durch wen ist das geschehen? fragte König Artus. Durch zwei Ritter, erwiderte Merlin, die Eurer Hoheit einen Dienst tun wollten. Morgen werdet Ihr erfahren, wer die Ritter sind. Bald darauf kamen der Ritter mit den zwei Schwertern und sein Bruder Balan und brachten König Rience von Nordwales mit. Sie übergaben ihn den

Pförtnern zur Bewachung und ritten im Morgengrauen davon. Da kam König Artus zu König Rience und sagte: König Rience, seid willkommen. Welcher Zufall hat Euch hierher verschlagen? Herr, entgegnete König Rience, ein schlimmer Zufall. Wer hat Euch besiegt? fragte König Artus. Herr, antwortete der König, der Ritter mit den zwei Schwertern und sein Bruder, zwei Ritter von wunderbarer Kühnheit. Ich kenne sie nicht, sagte Artus, aber ich bin ihnen sehr verpflichtet. Ich will es Euch sagen, sprach Merlin, es waren Balin, der das Schwert gewann, und sein Bruder Balan, ein guter Ritter. Es gibt keinen tapfreren und ruhmvolleren Ritter als Balin, und es wird das größte Klagen um ihn sein, das ich je um einen Ritter gehört habe, denn er wird nicht mehr lange leben. Ach, sagte König Artus, das ist ein großer Schade, denn ich bin ihm sehr verbunden und habe doch seine Freundschaft übel verdient. Er wird noch viel mehr für Euch tun, fügte Merlin hinzu, das werdet Ihr schon bald erfahren. Doch seid gerüstet, Herr, denn morgen vor Mittag wird Nero, der Bruder des Königs Rience, Euch mit einem starken Heer angreifen. Macht Euch also bereit, und ich werde jetzt gehen.

Kap. 10

WIE KÖNIG ARTUS EINE SCHLACHT GEGEN NERO UND KÖNIG LOT VON ORKNEY SCHLUG, UND WIE MERLIN KÖNIG LOT TÄUSCHTE, UND ZWÖLF KÖNIGE ERSCHLAGEN WURDEN.

Da ordnete Artus sein Heer in zehn Abteilungen, während Nero auf einem Feld vor der Burg Terrabil mit einem großen Heer Aufstellung nahm; auch er verfügte über zehn Abteilungen, aber mit viel mehr Leuten als Artus. Nero hatte mit dem größten Teil seiner Ritter die Vorhut. Unterdessen kam Merlin zu König Lot von der Insel Orkney und hielt ihn mit einer prophetischen Geschichte auf, bis Nero und seine Mannen vernichtet waren. Und dabei focht Sir Kay, der Seneschall, so tapfer, daß der Ruhm sein Leben lang nicht mehr von ihm wich. Auch Sir Hervis de Revel vollbrachte wunderbare Taten mit König Artus, und Artus erschlug an diesem Tage zwanzig Ritter und verwundete vierzig. Während des Kampfes stießen der Ritter mit den zwei Schwertern und sein Bruder Balan zu Artus' Streitmacht, und sie hielten sich so wacker, daß der König und alle Ritter staunten und sagten, sie seien entweder vom Himmel als Engel oder aus der Hölle als Teufel gesandt worden. Inzwischen kam ein Bote zu König Lot und meldete, daß, während er zögerte, Nero und alle seine Krieger geschlagen und vernichtet worden seien. Wehe, rief König Lot, Schmach über mich, durch meine Schuld ist mancher wackere Mann getötet worden. Hätten wir gemeinsam gekämpft, wäre uns kein Heer unter dem Himmel gleichgekommen. Dieser Schelm hat mich mit seiner Prophezeiung genasführt. Merlin hatte dies getan, weil er wußte, daß König Artus und alle seine Krieger erschlagen und vernichtet worden wären, hätten König Lot und seine Mannen an der ersten Schlacht teilgenommen; und Merlin wußte auch, daß einer der beiden Könige an diesem Tage sterben würde. Das bedrückte ihn sehr, aber er sah es lieber, wenn König Lot erschlagen würde statt König Artus. Was können wir jetzt am besten tun? sagte König Lot von Orkney. Ist es besser für mich, mit König Artus zu verhandeln oder zu kämpfen, wo der größte Teil unseres Heeres vernichtet ist? Herr, antwortete ein Ritter, greift Artus an, denn seine Leute sind müde und überanstrengt, wir dagegen sind frisch. Was mich angeht, sagte König Lot, so wünschte ich, jeder Ritter würde sein Teil so gut tun wie ich das meine. Dann rückten die beiden Heere mit erhobenen Bannern vor und rannten gegeneinander, daß ihre Lanzen zersplitterten, und die Ritter des Artus brachten mit Hilfe des Ritters mit den zwei Schwertern und seines Bruders Balan König Lot und seine Schar in arge Bedrängnis. Aber immer befand sich König Lot in der vordersten Reihe und vollbrachte wunderbare Waffentaten. Er hielt seine ganze Schar zusammen und widerstand allen Rittern. Doch auf die Dauer konnte er sich nicht halten, und es war ein großer Jammer, daß ein so trefflicher Mann wie er überwunden werden sollte, der einige Zeit zuvor Ritter am Hofe von König Artus gewesen war und dessen Schwester geheiratet hatte; doch da König Artus bei König Lots Weib, die Artus' Schwester war, gelegen und mit ihr Mordred gezeugt hatte, stand König Lot nun gegen Artus. Und es war da ein Ritter, der wurde der Ritter mit dem seltsamen Tier genannt, sein richtiger Name war Pellinore, ein starker Mann von großer Kühnheit, und der führte einen mächtigen Streich gegen König Lot, als dieser mit all seinen Feinden focht. Der Streich ging fehl und traf den Hals des Pferdes, daß es mit König Lot zu Boden stürzte, und da versetzte ihm Pellinore einen gewaltigen Hieb durch den Helm bis tief in die Stirn. Als der König tot war, floh das Heer von Orkney, und mancher Mutter Sohn blieb erschlagen zurück. Doch König Pellinore zahlte für den Tod König Lots, denn Sir Gawein rächte seinen Vater zehn Jahre nach seinem Eintritt in den Ritterstand und erschlug Pellinore mit eigener Hand. Mit Nero verloren in dieser Schlacht zwölf Könige auf Lots Seite ihr Leben. Sie wurden in der St.-Stephans-Kirche zu Camelot beigesetzt und die Ritter und Mannen in einer Felsenhöhle bestattet.

Kap. 11

VON DER BEERDIGUNG DER ZWÖLF KÖNIGE UND VON MERLINS PROPHEZEIUNG, DASS BALIN DEN SCHMERZLICHEN STREICH FÜHREN SOLLTE.

Zur Beerdigung kam König Lots Weib Margawse mit ihren vier Söhnen Gawein, Agrawein, Gaheris und Gareth, ferner König Uriens, Sir Iweins Vater, und Morgan le Fay, sein Weib, König Artus' Schwester. Von den Grabmalen aller zwölf Könige ließ Artus das Lots am reichsten ausstatten und für ihn eine besondere Gruft bauen. Dann ließ er zwölf Figuren mit den Gestalten der zwölf Könige aus Bronze und Kupfer anfertigen und reich vergolden, und jede von ihnen hielt eine Kerze, die Tag und Nacht brannte. Über die Figuren wurde eine Statue des Königs Artus gestellt mit einem gezückten Schwert in der Hand, und die zwölf Figuren zeigten die Haltung von Männern, die besiegt waren. All dies vollbrachte Merlin mit seiner erfindungsreichen Kunst, und dann sprach er zum König: Wenn ich tot bin, werden diese Kerzen nicht mehr brennen, und bald darauf werden die Wunder des heiligen Grals hier geschehen. Er erzählte Artus auch, wie Balin, der tapfere Ritter, den schmerzlichen Streich führen würde und wie darauf große Strafe käme. Oh, wo sind Balin und Balan und Pellinore? fragte der König. Pellinore, antwortete Merlin, werdet Ihr bald treffen, auch Balin wird nicht mehr lange fort sein, doch sein Bruder wird scheiden, und Ihr werdet ihn nie wiedersehen. Bei meiner Ehre, sagte Artus, die beiden Brüder sind treffliche Ritter, und namentlich Balins Tapferkeit übersteigt die aller anderen Ritter. Ich bin ihm sehr verbunden, und ich wollte bei Gott, er bliebe bei mir. Herr, sprach Merlin, gebt gut acht auf die Scheide des Schwertes Excalibur, denn wie viele Wunden Ihr auch erhaltet, Ihr werdet kein Blut verlieren, solange Ihr die Scheide bei Euch tragt. Doch Artus vertraute später die Scheide seiner Schwester Morgan le Fay an. Diese liebte einen anderen Ritter mehr als ihren Gemahl, König Uriens, oder König Artus, und sie wollte, daß ihr Bruder erschlagen würde. Deshalb ließ sie durch Zauberei eine zweite, gleiche Scheide anfertigen und gab die Scheide von Excalibur ihrem Geliebten, dem Ritter Accolon, der später König Artus beinahe erschlagen hätte. Merlin prophezeite Artus, daß bei Salisbury eine Schlacht stattfinden und Mordred, sein eigener Sohn, gegen ihn kämpfen würde.

WIE EIN BETRÜBTER RITTER AN KÖNIG ARTUS VORBEIKAM UND WIE BALIN IHN ZURÜCKHOLTE, UND WIE DIESER RITTER VON EINEM UNSICHTBAREN RITTER ERSCHLAGEN WURDE.

Nach ein oder zwei Tagen wurde König Artus von

einer leichten Krankheit befallen, und er ließ auf einer Wiese sein Zelt aufschlagen und legte sich nieder, um zu schlafen, konnte aber keine Ruhe finden. Da hörte er großen Lärm von einem Pferd und blickte aus dem Zelteingang und sah einen Ritter vorbeikommen, der laut klagte. Verweilt, edler Herr, sagte Artus, und erzählt mir, weshalb Ihr so klagt. Ihr könnt mir wenig helfen, entgegnete der Ritter und ritt weiter auf die Burg Meliot zu. Kurz darauf kam Balin, und als er Artus sah, stieg er vom Pferd und begrüßte den König. Bei meiner Ehre, sagte Artus, Ihr seid mir willkommen; denn soeben kam dieses Wegs ein Ritter, der klagte laut; aus welchem Grunde, kann ich nicht sagen. Deshalb möchte ich von Eurer Höflichkeit und Freundlichkeit erbitten, mir diesen Ritter durch gutes Zureden oder sonst mit Gewalt zurückzuholen. Ich will noch mehr für Eure Hoheit tun als das, antwortete Balin. Dann ritt er schnell davon und fand den Ritter mit einem Fräulein im Wald und sagte: Herr Ritter, Ihr müßt mit mir zu König Artus gehen und ihm von Euerm Kummer berichten. Das will ich nicht, entgegnete der Ritter, denn das würde mir sehr schaden und Euch nichts nützen. Herr, sprach Balin, macht Euch bitte fertig, denn Ihr müßt mit mir gehen, oder ich muß mit Euch kämpfen und Euch mit Gewalt hinbringen, und das täte mir leid. Wollt Ihr mein Bürge sein, fragte der Ritter, wenn ich mit Euch gehe? Ja, antwortete Balin, mit meinem Leben. Und so machte sich der Ritter bereit, Balin zu folgen, und ließ das Fräulein zurück. Und als sie gerade vor Artus' Zelt angelangt waren, kam ein unsichtbarer Mann und stieß dem Ritter eine Lanze durch den Leib. Wehe, rief der Ritter, ich bin unter Euerm Geleit von einem Ritter erschlagen worden, der Garlon heißt. Nehmt mein Pferd, das besser ist als Eures, reitet zu dem Fräulein und folgt der Spur, auf der ich war, wie sie Euch führen wird, und rächt meinen Tod, wenn Ihr könnt. Das will ich tun, erwiderte Balin, ich gelobe es bei meiner Ritterehre; und so nahm er von diesem Ritter mit großer Trauer Abschied. König Artus ließ den Ritter reich und feierlich bestatten und auf seinen Grabstein schreiben, wie da Herlews le Berbeus erschlagen wurde und durch wen der Frevel geschah. Und das Fräulein trug die Spitze der Lanze, mit der Sir Herlews so unversehens getötet wurde, immer bei sich.

WIE BALIN UND DAS FRÄULEIN EINEN RITTER TRAFEN, DER AUF DIE GLEICHE WEISE ERSCHLAGEN WURDE, UND WIE DAS FRÄULEIN WEGEN EINES BURGBRAUCHES BLUT LASSEN MUSSTE. So ritten Balin und das Fräulein in einen Wald und trafen dort einen Ritter, der von der Jagd kam, und dieser fragte Balin, warum er so trauere. Ich habe keine Lust, es Euch zu sagen, antwortete Balin. Wenn ich bewaffnet wäre wie Ihr, sagte der Ritter, würde ich mit Euch kämpfen. Das ist nicht nötig, erwiderte Balin, ich fürchte mich nicht, es Euch zu erzählen; und er berichtete ihm, was vorgefallen war. Ah, sagte der Ritter, ist das alles? Ich gelobe Euch bei meiner Ehre, Euch nicht zu verlassen, solange ich lebe. Und so gingen sie in die Herberge, wappneten sich und ritten dann weiter. Als sie eine Einsiedelei bei einem Kirchhof erreichten, näherte sich ihnen unsichtbar Garlon und stieß dem Ritter Perin de Mountbeliard eine Lanze durch den Leib. Der Eremit und Balin begruben den Ritter unter einem prächtigen Stein und einem königlichen Grabmal. Und am nächsten Morgen fanden sie in goldenen Buchstaben geschrieben, wie Sir Gawein den Tod seines Vaters, König Lots, an König Pellinore rächen würde. Dann ritten Balin und das Fräulein weiter, bis sie zu einer Burg kamen, und dort stiegen sie ab. Als sie durch das Burgtor hineingehen wollten, fiel plötzlich hinter Balin das Fallgitter herab, und viele Männer stürzten sich auf das Fräulein, als wollten sie sie töten. Wie Balin das sah, wurde er sehr betrübt, daß er dem Fräulein nicht gleich helfen konnte. Daher stieg er auf den Turm und sprang über die Mauer in den Graben, ohne sich zu verletzen; und sogleich zog er sein Schwert und wollte mit den Männern kämpfen. Doch alle sagten, sie seien nicht auf Kampf aus, denn sie hätten nichts weiter getan als einen alten Burgbrauch geübt. Sie erzählten ihm, ihre Burgfrau liege schon viele Jahre krank darnieder, und sie könne nicht gesund werden, wenn sie nicht eine Silberschale voll Blut von einem reinen Mädchen, einer Königstochter, bekäme. Deshalb sei es ein Burgbrauch, daß kein Fräulein passieren dürfe, ohne eine Silberschale voll Blut zu lassen. Nun gut, erwiderte Balin, mag das Fräulein so viel Blut geben, wie sie kann, aber ihr Leben soll sie nicht verlieren, solange ich am Leben bin. Und so ließ sie sich durch Balin bewegen, freiwillig ihr Blut zu opfern, aber das Blut half der Burgfrau nicht. Balin und das Fräulein blieben die Nacht über in der Burg und waren guter Dinge und am nächsten Morgen ritten sie weiter. Und wie später im Buch vom heiligen Gral erzählt wird, half Sir Parzivals Schwester der Burgfrau mit ihrem Blut und starb daran.

WIE BALIN DEM UNSICHTBAREN RITTER, GENANNT GARLON, AUF EINEM FEST BEGEGNETE, UND WIE ER IHN ERSCHLUG, UM MIT SEINEM BLUT DEN SOHN SEINES WIRTES ZU HEILEN. ❧ Dann ritten sie drei oder vier Tage, ohne daß sie ein Abenteuer erlebten. Da wollte es der Zufall, daß sie bei einem reichen Edelmann Unterkunft fanden. Als sie beim Abendessen saßen, hörte Balin jemand schrecklich stöhnen. Was ist das für ein Geräusch? fragte Balin. Da antwortete sein Wirt: Ich will es Euch sagen. Ich war vor kurzem bei einem Turnier und kämpfte mit einem Ritter, einem Bruder des Königs Pellam, und warf ihn zweimal zu Boden. Da drohte er, mir das an meinem besten Freund heimzuzahlen, und er verwundete meinen Sohn so, daß er nur mit dem Blute dieses Ritters geheilt werden kann, der immer unsichtbar reitet und dessen Namen ich nicht weiß. Ah, sagte Balin, diesen Ritter kenne ich, er heißt Garlon und hat auf die gleiche Art zwei meiner Ritter erschlagen. Wegen des Leides, das er mir angetan hat, möchte ich lieber mit ihm zusammentreffen als alles Gold dieses Königreiches haben. So will ich Euch berichten, sagte sein Wirt, daß König Pellam von Listinoise in den nächsten Wochen ein großes Fest ausrichtet, an dem kein Ritter teilnehmen darf, der nicht sein Weib oder seine Geliebte mitbringt, und jenen Ritter, Euern und meinen Feind, sollt Ihr an diesem Tage sehen. Dann verspreche ich Euch, entgegnete Balin, genug von seinem Blut, um Euern Sohn ganz zu heilen. Laßt uns morgen früh aufbrechen, sagte sein Wirt. So ritten sie am nächsten Morgen alle drei los und trafen nach einer fünfzehntägigen Reise gerade an Pellams Hof ein, als das große Fest begann. Sie stiegen ab, stellten ihre Pferde unter und gingen zur Burg, aber Balins Wirt wurde nicht eingelassen, weil ihn keine Dame begleitete. Balin selbst wurde gut aufgenommen und erhielt ein Zimmer und legte seine Rüstung ab. Dann wurden ihm Kleider nach seinem Wunsche gebracht, und er sollte sein Schwert zurücklassen. Nein, erwiderte Balin, das tue ich nicht. Es ist Sitte in meinem Land, daß ein Ritter seine Waffen immer zur Hand hat, und diese Sitte will ich beibehalten, oder ich reite wieder fort. Da erhielt er die Erlaubnis, sein Schwert zu tragen, und so ging er in den Palast und nahm mit seiner Dame neben ruhmvollen Rittern Platz. Nach kurzer Zeit fragte Balin einen Ritter: Gibt es an diesem Hof nicht einen Ritter namens Garlon? Dort geht er, antwortete der Ritter, der mit dem schwarzen Gesicht; er ist der zauberkundigste Ritter, der jetzt lebt, und er hat viele tüchtige Ritter getötet, denn er kann sich unsichtbar machen. Aha, sagte Balin, ist er das? Dann ging er lange mit sich zu Rate: Wenn ich ihn hier erschlage, werde ich nicht entkommen, und wenn ich ihn jetzt gehen lasse, werde ich ihn vielleicht nie wieder bei einer so günstigen Gelegenheit treffen, und wenn er am Leben bleibt, wird er viel Unheil anrichten. Da merkte Garlon, daß Balin ihn anstarrte, und er trat auf Balin zu und schlug ihm mit dem Handrücken ins Gesicht und sagte: Ritter, warum starrst du mich so an? Pfui über dich! Iß dein Fleisch und tu das, weswegen du gekommen bist! Du sprichst wahr, sagte Balin, das ist nicht der erste Schimpf, den du mir angetan hast, und deshalb will ich tun, wozu ich gekommen bin; und er sprang auf und spaltete ihm den Kopf bis auf die Schultern. Gebt mir die Lanzenspitze, sagte Balin zu seinem Fräulein, mit der er Euern Ritter tötete. Und sie gab sie ihm, denn sie trug sie immer bei sich. Und Balin durchbohrte damit Garlon den Leib und sagte laut: Mit dieser Lanzenspitze hast du einen trefflichen Ritter getötet, und jetzt steckt sie in deinem eigenen Leib. Darauf rief Balin seinen Wirt zu sich und sprach: Jetzt könnt Ihr Euch genug Blut nehmen, um Euern Sohn damit zu heilen.

Kapitel 15

WIE BALIN MIT KÖNIG PELLAM KÄMPFTE UND DABEI SEIN SCHWERT ZERBRACH, UND WIE ER EINEN SPEER ERGRIFF UND MIT IHM DEN SCHMERZLICHEN STREICH FÜHRTE. ❧ Sofort sprangen König Pellam und alle Ritter am Tisch auf, um auf Balin loszugehen, und Pellam rief wütend: Ritter, hast du meinen Bruder erschlagen? Dafür sollst du auf der Stelle sterben. Nun gut, entgegnete Balin, dann besorgt das selbst. Jawohl, sagte König Pellam, kein anderer soll mit dir kämpfen als ich, meinem Bruder zuliebe. Da ergriff Pellam eine schreckliche Waffe und hieb kräftig auf Balin ein, aber Balin brachte sein Schwert zwischen seinen Kopf und den Streich, und dabei brach das Schwert in Stücke. Als Balin ohne Waffe war, rannte er in den Nebenraum, um eine Waffe zu suchen, und so von Zimmer zu Zimmer und König Pellam immer hinter ihm her, aber Balin konnte keine Waffe finden. Schließlich kam er in ein Zimmer, das war prachtvoll und reich verziert. Ein Bett stand dort mit kostbaren, goldbestickten Decken, und darin lag jemand, und da war ein Tisch aus reinem Gold mit vier silbernen Säulen, die die Platte trugen, und auf dem Tisch lag eine wunderbare, seltsam gearbeitete Lanze. Als Balin die Lanze sah, ergriff er sie und richtete sie gegen König Pellam und traf ihn so schwer, daß er ohnmächtig niederfiel. Im selben Augenblick brachen das Dach und die Mauern der Burg zusammen, und Balin stürzte zu Boden, daß er weder Hand noch Fuß rühren konnte. So lag der größte Teil des Burggemäuers, das durch diesen furchtbaren Streich eingefallen war, drei Tage lang auf Pellam und Balin.

WIE BALIN VON MERLIN BEFREIT WURDE, UND WIE ER EINEN RITTER RETTETE, DER SICH AUS LIEBE UMBRINGEN WOLLTE. Da erschien Merlin und hob Balin auf und verschaffte ihm ein gutes Pferd, denn seins war tot, und hieß ihn aus dem Lande reiten. Ich möchte mein Fräulein mitnehmen, sagte Balin. Sieh hin, antwortete Merlin, dort liegt sie tot. Auch König Pellam lag viele Jahre mit schweren Wunden darnieder und konnte nicht geheilt werden, bis schließlich Galahad, der hohe Prinz, der den heiligen Gral suchte, ihn heilte, denn an diesem Ort befand sich ein Teil des Blutes Unseres Herrn Jesus Christus, das Joseph von Arimathia ins Land gebracht hatte. Und die Lanze war dieselbe, die Longeus Unserem Herrn ins Herz gestoßen hatte; und König Pellam war nahe mit Joseph verwandt und der trefflichste Mann, der damals lebte, und seine Verwundung war ein großer Jammer, denn sie brachte schlimme Not, Sorge und Kummer. Dann schied Balin von Merlin und sagte: In dieser Welt treffen wir uns nie wieder. So ritt er nun durch schöne Länder und Städte und fand überall Menschen erschlagen. Und die noch lebten, riefen: O Balin! Du hast in diese Länder großes Elend gebracht. Durch den schmerzlichen Streich, den du König Pellam versetzt hast, wurden drei Länder verwüstet; und zweifle nicht, die Rache wird dich schließlich treffen. Als Balin diese Länder hinter sich gelassen hatte, war er sehr froh. So ritt er acht Tage, ohne daß ihm ein Abenteuer begegnete. Endlich kam er in einen schönen Wald in einem Tal und gewahrte einen Turm. In der Nähe erblickte er ein großes Streitroß, das an einen Baum gebunden war, und daneben saß ein stattlicher Ritter auf dem Boden, ein schöner und starker Mann. Balin sprach zu ihm: Gott schütze Euch, warum seid Ihr so traurig? Sagt es mir, und ich will Euch helfen, wenn es in meiner Macht steht. Herr Ritter, gab dieser zur Antwort, Ihr tut mir großes Leid an, denn ich war in frohen Gedanken versunken, und nun erneuert Ihr meinen Schmerz. Balin ging ein wenig zur Seite und besah sich sein Pferd, da hörte er ihn folgendes sprechen: Ach, schöne Dame, warum hast du dein Versprechen gebrochen; du versprachst mir, mich zu Mittag hier zu treffen; ich verfluche dich, daß du mir dieses Schwert gegeben hast, denn mit dem Schwert will ich mich töten; und bei diesen Worten zog er das Schwert heraus. Da stürzte Balin auf ihn zu und hielt seine Hand fest. Laßt meine Hand los, rief der Ritter, oder ich erschlage Euch. Das braucht Ihr nicht, entgegnete Balin, ich verspreche Euch meine Hilfe, Euch Eure Dame zu verschaffen, wenn Ihr mir sagt, wo sie ist. Wie heißt Ihr? fragte der Ritter. Mein Name ist Balin le Savage. Ach, Herr, ich kenne Euch sehr gut, Ihr seid der Ritter mit den zwei Schwertern und der tapferste Mann, der lebt. Und wie heißt Ihr? fragte Balin. Mein Name ist Garnish vom Berge. Ich bin der Sohn eines armen Mannes, aber wegen meiner Stärke und Kühnheit hat mich ein Herzog zum Ritter geschlagen und mir Land gegeben; sein Name ist Herzog Hermel, und es ist seine Tochter, die ich liebe und die mich wiederzulieben schien. Wie weit ist sie von hier? fragte Balin. Nur sechs Meilen, antwortete der Ritter. Also reiten wir hin, schlug Balin vor. Und so ritten die beiden in schnellem Galopp, bis sie an eine schöne Burg mit festen Wällen und tiefen Gräben kamen. Ich will hineingehen, sagte Balin, und sehen, ob sie drin ist. So ging er hinein und durchsuchte Zimmer um Zimmer und fand schließlich ihr Bett, aber sie war nicht da. Dann schaute Balin in einen hübschen kleinen Garten, und unter einem Lorbeerbaum sah er sie auf einer Decke von grünem Brokat mit einem Ritter in enger Umarmung liegen, und ihre Köpfe waren auf Gras und Blumen gebettet. Als Balin die schöne Dame so mit dem widerwärtigsten Ritter, den er je erblickt hatte, liegen sah, lief er durch alle Zimmer zurück und erzählte dem Ritter, wie er sie in tiefem Schlaf gefunden hatte, und brachte ihn dann zu der Stelle.

WIE DIESER RITTER SEINE GELIEBTE UND EINEN RITTER, DER BEI IHR LAG, ERSCHLUG UND SICH DANN SELBST MIT SEINEM EIGENEN SCHWERT UMBRACHTE, UND WIE BALIN ZU EINER SELTSAMEN BURG RITT. ❧ Als Garnish sie so erblickte, brach ihm vor Schmerz das Blut aus Mund und Nase, und mit seinem Schwert schlug er beiden den Kopf ab, und dann begann er über die Maßen zu klagen und rief: O Balin! Großes Leid habt Ihr über mich gebracht, denn hättet Ihr mir dies nicht gezeigt, hätte ich meinen Kummer überwunden. Fürwahr, sagte Balin, ich tat es in der Absicht, Euch Mut zu machen und Euch ihre Falschheit zu zeigen und Euch dahin zu bringen, von der Liebe zu einer solchen Dame abzulassen. Weiß Gott, ich tat nichts anderes, als was ich von Euch erwartet hätte. Ach, erwiderte Garnish, jetzt ist mein Schmerz verdoppelt, daß ich ihn nicht ertragen kann. Nun habe ich erschlagen, was ich mein Leben lang am meisten geliebt habe; und bei diesen Worten stieß er sich plötzlich das Schwert bis ans Heft in den Leib. Als Balin das sah, lief er schnell fort, um nicht in den Verdacht zu kommen, er habe sie erschlagen. So ritt er weiter und kam nach drei Tagen an ein Kreuz, auf dem stand in goldenen Buchstaben: Kein Ritter möge allein zu dieser Burg reiten. Da sah er einen alten, weißhaarigen Edelmann auf sich zukommen, und der sprach zu ihm: Balin le Savage, du überschreitest deine Grenzen, wenn du diesen Weg gehst. Deshalb kehre um, es wird dir nur von Nutzen sein. Darauf verschwand der Mann, und nun hörte Balin ein Horn blasen, als ob man ein wildes Tier erlegt hätte. Dieses Blasen, sagte Balin, gilt mir, denn ich bin die Beute und bin doch noch nicht tot. Da erblickte er auf einmal an die hundert Damen und viele Ritter, die ihn mit freundlicher Miene willkommen hießen und ihn zu einer Burg führten. Dort wurde getanzt und gesungen und auf vielerlei Weise gescherzt. Dann sagte die Burgherrin: Ritter mit den zwei Schwertern, Ihr müßt mit einem Ritter tjosten, der hier in der Nähe auf einer Insel wohnt, denn niemand darf auf diesem Weg passieren, ohne mit ihm zu kämpfen. Das ist ein schlimmer Brauch, entgegnete Balin, daß ein Ritter nicht ungefährdet diesen Weg benutzen darf. Ihr sollt nur mit einem Ritter kämpfen, sagte die Herrin. Nun gut, willigte Balin ein, was ich tun soll, dazu bin ich bereit, aber fahrende Männer sind oft müde und ihre Pferde ebenso. Doch ist mein Pferd auch müde, mein Herz ist es nicht. Ich will gern kämpfen, und wenn es mein Tod sein sollte. Herr, sagte ein Ritter zu Balin, mich dünkt, Euer Schild ist nicht gut, ich will Euch einen größeren leihen, nehmt bitte den. Und so nahm Balin den Schild, der kein Wappen trug, und ließ seinen eigenen zurück und ritt zu der Insel und bestieg mit seinem Pferd ein großes Boot. Als er die Insel betrat, traf er ein Fräulein, und sie sagte: O Ritter Balin, warum habt Ihr Euern Schild zurückgelassen? Wehe, Ihr habt Euch in große Gefahr gebracht, denn an Euerm Schild wäret Ihr erkannt worden. Es ist ein großer Jammer um Euch wie nur je um einen Ritter, denn an Kraft und Kühnheit habt Ihr nicht

Euresgleichen. Mich reut, erwiderte Balin, daß ich in dieses Land gekommen bin, aber es wäre eine Schande für mich, wenn ich jetzt umkehren wollte. Was für ein Geschick mir auch zustoßen mag, sei es Leben oder Tod, ich will es auf mich nehmen. Dann sah er nach seiner Rüstung, und es schien alles in Ordnung, und er bekreuzigte sich und bestieg sein Pferd.

WIE BALIN MIT SEINEM BRUDER BALAN KÄMPFTE, OHNE DASS EINER DEN ANDEREN ERKANNTE, UND WIE SIE AUFEINANDER EINHIEBEN, BIS SIE BEIDE ZU TODE VERWUNDET WAREN. Da sah er vor sich einen Ritter aus einer Burg reiten, dessen Pferd ganz in rotes Tuch gehüllt und der selbst in die gleiche Farbe gekleidet war. Als der Ritter in Rot Balin mit den zwei Schwertern erblickte, glaubte er seinen Bruder vor sich zu haben, aber da er den fremden Schild sah, meinte er, er hätte sich geirrt. Und so legten sie die Lanzen ein, rannten voller Wucht gegeneinander und trafen einander auf den Schild, aber ihre Lanzen waren so groß und ihr Zusammenprall so heftig, daß Roß und Reiter zu Boden fielen und beide ohnmächtig dalagen. Der ohnehin ermüdete Balin aber war durch den Sturz vom Pferde arg zerschlagen. Balan war als erster wieder auf den Beinen, zog sein Schwert und lief auf Balin zu, und der stand auf und ging ihm entgegen. Balan traf Balin zuerst auf den erhobenen Schild, der Streich ging durch Balins Schild hindurch und zerbeulte seinen Helm. Dann schlug Balin mit dem Unglücksschwert zu und hätte seinen Bruder beinahe niedergestreckt. So kämpften sie, bis ihnen der Atem ausging. Da blickte Balin zur Burg hinauf und sah, daß auf den Türmen viele Damen standen. Darauf fochten sie weiter und verwundeten einander schwer und verschnauften wieder und kämpften von neuem so verbissen, daß die Stätte rot von Blut war. Jeder hatte dem anderen schon sieben so schwere Wunden geschlagen, daß die kleinste von ihnen den stärksten Riesen der Welt getötet hätte. Bei dem grimmigen Streit öffneten sich ihre Panzerhemden, daß sie auf allen Seiten nackt waren. Schließlich zog sich Balan, der jüngere Bruder, ein wenig zurück und legte sich hin. Da sagte Balin le Savage: Was für ein Ritter bist du? Bis heute habe ich noch keinen Ritter gefunden, der mir standhielt. – Mein Name ist Balan, erwiderte der andere, ich bin der Bruder des wackeren Ritters Balin. Wehe, rief Balin, daß ich diesen Tag erleben muß, und bei diesen Worten fiel er ohnmächtig hintenüber. Da kroch Balan auf allen vieren zu ihm und nahm ihm den Helm ab, doch er konnte am Gesicht seinen Bruder nicht erkennen, so zerschlagen und blutig war es. Aber als Balin erwachte, sagte er: O Balan, mein Bruder, du hast mich erschlagen und ich dich, und deshalb wird die ganze Welt von uns sprechen. Wehe, antwortete Balan, daß ich diesen Tag erleben muß, an dem ich dich durch ein Mißgeschick nicht erkannt habe, denn wohl bemerkte ich deine zwei Schwerter, aber weil du einen anderen Schild hattest, hielt ich dich für einen fremden Ritter. Ach, klagte Balin, an alledem ist ein unseliger Ritter in der Burg schuld. Er veranlaßte mich, meinen Schild zu unser beider Untergang zurückzulassen, und wenn ich am Leben bliebe, würde ich diese Burg wegen ihrer üblen Bräuche zerstören. Das wäre wohlgetan, pflichtete ihm Balan bei, denn seit ich hierherkam, erhielt ich nie die Erlaubnis weiterzuziehen, weil ich das Unglück hatte, einen auf dieser Insel hausenden Ritter zu töten. Und du hättest auch nicht weiterreiten dürfen, Bruder, wenn du mich erschlagen hättest, wie du es ja jetzt getan hast. In diesem Augenblick trat die Burgfrau mit vier Rittern und sechs Damen und sechs Dienern zu ihnen und hörte, wie sie einander ihr Leid klagten: Wir kamen beide aus dem Schoß einer Mutter, und nun werden wir beide in einem Grab liegen. Und Balan bat die edle Frau, für seine treuen Dienste sie beide am Ort des Kampfes zu begraben. Sie versicherte unter Tränen, das sollte auf die würdigste Art geschehen. Wollt Ihr nun nach einem Priester schicken, damit wir die Sakramente empfangen? Die Dame versprach es und sandte nach einem Priester, und sie erhielten die Sakramente. Wenn wir nun in einem Grab bestattet sind, sagte Balin, und die Inschrift erwähnt, wie zwei Brüder einander erschlugen, dann wird nie ein wackerer Ritter oder ein guter Mann an dem Grab vorübergehen, ohne für unsere Seele zu beten. Bei diesen Worten weinten alle Damen und Edelfrauen vor Schmerz. Kurz darauf verschied Balan, aber Balin starb erst nach Mitternacht, und so wurden sie beide begraben, und die Burgfrau gebot, eine Inschrift für Balan zu entwerfen, wie er von seines Bruders Hand erschlagen wurde, aber Balins Namen kannte sie nicht.

Kap. 19

WIE MERLIN SIE BEIDE IN EINEM GRAB BESTATTETE, UND VON BALINS SCHWERT. ❧ Am anderen Morgen kam Merlin und ließ in goldenen Lettern auf das Grab schreiben, daß hier Balin le Savage liege, der Ritter mit den zwei Schwertern, der den schmerzlichen Streich führte. Auch ließ Merlin dort ein Bett aufstellen, in dem jeder, der darin lag, den Verstand verlieren sollte, doch Lanzelot vom See zerstörte die Zauberkraft des Bettes durch sein edles Verhalten. Gleich nach dem Tode Balins nahm Merlin sein Schwert an sich, entfernte den Knauf und setzte einen anderen daran. Dann forderte Merlin einen Ritter auf, der vor ihm stand, das Schwert zu schwingen, und der versuchte es, konnte es aber nicht. Da lachte Merlin. Warum lacht Ihr, fragte der Ritter. Merlin antwortete: Niemand soll dieses Schwert schwingen als der beste Ritter der Welt, und das wird Lanzelot sein oder Galahad, sein Sohn, und Lanzelot wird mit dem Schwert den Mann erschlagen, den er in der Welt am meisten liebt, Sir Gawein. All dies ließ er auf den Knauf des Schwertes schreiben. Ferner sorgte Merlin dafür, daß eine Brücke aus Eisen und Stahl zu der Insel gebaut wurde, und sie war nur einen halben Fuß breit, und niemand sollte den Mut haben, über die Brücke zu gehen, wenn er nicht ein untadeliger Mann und wackerer Ritter ohne Verrat und Bosheit war. Die Scheide von Balins Schwert ließ Merlin am diesseitigen Ufer zurück, damit Galahad sie finden sollte. Auch stieß Merlin durch Zauberkraft Balins Schwert in einen Marmorstein, der aufrecht stand wie ein großer Mühlstein, und dieser Stein hielt sich viele Jahre über dem Wasser und schwamm sogar den Fluß hinab zur Stadt Camelot, die auf englisch Winchester heißt. Am selben Tage kam Galahad, der hohe Prinz, mit König Artus. Galahad führte die Scheide mit sich und gewann das Schwert, das in dem schwimmenden Marmorstein steckte. Das geschah am Pfingstsonntag, wie in dem Buch vom heiligen Gral erzählt wird. Bald darauf kam Merlin zu König Artus und berichtete ihm von dem schmerzlichen Streich, den Balin König Pellam versetzte, und wie Balin und Balan den wunderbarsten Kampf miteinander fochten und wie sie beide in einem Grab bestattet wurden. Ach, rief König Artus, das ist die traurigste Geschichte, die ich je über zwei Ritter gehört habe, denn in der ganzen Welt gibt es zwei solche Ritter nicht noch einmal. Hier endet der Bericht über Balin und Balan, die beiden Brüder aus Northumberland und trefflichen Ritter.

3. Buch

WIE KÖNIG ARTUS SICH EIN WEIB NAHM UND GINEVRA HEIRATETE, DIE TOCHTER DES KÖNIGS LODEGRANCE VON CAMELIARD, VON DEM ER DIE RUNDE TAFEL ERHIELT.

IN der ersten Zeit, nachdem Artus durch Wundertaten und göttliche Gnade zum König gewählt worden war, führten viele Könige und Fürsten große Kriege gegen ihn, denn die meisten der Barone wußten nicht, daß er Uther Pendragons Sohn war, bis Merlin es offenbarte; doch Artus besiegte sie alle, da er sich die meiste Zeit seines Lebens nach dem Rat Merlins richtete. So geschah es einmal, daß König Artus zu Merlin sagte: Meine Barone lassen mir keine Ruhe, ich muß mir durchaus ein Weib nehmen, aber ich will dies nur mit deinem Rat und deiner Hilfe tun. Es ist gut, meinte Merlin, daß Ihr ein Weib nehmen wollt, denn ein Mann von Euerm Edelmut und Adel sollte nicht ohne Weib sein. Gibt es nun eine, die Ihr mehr liebt als irgend eine andere? Ja, sagte König Artus, ich liebe Ginevra, die Tochter des Königs Lodegrance aus dem Lande Cameliard, der in seinem Hause die Runde Tafel hat, die er, wie du mir erzählt hast, von meinem Vater Uther bekam; und dieses Fräulein ist von allen, die ich kenne, die schönste und würdigste Dame. Herr, erwiderte Merlin, was ihre Gestalt und Schönheit angeht, so ist sie eine der Schönsten, die leben; doch wenn Ihr sie nicht so sehr liebtet, wie Ihr es tut, könnte ich für Euch ein schönes und gutes Fräulein finden, das Euch gefiele und behagte, wenn Euer Herz nicht gefangen wäre; und wo das Herz eines Mannes gefangen ist, dort will er nicht weichen. Das ist wahr, sagte König Artus. Aber Merlin gab dem König heimlich zu verstehen, es wäre nicht gut für ihn, wenn er Ginevra heirate, denn Lanzelot liebte sie und sie ihn wieder, und so erzählte er von den Geschicken des heiligen Grals. Dann bat Merlin den König, er möge ihm Männer mitgeben, die um Ginevra werben sollten, und der König gewährte ihm dies. Merlin ritt zu König Lodegrance von Cameliard und teilte ihm mit, König Artus wolle seine Tochter Ginevra gern zur Frau haben. Das ist, sagte König Lodegrance, die beste Botschaft, die ich je vernommen habe, daß ein so würdiger, tapferer und edler König meine Tochter zur Frau begehrt. Und was meine Länder angeht, so würde ich sie ihm dazugeben, wenn ich wüßte, daß er sie haben will, doch er braucht sie nicht; ich werde ihm aber ein Geschenk machen, das ihm mehr Freude bereiten soll, denn ich werde ihm die Runde Tafel geben, die ich von Uther Pendragon bekam und an der, wenn sie voll besetzt ist, einhundertfünfzig Ritter Platz haben. Einhundert Ritter habe ich selbst, aber fünfzig fehlen mir, denn es sind in letzter Zeit so viele erschlagen worden. Und damit übergab König Lodegrance seine Tochter Ginevera an Merlin und dazu die Runde Tafel mit den hundert Rittern, und sie fuhren mit festlichem Gepränge munter dahin, teils zu Wasser und teils zu Lande, bis sie in die Nähe Londons kamen.

Kap. 2

WIE DIE RITTER DER TAFELRUNDE ERWÄHLT UND IHRE SITZE VOM BISCHOF VON CANTERBURY GEWEIHT WURDEN. Als König Artus erfuhr, daß Ginevra und die hundert Ritter mit der Runden Tafel nahten, freute er sich sehr und sagte: Diese schöne Frau ist mir sehr willkommen, denn ich liebe sie schon lange; und diese Ritter mit der Runden Tafel bedeuten mir mehr als große Reichtümer. Und eilends ließ er Anordnungen treffen für die Heirat und die Krönung in der prächtigsten Art, die man sich vorstellen konnte. Jetzt, Merlin, sagte König Artus, geh und mache mir im ganzen Lande die fünfzig kühnsten und ruhmvollsten Ritter ausfindig. Binnen kurzem hatte Merlin achtundzwanzig solcher Ritter beisammen, mehr konnte er aber nicht entdecken. Dann wurde der Bischof von Canterbury geholt, der weihte die Sitze mit großer Zeremonie und frommer Hingabe, und danach nahmen die achtundzwanzig Ritter Platz. Als dies geschehen war, sagte Merlin: Edle Herren, ihr müßt euch erheben und zu König Artus gehen, um ihm zu huldigen, er wird euch dann um so gnädiger sein. Sie standen also auf und huldigten dem König, und als sie gegangen waren, fand Merlin auf allen Sitzen in goldenen Buchstaben die Namen der Ritter geschrieben, die dort gesessen hatten. Aber zwei Sitze waren ohne Inschrift. Und alsbald kam der junge Gawein und bat den König um ein Gunst. Sprecht, sagte der König, ich will Euern Wunsch erfüllen. Herr, ich bitte, daß Ihr mich am Tage Eurer Hochzeit mit der schönen Ginevra zum Ritter schlagt. Das will ich gern tun, antwortete König Artus, und ich will Euch, so gut ich nur kann, alle Ehre erweisen, denn ich muß es wohl, da Ihr mein Neffe seid, meiner Schwester Sohn.

WIE EIN ARMER MANN AUF EINEM MAGEREN GAUL GERITTEN KAM UND VON KÖNIG ARTUS BEGEHRTE, SEINEN SOHN ZUM RITTER ZU MACHEN. Zu dieser Zeit kam ein armer Mann an den Hof und brachte einen schönen Jüngling von achtzehn Jahren mit, der auf einem mageren Gaul ritt. Und der arme Mann fragte alle Leute, die er traf: Wo finde ich König Artus? Dort ist er, sagten die Ritter, willst du etwas von ihm? Ja, sagte der arme Mann, darum bin ich hergekommen. Als er darauf vor König Artus trat, grüßte er ihn mit den Worten: O König Artus, Blüte aller Ritter und Könige, möge dich Jesus schützen; Herr, ich habe gehört, daß Ihr zu Eurer Hochzeit jedem das gewährt, worum er bittet, wenn es nichts Unbilliges ist. Das ist wahr, erwiderte der König, das habe ich ausrufen lassen, und das will ich halten, wenn es nicht meinem Reich und meinen Ländern schadet. Ihr sprecht gut und gnädig, sagte der arme Mann; Herr, ich begehre weiter nichts, als daß Ihr meinen Sohn zum Ritter schlagt. Du verlangst viel von mir, meinte der König, wie heißt du? Herr, mein Name ist Aries le Vaysher. Kommt die Bitte von dir oder von deinem Sohn? fragte der König. Nein, Herr, sagte Aries, diese Bitte kommt nicht von meinem Sohn und auch nicht von mir; ich habe nämlich dreizehn Söhne, und alle sind zufrieden mit dem Platz, an den ich sie stelle, und sie tun ihre Arbeit gern, aber dieses Kind will nicht für mich arbeiten. Was meine Frau und ich auch tun, immer will er Bogenschießen oder mit dem Speer werfen, und er hat seine Freude daran, Kämpfen zuzusehen und Ritter anzuschauen, und Tag und Nacht verlangt er von mir, er wolle zum Ritter geschlagen werden. Wie heißt du? fragte der König den Jüngling. Herr, mein Name ist Tor. Der König betrachtete ihn genau und sah, daß er schön von Angesicht und für sein Alter recht kräftig war. Also gut, sprach der König zu Aries le Vaysher, bringe alle deine Söhne zu mir, damit ich sie ansehen kann. Das tat der arme Mann, und alle sahen ihm ähnlich, nur Tor glich in Gestalt und Gesichtszügen keinem von ihnen, denn er war viel stattlicher als sie. Da sagte König Artus zu dem Kuhhirten Aries: Wo ist das Schwert, mit dem ich ihn zum Ritter schlagen soll? Hier ist es, antwortete Tor. Zieht es aus der Scheide, befahl der König, und bittet mich, daß ich Euch zum Ritter schlage. Da stieg Tor, von seinem Pferd, zog sein Schwert heraus und bat den König kniend, er möge ihn zum Ritter schlagen und zu einem Ritter der Tafelrunde machen. Zum Ritter will ich Euch schlagen, sagte der König und schlug ihm mit dem Schwert auf den Nacken und sprach: Seid ein wackerer Ritter, ich bete zu Gott, daß Ihr es werdet, und wenn Ihr tapfer und würdig seid, so sollt Ihr ein Ritter der Tafelrunde werden. Nun sage, Merlin, gebot Artus, ob Tor ein guter Ritter wird oder nicht. Ja, Herr, aus ihm wird sicher ein guter Ritter, denn er stammt von einem trefflichen Manne ab, wie es nur einen gibt, und ist aus königlichem Blut. Wieso das? fragte der König. Ich will es Euch erzählen, sagte Merlin: Dieser arme Mann, Aries le Vaysher, ist nicht sein Vater, und er ist auch nicht verwandt mit ihm, denn sein Vater ist König Pellinore. Das glaube ich nicht, meinte Aries le Vaysher. Hole dein Weib her, sagte Merlin, sie wird es nicht leugnen. Sogleich wurde die Frau geholt, eine stattliche Hausfrau, und sie berichtete dem König und Merlin, ihr sei einmal, als sie in ihrer Mädchenzeit zum Kühemelken ging, ein strenger Ritter begegnet: Und mit Gewalt nahm er mir meine Jungfernschaft und zeugte meinen Sohn Tor, und er nahm mir meinen Windhund, den ich damals bei mir hatte, und sagte, er wollte ihn zum Andenken an meine Liebe behalten. Ach, klagte der Kuhhirt, das habe ich nicht gewußt, aber ich will es glauben, denn er hat kein bißchen von mir. Herr, wandte sich Tor an Merlin, nehmt meiner Mutter nicht die Ehre. Herr, entgegnete Merlin, es gereicht Euch mehr zu Ehre als zur Schande, denn Euer Vater ist ein trefflicher Mann und ein König, und er könnte Euch und Eure Mutter sehr wohl emporheben, denn Ihr wurdet vor ihrer Ehe gezeugt. Das ist wahr, bestätigte die Frau. Und es verringert meinen Kummer, sagte Aries le Vaysher.

WIE SIR TOR ALS KÖNIG PELLINORES SOHN ERKANNT WURDE, UND WIE GAWEIN ZUM RITTER GESCHLAGEN WURDE.

Am nächsten Morgen kam König Pellinore an den Hof von König Artus, der sich darüber sehr freute und ihm von Tor erzählte, der sein Sohn war, und wie er ihn auf die Bitte des Kuhhirten Aries zum Ritter gemacht hatte. Als Pellinore Tor betrachtete, gefiel er ihm sehr. So schlug der König am Tag des Festes Gawein zum Ritter, aber vor ihm Tor. Aus welchem Grund, fragte König Artus, sind zwei Sitze leer? Herr, antwortete Merlin, auf diesen Plätzen sollen nur die Allerwürdigsten sitzen, aber auf dem Gefährlichen Sitz soll niemand sitzen außer einem, und wenn jemand so kühn ist, es doch zu tun, wird er vernichtet werden; aber der, der dort sitzen soll, wird nicht seinesgleichen haben. Und damit nahm Merlin König Pellinore bei der Hand und wies mit der anderen auf den Sitz, der den beiden leeren und dem Gefährlichen Sitz am nächsten war, und sprach vor allen anderen: Dies ist Euer Platz, und von allen, die hier versammelt sind, verdient Ihr am meisten, hier zu sitzen. Das erfüllte Sir Gawein mit großem Neid, und er sagte zu seinem Bruder Gaheris: Der Ritter dort ist zu großer Ehre erhoben worden, und das kränkt mich sehr, denn er hat unseren Vater, König Lot, erschlagen. Deshalb will ich ihn mit einem Schwert töten, das mir geschickt wurde und das sehr scharf ist. Tut das jetzt nicht, riet Gaheris, denn ich bin bisher nur Knappe. Wenn ich Ritter geworden bin, will ich an ihm Rache nehmen, und daher, Bruder, ist es das beste, Ihr geduldet Euch bis zu einer Gelegenheit, wo wir ihn außerhalb des Hofes treffen; wenn wir es jetzt täten, würden wir dieses hohe Fest stören. Ich will handeln, sagte Gawein, wie Ihr es wünscht.

WIE AUF DEM FEST DER HOCHZEIT DES KÖNIGS ARTUS MIT GINEVRA EIN WEISSER HIRSCH UND SECHZIG HUNDE IN DIE HALLE KAMEN, UND WIE EIN HUND DEN HIRSCH BISS UND DARAUF FORTGEFÜHRT WURDE.

Dann wurden der König und Ginevra in der St.-Stephans-Kirche zu Camelot mit großem Gepränge getraut, und man feierte die Hochzeit. Und als alle nach ihrem Range

Platz genommen hatten, ging Merlin zu den Rittern der Tafelrunde und hieß sie stillsitzen und nicht vom Platze weichen: Denn ihr sollt ein seltsames und wunderbares Abenteuer sehen. Als sie so dasaßen, kam ein weißer Hirsch in die Halle gesprungen und ein weißer Spürhund hinter ihm her, und dreißig Paare schwarze Hetzhunde folgten mit wildem Geheul, und der Hirsch lief um die Runde Tafel und die anderen Tische herum, und der weiße Spürhund biß ihm in den Schenkel und riß ein Stück heraus, worauf der Hirsch einen großen Satz machte und einen Ritter umwarf, der am Tische saß. Der Ritter stand auf, ergriff den Hund und ging aus der Halle, nahm sein Pferd und ritt mit dem Hund davon. Gleich darauf kam eine Dame auf einem weißen Zelter und rief laut König Artus zu: Herr, duldet nicht, daß mir dies Unrecht angetan wird, denn der Spürhund, den der Ritter mitgenommen hat, gehört mir. Ich kann da nichts tun, sagte der König. In diesem Augenblick sprengte ein Ritter in voller Rüstung auf einem großen Pferd herein und entführte die Dame mit Gewalt, obwohl sie schrie und jammerte. Der König war froh, als sie fort war, weil sie solches Geschrei gemacht hatte. Nein, mahnte Merlin, Ihr dürft diese Abenteuer nicht so leicht nehmen, denn alle müssen wieder hierhergebracht werden, sonst wäre es eine große Schande für Euch und Euer Fest. Es soll geschehen, sprach König Artus, wie Ihr es ratet. Dann, sagte Merlin, laßt Sir Gawein rufen, denn er muß den weißen Hirsch zurückbringen. Außerdem, Herr, müßt Ihr Sir Tor rufen lassen, denn er muß den Spürhund und den Ritter wiederbringen oder ihn erschlagen. Ferner laßt König Pellinore rufen, denn er muß die Dame und den Ritter zurückbringen oder ihn erschlagen. Und diese drei Ritter werden wunderbare Abenteuer bestehen, ehe sie wiederkommen. Dann wurden sie alle drei zusammengerufen, wie erwähnt, und jeder übernahm seine Aufgabe und rüstete sich sehr sorgfältig. Sir Gawein erhielt den ersten Auftrag, deshalb wollen wir mit seinem Abenteuer beginnen.

WIE SIR GAWEIN AUSRITT, UM DEN HIRSCH ZURÜCKZUHOLEN, UND WIE ZWEI BRÜDER UM DEN HIRSCH MITEINANDER KÄMPFTEN. ❧ Sir Gawein ritt davon, so schnell er konnte, und mit ihm Gaheris, sein Bruder, um ihm anstelle eines Knappen zur Hand zu sein. Als sie so dahineilten, sahen sie zwei Ritter, die zu Pferde heftig miteinander kämpften, und Gawein und sein Bruder ritten zwischen sie und fragten, warum sie so kämpften. Der eine Ritter antwortete: Wir kämpfen aus einem einfachen Grund, denn wir sind Brüder, geboren und gezeugt von derselben Frau und demselben Mann. Wehe, sagte Sir Gawein, warum tut ihr das? Herr, sagte der ältere, heute kam ein weißer Hirsch hier vorbei, und viele Hunde hetzten ihn, ein weißer Spürhund war ihm immer am nächsten. Wir hielten dies für ein Jagdabenteuer vom Hochzeitsfest des Königs Artus, und deshalb wollte ich den Hirsch verfolgen, um Ehre zu gewinnen, und mein jüngerer Bruder hier sagte, er wolle den Hirsch verfolgen, denn er sei ein besserer Ritter als ich. Aus diesem Grunde stritten wir uns und wollten im Kampf beweisen, wer von uns der bessere Ritter sei. Das ist eine einfache Sache, sagte Sir Gawein, wenn ihr nicht miteinander verwandt wärt, solltet ihr durchaus miteinander kämpfen, aber nicht Bruder gegen Bruder; wenn ihr nicht tut, was ich euch sage, werde ich gegen euch kämpfen, also ergebt euch und geht zu König Artus und unterwerft euch auf Gnade und Ungnade. Herr Ritter, entgegneten die beiden Brüder, wir sind vom Kampf ermüdet und haben durch unseren Leichtsinn viel Blut verloren, und deshalb möchten wir nicht gern mit Euch kämpfen. Dann tut, was ich euch befehle, gebot Sir Gawein. Wir wollen tun, was Ihr verlangt, aber was sollen wir sagen, durch wen wir geschickt worden sind? Ihr könnt sagen: durch den Ritter, der den weißen Hirsch verfolgt. Und wie heißt ihr? fragte Gawein. Sorlouse vom Wald, antwortete der ältere. Und mein Name ist Brian vom Wald, sagte der jüngere. So schieden sie und ritten zum Hofe des Königs. Während nun Sir Gawein dem Hirsch nach dem Gebell der Hunde folgte, kam er an einen großen Fluß, und der Hirsch schwamm hinüber; als Sir Gawein ihm nachfolgen wollte, stand am anderen Ufer ein Ritter und sagte: Herr Ritter, kommt nicht herüber wegen dieses Hirsches, es sei denn, Ihr wollt mit mir kämpfen. Das ist kein Grund für mich, auf die Verfolgung zu verzichten, antwortete Sir Gawein, gab seinem Pferd die Sporen und schwamm mit ihm hinüber. Und sogleich legten sie ihre Speere ein und rannten mit aller Kraft gegeneinander, aber Sir Gawein warf seinen Gegner aus dem Sattel, wendete sein Pferd und hieß ihn sich ergeben. Nein, rief der Ritter, nicht so, wenn Ihr mir zu Pferde auch überlegen seid. Ich bitte Euch, tapferer Ritter, steigt ab, messen wir uns mit den Schwertern. Wie heißt Ihr? fragte Sir Gawein. Allardin von den Inseln, sagte der andere. Dann erhoben sie ihre Schilde und hieben mit den Schwertern aufeinander ein, doch Sir Gawein schlug ihm so gewaltig durch den Hals, daß der Ritter tot niederfiel. Ah! sagte Gaheris, das war ein mächtiger Streich für einen jungen Ritter.

WIE DER HIRSCH IN EINE BURG GETRIEBEN UND DORT GETÖTET WURDE, UND WIE SIR GAWEIN EINE DAME ERSCHLUG. Dann ritten Gawein und Gaheris weiter dem weißen Hirsch nach und hetzten drei Paar Windhunde hinter ihm her, und diese jagten den Hirsch in eine Burg, und im Innenhof brachten sie den Hirsch zur Strecke, und Sir Gawein und Gaheris folgten nach. Da kam ein Ritter aus einem Gemach mit dem bloßen Schwert in der Hand und erschlug zwei von den Windhunden vor den Augen Sir Gaweins und jagte die übrigen mit dem Schwert aus der Burg. Und als er zurückkam, sprach er: O mein weißer Hirsch, ich beklage deinen Tod, denn ich hatte dich von meiner Herrin. Schlecht habe ich dich gehütet, und dein Tod soll teuer erkauft werden, so wahr ich lebe. Und sogleich ging er in sein Gemach und wappnete sich und kam wütend heraus und traf auf Sir Gawein. Warum habt Ihr meine Hunde erschlagen? fragte Sir Gawein, sie taten nur, was ihrer Art gemäß ist; Ihr hättet Euern Zorn lieber an mir auslassen sollen als an unvernünftigen Tieren. Du hast recht meinte der Ritter, ich habe mich an deinen Hunden gerächt, und nun räche ich mich an dir. Da stieg Sir Gawein vom Pferd und erhob seinen Schild, und sie schlugen gewaltig aufeinander ein und spalteten ihre Schilde und zerbeulten ihre Helme und schnitten durch ihre Panzerhemden, daß ihnen das Blut die Beine hinabfloß. Schließlich traf Sir Gawein den Ritter so schwer, daß er zu Boden fiel, und da ergab er sich, bat um Gnade und flehte ihn an als Ritter und Edelmann, sein Leben zu schonen. Du sollst sterben, sagte Sir Gawein, weil du meine Hunde erschlagen hast. Ich will dich entschädigen, bat der Ritter, so gut ich kann. Sir Gawein wollte aber keine Gnade gewähren, sondern band ihm den Helm los, um ihm den Kopf abzuschlagen. Gerade in diesem Augenblick kam seine Herrin aus einem Gemach und warf sich auf den Ritter, und zum Unglück schlug Gawein ihr den Kopf ab. Wehe, sagte Gaheris, das ist übel und schändlich gehandelt, diese Schmach wird nie von dir weichen; du hättest Gnade walten lassen sollen, wenn du darum gebeten wirst, denn ein Ritter ohne Gnade ist ohne Ehre. Sir Gawein war so bestürzt über den Tod der schönen Dame, daß er nicht wußte, was er tat, und er sagte zu dem Ritter: Steh auf, ich will dir Gnade gewähren. Nein, nein, entgegnete der Ritter, Gnade nützt mir jetzt nichts mehr, du hast meine Herrin erschlagen, die ich am meisten auf der Welt geliebt habe. Das reut mich bitter, sagte Sir Gawein, denn der Streich war dir zugedacht; doch jetzt sollst du zu König Artus gehen und ihm von deinem Abenteuer erzählen und wie du besiegt wurdest von dem Ritter, der auf die Suche nach dem weißen Hirsch auszog. Es ist mir gleichgültig, erwiderte der Ritter, ob ich lebe oder sterbe; und dennoch schwur er aus Furcht vor dem Tode, zu König Artus zu reiten, und Gawein band einen Windhund vor ihm auf das Pferd und einen hinter ihm. Ich wüßte gern Euern Namen, ehe wir uns trennen, bat Sir Gawein. Mein Name ist Ablamor von der Marsch, antwortete der Ritter. So schied er und wandte sich nach Camelot.

Kap. 8

WIE VIER RITTER GEGEN GAWEIN UND GAHERIS KÄMPFTEN, UND WIE SIE BEZWUNGEN WURDEN UND DURCH DIE BITTE VON VIER DAMEN IHR LEBEN RETTETEN. Sir Gawein aber ging in die Burg und bereitete sein Nachtlager und wollte Rüstung und Waffen ablegen. Was habt Ihr vor, fragte Gaheris, wollt Ihr Euch in diesem Lande entwaffnen? Bedenkt, Ihr habt hier viele Feinde. Kaum hatte er das gesagt, kamen vier wohlgewappnete Ritter herein und griffen Gawein scharf an und sprachen zu ihm: Du frischgebackener Ritter, du hast deine Ehre geschändet, denn ein Ritter ohne Gnade ist ehrlos. Auch hast du eine schöne Dame erschlagen zu deiner ewigen Schande. Zweifle nicht daran, du wirst selbst Gnade sehr nötig haben, ehe du von uns gehst. Und damit versetzte einer von ihnen Sir Gawein einen schweren Streich, daß er beinahe zu Boden fiel. Gaheris traf diesen Ritter darauf mit wuchtigem Schlag, und so wogte der Kampf hin und her, bis Sir Gawein und Gaheris in große Lebensgefahr gerieten; und ein Bogenschütze schoß Sir Gawein einen Pfeil durch den Arm, daß es ihn heftig schmerzte. Als sie dem Tode nahe waren, kamen vier schöne Damen und baten die Ritter um Gnade für Sir Gawein, und auf die Bitte der Damen schenkten sie Sir Gawein und Gaheris gnädig das Leben und machten sie zu ihren Gefangenen. Da erhoben Gawein und Gaheris laute Klage. Ach, jammerte Sir Gawein, mein Arm schmerzt mich sehr, ich werde wohl zum Krüppel werden. Früh am nächsten Morgen kam eine der vier Damen, die sein Klagen gehört hatte, zu Sir Gawein und sagte: Herr Ritter, wie geht es Euch? Nicht gut, antwortete er. Das ist Eure eigene Schuld, denn Ihr habt eine verruchte Tat verübt, als Ihr die Dame erschlugt, damit habt Ihr große Schande über Euch gebracht. Aber gehört Ihr nicht zur Sippe des Königs Artus? Das ist wahr, antwortete Sir Gawein. Wie heißt Ihr? fragte die Dame, Ihr müßt es mir sagen, bevor Ihr geht. Mein Name ist Gawein, erwiderte er. Ich bin der Sohn des Königs Lot von Orkney, und meine Mutter ist die Schwester des Königs Artus. Dann seid Ihr also ein Neffe von König Artus, sagte die Dame, ich will so für Euch sprechen, daß Ihr freies Geleit habt zum König, ihm zuliebe. Und danach erzählte sie den vier Rittern, daß ihr Gefangener Sir Gawein sei, sie gaben Sir Gawein den Kopf des Hirsches, weil er ihn erlegt hatte, und ließen ihn frei, unter dem Versprechen, daß er die tote Dame so mit sich trug, daß ihr Kopf über seinen Nacken hing und ihr Körper vor ihm auf der Mähne des Pferdes lag. Dann ritt er fort nach Camelot. Sogleich nach seiner Ankunft verlangte Merlin von König Artus, Sir Gawein solle durch einen Eid verpflichtet werden, alle seine Abenteuer zu erzählen und zu berichten, wie er dem Ritter keine Gnade gewähren wollte und dadurch die Dame erschlug. Da waren der König und die Königin sehr erzürnt über Sir Gawein, und auf Anordnung der Königin wurde ein Gericht von Damen über Sir Gawein abgehalten. Sie verurteilten ihn, er sollte bis ans Ende seines Lebens für alle Damen eintreten und Kämpfe für sie ausfechten und er sollte stets ritterlich handeln und nie dem Gnade versagen, der darum bat. Gawein wurde auf die vier Evangelisten vereidigt, daß er sich nie gegen eine Dame oder Edelfrau wenden sollte, es sei denn, daß er für eine Dame kämpfte und sein Gegner für eine andere. Und so endete das Abenteuer Sir Gaweins, das er bei der Hochzeit des Königs Artus bestand.

WIE SIR TOR DEM RITTER MIT DEM HUND NACHRITT UND VON SEINEM ABENTEUER UNTERWEGS.

Als Sir Tor gerüstet war, bestieg er sein Pferd und folgte dem Ritter mit dem Spürhund. Wie er so dahinritt, stand plötzlich ein Zwerg vor ihm und schlug seinem Pferd mit einem Knüppel auf den Kopf, daß es eine Speerlänge zurücksprang. Warum tust du das? fragte Sir Tor. Weil du hier nicht vorbeikommst, wenn du nicht mit den Rittern dort an den Zelten kämpfst. Da bemerkte Tor zwei Zelte, vor denen große Speere standen, und zwei Schilde hingen an den Bäumen neben den Zelten. Ich darf mich nicht aufhalten, sagte Sir Tor, denn ich bin auf einer Spur, der ich schnell folgen muß. Hier kommst du nicht durch, entgegnete der Zwerg und blies in sein Horn. Da preschte ein Bewaffneter mit erhobenem Schild auf Tor zu, und er wandte sich gegen ihn, und sie stießen so heftig zusammen, daß Tor ihn vom Pferde warf. Da ergab sich der Ritter und bat um Gnade. Doch, Herr Ritter, ich habe einen Gefährten in dem anderen Zelt, der wird jetzt mit Euch kämpfen. Er soll willkommen sein, sprach Sir Tor. Da sah er schon den anderen Ritter in vollem Galopp auf sich zukommen, und sie kämpften miteinander, daß es erstaunlich war. Der Ritter stieß Sir Tor so gewaltig mitten auf den Schild, daß sein Speer ganz zersplitterte, und Sir Tor traf ihn durch den Schild, daß der Speer dem Ritter in die Rippen drang, ihn aber nicht tötete. Da stieg Sir Tor vom Pferd und versetzte ihm einen mächtigen Schlag auf den Helm, worauf sich der Ritter ergab und um Gnade bat. Die will ich dir gewähren, sagte Sir Tor, aber du sollst mit deinem Gefährten zu König Artus gehen, und ihr beiden müßt euch ihm als Gefangene stellen. Und von wem, sollen wir sagen, sind wir geschickt worden? Sagt, von dem Ritter, der auf der Suche nach dem Ritter mit dem Spürhund auszog. Und wie heißt ihr beide? frage Sir Tor. Mein Name ist Sir Felot von Langduk, antwortete der eine; und mein Name ist Sir Petipase von Windchelsen, antwortete der andere. Nun geht, sagte Sir Tor, und Gott sei mit euch und mit mir. Da kam der Zwerg und sprach zu Sir Tor: Ich bitte Euch, gewährt mir eine Gunst. Das will ich gern, erwiderte Sir Tor, bittet nur. Ich begehre nichts weiter, sagte der Zwerg, als daß Ihr mir erlaubt, Euch zu dienen, denn feigen Rittern will ich nicht länger dienen. Nimm ein Pferd, sagte Sir Tor, und reite mit mir. Ich weiß, Ihr verfolgt den Ritter mit dem weißen Spürhund, sprach der Zwerg, ich will Euch zu ihm führen. Und so ritten sie durch einen großen Wald, und schließlich sahen sie dicht neben einem Kloster zwei Zelte mit zwei Schilden, und der eine Schild war ganz weiß gefärbt und der andere rot.

WIE SIR TOR DEN HUND BEI EINER DAME FAND, UND WIE EIN RITTER IHN WEGEN DIESES HUNDES ANGRIFF. ❧ Dort stieg Sir Tor ab und gab dem Zwerg sein Schwert. Er kam zu dem weißen Zelt und sah drei Fräulein auf einem Lager schlafen. Da ging er zu dem anderen Zelt und fand darin eine Dame im Schlafe liegen und entdeckte auch den weißen Spürhund, der sie laut anbellte, und daraufhin kamen die Dame und alle ihre Fräulein aus den Zelten. Als Sir Tor den weißen Hund erblickte, packte er ihn und gab ihn dem Zwerg. Was, rief die Dame, wollt Ihr mir meinen Hund wegnehmen? Ja, entgegnete Sir Tor, diesen Hund habe ich auf dem ganzen Weg von König Artus' Hof bis hierher gesucht.

Nun, Ritter, sagte die Dame, Ihr werdet nicht weit mit ihm kommen, bis man Euch einholt und zur Rechenschaft zieht. Ich will jedes Abenteuer auf mich nehmen, das mir durch Gottes Gnade begegnet, erwiderte Sir Tor, stieg auf sein Pferd und ritt gen Camelot davon. Die Nacht war aber so nahe, daß er nicht lange reiten konnte. Weißt du eine Herberge? fragte Tor. Ich weiß keine, antwortete der Zwerg, aber hier in der Nähe ist eine Einsiedelei, und dort müßt Ihr mit der Unterkunft vorliebnehmen, die Ihr findet. Nach einer Weile kamen sie zu der Einsiedelei und fanden ein Unterkommen, und es gab Gras, Hafer und Brot für ihre Pferde. Bald waren alle Arbeiten erledigt, und sie erhielten ein karges Mahl und ruhten die ganze Nacht bis zum Morgen, hörten dann fromm eine Messe und verabschiedeten sich von dem Einsiedler, und Sir Tor bat den Einsiedler, für ihn zu beten. Der versprach es ihm und empfahl ihn Gott. Dann stieg Sir Tor in den Sattel und ritt lange in Richtung Camelot. Auf einmal hörten sie einen Ritter, der hinter ihnen herkam, laut rufen: Ritter, warte und gib mir den Hund zurück, den du meiner Herrin weggenommen hast! Sir Tor wandte sich um und sah, daß er ein stattlicher Ritter war, mit einem guten Pferd und in allen Stücken gut gewappnet. Sir Tor hob seinen Schild und ergriff seinen Speer, und der andere ging so wild auf ihn los, daß beide Reiter samt ihren Pferden zu Boden stürzten. Sogleich sprangen sie wieder auf wie kampfeswütige Löwen und zogen ihre Schwerter und streckten ihre Schilde vor und hieben durch die Schilde, daß von beiden die Stücke herabfielen. Sie zerschmetterten einander die Helme und schnitten durch die dicken Ringe ihrer Panzer und rissen sie auseinander, daß das heiße Blut zur Erde floß und beide wegen ihrer vielen Wunden ermatteten. Als Sir Tor bemerkte, daß der andere Ritter nahe am Umsinken war, drang er heftig auf ihn ein und verdoppelte seine Streiche und streckte ihn zu Boden; dann forderte er ihn auf, sich zu ergeben. Das werde ich nicht tun, entgegnete Abelleus, solange ich noch lebe und die Seele in meinem Leib ist, wenn du mir nicht meinen Hund gibst. Das werde ich nicht tun, sagte Sir Tor, denn es war mein Auftrag, diesen Spürhund, dich oder beide zurückzubringen.

WIE SIR TOR DEN RITTER BESIEGTE UND IHM AUF VERLANGEN EINER DAME DEN KOPF ABSCHLUG. ❧ In diesem Augenblick kam ein Fräulein, so schnell sie konnte, auf einem Zelter angeritten und rief mit lauter Stimme nach Sir Tor. Was wollt Ihr von mir? fragte Sir Tor. Ich flehe Euch an, edler Ritter, sagte das Fräulein, um König Artus' willen, gewährt mir eine Bitte, so wahr Ihr ein Edelmann seid. Sprecht, antwortete Sir Tor, und ich will Euch Eure Bitte erfüllen. Ich danke Euch, sagte das Fräulein, ich bitte um den Kopf des falschen Ritters Abelleus, denn er ist der schändlichste Ritter und der schlimmste Mörder, den es gibt. Ich bedaure, entgegnete Sir Tor, daß ich Euch die Bitte gewährt habe; laßt ihn wiedergutmachen, was er Euch angetan hat. Das kann er nicht, beharrte das Fräulein, denn er hat meinen Bruder vor meinen Augen erschlagen, der ein besserer Ritter war als er und dem er keine Gnade gewährte, obwohl ich eine halbe Stunde vor ihm im Schmutz kniete. Mein Bruder hatte ihm nichts Böses getan, sondern focht einen Waffengang mit ihm, doch trotz meiner Bitten schlug Abelleus ihm den Kopf ab. Deshalb verlange ich von Euch, wenn Ihr ein wahrer Ritter seid, daß Ihr meine Bitte erfüllt, sonst werde ich Euch vor dem ganzen Hof von König Artus beschämen. Als das Abelleus hörte, wuchs seine Furcht, und er ergab sich und bat um Gnade. Jetzt kann ich nicht mehr, sagte Sir Tor, ich würde sonst mein Wort brechen. Als ich Euch Gnade gewähren wollte, da wolltet Ihr nicht darum bitten, solange Ihr nicht den Hund wiederhättet, den zu holen mein Auftrag war. Da riß Abelleus seinen Helm ab, sprang auf und floh, und Sir Tor rannte hinter ihm her und schlug ihm den Kopf ab. Die Nacht bricht bald herein, sagte das Fräulein, ich bitte Euch, kommt mit mir und übernachtet in meinem Hause, es ist ganz in der Nähe. Das will ich gern, antwortete Sir Tor, denn seinem Pferd und ihm war es übel ergangen, seit sie von Camelot ausgezogen waren. So ritt er mit ihr und wurde sehr herzlich aufgenommen, und sie hatte einen würdigen alten Ritter zum Gemahl, der ihn und sein Pferd aufs beste versorgte. Am anderen Morgen hörte er die Messe, frühstückte und verabschiedete sich von dem Ritter und von der Dame, die ihn bat, seinen Namen zu nennen. Gern, sagte er, mein Name ist Sir Tor, ich bin erst kürzlich zum Ritter geschlagen worden, und dies war meine erste Waffentat: das zurückzubringen, was der Ritter Abelleus von König Artus' Hof weggenommen hat. O edler Ritter, sagten die Dame und ihr Gemahl, wenn Ihr wieder in unsere Gegend kommt, stattet unserem bescheidenen Haus einen Besuch ab, es steht Euch immer zu Gebote. Dann nahm Sir Tor Abschied und kam nach drei Tagen zu Mittag nach Camelot, und der König und die Königin und der ganze Hof freuten sich sehr über seine Ankunft und begrüßten ihn herzlich, denn er war, mit wenig Hilfsmitteln versehen, allein vom Hof geritten; nur König Pellinore, sein Vater, hatte ihm ein altes Schlachtroß und König Artus eine Rüstung und ein Schwert gegeben. Dann ließen ihn der König und die Königin auf Merlins Rat schwören, alle seine Abenteuer zu erzählen; und so erzählte er und zeigte die Beweise für seine Taten vor, die hier berichtet wurden, worüber der König und die Königin große Freude bekundeten. Nein, nein, sagte Merlin, das sind nur Possen gegen das, was er noch vollbringen wird, denn er wird sich als einer der wackersten und kühnsten Helden erweisen, edel und ritterlich und tatendurstig und stets in seinen Worten treu und nie unbesonnen. Auf diese Worte Merlins erhob ihn König Artus in den Grafenstand und gab ihm die dazugehörigen Ländereien. Und hier endet das Abenteuer von Sir Tor, König Pellinores Sohn.

WIE KÖNIG PELLINORE HINTER DER DAME UND DEM RITTER, DER SIE WEGFÜHRTE, HERRITT, UND WIE EINE DAME HILFE VON IHM BEGEHRTE, UND WIE ER FÜR DIESE DAME MIT ZWEI RITTERN KÄMPFTE, VON DENEN ER EINEN MIT DEM ERSTEN STREICH ERSCHLUG.

Dann wappnete sich König Pellinore, bestieg sein Pferd und sprengte der Dame nach, die der Ritter entführt hatte. Als er durch einen Wald kam, sah er in einem Tal bei einer Quelle ein Fräulein sitzen, die einen verwundeten Ritter in ihren Armen hielt, und Pellinore grüßte sie. Als sie ihn erblickte, rief sie ganz laut: Helft mir, Ritter, um Christi willen, König Pellinore! Doch er wollte keine Zeit verlieren, so eifrig war er in der Erfüllung seines Auftrags, und sie rief hundertmal um Hilfe. Als sie sah, daß er nicht haltmachen wollte, betete sie zu Gott, er möchte es so fügen, daß der Ritter Hilfe ebenso nötig hätte wie sie, und zwar bald. So starb, wie das Buch berichtet, der verwundete Ritter, und aus Schmerz darüber brachte sich die Dame mit seinem Schwert um. Während König Pellinore weiter durch das Tal ritt, begegnete er einem armen Mann, einem Tagelöhner. Hast du nicht, fragte ihn Pellinore, einen Ritter gesehen, der eine Dame entführt hat? Ja, sagte der Mann, diesen Ritter habe ich gesehen und die Dame auch, sie jammerte laut. Dort unten werdet Ihr in einem Tal zwei Zelte finden. Einer der Ritter von den Zelten forderte die Dame von ihrem Begleiter und sagte, sie wäre ihm nahe verwandt, deshalb dürfte er sie nicht weiter wegführen. Bei diesem Streit fingen sie an zu kämpfen. Der eine erklärte, er wollte sie mit Gewalt haben, und der andere sagte, er wollte über sie verfügen, weil er ihr Verwandter wäre und sie zu ihrer Sippe zu führen beabsichtigte. Wenn

Ihr schnell reitet, werdet Ihr sie noch im Kampf antreffen, die Dame hält sich bei den zwei Knappen im Zelt auf. Gott danke dir, sagte König Pellinore. Dann sprengte er im Galopp davon, bis er die beiden Zelte und die kämpfenden Männer erblickte. Sogleich ritt er an die Zelte heran und bemerkte, daß die Dame diejenige war, die er suchte. Daher sprach er: Schöne Dame, Ihr müßt mit mir an den Hof des Königs Artus gehen. Herr Ritter, sagten die beiden Knappen, die bei ihr waren, dort sind zwei, die um diese Dame kämpfen, geht hin und bringt sie auseinander und einigt Euch mit ihnen, dann mögt Ihr sie nach Euerm Belieben haben. Das ist gut, sagte König Pellinore. Darauf ritt er zwischen die Streitenden und trennte sie und fragte, aus welchem Grund sie kämpften. Herr Ritter, antwortete der eine, ich will es Euch sagen: Diese Dame ist mir nahe verwandt, sie ist die Tochter meiner Tante, und als ich sie klagen hörte, sie sei gegen ihren Willen bei ihm, forderte ich ihn zum Kampf heraus. Herr Ritter, antwortete der andere, dessen Name Hontzlake von Wentland war, diese Dame habe ich heute durch meine Tapferkeit am Hofe des Königs Artus gewonnen. Das ist gelogen, sagte König Pellinore, denn Ihr kamt plötzlich herein, als wir beim Hochzeitsfest saßen, und entführtet diese Dame, ehe sich einer rüsten konnte. Deshalb ist es mein Auftrag, sie und Euch zurückzubringen, oder einer von uns wird auf dem Kampfplatz bleiben, das habe ich König Artus versprochen. Kämpft also nicht mehr, denn keiner von euch soll sie haben, und wenn ihr um sie kämpfen wollt, kämpft mit mir, und ich will sie verteidigen. So rüstet Euch, entgegneten die Ritter, wir werden Euch mit aller Macht angreifen. Als König Pellinore sein Pferd beiseite führen wollte, hieb es Sir Hontzlake mit einem Schwertstreich mittendurch und sagte: Jetzt bist du genauso zu Fuß wie wir. Als König Pellinore sah, daß sein Pferd getötet worden war, machte er sich schnell von ihm frei, zog sein Schwert, hob den Schild vor sich und warnte: Ritter, sieh dich vor, jetzt mußt du büßen, weil du mein Pferd erschlagen hast. Dann versetzte ihm König Pellinore einen solchen Streich auf den Helm, daß er den Kopf bis zum Kinn spaltete und der Ritter tot zu Boden fiel.

WIE KÖNIG PELLINORE DIE DAME EINHOLTE UND SIE NACH CAMELOT AN DEN HOF DES KÖNIGS ARTUS BRACHTE. Dann wandte er sich dem anderen Ritter zu, der schwer verwundet war. Da dieser aber den Streich gesehen hatte, wollte er nicht kämpfen, sondern kniete nieder und sagte: Nehmt die Dame, meine Kusine, mit Euch, wie Ihr begehrt, doch ich bitte Euch, wenn Ihr ein wahrer Ritter seid, setzt sie keiner Schande noch Schmach aus. Was, rief Pellinore, wollt Ihr nicht um sie kämpfen? Nein, Herr, antwortete der Ritter, mit einem so heldenhaften Ritter will ich nicht kämpfen. Ihr habt recht, sagte Pellinore, und ich verspreche Euch, ihr soll durch mich kein Leid geschehen, so wahr ich ein echter Ritter bin. Aber mir fehlt nun ein Pferd, wenn ich nicht Hontzlakes nehmen will. Das braucht Ihr nicht, entgegnete der Ritter, ich werde Euch ein Pferd geben, das Euch gefallen soll, wenn Ihr bei mir übernachten wollt, denn die Dämmerung bricht herein. Ich will gern die Nacht bei Euch bleiben, sagte König Pellinore. Er wurde sehr herzlich aufgenommen, mit erlesenem Wein bewirtet und verbrachte eine frohe und gute Nacht. Am anderen Morgen hörte er die Messe und speiste, und dann wurde für ihn ein schönes braunes Pferd geholt und sein Sattel daraufgelegt. Wie soll ich Euch nennen, fragte der Ritter, da Ihr meine Kusine nun Euerm Auftrag gemäß mit Euch nehmt? Ich will Euch sagen, wer ich bin; mein Name ist König Pellinore von den Inseln, ich bin ein Ritter der Tafelrunde. Ich bin froh, antwortete der Ritter, daß ein so edler Mann meine Kusine geleitet. Und wie ist Euer Name, fragte Pellinore, ich bitte Euch, sagt es mir. Mein

Name ist Sir Meliot von Logris, und diese Dame, meine Kusine, heißt Nimue, und der Ritter in dem anderen Zelt ist mein treuer Gefährte, ein wackerer Ritter namens Brian de les Isles. Er ist gegen alles Unrecht und Blutvergießen, und er kämpft nur, wenn er so schwer herausgefordert wird, daß ein Ausweichen Schande brächte. Es wundert mich, sagte Pellinore, daß er nicht gegen mich antritt. Herr, er tritt gegen niemand an, wenn er es nicht selbst wünscht. Bringt ihn demnächst an den Hof, sagte Pellinore. Herr, wir werden zusammen kommen. Ihr werdet am Hof von König Artus willkommen sein, sprach Pellinore, und herzlich begrüßt werden. Dann brach er mit der Dame auf und geleitete sie nach Camelot. Als sie durch ein steiniges Tal ritten, strauchelte das Pferd der Dame und warf sie ab, daß sie sich den Arm verletzte und vor Schmerzen beinahe ohnmächtig wurde. Ach, Herr, klagte die Dame, mein Arm ist ausgerenkt, ich muß dringend ruhen. Da stieg Pellinore unter einem großen Baum ab, wo das Gras weich war, band sein Pferd fest und legte sich unter den Baum und schlief bis zum späten Abend. Als er erwachte, wollte er weiterreiten. Herr, sagte die Dame, es ist so dunkel, daß Ihr nicht wißt, ob Ihr vorwärts oder zurückreitet. So blieben sie und machten ihr Lager zurecht. Dann legte Sir Pellinore die Rüstung ab. Kurz vor Mitternacht hörten sie das Getrappel von Pferden. Verhaltet Euch still, sprach König Pellinore, denn wir werden ein Abenteuer hören.

WIE ER UNTERWEGS ZWEI RITTER BELAUSCHTE, ALS ER BEI NACHT IN EINEM TAL VERWEILTE, UND WIE ER IHR GEHEIMNIS ERFUHR. Und damit wappnete er sich. Gerade vor ihm begegneten sich zwei Ritter, der eine kam von Camelot und der andere von Norden, und sie grüßten einander. Was gibt es Neues in Camelot? fragte der eine. Bei meinem Haupt, sagte der andere, da bin ich gewesen und habe am Hofe des Königs Artus spioniert. Es stehen dort alle in so treuer Gefolgschaft zusammen, daß sie nie auseinandergebracht werden können; fast die ganze Welt hält zu Artus, denn er ist die Krone der Ritterschaft. Ich will jetzt gerade nach Norden reiten, um unseren Häuptlingen von Artus und seiner Gefolgschaft zu berichten. Was den angeht, sagte der andere Ritter, so habe ich ein Mittel bei mir, das stärkste Gift, von dem Ihr je gehört habt, und damit will ich nach Camelot. Wir haben einen Freund ganz in der Nähe von König Artus, der hoch angesehen ist, und der soll König Artus vergiften; denn das hat er unseren Häuptlingen versprochen und große Gaben dafür erhalten. Hütet Euch vor Merlin, warnte der andere Ritter, denn er weiß alle Dinge durch Teufelskunst. Deshalb will ich den Plan nicht aufgeben, entgegnete der Ritter. Und so gingen sie auseinander. Sogleich machten sich Pellinore und seine Dame fertig und ritten nach Camelot. Als sie an dem Quell vorbeikamen, wo der verwundete Ritter und die Dame gewesen waren, da fand er den Ritter tot, die Dame aber war von Löwen oder anderen wilden Tieren aufgefressen worden bis auf den Kopf. Darüber erhob er laute Klage und rief weinend: Ach! Ich hätte ihr Leben retten können, aber ich war so versessen auf meinen Auftrag, daß ich nicht verweilen wollte. Warum jammert Ihr so? fragte die Dame. Ich weiß nicht, antwortete Pellinore, aber mein Herz trauert sehr über den Tod der Dame, denn sie war jung und sehr schön. Wollt Ihr tun, was ich Euch rate? sagte die Dame. Laßt diesen Ritter in einer Einsiedelei begraben und tragt dann den Kopf der Dame zu König Artus. So nahm König Pellinore den toten Ritter auf die Schulter und brachte ihn zu einer Einsiedelei. Er übertrug dem Einsiedler die Sorge und den Leichnam und bat, für die Seele eine Messe zu lesen; für die Mühe überließ er ihm die Rüstung. Alles soll geschehen, sagte der Einsiedler, wie ich es vor Gott verantworten kann.

Kapitel 15

WIE ER BEI SEINER RÜCKKEHR NACH CAMELOT AUF EINE BIBEL VEREIDIGT WURDE, WAHRHEITSGETREU ÜBER SEINE ABENTEUER ZU BERICHTEN.

Damit schieden sie und ritten zu der Stelle, wo der Kopf der Dame mit dem schönen blonden Haar lag, und der Anblick schmerzte König Pellinore, denn ihr Gesicht gefiel ihm sehr. Zu Mittag erreichten sie Camelot, und der König und die Königin waren sehr froh über seine Ankunft bei Hofe. Er wurde bei den vier Evangelisten vereidigt, die Wahrheit über die Erfüllung seines Auftrages von Anfang bis Ende zu erzählen. Ach! Sir Pellinore, sagte die Königin Ginevra, Ihr seid sehr zu tadeln, weil Ihr das Leben der Dame nicht gerettet habt. Frau Königin, erwiderte Pellinore, Ihr wäret sehr zu tadeln, wenn Ihr Euer eigenes Leben nicht retten würdet, wenn Ihr könntet, aber verzeiht, ich war so begierig auf die Erfüllung meines Auftrages, daß ich nicht verweilen wollte, und das reut mich sehr und wird mich reuen bis ans Ende meiner Tage. Wahrhaftig, sprach Merlin, es sollte Euch sehr reuen, denn jene Dame war Eure eigene Tochter, die Ihr mit der Lady von Rule gezeugt habt, der tote Ritter aber war ihr Geliebter, und er hätte sie geheiratet. Er war trotz seiner Jugend ein recht wackerer Ritter und hätte sich als trefflicher Recke bewährt; sein Name war Miles von den Ebenen. Er wollte an diesen Hof kommen, aber ein falscher und feiger Ritter, Loraine le Savage geheißen, tötete ihn von hinten mit einem Speer. Aus großem Kummer und Schmerz gab sie sich selbst mit seinem Schwert den Tod; ihr Name war Eleine. Und da Ihr nicht verweilen und helfen wolltet, werdet Ihr es erleben, daß Euch Euer bester Freund im Stich läßt, wenn Ihr in der allergrößten Not seid. Denn als Buße hat Gott Euch für diese Tat auferlegt, daß Euch derjenige, dem Ihr am meisten von allen Menschen vertraut, dort verlassen soll, wo Ihr erschlagen werdet. Ich ahne, sagte König Pellinore, daß mir dies bestimmt ist, aber Gott kann das Schicksal wohl wenden.

Nachdem nun der Auftrag mit dem weißen Hirsch, den Sir Gawein verfolgte, erfüllt war und auch der Auftrag mit dem Spürhund, den Sir Tor verfolgte, und ebenso der Auftrag mit der Dame, die der Ritter entführte und die König Pellinore zurückholte, da versammelte der König alle seine Ritter. Er gab denen, die nicht reich an Ländereien waren, Land und verlangte von ihnen, nie Schmach oder Mord auf sich zu laden und immer Verrat zu fliehen und jede Grausamkeit zu vermeiden und Gnade dem zu gewähren, der darum bittet, bei Strafe des Verlustes ihrer Würde und ihres Ranges, die sie von König Artus empfangen hatten; überdies sollten sie Damen, Fräulein und Edelfrauen stets hilfreich sein, bei Strafe des Todes, und keiner sollte aus irgendeinem Grund noch um alle Schätze der Welt für eine ungerechte Sache kämpfen. Darauf wurden alle Ritter der Tafelrunde, alt und jung, vereidigt. Und jedes Jahr leisteten sie den Eid erneut am hohen Pfingstfest.

4. Buch

WIE MERLIN SICH MASSLOS IN EINE DER DAMEN VOM SEE VERLIEBTE, UND WIE ER IN EINER FELSHÖHLE UNTER EINEM STEIN EINGESCHLOSSEN WURDE UND DORT STARB.

NACH diesen Abenteuern von Sir Gawein, Sir Tor und König Pellinore geschah es, daß Merlin sich in das Fräulein, das Pellinore an den Hof gebracht hatte, heftig verliebte. Sie war eins der Fräulein vom See und hieß Nimue. Merlin ließ nicht von ihr ab und wollte immer bei ihr sein, und sie machte Merlin Hoffnung, bis sie von ihm alles erfahren hatte, was sie erfahren wollte. So erzählte er einmal König Artus, daß er nicht mehr lange leben werde und trotz seiner Künste bald unter die Erde komme. Er tat noch vieles andere kund, was sich ereignen würde, aber immer legte er dem König ans Herz, er solle sein Schwert und die Scheide hüten, denn beides werde von einer Frau, der er am meisten vertraue, gestohlen werden. Er sagte auch, König Artus werde ihn vermissen: Lieber als alle Eure Ländereien hättet Ihr mich dann zurück. Ach, entgegnete der König, da Ihr wißt, was Euch zustoßen wird, sorgt doch vor und wendet mit Euern Künsten das Mißgeschick ab. Nein, sagte Merlin, das geht nicht; und so nahm er seinen Abschied vom König. Nach einer Weile reiste das Fräulein vom See ab, und Merlin folgte ihr, wo immer sie hinging. Oft wollte Merlin sie mit seinen Künsten heimlich an einen anderen Ort bringen, doch sie ließ ihn schwören, nie einen Zauber auf sie zu legen, wenn er hoffe, daß sie ihm zu Willen sein würde, und das schwur er. So fuhren sie und Merlin über das Meer in das Land Benwick, wo König Ban regierte und großen Krieg gegen König Claudas führte. Dort sprach Merlin mit König Bans Weib, einer schönen und tugendhaften Dame namens Eleine, und dort sah er den jungen Lanzelot. Die Königin klagte sehr über den blutigen Krieg, den König Claudas gegen ihren Herrn und ihr Land führte. Seid nicht traurig, antwortete Merlin, denn dieses Kind wird Euch binnen zwanzig Jahren an König Claudas rächen, daß die ganze Christenheit davon spricht, und eben dieses Kind wird der größte Held in der ganzen Welt sein. Galahad ist sein erster Name, das weiß ich wohl, sagte Merlin, und danach habt Ihr ihn Lanzelot getauft. Das ist wahr, erwiderte die Königin und fuhr fort: O Merlin, soll ich es wirklich erleben, daß mein Sohn ein solcher Held wird? Ja, Frau Königin, Ihr sollt es erleben und danach noch viele Winter sehen. Bald darauf reisten die Dame und Merlin ab, und unterwegs zeigte Merlin ihr viele Wunder, bis sie schließlich nach Cornwall kamen. Und immer trachtete Merlin danach, ihr die Jungfräulichkeit zu nehmen, doch sie war seiner schon sehr überdrüssig und wäre ihn gern losgewesen, denn sie fürchtete sich vor ihm, weil er ein Teufelssohn war, aber sie konnte sich auf keine Weise von ihm befreien. Da geschah es einmal, daß Merlin ihr einen Felsen zeigte, der ein großes Wunder barg und einen Zauber auf den legte, der unter einen großen Stein ging. Mit verführerischen Worten erreichte sie, daß Merlin unter den Stein trat, um ihr das Wunder vorzuführen, und da bewirkte sie, daß er trotz aller seiner Künste, die ihm zu Gebote standen, nicht mehr unter dem großen Stein hervorkommen konnte. So ließ sie Merlin eingeschlossen zurück.

Kapitel 2

WIE FÜNF KÖNIGE IN DAS LAND EINFIELEN, UM GEGEN KÖNIG ARTUS KRIEG ZU FÜHREN, UND WELCHEN ENTSCHLUSS ARTUS GEGEN SIE FASSTE.

König Artus ritt nach Camelot und feierte dort mit Lust und Freuden ein großes Fest und kehrte darauf nach Carlisle zurück, wo er die Kunde erhielt, es seien der König von Dänemark und dessen Bruder, der König von Irland, ferner

der König von Vale, der König von Soleise und der König von der Insel Longtains mit einem starken Heer in sein Land eingedrungen und sengend und mordend über Städte und Burgen hergefallen, daß es ein Jammer sei. Wehe, rief Artus, seit ich zum König dieses Landes gekrönt worden bin, habe ich noch nicht einen Monat Ruhe gehabt. Aber ich will nicht ruhen, bis ich mit diesen Königen auf dem Schlachtfeld zusammentreffe, das schwöre ich; denn meine getreuen Untertanen sollen nicht durch meine Nachlässigkeit vernichtet werden. Es folge mir, wer will, und es bleibe zurück, wer will. Dann ließ Artus an König Pellinore schreiben und bat ihn, sich in aller Eile mit so viel Mannen zu rüsten, wie er zusammenbringen konnte, und so schnell wie möglich zu ihm zu kommen. Die Barone waren im stillen verärgert, daß der König so plötzlich aufbrechen wollte, aber er ließ sich durch nichts aufhalten und sandte denen, die nicht an seinem Hof weilten, den Auftrag, ihm eilends nachzufolgen. Dann begab sich Artus zur Königin Ginevra und sagte: Frau, macht Euch fertig, Ihr sollt mit mir gehen, denn ich mag Euch nicht lange missen. Was mir auch zustoßen mag, Eure Gegenwart wird mich zu größerer Tapferkeit anspornen; ich will meine Frau nicht außer Gefahr wissen. Herr, sagte sie, Ihr seid mein Gebieter, ich werde zu der Zeit bereit sein, da Ihr bereit seid. So brachen der König und die Königin mit der Gefolgschaft, über die sie geboten, nach Norden auf und errichteten in einem Wald am Humber ihr Lager. Als zu den genannten fünf Königen die Kunde drang, daß Artus in einem Wald am Humber lag, gab ihnen ein Ritter, der Bruder eines der fünf Könige, den Rat: Ihr wißt sehr wohl, daß Artus die Krone der Ritterschaft der ganzen Welt bei sich hat, wie durch die Schlacht mit den elf Königen bewiesen ist; deshalb zieht Tag und Nacht schnell gegen ihn, bis wir in seiner Nähe sind, denn je mehr Zeit verstreicht, desto stärker wird er, und wir werden um so schwächer. Er vertraut so auf seine Kraft, daß er mit wenig Leuten ins Feld gezogen ist. Darum wollen wir ihn angreifen, ehe es Tag wird, und wir werden ihn erschlagen, und von seinen Rittern soll keiner entkommen.

Kapitel 3

WIE KÖNIG ARTUS SIE IN DER SCHLACHT BEZWANG UND DIE FÜNF KÖNIGE ERSCHLUG UND DEN REST IHRER KRIEGER IN DIE FLUCHT TRIEB. Diesem Rat stimmten die fünf

Könige zu, und so drangen sie mit ihrem Heer durch Nordwales vor und stießen nachts auf Artus und überfielen sein Heer, als der König und seine Ritter in ihren Zelten waren. Artus war unbewaffnet und hatte sich mit Königin Ginevra zur Ruhe begeben. Herr, sagte Sir Kay, es ist nicht gut, daß wir ohne Waffen sind. Wir werden sie nicht brauchen, meinten Sir Gawein und Sir Griflet, die in einem kleinen Zelt neben dem des Königs lagen. In diesem Augenblick hörten sie großen Lärm, und viele schrien: Verrat, Verrat! Zu den Waffen, Freunde! rief König Artus, und im Nu waren sie in allen Stükken gerüstet. Da kam ein verwundeter Ritter zum König und sagte: Herr, rettet Euch und die Frau Königin, denn unser Heer ist geschlagen und eine große Zahl der Unsrigen getötet. Da bestiegen der König und die Königin und die drei Ritter schnell ihre Pferde und ritten zum Humber, um überzusetzen, aber die Strömung war so reißend, daß sie davor zurückschreckten. Ihr könnt jetzt wählen, sagte König Artus, ob ihr hierbleiben und die Gefahr auf dieser Seite auf euch nehmen wollt. Wenn sie euch hier ergreifen, werden sie euch töten. Ich möchte lieber im Wasser umkommen, antwortete die Königin, als in die Hände Eurer Feinde fallen und erschlagen werden. Während sie so sprachen, sah Sir Kay die fünf Könige allein zu Pferde mit der Lanze in der Hand auf sie zukommen. Seht! sagte Sir Kay, dort sind die fünf Könige, reiten wir ihnen entgegen und stellen wir sie zum Kampf. Das wäre Torheit, entgegnete Sir Gawein, denn wir sind nur vier, und sie sind fünf. Das ist wahr, pflichtete Sir Griflet bei. Das macht nichts, erklärte Sir Kay, ich nehme zwei von ihnen auf mich, dann habt ihr drei nur noch die anderen drei gegen euch. Und schnurstracks ließ Sir Kay sein Roß laufen, so schnell es konnte, und stieß einem der Könige seine Lanze einen Klafter tief durch den Schild und den Leib, daß er tot zur Erde fiel. Das sah Sir Gawein und rannte so gewaltig gegen einen anderen König, daß er ihn erschlug. Gleichzeitig sprengte König Artus gegen den dritten und stieß ihm seine

Lanze durch den Körper, daß er tot zu Boden sank. Sir Griflet griff den vierten König an und warf ihn vom Pferd, daß er das Genick brach. Nun wandte sich Sir Kay gegen den fünften König und schlug ihm so mächtig auf den Helm, daß der Streich Helm und Kopf spaltete. Das war ein guter Streich, sagte König Artus, ehrenhaft hast du dein Versprechen gehalten, und darum will ich dir Ehre erweisen, solange ich lebe. Danach setzten sie die Königin in ein Boot, und Ginevra lobte Sir Kay wegen seiner Taten und sprach: Wenn Ihr eine Dame liebtet und sie Euch nicht wiederliebte, so wäre sie sehr zu tadeln. Ich will unter den Damen Euern Ruhm verbreiten, denn Ihr habt ein großes Versprechen gegeben und es in Ehren eingelöst. Darauf fuhr die Königin den Humber hinab. Der König und die drei Ritter aber ritten in den Wald, denn dort glaubten sie die zu treffen, die entkommen waren. Sie fanden auch die meisten ihrer Leute und erzählten ihnen allen, daß die fünf Könige tot waren. Darum laßt uns zusammenbleiben, bis es Tag ist; wenn ihre Krieger vom Tod ihrer Anführer erfahren, werden sie so von Jammer ergriffen, daß sie sich nicht mehr zu helfen wissen. Und wie es der König gesagt hatte, so geschah es; denn als sie die fünf Könige tot auffanden, begannen sie so bitter zu klagen, daß sie von ihren Pferden fielen. In diesem Augenblick tauchte König Artus mit nur wenigen Leuten auf, und sie schlugen links und rechts zu, daß fast keiner entkam und dreißigtausend erschlagen wurden. Als die Schlacht zu Ende war, kniete der König nieder und dankte Gott in Demut. Dann sandte er nach der Königin, die bald eintraf und große Freude über den Sieg zeigte.

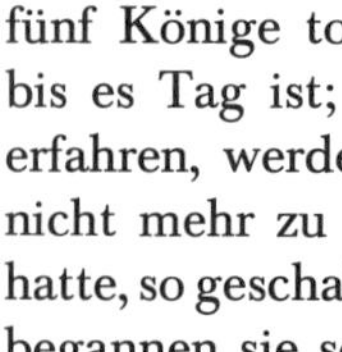

WIE DIE SCHLACHT ZU ENDE WAR, EHE KÖNIG PELLINORE KAM, UND WIE KÖNIG ARTUS AN DER STELLE, WO DIE SCHLACHT STATTGEFUNDEN HATTE, EINE ABTEI GRÜNDETE.

Da kam einer zu Artus und berichtete ihm, daß König Pellinore mit einem großen Heer nur noch drei Meilen entfernt war; und Artus sagte: Geh zu ihm und erzähle ihm, was wir vollbracht haben. Nach kurzer Zeit traf König Pellinore mit seinem Heer ein und grüßte die Leute und den König, und es herrschte allerseits große Freude. Dann ließ der König erkunden, wieviel Krieger auf seiner Seite gefallen waren, und es wurden nur wenig mehr als zweihundert Mann und acht Ritter von der Tafelrunde erschlagen aufgefunden. An der Stelle, an der der Kampf stattgefunden hatte, ließ der König eine schöne Abtei errichten und vermachte ihr große Besitztümer und gab ihr den Namen La Baele Adventure. Als einige Krieger der fünf Könige in ihre Länder zurückkehrten und berichteten, daß ihre Könige erschlagen waren, begann dort ein lautes Klagen. Und alle Feine des Königs Artus, wie der König von Nordwales und die Könige des Nordens, die von der Schlacht erfuhren, waren in großer Trauer. Artus aber kehrte schnell nach Camelot zurück und rief dort König Pellinore zu sich und sagte: Wie Ihr wißt, haben wir acht der besten Ritter der Tafelrunde verloren. Mit Euerm Rat wollen wir wieder acht von den besten auswählen, die wir an diesem Hofe finden können. Herr, antwortete Pellinore, ich will Euch nach bestem Vermögen raten: Es gibt an Euerm Hof sehr edle Ritter, alte und junge; deshalb sollt Ihr zur Hälfte alte und zur Hälfte junge wählen. Welches sind die alten? fragte König Artus. Herr, sagte König Pellinore, ich meine König Uriens, der Eure Schwester Morgan le Fay geheiratet hat, den König vom See, Sir Hervis de Revel, einen edlen Ritter, und als vierten Sir Galagars. Der Rat ist gut, sprach König Artus, und so soll es sein. Welches sind nun die vier jungen Ritter? fragte Artus. Herr, sagte Pellinore, der erste ist Sir Gawein, Euer Neffe, ein so trefflicher Ritter wie nur irgendeiner in diesem Lande, der zweitbeste ist, scheint mit, Sir Griflet le Fise de Dieu, ein wackerer und kampflustiger Ritter, der sich stets gut bewähren wird, und der dritte, den ich für würdig halte, ein Ritter der Tafelrunde zu werden, ist Sir Kay, der Seneschall, denn er hat sich schon viele Male höchst ehrenvoll hervorgetan. Erst kürzlich in Eurer letzten Schlacht erwarb er sich großen Ruhm, als er zwei Könige erschlug. Bei meinem Leben, sprach Artus, er ist am würdigsten von allen, die Ihr genannt habt, ein Ritter der Tafelrunde zu sein, auch wenn er in seinem ganzen Leben keine andere Heldentat vollbracht hätte.

WIE SIR TOR ZUM RITTER DER TAFELRUNDE GEMACHT WURDE, UND WIE BAGDEMAGUS DARÜBER GEKRÄNKT WAR. Und nun, sagte König Pellinore, will ich Euch zwei Ritter vorschlagen, und Ihr sollt wählen, welcher der würdigste ist, nämlich Sir Bagdemagus und Sir Tor, meinen Sohn. Weil Sir Tor mein Sohn ist, kann ich ihn nicht loben, aber wenn er es nicht wäre, müßte ich sagen, daß es in diesem Land keinen besseren Ritter in seinem Alter gibt als ihn, keinen mit besseren Eigenschaften und keinen, dem es verhaßter wäre, Übles zu tun und Übles zu dulden. Bei meinem Leben, entgegnete Artus, er ist ein ebenso guter Ritter wie die anderen, von denen Ihr heute gesprochen habt. Ich habe gesehen, wie er sich bewährt hat, und er spricht wenig und tut viel. Ich kenne keinen an diesem ganzen Hof, der ihm an Kühnheit und Kraft gleichkommt und der so hoher Abkunft ist wie er, und deshalb will ich ihn jetzt wählen und Sir Bagdemagus für ein andermal lassen. Als die genannten Ritter mit Zustimmung aller Barone gewählt waren, fanden sie ihre Namen an ihren Sitzen, und so nahmen sie Platz. Sir Bagdemagus aber war überaus zornig, weil Sir Tor ihm vorgezogen worden war. Deshalb verließ er plötzlich den Hof, nahm seinen Knappen mit und ritt lange durch einen Wald, bis er an ein Kreuz kam, und dort stieg er ab und sprach fromm ein Gebet. Unterdessen fand sein Knappe auf dem Kreuz geschrieben, daß Bagdemagus nicht an den Hof zurückkehren würde, bis er einen Ritter der Tafelrunde im Kampf Mann gegen Mann überwunden hätte. Herr Ritter, sagte der Knappe, hier sehe ich etwas über Euch geschrieben, und deshalb rate ich Euch, an den Hof zurückzukehren. Das werde ich nicht tun, entgegnete Bagdemagus, bis die Leute großen Ruhm von mir melden und ich würdig bin, ein Ritter der Tafelrunde zu werden. Und so ritt er weiter, und an seinem Weg fand er einen Zweig von einer heiligen Pflanze, das Zeichen des heiligen Grals, und kein Ritter fand solch ein Zeichen, wenn er nicht ein tugendhafter Mann war. Als Sir Bagdemagus auf der Suche nach vielen Abenteuern dahinritt, kam er zufällig zu dem Felsen, wo das Fräulein vom See Merlin unter den Stein gebannt hatte, und dort hörte er ihn laut klagen. Bagdemagus wollte ihm helfen und ging zu dem großen Stein, aber er war so schwer, daß ihn hundert Männer nicht hätten anheben können. Als Merlin merkte, daß er davorstand, hieß er ihn seine Mühe sparen, denn es sei alles vergeblich und nur die könne ihm helfen, die ihn eingesperrt habe. So zog Bagdemagus weiter und bestand viele Abenteuer und bewährte sich als ein höchst wackerer Ritter, und er kehrte an den Hof zurück und wurde zum Ritter der Tafelrunde ernannt. Und an dem Morgen gab es neue Kunde und neue Abenteuer.

Kapitel 6

WIE KÖNIG ARTUS, KÖNIG URIENS UND SIR ACCOLON EINEN HIRSCH JAGTEN UND IHREN SELTSAMEN ABENTEUERN.

Eines Tages ritten Artus und viele seiner Ritter in einen großen Wald zur Jagd, und dabei geschah es, daß König

Artus, König Uriens und Sir Accolon von Gallien einen großen Hirsch verfolgten. Alle drei hatten sie gute Pferde, und sie sprengten so schnell dahin, daß sie binnen kurzem zehn Meilen von ihrem Gefolge entfernt waren, und schließlich jagten sie so wild, daß die Pferde unter ihnen zusammenbrachen. Da waren sie alle drei zu Fuß, und immer sahen sie den Hirsch vor sich sehr ermattet und im Gebüsch versteckt. Was sollen wir tun? fragte König Artus, wir sind schlimm dran. Laßt uns zu Fuß gehen, sagte König Uriens, bis wir zu einem Haus kommen. Da sahen wir den Hirsch am Ufer eines großen Wassers liegen. Ein Spürhund biß ihn in die Kehle, und viele andere Hunde folgten . Da blies Artus Halali und stach den Hirsch ab. Dann schaute sich der König um und gewahrte vor sich auf dem großen Wasser ein kleines Schiff, das bis zum Wasser herab ganz mit Seide umkleidet war, und das Schiff kam gerade auf sie zu und landete auf der Sandbank. Artus ging zum Ufer und schaute hinein, aber er sah kein menschliches Wesen darin. Ihr Herren, rief der König, kommt her, wir wollen sehen, was in diesem Schiff ist. So stiegen sie alle drei hinein und fanden es reich mit seidenen Stoffen ausgekleidet. Mit einem Mal wurde es dunkle Nacht, und plötzlich waren um sie herum auf allen Seiten des Schiffes hundert Fakkeln, die helles Licht gaben, und es traten zwölf schöne Fräulein heraus und huldigten König Artus auf den Knien und nannten ihn bei seinem Namen und hießen ihn herzlich willkommen und boten ihm die beste Bewirtung an, die sie zu geben vermochten, wofür der König ihnen sehr dankte. Sogleich führten sie Artus und seine beiden Gefährten in ein schönes Gemach, in dem stand ein reich gedeckter Tisch mit allem, was zu einer Tafel gehört. Da wurden sie mit allen edeln Weinen und köstlichen Gerichten bewirtet, die sie sich vorstellen konnten. Darüber staunte der König sehr, denn er hatte nie in seinem Leben so gut gespeist. Nachdem sie mit Behagen geschmaust hatten, wurde König Artus in ein Zimmer geführt, das war so reich mit herrlichen Dingen geschmückt, wie er noch nie eins gesehen hatte, König Uriens wurde in ein ähnliches Zimmer geleitet, und Sir Accolon wurde in ein drittes, ebenfalls prächtig ausgestattetes Zimmer geführt, und jeder hatte ein bequemes Lager. Sogleich schlummerten sie ein und schliefen die ganze Nacht wunderbar tief. Und am nächsten Morgen lag König Uriens in Camelot im Bett in den Armen seiner Frau Morgan le Fay. Als er erwachte, wunderte er sich sehr, wie er dahin gekommen war, denn am Abend zuvor war er noch zwei Tagereisen von Camelot entfernt gewesen. Und als König Artus erwachte, fand er sich in einem finsteren Kerker und hörte um sich viel Jammer von wehklagenden Rittern.

WIE ARTUS ES ÜBERNAHM, FÜR DIE BEFREIUNG AUS DEM KERKER ZU KÄMPFEN UND ZUGLEICH ZWANZIG RITTER ZU BEFREIEN. ❧ Was ist mit euch, daß ihr so klagt? fragte König Artus. Wir sind zwanzig Ritter, Gefangene, sprachen sie, und einige von uns liegen seit sieben Jahren hier, manche länger und andere weniger. Aus welchem Grunde? fragte Artus. Wir werden es Euch sagen, antworteten die Ritter: Der Herr dieser Burg ist Sir Damas. Er ist der falscheste Ritter der Welt und der größte Verräter und Feigling. Er hat einen jüngeren Bruder, einen trefflichen und wackeren Ritter, der Sir Ontzlake heißt, und dieser Schurke Damas will ihm keinen Anteil von seinem Reichtum geben. Aber da Sir Ontzlake die Waffen so trefflich führt, behauptet er sich im Besitz eines schönen und reichen Schlosses. Dort wohnt er in Würden und ist bei allen Leuten sehr beliebt. Dieser Sir Damas aber ist verhaßt, denn er ist ohne Gnade und ein Feigling. Großen Krieg führten sie schon gegeneinander, doch Ontzlake behielt stets die Oberhand. Oftmals forderte er Sir Damas wegen des Besitzes zum Zweikampf heraus, doch das lehnte dieser ab, und da sollte er einen Ritter finden, der für ihn kämpft. Darin willigte Sir Damas ein, aber er ist so übel angesehen und so verhaßt, daß sich kein Ritter dazu bereit findet. Als Damas sah, daß kein Ritter für ihn kämpfen wollte, legte er sich mit einer großen Schar von Rittern Tag für Tag in den Hinterhalt und spähte alle Ritter in diesem Lande bei ihren Abenteuern aus und nahm sie mit Gewalt gefangen und warf sie in seinen Kerker. So ergriff er uns einzeln, als wir auf Abenteuer ausritten. Viele tapfere Ritter sind in diesem Kerker schon vor Hunger gestorben, achtzehn an der Zahl. Wenn einer von uns mit seinem Bruder Ontzlake hätte kämpfen wollen, hätte er uns freigelassen, aber weil dieser Damas so falsch und voller Verrat ist, haben wir dies abgelehnt. Wir sind so schwach vor Hunger, daß wir kaum auf unseren Füßen stehen können. Gott in seiner Gnade möge euch befreien, sagte Artus. Da kam ein Fräulein zu Artus und fragte ihn: Habt Ihr Hoffnung? Ich weiß nicht, antwortete er. Herr, sagte sie, wenn Ihr für meinen Herrn kämpfen wollt, sollt Ihr aus dem Kerker freigelassen werden, sonst kommt Ihr nicht lebend heraus. Das ist hart, erwiderte Artus, aber ich will lieber mit einem Ritter streiten als im Kerker sterben. Wenn ich damit mich und alle diese Gefangenen befreien kann, werde ich zum Kampf antreten. Das versprach das Fräulein. Ich bin bereit, sagte Artus, aber mir fehlen Pferd und Rüstung. Daran soll es nicht fehlen, antwortete das Fräulein. Mir scheint, Fräulein, ich habe Euch schon an Artus' Hof gesehen. Nein, entgegnete das Fräulein, ich bin noch nie dort gewesen, ich bin die Tochter des Herrn dieser Burg. Doch das war gelogen, denn sie war eins der Fräulein von Morgan le Fay. Sogleich ging sie zu Sir Damas und erzählte ihm, daß Artus für ihn kämpfen wollte, und so sandte er nach ihm. Und als Artus kam, war er von so gesunder Farbe und so kräftigem Körperbau, daß alle Ritter, die ihn sahen, meinten, es wäre schade, wenn ein solcher Ritter im Kerker sterben sollte. Und so vereinbarte Artus mir Sir Damas, er wolle für ihn unter der Bedingung kämpfen, daß alle anderen Ritter freigelassen würden. Darauf leistete Sir Damas einen Eid und Artus seinerseits darauf, daß der Kampf bis zum Äußersten gehen sollte. Da wurden die zwanzig Ritter aus dem finsteren Kerker in die Halle geführt und freigelassen, und sie blieben alle, um dem Kampf zuzusehen.

WIE ACCOLON IN EINEM BRUNNEN ERWACHTE UND SICH BEREIT ERKLÄRTE, GEGEN ARTUS ZU KÄMPFEN. Nun wenden wir uns Accolon von Gallien zu, der sich, beim Erwachen kaum einen halben Fuß neben einem tiefen Brunnen liegend, in großer Lebensgefahr befand. Aus dem Brunnen ragte ein silbernes Rohr, aus dem Wasser in einen Marmorstein floß. Als Sir Accolon das sah, bekreuzigte er sich und sagte: Jesus, hilf meinem Herrn, König Artus, und König Uriens, denn die Fräulein auf dem Schiff haben uns verraten. Sie waren gar keine weiblichen Wesen, sondern Teufel, und wenn ich diesem schlimmen Abenteuer entrinnen kann, will ich die tückischen Fräulein, die Zauberkünste treiben, überall vernichten, wo ich sie nur finde. In diesem Augenblick kam ein Zwerg mit einem großen Mund und einer platten Nase, grüßte Sir Accolon und sagte: Ich komme von der Königin Morgan le Fay, sie läßt Euch freundlich grüßen und heißt Euch starken Herzens sein, denn Ihr sollt morgen in der ersten Tagesstunde mit einem Ritter kämpfen. Deshalb schickt sie Euch hier Artus' Schwert Excalibur samt der Scheide und läßt Euch bestellen, Ihr sollt bis zum Äußersten und ohne Gnade kämpfen, so wahr Ihr sie liebt und wie Ihr versprochen habt, als Ihr insgeheim mit ihr spracht, und das Fräulein, das ihr den Kopf des Ritters bringt, gegen den Ihr kämpft, will sie zu einer Königin machen. Ich verstehe Euch gut, sagte Accolon, ich werde halten, was ich versprach, da ich nun das Schwert habe. Wann saht Ihr meine Herrin, die Königin Morgan le Fay? Eben erst, antwortete der Zwerg. Da nahm ihn Accolon in die Arme und sagte: Empfehlt mich der Frau Königin und versichert ihr, ich werde alles tun, was ich versprochen habe, sonst will ich sterben. Ich nehme an, sie hat die ganzen Zaubereien dieses Kampfes wegen vollführt. Das könnt Ihr wohl glauben, antwortete der Zwerg. In diesem Augenblick kamen ein Ritter und eine Dame mit sechs Knappen, die grüßten Accolon und luden ihn auf ihr Schloß ein. Accolon bestieg ein freies Pferd und folgte dem Ritter zu einem schönen Schloß neben einem Kloster und wurde dort sehr gut aufgenommen; das Schloß aber gehörte Sir Ontzlake. Unterdessen schickte Sir Damas zu seinem Bruder und ließ ihm sagen, er solle sich bereit machen und am nächsten Morgen in der ersten Tagesstunde auf dem Kampfplatz gegen einen tapferen Ritter antreten; er habe einen wackeren Mann gefunden, der den Kampf für ihn ausfechten wolle. Als das Sir Ontzlake hörte, war er sehr niedergeschlagen, denn er war kurz zuvor durch einen Speer an beiden Schenkeln verwundet worden und hatte große Schmerzen, aber er wollte trotz seiner Verwundung den Kampf aufnehmen. Durch die Zauberkunst von Morgan le Fay aber war zu dieser Zeit gerade Accolon bei Sir Ontzlake zu Gast, und als der von dem bevorstehenden Kampf und von der Verwundung Ontzlakes hörte, sagte er, daß er für ihn fechten wolle, weil ihm Morgan le Fay das Schwert Excalibur samt der Scheide für den Kampf mit dem Ritter geschickt habe.

Da war Sir Ontzlake sehr froh und dankte Sir Accolon von ganzem Herzen. Und sogleich schickte Sir Ontzlake seinem Bruder die Botschaft, daß er einen Ritter habe, der an seiner Stelle in der ersten Tagesstunde auf dem Kampfplatz bereitstehen werde. So war am Morgen Sir Artus wohlgerüstet und wohlberitten und fragte Sir Damas: Wann reiten wir zur Kampfstätte? Herr, sagte Sir Damas, Ihr sollt erst die Messe hören. Und als die Messe vorüber war, kam ein Knappe auf einem gewaltigen Roß und fragte Sir Damas, ob sein Ritter bereit wäre, denn ihr Ritter stehe gerüstet auf dem Kampfplatz. Da bestieg Sir Artus sein Pferd. Alle Ritter und Gemeinen des Landes waren versammelt, und mit Zustimmung aller wurden unter ihnen zwölf wackere Männer ausgewählt, die den beiden Rittern zu Diensten sein sollten. Kaum war Artus aufgestiegen, als ein Fräulein von Morgan le Fay kam und Sir Artus ein Schwert für seinen Kampf brachte, das genau wie Excalibur aussah, und zu ihm sagte: Morgan le Fay schickt hier aus großer Liebe Euer Schwert. Und Artus dankte ihr und glaubte, es wäre das echte, aber das Fräulein hatte gelogen, denn Schwert und Scheide waren nachgemacht und zerbrechlich.

VOM KAMPF ZWISCHEN KÖNIG ARTUS UND ACCOLON. Dann nahmen Artus und Accolon auf beiden Seiten des Feldes Aufstellung und ließen ihre Pferde losgaloppieren, und sie trafen einander mit den Lanzenspitzen mitten auf die Schilde, daß beide Reiter und Rösser zu Boden stürzten. Da sprangen sie auf und zogen ihre Schwerter. Während sie miteinander stritten, trat jenes Fräulein vom See hinzu, das Merlin unter den Stein gesperrt hatte, denn sie wußte, daß Morgan le Fay den Tod des Königs Artus geplant hatte, und so kam sie, sein Leben zu retten. Mit großem Eifer führten die Ritter den Kampf und teilten viele gewaltige Streiche aus, aber Artus' Schwert war nicht so scharf wie das Accolons, der fast mit jedem Hieb Artus schwer verwundete, doch dieser hielt wunderbar stand, obwohl er viel Blut verlor. Als Artus den Boden so blutig sah, war er bestürzt und ahnte, daß sein Schwert durch Verrat vertauscht worden war, weil es den Stahl nicht wie sonst zerschnitt. Artus fürchtete zu sterben, denn es schien ihm, als hielte Accolon das Schwert Excalibur in der Hand. Jetzt, Ritter, rief Accolon Artus zu, hüte dich vor mir; aber Artus antwortete nicht, sondern versetzte ihm einen solchen Schlag auf den Helm, daß er taumelte und fast zu Boden fiel. Da trat Sir Accolon etwas zurück und holte mit dem Schwert Excalibur weit aus und traf Artus, daß er beinahe niederstürzte. Da wurden sie beide zornig und versetzten einander viele scharfe Streiche, und stets verlor Sir Artus viel Blut, und es war ein Wunder, daß er sich auf den Füßen hielt, doch er war so erfüllt vom Rittertum, daß er den Schmerz ertrug. Accolon dagegen verlor kaum Blut und hatte deshalb leichtes Spiel, Artus aber wurde sehr schwach und meinte wahrlich, er müsse sterben. Trotzdem tat er so, als würde er durchhalten, und setzte Accolon zu, so gut er konnte. Da Accolon Excalibur besaß, wurde er immer verwegener, doch alle Zuschauer sagten, in Anbetracht seines großen Blutverlustes hätten sie noch nie einen Ritter so gut kämpfen sehen wie Artus. Deshalb waren alle traurig um seinetwillen, aber die beiden Brüder wollten sich nicht einigen. So kämpften sie weiter wie tapfere Ritter, und Sir Artus zog sich ein wenig zurück, um auszuruhen, doch Sir Accolon rief ihn zum Kampf: Ich kann jetzt nicht dulden, daß du ruhst. Und damit stürzte er sich wild auf Artus, und Sir Artus war wütend wegen des Blutes, das er verloren hatte, und schlug Accolon mit hohem Schwung so mächtig auf den Helm, daß er ihn beinahe zu Boden warf. Dabei zerbrach Artus' Schwert am Griff und fiel in das blutige Gras, nur den Knauf behielt er in der Hand. Da überkam Sir Artus große Todesfurcht, aber er hielt seinen Schild hoch und wich nicht zurück, noch ließ er den Mut sinken.

WIE DAS SCHWERT, MIT DEM KÖNIG ARTUS FOCHT, ZERBRACH, UND WIE ER ACCOLON SEIN EIGENES SCHWERT EXCALIBUR ENTWAND UND SEINEN GEGNER BESIEGTE. Sir Accolon redete König Artus mit verräterischen Worten zu und sagte: Ritter, du bist besiegt und kannst nicht standhalten, auch bist du waffenlos und hast viel Blut verloren. Es widerstrebt mir, dich zu erschlagen, darum ergib dich mir. Nein, entgegnete Artus, das kann ich nicht, denn ich habe bei meiner Ehre versprochen, den Kampf bis zum Äußersten zu führen, solange ich lebe. Deshalb will ich lieber in Ehren sterben als in Schande leben. Wenn ich hundertmal sterben könnte, wollte ich lieber so viele Male sterben als mich ergeben, und wenn mir auch die Waffe fehlt, soll mir doch die Ehre nicht fehlen, und wenn du mich Waffenlosen erschlägst, wird es dir Schande einbringen. Wegen der Schande, sagte Accolon, will ich dich nicht schonen; jetzt sieh dich vor, denn gleich bist du ein toter Mann. Nach diesen Worten versetzte ihm Accolon einen solchen Streich, daß er ihn fast zu Boden streckte, denn Accolon wollte erzwingen, daß Artus um Gnade bat. Aber Sir Artus drang mit dem Schild auf Accolon ein und gab ihm mit dem Knauf in der Hand einen solchen Stoß, daß er drei Schritte zurückwich. Als das Fräulein vom See sah, wie tapfer sich Artus hielt und durch welch verräterische Ränke er erschlagen werden sollte, tat es ihr sehr leid um einen so trefflichen Helden. Und beim nächsten Streich Sir Accolons fiel ihm durch einen Zauber des Fräuleins das Schwert Excalibur aus der Hand und zu Boden. Rasch sprang Artus hinzu und ergriff es und wußte sofort, daß es sein Schwert war, und sagte: Du bist zu lange von mir fort gewesen und hast mir viel Schaden zugefügt. Da erblickte er die Scheide an Accolons Seite und stürzte sich plötzlich auf ihn und riß ihm die Scheide weg und warf sie so weit von sich, wie er konnte. O Ritter, rief Artus, heute hast du mir mit diesem Schwert großen Schaden getan, doch jetzt bist du dem Tode nahe, denn du sollst dieses Schwert genauso zu spüren bekommen, wie du es mir zu spüren gegeben hast. Du hast mir große Schmerzen verursacht, und ich habe viel Blut verloren. Und damit stürzte sich Artus mit aller Macht auf ihn und warf ihn zu Boden, dann riß er ihm den Helm ab und gab ihm einen solchen Streich auf den Kopf, daß ihm das Blut aus Ohren, Nase und Mund schoß. Jetzt will ich dich erschlagen, sagte Artus. Erschlagt mich nur, wenn Ihr wollt, antwortete Accolon, denn Ihr seid der beste Ritter, dem ich je begegnet bin, und ich sehe wohl, daß Gott mit Euch ist. Aber da ich versprochen habe, den Kampf bis zum Äußersten zu führen und mich nicht zu ergeben, wird ein Wort der Unterwerfung nie über meine Lippen kommen, möge Gott mit meinem Leib tun, was er will. Da kam er Sir Artus bekannt vor. Ihm war, als hätte er diesen Ritter schon gesehen. Sage mir noch, sprach Artus, bevor ich dich erschlage, aus welchem Lande du kommst und von welchem Hof. Herr Ritter, antwortete Sir Accolon, ich bin vom Hofe des Königs Artus, und mein Name ist Accolon von Gallien. Da war Artus noch mehr bestürzt als vorher, denn er erinnerte sich an seine Schwester Morgan le Fay und an das verzauberte Schiff. O Herr Ritter, sprach der König, ich bitte Euch, sagt mir, wer dieses Schwert in Eure Hände gab.

WIE ACCOLON GESTAND, DASS MORGAN LE FAY, DIE SCHWESTER DES KÖNIGS ARTUS, IHN DURCH VERRAT ERSCHLAGEN LASSEN WOLLTE. ❧ Da bedachte sich Sir Accolon und rief: Verflucht sei dieses Schwert, denn es hat mir den Tod gebracht. Das mag wohl sein, sagte der König. Dieses Schwert, erklärte Accolon, ist fast schon ein Jahr in meiner Obhut, und gestern schickte es mir Morgan le Fay, König Uriens' Weib, durch einen Zwerg, in der Absicht, daß ich König Artus, ihren Bruder, damit erschlagen sollte. Ihr müßt wissen, König Artus ist der Mann, den sie auf der Welt am meisten haßt, weil er der berühmteste und tapferste Held ihres ganzen Geschlechtes ist. Auch liebt sie mich über alle Maßen, und ich liebe sie wieder, und wenn es mir mit Hilfe ihrer Zauberkunst gelungen wäre, Artus zu erschlagen, hätte sie ohne Zögern ihren Gemahl, König Uriens, getötet und mich zum König und Herrscher dieses Landes erhoben, und sie wäre meine Königin gewesen, aber das ist nun vorbei, denn ich bin meines Todes sicher. Wie ich höre, sagte Sir Artus, wäret Ihr gern König dieses Landes geworden, und doch hättet Ihr ein unheilvolles Verbrechen begangen, wenn Ihr Euern Herrn getötet hättet. Das ist wahr, gab Accolon zu, aber nun habe ich Euch die Wahrheit berichtet, und ich bitte Euch deshalb, sagt mir, woher Ihr seid und von welchem Hof. O Accolon, sagte Artus, jetzt tue ich dir kund, daß ich König Artus bin, dem du großen Schaden zugefügt hast. Als Accolon das hörte, rief er laut: Hoher, edler Herr, seid mir gnädig, denn ich habe Euch nicht erkannt. O Sir Accolon, sprach Artus, ich gewähre dir Gnade, weil ich an deinen Worten merke, daß du mich hier nicht erkannt hast, aber ich entnehme auch deinen Worten, daß du bereit warst, mich zu töten, und darum bist du ein Verräter. Doch tadle ich dich nicht so sehr, denn meine Schwester Morgan le Fay hat dich mit ihren Künsten verleitet, ihren verräterischen Lüsten zu folgen. So wahr ich lebe, ich werde mich so furchtbar an ihr rächen, daß die ganze Christenheit davon sprechen wird. Gott weiß, ich habe sie mehr geehrt und geachtet als meine ganze eigene Sippe, und ich habe ihr mehr vertraut als meinem eigenen Weib. Dann rief Sir Artus die Kampfwarte heran und sagte: Ihr Herren, kommt her, hier sind zwei Ritter, die zum großen Schaden für beide miteinander gekämpft haben, und jeder hätte den anderen erschlagen können, wenn es das Geschick gewollt hätte. Doch hätten wir einander erkannt, hätte es keinen Kampf gegeben, noch wäre ein einziger Streich geführt worden. Da rief Accolon allen Rittern und Mannen, die dort versammelt waren, zu: O ihr Herren, dieser edle Ritter, mit dem ich gekämpft habe, was mich sehr reut, ist der tapferste, männlichste und ehrenhafteste Ritter der Welt, denn es ist König Artus selbst, unser aller Lehensherr, und durch Unglück und Mißgeschick habe ich diesen Kampf mit meinem König und Herrn geführt, dem ich in Treue verpflichtet bin.

Kap. 12

WIE ARTUS DIE ZWEI BRÜDER VERSÖHNTE UND DIE ZWANZIG RITTER BEFREITE, UND WIE SIR ACCOLON STARB. Da knieten alle nieder und baten König Artus um Gnade. Ich werde euch Gnade gewähren, sagte Artus. Daran, daß ich mit einem meiner eigenen Ritter zu unser beider großem Schaden gekämpft habe, könnt ihr sehen, was für Abenteuer manchmal fahrenden Rittern zustoßen. Aber obwohl wir beide schwer verwundet sind, ihr Herren, und ich ein wenig Ruhe sehr nötig hätte, will ich meinen Spruch über euch zwei Brüder verkünden: Was Euch angeht, Sir Damas, für den ich diesen Ritter im Kampf besiegt habe, so muß ich Euch dennoch verurteilen, weil Ihr als ein hochmütiger und heimtückischer Ritter bekannt seid und Eure Taten keinen Ruhm verdienen. Darum will ich, daß Ihr Euerm Bruder Sir Ontzlake das ganze Besitztum mit allen Liegenschaften und Einkünften übergebt und Ihr dafür von ihm alljährlich einen Zelter erhaltet, auf dem zu reiten Euch besser ansteht als auf einem Schlachtroß. Ferner erlege ich Euch, Sir Damas, bei Todesstrafe auf, daß Ihr nie mehr fahrende Ritter, die Abenteuer suchen, behelligt. Außerdem sollt Ihr diesen zwanzig Rittern, die Ihr so lange als Gefangene gehalten habt, ihre vollständige Rüstung zurückgeben und sie so zufriedenstellen, und wenn je einer von ihnen an meinen Hof kommt und sich über Euch beklagt, sollt Ihr, bei meinem Leben, dafür sterben. Nun zu Euch, Sir Ontzlake: Weil Ihr im Ruf eines guten und tugendhaften Ritters steht und Eure Taten ehrenhaft und edel sind, will ich Euch auferlegen, daß Ihr in gebührender Eile zu mir an meinen Hof kommt und einer meiner Ritter werdet. Und wenn Eure Taten danach sind, will ich Euch mit Gottes Gnade so erhöhen, daß Ihr in kurzer Zeit ebenso in Reichtum und Würde leben könnt wie Euer Bruder. Gott segne Eure Großherzigkeit und Güte, antwortete Sir Ontzlake, von nun an könnt Ihr allzeit über mich verfügen. Wenn ich durch Gottes Willen nicht kürzlich von einem abenteuernden Ritter an beiden Schenkeln verwundet worden wäre und dadurch große Schmerzen litte, hätte ich diesen Kampf mit Euch ausgefochten. Hätte es Gott doch so gefügt, sprach Artus, ich wäre dann nicht so schwer verletzt worden, und ich will Euch sagen, warum: Ich hätte nicht solche Wunden, wenn sie mir nicht mit meinem eigenen Schwert geschlagen worden wären, das man mir gestohlen hatte, und dieser Kampf war von vornherein durch tückischen Zauber und Verrat darauf angelegt, mich zu töten. Ach, sagte Sir Ontzlake, es ist ein großer Jammer, daß es irgendein Mann oder irgendeine Frau übers Herz bringt, an einem so edlen Mann von solchen Taten und Tugenden Verrat zu üben. Wenn Gott will, entgegnete Artus, will ich es ihnen binnen kurzem heimzahlen; doch jetzt sagt mir, wie weit ist es nach Camelot? Es sind zwei Tagesreisen, Herr. Ich wäre gern an einem sicheren Ort, meinte Artus, um mich auszuruhen. Herr, sagte Sir Ontzlake, in der Nähe, nur drei Meilen von hier, ist ein reiches Nonnenkloster, das von Euern Vorfahren gegründet wurde. So nahm der König von allen Abschied und bestieg sein Pferd, und Sir Accolon begleitete ihn. Als sie zu dem Kloster kamen, ließ er Ärzte holen und seine und Sir Accolons Wunden behandeln; doch Sir Accolon starb nach vier Tagen, denn er hatte so viel Blut verloren, daß er nicht länger leben konnte, aber König Artus erholte sich wieder. Als Accolon tot war, befahl er, ihn, von sechs Rittern begleitet, auf einer Bahre nach Camelot zu schaffen, und sprach: Bringt ihn zu meiner Schwester Morgan le Fay und sagt, ich schickte ihn ihr als Geschenk und ich hätte mein Schwert Excalibur und die Scheide wieder. Dann brachen sie mit dem Leichnam auf.

WIE MORGAN IHREN GATTEN SIR URIENS ERSCHLAGEN WOLLTE, UND WIE SIR IWEIN, IHR SOHN, IHN RETTETE.

Mittlerweile glaubte Morgan le Fay, König Artus wäre tot. Als sie nun eines Tages König Uriens in seinem Bett im Schlaf liegen sah, rief sie eines ihrer Kammermädchen und sagte: Geh und hole mir das Schwert meines Herrn, denn es gibt keine bessere Gelegenheit als jetzt, ihn zu erschlagen. O meine Herrin, entgegnete das Mädchen, wenn Ihr meinen Herrn erschlagt, werdet Ihr nimmer entkommen. Kümmere dich nicht darum, sagte Morgan le Fay, ich sehe, es ist jetzt die günstigste Zeit dazu. Beeil dich also und bringe mir das Schwert. Da entfernte sich das Mädchen und fand in einem anderen Zimmer Sir Iwein auf einem Bette schlafen. Sie ging zu ihm, weckte ihn und bat ihn: Steht auf und geht schnell zu Eurer Mutter, denn sie will Euern Vater, den König, im Schlaf in seinem Bett erschlagen, und ich soll sein Schwert holen. Geh deinen Weg, entgegnete Sir Iwein, und laß mich machen. Darauf brachte das Mädchen das Schwert mit zitternden Händen zu Morgan le Fay. Sie ergriff es behende und zog es heraus und ging ganz ruhig zu dem Bett und suchte, wie sie den König am besten treffen könnte. Als sie das Schwert erhob und zuschlagen wollte, sprang Sir Iwein auf seine Mutter zu und hielt ihre Hand fest und rief: Ah, Teufel, was willst du tun? Wenn du nicht meine Mutter wärst, mit diesem Schwert wollte ich dir den Kopf abschlagen. Die Leute behaupten, daß Merlin von einem Teufel abstammt, aber ich kann sagen, daß mich ein irdischer Teufel zur Welt gebracht hat. Mein lieber Sohn Iwein, sei gnädig mit mir, ein Teufel hat mich verleitet, ich flehe dich an um Gnade. Ich will es nie wieder tun, rette meine Ehre und verrate mich nicht. Ich werde dir unter der Bedingung verzeihen, sagte Sir Iwein, daß du eine solche Tat nie wieder begehen willst. Nein, mein Sohn, das verspreche ich dir.

WIE KÖNIGIN MORGAN LE FAY UM ACCOLONS TOD GROSSE KLAGE ERHOB, UND WIE SIE ARTUS DIE SCHEIDE SEINES SCHWERTES STAHL.

Dann erfuhr Morgan le Fay, daß Accolon tot und sein Leichnam in der Kirche war und daß König Artus sein Schwert zurückerlangt hatte. Über Accolons Tod war Königin Morgan so voll Kummer, daß ihr Herz beinahe zersprang, aber weil sie nicht wollte, daß die Leute dies merkten, bewahrte sie nach außen ihre Fassung und ließ ihre Trauer nicht sehen. Aber sie wußte wohl: wenn sie wartete, bis ihr Bruder Artus zurückkam, war ihr Leben nicht mehr viel wert. Da ging sie zu Königin Ginevra und bat um Erlaubnis, ins Land zu reiten. Ihr mögt warten, bis Euer Bruder heimkommt. Ich kann nicht, sagte Morgan le Fay, denn ich habe so dringende Botschaften, daß ich nicht säumen darf. Gut, sagte Ginevra, dann reist, wenn Ihr wollt. So nahm sie am nächsten Morgen, bevor es tagte, ihr Pferd und ritt den ganzen Tag und den größten Teil der Nacht, und gegen Mittag des folgenden Tages kam sie zu demselben Nonnenkloster, in dem König Artus lag. Da sie wußte, daß er dort war, fragte sie, wo er sich befinde. Und sie antworteten, er habe sich schlafen gelegt, denn er sei in den letzten drei Nächten nur wenig zur Ruhe gekommen. Gut, sagte sie, ich befehle euch, daß niemand ihn weckt, bis ich es tue. Dann stieg sie vom Pferd und gedachte sein Schwert Excalibur zu stehlen. Sie ging geradenwegs in sein Gemach, und niemand wagte es, ihren Befehl zu mißachten. Da fand sie Artus schlafend im Bett und Excalibur entblößt in seiner rechten Hand. Als sie das sah, war sie sehr bekümmert, weil sie nicht an das Schwert gelangen konnte, ohne ihn zu wecken, und dann, so wußte sie wohl, würde sie nicht mit dem Leben davonkommen. Da nahm sie die Scheide und ritt fort. Als der König erwachte und die Scheide vermißte, wurde er zornig und fragte, wer dagewesen wäre. Sie sagten, seine Schwester, Königin Morgan, wäre gekommen, hätte die Scheide unter ihrem Mantel versteckt und wäre wieder gegangen. Wehe, sagte Artus, schlecht habt Ihr mich bewacht. Herr, beteuerten sie alle, wir wagten es nicht, uns dem Befehl Eurer Schwester zu widersetzen. Ach, sprach der König, laßt mir das beste Pferd bringen, das ihr finden könnt, und heißt Sir Ontzlake sich in aller Eile wappnen und auch ein gutes Pferd nehmen, um mit mir zu reiten. Gleich darauf nahmen beide die Verfolgung der Dame auf und kamen dabei an ein Wegekreuz, wo sie einen Kuhhirten trafen. Sie fragten den armen Mann, ob vor kurzem eine Dame hier entlanggeritten wäre. Herr, antwortete der arme Mann, soeben ist eine Dame mit etwa vierzig Pferden vorbeigeritten, dort auf jenen Wald zu. Da spornten sie ihre Pferde und setzten ihr nach. Eine Weile später erblickte Artus Morgan le Fay und jagte hinter ihr her, so schnell er konnte. Als sie merkte, daß er sie verfolgte, ritt sie schneller durch den Wald, bis sie zu einer Ebene kam, und als sie sah, daß sie nicht entrinnen konnte, ritt sie zu einem nahen See und sagte: Was auch aus mir werden mag, mein Bruder soll diese Scheide nicht bekommen. Und dann ließ sie die Scheide an der tiefsten Stelle ins Wasser werfen, und dort versank sie, denn sie war schwer von Gold und Edelsteinen. Dann ritt sie in ein Tal mit vielen großen Steinen, und als ihre Verfolger immer näher kamen, verwandelte sie sich und ihr Gefolge mit allen Pferden durch einen Zauber in einen großen Marmorstein. Gleich darauf erschienen Sir Artus und Sir Ontzlake, und der König konnte seine Schwester und ihre Leute erkennen und einen Ritter vom anderen unterscheiden. Ah, sagte der König, hier könnt ihr die Rache Gottes sehen, und jetzt tut es mir leid, daß dieses Unheil geschehen ist. Dann suchte er nach der Scheide, aber er konnte sie nicht finden und kehrte daher zu dem Kloster zurück, von dem er gekommen war. Als nun Artus fort war, verwandelte Morgan alle wieder in ihre frühere Gestalt und sagte: Ihr Herren, jetzt können wir gehen, wohin wir wollen.

Kapitel 15

WIE MORGAN LE FAY EINEN RITTER RETTETE, DER ERTRÄNKT WERDEN SOLLTE, UND WIE KÖNIG ARTUS HEIMKEHRTE.

Dann fragte Morgan: Habt ihr meinen Bruder Artus gesehen? Ja, antworteten ihre Ritter, recht gut, und Ihr hättet es auch gemerkt, wenn wir uns hätten rühren können, denn vor seinem wilden Blick wären wir geflohen. Das glaube ich euch, sagte Morgan. Bald darauf, als sie dahinritt, traf sie einen Ritter, der einen anderen Ritter an Händen und Füßen gefesselt und mit verbundenen Augen vor sich auf dem Pferd hatte. Als sie den Mann so gebunden sah, fragte sie: Was habt Ihr mit diesem Ritter vor? Herrin, antwortete der Ritter, ich will ihn ertränken. Aus welchem Grunde? fragte sie. Weil ich ihn bei meinem Weib angetroffen habe, und sie soll sogleich denselben Tod sterben. Das wäre schade! sagte Morgan le Fey. Was sagt Ihr, Ritter, ist es wahr, was er von Euch behauptet? fragte sie den Mann, der ertränkt werden sollte. Nein, wahrlich, Herrin, er spricht nicht die Wahrheit. Woher seid Ihr, fragte Morgan le Fay, aus welchem Lande? Ich komme vom Hofe des Königs Artus, und mein Name ist Manassen, ich bin ein Vetter Accolons von Gallien. Ihr sprecht wahr, sagte sie, und ihm zuliebe sollt Ihr befreit werden und Euern Widersacher in Eure Gewalt bekommen. So wurde Manassen losgemacht und der andere Ritter gebunden. Sogleich entwaffnete ihn Manassen und legte seine Rüstung an, stieg aufs Pferd und nahm den Ritter vor sich und ertränkte ihn in dem Brunnen. Dann ritt er wieder zu Morgan zurück und fragte, ob sie etwas für König Artus zu bestellen hätte. Sage ihm, daß ich Euch nicht aus Liebe zu ihm, sondern aus Liebe zu Accolon gerettet habe, und sage ihm, daß ich ihn nicht fürchte, solange ich mich und die Meinen in Steine verwandeln kann, und laß ihn ferner wissen, daß ich viel mehr tun kann, wenn meine Zeit kommt. Und damit reiste sie in das Land Gore ab und wurde dort mit großem Gepränge empfangen. Sie ließ ihre Burgen und Städte stark befestigen, denn sie hatte große Furcht vor König Artus. Als der König sich in dem Kloster genügend ausgeruht hatte, ritt er nach Camelot, und die Königin und die Barone waren froh über sein Kommen. Als sie von seinen seltsamen Abenteuern hörten, wunderten sie sich alle über die Falschheit von Morgan le Fay, und viele Ritter wünschten, sie würde verbrannt. Dann kehrte Manassen an den Hof zurück und berichtete dem König von seinem Abenteuer. Ach, sagte der König, sie ist eine rechte Schwester. Bei meinem Leben, ich will mich so an ihr rächen, daß die ganze Christenheit davon sprechen soll. Am nächsten Morgen kam ein Fräulein von Morgan zum König und brachte ihm den prächtigsten Mantel, den man je an seinem Hof gesehen hatte, er war dicht mit den kostbarsten Steinen besetzt. Das Fräulein sagte: Eure Schwester schickt Euch diesen Mantel und bittet Euch, diese Gabe von ihr anzunehmen, sie möchte allen Schaden, den sie Euch zugefügt hat, nach Euerm eigenen Ermessen wiedergutmachen. Als der König den Mantel sah, gefiel er ihm sehr, aber er sprach kaum ein Wort.

WIE DAS FRÄULEIN VOM SEE KÖNIG ARTUS VOR EINEM MANTEL BEWAHRTE, DER IHN VERBRENNEN SOLLTE. In diesem Augenblick kam das Fräulein vom See zum König und sagte: Herr, ich muß mit Euch allein reden. Sagt, entgegnete der König, was Ihr auf dem Herzen habt. Herr, riet das Fräulein, legt diesen Mantel nicht um, bis Ihr mehr gesehen habt, und laßt ihn auf keine Weise an Euch oder an einen Eurer Ritter kommen, bevor Ihr der Überbringerin befohlen habt, ihn umzulegen. Gut, antwortete Artus, es soll geschehen, wie Ihr ratet. Und dann sagte er zu dem Fräulein, das von seiner Schwester kam: Fräulein, ich möchte sehen, wie der Mantel Euch kleidet, den Ihr mir gebracht habt. Herr, erwiderte sie, es steht mir nicht an, ein Königsgewand zu tragen. Bei meinem Leben, beharrte Artus, Ihr sollt ihn tragen, bevor er auf meinen Rücken kommt oder auf den irgend eines anderen hier. Und so ließ ihn der König ihr mit Gewalt umlegen, und im Augenblick sank sie ohne ein weiteres Wort tot zu Boden und verbrannte zu Asche. Da wurde der König überaus zornig, mehr als zuvor, und sagte zu König Uriens: Meine Schwester, Euer Weib, ist ständig darauf aus, mich zu verderben, und ich weiß wohl, daß entweder Ihr oder mein Neffe, Euer Sohn, mit ihr im Bunde seid. Doch will ich es von Euch nicht recht glauben, denn Accolon hat mir selbst bekannt, daß er Euch ebenso umbringen wollte wie mich. Ich halte Euch daher für schuldlos, aber Euern Sohn, Sir Iwein, habe ich im Verdacht, und deshalb gebe ich Euch den Auftrag, ihn von meinem Hofe zu entfernen. So wurde Sir Iwein in Ungnaden weggeschickt. Als Sir Gawein dies erfuhr, machte er sich bereit, mit ihm zu gehen, und er sagte: Wer meinen leiblichen Vetter verbannt, der verbannt auch mich. So ritten sie beide fort und kamen in einen großen Wald und schließlich zu einem Kloster, wo sie gut aufgenommen wurden. Als aber der König erfuhr, daß Sir Gawein den Hof verlassen hatte, gab es großes Klagen unter allen Edlen. Nun haben wir, sagte Gaheris, Gaweins Bruder, anstelle von einem zwei gute Ritter verloren. Am nächsten Morgen hörten sie in dem Kloster die Messe und ritten dann weiter, bis sie in einen großen Wald kamen. Da bemerkte Sir Gawein in einem Tal bei einem Turm zwölf schöne Fräulein und zwei bewaffnete Ritter auf großen Pferden, und die Fräulein gingen vor einem Baume hin und her. Dann sah Sir Gawein, daß an dem Baum ein weißer Schild hing, und immer, wenn die Fräulein daran vorübergingen, spuckten sie darauf und einige bewarfen ihn mit Schmutz.

WIE SIR GAWEIN UND SIR IWEIN ZWÖLF SCHÖNE FRÄULEIN TRAFEN, DIE SICH ÜBER SIR MARHAUS BEKLAGTEN. ❧ Sir Gawein und Sir Iwein ritten auf sie zu, grüßten sie und fragten, warum sie den Schild so schmähten. Ihr Herren, antworteten die Fräulein, wir wollen es euch sagen: Dieser weiße Schild gehört einem Ritter, der ein sehr starker und tapferer Mann ist, aber er haßt alle

Damen und Edelfrauen, und darum schmähen wir diesen Schild. Ich gebe zu, sagte Sir Gawein, es steht einem guten Ritter schlecht an, alle Damen und Edelfrauen zu verachten, doch vielleicht hat er einen besonderen Grund, euch zu hassen, vielleicht liebt er auch Damen und Edelfrauen an einem anderen Ort und wird wiedergeliebt, wenn er ein so tapferer Mann ist, wie ihr sagt. Wie heißt er denn? Herr, sagten sie, es ist Sir Marhaus, der Sohn des Königs von Irland. Ich kenne ihn gut, sagte Sir Iwein, er ist einer der tüchtigsten Recken, die es gibt, ich habe einmal gesehen, wie er sich in einem Turnier bewährte, zu dem viele Ritter versammelt waren, und damals hielt ihm keiner stand. Ach, ihr Fräulein, sagte Sir Gawein, ich glaube, ihr seid zu tadeln, denn es ist anzunehmen, daß er nicht weit entfernt ist, wenn er seinen Schild hierhergehängt hat, und dann mögen jene Ritter zu Pferd mit ihm kämpfen, das gereichte euch mehr zur Ehre als dies. Ich aber will nicht länger zusehen, wie der Schild eines Ritters entehrt wird. Und damit entfernten sich Sir Iwein und Sir Gawein etwas von ihnen, und dann sahen sie Sir Marhaus auf einem großen Roß gerade auf sie zugeritten kommen. Als die zwölf Fräulein Sir Marhaus erblickten, flohen sie in wilder Hast in den Turm, so daß einige von ihnen unterwegs hinfielen. Da hob einer der Ritter vom Turm den Schild und rief: Sir Marhaus, verteidige dich! Und sie rannten so gegeneinander, daß der Ritter seine Lanze an Sir Marhaus zerbrach, und Marhaus traf ihn so gewaltig, daß er sein Genick und das Rückgrat des Pferdes brach. Das sah der andere Ritter vom Turm und wandte sich gegen Marhaus, und sie stießen so heftig zusammen, daß der Ritter mitsamt seinem Pferd bald tot am Boden lag.

Kapitel 18

WIE SIR MARHAUS MIT SIR GAWEIN UND SIR IWEIN KÄMPFTE UND SIE BEIDE BEZWANG. ❧ Dann ritt Sir Marhaus zu seinem Schild, und als er sah, wie er geschändet war, sagte er: Für diese Schmach bin ich zum Teil gerächt, aber aus Liebe zu der, die mir diesen weißen Schild gab, will ich dich tragen und meinen dahin hängen, wo du gewesen bist; und so hängte er sich den weißen Schild um den Hals. Dann ritt er gerade auf Sir Gawein und Sir Iwein zu und fragte sie, was sie hier täten. Sie antworteten, sie kämen vom Hof des Königs Artus und wären auf Abenteuer aus. Gut, sagte Sir Marhaus, ich bin bereit, ein fahrender Ritter, der jedes Abenteuer vollbringt, das ihr wünscht; und damit ritt er ein Stück zurück, um seine Stellung einzunehmen. Laßt ihn gehen, sagte Sir Iwein zu Sir Gawein, denn er ist ein sehr starker Ritter, und ich möchte nicht, daß einer von uns mit ihm kämpft. Nein, erwiderte Sir Gawein, es wäre eine Schande für uns, wenn wir es nicht mit ihm aufnähmen, und wäre er ein noch so tüchtiger Kämpe. Nun gut, sagte Sir Iwein, ich will zuerst gegen ihn antreten, denn ich bin schwächer als Ihr, und wenn er mich niederwerfen sollte, könnt Ihr mich rächen. So prallten die beiden Ritter mit großer Gewalt zusammen, daß Sir Iwein seine Lanze am Schild von Sir Marhaus zerbrach und Sir Marhaus Mann und Roß zu Boden warf und Iwein an der linken Seite verletzte. Dann wendete Sir Marhaus sein Pferd und richtete die Lanze gegen Sir Gawein. Als Gawein das sah, hob er den Schild und legte die Lanze ein, und sie stießen mit der ganzen Kraft ihrer Pferde zusammen und trafen einander so heftig mitten auf den Schild, daß Sir Gaweins Lanze zerbrach. Die von Sir Marhaus aber hielt, und so stürzten Sir Gawein und sein Pferd zu Boden. Schnell sprang Sir Gawein auf und zog sein Schwert und ging zu Fuß auf Sir Marhaus los. Sir Marhaus aber ritt mit gezogenem Schwert auf Sir Gawein zu. Herr Ritter, sagte Sir Gawein, steigt ab, oder ich erschlage Euer Pferd. Schönen Dank für Eure Freundlichkeit, sagte Sir Marhaus, Ihr lehrt mich Ritterlichkeit, denn es soll nicht der eine Ritter zu Fuß und der andere zu Pferde kämpfen. Damit lehnte Sir Marhaus seine Lanze gegen einen Baum und stieg ab, band sein Pferd an und hob seinen Schild, und dann hieben sie mit ihren Schwertern so wild aufeinander ein, daß ihre Schilde in Stücke sprangen und sie ihre Helme und Harnische zerbeulten und einander verwundeten. Aber von der neunten Stunde an wurde Sir Gawein immer stärker, und zu Mittag verdreifachte sich seine Kraft. All dies bemerkte Sir Marhaus und wunderte sich sehr, wie die Kraft des anderen wuchs, und sie verwundeten einander sehr. Als dann der Mittag vorbei war und die Vesper herankam, wurde Sir Gaweins Kraft wieder schwächer und ließ immer mehr nach, so daß er sich kaum noch halten konnte, aber Sir Marhaus wurde stärker und stärker. Herr Ritter, sagte Sir Marhaus, ich habe wohl gemerkt, daß Ihr ein sehr guter Ritter und ein bewundernswert starker Mann seid, unser Streit hat aber keinen gewichtigen Grund, und deshalb wäre es schade, Euch zu verderben, denn Ihr seid schon sehr geschwächt. Ach! antwortete Sir Gawein, edler Ritter, Ihr sagt das Wort, das ich sagen sollte. Und damit nahmen sie ihre Helme ab und küßten einander und schwuren, einander wie Brüder zu lieben. Sir Marhaus bat Sir Gawein, die Nacht bei ihm zu verbringen. Und so nahmen sie ihre Pferde und ritten zur Herberge von Sir Marhaus. Unterwegs sagte Sir Gawein: Herr Ritter, ich wundere mich, daß ein so tapferer Mann wie Ihr keine Damen oder Fräulein liebt. Herr, antwortete Sir Marhaus, das sagt man mir zu Unrecht nach, aber ich weiß wohl, es sind die Fräulein vom Turm, die mich in einen solchen Ruf bringen, und andere ihresgleichen. Jetzt will ich Euch sagen, warum ich sie hasse: viele von ihnen sind Hexen und Zauberinnen, und wenn ein Ritter noch so stark und heldenhaft ist, sie machen ihn zu einem Feigling, um ihn zu überwinden, und dies ist der Hauptgrund, weshalb ich sie hasse; aber allen guten Damen und Edelfrauen weihe ich meinen Dienst, wie es einem Ritter geziemt. Wie das französische Buch berichtet, gab es mehrere Ritter, die Sir Gawein trotz seiner dreifachen Kraft überwanden: Sir Lanzelot vom See, Sir Tristan, Sir Bors von Ganis, Sir Parzival, Sir Pelleas und Sir Marhaus. Diese sechs Ritter siegten über Gawein. Nach kurzer Zeit kamen sie zur Herberge von Sir Marhaus, der in einem kleinen Kloster wohnte. Dort stiegen sie ab, und Damen und Fräulein lösten ihnen die Rüstung und kümmerten sich eiligst um die Wunden, die sie alle drei davongetragen hatten. So erhielten sie eine gute Unterkunft und gute Pflege, und als Sir Marhaus erfuhr, daß sie König Artus' Schwestersöhne waren, bewirtete er sie, so gut er nur konnte. Sie blieben eine Woche lang, bis ihre Wunden gut geheilt waren, und schließlich reisten sie ab. So leicht wollen wir nicht auseinandergehen, sagte Sir Marhaus, ich will euch durch den Wald begleiten. Und so ritten sie Tag um Tag, gut sieben Tage lang, ehe sie auf ein Abenteuer stießen. Schließlich kamen sie in einen großen Wald, er hieß der Wald von Arroy im Land der seltsamen Abenteuer. In dieses Land, sagte Sir Marhaus, ist, seit es bekehrt wurde, noch nie ein Ritter gelangt, der nicht seltsame Abenteuer erlebt hätte. So ritten sie dahin und kamen in ein tiefes, felsiges Tal und sahen dort einen schönen Wasserlauf, und weiter oben war der Ursprung des Flusses, ein klarer Quell, an dem drei Fräulein saßen. Zu ihnen ritten sie hin und grüßten sie. Die älteste hatte einen goldenen Kranz um die Stirn und war sechzig Jahre alt oder mehr, und ihr Haar unter dem Kranz war weiß. Das zweite Fräulein war dreißig Winter alt und trug einen goldenen Reif um die Stirn. Das dritte war erst fünfzehn und hatte einen Blumenkranz im Haar. Nachdem die Ritter sie betrachtet hatten, fragten sie, warum sie an dieser Quelle säßen. Wir sind hier, sagten sie, um fahrende Ritter zu seltsamen Abenteuern zu führen. Ihr seid drei Ritter, die Abenteuer suchen, und wir sind drei Fräulein, und deshalb muß jeder von euch eine von uns nehmen. Wenn ihr das getan habt, wollen wir euch zu drei Wegen geleiten, und dort soll jeder von euch mit seinem Mädchen einen Weg wählen. Und heute übers Jahr müßt ihr hier wieder zusammenkommen, das müßt ihr schwören, und Gott erhalte euer Leben. Das ist gut gesprochen, sagte Sir Marhaus.

WIE SIR MARHAUS, SIR GAWEIN UND SIR IWEIN DREI FRÄULEIN TRAFEN UND JEDER VON IHNEN EINES MITNAHM. Jetzt soll jeder von uns ein Fräulein wählen. Hört, sagte Sir Iwein, ich bin der Jüngste und Schwächste von uns, deshalb will ich das älteste Fräulein haben, denn sie ist am erfahrensten und kann mir am besten helfen, wenn es not tut, und ich habe Hilfe nötiger als ihr beide. Und ich, sagte Sir Marhaus, will das Fräulein haben, das dreißig Winter alt ist, denn sie paßt am besten zu mir. Gut, sagte Sir Gawein, ich danke euch, denn ihr habt mir die Jüngste und Schönste gelassen, und sie ist mir am liebsten. Da nahm jedes Fräulein das Pferd ihres Ritters bei den Zügeln und führte ihn zu den drei Wegen. Dort leisteten sie ihren Schwur, für den Fall, daß sie noch am Leben wären, dann küßten sie einander und trennten sich, und jeder Ritter ließ seine Dame hinten aufsitzen. Sir Iwein nahm den Weg, der nach Westen führte, Sir Marhaus den nach Süden, und Sir Garwein nahm den Weg, der nach Norden ging. Beginnen wir nun mit Sir Gawein, der seinem Weg folgte, bis er an ein schönes Schloß kam, in dem ein alter Ritter und guter Hausherr wohnte, und diesen fragte Sir Gawein nach einem Abenteuer. Ich werde Euch morgen welche zeigen, ganz wunderbare, sagte der alte Ritter. So ritten sie am nächsten Morgen in den Wald der Abenteuer bis zu einer Ebene. Dort fanden sie ein Kreuz, und als sie dabei verweilten, kam der stattlichste Ritter und schönste Mann, den sie je gesehen hatten, unter jämmerlichen Klagen auf sie zu. Als er Sir Gawein bemerkte, grüßte er ihn und wünschte, Gott möge ihm großen Ruhm senden. Vielen Dank, antwortete Sir Gawein, möge Gott auch Euch Ehre und Ruhm senden. Ach! sagte der Ritter, darauf brauche ich nicht zu hoffen, denn Schmerz und Schande folgen bei mir dem Ruhm.

Kapitel 20

WIE EIN RITTER UND EIN ZWERG UM EINE DAME KÄMPFTEN. Dann ritt er weiter auf die eine Seite der Ebene, und auf der anderen sah Sir Gawein zehn Ritter warten, die sich mit Schild und Lanze gegen den einen Ritter wappneten, der an Sir Gawein vorbeigekommen war. Dann legte der einzelne Ritter eine starke Lanze ein, und einer der zehn Ritter nahm den Kampf auf. Aber der schmerzerfüllte Ritter traf ihn so mächtig, daß er rücklings vom Pferd fiel; und so besiegte er sie alle oder warf zumindest Roß und Reiter zu Boden, und das alles mit einer Lanze. Als sie alle zu Fuß waren, gingen sie auf den einen Ritter los, und der stand still wie ein Stein und ließ sich vom Pferd ziehen, an Händen und Füßen fesseln und unter den Bauch seines Pferdes binden und wegführen. Mein Gott! rief Sir Gawein, es ist ein jammervoller Anblick, den Ritter so behandelt zu sehen, und wie es scheint, duldet er es, so gebunden zu werden, denn er leistet keinen Widerstand. Das ist wahr, sagte sein Wirt, denn wenn er wollte, wären sie alle zu schwach, so mit ihm zu verfahren. Herr, sagte das Fräulein zu Gawein, ich glaube, es wäre Eure Ritterpflicht, diesem beklagenswerten Mann zu helfen, denn er ist wohl einer der besten Ritter, die ich je gesehen habe. Ich würde es tun, sagte Sir Gawein, aber es scheint, er will keine Hilfe haben. Dann, sagte das Fräulein, habt Ihr wohl keine Lust, ihm zu helfen. Während sie so sprachen, gewahrten sie einen Ritter auf der anderen Seite der Ebene, der ganz gewappnet war mit Ausnahme des Kopfes, und auf der anderen Seite kam ein Zwerg mit großem Mund und platter Nase geritten, der auch ganz gewappnet war mit Ausnahme des Kopfes, und als der Zwerg heran war, sagte er: Wo ist die Dame, die uns hier treffen sollte? Darauf kam sie aus dem Wald heraus. Und dann fingen sie an, um die Dame zu streiten, denn jeder wollte sie haben. Was soll hierbei herauskommen, sagte der Zwerg, dort ist ein Ritter bei dem Kreuz, legen wir ihm die Sache dar, und wie er entscheidet, so soll es sein. Das ist mir recht, sagte der Ritter, und so gingen sie alle drei zu Sir Gawein und erklärten ihm die Ursache ihres Streites. Nun, ihr Herren, wollt ihr die Sache in meine Hand legen? Ja, sagten sie beide. Mein Fräulein, sprach Sir Gawein, stellt Euch zwischen die beiden, und mit welchem Ihr lieber geht, der soll Euch haben. Da verließ sie den Ritter und ging zu dem Zwerg, der nahm sie und ritt singend davon, der Ritter aber in tiefer Trauer. Da kamen zwei gewappnete Ritter daher und riefen: Sir Gawein! Ritter des Königs Artus, mache dich schnell fertig und kämpfe mit uns! Sir Gawein prallte so mit dem einen zusammen, daß sie beide zu Boden stürzten, und als sie zu Fuß waren, zogen sie ihre Schwerter und hieben hart aufeinander ein. Unterdessen ging der andere Ritter zu dem Fräulein und fragte es, warum es bei diesem Ritter sei: Wenn Ihr mit mir kommen wollt, will ich Euer treuer Ritter sein. Ich will mit Euch gehen, antwortete das Fräulein, weil es meinem Herzen nicht zusagt, bei Sir Gawein zu sein; denn eben war ein Ritter hier, der zehn Ritter vom Pferde warf, und schließlich wurde er schimpflich weggeschleppt, doch Sir Gawein half ihm nicht. Darum laßt uns gehen, solange sie kämpfen. Sir Gawein aber kämpfte lange mit dem anderen Ritter, doch am Ende versöhnten sie sich. Da bat der Ritter Sir Gawein, die Nacht bei ihm zu bleiben. Unterwegs fragte Sir Gawein: Was ist das für ein Ritter, der zehn Ritter zu Boden warf und dann, als er das mannhaft vollbracht hatte, sich von ihnen an Händen und Füßen binden und wegführen ließ? Ach! sagte der Ritter, das ist der beste Ritter, den ich kenne, und der tapferste Held, und so wie heute ist er schon mehr als zehnmal behandelt worden. Sein Name ist Sir Pelleas, und er liebt eine edle Dame in diesem Land, sie heißt Ettard. Als er sich in sie verliebt hatte, wurde ein großes dreitägiges Turnier ausgerufen, und alle Ritter und Edelfrauen dieses Landes waren versammelt. Der beste Ritter sollte ein vorzügliches Schwert und einen goldenen Reif bekommen, und den Reif sollte der Ritter der schönsten Dame geben, die auf dem Turnier war. Fünfhundert Ritter waren anwesend, aber Sir Pelleas schlug jeden, der mit ihm kämpfte, nieder oder warf ihn vom Pferd und war der beste Ritter. An jedem der drei Tage schlug er zwanzig Ritter nieder, und so erhielt er den Preis. Sogleich ging er zu Lady Ettard und gab ihr den Reif und verkündete vor allen Leuten, sie wäre die schönste von allen anwesenden Damen, und das würde er gegen jeden Ritter beweisen, der widersprechen wollte.

WIE SICH SIR PELLEAS ZUM GEFANGENEN MACHEN LIESS, UM SEINE DAME SEHEN ZU KÖNNEN, UND WIE SIR GAWEIN IHM VERSPRACH, IHM DIE LIEBE SEINER DAME ZU VERSCHAFFEN. ❧ Und so erkor er sie zu seiner Herrin und gelobte, nie eine andere zu lieben als sie, aber sie war so stolz, daß sie ihn verachtete und sagte, sie würde ihn nie lieben, und wenn er für sie sterben wollte. Alle Damen und Edelfrauen tadelten sie, weil sie so stolz war, denn es waren schönere da als sie, und jede von ihnen hätte Sir Pelleas wegen seiner edlen Heldentaten geliebt, wenn er ihnen seine Liebe angeboten hätte. Er aber schwor Lady Ettard, ihr in dieses Land zu folgen und sie nie zu verlassen, bis er ihre Liebe gewonnen hätte. Nun hält er sich meist in ihrer Nähe auf und wohnt in einem kleinen Kloster, und jede Woche schickt sie Ritter, die mit ihm kämpfen sollen. Wenn er sie dann besiegt hat, läßt er sich willfährig gefangennehmen, weil er dadurch seine Dame sehen kann. Und immer bereitet sie ihm große Schmach, denn das eine Mal läßt sie ihn durch ihre Ritter am Schwanz seines Pferdes festbinden und das andere Mal unter dem Bauch des Pferdes; so läßt sie ihn auf die schimpflichste Weise, die sie sich ausdenken kann, zu sich bringen. All dies tut sie, um ihn zu bewegen, diesem Land den Rücken zu kehren und seine Liebe aufzugeben, doch umsonst. Wenn er zu Fuß kämpfen würde, hätte er die zehn Ritter ebenso besiegt wie zu Pferde. Ach, sagte Sir Gawein, er tut mir sehr leid. Nach dieser Nacht will ich ihn morgen im Wald aufsuchen und ihm alle Hilfe geben, die ich leisten kann. So nahm Sir Gawein am nächsten

Morgen Abschied von seinem Wirt Sir Carados und ritt in den Wald, und schließlich traf er Sir Pelleas, der über alle Maßen klagte. Nachdem sie einander begrüßt hatten, fragte Sir Gawein, woher sein Kummer rühre, und Sir Pelleas erzählte ihm seine Geschichte: Aber immer lasse ich mich von ihren Rittern so behandeln, wie Ihr es gestern saht, weil ich hoffe, doch noch ihre Liebe zu gewinnen, denn sie weiß sehr wohl, alle ihre Ritter könnten mich nicht so leicht besiegen, wenn ich mit ihnen bis zum letzten kämpfen wollte. Liebte ich sie nicht so sehr, wollte ich lieber hundertmal sterben, wenn ich so oft sterben könnte, als solche Schmach ertragen, aber ich hoffe, sie wird schließlich Mitleid mit mir haben, denn mancher wackere Ritter leidet aus Liebe, um sein Ziel zu erreichen, aber ach, ich bin unglücklich. Sein Kummer und sein Schmerz waren so groß, daß er sich kaum auf dem Pferde halten konnte. Hört nur auf zu klagen, sagte Sir Gawein, ich verspreche Euch bei meinem Leben, alles zu tun, was in meiner Macht steht, um Euch die Liebe Eurer Dame zu gewinnen. Ach, fragte Sir Pelleas, von welchem Hof seid Ihr? Ich bitte Euch, mein Freund, sagt es mir. Darauf antwortete Sir Gawein: Ich bin vom Hofe des Königs Artus und seiner Schwester Sohn, König Lot von Orkney war mein Vater, und mein Name ist Sir Gawein. Da sagte der Ritter: Mein Name ist Sir Pelleas, ich bin auf den Inseln geboren, und über viele Inseln gebiete ich, und noch nie habe ich eine Dame oder ein Fräulein geliebt, bis zu dieser unglücklichen Zeit. Herr Ritter, da Ihr König Artus so nahe verwandt und ein Königssohn seid, laßt mich nicht im Stich, sondern helft mir, denn ich kann nur durch einen guten Ritter zu meiner Dame gelangen, weil sie in einer festen Burg wohnt, keine vier Meilen von hier entfernt, und sie ist die Herrin dieses ganzen Landes. Ich kann nie vor ihr Angesicht kommen, wenn ich mich nicht von ihren Rittern gefangennehmen lasse. Noch nie hat sie mir ein gutes Wort gesagt, sondern mich immer in der schändlichsten Weise beschimpft, wenn ich vor sie gebracht wurde, und dann nehmen sie mir mein Pferd und meine Rüstung und werfen mich vor das Tor, und sie gewährt mir weder Essen noch Trinken. Stets erbiete ich mich, ihr Gefangener zu sein, doch das will sie mir nicht erlauben, aber ich wünschte nichts so sehr, als sie, unter welchen Schmerzen auch immer, täglich zu sehen. Da will ich Abhilfe schaffen, sprach Sir Gawein, wenn Ihr tut, was ich Euch rate. Ich will Euer Pferd und Eure Rüstung nehmen und zu ihrer Burg reiten und ihr sagen, ich hätte Euch erschlagen. So will ich ihre Gunst gewinnen, und dann werde ich treu mein Teil tun, daß Ihr mit Sicherheit ihre Liebe erlangt.

Kapitel 22

WIE SIR GAWEIN ZU LADY ETTARD KAM, UND WIE SIR PELLEAS SIE BEIDE IM BETT FAND. ❧ Sir Gawein gelobte, aufrichtig und treu zu sein, und das schwur auch Sir Pelleas. Dann tauschten sie Pferd und Rüstung, und Sir Gawein ritt fort und kam zu der Burg, wo die Zelte der Dame vor dem Tor standen. Als Ettard Sir Gawein erblickte, floh sie in die Burg. Sir Gawein rief ihr mit lauter Stimme zu, sie solle bleiben, denn er wäre nicht Sir Pelleas: Ich bin ein anderer Ritter und habe Sir Pelleas erschlagen. Nehmt Euern Helm ab, sagte Lady Ettard, damit ich Euer Gesicht sehen kann. Als sie sah, daß er nicht Sir Pelleas war, hieß sie ihn absteigen und führte ihn in ihre Burg und fragte ihn, ob er wirklich Sir Pelleas erschlagen hätte. Er bejahte es und erzählte ihr, daß er Sir Gawein vom Hofe des Königs Artus und dessen Schwestersohn sei. Wahrlich, sagte sie, es ist sehr schade um Sir Pelleas. Er war ein sehr tapferer Ritter, aber von allen lebenden Männern haßte ich ihn am meisten, denn ich konnte ihn nie loswerden. Weil Ihr ihn erschlagen habt, will ich Euch gehören und alles tun, was Euch gefällt. So bereitete sie Sir Gawein eine gute Aufnahme. Da sagte Sir Gawein, er liebe eine Dame, die seine Zuneigung auf keine Weise erwidere. Sie ist zu tadeln, sprach Ettard, wenn sie Euch nicht lieben will, denn für Euch, der Ihr von so edler Herkunft und ein so tapferer Held seid, ist keine Dame der Welt zu gut. Versprecht Ihr mir bei Eurer Ehre, sagte Sir Gawein, alles zu tun, was Ihr könnt, um mir die Liebe meiner Dame zu gewinnen? Ja, antwortete sie, das verspreche ich Euch bei meiner Ehre. Nun, sagte Sir Gawein, Ihr seid es selbst, die ich liebe, und ich bitte Euch, haltet Euer Versprechen. Ich habe keine Wahl, entgegnete Lady Ettard, wenn ich nicht wortbrüchig werden will; und so gewährte sie ihm die Erfüllung aller seiner Wünsche. Es war im Monat Mai, als sie und Sir Gawein aus der Burg hinausgingen und in einem Zelt zu Abend speisten, und dort wurde ein Bett hergerichtet, und Sir Gawein und Lady Ettard legten sich zusammen schlafen. In einem anderen Zelt lagen ihre Fräulein und in einem dritten Zelt einige ihrer Ritter, denn sie fürchtete Sir Pelleas nicht mehr. Sir Gawein lag mit ihr in dem Zelt zwei Tage und zwei Nächte. Am frühen Morgen des dritten Tages wappnete sich Sir Pelleas, der nicht geschlafen hatte, seit Sir Gawein von ihm gegangen war, denn Sir Gawein hatte ihm bei seiner Ehre versprochen, binnen einem Tag und einer Nacht zu ihm in sein Zelt bei dem Kloster zurückzukommen. Sir Pelleas bestieg sein Pferd und kam zu den Zelten vor der Burg und fand im ersten Zelt drei Ritter in drei Betten und drei Knappen zu ihren Füßen. Im zweiten Zelt fand er vier Edelfrauen, die in vier Betten lagen. Dann ging er zum dritten Zelt und fand Sir Gawein mit Lady Ettard im Bett, und beide hielten einander eng umschlungen. Als er das sah, zersprang ihm vor Schmerz fast das Herz, und er rief: Wehe, daß je ein Ritter so falsch sein konnte! Dann nahm er sein Pferd, denn er mochte vor lauter Kummer nicht länger verweilen. Als er etwa eine halbe Meile geritten war, kehrte er wieder um und gedachte beide zu erschlagen. Wie er sie nun beide in tiefem Schlaf liegen sah, konnte er sich vor Schmerz kaum auf dem Pferde halten und sprach zu sich selbst: Wenn dieser Ritter auch noch so falsch ist, werde ich ihn doch nicht im Schlaf erschlagen, denn ich will die hohen Gesetze der Ritterschaft nicht verletzen, und damit entfernte er sich wieder. Kaum war er eine halbe Meile geritten, kehrte er nochmals um und wollte beide erschlagen, und er erhob die schmerzlichste Klage, die je einer erhoben hat. Als er zu den Zelten kam, band er sein Pferd an einen Baum und nahm sein blankes Schwert und ging zu ihnen, und wieder meinte er, es wäre eine Schande, sie im Schlafe zu erschlagen. So legte er ihnen das blanke Schwert quer über den Hals und ritt davon. Als Sir Pelleas zu seinen Zelten kam, erzählte er seinen Rittern und Knappen, was vorgefallen war, und er sagte zu ihnen: Für die treuen und guten Dienste, die ihr mir geleistet habt, vermache ich euch alles, was ich besitze; denn ich will mich schlafen legen und nicht mehr aufstehen, bis ich tot bin. Dann sollt ihr mir das Herz aus der Brust schneiden und es Ettard zwischen zwei Silberschalen bringen und ihr sagen, daß ich sie bei dem falschen Ritter Sir Gawein liegen sah. Sogleich tat Sir Pelleas seine Rüstung ab und ging zu Bett und begann furchtbar zu klagen und zu jammern. Als Sir Gawein und Lady Ettard aus ihrem Schlaf erwachten und das blanke Schwert quer über ihrem Hals fanden, da wußte sie, daß es Sir Pelleas' Schwert war. Wehe! sprach sie zu Sir Gawein, Ihr habt mich betrogen und Sir Pelleas auch, denn Ihr habt mir erzählt, Ihr hättet ihn erschlagen, und nun weiß ich, daß es nicht wahr ist, er ist noch am Leben. Wenn Sir Pelleas so unritterlich an Euch gehandelt hätte, wie Ihr an ihm gehandelt habt, wäret Ihr jetzt ein toter Mann. Ihr habt mich betrogen und schändlich verraten, und dieses Beispiel möge allen Damen und Fräulein zur Warnung dienen. Da machte sich Sir Gawein fertig und ritt fort in den Wald. Eines Tages geschah es, daß das Fräulein Nimue vom See im Wald einen Ritter des Sir Pelleas traf, der laut klagend umherlief, und sie fragte ihn nach dem Grunde. Und so erzählte ihr der klagende Ritter, wie sein Herr und Gebieter von einem Ritter und einer Dame verraten worden war und daß er nicht wieder aufstehen wolle, bis er tot sei. Bringt mich zu ihm, sagte sie darauf, ich bürge für sein Leben, er wird nicht aus Liebe sterben, und die ihn dazu gebracht hat, so zu lieben, soll binnen kurzem in eine ebenso schlimme Lage kommen wie er, denn es ist nicht schön von einer stolzen Dame, daß sie kein Mitleid mit einem so tapferen Ritter hat. Unverzüglich brachte sie der Ritter zu ihm, und als sie ihn im Bett liegen sah, meinte sie, noch nie einen so stattlichen Ritter gesehen zu haben. Da warf sie einen Zauber auf ihn, und er schlief ein. Dann ordnete sie an, niemand solle ihn wecken, bis sie zurück sei, und sie ritt zu Lady Ettard und kehrte nach zwei Stunden mit ihr zurück, und die beiden Damen fanden ihn in tiefem Schlaf. Hört, sagte das Fräulein vom See, Ihr solltet Euch schämen, einen solchen Ritter zu töten. Und da legte sie einen solchen Zauber auf Lady Ettard, daß diese ihn heftig liebte und fast den Verstand verlor. O Herr Jesus, rief Lady Ettard, was ist über mich gekommen, daß ich jetzt den liebe, den ich am meisten von allen Männern gehaßt habe? Das ist das gerechte Gericht Gottes, entgegnete das Fräulein. Kurz darauf erwachte Sir Pelleas und erblickte Ettard und erkannte sie, und da haßte er sie mehr als irgendeine andere Frau und rief: Fort, Verräterin, ich will dich nie mehr sehen! Als sie ihn so sprechen hörte, weinte sie und klagte über alle Maßen.

WIE SIR PELLEAS VON SEINER LIEBE ZU LADY ETTARD MIT HILFE DES FRÄULEINS VOM SEE, DAS ER VON DA AN IMMER LIEBTE, GEHEILT WURDE.

Mein edler Herr Ritter, sagte da das Fräulein vom See zu Pelleas, nehmt Euer Pferd und verlaßt mit mir dieses Land, und Ihr sollt eine Dame lieben, die Euch wiederliebt. Das will ich gern, antwortete Sir Pelleas, denn Lady Ettard hat mir viel Schimpf und Schande angetan; und da berichtete er ihr die Geschichte von Anfang bis Ende und erzählte, wie er sich vorgenommen hatte, bis zu seinem Tode nie wieder aufzustehen: Und jetzt hat Gott mir die Gnade gewährt, daß ich Ettard so hasse, wie ich sie einst geliebt habe, gelobt sei Jesus Christus! Dankt mir, sagte das Fräulein vom See. Sogleich wappnete sich Sir Pelleas und nahm sein Pferd und befahl seinen Männern, seine Zelte und seine ganze Habe an den Ort nachzubringen, den das Fräulein vom See bestimmen würde. Lady Ettard starb vor Kummer, das Fräulein vom See aber war mit Sir Pelleas glücklich, und sie liebten einander, solange sie lebten.

Kapitel 24

WIE SIR MARHAUS MIT DEM FRÄULEIN WEGRITT UND ZUM HERZOG DER SÜDMARKEN KAM. Jetzt wenden wir uns Sir Marhaus zu, der mit dem Fräulein, das dreißig Winter alt war, südwärts ritt. Sie kamen in einen tiefen Wald und wurden unglücklicherweise von der Nacht überrascht und ritten lange in einem tiefen Hohlweg und gelangten schließlich zu einem Gehöft und baten dort um Unterkunft. Aber der Besitzer des Gehöftes wollte sie unter keiner Bedingung beherbergen, sondern der gute Mann sagte: Wenn Ihr das Abenteuer eines Quartiers auf Euch nehmen wollt, so will ich Euch hinführen, wo Ihr übernachten könnt. Was für ein Abenteuer soll ich denn in meinem Quartier bestehen? fragte Sir Marhaus. Das werdet Ihr erfahren, wenn Ihr hinkommt, antwortete der gute Mann. Was für ein Abenteuer es auch sei, bringe mich hin, ich bitte dich, sagte Sir Marhaus, denn ich bin müde, und mein Fräulein und mein Pferd sind es auch. Da öffnete der gute Mann das Tor, und binnen einer Stunde brachte er sie zu einer schönen Burg. Dort rief der arme Mann den Pförtner und wurde sogleich eingelassen, und dann erzählte er dem Burgherrn, er hätte ihm einen fahrenden Ritter und ein Fräulein gebracht, die bei ihm übernachten wollten. Laßt sie ein, sagte der Burgherr, vielleicht werden sie bereuen, daß sie hier Quartier genommen haben. So wurde Sir Marhaus bei Fackelschein hineingeleitet und von einer freundlichen Gesellschaft junger Männer begrüßt. Dann brachte man sein Pferd in den Stall und führte ihn und das Fräulein in die Halle, wo ein mächtiger Herzog und viele wackere Männer standen. Der Herzog fragte ihn, wie er heiße und woher er komme und wem er diene. Herr, antwortete er, ich bin ein Ritter des Königs Artus und Mitglied der Tafelrunde, mein Name ist Sir Marhaus, und geboren bin ich in Irland. Da sagte der Herzog zu ihm: Das tut mir sehr leid, und zwar aus diesem Grunde: Ich liebe deinen Herrn und deine Freunde von der Tafelrunde nicht. Mache es dir diese Nacht so bequem, wie du kannst, denn morgen werden ich und meine sechs Söhne mit dir kämpfen. Gibt es da keinen Ausweg, muß ich denn wirklich mit Euch und Euern sechs Söhnen zugleich kämpfen? fragte Sir Marhaus. Es gibt keinen Ausweg, sagte der Herzog, denn Sir Gawein hat bei einem Zusammentreffen sieben meiner Söhne erschlagen, und deshalb habe ich geschworen, daß nie ein Ritter von König Artus' Hof herkommen oder bei mir wohnen soll, ohne daß ich mit ihm kämpfe und Rache für den Tod meiner Söhne nehme. Wie heißt Ihr? fragte Sir Marhaus, sagt es mir bitte, wenn es Euch beliebt. Wisse denn, ich bin der Herzog der Südmarken. Ach! sagte Sir Marhaus, ich habe davon gehört, daß Ihr seit langem mit meinem Herrn, König Artus, und seinen Rittern arg verfeindet seid. Das sollt Ihr morgen spüren, erklärte der Herzog. Muß ich denn mit Euch kämpfen? fragte Sir Marhaus. Ja, sagte der Herzog. Ihr habt keine andere Wahl. Begebt Euch in Euer Gemach, und Ihr sollt alles bekommen, was Ihr begehrt. Darauf wurde Sir Marhaus in ein Gemach geführt und sein Fräulein in ein anderes. Am nächsten Morgen schickte der Herzog nach Sir Marhaus und hieß ihn sich rüsten. Da stand Sir Marhaus auf und wappnete sich, und dann wurde eine Messe für ihn gesungen, und er frühstückte und bestieg sein Pferd und ritt in den Burghof, wo der Kampf stattfinden sollte. Der Herzog saß schon voll gerüstet zu Pferde, und seine sechs Söhne waren bei ihm, und jeder hatte eine Lanze in der Hand, und sie stießen so zusammen, daß der Herzog und zwei seiner Söhne ihre Lanzen an Sir Marhaus zerbrachen, der aber hielt seine Lanze in die Höhe und berührte keinen von ihnen.

WIE SIR MARHAUS MIT DEM HERZOG UND SEINEN VIER SÖHNEN KÄMPFTE UND SIE ZWANG, SICH ZU ERGEBEN. ❧ Dann kamen die übrigen vier Söhne paarweise, und zwei von ihnen zerbrachen ihre Lanzen und darauf ebenso die zwei anderen. Und Sir Marhaus berührte sie nicht. Dann rannte Sir Marhaus gegen den Herzog an und warf mit seiner Lanze Roß und Reiter zu Boden, und ebenso bediente er seine Söhne. Darauf stieg Sir Marhaus ab und forderte den Herzog auf, sich zu ergeben, oder er würde ihn erschlagen. Da erholten sich einige seiner Söhne und wollten von neuem Sir Marhaus angreifen, doch Sir Marhaus sagte zu dem Herzog: Halte deine Söhne zurück, oder ich will gegen euch alle bis zum Äußersten gehen. Als der Herzog sah, daß er anders dem Tode nicht entrinnen würde, rief er seinen Söhnen zu, sie sollten sich Sir Marhaus ergeben. Da knieten sie alle nieder und streckten dem Ritter die Knäufe ihrer Schwerter entgegen, und er nahm sie an. Dann halfen sie ihrem Vater auf und gelobten alle zusammen Sir Marhaus, nie mehr Feinde des Königs Artus zu sein und am folgenden Pfingstfest an den Hof zu kommen und die Gnade des Königs zu empfangen. Nun zog Sir Marhaus weiter, und nach zwei Tagen brachte ihn sein Fräulein zu einem großen Turnier, das die Lady de Vawse hatte ausrufen lassen. Wer den Sieg errang, der sollte einen kostbaren goldenen Reif erhalten, der tausend Byzantiner wert war. Sir Marhaus kämpfte so tapfer, daß er vierzig Ritter in den Sand streckte und alle ihn rühmten, und so wurde ihm der Reif zugesprochen. Dann zog er von dort ruhmbedeckt weiter, und nach sieben Tagen brachte ihn sein Fräulein zur Burg eines Grafen. Das war der Graf Fergus, der später ein Ritter Sir Tristans wurde. Dieser Graf war noch ein junger Mann und erst vor kurzem in den Besitz seiner Ländereien gekommen. Ganz in seiner Nähe hauste ein Riese, der Taulurd hieß, und dieser hatte einen Bruder in Cornwall, der Taulas hieß, den erschlug Sir Tristan, als er im Wahn war. Dieser Graf klagte gegenüber Sir Marhaus, daß ein Riese sein ganzes Land verwüste und er deswegen weder ausgehen noch ausreiten könne. Herr, fragte Sir Marhaus, wie kämpft er denn für gewöhnlich, zu Pferd oder zu Fuß? Nein, antwortete der Graf, ein Pferd kann ihn nicht tragen. Gut, sagte Sir Marhaus, dann will ich zu Fuß mit ihm kämpfen. Am anderen Morgen bat Sir Marhaus den Grafen, einer seiner Männer möchte ihn dahin bringen, wo der Riese war, und dort angelangt, sah er ihn mit vielen eisernen Keulen und Äxten um sich herum unter einer Stechpalme sitzen. Da wandte sich der Ritter gegen den Riesen und nahm seinen Schild vor sich, und der Riese packte eine eiserne Keule und hieb mit dem ersten Streich Sir Marhaus' Schild in zwei Stücke. Sir Marhaus fand sich in großer Gefahr, denn der Riese war ein gewandter Kämpfer, aber schließlich schlug ihm Sir Marhaus den rechten Arm über dem Ellbogen ab. Der Riese floh, und der Ritter verfolgte ihn und trieb ihn in ein Wasser, aber der Riese war so groß, daß Sir Marhaus ihm nicht nachwaten konnte. Da ließ sich Sir Marhaus von den Mannen des Grafen Fergus Steine bringen, und mit diesen Steinen traf er den Riesen so schwer, daß er ins Wasser fiel und ertrank. Danach ritt Sir Marhaus zur Burg des Riesen und befreite vierundzwanzig Damen und zwölf Ritter aus dem Kerker und fand dort Schätze ohne Zahl, daß er zeit seines Lebens nie mehr ein armer Mann war. Dann kehrte er zu dem Grafen Fergus zurück, der ihm sehr dankte und ihm die Hälfte seiner Länder schenken wollte, aber er nahm nichts an. So wohnte Sir Marhaus fast ein halbes Jahr bei dem Grafen, denn er war von dem Riesen arg verletzt worden, und schließlich nahm er Abschied. Als er nun seines Weges ritt, um Sir Gawein und Sir Iwein zu treffen, begegnete er vier Rittern von Artus' Hof, Sir Sagramore le Desirous, Sir Osanna, Sir Dodinas le Savage und Sir Felot von Listinoise. Sir Marhaus streckte diese vier Ritter mit seiner Lanze in den Sand und verletzte sie schwer. Dann ritt er weiter, um am verabredeten Tag zur Stelle zu sein.

Kapitel 26

WIE SIR IWEIN MIT DEM SECHZIG JAHRE ALTEN FRÄULEIN RITT, UND WIE ER IM TURNIER DEN PREIS GEWANN. Nun wenden wir uns Sir Iwein zu, der mit der sechzig Winter alten Dame westwärts ritt. Sie brachte ihn zu einem Turnier, das nahe der Grenze von Wales stattfand. In diesem Turnier warf Sir Iwein dreißig Ritter nieder, und dafür erhielt er einen Preis, das war ein Beizfalke und ein weißes Schlachtroß mit einer golddurchwirkten Decke. So bestand Sir Iwein mit Hilfe der alten Dame viele seltsame Abenteuer. Eines Tages führte sie ihn zu einer Dame, die hieß die Dame vom Fels und pflegte höfische Sitten sehr. In diesem Land lebten zwei Ritter, die Brüder waren; sie wurden die zwei gefährlichen Ritter genannt, der eine hieß Sir Edward vom Roten Schloß und der andere Sir Hue vom Roten Schloß. Die beiden Brüder hatten die Dame vom Fels durch Betrug und Gewalt um das Erbe einer Baronie mit großen Ländereien gebracht. Als Iwein bei ihr wohnte, beklagte sich die Dame ihm gegenüber wegen dieser Ritter. Edle Dame, sagte Sir Iwein, sie sind zu tadeln, denn sie verstoßen gegen die hohen Gesetze des Rittertums und gegen den Eid, den sie abgelegt haben. Wenn Ihr wollt, spreche ich mit ihnen, denn ich bin ein Ritter des Königs Artus, und ich will offen mit ihnen reden. Sollten sie nicht nachgeben, werde ich mit ihnen kämpfen und Euer Recht verteidigen.

Ich danke Euch, sagte die Dame, wenn ich es Euch nicht lohnen kann, wird Gott es tun. So ließ sie am anderen Morgen nach den beiden Brüdern schicken und ihnen bestellen, die Dame vom Fels wolle mit ihnen sprechen, und sie kamen tatsächlich, und zwar mit hundert Reitern. Als die Dame sah, daß sie mit solcher Streitmacht anrückten, duldete sie nicht, daß Sir Iwein ohne Schutz und Gewißheit auf friedliche Verhandlung zu ihnen hinausging, sondern veranlaßte ihn, vom Turm herab mit ihnen zu sprechen. Aber die beiden Brüder ließen sich auf keine Verhandlung ein und antworteten, sie wollten behalten, was sie besäßen. Gut, sagte Sir Iwein, dann will ich mit einem von euch kämpfen und beweisen, daß ihr dieser Dame Unrecht antut. Dazu sind wir nicht bereit, entgegneten sie. Wenn wir uns schon auf einen Waffengang einlassen, wollen wir zwei gleichzeitig gegen einen Ritter kämpfen. Wenn Ihr so kämpfen wollt, werden wir zu jeder Zeit bereit sein, die Ihr bestimmt, und falls Ihr uns dabei besiegt, soll die Dame ihre Ländereien zurückbekommen. Ich bin einverstanden sagte Sir Iwein, rüstet euch und seid morgen hier, damit wir um das Recht der Dame streiten können.

WIE SIR IWEIN MIT ZWEI RITTERN KÄMPFTE UND SIE BESIEGTE. ❧ So versicherten sich beide Seiten, daß von keiner Verrat geübt werden konnte, und die Ritter entfernten sich, und Sir Iwein verbrachte eine sehr angenehme Nacht. Am nächsten Morgen stand er früh auf und hörte die Messe und frühstückte und ritt hinaus vor das Tor auf die Ebene, wo die zwei Brüder ihn erwarteten. Sogleich rannten sie mit solcher Wucht gegeneinander, daß Sir Edward und Sir Hue ihre Lanzen an Sir Iwein zerbrachen. Sir Iwein traf Sir Edward, daß er vom Pferd stürzte, und doch zerbrach seine

Lanze nicht. Dann spornte er sein Pferd und sprengte gegen Sir Hue und warf ihn aus dem Sattel, aber die Brüder erholten sich bald und hoben den Schild und zogen das Schwert und forderten Iwein auf, abzusitzen und den Kampf bis zum Äußersten zu führen. Da sprang Sir Iwein schnell vom Pferd, nahm den Schild vor sich und zog das Schwert, und so versetzten sie einander gewaltige Streiche. Die beiden Brüder verwundeten Sir Iwein so schwer, daß die Dame vom Fels meinte, er müßte sterben. Fünf Stunden kämpften sie miteinander wie Männer in blinder Wut. Schließlich versetzte Sir Iwein Sir Edward einen solchen Streich über den Helm, daß sein Schwert bis zum Schlüsselbein durchdrang; Sir Hue verließ der Mut, aber Sir Iwein bedrängte ihn heftig und wollte ihn erschlagen. Da kniete Sir Hue nieder und ergab sich. Und in seiner Ritterlichkeit nahm Sir Iwein sein Schwert entgegen und führte ihn an der Hand in die Burg. Da war die Dame vom Fels überaus froh, und Sir Hue klagte bitterlich über den Tod seines Bruders. Nun erhielt die Dame all ihre Ländereien zurück, und Sir Hue wurde beauftragt, sich zum nächsten Pfingstfest am Hofe von König Artus einzufinden. Sir Iwein aber blieb fast ein halbes Jahr bei der Dame, denn es dauerte lange, ehe er von seinen schweren Wunden genas. Als der Tag herankam, an dem Sir Gawein, Sir Marhaus und Sir Iwein sich an dem Kreuzweg treffen sollten, da begaben sich alle drei dorthin, um das Versprechen zu halten, das sie gegeben hatten; und Sir Marhaus und Sir Iwein brachten ihr Fräulein mit, aber Sir Gawein hatte sein Fräulein verloren, wie hier berichtet worden ist.

Kapitel 28

WIE NACH EINEM JAHR ALLE DREI RITTER MIT IHREN DREI FRÄULEIN WIEDER AN DER QUELLE ZUSAMMENKAMEN.

Genau am Ende der zwölf Monate trafen sich alle drei Ritter mit ihren Fräulein wieder an dem Quell, aber Sir Gaweins

Fräulein konnte nur wenig Ehrenhaftes von ihm berichten. Dann trennten sie sich von den Fräulein und ritten durch einen großen Wald. Dort trafen sie auf einen Boten, der von König Artus kam und der sie mit dem Auftrag, Sir Gawein und Sir Iwein wieder an den Hof zurückzubringen, fast ein Jahr lang in ganz England, Wales und Schottland gesucht hatte. Da waren sie alle froh, und sie baten Sir Marhaus, mit ihnen zum Hofe des Königs zu reiten. Nach zwölf Tagen erreichten sie Camelot, und der König freute sich sehr über Ihr Kommen und ebenso der ganze Hof. Dann ließ sie der König auf eine Bibel schwören, ihm alle Abenteuer zu erzählen, die sie in den zwölf Monaten erlebt hatten, und das taten sie auch. Sir Marhaus stand in hohem Ansehen, denn es waren Ritter anwesend, die er früher besiegt hatte, und er galt als einer der besten Ritter, die es gab. Als das Pfingstfest herannahte, kam das Fräulein vom See und brachte Sir Pelleas mit; und zu dem hohen Fest fand ein großes Ritterturnier statt, und von allen Rittern erhielt Sir Pelleas den Preis, und Sir Marhaus wurde zweiter. Sir Pelleas war so stark, daß sich gegen den Stoß seiner Lanze nur wenige Ritter im Sattel halten konnten. Bei diesem Fest wurden Sir Pelleas und Sir Marhaus zu Rittern der Tafelrunde ernannt, denn es waren zwei Sitze frei, weil in diesem Jahr zwei Ritter erschlagen worden waren, und König Artus hatte viel Freude an Sir Pelleas und Sir Marhaus. Doch Pelleas wurde nie ein Freund Sir Gaweins, er schonte ihn jedoch König Artus zuliebe; aber bei Turnieren und Ritterkämpfen zahlte er es Gawein oft heim, so berichtet das französische Buch. In viel späterer Zeit trug Sir Tristan einen schweren Kampf mit Sir Marhaus auf einer Insel aus, bei dem Sir Tristan den anderen erschlug, er selbst wurde aber so schwer verwundet, daß er sich nur langsam erholte und ein halbes Jahr in einem Kloster lag. Sir Pelleas wurde ein berühmter Ritter und war einer der vier, die den heiligen Gral erlangten; das Fräulein vom See bewirkte mit ihren Zauberkünsten, daß er nie mit Sir Lanzelot vom See kämpfte, und wenn Sir Lanzelot an einem Turnier oder Ritterkampf teilnahm, dann duldete sie nicht, daß Sir Pelleas an diesem Tage ebenfalls kämpfte, es sei denn auf der Seite von Sir Lanzelot.

5. Buch

WIE ZWÖLF GREISE GESANDTE VON ROM ZU KÖNIG ARTUS KAMEN UND TRIBUT VON BRITANNIEN VERLANGTEN.

ALS König Artus nach einem langen Krieg rastete und ein königliches Fest mit seinen verbündeten Königen und Fürsten und den edlen Rittern von der Tafelrunde feierte, kamen in die Halle, als er auf seinem Königsthron saß, zwölf alte Männer mit einem Ölzweig in der Hand, zum Zeichen, daß sie Gesandte und Boten von Kaiser Lucius waren, der damals Diktator oder Prokurator des Gemeinwesens von Rom hieß. Die Gesandten begrüßten König Artus ehrfurchtsvoll und erwiesen ihm Reverenz und sprachen zu ihm: Der großmächtige Kaiser Lucius sendet dem König von Britannien seinen Gruß und befiehlt dir, ihn als deinen Herrn anzuerkennen und seinem Reich den schuldigen Tribut dieses Gebietes zu entrichten, den dein Vater und deine anderen Vorgänger gezahlt haben, wie es verzeichnet steht, und den du als Rebell, da du ihn nicht als deinen Oberherrn anerkennst, verweigerst und zurückhälst, entgegen den Statuten und Gesetzen, die der edle und ruhmvolle Iulius Caesar, der Eroberer dieses Gebietes und der erste Kaiser von Rom, erlassen hat. Falls du dich seinen Forderungen und Befehlen widersetzt, dann sei gewiß, daß er einen großen Krieg gegen dich und dein Land führen und dich und deine Untertanen züchtigen wird; dadurch wird er allen Königen und Fürsten, die dem edlen Reich, das über die ganze Welt herrscht, ihren Tribut verweigern, ein ewiges Beispiel geben. Nachdem sie den Inhalt ihrer Botschaft mitgeteilt hatten, befahl ihnen der König, sich zurückzuziehen, und sagte, er würde Rat halten und ihnen eine Antwort geben. Als einige der jungen Ritter diese Botschaft hörten, wollten sie sich auf die Gesandten stürzen und sie erschlagen, denn sie sagten, es sei eine Beleidigung aller anwesenden Ritter, wenn sie duldeten, daß so mit dem König gesprochen werde. Der König verbot jedoch bei Strafe des Todes, daß auch nur einer von ihnen sie beleidigte oder angriff, und er beauftragte einen Ritter, sie in ihre Gemächer zu führen und gut aufzunehmen und dafür zu sorgen, daß sie alles erhielten, was sie brauchten, und sie mit dem Besten zu bewirten: Denn die Römer sind große Herren, und wenn auch ihre Botschaft mir und meinem Hof nicht gefällt, muß ich doch an meine Ehre denken. Danach ließ der König alle seine Barone und Ritter der Tafelrunde rufen, um über die Sache zu beraten. Sir Cador von Cornwall sprach zuerst und sagte: Herr König, diese Botschaft gefällt mir gut, denn wir haben viele Tage geruht und sind träge geworden, und jetzt hoffe ich, Ihr werdet einen harten Krieg gegen die Römer führen, und ich zweifle nicht, daß wir dabei Ehre erwerben. Ich glaube schon, antwortete Artus, daß dir diese Sache gut gefällt, aber so können wir nicht antworten; ihre Forderung kränkt mich sehr, und wahrlich, ich werde niemals an Rom Tribut zahlen, und darum bitte ich euch, mir zu raten. Ich habe gehört, daß die Könige Belinus und Brenius von Britannien das Römische Reich lange beherrscht haben und auch Constantin, der Sohn Elaines. Das ist ein Beweis dafür, daß wir, die wir von ihnen abstammen, Rom keinen Tribut schulden, sondern das Recht haben, den Kaisertitel zu beanspruchen.

WIE DIE KÖNIGE UND HERREN KÖNIG ARTUS BEISTAND UND HILFE GEGEN DIE RÖMER VERSPRACHEN. Da antwortete König Anguish von Schottland: Herr König, Ihr solltet von Rechts wegen über allen anderen Königen stehen, denn Euch ist an Ritterlichkeit und Würde in der ganzen Christenheit niemand gleich oder ähnlich. Ich rate Euch, den Römern niemals zu gehorchen; als sie über uns herrschten, haben sie unsere Vorfahren ins Elend gestürzt und das Land ausgeplündert und mit Steuern belegt, deshalb schwöre ich hier, mich an ihnen zu rächen; und um unsere Kräfte in diesem Kampf zu verstärken, will ich zwanzigtausend gute Krieger stellen und sie auf meine Kosten besolden. Sie sollen Euch zusammen mit mir zur Verfügung stehen, wann immer Ihr sie braucht. Der König von Kleinbritannien stellte auch dreißigtausend Krieger, und König Artus dankte ihnen. Dann stimmten alle dafür, Krieg zu führen und nach Kräften mitzuwirken; so versprach der Fürst von Westwales, dreißigtausend Mann zu stellen, und Sir Iwein und sein Sohn Sir Ider mit seinen Vettern versprach ebenfalls, dreißigtausend Mann aufzubieten. Dann versprachen Sir Lanzelot und jeder andere in gleicher Weise eine große Kriegerschar. Als König Artus ihren Kampfesmut und ihren guten Willen sah, dankte er ihnen herzlich und ließ darauf die Gesandten rufen, um ihnen Antwort zu geben. In Gegenwart aller seiner Barone und Ritter sprach er zu ihnen: ich will, daß ihr zu euerm Herrn und Prokurator des Gemeinwesens der Römer zurückkehrt und ihm ausrichtet: Von seiner Forderung und seinem Befehl erfülle ich nichts, und ich weiß von keinem Tribut, den ich ihm noch irgendeinem anderen irdischen Fürsten schulde, sei er Christ oder Heide; aber ich erhebe Anspruch auf die Oberherrschaft über das Kaiserreich, wozu ich berechtigt bin auf Grund des Rechts meiner Vorfahren, die Könige dieses Landes waren; und sagt ihm, daß ich gewillt und fest entschlossen bin, mit einer starken Heeresmacht nach Rom zu ziehen und, so Gott will, vom Kaiserreich Besitz zu ergreifen und die zu unterwerfen, die sich auflehnen. Also befehle ich ihm und allen Römern, mir unverzüglich Huldigung zu leisten und mich als ihren Kaiser und Herrn anzuerkennen, sonst wird die Strafe folgen. Dann befahl er seinem Schatzmeister, ihnen große und wertvolle Gaben zu überreichen und Ihnen ihre ganzen Ausgaben zu erstatten. Sir Cador beauftragte er, sie aus dem Lande zu geleiten. So verabschiedeten sie sich und schifften sich in Sandwich ein, reisten durch Flandern, Deutschland, die Alpen und ganz Italien, bis sie zu Lucius kamen. Nachdem sie ihm ihre Reverenz erwiesen hatten, übermittelten sie ihre Antwort, wie ihr sie zuvor gehört habt. Als Kaiser Lucius ihren Bericht gehört hatte, war er sehr erregt und sprach voller Wut: Ich hatte gedacht, Artus würde meinem Befehl gehorcht und euch in Person gedient haben, wie es ihm nicht minder als jedem anderen König zukam. O Herr, sagte einer der Senatoren, sprecht nicht so eitle Worte, wisset vielmehr, daß ich und meine Gefährten sehr in Sorge waren, als wir vor ihn traten, und ich fürchte, Euer Plan wird sich gegen Euch selbst wenden, denn Artus hat die Absicht, Herr dieses Reiches zu werden. Wenn er kommt, wird es schlimm um uns stehen, denn dieser Mann ist ganz anders, als Ihr glaubt, und er unterhält den edelsten Hof der Welt, alle anderen Könige und Fürsten können sich nicht mit ihm vergleichen. Am Neujahrstag sahen wir ihn in seinem Hofstaat, dem königlichsten, den wir je zu Gesicht bekamen, denn er wurde an seiner Tafel zugleich mit neun Königen bedient und hält eine Tafelrunde mit der edelsten Gesellschaft anderer Fürsten, großer Herren und Ritter, und jeder seiner Ritter ist ohne Tadel und ein Held. In seiner Person ist er der stattlichste Mann, den es gibt, und er ist fähig, die ganze Welt zu erobern, die für seinen Mut zu klein ist. Darum rate ich Euch, Eure Grenzen und Pässe in den Bergen gut zu bewachen, denn er ist ohne Zweifel ein Mann, den man fürchten muß. Nun gut, sagte Lucius, ich beabsichtige, vor Ostern die Berge zu überschreiten und nach Frankreich vorzudringen, um ihm dort mit Genuesen und starken Kriegern aus Toskanien und der Lombardei seine Ländereien abzunehmen. Ich werde nach allen schicken, die dem Römischen Reich untertan oder verpflichtet sind, mir zu Hilfe zu kommen. Und sogleich schickte er alte, erfahrene Ritter in die folgenden Länder: zuerst nach Ambage und Arrage, dann nach Alexandrien, Indien, Armenien, wo der Euphrat nach Asien fließt, nach Afrika und Großeuropa, nach Ertayne und Elamye, nach Arabien, Ägypten und Damaskus, nach Damietta und Kreta, nach Kappadozien, Tarsus und der Türkei, nach Pontus und Pamphilien, nach Syrien und Galatien. Sie alle waren Rom untertan wie viele andere, so Griechenland, Zypern, Mazedonien, Kalabrien, Cateland, Portugal und Spanien. Alle die Könige – insgesamt sechszehn –, Herzöge und Admirale versammelten sich mit einer großen Schar von Kriegern in der Nähe von Rom. Als der Kaiser von ihrem Kommen erfuhr, rüstete er seine Römer und alle Völker zwischen Rom und Flandern. Ferner hatte er fünfzig Riesen bei sich, die von Teufeln abstammten und die beauftragt waren, seine Person zu schützen und Artus' Schlachtreihen zu durchbrechen. So zogen sie von Rom aus über die Berge, um die Länder zu verwüsten, die Artus erobert hatte. Sie kamen nach Köln, belagerten eine Burg dort in der Nähe und nahmen sie bald ein und legten zweihundert Sarazenen oder Ungläubige hinein. Dann zerstörten sie viele schöne Länder, die Artus von König Claudas erobert hatte. Lucius befahl seinem ganzen Heer, das in gelöster Schlachtordnung sechzig Meilen breit war, mit ihm in Burgund zusammenzutreffen, denn er hatte vor, das Reich Kleinbritannien zu zerstören.

WIE KÖNIG ARTUS IN YORK EIN PARLAMENT ABHIELT UND ANORDNETE, WIE DAS REICH WÄHREND SEINER ABWESENHEIT REGIERT WERDEN SOLLTE. ❧ Lassen wir nun den Kaiser Lucius und sprechen wir von König Artus, der seinem ganzen Gefolge befahl, sich acht Tage nach Hilarius in York zu einem Parlament zu versammeln. Auf diesem Parlament wurde beschlossen, die ganze Flotte des Landes binnen vierzehn Tagen in Sandwich zusammenzuziehen, und dort setzte Artus seinem Heer auseinander, wie er das Kaiserreich zu erobern gedachte, das ihm von Rechts wegen gehörte. Auch bestellte er zwei Statthalter für sein Reich, nämlich Sir Baldwin von Britannien als Berater und Sir Constantin, den Sohn des Sir Cador von Cornwall, der nach dem Tode von Artus König werden sollte. In Gegenwart aller seiner Barone vertraute er ihnen die Regierung des Reiches und Ginevra, seine Königin, an, worüber Sir Lanzelot sehr ungehalten war, denn er hatte Sir Tristan bei König Marke gelassen, aus Liebe zur schönen Isolde. Königin Ginevra erhob großes Klagen über die Abreise ihres Herrn und der anderen, fiel in eine Ohnmacht und wurde von den Damen in ihr Gemach getragen. So brach der König mit seinem mächtigen Heere auf und ließ die Königin und das Reich in der Obhut von Sir Baldwin und Sir Constantin. Und als er im Sattel saß, sagte er mit lauter Stimme: Wenn ich auf diesem Feldzug sterbe, will ich, daß Sir Constantin als mein nächster Blutsverwandter mein Erbe und König dieses Reiches wird. Dann stach er in Sandwich mit seinem ganzen Heer und einer großen Zahl von Schiffen, Galeeren und Kriegsschiffen in See.

WIE KÖNIG ARTUS WÄREND DER ÜBERFAHRT IN DER KAJÜTE SEINES SCHIFFES EINEN WUNDERBAREN TRAUM HATTE UND VON DER DEUTUNG DIESES TRAUMES. ❧ Als der König nun in seiner Kajüte war, fiel er in tiefen Schlummer und hatte einen wunderbaren Traum: Ihm war, als stürzte ein schrecklicher Drache viele seiner treuen Männer ins Meer. Er kam von Westen geflogen, und sein Kopf war von einem azurblauen Schmelz überzogen, seine Schultern glänzten wie Gold, sein Bauch glich einem Kettenpanzer von wunderbarer Farbe, und sein Schwanz war gefleckt, seine Füße waren mit feinem Zobel umhüllt und seine scharfen Klauen aus purem Gold; eine gräßliche Feuerflamme flog aus seinem weiten Rachen, als wenn Land und Wasser ganz in Feuer ständen. Danach, so schien es Artus, kam aus dem Osten in einer Wolke ein grimmiger schwarzer Eber mit Klauen, so groß wie Pfähle; er war zottig und häßlich und das widerwärtigste Tier, das je ein Mensch sah, und er brüllte und grunzte so abscheulich, daß es furchtbar anzuhören war. Da kam der schreckliche Drache auf den Eber losgeflogen wie ein Falke und führte viele mächtige Streiche gegen ihn. Der Eber aber stieß ihn mit seinen gräßlichen Hauern, daß seine Brust ganz voller Blut war, und das heiße Blut färbte das weite Meer rot. Da flog der Drache davon in die Höhe und kam schnell wie ein Pfeil und mit großem Getöse wieder herunter und hieb dem Eber mächtig auf den Rücken, der vom Kopf bis zum Schwanz über zehn Fuß lang war, und schlug dem Eber Fleisch und Knochen zu Staub, daß er überall auf dem Meer verstreut wurde. Darüber erwachte der König und war tief bestürzt über den Traum. Er schickte sogleich nach einem weisen Philosophen und befahl ihm, die Bedeutung des Traumes zu erklären. Mein edler König, sagte der Philosoph, der Drache bedeutet deine eigene Person, und die Farben seiner Schwingen sind die Reiche, die du erobert hast, der gefleckte Schwanz bedeutet die edlen Ritter von der Tafelrunde; und der Eber, der in euerm Traum aus den Wolken kam und den der Drache tötete, bedeutet einen Tyrannen, der das Volk quält, oder aber, daß du selbst mit einem schrecklichen und abscheulichen Riesen kämpfen mußt, desgleichen du noch nie in deinem ganzen Leben gesehen hast. Doch fürchte diesen häßlichen Traum nicht, denn du wirst als Sieger aus dem Kampf hervorgehen. Bald darauf kam Land in Sicht, und sie segelten weiter, bis sie Barflete in Flandern erreichten, und dort fand König Artus viele seiner Edelleute zum Kampf gewappnet bereitstehen, wie es ihnen befohlen worden war.

WIE EIN MANN VOM LANDE IHM VON EINEM SCHRECKLICHEN RIESEN ERZÄHLTE, UND WIE ER MIT IHM KÄMPFTE UND IHN BESIEGTE. ❧ Da kam ein Bauer zu Artus und erzählte ihm, im Lande Cotentin an der Grenze der Bretagne hause ein mächtiger Riese, der schon viele Menschen des Landes erschlagen, gemordet und verschlungen habe und der sich seit sieben Jahren von den Kindern einfacher Leute nähre, so daß alle Kinder umgebracht und ausgerottet seien: Vor kurzem hat er die Herzogin der Bretagne ergriffen, als sie mit ihrem Gefolge ausritt, und sie in seine Behausung entführt, die in einem Berge gelegen ist, um sie zu schänden und ihr beizuwohnen bis ans Ende ihres Lebens. Viele Leute sind ihr gefolgt, mehr als fünfhundert, aber sie alle konnten sie nicht retten, sondern mußten sie ihm, schreiend und jämmerlich weinend, überlassen, und darum vermute ich, er hat sie in der Befriedigung seiner gräßlichen Wollust und Unzucht umgebracht. Sie war die Gemahlin Eures Vetters Sir Howel, eines nahen Blutsverwandten von Euch. Da Ihr nun ein gerechter König seid, habt Mitleid mit dieser Frau und rächt uns alle wie ein edler Held. Ach, sagte König Artus, das ist ein großes Unheil; ich gäbe den besten Teil meines Reiches dafür, wenn ich etwas früher dagewesen wäre, um die Dame zu retten. Mein Freund, kannst du mich dort hinbringen, wo dieser Riese haust? Ja, Herr, sagte der gute Mann, da drüben, wo Ihr die zwei großen Feuer seht, werdet Ihr ihn finden und größere Schätze, glaube ich, als in ganz Frankreich sind. Nachdem der König diesen beklagenswerten Fall vernommen hatte, kehrte er in sein Zelt zurück. Dann rief er

Sir Kay und Sir Bedivere zu sich und befahl ihnen, heimlich Pferd und Rüstung für ihn und sie beide fertigzumachen, denn er wollte nach der Vesper mit ihnen allein zum Sankt-Michaels-Berg reiten. So rüsteten sie sich in allen Stücken, nahmen Pferd und Schild und ritten, so schnell sie konnten, bis sie an den Fuß des Berges kamen. Dort stiegen sie ab, und der König befahl ihnen, zu warten, denn er wollte allein auf den Berg gehen. Er stieg hinauf, bis er an ein großes Feuer kam, und dort fand er eine trauernde Frau, die die Hände rang und bitter klagend an einem frischen Grabe saß. König Artus grüßte sie und fragte, weshalb sie so jammere. Sie antwortete: Herr Ritter, sprecht leise, denn dort ist ein Teufel, und wenn er Euch sprechen hört, wird er kommen und Euch umbringen; ich halte Euch für verloren, was tut Ihr hier auf diesem Berg? Fünfzig Männer wie Ihr könnten sich gegen diesen Teufel nicht behaupten. Hier liegt eine tote Herzogin, die schönste der Welt, die Gemahlin von Sir Howel, Herzog der Bretagne. Er hat sie vergewaltigt und dabei getötet und bis zum Nabel aufgeschlitzt. Edle Dame, sagte der König, ich komme von dem edlen Eroberer König Artus, um für seine Untertanen mit diesem Tyrannen zu verhandeln. Was sollen solche Verhandlungen, entgegnete sie, er gibt nichts auf den König noch auf sonst jemanden, aber wenn Ihr die Gemahlin des Artus, Lady Ginevra, gebracht hättet, würde er sich mehr freuen, als wenn Ihr ihm halb Frankreich geschenkt hättet. Hütet Euch, kommt ihm nicht zu nahe, er hat fünfzehn Könige besiegt und sich einen Mantel voller kostbarer Edelsteine machen lassen, der mit den Bärten verziert ist, die sie ihm letzte Weihnachten geschickt haben, um seine Gunst zu gewinnen und ihr Volk zu retten. Wenn Ihr mit ihm reden wollt, sprecht mit ihm beim Abendessen an jenem großen Feuer. Nun gut, sagte Artus, ich will meine Botschaft trotz Eurer schrecklichen Worte ausrichten. Damit ging er bis zum Gipfel des Berges und sah den Riesen ohne Hosen bei der Abendmahlzeit sitzen, an einem Menschenbein nagen und seine mächtigen Glieder am Feuer wärmen. Drei schöne Mädchen drehten drei Spieße, an denen zwölf neugeborene Kinder steckten wie junge Vögel. Als Artus dieses gräßliche Bild sah, jammerte es ihn so, daß sein Herz vor Kummer blutete, und er rief ihm zu: Der Weltenschöpfer gebe dir ein kurzes Leben und einen schändlichen Tod, und deine Seele nehme der Teufel. Warum hast du diese unschuldigen Kinder und diese Herzogin ermordet? Erhebe und wehre dich, du Vielfraß, denn heute sollst du von meiner Hand sterben. Da sprang der Vielfraß auf, ergriff eine große Keule und schlug auf den König ein, daß seine Krone zur Erde fiel. Der König traf ihn mit dem Schwert, schlitzte ihm den Bauch auf und schnitt ihm das Mannesglied ab, daß die Gedärme herausfielen. Da warf der Riese seine Keule weg und umklammerte den König mit den Armen, daß er ihm fast die Rippen eindrückte. Darauf knieten die drei Mädchen nieder und riefen Christus um Hilfe und Beistand für Artus an. Dann wälzte sich Artus herum, daß er einmal unten und einmal oben lag. Und in diesem Ringen rollten sie den Berg hinab, und beim Rollen erstach ihn Artus mit dem Dolch. Zum Glück landeten sie an der Stelle, wo die beiden Ritter mit Artus' Pferd warteten, und als sie den König fest eingeschlossen in den Armen des Riesen sahen, befreiten sie ihn. Dann befahl der König Sir Kay, dem Riesen den Kopf abzuschlagen und auf eine Lanze zu stecken und zu Sir Howel zu bringen mit der Nachricht, daß sein Feind erschlagen sei: Danach laßt seinen Kopf an ein Tor nageln, daß ihn alle Leute sehen können; doch geht ihr beide zuerst auf den Berg und holt meinen Schild, mein Schwert und die eiserne Keule, und was den Schatz angeht, so nehmt ihn für euch, ihr werdet Schätze ohne Zahl finden; wenn ich seinen Umhang und die Keule habe, begehre ich weiter nichts. Das war der schrecklichste Riese, dem ich je begegnet bin, außer einem auf dem Berg Arabe, den ich besiegte, aber dieser hier war größer und schrecklicher. Da holten die Ritter die Keule und den Umhang und nahmen etwas von dem Schatz für sich. So kehrten sie zum Heer zurück. Bald wurde die Tat im ganzen Lande bekannt, und die Leute kamen und dankten dem König. Er antwortete: Gebt Gott den Dank und verteilt die Schätze unter euch. Danach trug König Artus seinem Vetter Howel auf, er solle auf dem nämlichen Berge zur Verehrung des heiligen Michael eine Kirche bauen lassen. Am nächsten Morgen zog der König mit seinem großen Heer weiter und kam in die Champagne, wo sie in einem Tal ihre Zelte aufschlugen. Und als der König beim Mahle saß, kamen zwei Botschafter, von denen einer der Marschall von Frankreich war, und berichteten dem König, daß der römische Kaiser in Frankreich eingefallen sei und einen Teil des Landes bereits zerstört und jetzt in Burgund ein großes Blutbad angerichtet und Städte und Dörfer niedergebrannt habe: Wenn Ihr nicht schnellstens kommt, müssen sie sich mit allem, was sie besitzen, ergeben.

WIE KÖNIG ARTUS SIR GAWEIN UND ANDERE ZU LUCIUS ENTSANDTE, UND WIE SIE ÜBERFALLEN WURDEN UND IN EHREN ENTKAMEN. Da ließ der König Sir Gawein, Sir Bors, Sir Lionel und Sir Bedivere zu sich rufen und schickte sie auf dem kürzestem Wege zu Kaiser Lucius mit der Aufforderung, er solle schleunigst das Land verlassen, und wenn er das nicht täte, solle er sich zur Schlacht rüsten und nicht die armen Leute unglücklich machen. Sogleich ritten diese edlen Ritter los, und als sie zu einem Wald kamen, sahen sie auf einer Wiese an einem Fluß viele bunte Zelte aus Seide, und das Zelt des Kaisers mit dem Zeichen des Adlers darüber stand in der Mitte. Auf dieses Zelt eilten die Ritter zu, und sie bestimmten Sir Gawein und Sir Bors, die Botschaft zu überbringen, Sir Lionel und Sir Bedivere ließen sie mit einigen Rittern im Hinterhalt zurück. Sir Gawein und Sir Bors bestellten ihre Botschaft und befahlen Lucius in Artus' Namen, das Land zu verlassen oder sich zur Schlacht zu stellen. Ihnen antwortete Lucius: Kehrt zu euerm Herrn zurück und teilt ihm mit, ich werde ihn und alle seine Länder unterwerfen. Da wurde Sir Gawein zornig und rief: Ich würde lieber gegen dich kämpfen als ganz Frankreich besitzen; und ich, fügte Sir Bors hinzu, gäbe die ganze Bretagne oder Burgund dafür. Da sagte ein Ritter namens Gainus, ein naher Verwandter des Kaisers: Hört, wie diese Briten voller Stolz und Prahlerei sind, sie spielen sich auf, als wollten sie die ganze Welt in die Schranken zwingen. Über diese Worte war Sir Gawein so erbost, daß er sein Schwert zog und ihm den Kopf abschlug. Darauf wendeten sie ihre Pferde und ritten durch Wasser und Wald, und die Römer folgten ihnen auf den Fersen, zu Pferd und zu Fuß. So jagten sie dem Versteck zu, in dem Sir Lionel und Sir Bedivere warteten. Da machte Sir Bors kehrt und sah einen Ritter angesprengt kommen, dem stieß er die Lanze durch den Leib, daß er tot zur Erde fiel. Nach ihm folgte Caliburn, einer der stärksten Ritter von Pavia, der viele Ritter des Artus in den Sand streckte. Als Sir Bors sah, daß dieser Ritter so großen Schaden anrichtete, wandte er sich gegen ihn und stach ihm durch die Brust. Sir Feldenak wollte den Tod von Gainus an Sir Gawein rächen, aber Sir Gawein bemerkte es und versetzte ihm einen Schwertstreich auf den Kopf, der bis in die Brust hinabfuhr. Dann machte er kehrt und stieß zu seinen Gefährten, die im Hinterhalt lagen. Es begann ein heißer Kampf, denn die Männer im Hinterhalt brachen gegen die Römer los und schlugen und stachen sie nieder und zwangen sie zur Flucht, ja die edlen Ritter verfolgten sie bis zu ihren Zelten. Da sammelten die Römer ihre Krieger aufs neue und auch Fußvolk dazu in solcher

Übermacht, daß in der neuen Schlacht Sir Bors und Sir Berel gefangengenommen wurden. Aber als Sir Gawein das sah, nahm er Sir Idrus, einen wackeren Ritter, mit sich und beteuerte, er wollte König Artus nie wiedersehen, wenn er die Gefangenen nicht rettete, und er zog sein gutes Schwert Galatine und verfolgte diejenigen, welche die beiden Ritter fortführten; er schlug den Bewacher von Sir Bors nieder und befreite Sir Bors, und Sir Idrus rettete in gleicher Weise Sir Berel. Dann erreichte die Schlacht ihren Höhepunkt, und unsere Ritter gerieten in große Gefahr. Deshalb schickte Sir Gawein zu König Artus um Beistand: Er soll sich beeilen, denn ich bin schwer verwundet, und unsere Gefangenen müssen sonst hohes Lösegeld zahlen. Der Bote kam zum König und eröffnete ihm seine Botschaft. Sogleich sammelte der König seine Armee, aber noch ehe er aufbrechen konnte, waren die Gefangenen befreit, und Sir Gawein und seine Gefährten behaupteten das Feld und schlugen die Römer in die Flucht. Sie kehrten siegreich zurück und hatten keinen Edelmann verloren, nur Sir Gawein war schwer verwundet. Der König ließ seine Wunden sorgfältig behandeln und tröstete ihn. Das war der erste Tag des Kampfes zwischen Briten und Römern. Mehr als zehntausend Römer wurden erschlagen, und große Freude und Jubel herrschte in dieser Nacht im Heer von König Artus. Am nächsten Morgen schickte er alle Gefangenen, bewacht von vielen Rittern, unter dem Kommando von Sir Lanzelot und Sir Cador nach Paris.

WIE LUCIUS MIT GEWISSEN SPÄHERN EINEN HINTERHALT ANLEGTE, UM SEINE GEFANGENEN RITTER ZU BEFREIEN, UND WIE SIE GESCHLAGEN WURDEN.

Durch seine Kundschafter erfuhr der Kaiser von Rom, daß diese Gefangenen nach Paris gebracht werden sollten, und legte schnell eine Anzahl seiner Ritter und

Fürsten mit sechzigtausend Mann in einen Hinterhalt, um seine Ritter und Herren aus der Gefangenschaft zu befreien. Als am nächsten Morgen Sir Lanzelot und Sir Cador sich mit den Gefangenen einem Wald näherten, schickte Lanzelot Späher aus, um festzustellen, ob Truppen in dem Wald wären, die ihnen den Weg versperren wollten. Die Späher erkannten den großen Hinterhalt und berichteten Sir Lanzelot, daß sechzigtausend Römer auf sie lauerten. Da stellte Sir Lanzelot seine Ritter und Krieger, zehntausend an der Zahl, in Schlachtordnung auf und stieß gegen die Römer vor und kämpfte tapfer mit ihnen. Er erschlug viele Ritter und Admirale auf seiten der Römer und Sarazenen, und dabei wurden der König von Lyly und drei Fürsten getötet, Aladuke, Herald und Heringdale. Sir Lanzelot kämpfte so mannhaft, daß keiner den Streichen von seiner Hand standhalten konnte, und wo er erschien, zeigte er Mut und Kraft und hieb rechts und links alles nieder, daß die Römer und Sarazenen vor ihm flohen wie die Schafe vor dem Wolf oder vor dem Löwen. Alles, was überlebte, trieb er in die Flucht. Noch während sie kämpften, erreichte diese Nachricht König Artus, und er rüstete sich sogleich und kam in die Schlacht. Er sah, wie seine Ritter den Sieg davontrugen, und er umarmte einen nach dem anderen voller Freude und sprach: Ihr seid allen Ruhmes und aller Ehre würdig, kein König außer mir hatte je so tapfere Ritter. Herr König, sagte Cador, keiner von uns hat den anderen im Stich gelassen, aber über den Heldenmut und die Mannhaftigkeit von Sir Lanzelot gibt es Wunder über Wunder zu erzählen, und auch von seinen Vettern, die heute so edle Waffentaten vollbrachten. Sir Cador berichtete auch, wer von seinen Rittern erschlagen worden war, wie Sir Berel, Sir Morris und Sir Maurel. Da traten dem König die Tränen in die Augen und er trocknete sie mit einem Tuch und sagte: Euer Mut hätte euch beinahe vernichtet, und ihr hättet keine Ehre verloren, wenn ihr umgekehrt wärt, denn ich nenne es eine große Torheit, wenn

Ritter gegen eine erdrückende Übermacht kämpfen. Nein, entgegneten ihm Sir Lanzelot und die anderen, wer einmal von Schande gezeichnet ist, der erholt sich nie wieder davon.

WIE EIN SENATOR LUCIUS VON DER NIEDERLAGE BERICHTETE, FERNER VON DER GROSSEN SCHLACHT ZWISCHEN ARTUS UND LUCIUS. Jetzt lassen wir König Artus und seine edlen Ritter, die den Sieg errungen und ihre Gefangenen nach Paris gebracht hatten, und sprechen von einem Senator, der aus der Schlacht entronnen und zu Kaiser Lucius gekommen war, um ihm zu berichten: Herr Kaiser, ich rate dir, dich zurückzuziehen. Was willst du auch hier? Du wirst dir in diesen Ländern nichts einhandeln als über alle Maßen große Schläge, denn heute war einer von Artus' Rittern in der Schlacht soviel wert wie hundert von unseren. Schande über dich, sagte Lucius, du sprichst wie ein Feigling; deine Worte schmerzen mich mehr als der ganze Verlust des heutigen Tages. Und sogleich schickte er einen König namens Sir Leomie mit einem großen Heer voraus und trieb sie zur Eile, er selbst wollte umgehend folgen. König Artus erhielt davon heimlich Kunde und schickte seine Leute nach Soissons und eroberte Städte und Burgen der Römer. Dann übertrug der König Sir Cador den Befehl über die Nachhut und gab ihm eine Reihe von Rittern der Tafelrunde bei: Doch Sir Lanzelot, Sir Bors, Sir Kay, Sir Marrok und Sir Marhaus sollen mich begleiten. So teilte König Artus sein Heer in mehrere Abteilungen, damit seine Feinde nicht entkommen sollten. Als der Kaiser in das Tal von Soissons gezogen war, sah er, wie König Artus in Schlachtordnung stand und sein Banner wehte. Jetzt war er von allen Seiten von seinen Gegnern umzingelt und mußte entweder kämpfen oder die Waffen strekken, denn fliehen konnte er nicht, und so sprach er zu den Römern: Ihr Herren, ich ermahne euch, heute tapfer zu kämpfen und daran zu denken, daß Rom die ganze Erde regiert und Oberhaupt und Beherrscher der ganzen Welt ist; darum duldet nicht, daß sich diese Briten heute gegen uns behaupten. Damit ließ er die Trompeten zur Schlacht blasen, daß die Erde bebte. Dann rückten die Schlachtreihen gegeneinander und drängten und brüllten auf beiden Seiten, und gewaltige Streiche wurden auf beiden Seiten geschlagen und viele Männer zu Boden geworfen, verwundet und getötet, und große Tapferkeit, Heldenmut und Kriegsgeschick wurden an diesem Tag bewiesen, daß es zu lange dauerte, die Ruhmestaten eines jeden Mannes zu berichten, denn sie würden einen ganzen Band füllen. Im besonderen ritt König Artus in die Schlacht und feuerte seine Ritter an und kämpfte selbst mit größtem Eifer. Er zog sein Schwert Excalibur und stürzte sich immer dorthin, wo die Römer am dichtesten versammelt waren und seine Mannen am meisten bedrängten. Er hieb alles nieder und rettete seine Leute, und er erschlug einen Riesen namens Galapas, einen Mann von ungeheurer Masse und Höhe. Er schlug ihm beide Beine an den Knien ab und verkürzte ihn so und sagte: Jetzt hast du eher die richtige Größe, um es mit dir aufzunehmen; und damit schlug er ihm den Kopf ab. Auch Sir Gawein kämpfte tapfer und erschlug drei Admirale in der Schlacht; ebenso bewährten sich alle Ritter der Tafelrunde. So zog sich die Schlacht zwischen König Artus und Kaiser Lucius lange hin, und viele der Sarazenen auf Lucius' Seite wurden erschlagen. Im Getümmel der Schlacht war einmal die eine Seite im Vorteil und dann wieder die andere, und der Kampf tobte hin und her, bis König Artus endlich erspähte, wo Kaiser Lucius kämpfte und große Taten vollbrachte. Sogleich ritt er zu ihm, und sie hieben grimmig aufeinander ein. Schließlich versetzte Lucius König Artus einen Streich quer übers Gesicht und schlug ihm eine tiefe Wunde. Als König Artus spürte, daß er verletzt war, holte er mit Excalibur aus und spaltete ihm den Kopf, daß das Schwert vom Scheitel bis zur Brust durchfuhr. Da fiel der Kaiser tot zu Boden. Als bekannt wurde, daß der Kaiser erschlagen war, ergriffen die Römer die Flucht, und König Artus und alle seine Ritter verfolgten sie und schlugen alle nieder, die sie erreichen konnten. So fiel Artus der Sieg zu und der Triumph, und auf seiten des Kaisers Lucius blieben mehr als hunderttausend auf dem Schlachtfeld. Danach ließ der König den Gefallenen die Waffen abnehmen und diejenigen begraben, die seine Untertanen waren, jeden nach seinem Rang und Stand. Den Verletzten ließ er durch Ärzte die Wunden behandeln und befahl, weder Salben noch Arzneien zu sparen, bis sie geheilt waren. Dann ritt der König geradenwegs zu der Stelle, wo Kaiser Lucius lag, und bei ihm fand er erschlagen den Sultan von Syrien, die Könige von Ägypten und von Äthiopien, zwei edle Könige, und weitere siebzehn andere Könige aus verschiedenen Gebieten und dazu sechzig römische Senatoren, lauter edle Männer, und diese ließ der König mit vielen duftenden Ingredienzien einbalsamieren und in sechzigfaches Wachstuch von Sendal einwickeln und in Bleisärge legen, damit sie nicht verwesen oder riechen sollten, und auf die Särge wurden ihre Schilde und Wappen und Banner gebreitet, damit man sehen konnte, woher sie stammten. Danach fand er drei Senatoren, die noch am Leben waren, und sagte zu ihnen: Wenn ihr euer Leben retten wollt, so nehmt diese Leichen und bringt sie in das große Rom. Übergebt sie in meinem Namen dem dortigen Herrscher und zeigt ihm meine Briefe und richtet ihm aus, daß ich bald selbst in Rom sein werde. Ich glaube, die Römer werden sich hüten, von mir einen Tribut zu fordern; und ich befehle euch, wenn ihr nach Rom kommt, dem Herrscher und dem ganzen Rat und Senat zu sagen, daß ich ihnen diese Leichen als den Tribut schicke, den sie gefordert haben. Und wenn sie damit nicht zufrieden sind, werde ich bei meiner Ankunft mehr davon liefern, denn anderen Tribut schulde ich nicht, und anderen werde ich nicht zahlen, doch dürfte dies für Britannien, Irland und ganz Alemannien mit Deutschland genügen. Und ferner befehle ich euch, ihnen zu sagen, daß ich ihnen bei Todesstrafe verbiete, jemals wieder Tribut oder Steuern von mir oder meinen Ländern zu verlangen. Mit diesem Auftrag und Befehl reisten die drei Senatoren mit den Leichen ab. Den Leichnam des Lucius legten sie in einen Wagen für sich allein und bedeckten ihn mit dem kaiserlichen Wappen, und danach folgten die Leichen von immer zwei Königen auf einem Wagen, und hinter ihnen kamen die Leichen der Senatoren. So zogen sie nach Rom und entledigten sich vor dem Herrscher und dem Senat ihres Auftrags und Befehls und berichteten von der Schlacht in Frankreich und wie sie verlorenging und unzählige Krieger erschlagen wurden. Und daher rieten sie, auf keinen Fall wieder einen Krieg gegen den Eroberer Artus zu führen: Denn seine Macht und Tapferkeit sind sehr zu fürchten, besonders wegen der edlen Könige und der großen Zahl von Rittern der Tafelrunde, mit denen sich kein Fürst auf Erden messen kann.

WIE ARTUS NACH DER SIEGREICHEN SCHLACHT GEGEN DIE RÖMER DURCH ALEMANNIEN NACH ITALIEN ZOG. Nun wenden wir uns König Artus und seinen edlen Rittern zu, die nach der großen Schlacht gegen die Römer durch Flandern, Brabant und Lothringen zogen und sich dann nach der Schweiz wandten und über die Berge in die Lombardei kamen und dann nach Toskanien, wo sie auf eine Stadt stießen, die sich auf keine Weise ergeben oder botmäßig sein wollte, weshalb König Artus sie belagerte und lange davor lag und sie oft bestürmte, doch die Verteidiger hielten sich tapfer. Da rief eines Tages der König Sir Florence, einen Ritter, und sagte zu ihm, es fehle ihnen an Lebensmitteln: Nicht weit von hier sind große Waldungen, in dene sich viele von meinen Feinden mit großen Viehherden aufhalten; ich will, daß du dich fertigmachst und dort Beute eintreibst; nimm Sir Gawein, meinen Neffen, Sir Wisshard, Sir Clegis, Sir Cleremond und den Hauptmann von Cardiff und andere mit und bringt alles Vieh, das ihr findet. Sogleich rüsteten sich alle diese Ritter und zogen durch Wälder und Berge, bis sie zu einer schönen Wiese voll bunter Blumen kamen. Dort rasteten sie mit ihren Pferden die ganze Nacht. Bei Tagesanbruch nahm Sir Gawein sein Pferd und stahl sich von seinen Gefährten weg, um ein Abenteuer zu suchen. Bald bemerkte er einen bewaffneten Mann, der gemächlich am Waldrand entlangritt, den Schild über die Schulter gehängt. Er saß auf einem starken Streitroß, hatte aber niemanden bei sich außer einem Pagen, der eine mächtige Lanze trug. Der Ritter hatte auf seinem Schild ein Wappen mit drei goldenen Greifen in dunklem Granat auf einem Silberfeld. Als Sir Gawein diesen prächtig gerüsteten Ritter erblickte, legte er seine Lanze ein und ritt auf ihn zu und fragte ihn, woher er käme. Darauf antwortete dieser, er wäre aus Toskanien, und sagte zu Sir Gawein: Was spielst du dich so dreist auf, stolzer Ritter? Hier findest du keine Beute, du kannst dich anstrengen, wie du willst, du wirst mein Gefangener sein, ehe du dich's versiehst. Da erwiderte Gawein: Du sprichst stolze Worte! Ich rate dir, trotz deiner Prahlerei, nimm deine Waffen zur Hand, bevor dir ein Unglück zustößt.

Kap. 10

VON EINEM KAMPF SIR GAWEINS GEGEN EINEN SARAZENEN, DER SICH DANACH ERGAB UND CHRIST WURDE.

Da nahmen sie ihre Lanzen und rannten mit aller Kraft zusammen und stießen einander durch den Schild in die Schulter, worauf sie ihr Schwert zogen und mächtige Streiche austeilten, daß Feuer aus ihren Helmen sprang. Da wurde Sir Gawein zornig und schlug dem Ritter mit seinem guten Schwert Galatine den Schild und das dichte Panzerhemd aus dicken Ketten mitten hindurch und zerschnitt die Edelsteine und brachte ihm eine tiefe Wunde bei, daß man Lunge und Leber sehen konnte. Der Ritter schrie auf und stürzte sich auf Sir Gawein und schlug ihm mit einem furchtbaren Hieb eine tiefe Wunde und durchschnitt eine Ader, und Gawein hatte große Schmerzen und blutete stark. Da sagte der Ritter zu Sir Gawein: Verbinde deine Wunde, du beschmierst dein Pferd und deine schönen Waffen ganz mit Blut, doch alle Bader von Britannien werden dein Blut nicht stillen können, denn wer von diesem Schwert verletzt wurde, dessen Wunde wird sich nicht mehr schließen. Darauf erwiderte Gawein: Deine großen Worte schrecken mich wenig, noch verringern sie meinen Mut, aber du sollst Schmerz und Kummer erleiden, bevor wir auseinandergehen; doch sage mir schnell, wer mein Bluten stillen kann. Das kann ich, antwortete der Ritter, wenn ich will, und das will ich, wenn du mir dazu verhilfst, daß ich getauft werde und an Gott glaube. Darum bitte ich dich, so wahr du ein Mann bist, es wird ein großes Verdienst für deine Seele sein. Ich will mit Gottes Hilfe deinen Wunsch erfüllen, sprach Gawein, aber sage mir zuerst, was du allein hier suchtest und aus welchem Land du kommst und wessen Untertan du bist. Herr, antwortete er, mein Name ist Priamus. Mein Vater ist ein großer Fürst, er hat sich gegen Rom erhoben und viele römische Länder erobert. Er stammt in gerader Linie von Alexander und von Hektor ab. Auch Herzog Joshua und Makkabäus gehören zu unseren Vorfahren. Ich bin der rechtmäßige Erbe von Alexandrien und Afrika und allen vorgelagerten Inseln, und doch möchte ich an den Gott glauben, an den du glaubst, für deine Mühe will ich dir reiche Schätze geben. Ich war in meinem Herzen so hochmütig und stolz, daß ich glaubte, niemand sei mir ebenbürtig oder auch nur ähnlich. Ich wurde mit hundertvierzig Rittern in diesen Krieg geschickt, und jetzt bin ich mit dir zusammengetroffen, und du hast mir einen Kampf geliefert, der mich nicht nach mehr verlangen läßt. Deshalb, Ritter, bitte ich dich, sage mir, wer du bist. Ich bin kein Ritter, antwortete Gawein, ich bin viele Jahre in der Kleiderkammer des edlen Königs Artus gewesen und habe seinen Harnisch und seine andere Rüstung bewacht und seine Wämser instand gehalten. Letzte Weihnachten hat er mich zum Aufseher ernannt und mir Pferd und Rüstung gegeben und hundert Pfund in Geld. Wenn mir das Glück hold ist, zweifle ich nicht daran, daß mir mein Herr weiterhilft und mich befördert. Ach, sagte Priamus, wenn schon seine Knechte so kühn und tapfer sind, müssen seine Ritter sehr tüchtig sein; doch, beim Himmelskönig, ob du Knecht oder Ritter bist, sage mir jetzt deinen Namen. Bei Gott, antwortete Sir Gawein, nun will ich dir die Wahrheit sagen. Mein Name ist Sir Gawein, ich bin bekannt an König Artus' Hof und in seinem Rat und gehöre zu den Rittern der Tafelrunde, und Artus hat mich mit eigener Hand zum Herzog geschlagen. Darum grolle nicht, wenn das Glück mir diese Gunst geschenkt hat, die Güte Gottes hat mir meine Stärke verliehen. Jetzt bin ich zufriedener, entgegnete Priamus, als wenn du mir die ganze Provence und das reiche Paris geschenkt hättest. Lieber wollte ich von wilden Pferden zerrissen werden, als daß ein hergelaufener Knecht solchen Ruhm erworben oder irgendein Page oder Knecht einen Sieg über mich errungen hätte. Aber jetzt, Ritter, warne ich dich, denn hier in der Nähe befinden sich der Herzog von Lothringen mit seinem Heer, die edelsten Männer der Dauphiné und Herren aus der Lombardei mit der Besatzung von Godard und Sarazenen aus dem Südland, sechzigtausend tüchtige Krieger an der Zahl. Wir werden, wenn wir nicht eiligst von hier aufbrechen, großen Schaden erleiden, denn wir sind schwer verletzt und werden uns nicht so bald erholen. Doch gebt auf meinen Pagen acht, daß er nicht ins Horn stößt, sonst erscheinen die hundert Ritter meines persönlichen Gefolges, die ganz in der Nähe warten, und wenn sie dich ergreifen, wird kein Lösegeld in Gold oder Silber dich befreien. Da setzte Sir Gawein über einen Fluß, um sich zu retten, und der Ritter folgte ihm, und so ritten sie, bis sie zu den Gefährten Gaweins kamen, die auf der Wiese lagerten, wo sie die Nacht verbracht hatten. Als Sir Wisshard Sir Gawein erblickte und sah, daß er verletzt war, lief er auf ihn zu und weinte schmerzlich und fragte ihn, wer ihn so verwundet habe. Gawein erzählte ihm, wie er mit jenem Mann gekämpft hatte und wie sie einander verwundeten und daß er Salben hätte, die Wunden zu heilen. Doch ich habe noch eine andere Nachricht: Wir werden es bald mit vielen Feinden zu tun haben. Dann saßen Sir Priamus und Sir Gawein ab und ließen ihre Pferde auf der Wiese grasen. Sie legten die Rüstung ab, und da begann das Blut erneut aus ihren Wunden zu fließen. Priamus ließ sich von seinem Pagen eine Phiole geben, die war gefüllt mit den Vier Wassern aus dem Paradies, und sie rieben ihre Wunden mit einem besonderen Balsam ein und wuschen sie mit jenem Wasser, und binnen einer Stunde waren sie so heil wie nur je zuvor. Da rief sie eine Trompete alle zur Beratung zusammen, und dort erklärte Priamus, daß sie unfehlbar von vielen Tausenden angegriffen würden, weshalb er ihnen rate, sich kampflos zurückzuziehen. Da sprach Sir Gawein, es wäre eine große Schande für sie alle, das Feld ohne einen einzigen Schwertstreich zu räumen: Deshalb rate ich, die Waffen zu ergreifen und diesen Sarazenen und Ungläubigen mutig und entschlossen entgegenzutreten. Mit Gottes Hilfe werden wir sie überwinden und den Sieg davontragen. Sir Florence soll als edler Ritter an diesem Platz zurückbleiben, um die Stellung zu halten. Wir werden jenen Gesellen dort nicht davonlaufen. Jetzt habt ihr genug gesprochen erklärte Priamus, ich sage euch, ihr werdet in jenem Wald viele gefährliche Ritter finden; sie werden Vieh vor sich hertreiben, um euch anzulocken, und es sind sehr viele, aber ihr seid nicht mehr als siebenhundert. Das sind viel zuwenig, um mit so vielen zu kämpfen.

Trotzdem, entgegnete Sir Gawein, wollen wir einen Strauß mit ihnen fechten und sehen, was wir gegen sie ausrichten können, und der Beste wird den Sieg erringen.

WIE DIE SARAZENEN AUS EINEM WALD KAMEN, UM IHR VIEH ZU RETTEN, UND VON EINER GROSSEN SCHLACHT. Dann rief Sir Florence Sir Floridas mit hundert Rittern zu sich und trieb die Viehherden weg. Da verfolgten ihn siebenhundert Bewaffnete, und Sir Ferant von Spanien kam auf einem stattlichen Roß aus dem Wald auf Sir Florence zugesprengt und fragte ihn, warum er fliehe. Darauf nahm Sir Florence seine Lanze und ritt gegen ihn und traf ihn auf die Stirn und brach ihm das Genick. Da gerieten alle Mannen Sir Ferants in Zorn und wollten den Tod Ferants rächen. Sie hieben drauflos, und es entspann sich ein heißer Kampf, und viele wurden erschlagen und zu Boden gestreckt, doch Sir Florence hielt mit seinen hundert Rittern die Stellung und kämpfte mannhaft. Als Sir Priamus, der wackere Ritter, den heftigen Kampf bemerkte, eilte er zu Sir Gawein und bat ihn, seinen Gefährten zu Hilfe zu kommen, die von ihren Feinden arg bedrängt wurden. Herr, seid unbesorgt, sagte Sir Gawein, der Sieg wird ihnen gehören. Ich werde mich nicht von der Stelle bewegen, solange ich nicht mehr Feinde sehe als jetzt da sind. Noch sind meine Gefährten stark genug, um mit ihnen fertigzuwerden. In diesem Augenblick sah er einen Grafen namens Sir Ethelwold und den Herzog von Holland mit vielen tausend Kriegern und den Rittern des Priamus aus dem Wald stürzen und direkt in den Kampf eilen. Da sprach

Sir Gawein seinen Rittern Mut zu. Sie sollten nicht verzagen, denn der Sieg werde ihnen gehören. Darauf galoppierten sie los und stießen mit ihren Feinden zusammen, und auf beiden Seiten wurden viele erschlagen und zu Boden gestreckt. Da warfen sich die Ritter von der Tafelrunde in den Kampf und schlugen alle nieder, die sich ihnen entgegenstellten, so daß sie die Feinde in die Flucht schlugen. Bei Gott, sagte Sir Gawein, das erfreut mein Herz, denn jetzt sind sie zwanzigtausend weniger. Da griff der Riese Jubance in den Kampf ein und focht und schlug drauflos und setzte vielen unserer Ritter übel zu, und Sir Gherard, ein Ritter aus Wales, wurde erschlagen. Darüber ergrimmten unsere Ritter und töteten viele Sarazenen. Und dann stieß Sir Priamus mit seinem Fähnlein zu den Rittern der Tafelrunde und kämpfte so tapfer, daß viele Feinde ihr Leben ließen. Sir Priamus erschlug den Marquis von Metz, und Sir Gawein und seine Gefährten behaupteten das Feld; aber in dem Handgemenge wurde der junge Sir Chestelaine, ein Knappe Sir Gaweins, getötet, und darüber erhob sich überall große Klage, und sein Tod wurde bald gerächt. So endete der Kampf, und zahlreiche Herren aus der Lombardei und viele Sarazenen blieben tot auf dem Schlachtfeld zurück. Dann sorgten Sir Florence und Sir Gawein getreulich für ihre Leute und nahmen eine große Menge von Vieh, Gold und Silber und große Schätze und Reichtümer mit und kehrten zu König Artus zurück, der noch bei der Belagerung der Stadt war. Als sie zum König kamen, übergaben sie ihm ihre Gefangenen und berichteten, welche Abenteuer sie überstanden und wie sie alle ihre Feinde besiegt hatten.

Kap. 12

WIE SIR GAWEIN MIT SEINEN GEFANGENEN ZU KÖNIG ARTUS ZURÜCKKEHRTE, UND WIE DER KÖNIG EINE STADT EROBERTE UND ZUM KAISER GEKRÖNT WURDE!

Gott sei gedankt! sagte der edle König Artus. Aber was für ein Mann ist das, der dort allein steht, er sieht nicht aus wie ein Gefangener. Herr König, antwortete Gawein, das ist ein wackerer Mann, er hat mit mir gekämpft, aber er hat sich Gott und mir ergeben und will ein Christ werden. Wäre er nicht gewesen, wir wären nie zurückgekehrt, und darum bitte ich Euch, ihn taufen zu lassen, denn es lebt kein edlerer und waffenerprobterer Mann. Da ließ ihn der König sogleich taufen und mit seinem ersten Namen Priamus nennen und machte ihn zum Herzog und Ritter der Tafelrunde. Darauf befahl der König, zu einem neuen Sturm auf die Stadt zu blasen, und es wurden Leitern aufgerichtet, Mauern gebrochen und der Graben gefüllt, daß die Männer mit leichter Mühe in die Stadt eindringen konnten. Da kamen die Herzogin und die Gräfin Clarisin mit vielen Damen und Fräulein heraus, und sie knieten vor Artus nieder und baten ihn, Gott zuliebe die Übergabe der Stadt anzunehmen und sie nicht im Sturm einzunehmen, weil dann viele Unschuldige erschlagen würden. Da öffnete der König in milder und edler Art sein Visier und sagte: Madam, keiner meiner Untertanen soll Euch oder Euern Jungfrauen oder einem der Euren ein Leid zufügen, aber der Herzog soll mein Urteil abwarten. Sogleich ordnete der König an, den Angriff einzustellen, und kurz darauf brachte der älteste Sohn des Herzogs die Schlüssel heraus und übergab sie kniend dem König und bat um Gnade. Der König nahm mit Zustimmung seiner Herren Besitz von der Stadt und schickte den Herzog nach Dover in lebenslängliche Gefangenschaft und bestimmte gewisse Einkünfte für den Unterhalt der Herzogin und ihrer Kinder. Dann ernannte er Statthalter, die das Land regieren sollten, und erließ Gesetze, wie es einem Regenten in seinem eigenen Land zukommt. Darauf setzte er seinen Zug nach Rom fort und schickte Sir Florence und Sir Floridas mit fünfhundert Bewaffneten voraus. Und sie gelangten vor die Stadt Urbino und ließen an der Stelle, an der es ihnen am günstigsten schien, ihre Mannen sich verbergen und ritten dann auf die Stadt zu. Sogleich drang eine

Menge Kriegsvolk heraus und begann ein Scharmützel mit den Vorreitern. Da brach die Truppe aus dem Hinterhalt hervor und eroberte die Brücke und danach die Stadt und pflanzte auf den Mauern das Königsbanner auf. Als der König von einem Hügel aus sein Banner auf der Stadtmauer gewahrte, wußte er, daß die Stadt erobert war. Unverzüglich schickte er den Befehl, daß keiner seiner Leute eine Dame, eine Frau oder ein Mädchen belästigen oder ihnen Gewalt antun solle; und als er in die Stadt einzog, begab er sich auf die Burg und tröstete die, denen Leid widerfahren war, und er setzte als Statthalter einen Hauptmann ein, einen Ritter aus seinem eigenen Land. Wie die Mailänder hörten, daß diese Stadt erobert worden war, schickten sie Artus große Summen Geldes und baten ihn als ihren Oberherrn, Gnade walten zu lassen. Sie versprachen, ihm immer untertan zu sein, und boten ihm die Lehensgewalt über die Gebiete von Piacenza, Pavia und Pietrasanta und den Hafen von Tremble und jährlich eine Million in Gold sein Leben lang. Darauf ritt er nach Toskanien und eroberte Städte und Burgen und verwüstete alles, was ihm in den Weg kam und sich ihm nicht unterwarf; dann zog er nach Spoleto und Viterbo und von dort in das Tal von Viceconte in die Weingärten. Von da schickte er eine Botschaft an die Senatoren, ob sie ihn als ihren Oberherrn anerkennen wollten. Schon kurz danach, an einem Samstag, kamen alle Senatoren, die noch am Leben waren, und die edelsten Kardinäle, die damals in Rom wohnten, zu König Artus und ersuchten ihn um Frieden und unterwarfen sich ihm völlig. Sie baten ihn als Herrscher um sechs Wochen Frist, um alle Römer zu versammeln und ihn mit heiligem Öl zum Kaiser zu krönen, wie es einem so hohen Herren zukam. Ich stimme euerm Vorschlag zu, sagte der König, und will zu Weihnachten gekrönt werden und mit meinen Rittern meine Tafelrunde abhalten, wie es mir gefällt. Danach bereiteten die Senatoren die Krönung vor. Und am festgesetzten Tag, wie in der Geschichte berichtet wird, kam er nach Rom und wurde nach dem feierlichsten Zeremoniell vom Papst zum Kaiser gekrönt. Er blieb noch einige Zeit dort und ordnete die Verwaltung all seiner Länder von Rom bis Frankreich. Er gab seinen Bediensteten und Rittern Ländereien und Reiche, jedem nach seinem Verdienst, so daß sich keiner, sei er reich oder arm, beklagte. Sir Priamus überließ er das Herzogtum Lothringen, und dieser dankte ihm und sagte, er wolle ihm zeit seines Lebens dienen. Artus ernannte Herzöge und Grafen und machte jedermann reich. Dann versammelten sich alle seine Ritter und Herren bei ihm und sagten: Gelobt sei Gott, Euer Krieg ist zu Ende und die Eroberung vollbracht, und nun kennen wir keinen, der so groß und mächtig wäre, daß er es wagen dürfte, Krieg gegen Euch zu führen. Darum bitten wir Euch, heimzukehren und uns zu erlauben, nach Hause zu unseren Frauen zu reisen, von denen wir schon so lange getrennt sind, und uns auszuruhen. Darauf sagte der König: Ihr habt recht, es wäre nicht weise, Gott zu versuchen. Deshalb bereitet alles vor und laßt uns nach England zurückkehren. Da wurden Harnische und Ausrüstungen verpackt und auf Wagen geladen. Als der Rückmarsch begann, befahl Artus, daß niemand bei Strafe des Todes unterwegs Lebensmittel oder andere Dinge stehlen dürfe, sondern daß er dafür bezahlen solle. So fuhr er übers Meer und landete in Sandwich, wo ihn Königin Ginevra erwartete, und er wurde von seinen Landsleuten in allen Städten und Ortschaften festlich empfangen und erhielt bei seiner Heimkehr große Willkommensgaben.

6. Buch

WIE SIR LANZELOT UND SIR LIONEL VOM HOF AUSRITTEN, UND WIE SIR LIONEL IHN SCHLAFEN LIESS UND GEFANGEN WURDE.

SCHON bald nachdem König Artus von Rom nach England zurückgekehrt war, versammelten sich alle Ritter der Tafelrunde am Hofe und veranstalteten viele Ritterspiele und Turniere. Und einige der Ritter zeichneten sich durch soviel Waffentüchtigkeit und Trefflichkeit aus, daß sie allen anderen an Kühnheit und Heldentaten überlegen waren und dies an vielen bewiesen. Aber besonders tat sich Sir Lanzelot vom See hervor, denn in allen Turnieren und Ritterspielen und Waffenkämpfen auf Leben und Tod übertraf er die anderen Ritter und wurde niemals besiegt, außer durch Verrat oder Zauberei. Das trug Sir Lanzelot soviel Ruhm und Ehre ein, daß er der erste Ritter ist, von dem das französische Buch nach Artus' römischem Feldzug berichtet. Er stand bei Königin Ginevra in hoher Gunst vor allen anderen Rittern, und er wiederum liebte die Königin vor allen anderen Damen und Fräulein, und für sie focht er viele Kämpfe aus und rettete sie schließlich vor dem Feuer in seiner edlen Ritterlichkeit. So verbrachte Sir Lanzelot lange Zeit bei ritterlichem Spiel. Dann gedachte er, sich in seltsamen Abenteuern zu bewähren, und er hieß seinen Neffen Sir Lionel sich rüsten: Denn wir zwei wollen Abenteuer suchen. So stiegen sie zu Pferde, in allen Stücken gewappnet, und ritten durch einen tiefen Wald und dann über eine weite Ebene. Als es gegen Mittag sehr heiß wurde, verspürte Sir Lanzelot große Lust zu schlafen. Da sah Sir Lionel einen hohen Apfelbaum, der bei einer Hecke stand, und er sagte: Bruder, dort ist angenehmer Schatten, da können wir mit unseren Pferden rasten. Das ist gut, lieber Bruder, antwortete Sir Lanzelot, denn in sieben Jahren war ich nicht so müde wie jetzt. So stiegen sie ab und banden ihre Pferde jedes an einen Baum, und Sir Lanzelot streckte sich unter dem Apfelbaum aus und legte den Helm unter den Kopf, und Sir Lionel wachte, während Lanzelot schlief. Da kamen drei Ritter angesprengt, die flohen, so schnell sie nur konnten, vor einem einzigen Ritter. Als Sir Lionel ihn sah, deuchte ihn, er hätte nie einen so großen und stattlichen und in allen Stücken so wohlgerüsteten Ritter gesehen. Nach kurzer Zeit hatte dieser starke Ritter einen der drei eingeholt, und er streckte ihn nieder auf die kalte Erde, daß er sich nicht mehr rührte. Dann ritt er gegen den zweiten und traf ihn so, daß Roß und Reiter zu Boden stürzten, und dann sogleich gegen den dritten, den er eine Speerlänge über den Schweif seines Pferdes warf. Darauf stieg er ab und band die drei Ritter mit den Zügeln ihrer Pferde fest. Als Sir Lionel das sah, beschloß er, ihn anzugreifen, und rüstete sich, und heimlich nahm er sein Pferd und dachte nicht daran, Sir Lanzelot zu wecken. Es dauerte nicht lange, bis er den starken Ritter einholte und ihn wenden hieß. Der Ritter aber traf Sir Lionel so gewaltig, daß er Roß und Reiter zu Boden warf; und er stieg ab und band Lionel und warf ihn quer über sein eigenes Pferd und ritt mit allen vier Rittern zu seiner Burg. Als er dort angekommen war, ließ er sie entwaffnen und ganz nackt mit Dornen peitschen, und dann in einen tiefen Kerker werfen, wo schon viele andere Ritter waren, die bitterlich klagten.

Kapitel 2

WIE SIR ECTOR SIR LANZELOT FOLGTE, UM IHN ZU SUCHEN, UND WIE ER VON SIR TURQUINE GEFANGEN WURDE.

Als Sir Ector von Maris erfuhr, daß Sir Lanzelot den Hof verlassen hatte, um Abenteuer zu suchen, wurde er zornig und rüstete sich, Sir Lanzelot einzuholen. Nachdem er lange durch einen großen Wald geritten war, traf er auf einen Mann, der wie ein Waldhüter aussah. Guter Mann, sagte Sir Ector, kennst du in diesem Land etwa Abenteuer, die hier in der Nähe zu finden sind? Herr, antwortete der Waldhüter, ich kenne dieses Land gut; in der Nähe, keine Meile von hier, liegt ein starkes Schloß mit einem tiefen Graben, und bei diesem Schloß ist auf der linken Seite eine Pferdetränke, und daneben steht ein großer Baum, und daran hängen viele prächtige Schilde, die einmal trefflichen Rittern gehört haben, und da, wo der Baum hohl ist, hängt ein Becken aus Kupfer und Messing. Wenn du mit dem Schaft deiner Lanze dreimal gegen dieses Becken stößt, wirst du bald darauf Neues erfahren, sonst wird dir die größte Gnade zuteil, die seit vielen Jahren ein Ritter erfuhr, der durch diesen Wald kam. Ich danke dir, sagte Sir Ector und ritt weiter und kam zu dem Baum und sah die vielen prächtigen Schilde. Und unter ihnen entdeckte er den Schild seines Bruders Sir Lionel und viele andere, von denen er wußte, daß sie seinen Gefährten von der Tafelrunde gehörten. Das bekümmerte sein Herz, und er gelobte, seinen Bruder zu rächen. Darauf schlug Sir Ector wie toll auf das Becken und ließ dann sein Pferd trinken. Da erschien hinter ihm ein Ritter und forderte ihn auf, aus dem Wasser zu reiten und sich bereit zu machen. Sir Ector wendete rasch sein Pferd und legte die Lanze ein und traf den anderen Ritter mit solcher Wucht, daß sich sein Pferd zweimal um sich selber drehte. Das war gut gemacht, sagte der starke Ritter, und ritterlich hast du mich getroffen. Damit spornte er sein Pferd gegen Sir Ector, packte ihn unter dem rechten Arm und hob ihn glatt aus dem Sattel und ritt mit ihm weg in die Halle und warf ihn mitten auf den Fußboden. Der Name dieses Ritters war Sir Turquine. Dann sagte er zu Sir Ector: Weil du mir heute mehr zugesetzt hast als je ein Ritter in zwölf Jahren, will ich dir das Leben schenken, aber du mußt mir schwören, dein Leben lang mein Gefangener zu sein. Nein, entgegnete Sir Ector, das werde ich dir niemals versprechen, sondern ich will zu meinem eigenen Vorteil handeln. Das tut mir leid, sagte

Sir Turquine. Und darauf ließ er Sir Ector entwaffnen und ganz nackt mit Dornen peitschen und schließlich in den tiefen Kerker werfen, wo er viele seiner Gefährten fand. Als Sir Ector Sir Lionel erblickte, fing er bitterlich an zu klagen. Ach, Bruder, sagte Sir Ector, wo ist mein Bruder Sir Lanzelot? Lieber Bruder, er schlief unter einem Apfelbaum, als ich von ihm ging, und was aus ihm geworden ist, kann ich nicht sagen. Wehe, riefen da alle Ritter, wenn Sir Lanzelot uns nicht zu Hilfe kommt, werden wir nie aus diesem schrecklichen Kerker befreit werden, denn wir kennen keinen anderen Ritter auf der Erde, der unseren Zwingherrn Sir Turquine besiegen kann.

WIE VIER KÖNIGINNEN LANZELOT SCHLAFEND FANDEN, UND WIE ER DURCH ZAUBER GEFANGEN UND AUF EINE BURG GEFÜHRT WURDE.

Lassen wir die gefangenen Ritter und sprechen wir von Sir Lanzelot, der unter dem Apfelbaum im Schlafe liegt. Gegen Mittag kamen vier Königinnen von hohem Stand auf vier weißen Maultieren bei ihm vorüber. Damit die Hitze sie nicht belästigte, hielten vier Ritter ein Tuch aus grüner Seide an vier Speeren über sie. Als sie so dahinritten, hörten sie in ihrer Nähe ein Pferd laut wiehern. Da gewahrten sie einen schlafenden Ritter, der in voller Rüstung unter einem Apfelbaum lag, und als die vier Königinnen ihm ins Gesicht sahen, merkten sie sogleich, daß es Sir Lanzelot war. Nun brach unter ihnen ein Streit um diesen Ritter aus. Jede erklärte, sie wolle ihn zu ihrem Liebsten habe. Wir wollen uns nicht streiten, sagte Morgan le Fay, König Artus' Schwester, ich werde einen Zauber auf ihn legen, daß er in den nächsten sechs Stunden nicht erwacht. Dann will ich ihn in meine Burg entführen, und wenn er fest in meiner Gewalt ist, werde ich den Zauber von ihm nehmen. Danach laßt ihn wählen, welche von uns er zur Geliebten haben will. Und so wurde der Zauber auf Sir Lanzelot gelegt, und dann trugen sie ihn auf seinem Schild zu Pferde zwischen zwei Rittern in die Burg Chariot. Dort legten sie ihn in eine kalte Kammer, und zur Nacht schickten sie ein schönes Fräulein zu ihm mit seinem Abendessen. Zu dieser Zeit war der Zauber vorüber. Als sie kam, grüßte sie ihn und fragte, wie er sich fühle. Ich kann es nicht recht sagen, schönes Fräulein, antwortete Sir Lanzelot, denn ich weiß nicht, wie ich in diese Burg gekommen bin, es sei denn durch Zauberei. Herr, sprach sie, Ihr müßt guter Dinge sein. Wenn Ihr solch ein Ritter seid, wie man sagt, will ich Euch morgen früh mehr berichten. Habt vielen Dank, schönes Fräulein, antwortete Sir Lanzelot, ich verlasse mich auf Euern guten Willen. Und so ging sie. Er lag die ganze Nacht allein, ohne daß jemand ihn tröstete. Am frühen Morgen kamen die vier Königinnen prächtig gekleidet und wünschten ihm einen guten Morgen und er ihnen auch. Herr Ritter, sagten die vier Königinnen, Ihr müßt wissen, daß Ihr Euch in unserer Gewalt befindet. Wir wissen sehr wohl, daß Ihr Sir Lanzelot vom See, König Bans Sohn, seid, der edelste Ritter, den es gibt, und wir kennen Euern Wert, und wir wissen, daß Ihr nur eine Dame liebt, die Königin Ginevra, aber die sollt Ihr nun für immer verlieren und sie Euch, und deshalb müßt Ihr jetzt eine von uns vieren wählen. Ich bin Königin Morgan le Fay, die Herrin des Landes Gore, und dies ist die Königin von Nordwales und dies die Königin von Ostland und dies die Königin von den Äußeren Inseln. Jetzt wählt, welche von uns Ihr zu Eurer Liebsten haben wollt; wenn Ihr nicht wählt, müßt Ihr in diesem Kerker sterben. Es ist ein hartes Los, sagte Sir Lanzelot, daß ich entweder sterben oder eine von euch wählen soll, doch will ich lieber in diesem Gefängnis in Ehren sterben als eine von euch gegen meinen Willen zur Liebsten nehmen. Daher ist dies meine Antwort: Ich will keine von euch, denn ihr seid heimtückische Zauberinnen, und was meine Herrin, Lady Ginevra, angeht, so wollte ich, wenn ich noch meine Freiheit besäße, gegen euch und eure Ritter beweisen, daß sie ihrem Gemahl die treueste Frau ist, die es gibt. Ist dieses Eure Antwort, riefen die Königinnen, daß Ihr uns so verschmäht? Ja, bei meinem Leben, sagte Sir Lanzelot, verschmäht seid ihr alle von mir. Da gingen sie ganz betrübt fort und ließen Sir Lanzelot allein zurück.

WIE SIR LANZELOT DURCH DIE HILFE EINES FRÄULEINS BEFREIT WURDE. Zu Mittag kam nun das Fräulein zu ihm und brachte ihm sein Essen und fragte ihn, wie es ihm gehe. Wahrlich, schönes Fräulein, so schlecht wie noch nie in meinem Leben. Herr, sagte sie, das tut mir leid, aber wenn Ihr meinem Rat folgen wollt, werde ich Euch aus dieser Not befreien. Ihr habt weder Schande noch Verrat zu fürchten, wenn Ihr mir ein Versprechen gebt. Schönes Fräulein, das will ich gern. Ich habe große Furcht vor diesen Zauberköniginnen, denn sie haben manchen wackeren Ritter vernichtet. Herr, sprach sie, das ist wahr, aber wegen des Ruhms und der Tugend, für die Ihr bekannt seid, möchten sie Eure Liebe gewinnen, und, Herr, sie sagen, Euer Name ist Sir Lanzelot vom See, der edelste der Ritter, und sie sind sehr zornig auf Euch, weil Ihr sie verschmäht habt. Aber, Herr, wollt Ihr mir versprechen, am nächsten Dienstag meinem Vater bei einem Wettstreit mit dem König von Nordwales zu helfen? Denn am letzten Dienstag verlor mein Vater den Kampf durch drei Ritter vom Hofe des Königs Artus. Wenn Ihr also am nächsten Dienstag meinem Vater helfen wollt, werde ich Euch morgen früh vor der ersten Betstunde mit Gottes Hilfe in die Freiheit

führen. Schönes Mädchen, antwortete Sir Lanzelot, nennt mir den Namen Eures Vaters, dann will ich Euch Antwort geben. Herr Ritter, sagte sie, mein Vater ist König Bagdemagus; er erlitt großen Schimpf im letzten Turnier. Ich kenne Euern Vater gut, sprach Sir Lanzelot, er ist ein edler König und ein tapferer Ritter. Bei meinem Leben, Ihr sollt mich an jenem Tag bereit sehen, Euerm Vater und Euch zu dienen. Herr, sagte sie, ich danke Euch. Seid morgen früh rechtzeitig bereit, und ich werde Euch befreien und Euch zu Eurer Rüstung und zu Euerm Pferd, Schild und Lanze verhelfen. Hier in der Nähe, etwa zehn Meilen entfernt, ist ein Kloster der weißen Mönche, und da wartet bitte auf mich, und dort will ich meinen Vater zu Euch führen. All das soll geschehen, sagte Sir Lanzelot, so wahr ich ein Ritter bin. Sie ging fort und kam am nächsten Morgen in aller Frühe. Da sie ihn bereit fand, brachte sie ihn durch zwölf verschlossene Türen, verschaffte ihm seine Rüstung, und als er gewappnet war, verschaffte sie ihm noch sein Pferd. Leicht stieg er auf, nahm eine mächtige Lanze in die Hand und ritt los. Schönes Fräulein, sagte er, ich werde Euch, bei Gott, nicht im Stich lassen. Den ganzen Tag ritt er durch einen großen Wald, ohne einen Weg zu finden. So brach die Nacht herein, und da bemerkte er in einem Tal ein Zelt aus roter Seide. Wahrhaftig, sagte Sir Lanzelot, in diesem Zelt will ich übernachten. Er stieg ab, band sein Pferd an das Zelt und legte die Rüstung ab. Er fand ein Bett und legte sich hinein und fiel in einen sehr tiefen Schlaf.

WIE EIN RITTER SIR LANZELOT IM BETT SEINER LIEBSTEN FAND, UND WIE SIR LANZELOT MIT DEM RITTER KÄMPFTE. ❧ Nach einer Stunde kam der Ritter, dem das Zelt gehörte, und er glaubte, seine Geliebte wäre in dem Bett, und so legte er sich neben Sir Lanzelot und nahm ihn in seine Arme und fing an, ihn zu küssen. Als Sir Lanzelot spürte, daß ihn ein rauher Bart küßte, sprang er eilends aus dem Bett, und der andere Ritter folgte ihm nach, und beide ergriffen ihr Schwert. Sie liefen ins Freie, und an einem schmalen Hohlweg verwundete Sir Lanzelot den Ritter vom Zelt schwer, beinahe tödlich. Da ergab er sich Sir Lanzelot, und der gewährte ihm Gnade, damit er ihm erzählen konnte, wie er in das Bett gekommen war. Herr, sagte der Ritter, das Zelt gehört mir, und diese Nacht wollte ich hier mit meiner Geliebten schlafen, und nun muß ich vielleicht an dieser Wunde sterben. Es tut mir leid, sagte Lanzelot, daß Ihr verwundet seid, aber ich fürchtete Verrat, denn ich bin vor kurzem erst verraten worden; doch kommt jetzt mit in Euer Zelt und ruht Euch aus. Ich glaube, ich kann Euer Blut stillen. So gingen sie beide in das Zelt, und schnell stillte Sir Lanzelot das Blut. Darüber kam die Geliebte des Ritters, eine sehr schöne Dame, und als sie sah, daß ihr Herr Belleus schwer verwundet war, schrie sie Sir Lanzelot an und jammerte über alle Maßen. Still, meine Herrin, sagte Belleus, dieser Ritter ist ein wackerer Mann auf Abenteuern; und er erzählte ihr, wie es kam, daß er verwundet wurde: Und als ich mich ihm ergab, hat er mich gut behandelt und mein Blut gestillt. Herr, sagte die Dame, ich bitte Euch, sagt mir, was für ein Ritter Ihr seid und wie Ihr heißt. Schöne Dame, antwortete er, mein Name ist Sir Lanzelot vom See. Das dachte ich mir, sagte die Dame, denn ich habe Euch schon oft gesehen und kenne Euch besser, als Ihr glaubt. Doch nun versprecht mir bei Eurer Ritterehre, wegen des Leides, das Ihr mir und meinem Herrn Belleus angetan habt, daß Ihr, wenn Ihr wieder an König Artus' Hof kommt, dafür sorgt, daß er zum Ritter der Tafelrunde gemacht wird, denn er ist ein waffengewandter Mann und gebietet über viele Inseln. Schöne Dame, sagte Sir Lanzelot, laßt ihn zum nächsten hohen Fest an den Hof kommen und seht zu, daß Ihr mit ihm kommt. Wenn er sich als kampftüchtig erweist, werde ich tun, was in meiner Macht steht, um Euch Euern Wunsch zu erfüllen. Während beide so sprachen, verging die ganze Nacht, und es wurde schon Tag. Da legte Sir Lanzelot seine Rüstung an und nahm sein Pferd, und sie zeigten ihm den Weg zu dem Kloster, das er nach zwei Stunden erreichte.

Kap. 6

WIE SIR LANZELOT VON DER TOCHTER DES KÖNIGS BAGDEMAGUS EMPFANGEN WURDE, UND WIE ER SICH BEI IHREM VATER BEKLAGTE. ❧

Als Sir Lanzelot in den Klosterhof kam, hörte die Tochter des Königs Bagdemagus ein schweres Pferd auf dem Pflaster stampfen. Sie ging ans Fenster und sah Sir Lanzelot. Rasch schickte sie Männer, ihm sein Pferd abzunehmen und in einen Stall zu führen, und er selbst wurde in ein schönes Gemach geleitet, wo er die Rüstung ablegte. Die Dame schickte ihm ein langes Gewand und kam bald darauf selbst. Sie begrüßte Lanzelot sehr herzlich und sagte, kein Ritter in der Welt sei ihr so willkommen wie er. Dann schickte sie in aller Eile nach ihrem Vater Bagdemagus, der zwölf Meilen von dem Kloster entfernt war, und vor Abend traf er mit einem stattlichen Gefolge von Rittern ein. Als der König vom Pferd gestiegen war, ging er sogleich in Sir Lanzelots Gemach und fand dort auch seine Tochter. Der König schloß Sir Lanzelot in die Arme, und sie begrüßten einander freudig. Dann trug Sir Lanzelot dem König seine Klage vor, wie er verraten worden und wie sein Bruder Sir Lionel verschwunden war und er nicht wußte, wohin, und wie ihn dann seine Tochter aus dem Gefängnis befreit hatte: Darum will ich ihr und ihrer Sippe dienen, solange ich lebe. Dann bin ich Eurer Hilfe am nächsten Dienstag sicher? fragte der König. Ja, Herr antwortete Sir Lanzelot, ich werde Euch nicht im Stich lassen, das habe ich Euerm Fräulein Tochter versprochen. Aber, Herr König, welche Ritter vom Hofe meines Herrn Artus waren es, die für den König von Nordwales kämpften? Der König sagte: Es waren Sir Mador de la Porte und Sir Mordred und Sir Gahalantine, die meine Ritter völlig besiegten, denn gegen diese drei vermochte weder meine noch meiner Ritter Kraft etwas auszurichten. Herr, sagte Sir Lanzelot, wie ich hörte, soll das Turnier keine drei Meilen von diesem Kloster entfernt stattfinden, schickt mir deshalb drei Eurer Ritter, denen Ihr vertraut, und sorgt dafür, daß diese drei Ritter ganz weiße Schilde haben und ich auch, mit keinem Wappenzeichen darauf. Wir vier werden aus einem kleinen Wald hervorbrechen, mitten in den Kampf hinein, und wir werden Eure Feinde angreifen und ihnen so große Verluste beibringen, wie wir nur können, und niemand wird wissen, wer ich bin. Damit begaben sie sich zur Nachtruhe, und das war am Sonntag, und der König ritt weg und schickte Sir Lanzelot drei Ritter mit den vier weißen Schilden. Am Dienstag verbargen sie sich in einem Wäldchen, neben dem das Turnier stattfinden sollte. Es waren Tribünen aufgebaut und Podeste, damit die Herren und Damen zuschauen und den Siegerpreis vergeben konnten. Da erschien der König von Nordwales mit einhundertsechzig Kriegern auf dem Kampfplatz. Und die drei Ritter des Königs Artus standen für sich allein. Danach kam König Bagdemagus mit achtzig Kriegern auf den Platz. Sie legten ihre Lanzen ein und stürmten mit großer Wucht gegeneinander, und in diesem ersten Waffengang wurden zwölf Ritter des Königs Bagdemagus und sechs des Königs von Nordwales erschlagen, und die Partei des Königs Bagdemagus wurde weit zurückgedrängt.

WIE SICH SIR LANZELOT IN EINEM TURNIER VERHIELT, UND WIE ER DORT AUF SIR TURQUINE STIESS, DER SIR GAHERIS MIT SICH FÜHRTE. ❧ In diesem Augenblick brach Sir Lanzelot vom See hervor und stieß mit seiner Lanze in das dichte Gedränge. Fünf Ritter streckte er mit einer Lanze zu Boden, vieren von ihnen brach er das Rückgrat. In diesem Gedränge warf er den König von Nordwales nieder, und der brach sich durch den Sturz das Bein. Alle diese Taten sahen die drei Ritter des Königs Artus. Dort ist ein schlimmer Gast, sagte Sir Mador de la Porte, deshalb wollen wir es mit ihm aufnehmen. So stießen sie zusammen, und Sir Lanzelot streckte Roß und Reiter zu Boden, so daß dessen Schulter ausgerenkt wurde. Jetzt bin ich an der Reihe, sagte Mordred, denn Sir Mador ist schwer gestürzt. Sir Lanzelot visierte ihn an und nahm eine starke Lanze zur Hand und sprengte gegen ihn, und Sir Mordred zerbrach seine Lanze an ihm. Sir Lanzelot aber versetzte ihm einen solchen Stoß, daß sein Sattelbaum zerbrach, und so flog er über den Schweif seines Pferdes hinunter, daß sich sein Helm mehr als einen Fuß tief in die Erde bohrte und er beinahe das Genick brach und lange bewußtlos lag. Da kam Sir Gahalantine mit einer starken Lanze, und sie ritten mit aller Kraft gegeneinander, daß ihre Lanzen bis zu den Griffen zerbarsten. Dann zogen sie ihre Schwerter und führten manchen grimmen Streich. Sir Lanzelot wurde über die Maßen zornig und schlug Sir Gahalantine auf den Helm, daß ihm das Blut aus Nase, Mund und Ohren stürzte und er den Kopf hängenließ. Da galoppierte sein Pferd fort, und er fiel zu Boden. Darauf nahm Sir Lanzelot wieder eine starke Lanze, und bevor diese brach, warf er sechzehn Ritter zu Boden, einige samt ihren Rossen. Dann ergriff er eine neue starke Lanze und stieß zwölf Ritter nieder, und die meisten von ihnen konnten nicht weiterkämpfen. Da war unter den Waffentragenden keiner, den er nicht schwer getroffen hätte. Nun gaben die Ritter des Königs von Nordwales den Kampf auf, und der Siegerpreis wurde König Bagdemagus verliehen. So trennten sich die beiden Parteien und ritten nach Hause, und Sir Lanzelot begleitete König Bagdemagus zu dessen Schloß und wurde dort vom König und seiner Tochter sehr gut aufgenommen, und sie boten ihm große Gaben. Am anderen Morgen sagte er zum König, er wolle seinen Bruder Sir Lionel suchen gehen, der ihn verlassen hatte, während er schlief. Und zu der Tochter des Königs sagte er: Wenn Ihr je meine Dienste nötig habt, so bitte ich Euch, laßt es mich wissen, und ich werde Euch zur Seite stehen, so wahr ich ein Ritter bin. Damit nahm er Abschied. Wie es der Zufall wollte kam Sir Lanzelot in den gleichen Wald, in dem er im Schlafe gefangengenommen worden war. Da traf er mitten auf der Straße ein Fräulein, das auf einem Zelter geritten kam, und sie grüßten einander. Schönes Fräulein, sagte Sir Lanzelot, wißt Ihr in diesem Lande Abenteuer? Herr Ritter, antwortete das Fräulein, hier sind Abenteuer ganz in der Nähe, wenn Ihr Mut dazu habt. Warum sollte ich nicht den Mut haben, Abenteuer zu bestehen? meinte Sir Lanzelot, deshalb bin ich ja hergekommen. Nun gut, sagte sie, du siehst aus, als ob du ein wackerer Ritter wärst, und wenn du es wagst, mit einem guten Ritter zu kämpfen, will ich dich zu dem besten und mächtigsten Ritter führen, den es gibt. Aber du mußt sagen, wie du heißt und was für ein Ritter du bist. Fräulein, ich scheue mich nicht, meinen Namen zu nennen, denn ich bin Sir Lanzelot vom See. Herr, du hast es gut getroffen, es gibt hier Abenteuer nach deinem Sinn. In der Nähe wohnt ein Ritter, den keiner außer dir überwinden kann, er heißt Sir Turquine. Wie ich hörte, hält er in seinem Kerker vierundsechzig tapfere Ritter vom Hofe des Königs Artus gefangen, die er eigenhändig bezwungen hat. Aber wenn du dies vollbracht hast, sollst du mir bei deiner Ritterehre geloben, mit mir zu gehen und mir und anderen Fräulein zu helfen, die täglich von einem tückischen Ritter bedrängt werden. Euern Wunsch, mein Fräulein, will ich erfüllen, wenn Ihr mich zu diesem Ritter bringt. So komm, edler Ritter. Und sie führte ihn zu der Tränke und dem Baum, an dem das Becken hing. Sir Lanzelot ließ sein Pferd trinken, und dann schlug er mit dem Lanzenschaft lange und mit voller Kraft auf das Becken, bis der Boden herausfiel, aber nichts geschah. Da ritt er fast eine halbe Stunde an den Toren des Schlosses entlang, bis er einen starken Ritter gewahrte, der ein Pferd vor sich hertrieb, und quer auf dem Pferd lag gefesselt ein bewaffneter Ritter. Je näher sie kamen, desto bekannter kam dieser ihm vor. Schließlich bemerkte er, daß es Sir Gaheris, ein Ritter der Tafelrunde, war. Schönes Fräulein, sagte Sir Lanzelot, ich sehe dort einen gefesselten Ritter, der ist einer von meinen Gefährten und Sir Gaweins Bruder. Ich gelobe Euch als erstes, bei Gott, diesen Ritter zu retten, und wenn sein Herr nicht fester im Sattel sitzt als ich, will ich alle Gefangenen aus der Gefahr befreien, denn ich bin sicher, er hat auch zwei meiner Brüder eingekerkert. Als die Ritter einander erblickten, rissen sie ihre Lanzen an sich. Edler Ritter, sagte Sir Lanzelot, nimm diesen verwundeten Ritter vom Pferd herunter und lasse ihn eine Weile ruhen, während wir zwei unsere Kräfte messen. Denn wie mir berichtet wurde, hast du Rittern der Tafelrunde viel Schimpf und Schande angetan und tust es noch, deshalb wehre dich jetzt. Wenn du einer von der Tafelrunde bist, erwiderte Turquine, dann biete ich dir und all deinen Kumpanen Trotz. Jetzt ist genug gesprochen, sagte Sir Lanzelot.

WIE SIR LANZELOT UND SIR TURQUINE MITEINANDER KÄMPFTEN.

Dann legten sie ihre Lanzen ein und ritten gegeneinander los, so schnell ihre Pferde sie trugen, und jeder traf den anderen mitten auf den Schild, daß die Pferde unter ihnen zusammenbrachen und die Ritter betäubt waren. Doch sowie sie sich von ihren Pferden losmachen konnten, hielten sie ihre Schilde vor und zogen ihre Schwerter und versetzten einander viele scharfe Streiche, die weder Schild noch Harnisch aufhalten konnten. Binnen kurzem trugen beide schlimme Wunden davon und bluteten stark. Mehr als zwei Stunden kämpften sie und hieben aufeinander ein, wo sie nur eine freie Stelle fanden. Schließlich kamen sie beide außer Atem und lehnten sich auf ihre Schwerter. Jetzt, Ritter, begann Sir Turquine, laß deine Hand ein wenig ruhen und beantworte mir eine Frage. So sprich. Da sagte Turquine: Du bist der stärkste Mann, den ich je getroffen habe, und hast die größte Ausdauer. Du gleichst einem Ritter, den ich mehr hasse als alle anderen. Wenn du der nicht bist, will ich gern Frieden mit dir schließen und dir zuliebe alle Gefangenen freilassen, und das sind vierundsechzig. Aber du mußt mir deinen Namen nennen. Dann wollen wir Freunde sein und einander nie im Stich lassen, solange ich lebe. Du hast gut gesprochen, entgegnete Sir Lanzelot, aber da du mir deine Freundschaft anbietest: wer ist der Ritter, den du mehr haßt als alle anderen? Wahrlich, sagte Sir Turquine, sein Name ist Sir Lanzelot vom See; denn er erschlug im Turm der Schmerzen meinen Bruder Sir Carados, einen der besten Ritter. Darum erwarte ich ihn vor allen Rittern, denn wenn ich ihm einmal begegnen sollte, wird einer von uns tot zurückbleiben, das schwöre ich. Um Sir Lanzelots willen habe ich über hundert tapfere Ritter erschlagen, und ebenso viele habe ich so schwer verwundet, daß sie sich nie wieder erholten, und viele sind im Kerker gestorben, und doch habe ich noch vierundsechzig, und alle sollen befreit werden, wenn du mir deinen Namen sagst und nicht Sir Lanzelot bist. Ich sehe wohl, entgegnete Sir Lanzelot, daß ich ein Mann bin, mit dem du entweder Frieden halten oder aber Krieg auf Leben und Tod führen willst. Deshalb, Ritter, sollst du wissen, daß ich Sir Lanzelot vom See bin, der Sohn des Königs Ban von Benwick und ein wahrhafter Ritter der Tafelrunde. Und jetzt verteidige dich, so gut du kannst. Ah, rief Turquine, du bist mir willkommener als je ein anderer Ritter, und wir werden nicht auseinandergehen, bis einer von uns tot ist. Dann stürzten sie aufeinander los wie zwei wilde Stiere und schlugen mit ihren Schilden und Schwertern, daß sie manchmal beide aufs Gesicht fielen. So kämpften sie über zwei Stunden und ließen nicht voneinander ab. Sir Turquine schlug Sir Lanzelot viele Wunden, daß der Platz, auf dem sie kämpften, ganz mit Blut bespritzt war.

WIE SIR TURQUINE ERSCHLAGEN WURDE, UND WIE SIR LANZELOT SIR GAHERIS ALLE GEFANGENEN BEFREIEN HIESS. Schließlich wurde Sir Turquine schwächer und wich etwas zurück und ließ seinen Schild vor Ermattung sinken. Das sah Sir Lanzelot, sprang behende auf ihn zu, packte ihn beim Visier, warf ihn zu Boden auf die Knie, riß ihm den Helm herunter und spaltete ihm den Nacken. Als Sir Lanzelot dies getan hatte, wandte er sich dem Fräulein zu und sagte: Fräulein, ich bin bereit, mit Euch zu gehen, wohin Ihr wollt, doch ich habe kein Pferd. Edler Herr, antwortete sie, nehmt das Pferd dieses verwundeten Ritters und schickt ihn in das Schloß und heißt ihn, alle Gefangenen zu befreien. So ging Sir Lanzelot zu Gaheris und bat ihn, es ihm nicht zu verübeln, wenn er sich sein Pferd leihe. Nein, edler Herr, erwiderte Gaheris, ich möchte, daß Ihr mein Pferd nehmt, denn Ihr habt mich und mein Pferd gerettet, und ich meine, Ihr seid der beste Ritter der Welt, denn Ihr habt heute vor meinen Augen den stärksten Mann und tapfersten Ritter, den ich außer Euch kenne, erschlagen. Edler Herr, sagte Gaheris, ich bitte Euch, laßt mich Euern Namen wissen. Herr, mein Name ist Sir Lanzelot vom See, der Euch um König Artus' und vor allem um Sir Gaweins, Eures lieben Bruders, willen zu Hilfe verpflichtet ist. Wenn Ihr in jenes Schloß kommt, werdet Ihr sicher viele Ritter der Tafelrunde finden, denn ich habe dort an dem Baum

viele ihrer Schilde gesehen, die ich kenne, so den von Sir Kay, von Sir Brandel, von Sir Marhaus, von Sir Galind, von Sir Brian de Listinoise, von Sir Aliduke und von vielen anderen, die ich jetzt nicht nennen kann, ebenso die von meinen beiden Brüdern, Sir Ector von Maris und Sir Lionel. Ich bitte Euch, grüßt sie alle von mir und bestellt ihnen, sie sollen alle Vorräte mitnehmen, die sie finden können. Und auf jeden

Fall sollen meine Brüder an den Hof gehen und da auf mich warten, denn zu Pfingsten will ich dort sein, doch jetzt muß ich mit diesem Fräulein reiten, um mein Versprechen einzulösen. So schied er von Gaheris, und Gaheris ging in das Schloß und fand dort einen Pförtner, der viele Schlüssel bei sich trug. Im Handumdrehen warf Sir Gaheris den Pförtner zu Boden, nahm ihm die Schlüssel ab, öffnete eilends das Kerkertor und ließ alle Gefangenen heraus, und jeder löste dem anderen die Fessel. Als sie Sir Gaheris gewahrten, dankten sie ihm alle, denn sie glaubten, es sei verwundet. Dem ist nicht so, sagte Gaheris, es war Lanzelot, der Turquine im ritterlichen Kampf erschlug. Ich habe es mit eigenen Augen gesehen. Er läßt euch alle grüßen und bittet euch, an den Hof zurückzukehren, und Sir Lionel und Ector von Maris läßt er bitten, am Hofe auf ihn zu warten. Das werden wir nicht tun, entgegneten die Brüder, wir wollen ihn suchen, bei unserem Leben. Ich will ihn auch finden, sagte Sir Kay, ehe ich mich an den Hof begebe, so wahr ich ein Ritter bin. Dann durchsuchten alle Ritter das Schloß, bis sie die Rüstkammer entdeckten, und sie rüsteten sich, und jeder Ritter fand sein eigenes Pferd und alles, was ihm vorher gehört hatte. Darauf kam ein Waldhüter mit vier Pferden, die mit Wildbret schwer beladen waren. Wohlan, sagte Sir Kay, hier ist gutes Fleisch, genug für eine Mahlzeit, denn wir haben schon lange nicht mehr ordentlich gespeist. Und so wurde das Wildbret gebraten und gekocht, und nach dem Abendessen blieben einige die Nacht über da, aber Sir Lionel und Ector von Maris und Sir Kay ritten Sir Lanzelot nach, um ihn zu suchen.

Kap. 10

WIE SIR LANZELOT MIT EINER DAME RITT UND EINEN RITTER ERSCHLUG, DER ALLEN DAMEN ÜBEL NACHSTELLTE, UND EBENSO EINEN KERL, DER EINE BRÜCKE BESETZT HIELT. Wenden wir uns nun Sir Lanzelot zu, der mit dem Fräulein auf einer schönen Landstraße dahinritt. Herr, sagte das Fräulein, hier in der Nähe haust ein Ritter, der alle Damen und Edelfrauen belästigt, zumindest beraubt er sie, oder er tut ihnen gar Gewalt an. Was, rief Sir Lanzelot, ist er ein Dieb und ein Ritter und ein Frauenschänder? Er bringt Schmach über den Orden der Ritterschaft und handelt entgegen seinem Schwur; es ist eine Schande, daß er lebt. Aber, schönes Fräulein, reitet Ihr voran, und ich will mich versteckt halten, und wenn er Euch belästigt oder ein Leid antun will, werde ich Euch zu Hilfe kommen und ihn lehren, wie sich ein Ritter zu verhalten hat. So ritt das Mädchen langsam des Weges. Nach einer Weile kam jener Ritter, der den Namen Sir Peris de Forest Savage trug, zu Pferde aus dem Wald und sein Page mit ihm, und der Ritter zog das Fräulein vom Pferd herunter, worauf sie zu schreien anfing. In diesem Augenblick sprengte Lanzelot heran, so schnell er konnte, und rief: O du falscher Ritter und Verräter an der Ritterschaft, wer hat dich gelehrt, Damen und Edelfrauen zu belästigen? Als der Ritter hörte, wie ihn Sir Lanzelot schalt, antwortete er nicht, sondern zog sein Schwert und wandte sich gegen ihn. Sir Lanzelot warf seine Lanze von sich und nahm sein Schwert und versetzte ihm einen solchen Streich über den Helm, daß er ihm Kopf und Hals bis zur Kehle spaltete. Nun hast du den Lohn, den du schon lange verdienst, sagte das Fräulein. Nun, mein Fräulein, fragte Sir Lanzelot, soll ich Euch noch einen Dienst erweisen? Nein, Herr, erwiderte sie, jetzt nicht, doch der allmächtige Jesus beschütze Euch, wo immer Ihr reitet oder geht, denn gegen alle Damen und Edelfrauen seid Ihr der höflichste und hilfreichste Ritter, den es gibt. Aber etwas, Herr Ritter, glaube ich, fehlt Euch. Ihr seid unbeweibt und liebt kein Mädchen und keine Edelfrau, denn ich habe noch nie sagen hören, daß Ihr irgendeine, von welchem Rang auch immer, begehrt hättet, und das ist sehr schade. Aber es wird erzählt, Ihr liebt die Königin Ginevra und sie habe durch Zauber erreicht, daß Ihr nie eine andere Frau als sie liebt und daß keine andere Dame und kein anderes Fräulein Euch erfreuen soll, worüber in diesem Lande viele von hohem und niederem Range sehr betrübt sind. Schönes Fräulein, entgegnete Sir Lanzelot, ich kann den Leuten nicht verwehren, von mir zu reden, was ihnen gefällt. Aber vom Heiraten halte ich nichts, denn dann müßte ich bei meiner Frau liegen und Waffen und Turniere, Kämpfe und Abenteuer lassen; und mich mit Liebchen vergnügen, lehne ich von vornherein aus Gottesfurcht ab, denn Ritter, die ausschweifend oder wollüstig sind, haben im Kampf kein Glück; entweder werden sie von niedriger stehenden Rittern besiegt, oder sie erschlagen durch Mißgeschick oder ihre eigene Verworfenheit bessere Männer, als sie es selbst sind. Wer sich mit Liebschaften abgibt, ist ein unseliger Mensch, und alles ist unselig, was mit ihm in Verbindung steht. Und so schieden Sir Lanzelot und das Fräulein. Danach ritt er mehr als zwei Tage durch einen tiefen Wald und fand kein gutes Nachtlager. Am dritten Tage kam er über eine lange Brücke, und plötzlich überfiel ihn ein übler Kerl und hieb seinem Pferd über die Nüstern, daß es herumfuhr, und fragte ihn, warum er ohne seine Erlaubnis über die Brücke reite. Warum sollte ich nicht darüberreiten? entgegnete Sir Lanzelot, ich kann nicht daneben reiten. Du hast keine Wahl, sagte der Kerl und hieb mit einer großen eisenbeschlagenen Keule nach ihm. Da zog Sir Lanzelot sein Schwert und wehrte den Streich ab und spaltete ihm den Kopf bis zur Brust. Am Ende der Brücke lag ein stattliches Dorf, und alle Leute, Männer und Frauen, riefen Sir Lanzelot zu: Etwas Schlimmeres hast du dir nie angetan, denn du hast den Oberpförtner unserer Burg erschlagen. Sir Lanzelot ließ sie reden und ritt geradenwegs in die Burg. Dort stieg er ab und band sein Pferd an einen Ring in der Mauer. Da gewahrte er einen schönen grünen Hof und lief dorthin, denn er hielt ihn für einen vorzüglichen Kampfplatz. Als er sich umschaute, sah er viele Leute an Türen und Fenstern, die ihm zuriefen: Edler Ritter, du bist verloren.

WIE SIR LANZELOT ZWEI RIESEN ERSCHLUG UND EINE BURG BEFREITE.

Plötzlich stürzten zwei mächtige Riesen auf ihn zu, die außer am Kopf überall wohl gepanzert waren und zwei fürchterliche Keulen in den Händen hielten. Sir Lanzelot hob seinen Schild und wehrte den Hieb des einen Riesen ab und spaltete ihm den Kopf mit dem Schwert. Als dies der andere Riese sah, rannte er wie besessen davon aus Furcht vor den schrecklichen Streichen, und Lanzelot lief ihm, so schnell er konnte, nach, traf ihn an der Schulter und spaltete ihn bis zum Nabel. Dann begab sich Sir Lanzelot in die Halle, und da traten vor ihn sechzig Damen und Fräulein und knieten nieder und dankten Gott und ihm für ihre Befreiung. Herr, sagten sie, die meisten von uns sind hier sieben Jahre Gefangene der Riesen gewesen, und wir haben für unseren Unterhalt allerlei Seidenarbeiten angefertigt und sind doch von Geburt sehr edle Frauen. Gesegnet sei der Tag, Ritter, an dem Ihr geboren seid, denn Ihr habt die edelste Tat vollbracht, die je ein Ritter auf dieser Welt vollbrachte, das wollen wir bezeugen: Wir alle bitten Euch, uns Euern Namen zu nennen, damit wir unseren Freunden sagen können, wer uns aus dem Kerker befreit hat. Schöne Fräulein, antwortete er, mein Name ist Sir Lanzelot vom See. Ah, Herr, sagten sie, der müßt Ihr wohl sein, denn kein Ritter außer Euch, dünkt uns, hätte diese beiden Riesen besiegen können. Viele tapfere Ritter haben es versucht und hier ihr Ende gefunden, und oft haben wir Euch herbeigewünscht, denn die beiden Riesen fürchteten keinen Ritter außer Euch. Nun könnt ihr euern Freunden erzählen, sagte Sir Lanzelot, wie und durch wen ihr befreit worden seid, und grüßt sie alle von mir. Wenn ich einmal in eure Länder komme, dann nehmt mich so auf, wie ihr dazu Veranlassung habt, und als Entschädigung für euer Leid gebe ich euch alle Schätze in der Burg; und der Herr, dem diese Burg gehört, soll sie dem Rechte gemäß zurückerhalten. Edler Herr, sprachen sie, die Burg heißt Tintagil, und sie gehörte einst einem Herzog, der mit der schönen Igraine vermählt war, die danach Uther Pendragon heiratete, und mit ihm Artus zeugte. Nun weiß ich, sagte Sir Lanzelot, wem diese Burg gehört; und so schied er von ihnen und empfahl sie Gott. Dann bestieg er sein Pferd und ritt durch viele fremde und wilde Gegenden und durch viele Flüsse und Täler und fand keine Unterkunft. Schließlich führte ihn, als wieder einmal die Dämmerung hereinbrach, das Glück zu einem schönen Anwesen, wo ihn eine alte Edelfrau freundlich beherbergte und ihn und sein Pferd gut versorgte. Und als die Zeit da war, führte sie ihn in eine geräumige Dachkammer über dem Tor und wies ihm ein Bett an. Da nahm Sir Lanzelot die Rüstung ab, legte den Harnisch daneben, ging zu Bett und schlief sogleich ein. Bald danach kam einer zu Pferde und pochte stürmisch ans Tor. Als Sir Lanzelot das hörte, stand er auf und sah aus dem Fenster und erblickte im Mondschein drei Ritter, die zu Pferde hinter dem einen Mann her waren, und alle drei hieben zugleich mit ihren Schwertern auf ihn ein, und dieser eine Ritter wandte sich mannhaft gegen sie und wehrte sich. Wahrlich, sagte Sir Lanzelot, dem einen Ritter dort werde ich helfen, denn es wäre eine Schande für mich zuzusehen, wie drei Ritter über einen herfallen; und wenn er erschlagen wird, will ich mit ihm sterben. Damit nahm er seinen Harnisch auf und ließ sich an einem Laken vom Fenster zu den vier Rittern hinab und rief mit lauter Stimme: Ihr Ritter, kämpft gegen mich und laßt von dem einen Ritter ab. Da wandten sich die drei von Sir Kay ab und gingen auf Sir Lanzelot los, und es begann ein heißer Kampf. Sie stiegen alle drei vom Pferd und griffen Sir Lanzelot von allen Seiten an und führten viele mächtige Streiche gegen ihn. Da schickte sich Sir Kay an, ihm zu helfen. Nein, Herr, sagte Sir Lanzelot, ich will Eure Hilfe nicht. Wenn Ihr wollt, daß ich Euch helfe, überlaßt die Ritter mir allein. Um den Ritter nicht zu erzürnen, beugte sich Sir Kay seinem Willen und trat beiseite. Und mit sechs Streichen hatte Sir Lanzelot sie sogleich zu Boden gestreckt, daß sie alle drei riefen: Herr Ritter, wir ergeben uns Euch als einem Mann von unvergleichlicher Stärke. Wenn ihr euch nur mir unterwerft, entgegnete Sir Lanzelot, so nehme ich dies nicht an, aber wenn ihr euch Sir Kay, dem Seneschall, unterwerft, will ich euer Leben schonen, sonst nicht. Edler Ritter, sagten sie, das widerstrebt uns, denn wir haben Sir Kay bis hierher verfolgt und hätten ihn überwältigt, wenn Ihr nicht gewesen wärt. Es wäre deshalb nicht vernünftig, wenn wir uns ihm ergäben. Was das angeht, sagte Lanzelot, beratet euch gut, denn ihr könnt wählen, ob ihr sterben oder leben wollt, und wenn ihr euch ergebt, dann Sir Kay. Edler Ritter, sprachen sie da, um unser Leben zu retten, wollen wir tun, was Ihr befehlt. Dann sollt ihr, sagte Sir Lanzelot, am nächsten Pfingstfest an den Hof des Königs Artus gehen und euch der Königin Ginevra auf Gnade und Ungnade ergeben und sagen, daß euch Sir Kay hinschickt als ihre Gefangenen. Herr, antworteten sie, bei unserem Leben, es soll geschehen; und das schwur ihm jeder Ritter auf sein Schwert. Und damit ließ Sir Lanzelot sie ziehen. Dann klopfte Sir Lanzelot mit dem Schwertknauf ans Tor, und seine Wirtin öffnete, und er ging mit Sir Kay hinein. Herr, sagte die Wirtin, ich dachte, Ihr wäret im Bett. Das war ich auch, erwiderte Sir Lanzelot, aber ich bin aufgestanden und zum Fenster hinausgestiegen, um einem alten Freund beizustehen. Als sie ins Licht traten, erkannte Sir Kay, daß es Sir Lanzelot war, und er kniete nieder und dankte ihm für die großherzige Hilfe, die ihn zweimal vor dem Tode bewahrt hatte. Herr, entgegnete Lanzelot, ich habe nichts getan als meine Pflicht.

Ihr seid willkommen, laßt Euch hier nieder und ruht Euch aus. Als Sir Kay die Rüstung abgelegt hatte, verlangte er zu essen; so wurde ihm Speise gebracht, und er aß gierig. Nach dem Essen legten sie sich hin und schliefen in einem Bett. Am anderen Morgen stand Sir Lanzelot früh auf und ließ Sir Kay schlafen. Er nahm Sir Kays Rüstung und seinen Schild und wappnete sich und ging in den Stall und nahm sein Pferd. Er verabschiedete sich von seiner Wirtin und ritt von dannen. Bald danach wachte Sir Kay auf und vermißte Sir Lanzelot. Da bemerkte er, daß dieser seine Rüstung und sein Pferd genommen hatte. Meiner Treu, ich nehme an, er wird einigen vom Hofe des Königs Artus übel mitspielen, denn die Ritter werden dreist gegen ihn sein, weil sie glauben, ich wäre es, und das wird sie täuschen. Ich aber bin sicher, mit seiner Rüstung und seinem Schild in Frieden zu reiten. Darauf verabschiedete sich Sir Kay und dankte der Wirtin.

Kapitel 12

WIE SICH SIR LANZELOT MIT SIR KAYS RÜSTUNG TARNTE, UND WIE ER EINEN RITTER NIEDERWARF. Nachdem Sir Lanzelot lange durch einen großen Wald geritten war, kam er schließlich in ein flaches Land voll schöner Flüsse und Wiesen und sah vor sich eine lange Brücke, an der drei Zelte aus Seide und Taft von verschiedener Farbe aufgestellt waren. Und vor den Zelten hingen drei weiße Schilde an Lanzenstangen, und mächtige lange Lanzen standen aufrecht daneben, und vor jedem Zelt standen drei junge Ritter. Sir Lanzelot ritt an ihnen vorüber und sprach kein Wort. Als er vorbei war, sagten die drei Ritter, das sei der stolze Kay gewesen; er bilde sich ein, kein Ritter sei so trefflich wie er, doch das Gegenteil sei oft bewiesen worden. Meiner Treu, sprach einer der Ritter namens Sir Gaunter, ich will ihm nachreiten und ihn wegen seines Hochmuts herausfordern, und ihr sollt sehen, wie ich mit ihm fertig werde. So rüstete sich dieser Ritter, hängte seinen Schild über die Schulter, bestieg sein Pferd, nahm seine Lanze und galoppierte Sir Lanzelot nach. Als er sich ihm näherte, rief er: Halt, du stolzer Ritter Sir Kay, hier kommst du nicht ungeschoren davon. Da machte Sir Lanzelot kehrt, und beide legten ihre Lanzen ein und rannten mit voller Wucht gegeneinander, und Sir Gaunters Lanze zerbrach, und Sir Lanzelot warf ihn mitsamt dem Pferd zu Boden. Als Sir Gaunter auf der Erde lag, sagten seine Brüder zueinander: Dieser Ritter ist nicht Sir Kay, denn er ist stärker. Ich wette meinen Kopf, fügte Sir Gilmere hinzu, er hat Sir Kay erschlagen und sein Pferd und seine Rüstung genommen. Sei dem, wie ihm wolle, sagte Sir Raynold, der dritte Bruder, laß uns jetzt aufsitzen und unseren Bruder retten, bei unserem Leben. Wir werden genug zu tun haben, um mit diesem Ritter fertigzuwerden, denn seiner Gestalt nach scheint es Sir Lanzelot oder Sir Tristan oder Sir Pelleas, der tapfere Ritter, zu sein. Sogleich bestiegen sie ihre Pferde und holten Sir Lanzelot ein, und Sir Gilmere legte seine Lanze ein und sprengte gegen Sir Lanzelot, aber Sir Lanzelot warf ihn nieder, daß er ohnmächtig liegenblieb. Herr Ritter, sagte Sir Raynold, du bist ein starker Mann, und ich glaube, du hast zwei meiner Brüder getötet, und deshalb rast mein Herz vor Zorn gegen dich. Wenn es meine Ehre erlaubte, würde ich nicht mit dir kämpfen, aber ich muß einstehen wie sie, und darum, Ritter, hüte dich. Und so prallten sie mit aller Macht zusammen, daß beider Lanzen zersplitterten. Da zogen sie ihre Schwerter und hieben wild aufeinander ein. Währenddessen erhob sich Sir Gaunter und ging zu seinem Bruder Sir Gilmere und sagte: Steh auf, wir wollen unserem Bruder helfen, der sich so wunderbar mit diesem tapferen Ritter schlägt. Da sprangen sie aufs Pferd und sprengten gegen Sir Lanzelot. Als er sie kommen sah, versetzte er Sir Raynold einen mächtigen Streich, daß er vom Pferd stürzte, dann wandte er sich gegen die beiden anderen Brüder und streckte sie mit zwei Hieben zu Boden. Da raffte sich Sir Raynold mit blutüberströmtem Kopf auf und griff Sir Lanzelot an. Laß es jetzt gut sein, sagte Sir Lanzelot, ich war dabei, als du zum Ritter geschlagen wurdest, Sir Raynold, auch weiß ich, daß du ein tapferer Ritter bist, und ich möchte dich nicht gern töten. Habt Dank für Eure Güte, antwortete Sir Raynold, und ich darf auch für meine Brüder sprechen, daß wir uns Euch gern ergeben, wenn wir Euern Namen erfahren, denn wir wissen wohl, daß Ihr nicht Sir Kay seid. Wie dem auch sei, ihr sollt euch der Königin Ginevra unterwerfen, und seht zu, daß ihr zu Pfingsten bei ihr seid, und sagt, daß euch Sir Kay zu ihr geschickt hat. Da schwuren sie, es sollte geschehen. Sir Lanzelot ritt seines Weges, und die Brüder halfen einander, so gut sie konnten.

Kapitel 13

WIE SIR LANZELOT GEGEN VIER RITTER DER TAFELRUNDE KÄMPFTE UND SIE BESIEGTE. Mitten in einem tiefen Wald erblickte Sir Lanzelot in einem Tal vier Ritter, die unter einer Eiche rasteten. Es waren Sir Sagramore le Desirous, Ector von Maris, Sir Gawein und Sir Iwein, und sie gehörten zu König Artus' Hof. Als sie Sir Lanzelot kommen sahen, glaubten sie wegen seines Wappens, es wäre Sir Kay. Bei meiner Ehre, sagte Sir Sagramore, ich will Sir Kays Kraft auf die Probe stellen; und er nahm seine Lanze und ritt gegen Sir Lanzelot. Doch Sir Lanzelot erkannte ihn, legte seine Lanze ein und traf Sir Sagramore mit solcher Wucht, daß Roß und Reiter zu Boden fielen. Seht, meine Freunde, sagte Sir Ector, was für einen Stoß er führt, dieser Ritter ist viel stärker als Sir Kay. Nun sollt ihr sehen, was ich gegen ihn vermag. Sir Lanzelot aber durchbohrte ihm Schild und Schulter, daß Mann und Roß stürzten, während seine Lanze hielt. Meiner Treu, sagte Sir Iwein, ist das ein starker Ritter, ich bin sicher, er hat Sir Kay erschlagen. Bei seiner Kraft wird es schwerhalten, mit ihm fertigzuwerden. Und damit nahm Sir Iwein seine Lanze zur Hand und ritt gegen Sir Lanzelot, und Sir Lanzelot erkannte auch ihn. Auf ebenem

Boden traf er mit ihm zusammen und versetzte ihm einen solchen Stoß, daß Sir Iwein betäubt liegenblieb und lange nicht wußte, wo er war. Ich sehe wohl, sagte Sir Gawein, jetzt muß ich mit diesem Ritter kämpfen. Und er nahm seinen Schild auf und packte eine starke Lanze. Sir Lanzelot erkannte ihn wohl, und dann sprengten sie mit aller Kraft gegeneinander, und jeder traf den anderen mitten auf den Schild. Doch Sir Gaweins Lanze zerbarst, und sein Pferd prallte von Sir Lanzelots Stoß zurück und kam zu Fall. Da hatte Sir Gawein große Mühe, sich von seinem Pferd loszumachen. Sir Lanzelot ritt gemächlich zu ihm hin und sagte lächelnd: Gott segne den, der diese Lanze gemacht hat, denn nie ist mir eine bessere in die Hand gekommen. Die vier Ritter aber versammelten sich und trösteten einander. Was haltet ihr von diesem Fremden? fragte Sir Gawein, mit einer Lanze hat er uns alle vier niedergestreckt. Wir empfehlen ihn dem Teufel, erwiderten sie alle, er ist ein Mann von gewaltiger Kraft. Das könnt ihr wohl sagen, entgegnete Sir Gawein, und ich wette meinen Kopf, es ist Sir Lanzelot. Ich erkenne ihn daran, wie er reitet. Doch laßt ihn ziehen; wenn wir an den Hof kommen, werden wir es erfahren. Und dann hatten sie viel Mühe, wieder in den Sattel zu gelangen.

WIE SIR LANZELOT EINER DOGGE IN EINE BURG FOLGTE, WO ER EINEN TOTEN RITTER FAND, UND WIE ER DANACH VON EINEM FRÄULEIN GEBETEN WURDE, IHREN BRUDER ZU HEILEN. Danach ritt Sir Lanzelot lange Zeit durch einen tiefen Wald. Auf einmal gewahrte er eine schwarze Dogge, die suchend dahinlief, als wäre sie einem schweißenden Wild auf der Fährte. Dieser Dogge ritt er nach, und er bemerkte eine breite Blutspur auf dem Boden. Immer wieder sah sich die Dogge um; sie lief über eine große morastige Heide, und Sir Lanzelot folgte ihr. Endlich erblickte er ein altes Schloß, und in das lief die Dogge hinein. Sir Lanzelot ritt über eine alte und baufällige Brücke, und als er in die Mitte einer großen Halle kam, sah er einen toten Ritter liegen, einen stattlichen Mann, und die Dogge leckte seine Wunden. Da kam eine Dame heraus, die weinte und rang die Hände und sagte: O Ritter, allzu großen Schmerz hast du mir bereitet! Warum sagt Ihr das? entgegnete Sir Lanzelot. Ich habe diesem Ritter nichts zuleide getan, die Dogge hat mich auf einer Blutspur hierher geführt. Deshalb, schöne Dame, zürnt mir nicht, denn Euer Kummer schmerzt mich sehr. Wahrhaftig, Herr, antwortete sie, ich glaube Euch, daß Ihr meinen Gatten nicht erschlagen habt, denn der das getan hat, ist schwer verwundet und wird sich nicht so schnell erholen, das kann ich ihm versichern. Wie war der Name Eures Gatten? fragte Sir Lanzelot. Herr, antwortete sie, er hieß Sir Gilbert der Bastard, einer der besten Ritter auf der Welt; aber wer ihn erschlagen hat, weiß ich nicht. Gott sende Euch besseren Trost, sagte Sir Lanzelot, und so schied er und ritt wieder in den Wald. Dort begegnete ihm ein Fräulein, das ihn gut kannte, und das sprach zu ihm: Gut, daß ich Euch treffe, edler Herr. Ich bitte Euch, bei Eurer Ritterehre, helft meinem Bruder, er ist schwer verwundet und hört nicht auf zu bluten. Er hat heute gegen Sir Gilbert den Bastard gekämpft und ihn im offenen Kampf erschlagen. Eine Zauberin, die in einem Schloß ganz in der Nähe wohnt, hat mir gesagt, die Wunden meines Bruders würden niemals heilen, wenn ich nicht einen Ritter fände, der in die Kapelle der Gefahren ginge. Dort lägen ein Schwert und ein blutgetränktes Tuch, in das der verwundete Ritter gehüllt worden war. Ein Stück von dem Tuch und das Schwert würden meines Bruders Wunden durch Berührung heilen. Das ist eine wunderliche Sache, sagte Sir Lanzelot, doch wie heißt Euer Bruder? Herr, erwiderte sie, sein Name ist Sir Meliot von Logris. Das tut mit leid, sprach Sir Lanzelot, denn er ist ein Ritter der Tafelrunde, und ihm zu helfen, will ich alles tun, was in meiner Macht steht. Dann, Herr, sagte sie, folgt immer diesem Wege, er führt zur Kapelle der Gefahren. Ich aber werde hier warten, bis Gott Euch zurückschickt, und wenn es Euch nicht gelingt, weiß ich keinen Ritter, der dieses Abenteuer zu bestehen vermag.

Kapitel 15

WIE SIR LANZELOT IN DIE KAPELLE DER GEFAHREN KAM UND VON EINEM LEICHNAM EIN STÜCK LEICHENTUCH UND EIN SCHWERT NAHM.

Sogleich brach Sir Lanzelot auf, und als er zu der Kapelle der Gefahren kam, stieg er ab und band sein Pferd an ein kleines Tor. Wie er den Hof betrat, erblickte er an der Vorderseite der Kapelle zahlreiche prachtvolle Schilde umgekehrt aufgehängt, und viele von ihnen hatte er früher Ritter tragen sehen. Auf einmal standen ihm dreißig große Ritter gegenüber, viel größer, als ihm je begegnet waren, und sie zogen alle Grimassen und fletschten die Zähne gegen ihn. Als er ihre Gesichter sah, fürchtete er sich sehr und nahm den Schild hoch und zog das Schwert und machte sich zum Kampf bereit, denn sie standen alle da in schwarzer Rüstung mit Schild und bloßem Schwert. Als Sir Lanzelot durch ihre Reihen hindurchgehen wollte, wichen sie vor ihm zurück und machten ihm Platz, und das gab ihm Mut. Er ging in die Kapelle hinein, wo es dunkel war und nur eine trübe Lampe brannte, und da bemerkte er, in ein seidenes Tuch gehüllt, eine Leiche. Sir Lanzelot bückte sich und schnitt ein Stück von dem Tuch ab, und da war es unter seinen Füßen, als ob die Erde leicht bebte, und er fürchtete sich. Da sah er neben dem toten Ritter ein prächtiges Schwert liegen, das ergriff er und eilte aus der Kapelle. Als er wieder auf den Hof kam, riefen die Ritter mit grimmiger Stimme: Ritter Lanzelot, lege dieses Schwert weg, oder du stirbst. Ob ich lebe oder sterbe, entgegnete Sir Lanzelot, mit großen Worten bekommt ihr es nicht zurück, deshalb kämpft darum, wenn es euch danach gelüstet. Dann schritt er mitten durch ihre Reihen hindurch. Kaum hatte er den Hof verlassen, trat ein schönes Fräulein auf ihn zu und sagte: Sir Lanzelot, laß ab von dem Schwert, oder es wird dir den Tod bringen. Ich lasse es nicht, erwiderte Sir Lanzelot, unter keiner Bedingung. Nein, sagte sie, wenn du dieses Schwert aufgäbest, würdest du nie zu Königin Ginevra gelangen. Da wäre ich ein Narr, antwortete Sir Lanzelot, wenn ich von dem Schwert ließe. Nun, edler Ritter, sagte das Fräulein, ich bitte dich, küß mich nur ein einziges Mal. Nein, erwiderte Sir Lanzelot, Gott bewahre mich davor. Nun gut, sagte sie, wenn du mich geküßt hättest, wäre es um dein Leben geschehen gewesen, aber so, weh mir, ist all meine Mühe umsonst, denn ich habe diese Kapelle für dich und für Sir Gawein errichtet. Einmal hatte ich Sir Gawein bei mir, und damals kämpfte er mit jenem Ritter Sir Gilbert dem Bastard, der jetzt tot in der Kapelle liegt und dem er damals die linke Hand abschlug. Und jetzt gestehe ich dir, Sir Lanzelot, ich habe dich sieben Jahre lang geliebt, aber keine Frau außer der Königin Ginevra kann deine Liebe erringen. Und da ich deinen Leib zu meiner Lust nicht lebendig haben kann, blieb mir nur die eine Freude in der Welt, deinen Leib tot zu bekommen. Ich hätte ihn einbalsamiert und gepflegt und so mein Leben lang besessen, und Tag für Tag hätte ich ihn umarmt und geküßt, Königin Ginevra zum Trotz. Du sprichst wahr, erwiderte Sir Lanzelot, Jesus schütze mich vor deinen Zauberkünsten. Und geschwind stieg er aufs Pferd und ritt von dannen. Das Fräulein aber befiel nach Lanzelots Abschied solcher Kummer, daß sie vierzehn Tage darauf starb. Ihr Name war Hellawes, Zauberin und Herrin der Burg Nigramous. Bald danach stieß Sir Lanzelot wieder auf Sir Meliots Schwester. Als sie ihn erblickte, schlug sie die Hände zusammen und weinte vor Freude. Da ritten sie zu einer Burg in der Nähe, in der Sir Meliot lag, und als Sir Lanzelot ihn sah, erkannte er ihn, doch war er wegen des Blutverlustes so grau wie Asche. Als Sir Meliot Sir Lanzelot erblickte, fiel er auf die Knie und rief: O Sir Lanzelot, helft mir! Da eilte Sir Lanzelot zu ihm und berührte seine Wunden mit Sir Gilberts Schwert und dann mit dem blutigen Tuch, in das Sir Gilbert eingehüllt worden war, und sogleich erhob sich Sir Meliot so gesund wie nie zuvor in seinem Leben. Darüber herrschte große Freude, und sie bewirteten Sir Lanzelot, so gut sie nur konnten. Am nächsten Morgen nahm Sir Lanzelot Abschied und trug Sir Meliot auf, sich eilends zum Hofe des Königs Artus zu begeben: Denn das Pfingstfest naht, und dann sollt Ihr mich mit Gottes Hilfe dort finden. Und damit schieden sie.

WIE SIR LANZELOT AUF BITTEN EINER DAME EINEN FALKEN WIEDER EINFING UND DABEI VON IHR VERRATEN WURDE.

Und so ritt Sir Lanzelot durch viele seltsame Länder, durch Marschen und Täler, bis er von ungefähr zu einer schönen Burg kam. Und als er daran vorüberritt, vermeinte er zwei Glocken klingen zu hören. Da bemerkte er einen Falken, der über seinen Kopf hinweg zu einer hohen Ulme flog und lange Schnüre an seinen Füßen hatte. Wie er sich auf der Ulme niederlassen wollte, verfingen sich die Schnüre an einem Ast. Und als er wieder wegfliegen wollte, hing er mit den Beinen fest, und Sir Lanzelot sah den schönen Falken hilflos hängen, und er tat ihm leid. Mittlerweile kam eine Dame aus der Burg und rief laut: O Lanzelot, Lanzelot, so wahr du der edelste aller Ritter bist, hilf mir, meinen Falken zu fangen; wenn mein Falke verlorengeht, bringt mein Herr mich um! Denn ich hielt den Falken, und er flog mir davon, und wenn mein Herr und Gemahl das erfährt, wird er so zornig, daß er mich erschlägt. Wie heißt Euer Gemahl? fragte Sir Lanzelot. Herr, antwortete sie, sein Name ist Sir Phelot. Er ist als Ritter dem König von Nordwales untertan. Nun gut, schöne Dame, da Ihr meinen Namen kennt und bei meiner Ritterehre verlangt, daß ich Euch helfe, will ich versuchen, Euch Euern Falken zu holen, doch weiß Gott, ich bin ein schlechter Kletterer, und der Baum ist sehr hoch und hat wenig Äste zum Festhalten. Damit stieg Sir Lanzelot ab, band sein Pferd an dem Baum fest und bat die Dame, ihm die Rüstung abzunehmen. Dann legte er seine Kleider ab bis auf Hemd und Hose und kletterte unter Aufbietung aller Kräfte hinauf zum dem Falken und band die Schnüre an einen dicken dürren Ast und warf ihn mitsamt dem Falken hinab. Sogleich nahm die Dame den Falken auf. Da trat plötzlich aus den Büschen Sir Phelot, ihr Gemahl, hervor, in voller Rüstung und mit dem bloßen Schwert in der Hand, und sagte: Ritter Lanzelot, jetzt habe ich dich, wie ich dich haben wollte. Und er stellte sich an den Baumstamm, um ihn zu erschlagen. Ach, meine Dame, rief Sir Lanzelot, warum habt Ihr mich verraten? Sie hat nur getan, antwortete Sir Phelot, was ich ihr befohlen habe. Deine Stunde ist gekommen, du mußt sterben. Das wäre eine Schande für dich, sagte Sir Lanzelot, wenn du, ein bewaffneter Ritter, einen entblößten Mann durch Verrat erschlagen wolltest. Du findest keine Gnade, entgegnete Sir Phelot, hilf dir also selbst, wenn du kannst. Wahrlich, sagte Sir Lanzelot, das wird dir Schande bringen, aber da du es so haben willst, nimm meinen Harnisch an dich und hänge mein Schwert an einen Ast, so daß ich es erlangen kann, und dann versuche, mich zu töten, wenn du es vermagst. Nein, nein, erwiderte Sir Phelot, ich kenne dich besser, als du glaubst, darum bekommst du keine Waffe, wenn ich es verhindern kann. Wehe, rief Sir Lanzelot, daß ein Ritter waffenlos sterben soll. Und er schaute sich um nach oben und unten und sah über seinem Kopf einen dicken vertrockneten Ast ohne Blätter, und den brach er vom Stamm ab. Dann stieg er hinunter und gab acht, wo sein Pferd stand, und plötzlich sprang er hinab, so daß sein Pferd zwischen ihm und dem Ritter war. Sir Phelot hieb heftig auf ihn ein und glaubte schon, er hätte ihn erschlagen, doch Sir Lanzelot wehrte den Streich mit dem Knüppel ab und hieb ihm damit über den Schädel, daß er besinnungslos zu Boden sank. Sir Lanzelot nahm ihm das Schwert aus der Hand und schlug ihm den Kopf ab. Da schrie die Dame: Wehe! warum hast du meinen Gemahl erschlagen? Daran bin ich nicht schuld, entgegnete Sir Lanzelot, ihr wolltet mich durch tückischen Verrat töten, und jetzt ist das auf euch beide zurückgefallen. Da brach sie ohnmächtig zusammen, als wäre sie tot. Sir Lanzelot aber legte seine Rüstung an, so gut er konnte, denn er fürchtete, daß mehr Leute kämen, da die Burg des Ritters so nahe lag, und eilends nahm er sein Pferd und ritt davon und dankte Gott, daß er dieser Gefahr entronnen war.

WIE SIR LANZELOT EINEN RITTER EINHOLTE, DER SEIN WEIB VERFOLGTE, UM ES ZU TÖTEN, UND WIE ER ZU IHM SPRACH. ❧ So zog Sir Lanzelot weiter durch viele wilde Gegenden. Und als er durch ein Tal kam, sah er einen Ritter, der mit bloßem Schwert eine Dame verfolgte und sie töten wollte. In höchster Not rief die Dame Sir Lanzelot an und bat ihn, sie zu retten. Sir Lanzelot, der erkannte, welches Unheil drohte, spornte sein Pferd und ritt zwischen die beiden und sagte: Ritter, pfui Schande, warum willst du diese Dame töten? Du schändest dich damit und alle Ritter! Was fällt dir ein, dich zwischen mich und mein Weib zu stellen? antwortete der Ritter. Ich will sie dir zum Trotz erschlagen. Das wirst du nicht, entgegnete Sir Lanzelot, sondern wir zwei werden miteinander kämpfen. Sir Lanzelot, sagte der Ritter, du mischst dich ohne Grund ein, denn diese Dame hat mich verraten. Das ist nicht wahr, antwortete die Dame, er spricht falsch von mir. Nur weil ich meinen leiblichen Vetter gern habe und zärtlich zu ihm bin, ist er eifersüchtig auf ihn und mich; doch ich schwöre bei Gott, es war nie Sünde zwischen uns. Herr Ritter, fuhr die Dame fort, da Ihr der edelste Ritter der Welt genannt werdet, flehe ich Euch beim wahren Rittertum an, nehmt mich in Schutz und rettet mich. Denn was Ihr auch immer sagt, er wird mich töten, er ist ohne Gnade. Habt keine Furcht, antwortete Lanzelot, es wird nicht in seiner Macht stehen. Herr, sagte der Ritter, vor Euern Augen will ich tun, was Ihr wollt. So ritt Sir Lanzelot auf der einen Seite und sie auf der anderen. Kaum waren sie eine Weile geritten, als der Ritter Sir Lanzelot aufforderte, sich umzudrehen und nach hinten zu schauen: Herr, dort kommen bewaffnete Männer hinter uns hergeritten. Arglos drehte sich Sir Lanzelot um, und schon war der Ritter auf der Seite der Dame und schlug ihr den Kopf ab. Als Sir Lanzelot das sah, rief er: Verräter, du hast ewige Schande über mich gebracht! Rasch stieg Sir Lanzelot vom Pferd und zog sein Schwert, um ihn zu erschlagen, doch der Ritter warf sich lang hin auf den Boden und klammerte sich an Sir Lanzelots Beine und schrie um Gnade. Pfui über dich, sagte Sir Lanzelot, du schändlicher Wicht, du verdienst keine Gnade, deshalb stehe auf und kämpfe mit mir. Nein, erwiderte der Ritter, ich stehe nicht eher auf, als bis Ihr mir Gnade gewährt. Ich mache dir ein annehmbares Angebot, sagte Lanzelot, ich will meine Rüstung ablegen und nichts weiter anbehalten als mein Hemd und dazu mein Schwert in der Hand, und wenn du mich erschlagen kannst, sind wir quitt. Nein, Herr, entgegnete der Ritter, das will ich niemals. Nun denn, sprach Sir Lanzelot, nimm diese Dame und ihren Kopf und schwöre mir auf mein

Schwert, sie immer auf deinem Rücken zu tragen und nicht zu ruhen, bis du zu Königin Ginevra kommst. Herr, antwortete er, das will ich tun, bei meinem Leben. Jetzt sage mir noch, wie du heißt. Herr, mein Name ist Pedivere. Zu schändlicher Stunde bist du geboren, sagte Lanzelot. Alsdann machte sich Pedivere mit der toten Dame und dem Kopf auf den Weg und fand die Königin bei König Artus in Winchester, und er erzählte ihr getreulich den ganzen Vorfall. Herr Ritter, sagte die Königin, das ist eine gräßliche und schändliche Tat, und Sir Lanzelot verdient großen Tadel, denn noch ist seine Tugend in manchen Ländern nicht bekannt. Aber das will ich Euch zur Buße auferlegen, und tut dies, so gut Ihr könnt: Ihr sollt diese Dame auf Euerm Pferd zum Papst nach Rom bringen und von ihm Eure Strafe für Eure schlimmen Taten empfangen, und nie sollt Ihr zur Nacht ruhen, ohne daß der Leichnam bei Euch liegt. Darauf leistete er einen Eid und ritt von dannen. Als er nach Rom kam, so heißt es in dem französischen Buch, ließ der Papst den Leichnam der Dame in Rom bestatten und sandte den Ritter zurück zur Königin Ginevra. Danach lebte Sir Pedivere in großer Tugend und wurde ein heiliger Mann und Einsiedler.

WIE SIR LANZELOT AN DEN HOF DES KÖNIGS ARTUS ZURÜCKKEHRTE, UND WIE DORT VON SEINEN TATEN UND ABENTEUERN BERICHTET WURDE. Zwei Tage vor dem Pfingstfest kehrte Sir Lanzelot vom See zurück, und der König und der ganze Hof waren sehr froh darüber. Als Sir Gawein, Sir Iwein, Sir Sagramore und Sir Ector von Maris Sir Lanzelot in Kays Rüstung sahen, wußten sie, daß er es war, der sie alle mit einer Lanze niedergeworfen hatte, und darüber schmunzelten sie und lachten.

Nach und nach kamen all die Ritter heim, die Sir Turquine gefangengehalten hatte, und sie priesen und ehrten Sir Lanzelot. Als Sir Gaheris sie sprechen hörte, sagte er: Ich habe den ganzen Kampf von Anfang bis Ende gesehen; und er berichtete König Artus, wie sich alles zugetragen hatte und daß Sir Turquine der stärkste Ritter gewesen wäre, den er je gesehen hätte, Sir Lanzelot ausgenommen. Und viele Ritter traten auf, die Zeugnis für Lanzelot ablegten, fast sechzig an der Zahl. Dann berichtete Sir Kay dem König, wie ihn Sir Lanzelot aus Todesnot gerettet hatte und wie er die Ritter gezwungen hatte, sich ihm zu ergeben. Und alle drei waren sie da und bestätigten dies. Bei Jesus, sagte Sir Kay, weil Sir Lanzelot meinen Harnisch nahm und mir seinen ließ, konnte ich in Frieden reiten, und niemand wollte sich mit mir anlegen. Danach kamen die drei Ritter, die mit Sir Lanzelot an der langen Brücke gekämpft hatten, und sie ergaben sich Sir Kay, doch Sir Kay lehnte dies ab und erklärte, er habe nie mit ihnen gekämpft. Doch ich will euer Herz erleichtern, sagte Sir Kay, dort steht Sir Lanzelot, der hat euch besiegt. Als sie das erfuhren, waren sie froh. Dann kehrte Sir Meliot von Logris heim und erzählte dem König, wie Sir Lanzelot ihn vor dem Tode bewahrt hatte. Und alle seine Abenteuer wurden bekannt, wie vier Königinnen, Zauberinnen, ihn gefangenhielten und wie ihn die Tochter des Königs Bagdemagus befreite. Ferner wurden da alle die großen Waffentaten berichtet, die Sir Lanzelot in dem Streit zwischen dem König von Nordwales und König Bagdemagus vollbracht hatte. Davon berichteten wahrheitsgemäß Sir Gahalantine, Sir Mador de la Porte und Sir Mordred, denn sie hatten auch an diesem Turnier teilgenommen. Dann kam die Dame hinzu, die Sir Lanzelot erkannt hatte, als er Sir Belleus bei dem Zelt verwundete. Und auf Bitten Sir Lanzelots wurde Sir Belleus zum Ritter der Tafelrunde ernannt. So war zu dieser Zeit Sir Lanzelot der berühmteste Ritter der Welt und wurde von hoch und niedrig am meisten verehrt.

7. Buch

WIE BEAUMAINS AN DEN HOF DES KÖNIGS ARTUS KAM UND DORT DREI WÜNSCHE AN KÖNIG ARTUS RICHTETE.

ALS König Artus seine Tafelrunde in großem Glanz abhielt, gab er einmal den Befehl, das hohe Pfingstfest in einer Burg zu feiern, die in jenen Tagen Kinkenadon hieß und auf einer Sandebene, die an Wales grenzt, lag. Damals pflegte der König den Brauch, daß er besonders zu Pfingsten, vor anderen Festtagen des Jahres, keine Speise zu sich nahm, ehe er nicht etwas Wunderbares gesehen oder gehört hatte. Wegen des Brauches kamen zu diesem Fest immer allerlei seltsame Abenteuer vor Artus. So bemerkte Sir Gawein am Pfingstsonntag kurz vor Mittag von einem Fenster aus drei Männer zu Pferde und einen Zwerg zu Fuß. Die drei Männer stiegen ab, und der Zwerg hielt ihre Pferde, und einer der drei Männer war anderthalb Fuß größer als die beiden anderen. Da ging Sir Gawein zum König und sagte: Herr, geht zu Euerm Mahle, gleich werden seltsame Abenteuer geschehen. Und der König ging mit vielen anderen Königen in den Speisesaal. Auch waren alle Ritter der Tafelrunde anwesend, außer denen, die im Kampf gefangen oder erschlagen worden waren. Bei dem hohen Feste sollte ihre Anzahl immer bis zu einhundertundfünfzig aufgefüllt werden, denn dann war die Tafelrunde voll besetzt. Auf einmal traten zwei prächtig und reich gekleidete Männer in die Halle, und auf ihren Schultern lehnte der stattlichste und schönste junge Mann, den sie je gesehen hatten. Er war groß und breitschultrig und hatte ein schönes Gesicht und ungewöhnlich schöne und große Hände, aber er tat, als ob er nicht gehen oder sich aufrecht halten könnte, ohne sich an ihre Schultern zu lehnen. Sobald Artus ihn erblickte, wurde Ruhe und Platz geboten, und sie gingen mit ihm zu dem erhöhten Tisch, ohne ein Wort zu sagen. Dann trat der junge Mann zurück, richtete sich mit Leichtigkeit auf und sprach: König Artus, Gott segne Euch und Eure ganze edle Gefolgschaft und insbesondere die Ritter der Tafelrunde. Ich bin gekommen, Euch um drei Gaben zu bitten, sie sind nicht unbillig, und Ihr könnt sie mir würdig und in Ehren gewähren, ohne großen Schaden und Verlust für Euch. Um die erste Gabe will ich jetzt gleich bitten, um die beiden anderen heute übers Jahr, wo immer Ihr Euer hohes Fest feiert. Bittet nur, sagte Artus, und Ihr sollt haben, was Ihr begehrt. Nun, Herr, das ist mein Begehr für dieses Fest, daß Ihr mir für ein volles Jahr genügend zu essen und zu trinken gebt, und in einem Jahr will ich meine anderen beiden Bitten vorbringen. Mein lieber Sohn, antwortete Artus, ich rate dir, verlange Besseres, denn das ist nur eine geringe Bitte. Mein Herz ist dir sehr zugetan und sagt mir, daß du edler Herkunft bist, und ich müßte mich sehr irren, wenn aus dir nicht ein Mann mit großen Tugenden wird. Herr, entgegnete er, sei dem, wie ihm wolle, ich habe gebeten, worum ich bitten wollte. Gut denn, sagte der König, du sollst ausreichend zu essen und zu trinken haben, das habe ich noch niemanden verweigert, weder Freund noch Feind. Aber deinen Namen möchte ich wissen. Den kann ich nicht sagen, antwortete er. Es ist erstaunlich, sprach der König, daß du deinen Namen nicht weißt, und doch bist du einer der stattlichsten jungen Männer, die ich je gesehen habe. Da übergab ihn der König an Sir Kay, den Haushofmeister, und trug diesem auf, ihn mit den besten Speisen und Getränken zu versorgen und so zu behandeln, als sei er der Sohn eines Edelmannes. Es dürfte kaum nötig sein, antwortete Sir Kay, ihn so zu beköstigen; ich bürge dafür, er ist ein Bauernsohn und wird es nie zu etwas bringen, denn wäre er edler Herkunft, hätte er Euch um Pferd und Rüstung gebeten, aber so, wie er ist, sind seine Wünsche. Da er keinen Namen hat, will ich ihm einen geben. Er soll Beaumains heißen, das ist Schönhänder, und in die Küche werde ich ihn bringen, und dort soll er alle Tage fette Brühe bekommen, daß er in einem Jahr fett ist wie ein Mastschwein. Dann entfernten sich die zwei Männer und überließen ihn Sir Kay, der ihn ausschalt und verspottete.

Kapitel 2

WIE SIR LANZELOT UND SIR GAWEIN ZÜRNTEN, WEIL SIR KAY BEAUMAINS VERSPOTTETE, UND VON EINEM FRÄULEIN, DAS EINEN RITTER SUCHTE, DER FÜR EINE DAME KÄMPFEN SOLLTE. Darüber wurde Sir Gawein zornig, und besonders Sir Lanzelot forderte Sir Kay auf, seinen Spott zu unterlassen: Denn ich setzte meinen Kopf, er wird ein Mann von großem Ruhm werden. Laßt gut sein, erwiderte Sir Kay, dafür gibt es keinen Grund, denn wie er ist, so sind seine Wünsche. Seht Euch vor, versetzte Sir Lanzelot, Ihr habt auch dem edlen Ritter Brunor, Sir Dinadans Bruder, einen Namen gegeben und ihn La Cote Male Taile genannt, und das mußtet Ihr später bereuen. Das beweist gar nichts, entgegnete Sir Kay, denn Sir Brunor begehrte immer Ruhm, und dieser begehrt Brot und Trinken und Brühe. So wahr ich lebe, er ist in irgendeinem Kloster aufgewachsen, und aus irgendeinem Grund gingen dort Speise und Trank aus, und deshalb ist er hierhergekommen, um sich füttern zu lassen. Und so forderte Sir Kay Beaumains auf, sich zum Essen einen Platz zu suchen, und Beaumains ließ sich an der Tür der Halle zwischen Jungen und Burschen nieder und aß tüchtig. Nach dem Mahle forderte ihn Sir Lanzelot auf, zu ihm in sein Gemach zu kommen, dort sollte er reichlich zu essen und zu trinken haben. Dasselbe tat Sir Gawein; aber er wies sie alle ab und wollte unter keinen Umständen etwas anderes tun, als was Sir Kay befohlen hatte. Sir Gawein hatte guten Grund, ihm Unterkunft, Essen und Trinken anzubieten; dieses Angebot kam aus seinem Blut, denn er war näher mit ihm verwandt, als er wußte. Sir Lanzelots Angebot aber entsprang seiner großen Güte und Ritterlichkeit. So wurde Beaumains in der Küche untergebracht und schlief nachts bei den Küchenjungen. Das ertrug er ein ganzes Jahr und erzürnte weder Mann noch Kind, sondern war immer sanft und freundlich. Sooft aber ein Kampfspiel der Ritter stattfand, wollte er es sehen, wenn es irgend anging. Sir Lanzelot gab ihm immer Gold und Kleider und ebenso Sir Gawein, und wenn es Wettkämpfe gab, war er dabei, und allen war er beim Stangen- oder Steinwerfen um zwei Meter voraus. Dann pflegte Sir Kay zu sagen: Wie gefällt euch mein Küchenjunge? So verging die Zeit bis zum Pfingstfest. Und das feierte Artus damals in Carlion auf die königlichste Art, wie er es in jedem Jahr tat. Aber der König wollte am Pfingstsonntag nicht speisen, bevor er ein Abenteuer gehört hatte. Da kam ein Knappe zum König und sagte: Herr, Ihr könnt zu Euerm Mahle gehen, denn hier kommt ein Fräulein mit seltsamen Abenteuern. Da war der König froh und setzte sich nieder. In diesem Augenblick trat ein Fräulein in die Halle, grüßte den König und bat ihn um Beistand. Für wen? fragte der König, was für ein Abenteuer ist das? Herr, antwortete sie, ich habe eine Herrin von großem Ansehen und Ruhm. Sie wird von einem Tyrannen belagert und kann nicht aus ihrer Burg heraus; und weil hier die edelsten Ritter der Welt versammelt sind, komme ich, Euch um Beistand zu bitten. Wie heißt Eure Herrin, und wo wohnt sie, und wie heißt der, der sie belagert? Herr König, den Namen meiner Herrin werdet Ihr von mir jetzt nicht erfahren, aber ich sage Euch, sie ist eine Dame von großem Ruhm und besitzt weite Ländereien. Der Tyrann aber, der sie belagert und ihr Land verwüstet, wird der Rote Ritter vom Roten Land genannt. Ich kenne ihn nicht, sagte der König. Herr, warf Sir Gawein ein, ich kenne ihn gut, er ist einer der gefährlichsten Ritter, die es gibt. Man sagt, er besitzt die Kraft von sieben Männern, und ich habe mich einmal nur mit knapper Not vor ihm gerettet. Schönes Fräulein, sprach der König, hier sind die edelsten Ritter, die würden ihre ganze Macht aufbieten, um Eure Herrin zu befreien, aber da Ihr uns nicht sagen wollt, wie sie heißt und wo sie wohnt, soll mit meiner Zustimmung keiner meiner Ritter hier mit Euch gehen. Dann muß ich woanders vorsprechen, entgegnete das Fräulein dem König.

WIE BEAUMAINS GERN KÄMPFEN WOLLTE UND IHM DIES GEWÄHRT WURDE, UND WIE ER VON SIR LANZELOT BEGEHRTE, ZUM RITTER GESCHLAGEN ZU WERDEN.

Bei diesen Worten trat Beaumains vor den König und sagte: Herr König, ich bin jetzt ein Jahr lang in Eurer Küche gewesen und habe meinen vollen Unterhalt gehabt. Gott möge es Euch lohnen, doch jetzt will ich meine zwei Bitten vorbringen, die noch ausstehen. Sprich sie nur aus, antwortete der König. Herr, dies sind meine zwei Bitten: erstens, daß Ihr mir das Abenteuer dieses Fräuleins übertragt, denn es gehört mir. Du sollst es haben, sagte der König, ich gewähre es dir. Dann, Herr, ist dies die andere Bitte, daß Ihr Lanzelot vom See heißt, mich zum Ritter zu schlagen, denn durch ihn will ich Ritter werden und sonst durch keinen. Und wenn ich fortgegangen bin, so laßt ihn mir nachreiten und mich zum Ritter schlagen, wenn ich es begehre. All das soll geschehen, entgegnete der König. Schande über Euch, rief das Fräulein, wollt Ihr mir nur einen Küchenjungen geben? Und voller Zorn nahm sie ihr Pferd und ritt davon. In diesem Augenblick kam einer zu Beaumains und sagte ihm, Pferd und Rüstung seien für ihn bereit, und da brachte der Zwerg alles, was er brauchte, in der reichsten Ausstattung, und der ganze Hof wunderte sich sehr, woher das alles kam. Als Beaumains sich so gewappnet hatte, gab es nur wenige so stattliche Männer wie ihn; und er trat in die große Halle und nahm Abschied von König Artus und Sir Gawein und Sir Lanzelot, den er bat, ihm zu folgen.

WIE BEAUMAINS AUSRITT, UND WIE ER SIR KAY LANZE UND SCHILD ABNAHM, UND WIE ER MIT SIR LANZELOT KÄMPFTE. ❧

Und viele gingen hin, um zu sehen, was für ein treffliches Pferd er hatte und daß die Schabracke aus goldenem Tuch war, aber er besaß weder Schild noch Lanze. Da sagte Sir Kay vor allen in der Halle: Ich will meinem Küchenjungen nachreiten und sehen, ob er mich als seinen Herrn anerkennt. Sir Lanzelot und Sir Gawein jedoch entgegneten: Bleibt Ihr zu Hause! Aber Sir Kay rüstete sich, nahm Pferd und Lanze und folgte ihm. Und gerade als Beaumains das Fräulein einholte, kam Sir Kay und sprach: Beaumains, was, kennst du mich nicht? Da wendete er sein Pferd und erkannte Sir Kay, der ihm all den Schimpf angetan hatte. Ja, erwiderte Beaumains, ich kenne Euch als einen unedlen Ritter vom Hofe, deshalb hütet Euch vor mir. Da legte Sir Kay seine Lanze ein und sprengte gegen ihn, und Beaumains ging mit dem Schwert gegen Sir Kay vor und wehrte die Lanze mit dem Schwert ab und stieß es ihm in die Seite, daß er wie tot zu Boden fiel. Dann stieg er ab und nahm Sir Kays Schild und Lanze und saß wieder auf, hieß seinen Zwerg, Sir Kays Pferd zu besteigen, und ritt seines Weges. All das sahen Sir Lanzelot und ebenso das Fräulein. Als Sir Lanzelot ihn einholte, forderte er ihn auf, mit ihm zu kämpfen; und beide machten sich bereit und rannten dann mit solcher Wucht zusammen, daß jeder den anderen zu Boden warf und sie arg mitgenommen waren. Da stand Sir Lanzelot auf und half Beaumains, sich von seinem Pferd frei zu machen. Darauf warf Beaumains seinen Schild von sich und forderte Sir Lanzelot auf, zu Fuß mit ihm zu kämpfen. So stürzten sie wie wilde Eber aufeinander und fochten und hieben und stachen eine ganze Stunde lang. Sir Lanzelot spürte ihn so stark, daß er sich über seine Kraft wunderte, denn er kämpfte eher wie ein Riese als ein Ritter und war ein standhafter und gefährlicher Gegner. So viel machte er Sir Lanzelot zu schaffen, daß dieser zu unterliegen fürchtete und sagte: Beaumains, kämpfe nicht so wild, unser Streit ist nicht so groß, daß wir ihn nicht begraben könnten. Das ist wahr, erwiderte Beaumains, doch es tut mir gut, Eure Kraft zu spüren, und noch, Herr, bin ich nicht bis zum Äußersten gegangen.

Kap. 5

WIE BEAUMAINS SIR LANZELOT SEINEN NAMEN SAGTE UND VON SIR LANZELOT ZUM RITTER GESCHLAGEN WURDE UND DANACH DAS FRÄULEIN EINHOLTE.

In Gottes Namen, sagte Sir Lanzelot, ich gestehe ein, bei meinem Leben, du hast es mir sehr schwer gemacht, unbesiegt davonzukommen, daher brauchst du keinen Ritter auf Erden zu fürchten. Glaubt Ihr also, ich könnte jederzeit einem bewährten Ritter standhalten? fragte Beaumains. Jawohl, antwortete Lanzelot, wenn du so kämpfst wie jetzt eben, bürge ich dafür. Dann bitte ich Euch, sagte Beaumains, erhebt mich in den Stand der Ritterschaft. Dann mußt du mir deinen Namen nennen, erwiderte Lanzelot, und aus welchem Geschlecht du stammst. Herr, wenn Ihr mich nicht verratet, will ich es tun, sagte Beaumains. Ich verspreche dir bei meinem Leben, sprach Sir Lanzelot, dein Geheimnis zu wahren, bis es öffentlich bekannt ist. Dann sei es, Herr, mein Name ist Gareth, und ich bin von Vater und Mutter Sir Gaweins Bruder. Ach, Herr, erwiderte Sir Lanzelot, darüber bin ich sehr froh, mir schien es schon immer, Ihr wärt von edlem Blut und nicht an den Hof gekommen wegen des Essens und Trinkens. Dann schlug ihn Sir Lanzelot zum Ritter, und danach bat ihn Sir Gareth, sich von ihm zu trennen und ihn ziehen zu lassen.

So verabschiedete sich Sir Lanzelot und ging zu Sir Kay und ließ ihn auf seinem Schild nach Hause tragen. Auf diese Weise wurde er gerettet und kam mit dem Leben davon, und alle Männer tadelten Sir Kay; vor allem Sir Gawein und Sir Lanzelot meinten, es stünde ihm nicht an, einen jungen Mann zu verspotten, von dem er nicht wußte, aus welchem Geschlecht er stammte und aus welchem Grunde er an den Hof gekommen war. Als nun Beaumains das Fräulein eingeholt hatte, sagte sie sogleich: Was willst du hier? Du stinkst nach Küche, und deine Kleider sind schmutzig von Fett und Talg. Glaubst du, daß ich dich achte, weil du jenen Ritter getötet hast? Du hast ihn wahrhaftig tückisch und feige erschlagen, deshalb kehre um, schmutziger Küchenjunge, ich kenne dich wohl, denn Sir Kay nannte dich Beaumains. Was bist du anders als ein Faulpelz, Bratspießwender und Löffelwascher? Mein Fräulein, erwiderte Beaumains, nennt mich, wie Ihr wollt, ich gehe nicht von Euch; Ihr könnt sagen, was Ihr wollt. Ich habe König Artus geschworen, Euer Abenteuer zu bestehen, und ich will es zu Ende führen, und wenn ich dabei mein Leben lassen muß. Pfui über dich, Küchenbengel, du willst mein Abenteuer bestehen? Du sollst bald auf jemand treffen, dem du trotz all der Brühe, die du geschluckt hast, nicht einmal ins Gesicht blicken möchtest. Ich will es versuchen, erwiderte Beaumains. Als sie so in dem Wald dahinritten, kam ein Mann gelaufen, so schnell er konnte. Wohin willst du? fragte ihn Beaumains. O Herr, antwortete er, helft mir, hier in einem Tal haben sechs Diebe meinen Herrn überfallen und gefesselt, und ich fürchte, sie wollen ihn erschlagen. Führe mich hin, sagte er. Als sie zu dem gefesselten Ritter kamen, ging Beaumains auf die Diebe los und schlug einen tot und dann noch einen, mit dem dritten Streich erschlug er den dritten Dieb, und da flohen die anderen drei. Beaumains aber verfolgte sie und holte sie ein. Da griffen ihn die drei Diebe an und setzten ihm hart zu, doch schließlich erschlug er sie, kehrte zurück und band den Ritter los.

Der Ritter dankte ihm und bat ihn, mit auf seine nahegelegene Burg zu kommen; dort wollte er ihn für seine gute Tat reichlich belohnen. Herr, sagte Beaumains, ich bin heute vom edlen Sir Lanzelot zum Ritter geschlagen worden, deshalb will ich keinen Lohn, mich lohnt Gott. Außerdem muß ich diesem Fräulein folgen. Aber als er sich ihr näherte, schickte sie ihn wiederum weg: Du riechst nach Küche. Glaubst du, ich hätte Freude an dir? Was du eben getan hast, ist dir nur durch Zufall geglückt. Bald wirst du einen Anblick haben, der dich zum Umkehren bringt, und zwar schnell. Da ritt der befreite Ritter dem Fräulein nach und bat sie, die Nacht auf seiner Burg zu verbringen. Und da die Nacht nahe war, willigte das Fräulein ein, und sie wurden gut aufgenommen, und beim Abendessen setzte der Ritter Sir Beaumains neben das Fräulein. Pfui, Herr Ritter, sagte sie da, Ihr seid unhöflich, einen Küchenjungen neben mich zu setzen. Ihm steht es besser an, ein Schwein abzustechen, als neben einem Fräulein von hoher Geburt zu sitzen. Über diese Worte schämte sich der Ritter, er ließ Beaumains aufstehen und wies ihm einen Platz an einem Seitentisch an und setzte sich zu ihm. So verbrachten sie den Abend fröhlich und fanden angenehme Ruhe.

WIE BEAUMAINS AN EINER FURT MIT ZWEI RITTERN KÄMPFTE UND SIE ERSCHLUG

Am Morgen nahmen das Fräulein und Beaumains Abschied, dankten ihrem Gastgeber und ritten ihres Weges, bis sie in einen großen Wald kamen. Dort war ein breiter Fluß und nur eine Furt, und auf der anderen Seite versperrten ihnen zwei Ritter den Übergang. Was meinst du, sagte das Fräulein, willst du mit diesen Rittern kämpfen oder umkehren? Ich kehre nicht um, antwortete Beaumains, und wenn es noch sechs mehr wären. Damit sprengte er in das Wasser, und mitten im Fluß zerbrachen sie ihre Lanzen aneinander und zückten die Schwerter und hieben scharf aufeinander ein. Endlich versetzte Sir Beaumains seinem Gegner einen solchen Streich über den Helm, daß er betäubt ins Wasser fiel und ertrank. Da spornte er sein Pferd und ritt an Land, wo der andere Ritter über ihn herfiel. Als seine Lanze zerbrach, kämpften sie lange mit dem Schwert, bis ihm Sir Beaumains den Helm und den Kopf bis zu den Schultern spaltete. Darauf kehrte er zu dem Fräulein zurück und bat sie, auf ihrem Weg weiterzureiten. Wehe, sagte sie, daß es je einem Küchenjungen gelingen sollte, zwei so tapfere Ritter zu töten. Du glaubst, du hättest ehrlich gekämpft, doch dem ist nicht so. Dem ersten Ritter stolperte das Pferd, und er ertrank; du hast ihn durchaus nicht durch deine Kraft besiegt. Und den zweiten Ritter hast du durch Zufall von hinten erschlagen. Fräulein, erwiderte Beaumains, Ihr könnt sagen, was Ihr wollt, aber ich hoffe bei Gott, daß ich mit jedem fertig werde, mit dem ich zu tun bekomme. Darum kümmert mich Eure Rede nicht, denn ich will Eure Herrin befreien. Pfui, pfui, du stinkender Küchenkerl, du sollst Ritter sehen, bei denen wird dir das Prahlen vergehen. Edles Fräulein, gebt mir gute Worte, dann habe ich keine Sorge. Was das auch für Ritter sein mögen, es ist mir gleich, ich fürchte sie nicht. Ich sage das dir zuliebe, erwiderte sie, noch kannst du in Ehren umkehren. Aber wenn du mir folgst, wirst du erschlagen werden, denn ich sehe, alles was du tust, glückt dir nur durch bösen Zufall und nicht durch deine Waffentüchtigkeit. Sagt, was Ihr wollt, Fräulein, aber wo Ihr hingeht, dahin will ich Euch folgen. So ritt Beaumains mit der Dame bis zur Vesperzeit, und immerzu schmähte sie ihn und wollte nicht aufhören. Schließlich kamen sie auf eine schwarze Ebene, und dort stand ein schwarzer Hagedorn. Daran hing ein schwarzes Banner und an der anderen Seite ein schwarzer Schild, und an dem Schild lehnte eine lange schwarze Lanze. Ein großes schwarzes Pferd unter einer seidenen Decke stand dicht daneben, und außerdem war noch ein schwarzer Stein zu sehen.

WIE BEAUMAINS MIT DEM RITTER VOM SCHWARZEN LAND KÄMPFTE, BIS DIESER ZU BODEN SANK UND STARB. Darauf saß ein großer, stattlicher Ritter ganz in schwarzer Rüstung, der hieß der Ritter vom Schwarzen Land. Als das Fräulein den Ritter erblickte, forderte sie Beaumains auf zu fliehen, denn sein Pferd war nicht gesattelt. Besten Dank, entgegnete er, immer wollt Ihr mich zum Feigling machen. Da sagte der Schwarze Ritter, als sie in seine Nähe kamen: Fräulein, habt Ihr diesen Ritter von König Artus als Euern Beschützer mitgebracht? Nein, edler Ritter, antwortete sie, das ist nur ein Küchenjunge, der in König Artus' Küche aus Barmherzigkeit gefüttert wurde. Warum kommt er in solchem Aufzug? fragte der Ritter. Es ist eine Schande, daß er Euch Gesellschaft leistet. Herr, ich kann ihn nicht loswerden, sagte sie, er folgt mir gegen meinen Willen. Gebe Gott, daß Ihr mich von ihm befreit oder ihn tötet, wenn Ihr könnt, denn er ist ein täppischer Kerl, und täppisch hat er sich heute angestellt. Durch unglücklichen Zufall hat er zwei Ritter an der Furt erschlagen, und zuvor hat er durch Ungeschick wunderliche Taten vollbracht. Ich staune, sagte der Schwarze Ritter, daß ein Mann von Ehre mit ihm kämpft. Sie kennen ihn nicht, entgegnete das Fräulein. Weil er mit mir reitet, glauben sie, er sei ein Mann von edler Herkunft. Das mag sein, antwortete der Schwarze Ritter, doch wenn Ihr auch sagt, er sei kein Mann von Adel, ist er doch von stattlicher Gestalt und sicher ein starker Mann. Indes will ich soviel für Euch tun, daß ich ihn auf die Füße stellen und ihm Pferd und Rüstung nehmen werde. Ihm mehr Schaden zuzufügen wäre eine Schande für mich. Als ihn Sir Beaumains so sprechen hörte, sagte er: Herr Ritter, Ihr geht sehr freizügig mit meinem

Pferd und meiner Rüstung um, das kostet Euch nichts. Ob es Euch nun gefällt oder nicht, ich werde Euch zum Trotz durch diese Ebene reiten, und von mir bekommt Ihr weder Pferd noch Rüstung, es sei denn, Ihr erobert sie eigenhändig. Darum laßt sehen, was Ihr vermögt. Sagst du das? rief der Schwarze Ritter. Laß jetzt von deiner Dame ab, es kommt einem Küchenjungen nicht zu, mit einer solchen Dame zu reiten. Ihr lügt, entgegnete Beaumains, ich bin ein geborener Edelmann und von besserer Herkunft als Ihr, und das will ich an Euerm Leibe beweisen. Da nahmen sie in großer Wut Anlauf mit ihren Pferden und stießen wie Donner zusammen, und die Lanze des Schwarzen Ritters brach, und Beaumains stieß ihn glatt durch beide Seiten hindurch, daß auch seine Lanze brach, doch die Spitze blieb im Körper stecken. Trotzdem zog der Schwarze Ritter sein Schwert und führte viele scharfe und mächtige Streiche und verletzte Beaumains schwer. Aber nach anderthalb Stunden fiel der Schwarze Ritter schließlich ohnmächtig vom Pferd und starb. Beaumains nahm ihm das treffliche Pferd und die Rüstung ab, legte den Harnisch an und ritt dem Fräulein nach. Als sie ihn näherkommen sah, rief sie: Hinweg, Küchenkerl, aus dem Wind, der Gestank deiner schmutzigen Kleider belästigt mich! Wehe, daß so ein Kerl wie du durch Mißgeschick einen so trefflichen Ritter erschlagen mußte; das kommt von deiner Unseligkeit. Hier in der Nähe ist einer, der wird dir das alles heimzahlen, deshalb rate ich dir noch einmal, fliehe. Vielleicht, erwiderte Beaumains, werde ich geschlagen oder getötet, aber ich erkläre Euch, schönes Fräulein, ich werde weder fliehen noch Euch verlassen, Ihr könnt sagen, was Ihr wollt. Immer verkündet Ihr mir, sie würden mich töten, und wenn es dann soweit ist, komme ich davon, und sie liegen am Boden. Ihr solltet lieber aufhören, mich den ganzen Tag zu schmähen, denn ich werde nicht weichen, bis ich das Ende dieser Reise gesehen habe oder aber erschlagen oder wirklich besiegt werde. Reitet also Euern Weg, ich folge Euch, was auch geschieht.

WIE DER BRUDER DES ERSCHLAGENEN RITTERS MIT BEAUMAINS ZUSAMMENTRAF UND MIT IHM KÄMPFTE, BIS ER SICH ERGEBEN MUSSTE. ❧ Als sie so zusammen weiterritten, sahen sie einen Ritter auf sich zukommen, der war samt Roß und Rüstung in Grün gekleidet. Als er sich der Dame näherte, fragte er: Ist das mein Bruder, der Schwarze Ritter, den Ihr bei Euch habt? Nein, nein, antwortete sie, dieser unselige Küchenknabe hat Euern Bruder durch Ungeschick erschlagen. Wehe, sagte der Grüne Ritter, es ist ein großer Jammer, daß ein edler Ritter wie er so unrühmlich erschlagen wurde, noch dazu von der Hand eines gemeinen Kerls, wie Ihr sagt. Ah, Verräter, du sollst sterben, weil du meinen Bruder erschlagen hast; er hieß Sir Percard und war ein sehr edle Ritter. Ich trotze dir, erwiderte Beaumains, denn wisse, ich habe ihn ritterlich und nicht schändlich erschlagen. Darauf ritt der Grüne Ritter zu einem grünen Horn, das an einem Hagedorn hing, und blies drei schreckliche Signale. Da erschienen zwei Fräulein und wappneten ihn schnell. Dann nahm er ein starkes Pferd und einen grünen Schild und eine grüne Lanze. Und sie rannten mit aller Macht zusammen, daß ihre Lanzen bis zu den Griffen zersplitterten. Nun zogen sie ihre Schwerter und schlugen viele grimmige Streiche und verwundeten einander schwer. Schließlich stieß Beaumains mit seinem Pferd bei einem Zusammenprall das Pferd des Grünen Ritters zur Seite, daß er herunterfiel. Schnell machte sich der Grüne Ritter von seinem Pferd frei und drang zu Fuß auf ihn ein. Da stieg Beaumains ebenfalls ab, und sie kämpften lange wie zwei mächtige Recken und bluteten beide stark. Während sie so stritten, kam das Fräulein und sagte: Herr Grüner Ritter, schämt Ihr Euch nicht, so lange mit einem Küchenjungen zu fechten? Es ist eine Schande, daß Ihr überhaupt zum Ritter geschlagen worden seid, wo doch ein solcher Kerl Euch standhält, wie das Unkraut das Korn überwuchert. Da schämte sich der Grüne Ritter und schlug so gewaltig drein, daß er Beaumains Schild zerspaltete. Wegen dieses Streiches und ihrer Rede betroffen, versetzte Beaumains ihm einen solchen Hieb auf den Helm, daß er auf die Knie fiel, worauf ihn Beaumains vollends zu Boden warf. Da ergab sich der Grüne Ritter und flehte um sein Leben. Es nützt dir nichts, sagte Beaumains, du sollst sterben, wenn mich nicht das Fräulein bittet, dein Leben zu schonen. Und er nahm ihm den Helm ab, als wollte er ihn erschlagen. Pfui über dich, falscher Küchenbursche, ich werde dich niemals bitten, sein Leben zu schonen, denn ich will nie in deiner Gewalt sein. Dann soll er sterben, sagte Beaumains. So dreist bist du nicht, du schmutziger Schurke, entgegnete das Fräulein, daß du ihn erschlägst. Ach, laßt mich nicht sterben, sagte der Grüne Ritter, ein gutes Wort von Euch kann mich retten. Edler Ritter, fuhr der Grüne Ritter fort, schont mein Leben, und ich will Euch den Tod meines Bruders verzeihen und Euch für immer ergeben sein, und dreißig meiner Ritter sollen Euch stets zu Diensten stehen. Zum Teufel, rief das Fräulein, daß so ein schmutziger Küchenjunge Euch und den Dienst von dreißig Rittern bekommen soll. Herr, sagte Beaumains, all das hilft Euch nichts, wenn mein Fräulein mich nicht um Euer Leben bittet. Und damit machte er eine Bewegung, als wollte er ihn erschlagen. Laß ab, du schmutziger Kerl, sagte das Fräulein, töte ihn nicht, oder du wirst es bereuen. Fräulein, erwiderte Beaumains, Euer Gebot ist mir ein Vergnügen, und auf Euern Befehl soll sein Leben geschont werden, sonst nicht. Dann fuhr er fort: Herr Ritter mit der grünen Rüstung, ich lasse Euch frei auf Ersuchen dieses Fräuleins, denn ich will sie nicht erzürnen und alles ausführen, was sie mir aufträgt. Daraufhin kniete der Grüne Ritter nieder und huldigte ihm auf sein Schwert.

Da sagte das Fräulen: Es tut mir leid, Grüner Ritter, daß Ihr zu Schaden gekommen seid und daß Euer Bruder, der Schwarze Ritter, tot ist; denn ich hätte Eure Hilfe dringend gebraucht. Ich fürchte mich sehr, durch diesen Wald zu reiten. Fürchtet Euch nicht, sagte der Grüne Ritter, übernachtet heute bei mir, und morgen will ich Euch durch diesen Wald geleiten. So ritten sie auf sein Schloß, das ganz in der Nähe lag.

WIE DAS FRÄULEIN BEAUMAINS IMMER SCHALT UND NICHT DULDEN WOLLTE, DASS ER AN IHREM TISCHE SASS, SONDERN IHN KÜCHENJUNGE NANNTE.

Immerfort schmähte sie Beaumains und wollte nicht dulden, daß er an ihrem Tische saß, so daß ihn der Grüne Ritter an einem Seitentisch Platz nehmen ließ. Mich wundert sehr, sprach der Grüne Ritter zu dem Fräulein, warum Ihr diesen edlen Ritter so schmäht. Ich sage Euch, Fräulein, er ist ein sehr edler Ritter, und ich kenne keinen, der ihm gewachsen ist. Ihr tut sehr unrecht, ihn zu schelten, denn er wird Euch gute Dienste tun, und wie er sich auch gibt, Ihr werdet Euch am Ende überzeugen müssen, daß er von edlem Blut und königlichem Geschlecht abstammt. Pfui, pfui, antwortete das Fräulein, es ist eine Schande für Euch, ihm soviel Ehre anzutun. Wahrhaftig, erwiderte der Grüne Ritter, es wäre eine Schande für mich, etwas Unehrenhaftes über ihn zu sagen. Er hat sich als ein besserer Ritter erwiesen als ich, und ich bin in meinen Tagen schon vielen Rittern begegnet und habe doch nie einen getroffen, der ihm gleichkam. Schließlich begaben sie sich zur Ruhe, und der Grüne Ritter befahl dreißig Rittern, die ganze Nacht heimlich über Beaumains zu wachen, um ihn vor allem Verrat zu schützen. Am Morgen erhoben sie sich, hörten die

Messe und frühstückten, dann ritten sie los, und der Grüne Ritter geleitete sie durch den Wald. Da sagte der Grüne Ritter: Hoher Herr Beaumains, ich und diese dreißig Ritter werden immer zu Euren Diensten stehen, jetzt und später, wie Ihr befehlt und wohin Ihr uns auch schickt. Das ist gut gesprochen, antwortete Beaumains, wenn ich Euch auffordere, müßt Ihr Euch mit Euren Rittern König Artus unterwerfen. Wenn Ihr es befehlt, werden wir jederzeit bereit sein, sagte der Grüne Ritter. Pfui Schande über dich, in Teufels Namen, rief das Fräulein, daß tapfere Ritter einem Küchenjungen gehorchen sollen. So verabschiedete sich der Grüne Ritter von dem Fräulein, und sie sagte zu Beaumains: Warum folgst du mir, du Küchenjunge? Wirf Schild und Lanze weg und fliehe, das rate ich dir beizeiten, oder du wirst sehr bald wehklagen, denn wärst du auch so tapfer wie Wade oder Lanzelot, Tristan oder der wackere Ritter Sir Lamorak, du wirst einen Paß hier nicht überqueren, den man Paß der Gefahren heißt. Fräulein, erwiderte Beaumains, laßt den fliehen, der sich fürchtet. Es wäre Schande umzukehren, nachdem ich so weit mit Euch geritten bin. Du wirst es bald tun, sagte das Fräulein, ob du willst oder nicht.

WIE DER DRITTE BRUDER, GENANNT DER ROTE RITTER, MIT BEAUMAINS KÄMPFTE, UND WIE BEAUMAINS IHN BESIEGTE. Nach einer Weile sahen sie einen schneeweißen Turm mit Verteidigungserkern und doppeltem Graben. Über dem Turmtor hingen etwa fünfzig Schilde von verschiedenen Farben, und vor dem Turm lag eine schöne Wiese. Darauf waren viele Ritter und Knappen zu sehen und Gerüste und Zelte, denn am nächsten Tag sollte ein großes Turnier stattfinden. Und der Herr des Turmes war in seiner Burg und schaute aus dem Fenster und sah ein Fräulein, einen Zwerg und einen in allen Stücken gewappneten Ritter. So wahr mir Gott helfe, sagte der Herr, mit diesem Ritter will ich kämpfen. Wie ich sehe, ist es ein fahrender Ritter. So rüstete er sich eilends und nahm sein Pferd. Wie er mit Schild und Lanze im Sattel saß, war alles rot, Pferd, Rüstung und was sonst zu ihm gehörte. Als er in die Nähe des Ritters gelangt war, glaubte er, es wäre sein Bruder, der Schwarze Ritter, und er rief laut: Bruder was machst du hier in dieser Gegend? Nein, nein, erwiderte das Fräulein, das ist er nicht. Es ist nur ein Küchenjunge, der von König Artus aus Barmherzigkeit an seinem Hof aufgenommen wurde. Trotzdem will ich mit ihm sprechen, sagte der Rote Ritter, ehe er weiterzieht. Ach, klagte das Fräulein, dieser Kerl, Sir Kay nannte ihn Beaumains, hat Euren Bruder getötet, und Pferd und Rüstung gehörten ihm. Ich habe auch gesehen, wie Euer Bruder, der Grüne Ritter, von ihm besiegt wurde. Jetzt könnt Ihr Euch an ihm rächen, denn ich kann ihn auf keine Weise loswerden. Da nahmen die beiden Ritter Anlauf und stießen mit aller Kraft aufeinander, daß beide Pferde stürzten, und sie machten sich von ihren Pferden frei, nahmen die Schilde vor, zogen die Schwerter und versetzten einander schwere Schläge, hier und da, vor und zurück, Hieb und Stich, wie zwei wilde Eber, und das zwei volle Stunden lang. Da rief das Fräulein laut dem Roten Ritter zu: Wehe dir, du edler Roter Ritter, denke an den Ruhm, den du erworben hast, dulde nicht, daß dir ein Küchenjunge so lange widersteht. Da wurde der Rote Ritter zornig und verdoppelte seine Streiche und verletzte Beaumains schwer, daß das Blut zu Boden rann. Und es war wie ein Wunder, so gewaltig war der Kampf. Doch schließlich streckte Sir Beaumains den Roten Ritter zu Boden, und als er ihn erschlagen wollte, flehte dieser um Gnade und sagte: Edler Ritter, tötet mich nicht, ich ergebe mich Euch mit fünfzig Rittern, die unter meinem Befehl stehen. Ich vergebe Euch allen Schimpf, den Ihr mir angetan habt, und den Tod meines Bruders, des Schwarzen Ritters. All das hilft nichts, erwiderte Beaumains, wenn mein Fräulein mich nicht bittet, Euer Leben zu schonen. Und er machte eine Bewegung, als wolle er dem Roten Ritter den Kopf abschlagen. Halt ein, Beaumains, töte ihn nicht, denn er ist ein edler Ritter. Sei du nicht so keck, sondern verschone ihn. Da hieß Beaumains den Roten Ritter aufstehen und dem Fräulein für sein Leben danken. Der Rote Ritter bat ihn, mit auf seine Burg zu kommen und die Nacht dort zu verbringen. Damit war das Fräulein einverstanden, und sie wurden dort gut aufgenommen. Aber unentwegt sprach das Fräulein schlecht von Beaumains, worüber sich der Rote Ritter sehr wunderte; und die ganze Nacht ließ er sechzig Ritter über Beaumains wachen und ihn vor Schande und Verrat bewahren. Am anderen Morgen hörten sie die Messe und speisten, und der Rote Ritter trat mit seinen sechzig Rittern vor Beaumains und leistete ihm Huldigung und Treueschwur für alle Zeiten, daß er und seine Ritter ihm zu Diensten wären. Ich danke Euch, sagte Beaumains, aber Ihr sollt mir auch geloben, wenn ich Euch auffordere, zu meinem Herrn, König Artus, zu kommen und ihm als seine Ritter zu dienen. Herr, entgegnete der Rote Ritter, ich und mein Gefolge werden auf Euer Gebot bereit sein. So nahmen Sir Beaumains und das Fräulein Abschied. Unterwegs fuhr sie fort, ihn in der schmählichsten Weise zu beschimpfen.

WIE SIR BEAUMAINS VON DEM FRÄULEIN GEDULDIG GROSSEN SCHIMPF HINNAHM.

Ach Fräulein, sagte Beaumains, Ihr seid sehr unhöflich, mich so zu schmähen, denn mich dünkt, ich habe Euch gute Dienste getan. Immer droht Ihr mir, ich soll von Rittern, auf die wir treffen, geschlagen werden, doch trotz Eurer großen Worte liegen sie dann im Staub oder Kot, und darum bitte ich Euch, schmäht mich nicht mehr. Erst wenn Ihr seht, daß ich geschlagen bin oder mich feige ergeben habe, könnt Ihr mich mit Schande von Euch weisen. Zunächst aber wisset, ich werde nicht von Eurer Seite weichen, denn dann wäre ich schlimmer als ein Narr, da ich doch die ganze Zeit Ruhm erwerbe. Nun gut, antwortete sie, du sollst bald jemandem begegnen, der dir deinen Lohn zahlt, denn er ist der berühmteste Ritter der Welt außer König Artus. Das ist mir recht, sagte Beaumains, je berühmter er ist, desto größer wird mein Ruhm sein, wenn ich mit ihm kämpfe. Bald darauf erblickten sie vor sich eine reiche und prächtige Stadt. Und anderthalb Meilen vor der Stadt war eine schöne Wiese, die frisch gemäht aussah, und darauf standen viele bunte Zelte. Schau hin, sagte das Fräulein, dort drüben ist der Herr der Stadt, der pflegt bei schönem Wetter auf dieser Wiese Turniere abzuhalten. Er hat immer fünfhundert Ritter und Edelleute um sich, und es werden alle möglichen Spiele ausgetragen, die ein Edelmann nur ersinnen kann. Diesen hohen Herrn, sprach Beaumains, möchte ich gern sehen. Du sollst ihn früh genug sehen, entgegnete das Fräulein; und als sie näher kam, erkannte sie sein Zelt. Schau, sagte sie, siehst du jenes Zelt, das ganz indigofarben ist? Und alles darum herum, Männer und Frauen, Pferdedecken, Schilde und Speere, ist indigofarben. Der Name des Herrn ist Sir Persant von Indien, und er ist der stattlichste Ritter, den du je gesehen hast. Das mag sein, erwiderte Beaumains, aber wenn er ein noch so starker Ritter ist, von diesem Feld will ich nicht weichen, bis ich ihn unter seinem Schild sehe. Ach, du Narr, sagte sie, du solltest lieber beizeiten fliehen. Wieso? entgegnete Beaumains, wenn er ein solcher Ritter ist, wie Ihr ihn darstellt, wird er nicht mit all seinen Mannen oder seinen fünfhundert Rittern auf mich losgehen, und wenn nicht mehr als einer auf einmal kommt, werde ich nicht weichen, solange ich am Leben bin. Pfui, pfui, rief das Fräulein, daß ein stinkender Kerl so prahlen darf. Fräulein, erwiderte er, Ihr seid zu tadeln, daß Ihr mich schmäht. Ich würde lieber fünf Kämpfe bestehen, als so beschimpft zu werden, laßt ihn nur kommen und seine Kraft beweisen. Herr, sagte sie, ich bin neugierig, wer du bist und aus welchem Geschlecht du stammst. Kühn sprichst du und kühn hast du gehandelt, das habe ich gesehen. Deshalb bitte ich dich, rette dich, solange du kannst, denn du hast mit deinem Pferd große Anstrengungen hinter dir. Ich fürchte, wir bleiben zu lange von der Belagerung fern, es sind nur noch sieben Meilen von hier, und an allen gefährlichen Orten sind wir vorbei, bis auf diesen. Ich bin in großer Angst, daß Ihr hier zu Schaden kommt. Darum wollte ich, wir wären fort, damit Euch dieser starke Ritter nicht verwundet. Aber ich sage Euch, daß die Kraft und Stärke dieses Sir Persant von Indien nichts sind gegen die des Ritters, der meine Herrin belagert. Sei dem, wie ihm wolle, erwiderte Beaumains, aber da ich nun einmal hier bin, will ich die Kraft dieses Ritters erproben. Ich müßte mich schämen, wenn ich mich jetzt zurückzöge. Sorgt Euch also nicht, Fräulein, wenn Gott will, werde ich mit diesem Ritter so verfahren, daß ich zwei Stunden nach Mittag mit ihm fertig bin, dann kommen wir noch bei Tag zu der Belagerung. Bei Gott, ich staune, was für ein Mann Ihr seid, sagte das Fräulein. Es ist nicht anders möglich, Ihr müßt von edler Herkunft sein, denn so gemein und schändlich hat nie eine Frau einen Ritter behandelt, wie ich Euch, und doch habt Ihr Euch immer ritterlich zu mir verhalten, und das kann nur von Euerm edlen Blut kommen. Fräulein, erwiderte Beaumains, der Ritter taugt nicht viel, der nicht duldsam gegen ein Fräulein ist. Was Ihr auch zu mir gesagt habt, ich habe nicht sonderlich auf Eure Worte geachtet, und je mehr Ihr gesagt habt, um so mehr habe ich meinen Zorn an denen ausgelassen, mit denen ich zu kämpfen hatte. Darum hat all der Schimpf, den Ihr mir angetan habt, mir in meinen Kämpfen geholfen und mich auf den Gedanken gebracht, mich erst am Ende als das, was ich bin, zu zeigen und zu beweisen. Denn obwohl ich in König Artus' Küche Speise erhielt, hätte ich doch an anderen Orten genug zu essen bekommen. Ich habe das alles nur getan, um meine Freunde zu prüfen, und das wird eines Tages offenbar werden. Ob ich nun ein geborener Edelmann bin oder nicht, nehmt zur Kenntnis, schönes Fräulein, ich habe Euch Edelmannsdienste geleistet und werde Euch vielleicht noch bessere Dienste leisten, ehe ich von Euch scheide. Ach, edler Beaumains, sagte sie, vergib mir alles, was ich Schimpfliches gegen dich gesagt oder getan habe. Von ganzem Herzen vergebe ich Euch, erwiderte er, denn Ihr habt nichts getan, als was Ihr solltet, und Eure bösen Worte gefielen mir. Da Ihr jetzt so freundlich zu mir sprecht, so wisset, es macht mein Herz sehr froh. Nun gibt es, glaube ich, keinen Ritter der Welt, für den ich nicht stark genug bin.

WIE BEAUMAINS MIT SIR PERSANT VON INDIEN KÄMPFTE UND IHN ZWANG, SICH ZU ERGEBEN. Währenddessen hatte Sir Persant von Indien bemerkt, daß sie auf dem Feld warteten, und nach Ritterart sandte er zu ihnen und ließ fragen, ob Beaumains in friedlicher oder kriegerischer Absicht gekommen sei. Bestelle deinem Herrn, sagte Beaumains, ich gebrauche keine Gewalt, es sei denn, er verlangt selbst danach. Diese Antwort überbrachte der Bote Sir Persant. Gut, dann will ich bis zum Äußersten mit ihm kämpfen. Und so rüstete er sich und ritt gegen ihn. Beaumains sah ihn kommen und machte sich bereit, und dann sprengten sie gegeneinander, so schnell ihre Pferde laufen konnten, und ihr Lanzen zerbrachen beide in drei Stücke, und ihre Pferde stießen mit solcher Wucht zusammen, daß sie tot zu Boden stürzten. Rasch machten sie sich von ihren Pferden frei, nahmen ihre Schilde vor und hieben mit den Schwertern mächtig aufeinander ein. Manchmal sprangen sie so heftig gegeneinander, daß sie längelang zu Boden fielen.

So kämpften sie über zwei Stunden, bis ihre Schilde und Panzer ganz zerhauen und sie an vielen Stellen verwundet waren. Schließlich traf Beaumains Sir Persant in die Seite, und dann zog er sich ab und an zurück und setzte den Kampf noch lange Zeit ritterlich fort. Am Ende hieb Beaumains, obwohl es ihm leid tat, Sir Persant über den Helm, daß er längelang hinfiel. Er sprang auf ihn und löste ihm den Helm, um ihn zu töten. Da ergab sich Sir Persant und bat um Gnade. In diesem Augenblick trat das Fräulein vor und bat ebenfalls, sein Leben zu schonen. Das will ich gern, denn es wäre schade, wenn dieser edle Ritter stürbe. Ich danke Euch, edler Ritter und edles Fräulein, sagte Persant. Nun weiß ich wohl, Ihr wart es, der meinen Bruder, den Schwarzen Ritter, am schwarzen Hagedorn erschlug; er war ein sehr edler Recke, und sein Name war Sir Percard. Auch bin ich sicher, daß Ihr meinen Bruder, den Grünen Ritter, besiegt habt, sein Name ist Sir Pertolepe; und ebenso meinen Bruder, den Roten Ritter, Sir Perimones. Da Ihr sie alle überwunden habt, will ich dies Euch zu Gefallen tun: ich will Euch Huldigung und Lehenstreue leisten, und hundert Ritter sollen Euch immer zu Gebote stehen, wohin Ihr uns auch reiten heißt. Und danach begaben sie sich in Sir Persants Zelt und tranken Wein und aßen würzige Speisen, und dann ließ Sir Persant Beaumains auf einem Bett bis zum Abendessen ausruhen, und nach dem Essen legte er sich wieder hin. Als Beaumains sich schlafen gelegt hatte, rief Sir Persant seine schöne Tochter von achtzehn Jahren zu sich und befahl ihr bei seinem Segen, zum Bett des Ritters zu gehen: Lege dich zu ihm und sträube dich nicht, sondern sei lieb zu ihm, nimm ihn in deine Arme und küsse ihn und tue, was ich dir sage, sonst verlierst du meine Liebe und Zuneigung. So tat Sir Persants Tocher, was ihr Vater sie geheißen hatte, und sie ging zu Sir Beaumains' Bett, zog sich heimlich aus und legte sich zu ihm. Da erwachte er und sah sie und fragte, wer sie sei. Herr, antwortete sie, ich bin Sir Persants Tochter und bin auf Geheiß meines Vaters gekommen. Seid Ihr ein Mädchen oder eine Frau? fragte er. Herr, antwortete sie, ich bin ein reines Mädchen. Gott verhüte, sagte er, daß ich Euch entehre und Sir Persant solche Schande bereite; deshalb, schönes Fräulein, steht von diesem Bett auf, sonst stehe ich auf. Herr, erwiderte sie, ich bin nicht aus eigenem Willen zu Euch gekommen, ich wurde geschickt. Ach, sagte Sir Beaumains, ich wäre ein schamloser Ritter, wollte ich Euerm Vater Unehre machen. Und so küßte er sie, und sie verließ ihn und ging zu ihrem Vater und erzählte ihm alles, was vorgefallen war. Wahrhaftig, sagte Sir Persant, wer er auch sein mag, er stammt sicher aus sehr edlem Geschlecht.

VON DEM FREUNDLICHEN GESPRÄCH ZWISCHEN SIR PERSANT UND BEAUMAINS, UND WIE ER IHM ERZÄHLTE, DASS SEIN NAME SIR GARETH WAR.

Am nächsten Morgen hörten das Fräulein und Sir Beaumains die Messe und frühstückten und nahmen dann Abschied. Schönes Fräulein, sagte Sir Persant, wohin führt Ihr diesen Ritter? Herr, antwortete sie, zur Burg der Gefahren, in der meine Schwester belagert wird. O weh! rief Persant, das ist der Ritter vom Roten Land, der gefährlichste Ritter, den ich kenne, ein Mann ohne Gnade, von dem man sagt, er hätte die Kraft von sieben Männern. Gott schütze Euch vor diesem Ritter, sagte er zu Beaumains, er tut jener Dame großes Unrecht, und das ist ein großer Jammer, denn sie ist eine der schönsten Frauen der Welt, und mir scheint, dieses Fräulein ist ihre Schwester: Ist Euer Name nicht Linet? Ja, Herr, antwortete sie, und der Name meiner Schwester ist Lady Liones. Ich sage Euch, sprach Sir Persant, dieser Rote Ritter vom Roten Land liegt schon an die zwei Jahre vor der Burg, und oft hätte er sie erobern können, wenn er gewollt hätte, aber er zögerte immer wieder, weil er Sir Lanzelot vom See zum Kampf heranlocken wollte oder Sir Tristan oder Sir Lamorak von Wales oder Sir Gawein. Mein hoher Herr, sagte das Fräulein Linet, ich bitte Euch, schlagt diesen Edelmann zum Ritter, ehe er in den Kampf mit dem Roten Ritter zieht. Das will ich herzlich gern, erwiderte Sir Persant, wenn er den Orden der Ritterschaft von einem so schlichten Mann wie mir annehmen will. Herr, sagte darauf Beaumains, ich danke Euch für Euern guten Willen, doch bin ich in einer besseren Lage, denn mich hat der edle Sir Lanzelot bereits zum Ritter gemacht. Ah! entgegnete Sir Persant, von einem berühmteren Manne hättet Ihr nicht zum Ritter geschlagen werden können, denn von allen Rittern kann er die Krone der Ritterschaft genannt werden. Alle Welt sagt, daß der Glanz des Rittertums von drei Rittern ausgeht, von Sir Lanzelot vom See, Sir Tristan von Liones und Sir Lamorak von Wales. Es gibt viele andere edle Ritter, aber keiner von ihnen überragt diese. Gott stehe Euch bei, fuhr Sir Persant fort, denn wenn Ihr den Roten Ritter besiegt, wird man Euch den vierten großen Ritter der Welt nennen. Herr, sagte Beaumains, ich möchte sehr gern ein berühmter Ritter werden. Wisset, daß ich von trefflichen Männern abstamme, denn mein Vater war, wie ich sagen darf, ein Edelmann; und wenn Ihr und dieses Fräulein es für Euch behaltet, will ich Euch eröffnen, aus welchem Geschlecht ich bin. Wir werden nichts von Euch verraten, sagten sie beide, bis Ihr es uns heißt, bei der Treue, die wir Gott schulden. Wohlan, sagte er, mein Name ist Gareth von Orkney, König Lot war mein Vater, und meine Mutter ist die Schwester von König Artus, ihr Name ist Lady Margawse, und Sir Gawein, Sir Agrawein und Sir Gaheris sind meine Brüder, und ich bin der jüngste von ihnen. Noch wissen weder König Artus noch Sir Gawein, wer ich bin.

WIE DIE DAME, DIE BELAGERT WURDE, KUNDSCHAFT VON IHRER SCHWESTER ERHIELT, DASS SIE EINEN RITTER GEFUNDEN HÄTTE, DER FÜR SIE KÄMPFEN WOLLTE, UND WAS FÜR KÄMPFE ER SCHON BESTANDEN HÄTTE.

Die Dame in der belagerten Burg erhielt durch den Zwerg Nachricht, daß ihre Schwester und ein Ritter angekommen waren und wie dieser Ritter alle die gefährlichen Orte passiert hatte. Was für ein Mann ist er? fragte sie. Er ist ein edler Ritter, wahrlich, hohe Frau, antwortete der Zwerg, und er ist noch jung, doch sehr stattlich. Wer ist es? fragte die Dame weiter, und aus welchem Geschlecht stammt er, und wer hat ihn zum Ritter gemacht? Edle Dame, sagte der Zwerg, er ist der Sohn des Königs von Orkney, aber seinen Namen will ich Euch nicht nennen, doch Ihr sollt wissen, Sir Lanzelot hat ihn zum Ritter gemacht, denn von keinem anderen wollte er sich zum Ritter schlagen lassen, und Sir Kay nannte ihn Beaumains. Wie ist er den Brüdern Sir Persants entkommen? fragte die Dame. Wie ein Edler Ritter: zuerst erschlug er zwei Brüder an einer Furt. Ach, sagte sie, das waren zwei wackere Ritter, aber sie waren Mörder, der eine hieß Gherard von Breuse, der andere Sir Arnold von Breuse. Danach, edle Dame, traf er auf den Schwarzen Ritter und erschlug ihn im offenen Kampf und nahm sein Pferd und sein Rüstung, und dann besiegte er den Grünen Ritter und den Roten Ritter und schließlich den Blauen Ritter. So hat er, sagte die Dame, Sir Persant von Indien überwunden, einen der edelsten Ritter der Welt. Und der Zwerg fuhr fort: Vorher warf er Sir Kay nieder und ließ ihn fast tot am Boden liegen und focht einen großen Kampf mit Sir Lanzelot, der unentschieden ausging, und da schlug ihn Sir Lanzelot zum Ritter. Zwerg, sagte die Dame, ich bin froh über diese Kunde, gehe nun zu meiner Einsiedelei hier in der Nähe und nimm in zwei Silberkrügen, die zwei Gallonen fassen, von meinem Wein mit dir und zwei Laib Brot mit gebratenem Wildbret und knusprigen Hühnern, und dazu gebe ich dir einen kostbaren Becher aus Gold, und das alles überreichst du dem Einsiedler. Begib dich danach zu meiner Schwester und grüße sie und empfiehl mich jenem edlen Ritter und bitte ihn, zu essen und zu trinken und sich zu stärken, und sage ihm Dank für seine Ritterlichkeit und Güte, daß er solche Mühe für mich auf sich nehmen will, obwohl ich ihm niemals Gutes oder Freundliches erwiesen habe. Bitte ihn, er soll frohen Herzens und Mutes sein, denn er wird auf einen sehr vornehmen Ritter treffen, der aber weder Güte noch Ritterlichkeit noch Milde besitzt. Er ist nur auf Totschlag aus, und das ist der Grund, weshalb ich ihn nicht loben und nicht lieben kann. So ging der Zwerg und kam zu Sir Persant, wo er das Fräulein Linet und Sir Beaumains fand, und er bestellte seine Botschaft. Darauf nahmen sie Abschied, doch Sir Persant ritt auf einem Zelter ein Stück des Weges mit ihnen und empfahl sie dann Gott. Nach kurzer Zeit kamen sie zu der Einsiedelei. Dort tranken sie den Wein und aßen das Wildbret und die gebratenen Hühner. Und als sie gut gespeist hatten, kehrte der Zwerg mit dem Geschirr wieder zur Burg zurück. Dabei begegnete er dem Roten Ritter vom Roten Land, der ihn fragte, woher er komme und wo er gewesen sei. Herr, antwortete der Zwerg, ich bin bei der Schwester der Burgfrau gewesen: sie war am Hof von König Artus und hat einen Ritter mitgebracht. Dann halte ich ihre Mühe für vergebens. Auch wenn sie Sir Lanzelot, Sir Tristan, Sir Lamorak oder Sir Gawein mitgebracht hätte, so wäre ich doch stark genug für sie alle. Das mag sein, erwiderte der Zwerg, aber dieser Ritter hat alle die gefährlichen Orte passiert und den Schwarzen Ritter erschlagen und noch zwei andere und überdies den Grünen, den Roten und den Blauen Ritter besiegt. Dann ist er einer von den vieren, die ich eben genannt habe. Er ist keiner von ihnen, sagte der Zwerg, aber er ist ein Königssohn. Wie heißt er? fragte der Rote Ritter vom Roten Land. Das will ich Euch nicht sagen, antwortete der Zwerg, doch Sir Kay nannte ihn verächtlich Beaumains. Es ist mir gleich, meinte der Ritter, wer er ist, ich werde ihm bald den Garaus machen. Und wenn ich ihn besiegt habe, soll er einen ebenso schmählichen Tod finden wie viele andere vor ihm. Das wäre schade, entgegnete der Zwerg dem Ritter vom Roten Land. Ich wundere mich, warum Ihr gegen edle Ritter so schändlich Krieg führt.

Kap. 15

WIE DAS FRÄULEIN UND BEAUMAINS ZU DER BELAGERUNG KAMEN, UND WIE BEAUMAINS AUF EINEM HORN BLIES, DAS AN EINEM MAULBEERBAUM HING, WORAUF DER RITTER VOM ROTEN LAND HERAUSKAM, UM MIT IHM ZU KÄMPFEN.

Nachdem Sir Beaumains in der Einsiedelei übernachtet und am anderen Morgen die Messe gehört und gefrühstückt hatte, ritt er mit dem Fräulein Linet durch einen schönen, stillen Wald, bis sie auf eine Ebene gelangten, und da waren viele Zelte und eine feste Burg und viel Rauch und großer Lärm. Als sie näher an die Belagerer herankamen, bemerkte Sir Beaumains, daß an hohen Bäumen Ritter in voller Rüstung aufgehängt waren, mit Schild und Schwert um den Hals und goldenen Sporen an den Fersen. An die vierzig Ritter waren da schmachvoll aufgeknüpft. Da sank Sir Beaumains der Mut, und er fragte: Was bedeutet das? Edler Herr, antwortete das Fräulein, laßt den Mut nicht sinken bei diesem Anblick. Ihr müßt tapfer sein, sonst ist es um Euch geschehen, denn alle jene Ritter kamen hierher zu dieser Belagerung, um meine Schwester, Lady Liones, zu retten. Nachdem der Rote Ritter vom Roten Land sie besiegt hatte, tötete er sie ohne Gnade und Mitleid auf diese schändliche Weise. Und in derselben Art wird er mit Euch verfahren, wenn Ihr nicht der Stärkere seid. Jesus bewahre mich, sagte Beaumains, vor einem so schmählichen Tod und vor Schande, denn ehe es mir so ergeht, will ich lieber im offenen Kampf männlich erschlagen werden. Das wäre besser für Euch, erwiderte das Fräulein, denn vertraut nicht auf seine Ritterlichkeit. Er geht nur auf Totschlag oder schändlichen Mord aus, und das ist ein Jammer, denn er ist ein gut aussehender und wohlgestalter Mann und ein sehr tapferer Ritter und Herr über große Ländereien und Besitzungen. Sicher ist er ein wackerer Kämpe, sagte Beaumains, aber er hat schändliche Bräuche, und mich wundert sehr, daß in all der langen Zeit noch keiner der edlen Ritter des Königs Artus mit ihm abgerechnet hat. Danach ritten sie zu den Gräben und sahen, daß es Doppelgräben waren und starke kriegsmäßige Mauern. In der Nähe der Mauern lagerten viele große Herren, und es ging laut her mit Gesang; und das Meer schlug an die eine Seite der Mauern, wo viele Schiffe lagen und Seeleute lärmten und Hipp! und Ho! riefen. Ganz in der Nähe stand ein Maulbeerbaum, an dem hing ein Horn aus Elfenbein, so groß, wie sie noch keins gesehen hatten. Das hatte der Ritter vom Roten Land hingehängt, und wenn ein fahrender Ritter kam, mußte er in das Horn blasen, und darauf wappnete sich der Rote Ritter und kam zum Kampf heraus. Ich bitte Euch, sprach das Fräulein Linet, blast das Horn nicht vor Mittag. Es ist jetzt noch früh am Morgen, da nimmt seine Kraft zu, und dann hat er, wie die Leute sagen, die Stärke von sieben Männern. Ach, welche Schande, edles Fräulein, sagt so etwas nie wieder zu mir, denn wenn er ein so tüchtiger Ritter ist, will ich ihm in seiner größten Stärke nicht ausweichen und entweder auf ehrenvolle Weise Ruhm gewinnen oder ritterlich auf dem Kampfplatz sterben. Und danach sprengte er mit seinem Pferd gerade auf den Maulbeerbaum zu und stieß so gewaltig in das Horn, daß das ganze Lager und die Burg davon erdröhnten. Da sprangen die Ritter aus ihren Zelten heraus, und die in der Burg schauten über die Mauern und aus den Fenstern, und der Rote Ritter vom Roten Land wappnete sich eilends. Zwei Barone legten ihm die Sporen an, und ein Graf schnallte ihm den Helm fest, und seine ganze Rüstung war rot wie Blut. Dann brachten sie ihm einen roten Schild und eine rote Lanze und ein rotes Roß, und so ritt er zu einer kleinen Senke unter der Burg, damit alle, die in der Burg und bei der Belagerung waren, seinen Kampf mit Sir Beaumains mit ansehen konnten.

WIE DIE BEIDEN RITTER AUFEINANDERTRAFEN, WAS SIE SPRACHEN, UND WIE SIE DEN KAMPF BEGANNEN.

Herr, sagte das Fräulein Linet zu Sir Beaumains, seid frohen und leichten Herzens, denn dort kommt Euer Todfeind, und an dem Fenster dort ist meine Schwester, Lady Liones. Wo? fragte Beaumains. Dort, antwortete das Fräulein und wies mit dem Finger hinauf. Wahrhaftig, sagte Beaumains, sie scheint bei weitem die schönste Frau zu sein, die ich je gesehen habe. Ich begehre wahrlich keinen besseren Streit, als jetzt zu kämpfen; sie soll meine Herrin sein, und für sie will ich fechten. Und er schaute mit strahlendem Blick zu dem Fenster hinauf. Lady Liones blickte hold zu ihm herab und winkte ihm zu. Da rief der Rote Ritter vom Roten Land Sir Beaumains zu: Herr Ritter, laß dein Blickewerfen und sieh mich an, das rate ich dir, denn ich warne dich, sie ist meine Gebieterin, und für sie habe ich viele schwere Kämpfe bestanden. Wenn du das getan hast, erwiderte Beaumains, so war das wohl vergebliche Mühe, denn sie liebt keinen Gesellen wie dich, und da sie dich nicht liebt, ist es nichts als große Torheit, wenn du sie liebst. Wenn ich erführe, daß sie nicht froh wäre über mein Kommen, würde ich davon Abstand nehmen, für sie zu kämpfen. Aber ich ersehe aus der Belagerung dieser Burg, daß sie auf deine Gesellschaft verzichten kann. Deshalb nimm zur Kenntnis, Roter Ritter vom Roten Land, ich liebe sie und werde sie befreien oder sterben. Du wagst es? entgegnete der Rote Ritter. Mich dünkt, du solltest zur Vernunft kommen beim Anblick jener Ritter, die du dort an den Bäumen hängen sahst. Pfui Schande, sagte Beaumains, daß du je so frevelhaft reden oder handeln konntest, denn damit schändest du dich selbst und die ganze Ritterschaft, und du darfst sicher sein, keine Dame wird dich lieben, die deine verruchten Bräuche kennt. Du glaubst, der Anblick dieser gehenkten Ritter würde mich abschrecken? Nein, wahrhaftig nicht; dieser schändliche Anblick gibt mir Mut und Kühnheit gegen dich, mehr als ich gehabt hätte, wenn du ein Ritter von edlen Sitten wärst. Mach dich bereit, sagte der Rote Ritter vom Roten Land, und schwatze nicht länger mit mir. Da hieß Sir Beaumains das Fräulein von ihm gehen; und dann legten sie ihre Lanzen ein und sprengten mit aller Gewalt gegeneinander, und jeder traf den anderen mitten auf den Schild, daß die Brustplatten, die Sattelgurte und die Schwanzriemen barsten und beide zur Erde fielen und die Zügel in der Hand hatten. So lagen sie lange Zeit in tiefer Betäubung, daß alle Burginsassen und Belagerer glaubten, sie hätten beide das Genick gebrochen; und viele sagten, der fremde Ritter sei ein starker Mann und trefflicher Recke, denn sie hatten noch nie einen Ritter gesehen, der dem Roten Ritter widerstand. Dann machten sich die beiden Gegner rasch von ihren Pferden frei, nahmen die Schilde vor, zogen die Schwerter und sprangen gegeneinander wie zwei wilde Löwen, und jeder versetzte dem anderen solche Schläge auf den Helm, daß sie beide zwei Schritte zurückwankten. Dann erholten sich beide und hieben einander große Stücke aus ihren Harnischen und Schilden, daß viele Teile auf dem Kampfplatz umherflogen.

WIE NACH LANGEM KAMPF BEAUMAINS DEN RITTER BEZWANG UND IHN ERSCHLAGEN WOLLTE, ABER AUF BITTEN DER BARONE SEIN LEBEN SCHONTE UND VERLANGTE, DASS ER SICH DER DAME ERGAB. ❧ So kämpften sie, bis die Mittagsstunde vorüber war, und sie hielten erst inne, als ihnen schließlich der Atem ausging. Dann standen sie und schüttelten sich und keuchten und schnauften und bluteten, daß die meisten der Zuschauer aus Mitgefühl weinten. Als sie sich nach einer Weile erholt hatten, setzten sie den Kampf fort und hieben und parierten und stießen wie zwei wilde Eber. Manchmal rannten sie gegeneinander wie zwei Widder und prallten zusammen, daß beide längelang auf den Boden schlugen; und manchmal waren sie so benommen, daß jeder das Schwert des anderen ergriff statt sein eigenes. So hielten sie durch bis zur Vesperzeit, und noch wußte niemand, wer den Kampf gewinnen würde. Ihre Rüstung war so zerhauen, daß man ihr nacktes Fleisch sehen konnte; auch an anderen Stellen waren sie entblößt, aber immer schützten sie diese Stellen. Der Rote Ritter war ein verschlagener Streiter; und seine Verschlagenheit lehrte Sir Beaumains Vorsicht, doch mußte er schweres Lehrgeld zahlen, bevor er seine Kampfweise durchschaute. Dann legten sie mit beiderseitiger Zustimmung eine Ruhepause ein und setzten sich jeder auf einen Maulwurfshügel am Rande des Kampfplatzes. Sie lösten den Helm und ließen die kühle Luft heran, und beider Knappen waren dicht bei ihnen, um auf ihr Gebot den Harnisch zu öffnen und wieder zu schließen. Als Sir Beaumains den Helm abgenommen hatte, schaute er zum Fenster hinauf und erblickte dort die schöne Lady Liones, und sie schaute so hold auf ihn herab, daß sein Herz leicht und fröhlich wurde. Darauf hieß er den Roten Ritter sich bereit machen: Jetzt kämpfen wir bis zum Äußersten. Das ist mir recht, sagte der Ritter. Da schlossen sie ihre Helme, und ihre Knappen machten Platz, und sie schritten aufeinander zu und fochten mit frischen Kräften, aber der Rote Ritter hielt sich zurück. Bei einem Angriff schlug er Beaumains auf die Hand, daß ihm das Schwert entfiel, und dann versetzte er ihm noch einen Streich auf den Helm, daß er zu Boden sank. Dann stürzte sich der Rote Ritter auf ihn, um ihn niederzuhalten. Da schrie das Fräulein Linet laut: O Sir Beaumains, wo ist dein Mut geblieben? Wehe, meine Schwester sieht dich liegen, und sie seufzt und weint, das drückt mir das Herz ab. Als Sir Beaumains das hörte, raffte er sich mit gewaltiger Kraft auf und kam auf die Füße, sprang zu seinem Schwert, packte es mit der Hand und war im Nu wieder bei dem Roten Ritter, und da begann der Kampf von neuem. Aber Sir Beaumains verdoppelte seine Streiche und hieb so hart, daß er jetzt dem Roten Ritter das Schwert aus der Hand schlug, und dann versetzte er ihm einen Streich über den Helm, daß er hinfiel. Sir Beaumains ließ sich auf ihn fallen und löste ihm den Helm, um ihn zu erschlagen. Da ergab er sich und sagte mit lauter Stimme: O edler Ritter, ich ergebe mich deiner Gnade! In diesem Augenblick erinnerte sich Sir Beaumains an die Ritter, die so schändlich gehenkt worden waren, und er sprach: Meine Ehre erlaubt es nicht, dein Leben zu schonen, wegen des schmachvollen Todes, den du viele wackere Ritter hast sterben lassen. Herr, erwiderte der Rote Ritter vom Roten Land, haltet ein. Ihr sollt den Grund hören, warum ich ihnen einen so schmachvollen

Tod bereitet habe. Sprich, sagte Sir Beaumains. Herr, ich liebte einmal eine Dame, ein schönes Fräulein, und ihr Bruder wurde erschlagen; und sie sagte, es sei Sir Lanzelot vom See oder Sir Gawein gewesen. Sie bat mich, so wahr ich sie von ganzem Herzen liebte, ihr bei meiner Ritterehre zu geloben, täglich die Waffen zu führen, bis ich einen von ihnen träfe. Alle Ritter, die ich besiegte, sollte ich einen schmachvollen Tod sterben lassen. Ich versprach ihr, den Rittern der Tafelrunde des Königs Artus jede Schurkerei zuzufügen und an allen Rittern seines Hofes Rache zu nehmen, und so habe ich gehandelt. Und nun, Herr, will ich Euch sagen, daß meine Kraft jeden Tag bis Mittag wächst, und dann habe ich die Stärke von sieben Männern.

WIE SICH DER RITTER ERGAB, UND WIE BEAUMAINS IHN ZUM HOF DES KÖNIGS ARTUS GEHEN UND SIR LANZELOT UM GNADE BITTEN HIESS.

Es kamen viele Grafen und Barone und edle Ritter und ersuchten Sir Beaumains, das Leben des Roten Ritters zu schonen und ihn zum Gefangenen zu machen. Und alle fielen auf die Knie und baten um Gnade. Herr, sagten sie, es wäre gerechter, wenn Ihr ihm Huldigung und Treueeid abnähmt und ihn zu Euerm Lehensmann machtet, als wenn Ihr ihn sterben ließet. Sein Tod bringt Euch keinen Vorteil, und seine Missetaten können nicht ungeschehen gemacht werden, doch soll er allen Betroffenen Entschädigung bieten, und wir alle wollen Euch untertan sein und Euch Huldigung und Treueschwur leisten. Edle Herren, erwiderte Beaumains, ihr sollt wissen, daß ich diesen Ritter nur ungern erschlage, obwohl er sehr übel und schändlich gehandelt hat, aber da er all das auf Bitten einer Dame getan hat, tadle ich ihn weniger. So will ich ihn um euretwillen freilassen und ihm sein Leben schenken unter der Bedingung, daß er in die Burg geht und sich der Dame ergibt, und wenn sie ihm verzeiht und ihn freispricht, will ich es auch. Doch soll er ihr Ersatz leisten für all den Schaden, den er ihr und ihrem Lande zugefügt hat. Und wenn Ihr das getan habt, sollt Ihr an den Hof des Königs Artus gehen und Sir Lanzelot und Sir Gawein um Gnade bitten wegen des schlimmen Vorhabens, das Ihr gegen sie geplant hattet. Herr, sagte der Rote Ritter vom Roten Land, all das will ich tun, wie Ihr gebietet, und Ihr sollt Sicherheit und Bürgschaft dafür haben. Und als die Sicherheit erbracht war, leistete er Huldigung und Treueeid und die Grafen und Barone mit ihm. Dann kam das Fräulein Linet zu Beaumains, nahm ihm die Rüstung ab, untersuchte seine Wunden und stillte sein Blut, und das gleiche tat sie dem Roten Ritter vom Roten Land. So wohnten sie zehn Tage in den Zelten, und der Rote Ritter bereitete mit seinen Herren und Bediensteten Sir Beaumains alle nur erdenklichen Freuden. Nach einer Weile begab sich der Rote Ritter in die Burg und unterwarf sich der Gnade der Dame. Und sie gewährte sie ihm und erhielt die Versicherung, daß aller Schaden, über den sie sich beklagen konnte, voll ersetzt würde. Der Ruhm, den Sir Beaumains mit seinen glänzenden Waffentaten erwarb, drang bis an den Hof des Königs Artus. Bei Gott, sagten König Artus und Sir Gawein, wir möchten zu gern wissen, aus welchem edlen Blut der Fremde stammt, denn ein edler Ritter ist er. Rätselt nicht, erwiderte Sir Lanzelot, ich sage euch, er stammt aus sehr edlem Blut, und es gibt nur wenige, die ihm an Kraft und Kühnheit gleichkommen. Ihr scheint zu wissen, wie er heißt und woher er stammt, sagte König Artus. Sicher weiß ich das, antwortete Sir Lanzelot, sonst hätte ich ihn nicht in den Ritterstand erhoben, aber er selbst gebot mir damals, ich sollte seinen Namen nicht entdecken, bis er mich dazu auffordere oder es im Lande öffentlich bekannt würde.

WIE BEAUMAINS ZU DER DAME KAM UND DIE BURGTORE VOR IHM GESCHLOSSEN WURDEN, UND WAS DIE DAME ZU IHM SPRACH.

Jedoch Sir Beaumains begehrte indessen sehr, seine Dame, Linets Schwester, zu sehen. Herr, sagte Linet, ich möchte gern, daß Ihr zu ihr geht. Da wappnete sich Sir Beaumains, nahm sein Pferd und seine Lanze und ritt geradenwegs zur Burg. Als er ans Tor kam, fand er dort viele Bewaffnete, und die Zugbrücke wurde hochgezogen und das Tor geschlossen, und er wunderte sich sehr, warum sie ihn nicht einließen. Da schaute er zum Fenster hinauf und sah dort die schöne Lady Liones, die laut rief: Geh fort, Sir Beaumains, meine Liebe soll dir noch nicht ganz gehören, bis man dich zu den berühmten Rittern zählt. Deshalb bemühe dich ein Jahr lang um Ruhm, dann sollst du neue Kunde hören. Ach, schöne Dame, sagte Beaumains, ich habe diese Kälte nicht verdient und hatte geglaubt, Ihr würdet mich mit Freuden empfangen, denn mir kommt Dank zu, und ich weiß wohl, ich habe Eure Liebe mit einem Teil meines besten Blutes erkauft. Edler Ritter, antwortete Lady Liones, seid nicht erzürnt oder voreilig. Ich versichere Euch, Euer hoher Einsatz und Eure treue Liebe werden nicht vergebens sein, ich erkenne sie und Eure Großmut und Güte an, wie es mir geziemt. Deshalb geht Euern Weg und seid getrosten Mutes, denn alles geschieht nur zu Euerm Ruhm und zum Besten, und bei Gott, ein Jahr ist schnell vorbei, und glaubt mir, edler Ritter, ich werde Euch treu sein und Euch niemals verraten und Euch und keinen anderen lieben bis zu meinem Tod. Damit trat sie vom Fenster zurück, und Sir Beaumains ritt von der Burg fort und war sehr bekümmert. Er ritt hierhin und dorthin und wußte nicht, wohin, bis es dunkle Nacht war. Da kam er durch Zufall zum Haus eines armen Mannes und wurde dort für die Nacht aufgenommen. Aber Sir Beaumains fand keine Ruhe, sondern wälzte und wand sich im Bett aus Liebe zur Burgherrin. Am Morgen nahm er sein Pferd und ritt bis Mittag und kam dann an ein breites Wasser, und daneben war ein großer Lagerplatz, und dort stieg er ab, um zu schlafen. Er legte sein Haupt auf den Schild und übergab sein Pferd dem Zwerg und befahl ihm, die ganze Nacht zu wachen. Die Burgherrin aber mußte viel an Beaumains denken, und da rief sie Sir Gringamore, ihren Bruder, zu sich und bat ihn dringend, wenn er sie herzlich liebe, solle er Sir Beaumains nachreiten: Und gebt genau Obacht, bis Ihr ihn schlafend findet, denn ich bin sicher, er wird in seiner Müdigkeit irgendwo absteigen und sich schlafen legen. Und wenn er eingeschlafen ist, ergreift heimlich seinen Zwerg und reitet davon, so schnell Ihr könnt, bevor Sir Beaumains aufwacht; denn meine Schwester Linet erzählte mir, der Zwerg weiß, aus welchem Geschlecht er stammt und wie sein richtiger Name ist. Unterdessen will ich mit meiner Schwester zu Eurer Burg reiten und warten, bis Ihr den Zwerg bringt. Ich will ihn dann selbst ins Verhör nehmen. Solange ich nicht weiß, wie er wirklich heißt und von wem er abstammt, wird mein Herz nicht froh werden. Schwester, sagte Sir Gringamore, all das soll nach Euerm Willen geschehen. Und so ritt er den ganzen Tag und die Nacht, bis er Sir Beaumains an dem Wasser in festem Schlaf fand. Da schlich er sich heimlich an den Zwerg heran, ergriff ihn von hinten, hielt ihn unter seinem Arme fest und ritt davon zu seiner Burg, so schnell er konnte. Sir Gringamores Rüstung und alles, was ihm gehörte, waren schwarz. Wie er mit dem Zwerg zu seiner Burg ritt, schrie dieser nach seinem Herrn und flehte um Hilfe. Darüber erwachte Sir Beaumains, sprang rasch auf und sah Sir Gringamore mit seinem Zwerg davonreiten, bis Sir Gringamore seinen Blicken entschwunden war.

WIE BEAUMAINS SEINEM ZWERG NACHRITT, UM IHN ZU BEFREIEN, UND WIE ER IN DIE BURG GELANGTE, WO ER WAR. ❧ Da setzte Sir Beaumains rasch den Helm auf, schnallte den Schild um und ritt ihm in vollem Galopp nach durch Marschen und Felder, über Berg und Tal, daß sein Pferd und er viele Male kopfüber in bodenlosen Sumpf stürzten; denn er kannte den Weg nicht, sondern ritt in seiner Wut geradeaus, daß er oft beinahe umkam. Schließlich gelangte er auf einen angenehmen, grasbewachsenen Weg, und dort traf er einen armen Landmann, den grüßte er und fragte ihn, ob er nicht einen Ritter mit einem schwarzen Pferd und einem ganz schwarzen Harnisch gesehen hätte und dazu einen Zwerg mit trauriger Miene. Herr, sagte der arme Mann, hier ist Sir Gringamore, der Ritter, mit solch einem traurigen Zwerg vorbeigekommen. Aber ich rate Euch, folgt ihm nicht, denn er ist der gefährlichste Ritter der Welt. Seine Burg ist ganz in der Nähe, nur zwei Meilen entfernt, doch reitet Sir Gringamore nicht nach, wenn Ihr nicht sein Freund seid. Inzwischen war der Zwerg auf der Burg angekommen, und Lady Liones und Fräulein Linet fragten ihn, wo sein Herr geboren sei und aus welchem Geschlecht er stamme. Wenn du mir das nicht verrätst, sagte Lady Liones, sollst du diese Burg nie mehr verlassen, sondern für immer hier gefangen sein. Was das angeht, antwortete der Zwerg, ich scheue mich nicht sehr, seinen Namen und seine Herkunft zu nennen. So vernehmt denn, er ist ein Königssohn, seine Mutter ist die Schwester von König Artus, und er ist der Bruder des wackeren Ritters Sir Gawein, und sein Name ist Sir Gareth von Orkney. Nun habe ich Euch seinen richtigen Namen gesagt und bitte Euch, edle Dame, laßt mich wieder zu meinem Herrn zurückkehren, denn er wird dieses Land niemals verlassen, wenn er mich nicht wiederhat. Und wenn er zornig ist, wird er viel Schaden anrichten und Zerstörung über dieses Land bringen, ehe er zum Einhalten veranlaßt wird. Diese Drohung rührt mich nicht, sagte Sir Gringamore, gehen wir zum Essen. So wuschen sie sich und setzten sich zum Male und waren lustig und guter Dinge, und da Lady Liones von der Burg anwesend war, feierten sie fröhlich. Er mag ja durchaus ein Königssohn sein, sagte Linet zu ihrer Schwester, er hat viele gute Eigenschaften, er ist ritterlich und liebenswürdig und der duldsamste Mann, der mir je begegnet ist. Und ich muß sagen, nie hat eine Edelfrau einen Mann so schimpflich geschmäht wie ich ihn, und doch hat er mir immer gütig und freundlich geantwortet. Während sie so plauderten, erschien Sir Gareth wütend mit bloßem Schwert in der Hand am Tor und schrie laut, daß die ganze Burgbesatzung es hören konnte: Sir Gringamore, du Verräter, gib mir meinen Zwerg heraus, oder du wirst, bei meiner Ritterehre, meinen ganzen Zorn zu spüren bekommen. Da blickte Sir Gringamore von einem Fenster aus zu ihm hinunter und erwiderte: Sir Gareth von Orkney, behalte deine prahlerischen Worte für dich, du bekommst deinen Zwerg nicht wieder. Du feiger Ritter, rief Sir Gareth, bring ihn her und kämpfe mit mir, und wenn du gewinnst, dann behalte ihn. Das werde ich, wenn ich Lust habe, entgegnete Sir Gringamore, aber mit deinen großen Worten bekommst du ihn nicht. Ach, lieber Bruder, sagte Lady Liones, lasse ihm seinen Zwerg, mir liegt daran, daß er nicht zornig ist. Da er mir nun alles gesagt hat, was ich wissen wollte, brauche ich den Zwerg nicht mehr. Sir Gareth hat ja auch viel für mich getan, Bruder. Er hat mich von dem Roten Ritter vom Roten Land befreit, und deshalb bin ich ihm vor allen anderen Rittern Dank schuldig. Und bedenkt, daß ich ihn sehr liebe und herzlich gern mit ihm sprechen möchte; nur will ich unter keinen Umständen, daß er erfährt, wer ich bin, sondern er soll mich für eine fremde

Dame halten. Gut, erwiderte Sir Gringamore, da ich nun Euern Willen kenne, will ich nachgeben. Darauf ging er sogleich zu Sir Gareth hinunter und sagte: Herr, ich bitte Euch um Verzeihung, und allen Schaden, den ich Euch zugefügt habe, werde ich nach Euerm Willen wiedergutmachen. Darum bitte ich Euch, steigt ab und laßt Euch in dieser Burg so gut bewirten, wie es nur möglich ist. Werde ich meinen Zwerg bekommen? fragte Sir Gareth. Ja, Herr, und jeden Gefallen will ich Euch erweisen, denn nachdem mir Euer Zwerg gesagt hat, wer Ihr seid und von wem Ihr abstammt und was für edle Taten Ihr in diesem Land vollbracht habt, bereue ich, was ich Euch antat. Da stieg Sir Gareth aus dem Sattel, und sein Zwerg nahm ihm das Pferd ab. O mein Bursche, sagte Sir Gareth, um deinetwillen bin ich in manche Abenteuer geraten. Dann nahm ihn Sir Gringamore bei der Hand und geleitete ihn in die Halle.

WIE SIR GARETH, AUCH BEAUMAINS GENANNT, MIT SEINER DAME ZUSAMMENKAM, UND WIE SIE BEKANNTSCHAFT SCHLOSSEN UND VON IHRER LIEBE. Da kam Lady Liones herein, gekleidet wie eine Prinzessin, und war sehr freundlich zu ihm und er zu ihr, und sie unterhielten sich gut miteinander und taten sehr verliebt. Und Sir Gareth dachte manches Mal: Jesus, ich wollte, die Herrin der Burg der Gefahren wäre so schön wie sie. Dann spielten sie allerlei Spiele und tanzten und sangen; und je länger Sir Gareth die Dame ansah, desto mehr verliebte er sich in sie. Schließlich entbrannte er so in Liebe, daß er fast den Verstand verlor; und als die Nacht hereinbrach, gingen sie zum Abendessen, doch Sir Gareth brachte keinen Bissen hinunter, und seine Liebe war so heiß, daß er nicht mehr wußte, wo er war. Sir Gringamore bemerkte alle diese verliebten Blicke, und nach dem Mahle rief er Lady Liones in ein Nebenzimmer und sprach: Liebe Schwester, ich habe wohl bemerkt, was zwischen Euch und dem Ritter vorging. Bedenkt, er ist ein sehr edler Ritter, und wenn Ihr ihn dazu bringen könnt, daß er hierbleibt, will ich ihm alles zu Gefallen tun, was ich vermag. Denn selbst wenn Ihr vornehmer wärt, als Ihr es seid, würdet Ihr mit ihm gut versorgt sein. Lieber Bruder, antwortete Lady Liones, ich weiß wohl, daß der Ritter trefflich ist und aus edlem Hause stammt. Dennoch will ich ihn noch besser prüfen, obgleich ich ihm mehr als jedem anderen Menschen auf Erden verpflichtet bin, denn er hat mir zuliebe viel Mühsal auf sich genommen und viele Gefahren bestanden. Darauf ging Sir Gringamore zu Sir Gareth und sagte: Herr, seid guten Mutes, zur Trauer habt Ihr keinen Grund, denn diese Dame, meine Schwester, ist in Ehren die Eure für immer; und wisset, sie liebt Euch so sehr wie Ihr sie, wenn nicht noch mehr, falls das möglich ist. Wenn dem so ist, erwiderte Sir Gareth, gibt es keinen glücklicheren Mann als mich. Bei meiner Ehre, sagte Sir Gringamore, Ihr könnt Euch auf mich verlassen, Ihr sollt bei mir bleiben, solange Ihr wollt, und diese Dame wird Tag und Nacht bei uns sein und Euch alle Freuden bereiten, die sie Euch schenken kann. Das nehme ich gern an, antwortete Sir Gareth, denn ich habe versprochen, mich das ganze Jahr in diesem Lande aufzuhalten. Ich bin sicher, König Artus und andere edle Ritter werden mich finden, wo immer ich in diesen zwölf Monaten bin. Dann ging der edle Sir Gareth zu Lady Liones und herzte und küßte sie viele Male, und sie erfreuten sich ihrer Liebe. Sie gelobte, ihn und keinen anderen zu lieben bis an das Ende ihrer Tage. Danach enthüllte Lady Liones mit Zustimmung ihres Bruders, wer sie in Wirklichkeit war, nämlich die Herrin der Burg der Gefahren, und daß sie ihren Bruder veranlaßt hatte, Sir Gareth den Zwerg zu rauben, um sich Gewißheit zu verschaffen, wie sein Name war und aus welchem Geschlecht er stammte.

Kap. 22

WIE IN DER NACHT EIN BEWAFFNETER RITTER KAM UND MIT SIR GARETH KÄMPFTE, UND WIE ER, SCHWER AM SCHENKEL VERLETZT, DIESEM RITTER DEN KOPF ABSCHLUG.

Darauf ließ sie Linet holen, das Fräulein, das auf vielen abenteuerlichen Wegen mit Sir Gareth geritten war, und da war er noch froher als zuvor. Und Lady Liones und Sir Gareth gelobten einander ewige Liebe und entbrannten so heftig, daß sie eins wurden, ihre Lust heimlich zu stillen. Lady Liones riet Sir Gareth, in der Halle zu schlafen, und sie versprach, kurz vor Mitternacht in sein Bett zu kommen. Das blieb jedoch nicht so geheim, wie sie meinten, denn sie waren beide noch jung und hatten keine Erfahrung in solchen Künsten. Das Fräulein Linet war ein wenig verstimmt und hielt ihre Schwester für übereilig, weil sie die Hochzeit nicht abwarten konnte; und um ihre Ehre zu retten, gedachte sie, ihre heiße Lust zu kühlen. Sie wollte mit ihren geheimen Zauberkünsten bewirken, daß sie nicht zum Ziele ihrer Lust kommen sollten, bis sie vermählt wären. Und so geschah es. Nach dem Abendessen wurde beschlossen, daß sich alle zur Ruhe begaben, aber Sir Gareth sagte offen, er wollte die Halle nicht verlassen, denn das wäre der angemessene Ruheplatz für einen fahrenden Ritter. Und so wurde eine große Liege gebracht, und Federbetten darauf gebreitet, und er legte sich schlafen. Bald darauf kam Lady Liones in einem mit Hermelin verzierten Mantel und legte sich zu Sir Gareth, und er begann sie zu küssen. Als er aufblickte, sah er einen gewappneten Ritter mit vielen Fackeln um sich näher kommen. Er hatte eine große Streitaxt in der Hand und schickte sich grimmig an, ihn zu erschlagen. Da sprang Sir Gareth aus dem Bett, packte sein Schwert und stürzte auf den Ritter los. Als dieser ihn so wild auf sich zukommen sah, traf er ihn durch eine Finte in den Oberschenkel, daß die Wunde eine Spanne breit war und durch viele Adern und Sehnen hindurchging. Darauf versetzte ihm Sir Gareth einen solchen Streich über den Helm, daß er zu Boden fiel. Da sprang er auf ihn, löste ihm den Helm und schlug ihm den Kopf ab. Er selbst aber blutete so stark, daß er nicht mehr stehen konnte, und er legte sich auf sein Bett und fiel in Ohnmacht und lag da wie tot. Da schrie Lady Liones laut auf, daß ihr Bruder es hörte und herunterkam. Als er Sir Gareth so heimtückisch verwundet sah, wurde er sehr zornig und rief: Es ist eine Schande für mich, daß dieser edle Ritter auf solche Weise behandelt wird! Schwester, wie kommt es, daß Ihr hier seid und dieser edle Ritter verwundet ist? Bruder, antwortet sie, ich kann es Euch nicht sagen, es ist nicht durch mich geschehen, noch mit meiner Zustimmung. Er ist mein Herr, und ich bin sein, und er muß mein Gemahl werden. Deshalb, mein Bruder, wißt, daß ich mich nicht schäme, bei ihm zu sein noch ihm alle Freuden zu bringen, die ich zu geben vermag. Schwester, sagte Sir Gringamore, ich versichere Euch und auch Sir Gareth, diese unselige Tat ist nicht durch mich noch mit meinem Wissen vollbracht worden. Dann stillten sie sein Blut, so gut sie konnten, und Sir Gringamore und Lady Liones begannen laut zu klagen. Darüber erschien Fräulein Linet und hob vor aller Augen den Kopf auf und rieb ihn mit einer Salbe ein, wo er abgehauen worden war, und dasselbe tat sie mit dem Rumpf und setzte die Teile zusammen, und der Kopf hielt so fest wie je. Und der Ritter stand ohne Mühe auf, und Linet brachte ihn in ihre Kammer. All das sahen Sir Gringamore und Lady Liones und auch Sir Gareth; und er merkte wohl, daß es das Fräulein Linet war, die mit ihm die Orte der Gefahren passiert hatte. Ach, Fräulein, sagte Sir Gareth, ich hätte nicht gedacht, daß Ihr so etwas tun würdet. Herr Gareth, erwiderte Linet, für alles, was ich getan habe, stehe ich ein, denn es wird Euch und uns allen zu Ehre und Ruhm gereichen. In kurzer Zeit wurde Sir

Gareth wieder fast heil und unbeschwert und fröhlich, und er sang, tanzte und spielte; er und Lady Liones entbrannten wieder in so heißer Liebe, daß sie sich verabredeten, sie sollte in der zehnten Nacht in sein Bett kommen. Und da er vordem verwundet worden war, legte er Rüstung und Schwert neben sein Lager.

Kapitel 23

WIE DER RITTER IN DER NÄCHSTEN NACHT WIEDERKAM UND WIEDER GEKÖPFT WURDE, UND WIE AM NÄCHSTEN PFINGSTFEST ALLE RITTER, DIE SIR GARETH BEZWUNGEN HATTE, ZU KÖNIG ARTUS KAMEN UND SICH IHM ERGABEN. ❧ Sie kam, wie es versprochen hatte; und kaum war sie in seinem Bett, als sie einen bewaffneten Ritter daraufzukommen sah. Sofort warnte sie Sir Gareth, und schnell war er mit ihrer Hilfe gerüstet. Die beiden Männer gingen mit Eifer und Wut aufeinander los und stoben durch die Halle; und es war hell, als ob zwanzig Fackeln vor und hinter ihnen leuchteten. Sir Gareth spannte seine Muskeln so an, daß seine alte Wunde wieder aufbrach und blutete, aber er war hitzig und ungestüm und streckte mit seiner großen Kraft den Ritter zu Boden, öffnete seinen Helm und schlug ihm den Kopf ab. Dann hieb er den Kopf in hundert Stücke und warf sie aus dem Fenster in den Burggraben, doch vor Blutverlust wurde er nun so schwach, daß er kaum mehr stehen konnte. Als seine Rüstung fast abgenommen war, sank er in tödlicher Ohnmacht zu Boden. Da schrie Lady Liones, daß Sir Gringamore es hörte. Als er Sir Gareth in solcher Not fand, klagte er laut, und dann brachte er Sir Gareth wieder zu sich und gab ihm einen Trank, der ihn wunderbar erquickte; aber den Jammer, den Lady Liones erhob, kann keine Zunge schildern, denn sie wütete so gegen sich, als wollte sie sterben. In diesem Augenblick trat das Fräulein Linet vor sie alle mit den Stücken des Kopfes, die Sir Gareth aus dem

Fenster geworfen hatte, bestrich sie mit Salbe, wie sie es zuvor getan hatte, und setzte sie wieder zusammen. Fräulein Linet, sagte Sir Gareth, ich habe all das Unrecht, das Ihr mir zufügt, nicht verdient. Herr Ritter, antwortete sie, ich habe nichts getan, wofür ich nicht einstehen werde, denn es dient Euch und uns zum Ruhm. Dann wurde Sir Gareth das Blut gestillt, aber die Ärzte sagten, niemand könne seine Wunde ganz und gar heilen außer dem, der die Wunde durch Zauber geschlagen hatte. Damit verlassen wir nun Sir Gareth mit Sir Gringamore und seinen Schwestern und wenden uns König Artus zu, der das nächste Pfingstfest feierte. Zu diesem Fest kamen Pertolepe, der Grüne Ritter, mit fünfzig Rittern, Perimones, der Rote Ritter, mit sechzig Rittern und Sir Persant von Indien, der Blaue Ritter, mit hundert Rittern, und diese drei Brüder ergaben sich Artus und berichteten ihm, wie sie von einem Ritter besiegt worden waren, der ein Fräulein bei sich hatte und Beaumains genannt wurde. Mein Gott, sagte der König, ich frage mich, was das für ein Ritter ist und aus welchem Geschlecht er stammt. Er weilte ein Jahr lang bei mir und wurde schlecht und schändlich beköstigt, und Sir Kay nannte ihn zum Spott Beaumains. Während der König mit den drei Brüdern sprach, kam Sir Lanzelot vom See und meldete dem König, es sei ein großer Herr mit fünfhundert Rittern angekommen. Da ritt der König von Carlion hinaus, denn dort fand das Fest statt, und der Herr kam auf den König zu und grüßte ihn ehrerbietig. Was wollt ihr, fragte König Artus, und was ist Euer Begehr? Herr, antwortete er, ich bin der Rote Ritter von den Roten Landen, und mein Name ist Sir Ironside. Ich bin zu Euch geschickt worden von einem Ritter namens Beaumains, denn er hat mich im offenen Kampf Mann gegen Mann besiegt, und das ist in dreißig Jahren außer ihm keinem gelungen. Ihr seid willkommen, sagte der König, Ihr seid lange Zeit mir und meinem Hof ein arger Feind gewesen, doch jetzt vertraue ich auf Gott, daß ich Euch als Freund gewinne. Herr König, ich und diese fünfhundert Ritter werden auf Euer

Gebot stets nach besten Kräften zu Diensten stehen. Gott sei mir gnädig, sagte König Artus, ich bin jenem Ritter sehr verpflichtet, der sich so eingesetzt hat, um mir und meinem Hof Ehre zu erweisen. Was Euch angeht, Sir Ironside, Roter Ritter vom Roten Land, so nennt man Euch einen gefährlichen Ritter; doch wenn Ihr mir untertan sein wollt, will ich Euch ehren und Euch zum Ritter der Tafelrunde erheben, aber dann dürft Ihr nie mehr morden. Herr König, ich habe bereits Sir Beaumains gelobt, nie mehr solche Bräuche zu üben. Alle die schändlichen Bräuche, die ich übte, tat ich auf Verlangen einer Dame, die ich liebte. Ich muß zu Sir Lanzelot und Sir Gawein gehen und sie wegen der bösen Absicht, die ich gegen sie hegte, um Verzeihung bitten; denn ich habe nur um Sir Lanzelots und Sir Gaweins willen getötet. Sie stehen jetzt hier vor Euch, sagte der König, und Ihr könnt ihnen sagen, was Ihr zu sagen habt. Da kniete er vor Sir Lanzelot und Sir Gawein nieder und bat sie um Vergebung für die Feindschaft, die er gegen sie gehegt hatte.

WIE KÖNIG ARTUS SIE BEGNADIGTE UND FRAGTE, WO SIR GARETH WÄRE. ❧ Freundlich sagten sie beide zugleich: Gott verzeihe Euch, wir tun es. Doch sagt uns bitte, wo wir Sir Beaumains finden können. Edle Herren, erwiderte Sir Ironside, das kann ich euch nicht sagen. Es ist schwer, ihn zu finden, denn junge Ritter wie er bleiben, wenn sie auf Abenteuern sind, nie lange an einem Ort. Aber der Ruhm Beaumains', von dem der Rote Ritter vom Roten Land und Sir Persant und sein Bruder berichteten, war wunderbar zu hören. Wohlan, edle Herren, sagte König Artus, hört denn, ich will euch Sir Beaumains zuliebe ehren. Sobald er wieder da ist, will ich euch alle an einem Tag zu Rittern der Tafelrunde machen. Ihr, Sir Persant von Indien, galtet immer als ein sehr edler Ritter und ebenso Eure drei Brüder, aber ich wundere mich, warum ich nichts von dem Schwarzen Ritter, Euerm Bruder, höre. Herr König, antwortete Pertolepe, der Grüne Ritter, Sir Beaumains hat ihn im Kampf mit seiner Lanze getötet. Das bedauere ich sehr, sagte König Artus, und viele andere Ritter waren derselben Meinung. Denn diese vier Brüder waren als edle Ritter hoch angesehen am Hofe des Königs Artus, und lange Zeit hatten sie gegen die Ritter der Tafelrunde Krieg geführt.

Kapitel 25

WIE DIE KÖNIGIN VON ORKNEY ZU DIESEM PFINGSTFEST KAM, UND WIE SIR GAWEIN UND SEINE BRÜDER SIE UM IHREN SEGEN BATEN. ❧ Danach gingen sie alle zum Mahle und wurden aufs beste bedient. Während sie speisten, kam die Königin von Orkney mit einem großen Gefolge von Damen und Rittern herein. Da standen Sir Gawein, Sir Agrawein und Sir Gaheris auf und gingen zu ihr, begrüßten sie kniend und baten um ihren Segen; sie hatten sie fünfzehn Jahre nicht gesehen. Dann wandte sie sich mit lauter Stimme an ihren Bruder, König Artus: Wo habt Ihr meinen jüngsten Sohn, Sir Gareth, hingebracht? Er war ein Jahr lang hier bei Euch, und Ihr habt einen Küchenjungen aus ihm gemacht, das ist eine Schmach für euch alle. Wehe euch, wo ist mein lieber Sohn, der meine Freude und mein Glück war? O liebe Mutter, sprach Sir Gawein, ich habe ihn nicht erkannt. Ich auch nicht, sagte der König, das reut mich jetzt sehr, aber gelobt sei Gott, er hat sich als einer der ruhmvollsten Ritter erwiesen, die in diesen Zeiten leben, und ich werde nie mehr froh sein, bis ich ihn finde. Ach, Bruder, entgegnete die Königin, Ihr habt große Schande über Euch gebracht, als Ihr meinen Sohn in die Küche stecktet und wie einen armen Tölpel füttertet. Liebe Schwester, erwiderte der König, bedenkt doch, ich habe ihn nicht erkannt, ebensowenig wie Sir Gawein und seine Brüder, aber da er uns verlassen hat, müssen wir nach einem Mittel suchen, ihn wiederzufinden. Mir scheint auch, Schwester, Ihr hättet mir von seinem Kommen Nachricht geben sollen, und wenn ich ihn dann nicht gut behandelt hätte, wäre Grund für Eure Klage gewesen. Als er an diesen Hof kam, stützte er sich auf zwei Männer, als ob er nicht gehen könnte. Dann bat er mich um drei Gaben, um eine noch am selben Tag, das war Verpflegung für ein Jahr; um die anderen beiden bat er ein Jahr darauf, da wollte er das Abenteuer des Fräulein Linet bestehen, und Sir Lanzelot sollte ihn zum Ritter schlagen, wenn er es begehrte. Diese Bitten gewährte ich ihm, und viele an diesem Hofe wunderten sich, daß er für ein Jahr Verpflegung haben wollte, und deshalb glaubten etliche von uns, er stamme nicht aus einem edlen Haus. Herr, sagte die Königin von Orkney zu ihrem Bruder, Ihr sollt wissen, daß ich ihn wohlgewappnet und gut beritten und ritterlich ausgestattet und mit reichlich Gold und Silber versehen zu Euch geschickt habe. Das mag sein, antwortete der König, aber davon haben wir nichts gesehen. Nur am Tag seines Abschieds, so erzählten mir Ritter, kam plötzlich ein Zwerg und brachte ihm eine Rüstung und ein starkes, reich gezäumtes Pferd, und wir wunderten uns, woher dieser Reichtum kam, und meinten nun, er müßte wohl doch aus einem edlen Hause stammen. Bruder, erwiderte die Königin von Orkney, ich glaube Euch, was Ihr sagt, denn seit er erwachsen ist, hat er immer einen erstaunlichen Verstand gehabt und ist seinem Wort stets treu geblieben. Aber ich wundere mich darüber, fuhr sie fort, daß Sir Kay ihn verspottete und schmähte und ihm den Namen Beaumains gab; und doch hat ihn Sir Kay treffender genannt als er glaubte, denn ich darf sagen, sofern er noch lebt, daß er ein Mann mit so schönen Händen und so wohlgestalt ist wie nur irgend ein anderer. Schwester, sagte Artus, hört nun auf, so zu reden; mit Gottes Hilfe werden wir ihn finden, wenn er in diesen sieben Reichen weilt. Und nun vergeßt das alles und seid fröhlich, denn er hat sich als ein Mann von Ruhm und Ehre erwiesen, und darüber freue ich mich.

WIE KÖNIG ARTUS LADY LIONES HOLEN LIESS, UND WIE SIE EIN GROSSES TURNIER AUF IHRER BURG VERANSTALTETE, AN DEM VIELE DER RITTER TEILNAHMEN. ❧ Herr König, sagten dann Sir Gawein und seine Brüder, wenn Ihr es erlaubt, wollen wir unseren Bruder suchen gehen. Nein, erwiderte Sir Lanzelot, das braucht ihr nicht. Und Sir Baldwin von Britannien fügte dem hinzu: Wenn nun auf unseren Rat König Artus einen Boten zu Lady Liones schickt und sie bittet, in aller Eile an den Hof zu kommen, wird sie das ohne Zweifel tun; sie kann euch dann am besten raten, wo ihr ihn findet. Das ist gut gesprochen, sagte der König. So wurden freundliche Briefe geschrieben, und man entsandte einen Boten, der Tag und Nacht unterwegs war, bis er zur Burg der Gefahren kam. Dann wurde Lady Liones geholt, die sich bei Sir Gringamore, ihrem Bruder, und Sir Gareth aufhielt. Als sie den Boten angehört hatte, hieß sie ihn zu König Artus reiten und bestellen, sie wolle in großer Eile folgen. Und sie berichtete Sir Gringamore und Sir Gareth, daß König Artus nach ihr geschickt hatte. Es handelt sich um mich, sagte Sir Gareth. Nun ratet mir, sprach Lady Liones, was ich sagen und wie ich mich verhalten soll. Meine Herrin und Geliebte, antwortete Sir Gareth, ich bitte Euch, in keiner Weise kundzutun, wo ich bin. Ich weiß genau, daß meine Mutter und meine Brüder dort sind, und sie werden mich suchen, bestimmt werden sie das tun. Und wenn Euch der König nach mir fragt, so sagt ihm, Euer Rat sei, wenn es ihm gefiele, daß Ihr zu Mariä Himmelfahrt ein Turnier ausruft, bei dem der beste Ritter Euch und Euer Land gewinnen soll. Wenn es ein verheirateter

Mann ist, soll sein Weib den Preis bekommen, eine goldene, mit Edelsteinen besetzte Krone im Werte von tausend Pfund und einen weißen Jagdfalken. So reiste Lady Liones ab und kam zu König Artus' Hof, wo sie würdig empfangen und vom König und der Königin von Orkney gründlich ausgefragt wurde. Aber sie antwortete, wo Sir Gareth wäre, könne sie nicht sagen. Nur folgendes sprach sie zu Artus: Ich will ein Turnier ausrufen lassen vor meiner Burg auf den Tag der Himmelfahrt Marias, und der Aufruf soll verkünden, daß Ihr, Herr Artus, mit Euern Rittern dort sein werdet, und ich werde dafür sorgen, daß meine Ritter gegen Eure stehen; dann werdet Ihr mit Sicherheit von Sir Gareth hören. Der Rat ist gut, sagte König Artus. So ritt Lady Liones wieder nach Hause. Als sie auf der Insel Avalon eintraf, wo ihr Bruder Sir Gringamore wohnte, berichtete sie, wie es ihr ergangen war und was sie König Artus versprochen hatte. Weh mir, rief Sir Gareth, ich bin so unglücklich verwundet worden, seit ich in diese Burg kam, daß ich nicht imstande sein werde, bei dem Turnier wie ein Ritter zu kämpfen, denn meine Wunde ist nie richtig verheilt. Seid guten Mutes, sagte das Fräulein Linet, ich nehme es auf mich, Euch binnen vierzehn Tagen wieder vollkommen heil und gesund zu machen. Dann rieb sie ihn ein und legte eine Salbe auf, und bald war er wieder so frisch und munter wie je zuvor. Danach sagte das Fräulein Linet: Schickt zu Sir Persant von Indien und laßt ihn und seine Ritter zu Euch kommen, wie sie es versprochen haben. Ferner schickt zu Sir Ironside, dem Roten Ritter vom Roten Land, und tragt ihm auf, mit seiner ganzen Ritterschar zu Euch zu stoßen, dann werdet Ihr es mit König Artus und seinen Rittern aufnehmen können. So geschah es, und alle Ritter wurden zur Burg der Gefahren bestellt, und der Rote Ritter sagte zu Lady Liones und Sir Gareth: Hohe Frau und hoher Herr, ihr sollt wissen, daß ich mit Sir Persant von Indien und seinen Brüdern am Hof von König Artus war und daß wir ihm unsere Huldigung darbrachten, wie ihr uns befohlen habt. Wir haben uns euch zuliebe verpflichtet, es mit Sir Lanzelot und den Rittern des Hofes aufzunehmen. Ihr habt wohl getan, erwiderte Sir Gareth, aber Ihr müßt wissen, uns stehen die berühmtesten Ritter der Welt gegenüber; deshalb müssen wir versuchen, uns mit tapferen Rittern zu verstärken. Das ist gut und trefflich gesprochen, sagte Sir Persant. Und so wurde das Turnier in England, Schottland, Irland, auf den äußeren Inseln, in der Bretagne und in vielen Ländern ausgerufen; und alle Ritter sollten die Wahl haben, entweder auf der Seite der Ritter der Burg oder auf der Seite des Königs Artus zu kämpfen. Zwei Monate waren es bis zu dem Turnier; und es kamen viele Ritter und stellten sich zum größten Teil gegen König Artus und seine Ritter von der Tafelrunde und traten auf die Seite der Burgritter. Unter ihnen waren Sir Epinogris, der Sohn des Königs von Northumberland, Sir Palamides, Sir Malegrine, Sir Brian de les Isles, Sir Carados vom Turm der Schmerzen, Sir Turquine, Sir Dinas und Sir Tristan, der damals noch kein Ritter der Tafelrunde, aber einer der besten Ritter der Welt war. Alle diese edlen Ritter ergriffen Partei für die Herrin der Burg, doch Sir Gareth wollte nicht mehr auf sich nehmen als andere einfache Ritter.

WIE KÖNIG ARTUS SICH MIT SEINEN RITTERN ZU DEM TURNIER BEGAB, UND WIE DIE DAME IHN EHRENVOLL EMPFING, UND WIE DAS TURNIER BEGANN. Mit König Artus kamen Sir Gawein und seine Brüder Agrawein und Gaheris, dann seine Neffen Sir Iwein le Blanche Mains und Sir Aglovale, Sir Tor, Sir Parzival von Wales und Sir Lamorak. Danach traf auch Sir Lanzelot vom See mit seinen Brüdern, seinen Neffen und Vettern ein, die fast alle zur Tafelrunde gehörten. Ferner kamen mit Artus König Agwisance von Irland, König Carados von Schottland, König Uriens vom Lande Gore, König Bagdemagus und sein Sohn Sir Meliagaunce, Prinz Galahalt und viele andere, die nicht alle aufgezählt werden können. Unterdessen gingen die Vorbereitungen auf beiden Seiten in und vor der Burg voran. Lady Liones besorgte Unterkunft für ihre edlen Ritter und ließ zu Land und zu Wasser alle Arten von Lebensmitteln heranschaffen, daß es ihrer Partei wie auch der anderen an nichts fehlte, denn für Gold und Silber konnten König Artus und seine Ritter alles bekommen. Dann kamen die Quartiermeister von König Artus, um ihn und seine Könige, Herzöge, Grafen, Barone und Ritter unterzubringen. Und Sir Gareth bat Lady Liones, den Roten Ritter, Sir Persant und seinen Bruder und Sir Gringamore, daß keiner von ihnen seinen Namen nennen und nicht mehr Aufhebens von ihm machen sollte als von dem geringsten Ritter: Denn ich will nicht erkannt werden, weder am Anfang noch am Ende. Da sagte Lady Liones zu Sir Gareth: Herr, ich will Euch einen Ring leihen, doch ich bitte Euch, bei Eurer Liebe zu mir, gebt ihn mir nach dem Turnier zurück, denn dieser Ring macht mich viel schöner, als ich bin. Die Kraft meines Ringes besteht darin, daß er Grün in Rot und Rot in Grün verwandelt und Blau in Weiß und Weiß in Blau, und so geschieht es mit allen Farben. Wer meinen Ring trägt, wird kein Blut verlieren, und diesen Ring gebe ich Euch, weil ich Euch sehr liebe. Ich danke Euch, meine Herrin, sagte Sir Gareth, dieser Ring kommt mir sehr gelegen, denn er wird mich völlig verwandeln und bewirken, daß ich nicht erkannt werde. Dann gab Sir Gringamore Sir Gareth ein vorzügliches braunes Schlachtroß, einen guten festen Harnisch und ein prächtiges Schwert, das Sir Gringamores Vater einst von einem heidnischen Tyrannen erobert hatte. Und so bereitete sich jeder Ritter auf das Turnier vor. König Artus selbst war zwei Tage vor Mariä Himmelfahrt eingetroffen; und es gab jede Art von königlicher lichem Gepränge und ritterlicher Unterhaltung. Auch waren Königin Ginevra und die Königin von Orkney, Sir Gareths Mutter, anwesend. Am Himmelfahrtstag nach Messe und Frühgottesdienst riefen Herolde mit Trompeten die Recken auf den Kampfplatz. Da kam Sir Epinogris, der Sohn des Königs von Northumberland, aus der Burg und stieß auf Sir Sagramore le Desirous, und beide zerbrachen ihre Lanzen aneinander. Dann ritt Sir Palamides aus der Burg und sprengte so gewaltig gegen Gawein, daß beide Reiter samt ihren Pferden zu Boden stürzten, worauf jeder von Rittern seiner Seite gerettet wurde. Und so ritten sie nacheinander in den Kampf.

WIE DIE RITTER SICH IM KAMPFE HIELTEN.

Schließlich kam Sir Persant von Indien, ein Ritter der Burg, und traf auf Sir Lanzelot vom See, der Sir Persant samt seinem Roß zu Boden streckte. Darauf folgte Sir Pertolepe, der Grüne Ritter, der Sir Lionel, Lanzelots Bruder, niederwarf. Und jedesmal wurde der Name des Siegers von den Herolden verkündet. Dann kam Sir Perimones, der Rote Ritter, Sir Persants Bruder, auf den Kampfplatz, und ihm stellte sich Sir Ector von Maris, und beide fielen mit ihren Pferden zu Boden. Als nächste folgten der Rote Ritter vom Roten Land und Sir Gareth von der Partei der Burg, und gegen sie ritten Sir Bors von Ganis und Sir Bleoberis. Der Rote Ritter und Sir Bors zerbrachen ihre Lanzen aneinander, und ihre Pferde stürzten; und Sir Bleoberis brach seine Lanze an Sir Gareth und fiel von der Wucht des Stoßes zu Boden. Als Sir Galihodin das sah, hieß er Sir Gareth sich vorsehen, doch Sir Gareth warf ihn nieder. Da griff Sir Galihud nach der Lanze, um seinen Bruder zu rächen, aber Sir Gareth verfuhr mit ihm in der gleichen Weise, ebenso mit Sir Dinadan und seinem Bruder La Cote Male Taile und Sir Sagramore le Desirous und Sir Dodinas le Savage. Als König Agwisance von Irland Sir Gareth so kämpfen sah, wunderte er sich, wer das sein könnte, der einmal grün aussah und beim nächsten Angriff blau und der so bei jedem Waffengang seine Farbe wechselte, daß ihn weder König noch Ritter erkennen konnten. Da stellte sich König Agwisance gegen Sir Gareth, und Sir Gareth stieß ihn vom Pferd samt dem Sattelzeug; und ebenso bediente er König Carados von Schottland und König Uriens aus dem Lande Gore und Sir Bagdemagus. Und Sir Bagdemagus' Sohn Meliagaunce brach mit ritterlicher Kraft eine Lanze an Sir Gareth. Dann rief Sir Galahalt, der edle Prinz, mit lauter Stimme: Ritter mit den vielen Farben, gut hast du gekämpft, doch jetzt mache dich fertig, ich will mit dir streiten! Sir Gareth hörte ihn und ergriff eine mächtige Lanze. Beim Zusammenprall brach die Lanze des Prinzen, und Sir Gareth traf ihn auf die linke Seite des Helms, daß er hin und her taumelte und gefallen wäre, wenn ihm seine Männer nicht beigesprungen wären. Weiß Gott, sagte König Artus, dieser Ritter mit den vielen Farben ist ein wackerer Kämpe. Deshalb rief der König Sir Lanzelot zu sich und bat ihn, mit diesem Ritter zu streiten. Herr, erwiderte Lanzelot, ich habe das Gefühl, es wäre besser, das jetzt nicht zu tun, denn er hat heute schon genug Kämpfe bestanden. Wenn sich ein wackerer Ritter so tapfer schlägt, steht es einem wahren Ritter nicht gut an, ihm den Ruhm zu nehmen, besonders wenn er sieht, daß der Ritter schon so schwere Waffengänge hinter sich hat. Vielleicht, fuhr Sir Lanzelot fort, wird sein Streit heute ausgefochten, und vielleicht liebt ihn die Dame von allen hier an meisten. Denn ich sehe wohl, er strengt sich an und zwingt sich, große Taten zu vollbringen, und deshalb soll ihm von mir aus heute der Ruhm gebühren; und wenn es in meiner Macht läge, ihm den Ruhm zu nehmen, so wollte ich es doch nicht.

Kap. 29

HANDELT NOCH VON BESAGTEM TURNIER. Nachdem das Lanzenstechen beendet war, begann als nächster Waffengang das Schwertschlagen. Darin tat sich Sir Lamorak hervor und lieferte Sir Ironside, dem Roten Ritter vom Roten Land, einen harten Kampf. Auch zwischen Sir Palamides und Beloberis kam es zu einem heftigen Streit. Und Sir Gawein traf auf Sir Tristan, und Sir Gawein zog den kürzeren. Er wurde vom Pferd in den Schmutz geworfen und blieb lange zu Fuß. Sir Lanzelot und Sir Turquine hieben aufeinander los, und da griff Sir Carados, Turquines Bruder, ein. Beide griffen Sir Lanzelot gleichzeitig an, und der ruhmreichste aller Ritter kämpfte mannhaft mit beiden, daß alle über seine Tapferkeit staunten. Dann kam Sir Gareth auf den Kampfplatz. Er wußte, daß es Sir Lanzelot war, der mit den zwei gefährlichen Rittern kämpfte, und er ritt mit seinem starken Pferd dazwischen und trieb sie auseinander und wollte keinen Streich gegen Sir Lanzelot führen. Dieser merkte das und ahnte, daß er es mit Sir Gareth zu tun hatte; und Sir Gareth ritt hierhin und dorthin und hieb nach rechts und nach links, und alle Zuschauer konnten seine Bahn verfolgen. Durch Zufall traf er auf seinen Bruder Gawein und besiegte ihn, denn er schlug ihm den Helm ab; und so bezwang er fünf oder sechs Ritter der Tafelrunde, daß alle sagten, er habe am meisten geleistet und sich am besten geschlagen. Als Sir Tristan sah, daß Sir Gareth zuerst die Lanze und dann das Schwert so gut handhabte, ritt er zu Sir Ironside und Sir Persant von Indien und fragte sie bei ihrer Ehre: Was ist das für ein Ritter dort, der in so vielen Farben erscheint? Mich dünkt, er setzt seine ganze Kraft ein, denn er gönnt sich keine Ruhe. Wißt Ihr nicht, wer das ist? fragte Sir Ironside. Nein, antwortete Sir Tristan. Dann sollt Ihr wissen, es ist der Ritter, der die Herrin der Burg liebt und von ihr wieder geliebt wird; und er hat mich besiegt, als ich die Burgherrin belagerte, und er hat Sir Persant von Indien und seine drei Brüder überwunden. Wie ist sein Name, fragte Tristan, und aus welchem Geschlecht stammt er? Er wurde am Hofe von König Artus Beaumains genannt, doch sein wahrer Name ist Sir Gareth von Orkney, Sir Gaweins Bruder. Bei meinem Leben, sagte Sir Tristan, er ist ein guter Ritter und ein starker und waffentüchtiger Mann, und wenn er noch jung ist, wird er ein berühmter Ritter werden. Er ist fast noch ein Kind, erwiderten alle, und von Sir Lanzelot wurde er zum Ritter geschlagen. Das macht ihn noch besser, meinte Tristan. Dann taten sich Sir Tristan, Sir Ironside, Sir Persant und dessen Bruder zusammen, um Sir Gareth zu helfen, und es gab viele scharfe Streiche. Nach einer Weile ritt Sir Gareth zur Seite, um seinen Helm festzubinden. Da sagte sein Zwerg zu ihm: Gebt mir Euern Ring, damit Ihr ihn nicht verliert, während Ihr trinkt. Und als er getrunken hatte, setzte er den Helm wieder auf, stieg aufs Pferd und ritt auf den Kampfplatz. Und der Zwerg war froh, daß er den Ring hatte, denn er wußte, nun würde Sir Gareth erkannt werden. Und alle sahen ihn deutlich in gelben Farben; und er hieb Helme ab und warf Ritter nieder, daß sich Artus wunderte, wer er sein mochte, denn der König erkannte am Haar, daß es derselbe Ritter war.

Kapitel 30

WIE SIR GARETH VON DEN HEROLDEN ERKANNT WURDE, UND WIE ER VOM TURNIERPLATZ ENTKAM.

Vorher erschien er in so vielen Farben, und jetzt ist er nur gelb, sagte König Artus zu verschiedenen Herolden. Reitet in seine Nähe und findet heraus, wer er ist; ich habe schon viele Ritter seiner Partei befragt, und alle sagten, sie wüßten es nicht. Und einer der Herolde ritt so dicht an Sir Gareth heran, daß er die goldene Schrift an seinem Helm erkennen konnte: Dieser Helm gehört Sir Gareth von Orkney. Da schrie der Herold wie toll und viele andere mit ihm: Das ist Sir Gareth von Orkney in der gelben Rüstung. Sogleich hielten alle Könige und Ritter auf Artus' Seite inne und drängten sich danach, ihn zu sehen; und immerfort riefen die Herolde: Das ist Sir Gareth von Orkney, König Lots Sohn. Als Sir Gareth merkte, daß er entdeckt war, verdoppelte er seine Streiche und schlug Sir Sagramore und seinen Bruder Gawein nieder. Ach Bruder, sagte Sir Gawein, ich dachte, du würdest dich nicht mit mir schlagen. Als er ihn so sprechen hörte, zog er sich zurück und gelangte mit großer Mühe aus dem Gedränge heraus. Da traf er auf seinen Zwerg und sagte zu ihm: O Bursche, du hast mich heute schmählich betrogen, als du meinen Ring behieltest. Gib ihn mir zurück, damit ich mich verbergen kann. Und als er ihn wieder an sich genommen hatte, wußte niemand mehr, was so plötzlich aus Sir Gareth geworden war, nur Sir Gawein hatte bemerkt, in welcher Richtung er verschwand, und er ritt, so schnell er konnte, hinter ihm her. Da verbarg sich Sir Gareth rasch im Wald, und als Sir Gawein vorbeigeritten war, fragte er seinen Zwerg, was nun am besten zu tun sei. Herr, sagte der Zwerg, da Ihr jetzt den Spähern entkommen seid, wäre es wohl das beste, Lady Liones den Ring zurückzugeben. Das ist ein guter Rat, erwiderte Sir Gareth, nimm ihn und bringe ihn zu ihr, empfiehl mich ihrer Gnade und sage ihr, ich komme, sobald ich kann; und ich bitte sie, mir so treu zu bleiben wie ich ihr. Herr, sagte der Zwerg, es soll geschehen, wie Ihr befehlt. So ritt er davon und bestellte der Dame seine Botschaft. Da fragte sie: Wo ist mein Ritter? Hohe Frau, antwortete der Zwerg, er läßt Euch sagen, er würde nicht lange von Euch fernbleiben. Kurze Zeit später war der Zwerg wieder bei Sir Gareth, der sich nach einer Herberge sehnte, denn er brauchte Ruhe. Da kam ein heftiger Gewitterregen, als ob Himmel und Erde einstürzen wollten; und Sir Gareth war sehr müde, denn er hatte den ganzen Tag kaum ausruhen können. So ritt er lange durch den Wald, bis in die Nacht hinein, und es blitzte und donnerte sehr. Schließlich kam er zu einer Burg und hörte die Wachen auf den Wällen.

WIE SIR GARETH ZU EINER BURG KAM, WO ER GUT AUFGENOMMEN WURDE, UND WIE ER MIT EINEM RITTER KÄMPFTE UND IHN ERSCHLUG. Da ritt Sir Gareth zum Wachtturm und bat den Pförtner höflich um Einlaß. Der Pförtner antwortete grob: Du bekommst hier kein Obdach. Guter Mann, sprich nicht so, ich bin ein Ritter des Königs Artus und bitte den Herrn oder die Herrin der Burg König Artus zuliebe um Unterkunft. Darauf meldete der Pförtner dies der Herzogin. Laßt ihn ein, sagte sie, ich möchte diesen Ritter sehen, und um König Artus' willen soll er nicht im Freien übernachten. Dann ging sie von vielen Fackeln begleitet zu dem Turm über dem Tor. Als Sir Gareth die Fackeln sah, rief er mit lauter Stimme: Ob du Herr oder Dame bist, Riese oder Recke, ich komme nicht mit Gewalt und möchte eine Unterkunft für diese Nacht haben; und wenn ich durchaus kämpfen muß, schone mich morgen nicht, wenn ich ausgeruht bin; jetzt bin ich müde und mein Pferd auch. Herr Ritter, antwortete die Dame, du sprichst ritterlich und kühn, aber du mußt wissen, der Herr dieser Burg liebt König Artus nicht und keinen von seinem Hof, mein Herr ist immer gegen ihn gewesen. Deshalb wäre es besser für dich, nicht in diese Burg zu kommen; und wenn du doch heute nacht hereinkommst, dann unter der Bedingung, daß du dich meinem Herrn als Gefangener ergibst, auf welchem Weg oder Steg du ihm auch begegnest. Edle Frau, erwiderte Sir Gareth, wie heißt Euer Herr? Sein Name ist Herzog de la Rouse. Wohlan, ich verspreche Euch, mich der Gnade Eures Herrn zu ergeben, wo immer ich ihn treffe. Darunter verstehe ich, daß er mir keinen Schaden zufügt; wenn er das doch tun will, werde ich mich mit Lanze und Schwert befreien. Ihr sprecht gut, sagte die Herzogin, und ließ die Zugbrücke herunter. Und so ritt er in die Halle, stieg aus dem Sattel und ließ sein Pferd in den Stall bringen. Darauf legte er die Rüstung ab und sagte: Frau Herzogin, ich will heute nacht in der Halle bleiben, wenn aber morgen früh jemand mit mir kämpfen möchte, soll er mich bereit finden. Dann wurde das Essen aufgetragen, und er erhielt viele gute Gerichte, und Sir Gareth aß ritterlich und mit großem Appetit. Um ihn waren viele schöne Damen, und einige sagten, sie hätten noch nie einen stattlicheren Mann gesehen noch einen so guten Esser, und sie waren sehr freundlich zu ihm. Kurz nach dem Mahl wurde sein Bett aufgeschlagen, und er ruhte die ganze Nacht. Am anderen Morgen ging er zur Messe, frühstückte und verabschiedete sich von der Herzogin und allen anderen und bedankte sich bestens für die Unterkunft und die gute Bewirtung. Dann fragte sie nach seinem Namen. Frau Herzogin, antwortete er, mein wahrer Name ist Gareth von Orkney, aber manche Leute nennen mich Beaumains. Da wußte sie, daß er der Ritter war, der für Lady Liones gekämpft hatte. Darauf ritt Sir Gareth fort und kam in ein Gebirge, wo er einem Ritter namens Sir Bendelaine begegnete, der zu ihm sagte: Du kommst hier nicht vorbei, entweder du kämpfst mit mir, oder du wirst mein Gefangener. Dann will ich kämpfen, erwiderte Sir Gareth. So ritten sie gegeneinander an, und Sir Gareth stieß ihm die Lanze durch den Leib. Sir Bendelaine schleppte sich zu seiner Burg in der Nähe und starb dort. Auf der Suche nach einer Raststätte kam Sir Gareth zu Bendelaines Burg, und die Ritter und Diener erkannten, daß er es gewesen war, der ihren Herrn erschlagen hatte. Da rüsteten sie zwanzig gute Mannen, und diese kamen heraus und griffen Sir Gareth an. Der aber hatte keine Lanze, sondern nur Schwert und Schild. Sie zerbrachen ihre Lanzen an ihm und bedrängten ihn sehr, doch Sir Gareth verteidigte sich ritterlich.

WIE SIR GARETH MIT EINEM RITTER KÄMPFTE, DER AUF SEINER BURG DREISSIG DAMEN GEFANGENHIELT, UND WIE ER IHN ERSCHLUG.

Als sie sahen, daß sie ihm nicht beikommen konnten, beschlossen sie, sein Pferd zu töten, und bei einem neuen Angriff erstachen sie es mit ihren Lanzen. Als Sir Gareth zu Fuß war, versetzte er jedem, mit dem er kämpfte, einen solchen Streich, daß er sich nicht wieder erholte. So erschlug er einen nach dem anderen, bis nur noch vier übrig waren, und die ergriffen die Flucht, Sir Gareth aber suchte sich von ihren Pferden ein gutes aus und ritt davon. Nach langer Zeit kam er zu einer Burg, aus der lauter Klagen von Damen und Edelfrauen drang. Da fragte er einen Knappen, der des Weges kam: Was ist das für ein Lärm, der aus der Burg kommt? Herr Ritter, antwortete der Knappe, in dieser Burg sind dreißig Damen, alle Witwen, und ein Ritter lauert ständig auf dieser Burg, sein Name ist der Braune Ritter ohne Gnade, der gefährlichste Ritter der Welt. Deshalb rate ich Euch zu fliehen. Nein, erwiderte Sir Gareth, ich fliehe nicht, wenn du dich auch vor ihm fürchtest. Da erschien auch schon der Braune Ritter. Seht, sagte der Knappe, dort kommt er. Laß mich mit ihm abrechnen, sprach Sir Gareth. Als sie beide einander erblickten, spornten sie ihre Pferde, und der Braune Ritter zerbrach seine Lanze, Sir Gareth aber stieß ihm seine durch den Leib, daß er tot zu Boden fiel. Danach ritt Sir Gareth in die Burg und bat die Damen, sich ausruhen zu dürfen. Ach, entgegneten die Damen, Ihr dürft hier nicht bleiben. Wartet ihm gut auf, sagte der Knappe, denn dieser Ritter hat euern Feind erschlagen. Und da waren sie sehr freundlich zu ihm, sie konnten aber nichts weiter für ihn tun, denn sie waren sehr arm. Am anderen Morgen ging er zur Messe, und da sah er die dreißig Damen knien und hingestreckt auf Gräbern liegen und laut klagen und weinen; daran erkannte er, daß ihre Gatten in den Gräbern lagen. Edle Damen, sagte Sir Gareth, ihr müßt zum nächsten Pfingstfest an den Hof von König Artus kommen und sagen, daß ich, Sir Gareth, euch geschickt habe. Das werden wir tun, erwiderten die Damen. So ritt er davon und kam durch Zufall an einen Berg und fand dort einen stattlichen Ritter, der ihm zurief: Bleibt stehen, Herr Ritter, und kämpft mit mir! Wer seid Ihr? fragte Sir Gareth. Ich bin der Herzog de la Rouse. Ah, Herr, Ihr seid der Ritter, in dessen Burg ich kürzlich übernachtete, und dabei gelobte ich Eurer Gattin, mich Euch zu ergeben. Aha, sagte der Herzog, Ihr seid der stolze Mann, der meine Ritter zum Kampf herausgefordert hat. Nun macht Euch bereit, ich will gegen Euch antreten. Sir Gareth warf den Herzog vom Pferd, und sie kämpften zu Fuß über eine Stunde mit dem Schwert und verwundeten einander schwer. Endlich zwang Sir Gareth den Herzog zu Boden und hätte ihn erschlagen, wenn er sich nicht ergeben hätte. Dann müßt Ihr zum nächsten Pfingstfest zu König Artus gehen und sagen, daß ich, Sir Gareth von Orkney, Euch geschickt habe. Das soll geschehen, antwortete der Herzog, und ich will Euch mit hundert Rittern huldigen, und Treue schwören und Euch zeit meines Lebens dienen, wohin Ihr mich auch sendet.

WIE SIR GAWEIN UND SIR GARETH GEGENEINANDER KÄMPFTEN, UND WIE SIE DURCH DAS FRÄULEIN LINET EINANDER ERKANNTEN. ❧ So ritt der Herzog fort, und Sir Gareth blieb allein zurück. Da sah er einen bewaffneten Ritter auf sich zukommen, nahm den Schild des Herzogs auf, bestieg sein Pferd, und so rannten sie ohne Zuruf wie der Donner gegeneinander, und der Ritter verwundete Sir Gareth mit der Lanze an der Seite. Danach stiegen sie ab und versetzten einander im Schwertkampf viele scharfe Streiche, daß das Blut zu Boden tropfte. So kämpften sie zwei Stunden lang. Schließlich kam das Fräulein Linet, das von manchen Fräulein Savage genannt wurde, gemächlich auf einem Maultier angeritten und rief laut: Sir Gawein, Sir Gawein, höre auf, mit deinem Bruder Sir Gareth zu kämpfen. Als er das hörte, warf er Schild und Schwert von sich, lief zu Sir Gareth, schloß ihn in die Arme, kniete nieder und bat ihn um Vergebung. Wer seid Ihr, sagte Gareth, der Ihr eben noch so stark und mächtig wart und Euch jetzt plötzlich mir ergebt? O Gareth, ich bin dein Bruder Sir Gawein und habe um deinetwillen viel Leid und Mühe gehabt. Da nahm Sir Gareth den Helm ab, kniete nieder und bat ihn um Gnade. Dann standen beide auf, umarmten einander und weinten lange, ehe sie sprechen konnten, und jeder sprach dem anderen den Sieg im Kampfe zu. Und dann wechselten sie viele freundliche Worte. Ach, mein teurer Bruder, sagte Sir Gawein, bei Gott, ich schulde dir Verehrung, auch wenn du nicht mein Bruder wärst, denn du hast König Artus und seinem ganzen Hof Ehre gemacht und mir in diesen zwölf Monaten mehr berühmte Ritter geschickt als die sechs besten von der Tafelrunde, Sir Lanzelot ausgenommen. Darauf pflegte das Fräulein Linet Sir Gareths und Sir Gaweins Wunden. Was wollt ihr nun tun? fragte sie. Ich glaube, es wäre gut, wenn Artus jetzt Kunde von euch erhielte, denn eure Pferde sind stark mitgenommen und können euch kaum tragen. Edles Fräulein, sagte Sir Gawein, ich bitte Euch, reitet zu meinem Herrn und Onkel, König Artus, und berichtet ihm, was für ein Abenteuer mir hier begegnet ist, und ich denke, er wird nicht lange zögern. Da bestieg sie ihr Maultier und traf schon nach kurzer Zeit auf König Artus, der nur zwei Meilen von dort entfernt war. Als sie ihm die Nachricht überbracht hatte, ließ sich der König einen Zelter bringen und hieß die Herren und Damen, die Lust dazu hatten, mitkommen. Da wurden die Pferde der Königinnen und Prinzen gesattelt und gezäumt, und jeder wollte so schnell wie möglich fertig werden. Bald fand der König Sir Gawein und Sir Gareth, die am Abhang eines kleinen Hügels saßen. Dort stieg er ab, und als er auf Sir Gareth zutrat, wollte er sprechen, brachte aber kein Wort heraus, sondern sank vor Freude in eine Ohnmacht. Da sprangen sie ihrem Oheim bei und beruhigten ihn. Der König freute sich über alle Maßen und machte Sir Gareth bittere Vorwürfe und weinte wie ein Kind. Unterdessen traf seine Mutter, Lady Margawse, die Königin von Orkney, ein, und als sie Sir Gareth vor sich sah, konnte sie nicht weinen, sondern verlor plötzlich die Besinnung und lag lange wie tot. Dann sprach Sir Gareth seiner Mutter Trost zu, und sie kam wieder zu sich und war voll Freude. Darauf befahl der König, daß alle Ritter, die ihm untertan waren, aus Liebe zu seinem Neffen an diesem Ort ihr Quartier aufschlagen sollten. Und so geschah es, und aller nötige Proviant wurde herbeigeschafft, daß es an nichts fehlte, was man für Gold und Silber an Fleisch und Wildbret herbeischaffen konnte. Acht Tage blieben sie dort, und mit Hilfe des Fräuleins Savage heilten Sir Gaweins und Sir Gareths Wunden. Da sagte König Artus zu Fräulein Savage: Ich wundere mich, daß Eure Schwester, Lady Liones, nicht herkommt und ihren Ritter, meinen Neffen Sir Gareth, aufsucht, der aus Liebe zu ihr so viele Mühen auf sich genommen hat. Hoher Herr, antwortete das Fräulein Linet, Ihr müßt sie gnädigst entschuldigen, denn sie weiß nicht, daß Sir Gareth hier ist. So bringt sie her, sagte König Artus, damit wir festlegen können, was nach dem Wunsche meines Neffen am besten zu tun ist. Herr, erwiderte das Fräulein, das soll geschehen. So ritt das Fräulein Savage zu ihrer Schwester, und diese machte sich fertig, so schnell sie konnte, und kam am nächsten Morgen mit ihrem Bruder Sir Gringamore und vierzig Rittern. Und sie wurde von König Artus und vielen anderen Königen und Königinnen aufs freundlichste empfangen.

Kapitel 34

WIE SIR GARETH KÖNIG ARTUS GESTAND, DASS ER UND LADY LIONES EINANDER LIEBTEN, UND VON DER FESTSETZUNG IHRER HOCHZEIT.

Unter allen Damen wurde sie als die Schönste gepriesen und als unvergleichlich bezeichnet. Und als Sir Gareth sie zu Gesicht bekam, gab es viele strahlende Blicke und liebevolle Worte, daß alle Männer von Ehre sich freuten, sie anzusehen. Dann fragte König Artus vor Lady Ginevra und der Königin von Orkney seinen Neffen, ob er diese Dame als seine Geliebte oder als sein Weib haben wollte. Hoher Herr, Ihr sollt wissen, daß ich sie mehr liebe als alle anderen Frauen. Nun, edle Dame, sagte König Artus, was sagt Ihr? Höchst edler König, antwortete Lady Liones, ich möchte lieber Sir Gareth zum Gatten haben als irgendeinen König oder Prinzen in der ganzen Christenheit. Und wenn ich ihn nicht haben kann, gelobe ich Euch, will ich nie einen haben; denn er ist meine erste Liebe, und er soll meine letzte sein; und wenn Ihr ihm die freie Wahl erlaubt, bin ich sicher, er wird mich haben wollen. Das ist wahr, sagte Sir Gareth, wenn ich Euch nicht zur Frau haben kann, dann will ich auch keine andere. Was, Neffe, sagte der König, weht der Wind aus der Ecke? Ich versichere euch, nicht um den Verlust meiner Krone möchte ich eure Herzen trennen; auch kann eure Liebe nicht so groß sein, daß ich sie nicht eher vergrößern möchte als schmälern. Ihr könnt aller Liebe und königlichen Freundschaft, die ich Euch bieten kann, sicher sein. Und in derselben Art sprach Sir Gareths Mutter. Da wurde der Hochzeitstag festgesetzt. Auf des Königs Rat sollte sie am folgenden Michaelistag sein zu Kinkenadon am Meer in dem reichen Land. Und so wurde es in allen Orten im ganzen Reich ausgerufen. Sir Gareth schickte allen Rittern und Damen, die er im Kampf gewonnen hatte, die Aufforderung, sich am Hochzeitstag an der Küste in Kinkenadon einzufinden. Und Lady Liones ritt mit dem Fräulein Linet und Sir Gringamore zu ihrer Burg; und sie gab Sir Gareth einen schönen und kostbaren Ring, und er überreichte ihr auch einen; und König Artus schenkte ihr eine wertvolle goldene Spange. Danach ritten König Artus und sein Gefolge nach Kinkenadon, und Sir Gareth begleitete seine Dame ein Stück Weges und kehrte dann zum König zurück. Himmel! welche Freude Sir Lanzelot an Sir Gareth hatte und er an ihm; denn Sir Gareth mochte keinen anderen Ritter so sehr wie Sir Lanzelot, und meist war er in dessen Gesellschaft. Und nachdem Sir Gareth die Eigenschaften Sir Gaweins erkannt hatte, zog er sich aus der Gesellschaft seines Bruders zurück, denn dieser war rachsüchtig, und wo er haßte, da pflegte er sich durch Mord zu rächen, und das mißfiel Sir Gareth.

VON DEM GROSSEN GEPRÄNGE UND DEN RANGERHÖHUNGEN BEI DEM HOCHZEITSFEST UND VON DEM TURNIER ANLÄSSLICH DES FESTES. ❧ So kam Michaelis schnell heran, und Lady Liones, die Herrin der Burg der Gefahren, traf mit ihrer Schwester Linet und ihrem Bruder Sir Gringamore auf Kinkenadon ein. Am Michaelistag schloß der Bischof von Canterbury die Ehe zwischen Sir Gareth und Lady Liones mit großer Feierlichkeit. Und König Artus veranlaßte Gaheris, Lady Linet zur Frau zu nehmen, und Sir Agrawein verheiratete er mit einer schönen Nichte der Lady Liones namens Lady Laurel. Als die Trauungsfeierlichkeiten vorbei waren, kam Sir Pertolepe, der Grüne Ritter, mit dreißig Rittern, und sie leisteten Sir Gareth Huldigung und Treueschwur für immer. Und Sir Pertolepe sagte: Ich bitte Euch, daß ich bei diesem Fest Euer Kämmerer sein darf. Sehr gern, antwortete Sir

Gareth, wenn es Euch gefällt, ein so bescheidenes Amt zu übernehmen. Danach kam Sir Perimones, der Rote Ritter, mit sechzig Mannen, und sie leisteten Sir Gareth ebenfalls Huldigung und Treueschwur, und Sir Perimones bat um das Amt des Kellermeisters. Ich gebe Euch dieses Amt gern, erwiderte Sir Gareth, und wünschte, es wäre ein besseres. Ihm folgten Sir Persant von Indien mit hundert Rittern, der Herzog de la Rouse mit hundert Rittern und der Rote Ritter vom Roten Land, Sir Ironside, mit dreihundert Rittern, und sie leisteten Sir Gareth Huldigung und Lehenstreue. Sir Persant bat um das Amt des Küchenmeisters, der Herzog de la Rouse wurde Mundschenk und Sir Ironside Fleischvorschneider. Dann kamen dreißig Damen an den Hof, alle wie Witwen gekleidet, und brachten viele schöne Edelfrauen mit. Sie knieten alle sogleich vor König Artus und Sir Gareth nieder und berichteten dem König, wie Sir Gareth sie aus dem Turm der Schmerzen befreit und den Braunen Ritter ohne Gnade erschlagen hatte: Deshalb wollen wir und unsere Nachfahren Sir Gareth von Orkney für immer Huldigung leisten. So gingen denn die Könige und Königinnen, Prinzen und Grafen, Barone und viele tapfere Ritter zum Mahle, und seid versichert, es gab alle Arten von Speisen in Hülle und Fülle, alle möglichen Vorführungen und Spiele mit Tanz und Gesang, wie es in jenen Tagen üblich war. Auch wurde ein großes dreitägiges Turnier abgehalten, aber der König ließ Sir Gareth wegen seiner Braut nicht teilnehmen; denn Lady Liones bat den König, wie das französische Buch sagt, zu befehlen, die Neuvermählten sollten an ihrem Hochzeitsfest nicht kämpfen. So trug am ersten Tag Sir Lamorak von Wales den Sieg davon, denn er warf dreißig Ritter nieder und vollbrachte wunderbare Waffentaten; und dann ernannte König Artus Sir Persant und seine zwei Brüder zu Rittern der Tafelrunde bis an ihr Lebensende und gab ihnen große Ländereien. Am zweiten Tag war Sir Tristan der beste und besiegte vierzig Ritter und vollbrachte große Taten; und König Artus ernannte

Sir Ironside, den Roten Ritter vom Roten Land, zum Ritter der Tafelrunde bis an sein Lebensende und gab ihm Land. Am dritten Tage siegte Sir Lanzelot vom See, er warf fünfzig Ritter nieder und vollbrachte so wunderbare Waffentaten, daß alle über ihn staunten. König Artus ernannte den Herzog de la Rouse zum Ritter der Tafelrunde und gab ihm Land. Als aber das Turnier vorbei war, reisten Sir Lamorak und Sir Tristan plötzlich ab und sagten niemandem, warum und wohin, und darüber waren König Artus und der ganze Hof sehr verärgert. Das Fest und die großen Feierlichkeiten währten vierzig Tage. Und Sir Gareth war ein edler Ritter und in seinem Verhalten und seiner Redeweise ohne Tadel.

8. Buch

WIE SIR TRISTAN VON LIONES GEBOREN WURDE, UND WIE SEINE MUTTER BEI SEINER GEBURT STARB, WESHALB SIE IHN TRISTAN NANNTE.

IM Lande Liones gab es einmal einen König, der hieß Meliodas und war einer der stattlichsten Recken seiner Zeit. Er war vermählt mit der Schwester des Königs Marke von Cornwall, Elisabeth, einer guten und schönen Frau. Zur gleichen Zeit war Artus König von ganz England, Wales und Schottland und von vielen anderen Reichen; denn wenn es in diesen Ländern auch Könige als Herren gab, besaßen sie ihr Land doch als Lehen von König Artus; so zwei Könige in Wales und zwei in Cornwall und im Westen und zwei oder drei in Irland und mehrere im Norden, ferner der König von Frankreich und der König der Bretagne und alle Herrscher bis hin nach Rom. Als König Meliodas eine Weile vermählt war, wurde seine Frau schwanger. Sie war eine sehr gütige Frau, und sie liebte ihren Gemahl sehr und er sie gleichermaßen, so daß sie große Freude aneinander hatten. Es gab da aber in dem Lande noch eine Dame, die den König Meliodas schon seit langem liebte und auf keine Weise seine Liebe gewinnen konnte. Daher richtete sie es eines Tages durch Zauber ein, daß König Meliodas während einer Jagd, denn er war ein leidenschaftlicher Jäger, allein einen Hirsch verfolgte, bis er zu einer alten Burg kam, wo sie ihn gefangennehmen ließ. Als ihr Gemahl nicht zurückkehrte, geriet Elisabeth fast außer sich, und obwohl sie hochschwanger war, nahm sie eine Edelfrau mit und lief in den Wald, um den König zu suchen. Mitten im Wald konnte sie plötzlich nicht weiter, denn heftige Wehen setzten sein, und die Geburt begann. Die Edelfrau half ihr, so gut sie konnte, und durch ein Wunder Unserer Lieben Frau im Himmel brachte sie unter großen Schmerzen ein Kind zur Welt. Wegen der fehlenden Pflege war ihr aber so kalt geworden, daß schwere Todesqualen sie ergriffen. Als Königin Elisabeth spürte, daß sie sterben mußte, klagte sie sehr und sprach zu der Edelfrau: Wenn Ihr zu meinem Gemahl kommt, so grüßt ihn von mir und berichtet ihm, was für Qualen ich aus Liebe zu ihm hier ertrage und wie ich aus Mangel an Hilfe um seinetwillen hier sterben muß; und sagt ihm, wie ungern ich von ihm aus dieser Welt scheide, und deshalb bittet ihn, sich meiner Seele anzunehmen. Und nun laßt mich mein Kind sehen, das die Ursache all meines Leidens ist. Als sie es erblickte, sagte sie: Ach, mein kleiner Sohn, du hast deine Mutter getötet. Da du so jung schon tötest, wirst du, glaube ich, in deinen Mannesjahren ein starker Recke werden. Und weil ich an deiner Geburt sterbe, gebe ich meiner Edelfrau den Auftrag, König Meliodas zu bitten, dich bei der Taufe Tristan zu nennen, das heißt soviel wie leidvolle Geburt. Damit gab die Königin den Geist auf und starb. Die Edelfrau legte sie in den Schatten eines großen Baumes und hüllte dann das Kind wegen der Kälte ein, so gut es ging. In diesem Augenblick kamen die Barone, die der Königin gefolgt waren, und als sie sahen, daß sie tot war, nahmen sie an, der König wäre auch umgekommen.

WIE SIR TRISTANS STIEFMUTTER GIFT BESCHAFFTE, UM SIR TRISTAN ZU TÖTEN. Da wollten einige von ihnen das Kind töten, weil sie selbst gern Herren des Landes Liones geworden wären. Aber durch die klugen Worte der Edelfrau und ihre Vermittlung gaben die meisten Barone ihre Zustimmung dazu nicht. Dann ließen sie die tote Königin nach Hause bringen, und es gab großes Klagen um sie. Mittlerweile befreite Merlin am Morgen nach dem Tode der Königin den König Meliodas aus der Gefangenschaft, und als er zurückkehrte, freuten sich die meisten Barone sehr. Aber der Jammer des Königs um seine Königin läßt sich nicht in Worte fassen. Er ließ sie prächtig bestatten und danach sein Kind Tristan taufen, wie es seine Gemahlin vor ihrem Tod bestimmt hatte. Dann lebte König Meliodas sieben Jahre unbeweibt, und die ganze Zeit über wurde Tristan gut versorgt. Schließlich heiratete König Meliodas die Tochter des Königs Howel von der Bretagne, mit der er bald Kinder hatte. Die Königin aber war betrübt und zornig, daß ihre Kinder nicht in den Genuß des Landes Liones kommen sollten, und sie beschloß deshalb, den jungen Tristan zu vergiften. Sie tat Gift in einen Silberbecher und ließ ihn in das Zimmer stellen, in dem sich Tristan und ihre Kinder aufhielten, mit der Absicht, daß Tristan daraus trinken sollte, wenn er Durst hätte. Doch eines Tages sah der Sohn der Königin den Becher mit dem Gift und glaubte, er enthielte ein gutes Getränk, und da er durstig war, trank er davon in vollen Zügen; und mit einem Male brach er zusammen und war tot. Als die Königin vom Tode ihres Sohnes erfuhr, war sie tief betrübt, doch der König ahnte nichts von dem Verrat. Die Königin aber wollte von ihrem Plan nicht lassen undbestellte bald darauf neues Gift und tat es in einen Becher. Durch Zufall fand König Meliodas, als er sehr durstig war, den Becher mit dem vergifteten Wein und wollte daraus trinken. Das bemerkte die Königin, lief zu ihm und riß ihm den Becher aus der Hand. Darüber wunderte sich der König, und er erinnerte sich, daß sein Sohn vergiftet worden war. Da nahm er sie bei der Hand und rief: Du Verräterin, sage mir, was für ein Trank dies ist, oder ich werde dich töten. Damit zog er sein Schwert und schwur, er würde sie erschlagen, wenn sie ihm nicht die Wahrheit sagte. Ach, Gnade, mein Gemahl, erwiderte sie, ich will Euch alles berichten. Und da gestand sie ihm, daß sie Tristan hatte töten wollen, damit ihre Kinder in den Besitz des Landes kämen. Dann soll Euch die Härte des Gesetzes treffen, sagte König Meliodas. Und so wurde sie durch den

Spruch der Barone zum Feuertod verurteilt. Ein großer Scheiterhaufen wurde errichtet, aber als sie verbrannt werden sollte, kniete Tristan vor König Meliodas nieder und bat ihn, ihm einen Wunsch zu erfüllen. Das will ich gern, antwortete der König. Da sagte der junge Tristan: Ich bitte um das Leben der Königin, meiner Stiefmutter. Das ist unrecht gebeten, entgegnete der König, denn du solltest sie eigentlich hassen, weil sie dich mit jenem Gift getötet hätte, wenn es nach ihrem Willen gegangen wäre; und vor allem um deinetwillen soll sie sterben. Herr König, sagte Tristan, ich erflehe von Eurer Gnade, ihr zu verzeihen, möge Gott ihr vergeben, ich meinerseits verzeihe ihr. Es gefiel Eurer Hoheit, mir eine Bitte zu gewähren, haltet nun Gott zuliebe Euer Versprechen. Da es so ist, sagte der König, sollst du ihr Leben haben; gehe zum Scheiterhaufen und nimm sie und mache mit ihr, was du willst. So rettete Sir Tristan sie durch den Spruch des Königs vor dem Feuertod. Aber König Meliodas wollte von nun an im Bett und bei Tisch nichts mehr mit ihr zu tun haben. Durch die Vermittlung des jungen Tristan versöhnte sich der König jedoch wieder mit der Königin, aber danach duldete der König den jungen Tristan nicht länger an seinem Hof.

Kapitel 3

WIE SIR TRISTAN MIT EINEM ERZIEHER NAMENS GOUVERNAIL NACH FRANKREICH GESCHICKT WURDE, UND WIE ER HARFE SPIELEN, BEIZEN UND JAGEN LERNTE. Der König ließ nach einem gelehrten Edelmann namens Gouvernail rufen und schickte Tristan mit ihm nach Frankreich, damit er die Sprache und Lebensart und den Waffengebrauch erlernte. Dort verweilte Tristan mehr als sieben Jahre. Und als er die Sprache gut beherrschte und alles gelernt hatte, was er in jenem Lande lernen konnte, kehrte er zu seinem Vater zurück. In seiner Jugend widmete sich

Tristan dem Harfenspiel und übte sich auch im Spielen anderer Musikinstrumente, und keiner war im Harfenspiel so berühmt wie er. Als später seine Kraft und Stärke wuchsen, ging er immer auf die Jagd und die Falkenbeize und wurde darin von keinem Edelmann übertroffen. Er bestimmte die rechten Zeiten, zu denen Wild und andere jagdbare Tiere und alle Arten von Raubzeug erlegt werden sollten, und alle diese Regeln gelten noch heute. Deshalb heißt das Buch der Jagdkunst und der Falkenbeize das Buch von Sir Tristan. Alle Edelleute, die alte Wappen führen, sollten Sir Tristan ehren wegen dieser guten Regeln; denn daran kann ein Mann von Adel einen Edelmann von einem Freisassen und einen Freisassen von einem Fronbauern unterscheiden, weil ein Edler den edlen Sitten und Bräuchen der Männer von Adel folgen wird. So blieb Sir Tristan in Liones, bis er neunzehn Jahre alt und groß und stark war, und König Meliodas und auch die Königin hatten viel Freude an ihm. Weil Sir Tristan die Königin vor dem Feuertod gerettet hatte, begrub sie ihren Haß gegen ihn und blieb ihm ihr ganzes Leben lang herzlich zugetan und machte ihm viele große Geschenke; und er war bei allen Ständen im Lande sehr beliebt, wohin er auch ging.

Kapitel 4

WIE SIR MARHAUS AUS IRLAND KAM, UM VON CORNWALL TRIBUT ZU FORDERN, WIDRIGENFALLS ER DAFÜR KÄMPFEN WOLLTE. Dann geschah es, daß König Anguish von Irland zu König Marke von Cornwall schickte wegen des Tributs, den Cornwall lange Jahre bezahlt hatte, mit dem es aber nun sieben Jahre im Rückstand war. Den Boten aus Irland gaben König Marke und seine Barone zur Antwort, sie wollten keinen Tribut zahlen: Bestellt König Anguish, wenn er von Cornwall Tribut haben will, soll er uns einen wackeren Ritter seines Landes schicken, der für sein Recht kämpft, und wir werden einen suchen, der unser Recht verteidigt. Als die Boten diese Antwort König

Anguish überbrachten, geriet er in großen Zorn und rief Sir Marhaus, den Bruder seiner Frau, zu sich, der sich als tüchtiger und tapferer Ritter bewährt hatte und der Tafelrunde angehörte. Zu ihm sprach der König: Lieber Bruder, ich bitte Euch, geht für mich nach Cornwall und kämpft für unser Recht auf den Tribut, für Eure Ausrüstung will ich reichlich sorgen. Herr, erwiderte Marhaus, Ihr sollt wissen, daß ich gern für Euer Recht und für Euer Land mit den besten Rittern der Tafelrunde kämpfe, denn ich kenne die meisten von ihnen und ihre Taten, und um meinen Ruhm zu vergrößern, unternehme ich diese Fahrt mit Freuden. So wurde eilends alles, was Sir Marhaus brauchte, herbeigeschafft; und er fuhr aus und kam in Cornwall ganz in der Nähe der Burg Tintagil an. Als König Marke erfuhr, daß Sir Marhaus gekommen war, um für Irland zu kämpfen, war er sehr betrübt, denn er kannte keinen Ritter, der es wagen durfte, gegen ihn anzutreten, weil Sir Marhaus damals einer der berühmtesten und bewährtesten Ritter der Welt war. Sir Marhaus aber blieb auf seinem Schiff und sandte jeden Tag zu König Marke, er solle den Tribut bezahlen, der für sieben Jahre fällig war, oder aber einen Ritter für den Zweikampf finden. Da ließen die von Cornwall überall ausrufen, der Ritter, der im Kampf Cornwall von dem Tribut befreien würde, sollte so belohnt werden, daß es ihm zeit seines Lebens gut ginge. Einige der Barone rieten König Marke, einen Boten an den Hof von König Artus zu senden und dort Sir Lanzelot vom See zu suchen, der damals als der berühmteste Ritter der Welt galt. Andere Barone rieten davon ab und sagten, das sei verlorene Mühe, denn Sir Marhaus sei ebenfalls ein Ritter der Tafelrunde, und diese würden nicht gern gegeneinander kämpfen, es sei denn auf eigene Faust und in Verkleidung und unerkannt. So kamen der König und die Barone zu der Überzeugung, daß es keinen Zweck habe, einen Ritter der Tafelrunde aufzusuchen. Mittlerweile kam die Kunde zu König Meliodas, daß Sir Marhaus kampfbereit vor Tintagil lag und daß König Marke keinen Ritter finden konnte, der für ihn den Streit austrug. Als der junge Tristan davon hörte, wurde er zornig und schämte sich sehr, daß es kein Ritter in Cornwall wagte, gegen Sir Marhaus von Irland anzutreten.

WIE SIR TRISTAN DEN KAMPF UM DEN TRIBUT FÜR CORNWALL AUF SICH NAHM, UND WIE ER ZUM RITTER GESCHLAGEN WURDE. ❧ Da ging Tristan zu seinem Vater und fragte ihn, was am besten zu tun sei, um Cornwall vor der Entrichtung des Tributs zu bewahren. Ich halte es für eine Schande, sagte Sir Tristan, wenn Sir Marhaus abzieht, ohne daß sich ihm jemand zum Kampf stellt. Mein Sohn, antwortete König Meliodas, Sir Marhaus ist einer der besten Ritter der Welt und ein Ritter der Tafelrunde. Ich kenne keinen in diesem Land, der sich mit ihm messen kann. Ach, sagte Tristan, daß ich nicht zum Ritter geschlagen bin! Wenn Sir Marhaus kampflos nach Irland zurückkehren sollte, wird Gott mich nie Ruhm gewinnen lassen. Wäre ich ein Ritter, dann wollte ich schon mit ihm kämpfen. Herr König, ich bitte Euch, gebt mir Urlaub und laßt mich zu König Marke reiten, und wenn es Euch nicht mißfällt, will ich von ihm in den Ritterstand erhoben werden. Gern, erwiderte König Meliodas, handelt nur, wie Euer Mut es Euch vorschreibt. Da dankte Sir Tristan seinem Vater sehr und rüstete sich, um nach Cornwall zu reiten. Währenddessen kam ein Bote zu Sir Tristan mit Briefen der Tochter des Königs Faramon von Frankreich voll wehmütiger Liebesklagen, doch Sir Tristan gefielen diese Briefe nicht, und er schenkte der Dame keine Beachtung. Auch sandte sie ihm einen sehr hübschen kleinen Hund. Als die Königstochter vernahm, daß Sir Tristan sie nicht liebte, starb sie vor Kummer, und derselbe Bote, der die Briefe und das Hündchen gebracht hatte, kehrte zu Sir Tristan zurück. Dann ritt der junge Tristan zu seinem Oheim, König Marke von Cornwall, und sagte zu ihm: Herr, wenn Ihr mich in den Stand der Ritterschaft erhebt, will ich mit Sir Marhaus kämpfen. Wer seid Ihr, fragte der König, und woher kommt Ihr? Herr, antwortete Tristan, ich komme von König Meliodas, mit dem Eure Schwester verheiratet war, und bin ein Edelmann. König Marke musterte Sir Tristan und sah, daß er zwar noch jung war, doch wohlgestalt und stark. Edler Herr, sagte er, wie ist Euer Name und wo seid Ihr geboren? Mein Name ist Tristan, und ich bin im Lande Liones geboren. Nun gut, sagte der König, wenn Ihr diesen Kampf ausfechten wollt, werde ich Euch zum Ritter schlagen. Nur aus diesem Grunde, erwiderte Sir Tristan, komme ich zu Euch. Da schlug ihn König Marke zum Ritter und sandte gleich darauf einen Boten zu Sir Marhaus mit Briefen, in denen er mitteilte, er habe einen jungen Ritter gefunden, der bereit sei, den Kampf bis zum Äußersten auszufechten. Das mag schon sein, antwortete Sir Marhaus, aber sagt König Marke, daß ich mit keinem Ritter kämpfe, der nicht von königlichem Blut ist. Als König Marke das hörte, ließ er Sir Tristan holen und teilte ihm diese Antwort mit. Darauf erwiderte Sir Tristan: So tut ihm kund, daß ich von Vater und Mutter her von ebenso edlem Blut stamme wie er, denn Ihr müßt wissen, ich bin der Sohn des Königs Meliodas und Eurer eignen Schwester, Lady Elisabeth, die bei meiner Geburt im Walde starb. O Jesus, rief König Marke, seid mir willkommen, lieber Neffe! Dann ließ der König in aller Eile ein Pferd für Sir Tristan aussuchen und wappnete ihn in der besten Art, die sich für Gold und Silber finden ließ. Und König Marke sandte zu Sir Marhaus und ließ ihm eröffnen, ein Mann von besserer Abkunft als er selbst würde mit ihm kämpfen, sein Name sei Sir Tristan von Liones, der Sohn des Königs Meliodas und der Schwester König Markes. Da war Sir Marhaus froh und glücklich, mit einem solchen Edelmann zu kämpfen. Mit Zustimmung von König Marke und Sir Marhaus wurde angeordnet, daß der Kampf auf einer Insel in der Nähe von Sir Marhaus' Schiffen stattfinden sollte.

Und so wurde Sir Tristan samt seinem Pferd und seiner ganzen Ausrüstung auf ein Schiff gebracht, und es fehlte ihm an nichts. Als König Marke und seine Barone sahen, wie Sir Tristan so mutig auszog, um für die Sache Cornwalls zu kämpfen, gab es keinen Mann und keine Frau von Ehre, die nicht weinten beim Anblick eines so jungen Ritters, der sein Leben für ihr Recht aufs Spiel setzte.

Kapitel 6

WIE SIR TRISTAN AUF DER INSEL ANKAM, UM DEN KAMPF MIT SIR MARHAUS AUSZUFECHTEN. Als Sir Tristan die Insel erreichte, sah er am gegenüberliegenden Ufer sechs Schiffe unter Land vor Anker liegen, und im Schatten dieser Schiffe wartete am Ufer der edle Ritter Sir Marhaus von Irland. Sir Tristan gebot seinem Bediensteten Gouvernail, ihm den Harnisch ordnungsgemäß anzulegen und sein Pferd an Land zu bringen. Und als er wohlgerüstet im Sattel saß, fragte Tristan Gouvernail: Wo ist der Ritter, mit dem ich kämpfen soll? Herr, antwortete Gouvernail, seht Ihr ihn nicht? Ich dachte, Ihr hättet ihn bemerkt; er wartet zu Pferde dort drüben im Schatten seiner Schiffe mit der Lanze in der Hand und dem Schild auf der Schulter. Das ist wahr, erwiderte Sir Tristan, jetzt erkenne ich ihn deutlich. Dann befahl er Gouvernail, wieder aufs Schiff zu gehen: Und empfiehl mich meinem Onkel, König Marke, und bitte ihn, wenn ich in diesem Kampf falle, meine Leiche zu bestatten, wie es ihm am besten scheint. Und sage ihm, daß ich mich niemals aus Feigheit ergeben werde. Wenn ich sterbe, sind sie durch mich ihres Tributs nicht ledig; und sollte ich doch fliehen oder mich ergeben, soll mir mein Onkel kein christliches Begräbnis gewähren. Und, bei deinem Leben, Gouvernail, fügte Sir Tristan hinzu, betritt du diese Insel nicht, bis du mich überwunden oder erschlagen siehst oder ich jenen Ritter besiegt habe. So schieden sie voneinander unter vielen Tränen.

Kapitel 7

WIE SIR TRISTAN MIT SIR MARHAUS KÄMPFTE UND DEN KAMPF GEWANN, UND WIE SIR MARHAUS AUF SEIN SCHIFF FLOH. Dann richtete Sir Marhaus die folgenden Worte an Sir Tristan: Du junger Ritter, Sir Tristan, was suchst du hier? Ich bedauere deinen Mut, denn du mußt wissen, ich bin ein waffenerprobter Ritter und habe mit den besten Rittern der Welt gekämpft. Deshalb rate ich dir, kehre auf dein Schiff zurück. Edler und wohlerprobter Ritter, erwiderte Sir Tristan, vernimm, daß ich auf diesem Kampf bestehe, denn um deinetwillen bin ich zum Ritter geschlagen worden. Ich bin der Sohn eines Königs und einer Königin und habe meinem Onkel und mir selber gelobt, mit dir bis zum Äußersten zu kämpfen und Cornwall von dem alten Tribut zu befreien. Daß du einer der berühmtesten Ritter der Welt bist, gibt mir am meisten Mut, mich mit dir zu messen, denn ich habe noch nie gegen einen bewährten Ritter gekämpft. Da ich erst heute in den Stand der Ritterschaft aufgenommen worden bin, freut es mich besonders, gegen einen so wackeren Ritter wie dich antreten zu dürfen. Ich bin entschlossen, Sir Marhaus, Ruhm an dir zu ernten, und wenn ich mich auch noch nicht bewährt habe, vertraue ich doch auf Gott, daß ich gegen dich ehrenvoll bestehen und Cornwall für immer von jedem Tribut an Irland befreien werde. Nachdem Sir Marhaus ihn angehört hatte, erwiderte er: Edler Ritter, da du entschlossen bist, Ehre an mir zu gewinnen, so sage ich dir, du wirst keinen Ruhm verlieren, wenn du drei meiner Streiche aushalten kannst, denn du sollst wissen, für meine bewährten und bekannten Taten hat mich König Artus zum Ritter der Tafelrunde gemacht. Danach legten sie die Lanzen ein und stießen so heftig zusammen, daß sie beide samt ihren Pferden zu Boden stürzten, doch Sir Marhaus stach Sir Tristan mit der Lanze eine große Wunde in die Seite. Sie machten sich von ihren Pferden frei, zogen die Schwerter, hoben die Schilde und hieben aufeinander ein wie wilde und tapfere Männer. Und nachdem sie lange so gefochten hatten, packten sie einander an Helmschlüssen und Visieren, und als keiner die Oberhand gewann, stürzten sie wie Widder aufeinander los. So kämpften sie länger als einen halben Tag und beide trugen tiefe Wunden davon, daß das rote Blut auf den Boden rieselte. Doch am Ende war Sir Tristan frischer und stärker und besser bei Atem als Sir Marhaus, und er versetzte Sir Marhaus einen mächtigen Schlag auf den Helm, daß das Schwert durch den Helm und die Stahlkappe in den Schädel drang und so fest stak, daß Sir Tristan dreimal ziehen mußte, ehe er es wieder herausbrachte. Da sank Sir Marhaus auf die Knie, und ein Stück von Tristans Schwert blieb in seinem Schädel stecken. Plötzlich erhob sich Sir Marhaus mit Mühe, warf Schwert und Schild von sich und floh zu seinen Schiffen. Da rief Sir Tristan: Ah, Herr Ritter von der Tafelrunde, warum fliehst du? Du bringst große Schmach über dich und deine Sippe, denn ich bin noch ein junger Ritter und habe heute meinen ersten Kampf bestanden, und ich hätte mich eher in hundert Stücke hauen lassen, als daß ich geflohen wäre. Sir Marhaus antwortete mit keiner Silbe, sondern ging heftig stöhnend seines Weges. Wohlan denn, Herr Ritter, sagte Sir Tristan, dein Schwert und dein Schild sollen mir gehören, und deinen Schild will ich überall bei meinen Abenteuern tragen und ich will auch vor den Augen des Königs Artus und der ganzen Tafelrunde tragen.

WIE SIR MARHAUS NACH SEINER ANKUNFT IN IRLAND AN DEM STREICH, DEN SIR TRISTAN IHM GESCHLAGEN HATTE, STARB, UND VON TRISTANS WUNDEN. Sir Marhaus fuhr mit seinem Gefolge eilends nach Irland ab, und sobald er zum König, seinem Schwager, kam, ließ er seine Wunden untersuchen. Dabei fand man in seinem Schädel ein Stück von Sir Tristans Schwert, aber kein Arzt konnte es entfernen, und daran starb Sir Marhaus. Die Königin, seine Schwester, hob das Schwertstück auf, denn sie hoffte auf Rache. Auch Sir Tristan war schwer verwundet und blutete so stark, daß er nach einer Weile, als er sich abgekühlt hatte, kaum seine Glieder regen konnte. Behutsam ließ er sich auf einem kleinen Hügel nieder. Da kam Gouvernail herbei und brachte ihn auf sein Schiff, und der König und seine Barone kamen ihm entgegen. Als Sir Tristan an Land kam, schloß König Marke ihn in die Arme und geleitete ihn zur Burg Tintagil. Dort wurde er aufs sorgfältigste untersucht und gebettet. Als König Marke seine Wunden sah, konnte er die Tränen nicht zurückhalten, und auch die Barone weinten. Gott helfe mir, sagte König Marke, ich gäbe alle meine Länder, wenn mein Neffe nicht stürbe. So lag Sir Tristan über einen Monat und war dem Tode nahe von der Wunde, die ihm Sir Marhaus zuerst mit der Lanze beigebracht hatte; denn die Lanzenspitze war vergiftet gewesen, so daß Sir Tristan nicht gesund werden konnte. Da wurden der König und all seine Barone sehr traurig, und der König schickte nach den verschiedensten Heilkundigen und Ärzten, Männern und Frauen, doch keiner konnte Sir Tristan Heilung bringen. Schließlich kam eine sehr weise Dame und verkündete, Sir Tristan könne genesen, wenn er in das Land ginge, aus dem das Gift stammte, sonst nicht. Daraufhin ließ König Marke ein schönes Schiff wohl ausstatten und Sir Tristan an Bord bringen und mit ihm Gouvernail; und Tristan nahm seine Harfe mit und begab sich auf die Seereise nach Irland. Mit gutem Wind landete er ganz in der Nähe einer Burg, in der sich der König und die Königin aufhielten. Bei seiner Ankunft setzte er sich im Bett auf und spielte eine fröhliche Melodie auf der Harfe, wie man sie in Irland vordem noch nie gehört hatte. Als der König und die Königin erfuhren, daß ein Ritter angekommen sei, der ein so guter Harfenspieler war, ließen sie ihn sogleich zu sich kommen und seine Wunden untersuchen und fragten ihn nach seinem Namen. Da antwortete er: Ich bin aus dem

Lande Liones, und mein Name ist Tantrist, und ich wurde verwundet in einem Kampf, den ich für das Recht einer Dame ausfocht. Bei Gott, sagte König Anguish, Ihr sollt in diesem Lande alle Hilfe bekommen, die zu haben ist. Wisset aber, in Cornwall habe ich einen so großen Verlust erlitten wie nur je ein König, denn dort verlor ich den besten Ritter der Welt, sein Name war Sir Marhaus, ein sehr edler Ritter und

Mitglied der Tafelrunde; und dann erzählte er, wie Sir Marhaus erschlagen wurde. Sir Tristan tat, als sei er sehr traurig, und wußte doch besser als der König, wie sich alles wirklich zugetragen hatte.

WIE SIR TRISTAN ZUR HEILUNG SEINER WUNDEN IN DIE PFLEGE VON SCHÖN ISOLDE GEGEBEN WURDE. Aus großer Gunst ließ der König Tantrist in die Obhut und Pflege seiner Tochter Isolde geben, denn sie war ein trefflicher Wundarzt. Als sie ihn untersuchte, fand sie, daß in der Tiefe seiner Wunde Gift war, und so heilte sie ihn binnen kurzem, und daher überkam Tantrist große Liebe zur schönen Isolde, die damals das schönste Edelfräulein der Welt war. Tantrist lehrte sie das Harfenspiel, und sie faßte eine tiefe Zuneigung zu ihm. Zu jener Zeit weilte Sir Palamides der Sarazene in Irland, gastlich aufgenommen vom König und der Königin. Jeden Tag kam Sir Palamides zur schönen Isolde und machte ihr reiche Geschenke, denn er liebte sie sehr. Das bemerkte Tantrist, der Palamides als edlen und wackeren Ritter kannte. Und Sir Tantrist hegte bitteren Groll gegen ihn, denn die schöne Isolde hatte ihm erzählt, daß Palamides sich ihretwegen taufen lassen wollte. So war große Eifersucht zwischen Tantrist und Palamides. Da geschah es, daß König Anguish ein großes Turnier ankündigen ließ für eine Dame, welche die Dame von den Ebenen genannt wurde und dem König nahe verwandt war, und der Sieger sollte die Dame gewinnen und drei Tage später heiraten und ihr ganzes Land bekommen. Das wurde in England, Wales, Schottland und in Frankreich und der Bretagne ausgerufen. Eines Tages kam die schöne Isolde zu Sir Tantrist und sprach mit ihm über dieses Turnier. Er antwortete ihr: Edle Dame, ich bin nur ein schwacher Ritter und wäre vor kurzem fast gestorben, wenn Eure gute Pflege nicht gewesen wäre. Was soll ich für Euch in dieser Sache tun? Ihr wißt sehr wohl, daß ich nicht kämpfen darf. Ach Tantrist, sagte die schöne Isolde, warum wollt Ihr an diesem Turnier nicht teilnehmen? Wie ich weiß, wird Sir Palamides dabei sein und sich wacker schlagen; deshalb bitte ich Euch, Tantrist, nehmt teil, sonst könnte Sir Palamides den Preis gewinnen. Hohe Dame, erwiderte Tantrist, das mag schon sein, denn er ist ein bewährter Ritter, und ich bin noch jung und wurde erst vor kurzem zum Ritter geschlagen und schon in meinem ersten Kampf schwer verwundet, wie Ihr seht. Aber wenn Ihr meine Herrin sein wollt, werde ich zu dem Turnier gehen, doch darf niemand außer Euch und Euern Vertrauten davon erfahren. Mein geringes Leben will ich für Euch einsetzen, und Sir Palamides soll spüren, wenn ich komme. Tut Euer Bestes, sagte die schöne Isolde, ich verschaffe Euch mit meinen Mitteln Pferd und Rüstung. Es sei so, wie Ihr es haben wollt, entgegnete Tantrist, ich stehe Euch zu Gebote. Am Tage des Turniers erschien Sir Palamides mit einem schwarzen Schild, und er warf viele Ritter nieder, daß alle über ihn staunten. So besiegte er am ersten Tage unter anderen Sir Gawein, Gaheris, Agrawein, Bagdemagus und Sir Kay. Da war den Rittern bange vor Sir Palamides, und viele nannten ihn den Ritter mit dem schwarzen Schild, und Sir Palamides gewann an diesem Tag viel Ruhm. König Anguish aber lief zu Tantrist und fragte ihn, warum er nicht am Kampf teilnehme. Herr, antwortete er, ich bin erst vor kurzem verwundet worden und darf es noch nicht wagen. In diesem Augenblick kam der Knappe, den die Tochter des Königs von Frankreich einst zu Sir Tristan gesandt hatte. Als er in Tantrist Sir Tristan erkannte, fiel er vor ihm auf die Knie. Diese untertänige Begrüßung bemerkte die schöne Isolde. Da lief Sir Tristan rasch zu dem Knappen, der Hebes le Renoumes hieß, und bat ihn inständig, unter keinen Umständen seinen richtigen Namen preiszugeben. Herr, sagte Hebes, ich werde Euern Namen nicht verraten, bis Ihr mich dazu auffordert.

WIE SIR TRISTAN BEI EINEM TURNIER IN IRLAND DEN PREIS GEWANN UND SIR PALAMIDES BEFAHL, EIN JAHR KEINE RÜSTUNG ZU TRAGEN.

Dann fragte ihn Sir Tristan, was er in Irland machte. Herr, antwortete er, ich bin mit Sir Gawein hergekommen, um zum Ritter geschlagen zu werden, und zwar von Euch, wenn Ihr nichts dagegen habt. Wartet morgen heimlich auf mich, auf dem Turnierplatz will ich Euch zum Ritter schlagen. Die schöne Isolde aber hegte den Verdacht, daß Tantrist ein berühmter und angesehener Mann wäre, und darüber freute sie sich und liebte ihn um so mehr. Am nächsten Morgen rüstete sich Sir Palamides wieder für das Turnier, und er warf den König mit den hundert Rittern nieder und den König von Schottland. Inzwischen hatte die schöne Isolde für Sir Tantrist ein weißes Pferd und einen weißen Harnisch beschafft und ließ ihn aus einem verborgenen Tor hinausreiten, und so kam er auf den Turnierplatz wie ein strahlender Engel. Sogleich erspähte ihn Sir Palamides, und beide legten ihre Lanzen ein, und Sir Tantrist streckte Sir Palamides zu Boden. Da erhob sich unter allen Leuten großer Lärm, und einige sagten, Sir Palamides sei gestürzt, andere: der Ritter mit dem schwarzen Schild. Die schöne Isolde aber war von Herzen froh. Und Sir Gawein und seine neun Gefährten wunderten sich, wer der Ritter sein mochte, der Sir Palamides niedergeworfen hatte. Danach wollte keiner mit Tantrist kämpfen, sondern alle wichen ihm aus, Hohe wie Niedere. Da schlug Sir Tantrist Hebes zum Ritter und hieß ihn, sich im Kampf zu bewähren, und er machte seine Sache recht gut. Von da an hielt Sir Hebes immer zu Sir Tantrist. Als Sir Palamides zu Fall gekommen war, schämte er sich sehr und zog sich so heimlich wie möglich vom Kampfplatz zurück. Das bemerkte Sir Tantrist, und schnell ritt er ihm nach und holte ihn ein und forderte ihn zum Kampf heraus. Da machte Sir Palamides kehrt, und sie zogen die Schwerter. Doch mit dem ersten Streich über den Kopf schlug Sir Tantrist Palamides zu Boden und hieß ihn, sich zu ergeben und seinem Befehl zu folgen, andernfalls wolle er ihn töten. Als Sir Palamides seine entschlossene Miene sah, fürchtete er seine Streiche so, daß er in alles einwilligte. Gut, sagte Sir Tantrist, dies ist Euer Urteil: Erstens sollt Ihr bei Strafe Eures Lebens meiner hohen Herrin, der schönen Isolde, entsagen und Euch ihr in keiner Weise nähern; zweitens dürft Ihr ein Jahr und einen Tag keinen Harnisch und keine Kriegsrüstung tragen. Versprecht mir dies, oder Ihr seid des Todes. Wehe, erwiderte Palamides, das ist eine ewige Schande für mich. Dann gelobte er, was Sir Tantrist gefordert hatte: Und vor Zorn und Gram schnitt Sir Palamides seinen Harnisch auf und warf ihn weg. Dann kehrte Sir Tantrist zur schönen Isolde auf die Burg zurück. Unterwegs begegnete er einem Fräulein, das ihn nach Sir Lanzelot fragte und von ihm wissen wollte, wer er sei. Sie hatte nämlich erfahren, daß er Sir Palamides, von dem zehn Ritter des Königs Artus niedergeworfen worden waren, besiegt hatte, und deshalb glaubte sie, er sei Sir Lanzelot vom See, denn nach ihrer Meinung konnte kein Ritter der Welt außer Sir Lanzelot solche Waffentaten vollbringen. Edles Fräulein, sagte Sir Tantrist, seid versichert, ich bin nicht Sir Lanzelot, denn ich war nie ein solcher Held, aber es steht bei Gott, mich zu einem ebenso tüchtigen Ritter zu machen. Nun, edler Ritter, erwiderte sie, öffne dein Visier. Und als sie sein Gesicht erblickte, war es ihr, als hätte sie noch nie das Antlitz eines so schönen und wohlgestalten Ritters gesehen. Da war sie sicher, daß es nicht Sir Lanzelot war, und sie verabschiedete sich und ging von dannen. Sir Tantrist aber ritt zu dem verborgenen Tor, wo ihn die schöne Isolde mit großer Freude und Herzlichkeit empfing, und sie dankte Gott für sein Waffenglück. Bald darauf erfuhren der König und die

Königin, daß es Tantrist war, der Sir Palamides niedergeworfen hatte, und da wurde ihm viel Ruhm zuteil.

Kapitel 11

WIE DIE KÖNIGIN AN TRISTANS SCHWERT ERKANNTE, DASS ER IHREN BRUDER SIR MARHAUS ERSCHLAGEN HATTE, UND IN WELCHER GEFAHR ER WAR.

Deshalb stand Sir Tantrist für lange Zeit hoch in der Gunst des Königs und der Königin und besonders der schönen Isolde. Eines Tages ließen sie ein Bad für Sir Tantrist bereiten, und als er im Bade war, schauten sich die Königin und ihre Tochter in seinem Gemach um, während Gouvernail und Hebes Tantrist zur Hand gingen. Da sah die Königin sein Schwert auf dem Bett liegen, und durch einen unglücklichen Zufall zog sie es aus der Scheide und betrachtete es lange, und beide meinten, es sei ein sehr schönes Schwert, aber anderthalb Fuß von der Spitze war ein großes Stück herausgebrochen. Als die Königin die Scharte sah, erinnerte sie sich an das Schwertstück, das im Schädel ihres Bruders Sir Marhaus gefunden worden war. Wehe, sagte sie zur schönen Isolde, das ist der Verräter, der meinen Bruder, deinen Onkel, erschlagen hat. Als Isolde das hörte, war sie tief bestürzt, denn sie liebte Tantrist sehr und kannte die Grausamkeit ihrer Mutter. Sogleich lief die Königin in ihr eigenes Gemach und suchte aus ihrer Truhe das Stück Schwert heraus, und als sie es an Tantrists Schwert hielt, paßte es so genau, als wäre es gerade herausgebrochen. Da packte die Königin das Schwert und stürzte mit all ihrer Kraft auf Tantrist im Bade zu und hätte ihn durchbohrt, wäre Sir Hebes ihr nicht in den Arm gefallen und hätte ihr das Schwert entrissen. Nachdem ihr erster Zorn verraucht war, ging sie zu König Anguish, kniete nieder und sprach: O mein Herr und Gemahl, Ihr beherbergt in Euerm Hause den verräterischen Ritter, der den edlen Sir Marhaus, meinen Bruder und Euern Vasallen, erschlagen hat. Wer ist es, fragte der König, und wo ist er?

Mein König, antwortete sie, es ist Tantrist, der Ritter, den meine Tochter geheilt hat. Ach, sagte der König, das macht mich traurig, denn er ist ein sehr wackerer Ritter. Aber ich gebiete Euch, sprach der König zur Königin, nichts gegen ihn zu unternehmen, sondern ihn mir zu überlassen. Darauf ging der König zu Sir Tantrists Gemach und fand ihn gerüstet und bereit, sein Pferd zu besteigen, und er sagte: Nein, Tantrist, es schickt sich nicht, daß du gegen mich kämpfst, denn solange du an meinem Hof bist, wäre es unehrenhaft für mich, dich zu erschlagen. Soviel will ich für meine Ehre und um deinetwillen tun: Unter der Bedingung, daß du mir sagst, wer dein Vater ist und wie du heißt und ob du meinen Schwager Sir Marhaus erschlagen hast, will ich dir erlauben, diese Burg in Sicherheit zu verlassen.

WIE SIR TRISTAN VON DEM KÖNIG UND VON SCHÖN ISOLDE AUS IRLAND FORTGING UND NACH CORNWALL KAM. Herr, sagte Tantrist, jetzt kann ich Euch die ganze Wahrheit sagen: Mein Vater ist Meliodas, der König von Liones, und meine Mutter hieß Elisabeth und war die Schwester des Königs Marke von Cornwall. Sie starb bei meiner Geburt im Walde und gebot vor ihrem Tod, ich sollte Tristan getauft werden. Um in diesem Lande nicht erkannt zu werden, drehte ich meinen Namen um und nannte mich Tantrist. Meinem Onkel zuliebe stritt ich für das Recht Cornwalls und gegen den Tribut, den Ihr viele Jahre eintriebt. Nehmt also zur Kenntnis, sagte Tristan zum König, ich kämpfte aus Liebe zu meinem Onkel König Marke und aus Liebe zum Lande Cornwall und um Ruhm zu erwerben. Erst am selben Tag, an dem ich mit Sir Marhaus kämpfte, wurde ich zum Ritter geschlagen und hatte mich vorher noch nie mit einem Ritter gemessen, und Sir Marhaus ging lebend von mir und ließ seinen Schild und sein Schwert zurück. Bei Gott, sagte der König, ich muß zugeben, daß Ihr so gehandelt habt, wie es einem Ritter geziemt und es Euch zukam. Indessen erlaubt es meine Ehre nicht, Euch länger in diesem Lande zu behalten, sonst würde ich meine Barone, meine Gemahlin und ihre Sippe erzürnen. Herr, erwiderte Tristan, ich bin Euch für die Gastfreundschaft, die ich hier genossen habe, zu Dank verpflichtet, ebenso für die große Güte, die mir Euer Fräulein Tochter erwiesen hat. Deshalb kann es wohl sein, daß Ihr durch mein Leben mehr gewinnt als durch meinen Tod, denn ich könnte Euch irgendwann in den verschiedenen Teilen Englands Dienste leisten, daß Ihr froh sein werdet, mir Euer Wohlwollen geschenkt zu haben. Weiter verspreche ich Euch bei meiner Ritterehre, immer und überall, im Guten wie im Bösen, Diener und Ritter Eurer Tochter zu sein und immer für sie einzutreten, wie es einem Ritter zukommt. Auch bitte ich Euer Gnaden, mich von Eurer Tochter und allen Baronen und Rittern verabschieden zu dürfen. Das gestatte ich, erwiderte der König. Dann nahm Sir Tristan Abschied von der schönen Isolde, und er erzählte ihr, wer er war und warum er seinen Namen gewechselt hatte, und wie ihm eine Heilkundige eröffnet hatte, er werde nie genesen, wenn er nicht in das Land ginge, aus dem das Gift stamme: So wäre ich beinahe gestorben, wenn Ihr, mein Fräulein, nicht gewesen wärt. O edler Ritter, sagte die schöne Isolde, wie weh ist mir, daß Ihr scheidet, denn ich war noch nie einem Mann so zugetan wie Euch. Und dabei weinte sie bitterlich. Mein Fräulein, sprach Sir Tristan, ich gelobe Euch treulich, bis an das Ende meiner Tage Euer Ritter zu sein. Ich danke Euch, entgegnete die schöne Isolde, ich verspreche Euch dafür, in den nächsten sieben Jahren nicht zu heiraten, es sei denn mit Eurer Zustimmung; und wenn Ihr einen Mann für mich bestimmt, so will ich ihn nehmen. Dann gab ihr Sir Tristan einen Ring, und sie gab ihm gleichfalls einen; und damit ging er von ihr und ließ sie klagend und weinend zurück. Er ging geradenwegs an den Hof zu den Baronen und verabschiedete sich von hoch und niedrig und sprach: Edle Herren, da ich euch nun verlassen muß, frage ich, ist einer hier, den ich beleidigt oder gekränkt habe, so möge er jetzt seine Klage vorbringen, und ich werde nach besten Kräften Wiedergutmachung leisten. Und wenn einer da ist, der mich des Unrechts bezichtigen oder mir hinter meinem Rücken Böses oder Schändliches nachsagen will, der melde sich jetzt oder nie, ich stehe dafür ein, Mann gegen Mann. Aber alle standen still da, keiner sagte ein Wort; und doch waren einige Ritter aus der Sippe der Königin und Sir Marhaus' anwesend, aber sie wollten nicht gegen ihn antreten.

WIE SIR TRISTAN UND KÖNIG MARKE EINANDER AUS LIEBE ZU DEM WEIB EINES RITTERS VERWUNDETEN. Sodann reiste Sir Tristan über das Meer und kam mit gutem Wind nach Tintagil in Cornwall, wo König Marke in Glück und Gedeihen lebte. Als er erfuhr, daß Sir Tristan angekommen und von seinen Wunden geheilt war, freute er sich sehr und sein ganzer Hof mit ihm. Nach einiger Zeit ritt Sir Tristan zu seinem Vater und wurde mit Freuden empfangen. Und König Meliodas und seine Königin traten den größten Teil ihrer Länder und Besitzungen an Sir Tristan ab. Danach kehrte er mit Erlaubnis seines Vaters an den Hof König Markes zurück und lebte dort lange Zeit in großer Freude, bis schließlich Eifersucht und Streit zwischen König Marke und ihm entstanden, denn sie liebten beide dieselbe Dame. Sie war die Frau eines Grafen namens Sir Segwarides, und sie liebte Sir Tristan sehr, und er sie wieder, denn sie war ungewöhnlich schön. Das bemerkte König Marke, der sie ebenfalls begehrte, und wurde eifersüchtig. Eines Tages sandte diese Dame einen Zwerg zu Sir Tristan und bat ihn, wenn er sie liebe, in der folgenden Nacht zu ihr zu kommen, aber gut gewappnet zu sein, denn ihr Gemahl sei ein starker Ritter. Sir Tristan antwortete dem Zwerg: Grüße meine Dame und sage ihr, ich werde kommen, wie sie es dir aufgetragen hat. Mit dieser Antwort ging der Zwerg fort. König Marke aber erspähte, daß der Zwerg Sir Tristan eine Botschaft von der Frau der Grafen Segwarides überbracht hatte, und ließ den Zwerg ergreifen und zwang ihn mit Gewalt, den Inhalt der Botschaft preiszugeben. Nun gehe, wohin du willst, sagte König Marke, aber bei Strafe des Todes erzähle niemandem, daß du mit mir gesprochen hast. So entfernte sich der Zwerg. Am Abend des Stelldicheins wappnete sich König Marke, nahm zwei vertraute Ritter mit und ritt aus, um Sir Tristan unterwegs aufzulauern. Als Sir Tristan mit der Lanze in der Hand angeritten kam, stürzte sich König Marke mit seinen zwei Rittern plötzlich auf ihn, und alle drei trafen ihn mit ihren Lanzen, und König Marke verwundete ihn schwer an der Brust. Da legte Sir Tristan seine Lanze ein und traf König Marke so heftig, daß er ihn zu Boden warf und so verletzte, daß er besinnungslos liegenblieb. Dann warf Sir Tristan die beiden Ritter nieder, daß sie wie tot lagen. Danach ritt er trotz seiner Wunde weiter zu der Dame, die an einem Tor wartete.

Kap. 14

WIE SIR TRISTAN BEI DER DAME LAG, UND WIE IHR GATTE MIT SIR TRISTAN KÄMPFTE. Sie begrüßte ihn freudig, und sie umarmten einander. Dann nahm sie ihm den Harnisch ab und ließ sein Pferd wohl versorgen. Und nach einem kleinen Mahl gingen sie in großer

Lust und Freude zu Bett. In seiner Leidenschaft achtete Sir Tristan nicht auf die frische Wunde, die ihm König Marke geschlagen hatte, und befleckte so das ganze Bett mit seinem Blut. Nach einer Weile kam eine Bedienstete herbei mit der Warnung, Ihr Gemahl sei nur noch einen Pfeilschuß entfernt. Da hieß sie Sir Tristan aufstehen, und er wappnete sich, nahm sein Pferd und ritt davon. Inzwischen war Segwarides hereingekommen, und als er sah, daß ihr Bett in Unordnung war, betrachtete er es bei Kerzenlicht aus der Nähe und bemerkte, daß ein verwundeter Ritter darin gelegen hatte. Ah, du Verräterin, rief er, warum hast du mich betrogen? Dabei zog er sein Schwert. Wenn du mir nicht sagst, wer hier gewesen ist, stirbst du auf der Stelle! Ach, mein Gebieter, habt Erbarmen, entgegnete die Dame und hielt die Hände hoch. Tötet mich nicht, ich will Euch sagen, wer hier war. Sprich schnell, erwiderte Segwarides, und die ganze Wahrheit. Und aus Angst sagte sie: Sir Tristan war bei mir, und auf dem Weg zu mir wurde er schwer verwundet. Verräterin, rief Segwarides, wo ist er? Herr, antwortete sie, er ist gewappnet weggeritten und kann noch keine halbe Meile weit sein. Gut, sagte Segwarides und rüstete sich schnell, nahm sein Pferd und verfolgte Sir Tristan auf dem Wege nach Tintagil. Nach einer Weile holte er ihn ein und schrie: Halt, du verräterischer Ritter! Da machte Sir Tristan kehrt, und Segwarides traf ihn mit der Lanze, daß sie zersplitterte. Dann zog er das Schwert und hieb heftig auf Sir Tristan ein. Herr Ritter, entgegnete Sir Tristan, ich rate Euch, haltet ein, denn wegen des Unrechts, daß ich Euch angetan habe, will ich Euch schonen, solange ich kann. Nein, antwortete Segwarides, niemals, einer von uns beiden muß sterben. Da packte Sir Tristan sein Schwert, ritt scharf gegen Segwarides und durchbohrte ihm den Leib, daß er ohnmächtig zu Boden fiel. So ließ ihn Sir Tristan liegen, ritt nach Tintagil und ging heimlich in sein Gemach, denn niemand sollte wissen, daß er verwundet war. Zu seinem Glück waren Sir Segwarides seine Gefolgsleute nachgeritten; sie fanden ihren Herrn schwer verwundet am Boden liegen und trugen ihn auf seinem Schild nach Hause. Es dauerte lange, ehe er genas, aber schließlich erholte er sich. Und König Marke ließ niemand wissen, daß er in jener Nacht mit Sir Tristan zusammengetroffen war, und Sir Tristan wußte nicht, daß er es mit König Marke zu tun gehabt hatte. So kam der König mit scheelem Blick zu Sir Tristan, um ihn zu trösten, als er krank im Bett lag. Von da an liebte König Marke, solange er lebte, Sir Tristan nicht mehr; und wenn sie auch freundlich miteinander sprachen, war keine Zuneigung dabei. So vergingen viele Tage und Wochen, und alles war vergessen und vergeben. Sir Segwarides durfte es nicht wagen, Sir Tristan anzugreifen, wegen dessen Tapferkeit und Kraft, und auch weil er ein Neffe König Markes war. Deshalb ließ er Gras darüber wachsen; denn wer eine verborgene Wunde trägt, scheut die öffentliche Schande.

WIE SIR BLEOBERIS DIE SCHÖNSTE DAME AN KÖNIG MARKES HOF BEGEHRTE, DIE ER DANN MITNAHM, UND IN WELCHE KÄMPFE ER VERWICKELT WURDE. ❧ Da kam eines Tages der edle Ritter Bleoberis von Ganis, der Bruder des Blamore von Ganis und ein Vetter Sir Lanzelots vom See, an den Hof und bat König Marke, ihm einen Wunsch zu erfüllen. Der König wunderte sich darüber, aber da Bleoberis sehr berühmt und ein Ritter der Tafelrunde war, gewährte er ihm die Bitte. Dann, sagte Sir Bleoberis, will ich die Dame an Euerm Hof haben, die mir am besten gefällt. Ich darf nicht nein sagen, antwortete König Marke, wählt also nach Euerm Belieben. So wählte Sir Bleoberis das Weib des Sir Segwarides, ergriff sie bei der Hand und führte sie hinweg, nahm sein Pferd, ließ sie hinter seinem

Knappen aufsitzen und ritt von dannen. Als Sir Segwarides hörte, daß sein Weib mit einem Ritter vom Hof des Königs Artus fortgegangen war, rüstete er sich und ritt ihnen nach, um seine Gemahlin zu retten. Auch König Marke und sein ganzer Hof waren zornig darüber. Nun wußten einige Damen von der großen Liebe zwischen Sir Tristan und ihr, und eine von ihnen schmähte Sir Tristan in der schimpflichsten Weise und nannte ihn einen Feigling, der zur Schmach für sein Rittertum zusehe, wie eine Dame so schändlich vom Hof seines Onkels entführt werde. Sie hatte nämlich geglaubt, die beiden hätten einander von ganzem Herzen geliebt. Aber Sir Tristan antwortete ihr: Edle Dame, es steht mir nicht zu, mich in solche Dinge einzumischen, während ihr Herr und Gemahl hier anwesend ist. Wenn er nicht am Hof gewesen wäre, hätte ich wohl um der Ehre dieses Hofes willen für sie gekämpft; und sollte Sir Segwarides keinen Erfolg haben, kann es geschehen, daß ich den guten Ritter zur Rede stelle, bevor er dieses Land verläßt. Nach einer Weile kam einer von Sir Segwarides' Knappen und meldete, daß sein Herr von Sir Bleoberis besiegt und lebensgefährlich verwundet worden sei, als er seine Gemahlin retten wollte. Darüber waren König Marke und sein ganzer Hof traurig. Und Sir Tristan schämte sich und war bekümmert. Schnell rüstete er sich und bestieg sein Pferd, und Gouvernail, sein Diener, trug ihm Schild und Lanze. Als Sir Tristan schnell dahinritt, traf er auf seinen Vetter Sir Andret, den König Marke ausgesandt hatte, um nach Möglichkeit zwei Ritter des Königs Artus an den Hof zu bringen, die auf der Suche nach Abenteuern das Land durchstreiften. Sir Tristan fragte ihn, was es Neues gäbe. Bei Gott, sagte Sir Andret, mir ist es nie schlimmer ergangen. Der eine der beiden Ritter, die ich holen soll, hat mich besiegt und verwundet und meine Botschaft in den Wind geschlagen. Lieber Vetter, erwiderte Sir Tristan, reite du deines Weges, und wenn ich ihnen begegnen sollte, kann ich vielleicht an ihnen Rache nehmen. Danach ritt Sir Andret nach Cornwall weiter, und Sir Tristan folgte den beiden Rittern, von denen der eine Sagramore le Desirous und der andere Dodinas le Savage hieß.

WIE SIR TRISTAN MIT ZWEI RITTERN DER TAFELRUNDE KÄMPFTE. ❧ Nach einer Weile sah sie Tristan vor sich reiten: zwei stattliche Ritter. Herr, sagte Gouvernail, ich möchte Euch raten, nicht mit ihnen anzubinden, denn sie sind zwei Ritter von Artus' Hof. Zweifle nicht daran, erwiderte Sir Tristan, daß ich mit ihnen kämpfen werde, um meinen Ruhm zu mehren, denn ich habe schon lange keine Waffentaten mehr vollbracht. Tut, wie es Euch beliebt, sagte Gouvernail. Und darauf fragte Sir Tristan die Ritter, woher sie kämen und wohin sie wollten und was sie in dieser Gegend machten. Sir Sagramore schaute Sir Tristan höhnisch an und fragte zurück: Edler Ritter, seid Ihr aus Cornwall? Weshalb fragt Ihr? entgegnete Sir Tristan. Weil man selten sieht, sagte Sir Sagramore, daß ihr kornischen Ritter Helden seid, denn vor noch nicht zwei Stunden begegnete uns einer von ihnen, der sprach große Worte und wurde mit Leichtigkeit zu Boden gestreckt; und mir scheint, Euch ergeht es ebenso. Ihr Herren, erwiderte Sir Tristan, vielleicht stehe ich meinen Mann besser als er, jedenfalls will ich mit euch kämpfen, denn es war mein Vetter, den ihr geschlagen habt. Also strengt euch an, sonst wird euch ein Ritter aus Cornwall auf der Stelle beide schlagen. Als Sir Dodinas le Savage das hörte, griff er zur Lanze und sagte: Ritter, gib acht! Dann nahmen sie Anlauf und prallten zusammen wie der Donner. Und Sir Dodinas' Lanze barst, Sir Tristan aber warf ihn mit einem stärkeren Stoß glatt über den Schweif des Pferdes hinunter, daß er beinahe den Hals gebrochen hätte. Als Sir Sagramore seinen Gefährten so stürzen sah, wunderte er sich, wer der Ritter sein mochte. Und dann sprengte er mit aller Kraft gegen Sir Tristan; der aber versetzte ihm einen so gewaltigen Stoß, daß er samt seinem Pferd zu Boden fiel und sich dabei ein Bein brach. Da fragte Sir Tristan: Edle Ritter, wollt ihr noch mehr? Gibt es keine stärkeren Ritter am Hofe des Königs Artus? Es ist eine Schande für euch, uns Ritter aus Cornwall zu schmähen, denn ein kornischer Ritter kann sehr wohl mit euch fertig werden. Das ist wahr, entgegnete Sir Sagramore, wir haben es zu spüren bekommen. Doch ich bitte Euch, sagt uns Euern richtigen Namen, bei der Treue, die ihr dem hohen Stand der Ritterschaft schuldet. Ihr führt eine große Sache ins Feld, antwortete Sir Tristan, aber da ihr es durchaus wissen wollt, sollt ihr erfahren, daß mein Name Sir Tristan von Liones ist. Ich bin der Sohn des Königs Meliodas und der Neffe König Markes. Da waren die beiden Ritter froh, daß sie mit Sir Tristan zusammengetroffen waren, und sie baten ihn, in ihrer Gesellschaft zu bleiben. Nein, erwiderte Sir Tristan, ich muß mit einem eurer Leute kämpfen, es ist Sir Bleoberis von Ganis. Gott gebe Euch Erfolg, sagten Sir Sagramore und Dodinas, und Sir Tristan ritt weiter seines Weges. Da gewahrte Sir Tristan vor sich in einem lieblichen Tal Sir Bleoberis und Sir Segwarides' Frau, die hinter seinem Knappen auf einem Zelter ritt.

Kapitel 17

WIE SIR TRISTAN MIT SIR BLEOBERIS UM EINE DAME KÄMPFTE, UND WIE DER DAME DIE WAHL GELASSEN WURDE, ZU WEM SIE GEHEN WOLLTE.

Sir Tristan ritt schneller, bis er ihn eingeholt hatte, dann rief er: Wartet, Ritter vom Hof des Königs Artus, bringt diese Dame zurück oder übergebt sie mir. Ich werde keins von beiden tun, versetzte Sir Bleoberis, ich fürchte keinen kornischen Ritter so sehr, daß ich sie ausliefern würde. Wieso, fragte Sir Tristan, kann nicht ein kornischer Ritter so tüchtig sein wie ein anderer? Erst heute sind mir zwei Ritter von

Euerm Hof keine drei Meilen von hier begegnet, und bevor wir auseinandergingen, mußten sie feststellen, daß ein kornischer Ritter stark genug war für sie beide. Wie hießen sie? fragte Bleoberis. Sie sagten mir, antwortete Sir Tristan, einer hieße Sir Sagramore le Desirous und der andere Dodinas le Savage. Ah, meinte Sir Bleoberis, habt Ihr sie getroffen? Bei Gott, das sind zwei wackere und berühmte Ritter, und wenn Ihr sie beide besiegt habt, müßt Ihr tatsächlich ein starker Ritter sein. Trotzdem fürchte ich Euch nicht, und bevor Ihr diese Dame bekommt, müßt Ihr mich erst schlagen. Dann wehrt Euch! rief Sir Tristan. Und sie prallten wie der Donner zusammen und stürzten beide samt ihren Pferden zur Erde. Dann hieben sie mit den Schwertern mächtig aufeinander ein und fielen nach rechts aus und nach links, länger als zwei Stunden. Und manchmal stießen sie so zusammen, daß sich beide am Boden wälzten. Dann trat Sir Bleoberis von Ganis zurück und sagte: Edler Ritter, haltet jetzt eine Weile ein und laßt uns miteinander sprechen. Sagt, was Ihr wollt, erwiderte Tristan, ich werde Euch antworten. Ich möchte wissen, sagte Bleoberis, woher Ihr seid und von wem Ihr abstammt und wie Ihr heißt. Bei Gott, sagte Sir Tristan, ich scheue mich nicht, Euch meinen Namen zu nennen. Ich bin der Sohn des Königs Meliodas, meine Mutter ist König Markes Schwester, und ich heiße Sir Tristan von Liones. Wahrlich, erwiderte Bleoberis, das freut mich sehr, denn Ihr habt Sir Marhaus wegen des kornischen Tributs im Zweikampf erschlagen und den wackeren Sir Palamides bei einem Turnier besiegt und auch Sir Gawein und seine neun Gefährten. Bei Gott, sagte Sir Tristan, ich bin dieser Ritter; jetzt wißt Ihr meinen Namen, nennt mir nun den Euren. Mein Name ist Sir Bleoberis von Ganis, und Sir Blamore von Ganis, den man einen wackeren Ritter heißt, ist mein Bruder, und wir sind Vettern des hohen Herrn Sir Lanzelot vom See, den wir den besten Ritter der Welt nennen. Das ist wahr, pflichtete ihm Sir Tristan bei, Sir Lanzelot gilt als unvergleichlich an höfischer Art und Rittertum; und aus Liebe zu Sir Lanzelot will ich von mir aus nicht mehr mit Euch kämpfen. Ich meinerseits, erwiderte Sir Bleoberis, will auch nicht gern weiter mit Euch streiten; aber da Ihr mir hierher gefolgt seid, um diese Dame zurückzugewinnen, will ich Euch Freundlichkeit, höfische Sitte und Edelmut erweisen. Diese Dame soll sich zwischen uns stellen, und zu dem sie geht, der soll sie in Frieden haben. Ich willige gern ein, sagte Tristan, denn mir scheint, sie wird Euch verlassen und mit mir kommen. Das werden wir gleich sehen, erwiderte Bleoberis.

WIE DIE DAME SIR TRISTAN VERSCHMÄHTE UND BEI SIR BLEOBERIS BLIEB, UND WIE SIE BEGEHRTE, ZU IHREM GATTEN ZURÜCKZUKEHREN. Als sie zwischen beiden stand, sprach sie zu Sir Tristan: Du sollst wissen, Sir Tristan von Liones, daß du bis vor kurzem der Mann warst, den ich auf der Welt am meisten liebte, und ich glaubte, du hättest mich auch mehr geliebt als alle anderen Frauen; aber als mich dieser Ritter fortführte, unternahmst du nichts, um mich zu befreien, sondern überließest es meinem Gemahl Segwarides, mir nachzureiten. Darum verlasse ich dich jetzt und werde dich nie mehr lieben. Und damit ging sie zu Sir Bleoberis. Sir Tristan aber war überaus zornig auf die Dame, und er schämte sich, ohne sie wieder an den Hof zu kommen. Sir Tristan, sprach Sir Bleoberis, die Schuld liegt bei Euch, denn ich höre aus den Worten der Dame, daß sie Euch bis zu diesem Tage mehr als allen Rittern der Welt vertraute, doch wie sie sagt, habt Ihr sie verraten. Daher müßt Ihr verstehen, daß niemand ihren Willen ändern kann. Dabei wäre mir lieber, Ihr hättet sie und sie würde bei Euch bleiben, als daß Ihr mir von Herzen böse wärt. Nein, erwiderte die Dame, Gott stehe mir bei, ich will nimmermehr mit dem gehen, der meine Liebe enttäuscht hat. Deshalb, Sir Tristan, sagte sie, reite dahin, woher du gekommen bist, denn auch wenn du diesen Ritter bezwungen hättest, was dir zuzutrauen war, wäre ich niemals mit dir gegangen. Ich will diesen Ritter bei seiner Ehre beschwören, daß er mich, bevor er dieses Land verläßt, zu dem Kloster bringt, in dem mein Gemahl Sir Segwarides liegt. Bei Gott, sagte Bleoberis, ich erkläre Euch, edler Sir Tristan, nachdem König Marke mir an seinem Hof einen Wunsch gewährte und mir diese Dame am besten gefiel, obwohl sie verheiratet ist, und ich nun mein Abenteuer erfüllt habe, soll sie zu ihrem Ehemann zurückkehren, besonders um Euretwillen, Sir Tristan; und wenn sie mit Euch ginge, wollte ich, Ihr hättet sie. Ich danke Euch, erwiderte Sir Tristan, aber im Gedenken an sie werde ich achtgeben bei der Wahl der Dame, die ich liebe oder der ich vertraue; denn wäre ihr Gemahl nicht am Hofe gewesen, ich wäre ihr als erster gefolgt. Da sie mich nun verschmäht, will ich, so wahr ich ein Ritter bin, künftig die gut prüfen, der ich Liebe und Vertrauen schenke. Und so nahmen sie Abschied voneinander. Sir Tristan ritt nach Tintagil und Sir Bleoberis zu dem Kloster, in dem Sir Segwarides schwer verwundet lag, und dort ließ er die Dame zurück und ritt wie ein edler Ritter weiter. Als Sir Segwarides seine Gemahlin sah, war er getröstet. Sie erzählte ihm, wie Sir Tristan einen großen Kampf mit Sir Bleoberis ausgefochten und ihn dazu gebracht hatte, sie zu ihm zurückzubringen. Es gefiel Sir Segwarides sehr, daß Sir Tristan so viel getan hatte.

WIE KÖNIG MARKE SIR TRISTAN ALS BRAUTWERBER ZU SCHÖN ISOLDE NACH IRLAND SANDTE, UND WIE ER DURCH ZUFALL NACH ENGLAND KAM. Von dieser Zeit an erwog König Marke immer in seinem Herzen, wie er Sir Tristan vernichten könnte. Da kam er auf den Gedanken, ihn als Brautwerber zur schönen Isolde nach Irland zu senden, denn Sir Tristan hatte ihre Schönheit und ihre Güte so gepriesen, daß König Marke sie heiraten wollte. Er hoffte, daß Tristan dabei erschlagen würde. Dennoch wollte Sir Tristan diesen Auftrag wegen keiner Gefahr, die ihm drohen könnte, ablehnen, sondern seinem Onkel den Gefallen erweisen, und so bereitete er sich aufs beste auf seine Abreise vor. Die trefflichsten Ritter, die er am Hofe finden konnte, nahm er mit und ließ sie nach der damaligen Sitte prächtig einkleiden. Dann stach er mit seinem Gefolge in See. Als sie auf dem offenen Meer waren, gerieten sie in einen Sturm, der sie an die englische Küste zurückwarf. In der Nähe von Camelot trieben sie an Land und waren heilfroh, wieder festen Boden unter den Füßen zu haben. Am Strand von Camelot ließ Sir Tristan sein Zelt aufschlagen und seinen Schild daran hängen. Noch am selben Tage kamen zwei Ritter der Königs Artus vorbei, Sir Ector von Maris und Sir Morganore, und schlugen an den Schild und forderten Sir Tristan auf, aus dem Zelt zu kommen und mit ihnen zu kämpfen. Ihr sollt haben, was ihr begehrt, antwortete er, wenn ihr eine Weile warten wollt. So rüstete er sich und warf mit einer Lanze zuerst Sir Ector nieder und danach Sir Morganore. Als sie arg mitgenommen am Boden lagen, fragten sie Sir Tristan, wer er sei und aus welchem Land er käme. Edle Herren, antwortete er, ich bin aus Cornwall. Wehe, rief Sir Ector, es ist eine Schande für mich, daß mich ein kornischer Ritter bezwungen hat. Und vor Wut warf Sir Ector seine Rüstung ab und ging zu Fuß und wollte nicht reiten.

Kapitel 20

WIE KÖNIG ANGUISH VON IRLAND WEGEN VERRATES AN DEN HOF DES KÖNIGS ARTUS GELADEN WURDE. Dann geschah es eines Tages, daß die beiden Brüder Sir Bleoberis und Sir Blamore von Ganis König Anguish von Irland an den Hof des

Königs Artus geladen hatten. Und wenn der König von Irland nicht am festgesetzten Tag erschiene, sollte er die Gnade des Königs Artus und sein ganzes Land verlieren. An diesem Tag konnte aber weder König Artus noch Sir Lanzelot anwesend sein, um das Urteil zu sprechen, denn sie hielten sich beide auf der Burg Freudenturm auf. Daher bestimmte König Artus als Richter den König von Schottland und König Carados, und diese empfingen König Anguish in Camelot, als er kam, seine Ankläger kennenzulernen. Da trat Sir Blamore von Ganis auf und bezichtigte den König von Irland des Verrats, weil er an seinem Hof in Irland einen seiner Vettern heimtückisch erschlagen hätte. Der König war bestürzt über diese Anschuldigung. Er war auf Vorladung von König Artus gekommen, hatte aber, bevor er in Camelot eintraf, nicht gewußt, warum nach ihm geschickt worden war. Nachdem Sir Blamore seine Anklage vorgebracht hatte, war sich König Anguish im klaren, daß es keinen anderen Ausweg gab als eine ritterliche Antwort; denn es war in jenen Tagen Sitte, daß jeder, der wegen Verrat oder Mord angeklagt war, selbst einen Zweikampf ausfechten oder einen anderen Ritter dafür stellen mußte. Und alle Mörder wurden damals Verräter genannt. So war König Anguish sehr betroffen, als er die Anklage vernahm, denn er kannte Sir Balmore von Ganis als einen trefflichen Ritter aus edlem Geschlecht, und die Erwiderung fiel ihm schwer. Da gaben ihm die Richter drei Tage Aufschub für seine Antwort, und der König zog sich in eine Unterkunft zurück. In der Zwischenzeit kam eine Dame zu Sir Tristans Zelt und weinte bitterlich. Was habt ihr, fragte Sir Tristan, daß ihr so weint? Ach, edler Ritter, antwortete die Dame, ich bin verloren, wenn mir nicht ein tapferer Ritter hilft. Eine Dame von hohem Adel sandte durch mich ein schönes und edles Kind zu Sir Lanzelot vom See, und hier in der Nähe begegnete mir ein Ritter, der warf mich vom Pferd und entriß mir das Kind. Gut, meine Dame, sagte Sir Tristan, um Sir Lanzelots willen werde ich

Euch das Kind zurückbringen oder aber besiegt werden. Dann fragte er die Dame, welchen Weg der Ritter eingeschlagen hatte, stieg aufs Pferd und ritt ihm nach. Nach einer Weile holte er ihn ein und hieß ihn wenden und das Kind herausgeben.

WIE SIR TRISTAN EIN KIND VOR EINEM RITTER RETTETE, UND WIE GOUVERNAIL VON KÖNIG ANGUISH BERICHTETE. Der Ritter wandte sein Pferd und rüstete sich zum Kampf. Da versetzte ihm Sir Tristan einen solchen Streich mit dem Schwert, daß er zu Boden taumelte und sich ergab. Dann komme mit, sagte Sir Tristan, und gib der Dame das Kind zurück. Und demütig nahm der Ritter sein Pferd und folgte Sir Tristan, und unterwegs fragte Tristan ihn nach seinem Namen. Da sagte er: Mein Name ist Breunis Saunce Pité. Und als er das Kind der Dame übergeben hatte, fügte er hinzu: Damit ist dem Kind recht geschehen. Dann ließ Sir Tristan ihn wieder ziehen, was ihn später sehr reute, denn Breunis war ein gefährlicher Feind für viele Ritter vom Hof des Königs Artus. Als Sir Tristan wieder in seinem Zelt war, kam sein Diener Gouvernail und erzählte ihm, König Anguish von Irland sei angekommen und befinde sich in großer Not, denn er sei des Mordes angeklagt. Gott stehe mir bei, sagte Sir Tristan, das ist die beste Nachricht, die ich in den letzten sieben Jahren vernommen habe, denn jetzt wird der König von Irland meine Hilfe brauchen. Ich darf behaupten, daß es in diesem Lande keinen Ritter gibt, der nicht zu Artus' Hof gehört und es wagen kann, gegen Sir Blamore von Ganis anzutreten. Um die Gunst des Königs von Irland zu gewinnen, will ich den Kampf auf mich nehmen; deshalb, Gouvernail, melde mich beim König. Da ging Gouvernail zu König Anguish von Irland und grüßte ihn höflich. Der König hieß ihn willkommen und fragte ihn, was er wolle. Herr, antwortete er, da ist ein Ritter, der mit Euch zu sprechen wünscht und der mich sagen hieß, er wolle Euch dienen. Was für ein Ritter ist das? fragte der König. Herr, antwortete Gouvernail, es ist Sir Tristan von Liones, der Euch die Gnade, die Ihr ihm in Euerm Land erwiesen habt, in diesem Lande lohnen will. Vorwärts, Freund, sagte der König, führe mich zu Sir Tristan. So kam der König auf einem kleinen Pferd und mit nur wenig Gefolge zu Sir Tristans Zelt. Als Sir Tristan den König erblickte, lief er auf ihn zu und wollte ihm den Steigbügel halten, aber der König sprang leicht vom Pferd, und sie fielen einander in die Arme. Mein gnädiger Herr, sagte Sir Tristan, ich danke Euch für die vielen Wohltaten, die Ihr mir in Euerm Lande erwiesen habt. Damals versprach ich, Euch zu dienen, wenn es je in meiner Macht stehen sollte. Edler Ritter, erwiderte der König, jetzt brauche ich Euch sehr, nie hatte ich die Hilfe eines Ritters so nötig. Wie kommt das, mein gnädiger Herr? fragte Sir Tristan. Ich will es Euch sagen, antwortete der König. Ich wurde vorgeladen und wegen des Todes eines Ritters angeklagt, der mit dem edlen Ritter Sir Lanzelot verwandt ist. Deshalb hat mich Sir Bleoberis herausgefordert, mit ihm zu kämpfen oder einen Ritter an meiner Statt zu finden. Ich weiß sehr gut, daß die Männer aus dem Geschlecht König Bans, wie Sir Lanzelot, sehr wackere Recken und äußerst schwer im Kampf zu bezwingen sind. Herr, erwiderte Sir Tristan, wegen der Gastfreundschaft, die Ihr mir in Irland erwiesen habt, und um meiner Herrin, der schönen Isolde, Eurer Tochter, willen nehme ich den Kampf auf mich unter der Bedingung, daß Ihr mir zwei Bitten gewährt. Erstens sollt Ihr mir schwören, daß Ihr im Recht seid und niemals in den Tod dieses Ritters eingewilligt habt. Zweitens sollt Ihr mir als Belohnung geben, was ich Vernünftiges von Euch fordern werde, wenn ich diesen Kampf bestanden und mit Gottes Gnade gesiegt habe. Bei meiner Ehre und so wahr mir Gott helfe, beteuerte der König, Ihr sollt haben, was immer Ihr von mir begehrt. Das ist gut gesprochen, sagt Sir Tristan.

Kapitel 22

WIE SIR TRISTAN FÜR SIR ANGUISH FOCHT UND SEINEN GEGNER ÜBERWAND, UND WIE SEIN GEGNER SICH NICHT ERGEBEN WOLLTE. Jetzt gebt Eure Antwort, daß Euer Kämpe bereit ist, ich will eher in Euerm Streit sterben als mich schimpflich ergeben. Ich zweifle nicht an Euch, sagte der König, selbst wenn Ihr mit Sir Lanzelot vom See zu kämpfen hättet. Herr, entgegnete Sir Tristan, Sir Lanzelot ist der trefflichste Ritter der Welt, und die Männer seiner Sippe sind edle Ritter, die keine Schmach dulden. Mit Bleoberis, dem Bruder Sir Blamores, habe ich schon gekämpft, und bei meinem Leben, es ist keine Schande, ihn einen wackeren Ritter zu nennen. Man erzählt sich, sagte der König, Blamore sei der kühnere Ritter. Herr, wie dem auch sei, er wird jeden Schlag zurückbekommen, und wenn er der beste Ritter wäre, der jetzt Schild oder Lanze trägt. Da ging König Anguish zu König Carados und den anderen Königen, die als Richter eingesetzt waren, und verkündete ihnen, er habe einen Kämpen gefunden und der sei bereit. Auf Befehl der Könige wurden Sir Blamore von Ganis und Sir Tristan geholt, um die Anklage zu hören. Als sie vor den Richtern standen, betrachteten viele Könige und Ritter Sir Tristan und machten große Worte, weil er den wackeren Sir Marhaus erschlagen und den tüchtigen Sir Palamides im Turnier bezwungen hatte. Als sie die Anklage vernommen hatten, zogen sie sich zurück und rüsteten sich zum Kampf. Dann sagte Sir Bleoberis zu Sir Blamore: Mein lieber Bruder, denke daran, aus welchem Geschlecht wir stammen und welch ein Mann Sir Lanzelot vom See ist, dem wir nicht ferner und nicht näher verwandt sind als Brudерskinder. Noch nie hat einer aus unserer Sippe im Kampf Schande davongetragen, deshalb wähle lieber den Tod als die Schande. Bruder, erwiderte Blamore, zweifle nicht an mir, ich werde niemandem von uns Schande bereiten. Und wenn jener Ritter auch einer der tapfersten Ritter der Welt ist, werde ich doch nicht weichen, und eher wird er mich mit seiner großen Kraft erschlagen, als daß ich mich ihm ergebe. Gott sei mit dir, sagte Bleoberis, du triffst auf den stärksten Ritter, mit dem du es je zu tun gehabt hast. Ich kenne ihn, denn ich habe schon mit ihm gekämpft. Gott stehe mir bei, sagte Sir Blamore von Ganis. Damit lenkte er sein Pferd an das eine Ende der Schranken und Sir Tristan seines an das andere, und sie legten die Lanzen ein und stießen krachend zusammen; und Sir Tristan warf mit seiner großen Stärke Sir Blamore samt seinem Pferd zu Boden. Da machte sich Sir Blamore schnell von seinem Pferd frei, zog das Schwert, nahm den Schild hoch und hieß Sir Tristan absteigen: Wenn mich auch mein Pferd im Stich gelassen hat, vertraue ich doch auf Gott, daß mich die Erde nicht im Stich lassen wird. Darauf stieg Sir Tristan ab, und sie schlugen mächtig aufeinander ein, vor und zurück, Hieb und Stich, und führten viele scharfe Streiche. Die Könige und Ritter wunderten sich sehr, daß sie sich noch auf den Beinen halten konnten, denn sie kämpften wie von Sinnen, wie noch nie zwei Ritter gekämpft hatten. Sir Blamore focht ungestüm und gönnte sich keine Pause, und alle staunten, daß sie noch bei Atem waren. Der ganze Platz, auf dem sie fochten, war voll Blut. Schließlich versetzte Sir Tristan seinem Gegner einen solchen Streich über den Helm, daß er niederfiel und liegenblieb. Da hielt Sir Tristan inne und schaute ihn an.

WIE SIR BLAMORE SIR TRISTAN AUFFORDERTE, IHN ZU TÖTEN, UND WIE SIR TRISTAN IHN SCHONTE, UND WIE SIE SICH VERSÖHNTEN. ❧ Als Sir Blamore wieder sprechen konnte, sagte er: Sir Tristan von Liones, ich fordere von dir, so wahr du ein edler Ritter bist und der beste, dem ich je begegnet bin, daß du mich tötest, denn nicht für alle Reichtümer der Welt möchte ich am Leben bleiben. Ich will lieber in Ehren sterben als in Schande leben, und erschlagen mußt du mich, sonst wird dir der Sieg nicht gehören, denn das verhaßte Wort werde ich niemals sagen. Deshalb erschlage mich. Als Sir Tristan ihn so ritterlich sprechen hörte, wußte er nicht, was er mit ihm machen sollte. Einerseits dachte er an seine Herkunft, und um Sir Lanzelots willen wollte er ihn nicht gern erschlagen; andererseits blieb ihm keine Wahl, er mußte ihn dazu bringen, um Gnade zu bitten, oder aber ihn töten. Da begab sich Sir Tristan zu den königlichen Richtern, kniete vor ihnen nieder und bat sie bei ihrer Ehre und um König Artus' und Sir Lanzelots willen, die Sache in ihre Hände zu nehmen. Denn, edle Herren, sagte Sir Tristan, es wäre schändlich und schade, wenn der edle Ritter, der dort liegt, getötet würde. Wie ihr gehört habt, will er keine Schande auf sich nehmen, und ich bete zu Gott, daß er meinetwegen nicht erschlagen oder in Schande gebracht wird. Den König, für den ich kämpfe, bitte ich, so wahr ich sein treuer Kämpe auf diesem Platz bin, daß er Gnade an diesem guten Ritter walten läßt. Bei Gott, sagte König Anguish, um Euretwillen, Sir Tristan, folge ich Euerm Vorschlag und bitte die Könige von Herzen, ihr Richterwort zu sprechen. Da riefen die Könige Sir Bleoberis zu sich und fragten ihn nach seiner Meinung. Ihr Herren, sagte Bleoberis, wenn auch mein Bruder durch Waffengewalt unterlegen ist, darf ich doch sagen, Sir Tristan hat seinen Körper geschlagen, aber nicht seinen Geist. Ich danke Gott, daß sich mein Bruder heute keine Schande aufgeladen hat; und ehe er in Schande kommt, laßt Sir Tristan ihn vollends erschlagen. Das soll nicht geschehen, erwiderten die Könige, denn seine Gegenpartei, sowohl der König wie der Kämpe, erweisen Sir Blamores Rittertum Gnade. Ihr Herren, antwortete Bleoberis, ich folge euerm Willen gern. Dann befragten die Könige den König von Irland und fanden ihn gutwillig und entgegenkommend. Mit Zustimmung aller hoben Tristan und Bleoberis Sir Blamore auf, und die beiden Brüder versöhnten sich mit König Anguish und besiegelten ihre Freundschaft mit einem Kuß. Danach küßten Sir Tristan und Sir Blamore einander, und die beiden Brüder schwuren einen Eid, daß keiner von ihnen jemals wieder mit Sir Tristan kämpfen würde, und das beschwor Sir Tristan auch. Und wegen dieses ritterlichen Kampfes liebte die ganze Sippe Sir Lanzelots Sir Tristan für immer. Dann nahmen König Anguish und Sir Tristan ihren Abschied und segelten mit großem Ruhm und voll Freude nach Irland. Dort ließ der König im ganzen Land bekanntmachen, was Sir Tristan für ihn getan hatte. Und die Königin und alle anderen überhäuften ihn mit Geschenken und Gunstbezeigungen. Aber die Glückseligkeit der schönen Isolde mit Sir Tristan läßt sich nicht in Worten beschreiben, denn von allen Männern liebte sie ihn am meisten.

WIE SIR TRISTAN UM SCHÖN ISOLDE FÜR KÖNIG MARKE WARB, UND WIE SIR TRISTAN UND ISOLDE DEN LIEBESTRANK TRANKEN. ❧ Eines Tages fragte König Anguish Sir Tristan, warum er seine Belohnung nicht verlange, denn alles, was er versprochen habe, wolle er ihm ohne Zögern geben. Herr König, antwortete Sir Tristan, jetzt ist die Zeit da. Ich möchte, daß Ihr mir Schön Isolde, Eure Tochter, gebt, doch nicht für mich, sondern für meinen Onkel, König Marke, der sie zur Gemahlin haben will; das habe ich ihm versprochen. Ach, sagte der König, es wäre mir lieber als all mein Land, würdet Ihr sie selber heiraten. Herr, wenn ich das täte, wäre es eine ewige Schande für mich, und ich hätte mein Versprechen gebrochen. Deshalb bitte ich Euch, fuhr Sir Tristan fort, haltet Eure Zusage ein und gebt mir

Schön Isolde. Sie soll mit mir nach Cornwall gehen und König Marke heiraten. So mögt Ihr sie haben, sagte König Anguish, und verfügt über sie, wie Ihr es für richtig haltet, das heißt, wenn Ihr sie selber zur Frau haben wolltet, so wäre mir das am liebsten, und wenn Ihr sie Euerm Onkel geben wollt, dann steht das bei Euch. Um die Sache kurz zu machen, die schöne Isolde wurde mit allem für die Reise ausgestattet, und Lady Bragwaine begleitete sie als ihre oberste Hofdame in einem großen Gefolge. Beim Abschied gab die Königin, Isoldes Mutter, Lady Bragwaine und Gouvernail einen Trank und trug ihnen auf, diesen am Hochzeitstage König Marke zu reichen, und der sollte damit Isolde zutrinken. Dann, sagte die Königin, verbürge ich mich dafür, daß sie einander zeit ihres Lebens lieben werden. Darauf stachen Sir Tristan und Schön Isolde in See. Als sie während der Fahrt in der Kajüte saßen, verspürten sie beide großen Durst und sahen ein kleines goldenes Fläschchen stehen, das nach Farbe und Duft edlen Wein zu enthalten schien. Da nahm Sir Tristan das Fläschchen und sagte: Lady Isolde, hier ist der beste Trank, den Ihr je genossen habt. Lady Bragwaine und Gouvernail haben ihn für sich aufbewahrt. Und sie lachten und waren fröhlich und tranken einander herzlich zu und meinten, daß nie ein Trank, den sie zusammen genommen hatten, so süß und so gut gemundet hätte. Aber kaum war der Trank in ihrem Körper, liebten sie einander heiß, daß ihre Liebe in Wohl und Weh nie mehr aufhörte. So begann die Liebe zwischen Sir Tristan und Isolde, die bis an das Ende ihrer Tage währte. Sie segelten dahin, bis sie in die Nähe einer Burg kamen, die Pluere hieß. Dort landeten sie, um sich auszuruhen, und sie wähnten sich in Sicherheit. Doch kaum waren sie in der Burg, als sie gefangengenommen wurden, denn es gab auf der Burg einen Brauch, daß jeder, der mit einer Dame ankam, gegen den Burgherrn kämpfen mußte, der Breunor hieß. Und wenn Breunor siegte, wurden der fremde Ritter und seine Dame getötet, wer immer sie waren. Wenn aber der fremde Ritter siegte, dann sollten Sir Breunor und seine Gemahlin sterben. Dieser Brauch wurde viele Jahre geübt, und deshalb hieß die Burg Pluere, das heißt Burg der Tränen.

Kap. 25

WIE SIR TRISTAN UND ISOLDE IM KERKER WAREN, UND WIE ER UM IHRER SCHÖNHEIT WILLEN KÄMPFTE UND EINER ANDEREN DAME DEN KOPF ABSCHLUG. Während Sir Tristan und Schön

Isolde im Kerker saßen, kam ein Ritter mit einer Dame zu ihnen, um ihnen Mut zuzusprechen. Ich möchte wissen, sagte Sir Tristan zu den beiden, aus welchem Grunde uns der Herr dieser Burg gefangenhält. An keinem ehrenhaften Ort, den ich kenne, war es je Sitte, einen Ritter und eine Dame, die um Herberge bitten, aufzunehmen und dann die Gäste ins Verderben zu stürzen. Herr, antwortete der Ritter, es ist ein alter Brauch in dieser Burg, daß ein Ritter, der hierherkommt, mit unserem Herren kämpfen und der Unterliegende seinen Kopf verlieren muß. Und nachdem das geschehen ist, muß seine Dame sterben, wenn sie häßlicher ist als die Gemahlin unseres Herrn. Wenn sie aber schöner ist als unsere Herrin, dann muß die Herrin dieser Burg ihren Kopf verlieren. Bei Gott, sagte Sir Tristan, das ist ein verruchter und schändlicher Brauch; aber einen Vorteil habe ich, meine Dame ist sehr schön, eine schönere habe ich all mein Lebtag nicht gesehen. Ich bin sicher, aus Mangel an Schönheit wird sie nicht sterben, und ehe ich meinen Kopf verliere, will ich im offenen Kampf um ihn fechten. Darum, Herr Ritter, sagt bitte Euerm Herrn, ich werde morgen früh bereit sein zum Kampf, wenn ich mein Pferd und meine Rüstung bekomme. Herr, antwortete der Ritter, ich verbürge mich, daß Euer Wunsch erfüllt werden soll. Ruht Euch nun aus und steht beizeiten auf und bereitet Euch und Eure Dame vor, denn es soll Euch nichts fehlen, was Ihr braucht. Damit ging er fort. Am nächsten Morgen kam derselbe Ritter in aller Frühe zu Sir Tristan, um ihn und seine Dame abzuholen, und er brachte ihm sein Pferd und seinen Harnisch und hieß ihn sich rüsten, denn alle Adligen und Gemeinen des Burgbereiches seien anwesend, um Kampf und Urteil beizuwohnen. Dann kam Sir Breunor mit seiner Gemahlin, die verschleiert war, und fragte Sir Tristan, wo seine Dame sei: Wenn deine Dame schöner ist als meine, so schlage meiner Dame mit deinem Schwert den Kopf ab, und wenn meine Dame schöner ist als deine, muß ich ihr mit meinem Schwert den Kopf abschlagen. Bezwinge ich dich, soll deine Dame mir gehören, und du verlierst deinen Kopf. Herr, erwiderte Tristan, das ist ein abscheulicher und schrecklicher Brauch, und ehe meine Dame getötet wird, will ich lieber sterben. Nein, nein, sagte Sir Breunor, zuerst sollen die Damen gegenübergestellt und an der einen das Urteil vollstreckt werden. Nein, das will ich nicht, entgegnete Sir Tristan, denn hier ist niemand, der ein gerechtes Urteil fällen kann. Aber ich zweifle nicht, daß meine Dame schöner ist als deine, und das will ich mit meiner Faust beweisen, und wenn jemand das Gegenteil behauptet, dem will ich es an seinem Kopf widerlegen. Da stellte Sir Tristan mit dem bloßen Schwert in der Hand die schöne Isolde vor und führte sie dreimal im Kreise herum, und Sir Breunor tat dasselbe mit seiner Gemahlin. Aber als Sir Breunor Schön Isolde erblickte, deuchte ihn, er hätte nie eine schönere Frau gesehen, und er fürchtete für den Kopf seiner Gemahlin. Und alle, die dabei waren, fällten das Urteil, daß Isolde schöner und wohlgestalter sei. Wie nun, sagte Sir Tristan, mir scheint, es wäre schade um sie, wenn die Dame ihren Kopf verliert, aber weil ihr beide diesen gräßlichen Brauch so lange geübt und viele gute Ritter und Damen umgebracht habt, wäre es kein Verlust, euch beide zu vernichten. Gott stehe mir bei, antwortete Sir Breunor, aber, um die Wahrheit zu sagen, deine Dame ist schöner als meine, und das bedauere ich sehr. Das höre ich auch das Volk heimlich sagen, denn von allen Frauen, die ich sah, ist keine so schön. Wenn du also meine Gemahlin töten willst, so zweifle ich nicht daran, daß ich dich erschlagen und deine Dame bekommen werde. Du sollst sie so teuer gewinnen, entgegnete Sir Tristan, wie nur je ein Ritter eine Dame gewonnen hat. Getreu deinem eigenen Urteil, das du an meiner Dame vollstreckt hättest, wenn sie häßlicher gewesen wäre, und getreu deinem üblen Brauch, gib mir deine Dame. Mit diesen Worten schritt Sir Tristan rasch auf ihn zu, entriß ihm seine Dame und schlug ihr mit einem wilden Streich glatt den Kopf ab. Wohlan, Ritter, rief Sir Breunor, jetzt hast du mir eine Kränkung zugefügt.

WIE SIR TRISTAN MIT SIR BREUNOR KÄMPFTE UND IHM DEN KOPF ABSCHLUG.

Nimm nun dein Pferd, und da ich keine Dame mehr habe, will ich deine gewinnen. Dann galoppierten sie mit aller Wucht gegeneinander, und Sir Tristan stieß Sir Breunor glatt vom Pferd. Schnell sprang dieser wieder auf, und als Sir Tristan wieder auf ihn zu ritt, durchbohrte er dem Pferd die ganze Brust, daß es taumelte und tot zu Boden fiel. Sir Breunor rannte zu Sir Tristan, um ihn zu töten, aber Sir Tristan war flink und behend und machte sich leicht von seinem Pferd frei. Doch bevor er Schild und Schwert heben konnte, versetzte ihm sein Gegner drei oder vier schlimme Streiche. Dann stürzten sie aufeinander los wie zwei wilde Eber und fochten mit Kraft und Geschick wie zwei erprobte Ritter. Denn dieser Sir Breunor war ein bewährter Recke und hatte vordem viele tapfere Ritter erschlagen, und es war ein Jammer, daß er es so lange hatte treiben können. So kämpften sie an die zwei Stunden und stürmten vor und zurück und waren beide schwer verwundet. Schließlich stürzte sich Sir Breunor auf Sir Tristan und umklammerte ihn mit den Armen, denn er vertraute sehr auf seine Kraft. Nun war aber Sir Tristan stark und hochgewachsen wie kein Ritter der Welt und wurde für stärker gehalten als Sir Lanzelot, nur hatte Sir Lanzelot den längeren Atem. So warf Sir Tristan Sir Breunor lang hin auf die Erde, löste ihm den Helm und schlug ihm den Kopf ab. Und da kamen alle, die zur Burg gehörten, zu ihm und huldigten ihm und schwuren ihm Treue und baten ihn, er möchte noch eine Weile bleiben und dem üblen Brauch ein Ende machen. Sir Tristan willigte ein. Mittlerweile ritt einer der Ritter der Burg zu Sir Galahalt, dem edlen Prinzen, Sir Breunors Sohn, der ein wackerer Ritter war, und berichtete ihm, was für ein Mißgeschick seinem Vater und seiner Mutter widerfahren war.

WIE SIR GALAHALT MIT SIR TRISTAN KÄMPFTE, UND WIE SICH SIR TRISTAN ERGAB UND VERSPRACH, SICH LANZELOT ANZUSCHLIESSEN.

Sir Galahalt kam zusammen mit dem König der hundert Ritter und forderte Sir Tristan zum Kampf Mann gegen Mann heraus. Mit großem Mut rüsteten sie sich zum Reiterkampf, und so gewaltig war der Zusammenprall, daß Sir Galahalt und Sir Tristan beide samt ihren Pferden zu Boden stürzten. Dann kämpften sie voll Eifer und Wut mit dem Schwert und schlugen viele scharfe Streiche und hieben und stachen und gingen vorwärts und rückwärts und fielen seitwärts aus wie erfahrene Ritter. So fochten sie fast einen halben Tag und trugen beide schwere Wunden davon. Schließlich wuchs Sir Tristans Kraft, und er verdoppelte seine Streiche und trieb Sir Galahalt rückwärts von einer Seite zur anderen und war nahe daran, ihn zu erschlagen. Da griff der König mit den hundert Rittern ein und fiel mit seinem ganzen Gefolge heftig über Sir Tristan her. Als Sir Tristan das sah, wußte er, daß er nicht standhalten konnte, und als kluger Kämpfer sagte er zu Sir Galahalt: Hoher Prinz, Ihr zeigt mir keine Ritterlichkeit, wenn Ihr duldet, daß sich alle Eure Mannen gleichzeitig auf mich stürzen. Da Ihr ein kampferprobter Ritter zu sein scheint, ist das eine große Schande für Euch. Bei Gott, antwortete Sir Galahalt, es gibt keinen anderen Weg, Ihr müßt Euch mir ergeben oder sterben. Ich will mich Euch lieber ergeben als sterben, doch mehr wegen der

Übermacht Eurer Leute als der Stärke Eurer Arme. Damit packte Sir Tristan sein Schwert an der Spitze und legte den Knauf in die Hände Sir Galahalts. In diesem Augenblick griff der König mit den hundert Rittern Sir Tristan scharf an. Haltet ein, sagte Sir Galahalt, seid nicht so ungestüm und rührt ihn an, denn ich habe diesem Ritter das Leben geschenkt. Das ist eine Schande für Euch, erwiderte der König mit den hundert Rittern, hat er nicht Euern Vater und Eure Mutter erschlagen? Was das angeht, sagte Sir Galahalt, kann ich ihn nicht sehr tadeln, denn mein Vater hatte ihn eingekerkert und zum Kampf gezwungen. Außerdem pflegte mein Vater den schändlichen Brauch, wenn ein Ritter mit einer Dame bei ihm um Herberge nachsuchte, die Dame zu töten, falls sie nicht schöner war als meine Mutter, und den Ritter zu erschlagen, wenn er im Kampf gegen ihn unterlag. Wegen dieses üblen Brauches habe ich mich nie bei ihm aufgehalten. Bei Gott, sagte der König, das war ein übler Brauch. Das meine ich auch, fuhr Sir Galahalt fort, und mir scheint, es wäre sehr schade gewesen, wenn dieser Ritter erschlagen worden wäre, denn ich darf wohl sagen, er ist der edelste aller Männer, Sir Lanzelot vom See ausgenommen. Und nun, edler Ritter, fuhr Sir Galahalt fort, sagt mir bitte Euern Namen und woher Ihr stammt und wohin Ihr wollt. Herr, mein Name ist Sir Tristan von Liones. König Marke von Cornwall schickte mich mit einer Botschaft zu König Anguish von Irland, dessen Tochter zu holen, die er zum Weibe begehrt, und sie ist jetzt bei mir auf dem Weg nach Cornwall, und ihr Name ist Schön Isolde. Sir Tristan, sagte der edle Prinz Sir Galahalt, seid willkommen in diesem Lande, und wenn Ihr mir versprecht, zu Sir Lanzelot zu gehen und Euch ihm anzuschließen, könnt Ihr mit Eurer Dame ziehen, wohin Ihr wollt. Und ich versichere Euch, solange ich lebe, sollen solche üblen Bräuche nie wieder in der Burg geübt werden. Herr, erwiderte Sir Tristan, jetzt kann ich es Euch sagen, ich hatte, bei Gott, geglaubt, als ich Euch zuerst sah, Ihr wäret Sir Lanzelot vom See, und deshalb fürchtete ich Euch um so mehr. Und nun verspreche ich Euch, sobald ich kann, zu

Sir Lanzelot zu gehen und mich ihm anzuschließen, denn von allen Rittern der Welt suche ich seine Gesellschaft am meisten.

WIE SIR LANZELOT AUF SIR CARADOS STIESS, DER SIR GAWEIN WEGFÜHRTE, UND VON DER RETTUNG SIR GAWEINS.

❧ Kurz darauf erhielten beide, Sir Galahalt und Sir Tristan, die Nachricht, daß Sir Carados, der mächtige König, der wie ein Riese gebaut war, mit Sir Gawein gekämpft und ihm solche Streiche versetzt hatte, daß er im Sattel ohnmächtig geworden war; und danach hatte Sir Carados ihn beim Kragen gepackt, aus dem Sattel gerissen und an seinem Sattelbaum festgebunden und war mit ihm zu seiner Burg geritten. Durch Zufall begegnete Sir Carados unterwegs Sir Lanzelot, der Sir Gawein erkannte. Ach, sagte Sir Lanzelot zu Sir Gawein, wie ist es um Euch bestellt? Noch nie stand es so schlimm, antwortete Sir Gawein, wenn Ihr mir nicht helft. Ich weiß bei Gott, keinen Ritter, der mich befreien könnte, außer Euch und Sir Tristan. Über diese Worte Sir Gaweins war Sir Lanzelot sehr traurig, und er forderte Sir Carados auf: Leg diesen Ritter nieder und kämpfe mit mir! Du bist ein Narr, erwiderte Sir Carados, ich werde mit dir auf die gleiche Weise verfahren. Was das angeht, sagte Sir Lanzelot, schone mich nicht, und ich sage dir, ich werde dich auch nicht schonen. Darauf band Sir Carados Sir Gawein an Händen und Füßen und warf ihn auf die Erde. Dann ergriff er seine Lanze und nahm Anlauf. Und so prallten sie zusammen, daß ihre Lanzen ganz zersplitterten. Darauf zogen sie die Schwerter und gingen über eine Stunde lang zu Pferde gegeneinander an. Schließlich versetzte Sir Lanzelot Sir Carados einen solchen Schlag auf den Helm, daß das Schwert in den Schädel drang. Dann packte er Sir Carados und warf ihn unter die Hufe seines Pferdes, stieg ab, öffnete ihm den Helm und schlug ihm den Kopf ab. Darauf befreite er Sir Gawein von seinen Fesseln. Diesen Bericht erhielten Sir Galahalt und Sir Tristan, woraus man entnehmen kann, welch großer Ruhm Sir Lanzelot folgte. Ach, sagte Sir Tristan, wenn ich den Auftrag mit dieser schönen Dame nicht hätte, ich würde nicht ruhen, bis ich Sir Lanzelot fände. Dann fuhren Sir Tristan und Isolde aufs Meer und gelangten nach Cornwall, wo der ganze Hof sie empfing.

VON KÖNIG MARKES VERMÄHLUNG MIT SCHÖN ISOLDE, VON IHRER HOFDAME BRAGWAINE UND VON PALAMIDES.

Wenige Tage später feierten König Marke und die schöne Isolde mit großem Gepränge Hochzeit. Aber immer liebten Sir Tristan und Isolde einander. Es fanden große Turniere und Kampfspiele statt; und viele Herren und Damen waren anwesend, und von allen wurde Sir Tristan am meisten gepriesen. Und so dauerte das Fest lange. Kurze Zeit nach dem Fest beschlossen zwei Frauen vom Gefolge der Königin Isolde aus Haß und Neid, Lady Bragwaine, die erste Hofdame Schön Isoldes, umzubringen. Sie wurde in den Wald geschickt, um Kräuter zu holen, und dort wurde sie gefaßt und mit Händen und Füßen an einen Baum gebunden. Durch einen glücklichen Zufall fand Sir Palamides drei Tage später Lady Bragwaine, rettete sie vor dem Tode und brachte sie in ein nahegelegenes Kloster, damit sie sich erholen konnte. Als Königin Isolde ihre Hofdame vermißte, war sie über alle Maßen traurig, denn von allen Frauen liebte sie sie am meisten, weil sie aus ihrer Heimat stammte. Eines Tages ging die Königin in den Wald, um ihre Trübsal zu vertreiben, und ließ sich an einer Quelle nieder und klagte sehr. Plötzlich erschien Palamides, der alles mit angehört hatte, und sagte: Lady Isolde, wenn Ihr mir einen Wunsch erfüllt, bringe ich Euch Lady Bragwaine heil und gesund wieder. Die Königin war so froh über dieses Anerbieten, daß sie ohne Zögern zustimmte. Wohlan, hohe Frau, sagte Palamides, ich vertraue Euerm Wort, und wenn Ihr eine halbe Stunde hier wartet, bringe ich sie Euch. Ich werde warten, erwiderte Isolde. Sir Palamides ritt zu dem Kloster und kehrte binnen kurzem mit Lady Bragwaine zurück, aber freiwillig wäre sie nicht mitgekommen, weil ihr Leben in Gefahr war wegen ihrer Liebe zur Königin. Trotzdem ging sie halb gegen ihren Willen mit Sir Palamides. Als die Königin sie erblickte, war sie sehr froh. Und nun, Frau Königin, sagte Sir Palamides, denkt an Euer Versprechen, ich habe das meinige gehalten. Sir Palamides, antwortete die Königin, ich weiß nicht, was Ihr begehrt, aber bedenkt, wenn ich auch ohne Einschränkung zugesagt habe, dachte ich doch an nichts Böses, und ich weise Euch darauf hin, daß ich nichts Böses tun werde. Hohe Frau, erwiderte Sir Palamides, Ihr sollt mein Begehren jetzt nicht erfahren, aber vor Euerm Herrn Gemahl werde ich Euch meinen Wunsch sagen, den zu erfüllen Ihr versprochen habt. Darauf entfernte sich die Königin und ritt heim zum König, und Sir Palamides folgte ihr. Und als Sir Palamides vor den König trat, sagte er: Herr König, ich verlange von Euch, so wahr Ihr ein gerechter König seid, daß Ihr mir Recht zuteil werden laßt. Bringt Eure Sache vor, erwiderte der König, und ihr sollt Recht bekommen.

Kapitel 30

WIE PALAMIDES DIE KÖNIGIN ISOLDE BEGEHRTE, UND WIE LAMBEGUS IHR NACHRITT, UM SIE ZU RETTEN, UND WIE ISOLDE ENTKAM. Herr König, sagte Palamides, ich hatte Eurer Königin versprochen, ihr Lady Bragwaine, die verschwunden war, unter der Bedingung zurückzubringen, daß sie mir einen Wunsch erfüllt, und ohne Einwand und Zögern versprach sie das. Was sagt Ihr dazu, meine Gemahlin? fragte der König. Es ist so, Gott helfe mir, antwortete die Königin. Um die Wahrheit zu sagen, ich gab ihm das Versprechen aus Freude, Lady Bragwaine wiederzusehen. Nun, Frau, sagte der König, wenn es auch voreilig von Euch war, ihm zu gewähren, was immer er erbitten würde, will ich doch, daß Ihr Euer Versprechen haltet. Dann, sagte Palamides, möchte ich Eure Königin haben und sie mit mir nehmen, wohin es mir gefällt. Da erstarrte der König und dachte an Sir Tristan und hoffte, er würde sie retten. Und der König sagte schnell: So nehmt sie samt den Gefahren, die Euch daraus erwachsen werden, denn ich glaube nicht, daß Ihr lange Freude an ihr haben werdet. Die Gefahren, erwiderte Palamides, kann ich getrost abwarten. Da nahm Sir Palamides Isolde bei der Hand und sagte: Frau Königin, grollt nicht, mit mir zu gehen, denn ich halte mich nur an Euer eigenes Versprechen. Ich habe keine große Angst, mit dir zu gehen, erwiderte die Königin. Obwohl du durch mein Versprechen einen Vorteil über mich hast, zweifle ich doch nicht, daß ich ehrenvoll von dir befreit werde. Das mag sein oder auch nicht, antwortete Sir Palamides. Dann setzte er die Königin hinter sich aufs Pferd und ritt davon. Sogleich schickte der König nach Sir Tristan, konnte ihn aber nirgendwo finden, denn er war im Wald auf der Jagd, wie es immer seine Gewohnheit war, wenn er sich nicht im Waffengebrauch übte. Wehe, sagte der König, jetzt ist meine Ehre für immer geschändet, da mit meiner Zustimmung meine Königin und Gemahlin entführt wurde. In diesem Augenblick trat ein Ritter Sir Tristans namens Lambegus vor und sprach: Mein König, da Ihr Euch auf meinen Herrn Sir Tristan verlassen habt, will ich an seiner Statt Eurer Königin nachreiten und sie befreien oder aber geschlagen werden. Ich danke Euch, Sir Lambegus, antwortete der König, das will ich Euch lohnen. Daraufhin rüstete sich Sir Lambegus und ritt Sir Palamides nach, so schnell er konnte, und nach einer Weile holte er ihn ein. Sir Palamides setzte die Königin ab und fragte: Wer bist du, bist du Tristan? Nein, war die Antwort, ich bin sein Gefolgsmann Sir Lambegus. Das bedauere ich, erwiderte Sir Palamides, mir wäre es lieber, du wärst Sir Tristan. Das glaube ich gern, sagte Lambegus, aber wenn du mit Sir Tristan zusammentriffst, wird es dir schlecht ergehen. Dann stürzten sie gegeneinander und zerbrachen ihre Lanzen und zogen die Schwerter und hieben einander auf Helm und Harnisch. Schließlich schlug Sir Palamides Sir Lambegus eine solche Wunde, daß er wie tot zu Boden fiel. Dann blickte Palamides sich nach der schönen Isolde um, doch er fand sie nicht mehr, und darüber war Sir Palamides über alle Maßen traurig. Die Königin aber lief in den Wald, wo sie eine Quelle fand, in der sie sich zu ertränken gedachte. Doch wie es das gute Geschick wollte, kam ein Ritter namens Sir Adtherp vorbei, dem in der Nähe eine Burg gehörte. Als er die Königin in dieser Not fand, rettete er sie und brachte sie auf seine Burg. Nachdem er erfahren hatte, wer sie war, wappnete er sich, nahm sein Pferd und sagte, er wolle an Sir Palamides Rache nehmen. Schließlich fand er ihn, doch Sir Palamides verwundete ihn schwer und zwang ihn zu gestehen, warum er mit ihm gekämpft und wie er die Königin zu seiner Burg gebracht hatte. Führe mich sogleich dorthin, sagte Palamides, oder du sollst von meiner Hand sterben. Herr, antwortete Sir Adtherp, ich bin schwer verwundet und kann Euch nicht begleiten; aber wenn Ihr diesen Weg entlangreitet, kommt Ihr zu meiner Burg, und dort ist die Königin. Da ritt Sir Palamides zu der Burg. Schön Isolde aber sah ihn von einem Fenster aus nahen und ließ die Tore fest verschließen. Und als er merkte, daß er nicht in die Burg hineingelangen konnte, nahm er seinem Pferd Zaum und Sattel ab und ließ es grasen, und er setzte sich am Tor nieder wie ein Mann, der von Sinnen ist.

Kap. 31

WIE SIR TRISTAN PALAMIDES VERFOLGTE, IHN EINHOLTE UND MIT IHM KÄMPFTE, UND WIE DURCH ISOLDES VERMITTLUNG DER KAMPF AUFHÖRTE. ❧ Als Sir Tristan von der Jagd zurückkehrte und erfuhr, daß Schön Isolde mit Sir Palamides weggegangen war, wurde er maßlos zornig. Wehe, sagte er, dieser Tag bringt mir Schande. Dann rief er nach Gouvernail: Beeile dich, daß ich in meine Rüstung und aufs Pferd komme, denn Lambegus hat nicht die Kraft, es mit Sir Palamides aufzunehmen. Ach, daß ich nicht an seiner Stelle war! So schnell sie konnten, ritten Sir Tristan und Gouvernail in den Wald, und nach einer Weile fanden sie Lambegus fast zu Tode verwundet. Sir Tristan brachte ihn zu einem Waldhüter und trug ihm auf, ihn gut zu pflegen. Dann ritt er weiter und fand Sir Adtherp schwer verletzt, und dieser erzählte ihm, wie sich die Königin ertränkt hätte, wenn er nicht gewesen wäre, und wie er um ihretwillen mit Sir Palamides gekämpft hatte. Wo ist meine Herrin? fragte Sir Tristan. Herr, antwortete der Ritter, sie ist in Sicherheit in meiner Burg und kann sich dort halten. Vielen Dank, sagte Sir Tristan, für deine große Güte. Und so ritt er zu der Burg und sah dort Sir Palamides schlafend am Tor sitzen und sein Pferd dicht neben ihm grasen. Geh du zu ihm, Gouvernail, sagte Sir Tristan, und heiße ihn aufwachen und sich bereitmachen. Gouvernail ritt zu ihm hin und sprach: Sir Palamides, steht auf und wappnet Euch. Aber dieser war so tief in Gedanken versunken, daß er nicht vernahm, was Gouvernail sagte. So kam Gouvernail zurück und berichtete Sir Tristan, er schliefe oder sei von Sinnen. Gehe wieder hin, befahl Sir Tristan, heiße ihn aufstehen und sage ihm, daß ich, sein Todfeind, hier bin. Daraufhin ritt Gouvernail wieder zu ihm und stieß ihn mit dem Lanzenschaft an: Sir Palamides, wappnet Euch, Sir Tristan ist hier und läßt Euch sagen, er sei Euer Todfeind. Sogleich erhob sich Sir Palamides, ohne ein Wort zu sprechen, sattelte und zäumte sein Pferd und sprang behend hinauf. Dann legten beide ihre Lanzen ein und sprengten gegeneinander, und Tristan stieß Palamides über den Schweif seines Pferdes zu Boden. Rasch nahm Palamides seinen Schild vor und zog sein Schwert, und es begann ein heftiger Kampf. Beide fochten aus Liebe zu derselben Dame, und diese sah ihnen vom Wall aus zu, wie sie maßlos wüteten, und beide waren schwer verwundet, Palamides aber schwerer. So kämpften sie länger als zwei Stunden, daß Schön Isolde vor Schmerz und Kummer fast ohnmächtig wurde. Ach, sagte sie, den einen liebte ich und liebe ihn noch, den anderen liebe ich nicht, und doch wäre es ein Jammer, wenn Sir Palamides erschlagen würde. Denn ich weiß wohl, wenn der Kampf zu Ende geht, ist Sir Palamides ein toter Mann; und da er nicht getauft ist, täte es mir leid, wenn er als Sarazene stürbe. Da ging Isolde hinunter und bat Sir Tristan, den Kampf abzubrechen. Oh, Frau Königin, entgegnete er, was soll das, wollt Ihr Schande über mich bringen? Ihr wißt, daß ich Euch gehorche. Ich will Eure Ehre nicht schmälern, antwortete Isolde, aber ich möchte, daß Ihr um meinetwillen diesen unglücklichen Sarazenen schont. Frau Königin, sagte Sir Tristan, um Euretwillen werde ich diesmal zu kämpfen aufhören. Da sagte sie zu Sir Palamides: Das soll dein Richtspruch sein, daß du dich von diesem Land fernhältst, solange ich darin weile. Ich will Euerm Gebot gehorchen, antwortete Sir Palamides, obwohl es sehr gegen meinen Willen ist. Dann mach dich auf den Weg zum Hof des Königs Artus und grüße die Königin Ginevra von mir und überbringe ihr meine Botschaft, daß es in diesem Lande nur vier Liebende gibt, nämlich Sir Lanzelot vom See und Königin Ginevra und Sir Tristan von Liones und Königin Isolde.

Kap. 32

WIE SIR TRISTAN DIE KÖNIGIN ISOLDE HEIMBRACHTE UND VON DEM STREIT ZWISCHEN KÖNIG MARKE UND SIR TRISTAN. ❧ So zog Sir Palamides in tiefem Kummer davon. Sir Tristan aber nahm die Königin und brachte sie zu König Marke zurück. Am Hofe herrschte große Freude über ihre Heimkehr. Und keiner wurde so gefeiert wie Sir Tristan. Dann ließ Tristan seinen Ritter Sir Lambegus aus dem Haus des Wildhüters holen, und es dauerte lange, bis seine Wunden heilten, aber schließlich genas er wieder. So lebten sie lange Zeit in Freuden bei Spiel und Unterhaltung. Aber immer lag Sir Andret, ein Vetter Tristans, auf der Lauer und beobachtete Sir Tristan und Schön Isolde, um sie zu ertappen und zu verraten. Eines Tages sah Sir Andret, wie Tristan und Isolde an einem Fenster miteinander plauderten, und berichtete es dem König. Da ergriff König Marke ein Schwert, lief zu Sir Tristan und nannte ihn einen heimtückischen Verräter und wollte ihn erschlagen. Aber Tristan stand zu nahe bei ihm, unterlief sein Schwert und entwand es seiner Hand. Da schrie der König: Wo sind meine Ritter und meine Mannen? Ich gebiete euch, erschlagt diesen Verräter. Aber nicht einer rührte sich auf diesen Befehl hin von der Stelle. Als Sir Tristan sah, daß sich keiner gegen ihn wandte, schwang er das Schwert gegen den König und tat, als wolle er ihn erschlagen. Da floh König Marke, und Tristan folgte ihm und schlug ihn fünf- oder sechsmal mit der flachen Klinge auf den Nacken, daß der König auf die Nase fiel. Danach ging Sir Tristan seines Weges, wappnete sich, nahm seinen Bediensteten mit und ritt in den Wald. Eines Tages begegneten ihm zwei Brüder, Ritter König Markes, und er schlug dem einen den Kopf ab und verwundete den anderen lebensgefährlich und trug ihm auf, den Kopf seines Bruders im Helm zum König zu tragen. Als jener Ritter an den Hof kam, um seine Botschaft zu bestellen, starb er vor dem König und der Königin an seinen Verletzungen. Außerdem verwundete Tristan dreißig andere Ritter. Daraufhin berief König Marke seine Ratgeber zu sich und bat um die Meinung seiner Barone, was am besten mit Sir Tristan zu tun sei. Herr König, sagten die Barone und besonders Sir Dinas, der Seneschall, wir raten

Euch, laßt Sir Tristan zurückholen, denn Ihr müßt bedenken, daß viele Leute zu Sir Tristan halten werden, wenn es schlimm um ihn steht. Denkt auch daran, fuhr Sir Dinas fort, Sir Tristan gilt unter allen christlichen Rittern als unvergleichlich, und an Stärke und Kühnheit kennen wir keinen so guten Ritter, es sei denn Sir Lanzelot vom See. Wenn er Euch verläßt und an den Hof des Königs Artus geht, wird er dort so viele Freunde finden, daß er Euern Zorn mißachtet. Deshalb raten wir Euch, ihn in Gnaden wieder aufzunehmen. Also gut, erwiderte der König, dann laßt ihn holen, wir wollen ihn in Freundschaft empfangen. So wurde Sir Tristan unter sicherem Geleit zurückgebracht. Der König hieß ihn willkommen, und es gab keine Untersuchung, sondern Spiel und Lustbarkeit. Dann gingen der König und die Königin mit Sir Tristan zur Jagd.

WIE SIR LAMORAK MIT DREISSIG RITTERN KÄMPFTE, UND WIE SIR TRISTAN AUF KÖNIG MARKES VERLANGEN LAMORAKS PFERD NIEDERWARF. ❧ An einem Fluß im Wald schlugen sie ihre Zelte auf, und täglich fanden Jagden und Turnierspiele statt, denn immer waren dreißig Ritter bereit, mit allen zu kämpfen, die herbeikamen. Durch Zufall verschlug es auch Sir Lamorak von Wales und Sir Driant dahin, und Sir Driant hielt sich recht wacker, aber schließlich kam er zu Fall. Dann forderte Sir Lamorak zum Kampf heraus. Und von den dreißig Rittern war keiner, den er nicht zu Boden warf, und einige kamen arg zu Schaden. Wer mag wohl dieser Ritter sein, fragte König Marke, der solche Waffentaten vollbringt? Herr, antwortete Sir Tristan, ich kenne ihn gut, er ist ein sehr edler Ritter und heißt Sir Lamorak von Wales. Es wäre eine Schande, sagte der König, wenn er wieder fortginge, ohne daß ihm einige von euch besser begegneten. Herr, entgegnete Sir Tristan, mich dünkt, es wäre nicht ehrenhaft für einen Edelmann, jetzt mit ihm zu kämpfen, denn er hat schon mehr geleistet, als für einen Ritter gut ist. Deshalb wäre es schändlich und bösartig, ihn nochmals herauszufordern, weil sowohl er als auch sein Pferd müde sind. Die Waffentaten, die er heute vollbracht hat, wären Sir Lanzelots vom See würdig. Ich ersuche Euch dennoch, sagte König Marke, wenn Ihr mich und meine Königin liebt, Euch zu wappnen und mit Sir Lamorak zu tjosten. Herr, erwiderte Sir Tristan, Ihr heißt mich etwas tun, was gegen die Ritterehre verstößt. Ich kann mir gut vorstellen, daß ich ihn bezwinge, denn das wäre kein Kunststück, da mein Pferd und ich frisch sind. Aber er wird es als grobe Unfreundlichkeit auffassen, denn jeder gute Ritter setzt einen anderen nur ungern in Nachteil; aber um Euch nicht zu mißfallen, will ich tun, was Ihr verlangt, und Euerm Befehl gehorchen. So wappnete sich Sir Tristan, stieg in den Sattel und ritt auf den Turnierplatz. Sir Lamorak sprengte wuchtig gegen ihn an, doch von der Gewalt seiner eigenen und von Sir Tristans Lanze ging Sir Lamoraks Pferd zu Boden, während er noch im Sattel saß. So schnell er konnte, machte er sich von Sattel und Pferd frei, nahm den Schild vor und zog das Schwert und forderte Tristan auf: Steig ab, Ritter, wenn du es wagst. Nein, erwiderte Tristan, ich will nicht weiter mit dir kämpfen, ich habe dir schon mehr als genug angetan, zu meiner Schmach und deiner Ehre. Dafür weiß ich dir keinen Dank, sagte Sir Lamorak. Da du mich zu Pferde bezwungen hast, fordere ich dich heraus, wenn du Sir Tristan bist, mit mir zu Fuß zu kämpfen. Das will ich nicht, antwortete Tristan. Es ist wahr, mein Name ist Sir Tristan von Liones, und ich weiß wohl, du bist Sir Lamorak von Wales. Was ich dir angetan habe, geschah gegen meinen Willen, es wurde mir befohlen; aber deine Herausforderung zum Kampf nehme ich jetzt nicht an, ich schäme mich darüber, wie ich an dir gehandelt habe. Was deine oder meine Schande angeht, antwortete Sir Lamorak, so trage sie, wenn du willst. Wenn mich auch der Sohn einer Stute im Stich gelassen hat, der Sohn einer Königin wird vor dir nicht weichen. Wenn du ein solcher Ritter bist, wie die Leute sagen, fordere ich dich auf, steig ab und stelle dich mir zum Kampf. Sir Lamorak, sprach Sir Tristan, ich weiß, dein Herz ist groß und edel und, um die Wahrheit zu sagen, mit gutem Grund; aber es würde mich sehr kränken, wenn sich ein Ritter frisch halten und dann einen ermüdeten Ritter niederstrecken wollte; denn der Ritter und auch das Pferd sind noch nicht geboren, die immer standhalten und ausdauern. Deshalb will ich nicht mit dir kämpfen, mich reut schon, was ich getan habe. Ich werde es dir heimzahlen, antwortete Sir Lamorak, wenn meine Zeit kommt.

WIE SIR LAMORAK AUS BOSHEIT GEGEN SIR TRISTAN EIN HORN AN KÖNIG MARKE SCHICKTE, UND WIE SIR TRISTAN IN EINE KAPELLE GETRIEBEN WURDE. ❧ So ritten Sir Lamorak und Sir Driant von dannen, und unterwegs trafen sie auf einen Ritter, den Morgan le Fay mit einem schönen, goldverzierten Horn zu König Artus gesandt hatte. Dieses Horn besaß die Eigenschaft, daß keine Dame oder Edelfrau, die ihrem Gatten nicht treu war, daraus trinken konnte, sondern den ganzen Trank verschüttete. War sie aber treu, konnte sie ruhig und sicher daraus trinken. Morgan le Fay hatte es König Artus geschickt, um Königin Ginevra und Sir Lanzelot zu verderben. Mit Gewalt zwang Sir Lamorak den Ritter, den ganzen Sachverhalt zu berichten, und er sprach zu ihm: Jetzt bringe dieses Horn zu König Marke, oder du mußt sterben. Ich sage dir ganz offen, es geht darum, Sir Tristan zu schaden. Teile König Marke mit, ich schicke ihm das Horn, damit er prüft, ob ihm seine Gemahlin treu ist. Der Ritter suchte König Marke auf und übergab ihm das reichverzierte Horn und sagte, Sir Lamorak habe es ihm geschickt, und dann berichtete er ihm von den Eigenschaften des Horns. Darauf ließ König Marke Isolde und hundert andere Damen daraus trinken, und von allen waren nur vier, die nichts dabei verschütteten. Wehe, rief König Marke, das ist ein großer Frevel! Und er schwur einen heiligen Eid, daß Isolde und die anderen Damen verbrannt werden sollten. Doch da taten sich die Barone zusammen und sagten frei heraus, sie wollten diese Damen nicht verbrennen lassen wegen eines verzauberten Horns, das von einer der heimtückischsten Zauberinnen und Hexen käme. Das Horn brächte nie Gutes, sondern nur Streit und Hader, und die Zauberin wäre schon immer ein Feind aller wahren Liebenden gewesen. Und viele Ritter schwuren, wenn sie Morgan le Fay träfen, kurzen Prozeß mit ihr zu machen. Auch Sir Tristan war sehr zornig darüber, daß Sir Lamorak das Horn zu König Marke gesandt hatte, denn er wußte wohl, die Prüfung war gegen ihn gerichtet gewesen; und er beschloß, sich an Sir Lamorak zu rächen. Damals pflegte Sir Tristan bei Tag und Nacht zu Königin Isolde zu gehen, wann immer er konnte, doch stets beobachtete ihn sein Vetter Sir Andret, um ihn mit Schön Isolde zu ertappen. Eines Abends erkundete Sir Andret Zeit und Stunde, wann Sir Tristan zu seiner Geliebten ging. Da nahm er sich zwölf Ritter und drang um Mitternacht heimlich und plötzlich in das Gemach und fand Sir Tristan nackt im Bett mit Schön Isolde, und er band ihn an Händen und Füßen fest und ließ ihn so bis zum Tagesanbruch liegen. Dann wurde Sir Tristan auf Beschluß König Markes und Sir Andrets und einiger Barone gefesselt von vierzig Rittern zu einer Kapelle geführt, die hoch auf einer Klippe am Meer stand, um dort sein Urteil zu empfangen. Als Sir Tristan sah, daß es keinen Ausweg gab und er sterben mußte, sagte er: Edle Herren, denkt daran, was ich für das Land Cornwall getan und in welche Gefahr ich mich für euer aller Wohl begeben habe. Als ich mit dem wackeren Ritter Sir Marhaus wegen des Tributs kämpfte und ihr alle nicht kämpfen wolltet, wurde mir ein besserer Lohn versprochen. Deshalb, wenn ihr gute und edle Ritter seid, laßt mich nicht so schändlich sterben, denn das wäre eine Schmach für die ganze Ritterschaft. Ich darf von mir sagen, daß ich nie einem Ritter begegnet bin, dem ich nicht ebenbürtig oder überlegen war. Pfui über dich, antwortete Sir Andret, du bist ein Verräter und ein Großmaul, trotz deiner Prahlerei sollst du heute sterben. O Andret, Andret, sagte Sir Tristan, du bist mein Verwandter, und bist doch voller Feindschaft gegen mich; aber wenn wir zwei allein hier wären, könntest du mich nicht töten. Nein, erwiderte Sir Andret, und damit zog er das Schwert und wollte ihn erschlagen. Als Sir Tristan seine Absicht bemerkte, blickte er auf seine Hände, die an zwei Rittern festgebunden waren, und plötzlich riß er sie beide an sich, sprengte seine Fesseln, stürzte sich auf seinen Vetter und entwand ihm das Schwert. Dann schlug er Sir Andret nieder und focht, bis er zehn Ritter getötet hatte. So erreichte er die Kapelle und behauptete sie mit gewaltiger Kraft. Da erhob sich ein großes Geschrei, und mehr als hundert Leute zogen gegen Sir Tristan blank. Als er das sah, erinnerte er sich, daß er nackt war, und er sperrte das Tor der Kapelle fest zu, brach das Gitter eines Fensters heraus und sprang hinaus und fiel auf die Klippen im Meer. Und dahin konnten weder Sir Andret noch seine Leute gelangen.

WIE SIR TRISTAN VON SEINEN MANNEN UNTERSTÜTZT WURDE, WIE KÖNIGIN ISOLDE IN EIN AUSSÄTZIGENHAUS GEBRACHT WURDE, UND WIE TRISTAN VERWUNDET WURDE. ❧ Nachdem sich alle entfernt hatten, suchten Gouvernail, Sir Lambegus und Sir Sentraille von Lushon ihren Herrn. Als sie erfuhren, daß er entkommen war, freuten sie sich sehr. Auf den Klippen fanden sie ihn und zogen ihn mit Tüchern hoch. Dann fragte Sir Tristan, wo Schön Isolde wäre, denn er glaubte, Sir Andrets Leute hätten sie beiseite geschafft. Herr, sagte Gouvernail, sie ist in ein Aussätzigenhaus gebracht worden. Wehe, rief Sir Tristan, das ist ein schlimmer Platz für eine so schöne Dame, und wenn ich Abhilfe schaffen kann, wird sie nicht lange dort bleiben. Dann nahm er seine Mannen und holte Schön Isolde heraus und brachte sie in ein prächtiges Schloß in einem Wald und blieb bei ihr. Und der wackere Ritter schickte alle seine Mannen weg: Denn ich kann jetzt nichts für euch tun. So verließen ihn alle außer Gouvernail. Eines Tages ging Sir Tristan in den Wald, um sich zu erquicken, und dort überkam ihn der Schlaf. Da fand ihn ein Mann, dessen Bruder Sir Tristan früher erschlagen hatte, und schoß ihm einen Pfeil durch die Schulter, und Sir Tristan sprang auf und tötete den Mann. Mittlerweile war die Kunde zu König Marke gedrungen, daß sich Sir Tristan und Schön Isolde in dem Schloß aufhielten, und so schnell er konnte, eilte er mit vielen Rittern hin, um Tristan zu erschlagen. Aber als er ankam, war Sir Tristan fort; da nahm er Schön Isolde mit sich heim und schloß sie streng ein, damit sie keinerlei Nachricht von Tristan erhalten noch ihm welche zukommen lassen konnte. Als Sir Tristan zum Schloß zurückkam, entdeckte er die Spuren von vielen Pferden, und da wußte er, daß seine Herrin fort war. Da fiel Tristan in tiefe Trauer, und er litt lange Zeit große Schmerzen, denn der Pfeil, der ihn getroffen hatte, war vergiftet gewesen. Schließlich gelang es Isolde, eine Dame zu verständigen, die mit Lady Bragwaine verwandt war, und sie fand den Weg zu Sir Tristan und sagte ihm, er könne so auf keinen Fall genesen. Denn Schön Isolde kann Euch nicht helfen, deshalb bittet sie Euch, in aller Eile zu König Howel in die Bretagne zu fahren. Dort werdet Ihr seine Tochter Isolde la Blanche Mains finden, und sie wird Euch helfen. Da nahmen Sir Tristan und Gouvernail ein Schiff und segelten nach der Bretagne. Und König Howel freute sich sehr über Tristans Ankunft.

Herr, sagte Sir Tristan, ich komme in dieses Land, um die Hilfe Eurer Tochter zu erlangen, denn es ist mir gesagt worden, daß niemand mich heilen kann als sie. Und nach kurzer Zeit heilte sie ihn.

WIE SIR TRISTAN KÖNIG HOWEL VON DER BRETAGNE IN EINEM KRIEG BEISTAND UND SEINE GEGNER ERSCHLUG.

In der Bretagne lebte damals ein Graf namens Grip, der führte einen großen Krieg gegen König Howel, in dem er die Oberhand gewann und ihn belagerte. Einmal unternahm Sir Kehydius, der Sohn König Howels, einen Ausfall und wurde lebensgefährlich verwundet. Da ging Gouvernail zum König und sagte: Herr König, ich rate Euch, meinen Herrn Sir Tristan aufzufordern, Euch in Eurer Not zu helfen. Ich will Euern Rat befolgen, antwortete der König. Und so ging er zu Sir Tristan und bat ihn um Unterstützung in seinem Krieg: Denn mein Sohn Kehydius kann nicht ins Feld ziehen. Herr, erwiderte Tristan, ich will ins Feld ziehen und tun, was ich kann. So machte Sir Tristan mit einem Gefolge, wie er es gerade finden konnte, einen Ausfall aus der Stadt und vollbrachte solche Waffentaten, daß die ganze Bretagne von ihm sprach. Mehr als hundert Ritter tötete er an diesem Tag, und schließlich erschlug er dank seiner großen Kraft und Stärke eigenhändig den Grafen Grip. Danach wurde Sir Tristan in feierlichem Zuge ehrenvoll empfangen, und König Howel schloß ihn in seine Arme und sagte: Sir Tristan, ich übergebe dir mein ganzes Königreich. Gott behüte, antwortete Sir Tristan, denn ich bin um Eurer Tochter willen verpflichtet, für Euch einzutreten. In der darauffolgenden Zeit wuchs durch die großen Bemühungen von König Howel und von Kehydius und durch reiche Geschenke eine tiefe Liebe zwischen Isolde und Sir Tristan, denn das Fräulein war ebenso gut wie schön und von edlem Blut und Namen. Über der guten Aufnahme und den reichen Gaben und all den anderen Freuden hatte Sir Tristan Schön Isolde beinahe vergessen. So kam es, daß er nach einiger Zeit einwilligte, Isolde la Blanche Mains zu heiraten. Schließlich wurden sie vermählt und hielten feierlich Hochzeit. Und als sie beide im Bett waren, erinnerte sich Sir Tristan an seine alte Herrin Schön Isolde. Der Gedanke überfiel ihn so plötzlich, daß er ganz niedergeschlagen und zu keiner anderen Zärtlichkeit mehr fähig war, als seine Gemahlin in die Arme zu nehmen und zu küssen. An andere Fleischeslust dachte er nicht und genoß auch keine mit ihr, wie das französische Buch erwähnt, in dem es auch heißt, die Dame hätte geglaubt, es gäbe keine anderen Freuden als Küssen und Umarmen. In der Zwischenzeit kam ein Ritter aus der Bretagne namens Suppinabiles über das Meer nach England und an den Hof von König Artus, und dort traf er Sir Lanzelot vom See und erzählte ihm von der Vermählung Sir Tristans. Da sagte Sir Lanzelot: Schande über ihn, den treulosen Ritter, der so edel ist und doch seine erste Herrin, die schöne Isolde von Cornwall, verraten hat; aber sagt ihm, daß ich ihn von allen Rittern der Welt am meisten geliebt und das meiste Wohlgefallen an ihm hatte wegen seiner edlen Taten. Tut ihm kund, daß die Freundschaft zwischen ihm und mir für alle Zeiten vorbei ist und daß er von diesem Tage an vor mir als seinem Todfeind ständig auf der Hut sein soll.

WIE SIR SUPPLINABILES SIR TRISTAN BERICHTETE, WIE ER AM HOF DES KÖNIGS ARTUS VERLEUMDET WURDE, UND VON SIR LAMORAK.

❧ Danach reiste Sir Suppinabiles wieder in die Bretagne zurück, fand dort Sir Tristan und erzählte ihm, er sei am Hof des Königs Artus gewesen. Habt Ihr etwas über mich gehört? fragte Sir Tristan. Gott steh mir bei, antwortete Sir Suppinabiles, ich hörte Sir Lanzelot viel Schmachvolles von Euch sprechen, und daß Ihr untreu wäret gegen Eure Herrin, und er bat mich, Euch kundzutun, daß er Euer Todfeind sei, wo immer er Euch begegne. Das bedauere ich sehr, sagte Sir Tristan, denn von allen Rittern war mir seine Freundschaft am teuersten. Und Sir Tristan klagte sehr und schämte sich, daß edle Ritter ihn um einer Dame willen verachteten. Unterdessen schrieb Schön Isolde einen Brief an Königin Ginevra, in dem sie sich über die Treulosigkeit Sir Tristans beklagte, weil er die Tochter des Königs der Bretagne geheiratet hätte. Ginevra sandte ihr einen Brief zurück und tröstete sie, auf ihren Kummer würde Freude folgen. Sir Tristan sei als ein höchst edler Ritter bekannt, und Frauen könnten so edle Männer durch Zaubermittel dazu bringen, sie zu heiraten. Am Ende wird es so sein, schrieb Ginevra, daß er Isolde la Blanche Mains haßt und Euch mehr liebt als je zuvor. Während all das geschah, segelte Sir Lamorak von Wales an der Küste entlang, und sein Schiff lief auf ein Felsenriff auf. Alle Insassen ertranken außer Sir Lamorak, der kräftig schwamm, bis ihn die Fischer von der Insel Servage retteten, obwohl sie große Mühe hatten, ihn am Leben zu erhalten, trotz aller Pflege, die sie ihm angedeihen ließen. Der Herr der Insel hieß Sir Nabon der Schwarze und war ein mächtiger Riese. Dieser Sir Nabon haßte alle Ritter des Königs Artus und wollte ihnen keinerlei Gefallen erweisen. Die Fischer erzählten Sir Lamorak von der Feindseligkeit Sir Nabons: Niemals sei ein Ritter des Königs Artus hergekommen, den er nicht umgebracht habe. Im letzten Kampf, den er ausfocht, wurde Sir Nanowne der Kleine bezwungen und König Artus zum Trotz auf schändliche Weise getötet und ihm Glied für Glied ausgerissen. Der Tod dieses Ritters geht mir nahe, sagte Sir Lamorak, denn er war mit mir verwandt, und wenn ich wohlauf und bei Kräften wäre wie sonst, würde ich seinen Tod rächen. Sachte, sagten die Fischer, macht hier keine großen Worte, denn bevor Ihr wieder abreist, muß Sir Nabon, der Schwarze erfahren, daß Ihr hier seid, sonst müßten wir um

Euretwillen sterben. Wenn ich von der Krankheit, die ich mir beim Schiffbruch zugezogen habe, geheilt bin, sagte Sir Lamorak, sollt ihr ihm mitteilen, daß ich einer der Ritter des Königs Artus bin, denn ich habe noch nie aus Furcht meinen edlen Herrn verleugnet.

WIE SIR TRISTAN UND SEIN WEIB IN WALES ANKAMEN, UND WIE ER DORT MIT SIR LAMORAK ZUSAMMENTRAF. Unterdessen bestieg Sir Tristan eines Tages eine kleine Barke, um mit seiner Frau Isolde la Blanche Mains und ihrem Bruder Sir Kehydius eine Spazierfahrt vor der Küste zu unternehmen. Als sie auf See waren, trieb sie ein Sturm auf Wales zu, und an den Klippen der Insel Servage, auf der Sir Lamorak weilte, zerschellte die Barke, und Isolde wurde verletzt. Sie waren am Ende ihrer Kräfte, als sie in einen Wald gelangten. Dort sahen sie an einer Quelle Sir Segwarides und ein Fräulein. Sie grüßten einander, und Segwarides sagte: Herr, ich erkenne in Euch Sir Tristan von Liones, den Mann, den ich in der ganzen Welt am meisten Grund zu hassen habe, denn Ihr habt die Liebe zwischen mir und meinem Weib zerstört. Dennoch werde ich niemals einen edlen Ritter wegen einer leichtsinnigen Frau hassen; deshalb bitte ich Euch, seid mein Freund, und ich will nach meinen Kräften der Eure sein; denn Ihr müßt wissen, Ihr seid in diesem Tal in großer Gefahr, und wir werden genug zu tun haben, uns gegenseitig zu helfen. Sir Segwarides führte Sir Tristan danach zu einer Dame in der Nähe, die in Cornwall geboren war, und sie berichtete ihm von all den Gefahren des Tales und davon, daß nie ein Ritter hinkam, der nicht gefangengenommen oder erschlagen worden wäre. Vernehmt, schöne Dame, sagte Sir Tristan, ich habe Sir Marhaus erschlagen und Cornwall von dem irischen Tribut befreit, und ich habe den König von Irland vor Sir Blamore von Ganis gerettet, und ich habe

Sir Palamides bezwungen. Ich bin Sir Tristan von Liones, und mit Gottes Hilfe werde ich diese geplagte Insel befreien. So war Sir Tristan guten Mutes. Dann meldete ein Fischer, ein Ritter des Königs Artus sei auf den Klippen gestrandet und befinde sich auf der Insel. Wie heißt er? fragte Sir Tristan. Wir wissen es nicht, antworteten die Fischer, aber er macht kein Geheimnis daraus, daß er ein Ritter des Königs Artus ist, und den gewaltigen Herrn dieser Insel fürchtet er nicht. Ich bitte euch, sagte Sir Tristan, bringt mich zu ihm, wenn ihr könnt; ich möchte ihn sehen, und wenn er vom Hof des Königs Artus ist, werde ich ihn kennen. Da bat die Dame die Fischer, ihn zu dem Ort zu geleiten. Am nächsten Morgen brachten sie ihn als Fischer verkleidet hin, und als Sir Tristan den Ritter erblickte, erkannte er ihn sofort und lächelte ihm zu, aber der Ritter erkannte ihn nicht. Edler Herr, sagte Sir Tristan, Euerm Aussehen nach seid Ihr in letzter Zeit krank gewesen, ich glaube, ich kenne Euch von früher. Das mag sein, erwiderte Sir Lamorak, daß Ihr mich schon gesehen habt und mir begegnet seid. Edler Herr, fuhr Sir Tristan fort, sagt mir Euern Namen. Unter der Bedingung will ich ihn Euch nennen, antwortete Sir Lamorak, daß Ihr mir sagt, ob Ihr der Herr dieser Insel, Nabon der Schwarze, seid oder nicht. Wahrlich, antwortete Sir Tristan, der bin ich nicht und bin auch keiner von seinen Leuten; ich bin sein Feind so gut wie Ihr, und das wird sich erweisen, bevor ich diese Insel verlasse. Da Ihr so offen zu mir gesprochen habt, entgegnete Lamorak, mein Name ist Sir Lamorak von Wales, Sohn des Königs Pelinore. Das ist wahr, sagte Sir Tristan, und wenn Ihr etwas anderes gesagt hättet, wüßte ich es besser. Wer seid Ihr, fragte Sir Lamorak, daß Ihr mich kennt? Ich bin Sir Tristan von Liones. Ah, Herr, erinnert Ihr Euch nicht, wie Ihr mich einmal zu Fall gebracht und Euch dann geweigert habt, zu Fuß mit mir zu kämpfen? Das geschah nicht aus Furcht vor Euch, antwortete Sir Tristan, vielmehr schämte ich mich damals, Euch noch mehr zuzusetzen, denn mir schien, Ihr hattet genug.

Für mein Entgegenkommen aber, Sir Lamorak, habt Ihr über viele Damen Schande gebracht, als Ihr das Horn von Morgan le Fay an König Marke schicktet, was Ihr tatet, um mir zu schaden. Wenn ich es noch einmal tun könnte, sagte Lamorak, täte ich es wieder; es ist mir lieber, Streit und Hader finden sich bei König Marke ein als bei Artus, denn die Ehre beider Höfe steht nicht auf gleicher Stufe. Das weiß ich wohl, sagte Sir Tristan, doch Ihr habt es getan, um mir einen bösen Streich zu spielen. Aber all Eure Bosheit hat, Gott sei Dank, keinen großen Schaden angerichtet. Vergessen wir deshalb beide unseren Streit und sehen wir zu, wie wir gemeinsam im Kampf gegen den Riesen Sir Nabon den Schwarzen, den Herrn dieser Insel, Ruhm gewinnen und ihn vernichten können. Herr, antwortete Sir Lamorak, jetzt erkenne ich Eure Ritterlichkeit. Es stimmt, was die Leute sagen, an Großmut, Adel und Kühnheit seid Ihr ohnegleichen unter allen Rittern; und ich bin Eurer Höflichkeit und Sanftmut mit Boshaftigkeit begegnet, und das tut mir jetzt leid.

Kapitel 39

WIE SIR TRISTAN MIT SIR NABON KÄMPFTE UND IHN BEZWANG UND SIR SEGWARIDES ZUM HERRN DER INSEL MACHTE. Mittlerweile kam Botschaft, Sir Nabon hätte ausrufen lassen, alle Bewohner der Insel sollten sich in fünf Tagen auf seiner Burg einfinden. An diesem Tage wollte er seinen Sohn zum Ritter schlagen, und alle Ritter aus jenem Tal und der Umgebung wurden zum Turnier eingeladen, und die aus dem Gebiet von Logris sollten gegen die von Nordwales kämpfen. So erschienen fünfhundert Ritter, und die aus jenem Tal brachten Sir Lamorak, Sir Tristan, Sir Kehydius und Sir Segwarides mit, denn sie durften nicht anders handeln. Auf Sir Lamoraks Wunsch lieh ihm Sir Nabon Pferd und Rüstung, und Sir Lamorak ritt zum Turnier und vollbrachte solche Waffentaten, daß Nabon und alle anderen sagten, sie hätten noch nie einen Ritter so kämpfen sehen, denn er bezwang die meisten der fünfhundert Ritter, und keiner konnte ihm im Sattel standhalten. Danach forderte ihn Sir Nabon zum Kampfspiel heraus. Ich mache gern ein Kampfspiel mit Euch, sagte Sir Lamorak, aber ich bin müde und arg mitgenommen. Und da griffen sie beide zur Lanze, aber Nabon zielte nicht auf Lamorak, sondern stach seinem Pferd gegen die Stirn und tötete es dabei. Nun war Sir Lamorak zu Fuß. Er hob den Schild und zog das Schwert, und es begann ein harter Zweikampf. Doch war Sir Lamorak so überanstrengt und außer Atem, daß er beim Fechten etwas zurückwich. Guter Freund, sagte Sir Nabon, halte ein, und ich will dir größeres Entgegenkommen zeigen als jedem anderen Ritter, denn ich habe dich heute als trefflichen Kämpen kennengelernt. Gehe deshalb zur Seite und laß uns sehen, ob einer deiner Gefährten mit mir kämpfen will. Als Sir Tristan das hörte, trat er vor und sagte: Sir Nabon, gebt mir ein Pferd und eine gute Rüstung, und ich will mich Euch stellen. Gut, Freund, erwiderte Sir Nabon, geh zu jenem Zelt und wappne dich mit dem Besten, was du dort findest, und ich will ein wunderbares Spiel mit dir spielen. Da sagte Sir Tristan: Seht zu, daß Ihr gut spielt, sonst könnte ich Euch vielleicht ein neues Spiel lehren. Gut gesagt, Freund, antwortete Sir Nabon. Und als sich Sir Tristan gewappnet hatte, so gut er konnte, und mit Schild und Schwert wohl versehen war, ging er zu Fuß gegen ihn vor; denn er hatte wohl bemerkt, daß Sir Nabon einem Stoß mit der Lanze nicht standhalten würde und deshalb immer das Pferd seines Gegners tötete. Jetzt, guter Freund, sagte Sir Nabon, wollen wir spielen. Und so fochten sie lange zu Fuß und sprangen vor und zurück und hieben und stachen ohne Pause. Schließlich bat ihn Sir Nabon, ihm seinen Namen zu nennen. Ich sage Euch, mein Name ist Sir Tristan von Liones, ich bin ein Ritter aus Cornwall im Dienste des Königs Marke. Du bist willkommen, erwiderte Sir Nabon, ich habe mir schon immer gewünscht, einmal mit dir oder mir Sir Lanzelot zu kämpfen. Und so fochten sie erbittert weiter, und Sir Tristan erschlug Sir Nabon und lief augenblicks auf seinen Sohn zu und schlug ihm den Kopf ab. Da sagten alle Leute, sie wollten Sir Tristan untertan sein. Nein, erwiderte Sir Tristan, das will ich nicht; doch hier ist ein ruhmvoller Ritter, Sir Lamorak von Wales, der soll statt meiner Herr dieses Landes sein, denn er hat hier große Waffentaten vollbracht. Nein, antwortete Sir Lamorak, ich möchte nicht Herr dieses Landes werden, ich habe das nicht so verdient wie Ihr, also gebt es, wem Ihr wollt, ich will es nicht haben. Nun gut, sagte Sir Tristan, da wir dieses Land beide nicht haben wollen, geben wir es einem, der es nicht so verdient hat. Macht damit, was Ihr wollt, warf Segwarides ein, es gehört Euch, und ich wollte es nicht haben, auch wenn ich es verdient hätte. Schließlich erhielt es Segwarides doch, und er dankte ihnen dafür. So wurde er Herrscher und regierte ruhmvoll. Er ließ alle Gefangenen frei, setzte einen guten Statthalter ein und kehrte dann nach Cornwall zurück. Dort erzählte er König Marke und Schön Isolde, wie Sir Tristan ihn zum Herrn der Insel Servage gemacht hatte, und er verkündete alle Abenteuer der beiden Ritter in ganz Cornwall. Aber Schön Isolde war sehr weh ums Herz, als sie ihn sagen hörte, daß Sir Tristan mit Isolde la Blanche Mains vermählt war.

WIE SIR LAMORAK SICH VON SIR TRISTAN TRENNTE, UND WIE ER SIR FROL UND DANACH SIR LANZELOT TRAF. Sir Tristan und sein Weib und Sir Kehydius bestiegen danach ein Schiff und segelten nach der Bretagne, wo sie von König Howel freudig begrüßt wurden. Als er von diesen Abenteuern hörte, staunte er sehr über Sir Tristans edle Taten. Sir Lamorak aber machte sich, nachdem er sich von Sir Tristan verabschiedet hatte, auf den Weg zum Hof des Königs Artus. Als er aus dem Wald herausritt, stieß er auf eine Einsiedelei. Der Einsiedler kam heraus und fragte ihn, woher er komme. Aus diesem Tal, antwortete Sir Lamorak. Herr, sagte der Einsiedler, das wundert mich, denn in den letzten zwanzig Jahren ist nie ein Ritter in dieses Land gekommen, der nicht entweder erschlagen oder schlimm verwundet oder schimpflich gefangen wurde. Diese üblen Bräuche sind vorbei, erwiderte Sir Lamorak, denn Sir Tristan hat euern Herrn Sir Nabon und seinen Sohn erschlagen. Da war der Einsiedler froh, und alle seine Brüder waren es auch, und er sagte, es hätte unter Christenmenschen nie einen solchen Tyrannen gegeben. Deshalb wollen wir in diesem Tal Sir Tristan untertan sein. Am nächsten Morgen ritt Sir Lamorak weiter und sah, wie vier Ritter gegen einen kämpften, der sich zwar gut wehrte, aber schließlich doch niedergeworfen wurde. Da ritt Sir Lamorak zwischen sie und fragte, warum sie den einen erschlagen wollten, und er fügte hinzu, es sei eine Schande, vier gegen einen. Ihr müßt wissen, sagten die vier, er ist ein Verräter. Das sagt ihr, erwiderte Sir Lamorak; wenn er auch so spricht, will ich euch glauben. Dann fuhr er fort: Nun, Ritter, könnt Ihr Euch rechtfertigen? Herr, antwortete er, ich kann mich mit meinem Wort und mit meinen Fäusten rechtfertigen, und das will ich an dem Besten von ihnen im Zweikampf beweisen. Da riefen sie alle zusammen: Wir wollen unser Leben nicht wegen dir in Gefahr bringen! Du aber sollst wissen, sagten sie zu Lamorak, auch wenn König Artus selber hier wäre, stünde es nicht in seiner Macht, das Leben dieses Verräters zu retten. Das ist zuviel behauptet, entgegnete Sir Lamorak, aber viele reden hinter dem Rücken eines Mannes mehr, als sie ihm ins Gesicht sagen. Vernehmt deshalb, daß ich einer der Geringsten am Hof des Königs Artus bin. Zum Ruhme meines Herrn, wehrt euch jetzt, so gut ihr könnt, und euch zum Trotz will ich ihn befreien. Dann schlugen sie alle gemeinsam auf Sir Lamorak ein, aber mit zwei Streichen hatte er sogleich zwei von ihnen erschlagen, und die beiden anderen flohen. Darauf wandte sich Sir Lamorak an den Ritter und fragte ihn nach seinem Namen. Herr, antwortete er, mein Name ist Sir Frol von den Fernen Inseln. Und dann ritt er mit Sir Lamorak und leistete ihm Gesellschaft. Nach einer Weile sahen sie einen stattlichen Ritter ganz in Weiß auf sich zukommen. Ah, sagte Frol, dieser Ritter hat vor kurzem mit mir gekämpft und mich niedergeworfen, deshalb will ich es jetzt wieder mit ihm aufnehmen. Tut das nicht, erwiderte Sir Lamorak, laßt Euch raten und erzählt mir den Grund eures Streites und ob Ihr auf sein Verlangen kämpftet oder auf Eures. Wir kämpften auf mein Verlangen, antwortete Sir Frol. Dann rate ich Euch, sagte Lamorak, laßt ab von ihm, denn seinem Aussehen nach muß er ein edler Ritter sein und nicht bloß ein Abenteurer, und ich glaube, er gehört zur Tafelrunde. Deshalb will ich ihn nicht schonen, versetzte Sir Frol. Und dann rief er: Ritter, mach dich fertig zum Kampf! Das ist nicht nötig, entgegnete der weiße Ritter, denn ich habe keine Lust, mit dir zu kämpfen. Aber dennoch legten sie die Lanzen ein, und der weiße Ritter warf Sir Frol zu Boden und ritt darauf gemächlich seines Weges. Da folgte ihm Sir Lamorak und bat ihn, seinen Namen zu nennen: Denn mir scheint, Ihr seid ein Mitglied der Tafelrunde. Unter einer Bedingung will ich Euch meinen Namen nennen, antwortete er, daß Ihr nämlich meinen Namen geheimhaltet und daß Ihr mir Euern Namen sagt. Mein Name ist Sir Lamorak von Wales. Und mein Name ist Sir Lanzelot vom See. Da steckten sie ihre Schwerter in die Scheide und umarmten einander und freuten sich sehr. Herr, sagte Sir Lamorak, wenn es Euch recht ist, will ich Euch dienen. Gott behüte, erwiderte Lanzelot, daß ein Mann aus so edlem Blut wie Ihr dienen sollte. Und er fuhr fort: Überdies bin ich auf einem Abenteuer, das ich allein bestehen muß. Viel Glück dabei, sagte Sir Lamorak. So trennten sie sich. Sir Lamorak kehrte zu Sir Frol zurück und half ihm wieder aufs Pferd. Wer war das? fragte Sir Frol. Herr, antwortete Lamorak, das geht Euch nichts an, und ich habe nicht den Auftrag, es Euch mitzuteilen. Ihr seid recht unhöflich, sagte Sir Frol, und darum will ich Euch verlassen. Macht, was Ihr wollt, erwiderte Sir Lamorak. Und damit gingen sie auseinander.

Kap. 41

WIE SIR LAMORAK SIR FROL ERSCHLUG UND VON DEM RITTERLICHEN KAMPF MIT SIR BELLIANCE, DESSEN BRUDER. Nach zwei oder drei Tagen fand Sir Lamorak einen Ritter, der an einer Quelle schlief, und seine Dame saß bei ihm und hielt Wache. Plötzlich tauchte Sir Gawein auf, ergriff die Dame und setzte sie hinter seinen Knappen aufs Pferd. Da ritt Sir Lamorak hinter Sir Gawein her und rief: Sir Gawein, macht kehrt! Und Sir Gawein antwortete: Was wollt Ihr von mir? Ich bin der Neffe des Königs Artus. Herr, sagte Lamorak, aus diesem Grunde will ich Euch schonen, sonst sollte diese Dame bei mir bleiben, oder Ihr müßtet mit mir kämpfen. Da wendete Sir Gawein sein Pferd und rannte mit der Lanze gegen den Ritter an, dem die Dame gehörte, aber dieser warf mit seiner bloßen Kraft Sir Gawein nieder und nahm seine Dame wieder an sich. Das alles sah Sir Lamorak und sagte sich: Wenn ich Sir Gawein nicht räche, wird er mir am Hofe des Königs Artus Übles nachreden. Und so forderte Sir Lamorak den Ritter zum Kampf auf. Herr, antwortete der, ich bin bereit. Mit voller Wucht prallten sie gegeneinander, und Sir Lamorak stieß den Ritter durch den Leib, daß er tot zur Erde fiel. Da ritt die Dame zu dem Bruder des Ritters, der hieß Belliance der Stolze und wohnte in der Nähe, und sie berichtete ihm, wie sein Bruder erschlagen wurde. Wehe, sagte er, ich werde Rache nehmen. Dann wappnete er sich und stieg aufs Pferd, und schon nach kurzer Zeit holte er Sir Lamorak ein und rief ihm zu: Stelle dich zum Kampf, denn du hast meinen Bruder Sir Frol erschlagen, und der war ein besserer Ritter als du. Das mag sein, erwiderte Sir Lamorak, aber heute war ich der bessere im Kampf. So sprengten sie gegeneinander und warfen sich gegenseitig vom Pferd und hoben die Schilde und zogen die Schwerter und fochten erbittert wie zwei erprobte Ritter zwei volle Stunden lang. Dann fragte Sir Belliance nach dem Namen seines Gegners. Herr, antwortete dieser, mein Name ist Sir Lamorak von Wales. Ah, sagte Sir Belliance, du bist der Mann, den ich auf der Welt am meisten hasse, denn deinetwegen habe ich meine Söhne getötet und dir das Leben gerettet, und nun hast du meinen Bruder erschlagen, wie könnte ich mich da mit dir versöhnen; deshalb wehre dich, denn du sollst sterben, es geht nicht anders. Ach, entgegnete Sir Lamorak, ich hätte Euch erkennen müssen. Ihr seid der Mann, der das meiste für mich getan hat. Und da kniete Sir Lamorak nieder und bat um Gnade. Steh auf, sagte Sir Belliance, sonst muß ich dich erschlagen, während du kniest. So weit braucht es nicht zu kommen, antwortete Sir Lamorak, ich ergebe mich Euch, zwar nicht aus Furcht oder wegen Eurer Stärke, aber Eure Güte verbietet mir, mit Euch zu kämpfen, und so bitte ich Euch, mir um Gottes und der Ehre der Ritterschaft willen alles zu verzeihen, was ich Euch angetan habe. Wehe, sagte Belliance, erhebe dich von den Knien, sonst muß ich dich ohne Gnade töten. Da setzten sie den Kampf fort und verwundeten einander, daß der ganze Kampfplatz voller Blut war. Schließlich zog sich Sir Belliance zurück und setzte sich vorsichtig auf einen kleinen Hügel, denn der Blutverlust hatte ihn so geschwächt, daß er nicht mehr stehen konnte. Da warf Sir Lamorak seinen Schild auf den Rücken und fragte ihn, wie es ihm gehe. Gut, antwortete Sir Belliance. Herr, sprach Sir Lamorak, ich will Euch in Eurer Not schonen. Ach Ritter, sagte Sir Belliance zu Sir Lamorak, du bist ein Narr, denn wenn ich einen solchen Vorteil über dich gehabt hätte, ich hätte dich erschlagen; aber dein Edelmut ist so groß und gut, daß ich dir deine Feindseligkeit vergeben muß. Danach kniete Sir Lamorak nieder und öffnete zuerst ihm und dann sich selber das Visier, und sie küßten einander und weinten. Dann führte Sir Lamorak Sir Belliance zu einem Kloster in der Nähe und wich nicht von seiner Seite, bis er geheilt war. Und sie schwuren, nie wieder gegeneinander zu kämpfen. So nahm Sir Lamorak seinen Abschied und ritt zum Hof des Königs Artus.

9. Buch

WIE EIN JUNGER MANN AN DEN HOF DES KÖNIGS ARTUS KAM, UND WIE SIR KAY IHN VERÄCHTLICH LA COTE MALE TAILE NANNTE.

AN den Hof König Artus kam einmal ein junger und stattlicher Mann, der war reich gekleidet, aber sein golddurchwirktes Obergewand saß schief. Er begehrte vom König, zum Ritter geschlagen zu werden. Wie heißt Ihr? fragte Artus. Herr, antwortete er, mein Name ist Brunor le Noire, und binnen kurzem sollt Ihr erfahren, daß ich von guter Herkunft bin. Das mag wohl sein, sagte Sir Kay, der Seneschall, aber Ihr sollt den Spottnamen La Cote Male Taile haben, das heißt Der schlecht geschneiderte Rock. Ihr verlangt viel, sprach der König, doch sagt mir, aus welchem Grunde tragt Ihr dieses reiche Gewand, denn einen besonderen Grund muß das wohl haben. Herr, antwortete er, mein Vater war ein edler Ritter. Eines Tages, während einer Jagd, legte er sich im Wald nieder, um zu schlafen. Da kam ein Ritter vorbei, der schon lange sein Feind war, und als er ihn fest schlafen sah, hieb er ihn in Stücke. Damals trug mein Vater dieses Gewand, und die Risse, die darauf noch zu sehen sind, werde ich nie ausbessern lassen, und deshalb sitzt es so schlecht. Um stets an den Tod meines Vaters erinnert zu werden, trage ich dieses Gewand, bis ich mich gerächt habe. Und da man Euch den edelsten König der Welt nennt, komme ich zu Euch, damit Ihr mich zum Ritter schlagt. Herr, sagten Sir Lamorak und Sir Gaheris, es wäre gut, ihn zum Ritter zu schlagen, denn seiner Person und seinem Aussehen nach wird er sich sicher als ein tüchtiger Mann und tapferer und starker Ritter bewähren. Erinnert Euch, Herr, so einer war auch Sir Lanzelot, als er zuerst an diesen Hof kam, und nur wenige von uns wußten, woher er stammte, und jetzt ist er der berühmteste Ritter der Welt und bringt Euerm Hof und

Eurer Tafelrunde mehr Ehre und Ansehen als irgendein anderer Ritter. Das ist wahr, sagte der König, auf eure Fürsprache hin will ich ihn morgen zum Ritter schlagen. Am nächsten Morgen aber fand man die Spur eines Hirsches, und König Artus ritt mit einem Teil seiner Ritter aus, um den Hirsch zu erlegen. Der junge Mann, den Sir Kay La Cote Male Taile genannt hatte, blieb bei Königin Ginevra zurück. Da geschah es plötzlich, daß ein schrecklicher Löwe aus einem festen steinernen Turm ausbrach und brüllend vor die Königin und ihre Ritter lief. Als die Königin den Löwen erblickte, schrie sie auf und rannte davon und bat ihre Ritter, sie zu retten. Doch nur zwölf von ihnen blieben, alle anderen flohen. Da sagte La Cote Male Taile: Ich sehe wohl, daß nicht alle feigen Ritter tot sind. Damit zog er das Schwert und stellte sich dem Löwen entgegen. Und der Löwe riß den Rachen weit auf und sprang wütend auf ihn los. Da versetzte er ihm einen so mächtigen Streich mitten auf den Schädel, daß er ihn spaltete, und der Löwe fiel tot zu Boden. Das wurde der Königin berichtet, und darüber kehrte der König zurück. Als die Königin ihm von diesem Abenteuer erzählt hatte, war er sehr zufrieden und sprach: Bei meinem Leben, er wird ein edler Mann und treuer Ritter werden und halten, was er verspricht. Und da schlug ihn der König sogleich zum Ritter. Herr König, sagte der junge Mann, ich bitte Euch und alle Ritter Eures Hofes, nennt mich bei keinem anderen Namen als La Cote Male Taile, denn den hat mir Sir Kay gegeben, und so will ich heißen. Diese Bitte gewähre ich Euch gerne, erwiderte der König.

Kapitel 2

WIE EIN FRÄULEIN AN DEN HOF KAM UND EINEN RITTER SUCHTE, DER EIN ABENTEUER ÜBERNEHMEN SOLLTE, WAS LA COTE MALE TAILE TAT. ❧ Am gleichen Tage kam ein Fräulein an den Hof mit einem großen schwarzen Schild, auf den als einzige Verzierung in der Mitte eine weiße

Hand gemalt war, die ein Schwert hielt. König Artus fragte sie, woher sie käme und was sie wolle. Herr, antwortete sie, ich bin lange Zeit und viele Wege mit diesem Schild geritten und ich komme an Euern Hof aus folgendem Grunde: Dieser Schild gehörte einem wackeren Ritter. Der hatte es unternommen, eine große Waffentat zu vollbringen, und dabei traf er durch ein Mißgeschick mit einem anderen starken Ritter zusammen, und sie kämpften lange und verwundeten einander schwer und waren schließlich so erschöpft, daß sie den Kampf abbrechen mußten. Und der Besitzer dieses Schildes sah seinen Tod nahen. Da trug er mir auf, den Schild an den Hof des Königs Artus zu bringen mit der Bitte, ein tüchtiger Ritter möge die Aufgabe vollenden, die er sich gestellt hatte. Was sagt ihr dazu? fragte König Artus. Ist einer unter euch, der es auf sich nimmt, diesen Schild zu führen? Doch nicht einer meldete sich. Da nahm Sir Kay den Schild in die Hände. Herr Ritter, sagte das Fräulein, wie ist Euer Name? So wißt, ich bin Sir Kay, der Seneschall, und hier weit und breit bekannt. Herr, erwiderte das Fräulein, legt den Schild nieder, er steht Euch nicht zu, denn der muß ein besserer Ritter sein als Ihr, der den Schild führen will. Mein Fräulein, sagte Sir Kay, ich habe den Schild mit keiner anderen Absicht in die Hände genommen, als ihn anzusehen, aber geht, wohin Ihr wollt, ich folge Euch nicht. Danach stand das Fräulein lange Zeit stumm und betrachtete viele von den Rittern. Schließlich sprach La Cote Male Taile: Edles Fräulein, ich will diesen Schild nehmen, wenn ich weiß, wohin die Reise geht; denn ich bin erst heute zum Ritter geschlagen worden und möchte dieses Abenteuer auf mich nehmen. Wie ist Euer Name, edler junger Mann? fragte das Fräulein. Mein Name ist La Cote Male Taile. So heißt Ihr mit Recht, erwiderte das Fräulein, der Ritter mit dem schlecht geschneiderten Rock. Doch wenn Ihr so kühn seid, den Schild zu nehmen und mir zu folgen, wird Eure Haut ebenso durchlöchert werden wie Euer Rock. In diesem Falle, antwortete

La Cote Male Taile, werde ich Euch nicht um Salbe bitten, mich zu heilen. Darauf kamen sogleich zwei Knappen an den Hof und brachten ihm Pferd, Rüstung und Lanzen, und als er gewappnet war, nahm er Abschied. Es geschieht nicht mit meinem Willen, sagte der König, daß Ihr dieses schwere Abenteuer auf Euch nehmt. Herr, erwiderte er, dieses Abenteuer gehört mir, es ist mein erstes, und ich will es auf mich nehmen, was auch daraus werde. Dann ging das Fräulein fort, und La Cote Male Taile folgte ihr kurz darauf. Bald holte er das Fräulein ein, und sogleich schmähte sie ihn in der schimpflichsten Weise.

WIE LA COTE MALE TAILE SIR DAGONET, DEN NARREN DES KÖNIGS, ÜBERWAND UND VON DEM SCHIMPF, DEN DAS FRÄULEIN IHM ANTAT.

Dann befahl Sir Kay dem Narren des Königs, Sir Dagonet, er solle sich wappnen und La Cote Male Taile nachreiten und ihn zum Kampf auffordern, und das tat er auch. Als er ihn erblickte, rief er ihm laut seine Herausforderung zu. Da stieß ihn Sir La Cote Male Taile glatt über den Schweif seines Pferdes hinunter. Das Fräulein aber verspottete La Cote Male Taile und sagte: Welche Schande! Jetzt bist du an Artus' Hof entehrt, wenn sie dir einen Narren schicken, um mit dir zu kämpfen, und das auch noch bei deinem ersten Kampf. So schmähte sie ihn lange, während sie weiterritten. Nach einiger Zeit begegnete ihnen der wackere Ritter Sir Bleoberis von Ganis, und der kämpfte mit La Cote Male Taile und warf ihn mit einem wuchtigen Stoß samt seinem Pferd zu Boden. La Cote Male Taile stand schnell wieder auf, hob den Schild und zog das Schwert und wollte bis zum Äußersten gehen, denn er war über alle Maßen zornig. Nein, sagte Sir Bleoberis, diesmal will ich nicht zu Fuß kämpfen. Da schalt das Fräulein Maledisant La Cote Male Taile aufs schimpflichste und rief ihm zu: Kehr um, Feigling! Ach, Fräulein, erwiderte er, seid gnädig und schmäht mich nicht mehr, mein Kummer ist schon groß genug. Ich bin kein schlechter Ritter, bloß weil mich mein Pferd im Stich gelassen und Sir Bleoberis mich niedergeworfen hat. So ritt er zwei Tage mit ihr. Da kam durch Zufall Sir Palamides des Weges und kämpfte mit La Cote Male Taile und streckte ihn ebenso nieder, wie es vorher Sir Bleoberis getan hatte. Was willst du in meiner Gesellschaft? fragte das Fräulein Maledisant, denn du kannst dich gegen keinen Ritter im Sattel behaupten und keinem Lanzenstoß standhalten, Sir Dagonets ausgenommen. Ach, schönes Fräulein, daß mich Sir Palamides niedergeworfen hat, macht mich nicht schlechter, auch habe ich noch nicht viel an Ansehen eingebüßt, denn weder Sir Bleoberis noch Sir Palamides wollten zu Fuß mit mir kämpfen. Weil sie es verschmähten, entgegnete das Fräulein, vom Pferd zu steigen, um gegen einen so unfähigen Ritter wie dich anzutreten. Unterdessen kam Sir Mordred, Gaweins Bruder, und schloß sich der Gesellschaft des Fräuleins Maledisant an. So erreichten sie die Burg Orgulous. Dort herrschte der Brauch, keinen Ritter passieren zu lassen, ohne daß er kämpfte oder gefangengenommen wurde oder wenigstens Pferd und Harnisch verlor. Und schon kamen zwei Ritter aus der Burg heraus, und Sir Mordred stritt mit dem ersten, und dieser stieß Sir Mordred vom Pferd. Danach kämpfte La Cote Male Taile mit dem anderen, und beide warfen einander samt ihren Pferden nieder. Da machten sie sich frei und nahmen neue Pferde. La Cote Male Taile stellte sich dem Ritter, der Sir Mordred niedergeworfen hatte, und er verwundete ihn schwer, und dieser stürzte vom Pferd, als wäre er tot. Dann wandte er sich gegen den anderen, mit dem er zuerst gekämpft hatte, doch der floh in die Burg, und

La Cote Male Taile ritt ihm nach und erschlug ihn dort.

WIE LA COTE MALE TAILE GEGEN HUNDERT RITTER KÄMPFTE, UND WIE ER MIT HILFE EINER DAME ENTKAM. Sogleich umringten ihn hundert Ritter und griffen ihn an. Als er sah, daß sie sein Pferd töten wollten, stieg er ab, warf die Zügel zu Boden und trieb das Pferd aus dem Tor. Dann stürzte er sich zwischen sie und stellte sich mit dem Rücken zur Wand eines Frauengemachs und sagte sich, er wolle lieber in Ehren sterben als die Schmähungen des Fräulein Maledisant länger ertragen. Während er focht, schlüpfte die Dame, der das Gemach gehörte, heimlich zu einem Pförtchen hinaus. Vor dem Tor fand sie das Pferd von La Cote Male Taile, bekam es leicht am Zügel zu fassen und band es an dem Pförtchen fest. Danach schlich sie in ihr Gemach zurück, um zuzusehen, wie der eine Ritter gegen hundert kämpfte. Als sie lange genug zugesehen hatte, ging sie zu einem Fensterchen hinter seinem Rücken und sagte: Ritter, du kämpfst wunderbar, aber dennoch wirst du schließlich sterben müssen, wenn es dir nicht gelingt, mit deiner großen Kraft zu jenem Pförtchen zu gelangen, denn dort habe ich dein Pferd angebunden, das auf dich wartet. Du mußt an deine Ehre denken und nicht ans Sterben, denn du kannst dieses Pförtchen nicht erreichen, ohne daß du edle und mächtige Taten vollbringst. Da packte La Cote Male Taile sein Schwert fester, nahm den Schild vor und schlug sich durch das dichteste Handgemenge. Als er zu dem Pförtchen kam, warteten dort vier Ritter auf ihn. Mit den ersten beiden Streichen erschlug er zwei von ihnen, und die anderen flohen. So sprang er auf sein Pferd und ritt davon. Unterdessen sagte das Fräulein Maledisant zu Sir

Mordred: Ich glaube, mein närrischer Ritter ist entweder tot oder gefangen. Doch da sahen sie ihn angeritten kommen. Und als er bei ihnen war, erzählte er, was er vollbracht hatte und wie er allen zum Trotz entkommen war: Und einige der besten von ihnen werden nie mehr den Mund auftun. Du lügst, sagte das Fräulein, ich wette, sie haben dich nur laufenlassen, weil du eine Memme bist und eine Schande für die ganze Ritterschaft. So holt Euch den Beweis, erwiderte La Cote Male Taile. Um die Wahrheit zu erfahren, sandte sie einen ihrer Boten aus, und dieser ritt schnell zur Burg und erkundigte sich, wie La Cote Male Taile entkommen war. Da verfluchten ihn alle Ritter und sagten, er wäre ein Teufel und kein Mensch. Zwölf unserer besten Ritter hat er erschlagen, und wir hatten bis zu diesem Tage geglaubt, das könnte nicht einmal Sir Lanzelot vom See oder Sir Tristan von Liones. Allen zum Trotz ist er gegen unseren Willen davongekommen. Mit dieser Antwort kehrte der Bote zu Fräulein Maledisant zurück. Da ließ sie den Kopf hängen und war recht still. Bei meinem Leben, sagte Sir Mordred zu dem Fräulein, Ihr seid sehr zu tadeln, daß Ihr ihn so schmäht, denn ich sage Euch gerade heraus, er ist ein wackerer Mann, und ich zweifle nicht, er wird sich als ein edler Ritter bewähren. Zwar sitzt er jetzt noch nicht sicher im Sattel, doch ein guter Reiter wird man nur durch Übung und Erfahrung. Wenn es aber zum Schwertschlagen kommt, dann ist er tüchtig und stark, und das hatten Sir Bleoberis und Sir Palamides erkannt, denn sie sind erfahrene Kämpen und merken an der Haltung eines jungen Ritters sogleich, daß sie sicher sein können, ihn vom Pferd zu werfen oder ihm einen schweren Stoß zu versetzen. Aber meist wollen sie mit jungen Rittern zu Fuß nicht kämpfen, denn diese sind tapfer und kräftig. So wurde Sir Lanzelot vom See, als er erst zum Ritter geschlagen war, zu Pferde oft besiegt, aber zu Fuß gewann er immer wieder Ruhm und erschlug und bezwang viele Ritter der Tafelrunde. Und die Niederlagen, die Sir Lanzelot vielen Rittern beibrachte, machen tüchtige Männer vorsichtig, denn ich habe schon oft gesehen, wie alterprobte Ritter von solchen besiegt wurden, die erst junge Anfänger waren. So ritten sie in ruhigem Gespräch dahin.

WIE SIR LANZELOT AN DEN HOF KAM UND VON LA COTE MALE TAILE HÖRTE UND IHM NACHRITT, UND WIE LA COTE MALE TAILE GEFANGENGENOMMEN WURDE. ❧ Als Sir Lanzelot vom See an den Hof des Königs Artus zurückkehrte, erfuhr er die Geschichte von La Cote Male Taile, wie er den Löwen getötet und das Abenteuer des schwarzen Schildes auf sich genommen hatte, das damals als das kühnste Abenteuer der Welt galt. Gott steh mir bei, sagte Sir Lanzelot zu seinen Gefährten, es ist eine Schande für alle die edlen Ritter, daß sie einen so jungen Mann ein solches Abenteuer zu seinem Verderben unternehmen ließen. Ihr müßt wissen, daß das Fräulein Maledisant schon lange mit diesem Schild nach den bewährtesten Rittern suchte und daß sie es war, der Breuse ohne Gnade den Schild entriß, den dann Tristan von Liones zurückgewann und ihr wieder übergab, kurz bevor Sir Tristan mit meinem Neffen Sir Blamore von Ganis kämpfte wegen seines Streites mit dem König von Irland. Da tat es vielen Rittern leid, daß Sir La Cote Male Taile zu diesem Abenteuer ausgeritten war. Wahrlich, sagte Sir Lanzelot, ich bin entschlossen, ihm nachzureiten. Und nach sieben Tagen holte er La Cote Male Taile ein und grüßte ihn und das Fräulein Maledisant. Als Sir Mordred Sir Lanzelot erkannte, machte er sich davon. So ritt Sir Lanzelot den ganzen Tag mit den beiden, und das Fräulein Maledisant schmähte La Cote Male Taile unaufhörlich, bis Sir Lanzelot für ihn antwortete, da hörte sie auf und schmähte Sir Lanzelot. Auf einmal kam ein Fräulein, das Sir Lanzelot einen Brief von Sir Tristan brachte. Darin entschuldigte er sich, daß er Isolde la Blanche Mains geheiratet hatte, und sagte, so wahr er ein Ritter sei, habe er sie niemals körperlich geliebt. Ferner bat er höflich und inständig, Sir Lanzelot möge ihm und Schön Isolde von Cornwall ein guter Freund sein und für ihn ein gutes Wort bei ihr einlegen, wenn er sie sehen sollte. Binnen kurzem wolle er mit Schön Isolde und ihm sprechen, sobald er nur könne. Nachdem er diesen Brief empfangen hatte, entfernte sich Sir Lanzelot von dem Fräulein und Sir La Cote Male Taile, um den Brief in Ruhe zu lesen und Sir Tristan ein Antwortschreiben zu schicken. Unterdessen ritt La Cote Male Taile mit dem Fräulein weiter, bis sie zu einer Burg namens Pendragon kamen. Davor standen sechs Ritter, und einer von ihnen forderte La Cote Male Taile zum Kampf heraus. La Cote Male Taile warf ihn glatt vom Pferd. Daraufhin griffen ihn die fünf anderen alle zugleich mit ihren Lanzen an und stießen ihn samt seinem Pferd zu Boden. Dann stiegen sie rasch ab, packten ihn, nahmen ihn gefangen und führten ihn in die Burg. Am anderen Morgen übergab Sir Lanzelot der Botin die Briefe für Sir Tristan und ritt dann La Cote Male Taile nach. An einer Brücke traf er auf einen Ritter, der ihn zum Kampf aufforderte. Sir Lanzelot warf ihn nieder, und es folgte ein harter und erbitterter Kampf zu Fuß, bis ihn Sir Lanzelot schließlich auf Hände und Knie niederstreckte. Da ergab sich der Ritter, und Sir Lanzelot hob ihn auf. Herr, sagte der Ritter, ich bitte Euch, sagt mir Euern Namen, denn mein Herz ist Euch sehr zugetan. Nein, antwortete Sir Lanzelot, ich will Euch meinen Namen jetzt nicht sagen, wenn Ihr mir Euern nicht nennt. Gewiß doch, erwiderte der Ritter, mein Name ist Sir Nerovens, und ich wurde von meinem hohen Herrn Sir Lanzelot vom See zum Ritter geschlagen. Ach, Nerovens von Lille, sagte Sir Lanzelot, ich freue mich, daß Ihr Euch als ein tapferer Ritter bewährt habt, denn wißt, ich bin Sir Lanzelot vom See. Wehe, rief Sir Nerovens, was habe ich getan! Und damit warf er sich zu Boden und wollte ihm die Füße küssen, aber Sir Lanzelot ließ es nicht zu, und beide waren voller Freude. Dann sagte Sir Nerovens, Sir Lanzelot solle nicht zur Burg Pendragon gehen: Denn dort ist ein Herr, ein mächtiger Ritter, der hat sehr viele Krieger bei sich, und ich habe gerade gehört, daß er gestern einen tapferen Ritter gefangengenommen hat, der mit einem Fräulein ritt; es soll ein Ritter der Tafelrunde sein.

WIE SIR LANZELOT MIT SECHS RITTERN KÄMPFTE UND DANACH MIT SIR BRIAN DE LES ISLES, UND WIE ER DIE GEFANGENEN BEFREITE.

Ah, sagte Sir Lanzelot, dieser Ritter ist mein Freund, und ich will ihn retten, und wenn es mich das Leben kostet. In schnellem Ritt begab er sich zur Burg Pendragon, und sogleich kamen sechs Ritter und schickten sich an, Sir Lanzelot alle gleichzeitig anzugreifen. Sir Lanzelot legte seine Lanze ein und warf den ersten nieder, daß er das Rückgrat brach, drei von ihnen trafen und drei verfehlten ihn. Dann ritt Sir Lanzelot zwischen ihnen hindurch, wendete rasch und durchbohrte einem anderen Ritter die Brust, wobei seine Lanze zerbrach. Die übrigen vier Ritter zogen nun ihre Schwerter und hieben auf Sir Lanzelot ein, doch Sir Lanzelot führte sein Schwert so, daß sie mit vier Streichen alle schwer verwundet aus dem Sattel sanken. Spornstreichs sprengte Lanzelot in die Burg. Nach kurzer Zeit saß der Burgherr, Sir Brian de les Isles, ein wackerer Ritter und erbitterter Feind des Königs Artus, gewappnet im Sattel. Sie legten ihre Lanzen ein und prallten mit solcher Wucht zusammen, daß beide Pferde zu Boden stürzten. Da kämpften sie zu Fuß weiter und versetzten einander mächtige Schwertstreiche. Schließlich fiel Sir Brian nach einem mächtigen Hieb auf die Knie, und Sir Lanzelot warf sich auf ihn und riß ihm mit großer Gewalt den Helm herunter. Als Sir Brian sah, daß er in Todesnot war, ergab er sich auf Gnade und Ungnade. Da forderte ihn Sir Lanzelot auf, alle seine Gefangenen in der Burg zu befreien, und Sir Lanzelot fand dreißig Ritter des Königs Artus und vierzig Damen und setzte sie frei. Danach ritt er seines Weges. La Cote Male Taile erhielt Pferd und Harnisch und sein Fräulein Maledisant wieder. Unterdessen sandte Sir Nerovens, mit dem Sir Lanzelot an der Brücke gekämpft hatte, ein Fräulein aus, um zu erfahren, wie es Sir Lanzelot in der Burg Pendragon ergangen war. Die Burginsassen wunderten sich, was das für ein Ritter war, der Sir Brian gezwungen hatte, seine Gefangenen freizulassen. Ihr braucht euch nicht zu wundern, sagte das Fräulein, der beste Ritter der Welt war hier und hat dies vollbracht, es war Sir Lanzelot. Da waren Sir Brian und ebenso seine Gemahlin und alle seine Ritter sehr froh, daß er von einem solchen Manne bezwungen worden war. Und als das Fräulein Maledisant und La Cote Male Taile merkten, daß Sir Lanzelot in ihrer Gesellschaft geritten war, erinnerte sich das Fräulein, wie sie ihn geschmäht und einen Feigling genannt hatte, und da wurde sie sehr traurig.

WIE SIR LANZELOT DAS FRÄULEIN MALEDISANT TRAF UND SIE DAS FRÄULEIN BIENPENSANT NANNTE. Sogleich stiegen sie aufs Pferd und folgten Sir Lanzelot. Nach zwei Meilen holten sie ihn ein, grüßten ihn und dankten ihm, und das Fräulein bat ihn um Verzeihung wegen ihrer bösen Worte und sagte: Nun weiß ich, die Krone aller Ritterschaft gehört Sir Tristan und Euch gemeinsam. Weiß Gott, ich habe Euch, Sir Lanzelot, und

Sir Tristan lange gesucht, und nun habe ich Euch, Gott sei Dank, gefunden. In Camelot bin ich auch einmal Sir Tristan begegnet, und er gab mir den schwarzen Schild mit der weißen Hand, die ein entblößtes Schwert hält, zurück, den mir Sir Breuse ohne Gnade weggenommen hatte. Schönes Fräulein, sagte Sir Lanzelot, wer hat Euch meinen Namen gesagt? Herr, antwortete sie, ein Fräulein, das von einem Ritter kam, mit dem ihr an der Brücke gekämpft habt, sagte mir, daß Ihr Sir Lanzelot vom See heißt. Dafür ist sie zu tadeln, sagte Sir Lanzelot, doch ihr Herr, Sir Nerovens, wird es ihr verraten haben. Aber Fräulein, fuhr Sir Lanzelot fort, ich will unter der Bedingung mit Euch reiten, daß Ihr den Ritter Sir La Cote Male Taile nicht mehr schmäht, denn er ist ein tüchtiger Ritter und wird sich ohne Zweifel als sehr edel erweisen. Aus Liebe bin ich ihm gefolgt, um ihm in großer Not beizustehen, damit er nicht umkommt. Der Himmel danke Euch, erwiderte das Fräulein, und nun will ich Euch und auch ihm sagen, daß ich ihn nicht aus Haß geschmäht habe, sondern aus großer Liebe; denn ich glaubte immer, er sei zu jung und noch nicht stark genug für dieses Abenteuer. Deshalb wollte ich ihn aus Angst um sein Leben zur Umkehr bewegen, denn kein junger Ritter wird dieses Abenteuer vollenden. Bei Gott, sagte Sir Lanzelot, das hört sich gut an, und wenn man Euch auch das Fräulein Maledisant heißt, will ich Euch doch Fräulein Bienpensant nennen. Und so ritten sie lange, bis sie an die Grenze des Landes Surluse gelangten, wo sie ein schönes Dorf mit einer Brücke fanden, die einer Festung glich. Als sie zu dieser Brücke kamen, sprangen viele Herren und Freisassen vor und sagten: Edle Herren, ihr dürft diese Brücke und Festung nicht passieren wegen des schwarzen Schildes, den ihr mit euch führt: deshalb dürft ihr nur einzeln herüberkommen, entscheidet euch also, wer von euch die Brücke zuerst betreten soll. Da erbot sich Sir Lanzelot, als erster zu gehen. Herr, wandte La Cote Male Taile ein, ich bitte Euch, laßt mich die Festung zuerst betreten, und wenn alles gut geht, hole ich Euch nach, und wenn ich erschlagen werde, dann wißt Ihr Bescheid, und wenn sie mich gefangennehmen, dann könnt Ihr mich befreien. Ich lasse Euch den Vortritt nur sehr ungern, sagte Sir Lanzelot. Herr, erwiderte La Cote Male Taile, ich bitte Euch dringend, laßt mich mein Leben an dieses Abenteuer setzen. Dann geht, sagte Sir Lanzelot, Jesus steh Euch bei. So betrat er die Brücke, und sogleich stellten sich ihm zwei Brüder entgegen, von denen der eine Sir Plaine de Force und der andere Sir Plaine de Amours hieß. Sir La Cote Male Taile warf zuerst den einen und dann den anderen vom Pferd. Da forderten sie ihn auf, ebenfalls aus dem Sattel zu steigen, und es begann ein Schwertfechten, in dem sie La Cote Male Taile schwer zusetzten und ihm an Kopf, Brust und Schultern viele tiefe Wunden beibrachten. Er gab ihnen scharfe Streiche zurück, so gut er nur konnte. Die beiden Brüder gingen vor und zurück, um ihn von beiden Seiten anzugreifen, aber durch Wendigkeit und ritterliche Tapferkeit bekam er sie vor sich. Und als er seine Wunden spürte, verdoppelte er seine Streiche und schlug ihnen so viele Wunden, daß er sie zu Boden zwang und sie erschlagen hätte, wenn sie sich ihm nicht ergeben hätten. Danach nahm Sir La Cote Male Taile das beste Pferd und ritt über die Brücke in die Festung. Dort traf er auf den dritten Bruder, einen sehr edlen Ritter, der Sir Plenorius hieß. Sie ritten gegeneinander, und auf beiden Seiten stürzten Mann und Roß zu Boden. Dann erhoben sie den Schild, zogen das Schwert und teilten viele grimmige Streiche aus. Einmal war der eine Ritter vorn auf der Brücke, einmal der andere. So kämpften sie über zwei Stunden ohne Pause. Und Sir Lanzelot und das Fräulein konnten sie sehen. Ach, sagte das Fräulein, mein Ritter kämpft sehr schwer und allzu lange. Nun seht Ihr, sagte Sir Lanzelot, daß er ein edler Ritter ist, kämpft er doch seinen ersten Kampf und ist dabei schwer verwundet, und es ist ein Wunder, daß er trotz seiner Wunden den Kampf mit jenem guten Ritter so lange durchhält.

Kap. 8

WIE LA COTE MALE TAILE GEFANGENGENOMMEN UND VON SIR LANZELOT BEFREIT WURDE, UND WIE SIR LANZELOT VIER BRÜDER BEZWANG. Nach einer Weile konnte Sir La Cote Male Taile wegen der vielen Wunden und des großen Blutverlustes nicht mehr stehen und sank zu Boden. Da hatte der andere Ritter Mitleid mit ihm und sagte: Edler junger Ritter, verzagt nicht, denn wärt Ihr bei Beginn unseres Kampfes frisch gewesen wie ich, hätte ich mich nicht so lange halten können wie Ihr; deshalb will ich Euch wegen dieser edlen Waffentaten Freundlichkeit und Milde erweisen. Und damit nahm Sir Plenorius ihn in die Arme und führte ihn in den Turm. Dann ließ er ihm Wein bringen und seine blutenden Wunden untersuchen und pflegen. Herr, sagte La Cote Male Taile, laßt mich und geht wieder zu der Brücke, dort werdet Ihr auf einen besseren Ritter treffen, als ich es bin. Wie, fragte Plenorius, ist da noch ein anderer Ritter in Eurer Begleitung? Ja, antwortete La Cote Male Taile, und er ist ein viel besserer Ritter als ich. Wie heißt er? fragte Plenorius. Das werdet Ihr von mir nicht erfahren, antwortete La Cote Male Taile. Wohlan, sagte der Ritter, er wird seinen Gegner finden, mag er sein, wer er will. Da hörte Plenorius einen Ritter rufen: Sir Plenorius, wo bist du? Entweder du lieferst mir den Gefangenen aus, den du in deinen Turm geführt hast, oder du kommst heraus und kämpfst mit mir. Und Plenorius stieg aufs Pferd, packte eine Lanze und galoppierte auf Sir Lanzelot zu. Wie der Donner prallten sie zusammen, daß ihre Pferde unter ihnen zusammenbrachen. Dann zogen sie ihre Schwerter und gingen mit mächtigen Streichen wie zwei Stiere gegeneinander los, doch immer gewann Sir Lanzelot an Boden, und Sir Plenorius schlug Finten, um an ihm vorbeizukommen. Aber Sir Lanzelot ließ das nicht zu, sondern trieb ihn immer weiter zurück bis nahe an das Tor des Turmes. Dann sagte Sir Lanzelot: Ich weiß, du bist ein wackerer Ritter, aber dein Leben ist in meiner Hand, deshalb ergib dich und liefere deinen Gefangenen aus. Der andere antwortete nicht, sondern schlug Sir Lanzelot mächtig über den Helm, daß ihm das Feuer aus den Augen sprang. Da verdoppelte Sir Lanzelot seine Streiche und traf ihn mit solcher Gewalt, daß er ihn auf die Knie zwang. Sir Lanzelot sprang auf ihn und warf ihn nieder. Daraufhin ergab sich Sir Plenorius und lieferte ihm den Turm und alle Gefangenen aus. Sir Lanzelot nahm seine Unterwerfung und seinen Treueschwur an und ritt zu der Brücke, wo er mit drei anderen seiner Brüder kämpfte, die Pellounes, Pellogris und Sir Pellandris hießen. Sir Lanzelot warf sie alle vom Pferd und bezwang sie zu Fuß, daß sie sich ihm ergaben. Danach kehrte er zu Sir Plenorius zurück und fand in dessen Gefängnis König Carados von Schottland und viele andere Ritter und befreite sie alle. Sir La Cote Male Taile wollte er die Festung und die Brücke übergeben. Nein, sagte La Cote Male Taile, ich will Sir Plenorius' Besitztum nicht haben. Wenn er Euch, Sir Lanzelot, verspricht, mit allen seinen Brüdern an den Hof des Königs Artus zu gehen und ihm zu dienen, will ich Euch bitten, ihm Besitz und Einkünfte zu lassen. Damit bin ich einverstanden, sagte Sir Lanzelot, und wenn beim nächsten Fest ein Platz in der Tafelrunde frei wird, werde ich dafür sorgen, daß Ihr, Sir Plenorius, ihn erhaltet. Herr, antwortete Plenorius, beim nächsten Pfingstfest werde ich am Hof des Königs Artus sein und König Artus und Euch dienen. Und Sir Lanzelot und Sir La Cote Male Taile blieben bei ihm und ruhten sich aus, bis Sir La Cote Male Taile von seinen Wunden genesen war. Sie wurden vorzüglich bewirtet und vergnügten sich bei vielen kurzweiligen Spielen, und viele schöne Damen waren da.

Kapitel 9

WIE SIR LANZELOT LA COTE MALE TAILE ZUM HERRN DER BURG PENDRAGON MACHTE, UND WIE ER SPÄTER EIN RITTER DER TAFELRUNDE WURDE. In der

Zeit, als sie sich dort aufhielten, gesellten sich Sir Kay, der Seneschall, und Sir Brandiles zu ihnen. Zehn Tage später verließen diese Ritter des Königs Artus die Festung. Als Sir Lanzelot zur Burg Pendragon kam, entsetzte er Sir Brian de les Isles seiner Ländereien, weil er König Artus nicht die Treue halten wollte, und die Burg Pendragon und das zugehörige Land gab er Sir La Cote Male Taile. Danach schickte Sir Lanzelot nach Nerovens, den er einst zum Ritter geschlagen hatte, und übertrug ihm die Verwaltung der Burg und des Landes als Statthalter für La Cote Male Taile, und dann ritten sie alle miteinander an Artus' Hof. Am folgenden Pfingstfest wurden Sir Plenorius und Sir La Cote Male Taile, der eigentlich Sir Brunor le Noire hieß, zu Rittern der Tafelrunde erhoben, und König Artus gab ihnen große Ländereien zum Geschenk. Am selben Tage wurde die Hochzeit von Brunor mit dem Fräulein Maledisant, die danach Beauvivante genannt wurde, gefeiert; er aber trug den Namen La Cote Male Taile weiter und bewährte sich als ein höchst edler und wackerer Ritter und vollbrachte große Waffentaten und rächte auch den Tod seines Vaters. Sir Plenorius wurde ebenfalls ein tüchtiger und tapferer Ritter und diente Sir Lanzelot, und alle seine Brüder wurden auch treue Ritter des Königs Artus.

WIE SCHÖN ISOLDE DURCH LADY BRAGWAINE AN SIR TRISTAN BRIEFE SANDTE UND VON VERSCHIEDENEN ABENTEUERN SIR TRISTANS. ❧ Während dieser ganzen Zeit hielt sich Sir Tristan von Liones in der Bretagne auf. Als Schön Isolde erfuhr, daß er sich vermählt hatte, sandte sie ihm durch ihre Hofdame Bragwaine herzzerreißende Klagebriefe, die damit endeten, Tristan sollte doch an ihren Hof kommen und Isolde de Blanche Mains mitbringen, sie würden dort gut aufgenommen werden. Da

rief Sir Tristan Sir Kehydius zu sich und fragte ihn, ob er heimlich mit ihm nach Cornwall gehen wolle. Er antwortete, dazu wäre er jederzeit bereit. Dann ließ er insgeheim ein kleines Schiff herrichten, und das bestiegen Tristan, Kehydius, Lady Bragwaine und Gouvernail, Tristans Knappe. Als sie auf dem Meer waren, trieb sie ein widriger Wind an die Küste von Nordwales in die Nähe der Burg der Gefahren. Dort sagte Sir Tristan: Wartet hier zehn Tage auf mich, und wenn ich bis dahin nicht zurück bin, schlagt den nächsten Weg nach Cornwall ein. In diesem Wald gibt es viele Abenteuer, wie ich gehört habe, und einige davon bin ich entschlossen zu bestehen, bevor ich weiterziehe. Sobald ich kann, eile ich euch nach. Darauf stiegen Tristan und Kehydius in den Sattel und trennten sich von ihren Gefährten. Nachdem sie über eine Meile in dem Wald geritten waren, sah Sir Tristan einen stattlichen Ritter in voller Rüstung an einem Quell sitzen. Ein starkes Pferd stand bei ihm an eine Eiche gebunden, und ein Mann war dabei, der ein mit Lanzen beladenes Pferd führte. Seiner Haltung nach schien dieser Ritter sehr traurig zu sein. Sir Tristan ritt zu ihm hin und sagte: Edler Ritter, warum laßt Ihr den Kopf so hängen? An Euern Waffen und an Euerm Harnisch sieht man, daß Ihr ein fahrender Ritter seid, deshalb macht Euch bereit und kämpft mit einem von uns oder mit beiden. Ohne ein Wort zu sagen, hängte der Ritter seinen Schild um und stieg behend aufs Pferd. Dann nahm er von seinem Knappen eine starke Lanze und ritt ein Stück zurück. Sir Kehydius bat Sir Tristan um die Erlaubnis, zuerst zu kämpfen. Tut Euer Bestes, sagte Sir Tristan. So stießen sie zusammen, und Sir Kehydius kam zu Fall und wurde an der Brust schwer verwundet. Da sagte Sir Tristan: Der Stoß war gut geführt, Ritter, nun stellt Euch mir. Ich bin bereit, antwortete der Ritter, nahm eine noch mächtigere Lanze und stieß mit solcher Wucht zu, daß er Sir Tristan zu Boden warf. Darüber war Sir Tristan sehr beschämt. Schnell machte er sich von seinem Pferd frei, nahm den Schild vor, zog das Schwert und forderte den Ritter auf, abzusteigen und den Kampf zu Fuß fortzusetzen. Gerne, antwortete der Ritter, und so kämpften sie zwei Stunden lang. Dann sagte Sir Tristan: Edler Ritter, haltet ein und sagt mir wie Ihr heißt. Ich will es mir überlegen, entgegnete darauf der Ritter Sir Tristan, aber wenn Ihr mir Euern Namen nennt, werde ich Euch vielleicht auch meinen sagen.

WIE SIR TRISTAN MIT SIR LAMORAK VON WALES ZUSAMMENSTIESS, UND WIE SIE KÄMPFTEN UND DANACH ÜBEREINKAMEN, NIE WIEDER MITEINANDER ZU KÄMPFEN.

Nun, mein Name ist Sir Tristan von Liones. Herr, sagte der andere Ritter, mein Name ist Sir Lamorak von Wales. Ah, Lamorak, erwiderte Tristan, gut, daß wir uns treffen, erinnerst du dich an den Streich, den du mir gespielt hast, als du das Horn zu König Marke schicktest mit der Absicht, meine Dame, die Königin Schön Isolde, zu töten oder zu entehren? Deshalb muß einer von uns sterben. Herr, antwortete Sir Lamorak, denkt daran, als wir zuammen auf der Insel Servage waren, habt Ihr mir große Freundschaft gelobt. Da zögerte Sir Tristan nicht länger, sondern hieb auf Sir Lamorak ein, und so kämpften sie lange, bis sie beide erschöpft waren. Da sagte Sir Tristan: In meinem ganzen Leben habe ich noch nie einen Ritter getroffen, der so stark und so gut bei Atem war wie Ihr, deshalb wäre es schade, wenn einer von uns hier umkommen sollte. Und Sir Lamorak antwortete: Wegen Eures berühmten Namens soll Euch der Sieg in diesem Kampf gehören, und ich will mich Euch ergeben. Damit hielt er ihm den Knauf seines Schwertes hin. Nein, sagte Sir Tristan, das sollt Ihr nicht, denn ich weiß, Ihr tut das mehr aus Edelmut als aus Furcht vor mir. Und Sir Tristan reichte ihm sein Schwert und sagte: Sir Lamorak, als ein besiegter Ritter ergebe ich mich Euch als dem Mann des edelsten Heldenmutes. Nein, entgegnete Sir Lamorak, ich will Euch Ritterlichkeit erweisen. Laßt uns schwören, daß von heute an nie wieder einer von uns gegen den anderen kämpft. Und sie beschworen beide, sie wollten davon stets abstehen.

Kap. 12

WIE SIR PALAMIDES DEM BELLENDEN TIER FOLGTE UND SIR TRISTAN UND SIR LAMORAK MIT EINER LANZE NIEDERWARF. Mittlerweile kam Sir Palamides, dessen Auftrag es war, dem bellenden Tier zu folgen, das einen Kopf wie eine Schlange, einen Körper wie ein Leopard, ein Hinterteil wie ein Löwe und Beine wie ein Hirsch hatte. In dem Körper des Tieres war ein Lärm wie von sechzig bellenden Hunden, und diesen Lärm machte es immer, wohin es auch lief. Dieses Tier kam vorüber, und gleich darauf erschien Palamides. Und um es kurz zu machen, er warf Sir Tristan und Sir Lamorak mit einer Lanze nieder und ritt dann dem Tier Glatisant, so wurde das bellende Tier genannt, nach. Die beiden Ritter aber waren sehr zornig, weil er nicht zu Fuß mit ihnen kämpfen wollte. Männer von Adel mögen daraus ersehen, daß der noch nicht geboren ist, der immer gewinnt, denn manchmal unterliegt er durch Mißgeschick, und manchmal bringt ein schlechterer Ritter dem besseren eine Niederlage bei. Dann legten Sir Tristan und Sir Lamorak den verwundeten Sir Kehydius auf einen Schild und trugen ihn in das Haus eines Waldhüters, gaben ihn dort in Pflege und blieben drei Tage bei ihm. Danach stiegen die beiden Ritter aufs Pferd, und an einem Kreuzweg trennten sie sich. Sir Tristan sagte zu Sir Lamorak: Wenn Ihr Sir Palamides treffen solltet, so sagt ihm, er wird mich an derselben Quelle finden, wo er mir begegnet ist, und dort wird sich erweisen, ob er ein besserer Ritter ist als ich. Dann schlug jeder seinen Weg ein. Sir Tristan blieb in der Nähe von Sir Kehydius, doch Sir Lamorak ritt fort, bis er zu einer Kapelle kam, und dort ließ er sein Pferd grasen. Kurz darauf stieg an derselben Stelle Sir Meliagaunce ab, der Sohn des Königs Bagdemagus, und ließ sein Pferd auch grasen, bemerkte aber Sir Lamorak nicht. Sir Meliagaunce begann schmerzlich zu klagen wegen seiner Liebe zur Königin Ginevra. Das hörte Sir Lamorak, und am nächsten Morgen ritt er in den Wald und traf zwei Ritter, die sich im Dickicht versteckt hielten. Edle Ritter, sagte Sir Lamorak, was lauert ihr hier und haltet Ausschau? Wenn ihr fahrende Ritter seid, die kämpfen wollen, wohlan, ich bin bereit. Nein, Herr Ritter, antworteten sie, wir wollen nicht mit Euch kämpfen, wir warten hier auf einen Ritter, der unseren Bruder erschlagen hat. Was ist das für ein Ritter, fragte Sir Lamorak, dem ihr hier auflauert? Es ist Sir Lanzelot, sagten sie, und wenn wir ihn treffen, soll er uns nicht lebendig entkommen. Ihr habt euch sehr viel vorgenommen, sagte Sir Lamorak, denn Sir Lanzelot ist ein wackerer und erprobter Ritter. Das bezweifeln wir nicht, aber wir sind ihm ebenbürtig. Eure Worte kann ich nicht glauben, entgegnete ihnen da Sir Lamorak, ich habe in meinem ganzen Leben noch von keinem Ritter gehört, dem Sir Lanzelot nicht überlegen war.

WIE SIR LAMORAK MIT SIR MELIAGAUNCE ZUSAMMENSTIESS, UND WIE SIE WEGEN DER SCHÖNHEIT VON LADY GINEVRA MITEINANDER KÄMPFTEN. ❧ Während sie so sprachen, bemerkte Sir Lamorak, wie Sir Lanzelot gerade auf sie zugeritten kam. Da ritt er ihm entgegen, und sie grüßten einander, und Sir Lamorak fragte, ob er in diesem Lande etwas für Sir Lanzelot tun könne. Nein, antwortete Sir Lanzelot, zur Zeit nicht, ich danke Euch. Dann trennten sie sich, und Sir Lamorak ritt wieder dahin, wo sich die beiden Ritter im dichten Laubwerk versteckt hatten. Pfui über euch, sagte er, ihr Verräter und Feiglinge, Schmach und Schande, daß ihr in den hohen Stand der Ritterschaft gekommen seid! Damit entfernte sich Sir Lamorak, und nach einer Weile traf er Sir Meliagaunce und fragte ihn, warum er die Königin Ginevra so liebe: Ich war nicht weit von Euch entfernt, als Ihr bei der Kapelle Eure Klage anstimmtet. Tatsächlich? sagte Sir Meliagaunce, dann will ich dabei bleiben: Ich liebe Königin Ginevra, habt Ihr etwas dagegen? Ich will beweisen und dafür einstehen, daß sie die anmutigste und schönste Frau der Welt ist. Das bestreite ich, erwiderte Sir Lamorak, denn Königin Margawse von Orkney, die Mutter Sir Gaweins, ist die schönste Königin und Frau, die lebt. Das ist nicht wahr, entgegnete Sir Meliagaunce, und das will ich mit meinen Händen an Euch beweisen. Wollt Ihr das? fragte Sir Lamorak, einen besseren Streit könnte ich nicht ausfechten. Da nahmen sie beide in großer Wut Anlauf und prallten wie der Donner zusammen und trafen einander mit solcher Wucht, daß ihre Pferde rückwärts zu Boden stürzten. Dann kämpften sie lange zu Fuß wie wilde Eber, denn Meliagaunce war ein tüchtiger Mann von großer Kraft, aber Sir Lamorak war stark genug für ihn und trieb ihn immer wieder zurück, und jeder verwundete den anderen sehr. Während sie so kämpften, kamen durch Zufall Sir Lanzelot und Sir Bleoberis vorbei, und Sir Lanzelot ritt zwischen sie und fragte, aus welchem Grunde sie so miteinander kämpften; Ihr seid doch Ritter des Königs Artus!

Kapitel 14

VOM STREIT UM DIE SCHÖNSTE DER FRAUEN, UND WIE KÖNIG ARTUS SIR LAMORAK NIEDERWARF.

Herr, sagte Meliagaunce, ich will es Euch sagen. Ich habe meine Dame, die Königin Ginevra, gepriesen und gesagt, sie sei die schönste Frau der Welt, und Sir Lamorak bestritt das und behauptete, die Königin Margawse von Orkney sei anmutiger und schöner. Ach, Sir Lamorak, warum sagt Ihr das? Es ziemt sich nicht für Euch, der Fürstin das Lob abzusprechen, der Ihr untertan seid wie wir alle. Damit stieg er aus dem Sattel und entschied: Wegen dieses Streites macht Euch bereit, denn ich will an Euch beweisen, daß die Königin Ginevra die schönste und edelmütigste Frau der Welt ist. Herr, antwortete Sir Lamorak, es widerstrebt mir, deshalb den Kampf mit Euch aufzunehmen, denn jeder hält seine Dame für die schönste; und wenn ich die Dame preise, die ich am meisten liebe, solltet Ihr mir nicht zürnen; wenn Königin Ginevra in Euern Augen die schönste ist, so ist in meinen Augen Königin Margawse von Orkney die schönste, und so hält jeder Ritter seine eigene Dame für schöner als alle anderen. Wisset, Ihr seid neben Sir Tristan der Mann auf der Welt, mit dem zu kämpfen ich am meisten hasse, aber wenn Ihr durchaus mit mir kämpfen wollt, werde ich mich zur Wehr setzen, solange ich kann. Danach sprach Sir Bleoberis und sagte: Sir Lanzelot, mein Herr, ich habe Euch noch nie so übel beraten gesehen wie jetzt, denn Sir Lamorak spricht nur vernünftig und ritterlich, und ich muß Euch sagen, ich habe auch eine Dame und halte sie für die schönste der Welt. Wäre es für Euch ein triftiger Grund, mir böse zu sein, wenn ich das sage? Auch wißt Ihr genau, daß Sir Lamorak ein so edler Ritter ist wie nur irgendeiner und Euch und uns immer guten Willen gezeigt hat, und darum bitte ich Euch, seid gute Freunde. Da sagte Sir Lanzelot zur Sir Lamorak: Ich bitte Euch, verzeiht mir meine scharfen Worte, und wenn ich Euch Unrecht tat, will ich Wiedergutmachung leisten. Herr, antwortete Sir Lamorak, die Sache ist zwischen uns schon bereinigt. Und so ritt Sir Lanzelot mit Sir Bleoberis fort, und Sir Meliagaunce und Sir Lamorak stiegen in den Sattel und trennten sich voneinander. Nach einer Weile kam König Artus und traf auf Sir Lamorak. Er kämpfte mit ihm und warf ihn dabei vom Pferd und verletzte ihn mit der Lanze schwer und ritt danach weg. Sir Lamorak war wütend, weil er nicht zu Fuß mit ihm weiterkämpfen wollte, denn er hatte den König nicht erkannt.

WIE SIR KAY MIT SIR TRISTAN ZUSAMMENTRAF UND VON DEN SCHMÄHREDEN, DIE ÜBER DIE RITTER VON CORNWALL GEFÜHRT WURDEN, UND WIE SIE KÄMPFTEN. ❧ Während Sir Tristan dahinritt, begegnete ihm Sir Kay, der Seneschall, und fragte Sir Tristan, aus welchem Land er stamme. Er antwortete, er stamme aus dem Lande Cornwall. Das mag wohl stimmen, antwortete Sir Kay, denn ich habe noch nie gehört, daß aus Cornwall gute Ritter kommen. Das ist eine üble Rede, die Ihr da führt, sagte Sir Tristan, doch ich bitte Euch, sagt mir Euern Namen. Herr, Ihr müßt wissen, erwiderte Sir Kay, daß mein Name Sir Kay, der Seneschall, ist. Ist das Euer Name? fragte Sir Tristan, dann sollt Ihr wissen, daß man Euch den schändlichsten Ritter Eures Landes nennt, der jetzt lebt; zwar hält man Euch für tapfer, aber für täppisch, und man sagt von Euch, Ihr hättet eine sehr böse Zunge. So ritten sie bis zu einer schmalen Brücke, über die sie ein Ritter nicht passieren lassen wollte, bevor nicht einer von ihnen mit ihm gekämpft hätte, und so trat Sir Kay an und wurde von dem Ritter zu Fall gebracht, der Sir Tor hieß und Sir Lamoraks Halbbruder war. Danach ritten die beiden in ihre Herberge und fanden dort Sir Brandiles, und Sir Tor traf wenig später ein. Als diese vier Ritter beim Abendessen saßen, sprachen drei von ihnen schlecht über kornische Ritter. Sir Tristan hörte das alles und sagte nur wenig, dachte sich aber dabei um so mehr, verriet jedoch seinen Namen nicht. Am nächsten Morgen nahm er sein Pferd und wartete am Wege auf sie. Da erbot sich Sir Brandiles, mit Sir Tristan zu kämpfen, und Sir Tristan warf ihn samt seinem Pferd zu Boden. Danach traf Sir Tor mit Sir Tristan zusammen und wurde ebenso bezwungen. Nun ritt Sir Tristan weiter, und Sir Kay folgte ihm, aber Tristan litt ihn nicht in seiner Gesellschaft. Da kam Sir Brandiles zu Sir Kay und sagte: Ich möchte gern wissen, wie dieser Ritter heißt. Kommt mit mir, antwortete Sir Kay, wir wollen ihn bitten, uns seinen Namen zu nennen. So ritten sie näher an ihn heran und fanden ihn an einer Quelle sitzen und mit abgesetztem Helm trinken. Als er sie kommen sah, band er schnell den Helm fest, bestieg sein Pferd und forderte sie zum Kampf heraus. Nein, Herr Ritter, sagte Sir Brandiles, wir haben eben erst mit Euch gekämpft und kommen nicht deswegen, vielmehr kommen wir, um Euch bei Eurer Ritterehre zu bitten, uns Euern Namen zu nennen. Ihr edlen Ritter, wenn das euer Wunsch ist, will ich, um euch einen Gefallen zu tun, sagen, daß mein Name Sir Tristan von Liones ist. Ich bin der Neffe König Markes von Cornwall. Zur rechten Zeit, sagte Sir Brandiles, haben wir Euch getroffen und sind sehr froh darüber. Wir gehören zu einer Gemeinschaft und würden uns freuen, wenn Ihr uns Gesellschaft leisten wolltet; denn Ihr seid der Ritter, dessen Gesellschaft der edle Kreis der Tafelrunde am meisten in der Welt begehrt. Danke ihnen Gott, sagte Sir Tristan, für ihre große Güte, die sie mir erweisen, aber ich fühle wohl, daß ich ihrer Gesellschaft bislang unwürdig bin, denn ich habe noch nie solche ruhmvollen Taten vollbracht, um einem so edlen Kreis anzugehören. Ach, entgegnete Sir Kay, wenn Ihr Sir Tristan von Liones seid, dann nennt man Euch jetzt den ruhmvollsten aller Helden neben Sir Lanzelot vom See; denn weder unter Christen noch Heiden findet man einen so kühnen, starken und treuen Ritter. Noch nie konnte ihm ein Mensch etwas Schändliches nachsagen und beweisen. So sprachen sie lange miteinander; dann trennten sie sich, und jeder ritt den Weg, der ihm am besten schien.

Kap. 16

WIE KÖNIG ARTUS IN DEN WALD DER GEFAHREN GEFÜHRT WURDE, UND WIE SIR TRISTAN IHM DAS LEBEN RETTETE. ❧ König Artus hatte sich wegen einer Dame in den Wald der Gefahren in Nordwales begeben. Ihr Name war Annowre, und sie war in Cardiff zu König Artus gekommen und hatte ihn durch schöne Versprechungen und Verlockungen veranlaßt, mit ihr in den Wald der Gefahren zu reiten. Sie war eine große Zauberin und hatte König Artus lange Zeit geliebt, und weil sie ihn dazu bringen wollte, das Lager mit ihr zu teilen, war sie in sein Land gekommen. Als der König vermißt wurde, folgten ihm eine große Zahl von Rittern, wie Sir Lanzelot, Sir Brandiles und viele andere. Nachdem es Annowre gelungen war, den König in ihren Turm zu führen, forderte sie ihn auf, sich zu ihr zu legen; aber da dachte der König an seine Gemahlin und wollte dies trotz aller Künste, die sie anwandte, nicht tun. Darauf ließ sie ihn jeden Tag mit seinen Rittern in den Wald reiten, damit König Artus erschlagen würde; denn als sie sah, daß er ihr nicht zu Willen war, arbeitete sie mit ihren falschen Künsten daran, ihn zu vernichten. Das erfuhr die Dame vom See, die König Artus immer freundlich gesinnt war, mit Hilfe ihrer geheimen Kräfte. Deshalb kam diese Dame vom See, die Nimue hieß, in den Wald, um Sir Lanzelot vom See oder Sir Tristan zu suchen, die König Artus beistehen sollten; denn sie wußte, daß König Artus ohne die Hilfe dieser beiden Ritter an diesem Tage erschlagen werden würde. So ritt sie auf und ab, bis sie endlich Sir Tristan fand, den sie sogleich erkannte. O mein Herr, Sir Tristan, rief sie ihm zu, gut, daß ich Euch hier treffe, gesegnet sei dieser Augenblick; denn noch heute und in den nächsten zwei Stunden soll die schändlichste Tat geschehen, die je in diesem Lande begangen wurde. Schönes Fräulein, erwiderte Sir Tristan, wie kann ich das nur verhindern? Kommt mit mir, sagte sie, und zwar so schnell Ihr könnt, und Ihr werdet den ruhmvollsten Ritter der Welt in schwerer Not sehen. Da erwiderte Sir Tristan: Ich bin bereit, einem so edlen Mann zu helfen. Es ist kein Geringerer als der edle König Artus selbst, sagte die Dame vom See. Gott behüte, sagte Sir Tristan, daß er je in solche Not geraten sollte. Dann ritten sie zusammen in großer Eile, bis sie zu einem Turm oder einer kleinen Burg kamen, und unten an dieser Burg sahen sie einen Ritter zu Fuß mit zwei anderen kämpfen, und schließlich schlugen die zwei Ritter den einen nieder und lösten ihm den Helm, um ihn zu töten. Lady Annowre ergriff das Schwert des Königs Artus und wollte ihm damit den Kopf abschlagen. Da drang Sir Tristan mit aller Macht vor und schrie: Verräterin! Du schändliche Verräterin, halte ein! Und mit einem Streich traf Sir Tristan den einen Ritter tief in den Leib, daß er tot umfiel, dann stürzte er sich wütend auf den anderen und hieb ihm den Rücken entzwei. Währenddessen rief die Dame vom See König Artus zu: Laßt dieses falsche Weib nicht entkommen! Da holte König Artus sie ein und hieb ihr mit demselben Schwert den Kopf ab, und die Dame vom See hob ihn auf und band ihn an den Haaren an ihrem Sattel fest. Dann half Sir Tristan König Artus wieder aufs Pferd und ritt mit ihm fort, verpflichtete aber die Dame vom See, seinen Namen vorläufig nicht zu entdecken. Als der König im Sattel saß, dankte er Sir Tristan von Herzen und wollte seinen Namen wissen, aber er nannte ihn nicht und sagte nur, er sei ein armer Ritter auf Abenteuern. Er leistete König Artus Gesellschaft, bis er einen seiner Ritter traf. Nach einer Weile begegnete ihnen Sir Ector von Maris, und der erkannte weder König Artus noch Sir Tristan, und er begehrte, mit einem von beiden zu kämpfen. Da stellte sich Sir Tristan und warf Sir Ector vom Pferd. Und als er das vollbracht hatte, ging er zum König und sagte: Herr König, dort ist einer Eurer Ritter, der kann Euch Gesellschaft leisten. Eines Tages, so flehe ich zu Gott, werdet Ihr verstehen, daß ich mit dieser Tat nur Euch dienen wollte. Ach, sagte Artus, laßt mich doch wissen, wer Ihr seid! Jetzt noch nicht, antwortete Tristan. So ritt er davon und ließ König Artus zurück.

WIE SIR TRISTAN ZU SCHÖN ISOLDE KAM, UND WIE KEHYDIUS SCHÖN ISOLDE ZU LIEBEN BEGANN UND VON EINEM BRIEF, DEN SIR TRISTAN FAND. Am festgesetzten Tag trafen sich Sir Tristan und Sir Lamorak an dem Quell. Sie nahmen Sir Kehydius aus dem Haus des Waldhüters mit und ritten zu dem Schiff, auf dem sie Lady Bragwaine und Gouvernail zurückgelassen hatten, und segelten alle zusammen nach Cornwall. Nachdem sie gelandet waren, begaben sie sich auf Anraten Lady Bragwaines zu Sir Dinas, dem Seneschall, der ein treuer Freund Sir Tristans war. Und Lady Bragwaine und Sir Dinas ritten an den Hof König Markes und meldeten Schön Isolde, Tristan sei in der Nähe. Da fiel Isolde vor Freude in Ohnmacht, und als sie wieder sprechen konnte, sagte sie: Edler Seneschall, helft mir, daß ich mit ihm reden kann, sonst bricht mir das Herz. Sir Dinas und Lady Bragwaine brachten Tristan und Kehydius heimlich in ein Gemach am Hof, das Isolde bestimmt hatte. Wie groß die Freuden Isoldes und Tristans waren, kann keine Zunge aussprechen, kein Herz ermessen, keine Feder schildern. Aber als Sir Kehydius die schöne Isolde zum ersten Mal erblickte, wurde er so von Liebe zu ihr ergriffen, daß er sich seiner Liebe nie mehr erwehren konnte und am Ende schließlich daran starb. Heimlich schrieb er ihr Briefe und Gedichte der schönsten Art, wie sie damals im Schwange waren. Als Schön Isolde diese Briefe erhielt, erweckten seine Klagen Mitleid in ihr, und sie war so unbedacht, ihm zum Trost eine Antwort zu schreiben. Sir Tristan hielt sich die ganze Zeit über in einem Turm auf, wie es Isolde angeordnet hatte, und wann immer sie konnte, kam sie zu ihm.

Eines Tages spielte König Marke unter dem Fenster dieses Gemaches Schach. Da fand Tristan zum Unglück einen Brief, den Kehydius an Isolde geschickt hatte, und auch den Antwortbrief von ihr. Isolde und Kehydius waren beide gerade anwesend. Da ging Sir Tristan auf Schön Isolde zu und sagte: Meine Dame, hier ist ein Brief, der Euch gesandt wurde, und die Antwort, die Ihr dem Absender schriebt. Ach, wie habe ich Euch geliebt! Viele Ländereien und Schätze habe ich verschmäht aus Liebe zu Euch, und nun habt Ihr mich verraten, und das schmerzt mich sehr. Und dich, Sir Kehydius, habe ich aus der Bretagne in dieses Land gebracht. Deinem Vater, König Howel, habe ich sein Reich zurückgewonnen. Deine Schwester Isolde la Blanche Mains habe ich geheiratet wegen der Wohltaten, die sie mir erwiesen hat, und doch ist sie, so wahr ich ein Ritter bin, bei mir eine unberührte Jungfrau geblieben. Aber für deine Falschheit und deinen Verrat, Sir Kehydius, werde ich mich an dir rächen. Damit zog er sein Schwert und rief: Kehydius, gib acht! Da sank Schön Isolde ohnmächtig zu Boden. Sir Kehydius aber sah keine andere Rettung, als daß er aus dem Erkerfenster sprang, gerade über den Kopf König Markes hinweg. Da rief der König: Kerl, wer bist du, und warum springst du aus dem Fenster? Herr König, antwortete Kehydius, ich war an dem Fenster über Euch eingeschlafen, und dann bin ich im Schlaf heruntergefallen.

WIE SIR TRISTAN VON TINTAGIL ENTKAM, UND WIE ER SICH HÄRMTE UND SO LANGE IN EINEM WALDE BLIEB, BIS ER DEN VERSTAND VERLOR. ❧ Nach diesem Vorfall befürchtete Sir Tristan sehr, der König könnte erfahren, daß er in der Burg war, und deshalb zog er sich in den Schutz des Turmes zurück und wappnete sich mit allem, was er hatte, um sich gegen Eindringlinge zur Wehr setzen zu können. Als Sir Tristan merkte, daß niemand kam und alles ruhig blieb, schickte er Gouvernail nach seinem Pferd und galoppierte ritterlich und offen aus der Burg Tintagil hinaus. Am Tor traf er auf Gingalin, Sir Gaweins Sohn, der sogleich seine Lanze einlegte und gegen Sir Tristan ritt, aber seine Lanze zerbrach. Sir Tristan hatte nur ein Schwert, und mit dem versetzte er ihm einen solchen Schlag auf den Helm, daß er aus dem Sattel fiel. Das Schwert glitt ab und zerschnitt den Hals des Pferdes. Danach ritt Sir Tristan in den Wald. Das alles beobachtete König Marke, und er sandte einen Knappen zu dem verletzten Ritter und befahl ihn zu sich. Als König Marke sah, daß es Sir Gingalin war, hieß er ihn willkommen und schenkte ihm ein Pferd und fragte ihn, mit welchem Ritter er gekämpft hätte. Herr König, antwortete Gingalin, ich weiß es nicht, aber er seufzte und jammerte sehr. Nach einer Weile traf Sir Tristan auf einen seiner eigenen Ritter, der Sir Fergus hieß. Als er bei ihm war, brach er in so laute Klage aus, daß er ohnmächtig vom Pferde fiel. So klagte er drei Tage und drei Nächte. Dann schickte er schließlich Sir Fergus an den Hof, um herauszufinden, was es dort Neues gäbe. Unterwegs traf Sir Fergus ein Fräulein, das von Sir Palamides kam und erfahren wollte, wie es Tristan ginge. Da erzählte ihr Sir Fergus, daß er fast den Verstand verloren hätte. Ach, fragte das Fräulein, wo kann ich ihn finden? Sir Fergus sagte es ihr. Dann ritt er weiter und erfuhr, daß Königin Isolde krank in ihrem Bett lag und klagte und jammerte wie nie ein irdisches Weib zuvor. Als das Fräulein zu Sir Tristan zurückkam, war sie sehr traurig, denn sie konnte ihm nicht helfen, und je mehr sie ihn zu trösten versuchte, desto größer wurde sein Schmerz. Schließlich nahm Sir Tristan sein Pferd und ritt davon. Drei Tage dauerte es, bis sie ihn wiederfand und ihm Speise und Trank brachte, aber er wollte nichts annehmen. Dann entfloh Sir Tristan dem Fräulein zum zweiten Male und kam durch Zufall zu dem Schloß, in dem er mit Sir Palamides wegen Schön Isolde gekämpft hatte. Dort traf das Fräulein ihn glücklicherweise wieder. Er jammerte so furchtbar wie nie ein Erdenmensch zuvor. Deshalb ging sie zu der Herrin der Burg und erzählte ihr von Sir Tristans Mißgeschick. Ach, sagte die Burgherrin, wo ist Sir Tristan? Ganz in Eurer Nähe, antwortete das Fräulein. Zur rechten Zeit, sagte die Herrin, kommt er zu mir. Ich will ihm vom Besten zu essen und zu trinken geben, auch habe ich noch seine Harfe, die er mich spielen lehrte, denn im Harfenspiel kommt ihm auf der Welt keiner gleich. So brachte ihm die Herrin Speise und Trank, doch er nahm kaum etwas zu sich. Und eines Nachts trennte er sich von seinem Pferd und legte die Rüstung ab und lief in die Wildnis und brach Bäume um und riß Zweige ab. Manchmal spielte er auf der Harfe, die ihm die Herrin geschickt hatte, und weinte dabei. Bisweilen, wenn Sir Tristan im Walde war und die Herrin nicht wußte, wo, setzte sie sich nieder und spielte auf der Harfe, und dann kam Sir Tristan und lauschte, und manchmal spielte er selbst weiter. So ging es ein Vierteljahr. Schließlich rannte er davon. Er war nackt und wurde mager und abgezehrt und hielt sich bei Hirten und Schäfern auf, und sie gaben ihm täglich von ihrer Speise und ihrem Trank. Als er ihnen einen Schabernack spielte, schlugen sie ihn mit Ruten und schoren ihn ganz kahl und machten einen Narren aus ihm.

Kap. 19

WIE SIR TRISTAN DAGONET IN EINEN BRUNNEN STIESS, UND WIE PALAMIDES EIN FRÄULEIN AUSSANDTE, UM NACH TRISTAN ZU SUCHEN, UND WIE PALAMIDES KÖNIG MARKE BEGEGNETE.

Eines Tages kam Dagonet, der Narr des Königs Artus, mit zwei Knappen nach Cornwall. Als sie durch den Wald ritten, passierten sie den klaren Quell, an dem sich Sir Tristan aufzuhalten pflegte. Da das Wetter heiß war, stiegen sie ab, um zu trinken, und währenddessen rissen sich ihre Pferde los. In diesem Augenblick tauchte Sir Tristan auf und stieß zuerst Sir Dagonet in den Quell und danach seine Knappen. Darüber lachten die Hirten. Dann lief er ihren Pferden nach und brachte sie eins nach dem anderen zurück und hieß die drei in ihren nassen Kleidern aufsitzen und von dannen reiten. In seiner Nacktheit blieb Sir Tristan ein halbes Jahr dort und ging nie in eine Stadt oder in ein Dorf. Mittlerweile kehrte das Fräulein, das von Sir Palamides ausgesandt worden war, wieder zu ihm zurück und berichtete ihm all das Ungemach, das Sir Tristan erduldete. Ach, sagte Sir Palamides, es ist ein großer Jammer, daß ein so edler Ritter wegen der Liebe zu einer Dame in solches Elend geraten muß, doch will ich ihn aufsuchen und ihn trösten, wenn ich kann. Nun hatte Schön Isolde kurze Zeit vorher Sir Kehydius aus dem Lande Cornwall verwiesen. Er brach mit wundem Herzen auf und stieß unterwegs auf Sir Palamides. Sie schlossen Freundschaft, und jeder klagte dem anderen seine heiße Liebe zur schönen Isolde. Laßt uns doch Sir Tristan suchen, sagte Sir Palamides, der liebte sie so wie wir, und vielleicht können wir ihn heilen. So ritten sie in den Wald und verschmähten drei Tage und drei Nächte jede Unterkunft, denn sie suchten immerfort Sir Tristan. Dabei trafen sie König Marke, der ganz allein daherkam. Sir Palamides erkannte ihn sogleich, aber Sir Kehydius nicht. Wehe, du falscher König, sagte Sir Palamides, daß du noch am Leben bist, denn du stürzt alle edlen Ritter ins Verderben und hast durch Bosheit und Rachsucht den edelsten aller Ritter, Sir Tristan von Liones, zugrunde gerichtet; deshalb wehre dich, oder du sollst auf der Stelle sterben. Das wäre eine Schmach für euch, erwiderte König Marke, denn ihr seid bewaffnet und ich nicht. Dem läßt sich abhelfen, sagte Sir Palamides, hier ist ein Ritter bei mir, dessen Rüstung sollst du haben. Nein, antwortete König Marke, ich will mit Euch nicht kämpfen, und Ihr habt auch keinen Grund dazu, denn alles Leid Sir Tristans kommt von einem Briefe, den er gefunden hat, ich selbst habe ihm nichts getan, und, weiß Gott, ich bin tief betrübt wegen seiner Not und Krankheit. Nach dieser Rechtfertigung des Königs wurden sie Freunde, und König Marke lud sie nach Tintagil ein; doch Sir Palamides lehnte ab und wandte sich dem Reiche Logris zu. Sir Kehydius sagte, er wolle in die Bretagne zurückkehren. Nachdem Sir Dagonet mit seinen Knappen wieder im Sattel saß, glaubte er, die Hirten hätten den Narren aufgehetzt, ihnen so übel mitzuspielen, um sie dann auslachen zu können. Darum ritten sie unter die Viehhüter und schlugen auf sie ein. Als Sir Tristan sah, daß die Prügel erhielten, die ihm Speise und Trank gaben, sprang er dazwischen und packte Sir Dagonet am Helm und brachte ihn so zu Fall, daß er arg verletzt reglos liegenblieb. Dann riß er ihm das Schwert aus der Hand, lief zu einem der Knappen und schlug ihm den Kopf ab, der andere floh. Sir Tristan folgte ihm mit dem Schwert in der Hand und rannte wie wild. Da ritt Sir Dagonet zu König Marke und berichtete ihm, wie es ihm in dem Walde ergangen war. Deshalb, sagte Sir Dagonet, hütet Euch, in die Nähe des Quells zu kommen, denn dort ist ein nackter Narr, und er hätte mich fast erschlagen. Ah, erwiderte König Marke, das ist Sir Matto le Breune, der von Sinnen kam, weil er seine Geliebte verlor, denn seit Sir Gaheris ihn niederschlug und ihm seine Dame abgewann, ist er nicht mehr bei Verstand, und das ist schade, denn er war ein guter Ritter.

WIE DAS GERÜCHT VERBREITET WURDE, SIR TRISTAN SEI TOT, UND WIE SCHÖN ISOLDE SICH UMBRINGEN WOLLTE. ❧ Danach veranlaßte Sir Andret, ein Vetter Sir Tristans, eine Dame, die seine Geliebte war, am Hofe König Markes das Gerücht zu verbreiten, sie sei bei Sir Tristan gewesen, kurz bevor er gestorben sei. Bei einem Quell habe sie ihn begraben, und vor seinem Tode habe er König Marke ersucht, seinen Vetter Sir Andret zum König vom Lande Liones zu machen, das Sir Tristan gehörte. All das tat Sir Andret, um Sir Tristans Besitz an sich zu bringen. Als König Marke hörte, Sir Tristan sei tot, weinte und trauerte er sehr. Aber als Königin Isolde diese Nachricht erfuhr, verlor sie vor Schmerz fast den Verstand. So kam sie eines Tages auf den Gedanken, sich zu töten, weil sie nach Tristans Tod nicht mehr am Leben bleiben wollte. Deshalb verschaffte sie sich heimlich ein Schwert und klemmte es im Garten mit dem Griff in einen Pflaumenbaum, daß es in Brusthöhe feststeckte. Bevor sie sich in das Schwert stürzte, kniete sie nieder und sagte: Liebster Herr Jesus, vergib mir, ich kann nach dem Tode Tristans nicht länger leben, denn er war meine erste Liebe und soll meine letzte sein. Bei diesen Worten trat König Marke hervor, der alles beobachtet hatte, und nahm sie in seine Arme. Dann zog er das Schwert aus dem Baum und führte Isolde in einen Turm, wo er sie sorgfältig bewachen ließ. Danach lag sie lange krank und war dem Tode nahe. Während sich all dies begab, lief Sir Tristan nackt und mit dem Schwert in der Hand im Walde umher. So kam er zu einer Einsiedelei, und dort legte er sich nieder. Nachdem er eingeschlafen war, nahm ihm der Einsiedler das Schwert weg und stellte etwas zu essen neben ihn. Zehn Tage wurde er dort verpflegt, doch ging er schließlich fort und kehrte zu den Hirten zurück. Nun gab es aber in jenem Lande einen Riesen, der Tawleas hieß. Aus Furcht vor Sir Tristan hatte er es über sieben Jahre kaum gewagt, frei herumzugehen, sondern sich fast immer in einer festen Burg aufgehalten, die ihm gehörte. Doch nun kam diesem Tawleas das Gerücht vom Hofe König Markes, Sir Tristan sei tot, zu Ohren. Daraufhin ließ sich Tawleas jeden Tag in der Umgebung blicken, und wie er so langsam umherwanderte, kam er einmal auch zu den Hirten und ließ sich unter ihnen nieder, um sich auszuruhen. Unterdessen erschien ein Ritter aus Cornwall namens Sir Dinaunt mit einer Dame, und als er sich näherte, versteckte sich der Riese unter einem Baum, und der Ritter stieg an dem Quell ab. Kaum war er ein paar Schritte gegangen, kam Tawleas hervor, nahm das Pferd, sprang in den Sattel, ritt auf Sir Dinaunt zu, packte ihn beim Kragen und zog ihn hinauf und wollte ihm den Kopf abschlagen. Da forderten die Hirten Sir Tristan auf: Hilf dem Ritter! Helft ihr ihm, erwiderte Sir Tristan. Wir wagen es nicht, antworteten die Hirten. Da erblickte Sir Tristan das Schwert des Ritters, das auf der Erde lag. Er lief hin, hob es auf und schlug Tawleas den Kopf damit ab. Danach mischte er sich wieder unter die Hirten.

WIE KÖNIG MARKE SIR TRISTAN NACKEND FAND UND IHN NACH TINTAGIL HEIMTRAGEN LIESS, UND WIE ER DORT VON EINEM HUND ERKANNT WURDE.

Der Ritter nahm den Kopf des toten Riesen mit zu König Marke und erzählte ihm von dem Abenteuer im Wald und wie ihn ein nackter Mann vor dem Riesen Tawleas gerettet hatte. Sagt, wo habt Ihr dieses erlebt? fragte der König. Am Quell in Euerm Wald, sagte Sir Dinaunt, wo sich viele fahrende Ritter treffen, dort ist der verrückte Kerl. Gut, sagte König Marke, ich will den wilden Mann sehen. Nach ein oder zwei Tagen befahl König Marke seinen Rittern und Jägern, sie sollten sich am nächsten Morgen für die Jagd bereit halten. Und als der König zu dem Quell kam, sah er dort einen schönen, nackten Mann liegen und ein Schwert neben ihm.

Da blies König Marke in sein Horn, worauf seine Ritter zu ihm kamen. Er befahl ihnen: Hebt den nackten Mann vorsichtig auf und bringt ihn auf meine Burg. Da nahmen sie ihn sanft und behutsam hoch, bedeckten ihn mit Mänteln und führten ihn nach Tintagil. Dort badeten sie ihn und flößten ihm heiße Brühen ein, bis sie ihn wieder zu sich gebracht hatten, doch keiner von ihnen erkannte Sir Tristan und wußte, wer er war. Eines Tages erfuhr die Königin Schön Isolde von dem Mann, der nackt im Walde umhergelaufen war und den der König heim an seinen Hof gebracht hatte. Da rief Schön Isolde Lady Bragwaine zu sich und sagte: Kommt mit mir, ich möchte den Mann sehen, den der König kürzlich aus dem Walde mitgebracht hat. Sie erkundigte sich nach dem kranken Mann, und ein Knappe sagte, er sei im Garten und ruhe in der Sonne. Als die Königin Sir Tristan erblickte, erkannte sie ihn nicht, doch sie sagte immer wieder zu Lady Bragwaine: Mir ist, als hätte ich ihn früher schon oft gesehen. Sir Tristan aber erkannte Isolde gleich, und er wandte das Gesicht zur Seite und weinte. Nun hatte die Königin immer ein kleines Hündchen bei sich, das ihr Tristan einst bei ihrer Ankunft in Cornwall geschenkt hatte, und dieses Hündchen wich nie von ihrer Seite, außer wenn Sir Tristan in der Nähe war. Es war dasselbe Hündchen, das die Tochter des Königs von Frankreich Sir Tristan aus großer Liebe geschickt hatte. Als dieses Hündchen Sir Tristan witterte, sprang es an ihm hoch und leckte seine Wangen und Ohren und winselte und bellte und schnüffelte an seinen Füßen und Händen und überall, wo es nur hinkommen konnte. Ach, meine Herrin, sagte Lady Bragwaine zu Schön Isolde, ach, mein Gott, es ist Sir Tristan. Hierauf fiel Isolde ohnmächtig nieder und blieb lange liegen. Als sie wieder zu sich gekommen war, sagte sie: Mein Sir Tristan, Gott sei gelobt, daß Ihr am Leben seid! Doch nun wird man Euch sicher durch dieses Hündchen entdecken, denn es wird nicht wieder von Euch lassen. Und wenn König Marke weiß, wer Ihr seid,

bin ich sicher, er wird Euch aus dem Lande Cornwall verbannen oder Euch umbringen. Um Himmels willen, Ihr mein Gebieter, tut alles, was König Marke verlangt, und sobald Ihr könnt, begebt Euch an den Hof des Königs Artus, denn dort schätzt man Euch sehr; und sooft ich irgend kann, will ich nach Euch schicken, und wenn Ihr wollt, dann kommt zu mir, ich stehe Euch jederzeit früh und spät zu Gebote und bin bereit, das ärmlichste Leben zu führen, das je eine Königin geführt hat. O meine edle Dame, antwortete Sir Tristan, entfernt Euch, denn große Not und Gefahr hat mir Eure Liebe gebracht.

WIE KÖNIG MARKE AUF DEN RAT SEINER BARONE SIR TRISTAN AUF ZEHN JAHRE AUS CORNWALL VERBANNTE. Da verließ ihn die Königin, aber das Hündchen wollte nicht von ihm fort. Gleich darauf kam König Marke, und das Hündchen saß auf Tristan und bellte sie alle an. Daher sagte Sir Andret: Herr König, das ist Sir Tristan, ich erkenne ihn an dem Hündchen. Nein, antwortete der König, das kann ich nicht glauben. Und der König fragte ihn bei seiner Ehre, wer er sei und wie er heiße. Gott steh mir bei, sagte er, mein Name ist Sir Tristan von Liones, jetzt macht mit mir, was Ihr wollt. Ach, erwiderte König Marke, mich gereut Eure Heilung. Dann ließ er seine Barone zusammenrufen, um Sir Tristan zum Tode zu verurteilen. Doch viele von ihnen wollten nicht zustimmen, insbesondere Sir Dinas, der Seneschall, und Sir Fergus. Deshalb wurde Sir Tristan auf den Beschluß aller auf zehn Jahre aus dem Lande verbannt, und hierauf leistete er vor dem König und den Baronen einen Eid. So war er gezwungen, Cornwall zu verlassen, und viele Barone begleiteten ihn zu seinem Schiff, und manche von ihnen waren seine Freunde und manche seine Feinde. Kurz vor der Abreise kam Sir Dinadan, ein Ritter des Königs Artus. Er war auf der Suche nach Sir Tristan, und sie führten ihn zu ihm, wie er in allen Stücken gewappnet zu seinem Schiff gehen wollte. Edler Ritter, sagte Sir Dinadan zu Tristan, ich fordere Euch auf, bevor Ihr diesen Hof verlaßt, mit mir zu tjosten. Das will ich gern, erwiderte Sir Tristan, wenn es mir diese Herren gestatten. Daraufhin gaben die Barone ihre Zustimmung, und so ritten sie gegeneinander, und Sir Tristan brachte Sir Dinadan zu Fall. Dieser bat Sir Tristan, ihm zu gestatten, in seiner Gefolgschaft bleiben zu dürfen. Ihr seid herzlich willkommen, antwortete Sir Tristan. So ritten sie zusammen zum Schiff, und als Sir Tristan an Bord war, sprach er: Grüßt vielmals König Marke und alle meine Feinde und sagt ihnen, ich werde wiederkommen, wann es mir gefällt. Gut hat er es mir gelohnt, daß ich gegen Sir Marhaus gekämpft und das ganze Land aus der Knechtschaft befreit habe. Gut hat er es mir gelohnt, daß ich unter großen Gefahren und Beschwernissen von Anfang bis Ende die Königin Isolde aus Irland geholt und sie aus der Burg der Tränen gerettet habe. Gut hat er es mir gelohnt, daß ich wegen Sir Segwarides' Weib mit Sir Bleoberis gekämpft habe. Gut hat er es mir gelohnt, daß ich für König Anguish, Isoldes Vater, mit Sir Blamore von Ganis gekämpft habe. Gut hat er es mir gelohnt, daß ich auf sein Verlangen den guten Ritter Sir Lamorak von Wales niedergeworfen habe. Gut hat er es mir gelohnt, daß ich gegen den König mit den hundert Rittern und den König von Nordwales gekämpft habe, die beide sein Land in Knechtschaft gelegt hätten, wenn sie nicht durch mich besiegt worden wären; und gut hat er es mir gelohnt, daß ich den mächtigen Riesen Tawleas erschlagen und viele andere Taten für ihn vollbracht habe, für all das erhalte ich nun meinen Lohn. Und sagt König Marke, viele edle Ritter der Tafelrunde haben um meinetwillen die Barone seines Landes geschont. Auch wird mir schlechter Dank dafür, daß ich gegen den wackeren Sir Palamides gekämpft und Königin Isolde von ihm befreit habe. Damals sagte König Marke vor allen seinen Baronen, ich sollte einen besseren Lohn für meine Gefolgschaft bekommen. Und nach diesen bitteren Worten fuhr er mit dem Schiff ab.

WIE EIN FRÄULEIN HILFE SUCHTE, UM SIR LANZELOT GEGEN DREISSIG RITTER BEIZUSTEHEN, UND WIE SIR TRISTAN MIT IHNEN KÄMPFTE.

Nach ihrer Landung stießen Sir Tristan und Sir Dinadan auf einer Brücke unweit der Küste auf Sir Ector von Maris und Sir Bors von Ganis, und Sir Ector tjostete mit Sir Dinadan und warf ihn samt seinem Pferd nieder. Danach wollte Sir Tristan mit Sir Bors tjosten, aber Sir Bors sagte, er lehne es ab, mit einem kornischen Ritter zu kämpfen, denn diese seien nicht als tapfere Männer bekannt. Da kamen Sir Bleoberis und Sir Driant hinzu, und Sir Bleoberis erbot sich, mit Sir Tristan zu tjosten, und Sir Tristan warf Sir Bleoberis nieder. Darauf erklärte Sir Bors von Ganis: Ich kenne keinen kornischen Ritter von soviel Mut und Tapferkeit wie jenen Ritter, dessen Sattelzeug mit Kronen bestickt ist. Dann brachen Sir Tristan und Sir Dinadan auf und ritten in einen Wald. Dort begegnete ihnen ein Fräulein, das aus Liebe zu Sir Lanzelot nach edlen Rittern vom Hofe des Königs Artus suchte, die Sir Lanzelot retten könnten, denn Königin Morgan le Fay hatte beschlossen, Sir Lanzelot durch Verrat zu töten. Aus diesem Grunde hatte sie dreißig Ritter ausgewählt, die Sir Lanzelot auflauern sollten. Und an diesem Abend oder am Tag danach würde Sir Lanzelot dort vorbeikommen, wo die dreißig Ritter warteten. Als das Fräulein auf Sir Bors, Sir Ector, Sir Driant und Sir Bleoberis gestoßen war, hatte sie ihnen vor dem heimtükkischen Anschlag le Fays berichtet, und sie hatten ihr versprochen, sich in der Nähe aufzuhalten: Und wenn die Ritter Sir Lanzelot angreifen, werden wir ihm helfen, so gut wir können. Darauf hatte das Fräulein durch Zufall Sir Tristan und Sir Dinadan getroffen und auch ihnen von dem Verrat erzählt, der an Sir Lanzelot geübt werden sollte. Edles Fräulein, sagte Sir Tristan, führt mich zu dem Ort, an dem Sir Lanzelot den dreißig Rittern begegnen soll. Da sprach Sir Dinadan: Was habt Ihr vor? Es geht doch nicht, daß wir mit dreißig Rittern kämpfen, und merkt Euch, ich habe keine Lust dazu. Für einen Ritter sind zwei oder drei Gegner genug, wenn es Männer sind, aber mit fünfzehn Rittern nehme ich es nicht auf. Pfui Schande, entgegnete Sir Tristan, tut Ihr nur Euern Teil. Nein, sagte Sir Dinadan, ich will nicht, es sei denn, Ihr leiht mir Euern Schild, denn Ihr tragt einen Schild von Cornwall, und weil man die kornischen Ritter für feige hält, werdet Ihr wegen Eures Schildes immer verschont. Um derentwillen, die mir den Schild gab, antwortete Sir Tristan, kann ich mich nicht von ihm trennen. Doch eins verspreche ich Euch, Sir Dinadan, falls Ihr nicht mit mir kommt, werde ich Euch auf der Stelle erschlagen, denn ich verlange weiter nichts, als daß Ihr es mit einem Ritter aufnehmt. Und wenn Euch der Mut verläßt, dann tretet beiseite und schaut uns zu. Herr, erwiderte Sir Dinadan, ich verspreche Euch zuzuschauen und alles zu tun, um mich zu retten, aber ich wünschte, ich wäre Euch nie begegnet. Kurz darauf kamen die dreißig Ritter nahe an den vier Rittern vorbei, und sie bemerkten einander, doch die dreißig Ritter ließen die vier ziehen, um sie nicht zu erzürnen, denn sie hatten es auf Sir Lanzelot abgesehen. Und die vier Ritter ließen die dreißig passieren, weil sie sehen wollten, was sie mit Sir Lanzelot beginnen würden. Danach näherten sich die dreißig Ritter Sir Tristan und Sir Dinadan, und da schrie ihnen Sir Tristan entgegen: He! Hier stellt sich euch ein Ritter entgegen aus Liebe zu Sir Lanzelot. Und mit einer Lanze tötete er zwei von ihnen und zehn mit dem Schwert. Dann griff Sir Dinadan ein und schlug sich wacker, so daß von den dreißig Rittern nur zehn entkamen. Den ganzen Kampf beobachtete Sir Bors von Ganis mit seinen drei Gefährten, und sie erkannten den Ritter wohl, der mit ihnen an der Brücke getjostet hatte. Da ritten sie zu

Sir Tristan und priesen ihn und dankten ihm für seine gute Tat; und sie alle baten Sir Tristan, mit ihnen in ihr Quartier zu gehen, aber er erwiderte: Nein, er wollte in kein Quartier gehen. Darauf baten ihn alle vier Ritter, seinen Namen zu nennen. Edle Herren, antwortete Sir Tristan, jetzt sage ich euch meinen Namen nicht.

WIE SIR TRISTAN UND SIR DINADAN ZU EINEM QUARTIER KAMEN, WO SIE MIT ZWEI RITTERN TJOSTEN MUSSTEN. ❧ Danach ritten Sir Tristan und Sir Dinadan ihres Weges, bis sie zu den Schäfern und Hirten kamen. Bei denen erkundigten sie sich, ob sie nicht in der Nähe eine Herberge oder Unterkunft wüßten. In der Tat, ihr Herren, sagten die Hirten, ganz hier in der Nähe ist ein gutes Unterkommen in einer Burg, aber dort herrscht die Sitte, daß kein Ritter aufgenommen wird, wenn er nicht vorher mit zwei Rittern tjostet, auch dann, wenn er allein kommt. Sobald ihr dort seid, wird man euch zum Kampfe fordern. Das ist eine üble Unterkunft, sagte Sir Dinadan, nächtigt, wo Ihr wollt, ich gehe dort nicht hin. Pfui Schande, entgegnete Sir Tristan, seid Ihr nicht ein Ritter der Tafelrunde? Deshalb verbietet Euch Eure Ehre, diese Unterkunft abzulehnen. So ist es nicht ganz, sagten die Hirten, denn wenn Ihr geschlagen werdet, beherbergt man Euch nicht; wenn Ihr sie aber besiegt, wird man Euch gut aufnehmen. Ach, rief Sir Dinadan, das sind zwei starke Ritter. Und er wollte durchaus nicht dort übernachten, bis ihn Sir Tristan bei seiner Ehre dazu aufforderte. So ritten sie zusammen hin, und Sir Tristan und Sir Dinadan streckten die beiden Ritter nieder und betraten die Burg und wurden aufs beste bewirtet. Als sie ihre Waffen abgelegt hatten und sich gütlich tun und ausruhen wollten, traten Sir Palamides und Sir Gaheris zum Tor herein und verlangten, der Brauch der Burg sollte gegen sie geübt werden. Was wird hier gespielt? fragte Sir Dinadan, ich will mich ausruhen. Das geht nicht, antwortete Sir Tristan, da wir die Herren der Burg besiegt haben, müssen wir den Brauch der Burg verteidigen, und deshalb müßt Ihr Euch wappnen. Der Teufel hat mich in Eure Gesellschaft geführt, erwiderte Sir Dinadan. Sie rüsteten sich, und Sir Gaheris traf mit Sir Tristan zusammen, und Sir Gaheris kam zu Fall. Sir Palamides trat gegen Sir Dinadan an, und Sir Dinadan stürzte. Damit stand es unentschieden, und sie mußten zu Fuß weiterkämpfen. Das aber wollte Sir Dinadan nicht, denn er war von dem Sturz arg mitgenommen. Da löste ihm Sir Tristan den Helm und bat ihn um Beistand. Ich will nicht, sagte Sir Dinadan, ich bin noch schwer verwundet von dem Kampf mit den dreißig Rittern, den wir erst vor kurzem zu bestehen hatten. Ihr aber handelt wie ein Wahnsinniger, der sein Leben wegwirft, und ich verfluche den Tag, an dem ich Euch erblickte, denn in der ganzen Welt gibt es nicht zwei so verrückte Ritter wie Sir Lanzelot und Euch. Sir Lanzelot bin ich auch schon einmal begegnet, und er hat mich so zugerichtet, daß ich ein Vierteljahr das Bett hüten mußte. Jesus bewahre mich vor zwei solchen Rittern, besonders aber vor Euch. Dann werde ich eben allein mit beiden kämpfen, sagte Sir Tristan, und er forderte sie beide zugleich heraus. Da rüsteten sich Sir Palamides und Sir Gaheris. Sir Dinadan führte einige Streiche gegen Sir Gaheris und wandte sich dann ab. Nein, sagte Sir Palamides, es ist zu schmählich für uns zwei Ritter, gegen einen vorzugehen. Und er bat Sir Gaheris, sich neben den Ritter zu stellen, der keine Lust hatte zu kämpfen. So ritten sie gegeneinander und fochten lange, und schließlich verdoppelte Sir Tristan seine Streiche und trieb Sir Palamides mehr als drei Schritte zurück. Da traten Sir Gaheris und Sir Dinadan im gegenseitigen Einvernehmen zwischen sie und trennten sie voneinander. Danach willigte Sir Tristan ein, daß sie alle zusammen über Nacht blieben. Aber Sir Dinadan wollte in dieser Burg nicht übernachten. Er verfluchte ihr Zusammentreffen, nahm sein Pferd und seinen Harnisch und ritt davon. Sir Tristan bat die Herren der Burg, ihm einen Mann mitzugeben und ihn zu einer Herberge zu geleiten. Unterwegs holten sie Sir Dinadan ein und ritten zwei Meilen zu einer Unterkunft bei einem rechtschaffenen Mann in einer Abtei, und dort waren sie gut aufgehoben. In derselben Nacht trafen Sir Bors, Sir Bleoberis, Sir Ector und Sir Driant in der Nähe des Ortes, an dem Sir Tristan mit den dreißig Rittern gekämpft hatte, auf Sir Lanzelot, und sie kamen überein, die Nacht bei Sir Colgrevance zu verbringen.

Kap. 25

WIE SIR TRISTAN MIT SIR KAY UND SIR SAGRAMORE LE DESIROUS TJOSTETE, UND WIE SIR GAWEIN SIR TRISTAN VOR MORGAN LE FAY WARNTE. Als der edle Ritter Sir Lanzelot von dem Schild von Cornwall hörte, wußte er sogleich, daß es Sir Tristan war, der mit seinen Feinden gekämpft hatte. Da pries er ihn als den vortrefflichsten Ritter der Welt. In der Abtei aber war ein Ritter, der hieß Pellinore, und dieser begehrte den Namen Sir Tristans zu wissen, konnte ihn aber auf keine Weise erfahren. Und Sir Tristan ritt von dannen und ließ Sir Dinadan in der Abtei zurück, denn er war so erschöpft und mitgenommen, daß er nicht reiten konnte. Da sagte Sir Pellinore zu Sir Dinadan: Da Ihr mir den Namen jenes Ritters nicht nennen wollt, werde ich ihm nachreiten und ihn zwingen, mir seinen Namen zu sagen, sonst soll er sterben. Seht Euch vor, Herr Ritter, erwiderte Sir Dinadan, wenn Ihr ihm folgt, werdet Ihr es bereuen. Doch Sir Pellinore ritt Sir Tristan nach und forderte ihn zum Kampf heraus. Da streckte Sir Tristan ihn nieder und verwundete ihn an der Schulter und ritt seines Weges. Am nächsten Tag begegnete Sir Tristan Herolden, die ihm berichteten, daß ein großes Turnier zwischen dem König Carados von Schottland und dem König von Nordwales auf der Mägdeburg ausgerufen worden sei und daß sie im ganzen Lande gute Ritter ausfindig zu machen hätten, insbesondere ließe König Carados nach Sir Lanzelot vom See und der König von Nordwales nach Sir Tristan von Liones suchen. Da beschloß Sir Tristan, an diesem Turnier teilzunehmen. Danach traf er durch Zufall auf Sir Kay, den Seneschall, und Sir Sagramore le Desirous, und Sir Kay forderte Sir Tristan zum Tjosten auf, doch der schlug es ihm höflich ab, weil er vor dem großen Turnier auf der Mägdeburg ausruhen und keinen Schaden an seinem Leib oder seiner Rüstung davontragen wollte. Aber Sir Kay rief immerfort: Ritter aus Cornwall, kämpfe mit mir oder ergib dich als Feigling! Daraufhin wandte sich Sir Tristan gegen ihn, und nun wollte Sir Kay nicht und wandte ihm den Rücken zu. Da sagte Sir Tristan: So treffe ich dich, wie ich dich finde. Sir Kay drehte sich unwillig um, und Sir Tristan warf ihn nieder und ritt davon. Dann folgte Sir Sagramore Sir Tristan und stellte sich zum Kampf, aber Sir Tristan stieß ihn vom Pferd und ritt weiter. Am selben Tage begegnete ihm ein Fräulein, das ihm sagte, er könnte gegen einen fahrenden Ritter, der im ganzen Lande viel Schaden anrichtete, großen Ruhm gewinnen. Als Sir Tristan das hörte, ging er um dieses Ruhmes willen freudig mit. Nachdem sie sechs Meilen geritten waren, trafen sie Sir Gawein. Das erkannte das Fräulein auf den ersten Blick und wußte, daß sie von Königin Morgan le Fay kam und mit dem Ritter Unheil im Sinne hatte. Edler Ritter, sagte Sir Gawein, wohin reitet Ihr mit dem Fräulein? Herr, antwortete Sir Tristan, ich weiß es nicht, ich lasse mich von dem Fräulein führen. Reitet nicht mit ihr, warnte Sir Gawein, denn sie und ihre Herrin haben niemals Gutes im Sinn, sondern nur Böses. Darauf zog Sir Gawein sein Schwert heraus und fuhr fort: Fräulein, wenn du mir nicht sogleich sagst, was du mit diesem Ritter vorhast, sollst du auf der Stelle sterben, denn ich kenne alle Verrätereien deiner Herrin und deine eigenen. Gnade, Sir Gawein, flehte sie ihn da an, wenn Ihr mein Leben schont, will ich es Euch sagen. Sprich, erwiderte Sir Gawein, und ich schenke dir dein Leben. Herr, sagte sie, Königin Morgan le Fay, meine Herrin, hat dreißig Damen ausgesandt, um Sir Lanzelot oder Sir Tristan aufzuspüren, und wer einen von beiden findet, soll ihn auf Morgan le Fays Schloß bringen und sagen, es wären dort rühmliche Taten zu vollbringen, und wenn einer von ihnen kommt, liegen dreißig Ritter in einem Turm auf der Lauer. Pfui Schande, rief Sir Gawein, daß jemals eine Königin und Königsschwester und Königstochter einen so schändlichen Verrat ersinnen konnte.

WIE SIR TRISTAN UND SIR GAWEIN MIT DEN DREISSIG RITTERN KÄMPFEN WOLLTEN, DIESE SICH ABER NICHT HERAUSWAGTEN.

Herr, sagte Sir Gawein, wollt Ihr mir beistehen, dann überzeugen wir uns von der Hinterlist dieser dreißig Ritter. Geht hin, wenn Ihr wollt, antwortete Sir Tristan, und Ihr werdet sehen, ich lasse Euch nicht im Stich, denn erst vor kurzem hatten ich und ein Gefährte mit dreißig Rittern dieser Königin zu tun; gebe Gott, daß wir Ruhm ernten. So ritten Sir Gawein und Sir Tristan zum Schloß Morgan le Fays, und die ganze Zeit über schien es Sir Gawein, als sei sein Gefährte Sir Tristan von Liones, denn er hatte gehört, daß zwei Ritter dreißig andere besiegt hatten. Als sie am Schloß angelangt waren, rief Sir Gawein mit lauter Stimme: Königin Morgan le Fay, schickt Eure Ritter heraus, die Ihr für Sir Lanzelot und Sir Tristan in den Hinterhalt gelegt habt! Ich kenne Euern üblen Verrat, und überall sollen die Leute davon erfahren. Jetzt laßt Sir Gawein sehen, ob ihr euch aus eurer Burg herauswagt, ihr dreißig Ritter. Darauf antworteten die Königin und alle dreißig Ritter zugleich: Sir Gawein, du weißt sehr wohl, was du tust und sagst, denn wir kennen dich sehr gut, aber alles, was du sprichst, sagst du im Vertrauen auf jenen wakkeren Ritter, der bei dir ist, denn einige von uns kennen den Ritter, der das Wappen von Cornwall trägt, und seine Kraft nur allzu gut. Seid versichert, es ist mehr um seinetwillen als Euretwegen, daß wir nicht aus der Burg kommen. Da machten Sir Gawein und Sir Tristan kehrt und ritten ein oder zwei Tage zusammen, und dann begegneten sie Sir Kay und Sir Sagramore le Desirous, und über dieses Zusammentreffen freuten sie sich sehr, aber wer das mit dem Schild von Cornwall war, konnten sie nur vermuten. So blieben sie ein paar Tage zusammen. Dann bemerkten sie auf einmal Sir Breunis Saunce Pité, der einer Dame nachjagte, um sie zu töten, denn vorher hatte er schon ihren Geliebten erschlagen. Verhaltet euch still, sagte Sir Gawein, und laßt euch nicht blicken, dann sollt ihr sehen, wie ich mit dem falschen Ritter abrechne. Aber wenn er euch bemerkt, wird er entkommen, denn er hat ein sehr schnelles Pferd. Darauf ritt Sir Gawein zwischen Sir Breunis und die Dame und rief: Falscher Ritter, gib sie frei und kämpfe mit mir! Als Sir Breunis niemand anders sah als Sir Gawein, legte er seine Lanze ein, und das gleiche tat Sir Gawein. Da warf Sir Breunis Sir Gawein zu Boden und ritt zwanzigmal kreuz und quer über ihn und wollte ihn töten. Diese bübische Absicht erkannte Sir Tristan und stürzte auf ihn zu. Als Sir Breunis den Schild von Cornwall erblickte, wußte er, daß es Sir Tristan war, und er floh, und Sir Tristan verfolgte ihn. Aber Sir Breunis war so gut beritten, daß er ohne Mühe entkam; und Sir Tristan setzte ihm lange nach, denn er wollte gern an ihm Rache nehmen. Schließlich gelangte er an einen schönen Quell, und dort stieg er ab und ruhte sich aus und band sein Pferd an einen Baum.

WIE FRÄULEIN BRAGWAINE TRISTAN AN EINER QUELLE SCHLAFEND FAND, UND WIE SIE IHM BRIEFE VON SCHÖN ISOLDE BRACHTE. Er nahm den Helm ab und wusch sich Gesicht und Hände, und dann schlief er ein. Mittlerweile näherte sich eine Dame, die Sir Tristan seit langer Zeit überall im Lande suchte. Als sie zu dem Quell kam, erblickte sie Sir Tristan, erkannte ihn aber nicht an seiner Gestalt, sondern nur an seinem Pferd, das Passe-Brewel hieß und ihm seit vielen Jahren gehörte; während er im Wahnsinn im Walde hauste, hatte es Sir Fergus in Obhut gehabt. Diese Dame war Lady Bragwaine, und sie wartete still, bis er aufwachte. Da grüßte sie ihn und er sie wieder, denn sie kannten einander aus alter Zeit, und sie erzählte ihm, sie hätte ihn weit und breit gesucht und brächte ihm Briefe von Königin Schön Isolde. Sir Tristan las sie sogleich, und ihr könnt glauben, daß er sehr froh war, denn darin stand manch jammervolle Klage. Lady Bragwaine, sagte Sir Tristan, bleibt bei mir, bis das Turnier auf der Mägdeburg vorüber ist, dann will ich Euch Brief und Botschaft mitgeben. Auf der Suche nach einer Unterkunft traf Sir Tristan einen wackeren alten Ritter und bat ihn um Quartier. In diesem Augenblick kam Gouvernail hinzu, der sich über das Wiedersehen mit der Dame freute. Der Name des alten Ritters war Sir Pellounes, und er erzählte von dem großen Turnier, das auf der Mägdeburg abgehalten werden sollte, und berichtete, daß Sir Lanzelot und zweiunddreißig Ritter seiner Sippe Schilde aus Cornwall bestellt hätten. Währenddessen kam einer zu Sir Pellounes und meldete ihm, Sir Persides von Bloise sei nach Hause gekommen. Da hob Pellounes die Hände und dankte Gott für seine Rückkehr. Und dann erzählte er Sir Tristan, er hätte seinen Sohn Sir Persides zwei Jahre nicht gesehen. Herr, sagte Sir Tristan, ich kenne Euern Sohn als einen trefflichen Ritter. Einmal kamen Sir Tristan und Sir Persides zugleich in ihr Quartier und legten ihre Rüstung ab und zogen ihr Hausgewand an. Und dann begrüßten die beiden Ritter einander. Als Sir Persides vernahm, daß Sir Tristan aus Cornwall stammte, sagte er, er wäre einmal in Cornwall gewesen: Damals tjostete ich vor König Marke und warf zehn Ritter nieder, und dann kam Sir Tristan von Liones und brachte mich zu Fall und nahm mir meine Dame weg, und das werde ich nie vergessen und daran denken, wenn meine Zeit kommt. Aha, sagte Tristan, jetzt verstehe ich, warum Ihr Sir Tristan haßt. Ja, glaubt Ihr denn, Sir Tristan vermöchte nicht, Euch in Euerm Zorn zu widerstehen? Doch, antwortete Sir Persides, ich weiß wohl, daß Sir Tristan ein wackerer und viel besserer Ritter ist als ich, und doch kann ich ihn nicht leiden. Während sie so an einem Erkerfenster der Burg miteinander sprachen, sahen sie viele Ritter, die zu dem Turnier ausreiten wollten. Unter ihnen erblickte Sir Tristan einen stattlichen Ritter auf einem mächtigen schwarzen Roß und mit einem schwarzen Schild. Was ist das für ein Ritter mit dem schwarzen Pferd? fragte Sir Tristan. Er scheint ein tüchtiger Kämpe zu sein. Ich kenne ihn gut, antwortete Sir Persides, er ist einer der besten Ritter der Welt. Dann ist es Sir Lanzelot, sagte Tristan. Nein, erwiderte Sir Persides, es ist Sir Palamides, der noch ungetauft ist.

Kapitel 28

WIE SIR TRISTAN VON SIR PALAMIDES ZU FALL GEBRACHT WURDE, UND WIE LANZELOT ZWEI RITTER BESIEGTE.

Dann sahen sie, wie viele Leute Sir Palamides grüßten. Und nach einer Weile kam ein Knappe und berichtete Sir Pellounes, der Herr dieser Burg war, ein Ritter mit einem schwarzen Schild hätte dreizehn Ritter niedergeworfen. Lieber Freund, sagte Sir Tristan zu Sir Persides, nehmen wir unsere Mäntel und schauen wir dem Spiel zu. Nein, entgegnete Sir Persides, wir wollen uns nicht wie Spitzbuben hinschleichen, sondern wie Männer und tapfere Ritter hinreiten und unseren Feinden entgegentreten. So wappneten sie sich, nahmen starke Lanzen und ritten zu dem Platz, auf dem viele Ritter vor dem Turnier übten. Sir Palamides erkannte Sir Persides sogleich, und er rief einen Knappen heran und trug ihm auf: Gehe zu dem Ritter mit dem grünen Schild, auf dem ein goldener Löwe ist, und sage ihm, ich fordere ihn zum Kampfe auf, und füge hinzu, mein Name ist Sir Palamides. Als Sir Persides diese Herausforderung erhielt, machte er sich fertig, und sie stießen zusammen, aber Sir Persides kam zu Fall. Dann bereitete sich Sir Tristan darauf vor, an Sir Palamides Rache zu nehmen, und das bemerkte Sir Palamides und griff Sir Tristan an, noch ehe dieser seine Lanze einlegen konnte, und stieß ihn über den Schweif seines Pferdes hinunter. Sir Tristan stand auf und sprang rasch in den Sattel und war über alle Maßen wütend und beschämt wegen seines Falles. Und er schickte Gouvernail zu Sir Palamides mit seiner Herausforderung zum Kampf. Nein, antwortete Sir Palamides, ich will jetzt nicht mit diesem Ritter kämpfen, denn ich kenne ihn besser, als er glaubt, aber wenn er beleidigt ist, kann er morgen auf der Mägdeburg Genugtuung haben, wo er mich und viele andere Ritter treffen wird. Da kam Sir Dinadan hinzu, und als er Sir Tristan wütend sah, getraute er sich nicht zu scherzen. Hoho, sagte Sir Dinadan, hier zeigt es sich, ein Mann mag noch so tüchtig sein, er kann doch zu Fall kommen, und wenn er noch so klug ist, er kann doch überlistet werden, und der reitet gut, der nie vom Pferd fällt. Voller Zorn sagte Sir Tristan zu Sir Persides und Sir Dinadan: Ich werde mich rächen. Während sie so sprachen, kam ein stattlicher Ritter mit einem schwarzen

Schild langsam und schwerfällig vorbeigeritten. Wer ist das? fragte Sir Tristan. Ich kenne ihn gut, antwortete Sir Persides, sein Name ist Sir Briant von Nordwales. Der aber zog mit anderen Rittern von Nordwales vorüber. Dann kam Sir Lanzelot vom See auf den Platz und trug einen Schild mit dem Wappen von Cornwall, und er schickte einen Knappen zu Sir Briant und forderte ihn zum Kampf auf. Wohlan, antwortete Sir Briant, da ich zum Kampf gefordert bin, will ich tun, was ich vermag. Und da stieß Sir Lanzelot mit großer Wucht Sir Briant vom Pferd. Sir Tristan wunderte sich, was das für ein Ritter war, der den Schild von Cornwall trug. Wer er auch ist, sagte Sir Dinadan, ich wette, er stammt aus König Bans Geschlecht, und das sind die vortrefflichsten Ritter der Welt. Danach streckte Sir Lanzelot noch zwei andere Ritter von Nordwales nieder und ritt dann seines Weges. Bei Gott, sagte Sir Tristan, das ist ein wackerer Ritter, der mit dem Schild von Cornwall, und mich dünkt, er sitzt so fest im Sattel wie nur irgendeiner. Danach ritt der König von Nordwales zu Sir Palamides und bat ihn herzlich, um seinetwillen mit jenem Ritter zu kämpfen, der den Nordwalisern solche Schmach zugefügt hatte. Herr König, sagte Sir Palamides, ich habe keine große Lust, mit diesem Ritter anzubinden, denn morgen ist das große Turnier, und deshalb möchte ich mich frisch bei Kräften halten. Nein, erwiderte der König von Nordwales, ich bitte Euch, fordert ihn zum Kampf heraus. Herr, antwortete Sir Palamides, wenn Ihr es verlangt, will ich ihn zum Kampf auffordern, doch habe ich schon oft gesehen, wie ein Mann durch seine eigene Herausforderung zu Fall gekommen ist.

Kapitel 29

WIE SIR LANZELOT MIT PALAMIDES TJOSTETE UND IHN NIEDERWARF UND DANACH VON ZWÖLF RITTERN ÜBERFALLEN WURDE.

Da schickte Sir Palamides einen Knappen mit der Herausforderung zu Sir Lanzelot. Guter Bursche, sagte Sir Lanzelot, nenne mir den Namen deines Herrn. Herr, antwortete der Knappe, sein Name ist Sir Palamides. Das trifft sich gut, erwiderte Sir Lanzelot, ich habe in den letzten sieben Jahren keinen Ritter getroffen, mit dem ich lieber gekämpft hätte. So nahmen die beiden Ritter jeder eine mächtige Lanze. Ihr werdet sehen, sagte Sir Dinadan, Sir Palamides wird es ihm tüchtig geben. Mag sein, antwortete Sir Tristan, doch ich stehe dafür, der Ritter mit dem Schild von Cornwall wird ihn niederwerfen. Das glaube ich nicht, entgegnete Sir Dinadan. Schon spornten sie ihre Pferde und legten ihre Lanzen ein und prallten gegeneinander. Und Sir Palamides zerbrach seine Lanze an Sir Lanzelot, der aber saß fest und bewegte sich nicht. Lanzelot hingegen traf Sir Palamides so gut, daß dessen Pferd den Sattel abwarf und der Stoß durch den Schild und das Panzerhemd drang, und wäre Palamides nicht gestürzt, er wäre erschlagen worden. Da seht Ihr, sagte Sir Tristan, an ihrer Art zu reiten habe ich gleich gesehen, daß Sir Palamides fallen würde. Hierauf ritt Sir Lanzelot weg und stieg an einem Quell ab, um zu trinken und zu rasten; und das erspähten die Nordwaliser, und zwölf von ihnen folgten ihm und wollten ihn so zurichten, daß er am nächsten Tag bei dem Turnier auf der Mägdeburg nicht den Sieg davontragen konnte. So fielen sie plötzlich über ihn her, und kaum hatte er den Helm aufgesetzt und war aufs Pferd gesprungen, als der Kampf begann. Mit seiner Lanze sprengte Sir Lanzelot mitten unter sie und tötete einen Ritter und zerbrach die Lanze an seinem Leib. Dann zog er das Schwert und hieb nach rechts und nach links, so daß er mit ein paar Streichen drei weitere erschlug, und die übrigen verwundete er alle schwer. So entkam Sir Lanzelot seinen nordwalisischen Feinden und ritt zu einem Freund, der ihn bis zum anderen Morgen beherbergte. Wegen dieser großen Anstrengungen wollte sich Sir Lanzelot am ersten Tage des Turniers nicht beteiligen. So saß er neben König Artus auf einer Tribüne, um sein Urteil abzugeben, wer die würdigsten Waffentaten vollbrachte, kämpfte aber selbst nicht.

WIE SICH SIR TRISTAN AM ERSTEN TAGE DES TURNIERS HIELT, UND WIE IHM DER PREIS ZUERKANNT WURDE.

Währenddessen hatte Sir Tristan von Liones seinen Diener Gouvernail beauftragt, ihm einen schwarzen Schild ohne jede Verzierung zu beschaffen. Danach hatte er sich mit Sir Persides von seinem Gastgeber, Sir Pellounes, verabschiedet, und sie waren früh am Morgen zu dem Turnier geritten. Dort stellten sie sich auf die Seite des Königs Carados von Schottland, und sogleich eröffneten die Ritter des Königs von Nordwales und des Königs Carados einen heftigen Kampf. Sir Persides und Sir Tristan gerieten mitten hinein, und sie fochten so, daß die Nordwaliser zurückgedrängt wurden. Da griffen Sir Bleoberis von Ganis und Sir Gaheris für Nordwales ein, und Sir Persides wurde niedergeworfen und beinahe getötet, denn mehr als vierzig Reiter fielen über ihn her. Sir Bleoberis vollbrachte große Waffentaten, und Sir Gaheris stand ihm nicht nach. Sir Tristan, der sie beobachtete, wunderte sich, wer sie wären. Auch hielt es Sir Tristan für schändlich, daß Sir Persides so übel mitgespielt worden war, und er ergriff eine starke Lanze und ritt gegen Sir Gaheris und warf ihn vom Pferd. Da war Sir Bleoberis aufgebracht, und er sprengte voller Zorn gegen Sir Tristan, und der ritt ihm entgegen und streckte ihn nieder. Da wurde der König mit den hundert Rittern wütend und half Sir Bleoberis und Sir Gaheris wieder aufs Pferd, und dann begann ein wilder Kampf. Doch Sir Tristan ließ ihnen wenig Raum. Sir Bleoberis drang heftig auf Sir Tristan ein, dann wandte sich auch Sir Dinadan gegen Sir Tristan, und Tristan versetzte ihm einen solchen Stoß, daß er im Sattel ohnmächtig wurde. Kurz darauf kam Sir Dinadan wieder auf Sir Tristan zu und sagte: Ritter, ich kenne dich besser, als du glaubst, aber ich gelobe dir, bei meiner Ehre, nicht mehr gegen dich anzutreten, und dein Schwert soll nie wieder an meinen Helm kommen. Bei diesen Worten kam Sir Bleoberis, und Sir Tristan versetzte ihm einen solchen Stoß, daß er den Kopf sinken ließ, und dann packte er ihn fest am Helm und warf ihn unter die Hufe seines Pferdes. Danach ließ König Artus zum Aufbruch blasen. Neben Sir Dinadan ritt Sir Tristan zu seinem Zelt, und Sir Persides und König Artus folgten ihnen; und die Könige auf beiden Seiten wunderten sich, wer der Ritter mit dem schwarzen Schild sein mochte. Viele sagten ihre Meinung, und einige wußten, daß es Sir Tristan war, aber sie schwiegen still. Am ersten Tag erkannten König Artus und alle Könige und Herren, die Kampfrichter waren, Sir Tristan den Preis zu, obgleich sie seinen Namen nicht wußten, sondern ihn den Ritter mit dem schwarzen Schild nannten.

WIE SIR TRISTAN SICH ZU DEN GEGNERN DES KÖNIGS ARTUS GESELLTE, WEIL ER SIR PALAMIDES AUF DESSEN SEITE SAH.

Am anderen Morgen kehrte Sir Palamides vom König von Nordwales auf die Seite des Königs Artus zurück, auf der auch König Carados, der König von Irland und Sir Lanzelots und Sir Gaweins Mannen standen. Und Sir Palamides schickte zu Sir Tristan das Fräulein, das er einst ausgesandt hatte, um ihn zu suchen, als er von Sinnen war und im Walde gehaust hatte, und sie fragte Sir Tristan, wer er sei und wie er heiße. Sagt Sir Palamides, erwiderte Sir Tristan, er wird es erst erfahren, wenn ich zwei Lanzen an ihm zerbrochen habe. Aber soviel laßt ihn wissen, daß ich eben der Ritter bin, den er am Vorabend des Turniers niedergeworfen hat, und macht ihm das eine klar, auf welcher Seite er auch stehen wird, ich werde auf der Gegenseite sein. Herr, antwortete das Fräulein, Sir Palamides ist auf der Seite des Königs Artus, und dort sind die edelsten Ritter der Welt. In Gottes Namen, sagte Sir Tristan, dann werde ich mich eben zum König von Nordwales schlagen, wenn auch nur deshalb, weil Sir Palamides zu Artus hält. Als König Artus kam, ertönte das Signal zum Kampf. König Carados tjostete mit dem König von den hundert Rittern und wurde zu Fall gebracht, dann trieben die Ritter des Königs Artus die Nordwaliser zurück. Sir Tristan stürzte sich so mächtig in das Getümmel, daß ihm keiner standhalten konnte, und so hielt er sich lange. Schließlich geriet er unter die Mannen des Königs Ban, und er bekam es mit Sir Bors von Ganis, Sir Ector von Maris, Sir Blamore von Ganis und vielen anderen Rittern zu tun. Sir Tristan hieb so gewaltig nach rechts und nach links, daß alle Herren und Damen von seinen edlen Taten sprachen. Aber schließlich hätte Sir Tristan den kürzeren gezogen, hätte ihn nicht der König mit den hundert Rittern gerettet und von den Rittern mit den kornischen Schilden getrennt. Dann sah Sir Tristan eine andere Schar von etwa vierzig Rittern abseits stehen; Sir Kay, der Seneschall, war ihr Anführer. Da ritt Sir Tristan mitten unter sie und warf Sir Kay vom Pferd und wütete unter den Rittern wie ein Jagdhund unter Kaninchen. Einmal fand Sir Lanzelot einen Ritter, der am Kopf schwer verwundet war. Wer hat Euch so verwundet? fragte Sir Lanzelot. Ein Ritter mit einem schwarzen Schild, antwortete er, und ich verfluche den Tag, an dem ich ihm begegnet bin, denn er ist ein Teufel und kein Mensch. Sir Lanzelot wandte sich von ihm ab und nahm sich vor, es mit Sir Tristan aufzunehmen. Mit dem bloßen Schwert in der Hand suchte er nach ihm, und dann erblickte er ihn, wie er hierhin und dorthin sprengte und fast bei jedem Streich einen Ritter niederstreckte. Barmherziger Jesus, sprach der König, seit ich Waffen trage, habe ich nie einen Ritter solche Ruhmestaten vollbringen sehen. Und Sir Lanzelot sagte sich: Wenn ich diesen Ritter angriffe, täte ich mir selbst

Schande an; und damit steckte er sein Schwert in die Scheide. Und dann fielen der König mit den hundert Rittern und hundert Nordwaliser über die zwanzig Ritter von Sir Lanzelots Sippe her, aber diese zwanzig Ritter hielten tapfer zusammen wie ein Rudel Wölfe, und keiner ließ den anderen im Stich. Sir Tristan bemerkte ihren Heldenmut und staunte über ihre Taten und sah an ihrer Haltung, daß sie lieber sterben würden als vom Kampfplatz weichen. Bei Gott, sagte Sir Tristan, das muß ein tapferer und kühner Held sein, der mit solchen wackeren Rittern verwandt ist, und wer ihr Anführer und Oberherr ist, der muß ganz gewiß ein edler Mann sein. Damit meinte er Sir Lanzelot vom See. Als Sir Tristan eine Weile zugesehen hatte, hielt er es für eine Schande, daß zweihundert Ritter gegen zwanzig losschlugen. Und er ritt zum König mit den hundert Rittern und sagte: Herr, stellt den Kampf gegen diese zwanzig Ritter ein, denn Ihr gewinnt dabei keinen Ruhm, weil euer so viele und ihrer so wenige sind. Ihr könnt gewiß sein, sie werden nicht vom Platz weichen, das sehe ich an ihrem Kampfgeist und ihrer Haltung. Und wenn ihr sie alle erschlagt, wird es euch keinen Ruhm einbringen. Beendet deshalb den Kampf, sonst werde ich die zwanzig Ritter mit meiner ganzen Kraft und Stärke unterstützen, um meinen eigenen Ruhm zu vergrößern. Nein, erwiderte der König mit den hundert Rittern, das sollt Ihr nicht. Ich erkenne Euern Mut und Eure Ritterlichkeit und werde Euch zuliebe meine Ritter zurückziehen; denn ein guter Ritter wird stets einem anderen einen Gefallen erweisen.

WIE SIR TRISTAN SIR PALAMIDES AN EINEM QUELL FAND UND IHN MIT SICH IN SEIN QUARTIER NAHM. ❧ Sir Lanzelot hatte Sir Tristan lange Zeit in der Absicht beobachtet, sich zu ihm zu gesellen. Doch plötzlich ritten Sir Tristan, Sir Dinadan und Gouvernail davon und verschwanden im Wald, daß niemand wußte, wohin sie sich begeben hatten. Schließlich ließ König Artus das

Schlußsignal blasen und verlieh dem König von Nordwales den Preis, weil Sir Tristan auf seiner Seite gekämpft hatte. Sir Lanzelot aber ritt auf und ab, wie ein hungriger Löwe, weil er Sir Tristan aus den Augen verloren hatte, bis er zu König Artus zurückkehrte. Dann ertönte auf dem ganzen Kampfplatz ein Lärm, den der Wind zwei Meilen weit trug, als die Herren und Damen riefen: Der Ritter mit dem schwarzen Schild hat den Sieg errungen! Wehe, sagte König Artus, was ist aus dem Ritter geworden? Es ist eine Schande für euch alle auf dem Kampfplatz, ihn so entwischen zu lassen. Mit Freundlichkeit und guten Worten hättet ihr ihn zu mir auf die Mägdeburg bringen können. Danach ging der edle König Artus zu seinen Rittern, von denen viele verletzt und schwer verwundet waren, und er tröstete sie, so gut er konnte: Meine lieben Gefährten, verzagt nicht, wenn ihr auch heute die Unterlegenen wart. Seid vielmehr guten Mutes, morgen werde ich mit euch kämpfen und euch an euren Feinden rächen. Und so begaben sich König Artus und seine Ritter zur Ruhe. Während des ganzen Turniers hielt sich Lady Bragwaine, die von Schön Isolde nach Sir Tristan ausgesandt worden war, bei Königin Ginevra auf, und die Königin fragte sie oft, aus welchem Grunde sie in ihr Land gekommen sei. Frau Königin, antwortete sie, ich bin nur gekommen, weil meine Herrin Schön Isolde wissen möchte, wie es Euch geht. Um keinen Preis wollte sie der Königin eingestehen, daß sie es Sir Tristans wegen getan hatte. So verabschiedete sie sich wieder von Königin Ginevra und machte sich auf den Weg zu Sir Tristan. Während sie durch den Wald ritt, hörte sie plötzlich lautes Schreien. Sie befahl ihrem Knappen nachzusehen, woher der Lärm komme. An einem Quell fand der Knappe einen Ritter, der an einem Baum gebunden war und wie von Sinnen schrie, und sein Pferd und sein Harnisch standen neben ihm. Als er den Knappen erblickte, erhob er sich plötzlich, riß sich los, packte sein Schwert und rannte auf den Knappen los, um ihn zu erschlagen. Da sprang der Knappe in den Sattel und floh, so schnell er konnte, zu Lady Bragwaine und berichtete ihr von dem Abenteuer, und sie ritt zu Sir Tristans Zelt und erzählte, was im Walde vorgefallen war. Wehe, sagte Sir Tristan, bei meinem Leben, da ist ein wackerer Ritter in arger Not. Und Sir Tristan bestieg sein Pferd und nahm sein Schwert und ritt zu dem Quell, und dort hörte er, wie der Ritter klagte: Ich leidgeprüfter Ritter Sir Palamides, welch ein Mißgeschick trifft mich, daß mich Sir Bors und Sir Ector durch Falschheit und Verrat so mit Schande beflecken. Ach, warum bin ich noch am Leben! Und dann ergriff er sein Schwert und machte seltsame Bewegungen und Gebärden, und während er so raste, fiel das Schwert in den Quell. Da jammerte Sir Palamides und rang die Hände. Aus lauter Kummer lief er schließlich bis zur Brust ins Wasser und suchte sein Schwert. Das beobachtete Sir Tristan, eilte hinzu und hielt ihn mit den Armen fest. Wer bist du, fragte Palamides, daß du mich so hältst? Ich bin ein Mann aus diesem Wald und will dir nichts Böses. Wehe, rief Sir Palamides, ich kann niemals Ruhm gewinnen, wo Sir Tristan ist. Immer wenn er dabei ist, unterliege ich, und wenn er nicht dabei ist, gehört meist mir der Sieg, es sei denn, Sir Lanzelot oder Sir Lamorak sind anwesend. In Irland hat mich Sir Tristan einmal bezwungen, ein andermal in Cornwall und auch an anderen Orten in diesem Land. Was würdet Ihr tun, fragte Sir Tristan, wenn Sir Tristan hier wäre? Ich würde mit ihm kämpfen, antwortete Sir Palamides, und so meinem Herzen Luft machen; und dennoch, um der Wahrheit die Ehre zu geben, Sir Tristan ist der sanftmütigste Ritter, den es gibt. Was wollt Ihr jetzt machen? fragte Sir Tristan. Wollt Ihr mit mir in Euer Zelt gehen? Nein, erwiderte er, ich will zum König mit den hundert Rittern gehen, denn er hat mich vor Sir Bors von Ganis und Sir Ector gerettet, sonst wäre ich hinterhältig erschlagen worden. Doch Sir Tristan sprach ihm so gut zu, daß er mit ihm in sein Zelt ging. Gouvernail ritt voraus und ersuchte Lady Bragwaine, sich in ihre Unterkunft zurückzubegeben und Sir Persides zu bitten, keinen Streit anzufangen. Dann folgten sie zusammen, und in Sir Tristans Zelt wurde Sir Palamides aufs beste bewirtet, aber er konnte auf keine Weise erfahren, wer Sir Tristan eigentlich war. Als das Abendessen vorüber war, begaben sie sich zur Ruhe, und Sir Tristan schlief, bis der Tag angebrochen war. Sir Palamides aber konnte vor Gram nicht schlafen, und als der Morgen graute, nahm er heimlich sein Pferd und ritt zum Zelt von Sir Gaheris und Sir Sagramore le Desirous, denn mit diesen beiden hatte er von Beginn des Turniers an das Zelt geteilt. Und am Morgen ließ der König zum dritten Tag des Turniers blasen.

WIE SIR TRISTAN SIR PALAMIDES NIEDERWARF UND MIT KÖNIG ARTUS KÄMPFTE UND ANDERE WAFFENTATEN. ❧ Da warf der König mit den hundert Rittern König Carados und der König von Nordwales den König von Irland nieder. Auch Sir Palamides, der an seinem gezackten Schild gut zu erkennen war, leistete Tüchtiges. Danach kam König Artus und vollbrachte große Waffentaten. Er gewann gegen den König von Nordwales und den König mit den hundert Rittern die Oberhand. Sir Tristan ritt wieder mit seinem schwarzen Schild in die Arena und tjostete sogleich mit Sir Palamides und warf ihn mit einem geschickten Stoß vom Pferd. Da rief König Artus: Ritter mit dem schwarzen Schild, mache dich zum Kampf mit mir bereit! Und Sir Tristan bezwang auch Artus. Mit Hilfe seiner Ritter gelangten der König und Sir Palamides wieder in den Sattel. Und Artus ergriff in großem Zorn eine Lanze und stieß damit Sir Tristan vom Pferd. Im selben Augenblick, als Sir Tristan zu Fuß war, wollte Sir Palamides über ihn hinwegreiten. Doch Sir Tristan bemerkte dies, sprang rasch zur Seite, packte ihn wütend am Arm und zog ihn vom Pferd herunter. Sir Palamides stand rasch auf, und dann hieben sie gewaltig mit ihren Schwertern aufeinander ein, und viele Könige, Königinnen und Herren schauten ihnen zu. Schließlich versetzte Sir Tristan Sir Palamides drei mächtige Streiche über den Helm und sagte bei jedem Hieb: Nehmt dies für Sir Tristan! Da fiel Sir Palamides der Länge nach zu Boden. Der König mit den hundert Rittern brachte Sir Tristan ein neues Pferd, und mittlerweile saß auch Sir Palamides wieder im Sattel und galoppierte wild mit eingelegter Lanze gegen Sir Tristan und versetzte ihm einen kräftigen Hieb mit dem Schwert. Doch Sir Tristan wich der Lanze aus, faßte ihn mit beiden Händen am Genick, hob ihn glatt aus dem Sattel, trug ihn zehn Lanzenlängen vor sich her und ließ ihn dann vor aller Augen zu Boden fallen. Da erblickte Sir Tristan König Artus mit dem bloßen Schwert in der Hand und rannte mit der Lanze gegen ihn an, aber Artus stellte sich ihm kühn entgegen und schlug die Lanze mit dem Schwert entzwei, und Sir Tristan blieb fassungslos stehen. So versetzte ihm Artus drei oder vier Streiche, bevor Tristan sein Schwert ziehen konnte, aber schließlich brachte er es heraus und setzte seinem Gegner sehr hart zu. Mittlerweile war das dichteste Handgemenge vorüber. Danach ritt Sir Tristan auf und ab und schlug so zu, daß elf der wackeren Ritter aus König Bans Geschlecht, also von Sir Lanzelots Sippe, von ihm niedergeworfen wurden. Alle Stände staunten und zollten dem Ritter mit dem schwarzen Schild Beifall.

Kap. 34

WIE SIR LANZELOT SIR TRISTAN VERWUNDETE, UND WIE SIR TRISTAN DANACH SIR PALAMIDES NIEDERWARF.

Der Beifall war so laut, daß er zu Sir Lanzelot drang, und er nahm eine starke Lanze und näherte sich dem Lärm. Dann rief er: Ritter mit dem schwarzen Schild, mache dich bereit zum Kampf gegen mich! Da legte Sir

Tristan seine Lanze ein, und mit gesenkten Köpfen sprengten sie wie der Donner gegeneinander. Sir Tristans Lanze zersplitterte, und Sir Lanzelot schlug durch Mißgeschick Sir Tristan eine tiefe und beinahe tödliche Wunde in die Seite, aber Sir Tristan ging nicht aus dem Sattel, und so brach die Lanze. Darauf zog der verwundete Tristan sein Schwert, stürzte auf Sir Lanzelot los und hieb ihm drei mächtige Streiche über den Helm, daß die Funken stoben, und Sir Lanzelot ließ den Kopf tief auf den Sattelbaum sinken. Aber dann ritt Sir Tristan aus der Arena, denn er war so verwundet, daß er glaubte, er müsse sterben. Sir Dinadan bemerkte dies und folgte ihm in den Wald. Doch Sir Lanzelot blieb auf dem Kampfplatz und vollbrachte wunderbare Taten. Als nun Sir Tristan am Waldrand angekommen war, stieg er ab, löste seinen Harnisch und kühlte seine Wunde, und Sir Dinadan fürchtete, er müßte daran sterben. Nein, nein, sagte Sir Tristan, fürchtet das nicht, denn ich bin kerngesund, und diese Wunde wird mit Gottes Hilfe bald heilen. Da sah Sir Dinadan Palamides gerade auf sie zu reiten, und Sir Tristan wußte, daß er kam, um ihn zu töten. Sir Dinadan warnte ihn und sagte: Sir Tristan, mein Herr, Ihr seid schwer verwundet und könnt mit ihm jetzt nicht kämpfen, deshalb will ich es mit ihm aufnehmen und ihm zusetzen, soviel ich kann. Wenn ich erschlagen werde, betet für meine Seele. Unterdessen könnt Ihr Euch auf die Burg oder in den Wald zurückziehen, wo er Euch nicht findet. Sir Tristan lächelte und sagte: Ich danke Euch, Sir Dinadan, für Euern guten Willen, aber Ihr sollt sehen, daß ich noch mit ihm fertig werde. Und eilends wappnete er sich und stieg aufs Pferd und ergriff eine große Lanze und nahm von Sir Dinadan Abschied. Dann ritt er langsam Sir Palamides entgegen. Als Sir Palamides das sah, hielt auch er sein Pferd zurück, aber das tat er nur, weil er auf Sir Gaheris wartete, der ihm folgte. Als dieser ihn eingeholt hatte, ritt er auf Sir Tristan zu. Sir Tristan ließ ihm die Aufforderung zum Kampf überbringen und sagen, wenn er Sir

Palamides niederwürfe, wollte er es dabei bewenden lassen und ihm nichts weiter tun. Falls Sir Palamides aber ihn niederwürfe, sollte es bis zum Äußersten gehen. Darauf einigten sie sich, und dann sprengten sie gegeneinander, und Sir Tristan stieß Sir Palamides vom Pferd, daß er schwer stürzte und wie tot liegenblieb. Danach wandte sich Sir Tristan gegen Sir Gaheris, doch der wollte nicht tjosten; aber ob er wollte oder nicht, Sir Tristan schleuderte ihn über den Schweif seines Pferdes hinunter, daß er reglos dalag. Dann ließ Sir Tristan einen Knappen bei den Zelten zurück und ritt mit Sir Dinadan zum Schloß des alten Ritters Sir Darras, um dort zu übernachten. Dieser alte Ritter hatte fünf Söhne bei dem Turnier, und er betete für ihre gesunde Heimkehr, aber sie wurden alle fünf geschlagen. Nachdem Sir Tristan in den Wald geritten war, behauptete Sir Lanzelot noch weiter das Feld und focht kühn und wütend und schonte sein Leben nicht und hatte doch viele edle Ritter gegen sich. Als König Artus sah, wie Sir Lanzelot so wunderbare Waffentaten vollbrachte, wappnete er sich und ritt in die Arena, um Sir Lanzelot beizustehen, und viele Ritter folgten ihm. So wurden der König von Nordwales und der König mit den hundert Rittern schließlich bezwungen. Und weil Sir Lanzelot bis zuletzt das Feld beherrschte, wurde ihm der Preis verliehen. Aber er wollte ihn weder dem König noch der Königin noch den Rittern zuliebe annehmen. Und als der Ruf erscholl: Sir Lanzelot, Sir Lanzelot hat den Sieg errungen, ließ Sir Lanzelot laut verkünden: Sir Tristan hat den Sieg errungen, denn er hat zuerst begonnen und bis zuletzt durchgehalten, und das am ersten, am zweiten und am dritten Tag.

Kap. 35

WIE DER PREIS DES DRITTEN TAGES AN SIR LANZELOT VERLIEHEN WURDE, UND WIE SIR LANZELOT IHN SIR TRISTAN GAB. Da priesen alle hohen und niederen Stände Sir Lanzelot für die Ehre, die er Sir Tristan zuteil werden ließ, und er wurde dafür mehr gerühmt, als wenn er fünfhundert Ritter niedergeworfen hätte. Und wegen dieses Edelsinns riefen zuerst alle Männer und Frauen von hohem und niederem Adel und danach die Gemeinen einmütig: Sir Lanzelot hat den Sieg errungen, und keiner soll das bestreiten. Da wurde Sir Lanzelot zornig und beschämt, und er ritt zu König Artus. Ach, sagte der König, es bedrückt uns alle, daß Sir Tristan so von uns gegangen ist. Bei Gott, er ist einer der edelsten Ritter, die ich je Lanze und Schwert führen sah, und der ritterlichste Gegner im Kampf. Und so zogen König Artus, Sir Lanzelot und Sir Dodinas le Savage aus, um Sir Tristan zu suchen. Durch Sir Persides hatte König Artus erfahren, wo Sir Tristans Zelt stand, aber als sie hinkamen, waren Sir Tristan und Sir Dinadan fort. Da waren König Artus und Sir Lanzelot sehr betrübt, und sie kehrten zur Mägdeburg zurück und klagten sehr über die Verwundung Sir Tristans und sein plötzliches Verschwinden. So wahr mir Gott helfe, sagte König Artus, daß er nicht hier ist, macht mir mehr Kummer als alle Wunden, die meine Ritter im Turnier empfangen haben. In diesem Augenblick kam Sir Gaheris und berichtete dem König, Sir Tristan habe Sir Palamides, der ihn herausgefordert hätte, niedergeworfen. O weh, rief König Artus, das war eine große Schmach für Sir Palamides, denn Sir Tristan war schwer verwundet. Jetzt dürfen wir alle, Könige und Ritter und Männer von Adel, sagen, daß Sir Tristan ein edler Ritter genannt werden muß und einer der besten Ritter, die ich mein Lebtag gesehen habe. So wunderbare Taten wie er in diesen drei Tagen hat noch nie einer vollbracht; er hat als erster begonnen und am längsten durchgehalten, außer an diesem letzten Tag. Und obwohl er verwundet war, war es doch ein männlicher Kampf zweier edler Ritter, und wenn zwei edle Ritter aufeinandertreffen, muß der eine notwendig unterliegen, wie es Gott gerade fügt. Da sagte Sir Lanzelot: Für alle Ländereien, die mir mein Vater hinterlassen hat, hätte ich Sir Tristan nicht verwunden wollen, aber ich habe seinen Schild nicht gesehen und ihn nicht erkannt. Hätte ich seinen schwarzen Schild bemerkt, hätte ich aus vielen Gründen nicht gegen ihn gekämpft, denn erst kürzlich erwies er mir einen großen Dienst, und es ist wohl bekannt, daß er gegen dreißig Ritter kämpfte mit keiner anderen Unterstützung als Sir Dinadan. Aber eines will ich geloben, fuhr Sir Lanzelot fort, Sir Palamides soll es bereuen, daß er mit dem edlen Ritter so schnöde verfuhr, den ich durch Mißgeschick so schwer verwundete. So rühmte Sir Lanzelot Sir Tristan aufs höchste. Dann veranstaltete König Artus ein großes Fest für alle, die daran teilnehmen wollten. Nachdem Sir Palamides aber durch Sir Tristan zu Fall gekommen war, geriet er fast außer sich vor Zorn und machte sich an seine Verfolgung. In seiner Raserei ließ er sein Pferd über einen Fluß springen, doch das Pferd strauchelte und fiel ins Wasser, und Sir Palamides fürchtete, er müßte ertrinken. Da machte er sich von seinem Pferde frei und schwamm ans Ufer und ließ sein Pferd im Stich.

WIE PALAMIDES ZU DER BURG KAM, AUF DER SICH SIR TRISTAN AUFHIELT, UND WIE SICH SIR LANZELOT UND ZEHN RITTER AUF DIE SUCHE NACH SIR TRISTAN MACHTEN.

Am Ufer angekommen, nahm Sir Palamides den Harnisch ab und saß brüllend und heulend da wie ein Wahnsinniger. In diesem Augenblick kam ein Fräulein vorüber, das von Sir Gawein und seinem Bruder zu Sir Mordret geschickt worden war, der krank im Schloß des alten Ritters lag, bei dem sich Sir Tristan aufhielt. Zehn Tage vorher hatte Sir Persides nämlich Sir Mordret schwer verwundet und nur um Sir Gaweins und seines Bruders willen nicht erschlagen. Das Fräulein und Sir Palamides hatten einen Wortwechsel, und darauf ritt sie weiter zu dem alten Ritter und erzählte ihm, sie hätte den verrücktesten Ritter getroffen, dem sie je in ihrem Leben begegnet sei. Was für ein Zeichen trug er auf dem Schild? fragte Sir Tristan. Es war gezackt und schwarz-weiß, antwortete das Fräulein. Ach, sagte Sir Tristan, das war der wackere Sir Palamides. Ich kenne ihn gut, er ist einer der besten Ritter dieses Landes. Da nahm der alte Ritter ein Pferd und holte Sir Palamides in sein Schloß. Sir Tristan, der schon wieder auf den Beinen war und dessen Wunden gut verheilten, erkannte Sir Palamides sehr wohl, sprach aber kaum mit ihm, und immer wenn Sir Palamides ihn sah, betrachtete er ihn voller Verwunderung und meinte ihn schon gesehen zu haben. Dann pflegte er zu Sir Dinadan zu sagen: Wenn ich Sir Tristan jemals treffe, soll er mir nicht entkommen. Ich staune, erwiderte Sir Dinadan, daß Ihr hinter Tristans Rücken prahlt. Erst vor kurzem seid Ihr mit ihm zusammengetroffen, warum habt Ihr ihn da nicht bezwungen? Schon zwei- oder dreimal habe ich gesehen, daß Ihr an Sir Tristan keinen Ruhm gewinnen konntet. Da schämte sich Sir Palamides. Unterdessen sprach König Artus zu Sir Lanzelot: Wegen Euch ist Sir Tristan fortgegangen. Jeden Tag war er hier, bis Ihr kamt, und zur Unzeit habt Ihr mit ihm gekämpft. Mein Herr, antwortete Sir Lanzelot, Ihr gebt mir die Schuld an seinem Verschwinden, aber Gott weiß, ich kann nichts dafür. Wenn Männer hitzig im Kampf sind, verwunden sie oft ihre Freunde ebenso wie ihre Feinde. Ihr sollt wissen, mein König, Sir Tristan ist ein Mann, den ich nicht kränken möchte, denn er hat mehr für mich getan als ich für ihn. Darauf ließ Sir Lanzelot eine Bibel holen und sagte: Wir sind hier zwölf Ritter, und wir wollen schwören, ein ganzes Jahr lang nicht zu ruhen, bis wir Sir Tristan gefunden haben. Und ich selbst gelobe, ihn im guten oder im bösen an diesen Hof zu bringen, sobald ich ihn ausfindig mache, andernfalls will ich sterben. Die Namen der zehn Ritter, die auf die Suche gehen wollten, waren Sir Lanzelot, Sir Ector von Maris, Sir Bors von Ganis, Sir Bleoberis, Sir Blamore von Ganis, Lucas der Kellermeister, Sir Iwein, Sir Galihud, Sir Lionel und Sir Galihodin. Sie verließen den Hof des Königs Artus und ritten zusammen, bis sie an einen Kreuzweg kamen, von dem vier Wege abgingen, und dort teilten sie sich in vier Gruppen. Wie Sir Lanzelot dahinritt, begegnete ihm Lady Bragwaine; und sie floh, so schnell sie ihr Zelter tragen konnte. Sir Lanzelot fragte sie, warum sie fliehe. Ach, edler Ritter, sagte Lady Bragwaine, Sir Breunis Saunce Pité verfolgt mich und will mich töten. Bleibt dicht neben mir, sagte Sir Lanzelot. Als Sir Breunis auftauchte, rief ihm Sir Lanzelot engegen: Du falscher Ritter und Frauenmörder, jetzt ist deine letzte Stunde gekommen. Sir Breunis aber kannte den Schild Sir Lanzelots genau, denn er trug damals nicht das Wappen von Cornwall, sondern seinen eigenen Schild. Und da floh Sir Breunis, und Sir Lanzelot verfolgte ihn. Doch Sir Breunis hatte ein so gutes Pferd, daß er ihn leicht abschütteln konnte. So kehrte Sir Lanzelot wieder zu Lady Bragwaine zurück, und sie dankte ihm für seine Mühe.

WIE SIR TRISTAN, SIR PALAMIDES UND SIR DINADAN GEFANGENGENOMMEN UND IN DEN KERKER GEWORFEN WURDEN.

Durch einen Zufall verschlug es auch Sir Lucas, den Kellermeister, zu dem Schloß, auf dem sich Sir Tristan aufhielt, und dort begehrte er Quartier. Der Pförtner fragte ihn nach seinem Namen, und er antwortete: Sage deinem Herrn, mein Name ist Sir Lucas, ich bin ein Ritter der Tafelrunde. Das meldete der Pförtner Sir Darras, dem Schloßherrn. Nein, nein, rief Sir Daname, Sir Darras' Neffe, sagte ihm, er kann hier kein Quartier bekommen, aber ich will sogleich mit ihm kämpfen, und er soll sich bereit halten. Sir Daname ritt hinaus, und sie stießen mit den Lanzen gegeneinander, und Sir Lucas warf Sir Daname vom Pferd. Darauf floh Sir Daname ins Schloß, und Sir Lucas ritt ihm nach und suchte ihn. Da sagte Sir Dinadan zu Sir Tristan: Es ist eine Schande, wenn wir zusehen, wie der Vetter unseres Burgherrn Schmach erleidet. Wartet, erwiderte Sir Tristan, ich werde dem abhelfen. Unterdessen bestieg Sir Dinadan sein Pferd und tjostete mit Sir Lucas, und dieser stieß Sir Dinadan seine Lanze durch den Oberschenkel und ritt dann fort. Das brachte Sir Tristan in Zorn, und er verfolgte ihn, um Rache zu nehmen. Nach einer Weile holte er Sir Lucas ein und hieß ihn sein Pferd wenden, und sie sprengten so gegeneinander, daß Sir Tristan Sir Lucas schwer verwundete und zu Fall brachte. Da kam der edle Ritter Sir Iwein hinzu, und als er Sir Lucas verletzt sah, forderte er Sir Tristan zum Kampf heraus. Edler Ritter, sagte Sir Tristan, nennt mir erst Euern Namen. So wißt, Herr Ritter, mein Name ist Sir Iwein. Ich bin der Sohn des Königs von Uriens. Ach, antwortete Sir Tristan, mit Euch möchte ich niemals kämpfen. Nichts da, entgegnete Sir Iwein, das sollt Ihr doch. Da sah Sir Tristan keinen anderen Ausweg und ritt gegen ihn an und warf ihn nieder und verletzte ihn an der Seite, und danach ritt er in sein Quartier zurück. Als Sir Dinadan hörte, daß Sir Tristan Sir Lucas verwundet hatte, wollte er ihm nachreiten und ihn töten, aber das ließ Sir Tristan nicht zu. Indessen schickte Sir Iwein nach einer Sänfte und brachte Sir Lucas in die Abtei Ganis, in deren Nähe sich die Burg Ganis befand, die Sir Bleoberis gehörte. Auf dieser Burg wollte sich Sir Lanzelot mit seinen Gefährten bei der Suche nach Sir Tristan treffen. Nachdem Sir Tristan wieder zu dem Schloß zurückgekehrt war, kam ein Fräulein dorthin und erzählte Sir Darras, drei seiner Söhne wären bei dem Turnier erschlagen und zwei so schwer verwundet worden, daß sie sich nie wieder erholen könnten. Und all das hätte ein Ritter mit einem schwarzen Schild getan, dem dann der Preis zugesprochen worden wäre.

Dann kam einer und sagte Sir Darras, ebendieser Ritter mit dem schwarzen Schild sei in seinem Schloß. Daraufhin ging Sir Darras in Sir Tristans Gemach und fand dort seinen Schild und zeigte ihn dem Fräulein. Ach ja, Herr Ritter, sagte das Fräulein, das ist er, der Eure drei Söhne erschlagen hat. Da warf Sir Darras unverzüglich Sir Tristan, Sir Palamides und Sir Dinadan in ein tiefes Verlies. Dort war Sir Tristan nahe daran, an schwerem Siechtum zu sterben, und jeden Tag erneuerte Sir Palamides den alten Haß zwischen ihnen. Sir Tristan aber war stets freundlich und sprach nur wenig. Aber als Sir Palamides sah, wie Sir Tristan immer mehr verfiel, tat er ihm leid, und er tröstete ihn, so gut er konnte. Schließlich kamen vierzig Ritter von Sir Darras' Sippe und wollten Sir Tristan und seine zwei Gefährten erschlagen, aber Sir Darras ließ das nicht zu, sondern hielt sie im Gefängnis und gab ihnen zu essen und zu trinken. So litt Sir Tristan große Not, denn Siechtum ist die größte Pein für einen Gefangenen. Solange ein Gefangener seine Gesundheit hat, kann er mit der Gnade Gottes und der Hoffnung auf seine Befreiung durchhalten, aber wenn Krankheit seinen Körper zeichnet, darf er sagen, daß ihm alles Glück genommen ist und daß er Grund zu klagen und zu weinen hat. Und das tat Sir Tristan, als ihn die Krankheit überfiel, und so groß war sein Kummer darüber, daß er sich beinahe umgebracht hätte.

WIE KÖNIG MARKE WEGEN DES GROSSEN RUHMES SIR TRISTANS BETRÜBT WAR, UND WIE EINIGE RITTER DES KÖNIGS ARTUS MIT RITTERN VON CORNWALL KÄMPFTEN. Währenddessen suchten die Ritter in allen Gegenden des Landes nach Sir Tristan. Einige von ihnen gingen nach Cornwall, und so gelangte Sir Gaheris, ein Neffe des Königs Artus, zu König Marke und wurde dort sehr gut aufgenommen und speiste am königlichen Tisch. Da fragte ihn König Marke, was es im Reiche Logris Neues gäbe. Herr König, antwortete Sir Gaheris, der König regiert, wie es einem edlen Ritter geziemt. Erst vor kurzem fand eines der größten Turniere statt, das ich jemals dort gesehen habe, und die wackersten Ritter nahmen daran teil. Besonders ein Ritter mit einem schwarzen Schild tat sich an allen drei Tagen wunderbar hervor und bewährte sich am besten von allen Rittern. Dann, sagte König Marke, war es Sir Lanzelot oder Sir Palamides, der Heide. Dem ist nicht so, erwiderte Sir Gaheris, denn Sir Lanzelot und Sir Palamides kämpften beide auf der anderen Seite gegen den Ritter mit dem schwarzen Schild. Dann war es Sir Tristan, sagte der König. Ganz recht, antwortete Sir Gaheris. Da ließ der König den Kopf hängen, und in seinem Herzen fürchtete er sehr, Sir Tristan könnte im Reich Logris so großen Ruhm gewinnen, daß er selbst nicht imstande wäre, ihm zu widerstehen. Königin Schön Isolde jedoch war froh über Sir Gaheris' Bericht, denn sie erkannte an Taten und Haltung Sir Tristan sehr wohl. Dann veranstaltete der König ein großes Fest, und zu diesem Fest kam Sir Iwein, der Sohn des Königs von Uriens, den einige Iwein le Blanche Mains nannten, und forderte alle Ritter von Cornwall zum Kampf heraus. Als sich ihm kein Ritter stellen wollte, wurde der König zornig. Da sprang Sir Andret auf, ein Neffe des Königs Marke, und rief: Ich will es mit Sir Iwein aufnehmen. Er wappnete sich aufs beste und ritt gegen Sir Iwein, doch dieser warf ihn nieder, daß er ohnmächtig am Boden lag. Da war König Marke betrübt und über die Maßen zornig, daß er keinen Ritter hatte, der seinen Neffen rächen konnte. Deshalb ließ er Sir Dinas, den Seneschall, kommen und bat ihn, um seinetwillen mit Sir Iwein zu kämpfen. Herr, sagte Sir Dinas, ich kämpfe sehr ungern gegen einen Ritter der Tafelrunde. Und doch sollst du mir zuliebe den Kampf aufnehmen, entgegnete der König. Da machte sich Sir Dinas bereit, und sie ritten mit starken Lanzen gegeneinander, und Sir Dinas kam samt seinem Pferd zu Fall. Wie war da König Marke zornig! Wehe, rief er, habe ich denn niemand, der es mit jenem Ritter aufnehmen kann? Herr, sagte da Sir Gaheris, ich will für Euch kämpfen. Nachdem er sich gewappnet hatte, ritt er in die Arena, und als Sir Iwein seinen Schild erblickte, sagte er zu Sir Gaheris: Herr, Ihr verstoßt gegen Eure Pflicht; denn als Ihr zum Ritter der Tafelrunde erhoben wurdet, habt Ihr geschworen, nie wissentlich mit einem Eurer Gefährten zu kämpfen. Und bei Gott, Ihr erkennt mich sehr wohl an meinem Schild, wie ich Euch an dem Euren erkenne; und wenn Ihr auch Euern Eid zu brechen bereit seid, will ich meinen doch nicht brechen. Doch braucht hier keiner zu denken, auch Ihr nicht, daß ich mich vor Euch fürchte. Denn ich könnte es sehr wohl mit Euch aufnehmen, obgleich wir Vettern sind. Da war Sir Gaheris beschämt, und sogleich ritt jeder von ihnen seines Weges. Da wappnete sich König Marke, nahm einen Knappen mit und schnitt Sir Iwein den Weg ab. In einer engen Schlucht stürzte er sich unerwartet auf ihn, durchbohrte ihn fast mit der Lanze und ließ ihn liegen. Nach einer Weile kam Sir Kay vorbei und fand Sir Iwein und fragte ihn, wie er verwundet worden war. Ich weiß es nicht, antwortete er, aber ich bin sicher, es war durch Verrat; denn bevor ich mich wehren konnte, stürzte sich ein Ritter auf mich und brachte mir die Wunde bei. In diesem Augenblick kam Sir Andret vorbei, der König Marke suchte. Du Verräter, rief Sir Kay, wenn ich wüßte, daß du diesen edlen Ritter so heimtückisch verwundet hast, solltest du mir nicht lebendig entkommen. Herr, antwortete Sir Andret, ich habe ihn nicht verwundet, und das wird er selbst bestätigen. Pfui über Euch falsche Ritter, sagte Sir Kay, ihr aus Cornwall taugt alle nichts. Dann ließ Sir Kay Sir Iwein zur Abtei vom Schwarzen Kreuz bringen, und dort wurde er geheilt. Bevor Sir Gaheris Abschied von König Marke nahm, sagte er: Herr, Ihr habt Euch und Euerm Hof große Schande bereitet, als Ihr Sir Tristan aus diesem Lande verbanntet, denn wäre er jetzt hier bei Euch, brauchtet Ihr keinen Ritter zu fürchten.

VON DEM VERRAT DES KÖNIGS MARKE, UND WIE SIR GAHERIS IHN UND SEINEN NEFFEN ANDRET NIEDERSTRECKTE. Unterdessen kam Sir Kay zu König Marke und wurde dem Anschein nach gut aufgenommen. Ihr Herren, sagte der König, wollt ihr in den Wäldern von Morris ein Abenteuer bestehen? Denn dort ist das schwierigste Abenteuer, das ich kenne. Das will ich bestehen, antwortete Sir Kay. Doch Sir Gaheris sagte ihm, er sollte sich vorsehen, denn König Marke sei immer voll Hinterlist. Und damit ritt Sir Gaheris von dannen. Auf demselben Wege, den Sir Kay einschlagen sollte, legte er sich nieder, um sich auszuruhen, und befahl seinem Knappen, nach Sir Kay Ausschau zu halten: Und weckt mich, wenn er kommt. Nach einer Weile tauchte Sir Kay auf, und Sir Gaheris ritt ihm entgegen und sagte: Sir Kay, Ihr handelt nicht klug, wenn Ihr dem Rat König Markes folgt, denn er führt stets Verrat im Schilde. Da antwortete Sir Kay: Ich bitte Euch, laßt uns dieses Abenteuer zusammen bestehen. Ich werde Euch nicht im Stich lassen, sagte Sir Gaheris. Und so ritten sie bis zu einem See, der damals See der Gefahren hieß, und dort verbargen sie sich im Dickicht des Waldes. Indessen hielt König Marke auf der Burg Tintagil alle seine Barone von sich fern, und niemand außer seinen Vertrauten erhielt Zutritt zu seinem Gemach. Dann ließ er seinen Neffen Sir Andret rufen und hieß ihn sich rüsten. Darüber wurde es Mitternacht. Darauf ritt König Marke ganz in Schwarz mit Sir Andret und den Dienern zu einer geheimen Pforte hinaus, und sie kamen schließlich zu jenem See. Sir Kay bemerkte sie in dem taghellen Mondschein zuerst, nahm seine Lanze und forderte sie zum Kampf heraus. Ihm stellte sich König Marke, und sie galoppierten scharf gegeneinander, daß Sir Kays Pferd stürzte, denn es war nicht so kräftig wie das des Königs, und Sir Kay trug arge Quetschungen davon. Sein Sturz machte Sir Gaheris zornig, und er schrie: Ritter, sitze fest in deinem Sattel, denn ich will meinen Gefährten rächen! Da bekam König Marke vor Sir Gaheris Angst, und er ritt nur widerwillig gegen ihn an, und Sir Gaheris versetzte ihm einen solchen Stoß, daß er niederfiel. Dann ritt Sir Gaheris gegen Sir Andret und warf ihn glatt vom Pferd, daß sich sein Helm in die Erde bohrte und er fast das Genick brach. Darauf stig Sir Gaheris aus dem Sattel und half Sir Kay auf. Nun wandten sie sich ihren Gegnern zu und forderten sie auf, sich zu ergeben und ihre Namen zu nennen, andernfalls sollten sie sterben. In großem Schmerz sprach Sir Andret zuerst: Es ist König Marke von Cornwall, also seht euch vor, was ihr tut, und ich bin Sir Andret, sein Neffe. Schande über euch beide, sagte Sir Gaheris, ihr seid Verräter, unter geheuchelter Freundlichkeit habt ihr beide schimpflichen Verrat gesponnen und euer Leben verwirkt. Schont mein Leben, sagte da König Marke, ich gebe euch ein Lösegeld. Bedenkt auch, daß ich ein gesalbter König bin. Um so schändlicher wäre es, erwiderte Sir Gaheris, dein Leben zu schonen. Du bist ein mit heiligem Öl gesalbter König und hättest zu allen Männern von Ehre halten sollen, und darum hast du den Tod verdient. Und ohne weitere Worte zu verlieren, stürzte er sich auf König Marke, doch der deckte sich mit seinem Schild und wehrte sich, so gut er konnte. Und Sir Kay schlug auf Sir Andret ein, und bald ergab sich König Marke dem Sir Gaheris. Er kniete nieder und leistete einen Eid auf das Kreuz des Schwertes, daß er sich bis an sein Lebensende nie mehr gegen fahrende Ritter wenden wolle. Ebenso schwur er, Sir Tristan freundlich zu behandeln, falls er jemals wieder nach Cornwall kommen sollte. Inzwischen lag Sir Andret am Boden, und Sir Kay wollte ihn erschlagen. Haltet ein, sagte da Sir Gaheris, ich bitte Euch, tötet ihn nicht. Es wäre schade, entgegnete Sir Kay, wenn er am Leben bliebe, denn er ist ein naher Verwandter Sir Tristans und hat ihn doch immer verraten. Seinetwegen wurde Tristan aus Cornwall verbannt, und deshalb will ich ihn töten. Das sollt Ihr nicht, antwortete Sir Gaheris, da ich dem König das Leben geschenkt habe, bitte ich Euch, schenkt es ihm auch. Daraufhin ließ Sir Kay von ihm ab. Und so begaben sich Sir Kay und Sir Gaheris zu Sir Dinas, dem Seneschall, denn sie hatten gehört, er sei Sir Tristan sehr zugetan. Dort ruhten sie sich aus, und bald darauf ritten sie in das Reich Logris. Sie waren noch nicht weit gekommen, als sie Sir Lanzelot trafen, der Lady Bragwaine bei sich hatte, denn er glaubte, dadurch Sir Tristan schneller zu finden. Sir Lanzelot fragte, was es Neues in Cornwall gäbe und ob sie von Sir Tristan gehört hätten. Sir Kay und Sir Gaheris antworteten, sie hätten nichts von ihm gehört. Dann erzählten sie Sir Lanzelot in allen Einzelheiten ihr Abenteuer. Da lächelte Sir Lanzelot und sagte: Was in den Knochen steckt, kann man schwer aus dem Fleisch entfernen. Und so waren sie fröhlich und guter Dinge.

WIE SIR TRISTAN, SIR PALAMIDES UND SIR DINADAN NACH LANGER KERKERHAFT BEFREIT WURDEN.

❧ Daß er aber nirgends etwas über Sir Tristan erfahren konnte, betrübte Sir Lanzelot schließlich sehr. Und Lady Bragwaine nahm ihren Abschied und ging nach Cornwall, während Sir Lanzelot, Sir Kay und Sir Gaheris sich in das Land Surluse begaben, um Sir Tristan dort zu suchen. Die ganze Zeit über aber lag Tristan mit seinen beiden Gefährten Palamides und Dinadan im Gefängnis von Sir Darras, und jeden Tag schmähte Sir Palamides Sir Tristan und gebrauchte derbe Worte gegen ihn. Ich wundere mich über dich, Sir Palamides, sagte Sir Dinadan, wenn du Sir Tristan hier hättest, würdest du ihm nichts zuleide tun. Denn wenn ein Wolf und ein Schaf zusammen im Gefängnis sind, läßt der Wolf das Schaf in Frieden. Und nun höre gut zu, fuhr Sir Dinadan fort, das hier ist Sir Tristan, auf mein Wort, und nun verfahre mit ihm, wie du kannst, und wir wollen sehen, was du mit deinen Händen auszurichten vermagst. Da war Sir Palamides verblüfft und blieb stumm. Sir Palamides, sagte dann Sir Tristan, ich habe mir viel anhören müssen von Euerm Zorn gegen mich, aber ich möchte unsern Streit jetzt nicht ausfechten, weil ich den Herrn dieser Burg fürchte, der uns in seiner Gewalt hat; und wenn ich ihn nicht mehr zu fürchten brauchte als Euch, sollte bald alles im reinen sein. Und so vertrugen sie sich miteinander. Kurz darauf kam ein Fräulein zu ihnen und sagte: Ritter, seid guten Mutes, das Leben ist euch sicher, so habe ich Sir Darras sagen hören. Da waren sie alle drei froh, denn sie hatten jeden Tag geglaubt, sie müßten sterben. Wenig später wurde Sir Tristan schwerkrank und glaubte sich dem Tode nahe. Da weinten Sir Dinadan und Sir Palamides und klagten sehr. So fand sie das Fräulein, als sie wiederkam, und sie ging daraufhin zu Sir Darras und erzählte ihm, der mächtige Ritter mit dem schwarzen Schild werde wohl bald sterben. Das soll nicht geschehen, sagte Sir Darras, Gott verhüte, daß ich Ritter, die zu mir kommen und um Hilfe bitten, in meinem Gefängnis sterben lasse. Deshalb bringt den Ritter und seine Gefährten zu mir. Als er Sir Tristan erblickte, sprach Sir Darras zu ihm: Herr Ritter, dein Krankheitszustand dauert mich, denn du wirst als ein sehr edler Ritter gerühmt, und diesen Eindruck machst du auch. Niemand soll sagen, Sir Darras habe einen so edlen Ritter in seinem Gefängnis umkommen lassen, obgleich du drei meiner Söhne erschlagen und mir schweren Kummer bereitet hast. Du bist jetzt mit deinen Gefährten frei, und eure Pferde und Rüstungen sind inzwischen gut gepflegt worden. Ihr könnt nun gehen, wohin ihr wollt, unter der Bedingung, daß du, Ritter, mir versprichst, meinen beiden noch lebenden Söhnen ein guter Freund zu sein, und daß du mir deinen Namen nennst. Herr, antwortete Tristan, mein Name ist Sir Tristan von Liones. Ich bin in Cornwall geboren und ein Neffe des Königs Marke. Was den Tod Eurer Söhne angeht, so konnte ich nicht anders handeln, und selbst wenn sie meine nächsten Verwandten gewesen wären, hätte ich nichts anderes tun können; doch hätte ich sie durch Tücke oder Verrat erschlagen, wäre ich des Todes würdig. All das ziehe ich in Betracht, sagte Sir Darras. Was Ihr tatet, geschah nach dem Gesetz der Ritterschaft, und deshalb möchte ich Euch nicht dem Tode überliefern. Aber da Ihr der wackere Ritter Sir Tristan seid, bitte ich Euch herzlich, mir und meinen Söhnen gut Freund zu sein. Herr, erwiderte Sir Tristan, ich verspreche Euch bei meinem Leben, Euch zu Diensten zu sein bis an das Ende meiner Tage, denn Ihr habt uns nur behandelt, wie es einem echten Ritter geziemt. Danach blieben sie noch so lange, bis sich Sir Tristan von seiner Krankheit erholt hatte, und als er wieder wohlauf und ganz bei Kräften war, verabschiedeten sie sich und ritten gemeinsam bis zu einem Kreuzweg. Jetzt, Freunde, sagte Sir Tristan, wollen wir uns trennen.

Kapitel 41

WIE SIR DINADAN EINE DAME VOR SIR BREUNIS SAUNCE PITÉ RETTETE, UND WIE SIR TRISTAN VON MORGAN LE FAY EINEN SCHILD ERHIELT. Sir Dinadan stieß auf ein Abenteuer, denn als er zu einem Quell kam, fand er eine Dame, die laut jammerte. Was betrübt Euch? fragte Sir Dinadan. Herr Ritter, antwortete die Dame, ich bin die unglücklichste Frau der Welt, denn vor fünf Tagen erschlug ein Ritter, der Sir Breunis Saunce Pité hieß, meinen Bruder und hielt mich seitdem ihm zu Willen, und von allen Männern der Welt hasse ich ihn am meisten. Deshalb beschwöre ich Euch bei Euerm Rittertum, mich zu rächen, denn er wird bald wieder hier sein. Laßt ihn kommen, sagte Sir Dinadan. Um der Ehre aller Frauen willen werde ich meine Pflicht tun. Da kam auch schon Sir Breunis, und als er einen Ritter bei seiner Dame sah, geriet er außer sich vor Wut und rief: Ritter, gib acht! Und sie prallten zusammen wie der Donner und trafen einander mit großer Wucht, und Sir Dinadan verletzte Sir Breunis schwer an der Schulter, und ehe Sir Dinadan wenden konnte, war Sir Breunis geflohen. Darauf bat die Dame Sir Dinadan, er möchte sie zu einer Burg in der Nähe bringen, die nur vier Meilen entfernt war. Als sie dort ankamen, wurde die Dame mit Freuden begrüßt, denn der Burgherr war ihr Onkel, Sir Dinadan aber ritt weiter seines Weges. Unterdessen bat Sir Tristan auf einer Burg um Herberge, auf der sich Königin Morgan le Fay aufhielt, und er wurde eingelassen und vorzüglich bewirtet. Als er am nächsten Morgen weiterreiten wollte, sagte die Königin: So schnell kommt Ihr nicht wieder von hier fort, denn Ihr seid mein Gefangener. Gott schütze mich, erwiderte Sir Tristan, ich war eben erst in Gefangenschaft. Edler Ritter, sprach die Königin, Ihr müßt bei mir bleiben, bis ich weiß, wer Ihr seid und woher Ihr kommt. Und immer mußte Sir Tristan neben der Königin sitzen und ihr Geliebter auf der andern Seite, und immer machte sie Tristan schöne Augen, daß der andere Ritter eifersüchtig wurde und sich am liebsten mit dem Schwert auf ihn gestürzt hätte, aber er schämte sich und unterließ es. Dann sprach die Königin zu Sir Tristan: Sagt mir Euern Namen, und ich lasse Euch ziehen, sobald Ihr wollt. Unter dieser Bedingung sage ich Euch: mein Name ist Sir Tristan von Liones. Ach, erwiderte Morgan le Fay, wenn ich das gewußt hätte, wäret Ihr nicht so leicht davongekommen; aber da ich ein Versprechen gegeben

habe, will ich es halten, wenn Ihr mir gelobt, einen Schild, den ich Euch übergeben werde, zur Burg Harter Fels zu bringen, wo König Artus ein großes Turnier ausgerufen hat, und daran sollt Ihr teilnehmen und für mich solche Waffentaten vollbringen, wie Ihr das vermögt; denn auf der Mägdeburg habt Ihr so ruhmvoll gekämpft wie nur je ein Ritter. Hohe Frau, antwortete Sir Tristan, laßt mich den Schild sehen, den ich tragen soll. Da wurde der Schild gebracht, und das Wappenfeld war golden, und ein König und eine Königin waren darauf gemalt, und ein Ritter stand über ihnen mit einem Fuß auf dem Kopf des Königs und dem anderen auf dem Kopf der Königin. Hohe Frau, sagte Sir Tristan, das ist ein schöner und starker Schild, aber was bedeuten dieser König und diese Königin und der Ritter auf dem Kopf der beiden? Das will ich Euch erklären, sagte Morgan le Fay, es sind König Artus und Königin Ginevra und ein Ritter, der sie beide in Banden und Dienstbarkeit hält. Wer ist dieser Ritter? fragte Sir Tristan. Das sollt Ihr jetzt noch nicht erfahren, entgegnete die Königin. Aus dem französischen Buch wissen wir aber, daß Königin Morgan Sir Lanzelot heiß liebte und ihn immer begehrte, er sie jedoch nicht wiederliebte und ihr nichts zu Gefallen tat. Und aus diesem Grunde hielt sie sich viele Ritter, um ihn mit Gewalt zu fangen. Da Morgan le Fay glaubte, daß sich Sir Lanzelot und die Königin Ginevra in sinnlicher Lust liebten, ließ sie diesen Schild anfertigen, um König Artus diese Liebe zu entdecken und Sir Lanzelot zu strafen. Sir Tristan nahm den Schild und versprach, ihn bei dem Turnier zu tragen; aber er wußte nicht, daß dieser Schild gegen Lanzelot gerichtet war, das erfuhr er erst später.

WIE SIR TRISTAN DEN SCHILD MIT SICH FÜHRTE, UND WIE ER MORGAN LE FAYS LIEBSTEN ERSCHLUG. So nahm Sir Tristan Abschied von der Königin und führte den Schild mit sich. Da rüstete sich der Ritter, bei dem sich Königin Morgan le Fay aufhielt, sein Name war Sir Hemison, und wollte Sir Tristan verfolgen. Lieber Freund, sagte Morgan le Fay, reitet jenem Ritter nicht nach, Ihr werdet an ihm keinen Ruhm gewinnen. Schande über diesen Feigling, erwiderte Sir Hemison, aus

Cornwall ist noch nie ein guter Ritter gekommen, es sei denn Sir Tristan von Liones. Und wenn er es ist? sagte sie. Nein, nein, antwortete er, der ist bei Schön Isolde, und der hier ist nur ein läppischer Kerl. Ach, mein lieber Freund, Ihr werdet sehen, daß er der wackerste Ritter ist, dem Ihr je begegnet seid, denn ich kenne ihn besser als Ihr. Um Euretwillen, sagte Sir Hemison, will ich ihn erschlagen. O mein Freund, erwiderte die Königin, es schmerzt mich, daß Ihr diesem Ritter folgen wollt, denn ich fürchte sehr, Ihr werdet nicht zurückkommen. Darauf sprengte Sir Hemison voller Wut davon und jagte hinter Sir Tristan her, so schnell er konnte. Als Tristan hörte, daß jemand so schnell hinter ihm herritt, machte er kehrt und erblickte den Ritter. Kaum war dieser nahe heran, rief er laut: Ritter, hüte dich vor mir! Und da prallten sie mit voller Wucht gegeneinander, und Sir Hemison zerbrach seine Lanze an Sir Tristan, aber dessen Harnisch war so gut, daß er nicht verletzt wurde. Sir Tristan traf Hemison stärker und stieß ihm die Lanze durch den Leib, daß er rücklings zu Boden fiel. Dann wendete Sir Tristan, um mit dem Schwert weiterzukämpfen, doch er sah so viel Blut aus der Wunde fließen, daß er glaubte, Sir Hemison müßte daran sterben. So ritt Sir Tristan zu dem Schloß eines alten Ritters, um dort zu übernachten.

Kap. 43

WIE MORGAN LE FAY IHREN LIEBSTEN BEGRUB, UND WIE SIR TRISTAN SIR LANZELOT UND SEINE SIPPE RÜHMTE.

Als Sir Hemison mit tödlicher Wunde am Boden lag, stieg sein Diener aus dem Sattel, nahm ihm den Helm ab und fragte ihn, ob er noch am Leben sei. Es ist noch Leben in mir, antwortete der Ritter, aber nur wenig. Deshalb setz dich hinter mich, wenn du mir aufs Pferd geholfen hast, und halte mich fest, damit ich nicht falle, und bringe mich dann zu Königin Morgan le Fay, denn der Tod saugt in tiefen Zügen an meinem Herzen. Ich möchte gern mit ihr sprechen, bevor ich sterbe, sonst gerät meine Seele in große Gefahr. Mit großer Mühe brachte ihn sein Diener auf die Burg, und dort brach Sir Hemison tot zusammen. Als Morgan le Fay sah, daß er tot war, fing sie über alle Maßen an zu klagen. Dann ließ sie ihn bestatten und auf den Grabstein schreiben: Hier liegt Sir Hemison, erschlagen von der Hand Sir Tristans von Liones. Unterdessen war Sir Tristan auf dem Schloß des alten Ritters angelangt, und er fragte den Schloßherrn, ob er in letzter Zeit fahrende Ritter gesehen hätte. Herr, antwortete dieser, gestern wohnte Sir Ector von Maris hier. Er hatte ein Fräulein bei sich, und dieses Fräulein sagte mir, er sei einer der besten Ritter der Welt. Das ist nicht wahr, erwiderte Sir Tristan, ich kenne vier bessere Ritter aus seiner eigenen Sippe, der erste ist Sir Lanzelot vom See, der ist der beste, und dann folgen Sir Bors von Ganis, Sir Bleoberis, Sir Blamore von Ganis und Sir Gaheris. Nein, sagte sein Gastgeber, Sir Gawein ist ein besserer Ritter als er. Dem ist nicht so, antwortete Sir Tristan, denn ich habe schon mit beiden gekämpft und halte Sir Gaheris für tüchtiger, und Sir Lamorak, sage ich, ist so gut wie jeder einzelne von ihnen, Sir Lanzelot ausgenommen. Warum nennt Ihr Sir Tristan nicht? fragte da sein Gastgeber, denn der ist nach meiner Meinung den anderen ebenbürtig. Ich kenne Sir Tristan nicht, antwortete Tristan. So plauderten und scherzten sie noch lange und gingen dann zur Ruhe. Am anderen Morgen ritt Sir Tristan weiter zur Burg Harter Fels und hatte unterwegs kein anderes Abenteuer; und so ruhte er nicht, bis er zu der Burg kam, wo er fünfhundert Zelte sah.

Kapitel 44

WIE SIR TRISTAN AUF EINEM TURNIER DEN SCHILD TRUG, DEN IHM MORGAN LE FAY GEGEBEN HATTE. ❧ Es standen dort der König der Schotten und der König von Irland gegen die Ritter des Königs Artus, und ein heftiger Kampf begann. Sir Tristan vollbrachte wunderbare Waffentaten und schlug viele Ritter nieder. Und immer trug er den Schild vor den Augen des Königs Artus. Als König Artus den Schild erblickte, wunderte er sich sehr, was die Figuren darauf bedeuteten, Königin Ginevra aber ahnte es und ward sehr traurig. Und ein Fräulein der Königin Morgan kam in ein Gemach des Königs Artus, und als sie ihn von dem Schild reden hörte, sprach sie frei heraus zu ihm: Herr, Ihr sollt wissen, daß dieser Schild dazu bestimmt ist, Euch auf Schmach und Schande hinzuweisen, er bezieht sich auf Euch und Eure Königin. Darauf stahl sich das Fräulein heimlich fort, daß niemand wußte, was aus ihr geworden war. Und König Artus war bekümmert und zornig und fragte, woher dieses Fräulein gekommen sei. Aber es war kein einziger da, der es wußte. Da rief Königin Ginevra Sir Ector von Maris zu sich und klagte ihm ihr Leid und sagte: Ich weiß wohl, dieser Schild wurde von Morgan le Fay gemacht, um mich und Sir Lanzelot zu verderben, und ich fürchte, es wird mir übel ergehen. Der König aber blickte immer auf Sir Tristan und seine wunderbaren Waffentaten, und er fragte sich, was für ein Ritter das sein konnte, denn daß es nicht Sir Lanzelot war, wußte er wohl. Auch war ihm berichtet worden, Sir Tristan sei in der Bretagne bei Isolde la Blanche Mains, und das glaubte er, denn er meinte, wenn Tristan sich im Reiche Logris aufgehalten hätte, müßten ihn Sir Lanzelot und seine Gefährten, die auf der Suche nach ihm waren, in all der langen Zeit gefunden haben. So fragte sich König Artus immer wieder, wer der Ritter sein mochte, und immer hingen seine Blicke an diesem Schild. All das bemerkte die Königin, und es wurde ihr sehr bange. Sir Tristan aber warf einen Ritter nach dem anderen nieder, daß es erstaunlich zu sehen war, und er hieb zur Rechten und zur Linken, daß ihm kaum ein König widerstehen konnte. Schon begannen sich der König von Schottland und der König von Irland zurückzuziehen. Als Artus das bemerkte, sagte er sich, der Ritter mit dem seltsamen Schild sollte ihm nicht entkommen. Da rief er Sir Iwein le Blanche Mains zu sich und hieß ihn sich wappnen. Und so traten König Artus und Sir Iwein in voller Rüstung Sir Tristan entgegen und forderten ihn auf, ihnen zu sagen, woher er jenen

Schild hätte. Herr, antwortete er, ich habe ihn von Königin Morgan le Fay, der Schwester des Königs Artus.

10. Buch

WIE SIR TRISTAN MIT KÖNIG ARTUS KÄMPFTE, WEIL ER IHM SEINEN NAMEN NICHT SAGTE, UND WARUM ER DIESEN SCHILD TRUG UND WIE ER KÖNIG ARTUS NIEDERWARF.

WENN Ihr das Wappen erklären könnt, sagte der König Artus, seid Ihr würdig, es zu tragen. Diesen Schild, antwortete Sir Tristan, habe ich unerbeten von Königin Morgan le Fay erhalten, und ich kann das Wappen nicht erläutern, denn das gehört nicht zu meinem Auftrag, und doch vertraue ich auf Gott, daß ich es in Ehren trage. Wahrlich, sagte König Artus, Ihr solltet kein Wappen tragen, wenn Ihr nicht wißt, was Ihr tragt; doch ich bitte Euch, nennt mir Euern Namen. Aus welchem Grund? fragte Sir Tristan. Weil ich ihn wissen will, erwiderte Artus. Herr, Ihr sollt ihn jetzt nicht erfahren. Dann müßt Ihr mit mir kämpfen, sagte König Artus. Warum, entgegnete Tristan, wollt Ihr mit mir kämpfen, wenn ich Euch meinen Namen nicht nenne? Das hättet Ihr nicht nötig, wenn Ihr ein Mann von Ehre wäret, denn Ihr habt gesehen, welche schweren Kämpfe ich heute zu bestehen hatte. Deshalb ist es schändlich von Euch, mich nach diesen Anstrengungen herauszufordern. Dennoch werde ich dem Kampf nicht ausweichen, denkt nicht, daß ich Euch fürchte; und wenn Ihr auch glaubt, mir gegenüber im Vorteil zu sein, werde ich Euch doch sehr wohl standhalten. Darauf wappneten sich beide und prallten mit ihren Lanzen zusammen. König Artus zersplitterte seine Lanze ganz an Sir Tristans Schild, doch Sir Tristan warf König Artus samt seinem Pferd nieder, und dabei erhielt Artus eine tiefe und gefährliche Wunde an der linken Seite. Als Sir Iwein seinen Herrn verwundet am Boden liegen sah, war er sehr betrübt, nahm Schild und Lanze und rief Sir Tristan zu:

Ritter, wehre dich! So stießen sie krachend zusammen, und Sir Iweins Lanze zersplitterte an Tristans Schild, Sir Tristan traf Iwein härter und stärker und warf ihn glatt aus dem Sattel. Danach machte Tristan kehrt und sagte: Edle Ritter, ich hatte kein Verlangen, mit euch zu kämpfen, denn ich habe heute schon genug getan. Da stand Artus auf, ging zu Sir Iwein und sagte zu Sir Tristan: Wir haben bekommen, was wir verdient haben, denn in unserem Stolz forderten wir Euch zum Kampf heraus, obwohl wir Euern Namen nicht kannten. Beim heiligen Kreuz, fügte Sir Iwein hinzu, er ist einer der stärksten Ritter der Welt. Sir Tristan ritt davon und fragte überall nach Sir Lanzelot, aber nirgends konnte er erfahren, ob er noch lebte, und darüber war er sehr bekümmert. Wie er an einem Wald entlangritt, erblickte er eine schöne Burg am Rande eines Moores und einer Wiese, wo zehn Ritter miteinander kämpften. Als er näher kam, bemerkte er, daß in Wirklichkeit ein einzelner gegen neun Ritter focht und sich so wunderbar hielt, daß Tristan über solche Waffentaten sehr staunte. Schon nach kurzer Zeit hatte der eine seine Gegner von ihren Pferden heruntergeholt und mehrere Pferde getötet; die anderen Pferde liefen in die Felder und in den Wald. Da überkam Sir Tristan ein großes Mitgefühl mit dem einen Ritter, der so wacker kämpfte. An dem Schild glaubte er Sir Palamides zu erkennen. Er sprengte zwischen die Ritter und schrie, sie sollten aufhören, denn es sei eine große Schande für sie, wenn so viele Ritter gegen einen kämpften. Darauf antwortete der Anführer der Ritter, er hieß Breunis Saunce Pité und war einer der ruchlosesten Ritter der damaligen Zeit: Herr Ritter, was habt Ihr Euch hier einzumischen? Wenn Ihr klug seid, so zieht Eures Weges, denn dieser ehrlose Ritter hier soll uns nicht wieder entkommen. Es wäre sehr schade, sagte Sir Tristan zu dem Anführer, wenn ein so wackerer Ritter wie dieser feige von Euch erschlagen würde. Deshalb warne ich Euch alle, ich werde ihm mit all meiner Kraft und meinem Schwert beistehen und ihn beschützen.

WIE SIR TRISTAN SIR PALAMIDES DAS LEBEN RETTETE, UND WIE SIE BESCHLOSSEN, BINNEN VIERZEHN TAGEN MITEINANDER ZU KÄMPFEN.

Da stieg Sir Tristan von seinem Pferd, denn sie waren zu Fuß und sollten sein Pferd nicht töten. Dann nahm er den Schild vor, ergriff sein Schwert und hieb gewaltige Streiche nach rechts und links, daß er fast mit jedem Schlag einen Ritter niederstreckte. Und als sie seine Streiche spürten, flohen sie alle mit Sir Breunis in die Burg, und Sir Tristan verfolgte sie mit dem Schwert in der Hand, aber sie schlossen das Tor vor ihm. Da kehrte er um und fand Sir Palamides schwer verwundet unter einem Baum sitzen. Edler Ritter, sagte Tristan, wie gut, daß ich Euch traf. Ich danke Euch für Eure Hilfe, antwortete Palamides, Ihr habt mir das Leben gerettet. Wie heißt Ihr? fragte Tristan. Und er erwiderte: Mein Name ist Sir Palamides. O Gott, sagte Tristan, ich habe Euch heute einen großen Dienst erwiesen und Euch gerettet, und doch seid Ihr der Mann in der Welt, den ich am meisten hasse. Aber jetzt macht Euch bereit, denn ich will mit Euch kämpfen. Wer seid Ihr? fragte Palamides. Ich bin Sir Tristan, Euer Todfeind. Das mag sein, antwortete Sir Palamides, aber Ihr habt heute zuviel für mich getan, als daß ich mit Euch kämpfen könnte; denn nachdem Ihr mein Leben gerettet habt, wäre es keine Ehre für Euch, mich herauszufordern, seid Ihr doch frisch, und ich bin schwer verwundet; aber wenn Ihr durchaus mit mir kämpfen wollt, bestimmt einen Tag, und ich werde auf jeden Fall zur Stelle sein. Ihr habt recht, sagte Sir Tristan, also bestimme ich als Kampfplatz die Wiese am Flusse Camelot, wo Merlin den Grabstein gesetzt hat. Darauf einigten sie sich. Dann fragte Sir Tristan, warum die neun Ritter gegen ihn gekämpft hätten. Da erwiderte Palamides: Als ich auf Abenteuer durch den Wald ritt, sah ich einen toten Ritter liegen, und an seiner Seite weinte eine Dame. Weil sie so jammerte und klagte, fragte ich sie, wer ihren Gemahl erschlagen hätte. Herr, antwortete sie, der falscheste Ritter und der ärgste Schurke der Welt, Sir Breunis Saunce Pité. Aus Mitleid hob ich die Dame auf ihren Zelter und versprach ihr, sie zu beschützen und ihr zu helfen, wenn sie ihren Herrn begrabe. Als wir an dieser Burg vorüberritten, stürzte plötzlich Sir Breunis heraus und warf mich vom Pferd. Und bevor ich wieder im Sattel saß, erschlug dieser Breunis die Dame. Da war ich sehr beschämt, und so begann der Kampf. Jetzt verstehe ich den Grund Eures Kampfes, sagte Sir Tristan, denkt aber unter allen Umständen an Euer Versprechen, heute in zwei Wochen mit mir zu kämpfen. Ich werde Euch nicht warten lassen, entgegnete Sir Palamides. Das ist gut, antwortete Tristan, doch jetzt will ich Euch nicht verlassen, bis Euch von Euern Feinden keine Gefahr mehr droht. So ritten sie zusammen in den Wald und fanden einen schönen Quell, aus dem klares Wasser sprudelte. Edler Herr, sagte Tristan, ich habe Lust, von diesem Wasser zu trinken. Da sahen sie ganz in der Nähe ein großes Pferd stehen, das an einen Baum gebunden war und immerfort wieherte. Sie bemerkten, daß unter einem Baum ein stattlicher Ritter in voller Rüstung lag, nur den Helm hatte er sich unter den Kopf geschoben. Mein Gott, sagte Sir Tristan, dort liegt ein starker Ritter, was sollen wir mit ihm machen? Weckt ihn auf, sagte Sir Palamides. Da stieß ihn Sir Tristan mit der Lanzenspitze an, und der Ritter sprang hastig auf, stülpte den Helm über den Kopf und ergriff eine mächtige Lanze, und ohne ein Wort zu sagen, galoppierte er gegen Sir Tristan, warf ihn zu Boden und verletzte ihn an der linken Seite, daß er in großer Gefahr schwebte. Dann nahm er einen größeren Anlauf und ging Sir Palamides an, dem die Lanze in den Körper eindrang, daß er vom Pferd stürzte. Danach entfernte sich dieser seltsame Ritter und verschwand im Wald. Palamides und Tristan standen wieder auf, fingen ihre Pferde ein und berieten, was am besten zu tun sei. Bei meinem Leben, sagte Tristan, ich will diesem starken Ritter folgen, der uns so beschämt hat. Nun gut, sagte Palamides, ich will mich hier in der Nähe bei einem Freund erholen. Aber vergeßt den Tag nicht, den wir für unseren Kampf festgesetzt haben, sagte Tristan, denn ich fürchte, Ihr werdet Euch nicht einfinden, weil ich viel stärker bin als Ihr. Das mag schon sein, antwortete Palamides, doch ich fürchte Euch nicht; und wenn mich nicht Krankheit oder Gefangenschaft hindern, werde ich rechtzeitig zur Stelle sein. Ich hingegen habe Grund zu der Annahme, daß Ihr Euch mir nicht stellt, denn Ihr reitet jenem starken Ritter nach; und wenn Ihr ihn trefft, wird es hart zugehen, wobei es unsicher ist, ob Ihr seinen Händen entkommt. Damit trennten sich Sir Tristan und Sir Palamides, und jeder ritt seines Weges.

WIE SIR TRISTAN EINEN STARKEN RITTER SUCHTE, DER IHN UND VIELE ANDERE RITTER DER TAFELRUNDE NIEDERGEWORFEN HATTE.

Sir Tristan war dem starken Ritter lange gefolgt. Schließlich kam er an eine Stelle, an der eine Dame über einem toten Ritter lag. Edle Dame, sagte Sir Tristan, wer hat Euern Gatten erschlagen? Herr, antwortete sie, als wir uns hier ausruhten, kam ein Ritter vorbei und fragte meinen Herrn, woher er wäre, und mein Herr sagte, vom Hofe des Königs Artus. Dann will ich mit dir kämpfen, sagte der starke Ritter, denn ich hasse alle Leute von Artus' Hof. Mein Gatte, der jetzt tot hier liegt, stieg aufs Pferd, und sie stießen zusammen, und der starke Ritter durchbohrte ihm mit der Lanze den Leib und fügte mir dadurch großen Kummer und Schaden zu. Es ist mir leid um Euch, sprach Sir Tristan, doch sagt mir bitte, den Namen Eures Gatten. Herr, antwortete sie, sein Name ist Galardoun, und er wäre ein tüchtiger Ritter geworden. Darauf verließ Sir Tristan die leidgeprüfte Dame und fand nur schlechte Herbergen. Am dritten Tage traf er in einer Herberge im Wald auf Sir Gawein und Sir Bleoberis, die beide schwer verwundet waren, und er fragte sie, ob sie jenen starken Ritter getroffen hätten. Edler Herr, antworteten sie, einem solchen Ritter sind wir zu unserem großen Schaden begegnet. Zuerst schlug er Sir Bleoberis nieder und verwundete ihn schwer, denn er hatte mich gebeten, nicht zu kämpfen, weil der Ritter viel zu stark für mich wäre. Der fremde Ritter nahm diese Worte als Hohn und glaubte, sie wären zum Spott gesagt gewesen. Sie tjosteten, und mein Gefährte wurde verletzt, und um meiner Ehre willen mußte ich nun kämpfen. Schon beim ersten Anlauf warf er mich und mein Pferd zu Boden und hätte mich fast erschlagen, doch dann ritt er fort, er, den wir zur Unzeit getroffen hatten. Edle Ritter, sagte Sir Tristan, ich bin ihm auch begegnet und ein anderer Ritter namens Sir Palamides ebenfalls, und er streckte uns mit einer Lanze nieder und verwundete uns schwer. Meiner Treu, sagte Sir Gawein, ich rate Euch, laßt ihn ziehen und sucht ihn nicht länger, denn ich wette, beim nächsten Fest der Tafelrunde werdet Ihr ihn finden. Bei meiner Ehre, erwiderte Sir Tristan, ich werde nicht eher ruhen, bis ich ihn gefunden habe. Und dann fragte Sir Gawein nach seinem Namen, und er antwortete: Mein Name ist Sir Tristan. Darauf nannte Sir Gawein seinen Namen, und Sir Tristan ritt fort. Auf einer Wiese begegneten ihm durch Zufall Sir Kay, der Seneschall, und Sir Dinadan. Was gibt es Neues bei euch Rittern? fragte Tristan Nichts Gutes, antworteten sie. Inwiefern? fragte Tristan. Ich bitte euch, sagt es mir, denn ich bin auf der Suche nach einem Ritter. Welche Kennzeichen trägt er? wollte Sir Kay wissen. Er hat einen ganz mit Tuch überzogenen Schild, erklärte Sir Tristan. Bei meinem Kopf, erwiderte Sir Kay, das ist derselbe

Ritter, der mit uns gekämpft hat. Wir hatten in der vergangenen Nacht bei einer Witwe Unterkunft gefunden, wie auch jener Ritter, und als er erfuhr, daß wir von Artus' Hofe waren, schmähte er den König sehr und besonders die Königin Ginevra. Am Morgen haben wir deshalb mit ihm gekämpft. Im ersten Gang warf er mich und mein Pferd nieder und verletzte mich sehr, und als das Sir Dinadan, mein Gefährte, sah, wollte er mich nicht rächen, sondern floh, und so zog der Ritter weiter. Dann fragte Sir Tristan sie nach ihren Namen, und sich machten sich miteinander bekannt. Doch danach verabschiedete sich Sir Tristan und ritt durch einen großen Wald in eine Ebene, bis er zu einer Priorei gelangte, und dort ruhte er sich bei einem frommen Mann sechs Tage aus.

WIE SIR TRISTAN SIR SAGRAMORE LE DESIROUS UND SIR DODINAS LE SAVAGE NIEDERWARF. Dann schickte er seinen treuen Bediensteten Gouvernail in eine nahegelegene Stadt und trug ihm auf, einen neuen Harnisch zu holen; denn es war schon lange her, daß Tristan seine Rüstung erneuert hatte, und sein Harnisch war zerbeult und durchlöchert. Als Gouvernail mit der neuen Rüstung zurückkam, verabschiedete sich Sir Tristan von seinem Wirt, stieg aufs Pferd und ritt am frühen Morgen fort. Ganz zufällig traf er mit Sir Sagramore le Desirous und Sir Dodinas le Savage zusammen, die ihn fragten, ob er mit ihnen kämpfen wolle. Edle Ritter, sagte Sir Tristan, herzlich gern wollte ich mit euch kämpfen, aber ich habe versprochen, mich an einem festgesetzten Tag, der kurz bevorsteht, mit einem starken Ritter zu messen, und deshalb möchte ich mich jetzt nicht mit euch einlassen; denn wenn ich durch Mißgeschick verwundet werden sollte, könnte ich zu meinem versprochenen

Kampf nicht antreten. Trotzdem, sagte Sir Sagramore, sollt Ihr mit uns kämpfen, bevor Ihr weiterzieht. Gut, erwiderte Sir Tristan, wenn ihr mich dazu zwingt, muß ich tun, was ich kann. Und dann begann der Kampf. Sir Tristan schleuderte Sir Sagramore mit großer Wucht vom Pferd. Dann nahm er einen größeren Anlauf und rief Sir Dodinas zu: Ritter, gib acht! Und mit einem geschickten Stoß warf er auch ihn aus dem Sattel und ritt danach mit Gouvernail weiter. Sir Sagramore und Sir Dodinas aber stiegen wieder aufs Pferd und verfolgten Tristan. Als Sir Tristan merkte, daß sie näher kamen, wendete er sein Pferd und fragte sie, was sie wollten. Eben erst habe ich euch auf euer eigenes Verlangen zu Boden gestreckt, weil ihr es nicht dulden wolltet, daß ich an Euch vorbeiritt, und jetzt scheint mir, ihr wollt noch weiter mit mir kämpfen. Das ist wahr, sagten Sir Sagramore und Sir Dodinas, denn wir wollen uns für den Schimpf rächen, den Ihr uns angetan habt. Edle Ritter, entgegnete Sir Tristan, das habt ihr nicht nötig, denn alles, was ich euch tat, habt ihr selbst verursacht. Deshalb bitte ich euch, bei eurer Ritterehre, mich jetzt ziehen zu lassen, denn ich bin sicher, ich werde aus dem Kampf mit euch nicht ohne große Wunden davonkommen, und ihr werdet auch nicht ungeschoren bleiben. Ich möchte jetzt nicht mit euch kämpfen, weil ich in drei Tagen gegen einen wackeren Ritter antreten muß, der so tapfer ist wie nur irgendeiner in der Welt, und wenn ich verwundet werde, bin ich nicht imstande, diesen Kampf mit ihm zu führen. Wer ist der Ritter, fragte Sir Sagramore, mit dem Ihr kämpfen sollt? Ihr Herren, es ist der wackere Ritter Sir Palamides. Bei meinem Leben, riefen Sir Sagramore und Sir Dodinas, Ihr habt Grund, ihn zu fürchten, denn Ihr werdet einen sehr tüchtigen und tapferen Ritter in ihm finden. Deshalb wollen wir Euch für diesmal ziehen lassen, sonst solltet Ihr uns nicht so leicht entkommen. Doch, edler Ritter, sagte Sir Sagramore, nenne uns deinen Namen. Herr, mein Name ist Sir Tristan von Liones. Ah, erwiderten Sir Sagramore und Sir Dodinas, wie gut, daß wir uns getroffen haben, denn wir haben viel Rühmliches von Euch gehört. Und dann verabschiedeten sie sich und zogen alle beide ihres Weges.

WIE SIR TRISTAN AN DEM GRABMAL MIT SIR LANZELOT ZUSAMMENTRAF, UND WIE SIE KÄMPFTEN, OHNE EINANDER ZU ERKENNEN.

Sir Tristan ritt geradenwegs nach Camelot zu dem Grabstein, den Merlin einstmals an der Stelle gesetzt hatte, wo Sir Lanceor, der Sohn des Königs von Irland, von der Hand Balins erschlagen worden war. Am gleichen Ort hatte sich auch die schöne Colomba getötet, die Geliebte Lanceors, denn als er tot war, nahm sie sein Schwert und stieß es sich durch den Leib. Und mit Hilfe seiner Zauberkunst ließ Merlin Lanceor und Colomba unter demselben Stein bestatten und prophezeite, daß an eben dieser Stelle zwei der besten Ritter, die zu Artus' Zeiten lebten und zugleich die besten Liebenden wären, miteinander kämpfen würden. Als Sir Tristan nun zu dem Grabstein kam, hielt er nach Palamides Ausschau. Auf einmal sah er einen stattlichen Ritter ganz in Weiß und mit einem verhüllten Schild auf sich zukommen. Als er heran war, rief Sir Tristan laut: Seid willkommen, Herr Ritter, gut und treu habt Ihr Euer Versprechen gehalten. Und sie nahmen Schild und Lanze auf und sprengten gegeneinander, so schnell ihre Pferde sie trugen, und sie prallten so heftig zusammen, daß beide Ritter samt ihren Pferden zu Boden stürzten. Schnell machten sie sich von ihren Pferden frei und nahmen ihre Schilde vor und hieben mit blitzenden Schwertern wie gewaltige Recken aufeinander ein und verwundeten einander schwer. Aus ihren Harnischen schlugen sie viele Stücke heraus, und das Blut floß ins Gras. So fochten sie vier Stunden lang, und keiner sprach ein Wort mit dem anderen. O Herr Jesus, sagte Gouvernail zu dem Knappen des weißen Ritters, ich staune über die Streiche, die mein Herr deinem Herrn versetzt hat. Bei meinem Leben, antwortete der Knappe, dein Herr hat nicht so viele ausgeteilt wie empfangen. O Jesus, entgegnete Gouvernail, das ist zuviel für Sir Palamides und auch für Sir Lanzelot. Es wäre ein Jammer, wenn einer dieser wackeren Ritter den anderen umbringen würde. So standen die beiden und weinten und klagten sehr, als sie die glänzenden Schwerter über und über mit Blut bedeckt sahen. Schließlich sprach der weiße Ritter: Herr, Ihr kämpft so tapfer und gut, wie ich es noch nie von einem Ritter gesehen habe, deshalb bitte ich Euch, nennt mir Euern Namen. Da antwortete Sir Tristan: Ich nenne meinen Namen nicht einem jeden. Wahrhaftig, entgegnete der weiße Ritter, wenn ich darum gebeten wurde, habe ich mich nie gesträubt, meinen Namen zu nennen. Nun gut, versetzte Sir Tristan, dann nennt mir Euern Namen. Edler Ritter, mein Name ist Sir Lanzelot vom See. Wehe, sagte Sir Tristan, was habe ich getan? Ihr seid der Mann, den ich am meisten in der Welt liebe. Edler Ritter, erwiderte Sir Lanzelot, sagt mir Euern Namen. So hört, mein Name ist Sir Tristan von Liones. O Jesus, rief da Sir Lanzelot, was ist mir zugestoßen! Und damit kniete Lanzelot nieder und streckte Tristan sein Schwert entgegen. Und im selben Augenblick kniete Tristan nieder und hielt Lanzelot sein Schwert hin. So erkannte jeder dem anderen den Sieg zu. Und dann gingen sie beide zu dem Stein, setzten sich darauf nieder und nahmen den Helm ab, um sich abzukühlen, und sie küßten einander viele Male. Schließlich ritten sie nach Camelot, wo sie Sir Gawein und Sir Gaheris trafen, die König Artus gelobt hatten, nicht eher wieder an den Hof zu kommen, als bis sie Sir Tristan mitbrächten.

WIE SIR LANZELOT SIR TRISTAN AN DEN HOF BRACHTE UND VON DER GROSSEN FREUDE, DIE DER KÖNIG UND ANDERE ÜBER SIR TRISTANS ANKUNFT HATTEN. ❧ Ihr könnt wieder heimkehren, sagte Sir Lanzelot zu ihnen, euer Auftrag ist erfüllt, denn ich habe Sir Tristan gefunden: Schaut her, hier ist er! Da war Sir Gawein froh und sagte zu Tristan: Ihr seid willkommen, denn Ihr habt mich von einer großen Bürde befreit, doch sagt mir, wie kommt Ihr an diesen Hof? Edler Herr, erwiderte Tristan, ich bin wegen Sir Palamides in dieses Land gekommen, denn er und ich hatten diesen Tag für einen Zweikampf an dem Grabmal bestimmt, und ich wundere mich, daß ich nichts von ihm höre. So fügte es sich, daß ich mit Lanzelot zusammenstieß. Darüber kam König Artus hinzu, und als er erfuhr, daß Tristan da war, lief er auf ihn zu und nahm ihn bei der Hand und sagte: Sir Tristan, Ihr seid so herzlich willkommen wie nur je ein Ritter an diesem Hof. Als der König hörte, daß Tristan mit Lanzelot gekämpft und beide einander sehr schwer verwundet hatten, war er sehr bekümmert. Dann erzählte Tristan dem König, daß er gekommen sei, um mit Sir Palamides zu kämpfen, und wie er ihn vor den neun Rittern und Breunis Saunce Pité gerettet hatte; ferner wie er an einem Quell einen Ritter fand, der einen mit einem Tuch verhüllten Schild trug und der Sir Palamides und ihn niederwarf: Danach verließ mich Sir Palamides, und ich verfolgte jenen Ritter, und ich fand an vielen Orten Ritter, die er erschlagen oder bezwungen hatte. Bei meinem Leben, sagte Sir Gawein, derselbe Ritter mit dem verhüllten Schild warf mich und Sir Bleoberis nieder und verletzte uns beide sehr. Ach, sagte Sir Kay, dieser Ritter warf auch mich nieder und brachte mir Wunden bei, und gern hätte ich gewußt, wer es war, konnte es aber nicht erfahren. Barmherziger Jesus, rief Artus, wer war der Ritter mit dem verhüllten Schild? Ich weiß es nicht, antwortete Tristan, und alle anderen sagten dasselbe. Nun, sagte König Artus, dann weiß ich es, es war Sir Lanzelot. Da schauten sie alle auf Lanzelot und sagten: Ihr habt uns getäuscht mit Euerm verhüllten Schild. Es ist nicht das erste Mal, sagte Artus, daß er so etwas getan hat. Herr König, sprach Lanzelot, wahrhaftig, ich war der Ritter mit dem verhüllten Schild, und weil niemand wissen sollte, daß ich zu Euerm Hof gehöre, habe ich Unrühmliches über Euch gesagt. Das ist wahr, bestätigten Sir Gawein, Sir Kay und Sir Bleoberis. Darauf nahm König Artus Sir Tristan bei der Hand und führte ihn zu der Runden Tafel. Da kamen die Königin Ginevra und viele andere Damen, und alle riefen zugleich: Willkommen, Sir Tristan! Willkommen! riefen die Fräulein und Willkommen! die Ritter. Willkommen, sagte Artus, einem der besten Ritter und dem edelsten und ruhmreichsten Mann der Welt. Denn in allen Arten der Jagd gebührt dir der Preis, und alle Begriffe der Jagd- und Beizkunst stammen von dir; auf allen Musikinstrumenten spielst du am besten, und alle Arten des Blasens hast du eingeführt. Deshalb, edler Ritter, seid willkommen an diesem Hof. Und ich bitte Euch, fuhr Artus fort, mir einen Wunsch zu erfüllen. Ich stehe Euch zu Diensten, erwiderte Tristan. Nun, sagte Artus, ich wünsche, daß Ihr an meinem Hof bleibt. Herr König, antwortete Tristan, das tut mir leid, auf mich warten Abenteuer in vielen Ländern. Nicht doch, sagte Artus, Ihr habt versprochen, meinen Wunsch zu erfüllen, und dürft ihn nicht ablehnen. Herr, erwiderte Tristan, ich füge mich Euerm Willen. Dann ging Artus zu den Sitzen der Tafelrunde und schaute alle Sitze an, die leer waren. Da sah der König auf dem Sitz von Sir Marhaus von Irland, der im Kampf wegen des kornischen Tributs an einem Schwertstreich Tristans gestorben war, Buchstaben, die lauteten: Dies ist der Sitz des edlen Ritters Sir Tristan. Und dann machte Artus Sir Tristan zu einem Ritter der Tafelrunde und ließ ein großes Fest feiern mit Jubel und Pracht.

Kap. 7

WIE KÖNIG MARKE AUS ZORN AUF SIR TRISTAN MIT ZWEI RITTERN NACH ENGLAND KAM, UND WIE ER EINEN DER RITTER ERSCHLUG. ❧ Der Ruhm Sir Tristans drang auch nach Cornwall zu König Marke, der sich sehr darüber ärgerte. Hatte er doch Tristan, seinen Neffen, wegen seiner großen Liebe zu Schön Isolde aus dem Lande gejagt. So schickte König Marke Männer aus, um die Taten Tristans zu beobachten. Auch die Königin entsandte aus Liebe heimlich Späher, denn sie wollte erfahren, was er tat und wie es ihm ginge. Als diese Boten berichteten, daß Sir Tristan alle anderen Ritter außer Sir Lanzelot übertraf, war König Marke sehr bekümmert über diese Nachricht, aber die schöne Isolde war von Herzen froh. Da nahm König Marke in großem Zorn zwei gute Ritter und zwei Knappen, verkleidete sich und machte sich auf den Weg nach England, in der Absicht, Tristan zu erschlagen. Einer der beiden Ritter hieß Bersules, der andere Amant. Unterwegs fragte König Marke einen Ritter, wo er König Artus finden könne. In Camelot, war die Antwort. Und er fragte den Ritter auch, ob er am Hofe des Königs Artus von Sir Tristan gehört hätte. Das bejahte der Ritter und sagte: Ihr werdet Sir Tristan dort als einen der berühmtesten Männer dieser Zeit finden, denn durch seine Tapferkeit hat er das Turnier auf der Mägdeburg am Harten Fels gewonnen. Seitdem hat er dreißig sehr ehrenhafte Ritter mit eigenen Händen besiegt. Seinen letzten Kampf focht er mit Sir Lanzelot aus, und das war ein wunderbarer Kampf. Danach brachte Sir Lanzelot ohne Gewalt Sir Tristan an den Hof, zur großen Freude des Königs Artus, der ihn zum Ritter der Tafelrunde machte und ihm den Sitz des wackeren Ritters Sir Marhaus anwies. Diese hohen Ehren für Tristan wurmten König Marke sehr. Als der Ritter sich entfernt hatte, sagte König Marke zu seinen beiden Rittern: Hört jetzt meinen Plan. Ihr seid die Männer, denen ich am meisten vertraue, und ihr sollt wissen, daß ich hierhergekommen bin, um Tristan durch List oder Verrat zu verderben, und es soll ihm schwerfallen, unserem Anschlag zu entgehen. Wehe, sagte Sir Bersules, was habt Ihr vor? Wenn Ihr das beabsichtigt, führt Ihr Schändliches im Schilde, denn Sir Tristan ist der ruhmvollste Ritter, den wir kennen, und deshalb sage ich Euch offen, ich werde nie zustimmen, daß er getötet wird, und aus diesem Grunde gebe ich meinen Dienst auf und verlasse Euch. Nach diesen Worten zog König Marke plötzlich sein Schwert und rief: Ah, Verräter! Und er hieb Sir Bersules über den Kopf, daß das Schwert bis zu den Zähnen fuhr. Als der Ritter Amant und die Knappen die schurkische Tat sahen, sagten sie, das sei übel und böswillig gehandelt: Und darum wollen wir Euch nicht länger dienen, sondern Euch vor König Artus des Verrats anklagen. Darüber wurde König Marke höchst zornig und wollte Amant erschlagen, aber die beiden Knappen hielten zu ihm und vereitelten dies. Als König Marke sah, daß er sich nicht an ihnen rächen konnte, sagte er zu Amant: Wenn du mich des Verrats beschuldigst, will ich mich vor König Artus rechtfertigen, aber ich verlange von dir, daß du nicht kundtust, wer ich bin, was auch mit mir geschehen mag. Ich werde Euern Namen nicht entdecken, erwiderte Sir Amant. Und so trennten sie sich, und Amant und die Knappen bestatteten Bersules.

WIE KÖNIG MARKE ZU EINER QUELLE KAM, WO ER SIR LAMORAK FAND, DER AUS LIEBE ZU KÖNIG LOTS WEIB KLAGTE.

An einem Quell stieg König Marke ab, um sich auszuruhen, und er überlegte hin und her, ob er an den Hof des Königs Artus reiten oder nach Hause zurückkehren sollte. Während er so ruhte, kam ein wohlgewappneter Ritter daher, band sein Pferd an einen Baum und setzte sich am Rande der Quelle nieder. Dort hub er an zu klagen und zu stöhnen und gab die schmerzlichsten Liebesklagen von sich, die je ein Mensch gehört hat, und er bemerkte König Marke nicht. Er schluchzte und weinte und sagte dabei: O schöne Königin von Orkney, König Lots Weib und Mutter von Sir Gawein und Sir Gaheris und von manchem anderen, aus Liebe zu dir erleide ich große Schmerzen. Da stand König Marke auf, ging zu ihm hin und sagte: Edler Ritter, Ihr stimmt eine jammervolle Klage an. Wahrhaftig, antwortete der Ritter, sie ist noch hundertmal schmerzlicher in meinem Herzen, als ich sie äußern kann. Ich bitte Euch, sagte König Marke, nennt mir Euern Namen. Herr, erwiderte er, den verberge ich vor keinem Ritter, der einen Schild trägt, mein Name ist Sir Lamorak von Wales. Aber an der Sprache erkannte Sir Lamorak, daß König Marke ein kornischer Ritter war. Ich höre an Eurer Sprache, sagte Sir Lamorak, daß Ihr aus Cornwall seid, aus dem Land, in dem der schändlichste König regiert, der jetzt lebt, denn er ist ein Feind aller guten Ritter. Ein Beweis dafür ist, daß er Sir Tristan, den ruhmvollsten Ritter der Welt, den alle Ritter verehren, aus Eifersucht wegen seiner Königin aus dem Lande gejagt hat. Es ist bedauerlich, fuhr Sir Lamorak fort, daß ein falscher und feiger Mann wie König Marke mit einer so schönen und guten Frau wie Schön Isolde vermählt ist, denn alle Welt spricht Schimpfliches von ihm und höchst Ehrenvolles von der Königin. Diese Sache geht mich nichts an, sagte König Marke, und ich will nicht davon reden. Daran tut ihr gut, erwiderte Sir Lamorak. Herr Ritter, was könnt Ihr mir Neues berichten? Ich kann Euch sagen, antwortete Sir Lamorak, daß in Kürze ein großes Turnier bei Camelot auf der Burg Jagent stattfinden wird, und der König mit den hundert Rittern und der König von Irland, glaube ich, veranstalten es. Darüber kam Sir Dinadan hinzu und grüßte sie beide. Als er erfuhr, König Marke wäre ein Ritter aus Cornwall, schmähte er ihn um König Markes willen tausendmal mehr, als es Sir Lamorak getan hatte.

Dann forderte er König Marke zum Kampf heraus, doch dieser wollte durchaus nicht, aber Sir Dinadan reizte ihn so, daß er schließlich mit Sir Lamorak kämpfte. Sir Lamorak traf König Marke so heftig, daß er ihn mit seiner Lanze über den Pferdeschweif hinunterschob. König Marke stand wieder auf und verfolgte Sir Lamorak. Sir Dinadan aber wollte nicht mit Sir Lamorak kämpfen, und er sagte König Marke, Sir Lamorak wäre Sir Kay, der Seneschall. Das ist nicht wahr, versetzte König Marke, denn er ist viel stärker als Sir Kay. Und so folgte er ihm und holte ihn ein und hieß ihn stehenbleiben. Was wollt Ihr? fragte Sir Lamorak. Ich fordere Euch zum Schwertkampf, antwortete er, denn Ihr habt mich mit der Lanze bezwungen. Und sogleich kreuzten sie die Klingen, und Sir Lamorak ließ ihn gewähren und schonte ihn. König Marke aber war sehr hastig und schlug drauflos. Sir Lamorak merkte, daß er nicht ablassen würde, und wurde ein wenig zornig und verdoppelte seine Streiche, denn er war einer der tüchtigsten Ritter der Welt; und er hieb ihm so über den Helm, daß sein Kopf fast bis zum Sattelknopf herabhing. Da sagte Sir Lamorak: Herr Ritter, wie steht es? Mir scheint, Ihr habt jetzt genug vom Kämpfen, und es wäre unangebracht, Euch noch mehr Schaden zuzufügen, denn Ihr seid nur ein schwacher Ritter, deshalb gestatte ich Euch, nach Belieben wegzugehen. Vielen Dank, entgegnete König Marke, wir sind einander nicht ebenbürtig. Darauf verspottete Sir Dinadan den König und sagte: Ihr seid nicht fähig, es überhaupt mit einem guten Ritter aufzunehmen. König Marke antwortete: Als ich zuerst mit diesem Ritter tjostete, da habt Ihr Euch geweigert, mit ihm zu kämpfen. Denkt Ihr, das ist eine Schande für mich? fragte Sir Dinadan. Merkt Euch, es gereicht einem Ritter immer zur Ehre, wenn er etwas ablehnt, was er nicht bewältigen kann; deshalb wäre es ehrenvoller für Euch gewesen, den Kampf mit ihm abzulehnen, wie ich es tat; ich sage Euch offen, er ist imstande, fünf solche wie Euch und mich zu schlagen, denn ihr Ritter aus Cornwall seid nicht so tapfer wie andere. Und weil ihr selbst nicht tapfer seid, haßt ihr alle tapferen Männer. In euerm Land wurde noch nie ein Ritter wie Sir Tristan geboren.

WIE KÖNIG MARKE, SIR LAMORAK UND SIR DINADAN AUF EINE BURG KAMEN, UND WIE KÖNIG MARKE DORT ERKANNT WURDE. ❧ Dann ritten König Marke, Sir Lamorak und Sir Dinadan zusammen weiter, bis sie zu einer Brücke kamen, an deren Ende eine schöne Burg stand. Da kam auch schon ein wohlgewappneter Ritter auf sie zugaloppiert und schwang eine Lanze und forderte sie zum Kampf heraus. Wohlan, sagte Sir Dinadan zu König Marke, dort sind zwei Brüder, der eine heißt Alein und der andere Trian, die kämpfen mit jedem, der über diese Brücke kommt; nun könnt Ihr Euch bewähren, doch Ihr werdet bald am Boden liegen. Da war König Marke beschämt und legte sogleich seine Lanze ein und sprengte gegen Sir Trian, doch beider Lanzen zersplitterten, und sie ritten aneinander vorbei. Sir Trian schickte König Marke eine neue Lanze und wollte weiterkämpfen, aber König Marke ließ sich auf keine Weise dazu bewegen. Dann erreichten die drei Ritter die Burg und baten den Burgherrn um Herberge. Ihr seid willkommen, sagten die Ritter von der Burg, um unseres Burgherrn willen, der Sir Tor le Fise Aries heißt. Sie kamen in einen schönen, wohl hergerichteten Hof und wurden sehr freundlich empfangen, bis der Burghauptmann, dessen Namen Berluse war, König Marke von Cornwall erblickte. Da sagte Berluse: Herr Ritter, ich kenne Euch besser, als Ihr glaubt, denn Ihr seid König Marke, und Ihr habt vor meinen eigenen Augen meinen Vater erschlagen, und Ihr hättet auch mich erschlagen, wenn ich nicht in einen Wald entkommen wäre. Aber seid versichert, dem Herrn dieser Burg zuliebe will ich weder Euch noch einen Eurer Gefährten verletzen oder kränken. Sobald Ihr aber diese Burg verlaßt, werde ich es Euch heimzahlen, so gut ich kann, daß Ihr meinen Vater heimtückisch erschlagen habt. Meinem Herrn Sir Tor und dem edlen Ritter Sir Lamorak zuliebe sollt Ihr kein schlechtes Quartier bekommen, aber es ist eine Schande, Euch in der Gesellschaft guter Ritter zu sehen, denn Ihr seid der bübischste Ritter oder König, der jetzt lebt, und Ihr seid ein Mörder von guten Rittern, und alles, was Ihr tut, ist nur Verrat.

WIE SIR BERLUSE MIT KÖNIG MARKE KÄMPFTE, UND WIE SIR DINADAN KÖNIG MARKE BEISTAND.

Da schämte sich König Marke sehr und gab nur wenig zur Antwort. Aber als Sir Lamorak und Sir Dinadan erfuhren, daß er König Marke war, bedauerten sie, in seiner Gesellschaft zu sein. So gingen sie nach dem Abendessen in ihr Quartier. Am anderen Morgen standen sie früh auf, und König Marke ritt mit Sir Dinadan fort. Drei Meilen von der Burg entfernt trafen sie auf drei Ritter, von denen der eine Sir Berluse und die anderen seine beiden Vettern waren. Als Sir Berluse König Marke sah, rief er laut: Verräter! Nimm dich vor mir in acht, denn wisse, ich bin Berluse. Herr Ritter, mischte sich Sir Dinadan ein, ich rate Euch, jetzt auf den Kampf zu verzichten, denn König Marke reitet zu König Artus, und da ich versprochen habe, ihn zu Artus zu begleiten, muß ich ihm notwendig beistehen, obwohl mir das durchaus nicht gefällt und ich lieber weit weg von ihm wäre. Dinadan, sagte Sir Berluse, es tut mir leid, daß Ihr ihm zur Seite steht, doch jetzt tut Euer Bestes. Und er sprengte gegen König Marke und stieß ihm so heftig gegen den Schild, daß er ihn glatt aus dem Sattel hob. Darauf legte Sir Dinadan seine Lanze ein und warf einen von Berluses Gefährten nieder und danach noch einen anderen, denn Sir Dinadan war ein tüchtiger Ritter zu Pferde; und dann begann ein mächtiger Kampf, denn Berluse und seine Mannen hielten sich zu Fuß wacker beisammen. Doch durch die große Kraft Sir Dinadans bekam König Marke Sir Berluse zu Boden, seine beiden Gefährten flohen, und wäre Sir Dinadan nicht gewesen, König Marke hätte ihn erschlagen. So aber rettete ihm Sir Dinadan das Leben, denn König Marke war nur ein Mörder. Danach ritten König Marke und Sir Dinadan fort und ließen Sir Berluse schwer verwundet zurück. Nachdem sie vier englische Meilen geritten waren, kamen König Marke und Sir Dinadan zu einer Brücke, an der ein gewappneter Ritter zu Pferde kampfbereit wartete. Seht, sagte Sir Dinadan zu König Marke, dort wartet ein kampfbereiter Ritter, und niemand kann die Brücke überqueren, ohne mit diesem Ritter zu kämpfen. Es ist gut, entgegnete König Marke, denn dieser Kampf fällt Euch zu. Sir Dinadan kannte den Ritter wohl und wußte, daß er sehr tüchtig war, und er hätte es im Grunde gern mit ihm aufgenommen, wollte aber lieber König Marke kämpfen lassen, doch er konnte ihn auf keine Weise dazu bewegen. Da wollte sich Sir Dinadan dem Kampfe nicht entziehen. Sie nahmen daher Lanzen und Schilde und stießen so zusammen, daß durch die Wucht Sir Dinadan zu Boden geworfen wurde. Rasch stand er wieder auf und stieg aufs Pferd und forderte den Ritter zum Schwertkampf auf. Doch die Antwort lautete: Edler Ritter, für diesmal kann ich nicht weiter mit Euch kämpfen, so will es der Brauch dieser Brücke. Sir Dinadan geriet in großen Zorn darüber, daß er sich an dem Ritter nicht rächen konnte, und seinen Namen wollte der Ritter durchaus nicht sagen. So ritt Sir Dinadan weiter, und es war ihm, als müßte er den Schild kennen und der Ritter wäre Sir Tor gewesen.

Kapitel 11

WIE KÖNIG MARKE SIR DINADAN VERSPOTTETE, UND WIE SIE MIT SECHS RITTERN DER TAFELRUNDE ZUSAMMENTRAFEN.

Unterwegs begann König Marke Sir Dinadan zu verspotten: Ich dachte, ihr Ritter von der Tafelrunde könntet keinen finden, der euch ebenbürtig ist. Da habt Ihr recht, sagte Sir Dinadan, Euch zähle ich bestimmt nicht zu den besten Rittern, aber weil Ihr so boshaft seid, sollt Ihr mit mir kämpfen, und ich will Euch meine Kräfte beweisen. Nicht doch, erwiderte König Marke, ich will auf keinen Fall mit Euch kämpfen, aber um eines ersuche ich Euch, wenn Ihr an Artus' Hof kommt, verratet meinen Namen nicht, denn ich bin dort so verhaßt. Es ist eine Schmach für Euch, sagte Sir Dinadan, daß Ihr Euch so schändlich verhaltet, denn man sieht Euch an, daß Ihr ein Feigling und ein Mörder seid, und das ist die größte Schande für einen Ritter, denn ein Ritter, der ein Mörder ist, hat keine Ehre und wird niemals welche erlangen; und Ihr wolltet erst kürzlich durch meine Kraft Sir Berluse erschlagen, der ein besserer und tapfrerer Ritter ist, als Ihr es seid oder jemals sein werdet. So sprachen sie und ritten weiter, bis sie zu einem schönen Schloß kamen, vor dem ein Ritter stand, der sie bat, bei ihm zu übernachten. So blieben sie auf die Bitte des Ritters da und ruhten sich aus, machten sich's bequem und wurden glänzend bewirtet. Alle fahrenden Ritter waren dort willkommen, aber besonders die vom Hofe des Königs Artus. Da fragte Sir Dinadan seinen Gastgeber, wie der Ritter hieße, der die Brücke besetzt hielt. Warum wollt Ihr das wissen? fragte dieser. Weil es noch nicht lange her ist, antwortete Sir Dinadan, daß er mich zu Boden warf. Ach, edler Ritter, sagte der Gastgeber, darüber braucht Ihr Euch nicht zu wundern, denn er ist ein sehr guter Ritter, und sein Name ist Sir Tor, der Sohn von Aries le Vaysher. Ach, erwiderte Sir Dinadan, Sir Tor war das? Fürwahr, so kam er mir vor. Während sie miteinander sprachen, sahen sie sechs wohlgewappnete Ritter vom Hofe des Königs Artus über eine Ebene auf sich zureiten. Sir Dinadan erkannte sie alle recht gut an ihren Schilden. Der erste war der wackere Ritter Sir Iwein, der Sohn des Königs Uriens, der zweite war Sir Brandiles, der dritte Ozannale Cure Hardy, der vierte Iwein les Avoutres, der fünfte Sir Agrawein, der sechste Sir Mordred, Gaweins Bruder. Beim Anblick dieser sechs Ritter kam Sir Dinadan der Gedanke, er könnte durch eine List König Marke zum Kampf mit einem von ihnen bewegen. Schnell stiegen sie in den Sattel und sprengten diesen Rittern über drei englische Meilen nach. Dann entdeckte sie König Marke, wie sie alle sechs um einen Brunnen saßen und aßen und tranken, was sie bei sich führten, und ihre Pferde weideten oder waren angebunden, und ihre Schilde hatten sie an verschiedenen Stellen aufgehängt. Seht, sagte Sir Dinadan, dort sind fahrende Ritter, die mit uns kämpfen wollen. Gott behüte, antwortete König Marke, sie sind sechs und wir nur zwei. Deshalb, sagte Sir Dinadan, wollen wir uns nicht schonen, ich nehme den ersten auf mich. Damit machte er sich bereit. Als König Marke das sah, ritt er mit all seinen Bediensteten ebenso schnell davon, wie Sir Dinadan auf sie zu ritt. Doch kaum bemerkte Sir Dinadan, daß König Marke fort war, da nahm er die Lanze zurück, und warf den Schild auf den Rücken und ritt auf seine Gefährten von der Tafelrunde zu. Sir Iwein erkannte Sir Dinadan und hieß ihn willkommen, und alle Freunde stimmten ein.

WIE DIE SECHS RITTER SIR DAGONET ZUM KAMPF MIT KÖNIG MARKE VORSCHICKTEN, UND WIE KÖNIG MARKE ENTFLOH. ❧ Dann fragten sie ihn nach seinen Abenteuern und ob er Sir Tristan oder Sir Lanzelot gesehen hätte. Weiß Gott, antwortete Sir Dinadan, ich habe keinen von beiden getroffen, seit ich von Camelot fort bin. Wer war der Ritter, fragte Sir Brandiles, der so plötzlich von Euch weg und über jenes Feld ritt? Ein Ritter aus Cornwall, sagte Sir Dinadan, und der schrecklichste Feigling, der je auf einem Pferderücken saß. Wie heißt er? fragten alle Ritter. Ich weiß es nicht, antwortete Sir Dinadan. Nachdem sie sich ausgeruht und ausgiebig unterhalten hatten, ritten sie zu einer Burg, in der ein alter Ritter wohnte, der alle fahrenden Ritter freundlich aufnahm. Während sie dort im Gespräche vertieft waren, kam Sir Griflet le Fise de Dieu in die Burg, und sie begrüßten ihn alle und fragten ihn, ob er Sir Lanzelot oder Sir Tristan gesehen hätte. Ihr Herren, antwortete er, ich habe ihn nicht gesehen, seit ich Camelot verlassen habe. Als sich Sir Dinadan die Burg ansah, entdeckte er in einem Zimmer König Marke, und er tadelte ihn und fragte, warum er so plötzlich davongeritten sei. Herr, erwiderte jener, ich wagte nicht zu bleiben, weil sie so viele waren. Aber wie seid Ihr entkommen? fragte König Marke. Es waren bessere Freunde, als ich gedacht hatte, antwortete Sir Dinadan. Wer ist der Anführer dieser Gruppe? wollte König Marke wissen. Um ihm Angst einzujagen, sagte sir Dinadan: Es ist Sir Lanzelot. O Gott, stöhnte der König, kann ich Sir Lanzelot an seinem Schild erkennen? Ja, sagte Dinadan, er trägt einen Schild mit silbernen und schwarzen Querbalken. All das erzählte er nur, um den König zu erschrecken, denn Sir Lanzelot war gar nicht dabei. Ich bitte Euch nun, sagte König Marke, daß Ihr in meiner Gesellschaft reitet. Daran liegt mir nichts, entgegnete Sir Dinadan, denn Ihr seid aus meiner Gesellschaft geflohen. Damit verließ Sir Dinadan den König und ging zu seinen Freunden; und so ritten sie weiter und sprachen über den kornischen Ritter, denn Dinadan hatte ihnen erzählt, daß er auf der Burg sei, in der sie übernachtet hatten. Das ist gut, sagte Sir Griflet, denn ich habe Sir Dagonet mitgebracht, den Narren des Königs Artus. Er ist einer der besten und lustigsten Burschen, die es gibt. Wollt ihr euch einen Spaß machen? fragte Sir Dinadan. Ich habe dem kornischen Ritter erzählt, Sir Lanzelot sei hier, und darauf hat er mich nach seinem Schild gefragt. Ich habe ihm in Wahrheit aber den Schild beschrieben, der eigentlich Sir Mordred gehört. Dann spielen wir ihm einen Streich, sagte Sir Mordred. Ich bin zwar verletzt und kann weder Schild noch Harnisch tragen, aber beides soll Sir Dagonet nehmen und damit auf den kornischen Ritter losgehen. Meiner Treu, sagte Sir Dagonet, das will ich tun. Dagonet wurde rasch in Mordreds Harnisch gesteckt, dessen Schild wurde ihm umgehängt, und man setzte ihn auf ein kräftiges Pferd und gab ihm eine Lanze in die Hand. Jetzt zeigt mir den Ritter, rief Dagonet, und ich bin überzeugt, ich werde ihn niederstrecken. So versteckten sich die anderen an einem Waldrand und warteten, bis König Marke vorbeikam. Dann schickten sie Sir Dagonet los, und er sprengte in vollem Galopp gerade auf König Marke zu. Als er nahe an ihn heran war, schrie er wie toll: Wehre dich, Ritter aus Cornwall, ich will dich erschlagen! Kaum hatte König Marke den Schild erkannt, durchfuhr es ihn: Dort kommt Sir Lanzelot, wehe mir, jetzt bin ich verloren! Da gab er seinem Pferd die Sporen, daß es durch dick und dünn raste. Sir Dagonet ritt immer hinter ihm her und schrie und tobte wie ein Wilder und trieb ihn durch einen großen Wald. Als Sir Iwein und Sir Brandiles sahen, wie Dagonet hinter König Marke herjagte, platzten sie fast vor Lachen. Sie stiegen in den Sattel und folgten ihnen, um zu sehen, wie sich Sir Dagonet hielt; sie wollten um keinen Preis, daß Sir Dagonet zu Schaden kam, denn König Artus liebte ihn sehr und hatte ihn mit eigener Hand zum Ritter geschlagen. Bei jedem Turnier gelang es ihm, König Artus zum Lachen zu bringen. Die Ritter lenkten ihre Pferde hier- und dorthin und schrien und jagten König Marke nach, daß der Wald von dem Getöse widerhallte.

WIE SIR PALAMIDES DURCH ZUFALL AUF DEN FLIEHENDEN KÖNIG MARKE TRAF, UND WIE ER DAGONET UND ANDERE RITTER BEZWANG.

Durch Zufall kam König Marke an einem Quell vorüber, an dem ein fahrender Ritter in voller Rüstung und mit einer mächtigen Lanze in der Hand auf seinem Pferde saß. Als er König Marke auf der Flucht herannahen sah, rief er:

Ritter, welche Schande! So haltet an und bleibt bei mir, ich will Euch beschützen. Ach, edler Ritter, erwiderte König Marke, laßt mich vorbei, denn hinter mir her ist der beste Ritter der Welt, der mit dem schwarzgestreiften Schild. Pfui Schande, antwortete der Ritter, das ist keiner von den berühmten Rittern, und selbst wenn es Sir Lanzelot oder Sir Tristan wäre, würde ich ihm ohne Zögern entgegentreten. Als das König Marke hörte, machte er kehrt und blieb bei ihm stehen. Da richtete der starke Ritter seine Lanze gegen Sir Dagonet und traf ihn mit solcher Wucht, daß er ihn über den Schweif seines Pferdes zu Boden warf und er sich fast das Genick brach. Nach ihm kam Sir Brandiles, und als er Dagonet fallen sah, wurde er sehr zornig und schrie: Wehre dich, Ritter! Und so stießen sie zusammen, aber der Ritter traf Sir Brandiles so stark, daß Roß und Mann zu Boden gingen. Das alles sah Sir Iwein. Jesus, sagte er, ist das ein starker Ritter! Dann legten sie ihre Lanzen ein, und Sir Iwein wurde niedergestreckt und nach ihm Ozanna der Beherzte. Jetzt rate ich, meinte Sir Griflet, einen Knappen zu jenem Ritter zu schicken und ihn zu fragen, wie er heißt und ob er zum Hofe des Königs Artus gehört, denn mir scheint, es ist Sir Lamorak von Wales. Der Knappe kam mit folgender Antwort zurück: Meinen Namen sollen sie nicht erfahren, aber sage ihnen, ich bin ein fahrender Ritter wie sie und gehöre nicht zum Hof des Königs Artus. Bei meinem Leben, sagte Sir Agrawein, er ist einer der stärksten Ritter, die ich kenne, denn er hat drei edle Ritter niedergeworfen, und nun sind wir es unserer Ehre schuldig, mit ihm zu kämpfen. Da warf der Ritter Sir Agrawein nieder und danach Sir Iwein und Sir Griflet. Damit hatte er alle bezwungen bis auf Sir Dinadan, der zurückgeblieben war, und Sir Mordred, der ohne Rüstung war, weil er sie Dagonet gegeben hatte. Nach vollbrachter Tat ritt der starke Ritter langsam seines Weges, und König Marke folgte ihm und lobte ihn sehr; aber der Ritter gab keine Antwort, sondern seufzte höchst schmerzlich, ließ den Kopf hängen und achtete nicht auf die Worte. So ritten sie gut drei englische Meilen, dann rief der Ritter einen Bediensteten zu sich und trug ihm auf: Reite zu dem schönen Schloß dort. Überbringe der Herrin meinen Gruß und bitte sie, mich mit guten Speisen und Getränken zu stärken. Und wenn sie dich fragt, wer ich bin, so sage ihr, ich sei der Ritter, der das bellende Tier verfolgt, in dessen Leib der Lärm von sechzig Hunden ist. Als die Schloßherrin Gruß und Botschaft vernommen hatte, rief sie: O lieber Herr Jesus, wann werde ich diesen edlen Ritter, meinen lieben Sohn Sir Palamides, wiedersehen? Ach, will er nicht bei mir bleiben? Damit sank sie fast ohnmächtig nieder und weinte und jammerte bitterlich. Als sie wieder zu sich gekommen war, gab sie dem Bediensteten alles, was er verlangt hatte. Er kehrte zu Sir Palamides zurück. Da er aber zum Gefolge König Markes gehörte, meldete er dem König, kaum daß er angekommen war, der Name des Ritters sei Sir Palamides. Das freut mich, sprach der König, aber sei still und verrate es niemandem. Nach einer Weile stiegen sie ab und legten sich nieder, um sich ein wenig auszuruhen. Bald fiel König Marke in tiefen Schlaf. Als ihn Sir Palamides so fest schlafen sah, nahm er sein Pferd und sagte: Ich will nicht in der Gesellschaft eines schlafenden Ritters sein, und ritt schnell von dannen.

WIE KÖNIG MARKE UND SIR DINADAN SIR PALAMIDES HEFTIG UM SCHÖN ISOLDE KLAGEN UND JAMMERN HÖRTEN. ❧ Unterdessen fand Sir Dinadan die sieben Ritter alle sehr betrübt vor, und als er von ihrem Abenteuer erfuhr, war er ebenso betrübt wie sie. Sir Iwein, sagte Dinadan, ich wette meinen Kopf, es ist Sir Lamorak von Wales. Ich verspreche Euch, daß ich ihn finden werde, sofern er in diesem Lande überhaupt zu finden ist. Damit ritt Sir Dinadan diesem Ritter nach, und auch König Marke durchsuchte den ganzen Wald

nach ihm. Als König Marke so hinter Sir Palamides herritt, drang das bittere Klagen eines Mannes an sein Ohr, und er näherte sich den Leuten so weit, wie er es unbemerkt wagen durfte. Er erkannte einen Ritter, der vom Pferd gestiegen war, den Helm abgenommen hatte und eine ergreifende, schmerzliche Liebesklage hören ließ. Währenddessen begegnete Sir

Dinadan im Wald einem Ritter, der auf Jagd war. Herr, redete Sir Dinadan ihn an, habt Ihr einen Ritter gesehen mit einem silbernen Schild mit Löwenköpfen? Ja, edler Ritter, den habe ich gerade getroffen, und er schlug diesen Weg hier ein. Vielen Dank, erwiderte Sir Dinadan; wenn ich die Spur seines Pferdes finde, soll er mir nicht entkommen. Damit nahm er die Verfolgung auf. Spät am Abend hörte er im Walde klagende Laute wie von einem Mann. Als er nahe heran war, stieg er vom Pferd und ging zu Fuß weiter. Da sah er unter einem Baum einen Ritter, der sein Pferd neben sich angebunden und den Helm abgenommen hatte und immerzu schmerzlich klagte. Er klagte wegen Schön Isolde, der Königin von Cornwall: Ach, schöne Frau, warum liebe ich dich. Du bist die Schönste von allen, aber du zeigst mir weder Liebe noch Güte. Ach, und dennoch muß ich dich lieben. Ich kann dich nicht tadeln, schöne Frau, denn meine Augen tragen die Schuld an meinem Kummer. Ich bin ein Narr, daß ich dich liebe, denn der beste Ritter der Welt liebt dich, und du liebst ihn, und das ist Sir Tristan von Liones. Der falscheste König und Ritter ist dein Gemahl, der größte Feigling und elendeste Verräter, König Marke. Wie schrecklich, daß eine so unvergleichlich schöne Frau mit dem bübischsten Ritter der Welt vermählt ist! All diese Klagen, die Sir Palamides ausstieß, hörte König Marke, und er erschrak, als er Sir Dinadan kommen sah, denn er fürchtete, dieser könnte ihn entdecken und Sir Palamides sagen, daß er König Marke sei. Daher zog er sich zurück, bestieg sein Pferd und ritt zu seinen Leuten, denen er zu warten befohlen hatte. So schnell er konnte, ritt er nach Camelot und fand dort den Ritter Amant, der ihn vor König Artus des Verrats beschuldigt hatte. Der König befahl ihm, sofort mit ihm zu kämpfen. Durch Mißgeschick stieß König Marke Amant die Lanze in den Leib. Und doch war Amants Streit gerecht. Darauf verließ König Marke, aus Furcht, Sir Dinadan könne Sir Tristan und Sir Palamides sagen, wer er sei, den Hof. Es waren aber Mädchen anwesend, die Schön Isolde zu Sir Tristan gesandt hatte und die Sir Amant gut kannten.

Kap. 15

WIE KÖNIG MARKE SIR AMANT ZU UNRECHT ERSCHLAGEN HATTE, UND WIE SIR LANZELOT KÖNIG MARKE VOR KÖNIG ARTUS HOLTE. Mit Erlaubnis des Königs Artus gingen sie zu Sir Amant und sprachen mit ihm. Während die Lanzenspitze in seinem Leib steckte, sprach er: Ach, ihr schönen Mädchen, empfehlt mich eurer Herrin Schön Isolde und berichtet ihr, daß ich wegen ihrer und Sir Tristans Liebe getötet worden bin. Er teilte den Mädchen mit, wie feige König Marke Sir Bersules, seinen Gefährten, erschlagen hatte. Wegen dieser Tat beschuldigte ich ihn des Verrates, und nun bin ich in meinem gerechten Streit selbst erschlagen worden, das alles aber nur, weil Sir Bersules und ich nicht einwilligen wollten, den edlen Ritter Sir Tristan durch Verrat umzubringen. Da schrien die beiden Mädchen laut auf, daß es der ganze Hof hören konnte, und sagten: O lieber Herr Jesus, der du alle verborgenen Dinge kennst, warum duldest du, daß ein so elender Verräter einen treuen Ritter, der in einem gerechten Streit ficht, besiegt und erschlägt? Da erfuhren der König und die Königin und alle Herren sogleich, daß es König Marke war, der Sir Amant erschlagen hatte und zuvor Sir Bersules. König Artus wurde über die Maßen zornig und alle anderen Ritter ebenso. Als aber Sir Tristan von der ganzen Sache hörte, überfiel ihn großer Kummer und Schmerz, und er weinte über den Tod der beiden edlen Ritter. Als Sir Lanzelot Sir Tristan weinen sah, eilte er zu König Artus und sagte: Herr, ich bitte Euch, laßt mich jenen falschen Ritter und König zurückholen. Ich bitte Euch, antwortete König Artus, bringt ihn her, aber um meiner Ehre willen möchte ich nicht, daß Ihr ihn erschlagt. Da wappnete sich Sir Lanzelot in aller Eile, nahm ein starkes Pferd und eine Lanze und ritt König Marke nach. Drei englische Meilen vom Hof entfernt holte er ihn ein und forderte ihn auf: Mache kehrt, du meineidiger König und Ritter, denn ob du willst oder nicht, du mußt mir zum Hof des Königs Artus folgen. Da wandte sich König Marke um und sah Sir Lanzelot an und fragte: Edler Herr, wie ist Euer Name? Wisse, lautete die Antwort, mein Name ist Sir Lanzelot, und deshalb wehre dich. Als König Marke begriff, daß es Sir Lanzelot war, der so schnell mit eingelegter Lanze gegen ihn anritt, rief er laut: Ich ergebe mich dir, Sir Lanzelot, ehrenwerter Ritter! Aber Sir Lanzelot wollte ihn nicht hören, sondern griff ihn an. König Marke wehrte sich nicht, sondern taumelte aus dem Sattel und fiel wie ein Sack zu Boden. Dort blieb er reglos liegen und flehte Sir Lanzelot um Gnade an. Steh auf, du elender Ritter und König, rief Sir Lanzelot. Ich will nicht kämpfen, antwortete König Marke, ich gehe mit Euch, wohin Ihr wollt. Welch ein Jammer, sagte Sir Lanzelot, daß ich dir nicht einen einzigen Stoß versetzen kann um Sir Tristans und Schön Isoldes und der zwei Ritter willen, die du heimtückisch erschlagen hast. So brachte er ihn zu König Artus. Dort warf König Marke Helm und Schwert von sich und fiel König Artus zu Füßen und ergab sich ihm auf Gnade und Ungnade. So wahr mir Gott helfe, sagte Artus, auf eine Art seid Ihr mir willkommen, auf eine andere Art nicht. Willkommen seid Ihr insofern, als Ihr gegen Euern Willen hier seid, wie ich vermute. Das ist wahr, sagte König Marke, ich hatte nicht die Absicht herzukommen. Der hohe Herr Sir Lanzelot hat mich mit Gewalt hierhergebracht, und seiner Gnade habe ich mich ergeben. Gut, sprach Artus, Ihr wißt, daß Ihr mir Dienst, Huldigung und Treue schuldet, aber Ihr wolltet Eurer Pflicht nie nachkommen, sondern seid immer gegen mich gewesen und habt meine Ritter verfolgt; wie wollt Ihr Eure Schuld nun sühnen? Herr, antwortete König Marke, ganz wie Eure Majestät gebietet, will ich nach besten Kräften große Buße leisten. Marke war nämlich ein Mann schöner Worte, doch dahinter verbarg sich Falschheit. Da nahm Artus zur großen Genugtuung Tristans König Marke vorläufig in Gewahrsam und setzte, um die beiden wieder zu versöhnen, einen Einigungstag zwischen ihnen fest.

WIE SIR DINADAN SIR PALAMIDES VON DEM KAMPF ZWISCHEN SIR LANZELOT UND SIR TRISTAN BERICHTETE. ☙ In dem Walde hatte inzwischen Sir Dinadan versucht, Sir Palamides in seinem großen Schmerz zu trösten. Wer seid Ihr? fragte ihn Sir Palamides. Ich bin ein fahrender Ritter wie Ihr und habe Euch und Euern Schild lange gesucht. Hier ist mein Schild, sagte Sir Palamides, und wenn Ihr etwas von mir wollt, werde ich mich damit schützen. Nein, antwortete Sir Dinadan, ich will mich nicht mit Euch schlagen, sondern komme im guten. Wenn Ihr es dennoch wollt, bin ich sogleich bereit. Herr, fragte da Sir Dinadan, wohin reitet Ihr? Bei meinem Leben, entgegnete Sir Palamides, ich weiß es nicht und lasse mich vom Zufall führen. Habt Ihr etwas von Sir Tristan gehört? Bei Gott, antwortete Sir Palamides, von Tristan habe ich gehört und ihn auch getroffen, und wenn wir uns zuvor auch nicht sonderlich mochten, rettete er mich in meiner Not vor dem Tode. Doch beschlossen wir, bevor wir auseinandergingen, an einem bestimmten Tag an dem Grabstein, den Merlin bei Camelot errichtet hat, zum Zweikampf zusammenzutreffen. Daß ich verhindert war und den Tag nicht einhalten konnte, betrübt mich sehr, doch habe ich einen triftigen Grund, denn ich war, mit vielen anderen, Gefangener eines Burgherrn, und Sir Tristan wird wohl einsehen, daß ich die Abmachung nicht aus Feigheit und Furcht gebrochen habe. Dann nannte Sir Palamides den Tag, an dem die Begegnung hatte stattfinden sollen. So wahr mir Gott helfe, rief Sir Dinadan, an eben diesem Tag traf Sir Lanzelot an dem Grabmal auf Sir Tristan, und sie fochten den gewaltigsten Kampf, der jemals in diesem Lande zwischen zwei Rittern stattfand. Er dauerte länger als zwei Stunden. Dabei verloren beide so viel Blut, daß sich alle wunderten, wie sie noch standhalten konnten. Schließlich brachen sie mit beiderseitiger Zustimmung den Kampf ab und wurden Freunde und schwuren Brüderschaft für immer. Niemand kann sagen, wer von beiden der bessere Ritter ist. Nun ist Sir Tristan auch ein Ritter der Tafelrunde geworden und hat den Platz des edlen Ritters Sir Marhaus eingenommen. Bei meinem Leben, sagte Palamides, Sir Tristan ist viel stärker und kühner als Sir Lanzelot. Habt Ihr mit beiden gekämpft? fragte Dinadan. An dem Quell, wo Sir Lanzelot im Schlafe lag, warf er Sir Tristan und mich mit einer Lanze nieder, sagte Palamides, doch damals kannten sie einander nicht. Edler Ritter, fuhr Sir Dinadan fort, hört auf, Sir Lanzelot und Sir Tristan gegeneinander abzuwägen, denn auch dem schlechteren von beiden kommt so leicht kein Ritter, den ich kenne, gleich. Nein, sagte Sir Palamides, Gott behüte, aber wenn ich mit dem besseren von beiden Streit hätte, würde ich ebenso bereitwillig mit ihm kämpfen wie mit Euch. Herr Ritter, ich bitte Euch, nennt mir Euern Namen, und ich will Euch gern Gesellschaft leisten, bis wir nach Camelot kommen. Dort werdet Ihr bei dem großen Turnier viel Ruhm gewinnen, und Königin Ginevra und Schön Isolde von Cornwall werden dabei sein. So wisset, Herr Ritter, um Schön Isoldes willen werde ich hingehen, und nur darum, aber ich will am Hof des Königs Artus nicht kämpfen. Herr, erwiderte Sir Dinadan, ich begleite Euch und stehe Euch zu Diensten, wenn Ihr mir Euern Namen nennt. So hört, mein Name ist Sir Palamides, Bruder Saferes, des wackeren und edlen Ritters. Sir Segwarides und ich sind von Vater und Mutter her gebürtige Sarazenen. Herr, antwortete Sir Dinadan, ich danke Euch sehr, daß Ihr mir Euern Namen genannt habt. Ich bin froh, daß ich ihn kenne, und verspreche Euch bei meinem Leben, daß Ihr durch mich nicht willentlich geschädigt, sondern eher gefördert werden sollt, und das will ich mit all meiner Kraft tun, das gelobe ich Euch. Ich verbürge mich bei meinem Leben, Ihr werdet am Hof des Königs Artus großen Ruhm erwerben und sehr willkommen sein. So setzten sie den Helm auf, hängten den Schild um, stiegen aufs Pferd und schlugen die Landstraße nach Camelot ein. Nach einer Weile sahen sie eine Burg. Sie war schön und stattlich und stark befestigt wie kaum eine andere in diesem Lande.

Kapitel 17

WIE SIR LAMORAK MIT MEHREREN RITTERN DER BURG KÄMPFTE, IN DER MORGAN LE FAY WAR. ❧ Sir Palamides, sagte Dinadan, diese Burg kenne ich gut, darin wohnt Königin Morgan le Fay, König Artus' Schwester. Einst schenkte Artus ihr diese Burg, und das hat er schon tausendmal bereut, denn seitdem liegen sie beide immer in Zank und Streit, aber durch keine List konnte Artus diese Burg zurückgewinnen, und Morgan befehdete ihn bei jeder Gelegenheit. Alle gewalttätigen Ritter schart sie um sich, um die Ritter zu vernichten, die König Artus liebt. Kein Ritter darf hier passieren, ohne daß er mit ein, zwei oder drei Rittern der Burg kämpft. Und wenn ein Ritter des Königs Artus bezwungen wird, verliert er Pferd und Rüstung und alles, was er hat, und wenn er nicht entkommt, wird er gefangengenommen. Gott steh mir bei, sagte Palamides, das ist ein schimpflicher Brauch und eine schändliche Sitte für eine Königin, gegen ihren eigenen Herrn, der die Krone alles christlichen und heidnischen Rittertums genannt wird, einen solchen Krieg zu führen, und von ganzem Herzen möchte ich diesem schmachvollen Brauch ein Ende bereiten. Die ganze Welt soll wissen, daß ich ihr keinen Dienst leisten werde; und wenn sie Ritter zum Kampf gegen uns aussendet, wie ich vermute, sollen sie alle Hände voll zu tun bekommen. Bei meinem Leben, ich werde Euch nach besten Kräften beistehen, sagte Sir Dinadan. Während sie so zu Pferde vor der Burg standen, kam ein Ritter mit einem roten Schild heraus, und zwei Knappen folgten ihm. Er ging gerade auf Palamides zu und redete ihn an: Edler fahrender Ritter, ich bitte Euch bei Eurer Ritterpflicht, kämpft nicht mit den Männern dieser Burg, denn das ist meine Aufgabe, und wegen dieses Abenteuers bin ich hier. Laßt mich bitte gewähren, und wenn ich geschlagen werde, dann rächt mich. In Gottes Namen, erwiderte Palamides, laßt sehen, wie Ihr dabei fahrt, wir werden Euch zuschauen. Alsbald kam ein Ritter aus der Burg und forderte den Ritter mit dem roten Schild zum Kampf heraus. Sogleich ritten sie gegeneinander, und der mit dem roten Schild traf den anderen mit solcher Wucht, daß er zu Boden fiel. Darauf kam ein anderer Ritter heraus und wurde ebenfalls aus dem Sattel gestoßen und danach ein dritter. Dann bot Sir Palamides dem Ritter mit dem roten Schild seine Hilfe an. Edler Ritter, antwortete dieser, laßt mich nur machen, und wenn es zwanzig Ritter wären, ich fürchtete sie nicht. Von den Wällen der Burg riefen viele Herren und Damen: Gut habt Ihr gekämpft, Ritter mit dem roten Schild! Kaum hatte der Ritter seine Gegner bezwungen, nahm sein Knappe ihren Pferden Sattel und Zaumzeug ab und jagte sie in den Wald, die drei Ritter aber hieß er bis zum Ende des Turniers warten. Schon kam der vierte aus der Burg, und der Ritter mit dem roten Schild traf ihn mit einem so harten Stoß, daß Mann und Roß zu Boden stürzten und der Ritter durch den Fall Rückgrat und Genick brach. O Jesus, sagte Palamides, das ist ein überaus starker Ritter und der beste Kämpfer, den ich je gesehen habe. Bei meinem Leben, sagte Dinadan, wer er auch sein mag, er ist so tüchtig wie Sir Lanzelot oder Sir Tristan.

WIE SIR PALAMIDES FÜR SIR LAMORAK MIT DEN RITTERN DER BURG KÄMPFEN WOLLTE. ❧ Hierauf kam ein Ritter aus der Burg mit einem Schild, den ein Schrägbalken in eine schwarze und eine weiße Hälfte teilte, und der Ritter mit dem roten Schild stieß so heftig mit ihm zusammen, daß seine Lanze dem Gegner durch Schild und Leib drang und auch das Pferd tötete. Edler Ritter, sagte da Sir Palamides, Ihr habt Euch allzuviel vorgenommen, deshalb bitte ich Euch, laßt mich kämpfen, denn Ihr müßt Euch ausruhen. Warum denn, erwiderte der Ritter, erscheine ich Euch schwach und matt? Ihr tut mir Unrecht und Schande an, denn ich halte mich gut. Ich sage Euch erneut, und wenn es zwanzig Ritter wären, so würde ich sie schlagen, und erst wenn sie mich bezwingen oder töten, mögt Ihr mich rächen. Aber wenn Ihr denkt, ich sei müde, und Ihr Lust habt, mit mir zu kämpfen, sollt Ihr mit mir genug zu tun bekommen. Herr, antwortete Palamides, ich habe das nicht gesagt, weil ich mit Euch kämpfen will, aber mir scheint, Ihr mutet Euch zuviel zu. Wenn Ihr edel dächtet, erwiderte der Ritter mit dem roten Schild, würdet Ihr nichts Ehrenrühriges von mir verlangen, deshalb fordere ich Euch auf, mit mir zu kämpfen, und Ihr werdet sehen, daß ich nicht müde bin. Da Ihr mich herausfordert, entgegnete Sir Palamides, seht Euch vor! Dann ritten sie gegeneinander, so schnell ihre Pferde sie trugen, und der Ritter traf Sir Palamides mit solcher Gewalt auf den Schild, daß ihm die Lanze eine tiefe und gefährliche Wunde in die Seite riß. Sir Palamides glitt aus dem Sattel. Jetzt wandte sich der Ritter gegen Sir Dinadan, und als dieser ihn kommen sah, rief er laut: Herr, ich will nicht mit Euch kämpfen! Aber der Ritter ließ sich nicht beirren und ging ihn an. Um seine Ehre zu retten, hielt Dinadan seine Lanze vor, und sie zersplitterte an dem Ritter, der ihn so gewaltig traf, daß er ihn glatt aus dem Sattel hob. Ihre Pferde aber ließ der Ritter seinen Knappen nicht absatteln, weil sie fahrende Ritter waren. Dann wandte sich der Ritter mit dem roten Schild wieder gegen die Burg und kämpfte mit sieben weiteren Gegnern, von denen ihm keiner standhalten konnte. Er warf sie alle zu Boden. Vier von den zwölf Rittern erschlug er im offenen Kampf, die anderen acht ließ er auf den Knauf eines Schwertes schwören, die üblen Bräuche dieser Burg nie mehr zu üben. Als er ihnen den Eid abgenommen hatte, ließ er sie ziehen. Die ganze Zeit über standen die Herren und Damen der Burg auf den Wällen und riefen: Ritter mit dem roten Schild, Ihr habt so wunderbar gekämpft, wie wir es noch nie gesehen haben. Und dann kam ein unbewaffneter Ritter aus der Burg und sagte: Ritter mit dem roten Schild, du hast uns heute übergroßen Schaden angetan, deshalb geh, wohin du willst, denn hier ist niemand mehr, der mit dir kämpfen will. Wir bedauern sehr, daß du jemals hierher kamst, denn durch dich ist der alte Brauch dieser Burg gebrochen. Mit diesen Worten kehrte er wieder in die Burg zurück und schloß die Tore. Darauf rief der Ritter mit dem roten Schild seine Knappen und zog seines Weges. Als er fort war, ging Palamides zu Dinadan und sagte: Noch nie bin ich von einem Ritter so schändlich besiegt worden, deshalb will ich ihn verfolgen und mich im Schwertkampf an ihm rächen, denn zu Pferde werde ich wohl wenig gegen ihn ausrichten können. Sir Palamides, meinte Dinadan, wenn ich Euch einen Rat geben darf, so laßt Euch nicht mit ihm ein, denn das wird Euch keine Ehre einbringen, und zwar deshalb nicht, weil er, wie Ihr gesehen habt, heute schon übermäßig viel geleistet hat und daher sehr abgekämpft ist. Beim Allmächtigen, erwiderte Palamides, ich finde keine Ruhe, bis ich mit ihm gekämpft habe. Ich halte mich zu Eurer Verfügung, sagte Dinadan. Wohlan, rief Palamides, dann sollt Ihr sehen, wie wir unsere Kraft beweisen. Sie holten ihre Pferde von ihren Dienstleuten und eilten dem Ritter mit dem roten Schild nach. In einem Tal fanden sie ihn an einer Quelle, wo er abgestiegen war, um sich auszuruhen. Er hatte den Helm abgenommen, um zu trinken.

Kap. 19

WIE SIR LAMORAK MIT SIR PALAMIDES KÄMPFTE UND IHN SCHWER VERWUNDETE. Da ritt Palamides schnell zu ihm hin und sagte: Ritter, denkt an die Schande, die Ihr mir eben bei der Burg angetan habt, deshalb wappnet Euch, denn ich will mit Euch kämpfen. Edler Ritter, erwiderte jener, an mir gewinnt Ihr keine Ehre, denn Ihr wißt, daß ich heute große Anstrengungen hinter mir habe. Darauf kann ich keine Rücksicht nehmen, antwortete Palamides, denn ich will meine Rache. Gut, sagte der Ritter, vielleicht kann ich Euch standhalten. Damit stieg er in den Sattel, ergriff eine starke Lanze und machte sich kampfbereit. Nein, sagte Palamides, ich will nicht mit der Lanze kämpfen, denn ich bin sicher, dabei gewinne ich keinen Preis. Edler Herr, erwiderte der Ritter, es geziemt einem Ritter, zu Pferd mit der Lanze zu kämpfen. Ihr sollt sehen, was ich vorhabe, sagte Palamides. Damit stieg er vom Pferd, nahm den Schild vor und zog das Schwert. Der Ritter mit dem roten Schild tat dasselbe. Dann schritten sie langsam aufeinander zu und schlugen eine Stunde lang scharf aufeinander ein. Erst dann verschnauften sie ein Weilchen. Danach fuhren sie fort und fielen nach vorn aus und zur Seite und wurden maßlos zornig, und jeder verhieß dem anderen den Tod. So wild schlugen sie zu, daß sie einander mit dem Schwert das Panzerhemd durchschlugen und an manchen Stellen das nackte Fleisch aus dem Harnisch hervorschaute. Manchmal stachen sie zu, manchmal hieben sie wie Wilde aufeinander ein. Als Sir Palamides sah, daß das Schwert seines Gegners ganz mit seinem Blut bedeckt war, betrübte ihn das sehr. Schließlich wurde Palamides schwächer, und das kam von seiner ersten Wunde, die er mit der Lanze bei der Burg erhalten hatte, denn diese Wunde schmerzte ihn heftig. Edler Ritter, sagte Palamides, mir scheint, wir haben einander jetzt genug erprobt, und wenn es Euch recht ist, bitte ich Euch bei Eurer Ritterehre, mir Euern Namen zu nennen. Herr, antwortete der Ritter, das möchte ich nicht, denn Ihr habt mich zu Unrecht und unritterlich zum Kampf herausgefordert nach all meinen Anstrengungen des Tages, aber wenn Ihr mir Euern Namen sagt, will ich Euch meinen nennen. Herr, mein Name ist Sir Palamides. Ach, Herr, und mein Name ist Sir Lamorak von Wales, Sohn und Erbe des wackeren Ritters und Königs Pellinore, und Sir Tor, der tapfere Ritter, ist mein Halbbruder. Da kniete Sir Palamides nieder und bat um Gnade: Schimpflich habe ich heute gegen Euch gehandelt. In Anbetracht der großen Waffentaten, die ich Euch vollbringen sah, habe ich Euch schändlich und unritterlich zum Kampf herausgefordert. Ach, Sir Palamides, sagte Lamorak, zuviel habt Ihr mir schon getan und gesagt. Und damit legte er beide Arme um ihn und sprach: Palamides, du ruhmvoller Ritter, im ganzen Lande gibt es keinen besseren und tapfreren als Euch; es tut mir leid, daß wir miteinander kämpfen mußten. Mir tut es nicht leid, entgegnte Sir Palamides, obwohl ich schwerer verwundet bin als Ihr, aber ich werde bald wieder geheilt sein. Selbst für die schönste Burg in diesem Lande wollte ich nicht auf unser Zusammentreffen verzichten, denn ich werde Euch nun zeit meines Lebens vor allen anderen Rittern lieben, meinen Bruder Sir Safere ausgenommen. Ich erkläre das gleiche, fügte Sir Lamorak hinzu, und nehme meinen Bruder Sir Tor aus. Dann kam Sir Dinadan hinzu, und groß war seine Freude über Sir Lamorak. Danach brachten die Knappen Schilde und Harnische wieder in Ordnung und pflegten die Wunden der Kämpfer. Und in einer Priorei in der Nähe fanden sie alle ein ruhiges Nachtlager.

WIE SIR LANZELOT BERICHTET WURDE, DASS DAGONET KÖNIG MARKE VERFOLGT UND EIN RITTER DAGONET UND SECHS ANDERE RITTER BESIEGT HATTE. Am anderen Morgen ritten Lamorak, Palamides und Dinadan mit ihren Knappen und Gefolgsleuten weiter, bis sie auf einem Berge eine schöne und gut befestigte Burg sahen. Der Herr dieser Burg war ein Ritter namens Galahalt. Sie wurden von ihm gut aufgenommen und glänzend bewirtet. Sir Dinadan, fragte Sir Lamorak, was wollt Ihr nun tun? Herr, antwortete Sir Dinadan, ich will morgen an den Hof des Königs Artus. Bei meinem Leben, sagte Sir Palamides, in den nächsten drei Tagen kann ich nicht reiten, denn ich bin sehr verwundet und habe viel Blut verloren. Deshalb will ich mich hier ausruhen. Das ist mir recht, entgegnete Sir Lamorak, ich will bei Euch bleiben und dann mit Euch reiten, falls Ihr nicht gar zu lange verweilt; deshalb bitte ich Euch, Sir Dinadan, bleibt noch und begleitet uns dann. Wahrhaftig, erwiderte Dinadan, ich mag nicht warten, denn mich drängt es, Sir Tristan wiederzusehen. Ach, Sir Dinadan, sagte Palamides, jetzt merke ich, daß Ihr meinen Todfeind liebt, wie könnte ich Euch da vertrauen? Nun, antwortete Dinadan, ich liebe Sir Tristan mehr als jeden anderen, und ihm will ich dienen und Ehre erweisen. Das will auch ich, sagte Sir Lamorak, soweit es irgend in meiner Macht steht. So ritt Sir Dinadan am anderen Morgen zum Hof des Königs Artus. Dort waren in der Zwischenzeit Sir Ganis und Sir Brandiles mit ihren Gefährten angekommen und hatten dem König, Sir Lanzelot und Sir Tristan berichtet, wie der Narr Sir Dagonet König Marke durch den Wald gejagt und wie ein starker Ritter sie alle sieben mit einer Lanze niedergestreckt hatte. Da gab es großes Gelächter und viel Spott über König Marke und Sir Dagonet, aber keiner konnte sagen, wer der Ritter war, der König Marke gerettet hatte. Da fragten sie König Marke, und er antwortete: Er nannte sich der Ritter, der das bellende Tier verfolgt, und unter diesem Namen sandte er einen meiner Gefolgsleute zu einer Burg, in der seine Mutter saß. Als sie hörte, wer ihn geschickt hatte, fing sie laut zu klagen an: O mein lieber Sohn Palamides, warum kommst du nicht zu mir? Daraus ergibt sich, daß er der edle Ritter Sir Palamides ist. Da waren alle froh, daß sie seinen Namen wußten. Als nun Sir Dinadan an den Hof nach Camelot kam, grüßte er den König und die Königin, Sir Lanzelot und Sir Tristan, und der ganze Hof hieß Sir Dinadan willkommen, denn er war edel, klug und höflich und ein wackerer Ritter. Besonders der tapfere Sir Tristan liebte ihn mehr als alle anderen Ritter, Sir Lanzelot ausgenommen. Da fragte der König Sir Dinadan, was für Abenteuer ihm begegnet seien. Herr König, antwortete Dinadan, ich habe viele Abenteuer erlebt. Einige davon kennt König Marke, aber nicht alle. Darauf berichtete er dem König von dem Kampf vor der Burg von Morgan le Fay und wie Sir Lamorak zwölf Ritter besiegte und vier von ihnen erschlug und wie er danach Sir Palamides und ihn selbst niederwarf. Das kann ich nicht glauben, sagte der König, denn Sir Palamides ist ein sehr tüchtiger Ritter. Das ist wahr, antwortete Dinadan, aber ich habe gesehen, wie er bezwungen wurde. Und dann beschrieb er dem König den ganzen Kampf wie Palamides immer mehr verwundet wurde und immer mehr Blut verlor und seine Kräfte schwanden. Ohne Zweifel, sagte Dinadan, hätte der Kampf länger gedauert, Palamides wäre erschlagen worden. O Jesus, rief König Artus, das wundert mich sehr. Herr König, erwiderte Tristan, wundert Euch nicht, denn nach meiner Meinung gibt es keinen stärkeren Ritter in der Welt als Sir Lamorak. Ich kenne seine Kraft und sage Euch, daß mir nie ein Ritter mehr zugesetzt hat als er, es sei denn Sir Lanzelot. Kein Ritter der Welt außer Sir Lanzelot hat solche Taten vollbracht wie Sir Lamorak. Gott steh mir bei, sagte der König, ich wollte, er käme an meinen Hof. Edler Herr König, sagte da Dinadan, er wird in Kürze hier bei Euch sein und der verletzte Sir Palamides auch, nur fürchte ich, Palamides wird noch nicht reiten können.

WIE KÖNIG ARTUS EIN TURNIER AUSRIEF, UND WIE SIR LAMORAK DARAN TEILNAHM UND SIR GAWEIN UND VIELE ANDERE BEZWANG.

Dann ließ der König in einer Frist von drei Tagen ein Turnier bei einer Priorei ausrufen. Viele Ritter der Tafelrunde und Sir Gawein und seine Brüder rüsteten sich zum Kampf, aber Tristan, Lanzelot und Dinadan wollten sich nicht beteiligen, sondern um König Artus' willen Sir Gawein und seinen Brüdern Gelegenheit geben, den Preis zu erringen, wenn sie es vermochten. Am Anfang des Turniers vollbrachten Sir Gawein und seine vier Brüder große Waffentaten. Auch Sir Ector von Maris hielt sich vortrefflich, aber Sir Gawein überragte sie alle, und deshalb billigten König Artus und alle Ritter am Anfang Sir Gawein den Sieg zu. Da erblickte König Artus einen Ritter mit einem lederbezogenen Schild und zwei Knappen, der vorsichtig aus dem Wald herausritt und plötzlich nach links und rechts sprengte und im Handumdrehen mit einer Lanze zwei Ritter der Tafelrunde niederwarf. Dabei verlor er im Kampf die Hülle seines Schildes, und alle sahen, daß er einen roten Schild trug. O Jesus, sagte König Artus, seht diesen stattlichen Ritter mit dem roten Schild! Da erhob sich ein Lärmen und Rufen: Habt acht auf den Ritter mit dem roten Schild! Und binnen kurzem hatte er drei Brüder Sir Gaweins bezwungen. Bei Gott, sagte König Artus, mir scheint, dort ist der beste Kämpfer, den ich je gesehen habe. Da traf der Ritter auf Sir Gawein und warf ihn mit großer Wucht aus dem Sattel. Seht doch, rief der König, Sir Gawein ist gestürzt; ich möchte wissen, wer der Ritter mit dem roten Schild ist. Ich kenne ihn gut, sagte Dinadan, aber ich will seinen Namen noch nicht nennen. Bei meinem Leben, antwortete Tristan, er kämpft besser als Sir Palamides, und wenn ihr seinen Namen wissen wollt, es ist Sir Lamorak von Wales. Während sie so sprachen, stießen Gawein und er noch einmal zusammen, und wieder stieß er Gawein vom Pferd und zerbeulte ihn arg. So bezwang er vor den Augen des Königs Artus außer Gawein und seinen Brüdern noch zwanzig andere Ritter. Daraufhin wurde einmütig ihm der Preis zuerkannt als einem Ritter, dem keiner gleichkam. Doch Sir Lamorak zog sich heimlich und geschickt in den Wald zurück. Das bemerkte König Artus, der kein Auge von ihm ließ. Da schwangen sich der König, Sir Lanzelot, Sir Tristan und Sir Dinadan in den Sattel und ritten Lamorak nach. Sie fanden ihn auch, und der König sprach: Ah, edler Ritter, gut, daß wir Euch finden. Als Lamorak den König erblickte, nahm er den Helm ab und grüßte, als er aber Sir Tristan erkannte, sprang er vom Pferd und lief zu ihm hin, um ihn bei der Hüfte zu fassen. Aber das duldete Sir Tristan nicht, sondern stieg noch vordem aus dem Sattel, und sie umarmten einander und freuten sich sehr. Der König war froh und ebenso die Ritter der Tafelrunde, außer Sir Gawein und seine Brüder, die großen Groll und Zorn gegen ihn hegten, weil durch ihn an diesem Tage Schande über sie gekommen war. Da rief Sir Gawein seine Brüder zu einer geheimen Beratung zusammen und sprach zu ihnen: Liebe Brüder, ihr seht, den wir hassen, den liebt König Artus, und den wir lieben, den haßt er. Denkt daran, meine lieben Brüder, dieser Sir Lamorak wird uns niemals lieben, denn wir haben seinen Vater, König Pellinore, erschlagen, weil wir glaubten, er hätte unseren Vater, den König von Orkney, getötet. Und wegen Pellinore tat Sir Lamorak unserer Mutter und damit uns Schande an, deshalb will ich mich rächen. So seht zu, wie Ihr Euch rächen könnt, sagten Gaweins Brüder, und Ihr werdet uns bereit finden. Gut, erwiderte Gawein, verhaltet euch still, und wenn unsere Zeit kommt, werden wir sie nützen.

WIE KÖNIG ARTUS KÖNIG MARKE MIT SIR TRISTAN VERSÖHNTE, UND WIE SIE NACH CORNWALL ABREISTEN. Eines Tages sagte König Artus zu König Marke: Herr, erfüllt mir einen Wunsch. Herr König, antwortete Marke, Ihr könnt alles von mir verlangen, was in meiner Macht steht. Ich danke Euch, sagte Artus, es ist mein Wunsch, daß Ihr Sir Tristan ein gnädiger Herr seid, denn er ist ein

Mann von großem Ruhm, und daß Ihr ihn mit nach Cornwall nehmt und ihn dort seine Freunde besuchen laßt und ihn um meinetwillen gut behandelt. Ich verspreche Euch bei meinem Leben und bei der Treue, die ich Gott und Euch schuldig bin, erwiderte König Marke, daß ich ihm in allen Dingen, in denen es mir möglich ist und in denen ich es vermag, Ehre erweisen werde. Ich will Euch alles Böse vergeben, daß Ihr mir zugefügt habt, sagte Artus, wenn Ihr mir das auf eine Bibel schwört. Das will ich gern, antwortete Marke. Und so schwur er vor allen Rittern auf eine Bibel. Danach faßten König Marke und Sir Tristan einander fest bei den Händen. Aber dennoch hegte Marke meineidige Gedanken, wie sich später zeigte; denn er warf Tristan ins Gefängnis und wollte ihn meuchlings umbringen lassen. Bald darauf nahm König Marke seinen Abschied, um nach Cornwall zurückzukehren, und Sir Tristan rüstete sich, mit ihm zu reiten, worüber die meisten Mitglieder der Tafelrunde zornig und traurig waren. Besonders Sir Lanzelot, Sir Lamorak und Sir Dinadan waren über die Maßen ergrimmt, denn sie wußten wohl, daß König Marke Sir Tristan nach dem Leben trachtete. Wehe, rief Dinadan, daß der hohe Herr Tristan fortziehen will. Und Sir Tristan wurde so traurig, daß er vor Kummer fast von Sinnen kam. Wehe, sagte Sir Lanzelot zu König Artus, was habt Ihr getan? Ihr werdet den ruhmvollsten Mann verlieren, der je an Euern Hof kam. Es war sein eigener Wunsch, entgegnete Artus, und deshalb konnte ich nicht anders handeln. Ich habe alles getan, um sie zu versöhnen. Versöhnen, erwiderte Sir Lanzelot, pfui über diese Versöhnung, Ihr werdet bald hören, daß er Sir Tristan erschlägt oder einkerkert, denn er ist der feigste und hinterhältigste König und Ritter, der jetzt lebt. Damit wandte sich Sir Lanzelot ab und ging zu König Marke und sagte: Herr König, Ihr wißt, der wackere Ritter Sir Tristan wird mit Euch gehen. Ich warne Euch, hütet Euch vor Verrat, denn wenn Ihr durch irgendeine Art von Falschheit oder Verrat diesem Ritter etwas Böses zufügt, bei der Treue, die ich Gott und dem Orden der Ritterschaft schulde, ich werde

Euch eigenhändig erschlagen. Sir Lanzelot, antwortete König Marke, Ihr redet zuviel, habe ich doch vor König Artus und allen seinen Rittern laut und deutlich geschworen und bestätigt, daß ich ihn nicht erschlagen oder verraten werde. Es wäre allzu große Schande für mich, mein Versprechen zu brechen. Ihr sprecht gut, sagte Sir Lanzelot, aber Ihr geltet für so falsch und verräterisch, daß Euch kein Mensch glauben kann. Es ist wahrhaftig wohlbekannt, weshalb Ihr in dieses Land kamt, nämlich aus keinem anderen Grunde, als um Sir Tristan zu erschlagen. So ritten König Marke und Sir Tristan sehr bekümmert fort. Es war Sir Tristans Wille und Betreiben, daß er mit König Marke zog, und alles geschah in der Absicht, Schön Isolde wiederzusehen, denn ihren Anblick zu entbehren, konnte Sir Tristan nicht länger ertragen.

WIE SIR PARZIVAL VON KÖNIG ARTUS ZUM RITTER GESCHLAGEN WURDE, UND WIE EIN STUMMES MÄDCHEN SPRACH UND IHN ZUR RUNDEN TAFEL FÜHRTE. Nachdem König Marke und dann auch Sir Tristan den Hof verlassen hatten, herrschte dort große Trauer, und für König Artus und seine Ritter gab es acht Tage lang keinerlei Freuden. Am neunten Tag kam dann ein Ritter mit einem jungen Knappen an den Hof. Als dieser Ritter die Waffen angelegt hatte, ging er zum König und bat ihn, den jungen Knappen zum Ritter zu schlagen. Aus welchem Geschlecht stammt er? fragte König Artus. Herr König, antwortete der Ritter, er ist der Sohn des Königs Pellinore, der Euch einst gute Dienste leistete, und er ist ein Bruder des wackeren Ritters Sir Lamorak von Wales. Aus welchem Grunde, fragte der König weiter, soll ich ihn zum Ritter schlagen? Ihr sollt wissen, Herr, daß dieser junge Knappe auch mein Bruder ist, und mein Name ist

Aglovale. Sir Aglovale, erwiderte Artus, um Sir Lamoraks und seines Vaters willen soll er morgen zum Ritter geschlagen werden; doch sagt mir nun, wie er heißt. Herr König, antwortete der Ritter, sein Name ist Parzival von Wales. Sir Tor war nämlich König Pellinores erster Sohn, den er vor der Ehe mit der Frau des Kuhhirten Aries zeugte, und seine ehelichen Söhne waren danach Sir Aglovale, Sir Lamorak, Dornar und Parzival. So schlug der König am anderen Morgen Parzival in Camelot zum Ritter. Aber der König und seine anderen Ritter glaubten, es könnte lange dauern, bis er sich als guter Ritter bewähren würde. Deshalb ließ ihn der König, als er sich zum Essen am Tische niederließ und seine Ritter entsprechend ihrem Ruhm Platz nahmen, zu den geringeren Rittern setzen. Es war da aber ein Edelfräulein im Gefolge der Königin, das nie ein Wort sprach und als stumm galt. Und dieses Fräulein kam in die Halle, ging auf Sir Parzival zu, nahm ihn bei der Hand und sagte laut, daß der König und alle Ritter es hörten: Steht auf, Sir Parzival, Gottes edler Ritter, und kommt mit mir! Und dann führte sie ihn von rechts an den Gefährlichen Sitz und sagte: Edler Ritter, nehmt diesen Platz ein, denn er gehört Euch und keinem anderen. Danach ging sie weg und verlangte nach einem Priester. Als sie gebeichtet und das Abendmahl empfangen hatte, starb sie. Und der König und der ganze Hof hatten an Sir Parzival große Freude.

WIE SIR LAMORAK BEI KÖNIG LOTS WEIB LAG, UND WIE SIR GAHERIS SIE ERSCHLUG, DIE SEINE EIGENE MUTTER WAR. Unterdessen ließen Sir Gawein und seine Brüder ihre Mutter holen und auf einer Burg in der Nähe von Camelot unterbringen, denn sie suchten nach einer Gelegenheit, Sir Lamorak zu töten. Kaum war die Königin von Orkney auf dieser Burg angekommen, erfuhr Sir Lamorak davon und freute sich sehr. Er schickte einen Boten zu ihr, und sie vereinbarten eine Nacht, in der Sir Lamorak heimlich zu ihr kommen sollte. Davon hörte Sir Gaheris, und in der nämlichen Nacht ritt er voraus und lauerte Sir Lamorak auf und sah ihn in voller Rüstung kommen. Sir Lamorak stieg ab und band sein Pferd an eine verborgene Pforte. Dann schritt er in die Halle, legte dort seine Rüstung ab und ging zum Bett der Königin, und sie hatten beide große Freude, denn sie liebten einander sehr. Da hielt Sir Gaheris seine Zeit für gekommen. Er näherte sich gewappnet und mit dem bloßen Schwert in der Hand dem Bett und packte plötzlich seine Mutter an den Haaren und schlug ihr den Kopf mit einem einzigen Streich ab. Als das Blut seiner Geliebten heiß auf Sir Lamorak spritzte, packte ihn Entsetzen und Zorn über den Ritter. Verzweifelt sprang Sir Lamorak im Hemd aus dem Bett und rief: Ach, Sir Gaheris, Ritter der Tafelrunde, schlecht und verwerflich habt Ihr gehandelt und große Schmach hat diese Tat über Euch gebracht. Wehe, warum habt Ihr Eure Mutter erschlagen, die Euch geboren hat? Mit mehr Recht hättet Ihr mich erschlagen können. Die Kränkung hast du begangen, erwiderte Gaheris, wenn auch der Mann geboren ist, der Frau zu dienen. Doch hättest du dich vorsehen sollen, mit wem du dich einläßt, denn du hast Schmach über mich und meine Brüder gebracht. Dein Vater hat unseren Vater erschlagen; und daß du bei unserer Mutter liegst, ist zuviel der Schande, als daß wir sie ohne Vergeltung ertragen könnten. Deinen Vater, König Pellinore, haben mein Bruder Sir Gawein und ich erschlagen. Um so mehr habt ihr ihm Unrecht getan, antwortete Sir Lamorak, denn mein Vater hat euern Vater nicht erschlagen, es war Balin le Savage; und bis jetzt ist der Tod meines Vaters noch nicht gerächt. Unterlasse solche Reden, sagte Sir Gaheris, denn wenn du trotzig sprichst, werde ich dich töten. Aber weil du nackt und ohne Waffen bist, scheue ich davor zurück. Doch merke dir, wo immer ich deiner habhaft werde, erschlage ich dich; und da nun meine Mutter nicht mehr ist, zieh dich zurück und nimm deine Rüstung und mache, daß du fortkommst. Lamorak sah keinen anderen Ausweg, als sich schnell zu wappnen. Er nahm sein Pferd und ritt in tiefem Schmerz davon. Aus Scham und Kummer kehrte er aber nicht an den Hof des Königs Artus zurück, sondern schlug einen anderen Weg ein. Als bekannt wurde, daß Gaheris seine Mutter getötet hatte, geriet Artus in großen Zorn und wies ihn von seinem Hof. Gawein war wütend darüber, daß Gaheris seine Mutter erschlagen und Lamorak hatte entkommen lassen. Wegen dieser Sache waren außer dem König und Lamorak noch viele andere Ritter zornig. Herr König, sagte Lanzelot, durch ruchlosen Anschlag und vorbedachten Verrat ist großes Unheil geschehen und Eure Schwester so schmählich erschlagen worden. Ich bin sicher, daß Verrat im Spiel war, und ich fürchte, Ihr werdet den wackeren Ritter Sir Lamorak verlieren, das ist ein großer Schaden. Ich weiß genau, wenn das Sir Tristan wüßte, käme er nie mehr an Euern Hof, und das würde Euch und Eure Ritter noch mehr betrüben. Verhüte Gott, sagte der edle Artus, daß ich Sir Lamorak oder Sir Tristan verliere, denn dann würden mir zwei meiner besten Ritter der Tafelrunde fehlen. Herr, fuhr Lanzelot fort, ich bin sicher, Ihr werdet Sir Lamorak verlieren, denn Sir Gawein und seine Brüder werden ihn auf die eine oder andere Weise umbringen, sobald sie eine Gelegenheit dazu finden, denn das haben sie untereinander beschlossen und geschworen. Das werde ich verhindern, erwiderte Artus Sir Lanzelot.

Kap. 25

WIE SIR AGRAWEIN UND SIR MORDRED EINEM FLIEHENDEN RITTER BEGEGNETEN, UND WIE SIE BEIDE BESIEGT WURDEN, UND VON SIR DINADAN. Als Sir Agrawein und Sir Mordred, Gaweins Brüder, auf der Suche nach Abenteuern waren, begegnete ihnen ein fliehender Ritter, der schwer verwundet war, und sie fragten ihn, was geschehen sei. Edle Ritter, sagte er, mich verfolgt ein

Ritter, der mich töten will. Zufällig kam Sir Dinadan des Weges, doch er wollte ihm keine Hilfe versprechen, aber Sir Agrawein und Sir Mordred sagten ihre Unterstützung zu. In diesem Augenblick tauchte der Verfolger auf und forderte sie beide zum Kampf heraus. Zuerst ritt Sir Mordred gegen ihn und wurde über den Schweif seines Pferdes gestoßen. Danach bezwang der Ritter Sir Agrawein auf die gleiche Weise und sagte: Ihr Herren, merkt euch, daß Sir Breunis Saunce Pité dies getan hat. Und dann ritt er fünf- oder sechsmal über Agrawein hinweg. Als Dinadan das sah, zwang ihn seine Ehre zum Kampf. Sie stießen so zusammen, daß Sir Dinadan mit seiner großen Kraft den Ritter vom Pferd warf. Darauf stieg dieser schnell wieder in den Sattel und ergriff die Flucht, obgleich er zu Fuß einer der Tapfersten jener Zeit war und ein großer Feind aller guten Ritter. Und Sir Dinadan ritt wieder zu Sir Mordred und Sir Agrawein. Herr Ritter, sagten sie, tapfer habt Ihr gekämpft, und gut habt Ihr uns gerächt, deshalb nennt uns bitte Euern Namen. Edle Herren, ihr solltet meinen Namen kennen, ich bin Sir Dinadan. Da wurden sie noch zorniger, als sie zuvor gewesen waren, denn um Lamoraks willen haßten sie ihn über alle Maßen. Dinadan aber liebte alle guten und tapferen Ritter und haßte alle, die gute Ritter umbrachten. Dann sprach der verwundete Ritter, den Breunis Saunce Pité verfolgt hatte und der Dalan hieß: Wenn du Dinadan bist, hast du meinen Vater erschlagen. Das mag wohl sein, antwortete Dinadan, aber dann war es zu meiner Verteidigung und auf seine Herausforderung hin. Bei meinem Leben, sagte Dalan, dafür sollst du jetzt sterben. Und er nahm Schild und Lanze und ritt gegen Sir Dinadan, der ihn zu Boden streckte, daß er sich fast das Genick brach. Und auf die gleiche Weise warf er auch Sir Mordred und Sir Agrawein nieder, was sie ihm später heimzahlten. Danach ritt Sir Dinadan zu einer Burg, die Baele-Valet genannt wurde. Dort fand er Sir Palamides, der von der Wunde, die ihm Lamorak geschlagen hatte, noch nicht genesen war. Und Dinadan erzählte Palamides all die Neuigkeiten, die er von Tristan gehört und gesehen hatte, und berichtete, wie er mit König Marke fortgezogen war und sich so sein Wille und Wunsch erfüllt hatten. Darüber wurde Sir Palamides sehr zornig, denn auch er liebte Schön Isolde, und er wußte sehr wohl, daß sich nur Sir Tristan ihrer Liebe erfreute.

WIE KÖNIG ARTUS, DIE KÖNIGIN UND LANZELOT BRIEFE AUS CORNWALL ERHIELTEN UND VON DEN ANTWORTEN DARAUF. Eines Tages kam ein Ritter aus Cornwall, der Fergus hieß und der Tafelrunde angehörte, an den Hof des Königs Artus. Er brachte dem König und Sir Lanzelot gute Nachricht und herzliche Briefe von Sir Tristan und berichtete, wie er ihn auf der Burg Tintagil zurückgelassen hatte. Danach kam ein Fräulein, das führte ebenfalls freundliche Briefe für König Artus und Sir Lanzelot mit sich und wurde vom König, der Königin Ginevra und Sir Lanzelot sehr gut aufgenommen. Dann schrieben sie herzliche Briefe zurück, doch Lanzelot bat Tristan, stets vor König Marke auf der Hut zu sein, und er nannte ihn in seinen Briefen König Fuchs, womit er sagen wollte, daß er immer Ränke und Verrat im Sinn hätte. Und Tristan war ihm dafür in seinem Herzen dankbar. Dann übergab das Fräulein Briefe von Artus und von Lanzelot an Schön Isolde, die sich über alle Maßen freute. Liebes Fräulein, fragte Schön Isolde, wie geht es dem König Artus und der Königin Ginevra und dem edlen Ritter Sir Lanzelot? Viel besser als Euch und Sir Tristan, gab sie zur Antwort. Gott schütze sie, sagte Schön Isolde, denn Sir Tristan und ich leiden große Pein umeinander. Dann überbrachte das

Fräulein König Marke Briefe. Als er sie gelesen und begriffen hatte, wurde er zornig auf Tristan, denn er meinte, er hätte das Fräulein zu König Artus gesandt, weil Artus und Lanzelot in ihren Briefen ihm in gewisser Weise drohten. Deshalb vermutete er Verrat bei Tristan. Fräulein, sagte König Marke, wollt Ihr nochmals zu König Artus reiten und ihm Briefe von mir bringen? Herr König, erwiderte sie, ich stehe Euch zu Diensten und bin dazu jederzeit bereit. Sehr gut, sagte der König, kommt morgen wieder und holt die Briefe ab. Dann ging sie zu Isolde und Tristan und erzählte, daß sie wieder mit Briefen zu Artus reiten sollte. Dann bitten wir Euch, sagten Isolde und Tristan, mit diesen Briefen zu uns zu kommen, damit wir sehen, was die Briefe enthalten. Ich tue alles, was ich vermag, für Sir Tristan, denn Ihr wißt, ich bin lange in seinem Gefolge gewesen. Am nächsten Morgen ging das Fräulein zu König Marke, um die Briefe abzuholen. Ich habe keine Lust, sagte der König, jetzt Briefe zu senden. Doch schickte er durch einen Diener insgeheim Briefe an König Artus, Königin Ginevra und Sir Lanzelot. Der Diener fand den König und die Königin in Carlion in Wales, und als er ankam, waren sie gerade in der Messe. Nach der Messe lasen der König und die Königin jeder im geheimen die Briefe. Der Brief an den König enthielt eine wunderliche kurze Anrede und ersuchte ihn, sich um sich selbst und seine eigene Frau und um seine Ritter zu kümmern, denn er, König Marke, wäre imstande, seine Frau allein zu leiten und bei sich zu halten.

Kap. 27

WIE SIR LANZELOT ÜBER DEN BRIEF, DEN ER VON KÖNIG MARKE ERHIELT, WÜTEND WAR, UND VON DEM LIED, DAS DINADAN AUF KÖNIG MARKE GEMACHT HATTE.

Als König Artus den Brief gelesen hatte, sann er über viele Dinge nach, und er dachte daran, was seine Schwester Morgan le Fay über Königin Ginevra und Sir Lanzelot gesagt hatte. Dann fiel ihm ein, daß ihm seine Schwester feindlich gesinnt war und daß sie Ginevra und Lanzelot haßte, und so wies er seine Zweifel von sich. Dann las König Artus den Brief noch einmal, dessen letzter Satz besagte, daß König Marke Sir Tristan für seinen Todfeind hielt, und daraus schloß Artus mit Sicherheit, daß sich Marke an Tristan rächen würde. Da erfaßte Artus ein heftiger Zorn auf König Marke. Und als Königin Ginevra ihren Brief gelesen hatte, war sie über alle Maßen erzürnt, denn der Brief sprach von Schande zwischen ihr und Lanzelot. Und so sandte sie den Brief heimlich an Lanzelot. Als dieser die Absicht des Briefes durchschaute, wurde er so wütend, daß er sich auf sein Bett legte, um zu schlafen, was Sir Dinadan bemerkte, denn es war seine Art, mit allen guten Rittern vertraut zu sein. Als Lanzelot schlief, nahm er ihm den Brief aus der Hand und las ihn Wort für Wort. Dann fing er vor Zorn an zu klagen. Da erwachte Lanzelot, ging ans Fenster und las den Brief noch einmal, was seinen Zorn noch steigerte. Herr, sagte Dinadan, weshalb ärgert Ihr Euch? Öffnet mir Euer Herz, denn Ihr wißt, ich bin Euch zugetan, wenn ich auch nur ein armer Ritter bin und Euch und allen guten Rittern diene. Bin ich auch selbst kein ruhmvoller Ritter, liebe ich doch alle ruhmvollen Ritter. Es ist wahr, antwortete Lanzelot, Ihr seid ein treuer Ritter, und aus großem Vertrauen will ich Euch mein Herz ausschütten. Und als Dinadan alles verstanden hatte, sagte er: Ich rate Euch, kümmert Euch nicht um diese Drohungen, denn König Marke ist so verschlagen, daß durch Offenheit niemals etwas bei ihm zu erreichen ist. Aber ich werde etwas anderes tun, ich werde ein Lied auf ihn machen, und wenn es fertig ist, soll es ein Harfner vor ihm singen. So dichtete er ein Lied und brachte es einem Harfner namens Eliot bei, und als der es konnte, lehrte er es viele andere Harfner. Und auf Sir Lanzelots und Artus' Geheiß gingen die Harfner geradewegs nach Wales und Cornwall, um das Lied vorzutragen, das Sir Dinadan auf König Marke gedichtet hatte, und es war das schlimmste Lied, das je ein Harfner zur Harfe oder zu irgendeinem anderen Instrument sang.

WIE SIR TRISTAN VERWUNDET WURDE UND VON EINEM KRIEG GEGEN KÖNIG MARKE, UND WIE SIR TRISTAN HILFE VERSPRACH.

Am Hofe König Markes nahm Sir Tristan an Turnieren und Kampfspielen teil, und einmal geschah es, daß er mit der Lanze wie mit dem Schwert schwer verwundet wurde, aber dennoch gewann er den Preis. Um sich davon zu erholen, begab er sich zu einem Ritter, der auf einer Burg in Cornwall wohnte und Sir Dinas der Seneschall hieß. Da fiel zum Unglück ein großes, furchterregendes Heer bewaffneter Männer aus Soissons in der Nähe der Burg Tintagil in das Land ein. Ihr Hauptmann war der wackere Krieger Elias. Als König Marke von dem Einfall seiner Feinde hörte, klagte und jammerte er sehr, denn er wollte unter keinen Umständen Sir Tristan kommen lassen, gegen den er tödlichen Haß hegte. So rief Marke seinen Rat zusammen, und sie erörterten die großen Gefahren, die ihnen wegen der Stärke der Feinde drohten. Und alle Mitglieder des Rates faßten einen Beschluß und trugen ihn dem König vor: Herr, Ihr müßt den wackeren Ritter Sir Tristan holen lassen, sonst könnt Ihr Eure Feinde nie zurückwerfen. Nun gut, antwortete König Marke, ich will euern Rat befolgen. Doch tat er es nur widerwillig, aber die Not zwang ihn dazu. Dann wurde Tristan so schnell wie möglich eine Botschaft geschickt, er sollte zu König Marke kommen. Da bestieg er einen langsamen Paßgänger und ritt zu ihm. Lieber Neffe, sagte König Marke, unsere Feinde aus Soissons sind in unser Land eingefallen, und sie stehen hier in der Nähe, und ohne Zögern muß ihnen schnell entgegengetreten werden, sonst werden sie das Land verwüsten. Herr, antwortete Sir Tristan, Ihr wißt, ich stehe Euch mit meiner ganzen Kraft zur Verfügung, doch nehmt zur Kenntnis, daß ich in den nächsten acht Tagen keine Waffen tragen kann, denn meine Wunden sind noch nicht verheilt. Danach werde ich tun, was ich kann. Ihr habt recht, sagte König Marke, dann ruht Euch also aus und stärkt Euch, und ich werde inzwischen den Kriegern von Soissons mit meiner ganzen Macht entgegentreten. So brach der König nach Tintagil auf, und Sir Tristan ging, um sich zu erholen. Der König zog ein großes Heer zusammen und teilte es in drei Scharen; die erste führte Sir Dinas, der Seneschall, die zweite Sir Andret und die dritte Sir Argius, ein Blutsverwandter König Markes. Auch die von Soissons bildeten drei starke Abteilungen mit vielen tüchtigen Kriegern. Auf den Rat seiner Ritter machte König Marke einen Ausfall aus der Burg Tintagil gegen seine Feinde. Zuerst ritt der wackere Sir Dinas hinaus und erschlug zwei Ritter, und dann begann die Schlacht. Es war ein wunderbares Lanzenbrechen und Schwerterschwingen, und viele wackere Ritter wurden niedergeschlagen. Und immer war Sir Dinas, der Seneschall, der beste auf der Seite König Markes. So dauerte die Schlacht lange, und viele kamen um. Aber schließlich mußten sich König Marke und Sir Dinas, wenn auch noch so widerwillig, unter großen Verlusten in die Burg Tintagil zurückziehen; und die von Soissons folgten ihnen so dicht, daß zehn von ihnen durch das Tor hereindrangen und vier von den Fallgattern erschlagen wurden. Da schickte König Marke einen Bediensteten zu Sir Tristan, der ihm von den großen Verlusten berichtete. Und er sandte den Mann zurück und trug ihm auf: Sage König Marke, ich komme, sobald ich genesen bin, vorerst kann ich ihm nichts nützen. Diese Antwort nahm der König entgegen. Darüber kam Elias und forderte den König auf, die Burg zu übergeben: Ihr könnt sie nicht lange halten. Sir Elias, sagte der König, ich will die

Burg übergeben, wenn nicht bald Rettung kommt. Kurze Zeit später schickte der König wieder zu Sir Tristan um Hilfe. Mittlerweile war Sir Tristan geheilt und hatte zehn bewährte Ritter vom Hof des Königs Artus um sich geschart, und mit diesen ritt er nach Tintagil. Als er das große Heer von Soissons sah, staunte er gewaltig. Da ritt Tristan durch Wälder und Gräben, so heimlich es ging, bis er in die Nähe der Tore kam. Dort stürzte sich ein Ritter auf ihn, der sah, daß Tristan hinein wollte; und Sir Tristan versetzte ihm einen solchen Streich, daß er gleich tot zu Boden fiel; in der gleichen Art verfuhr er mit drei anderen Rittern. Und jeder seiner zehn Ritter erschlug einen Krieger, und so gelangte Tristan in die Burg Tintagil. Als König Marke erfuhr, daß Tristan gekommen war, freute er sich sehr und bereitete ihm und all seinen Gefolgsleuten einen herzlichen Empfang.

WIE SIR TRISTAN DIE SCHLACHT GEWANN, UND WIE ELIAS EINEN RITTER ZU EINEM ZWEIKAMPF FORDERTE. Und an dem nächsten Morgen forderte der Hauptmann Elias König Marke auf: Komm heraus und kämpfe, denn da nun der treffliche Ritter Sir Tristan gekommen ist, bringt es dir Schande, dich hinter deinen Mauern zu verbergen. Darüber geriet König Marke in Zorn und sprach kein Wort, fragte aber Sir Tristan um Rat. Herr König, sagte Sir Tristan, wollt Ihr, daß ich ihm antworte? Das ist mir recht, erwiderte der König. Da sprach Sir Tristan zu dem Boten: Melde deinem Herrn vom König und von mir, daß wir bereit sind, morgen mit ihm im offenen Feld zu kämpfen. Wie ist Euer Name? fragte der Bote. So wisse, mein Name ist Sir Tristan von Liones. Darauf verschwand der Bote und erstattete seinem Herrn Bericht. Herr König, sagte Tristan, ich bitte Euch, erlaubt mir, die Schlacht zu leiten. Die Leitung übertrage ich Euch, erwiderte König Marke. Danach traf Sir Tristan seine Anordnungen für die Schlacht. Er teilte sein Heer in sechs Gruppen und übertrug Sir Dinas die Vorhut und die übrigen Gruppen anderen Rittern. In der Nacht ließ Tristan alle Schiffe der Mannen von Soissons bis zur Wasserlinie niederbrennen. Da wußte Elias, daß Sir Tristan am Werk war: Er legt es darauf an, daß keiner von uns entkommt. Deshalb, liebe Gefährten, kämpft morgen tapfer und seid unverzagt, denn kein Ritter, und sei es der beste der Welt, kann mit uns allen fertig werden. Dann ordneten sie ihr Heer in vier Gruppen, und sie waren vorzüglich ausgerüstet und verfügten über viele Krieger. Schließlich sprengten die aus der Burg heraus, und die von draußen fielen über sie her. Sir Dinas vollbrachte großartige Waffentaten, aber dennoch gerieten er und seine Leute ins Hintertreffen. Da griff Sir Tristan ein und tötete zwei Ritter mit einer Lanze, und dann hieb er nach links und nach rechts, daß alle über seine Taten staunten. Manchmal tobte die Schlacht einen Bogenschuß von der Burg entfernt und manchmal unmittelbar vor ihren Toren. Und der Hauptmann Elias sprengte kreuz und quer über das Feld und hieb König Marke so mächtig auf den Helm, daß er aus dem Sattel glitt. Da half Sir Dinas König Marke wieder aufs Pferd. Dann stürzte Sir Tristan wie ein Löwe herbei und versetzte Elias einen solchen Streich, daß er zu Boden fiel. So kämpften sie, bis es Nacht wurde, und wegen der großen Verluste an Toten und Verletzten zogen sich beide Parteien zur Ruhe zurück. Als König Marke in die Burg Tintagil zurückkam, fehlten ihm einhundert Ritter, die draußen aber vermißten zweihundert, und beide Parteien pflegten ihre Verwundeten. Dann hielten sie eine Beratung ab, und beide Seiten hatten keine Lust mehr zu kämpfen, wenn sie sich in Ehren aus ihrer Lage befreien könnten. Als Elias von dem Tod seiner Mannen erfuhr, trauerte er sehr, und als er hörte, daß seine Leute nicht mehr kämpfen wollten, geriet er in großen Zorn. Da schickte er eine Botschaft an König Marke und ließ ihn fragen, ob er einen Ritter senden wollte, um mit ihm einen Zweikampf auszufechten. Und wenn er König Markes Ritter bezwänge, sollte Cornwall ihm einen jährlichen Tribut zahlen, im anderen Falle wollte er für immer auf seine Forderung verzichten. Als König Marke die Botschaft vernommen hatte, hieß er den Boten ein wenig auf die Antwort warten. Dann rief er seine Barone zusammen, um zu hören, was zu tun wäre. Und alle sagten: Auf offenem Feld zu kämpfen, haben wir keine Lust, denn ohne Sir Tristan wären wir wohl nicht entkommen. Es scheint uns das beste, einen Ritter zu finden, der sich mit Sir Elias mißt, denn seine Herausforderung ist ritterlich und sollte erfüllt werden.

WIE SIR ELIAS UND SIR TRISTAN UM DEN TRIBUT MITEINANDER KÄMPFTEN, UND WIE SIR TRISTAN ELIAS IM ZWEIKAMPF ERSCHLUG. ❧ Trotz allem, was gesagt wurde, konnten sie keinen Ritter finden, der für sie kämpfen wollte. Herr König, sprachen sie alle, hier ist kein Ritter, der es wagt, mit Elias zu kämpfen. Wehe, rief König Marke, dann bin ich in äußerster Schmach und größter Not, wenn nicht mein Neffe Sir Tristan den Kampf auf sich nimmt. Denkt daran, erwiderten sie, er hat gestern übermäßig viel geleistet, und er ist müde von den Anstrengungen und schwer verwundet. Wo ist er? fragte König Marke. Herr, antworteten sie, er liegt im Bett und ruht sich aus. Ach, klagte König Marke, wenn mir Sir Tristan nicht hilft, bin ich für immer verloren. Da ging einer zu Sir Tristan und berichtete ihm, was der König gesagt hatte. Und Tristan stand schnell auf, legte ein langes Gewand an und trat vor den König und die Lords. Und als er sie alle niedergeschlagen fand, fragte er sie, was für Neuigkeiten es gäbe. So schlecht wie nie, antwortete der König, und dann erzählte er, wie Elias zum Zweikampf aufgefordert hatte, aber kein Ritter für Cornwall kämpfen wollte. Ich finde keinen, sagte der König, und es wäre schändlich, von Euch noch mehr zu verlangen, denn Eure Kühnheit hat uns gestern das Leben gerettet. Herr, erwiderte Sir Tristan, da ich nun verstehe, daß Ihr meinen Beistand wollt, gebietet die Vernunft, daß ich alles tue, was in meiner Macht steht, und meine Ehre und mein Leben daransetze, obwohl ich arg mitgenommen und verletzt bin. Und da Sir Elias so ritterlich zum Kampf aufgefordert hat, will ich mich ihm stellen und entweder auf dem Kampfplatz erschlagen werden oder aber Cornwall von dem alten Tribut befreien. Ruft rasch den Boten, er soll seine Antwort haben. Jetzt sind meine Wunden noch frisch, in einer Woche werden sie schlimmer sein, deshalb soll die Antwort lauten, daß ich morgen mit ihm kämpfen will. Dann kam der Bote vor König Marke. Höre, mein Bursche, sprach Sir Tristan, gehe schnell zu deinem Herrn und sage ihm, er soll wegen des Tributs ein bündiges Versprechen geben, wie es der König hier seinerseits ebenfalls tun wird. Und dann teile deinem Herrn mit, daß ich, Sir Tristan, Ritter des Königs Artus und Ritter der Tafelrunde, morgen zu Pferde mit ihm kämpfen will, solange mein Pferd mich trägt, und danach will ich den Streit zu Fuß bis zum Äußersten fortsetzen. Der Bote betrachtete Sir Tristan von Kopf bis Fuß, dann zog er ab und berichtete seinem Herrn, was ihm Sir Tristan zur Antwort gegeben hatte. Darauf trafen beide Parteien ihre Vorbereitungen für den Kampf und vereinbarten so sicher wie möglich, die Entscheidung als endgültig anzuerkennen, welche Seite auch immer den Sieg davontragen sollte. Am festgesetzten Tag versammelten sich die Heere zu beiden Seiten des Kampfplatzes vor der Burg Tintagil, und keiner war bewaffnet außer Sir Tristan und Sir Elias. Als das Zeichen gegeben wurde, ritten sie auseinander und galoppierten dann aufeinander zu, so schnell ihre Pferde laufen konnten. Und jeder traf den anderen mit solcher Wucht, daß beide samt ihren Pferden zu Boden gingen. Doch beide standen rasch wieder auf, nahmen ihre Schilde vor und hieben mit den bloßen Schwertern aufeinander ein, daß sie in flammendem Feuer zu stehen schienen. Sie sprangen vor und zur Seite und hieben sich gegenseitig auf Helme und Harnische und schlugen Stücke von ihren Schilden ab und verwundeten einander schwer, daß das heiße Blut zur Erde floß. Nachdem sie eine Stunde gefochten hatten, ließ Tristans Kraft nach; er blutete stark und verlor viel Boden. Das sah Elias und drang heftig auf ihn ein und verwundete ihn an vielen Stellen. Tristan schützte sich mit dem Schild, so gut er es in seiner Schwäche vermochte, und alle Männer meinten, er wäre besiegt, denn Sir Elias hatte ihm zwanzig Streiche für einen versetzt. Da erhob sich Jubel auf der Seite derer von Soissons und großes Klagen auf König Markes Seite. Wehe, rief der König, wir sind auf ewig entehrt und verloren! Nie hatte Sir Tristan einen so ebenbürtigen Gegner, es sei denn Sir Lanzelot. Und wie sie so die eine Partei jubeln und die andere weinen sahen, dachte Tristan an seine Dame Schön Isolde, die ihm zuschaute und die er vielleicht nie wiedersehen würde. Da hob er seinen Schild hoch, den er vorher tief herunterhängen ließ, und griff Elias beherzt an und versetzte ihm viele scharfe Streiche, zwanzig gegen einen, und hieb ihm Schild und Harnisch in Stücke, daß sein Blut den Boden färbte. Da begannen König Marke und alle kornischen Männer zu jubeln, und die andere Partei trauerte. Wiederholt forderte Tristan Elias auf: Ergib dich! Dann sah er ihn stolpern und sagte: Sir Elias, du dauerst mich, denn du bist einer der tüchtigsten Ritter, die ich je getroffen habe, Sir Lanzelot ausgenommen. Sir Elias aber stürzte zu Boden und starb. Was soll ich tun? fragte Tristan König Marke. Der Kampf ist zu Ende. Darauf zogen die Männer von Elias' Partei ab, doch König Marke nahm viele von ihnen gefangen, um die Schäden und Wunden, die sie verursacht hatten, wiedergutzumachen; die anderen ließ er in ihr Land ziehen, ihre Gefährten loszukaufen. Und Sir Tristan wurde gut gepflegt und geheilt. Doch trotz allem wollte König Marke Tristan am liebsten töten. Aber was Tristan auch von König Marke sah oder hörte, er wollte nie Vorsicht walten lassen gegen seine Tücke, sondern immer dort sein, wo Schön Isolde war.

WIE BEI EINEM GROSSEN FEST, DAS KÖNIG MARKE GAB, EIN HARFNER KAM UND DAS LIED SANG, DAS DINADAN GEMACHT HATTE. Zu dem großen Fest, das König Marke aus Freude über die Vertreibung der Feinde feiern ließ, kam auch der Harfner Eliot mit dem Lied, das Dinadan gedichtet hatte, und heimlich trug er es Sir Tristan vor. Als Tristan es gehört hatte, sagte er: O Herr Jesus, das kann Dinadan äußerst gut und schlimm, so wie es sein soll. Herr, fragte Eliot, darf ich das Lied vor König Marke singen? Ja, auf meine Gefahr, erwiderte Tristan, denn ich werde dich schützen. So kam Eliot während der Mahlzeit herein, und da er ein besonderer Harfner war, hörten ihm die Männer zu, wie er Dinadans Lied sang, das von dem schurkischsten Verrat König Markes erzählte. Als der Harfner geendet hatte, war König Marke höchst zornig und sagte: Du Harfner, wieso erlaubst du dir die Kühnheit, dieses Lied vor mir zu singen? Herr, antwortete Eliot, Ihr wißt, ich bin ein fahrender Sänger und muß tun, was mir die Herren befehlen, deren Wappen ich trage. Sir Dinadan, ein Ritter der Tafelrunde, hat dieses Lied gemacht und mir befohlen, es vor Euch zu singen. Du antwortest gut, sprach König Marke, und da du ein fahrender Sänger bist, sollst du frei ausgehen, aber ich sage dir, geh mir schnell aus den Augen. Darauf begab sich der Harfner zu Sir Tristan und erzählte ihm, wie es ihm ergangen war. Und Sir Tristan ließ freundliche Briefe an Lanzelot und Dinadan schreiben und den Harfner aus dem Lande geleiten. König Marke aber war im Innern sehr wütend, denn er glaubte, das Lied wäre auf Tristans Veranlassung gedichtet worden, und deshalb plante er, ihn und alle, die ihm wohlgesinnt waren, zu erschlagen.

WIE KÖNIG MARKE WEGEN EINES GUTEN DIENSTES, DEN ER IHM ERWIESEN HATTE, SEINEN BRUDER BOUDWIN DURCH VERRAT UMBRACHTE. Kurze Zeit nachdem die aus Soissons das Land verlassen hatten, fielen die ungläubigen Sarazenen in Cornwall ein. Kaum waren sie gelandet, rief der gute Prinz Boudwin, König Markes Bruder, das ganze Land heimlich und in aller Eile zu den Waffen. Und noch in der Nacht ließ er drei seiner Schiffe in Brand stecken und die Segel setzen, und der Wind trieb diese Schiffe mitten unter die Flotte der Sarazenen, daß alle Schiffe in Flammen aufgingen und keins gerettet wurde. Bei Tagesanbruch fiel dann der gute Prinz Boudwin mit allen seinen Mannen unter lautem Geschrei über die Ungläubigen her und erschlug an die vierzigtausend und ließ keinen am Leben. Als König Marke davon erfuhr, wurmte es ihn mächtig, daß sein Bruder solchen Ruhm erlangt hatte. Und da dieser Prinz im ganzen Lande beliebter war als er und außerdem Sir Tristan zugetan, beabsichtigte König Marke, ihn umzubringen. So schickte er eilends, wie ein Mann, der den Verstand verloren hat, nach Prinz Boudwin und seiner Frau Anglides und bat sie, ihren jungen Sohn mitzubringen, damit er ihn sehen könne. Das tat er in der Absicht, den Vater wie das Kind zu töten, denn er war der ruchloseste Verräter, der je das Licht der Welt erblickte. Als Prinz Boudwin mit seiner Frau zum König kam, heuchelte er ihnen Freundlichkeit vor, bis sie gegessen hatten. Dann rief König Marke seinen Bruder zu sich und sagte: Bruder, was habt Ihr getan, als die Ungläubigen bei Euch einfielen? Mir scheint, es hätte sich für Euch gehört, mir eine Botschaft zu senden, damit ich an dem Unternehmen hätte teilhaben können, denn von Rechts wegen hätte mir die Ehre gebührt und nicht Euch. Herr, antwortete Prinz Boudwin, hätte ich gezögert und Euch herbeigerufen, wäre mein Land von den Ungläubigen verwüstet worden. Du lügst, du heimtückischer Verräter, rief König Marke, du bist immer darauf aus, mir den Ruhm zu stehlen und Schmach über mich zu bringen, und wen ich hasse, den liebst du. Und damit stieß er ihm einen Dolch ins Herz, daß er kein Wort mehr sprach. Lady Anglides schrie vor Jammer laut auf und fiel in Ohnmacht, als sie sah, wie ihr Gemahl vor ihren Augen erstochen wurde. Und sie konnte nichts weiter tun, als Prinz Boudwin zu Grabe zu tragen. Aber insgeheim verschaffte sich Anglides Wams und Hemd ihres Mannes und bewahrte beides versteckt auf. Dann gab es viel Trauer und Tränen, und Sir Tristan, Sir Dinas, Sir Fergus und alle anderen Ritter erhoben großes Klagen, denn der Prinz war sehr beliebt gewesen. Und Schön Isolde gab Anglides heimlich den Rat zu fliehen, sonst würde ihr junger Sohn Alisander le Orphelin ebenfalls getötet werden. Da nahm sie ihr Kind und ritt mit ein paar Männern davon, die so arm waren, daß sie es wagen durften, sie zu begleiten.

WIE ANGLIDES, BOUDWINS WEIB, MIT IHREM JUNGEN SOHN ALISANDER LE ORPHELIN FLIEHEN KONNTE UND ZU DER BURG ARUNDEL KAM.

Nach dieser Tat wollte sich König Marke noch mehr rächen, und mit dem Schwert in der Hand durchsuchte er Zimmer um Zimmer nach Anglides und ihrem jungen Sohn. Als er sie nicht fand, rief er einen tüchtigen Ritter namens Sadok zu sich und befahl ihm bei Todesstrafe, Anglides und ihren Sohn zurückzubringen. Nach zehn Meilen holte dieser sie ein und forderte sie auf, umzukehren und mit ihm zum König

Marke zu reiten. Ach, edler Ritter, sagte sie, was gewinnt Ihr durch meinen Tod oder den Tod meines Sohnes? Mein Leid und mein Verlust sind übergroß. Hohe Frau, antwortete Sadok, Euer Verlust verlangt Trauer und Mitleid. Wenn Ihr mit Euerm Sohn dieses Land verlaßt und ihn bei Euch behaltet, bis er in dem Alter ist, daß er den Tod seines Vaters rächen kann, will ich Euch ziehen lassen. Aber Ihr müßt mir geloben, den Tod des Prinzen Boudwin zu rächen. Ach, edler Ritter, Jesus lohne es dir. Wenn mein Sohn Alisander le Orphelin je ein Ritter wird, werde ich ihm seines Vaters Wams und Hemd mit den Blutspuren und einen Auftrag geben, an den er denken soll, solange er lebt. Und beide empfahlen einander Gott, und Sadok ritt zurück. Als er zu König Marke kam, erzählte er ihm, er habe Alisander ertränkt, und darüber war der König froh. Anglides aber ritt Tag und Nacht, um aus Cornwall hinauszugelangen, und rastete kaum, und immer hielt sie sich südwärts nach dem Meer zu, bis sie der Zufall zu einer Burg führte, die Magouns hieß, das ist jetzt Arundel in Sussex. Der Burgvogt hieß sie willkommen und sagte, sie befände sich auf ihrer eigenen Burg. Da wurde Anglides ehrenvoll empfangen, denn die Frau des Burgvogts war ihr nahe verwandt. Der Vogt, der Bellangere hieß, sagte ihr, die Burg gehöre ihr durch eine rechtmäßige Erbschaft. So verbrachte Anglides dort etliche Jahre und Winter, bis Alisander groß und stark war und ihn keiner im ganzen Land an Tapferkeit noch in irgendeiner Kunst übertraf.

WIE ANGLIDES IHREM SOHN ALISANDER AN DEM TAG, ALS ER ZUM RITTER GEMACHT WURDE, DAS BLUTIGE WAMS GAB UND VON DEM AUFTRAG, DEN SIE IHM ERTEILTE.

Eines Tages kam der Burgvogt Bellangere zu Anglides und sagte: Hohe Frau, es ist Zeit, Herrn Alisander zum Ritter zu schlagen, denn er ist ein sehr starker junger

Mann. Ich möchte schon, daß er zum Ritter geschlagen wird, antwortete sie, aber dann muß ich ihm den höchsten Auftrag geben, den je eine sündige Mutter ihrem Kind gegeben hat. Das steht bei Euch, entgegnete Bellangere, und ich will ihm mitteilen, daß er zum Ritter geschlagen werden soll. Es wäre das beste, dies zur Fastenzeit am Tage Mariä Verkündigung zu tun. So soll es sein, sagte Anglides, und ich bitte Euch, bereitet alles dafür vor. Als der Burgvogt Alisander die Neuigkeit eröffnet hatte, sagte er: Ich danke Gott, das ist die beste Nachricht, die ich je erhalten habe. Dann bestellte der Burgvogt zwanzig Söhne der mächtigsten und vornehmsten Herren aus den edelsten Häusern des Landes, die am selben Tage mit Alisander zum Ritter geschlagen werden sollten. Und am Tage des Zeremoniells, zur Messe, kam Anglides zu ihrem Sohn und sprach: O du mein lieber Sohn, ich gebiete dir bei meinem Segen und dem hohen Orden der Ritterschaft, in den du heute eintrittst, daß du dir zu Herzen nimmst, was ich dir sage und auftrage. Damit zog sie ein Wams und ein Hemd hervor, die von altem Blut befleckt waren. Als Alisander das sah, fuhr er zurück und wurde bleich und sagte: Liebe Mutter, was soll das bedeuten? Ich will es dir erklären, mein lieber Sohn: Das waren deines Vaters Wams und Hemd, die er an dem Tage trug, als er ermordet wurde. Und dann erzählte sie ihm, wie und warum ihn König Marke für seine guten Taten mit dem Dolch vor ihren Augen getötet hatte.

WIE KÖNIG MARKE VON ALISANDER BERICHTET WURDE, UND WIE ER SADOK ERSCHLAGEN WOLLTE, WEIL ER SEIN LEBEN GESCHONT HATTE.

Deshalb fordere ich von dir und trage dir bei meinem Segen und bei dem hohen Orden der Ritterschaft auf, den Tod deines Vaters an König Marke zu rächen. Nach diesen Worten fiel sie ohnmächtig nieder. Da sprang Alisander vor, nahm seine Mutter in die Arme und sagte: Teure Mutter, Ihr habt mir ein hohes Amt gegeben. Ich will mich an König Marke rächen, sobald ich kann, das gelobe ich Gott und Euch. So ging das Fest zu Ende, und der Burgvogt sorgte auf Veranlassung von Anglides dafür, daß Alisander ein gutes Pferd und eine gute Rüstung erhielt. Dann tjostete er mit seinen zwanzig Gefährten, die mit ihm zum Ritter geschlagen worden waren, und bezwang sie alle, denn keiner war seinen Lanzenstößen gewachsen. Aber einer von diesen jungen Rittern begab sich zu König Marke und berichtete ihm, wie Alisander zum Ritter geschlagen worden war und welchen Auftrag ihm seine Mutter gegeben hatte. Wehe, schändlicher Betrug, rief König Marke, ich glaubte, der junge Verräter wäre tot. Ach, wem kann ich noch vertrauen? Nach diesen Worten ergriff König Marke ein Schwert und lief von Zimmer zu Zimmer auf der Suche nach Sir Sadok, um ihn zu erschlagen. Als Sir Sadok ihn mit dem Schwert auf sich zukommen sah, sagte er: Hüte dich, König Marke, komm mir nicht zu nahe; denn wisse, ich habe Alisander das Leben gerettet und werde das niemals bereuen. Du hast seinen Vater Boudwin tückisch und feige getötet und seine guten Taten mit Verrat gelohnt. Deshalb bete ich zum allmächtigen Jesus, daß er Alisander Macht und Stärke schenkt, um an dir Rache zu nehmen. Und nun hüte dich vor dem jungen Alisander, denn er ist ein Ritter geworden. Wehe, sagte König Marke, daß ich anhören muß, wie ein Verräter so zu mir spricht. Darauf zogen vier Ritter des Königs Marke ihr Schwert und wollten Sir Sadok töten, aber Sadok erschlug sie alle vor des Königs Augen. Dann ging er in sein Gemach, nahm seine Rüstung und ritt davon. Und weder Sir Tristan noch Sir Dinas noch Sir Fergus wollten Sir Sadok entgegentreten. Da wurde König Marke zornig und beschloß, Sir Alisander umzubringen und ebenso Sir Sadok, der ihn gerettet hatte, denn König Marke fürchtete und haßte Alisander mehr als jeden anderen. Als Sir Tristan erfuhr, daß

Alisander ein Ritter geworden war, sandte er ihm sogleich einen Brief, worin er ihn dringend bat, sich an den Hof des Königs Artus zu begeben und der Anleitung und Fürsorge Sir Lanzelots anzuvertrauen. Dann ließ König Marke den Ritter rufen, der ihm die Nachricht von Alisander gebracht hatte, und bat ihn, noch in seinem Lande zu bleiben. Herr, sagte der Ritter, das muß ich wohl, denn in meinem eigenen Lande darf ich mich nicht blicken lassen. Sei unbesorgt, erwiderte König Marke, ich will dir hier doppelt soviel Land geben, wie du je gehabt hast. Aber binnen kurzem stieß Sir Sadok mit diesem heimtückischen Ritter zusammen und erschlug ihn. Da wurde König Marke über die Maßen wütend. Und er schickte Briefe an Königin Morgan le Fay und die Königin von Nordwales und bat diese beiden Zauberinnen, das ganze Land durch die Künste von Hexen und durch so gefährliche Ritter wie Malegrine und Breunis Saunce Pité in Brand zu setzen, daß Alisander le Orphelin auf keine Weise entkommen könne, sondern entweder gefangengenommen oder erschlagen werde.

WIE ALISANDER AUF EINEM TURNIER DEN PREIS GEWANN UND VON MORGAN LE FAY, UND WIE ALISANDER MIT SIR MALEGRINE KÄMPFTE UND IHN ERSCHLUG. Beim Abschied von seiner Mutter nahm Alisander das blutige Hemd seines Vaters mit und trug es immer bei sich als Zeichen der Erinnerung an des Vaters Tod. Auf den Rat Sir Tristans beabsichtigte Alisander, nach London zu Sir Lanzelot zu reiten. Doch es traf sich, daß er am Strand den rechten Weg verfehlte. Und er kam zu einem Turnier, das König Carados abhielt, und gewann den Preis, denn er warf Carados nieder und zwanzig seiner Ritter und auch den wackeren Ritter Sir Safere, den Bruder von Sir Palamides. All das beobachtete ein Fräulein, das noch nie einen so tüchtigen Ritter hatte tjosten sehen. Die Ritter, die Alisander niederwarf, ließ er schwören, ein Jahr und einen Tag keinen Harnisch zu tragen. Morgan le Fay aber wollte Alisander gern sehen. So nahm sie ihren Zelter und ritt lange Zeit und ruhte dann in ihrem Hauszelt aus. Da erschienen vier Ritter, von denen zwei bewaffnet und zwei unbewaffnet waren, und sie nannten Morgan le Fay ihre Namen: Elias von Gomeret und Cari von Gomeret waren die beiden bewaffneten, die anderen beiden kamen aus Cameliard und waren Vettern der Königin Ginevra; sie hießen Guy und Garaunt. Diese vier Ritter erzählten Morgan le Fay, ein Ritter habe sie vor einer Burg niedergeworfen, und ein Burgfräulein habe gesagt, er sei noch sehr jung und erst kürzlich zum Ritter geschlagen worden: Doch wir glauben, daß niemand außer Sir Tristan, Sir Lanzelot oder Sir Lamorak einem Stoß von seiner Lanze standhalten kann. Nun, sagte Morgan le Fay, ich werde diesen Ritter bald treffen, wenn er in diesem Lande weilt. Das Burgfräulein jedoch, das beobachtet hatte, wie Alisander le Orphelin die vier Ritter besiegte, rief ihn zu sich und sagte: Herr Ritter, wollt Ihr um meinetwillen mit einem Ritter dieses Landes kämpfen, der mir seit langem ein schlimmer Nachbar ist? Sein Name ist Malegrine, er duldet nicht, daß ich heirate. Weder ich noch ein Ritter in meinem Auftrag konnten bisher irgend etwas dagegen tun. Mein Fräulein, antwortete Alisander, wenn er kommt, solange ich hier bin, will ich mit ihm kämpfen und mein armes Leben für Euch wagen. Da schickte sie sogleich nach ihm, denn er stand ihr zu Diensten. Und als die Ritter einander erblickten, machten sie sich zum Zweikampf fertig. Sie stießen heftig zusammen, und Malegrine zerbrach seine Lanze an Alisander, aber Alisander traf ihn mit solcher Wucht, daß er ihn glatt aus dem Sattel hob und zu Boden warf. Doch Malegrine erhob sich schnell, nahm seinen Schild vor, zog sein Schwert und forderte ihn auf abzusteigen: Wenn du mir auch zu Pferd überlegen bist, wirst du sehen, daß ich zu Fuß jedem Ritter standhalte. Du hast recht, erwiderte Alisander, stieg rasch vom Pferd und übergab es seinem Diener. Und dann stürzten sie aufeinander los wie zwei wilde Eber und versetzten sich gegenseitig lange Zeit scharfe Schläge gegen Helm und Schild, aber nach drei Stunden konnte noch immer niemand sagen, wer von den beiden der bessere Ritter war. Währenddessen kam Morgan le Fay zu dem Burgfräulein, und sie sahen dem Kampf zu. Malegrine war ein alter erfahrener Kämpe und galt als einer der gefährlichsten Ritter der Welt im Kampf zu Fuß; zu Pferde hingegen waren viele besser. Und immer wartete Malegrine auf eine Gelegenheit, Alisander zu erschlagen, und er brachte ihm schwere Wunden bei, daß es erstaunlich war, daß er noch stehen konnte, soviel Blut hatte er verloren, denn Alisander focht wild, aber nicht klug. Manchmal rannten sie wie zwei wütende Eber aufeinander los, prallten mit ihren Schilden zusammen und stürzten beide längelang hin. Schließlich sagte Malegrine: Ritter, halt ein Weilchen ein und sage mir, wer du bist. Das tue ich nur, antwortete Alisander, wenn ich Lust dazu habe, aber du sage mir deinen Namen und warum du dieses Land besetzt hältst, sonst sollst du von meiner Hand sterben. So höre, entgegnete Malegrine, um dieses Burgfräuleins willen habe ich zehn tüchtige Ritter durch Mißgeschick und zehn weitere aus Haß und Stolz erschlagen. So wahr mir Gott helfe, sagte Alisander, das ist die ruchloseste Beichte, die ich je von einem Ritter gehört habe, und noch nie habe ich gehört, daß andere Menschen eine so schändliche Beichte abgelegt hätten. Deshalb wäre es ein großer Jammer und eine große Schmach für mich, wenn ich dich länger leben ließe. Wehre dich also, so gut du kannst, denn so wahr ich ein Ritter bin, einer von uns beiden wird heute erschlagen, das gelobe ich dir. Dann hieben sie wild aufeinander ein, und schließlich stieß Alisander Malegrine nieder, riß ihm den Helm herunter und schlug ihm den

Kopf ab. Als der Kampf beendet war, rief er seinen Diener, der ihm sein Pferd brachte. Und da er glaubte, stark genug zu sein, wollte er in den Sattel steigen, vermochte es aber nicht. So legte das Fräulein Sir Alisander in eine Sänfte und brachte ihn in die Burg, denn er hatte nicht die Kraft, auf seinen Füßen zu stehen. Sechzehn schwere Wunden hatte er erhalten, und besonders an einer wäre er fast gestorben.

WIE KÖNIGIN MORGAN LE FAY ALISANDER AUF IHRER BURG PFLEGTE UND SEINE WUNDEN HEILTE.

Dann untersuchte Königin Morgan le Fay seine Wunden und behandelte ihn mit Salben, an denen er sterben sollte. Als sie am nächsten Morgen zu ihm kam, beklagte er sich sehr; da legte sie ihm andere Salben auf, und bald verschwanden seine Schmerzen. Danach kam das Burgfräulein zu Morgan le Fay und sagte: Ich bitte Euch, helft mir, daß dieser Ritter mich heiratet, denn er hat mich durch diesen Kampf gewonnen. Ihr werdet sehen, antwortete Morgan le Fay, was ich dazu sage. Und Morgan le Fay ging zu Alisander und redete ihm auf jede Art zu, das Fräulein zurückzuweisen: Und wenn sie Euch auch heiraten will, sie ist nicht für Euch bestimmt. So kam das Fräulein und begehrte ihn zu ihrem Gatten. Fräulein, erwiderte Orphelin, ich danke Euch, aber vorerst denke ich nicht daran, mich in diesem Lande zu verheiraten. Herr, antwortete sie, da Ihr mich nicht heiraten wollt und mich doch gewonnen habt, bitte ich Euch, mich einem Ritter dieses Landes zu geben, der seit vielen Jahren mein Freund ist und mich liebt. Von ganzem Herzen willige ich ein, sagte Alisander. Da wurde der Ritter geholt, der Gerine le Grose hieß, und die Vermählung fand sogleich statt. Danach kam Morgan le Fay zu Alisander und hieß ihn aufstehen, und sie legte ihn in eine Sänfte und gab ihm einen Trank, daß er drei Tage und drei Nächte schlief ohne aufzuwachen, und so brachte sie ihn auf ihre Burg, die damals La Beale Regard hieß. Dort fragte Morgan le Fay Alisander, ob er wieder gesund werden wolle. Wer möchte schon krank sein, antwortete Alisander, wenn er gesund sein kann? Gut, sagte Morgan le Fay, dann versprecht mir bei Eurer Ritterehre, daß Ihr ein Jahr und einen Tag den Bereich dieser Burg nicht verlaßt, und Ihr sollt ganz gewiß schnell geheilt werden. Ich bin einverstanden, sagte Sir Alisander. Und er gab ihr das Versprechen und wurde bald gesund. Aber als er genesen war, reute ihn sein Gelöbnis, denn er konnte sich nun nicht an König Marke rächen. Da kam eines Tages ein Fräulein, das mit dem Grafen von Pase und mit Morgan le Fay verwandt war. Und von Rechts wegen war die Burg La Beale Regard durch Erbschaft ihr Eigentum. Dieses Fräulein fand Alisander, wie er gerade schwermütig und sehr traurig auf seinem Bett lag.

WIE ALISANDER MIT HILFE EINES FRÄULEINS VOR KÖNIGIN MORGAN LE FAY GERETTET WURDE.

Herr Ritter, sagte das Fräulein, wenn Ihr fröhlich sein wolltet, könnte ich Euch gute Kunde bringen. Mir wäre wohl, antwortete Alisander, wenn ich frohe Kunde hören könnte, denn jetzt bin ich Gefangener meines Gelübdes. Herr, sagte sie, so wisset, Ihr seid schlimmer dran als ein Gefangener, denn meine Base Morgan le Fay hält Euch nur in der Absicht hier, ihre Lust mit Euch zu haben, wenn es ihr beliebt. O Jesus, schütze mich vor solcher Lust, sagte Alisander, denn lieber würde ich mir die Hoden abschneiden als ihr solche Lust bereiten. Mit Gottes Hilfe, erwiderte das Fräulein, und wenn Ihr mich liebt und Euch von mir leiten laßt, will ich Euch in Ehren befreien. Sagt mir, wie, antwortete Alisander, und meine Liebe gehört Euch. Edler Ritter, sprach das Fräulein, diese Burg ist von Rechts wegen mein Eigentum, und ich habe einen mächtigen Onkel, den Grafen von Pase, der von allen Menschen Morgan le Fay am meisten haßt, und ihn will ich bitten, um meinetwillen diese Burg wegen der schlimmen Bräuche, die darin geübt werden, zu zerstören; er wird dann kommen und die Burg an allen vier Ecken in Brand stecken, und ich werde Euch zu einer geheimen Pforte hinausführen, und dort sollt Ihr Euer Pferd und Euern Harnisch finden. Das hört sich gut an, Fräulein, entgegnete Alisander. Da fügte sie hinzu: Ihr könnt Euch dann ein Jahr und einen Tag an dem Ort aufhalten, an dem die Burg stand, und habt so Euern Eid nicht gebrochen. Wahrlich, schönes Fräulein, sagte Alisander, Ihr habt recht. Darauf küßte er sie und tat zu ihrem Gefallen, was ihnen beiden bei Zeit und Muße gefiel. Und so schickte sie zu ihrem Onkel und bat ihn, die Burg zu zerstören, die dieser schon längst niedergebrannt hätte, wäre nicht das Fräulein gewesen. In seiner Antwort nannte der Graf den Tag, an dem er kommen und die Burg zerstören wollte. Und an diesem Tage zeigte das Fräulein Alisander eine Pforte, durch die er in einen Garten entkommen konnte, wo er Harnisch und Pferd vorfinden würde. Dann erschien der Graf von Pase mit vierhundert Rittern und zündete die Burg von allen Seiten an, daß bald kein Stein mehr auf dem anderen stand. Solange das Feuer wütete, wartete Alisander im Garten, und als es aufgehört hatte, ließ er ausrufen, er wolle das Stück Land, auf dem zuvor die Burg La Beale Regard stand, ein Jahr und einen Tag gegen jeden Ritter verteidigen. Es gab aber einen Herzog, der hieß Ansirus und war mit Sir Lanzelot verwandt. Er war ein großer Pilger und zog in jedem dritten Jahr nach Jerusalem und wurde deshalb Herzog Ansirus der Pilger genannt. Dieser Herzog hatte eine Tochter namens Alice, eine sehr schöne Frau, die ihres Vaters wegen Alice die schöne Pilgerin hieß. Als sie von Alisanders Ankündigung erfuhr, ging sie an den Hof des Königs Artus und erklärte öffentlich, daß alle Ritter es hören konnten: Wer den Ritter bezwingt, der dieses Stück Land besetzt hält, der soll mich und alle meine Ländereien bekommen. Als die Ritter der Tafelrunde das vernahmen, freuten sich viele, denn sie war von erlesener Schönheit und verfügte über große Einkünfte. Und sie ließ ihre Ankündigung ebensoschnell auf Burgen und in Städten verbreiten wie Alisander die seine. Dann errichtete sie ihr Zelt dicht neben dem Stück Land, das Alisander verteidigte. Kaum war sie dort eingetroffen, erschien der Ritter Sagramore le Desirous vom Hof des Königs Artus und forderte Alisander zum Zweikampf zu Pferde heraus. Da ritten sie gegeneinander, und Sagramore le Desirous zerbrach seine Lanze an Sir Alisander, Alisander aber traf seinen Gegner so gewaltig, daß er aus dem Sattel fiel. Als die schöne Alice ihn so trefflich tjosten sah, merkte sie, daß er zu Pferde Hervorragendes leistete. Sie lief aus ihrem Zelt, nahm Alisanders Pferd beim Zügel und sagte: Edler Ritter, ich bitte dich bei deiner Ritterehre, zeige mir dein Gesicht. Mein Gesicht zeige ich gern, erwiderte Alisander. Darauf öffnete er sein Visier, und sie sah sein Gesicht und rief: O liebster Jesus, dich muß ich lieben und keinen anderen. Dann zeigt mir Euer Gesicht, entgegnete er.

Kap. 39

WIE ALISANDER MIT ALICE, DER SCHÖNEN PILGERIN, ZUSAMMENTRAF, UND WIE ER MIT ZWEI RITTERN KÄMPFTE, UND MEHR ÜBER IHN UND SIR MORDRED. Da entschleierte sie ihr Gesicht. Und als er es sah, sagte er: Hier habe ich meine Liebe und meine Dame gefunden. Wahrlich, schöne Dame, ich gelobe, Euch und keiner anderen auf Erden zu dienen. Nun, edler Ritter, antwortete sie, nennt mir Euern Namen. Mein Name ist Alisander le Orphelin, und nun, mein Fräulein, nennt mir Euern Namen. Mein Name ist Alice die schöne Pilgerin, und wenn wir erst traulich beisammen sind, wollen wir einander erzählen, aus welchem Geblüt wir stammen. Und so entstand eine große Liebe zwischen den beiden. Und während sie miteinander sprachen, kam ein Ritter, der hieß Harsouse le Berbuse und forderte Sir Alisander zum Lanzenstechen heraus. Und schon beim ersten Anlauf warf ihn Alisander aus dem Sattel. Danach traf der Ritter Sir Heugon ein, und Sir Alisander warf ihn ebenso zu Boden. Da forderte Sir Heugon ihn auf, zu Fuß zu kämpfen, und Sir Alisander überwand ihn mit drei Streichen und hätte ihn erschlagen, wenn er sich nicht ergeben hätte. Da ließ Alisander die beiden Ritter schwören, ein Jahr und einen Tag keine Rüstung zu tragen. Schließlich stieg Alisander vom Pferd, um sich auszuruhen. Unterdessen erzählte das Fräulein, das Alisander aus dem Schloß geholfen hatte, wie er Gefangener auf der Burg La Beale Regard gewesen war und wie sie ihn befreit hatte. Herr, sagte Alice die schöne Pilgerin, mir scheint, Ihr seid dem Fräulein zu großem Dank verpflichtet. Das ist wahr, erwiderte Sir Alisander. Und dann erzählte ihm Alice, aus welcher Sippe sie stammte. Herr, sagte sie, ich stamme aus dem Geschlecht des Königs Ban, des Vaters von Sir Lanzelot. Schöne Dame, antwortete Alisander, meine Mutter sagte mir, daß mein Vater der Bruder eines Königs war und daß ich mit Sir Tristan nahe verwandt bin. Während dieses Gespräches kamen drei Ritter daher, und mit einer Lanze brachte Alisander sie alle drei so zu Fall, daß sie keine Lust verspürten, zu Fuß weiterzukämpfen. Er ließ sie schwören, ein Jahr lang keine Waffen zu tragen. Nachdem sie fort waren, erblickte Sir Alisander seine Dame Alice zu Pferde, als er vor ihrem Zelt hielt. Und da verliebte er sich so in sie, daß er nicht mehr wußte, ob er zu Pferd war oder zu Fuß. In diesem Augenblick erschien der falsche Sir Mordred und bemerkte, daß Alisander seine Dame wie vom

Zauber gebannt anstarrte, und er packte sein Pferd beim Zügel und wollte ihn wegführen, um Schande über ihn zu bringen. Als das Fräulein, das Alisander aus der Burg geholfen hatte, sah, wie schmählich mit ihm verfahren wurde, hängte sie sich einen Schild über die Schulter, bestieg ein Pferd, nahm ein Schwert in die Hand und versetzte Alisander mit aller Kraft einen solchen Hieb, daß er meinte, es spränge ihm Feuer aus den Augen. Als Alisander den Schlag spürte, schaute er um sich und zog sein Schwert. Da lief das Fräulein in das Zelt zurück, und Mordred floh in den Wald. Jetzt begriff Alisander, daß der falsche Ritter ihn in Schande gebracht hätte, wenn das Fräulein nicht gewesen wäre, und er wurde zornig auf sich selbst, weil ihm Mordred entkommen war. Aber dann scherzten Sir Alisander und Alice darüber, daß ihm das Fräulein so scharf über den Helm gehauen hatte. So kämpfte Sir Alisander jeden Tag zu Pferde und zu Fuß mit vielen Rittern vom Hofe des Königs Artus und ebenso mit zahlreichen anderen, manchmal mit einem und manchmal mit drei oder vier Rittern am Tag, doch nie konnte ihn einer bezwingen. Als ein Jahr vergangen war, zog er mit Alice der schönen Pilgerin fort. Das Fräulein aber wollte nicht von ihm weichen, und so begaben sie sich in das Land Benoyne und lebten dort in großer Freude. Mit Alice zeugte er einen Sohn, der hieß Bellangere le Beuse und kam später durch ein glückliches Geschick an den Hof des Königs Artus und bewährte sich als ein tapferer und edler Ritter. König Marke aber ließ von seinem Plan nicht ab, Alisander umzubringen. Es war Alisander nicht beschieden, an den Hof des Königs Artus zu gelangen, und so erschlug der falsche König Marke schließlich ruchlos und tückisch Sir Alisander, aber Bellangere le Beuse rächte den Tod seines Vaters. Wenn doch Alisander nur zu Sir Lanzelot vom See gekommen wäre, sagten alle Ritter, die ihn kannten. Er war einer der stärksten Ritter, die in den Tagen des Königs Artus lebten, und um sein Schicksal erhob sich große, schmerzliche Klage.

WIE SIR GALAHALT IN SURLUSE EIN GROSSES TURNIER AUSRUFEN LIESS, AUF DEM DIE RITTER DER KÖNIGIN GINEVRA GEGEN ALLE KÄMPFEN SOLLTEN, DIE KÄMEN. Der Herr des Landes Surluse, aus dem viele wackere Ritter stammten, war der hohe Prinz Sir Galahalt. Er war ein tüchtiger Kriegsmann und hatte eine edle Gefolgschaft um sich geschart. Eines Tages kam er an den Hof des Königs Artus und bat um Erlaubnis, in dem Lande Surluse, das zum Reich des Königs Artus gehörte, Reiterspiele abhalten zu dürfen. Ich gebe Euch die Erlaubnis, antwortete König Artus, aber ich muß Euch sagen, ich kann nicht daran teilnehmen. Herr, sagte da die Königin Ginevra, wenn es Euch recht ist, so laßt mich zu diesem Turnier gehen. Von Herzen gern, erwiderte Artus, Sir Galahalt soll sich Euer annehmen. Herr, sagte Sir Galahalt, ich werde nach Euerm Willen handeln und die Königin und die Ritter, die mir am besten gefallen, mitnehmen. Tut, wie Ihr wünscht, entgegnete König Artus. Sogleich befahl die Königin Sir Lanzelot, sich mit den Rittern, die Sir Galahalt für die besten hielt, fertig zu machen. Und dann wurde in jeder Stadt und in jeder Burg des Reiches ausgerufen, daß Sir Galahalt in dem Lande Surluse ein großes Turnier veranstalten werde, das acht Tage dauern solle, und daß der hohe Prinz mit der Hilfe von Königin Ginevras Rittern gegen jeden kämpfen würde, der dorthin käme. Auf diese Ankündigung hin rüsteten sich viele Könige und Prinzen, Herzöge und Grafen, Barone und edle Ritter zu diesem Turnier. Und am ersten Tag des Turniers erschien Sir Dinadan verkleidet auf dem Kampfplatz und vollbrachte viele große Waffentaten.

Kap. 41

WIE SIR LANZELOT AUF DEM TURNIER KÄMPFTE, UND WIE SIR PALAMIDES WAFFENTATEN FÜR EIN FRÄULEIN VOLLBRACHTE. Dann kam auf Bitten von Königin Ginevra und König Bagdemagus Sir Lanzelot an die Reihe, aber er war verkleidet, und deshalb erkannten ihn viele nicht. Er traf mit Sir Ector von Maris, seinem eigenen Bruder, zusammen, und jeder zerbrach seine Lanze am anderen. Dann nahmen sie neue Lanzen, und Sir Lanzelot warf Sir Ector nieder. Das sah Sir Bleoberis und hieb Sir Lanzelot einen solchen Streich über den Helm, daß er nicht wußte, wo er war. Da wurde Sir Lanzelot zornig und schlug Sir Bleoberis mit aller Wucht auf den Helm, daß sein Kopf nach hinten sank. Und dann versetzte er ihm noch einen Streich, daß er aus dem Sattel fiel. Darauf ritt Sir Lanzelot weiter, mitten in das dichteste Kampfgetümmel. Als der König von Nordwales Sir Ector und Bleoberis am Boden liegen sah, geriet er in Zorn, denn sie hatten auf seiner Seite gegen die Surluser gekämpft. So sprengte der König von Nordwales gegen Sir Lanzelot und zersplitterte seine Lanze an ihm. Da wendete Sir Lanzelot und schlug dem König von Nordwales mit dem Schwert auf den Helm, daß er vom Pferde stürzte; aber bald saß er wieder im Sattel. Jetzt gingen die Anhänger des Königs Bagdemagus gegen die des Königs von Nordwales vor, und es entstand ein schweres Handgemenge; aber die Nordwaliser waren weitaus stärker. Als Sir Lanzelot sah, daß seine Partei ins Hintertreffen geriet, stürzte er sich mit seinem Schwert in der Hand in das dichteste Gedränge und hieb nach rechts und nach links und warf Ritter nieder und riß ihnen den Helm vom Kopf, und alle staunten, daß ein Ritter jemals solche Waffentaten vollbringen konnte. Sir Meliagaunce, der Sohn des Königs Bagdemagus, wunderte sich sehr darüber, wie sich Sir Lanzelot hielt. Als Meliagaunce erfuhr, wer der Ritter war, wußte er, daß sich Sir Lanzelot um seinetwillen verkleidet hatte. Da bat Sir Meliagaunce einen Ritter, Sir Lanzelots Pferd mit einem Schwert oder einer Lanze zu töten. Zur selben Zeit traf König Bagdemagus auf einen Ritter, der hieß Sauseise und war ein wackerer Mann, und zu dem sagte er: Nun, edler Sauseise, kämpfe gegen meinen Sohn Meliagaunce und setze ihm gehörig zu, denn ich möchte, daß du ihn besiegst, damit er das Feld verlassen kann. Und Sir Sauseise und Sir Meliagaunce streckten einander nieder und kämpften dann zu Fuß, und Sauseise hätte Sir Meliagaunce gewiß bezwungen, wenn er nicht gerettet worden wäre. Denn der hohe Prinz ließ das Turnier abblasen, und alle Ritter legten die Waffen ab und begaben sich zu einem großen Festmahl. Währenddessen kam ein Fräulein zu dem hohen Prinzen und beklagte sich sehr darüber, daß ein Ritter namens Goneries alle ihre Länder besetzt hielt. Dieser Ritter war anwesend, und er warf seinen Handschuh für jeden hin, der im Namen des Fräuleins kämpfen wollte. Weil sie aber keinen Kämpen fand, nahm das Fräulein selbst den Handschuh bekümmert auf. Da kam ein Diener zu ihr und sagte: Fräulein, wollt Ihr meinem Rat folgen? Sehr gern, antwortete sie. Dann geht zu einem Ritter, der sich hier in der Nähe in einer Einsiedelei aufhält und der das bellende Tier verfolgt, und bittet ihn, den Kampf für Euch aufzunehmen. Ich bin sicher, er wird das für Euch tun. So bestieg sie ihren Zelter, und nach einer Weile fand sie den Ritter; es war Sir Palamides. Als sie ihm ihr Anliegen vorgebracht hatte, wappnete er sich und ritt mit ihr und hieß sie zu dem hohen Prinzen gehen, um für ihren Ritter die Erlaubnis zum Kampf zu erbitten. Ich gestatte es, sagte der hohe Prinz. Da machten sich die beiden Ritter bereit, und sie stießen beim Lanzenstechen mit solcher Kraft gegeneinander, daß beider Lanzen ganz zersplitterten. Darauf zogen sie das Schwert, und Sir Palamides warf Sir Goneries zu Boden, riß ihm den Helm herunter und schlug ihm den Kopf ab. Dann gingen sie zum Nachtmahl, und das Fräulein liebte Palamides wie eine Buhlin und war doch mit ihm verwandt. Schließlich verkleidete sich Palamides dadurch, daß er Schild und Sattelzeug mit dem Zeichen des bellenden Tieres benutzte. Als er so gerüstet war, sandte er zu dem hohen Prinzen und bat um Erlaubnis, mit anderen Rittern zu kämpfen, aber vor Sir Lanzelot sei ihm bange. Der hohe Prinz ließ ihm antworten, er sei willkommen und Sir Lanzelot werde nicht mit ihm kämpfen. Und dann ließ Sir Galahalt ausrufen, derjenige Ritter, der Sir Palamides bezwinge, solle das Fräulein für sich haben.

WIE SIR GALAHALT UND SIR PALAMIDES MITEINANDER KÄMPFTEN UND VON SIR DINADAN UND SIR GALAHALT. Als Sir Palamides am zweiten Tag auf den Kampfplatz kam, begegnete er Sir Galahalt; und sie stießen so heftig zusammen, daß ihre starken Lanzen ganz zersplitterten, aber Galahalt traf Palamides so schwer, daß er rückwärts auf sein Pferd fiel, doch fest in den Steigbügeln stand. Dann zogen sie das Schwert und versetzten einander viele scharfe Streiche, so daß manche ruhmvolle Ritter ihren Kampf unterbrachen, um ihnen zuzuschauen. Schließlich holte Sir Galahalt zu einem mächtigen Streich gegen Sir Palamides aus, aber dessen Helm war so hart, daß das Schwert abglitt und dem Pferd den Kopf abschlug. Als der hohe Prinz den wackeren Ritter zur Erde stürzen sah, schämte er sich seines Streiches, stieg ab, bot Sir Palamides sein Pferd als Geschenk an und bat ihn, das Mißgeschick zu verzeihen. Herr, sagte Palamides, ich danke Euch für Eure große Güte, ein Mann von Ehre wird einem

Ritter niemals Unehre antun. Und so stieg er aufs Pferd des Prinzen, und dieser erhielt sogleich ein anderes. Nun, sagte der hohe Prinz, überlasse ich Euch das Mädchen, denn Ihr habt sie gewonnen. Da antwortete Palamides: Das Fräulein und ich stehen Euch zu Diensten. So schieden sie, und Sir Galahalt vollbrachte große Waffentaten. Dann kam Dinadan und stieß mit Sir Galahalt zusammen, und sie ritten so scharf gegeneinander, daß ihre Lanzen zerbrachen. Doch Dinadan hatte geglaubt, der hohe Prinz wäre schon mehr erschöpft, als er es tatsächlich war. Er versetzte dem hohen Prinzen viele schwere Streiche, aber schließlich merkte er, daß er ihn nicht zu Fall bringen konnte, und so sagte er: Hoher Herr, ich bitte Euch, laßt ab von mir und nehmt es mit einem anderen auf. Der hohe Prinz erkannte Dinadan nicht und ließ ihn wegen seiner freundlichen Worte gutwillig frei. So gingen sie auseinander, aber bald danach kam einer und erzählte dem hohen Prinzen, daß dieser Ritter Sir Dinadan war. Wahrhaftig, rief der Prinz, es tut mir leid, daß er mir entronnen ist, denn nun werde ich ihn wegen seiner Spöttereien und Possen nie mehr zur Rechenschaft ziehen können. Und Galahalt sprengte eilends hinter ihm her und rief: Wartet, Dinadan, um König Artus' willen. Nein, erwiderte Dinadan, so wahr mir Gott helfe, heute treffen wir nicht mehr zusammen. Voll Zorn stieß der hohe Prinz dann mit Meliagaunce zusammen und traf ihn so an der Kehle, daß er das Genick gebrochen hätte, wenn er gestürzt wäre; und mit derselben Lanze warf er einen anderen Ritter nieder. Dann griffen die von Nordwales und viele Fremde ein, und es sah aus, als würden sie die von Surluse besiegen, und Sir Galahalt war immer in schwere Kämpfe verwickelt. Schließlich tauchte dann Semound der Tapfere mit vierzig Rittern auf und schlug sie allesamt zurück. Danach ließen die Königin Ginevra und Sir Lanzelot zum Heimritt ins Lager blasen, und alle Ritter legten daraufhin ihre Waffen ab und kleideten sich für das große Festmahl um.

Kap. 43

WIE SIR ARCHADE SIR PALAMIDES DES VERRATS BESCHULDIGTE, UND WIE SIR PALAMIDES IHN ERSCHLUG. Als Palamides die Rüstung abgelegt hatte, bat er für sich und das Fräulein um Nachtquartier, und der hohe Prinz ließ es ihm sogleich zuweisen. Kaum war er in seiner Unterkunft, kam ein Ritter namens Archade, ein Bruder von Goneries, den Palamides in dem Kampf für das Fräulein erschlagen hatte. Und dieser Ritter Archade nannte Sir Palamides einen Verräter und beschuldigte ihn des Mordes an seinem Bruder. Mit Erlaubnis des hohen Prinzen, sagte Palamides, werde ich dir antworten. Als Sir Galahalt von ihrem Streit erfuhr, hieß er sie zum Mahle gehen: Und sobald ihr gespeist habt, macht euch zum Kampf bereit. So wappneten sie sich nach dem Essen und bestiegen ihre Pferde, und die Königin, der Prinz und Sir Lanzelot nahmen Platz, um ihnen zuzuschauen. Die beiden Ritter gaben ihren Pferden die Sporen, und Sir Palamides stieß Archade mit der Lanze vom Pferd. Palamides sprang aus dem Sattel und zog das Schwert, aber Archade konnte nicht aufstehen. Da riß ihm Sir Palamides den Helm herunter und schlug ihm den Kopf ab. Danach gingen der hohe Prinz und Königin Ginevra zum Nachtmahl. Und König Bagdemagus schickte seinen Sohn Meliagaunce fort, damit Sir Lanzelot nicht mit ihm zusammentreffen sollte, denn er haßte Sir Lanzelot, doch dieser wußte es nicht.

Kapitel 44

VOM DRITTEN TAGE, UND WIE SIR LAMORAK MIT SIR PALAMIDES KÄMPFTE UND ANDEREN DINGEN. Am dritten Tag des Turniers machte sich König Bagdemagus bereit, und ihm stellte sich König Marsil entgegen, der von Sir Galahalt eine Insel zu Lehen hatte, die den Namen Pomitain trug. Und König Bagdemagus stieß König Marsil von Pomitain mit der Lanze über den Schweif seines Pferdes hinunter. Ein

Ritter des Königs Marsil wollte seinen Herrn rächen, wurde aber von König Bagdemagus ebenso samt seinem Pferd zu Boden geworfen. Dann traten gegen die Surluser ein Graf namens Arrouse und Sir Breunis und hundert Ritter von Pomitain auf den Plan und auch der König von Nordwales, und es begann ein heftiger Kampf, und viele Ritter gerieten unter die Hufe ihrer Pferde. Und König Bagdemagus zeichnete sich vor allen anderen aus, denn er kämpfte von Anfang an und hielt am längsten durch. Gaheris, Gaweins Bruder, zielte immer auf das Gesicht des Königs Bagdemagus, aber schließlich schleuderte dieser Sir Gaheris samt seinem Pferd zu Boden. Dann traf Sir Palamides auf Sir Blamore von Ganis, den Bruder von Sir Bleoberis, und die beiden stießen mit so mächtigen Lanzen, daß beide Ritter mit ihren Pferden zu Fall kamen. Aber Sir Blamore stürzte so, daß er sich fast das Genick brach, und das Blut drang ihm aus Nase, Mund und Ohren, doch mit Hilfe guter Ärzte genas er schließlich wieder. Danach erschien der Herzog Chaleins von Clarance und in seiner Gefolgschaft der Ritter Elis le Noire, und König Bagdemagus warf Elis aus dem Sattel. Wenn auch Herzog Chaleins von Clarance große Waffentaten vollbrachte, kam er doch so spät, daß am dritten Tage niemand so hervorragte wie Bagdemagus und Palamides, und daher erhielt König Bagdemagus den Preis zuerkannt. Danach wurde zum Heimritt ins Lager geblasen, und die Kämpfer legten die Waffen ab und gingen zum Festmahl. Darüber kam Dinadan zurück und trieb seinen Spott mit König Bagdemagus, daß alle über ihn lachten, denn er war ein trefflicher Spaßmacher und bei allen guten Rittern beliebt. Als sie gespeist hatten, kam ein Diener, der vier Lanzen auf seinem Rücken trug, zu Sir Palamides und sprach: Hier ist ein Ritter, der schickt Euch vier Lanzen zur Auswahl und fordert Euch um Eurer Dame willen auf, zwei dieser Lanzen zu nehmen und mit ihm auf dem Turnierplatz zu streiten. Sage ihm, antwortete Palamides, ich werde zur Stelle sein. Als Sir Galahalt davon erfuhr, hieß er Palamides sich bereit machen. Und die Königin Ginevra, der hohe Prinz und Sir Lanzelot nahmen auf einer Tribüne Platz, um über diese beiden Ritter das Urteil abzugeben. Sir Palamides und der fremde Ritter stießen mit solcher Wucht zusammen, daß ihre Lanzen zerbrachen. Sogleich nahmen sie stärkere Lanzen und zersplitterten sie völlig. Und mit der nächststärkeren Lanze warf der Ritter Sir Palamides samt Pferd zu Boden. Und wie der fremde Ritter über ihn hinwegreiten wollte, strauchelte sein Pferd und fiel auf Palamides. Dann zogen sie die Schwerter und schwangen sie lange Zeit mit großer Wucht. Da sagten der hohe Prinz und Sir Lanzelot, sie hätten noch nie zwei Ritter besser kämpfen sehen als diese beiden. Und der fremde Ritter verdoppelte seine Streiche und drängte Palamides zurück, und da gebot der hohe Prinz Einhalt. Und dann gingen sie ins Quartier. Als sie ihre Rüstungen abgelegt hatten, sahen sie, daß der edle Ritter Sir Lamorak war. Und Sir Lanzelot rühmte ihn sehr, denn von allen Männern der Welt liebte er ihn am meisten, mit Ausnahme Sir Tristans. Auch die Königin Ginevra pries ihn, und alle anderen guten Ritter rühmten ihn ebenso, nur Sir Gaweins Brüder nicht. Dann sagte die Königin Ginevra zu Sir Lamorak: Herr, ich bitte Euch, wenn Ihr wieder kämpfen wollt, dann kämpft mit keinem aus der Sippe meines Herrn Artus. Und er versprach ihr, es für dieses Mal zu unterlassen.

VOM VIERTEN TAG UND VIELEN GROSSEN WAFFENTATEN. Am vierten Tage zogen zum Turnier der König mit den hundert Rittern und alle Mannen von Nordwales und der Herzog Chaleins von Clarance und König Marsil von Pomitain und auch Safere, der Bruder von Palamides, der ihm Nachricht von seiner Mutter brachte. Und so ritten die von Surluse aus und das Fräulein mit ihnen. Sir Palamides traf auf Sir Bleoberis von Ganis, und sie warfen sich gegenseitig nieder, das gleiche taten Sir Safere und Sir Ector von Maris, und dann kämpften die beiden Paare zu Fuß. Sir Lamorak stieß auf den König mit den hundert Rittern und warf ihn glatt über den Schweif seines Pferdes. In der gleichen Weise verfuhr er mit dem König von Nordwales und König Marsil. Und bevor der Tag zu Ende ging, streckte er mit Lanze und Schwert dreißig Ritter nieder. Als Herzog Chaleins sah, welch kühne Waffentaten Lamorak vollbrachte, wollte er nicht mit ihm anbinden, weil er es für schändlich hielt, und er befahl allen seinen Rittern bei Todesstrafe, ihn nicht anzurühren, denn es sei eine Schmach für alle guten Ritter, wenn Lamorak dadurch seinen Ruhm einbüße. Dann taten sich die drei Könige zusammen und rückten Sir Lamorak auf den Leib. Aber er blieb ihnen nichts schuldig, sondern sprengte hierhin und dorthin und hieb nach rechts und nach links und schlug viele Helme herunter, daß der hohe Prinz und Königin Ginevra sagten, sie hätten noch nie einen Ritter solche Taten zu Pferde vollbringen sehen. Mein Gott, sprach Lanzelot zu König Bagdemagus, ich will mich wappnen und Sir Lamorak beistehen. Und ich will mit Euch reiten, sagte König Bagdemagus. Als die beiden im Sattel saßen, ritten sie zu Sir Lamorak, der mitten unter dreißig Rittern stand, und jeder, der konnte, versetzte ihm einen Stoß, doch stets schlug er gewaltig zurück. In dieses Gedränge stürzte sich Sir Lanzelot und warf Sir Mador de la Porte nieder. Und mit dem Schaft seiner Lanze streckte er viele Ritter zu Boden. Auch König Bagdemagus schlug nach links und nach rechts mit gewaltiger Kraft. Da wichen die drei Könige zurück und flohen. In diesem Augenblick ließ Sir Galahalt zum Heimritt ins Lager blasen, und alle Herolde gaben Sir Lamorak den Preis. Die ganze Zeit über hatten Sir Palamides mit Sir Bleoberis und Sir Safere mit Sir Ector zu Fuß gekämpft, und noch nie hatten die vier so ebenbürtige Gegner gehabt. Am Ende trennten sie sich, begaben sich in ihre Unterkünfte, legten die Rüstung ab und gingen zum Festmahl. Als Sir Lamorak an den Hof kam, schloß ihn Königin

Ginevra in die Arme und sagte: Herr, Ihr habt Euch heute wacker geschlagen. Dann kam der hohe Prinz und zeigte sich hocherfreut, ebenso Dinadan, der vor Freude weinte; aber die Freude, die Sir Lanzelot über Sir Lamorak hatte, kann kein Mensch beschreiben. Schließlich begaben sie sich zur Ruhe, und am nächsten Morgen ließ der hohe Prinz wieder zum Tjosten blasen.

VOM FÜNFTEN TAG, UND WIE SICH SIR LAMORAK HIELT. So begann der fünfte Tag. In der Morgenfrühe forderte Sir Palamides in der Nähe der Burg, in der König Artus weilte, zum Kampf heraus. Da trat ihm ein ruhmreicher Herzog entgegen, und Sir Palamides warf ihn vom Pferd. Dieser Herzog war ein Onkel des Königs Artus. Dann trat der Sohn von Sir Elis gegen Palamides an und wurde ebenfalls bezwungen. Da geriet Sir Iwein in Zorn und ritt gegen Sir Palamides, doch Palamides traf ihn mit solcher Wucht, daß er mitsamt dem Pferd zu Boden stürzte. Und so warf er drei Brüder Sir Gaweins, nämlich Mordred, Gaheris und Agrawein, zu Boden. O Jesus, rief Artus, es ist eine große Demütigung, daß ein Sarazene Männer meiner Sippe niederwirft. Da übermannte ihn der Zorn, und er wollte sich zum Kampf rüsten. Sir Lamorak bemerkte, daß Artus und seine Sippe in Bedrängnis waren. Sogleich wappnete er sich und fragte Palamides, ob er noch weiterkämpfen wolle. Warum nicht, antwortete Palamides. Da stießen sie zusammen und zersplitterten ihre Lanzen, daß die Burg von dem Lärm widerhallte. Nun nahmen sie jeder eine stärkere Lanze zur Hand und galoppierten wild gegeneinander, und Sir Palamides' Lanze brach, aber die Sir Lamoraks hielt. Dabei verlor Sir Palamides den Steigbügel und kam auf den Rücken seines Pferdes zu liegen. Darauf zog er sich zurück und nahm sein Fräulein mit, und Sir Safere begleitete ihn. Als er abgezogen war, ging König Artus zu Sir Lamorak und dankte ihm für seine Güte und bat ihn, seinen Namen zu nennen. Herr König, sagte Lamorak, ich schulde Euch meinen Dienst, aber ich möchte jetzt nicht länger hier verweilen, denn ich sehe um mich herum viele meiner Feinde. Ach, erwiderte Artus, jetzt weiß ich, Ihr seid Sir Lamorak von Wales. O Lamorak, bleibt bei mir, und bei meiner Krone, ich lasse Euch niemals im Stich, und so dreist sollen Gawein und seine Brüder nicht sein, daß sie gegen Euch vorgehen. Herr, entgegnete Sir Lamorak, Schlimmes haben sie mir angetan und Euch auch. Das ist wahr, sagte der König, sie haben ihre Mutter, meine Schwester, erschlagen und mir dadurch viel Kummer bereitet. Es wäre viel schöner und besser gewesen, wenn Ihr sie geheiratet hättet, denn Ihr seid von königlichem Geblüt, genau wie die Brüder. O Jesus, sagte der edle Ritter Sir Lamorak zu Artus, ihren Tod verwinde ich nimmermehr, und ich verspreche Euch und gelobe vor Gott, ich werde ihren Tod rächen, sobald ich kann. Wäre nicht die Ehrfurcht vor Eurer Hoheit, dann hätte ich mich schon jetzt an Sir Gawein und seinen Brüdern gerächt. Wahrhaftig, sagte Artus, ich will euch versöhnen. Herr, antwortete Lamorak, ich kann jetzt nicht bei Euch bleiben, denn ich muß zu dem Turnier, wo Sir Lanzelot und der hohe Prinz Sir Galahat sind.

WIE PALAMIDES MIT CORSABRIN UM EINE DAME KÄMPFTE, UND WIE PALAMIDES CORSABRIN ERSCHLUG. In der Nähe lebte ein Fräulein, die war eine Tochter von König Bandes. Und ein sarazenischer Ritter, der Corsabrin hieß, liebte dieses Fräulein und wollte auf keine Weise dulden, daß sie sich verheiratete, und fortwährend lag er ihr in den Ohren und schmähte sie, daß sie fast den Verstand verlor. Durch Zufall hörte dieses Fräulein, daß Palamides viel für Damen tue, und so sandte sie ihm einen Wimpel und bat ihn, ihretwegen mit Sir Corsabrin zu kämpfen, und er sollte sie und alle Ländereien ihres Vaters, die ihr zufallen würden, gewinnen. Dann schickte sie zu Corsabrin und forderte ihn auf, zu Sir Palamides zu gehen, der ein Heide sei wie er, und ließ ihm eröffnen, sie habe ihren Wimpel an Palamides gesandt, und wenn Corsabrin ihn bezwingen könne, wolle sie ihn heiraten. Als Corsabrin das vernahm, wurde er wild vor Wut und Ärger und ritt nach Surluse, wo er Sir Palamides, der den Wimpel trug, zum Kampf bereit fand. Und sie verpflichteten sich vor Galahalt, miteinander zu kämpfen. Wohlan, sagte der hohe Prinz, heute müssen die edlen Ritter tjosten, und nach dem Essen werden wir sehen, was ihr leistet. Dann wurde zum Turnier geblasen, und Dinadan kam auf den Kampfplatz und traf auf den wackeren Ritter Sir Gerin und warf ihn glatt in den Sand. Danach streckte Sir Dinadan noch vier andere Ritter nieder und vollbrachte große Waffentaten, denn er war ein tüchtiger Kämpe, aber auch ein Spötter und Spaßvogel und der lustigste Ritter in weitem Umkreis. Es war seine Art, jeden guten Ritter zu lieben, und alle guten Ritter liebten ihn wieder. Als der hohe Prinz Dinadan mit solchem Erfolg tjosten sah, rief er Sir Lanzelot und bat ihn, Sir Dinadan niederzuwerfen: Und wenn Ihr das getan habt, bringt ihn vor mich und Königin Ginevra. Sir Lanzelot nahm den Auftrag an, und dann warfen er und Sir Lamorak viele Ritter nieder, schlugen Helme vom Kopf und trieben alle Ritter vor sich her. Schließlich streckte Sir Lanzelot Sir Dinadan nieder, ließ ihn von seiner Dienerschaft entwaffnen und brachten ihn vor die Königin und den Prinzen, und sie lachten so schrecklich über Dinadan, daß sie sich kaum aufrecht halten konnten. Nun, sagte Sir Dinadan, das ist für mich keine Schande, denn der alte Teufelskerl Sir Lanzelot hat mich niedergeworfen. Dann gingen sie zum Mittagsmahl, und der ganze Hof hatte seinen Spaß an Sir Dinadan. Nach dem Essen wurde wieder zum Turnier geblasen. Man wollte Sir

Palamides und Corsabrin zuschauen. Sir Palamides richtete seine Standarte mitten in der Arena auf, und sie prallten mit ihren Lanzen gegeneinander wie der Donner und gingen beide zu Boden. Dann zogen sie das Schwert und hoben den Schild und schlugen mächtig aufeinander ein, daß fast kein Stück des Harnischs ganz blieb, denn dieser Corsabrin war ein überaus tückischer Gegner. Corsabrin, sagte Palamides, willst du mir das Fräulein und den Wimpel überlassen? Da geriet Corsabrin außer sich vor Wut und versetzte Palamides einen solchen Schlag, daß er auf die Knie sank. Doch erhob er sich schnell und hieb Corsabrin über den Helm, daß er der Länge nach auf die Erde fiel. Da riß Palamides ihm den Helm herunter und rief: Corsabrin, ergib dich, oder du stirbst! Schande über dich, erwiderte Corsabrin, mach, was du willst. Da schlug er ihm den Kopf ab. Und als die Seele aus seinem Leib entwich, kam ein Gestank heraus, den keiner ertragen konnte. Weil er ein Heide war, wurde der Leichnam in einem Gehölz vergraben. Danach ertönte das Signal zum Aufbruch ins Lager, und Palamides legte seine Rüstung ab. Darauf begab er sich zu Königin Ginevra, dem hohen Prinzen und Sir Lanzelot. Herr Ritter, sagte der hohe Prinz, Ihr habt heute ein großes Wunder an Corsabrin erlebt, wie der Gestank aufstieg, als die Seele den Körper verließ. Deshalb, Herr Ritter, ersuchen wir Euch, laßt Euch taufen, und ich gelobe Euch, alle Ritter werden Euch noch mehr schätzen und Euer Ruhm wird sich mehren. Hoher Prinz, erwiderte Palamides, ihr alle sollt wissen, daß ich in dieses Land gekommen bin, um ein Christ zu werden. In meinem Herzen bin ich schon ein Christ, und deshalb werde ich mich taufen lassen. Doch ich habe ein Gelübde getan, nicht eher zur Taufe zu gehen, bis ich sieben wahrhafte Kämpfe um Jesu willen ausgefochten habe. Ich vertraue darauf, daß Gott meinen Vorsatz gut aufnimmt, denn ich meine es ehrlich. Dann bat Sir Palamides die Königin Ginevra und den hohen Prinzen, mit ihm zur Nacht zu speisen. Und auch Sir Lanzelot und Sir Lamorak und viele andere treffliche Ritter nahmen an dem Mahle teil. Am anderen Morgen gingen sie zur Messe, dann wurde zum Turnier geblasen, und die Ritter machten sich bereit.

WAS AM SECHSTEN TAG GESCHAH. Am sechsten Tag kam zuerst Sir Gaheris in die Arena und kämpfte gegen Sir Ossaise von Surluse und stieß ihn aus dem Sattel. Dann gingen die beiden Parteien aufeinander los, und viele Lanzen wurden zerbrochen und viele Ritter zu Boden geworfen. Auch Sir Dornard und Sir Aglovale, zwei Brüder von Sir Lamorak, kamen samt ihren Pferden und ihren Gegnern zu Fall. Als Sir Lamorak das sah, wurde er maßlos zornig, ergriff eine mächtige Lanze und warf vier tüchtige Ritter nieder, bis schließlich seine Lanze zerbrach. Da zog er sein Schwert und hieb nach rechts und nach links und riß Helme herunter und schlug Ritter nieder, daß alle über solche Waffentaten staunten und viele Ritter flohen. Dann half er seinen Brüdern wieder aufs Pferd und sagte: Brüder, ihr solltet euch schämen, euch so vom Pferd stoßen zu lassen. Was ist denn ein Ritter, wenn er nicht im Sattel sitzt? Ich halte nicht viel von einem Ritter, der zu Fuß ficht, denn alle Kämpfe zu Fuß sind Kämpfe von Räubern. Kein Ritter sollte zu Fuß kämpfen, es sei denn, er wird durch Verrat oder Gewalt dazu gezwungen. Deshalb, Brüder, sitzt fest auf euern Pferden oder kämpft nie mehr vor meinen Augen. In diesem Moment erschien der Herzog Chaleins von Clarance und stieß mit dem Grafen Ulbawes von Surluse zusammen, und sie streckten sich gegenseitig in den Sand. Ritter beider Parteien halfen ihren Herren wieder in den Sattel, denn Sir Ector und Sir Bleoberis, die zu Fuß waren, taten beim Herzog Chaleins Dienst und der König mit den hundert Rittern beim Grafen Ulbawes. Dann kam Gaheris und hieb auf den König mit den hundert Rittern ein, bis der Herzog Chaleins sie trennte. Schließlich wurde zum Aufbruch ins Lager geblasen, und die Ritter legten die Waffen ab und gingen zum Mahl. Als sie mitten beim Essen waren, kam Dinadan und fing mit seinen Possen an. Da erblickte er den hohen Prinzen, der mit irgend etwas unzufrieden schien. Er mochte nämlich keinen Fisch, und hier wurde Fisch serviert, der ihm zuwider war. Sogleich suchte Sir Dinadan einen Fisch mit einem großen Kopf aus, reichte ihn dem Prinzen und sagte: Sir Galahalt, wohl darf ich Euch mit einem Wolf vergleichen, denn der frißt niemals Fisch, sondern nur Fleisch. Diese Worte brachten den hohen Prinzen zum Lachen. He, he, sagte Dinadan zu Lanzelot, was zum Teufel macht Ihr in diesem Lande, wegen Euch kann hier kein gewöhnlicher Ritter mehr zu Ehren gelangen. Sir Dinadan, antwortete Lanzelot, ich versichere Euch, ich will nie mehr mit Euch und Eurer mächtigen Lanze zusammentreffen, denn ich kann mich nicht im Sattel halten, wenn mich diese Lanze trifft. Und wenn es mir glückt, will ich dem grobschlächtigen Wanst aus dem Wege gehen, den Ihr mit Euch führt. Gebt gut acht, fuhr Lanzelot fort, Gott verhüte, daß wir uns je anderswo als bei einer Portion Fleisch treffen. Darüber lachten die Königin und der hohe Prinz, daß sie sich nicht auf ihren Stühlen halten konnten. So hatten sie großes Vergnügen bis zum Morgen. Dann hörten sie die Messe und ließen zum Tjosten blasen. Und Königin Ginevra und alle Stände nahmen ihre Plätze ein und ebenso die Kampfrichter in voller Rüstung, um die Turnierordnung zu wahren.

Kap. 49

VOM SIEBENTEN TAG DES TURNIERS, UND WIE SIR LANZELOT, ALS MÄDCHEN VERKLEIDET, SIR DINADAN NIEDERWARF. Dann begann die siebente Schlacht. Herzog Cambines traf auf Sir Aristance, der als ein tüchtiger Ritter galt, und von der Wucht des Zusammenpralls fielen beide samt ihren Pferden zu Boden. Der

Graf von Lambaile half dem Herzog wieder in den Sattel und wurde dann von Sir Ossaise von Surluse niedergeworfen. Daraufhin begann das Handgemenge, und große Waffentaten wurden vollbracht und viele Lanzen zerbrochen und viele Ritter in den Sand gestreckt. Der König von Nordwales und Graf Ulbawes prallten mit solcher Wucht zusammen, daß alle Schiedsrichter glaubten, sie wären beide tot. Mittlerweile brachten Königin Ginevra, der hohe Prinz und Lanzelot Sir Dinadan dazu, sich zum Kampf zu wappnen. Ich würde ja gern in die Arena reiten, sagte Dinadan, aber dann wird mich einer von euch beiden angreifen. Bei Gott, erwiderte der hohe Prinz, Ihr seht doch, daß wir als Kampfrichter mit unseren Schilden hier sitzen, und Ihr könnt uns immer im Auge behalten, ob wir noch hier sind oder nicht. So ritt Sir Dinadan in den Kampf und traf mit vielen Rittern zusammen und hielt sich vorzüglich. Da verkleidete sich Sir Lanzelot, zog Mädchenkleider über seine Rüstung und ließ sich von Sir Galihodin durch die Arena führen, und alle Männer wunderten sich, was für ein Fräulein das war. Da packte Lanzelot in seiner Mädchenkleidung Galihodins Lanze und sprengte gegen Sir Dinadan, der nach der Tribüne blickte, ob Sir Lanzelot dort säße, und er sah auf Sir Lanzelots Platz jemand in voller Rüstung sitzen. Das sonderbare Mädchen aber ließ ihn befürchten, es wäre Sir Lanzelot in Verkleidung, und Sir Lanzelot kam so schnell auf ihn zu, daß er ihn über den Schweif seines Pferdes hinunterstieß. Dann schleppten sie Sir Dinadan unter großem Spott in einen nahen Wald und zogen ihn bis aufs Hemd aus und legten ihm Frauenkleider an, und so brachten sie ihn in die Arena zurück. Dann wurde das Turnier abgeblasen, und alle Ritter gingen ins Lager und legten die Waffen ab. Da wurde Sir Dinadan zu ihnen hereingeführt. Als Königin Ginevra Sir Dinadan in einem solchen Aufzug erblickte, platzte sie fast vor Lachen, und alle anderen lachten ebenso. Ach, du bist so falsch, sagte Dinadan zu Lanzelot, gegen dich komme ich nicht an. Mit Zustimmung aller erhielt Sir Lanzelot den Preis im Turnier, an zweiter Stelle kam Sir Lamorak von Wales, an dritter Stelle Sir Palamides, an vierter König Bagdemagus, und es herrschte große Freude und große Festlichkeit am ganzen Hofe. Am nächsten Morgen begaben sich Königin Ginevra und Sir Lanzelot zu König Artus, doch Sir Lamorak wollte durchaus nicht mit ihnen gehen. Wenn Ihr mit uns kommt, sagte Sir Lanzelot, dann verbürge ich mich, daß König Artus Sir Gawein und seine Brüder verpflichtet, Euch keinen Schaden zu tun. Was das angeht, antwortete Sir Lamorak, so traue ich weder Sir Gawein noch einem seiner Brüder, und Ihr könnt sicher sein, Sir Lanzelot, wenn es nicht wegen König Artus wäre, so würde ich es Sir Gawein und seinen Brüdern schon heimzahlen. Aber vertrauen werde ich ihnen niemals, und deshalb bitte ich Euch, empfehlt mich meinem hohen Herrn Artus und allen Rittern der Tafelrunde. Und wohin ich auch immer komme, ich werde Euch stets nach Kräften dienen. Es ist noch nicht lange her, als ich dafür Rache nahm, daß die Sippe des hohen Herrn Artus von Sir Palamides bezwungen wurde. Dann nahm Sir Lamorak Abschied von Sir Lanzelot, und beide weinten, als sie sich trennten.

WIE SIR TRISTAN IN VERRÄTERISCHER ABSICHT AUF EIN TURNIER GEBRACHT WURDE, WO ER ERSCHLAGEN WERDEN SOLLTE, UND WIE ER IN DEN KERKER GEWORFEN WURDE. ❧ Einige Zeit später ließen der hohe Prinz Sir Galahalt und König Bagdemagus ein großes Turnier an der Küste von Cornwall ausrufen, in der Absicht, Sir Lanzelot zu erschlagen oder wenigstens seinen Ruf zu vernichten und Schande über ihn zu bringen, weil ihm immer die höchsten Ehren zuteil wurden. Von diesem Plan erfuhr König Marke, der darüber sehr froh war, denn er beabsichtigte, Sir Tristan in einer Verkleidung, in der ihn niemand erkennen konnte, zu dem Turnier zu schicken, so daß der hohe Prinz glauben sollte, Sir Tristan wäre Sir Lanzelot. So ritt Tristan zu diesem Turnier. Bei seinem Eintreffen war Sir Lanzelot nicht da, aber als sie einen verkleideten Ritter solche Waffentaten vollbringen sahen, hielten sie ihn alle für Sir Lanzelot. Insbesondere König Marke sagte laut vor allen, es sei Sir Lanzelot. Da griffen ihn König Bagdemagus und der hohe Prinz mit ihren Rittern an, und es war ein Wunder, daß Sir Tristan der Übermacht trotzen konnte. Ungeachtet aller Wunden, die er davontrug, erhielt Sir Tristan den Preis in dem Turnier. Und da erfuhren alle, daß der verkleidete Ritter Sir Tristan von Liones war, und die von König Markes Partei freuten sich über Tristans Wunden, die anderen aber waren traurig, denn Sir Tristan war im Reiche England nicht so verhaßt wie Sir Lanzelot. Dann kam König Marke zu Sir Tristan und sagte: Edler Neffe, es tut mir leid, daß Ihr verwundet seid. Schönen Dank, mein hoher Herr, entgegnete Sir Tristan. Danach ließ König Marke unter vielen Freundlichkeiten Sir Tristan in eine Sänfte legen und sagte: Teurer Neffe, ich selbst will Euer Wundarzt sein. So ritt er mit Sir Tristan fort und brachte ihn noch bei Tageslicht auf eine Burg. Dort gab er ihm zu essen und zu trinken, und nach dem Trank schlief Tristan sogleich ein. In finsterer Nacht ließ ihn Marke auf eine andere Burg bringen und dort in ein tiefes Verlies werfen, und er beauftragte einen Mann und eine Frau, ihm Speise und Trank zu geben. In diesem Kerker blieb er eine lange Zeit. Inzwischen wurde Sir Tristan vermißt, doch kein Mensch wußte, was aus ihm geworden war. Als Schön Isolde hörte, Tristan sei verschwunden, ging sie heimlich zu Sir Sadok und bat ihn auszukundschaften, wo er sich aufhielt. Und Sadok fand bald heraus, daß Tristan von König Marke und den Verrätern von Magouns ins Gefängnis geworfen worden war, und da legte sich Sadok mit zweien seiner Vettern ganz in der Nähe der Burg Tintagil bewaffnet in einen Hinterhalt. Zufällig ritt König Marke mit vier Neffen und einem der Verräter von Magouns dort vorüber, und als Sir Sadok sie erblickte, brach er aus dem Hinterhalt hervor und sprengte auf sie zu. Als König Marke Sir Sadok erkannte, floh er, so schnell er konnte, und Sir Sadok erschlug alle vier Neffen Markes, doch der Verräter von Magouns brachte einem der Vettern Sadoks eine tiefe Wunde am Hals bei. Dafür machte Sadok ihm den Garaus. Danach ritt Sir Sadok zu einer Burg, die Liones hieß, und dort erfuhr er von dem Verrat und der Ruchlosigkeit König Markes. Die Mannen dieser Burg ritten mit Sir Sadok zu einer Burg namens Arbray, und dort fanden sie in der Stadt Sir Dinas den Seneschall. Als Sir Sadok ihm den Verrat König Markes ganz enthüllt hatte, empörte sich Sir Dinas gegen einen solchen König und sagte, er wolle ihm alle Ländereien zurückgeben, die er von ihm zu Lehen erhalten habe. Und als er das gesagt hatte, sprachen alle Lehensritter wie Sir Dinas. Dann wurden auf Sir Dinas' und Sir Sadoks Rat alle Städte und Burgen im ganzen Lande Liones mit Proviant versehen und das ganze Volk, das sie auftreiben konnten, zusammengerufen.

Kap. 51

WIE KÖNIG MARKE BRIEFE FÄLSCHEN LIESS, ALS KÄMEN SIE VOM PAPST, UND WIE SIR PARZIVAL SIR TRISTAN AUS DEM KERKER BEFREITE.

Nachdem König Marke Sir Sadok entkommen war, ritt er zur Burg Tintagil und machte dort viel Lärm und Geschrei und rief alles zu den Waffen, was Waffen tragen konnte. Dann suchten und fanden sie die vier toten Neffen König Markes und den Verräter von Magouns, und der König ließ sie in einer Kapelle bestatten. Danach ließ der König in seinem ganzen Lande alle Mannen zusammenziehen, denn er merkte, daß ein Krieg unvermeidlich war. Als Marke erfuhr, daß sich Sir Sadok und Sir Dinas im Lande Liones gegen ihn erhoben hatten, sann er auf Ränke und Verrat. Er ließ

Briefe vom Papst fälschen und sich diese durch einen fremden Schreiber überbringen. In diesen Briefen stand, König Marke solle sich bei Strafe des Bannfluchs rüsten und mit seinem Heer zum Papst kommen und nach Jerusalem ziehen, um ihm im Krieg gegen die Sarazenen zu helfen. Nachdem der Schreiber diese Briefe dem König überbracht hatte, ließ er sie sogleich an Sir Tristan senden und ihm bestellen: Wenn er gegen die Ungläubigen zu Felde zöge, sollte er aus dem Gefängnis befreit und wieder in seine Rechte eingesetzt werden. Als Sir Tristan die Briefe gelesen hatte, sagte er zu dem Schreiber: Ach, König Marke, du bist von jeher ein Verräter gewesen und wirst es immer bleiben. Doch, Schreiber, bestelle König Marke: Da der Papst nach ihm gesandt hat, soll er selber hingehen, und sage dem Verräterkönig, daß ich auf seinen Befehl nicht gehen werde, auch wenn ich dadurch aus dem Gefängnis frei käme, denn ich sehe, welchen Lohn ich für meine treuen Dienste ernte. Der Schreiber kehrte zu König Marke zurück und überbrachte ihm die Antwort Sir Tristans. Nun gut, sagte der König, er soll doch betrogen werden. Und er ging in sein Gemach und fertigte neue falsche Briefe an, in denen stand, daß der Papst Sir Tristan selbst auffordere, in den Krieg gegen die Ungläubigen zu ziehen. Als der Schreiber mit diesen Briefen wieder zu Sir Tristan kam, prüfte er sie und erkannte die Fälschung. Ach, sagte Sir Tristan, falsch bist du immer gewesen, König Marke, und so wirst du enden. Und der Schreiber kehrte wieder zu König Marke zurück. Unterdessen waren vier verwundete Ritter in die Burg Tintagil gekommen. Einem von ihnen war fast das Genick gebrochen, ein anderer hatte einen Arm verloren, der dritte war von einer Lanze durchbohrt, und dem vierten waren die Zähne eingeschlagen. Sie suchten König Marke und riefen: König, warum fliehst du nicht, denn das ganze Land hat sich gegen dich erhoben. Da wurde König Marke maßlos wütend. In der Zwischenzeit war Sir Parzival von Wales in das Land gekommen und suchte Sir Tristan. Als er hörte, daß Tristan im Kerker lag, nahm er sich vor, ihn offen auf Ritterart zu befreien. Und als er ihn so befreit hatte, waren beide Männer über alle Maßen froh. Wenn Ihr Euch in diesem Lande aufhalten wollt, sagte Sir Tristan zu Sir Parzival, will ich mit Euch reiten. Nein, antwortete Parzival, ich kann in diesem Lande nicht verweilen, denn ich muß nach Wales. So trennte sich Sir Parzival von Sir Tristan und ritt geradenwegs zu König Marke und berichtete ihm, wie er Sir Tristan befreit hatte. Er sagte ihm auch, es wäre eine große Schande für ihn, daß er Tristan in den Kerker geworfen hätte, denn er wäre der ruhmreichste Ritter der Welt. Und merkt Euch: Die edelsten Ritter der Welt lieben Sir Tristan, und wenn er Krieg gegen Euch führt, könnt Ihr ihm nicht standhalten. Das ist wahr, erwiderte König Marke, aber ich kann Sir Tristan kein Freund sein, weil er meine Königin und Gemahlin Schön Isolde liebt. Pfui Schande, rief Parzival, sprecht nie wieder so. Seid Ihr nicht Tristans Oheim und er Euer Neffe? Ihr solltet niemals glauben, daß ein so edler Ritter wie Sir Tristan eine solche Gemeinheit begehen könnte, seines Oheims Weib in Besitz zu nehmen, wenn er Eure Königin vielleicht auch in Keuschheit liebt, denn sie gilt als eine der schönsten Frauen der Welt. Nach diesen Worten zog Sir Parzival seines Weges. Als er gegangen war, sann König Marke auf neuen Verrat, obgleich er Sir Parzival gelobt hatte, Sir Tristan auf keine Weise mehr zu schaden. Auf der Stelle ließ er Sir Dinas dem Seneschall eine Botschaft überbringen, er solle das Volk, das er aufgewiegelt habe, zur Ruhe bringen, denn er habe ein Gelübde getan, selbst zum Papst nach Rom zu gehen und einen Krieg gegen die Ungläubigen zu führen, und das sei ein edlerer Krieg, als das Volk gegen den König aufzuwiegeln. Als Sir Dinas diese Botschaft vernommen hatte, brachte er in kurzer Zeit das Volk zur Ruhe. Nachdem jeder wieder nach Hause gezogen war, erkundete König Marke den Ort, an dem sich Sir Tristan mit Schön Isolde aufhielt, und auf heimtückische Art ließ er ihn, entgegen dem Versprechen, das er Sir Parzival gegeben hatte, ergreifen und ins Gefängnis werfen. Königin Isolde, die das erfuhr, erhob große Klage wie nur je eine Dame oder Edelfrau. Dann schickte Sir Tristan einen Brief an Schön Isolde und bat sie, ihm von Herzen gut zu sein, und wenn es ihr recht wäre, sollte sie ein Schiff ausrüsten, dann wollte er mit ihr in das Reich Logris fahren. Schön Isolde schrieb ihm in ihrer Antwort, er solle guten Mutes sein, denn sie wolle das Schiff ausrüsten und alles vorbereiten. Dann schickte Isolde zu Sir Dinas und Sir Sadok und bat sie, sie sollten König Marke auf irgendeine Art festhalten und gefangensetzen, bis sie und Tristan in das Reich Logris abgefahren wären. Als Sir Dinas von dem neuen Verrat König Markes hörte, versprach er ihr, das zu tun. Und wie sie es geplant hatten, wurde es ausgeführt. Sir Tristan wurde aus dem Gefängnis befreit, und in aller Eile berieten sich Isolde und Tristan mit denen, die sie auf ihrer Seereise bei sich haben wollten.

Kap. 52

WIE SIR TRISTAN UND SCHÖN ISOLDE NACH ENGLAND KAMEN, UND WIE SIR LANZELOT SIE NACH BURG FREUDENTURM BRACHTE.

Dann bestiegen Schön Isolde und Tristan ihr Schiff und gelangten auf dem Wasserwege in das Reich Logris. Kaum waren sie vier Tage dort, als sie die Kunde von einem Turnier erreichte, das König Artus veranstaltete, und Tristan und Isolde beschlossen, verkleidet zu diesem Turnier zu reiten. Als Tristan dort ankam, sah er viele Ritter kämpfen, und er begab sich in die Arena und warf vierzehn Ritter der Tafelrunde nieder. Darauf wappnete sich Sir Lanzelot, um dem fremden Ritter entgegenzutreten. Das bemerkte Schön Isolde, und sie sandte Sir Lanzelot einen Ring und ließ ihn wissen, daß dieser Ritter Sir Tristan von Liones war. Da war Sir Lanzelot sehr froh und wollte nicht kämpfen. Und er beobachtete, wohin sich Sir Tristan wandte, und ritt ihm nach, und das Wiedersehen brachte beiden

große Freude. Dann führte Sir Lanzelot Sir Tristan und Schön Isolde auf die Burg Freudenturm, die er erobert hatte, und dort sollten sie wohnen und walten, als wäre sie ihr eigener Besitz. Die Burg war prächtig ausgestattet und eingerichtet wie für einen König und eine Königin. Sir Lanzelot trug all seinen Leuten auf, sie zu ehren und zu lieben wie ihn selbst.

Danach kehrte er zu König Artus zurück und berichtete Königin Ginevra, der Ritter, der auf dem Turnier so wacker gekämpft habe, sei Sir Tristan. Und er erzählte ihr auch, daß er König Marke zum Trotz Schön Isolde bei sich hatte, und das alles teilte Ginevra König Artus mit. Als Artus hörte, daß Tristan König Marke entronnen war und Schön Isolde mitgebracht hatte, freute er sich sehr. Und er ließ um Tristans willen ausrufen, am Maitag solle vor der Burg Lonazep, die in der Nähe von Freudenturm lag, ein Turnier stattfinden. Artus plante, daß alle Ritter seines Landes und von Cornwall und Nordwales gegen die von Irland, Schottland, dem übrigen Wales, Gore, Surluse, Listinoise, Northumberland und allen Gebieten diesseits des Meeres, die Artus lehnspflichtig waren, kämpfen sollten. Als dieses Turnier ausgerufen wurde, waren viele Ritter froh, aber auch viele bekümmert. Herr, sagte Lanzelot, durch diesen Aufruf bringt Ihr uns, die wir um Euch sind, in große Gefahr, denn viele Ritter blicken mit großem Neid auf uns, und wir werden in dem Turnier einen sehr schweren Stand haben. Sorgt Euch deshalb nicht, antwortete Artus, da wird sich zeigen, wer die besten Kämpfer sind. Als Lanzelot begriff, warum König Artus dieses Turnier veranstaltete, traf er Vorkehrungen, daß Schön Isolde von einem geheimen Ort aus, der ihrem Rang angemessen war, dem Kampfspiel zuschauen konnte. Unterdessen genossen Tristan und Isolde alle Lust und Freude miteinander, die sie ersinnen konnten, und jeden Tag ritt Sir Tristan auf die Jagd. Er galt damals als der beste Jäger der Welt und der geschickteste Hornbläser in allen Taktarten; und von Sir Tristan stammen alle wichtigen Begriffe der Jagd und der Beize und alle Taktarten und Tempi des Hornblasens und alle Signale bei Spiel und Jagd, wie Entkoppeln, Fährte aufnehmen, Zurückrufen der Hunde, Flucht, Tod und viele andere, so daß alle Edelleute bis ans Ende der Welt Grund haben, Sir Tristan zu preisen und für seine Seele zu beten.

Kap. 53

WIE SIR TRISTAN AUF SCHÖN ISOLDES RAT AUSRITT UND SIR PALAMIDES BEGEGNETE. Eines Tages sagte Schön Isolde zu Tristan: Ich wundere mich sehr, wie wenig Ihr daran denkt, daß Ihr in einem fremden Lande seid, in dem es viele gefährliche Ritter gibt.

Ihr wißt auch sehr gut, daß König Marke voller Verrat ist. Wenn Ihr immer unbewaffnet auf die Jagd reitet, könntet Ihr ermordet werden. Meine schöne Dame und meine Geliebte, bitte, verzeiht mir, ich will es nicht mehr tun. Von da an ritt Sir Tristan stets gewappnet zur Jagd, und seine Mannen trugen ihm Schild und Lanze. Einmal, kurz vor dem Monat Mai, jagte Tristan mit großem Eifer einen Hirsch, und der Hirsch sprang an einem schönen Quell vorbei. Da stieg Tristan ab und öffnete seinen Helm, um von dem sprudelnden Wasser zu trinken. In diesem Augenblick hörte und sah er das bellende Tier auf den Quell zukommen. Da schloß er seinen Helm wieder, denn er meinte, sogleich müßte Sir Palamides erscheinen, der dieses Tier verfolgte. Da kam auch schon ein gewappneter Ritter auf einem edlen Pferd, und der grüßte ihn, und sie sprachen über viele Dinge, und der Name des Ritters war Breunis Saunce Pité. Kurz darauf kam der edle Ritter Sir Palamides zu ihnen, und sie grüßten einander und unterhielten sich freundlich. Edle Ritter, sagte Sir Palamides, ich kann euch Neues berichten. Was habt Ihr zu berichten? fragten sie. Ihr Herren, so wißt, König Marke ist von seinen eigenen Rittern um Sir Tristans willen ins Gefängnis gesteckt worden, denn er selbst hatte Tristan zweimal eingekerkert. Einmal befreite ihn Sir Parzival, das andere Mal die Königin Schön Isolde, und sie ging mit ihm fort in dieses Reich. Ist das wahr? fragte Breunis, dann werden wir bald von Sir Tristan hören. Was Schön Isolde betrifft, fuhr Palamides fort, so liebe ich sie. Ich stehe dafür ein, daß das wahr ist und daß ihr vor allen anderen Frauen mein Dienst gehört und gehören wird, solange ich lebe. Während sie so im Gespräch waren, sahen sie einen Ritter in voller Rüstung auf einem gewaltigen Roß auf sich zukommen, und einer seiner Knappen trug seinen Schild und ein anderer seine Lanze. Sobald dieser Ritter sie erblickte, griff er nach Schild und Lanze und rüstete sich zum Kampf. Liebe Freunde, sagte Sir Tristan, dort kommt ein Ritter, der will mit uns streiten. Werden wir uns also einig, wer von uns sich ihm stellt, denn ich sehe wohl, er ist vom Hofe des Königs Artus. Er wird nicht lange auf einen Gegner zu warten brauchen, sagte Sir Palamides, denn auf meiner Jagd nach dem bellenden Tier bin ich nie einem Ritter begegnet, dem ich mich versagt hätte, wenn er mit mir kämpfen wollte. Diesem Tier, entgegnete Breunis Saunce Pité, könnte ich ebenso folgen wie Ihr. Dann sollt Ihr mit mir kämpfen, antwortete Palamides. So stellte sich Sir Palamides dem anderen Ritter entgegen, der Sir Bleoberis hieß und ein sehr edler Ritter und naher Verwandter von Sir Lanzelot war. Sie stießen mit solcher Wucht gegeneinander, daß Sir Palamides samt seinem Pferd zu Boden fiel. Dann rief Sir Bleoberis laut: Halte dich bereit, Breunis Saunce Pité, du elender Verräter, denn ich will mit dir bis zum Äußersten kämpfen um der edlen Ritter und Damen willen, mit denen du schändlich verfahren bist. Als der falsche Ritter und Verräter Breunis Saunce Pité das hörte, nahm er sein Pferd beim Zügel und floh, so schnell sein Pferd laufen konnte, denn er hatte große Furcht vor Bleoberis. Bleoberis verfolgte ihn durch dick und dünn. Zu seinem Glück gewahrte Sir Breunis vor sich drei Ritter der Tafelrunde, Sir Ector von Maris, Sir Parzival von Wales und Sir Harry le Fise du Lake, den guten und tapferen Ritter. Sir Parzival galt damals als einer der besten und zuverlässigsten Recken der Welt. Auf sie ritt Sir Breunis zu, rief sie an und bat um ihren Schutz. Aus welchem Grunde? fragte Sir Ector. Ach, edle Ritter, sagte Sir Breunis, mich verfolgt der verräterischste, feigste und schurkischste Ritter; er heißt Breunis Saunce Pité. Wenn ich ihm in die Hände falle, wird er mich ohne Gnade und Mitleid erschlagen. Bleibt bei uns, sagte Sir Parzival, wir werden Euch schützen. Da sahen sie Sir Bleoberis, der im schnellsten Galopp angeritten kam. Sir Ector machte sich bereit, um als erster mit ihm zu kämpfen. Als Sir Bleoberis sah, daß er allein vier Rittern gegenüberstand, überlegte er einen Augenblick, ob er umkehren oder angreifen sollte. Dann sagte er sich: Ich bin ein

Ritter der Tafelrunde, und ehe ich Schande über meinen Eid und mein Blut bringe, will ich lieber angreifen, wie immer es auch enden mag. Dann legte Sir Ector seine Lanze ein, und sie prallten heftig zusammen, doch Sir Ector fiel aus dem Sattel. Sir Parzival bemerkte das und lenkte sein Pferd mit aller Kraft gegen den Ritter und erhielt einen solchen Stoß, daß er samt seinem Roß zu Boden stürzte. Als Sir Harry sie beide bezwungen sah, sagte er sich: So stark war Breunis niemals. Und er ritt gegen den Fremden an, und sie stießen mit solcher Wucht zusammen, daß beide samt ihren Pferden niederfielen, doch das Pferd von Sir Bleoberis erholte sich wieder. Das sah Breunis und sprengte heran und hieb auf ihn ein und wollte ihn erschlagen, als er am Boden lag. Da stand Sir Harry le Fise du Lake rasch auf, packte Sir Breunis' Pferd beim Zügel und rief: Pfui Schande! schlagt niemals auf einen Ritter ein, wenn er am Boden liegt, denn nach seinen Taten kann dieser Ritter nicht ehrlos sein, und auch wenn er jetzt am Boden liegt, hat er doch ruhmvoll gekämpft und treffliche Ritter bezwungen. Darum will ich noch lange nicht ablassen, erwiderte Sir Breunis. Diesmal hast du keine Wahl, sagte Sir Harry. Als Sir Breunis sah, daß ihm keine Wahl blieb, gab er nach, und Sir Harry ließ ihn los. Sogleich ritt er erneut über Sir Bleoberis und stampfte ihn nieder, wie wenn er ihn töten wollte. Als Sir Harry ihn so schurkisch handeln sah, rief er: Du Verräter, laß das sein! Aber wie sich Sir Harry anschickte, sein Roß zu besteigen und mit Sir Breunis zu kämpfen, stieß der ihn samt seinem Pferd zu Boden, als er erst halb aufgesessen war, und hätte den wackeren Sir Harry beinahe getötet. Da schrie Sir Parzival: Verräter, was tust du? Und kaum saß Sir Parzival im Sattel, als Sir Breunis im schnellsten Galopp floh, Sir Parzival und Sir Harry setzten ihm nach, aber je länger sie ihn verfolgten, desto weiter blieben sie zurück. Schließlich kehrten sie um und ritten zu Sir Ector von Maris und Sir Bleoberis. Ach, edle Ritter, sagte Bleoberis, warum habt ihr den heimtückischen Ritter und Verräter beschützt? Wieso, fragte Sir Harry, wer ist er denn? Ich sehe wohl, er ist ein Feigling und ein Schurke. Herr, sagte Bleoberis, er ist der feigste Kerl und ein Schänder von Damen und ein Mörder guter Ritter, besonders der von König Artus. Wie ist Euer Name? fragte Sir Ector. Mein Name ist Sir Bleoberis von Ganis. Ach, teurer Vetter, sagte Ector, vergebt mir, ich bin Sir Ector von Maris. Da freuten sich Sir Parzival und Sir Harry ebenfalls von Herzen, daß sie mit Bleoberis zusammengetroffen waren, aber alle waren sie betrübt, weil ihnen Sir Breunis entkommen war, und beklagten das sehr.

VON SIR PALAMIDES, UND WIE ER MIT SIR BLEOBERIS UND SIR ECTOR ZUSAMMENTRAF, UND VON SIR PARZIVAL. Wie sie so standen, kam Sir Palamides, und als er Bleoberis' Schild auf der Erde liegen sah, sagte er: Derjenige, dem dieser Schild gehört, soll mit mir kämpfen, denn er hat mich an einem Quell ganz in der Nähe zu Boden geworfen, und deshalb will ich zu Fuß gegen ihn antreten. Ich bin bereit, mich Euch zu stellen, antwortete Bleoberis, denn wißt, ich war der Ritter, und mein Name ist Bleoberis von Ganis. Das trifft sich gut, versetzte Palamides, so hört, mein Name ist Palamides der Sarazene. Beide haßten einander tödlich. Sir Palamides, sagte Ector, Ihr müßt Euch darüber im klaren sein, daß kein Ritter der Welt einen von unserer Sippe erschlägt, ohne daß er dafür sein Leben lassen muß. Wenn Ihr kämpfen wollt, so sucht Sir Lanzelot oder Sir Tristan, in ihnen werdet Ihr ebenbürtige Gegner finden. Mit ihnen bin ich schon zusammengetroffen, erwiderte Palamides, aber ich habe keinen Ruhm dabei gewonnen. Gab es keine Ritter außer ihnen, fragte Sir Ector, die sich mit Euch messen konnten? Doch, antwortete Palamides, da war noch ein dritter Ritter, unvergleichlich tapfer für sein Alter. Wenn er bis zur Blüte seiner Mannesjahre gelebt hätte, käme keiner ihm gleich. Sein Name war Sir Lamorak von Wales. In einem Turnier bezwang er einmal mich und dreißig andere Ritter und erhielt den Preis. Und als er von dort wegreiten wollte, stellten sich ihm Sir Gawein und seine Brüder entgegen und brachten ihn mit vieler Mühe schurkisch um, zur Schande für die ganze Ritterschaft. Als Sir Parzival hörte, daß sein Bruder Sir Lamorak tot war, sank er ohnmächtig auf die Mähne seines Pferdes und erhob die schmerzlichste Klage. Nachdem er wieder zu sich gekommen war, sagte er: Ach, mein guter und edler Bruder, nun werden wir einander nie mehr begegnen. In der ganzen weiten Welt kam in Euerm Alter keiner Euch gleich. Es ist zuviel für uns, den Tod unseres Vaters König Pellinore und nun den Tod unseres Bruders zu ertragen. Währenddessen kam ein Bote vom Hof des Königs Artus und machte ihnen Meldung von dem großen Turnier, das bei Lonazep stattfinden sollte und in dem die Länder Cornwall und Nordwales gegen alle stehen würden, die kommen wollten.

Kapitel 55

WIE SIR TRISTAN SIR DINADAN TRAF UND VON IHREM GESPRÄCH, UND WAS SIR TRISTAN ZU SIR GAWEINS BRÜDERN SAGTE. ❧ Als er eines Tages wieder einmal auf die Jagd ging, traf Sir Tristan mit Sir Dinadan zusammen, der auf der Suche nach ihm in dieses Land gekommen war. Und Sir Dinadan nannte seinen Namen, aber Sir Tristan nicht, und deshalb war Sir Dinadan zornig und sagte: Solch einen verrückten Ritter wie Euch habe ich heute erst an einem Quell liegen sehen, und er tat, als ob er schliefe, und er grinste wie ein Narr und wollte nicht sprechen. Sein Schild lag neben ihm, und sein Pferd stand an seiner Seite. Gewiß war das ein Verliebter. Ach edler Herr, sagte Sir Tristan, seid Ihr nicht verliebt? Meiner Treu, pfui über diesen Zauber, versetzte Dinadan. Das ist übel geredet, erwiderte Sir Tristan, denn ein Ritter kann nie Ruhm gewinnen, wenn er nicht liebt. Das ist gut gesagt, antwortete Sir Dinadan, doch nun nennt mir Euern Namen, da Ihr ein Verliebter seid, sonst muß ich mit Euch kämpfen. Wenn ich Euch meinen Namen nicht sage, entgegnete Sir Tristan, so ist das kein Grund, deswegen Streit mit mir anzufangen. Meinen Namen werdet Ihr jetzt nicht erfahren. O Schande! rief Dinadan, Ihr seid ein Ritter und wagt es nicht, mir Euern Namen zu nennen? Darum will ich mit Euch kämpfen. Ich will es mir überlegen, erwiderte Sir Tristan, denn ich kämpfe nur, wenn ich dazu Lust habe, und dann werdet Ihr mir nicht standhalten können. Schande über Euch Feigling, sagte Sir Dinadan. Da erblickten sie einen Ritter, der sich ihnen näherte. Seht, rief Sir Tristan, dort kommt ein Ritter, der wird mit Euch kämpfen. Als Sir Dinadan ihn erkannte, sagte er: Das ist ja der verrückte Ritter, der an dem Quell lag und weder schlief noch wachte. Diesen Ritter mit dem blauverhüllten Schild kenne ich gut, sagte Sir Tristan, es ist der Sohn des Königs von Northumberland. Sein Name ist Epinogris, und er ist ein großer Liebhaber und umwirbt die Tocher des Königs von Wales, eine sehr schöne Dame. Ich nehme an, fuhr Sir Tristan fort, wenn Ihr ihn herausfordert, wird er mit Euch kämpfen. Dann wird sich zeigen, ob ein Liebender der bessere Ritter ist oder Ihr, der Ihr keine Dame lieben wollt. Gebt acht, sagte Dinadan, was ich tun werde. Und damit rief Dinadan laut: Herr Ritter, macht Euch bereit, denn es ist der Brauch von fahrenden Rittern, miteinander zu kämpfen. Herr, antwortete Epinogris, ist es Brauch bei euch fahrenden Rittern, jemand zum Kampf zu zwingen, ob er will oder nicht? Macht Euch bereit, sagte Dinadan, es geht los. Und damit gaben sie ihren Pferden die Sporen und stießen heftig zusammen, und Epinogris warf Sir Dinadan aus dem Sattel. Da ritt Sir Tristan zu Dinadan und sagte: Sieh da, mir scheint, der Verliebte hat sich gut bewährt. Schande über Euch, Ihr Feigling, erwiderte Sir Dinadan, wenn Ihr ein guter Ritter seid, rächt mich. Nein, sagte Sir Tristan, ich will jetzt nicht kämpfen, nehmt Euer Pferd und laßt uns weiterreiten. Gott bewahre mich vor Eurer Gesellschaft, versetzte Sir Dinadan, denn seit ich Euch getroffen habe, ist es mir nicht gut ergangen. Nun, sagte Tristan, vielleicht könnte ich Euch etwas Neues von Sir Tristan berichten. Gott bewahre mich vor Eurer Gesellschaft, wiederholte Dinadan, und Sir Tristan wäre übel daran, wenn er in Eure Gesellschaft geriete. Und doch könnte es sein, daß wir uns anderswo wieder begegnen, sagte Tristan. Dann trennten sie sich, und Sir Tristan ritt nach Freudenturm und vernahm in der Stadt viel Lärm und Geschrei. Was ist das für ein Lärm? fragte er. Herr, erhielt er zur Antwort, auf dieser Burg lebte seit langem ein Ritter, und jetzt ist er nur deshalb von zwei Rittern erschlagen worden, weil er gesagt hat, Sir Lanzelot wäre ein besserer Ritter als Sir Gawein. Was für ein einfältiger Grund, sagte Sir Tristan, einen tüchtigen Ritter zu erschlagen, weil er gut von seinem Herrn spricht. Das ist uns wenig Trost, entgegneten die Männer der Stadt. Wenn Sir Lanzelot hier wäre, hätte er uns bald an den heimtückischen Rittern gerächt. Als Sir Tristan sie so sprechen hörte, sandte er nach seinem Schild und seiner Lanze. In kurzer Zeit hatte er die beiden Ritter eingeholt und hieß sie umkehren und ihre Missetat sühnen. Welche Sühne willst du haben? fragte der eine Ritter. Und damit nahmen sie Anlauf und stießen so wuchtig gegeneinander, daß Sir Tristan den Ritter über seinen Pferdeschweif hinunterwarf. Dann stellte sich der andere gegen Sir Tristan und wurde in der gleichen Weise niedergestreckt. Danach schickten sie sich zum Schwertkampf zu Fuß an. Ihr Ritter, sagte Sir Tristan, verratet mir, woher ihr stammt und wie ihr heißt, denn ihr könntet Männer sein, die meinen Händen schwerlich entrinnen sollten. Ihr könntet aber auch aus einem solchen Lande kommen, daß ich euch trotz all eurer üblen Taten ungehindert passieren lasse. Wir fürchten uns nicht, antwortеten sie, dir unsere Namen zu nennen, denn wir sind Agrawein und Gaheris, Brüder des wackeren Sir Gawein und Neffen des Königs Artus. Nun gut, sagte Sir Tristan, um König Artus' willen sollt ihr diesmal ungeschoren weiterziehen, aber es ist eine Schande, daß Sir Gawein und ihr von so hoher Abstammung seid und ihr vier Brüder doch als die größten Vernichter und Mörder guter Ritter geltet, die es jetzt in diesem Reiche gibt. Denn eben erst habe ich erfahren, daß Sir Gawein und ihr einen besseren Ritter erschlagen habt, als ihr es jemals wart, nämlich den edlen Sir Lamorak von Wales. Wollte Gott, ich wäre dabeigewesen, als Sir Lamorak starb. Dann wärst du denselben Weg gegangen, versetzte Sir Gaheris. Dazu bedarf es anderer Ritter, als ihr es seid, erwiderte Sir Tristan. Hierauf ließ Tristan sie stehen und ritt auf die Burg Freudenturm zu. Als er fort war, sagte der eine Ritter zum anderen: Wir wollen ihn einholen und uns an ihm rächen, trotz Sir Lamorak.

Kapitel 56

WIE SIR TRISTAN SIR AGRAWEIN UND SIR GAHERIS NIEDERSTRECKTE, UND WIE SCHÖN ISOLDE SIR DINADAN HOLEN LIESS. Als sie ihn eingeholt hatten, rief Sir Agrawein: Mach kehrt, du Verräter! Das ist ein böses Wort, erwiderte Sir Tristan, zog sein Schwert aus der Scheide und versetzte Sir Agrawein einen solchen Hieb auf den Helm, daß er mit einer schweren Wunde bewußtlos vom Pferd stürzte. Dann wandte er sich gegen Gaheris und ließ sein Schwert auf dessen Helm sausen, daß Gaheris aus dem Sattel taumelte. Darauf ritt Sir Tristan zu der Burg Freudenturm, stieg vom Pferd und legte die Waffen ab und berichtete Schön Isolde von allen seinen Abenteuern. Wie er Sir Dinadan erwähnte, sagte sie: Ist das nicht derselbe, der das Lied auf König Marke gemacht hat? Das ist er, antwortete Tristan. Er ist der größte Spaßvogel und

Possenreißer und dazu ein wackerer Ritter und der beste Gefährte, den ich kenne, und alle guten Ritter lieben seine Gesellschaft. Ach, Herr, fragte sie, warum habt Ihr ihn nicht mitgebracht? Habt keine Sorge, antwortete Tristan, er reitet im Land umher und sucht mich, und daher wird er nicht weiterziehen, bis er mich gefunden hat. Und dann erzählte Tristan der schönen Isolde, daß Sir Dinadan alle Liebhaber verachte. Darüber kam ein Diener und meldete Sir Tristan, es wäre ein fahrender Ritter mit einem farbigen Schild in die Stadt gekommen. Das ist Sir Dinadan, sagte Tristan, ich rate Euch, Schön Isolde, sendet nach ihm, und Ihr werdet den lustigsten Ritter und verrücktesten Witzbold zu hören bekommen, mit dem Ihr je gesprochen habt. Ich bitte Euch herzlich, nehmt ihn gut auf, während ich mich verborgen halte. Sogleich schickte Schön Isolde einen Boten in die Stadt und lud Sir Dinadan ein, in die Burg zu kommen und einer Dame Gesellschaft zu leisten. Herzlich gern, erwiderte Sir Dinadan. Und er ritt in die Burg, stieg vom Pferd, legte seine Waffen ab und wurde in den Saal geführt. Schön Isolde ging ihm zur Begrüßung entgegen, und dann fragte sie ihn, woher er komme. Hohe Frau, antwortete Dinadan, ich bin vom Hof des Königs Artus und ein Ritter der Tafelrunde, und mein Name ist Sir Dinadan. Was tut Ihr in diesem Lande? fragte Schön Isolde. Er erwiderte: Ich suche Sir Tristan, den edlen Ritter, denn mir wurde berichtet, er wäre in diesem Land. Das mag wohl sein, sagte Schön Isolde, doch weiß ich nicht, wo er sich aufhält. Hohe Frau, fuhr Dinadan fort, wenn ich an Sir Tristan und andere Liebhaber denke, wundere ich mich, welche Krankheit sie so toll und vernarrt in Frauen macht. Wie, fragte Isolde, Ihr seid ein Ritter und liebt nicht? Das ist eine Schande für Euch, Ihr seid kein guter Ritter, wenn Ihr nicht für eine Dame streitet. Gott bewahre mich davor, rief Dinadan, die Freuden der Liebe sind zu kurz, und das Leid, das daraus folgt, währt allzu lange. Ach sprecht nicht so, sagte Schön Isolde, denn hier in der Nähe war der wackere

Ritter Sir Bleoberis, der kämpfte mit drei Rittern auf einmal um ein Fräulein, und er gewann sie vor dem König von Northumberland. So war es, pflichtete ihr Sir Dinadan bei, ich kenne ihn sehr wohl als tüchtigen und wackeren Ritter aus einem edlen Geschlecht, denn es sind alles edle Ritter, die aus der Sippe Sir Lanzelots vom See stammen. Nun sagt mir bitte, warf Schön Isolde ein, wollt Ihr um meinetwillen gegen drei Ritter kämpfen, die mir großen Schimpf angetan haben? Da Ihr ein Ritter des Königs Artus seid, verlange ich von Euch, daß Ihr für mich streitet. Da erwiderte Sir Dinadan: Ich will Euch sagen, daß Ihr die schönste Frau seid, die ich je gesehen habe, viel schöner als meine Königin Ginevra, aber wißt Ihr, offen gestanden, ich will für Euch nicht gegen drei Ritter kämpfen, Jesus schütze mich. Da lachte Isolde und machte sich über ihn lustig. Doch wurde er aufs beste bewirtet und blieb die ganze Nacht. Am frühen Morgen wappnete sich Sir Tristan, und Isolde gab ihm einen festen Helm, und Tristan versprach ihr, mit Sir Dinadan nach Lonazep zu dem Turnier zu reiten: Und dort werde ich Euch einen Platz herrichten, von dem aus Ihr dem Turnier zuschauen könnt. Dann brach Sir Tristan auf mit zwei Knappen, die seinen Schild trugen und seine Lanzen, die stark und lang waren.

Kapitel 57

WIE SIR DINADAN MIT SIR TRISTAN ZUSAMMENTRAF UND IHN DARAN ERKANNTE, WIE TRISTAN MIT SIR PALAMIDES KÄMPFTE. Danach nahm Sir Dinadan Abschied und ritt schnell dahin, bis er Sir Tristan eingeholt hatte. Er erkannte ihn sogleich und haßte seine Gesellschaft mehr als die aller anderen Ritter. Ah, sagte Sir Dinadan, du bist der Feigling, dem ich gestern begegnet bin! Wehre dich, denn du sollst mit mir kämpfen, auch wenn du nicht willst. Nun gut, antwortete Tristan, doch mir steht der Sinn nicht nach Kämpfen. Dann gaben sie ihren Pferden die Sporen, und Tristan verfehlte seinen Gegner absichtlich, und Dinadans Lanze zerbrach an Tristan, und danach wollte Sir

Dinadan sein Schwert ziehen. Haltet ein, sagte Sir Tristan, warum seid Ihr so in Wut? Ich will nicht kämpfen. Pfui über dich Feigling, rief Dinadan, du bereitest allen Rittern Schande. Daraus mache ich mir nichts, erwiderte Tristan, ich will in Euern Dienst treten und mich unter Euern Schutz stellen; denn weil Ihr ein so guter Ritter seid, könnt Ihr mich schützen. Der Teufel halte dich mir vom Leibe, sagte Sir Dinadan, du bist ein so stattlicher und wohlgerüsteter Krieger, wie ich kaum je einen sah, aber der größte Feigling von allen. Was willst du mit den großen Lanzen, die du dir nachtragen läßt? Tristan antwortete: Die gebe ich einem tüchtigen Ritter, wenn ich zum Turnier komme, und falls du dich am besten schlägst, gebe ich sie dir. Während sie so im Gespräch dahinritten, erblickten sie vor sich einen fahrenden Ritter, der sich zum Kampf rüstete. Sieh, sagte Tristan, dort ist einer, der kämpfen will, also stelle dich ihm. Ach, Schande über dich, sagte Sir Dinadan. Durchaus nicht, erwiderte Sir Tristan, denn dieser Ritter scheint ein Teufelskerl zu sein. Dann will ich mich ihm stellen, sagte Sir Dinadan. Und so legten die beiden Ritter ihre Lanzen ein und hoben die Schilde und stießen so hart zusammen, daß Sir Dinadan zu Boden ging. Sieh an, rief Sir Tristan, du hättest es doch lieber bleibenlassen sollen. Pfui über dich Feigling, entgegnete Sir Dinadan; und er stand wieder auf, packte sein Schwert und forderte zum Kampf zu Fuß heraus. In Freundschaft oder im Ernst? fragte der Ritter. Laßt uns in Freundschaft kämpfen, antwortete Sir Dinadan. Wie ist Euer Name, fragte der Ritter, ich bitte Euch, nennt ihn mir. So wißt, mein Name ist Sir Dinadan. Ach, Dinadan, rief der Ritter, mein Name ist Gareth, ich bin der jüngste Bruder Sir Gaweins. Da freuten sich beide sehr, denn Gareth war der beste und erprobteste unter Gaweins Brüdern. Dann ritten sie weiter und unterhielten sich über ihren Reisegefährten, was er für ein Feigling sei, und Tristan hörte jedes Wort mit an und lachte sie aus. Da bemerkten sie einen Ritter, der gut beritten und wohl gewappnet auf sie zukam und auch schon die Lanze einlegte. Edle Ritter, sagte Sir Tristan, macht unter euch aus, wer gegen ihn kämpft, denn ich will nichts mit ihm zu tun haben. Dann werde ich es übernehmen, rief Sir Gareth. Und sie trafen so aufeinander, daß der Ritter Sir Gareth über den Schweif seines Pferdes hinunterwarf. O je, sagte Sir Tristan zu Sir Dinadan, nun springe du ein und räche den wackeren Gareth. Das werde ich nicht, erwiderte Dinadan, denn der Fremde hat einen viel stärkeren Ritter niedergestreckt, als ich es bin. Ach, Sir Dinadan, sagte Tristan, ich merke schon, dich verläßt der Mut, und nun sollst du sehen, was ich tue. Und damit sprengte Sir Tristan gegen den Ritter und hob ihn glatt aus dem Sattel. Als Sir Dinadan das sah, wunderte er sich sehr, und es schien ihm, als ob es Sir Tristan wäre. Da kam der Ritter zu Fuß und zog sein Schwert. Wie ist Euer Name? fragte Sir Tristan. So wisset, antwortete der Ritter, mein Name ist Sir Palamides. Welchen Ritter haßt Ihr am meisten? fragte Tristan weiter. Herr, antwortete er, ich hasse Sir Tristan auf den Tod, und wenn ich mit ihm zusammentreffe, wird einer von uns sterben. Ihr sprecht gut, sagte Tristan, und Ihr sollt wissen, ich bin Sir Tristan von Liones, und nun geht es ums Ganze. Als Sir Palamides das vernahm, war er bestürzt. Da sprach er: Ich bitte Euch, Sir Tristan, vergebt mir alle meine Bosheit. Wenn ich am Leben bleibe, will ich Euch vor allen anderen Rittern der Welt dienen; daß ich böse Absichten gegen Euch hegte, gereut mich sehr. Ich weiß nicht, was mit mir los war, denn mir scheint, Ihr seid ein guter Ritter; und kein Ritter, der auf sich hält, sollte Euch hassen. Darum bitte ich Euch, Sir Tristan, nehmt mir meine unfreundlichen Worte nicht übel. Sir Palamides, sagte Tristan, Ihr sprecht gut, und ich weiß wohl, Ihr seid ein wackerer Ritter und habt Euch bewährt. Viele große Abenteuer habt Ihr auf Euch genommen und sie ruhmvoll bestanden, und wenn Ihr noch irgendeinen Groll gegen mich hegt, so könnt Ihr ihn jetzt ausfechten, denn ich stehe zu Eurer Verfügung. Nein, nein, mein hoher Herr, ich will Euch in allen Dingen ritterlichen Dienst tun, wie Ihr mir befehlt. Und ich will Euch annehmen, erwiderte Sir Tristan. So setzten sie ihren Weg fort und sprachen über viele Dinge. Mein hoher Herr Sir Tristan, sagte Dinadan, Ihr habt mich mächtig zum besten gehabt, denn weiß Gott, ich bin um Euretwillen und im Auftrag meines Herrn Sir Lanzelot in dieses Land gekommen, und doch wollte mir Sir Lanzelot nicht den genauen Ort nennen, wo ich Euch finden würde. Wahrhaftig, antwortete Sir Tristan, Sir Lanzelot wußte sehr wohl, wo ich war, denn ich wohnte in seiner Burg.

WIE SIE ZUR BURG LONAZEP KAMEN UND ÜBER DEN TOD SIR LAMORAKS SPRACHEN.

So ritten sie dahin, bis sie die Burg Lonazep erblickten. Dort waren vierhundert Zelte aufgebaut und auch ein ungewöhnlich großer Kampfplatz abgesteckt. Gott helfe mir, sagte Sir Tristan, das ist der größte Kampfplatz, den ich je gesehen habe. Herr, erwiderte Palamides, mir scheint, der Kampfplatz an der Mägdeburg auf dem Felsen, wo Ihr den Preis gewannt und ich Euch dreißig Ritter niederstrecken sah, war ebensogroß. Und das Turnier in Surluse, sagte Dinadan, das Galahalt auf den Langen Inseln veranstaltete und das sieben Tage dauerte, hatte ebenso viel Teilnehmer wie dieses, denn dort waren viele Länder vertreten. Und wer war der Beste? fragte Sir Tristan. Sir Lanzelot vom See und der edle Ritter Sir Lamorak von Wales, und Sir Lanzelot errang den Sieg. Ich zweifle nicht, sagte Sir Tristan, daß er den Preis gewann, denn es haben sich nicht viele Ritter mit ihm messen können. Doch der Tod Sir Lamoraks ist ein großer Jammer, denn er war der stärkste und ausdauerndste Kämpfer seines Alters und der Ritter mit der mächtigsten Gestalt, von Sir Lanzelot abgesehen. Wehe, fuhr Sir Tristan fort, mich schmerzt sein Tod sehr, und wenn seine Mörder nicht Vettern des Königs Artus wären, sollten sie und alle ihre Komplizen mit dem Leben dafür bezahlen. Deswegen habe ich auch Bedenken, an den Hof meines Herrn Artus zu gehen, und das sollt Ihr wissen, Sir Gareth. Herr, ich tadle Euch nicht, erwiderte Gareth, denn ich kenne die Rachsucht meiner Brüder Sir Gawein, Agrawein, Gaheris und Mordred, aber ich mische mich nicht in ihre Angelegenheiten, und darum liebt mich auch keiner von ihnen. Da ich weiß, daß sie Mörder guter Ritter sind, habe ich ihre Gesellschaft verlassen. Wollte Gott, ich wäre dabeigewesen, als der edle Ritter Sir Lamorak erschlagen wurde. So wahr mir Jesus beisteht, rief Sir Tristan, das habt Ihr gut gesagt, denn lieber als alles Gold zwischen hier und Rom wäre es mir, ich hätte dabeisein können. Gewiß, sagte Palamides, ich wäre auch gern dabeigewesen, und doch erhielt ich niemals den Preis bei einem Tjosten oder einem Turnier, wenn er daran teilnahm, sondern immer bezwang er mich zu Fuß wie zu Pferde, und an dem Tage, an dem er erschlagen wurde, vollbrachte er die größten Waffentaten, die ich je einen Ritter vollbringen sah. Aber nachdem er von König Artus den Preis erhalten hatte, überfielen ihn Sir Gawein und seine drei Brüder an einem einsamen Ort und töteten sein Pferd. Dann kämpften sie über drei Stunden zu Fuß mit ihm und fielen ihn von allen Seiten an, und Sir Mordred versetzte ihm den Todesstoß von hinten und hieb ihn in Stücke, wie mir einer seiner Knappen erzählte, der zugegen war. Schande über den Verrat, rief Tristan, es bricht mir das Herz, diesen Bericht zu hören. Und meins auch, sagte Gareth, wenn sie auch meine Brüder sind. Wegen dieser Tat werde ich sie nie wieder lieben noch mich in ihre Gesellschaft begeben. Sprechen wir nun von anderen Taten, sagte Palamides, und lassen wir ihn, denn zum Leben könnt Ihr ihn nicht wieder erwecken. Das ist um so bedauerlicher, sagte Dinadan, als Sir Gawein und seine Brüder, außer Euch, Sir Gareth, den meisten Rittern der Tafelrunde feindlich gesinnt sind. Denn ich weiß wohl, sie hassen insgeheim Sir Lanzelot und schmieden heimlich Ränke gegen ihn. Er ist sich dessen wohl bewußt und hält deshalb die guten Ritter seiner Sippe in seiner Nähe.

WIE SIE DAS UFER DES HUMBER ERREICHTEN UND DORT EIN SCHIFF FANDEN, IN DEM DER LEICHNAM DES KÖNIGS HERMANCE LAG.

Laßt diese Sache jetzt auf sich beruhen, sagte Palamides, beraten wir vielmehr, wie wir bei dem Turnier vorgehen wollen. Ich schlage vor, daß wir vier zusammenhalten gegen alle, die da kommen. Da bin ich anderer Meinung, erwiderte Tristan, denn den Zelten nach werden vierhundert Ritter da sein, unter ihnen ohne Zweifel viele tüchtige Männer, und wenn einer auch noch so tapfer und stark ist, er kann doch übertroffen werden. Schon oft habe ich gesehen, wie Ritter glaubten, große Ehre zu gewinnen, und dann doch unterlagen, denn Mannesmut ist nichts wert, wenn er nicht mit Weisheit verbunden ist. Und was mich selbst angeht, so kann ich so gut wie ein anderer meinen eigenen Kopf schützen. So ritten sie dahin, bis sie an das Ufer des Humber kamen, wo sie Weinen und Klagelaute hörten. Da bemerkten sie ein prächtiges Segelschiff, das von roter Seide umhüllt war und ganz in ihrer Nähe anlegte. Sogleich stiegen Sir Tristan und seine Ritter ab, und Tristan ging voran und betrat das Schiff. Dort erblickte er ein schönes, reich ausgestattetes Bett, auf dem ein stattlicher und wohl gewappneter toter Ritter lag, der ein sehr wackerer Kämpe gewesen sein mußte. Sein ganzer Körper war von tödlichen Wunden bedeckt und, außer am Kopf, mit Blut verschmiert. Wie war es möglich, fragte Sir Tristan, daß dieser Ritter erschlagen wurde? Da sah Tristan einen Brief in der Hand des toten Ritters. Ihr Seeleute, sagte er, was bedeutet dieser Brief? Herr, antworteten sie, in diesem Brief werdet Ihr erfahren, wie und warum er erschlagen wurde und wie er hieß. Aber bedenkt, daß nur ein guter Ritter den Brief nehmen und lesen darf, der treulich gelobt, seinen Tod zu rächen, sonst niemand. Ich kann Euch versichern, sagte Tristan, jeder von uns kann seinen Tod rächen, und wenn es so ist, wie ihr Seeleute sagt, soll sein Tod gerächt werden. Damit nahm Tristan den Brief aus der Hand des Ritters, und er lautete: Ich, Hermance, König und Herr der Roten Stadt, empfehle mich allen fahrenden Rittern, besonders denen vom Hof des Königs Artus. Ich beschwöre sie alle, aus ihrer Mitte einen Ritter zu finden, der um meinetwillen mit zwei Brüdern kämpft, die ich aus dem Nichts großgezogen habe und die mich heimtückisch und schurkisch erschlagen haben. Diesen guten Ritter bitte ich, meinen Tod zu rächen. Und wenn er das getan hat, soll er meine Rote Stadt und alle meine Burgen bekommen. Herr, sagten die Seeleute, der König und Ritter, der hier liegt, war ein ruhmvoller und sehr tapferer Mann, und er liebte alle fahrenden Ritter. Gott steh mir bei, sagte Tristan, das ist ein bejammernswerter Fall. Ich möchte dieses Abenteuer von Herzen gern auf mich nehmen, aber ich habe gelobt, zu dem Turnier zu gehen, sonst verliere ich meine Ehre. Denn mein hoher Herr Artus hat das Turnier vor allem meinethalben in diesem Lande angeordnet, und viele berühmte Männer werden daran teilnehmen, um mich zu sehen. Und wenn ich dieses Abenteuer auf mich nähme, so fürchte ich, würde ich nicht rechtzeitig zu dem Turnier zurückkommen. Herr, warf Palamides ein, ich bitte Euch, überlaßt mir dieses Abenteuer, und Ihr sollt es mich ruhmvoll zu Ende führen sehen, oder ich will in diesem Streit mein Leben lassen. Gut, sagte Tristan, ich überlasse Euch dieses Abenteuer unter der Bedingung, daß Ihr zu mir zu dem Turnier zurückkommt, das heute in sieben Tagen beginnt. Ich gelobe Euch, antwortete Palamides, an diesem Tage wieder bei Euch zu sein, wenn ich nicht erschlagen oder schwer verwundet worden bin.

WIE SIR TRISTAN MIT SEINER GEFOLGSCHAFT EINEN BURGHERRN TRAF, DER DANN MIT SIR TRISTAN KÄMPFTE, UND VON ANDEREN DINGEN.

Dann ließen sie Sir Palamides in dem Schiff, das den Humber hinabsegelte. Als Sir Palamides außer Sichtweite war, nahmen Tristan, Gareth und Dinadan ihre Pferde und blickten um sich. Da gewahrten sie einen Ritter, der ihnen entgegenritt und fast ganz ohne Waffen war, er hatte nichts bei sich als ein Schwert. Als dieser Ritter herangekommen war, entbot er seinen Gruß und sagte: Edle Ritter, ich bitte euch, wenn ihr fahrende Ritter seid, auf meine Burg zu kommen und nach meinen bescheidenen Möglichkeiten meine Gäste zu sein. So ritten sie mit ihm zu seiner Burg und wurden dort in die Halle geführt, die reich ausgestattet war. Dann nahm man ihnen die Waffen ab und wies ihnen eine Tafel zu. Als der Ritter Sir Tristan sah, erkannte er ihn sofort. Da wurde der Ritter bleich und wütend über Sir Tristan. Der aber wunderte sich über die finstere Miene seines Wirtes und sprach: Mein Herr Wirt, was bedrückt Euch? Ich will dir sagen, antwortete er, du hast mir die Laune verdorben, denn ich kenne dich, Sir Tristan von Liones, du hast meinen Bruder erschlagen. Deshalb sage ich dir, ich werde dich töten, sobald ich dich im offenen Feld treffe. Herr Ritter, erwiderte Sir Tristan, ich wüßte nicht, daß ich jemals einen Eurer Brüder erschlagen hätte, und wenn Ihr mir das vorwerfen könnt, so will ich nach besten Kräften Sühne leisten. Ich will keine Sühne, sagte der Ritter, aber nimm dich vor mir in acht. Nachdem sie gespeist hatten, verlangte Sir Tristan seine Waffen, und sie verabschiedeten sich. Als sie so ihres Weges ritten, sah Sir Dinadan einen gut gewappneten und berittenen Krieger ohne Schild nahen. Sir Tristan, sagte Dinadan, seht Euch vor, denn mir scheint, dort kommt Euer Wirt und will mit Euch kämpfen. Laßt ihn kommen, erwiderte Sir Tristan, ich werde ihm entgegentreten, so gut ich kann. Als der Ritter heran war, hieß er Sir Tristan stehenbleiben und sich wehren. Und sie rannten so gegeneinander, daß Tristan den Ritter mit voller Wucht traf und ihn über den Schweif seines Pferdes hinunterstieß. Schnell sprang der Ritter wieder auf, stieg in den Sattel und sprengte wild auf Sir Tristan los und hieb ihm zwei mächtige Streiche über den Helm. Herr Ritter, sagte Tristan, ich bitte Euch, laßt ab und spart Euch Eure Hiebe, denn es täte mir leid, ernsthaft zurückzuschlagen, habe ich doch Speis und Trank von Euch in meinem Leibe. Dennoch wollte dieser nicht einhalten, und da versetzte ihm Sir Tristan einen solchen Schlag auf den Helm, daß er vom Pferd stürzte und das Blut aus den Öffnungen seines Helmes hervordrang und er wie tot liegenblieb. Da sagte Sir Tristan: Mich reut dieser gewaltige Hieb, denn ich glaube, er ist tot. So ließen sie ihn und ritten ihres Weges. Sie waren noch nicht weit gekommen, als sie zwei stattliche und wohl gewappnete Ritter mit ihren Knappen auf sich zu reiten sahen. Der eine war Berrant le Apres, genannt der König mit den hundert Rittern, und der andere Sir Segwarides, zwei berühmte Kämpen. Sir Dinadan aber trug den Helm Sir Tristans, und der König schaute ihn an, denn er hatte den Helm zuvor bei der Königin von Nordwales gesehen, die seine Geliebte war, und die Königin von Nordwales hatte diesen Helm der schönen Isolde gegeben und diese wieder Sir Tristan. Herr Ritter, sagte Berrant, woher habt Ihr den Helm? Was wollt Ihr? erwiderte Dinadan. Ich will mit Euch kämpfen, sagte der König, aus Liebe zu ihr, der dieser Helm gehörte, deshalb wehre dich. So nahmen sie Anlauf und stießen mit aller Gewalt zusammen, und der König mit den hundert Rittern warf Sir Dinadan samt seinem Pferd zu Boden und befahl dann seinen Knappen: Nimm ihm diesen Helm ab und verwahre ihn. So ging der Knappe und löste ihm den Helm. Was ist mit diesem Helm,was hast du vor? rief Tristan, laß den Helm! Weshalb, sagte der König, kümmert Ihr Euch um diesen Helm, Herr Ritter? So hört antwortete Tristan, dieser Helm soll hierbleiben, sonst müßt Ihr ihn teuer erkaufen. Dann macht Euch bereit, sagte Sir Berrant zu Sir Tristan. So ritten sie gegeneinander, und Tristan warf den König aus dem Sattel, doch er stand rasch wieder auf und sprang auf sein Pferd und hieb viele wilde Streiche gegen Tristan. Da versetzte Tristan ihm einen solchen Schlag auf den Helm, daß er betäubt vom Pferde fiel. Seht Ihr, sagte Dinadan, der Helm bringt uns beiden kein Glück, denn zuerst kam ich deswegen zu Fall und nun, Herr König, Ihr. Dann fragte Segwarides: Wer stellt sich mir zum Kampf? Ich bitte Euch, sagte Gareth zu Dinadan, laßt mich das machen. Bitte sehr, antwortete Dinadan, tut das für mich. Das ist nicht in Ordnung, warf Tristan ein, denn das ist Euer Kampf. Ich sage Euch klipp und klar, entgegnete Dinadan, ich will nicht. Da wandte sich Gareth gegen Segwarides, und Segwarides warf ihn samt seinem Pferd zur Erde. Jetzt kämpft Ihr mit jenem Ritter, sagte Tristan zu Dinadan. Ich will nicht, antwortete Dinadan. Dann will ich, sagte Tristan. Und Tristan sprengte gegen Segwarides und brachte ihn zu Fall. So ließen sie die beiden Ritter zu Fuß, und Sir Tristan ritt zur Burg Freudenturm. Dort wollte Sir Gareth aus Höflichkeit die Burg nicht betreten, aber Tristan ließ ihn nicht ziehen. So stiegen sie vom Pferd und legten die Rüstung ab und wurden freudig begrüßt. Doch als Sir Dinadan vor Schön Isolde kam, verfluchte er die Stunde, da er Tristans Helm getragen hatte, und er erzählte ihr, wie Sir Tristan ihn zum besten gehalten hatte. Dann trieben sie ihre Späße und lachten über Sir Dinadan, daß sie kaum noch wußten, was sie alles mit ihm anstellen sollten.

WIE PALAMIDES IN DEN KAMPF GEGEN ZWEI BRÜDER ZOG, UM DEN TOD DES KÖNIGS HERMANCE ZU RÄCHEN. ❧ Inzwischen segelte Sir Palamides den Humber hinab bis zur Küste, wo eine schöne Burg stand, die sie am frühen Morgen, noch vor Anbruch des

Tages, erreichten. Da gingen die Seeleute zu Palamides, der fest schlief, und sagten: Herr Ritter, Ihr müßt aufstehen, denn hier ist die Burg, zu der Ihr gehen müßt. Das will ich tun, antwortete Palamides und machte sich auf den Weg. Vor dem Burgtor blies er das Horn, das ihm die Seeleute gegeben hatten, und als die in der Burg das Horn hörten, erschienen viele Ritter auf den Mauern und riefen mit einer Stimme: Willkommen in dieser Burg! Dann brach der helle Tag an, und Sir Palamides wurde in die Burg eingelassen. Nach einer Weile erhielt er vielerlei Gerichte vorgesetzt. Da hörte er großes Klagen und Weinen um sich. Was bedeutet das? fragte Palamides. Solche Klagetöne höre ich nicht gern, und ich möchte wissen, was sie bedeuten. Da trat einer vor ihn, dessen Name Sir Ebel war, und sprach: Dieses Klagen und Jammern, Herr Ritter, hören wir hier jeden Tag, und zwar aus folgendem Grunde: Wir hatten einen König, der hieß Hermance und war Gebieter über die Rote Stadt und ein edler Ritter und milder und freigebiger Herr. Nichts liebte er so sehr auf der Welt wie fahrende Ritter vom Hofe des Königs Artus und alle Arten von Turnieren, Jagden und ritterlichen Spielen. Ein so freundlicher König wie er hat niemals über arme Leute regiert, und wegen seiner Güte und Sanftmut beklagen wir ihn jetzt und immerdar. Alle Könige und Stände mögen das Schicksal unseres Herrn zur Warnung nehmen, denn er kam durch eigene Schuld um. Hätte er die Männer seiner eigenen Sippe gut behandelt, könnte er noch in Wohlstand und Ruhe leben. Doch wehe uns, daß wir durch seinen Tod die anderen warnen müssen. Berichte mir, sagte Palamides, auf welche Weise und von wem Euer Herr erschlagen wurde. Herr, antwortete Sir Ebel, unser König zog zwei Knaben auf, die jetzt gefährliche Ritter sind, und diese beiden liebte unser König so, daß er von seiner eigenen Sippe niemanden mehr schätzte und keinem mehr vertraute. Und diese beiden Ritter leiteten unseren König und seine Länder ungehindert und duldeten nie, daß einer seiner eigenen Angehörigen Einfluß auf den König nahm. Und er war so freigebig edel und sie so falsch und betrügerisch, daß sie ihn ganz nach ihrem Willen lenkten. Das merkten seine eigenen Leute und verließen ihn und zogen sich auf ihre Besitzungen zurück. Nachdem die beiden Verräter alle Herren aus der Sippe des Königs vertrieben hatten, waren sie mit diesem Erfolg nicht zufrieden, sondern wollten noch mehr, wie das alte Sprichwort sagt: Gib einem Niedrigen die Herrschaft, und er wird nie genug haben; und wenn der Herr des Landes ein Edelmann ist und von einem Niedriggeborenen beherrscht wird, dann wird der Niedrige alle Edelleute in seiner Umgebung ins Verderben stürzen. Deshalb, ihr Vornehmen und Herren, achtet darauf, wen ihr bei euch aufnehmt! Und wenn Ihr ein Ritter vom Hof des Königs Artus seid, so hört gut zu, denn dies ist das Ende der Geschichte: Auf den Rat dieser beiden Schurken ritt mein Herr und König eines Tages in einen nahen Wald zur Rotwildjagd und war in allen Stücken wie ein Ritter gewappnet. Von den Anstrengungen durstig geworden, stieg er ab und trank an einem Quell, und dabei stieß ihm der eine Verräter, der Helius hieß, plötzlich eine Lanze durch den Leib, wie sie miteinander abgesprochen hatten, und sie ließen ihn liegen und machten sich davon. Durch Zufall kam ich zu dem Quell und fand meinen Herrn und König zu Tode verwundet. Und als ich seine Klage gehört hatte, ließ ich ihn zum Strand tragen und auf ein Schiff bringen. Und dann bat mich König Hermance, um der Treue willen die ich ihm schuldete, einen Brief zu schreiben.

DER WORTLAUT DES BRIEFES, DER DEN AUFTRAG ZUR RACHE ENTHIELT, UND WIE SIR PALAMIDES UM DEN SIEG KÄMPFTE.

Kurz bevor er starb, befahl er mir, ihm den Brief fest in die Hand zu drücken, ehe sie erkaltete, und ihn mit dem Schiff den Humber hinauffahren zu lassen, und die Seeleute sollten nicht rasten, bis sie nach Logris kämen, wo sich alle edlen Ritter versammeln würden: Und dort wird ein guter Ritter Erbarmen mit mir haben und meinen Tod rächen, denn nie ist ein König oder Herr schurkischer und heimtückischer erschlagen worden als ich. Das war die Klage unseres Königs Hermance. Nun wißt Ihr alles über den Verrat an unserem Herrn, fuhr Sir Ebel fort, und wir beschwören Euch um Gottes willen, habt Mitleid mit seinem Tod und rächt ihn ritterlich, dann gehören Euch alle seine Länder. Wir wissen wohl, die Rote Stadt und alle, die darin wohnen, werden Euch als ihren Herrn annehmen, wenn Ihr die beiden Verräter erschlagen habt. Wahrlich, sagte Sir Palamides, diese traurige Geschichte bekümmert mein Herz. Ich habe in der Tat den Brief, von dem Ihr spracht, gesehen, und einer der besten Ritter der Welt hat ihn mir vorgelesen. Auf sein Geheiß bin ich erschienen, den Tod Eures Königs zu rächen, Deshalb kommt zum Ende und sagt mir, wo ich die beiden Verräter treffen kann, denn mein Herz findet keine Ruhe, bis ich ihnen im Kampf gegenüberstehe. Herr, sagte Sir Ebel, dann besteigt Euer Schiff wieder, und dieses Schiff muß Euch zur Glücklichen Insel nahe bei der Roten Stadt bringen, und wir auf dieser Burg wollen für Euch beten und auf Eure Rückkehr warten. Denn diese Burg hier muß, wenn Euch alles glückt, Euer werden. König Hermance ließ sie für die beiden Verräter bauen, und nun halten wir sie mit starker Hand und werden hart bedroht. Dann wißt ihr, was ihr zu tun habt, sagte Sir Palamides. Was auch aus mir werden mag, seht zu, daß ihr die Burg haltet. Und wenn ich durch Mißgeschick bei dieser Unternehmung erschlagen werden sollte, so bin ich sicher, es wird einer der besten Ritter der Welt kommen und meinen Tod rächen, nämlich Sir Tristan von Liones oder Sir Lanzelot vom See. Danach verließ Sir Palamides die Burg. Als er sich der Stadt näherte, stieg aus einem Schiff ein stattlicher Ritter und wandte sich gewappnet gegen ihn, mit dem Schild über der Schulter und der Hand am Schwertknauf, und sagte zu Palamides: Herr Ritter, was sucht Ihr hier? Nehmt

Abstand von diesem Abenteuer, denn es gehört mir und war mein lange vor Euch, und deshalb will ich es bestehen. Herr Ritter, antwortete Palamides, es mag wohl sein, daß Euer Recht auf dieses Abenteuer älter ist, aber als der Brief aus der Hand des Toten genommen wurde, hatte es wohl noch kein Ritter übernommen, den Tod des Königs zu sühnen. Und daher gelobte ich damals, seinen Tod zu rächen, und das werde ich tun, sonst verliere ich meine Ehre. Ihr sprecht gut, sagte der Ritter, aber in diesem Falle will ich mich mit Euch messen, und wer von uns der bessere Ritter ist, der soll den Kampf ausfechten. Ich bin einverstanden, erwiderte Palamides. Und dann hoben sie ihre Schilde und zogen die Schwerter und versetzten einander viele mächtige Streiche. Länger als eine Stunde währte der Kampf, aber schließlich war Sir Palamides stärker und besser bei Atem, so daß er den Ritter mit einem wuchtigen Streich auf die Knie zwang. Da rief der Ritter laut: Edler Ritter, halte ein. Sir Palamides war gütig und senkte den Arm. Darauf sagte der Ritter: Du bist würdiger als ich, diesen Kampf zu führen, und ich bitte dich, nenne mir deinen Namen. Herr, mein Name ist Palamides. Ich gehöre zu den Rittern des Artus und seiner Tafelrunde und bin hier, um den Tod des Königs zu rächen.

VON DEN VORBEREITUNGEN, DIE SIR PALAMIDES UND DIE BEIDEN BRÜDER, DIE MIT IHM KÄMPFEN SOLLTEN, TRAFEN. Seid mir willkommen, sagte der Ritter, denn von allen Rittern schätze ich Euch am meisten, von dreien abgesehen, nämlich Sir Lanzelot vom See, Sir Tristan von Liones und meinem Vetter Sir Lamorak von Wales. Ich bin der Bruder des toten Königs Hermance, mein Name ist Sir Hermind. Ihr werdet sehen, wie es mir ergeht, sagte Palamides. Wenn ich erschlagen werden sollte, dann geht zu Sir Lanzelot oder Sir Tristan und bittet sie, meinen Tod zu rächen, doch Sir Lamorak werdet Ihr in dieser Welt nicht wiedersehen. Wehe, rief Sir Hermind, wie kann das sein? Er ist erschlagen worden, sagte Sir Palamides, von Sir Gawein und seinen Brüdern. Gott steh mir bei, sagte Hermind, es war nicht in einem Kampf Mann gegen Mann, daß er erschlagen wurde. Das ist wahr, erwiderte Palamides, denn es waren vier gefährliche Ritter, Sir Gawein, Sir Agrawein, Sir Gaheris und Sir Mordred, aber der fünfte Bruder, der beste Ritter von allen, Sir Gareth, war nicht dabei. Und Sir Palamides erzählte Hermind, wie Sir Lamorak nur durch Verrat umgebracht wurde. Danach bestieg er sein Schiff und gelangte zur Glücklichen Insel. Unterdessen ritt Sir Hermind zur Roten Stadt und berichtete dort, es sei ein Ritter des Königs Artus gekommen, um den Tod des Königs Hermance zu rächen: Sein Name ist Sir Palamides, es ist der wackere Ritter, der die meiste Zeit das bellende Tier verfolgt. Da herrschte großer Jubel in der Stadt, denn sie hatten schon viel von Sir Palamides und seinen Heldentaten gehört. So sandten sie einen Boten zu den zwei Brüdern und hießen sie sich bereit machen, denn ein Ritter wolle mit ihnen beiden kämpfen. Der Bote ging zu der nahe gelegenen Burg, in der sie sich aufhielten, und bestellte ihnen die Nachricht. Er ist uns willkommen, sagten sie, doch wir bitten dich, gib uns kund, ob es Sir Lanzelot oder einer aus seiner Sippe ist. Er stammt nicht aus Lanzelots Geschlecht, antwortete der Bote. Dann haben wir nichts zu befürchten, sagten die beiden Brüder. Doch wißt, erwiderte der Bote, er heißt Sir Palamides; er ist ein edler Ritter, der noch ungetauft ist. Nun, sagten sie, wenn er noch ungetauft ist, wird er nie getauft werden. Dann verpflichteten sie sich, nach Ablauf von zwei Tagen in der Stadt zu sein. Als Sir Palamides in die Stadt kam, wurde er mit großem Jubel willkommen geheißen, und dann betrachteten sie ihn und sahen, daß er wohlgebaut, groß und kräftig und an allen Gliedern heil und weder zu jung noch zu alt war. Und so priesen ihn alle Leute; und obwohl er nicht getauft war, besaß er doch in seiner Art den besten Glauben und war treu und zuverlässig und hielt sein Wort und pflegte gute Sitten. Auch hatte er gelobt, sich erst taufen zu lassen, nachdem er das bellende Tier erlegt hatte, mit dem es nach Merlins Prophezeiung eine seltsame Bewandnis hatte. Außerdem wollte er das Christentum erst ganz annehmen, wenn er in sieben Turnieren Sieger gewesen wäre. Am dritten Tage kamen die beiden Brüder Helius und Helake in die Stadt. Wenn sie auch voller Falschheit und Verrat und von niederer Herkunft waren, beherrschten sie doch das Waffenhandwerk wie edle Ritter. Sie hatten vierzig Ritter bei sich, damit sie stark genug wären für die Rote Stadt, über die sie Angst und Schaden gebracht hatten. So kamen sie mit großem Pomp und Gepränge und wurden in die Arena geführt, und dort erschien Sir Palamides und sprach: Seid ihr die beiden Brüder Helius und Helake, die ihren König und Herrn Hermance durch Verrat und Tücke erschlagen haben, dessen Tod zu rächen ich gekommen bin? Die sind wir, antworteten Helius und Helake, und mit dir Sarazenen werden wir so verfahren, daß du wünschen wirst, du wärest getauft. Das mag schon sein, antwortete Sir Palamides, und doch möchte ich nicht sterben, bevor ich getauft bin. Euch beide fürchte ich nicht, und ich vertraue auf Gott, daß ich als ein besserer Christ sterben werde als ihr. Zweifelt nicht daran, entweder werdet ihr tot auf der Stelle bleiben, oder ich.

VON DEM KAMPF ZWISCHEN SIR PALAMIDES UND DEN BEIDEN BRÜDERN, UND WIE DIE BEIDEN BRÜDER ERSCHLAGEN WURDEN. Dann nahmen sie Anlauf, und die beiden Brüder sprengten gegen Sir Palamides und er gegen sie, so schnell ihre Pferde laufen konnten, und Palamides stieß Helake mit der Lanze durch den Schild und tief in die Brust. Sir Helius aber hielt seine Lanze hoch und wollte Palamides aus Stolz und Hochmut nicht mit der Lanze treffen, aber als er seinen Bruder am Boden liegen sah und merkte, daß ihm nicht mehr zu helfen war, rief er Palamides zu: Wehre dich! Und damit sprengte er gegen Palamides mit der Lanze und warf ihn glatt aus dem Sattel. Dann ritt er zwei- oder dreimal über Palamides hinweg, der darüber beschämt war und Helius' Pferd am Zügel packte. Da bäumte sich das Pferd auf, und Palamides ließ nicht los, und so fielen sie beide zu Boden. Sofort sprang Helius wieder auf die Füße und versetzte Palamides einen mächtigen Streich über den Helm, daß er auf die Knie sank. Dann hieben sie viele scharfe Streiche gegeneinander und schritten vorwärts und rückwärts und zur Seite und gingen los wie zwei Eber, und manchmal wälzten sich beide auf der Erde. So fochten sie ohne Rast und Atempause zwei volle Stunden lang, bis Sir Palamides schwach und matt wurde, während Sir Helius neue Kräfte wuchsen. Er verdoppelte seine Streiche und trieb Palamides kreuz und quer durch die ganze Arena, daß die Bürger der Stadt weinten und schrien und laut jammerten, die andere Partei aber in großen Jubel ausbrach. Wehe, riefen die Männer der Stadt, daß dieser edle Ritter um unseres Königs willen erschlagen werden soll. Über hundert Streiche hatte Palamides hingenommen, und es war ein Wunder, daß er sich noch auf den Füßen hielt, aber als er sah, wie die einfachen Leute um ihn weinten, sagte er sich: Pfui, Schande, Palamides, warum läßt du den Kopf so hängen? Und damit nahm er den Schild hoch, blickte Sir Helius ins Gesicht und versetzte ihm einen wuchtigen Schlag über den Helm und danach noch einen und noch einen, daß Helius der Länge nach zu Boden stürzte. Dann riß er ihm den Helm herunter und trennte ihm mit einem Streich den Kopf vom Rumpf. Da waren die Zuschauer aus der Stadt die fröhlichsten Leute, die man sich denken kann. Sie geleiteten Palamides in feierlichem Zug in seine Unterkunft, und das ganze Volk schwur ihm Treue. Aber Sir Palamides bat sie, dem

Adel des Königs Hermance untertan zu bleiben: Denn, werte Herren, ich kann jetzt nicht bei euch bleiben, denn ich muß in aller Eile zu König Artus auf die Burg Lonazep, das habe ich gelobt. Da waren alle sehr traurig über seinen Aufbruch, und die ganze Stadt bot Sir Palamides den dritten Teil ihres Vermögens an, wenn er bleiben wollte, aber das lehnte er ab. So nahm Palamides Abschied und kam zu der Burg, die Sir Ebel befehligte. Und als er berichtete, was er vollbracht hatte, waren alle in großer Freude. Dann ritt Sir Palamides weiter und erreichte die Burg Lonazep. Dort erfuhr er, daß Sir Tristan nicht da war, und setzte seinen Weg fort über den Humber und kam zur Burg Freudenturm, auf der er Sir Tristan und Schön Isolde antraf. Sir Tristan hatte befohlen, daß ihm sogleich Mitteilung gemacht werden sollte, wenn ein fahrender Ritter in die nahe gelegene Stadt käme. Daher brachte ihm ein Mann die Nachricht, ein sehr stattlicher Ritter sei in der Stadt eingetroffen. Was für ein Wappen trägt er? fragte Tristan. Und der Mann gab ihm eine genaue Beschreibung. Das ist Palamides, sagte Dinadan. Das kann sein, pflichtete ihm Tristan bei. Geht zu ihm, sagte Tristan zu Dinadan. Und das tat Sir Dinadan, und beide freuten sich sehr über das Wiedersehen und verbrachten die ganze Nacht zusammen. Am frühen Morgen trafen Sir Tristan und Sir Gareth sie noch in den Betten an, und so standen sie auf und frühstückten.

Kap. 65

WIE SIR TRISTAN UND SIR PALAMIDES BREUNIS SAUNCE PITÉ BEGEGNETEN, UND WIE TRISTAN UND SCHÖN ISOLDE NACH LONAZEP GINGEN.

Dann wollten Sir Tristan mit Sir Palamides durch Feld und Wald reiten. Im Wald beschlossen sie, sich auszuruhen, und nach einer Weile ritten sie an einen klaren Quell. Dort kam ein gewappneter Ritter auf sie zu, und sie begrüßten einander. Und der Ritter wandte sich an Sir Tristan und fragte ihn, was das für Ritter wären, die auf Freudenturm weilten. Ich weiß es nicht, antwortete Tristan. Was für Ritter seid ihr? fragte der Ritter. Mir scheint, ihr seid keine fahrenden Ritter, denn ihr seid unbewaffnet. Ob wir Ritter sind oder nicht, wir haben keine Lust, dir unseren Namen zu sagen. Du willst mir deinen Namen nicht sagen? rief der Ritter. Dann nimm dich in acht, du sollst von meiner Hand sterben. Mit diesen Worten griff er nach seiner Lanze und wollte sie Tristan in den Leib stoßen. Das sah Palamides und schlug dem Pferd des Ritters mitten in die Weichen, daß Roß und Reiter zu Boden stürzten. Und Palamides stieg ab, zog sein Schwert und wollte ihn töten. Laßt es sein, sagte Tristan, tötet ihn nicht, der Ritter ist nur ein Narr, es wäre schmachvoll, ihn zu erschlagen. Aber nehmt ihm die Lanze weg und laßt ihn reiten, wohin er will. Da stand der Ritter stöhnend auf, und als er im Sattel saß, wandte er sich noch einmal um und fragte Tristan und Palamides nach ihren Namen. So wisse denn, sagte Tristan, mein Name ist Sir Tristan von Lionès und dieser Ritter heißt Sir Palamides. Darauf gab der Ritter seinem Pferd die Sporen, damit sie ihn nicht nach seinem Namen fragen konnten, und sprengte davon durch dick und dünn, so schnell es ging. Gleich darauf kam ein Ritter, der Epinogris hieß und einen gebogenen azurblauen Schild trug, in gestrecktem Galopp auf sie zu. Wohin reitet Ihr? fragte Sir Tristan. Ihr edlen Herren, sagte Epinogris, ich verfolge den falschesten Ritter, den es gibt. Deshalb sagt mir, ob ihr ihn gesehen habt, er trägt einen Schild mit einem roten Überzug. Gott steh mir bei, sagte Tristan, dieser Ritter war vor noch keiner Viertelstunde hier. Wir bitten Euch, sagt uns seinen Namen. Wehe, rief Epinogris, warum habt ihr ihn entkommen lassen? Er ist der größte Feind aller fahrenden Ritter und heißt Breunis Saunce Pité. O Schande, sagte Palamides, daß er mir entronnen ist, denn er ist der Mann in der Welt, den ich am meisten hasse. Dann beteuerten sie sich gegenseitig ihren Kummer, und Epinogris nahm die Verfolgung wieder auf. Sir Tristan aber ritt mit seinen Gefährten nach Freudenturm, und auf dem Weg berichtete ihm Sir Palamides von seinem Kampf in der Roten Stadt.

Wahrlich, sagte Tristan, ich freue mich über Euern Sieg, Ihr habt Rühmliches geleistet. Aber morgen, setzte er hinzu, müssen wir zum Turnier. Und sie berieten ihren Plan. Sir Tristan beschloß, seine zwei Zelte hinzusenden und sie dicht bei dem Brunnen von Lonazep aufzustellen, und darin sollte die Königin Schön Isolde ihren Platz haben. Das ist gut, sagte Sir Dinadan, aber als Sir Palamides das hörte, war sein Herz über alle Maßen entzückt, dennoch sagte er nur wenig. Als sie nun nach Freudenturm kamen, wollte Sir Palamides nicht in die Burg eintreten, aber Sir Tristan nahm ihn bei der Hand und führte ihn hinein. Beim Anblick von Schön Isolde war Sir Palamides so hingerissen, daß er kaum sprechen konnte. Dann gingen sie zu Tisch, aber Palamides brachte keinen Bissen hinunter, obwohl es vom Besten gab. Am nächsten Morgen rüsteten sie sich, um nach Lonazep zu reiten. Sir Tristan nahm drei Knappen mit sich und Schön Isolde drei Edelfrauen, die wie die Königin prächtig gekleidet waren, anderes Gefolge hatten sie nicht, außer Dienern, die Schilde und Lanzen trugen. So ritten sie dahin. Da erblickten sie auf einmal vor sich eine Schar von Reitern; es war Galihodin mit zwanzig Rittern. Liebe Gesellen, sagte Galihodin, da kommen vier Ritter und eine prächtig gekleidete und überaus schöne junge Dame. Ich bin gewillt, ihnen diese Dame wegzunehmen. Das ist nicht der beste Einfall, sagte einer von Galihodins Leuten, aber schickt jemand zu ihnen voraus und hört, was sie antworten. Und so geschah es dann auch. Ein Knappe kam zu Sir Tristan und fragte, ob sie kämpfen oder ihre Dame verlieren wollten. Sir Tristan erwiderte: Sagt Euerm Herrn, ich fordere ihn auf, mit so vielen zu kommen, wie wir sind, dann kann er sie gewinnen und nehmen. Herr, sagte Palamides, wenn es Euch beliebt, überlaßt mir diesen Kampf, und ich werde es mit allen vieren aufnehmen. Ich gewähre Euch gerne diese Bitte, antwortete Sir Tristan Palamides. Nun geht, Knappe, und sagt Euerm Herrn Galihodin, ein und derselbe Ritter wird ihm und seinen Gefährten entgegentreten.

WIE SIR PALAMIDES MIT SIR GALIHODIN UND DANACH MIT SIR GAWEIN KÄMPFTE UND SIE NIEDERWARF. ❧ Das meldete der Knappe Sir Galihodin, und dieser nahm seinen Schild auf und legte die Lanze ein, und Sir Palamides prallte so mit Galihodin zusammen, daß er Galihodin samt seinem Roß schrecklich zu Fall brachte. Dann folgte der nächste Ritter, und Palamides verfuhr mit ihm in der gleichen Weise und dann mit einem dritten und vierten, und seine Lanze blieb dabei unversehrt. Dann kamen noch sechs Ritter Galihodins und wollten sich an Palamides rächen. Laßt es gut sein, sagte Galihodin zu ihnen, seid nicht so verwegen, von euch soll keiner gegen diesen Ritter antreten, denn er ist ein Mann von großer Tapferkeit und Ehre, und wenn er will, könnt ihr nicht gegen ihn ankommen. Und so hielten sie sich zurück. Doch Sir Palamides war zum Kampf bereit. Als er aber sah, daß sie nicht mehr wollten, ritt er zu Sir Tristan. Wacker habt Ihr Euch geschlagen, sagte Sir Tristan, und rühmlich habt Ihr gekämpft, wie es einem guten Ritter geziemt. Dieser Galihodin war ein naher Verwandter des hohen Prinzen Galahalt und ein König im Reiche Surluse. Als nun Tristan, Palamides und Schön Isolde ihren Weg fortsetzten, gewahrten sie vor sich vier Ritter, von denen jeder eine Lanze in der Hand hielt: der erste war Sir Gawein, der zweite Sir Iwein, der dritte Sir Sagramore le Desirous und der vierte Dodinas le Savage. Als Sir Palamides die vier kampfbereiten Ritter erblickte, bat er Sir Tristan um Erlaubnis, den Streit mit ihnen aufnehmen zu dürfen, solange er sich im Sattel halten könne. Und wenn ich niedergeworfen werde, so rächt mich bitte. Nun gut, sagte Sir Tristan, ich lasse Euch Euren Willen, denn Eure Lust, Ruhm zu erwerben, kann nicht so groß sein wie meine, Euern Ruhm zu vergrößern. Dann stieß Sir Palamides mit Sir Gawein so wuchtig zusammen, daß er ihn samt seinem Pferd zu Boden warf, und dasselbe tat er mit Sir Iwein, Sir Dodinas und Sir Sagramore. Diese vier Ritter streckte Sir Palamides mit vier verschiedenen Lanzen nieder. Dann zog Sir Tristan mit seinen Gefährten weiter nach Lonazep. Nachdem sie davongeritten waren, stieß Galihodin mit seinen zehn Rittern auf Sir Gawein und berichtete ihm, wie es ihm ergangen war. Ich möchte wissen, sagte Sir Gawein, was das für Ritter sind, die so in Grün gekleidet gehen. Der Ritter auf dem weißen Pferd warf mich und meine drei Gefährten nieder, sagte Galihodin. Und mich auch, erwiderte Sir Gawein, und ich bin sicher, der auf dem weißen Pferd ist entweder Sir Tristan oder aber Sir Palamides, und die prächtig gekleidete Dame ist die Königin Isolde. So unterhielten sie sich über verschiedene Dinge. Unterdessen gelangte Sir Tristan zu dem Brunnen, neben dem seine beiden Zelte aufgeschlagen worden waren. Dort stiegen sie ab und sahen viele Zelte und ein großes Aufgebot. Sir Tristan ließ die schöne Isolde bei Sir Palamides und Sir Gareth zurück und ritt auf dem Schimmel von Sir Palamides mit Sir Dinadan nach Lonazep, um zu erfahren, was es Neues gäbe. Als sie zu der Burg kamen, hörte Sir Dinadan den Klang eines großen Horns, und auf den Ruf sammelten sich viele Ritter. Einen von ihnen fragte Sir Tristan: Was bedeutet das Blasen dieses Horns? Herr, antwortete dieser, es ruft alle zusammen, die bei dem Turnier gegen König Artus stehen: den König von Irland, den König von Surluse, den König von Listinoise, den König von Northumberland, den König des größten Teil von Wales und die Könige vieler anderer Länder. Sie treffen sich zu einer Beratung, um zu entscheiden, wer ihr Anführer sein soll. Doch Sir Marhalt, der König von Irland und Vater des wackeren Ritters Sir Marhaus, den Sir Tristan erschlug, führte das Wort so, daß Tristan es hören konnte. Er sagte: Ihr Herren und Freunde, wir müssen auf der Hut sein, denn offenbar kann König Artus auf viele gute Ritter zählen, sonst würde er nicht mit so wenig Männern gegen uns stehen. Darum rate ich Euch, jeder König soll ein Banner und Zeichen führen, so daß jeder Ritter seinen natürlichen Herrn erkennt. Dann kann jeder König und Hauptmann seinen Rittern helfen, wenn es not tut. Als Sir Tristan ihre ganze Beratung mit angehört hatte, ritt er zu König Artus, um seinen Plan zu erfahren.

WIE SIR TRISTAN UND SEINE GEFOLGSCHAFT ZUM TURNIER VON LONAZEP KAMEN, VON VERSCHIEDENEN KÄMPFEN UND ANDEREN DINGEN.

Inzwischen aber waren schon Sir Gawein und Sir Galihodin zu König Artus gegangen und hatten ihm berichtet: Der Ritter mit dem grünen Harnisch und dem weißen Pferd hat uns beide heute niedergeworfen und danach noch sechs unserer Ritter. Darauf ließ Artus Sir Tristan zu sich kommen und fragte ihn nach seinem Namen. Herr König, antwortete Tristan, verzeiht, wenn Ihr meinen Namen jetzt nicht erfahrt. Damit entfernte sich Tristan. Ich wundere mich, sagte Artus, daß mir dieser Ritter seinen Namen nicht nennen will, aber geh du, Griflet le Fise de Dieu, und bestelle ihm, ich möchte ihn unter vier Augen sprechen. Sir Griflet ritt ihm nach, und als er ihn eingeholt hatte, bestellte er seine Botschaft. Unter der Bedingung, erwiderte Sir Tristan, will ich mit ihm sprechen und wieder umkehren, wenn Ihr mir versichert, daß er meinen Namen nicht wissen will. Ich nehme es auf mich, sagte Griflet, daß er nicht zu sehr in Euch dringen wird. So ritten sie zusammen zu König Artus. Edler Herr, sagte Artus, aus welchem

Grunde wollt Ihr mir Euern Namen nicht nennen? Herr König, antwortete Tristan, ohne einen Grund werde ich meinen Namen nicht verbergen. Zu welcher Partei werdet Ihr halten? fragte Artus. Wahrhaftig, mein König, antwortete Tristan, das weiß ich erst, wenn ich auf den Kampfplatz komme. Und wie es mir mein Herz dann eingibt, zu der Partei werde ich mich schlagen. Aber morgen werdet Ihr das sehen. Damit zog er sich zurück zu seinen Zelten. Am nächsten Morgen wappneten sie sich alle in Grün und ritten zum Turnierplatz, wo die jungen Ritter zu tjosten begannen und viele rühmliche Taten vollbrachten. Da bat Gareth Sir Tristan um Erlaubnis, eine Lanze brechen zu dürfen, denn es erschien ihm schmachvoll, seine Lanze unversehrt zurückzubringen. Als Sir Tristan das hörte, lachte er und sagte: Bitte, tut Euer Bestes. Da legte Sir Gareth seine Lanze ein und forderte zum Kampf heraus. Das sah der wackere Ritter Selises, der Neffe des Königs mit den hundert Rittern, und wandte sich gegen Sir Gareth. Sie stießen so heftig zusammen, daß auf beiden Seiten Roß und Reiter zu Boden stürzten und beide Kämpen mit zerbeulter Rüstung verletzt liegenblieben, bis der König mit den hundert Rittern Selises aufhalf und Tristan und Palamides sich um Sir Gareth bemühten. Danach ritten sie mit Gareth zu ihren Zelten und nahmen ihm den Helm ab. Als Schön Isolde die Schrammen in seinem Gesicht sah, fragte sie ihn, was geschehen sei. Hohe Frau, antwortete Sir Gareth, ich habe einen starken Stoß abbekommen und habe wohl auch einen ausgeteilt, aber keiner meiner Freunde, Gott lohne es ihnen, wollte mir beistehen. Wahrlich, erwiderte Palamides, es ziemt sich für keinen von uns, zu kämpfen, denn am heutigen Tage haben keine bewährten Ritter gekämpft, nur Ihr wolltet Euch durchaus beteiligen. Als die andere Partei sah, daß Ihr zum Kampf herausfordertet, schickte sie Euch einen für sein Alter sehr tüchtigen Ritter. Ich kenne ihn gut, sein Name ist Selises. Ihr habt rühmlich gekämpft, keiner von euch ist besiegt. Jetzt erfrischt Euch, damit Ihr morgen bei Kräften seid. An mir soll es nicht fehlen, sagte Sir Gareth, wenn ich nur mein Pferd besteigen kann.

Kap. 68

VON DEN EDLEN WAFFENTATEN, DIE SIR TRISTAN UND SEINE SCHAR AUF DIESEM TURNIER VOLLBRACHTEN.

Mit welcher Seite wollen wir es morgen am besten halten? fragte Tristan. Herr, antwortete Palamides, mein Rat ist, morgen gegen König Artus zu stehen, denn auf seiner Seite werden Sir Lanzelot und viele gute Ritter seiner Sippe sein; und je berühmter die Gegner, desto größer unser Ruhm. Das ist ritterlich gesprochen, sagte Sir Tristan, und wie Ihr ratet, so wollen wir es halten. In Gottes Namen, stimmten alle zu. So ließen sie es sich den ganzen Abend wohl sein, und am nächsten Morgen bei Tagesanbruch nahmen sie ihre grünen Rüstungen, Schilde und Lanzen, und Schön Isolde und ihre drei Fräulein trugen Kleider von derselben Farbe. Die vier Männer ritten quer über den Kampfplatz und führten Schön Isolde zu dem Ort, wo sie stehen und von einem Erkerfenster aus dem Turnier zuschauen sollte, doch sie war verschleiert, damit niemand ihr Gesicht sehen konnte. Dann begaben sich die vier Ritter geradenwegs zur Partei des Schottenkönigs. All das beobachtete König Artus, und er fragte Sir Lanzelot, wer diese Ritter und diese Königin seien. Herr König, antwortete Lanzelot, ich kann es nicht mit Sicherheit sagen, aber wenn Sir Tristan oder Sir Palamides hier weilten, dann wären es sicher sie und Schön Isolde. Da rief Artus Sir Kay herbei und befahl: Geh rasch und stelle fest, wieviel Ritter der Tafelrunde hier fehlen, an den Sitzen kannst du es sehen. Sir Kay fand, daß zehn Ritter fehlten, und nach den Inschriften der Sitze waren das Sir Tristan, Sir Palamides, Sir Parzival, Sir Gaheris, Sir Epinogris, Sir Mordre, Sir Dinadan, Sir La Cote Male Taile und der edle Ritter Sir Pelleas. Nun, sagte Artus, einige von ihnen stehen heute sicher gegen uns. Dann ritten zwei Brüder in die Arena, Vettern Sir Gaweins, der eine hieß Sir Eduard, der andere Sir Sadok. Sie waren zwei wackere Ritter und baten König Artus, zuerst kämpfen zu dürfen, denn sie seien von Orkney. Es ist mir recht, antwortete König Artus. Da stieß Sir Eduard mit dem Schottenkönig zusammen, auf dessen Seite Sir Tristan und Sir Palamides waren. Sir Eduard warf den Schottenkönig vom Pferd, und Sir Sadok brachte den König von Nordwales schwer zu Fall, so daß auf der Seite des Königs Artus ein lauter Jubelschrei erscholl und Sir Palamides sehr zornig wurde. Da nahm Palamides Schild und Lanze und sprengte mit aller Kraft gegen Sir Eduard von Orkney und traf ihn so wuchtig, daß sein Pferd in die Knie ging und mit ihm zu Boden stürzte. Mit derselben Lanze stieß Palamides Sir Sadok über den Schweif seines Pferdes hinunter. O Jesus, rief Artus, wer ist der Ritter ganz in Grün, der mächtige Recke? Er ist ein guter Ritter, sagte Sir Gawein, und Ihr werdet ihn noch besser kämpfen sehen, bevor der Tag zu Ende geht. Und doch werdet Ihr einen noch stärkeren Ritter zu sehen bekommen, der dieselbe Farbe trägt, denn dieser Ritter hat erst kürzlich meine vier Vettern bezwungen und vor zwei Tagen mich selbst und sieben meiner Gefährten. Während sie so sprachen, sprengte Sir Tristan auf einem schwarzen Pferd auf den Kampfplatz, und ohne innezuhalten, warf er mit einer Lanze vier gute Ritter von Orkney nieder, die zur Sippe Sir Gaweins gehören. Sir Gareth und Sir Dinadan warfen jeder einen guten Ritter zu Boden. Jesus, rief Artus, jener Ritter auf dem schwarzen Pferd kämpft kraftvoll und wunderbar! Wartet nur, sagte Gawein, er hat noch nicht richtig angefangen. Dann ließ Sir Tristan beide Könige, die Eduard und Sadok am Anfang aus dem Sattel gestoßen hatten, wieder aufsitzen. Danach zog Sir Tristan sein Schwert und ritt in das dichteste Gedränge gegen die von Orkney, und er warf Ritter nieder und riß Helme ab und schlug Schilde weg und brachte viele Ritter zu Fall. Er hielt sich so tapfer, daß Artus und alle seine Ritter staunten, wie ein Mann solch große Waffentaten vollbringen konnte. Auch Sir Palamides stand nicht nach, und alle staunten über seine wunderbaren Taten. Da verglich König Artus Sir Tristan auf dem schwarzen Pferd mit einem wütenden Löwen und Sir Palamides auf dem weißen Pferd mit einem wütenden Leoparden und Sir Gareth und Sir Dinadan mit rasenden Wölfen. Es war Brauch, daß kein König dem anderen half, die Gefolgschaft eines jeden Banners aber einander beistand, so gut sie konnte. Jedoch vollbrachte Sir Tristan so große Waffentaten, daß die von Orkney den Kampf aufgaben und sich zurückzogen.

WIE SIR TRISTAN VON SIR LANZELOT VOM PFERD GESTOSSEN WURDE, UND WIE SIR TRISTAN DANACH KÖNIG ARTUS NIEDERWARF.

Da erscholl der Ruf der Herolde und des gesamten einfachen Volkes: Der grüne Ritter hat wunderbare Taten vollbracht und die von Orkney geschlagen. Die Herolde zählten, daß Sir Tristan mit Lanze und Schwert dreißig und Sir Palamides zwanzig Ritter niedergeworfen hatte, die meisten von ihnen aus dem Haus des Königs Artus und erprobte Ritter. Gott steh mir bei, sagte Artus zu Sir Lanzelot, es ist eine große Schmach, daß vier Ritter so viele von den meinen schlagen, deshalb macht Euch bereit, wir wollen gegen sie kämpfen. Herr König, sagte Lanzelot, bedenkt, sie sind zwei hervorragende Ritter, und großer Ruhm wäre es nicht für uns, sie jetzt anzugreifen, wo sie sehr abgekämpft sind. Gleichviel, erwiderte Artus, ich will meine Rache haben, deshalb nehmt Sir Bleoberis und Sir Ector mit, ich bin der vierte. Herr König, sagte Lanzelot, Ihr sollt mich, meinen Bruder Sir Ector und meinen Vetter Sir Bleoberis bereit finden. Als sie gewappnet im Sattel saßen, sagte Artus zu Sir Lanzelot: Nun wählt, gegen wen Ihr kämpfen wollt. Herr, sagte Lanzelot, ich will mit dem grünen Ritter auf dem schwarzen Pferd kämpfen. Das war Sir Tristan. Und mein Vetter Sir Bleoberis soll sich den grünen Ritter auf dem weißen Pferd vornehmen. Das war Sir Palamides. Mein Bruder Sir Ector mißt sich mit dem anderen grünen Ritter auf dem weißen Pferd. Das war Sir Gareth. Dann, sagte Artus, muß ich mit dem grünen Ritter auf dem grauen Pferd kämpfen. Das war Sir Dinadan. Nun achte jeder auf seinen Gegner, rief Sir Lanzelot. So ritten sie zusammen vorwärts. Und dann stießen Sir Lanzelot und Sir Tristan aufeinander, und Lanzelot traf Tristan mit solcher Wucht auf den Schild, daß er Mann und Roß zur Erde warf. Lanzelot glaubte, es wäre Palamides gewesen, und so ritt er weiter. Dann warf Sir Bleoberis Sir Palamides nieder und Sir Ector darauf Sir Gareth. Der edle König Artus traf auf Dinadan und stieß ihn aus dem Sattel. Da ging die Kunde von Mund zu Mund, daß die grünen Ritter alle niedergeworfen wären. Als der König von Nordwales Sir Tristan am Boden sah, erinnerte er sich an die großen Waffentaten, die Tristan vollbracht hatte, und an den Brauch, daß ein Ritter, der niedergeworfen worden war und weder mit Hilfe seiner Gefährten noch durch eigene Kraft wieder aufs Pferd steigen konnte, für diesen Tag der Gefangene der Partei wurde, die ihn bezwungen hatte. Deshalb ritt der König von Nordwales gerade auf Sir Tristan zu, stieg plötzlich ab, übergab Tristan sein Pferd und sagte: Edler Ritter, ich weiß nicht, aus welchem Lande du stammst, aber für die edlen Taten, die du heute vollbracht hast, nimm mein Pferd, und ich werde mich behelfen, so gut ich kann; denn, weiß Gott, du bist würdiger als ich, mein Pferd zu haben. Schönen Dank, antwortete Sir Tristan, ich werde es Euch vergelten, sobald ich kann. Entfernt Euch nicht zu weit von mir, denn ich glaube, ich werde Euch ein anderes Pferd erbeuten. Mit diesen Worten saß Tristan auf und traf nun auf König Artus. Er versetzte ihm mit dem Schwert einen solchen Schlag über den Helm, daß sich Artus nicht im Sattel halten konnte. Sir Tristan brachte dem König von Nordwales das Pferd des Königs Artus. Da entstand ein großes Drängen, um Artus wieder auf ein Pferd zu helfen. Aber Sir Palamides wollte das nicht zulassen, sondern hieb mit aller Macht nach rechts und links. Unterdessen ritt Sir Tristan durch das dichteste Kampfgetümmel und schlug rechts und links Ritter nieder, riß Helme ab und drang bis zu seinen Zelten vor. Sir Palamides ließ er zu Fuß zurück. Sir Tristan wechselte sein Pferd und seinen Harnisch und war nun ganz in Rot.

WIE SIR TRISTAN SEINE RÜSTUNG WECHSELTE UND GANZ IN ROT ERSCHIEN UND SICH TAPFER SCHLUG, UND WIE PALAMIDES LANZELOTS PFERD TÖTETE. Als Königin Schön Isolde Sir Tristan nicht mehr in der Arena sah und nicht wußte, was aus ihm geworden war, weinte sie sehr. Aber als er wieder auf den Kampfplatz sprengte, erkannte sie ihn sogleich. Er vollbrachte große Waffentaten, und in einem Lauf streckte er mit einer mächtigen Lanze fünf Ritter nieder. Daran merkte Sir Lanzelot, daß es Tristan war, und es reute ihn, daß er ihn niedergeworfen hatte. So entfernte er sich aus der Arena, um sich auszuruhen. Tristan half mit seiner großen Kraft Palamides, Gareth und Dinadan wieder aufs Pferd, doch keiner von ihnen wußte, wer er war. Tristan blieb immer in ihrer Nähe und stand ihnen bei, sie ihm aber nicht, weil er nun eine rote Rüstung trug. So kämpften sie wunderbar. Als Schön Isolde Tristan wieder im Sattel sah, war sie überaus froh und lachte und war guter Dinge. Und als Palamides seine Blicke einmal zu ihrem Fenster lenkte, war er über die fröhliche Isolde so entzückt, daß er mit Lanze und Schwert jeden niederwarf, der sich ihm in den Weg stellte. Ihr Anblick versetzte ihn in einen solchen Liebesrausch, daß es schien, als hätten selbst Sir Tristan und Sir Lanzelot gemeinsam ihm nicht standhalten können. In seinem Herzen wünschte er, um Schön Isoldes willen vor aller Augen mit Sir Tristan kämpfen zu können. So verdoppelte Palamides seine Kräfte und hielt sich so wunderbar, daß alle staunten. Immer wieder schaute er zur schönen Isolde hin. Und als er sah, wie sie sich freute, kämpfte er wie ein Löwe, daß ihm keiner widerstehen konnte. Sir Tristan wunderte sich, daß sich Palamides so steigerte, und er sagte zu Dinadan: Gott helfe mir, Palamides ist ein vortrefflicher und ausdauernder Ritter, aber solche Taten habe ich ihn noch nie vollbringen sehen und auch nicht gehört, daß er an einem Tage so viele vollbracht hätte. Er hat heute seinen guten Tag, erwiderte Dinadan. Weiter wollte er nichts sagen, doch bei sich dachte er: Wenn er wüßte, um wessen Liebe willen er diese Waffentaten vollbringt, würde Tristan bald seinen Übermut dämpfen. Wie schade, sagte Tristan, daß Palamides nicht getauft ist. Das meinten auch König Artus und alle, die ihm zuschauten. Alle erkannten ihm den Preis als dem besten Ritter des Tages, der noch Sir Lanzelot und Sir Tristan übertraf. Sir Dinadan sagte bei sich: All diesen Ruhm verdankt Palamides der Königin Isolde, denn wäre sie heute nicht dagewesen, hätte er den Preis nicht errungen. In diesem Augenblick kam Sir Lanzelot vom See auf den Kampfplatz zurück und hörte den Lärm und erfuhr von dem großen Ruhm, den Sir Palamides erlangt hatte. Da ritt er mit einer starken und langen Lanze gegen Sir Palamides und wollte ihn niederwerfen. Als Palamides Sir Lanzelot so schnell auf sich zukommen sah, sprengte er mit dem Schwert in der Hand gegen Lanzelot und schlug dessen Lanze beiseite und entzwei. Dann stürzte er sich auf Lanzelot, um ihm eine Schmach anzutun, und mit dem Schwert durchschnitt er den Hals von Lanzelots Pferd, so daß er zu Boden fiel. Da erhob sich ein ungeheures Geschrei: Sir Palamides der Sarazene hat Sir Lanzelots Pferd erschlagen. Wegen dieser Tat ergrimmten viele Ritter gegen Palamides und erklärten es für unritterlich, in einem Turnier absichtlich ein Pferd zu töten, es sei denn im offenen Kampf um Leben und Tod.

Kap. 71

WAS SIR LANZELOT ZU SIR PALAMIDES SAGTE, UND WIE DER PREIS DIESES TAGES AN SIR PALAMIDES VERLIEHEN WURDE. ☙ Als Sir Ector von Maris seinen Bruder Sir Lanzelot solchen Schimpf erleiden und so um sein Pferd gebracht sah, ergriff er wütend eine Lanze und stieß Sir Palamides mit großer Wucht vom Pferd. Darauf warf Sir Tristan in seinem roten Harnisch Sir Ector nieder. Dann hängte Sir Lanzelot seinen Schild über die Schulter und ging mit dem bloßen Schwert in der Hand ungestüm auf Sir Palamides zu und sagte: Du hast mir heute den größten Schimpf angetan, den mir je ein Ritter in Turnieren oder Kampfspielen zugefügt hat. Darum will ich Rache an dir nehmen, wehre dich also! Gnade, edler Ritter, erwiderte Palamides, und vergebt mir meine böse Tat, denn ich habe weder Kraft noch Macht, Euch Widerstand entgegenzusetzen. Ich habe heute schon so viel vollbracht, wie ich noch nie geleistet habe und auch nie wieder leisten werde, das weiß ich genau. Deshalb, edler Ritter, beschwöre ich Euch, verschont mich heute, und ich verspreche, Euch zu dienen, solange ich lebe. Wenn Ihr mich heute um meinen Ruhm bringt, bringt Ihr mich um den größten Ruhm, den ich je in meinem Leben errungen habe oder erringen werde. Gut, sagte Lanzelot, um die Wahrheit zu sagen, Ihr habt Euch heute wunderbar bewährt, und ich begreife zum Teil, um welcher Liebe willen Ihr das getan habt. Ich weiß sehr wohl, daß die Liebe eine mächtige Herrin ist. Und wenn meine Dame hier wäre, fuhr Lanzelot fort, dann solltet Ihr den Ruhm nicht davontragen. Doch hütet Euch, daß Sir Tristan Eure Liebe nicht entdeckt, sonst werdet Ihr es bereuen. Da ich keinen Streit auszufechten habe, soll Euch der Ruhm des Tages gehören. Außerdem wäre es nicht ehrenhaft für mich, Euch den Ruhm zu entreißen, nachdem Ihr Eure Kräfte heute so angestrengt und verausgabt habt. Mit diesen Worten ließ Lanzelot Sir Palamides ziehen. Dann erkämpfte sich Sir Lanzelot mit seiner großen Kraft gegen zwanzig Ritter ein anderes Pferd. Als er wieder im Sattel saß, vollbrachte er wunderbare Taten und Sir Tristan ebenfalls und auch Sir Palamides. Mit einer Lanze warf Lanzelot Sir Dinadan und die Könige von Schottland, Wales, Northumberland und Listinoise nieder und danach, zusammen mit seinen Gefährten, noch vierzig Ritter. Dann kamen der König von Irland und der König von den Geraden Marken, um Tristan und Palamides beizustehen, und es begann ein großes Handgemenge. Auf beiden Seiten wurden viele Ritter niedergeworfen, doch Lanzelot und Tristan verschonten stets einander, und Palamides wollte sich nicht mit Lanzelot einlassen. Dann schickte König Artus viele Ritter der Tafelrunde in den Kampf, und Palamides stand immer in der vordersten Reihe. Tristan kämpfte so kraftvoll, daß der König und alle anderen staunten. Schließlich ließ der König zum Aufbruch ins Lager blasen. Da Sir Palamides zuerst begonnen und am längsten gekämpft und den Kampfplatz nie verlassen hatte, um sich auszuruhen, sondern stets zu Fuß wie im Sattel hervorragte, gaben ihm König Artus und alle anderen Könige den Ruhm und Preis dieses Tages. Dann beauftragte Tristan Sir Dinadan, die Königin Schön Isolde zu seinen Zelten am Brunnen zu geleiten. Als Palamides merkte, daß der Ritter in Rot Sir Tristan war, freute er sich sehr, und ebenso froh waren Sir Gareth und Sir Dinadan, denn sie hatten geglaubt, Tristan wäre in Gefangenschaft geraten. Dann begab sich jeder Ritter in sein Zelt, doch sie sprachen noch lange von dem Kampf, besonders aber von den Heldentaten, die Sir Palamides vollbracht hatte. Herr, sagte Lanzelot zu Artus, wenn der grüne Ritter Sir Palamides ist, so möchte ich sagen, daß er in der Tat der würdigste für den Preis ist, denn er hat sich nie ausgeruht, noch hat er den Harnisch gewechselt, und er hat am längsten ausgehalten. Doch weiß ich, daß da ein noch besserer Ritter war als er, und das wird sich erweisen, bevor das Turnier zu Ende ist, bei meinem Leben. So redeten sie auf beiden Seiten, und Dinadan spottete über Tristan und sagte:

Was zum Teufel ist heute mit dir los? Sir Palamides verließen heute nie die Kräfte, ja er verdoppelte sie noch.

WIE SIR DINADAN SIR TRISTAN REIZTE, SICH IM KAMPF ANZUSTRENGEN.

❧ Und du, Tristan, benimmst dich den ganzen Tag, als ob du schliefest. Darum nenne ich dich einen Feigling. Höre, Dinadan, erwiderte Tristan, ich bin bisher noch nie in meinem Leben von irgendeinem Ritter ein Feigling genannt worden, und ich halte mich auch nicht für feige, weil mich Sir Lanzelot zu Fall gebracht hat, denn ihn nehme ich von allen Rittern aus. Zweifelt nicht, Sir Dinadan, wenn Lanzelot ernsthaft kämpft, kann ihm kein Ritter der Welt standhalten; und was seine Duldsamkeit, Größe, Güte und Höflichkeit angeht, so nenne ich ihn einen Ritter ohnegleichen. So war Tristan ziemlich aufgebracht über Sir Dinadan. Aber all das sagte Dinadan nur, um Tristan zu reizen, weil er seinen Mut anfeuern und seinen Zorn wecken wollte. Denn er wußte wohl, wenn Tristan richtiggehend zornig wäre, würde Palamides am nächsten Tag den Preis nicht gewinnen. Es ist wahr, bestätigte Sir Palamides, an edler Ritterlichkeit, Höflichkeit, Tapferkeit und Freundlichkeit hat Sir Lanzelot nicht seinesgleichen, denn heute handelte ich recht unritterlich an ihm. Er hat mir sehr ritterlich und höflich geantwortet; denn wäre er so übel zu mir gewesen wie ich zu ihm, so hätte ich heute keinen Ruhm erworben. Deshalb werde ich mein Leben lang Sir Lanzelot verpflichtet sein. Dieses Gespräch wurde im Haus der Könige geführt. Und alle Könige, Herren und Ritter meinten, an echtem Rittertum und reiner Stärke, Güte und Höflichkeit gebührte

Sir Lanzelot vom See und Sir Tristan der Preis vor allen anderen Rittern.

WIE KÖNIG ARTUS UND SIR LANZELOT KAMEN, UM SCHÖN ISOLDE ZU SEHEN, UND WIE PALAMIDES KÖNIG ARTUS NIEDERWARF.

Dann am anderen Morgen brachen Sir Tristan und Schön Isolde mit Sir Palamides und Sir Gareth auf und ritten ganz in Grün gekleidet in den Wald. Sir Dinadan ließen sie schlafend in seinem Bett zurück. Zufällig standen der König und Sir Lanzelot an einem Fenster und sahen, wie Tristan und Isolde dahinritten. Herr König, sagte Lanzelot, dort reitet die schönste Frau der Welt, Eure Königin Lady Ginevra ausgenommen. Wer ist das? fragte Artus. Es ist die Königin Isolde, antwortete er, die, von Eurer Königin abgesehen, unvergleichlich ist. Nehmt Euer Pferd und wappnet Euch wie ich in allen Stücken, sagte Artus, denn ich will sie sehen. Schnell waren sie gerüstet, und jeder nahm eine Lanze. So ritten sie in den Wald. Herr, warnte Lanzelot, es ist nicht gut, wenn Ihr ihnen zu nahe kommt, denn bedenkt, da sind zwei der besten Ritter der Welt. Deshalb bitte ich Euch, übereilt nichts, die Ritter könnten es uns verübeln, wenn wir so plötzlich vor ihnen stehen. Ach was, erwiderte Artus, ich will sie sehen, und es kümmert mich nicht, wem das mißfällt. Herr, Ihr begebt Euch in große Gefahr, sagte Lanzelot. Wir wollen das Abenteuer auf uns nehmen, entgegnete der König. Damit ritt Artus zu Isolde hin und grüßte sie: Gott schütze Euch! Herr, antwortete sie, seid willkommen. Da schaute sie der König an, und sie gefiel ihm über die Maßen. Sogleich kam Palamides zu Artus und sagte: Unhöflicher Ritter, was suchst du hier? Es ziemt sich nicht, sich so plötzlich einer Dame zu nähern, deshalb hebe dich hinweg. König Artus scherte sich nicht um Palamides' Worte, sondern schaute unverwandt Königin Isolde an. Da wurde Palamides zornig, ergriff eine Lanze und sprengte gegen König Artus an und warf ihn nieder. Als Lanzelot diese böse Tat sah, sagte er bei sich: Mit diesem Ritter lege ich mich ungern an, nicht so sehr um meinetwillen als wegen Sir Tristans. Denn eins ist sicher, wenn ich Palamides niederwerfe, muß ich mit Tristan kämpfen, und es mit beiden aufzunehmen ist zuviel für mich. Trotzdem muß ich meinen Herrn auf Leben und Tod rächen, und das will ich, was mir auch zustoßen mag. Damit rief Lanzelot Sir Palamides zu: Nimm dich vor mir in acht! Und dann gingen Lanzelot und Palamides mit zwei mächtigen Lanzen aufeinander los. Lanzelot traf Palamides mit solcher Wucht, daß er ihn glatt aus dem Sattel stieß und arg zu Fall brachte. Als Tristan das sah, rief er Lanzelot zu: Herr Ritter, seht Euch vor, ich muß mit Euch kämpfen! Zum Kampf mit Euch, erwiderte Lanzelot, bin ich bereit. Ich habe keine Furcht vor Euch, und doch möchte ich nicht gern gegen Euch kämpfen, denn bedenkt doch, ich mußte meinen Herrn rächen, der unversehens und unritterlich vom Pferd geworfen wurde. Nehmt es mir deshalb nicht übel, daß ich seinen Sturz gerächt habe, denn er ist mir ein so guter Freund, daß ich keinen Schimpf an ihm dulden kann. An diesen ritterlichen Worten und an seiner Gestalt erkannte Tristan Sir Lanzelot vom See, und für ebenso gewiß hielt er es, daß Palamides König Artus niedergeworfen hatte. Da legte Tristan seine Lanze beiseite und half Palamides wieder aufs Pferd, und Lanzelot half König Artus wieder in den Sattel, und so zogen sie ab. Weiß Gott, sagte Tristan zu Palamides, Ihr habt nicht ritterlich gehandelt, als Ihr jenen Ritter so unversehens niederwarft; Ihr habt Euch selber damit großen Schimpf angetan, denn die Ritter kamen in aller Höflichkeit, um eine schöne Dame anzuschauen, und das ist jedem guten Ritter erlaubt. Euch stand es nicht zu, vor meiner Dame eine solche Szene zu spielen. Und ich sage Euch, es wird Verdruß daraus entstehen, denn es war König Artus, den Ihr niedergeworfen habt, und der andere gute Ritter war Sir Lanzelot. Ich werde nicht vergessen, wie Lanzelot ihn einen

Mann von großem Ruhm nannte. Daran erkannte ich, daß es König Artus war. Was aber Sir Lanzelot angeht, so hätte er auf dem Turnierplatz fünfhundert Rittern den Kampf nicht abgeschlagen, und doch wollte er nicht gegen mich antreten. Daran merkte ich wiederum, daß es Sir Lanzelot war, denn er schont mich überall und bezeugt mir große Freundlichkeit. Von allen Rittern ist er die Krone der Ritterschaft. Wenn er im Zorn bis zum Äußersten kämpfen will, gibt es keinen, dem er nicht überlegen ist, sei es zu Pferde oder zu Fuß. Ich kann nicht glauben, entgegnete Palamides, daß König Artus im geheimen wie ein armer fahrender Ritter daherreitet. Ach, antwortete Tristan, Ihr kennt den hohen Herrn Artus nicht. Alle Ritter können von ihm ritterliches Verhalten lernen. Deshalb sollte Euch Eure unbillige Tat gegen einen so edlen König leid tun. Was geschehen ist, läßt sich nicht ungeschehen machen, erwiderte Palamides. Dann ließ Sir Tristan die Königin Isolde in ihre Gemächer in die Priorei bringen, von wo aus sie den Fortgang des Turniers beobachten sollte.

WIE PALAMIDES AM ZWEITEN TAG SIR TRISTAN IM STICH LIESS UND SICH GEGEN IHN DER FEINDLICHEN PARTEI ANSCHLOSS.

Dann erging ein Ruf an alle Ritter, auf ein Hornsignal das Turnier wie am ersten Tage fortzusetzen. Und wie am ersten Tage die Brüder Eduard und Sir Sadok begonnen hatten, so fingen am zweiten Tage Sir Iwein, der Sohn des Königs Uriens, und Lucas der Kellermeister an. In der ersten Begegnung warf Sir Iwein den Sohn des Königs von Schottland nieder, und Sir Lucas trat gegen den König von Wales so ungestüm an, daß beide Lanzen in Stücke brachen und sie sich gegenseitig zu Fall brachten. Darauf halfen die von Orkney Sir Lucas wieder in Sattel. Dann ritt Sir Tristan von Liones auf den Kampfplatz und warf Sir Iwein und Sir Lucas nieder, und Sir Palamides und Sir Gareth warfen jeder ebenfalls zwei Ritter zu Boden. Da sagte König Artus zu Sir Lanzelot: Seht, jene drei Ritter kämpfen vortrefflich, besonders der erste. Herr König, antwortete Lanzelot, dieser Ritter hat noch nicht richtig begonnen, aber Ihr werdet ihn heute wunderbare Taten vollbringen sehen. Danach kam der Sohn des Herzogs von Orkney auf den Platz, und viele Waffentaten waren zu sehen. Da sagte Tristan zu Palamides: Wie fühlt Ihr Euch? Werdet Ihr Euch wieder so hervortun wie gestern? Nein, antwortete Palamides, ich bin noch müde und zerschlagen und werde nicht wie gestern durchhalten können. Das tut mir leid, sagte Tristan, ich werde Euch heute vermissen. Palamides erwiderte: Verlaßt Euch nicht auf mich, ich kann nicht kämpfen wie gestern. Doch all das sagte Palamides nur, um Tristan zu täuschen. Herr Ritter, sagte Tristan zu Gareth, dann muß ich mich auf Euch verlassen, deshalb haltet Euch bitte in meiner Nähe, damit Ihr mir zu Hilfe kommen könnt. Wenn Not am Mann ist, sagte Gareth, könnt Ihr auf mich zählen. Danach ritt Palamides für sich allein, und Tristan zum Trotz warf er sich in das dichteste Kampfgewühl unter die von Orkney und vollbrachte so wunderbare Waffentaten, daß alle staunten und niemand seinen Streichen standhalten konnte. Als Tristan Sir Palamides sich so hervortun sah, wunderte er sich und sprach zu sich selbst: Er ist meiner Gesellschaft überdrüssig. So sah ihm Tristan lange Zeit zu und rührte sich kaum, denn der Lärm und das Geschrei waren so gewaltig, daß sich Tristan fragte, woher Palamides die Kraft nahm, die er auf dem Kampfplatz zeigte. Herr, sagte Gareth zu Tristan, erinnert Ihr Euch nicht daran, daß Euch Sir Dinadan gestern einen Feigling nannte? Das sagte er wahrhaftig nicht aus Bosheit, sondern um Eures Ruhmes willen, denn Ihr seid der Mann, den er am meisten auf der Welt liebt. Zeigt deshalb heute, was Ihr könnt, und kümmert Euch nicht so um Palamides, denn er strengt sich aufs äußerste an, um Euch Ruhm und Ehre streitig zu machen. Ich muß das schon glauben, antwortete Tristan. Da ich seine Niedertracht und seinen Neid sehe, will ich Euch zeigen, daß, wenn ich mir Mühe gebe, der Beifallslärm, der ihn jetzt umgibt, aufhört. Danach ritt Sir Tristan in das dichteste Kampfgetümmel und vollbrachte so großartige Waffentaten, daß alle meinten, er habe doppelt so viel geleistet wie zuvor Palamides. Und dann ging der Beifall offensichtlich von Palamides auf Tristan über. O Jesus, riefen die Leute, seht, wie Sir Tristan mit einer Lanze so viele Ritter niederwirft und wie viele mit dem Schwert und wie vielen er Helm und Schild wegschlägt! So bezwang er alle von Orkney, die sich ihm stellten. Seht Ihr, sagte Lanzelot zu König Artus, ich habe Euch prophezeit, daß dieser Ritter heute seine Kunst entfalten würde. Gott steh mir bei, sagte Artus zu Lanzelot, Ihr habt recht, einen besseren Ritter habe ich nie gesehen, und er übertrifft Sir Palamides bei weitem. Das muß so sein, sagte Lanzelot, denn es ist der edle Ritter Sir Tristan. Das glaube ich gern, erwiderte Artus. Als Sir Palamides merkte, daß sein Beifall und die Zurufe nachließen, ritt er zur Seite und erblickte Sir Tristan, der so wunderbar kämpfte. Da weinte Palamides bitterlich vor Zorn, denn es wurde ihm klar, daß er an diesem Tag keinen Ruhm gewinnen konnte, wenn Sir Tristan seine ganze Kraft und Männlichkeit entfaltete.

WIE SIR TRISTAN VOM TURNIERPLATZ RITT UND SIR DINADAN WECKTE UND SEINE RÜSTUNG MIT EINER SCHWARZEN VERTAUSCHTE.

Danach ritten König Artus und der König von Nordwales zusammen mit Sir Lanzelot vom See und drei Rittern von Lanzelots Sippe, Sir Bleoberis, Sir Bors von Ganis und Sir Ector von Maris, auf den Kampfplatz. Lanzelot vollbrachte mit seinen drei Rittern so große

Waffentaten, daß er den Beifall auf sich zu ziehen begann. Den König von Wales und den Schottenkönig schlugen sie zurück und aus dem Feld, aber Sir Tristan und Sir Gareth harrten aus und hielten stand. Alle Leute staunten, daß ein Ritter so viele Streiche aushalten konnte. Aber immer wichen Sir Lanzelot und auf dessen Befehl auch seine drei Blutsverwandten Sir Tristan aus. Da fragte Artus: Ist das Palamides, der so lange aushält? Nein, antwortete Lanzelot, das ist der wackere Ritter Sir Tristan, dort drüben könnt Ihr Sir Palamides sehen, wie er zuschaut und wartet und wenig oder nichts tut. Merkt Ihr, Herr, Tristan gedenkt uns heute alle aus dem Felde zu schlagen, und was mich angeht, so werde ich mich nicht mit ihm einlassen, mag das tun, wer da will. Und, Herr, fuhr Lanzelot fort, Ihr seht Palamides dort wie im Traum stehen, denn er ist sehr traurig, weil Tristan sich so hervortut. Dann ist er ein Narr, sagte Artus. Nie war Palamides so ein Held wie Tristan und wird es niemals werden. Wenn er auf Tristan neidisch ist, obwohl er auf seiner Seite steht, ist er ein falscher Ritter. Während der König und Lanzelot miteinander sprachen, ritt Tristan heimlich aus der Arena, daß niemand es bemerkte außer Schön Isolde und Palamides, denn die beiden ließen ihn nicht aus den Augen. Als Tristan zu seinen Zelten kam, fand er Sir Dinadan schlafend im Bett. Wacht auf, sagte Tristan, Ihr solltet Euch schämen, so zu schlafen, wenn Ritter im Turnier streiten. Da sprang Sir Dinadan rasch auf und fragte: Was soll ich tun? Macht Euch fertig, erwiderte Tristan, und reitet mit mir auf den Kampfplatz. Als Sir Dinadan gewappnet war, blickte er auf Sir Tristans Helm und Schild. Und als er darauf die Spuren vieler Streiche sah, sagte er: Zur rechten Zeit habe ich so fest geschlafen, denn wäre ich bei Euch gewesen, hätte ich Euch folgen müssen, um Schmach zu meiden, aus Furcht vor Schmach viel mehr als aus Tapferkeit. Aber an diesen Streichen sehe ich, daß ich ebenso geschlagen worden wäre wie gestern. Laßt Eure Späße, sagte Tristan, und sputet Euch, daß wir wieder zum Turnier kommen. Wie, rief Dinadan, habt Ihr Euern Mut wiedergefunden? Gestern tatet Ihr, als wäret Ihr im Traum. Dann legte Tristan einen schwarzen Harnisch an. O Jesus, sagte Dinadan, was sticht Euch heute? Mir scheint, Ihr seid kampfbegieriger als gestern. Da lächelte Tristan und sagte: Gebt gut auf mich acht, und wenn ich in eine Übermacht geraten sollte, seht zu, daß Ihr immer hinter mir bleibt, dann werde ich Euch mit Gottes Hilfe den Weg frei machen. So stiegen Sir Tristan und Sir Dinadan aufs Pferd. Sir Palamides und auch Schön Isolde sahen sie kommen, denn sie erkannte Tristan unter allen anderen.

WIE SIR PALAMIDES SCHILD UND HARNISCH WECHSELTE, UM SIR TRISTAN ZU VERWUNDEN, UND WIE SIR LANZELOT MIT SIR TRISTAN KÄMPFTE.

Da nun Sir Tristan verkleidet war, gedachte Palamides, ihm Schmach anzutun. So ritt er zu einem verwundeten Ritter, der an einem schönen Quell außerhalb des Kampfplatzes saß, und sagte zu ihm: Herr Ritter, ich bitte Euch, leiht mir Rüstung und Schild, denn meine sind nur zu gut bekannt, und das hat mir großen Schaden gebracht; Ihr sollt dafür meine Rüstung und meinen Schild haben, die ebenso fest sind wie Eure. Wenn es von Vorteil für Euch ist, antwortete der Ritter, will ich Euch gern Rüstung und Schild geben. Da legte Palamides rasch die Rüstung dieses Ritters an und nahm seinen Schild, der wie Kristall oder Silber glänzte. So ritt er zurück in den Kampf. Weder Sir Tristan noch einer auf der Seite des Königs Artus erkannten ihn. Gerade als Palamides auf den Kampfplatz kam, warf Tristan vor seinen Augen drei Ritter nieder. Dann ritt Palamides gegen Tristan, daß ihnen die großen Lanzen in den Händen zerbrachen. Danach hieben sie mit Schwerten wild aufeinander ein. Tristan wunderte sich, wer da so heftig mit ihm kämpfte. Schließlich wurde Tristan zornig, denn er fürchtete, daß er wegen der Stärke seines Gegners mit den übrigen Rittern nicht mehr kämpfen könnte. So hieb er zu, und sie versetzten einander scharfe Streiche. Viele Ritter fragten sich, wer dem schwarzen Tristan so entgegentrat. Schön Isolde wußte, daß es Sir Palamides war, denn sie hatte von ihrem Fenster aus beobachtet, wie er mit dem Ritter die Rüstung wechselte. Aus Gram über seine Bosheit fing sie bitterlich an zu weinen und fiel in Ohnmacht. Dann kam Sir Lanzelot mit den Rittern von Orkney auf den Kampfplatz, und die andere Partei rief: Zurück, zurück, Sir Lanzelot kommt! Einige sagten: Sir Lanzelot, Ihr müßt gegen den Ritter im schwarzen Harnisch kämpfen, denn er hat den wackeren Ritter mit dem silbernen Schild beinahe bezwungen. Da ritt Sir Lanzelot zwischen die beiden und sagte zu Palamides: Herr Ritter, laßt mich weiterkämpfen, denn Ihr habt Ruhe nötig. Sir Palamides erkannte ebenso wie Tristan Sir Lanzelot wohl, aber da Sir Lanzelot ein viel gewaltigerer Ritter war als er selbst, war Palamides froh und erlaubte ihm, mit Sir Tristan zu kämpfen. Er wußte, daß Lanzelot Tristan nicht erkannte, und hoffte daher, Lanzelot würde Tristan besiegen oder in Schmach bringen, und das hätte ihn sehr gefreut. Sir Lanzelot schlug viele scharfe Streiche gegen Sir Tristan. So kämpften sie lange miteinander, daß Schön Isolde vor Kummer fast von Sinnen kam. Dann teilte Dinadan Sir Gareth mit, daß der Ritter mit dem schwarzen Harnisch Sir Tristan war: Lanzelot, der mit ihm kämpft, muß die Oberhand gewinnen, denn Tristan hat heute schon zu große Anstrengungen hinter sich. Dann wollen wir ihn niederschlagen, sagte Sir Gareth. Es ist besser, wenn wir das tun, erwiderte Dinadan, als daß Sir Tristan bezwungen wird, denn dort steht der starke Ritter mit dem silbernen Schild bereit, um notfalls über Tristan herzufallen. Dann stürzte sich

Gareth auf Sir Lanzelot und versetzte ihm einen so mächtigen Streich auf den Helm, daß er fast betäubt war; und Dinadan stieß ihn mit einer Lanze samt seinem Pferd zu Boden. O Jesus, sagte Tristan zu Gareth und Dinadan, pfui Schande, warum werft ihr einen so wackeren Ritter nieder, und noch dazu, wenn ich mit ihm kämpfe? Es ist eine Schande für euch und für ihn keine Unehre, denn ich habe ihm tüchtig zugesetzt, auch wenn ihr mir nicht geholfen hättet. Dann kam der verkleidete Palamides und warf Dinadan vom Pferd, und Lanzelot, weil Dinadan ihn niedergestreckt hatte, griff Dinadan scharf an, der sich gut verteidigte. Aber Tristan merkte, daß Dinadan gegen Lanzelot nicht standhalten konnte, und das tat ihm leid. Dann ritt Palamides mit frischer Kraft gegen Tristan. Als dieser ihn kommen sah, gedachte er, ihn sogleich kampfunfähig zu machen, denn er wollte Dinadan helfen, der gegen Lanzelot in großer Gefahr schwebte. Und Tristan versetzte Palamides einen mächtigen Schlag und riß ihn vom Pferd herunter, wobei er selbst zu Fall kam. Rasch sprang Tristan wieder auf, ließ Palamides liegen und trat zwischen Lanzelot und Dinadan und schaltete sich in den Kampf ein. Da nahm Dinadan Lanzelots Pferd und rief mit lauter Stimme, daß Lanzelot es hören konnte: Mein hoher Herr Sir Tristan, nehmt Euer Pferd. Als Lanzelot den Namen Tristan hörte, rief er: O Jesus, was habe ich getan? Ich bin entehrt. Ach, Sir Tristan, warum habt Ihr Euch verkleidet? Ihr habt Euch heute in große Gefahr begeben, und ich bitte Euch, edler Ritter, verzeiht mir, denn wenn ich Euch erkannt hätte, wäre es nicht zu diesem Kampf gekommen. Herr, antwortete Tristan, das ist nicht die erste Freundlichkeit, die Ihr mir erweist. Dann half man beiden wieder aufs Pferd, und die eine Partei gab Sir Lanzelot die Ehre und den Preis und die andere Partei Sir Tristan. Aber Lanzelot erklärte: Ich bin dieser Ehre nicht würdig, und ich rufe alle Ritter zu meinen Zeugen, daß Sir Tristan länger auf dem Kampfplatz war und heute viel mehr Ritter niedergeworfen hat als ich. Und deshalb gebe ich Sir Tristan meine Stimme und fordere alle Herren und Freunde auf, es ebenfalls zu tun. Da erklärten sie alle einstimmig Sir Tristan zum besten Ritter des Tages.

WIE SIR TRISTAN MIT SCHÖN ISOLDE AUFBRACH, UND WIE PALAMIDES FOLGTE UND SICH ENTSCHULDIGTE.

Dann wurde zum Heimritt ins Lager geblasen, und Tristan, Gareth und Dinadan geleiteten Schön Isolde zu ihren Zelten. Isolde war über alle Maßen zornig auf Palamides, denn sie hatte seinen Verrat von Anfang bis Ende beobachtet; Tristan, Gareth und Dinadan aber wußten nichts von diesem Schurkenstreich. Palamides ritt in seiner Verkleidung mit ihnen. Als Tristan sah, daß er der Ritter mit dem silbernen Schild war, der ihm so zugesetzt hatte, sagte er: Herr Ritter, Eure Gesellschaft ist hier unerwünscht, deshalb verlaßt uns bitte. Palamides antwortete, als ob er Tristan nicht erkannt hätte: Herr Ritter, diese Gesellschaft werde ich niemals verlassen, denn einer der besten Ritter der Welt hat mich dazu befohlen, und ich gehe nicht, bevor er mich von diesem Dienst befreit. Daran aber erkannte Tristan, daß es Palamides war. Ah, Sir Palamides, sagte der edle Tristan, Ihr seid der Ritter! Man hat Euch fälschlich einen edlen Ritter genannt, denn heute habt Ihr sehr unritterlich gegen mich gehandelt und beinahe meinen Tod verursacht. Doch hätte ich mich wohl behauptet, aber Sir Lanzelot und Ihr zusammen, das war zuviel, denn ich kenne keinen Ritter, den Sir Lanzelot nicht überwältigt, wenn er bis zum Äußersten geht. Ach, sagte Palamides, seid Ihr mein hoher Herr Sir Tristan? Ja, Herr, und das habt Ihr genau gewußt. Bei meiner Ritterehre, antwortete Palamides, das habe ich bis jetzt nicht gewußt. Ich hielt Euch für den König von Irland, dessen Wappen Ihr tragt. Sein Wappen trage ich, erwiderte Tristan, und ich will es behaupten, denn ich habe es einst im Felde von einem sehr edlen Ritter gewonnen, sein Name war Sir Marhaus. Ihn habe ich mit großer Mühe bezwungen, und es gab für ihn keine Rettung, denn er starb durch falsche Heilmittel, doch hat er sich mir nie ergeben. Herr, sagte Palamides, ich nahm an, Ihr hättet Euch auf Sir Lanzelots Seite begeben, und deshalb habe ich auch die Partei gewechselt. Ihr sprecht gut, entgegnete Tristan, und ich glaube und vergebe Euch. So ritten sie zu ihren Zelten, legten ihre Rüstung ab, wuschen sich Gesicht und Hände und ließen sich an der Tafel zum Mahl nieder. Als Isolde Sir Palamides erblickte, verfärbte sie sich und konnte vor Zorn nicht sprechen. Sir Tristan bemerkte das und fragte: Frau Königin, warum blickt Ihr so finster? Wir haben heute schon genug Mühsal gehabt. Mein Herr, sagte Schön Isolde, seid um Gottes willen nicht böse auf mich, ich kann nicht anders, denn ich habe mit angesehen, wie Ihr heute verraten und beinahe getötet wurdet. Wahrhaftig, Herr, ich habe beobachtet, wie alles geschah. Und wie könnte ich deshalb in Eurer Gesellschaft einen solchen Schurken und Verräter wie Sir Palamides dulden? Ich habe mit eigenen Augen gesehen, wie er Euch nachstarrte, als Ihr aus der Arena rittet, und wie er still auf seinem Pferd wartete, bis er Euch zurückkommen sah. Sogleich begab er sich zu dem verwundeten Ritter, tauschte den Harnisch mit ihm und ritt geradenwegs auf den Kampfplatz. Als er Euch gefunden hatte, griff er Euch an und hat also bewußt gegen Euch gekämpft. Doch war mir vor ihm nicht bange, aber ich fürchtete Lanzelot, der Euch nicht erkannte. Hohe Frau, entgegnete Palamides, Ihr könnt sagen, was Ihr wollt, ich darf Euch nicht widersprechen, aber bei meiner Ritterehre, ich erkannte Sir Tristan nicht. Sir Palamides, sagte Tristan, ich will Eure Entschuldigung annehmen, aber ich weiß wohl, Ihr habt mich nicht sonderlich geschont, doch von mir aus ist alles vergeben. Da ließ Schön Isolde den Kopf hängen und sagte nichts mehr.

Kap. 78

WIE KÖNIG ARTUS UND SIR LANZELOT IN TRISTANS ZELT KAMEN, ALS SIE GERADE BEIM ABENDESSEN SASSEN, UND VON PALAMIDES. Und in diesem Augenblick kamen zwei Ritter zu den Zelten, stiegen ab und traten in voller Rüstung ein. Edle Ritter, sagte Tristan, ihr seid zu tadeln, daß ihr bewaffnet zu mir kommt, während wir bei Tische sitzen. Wenn ihr etwas von mir wollt, hättet ihr euer Herz auf dem Kampfplatz erleichtern können. Nicht doch, sagte der eine Ritter, deshalb kommen wir nicht, vielmehr, Sir Tristan, kommen wir als Freunde. Ich wollte Euch sehen und dieser Ritter Schön Isolde. Da antwortete Sir Tristan: Öffnet eure Helme, damit ich euch erkennen kann. Das tun wir gern, entgegneten die Ritter. Als sie die Helme abgenommen hatten, kamen Sir Tristan die Gesichter bekannt vor. Da flüsterte Dinadan heimlich Tristan zu: Herr, der zuerst sprach, ist Sir Lanzelot vom See, und der andere ist König Artus. Frau Königin, sagte Tristan zu Schön Isolde, erhebt Euch, der hohe Herr König Artus steht vor Euch. Da küßte der König Schön Isolde, und Sir Lanzelot und Sir Tristan schlossen einander in die Arme. Die Freude war grenzenlos. Auf Schön Isoldes Verlangen legten König Artus und Lanzelot die Waffen ab, und dann ergab sich ein fröhliches Geplauder. Hohe Frau, sagte König Artus, ich hatte schon lange den Wunsch, Euch zu sehen, denn Ihr seid sehr gepriesen worden. Jetzt darf ich sagen, Ihr seid die Schönste, die ich je gesehen habe, und Sir Tristan ist einer der edelsten und trefflichsten Ritter, die ich kenne. Deshalb scheint mir, ihr paßt gut zusammen. Herr König, Gott lohne es Euch, erwiderten Tristan und Isolde, in Eurer großen Güte und Milde seid Ihr unvergleichlich. So sprachen sie von vielen Dingen und auch über das Turnier. Aus welchem Grunde, Sir Tristan, fragte König Artus, wart Ihr gegen uns? Ihr seid ein Ritter der Tafelrunde und hättet von Rechts wegen auf unserer Seite stehen müssen. Herr König, antwortete Tristan, Dinadan und Euer Neffe Sir Gareth haben mich veranlaßt, gegen Euch zu stehen. Mein König, sagte Gareth, ich könnte diesen Tadel wohl tragen, aber es war Sir Tristans eigener Wille. Mich reut es sehr, sagte Dinadan, denn dieser unselige Sir Tristan hat uns zu diesem Turnier geschleppt, und das hat uns viele mächtige Püffe eingebracht. Da lachten der König und Lanzelot, daß sie beinahe vom Sitz fielen. Was war das für ein Ritter mit dem silbernen Schild, fragte Artus, der Euch so sehr zusetzte? Herr, erwiderte Tristan, er sitzt hier am Tische. Was, rief Artus, war das Sir Palamides? Er war es, sagte Schön Isolde. Gott steh mir bei, sprach Artus, das war sehr unritterlich getan von einem guten Ritter, denn ich habe viele Leute Euch einen gesitteten Ritter nennen hören. Herr, entgegnete Palamides, ich hatte Sir Tristan nicht erkannt, denn er war verkleidet. Bei Gott, warf Lanzelot ein, das kann sein, denn ich habe ihn auch nicht erkannt. Aber ich wundere mich, warum Ihr zu unserer Partei übergegangen seid. Das geschah aus dem gleichen Grunde, antwortete Palamides. Ich habe ihm schon verziehen, sagte Tristan, und ich möchte seine Gesellschaft nicht missen, die mir teuer ist. So ließen sie das auf sich beruhen und sprachen von anderen Dingen. Am Abend brachen König Artus und Sir Lanzelot in ihr Quartier auf; aber glaubt wohl, Sir Palamides war äußerst bedrückt und fand die ganze Nacht in seinem Bett keine Ruhe, sondern klagte und weinte sehr. Am anderen Morgen erhoben sich Tristan, Gareth und Dinadan frühzeitig und gingen in Palamides Gemach. Sie fanden ihn in tiefem Schlaf, denn er hatte die ganze Nacht gewacht. Man sah an seinen Wangen, daß er heftig geweint hatte. Sprecht ihn nicht an, sagte Sir Tristan, denn ich bin sicher, er hat sich gequält und gegrämt wegen der Vorhaltungen, die ich und Schön Isolde ihm gemacht haben.

WIE SIR TRISTAN UND SIR PALAMIDES AM NÄCHSTEN TAG FOCHTEN, UND WIE KÖNIG ARTUS VOM PFERD GEWORFEN WURDE.

Dann ließ Sir Tristan Sir Palamides rufen und hieß ihn sich bereit machen, denn es war Zeit, zum Turnier zu reiten. Alle kleideten sich ganz in Rot, auch Isolde, und sie geleiteten sie frisch und heiter über die Kampfstätte in die Priorei, wo ihr Platz war.

Als drei Hornstöße ertönten, begaben sich alle Könige und Ritter zum Kampfplatz. Sir Palamides und Sir Kainus le Strange, ein Ritter der Tafelrunde, eröffnete den Kampf, und Palamides warf Kainus rücklings vom Pferd. Danach warf Palamides einen weiteren Ritter nieder und zerbrach dann seine Lanze, zog sein Schwert und hielt sich vortrefflich. So erhielt er viel Beifall. Seht, sagte König Artus, Palamides beginnt sein Spiel. Bei Gott, er ist ein vorzüglicher Ritter. Und während sie so sprachen, kam Sir Tristan angesprengt wie der Donner. Er traf auf Sir Kay, den Seneschall, und stieß ihn glatt vom Pferd und streckte mit derselben Lanze noch drei weitere Ritter nieder. Dann zog er das Schwert und handhabte es wunderbar. Da wandte sich der Beifall von Palamides ab und immer mehr Tristan zu. Alle Leute riefen: Tristan! Tristan! Und Sir Palamides geriet ganz in Vergessenheit. Seht, sagte Lanzelot zu Artus, jetzt beginnt erst ein Ritter sein Spiel. Bei Gott, erwiderte Artus, Ihr werdet es erleben, diese beiden Ritter vollbringen heute Wunder. Herr König, sagte Lanzelot, der eine Ritter lauert dem anderen auf und zwingt sich aus Neid, den edlen Ritter Sir Tristan auszustechen, und der weiß nichts von dem heimlichen Neid, den Sir Palamides gegen ihn hegt. Alles, was der edle Tristan tut, geschieht aus reiner Ritterlichkeit. Dann vollbrachten Sir Gareth und Sir Dinadan wunderbare Waffentaten, sa daß König Artus sehr ehrenvoll und rühmlich von ihnen sprach. Die Könige und Ritter auf Sir Tristans Seite standen wacker ihren Mann und hielten fest zusammen. Da stiegen König Artus und Sir Lanzelot in den Sattel und sprengten in das dichteste Getümmel. Ohne ihn zu erkennen, warf Sir Tristan König Artus nieder. Sir Lanzelot wollte ihn befreien, aber es fielen so viele über ihn her, daß sie ihn vom Pferd zogen. Da versuchten der König von Irland und der König von Schottland mit ihren Rittern unter großen Anstrengungen, König Artus und Sir Lanzelot gefangenzunehmen. Als Lanzelot das hörte, kämpfte er wie ein hungriger Löwe, daß kein Ritter es wagte, sich ihm zu nähern. Darauf kam Sir Ector von Maris und zerbarst eine Lanze an Sir Palamides und gab ihm dann einen Hieb mit dem Schwert, daß sein Kopf auf den Sattelknopf sank. Sogleich riß Sir Ector Palamides vom Pferd herunter und brachte das Pferd Sir Lanzelot, aber Palamides kam ihm zuvor, packte sein Pferd beim Zügel und sprang in den Sattel. Gott steh mir bei, sagte Lanzelot, Ihr verdient dieses Pferd mehr als ich. Da brachte Sir Ector ein anderes Pferd für Sir Lanzelot. Vielen Dank, sagte er zu seinem Bruder. Als er wieder im Sattel saß, warf er mit einer Lanze vier Ritter zu Boden und übergab das beste der vier Pferde König Artus. Nun vollbrachten Sir Lanzelot, König Artus und einige Ritter aus Lanzelots Geschlecht wunderbare Taten, und Sir Lanzelot bezwang dreißig Ritter. Dennoch hielt die andere Partei so dicht zusammen, daß König Artus und seine Ritter ins Hintertreffen gerieten. Als Sir Tristan sah, welche Leistungen König Artus und seine Ritter vollbrachten und welche edlen Taten besonders Sir Lanzelot mit seinen eigenen Händen zeigte, staunte er sehr.

WIE SIR TRISTAN AUF DIE SEITE DES KÖNIGS ARTUS ÜBERWECHSELTE, UND WIE PALAMIDES IHM NICHT FOLGEN WOLLTE.

Da rief Sir Tristan Sir Palamides, Sir Gareth und Sir Dinadan zu sich und sprach zu ihnen: Meine edlen Gefährten, ich verkünde euch, daß ich zur Partei des Königs Artus übergehen werde, denn ich habe noch nie gesehen, daß sich so wenige Männer so gut behaupteten. Es wäre eine Schande für uns Ritter der Tafelrunde, wenn wir zusähen, wie unser Herr, der König Artus, und der edle Ritter Sir Lanzelot ihre Ehre verlieren. Das ist ein guter Entschluß, sagten Sir Gareth und Sir Dinadan. Tut euer Bestes, fügte Palamides hinzu, ich werde meine Partei nicht wechseln. Das tut Ihr um meinetwillen, erwiderte Sir Tristan, viel Glück bei Eurer Unternehmung. So trennte sich Sir Palamides von ihnen, und Tristan, Gareth und Dinadan schlossen sich Sir Lanzelot an. Sir Lanzelot stieß den König von Irland glatt aus dem Sattel und darauf den König von Schottland und den König von Wales, und Artus ritt gegen Sir Palamides und streckte ihn zu Boden. Sir Tristan warf alle nieder, die sich ihm stellten, und Sir Gareth und Sir Dinadan hielten sich wie edle Ritter. Da fingen die Ritter der Gegenseite an zu fliehen. Wehe, rief Palamides, daß ich diesen Tag erlebe, denn jetzt ist aller Ruhm verloren, den ich gewonnen habe. Darauf zog er sich klagend zurück, bis er an einen Quell kam. Dort stieg er vom Pferd, legte den Harnisch ab und jammerte und weinte wie von Sinnen. Viele Ritter gaben Sir Tristan den Preis, viele andere aber wiederum Sir Lanzelot. Ihr edlen Herren, sagte Tristan, ich danke euch für die Ehre, die ihr mir erweist, aber ich bitte euch von Herzen, gebt eure Stimme Sir Lanzelot, so wie ich meine Stimme Sir Lanzelot gebe. Aber Sir Lanzelot wollte das nicht annehmen, und so wurde der Preis unter ihnen beiden geteilt. Dann ritten alle in ihre Unterkünfte, und Sir Bleoberis und Sir Ector begleiteten Sir Tristan und Schön Isolde zu ihren Zelten. Während Sir Palamides klagend und jammernd an dem Quell saß, kamen die Könige von Wales und Schottland vorbei und sahen Palamides in seiner Wut. O weh, sagten sie, daß ein so edler Mann in einen solchen Zustand gerät! Dann fingen die Könige Sir Palamides' Pferd ein und brachten ihn dazu, sich zu wappnen und in den Sattel zu steigen. So ritt er mit ihnen und jammerte weiter. Als sie in die Nähe der Zelte kamen, in denen sich Sir Tristan und Schön Isolde aufhielten, bat er die beiden Könige, ein wenig auf ihn zu warten, bis er mit Sir Tristan gesprochen habe. Am Zelteingang rief Palamides mit lauter Stimme: Wo bist du, Sir Tristan von Liones? Herr, sagte Dinadan, das ist Palamides. Was, Sir Palamides, wollt Ihr nicht zu uns hereinkommen? Pfui über dich Verräter, sagte Palamides, ich sage dir, wenn jetzt Tag wäre, wie es Nacht ist, würde ich dich eigenhändig erschlagen; und wenn ich je deiner habhaft werde, sollst du für deine heutigen Taten sterben. Sir Palamides, antwortete Sir Tristan, Ihr beschuldigt mich zu Unrecht, denn hättet Ihr Euch verhalten wie ich, so hättet Ihr Ruhm gewonnen. Aber da Ihr mich so deutlich warnt, will ich vor Euch auf der Hut sein. Pfui über dich Verräter, rief Palamides und entfernte sich. Am nächsten Morgen brachten Sir Tristan, Sir Bleoberis, Sir Ector von Maris, Sir Gareth und Sir Dinadan die schöne Isolde teils zu Wasser und teils zu Lande nach Freudenturm, und dort erholten sie sich sieben Tage lang und genossen alle Freuden und Zerstreuungen, die sie ersinnen konnten. König Artus und seine Ritter begaben sich nach Camelot, und Sir Palamides ritt mit den zwei Königen. Immer plagte ihn großer Schmerz, denn er war nicht allein bekümmert wegen seiner Trennung von Schön Isolde, sondern er war auch traurig, weil er die Gesellschaft Sir Tristans verloren hatte. Sir Tristan war so freundlich und edelmütig, daß Sir Palamides nicht mehr froh sein konnte, wenn er daran dachte.

WIE SIR BLEOBERIS UND SIR ECTOR DER KÖNIGIN GINEVRA VON SCHÖN ISOLDES SCHÖNHEIT BERICHTETEN. ❧ Am Ende der sieben Tage verabschiedeten sich Sir Bleoberis und Sir Ector von Sir Tristan und der Königin und erhielten reiche Geschenke, Sir Gareth und Sir Dinadan aber blieben noch. Als Sir Bleoberis und Sir Ector zur Königin Ginevra kamen, die sich in einer Burg am Meer aufhielt, war sie durch die Gnade Gottes von ihrer Krankheit genesen, und sie fragte die beiden Ritter, woher sie kämen. Von Sir Tristan und Schön Isolde, antworteten sie. Wie geht es Sir Tristan und Schön Isolde? fragte die Königin. Wahrlich, erwiderten die beiden Ritter, er lebt und handelt, wie es einem edlen Ritter geziemt, und Königin Isolde ist ohnegleichen unter allen Damen, denn so weit wir auch herumgekommen sind, nie haben wir eine Dame getroffen, die ihr an Schönheit, Güte, Anmut und Freundlichkeit gleichkam. O barmherziger Jesus, sagte Königin Ginevra, das erklären alle, die sie gesehen und mit ihr gesprochen haben. Walte Gott, daß ich sie kennenlerne. Es war ein Mißgeschick, daß ich krank war, solange das Turnier dauerte.

Ich fürchte, ich werde mein Lebtag keine solche Versammlung von Rittern und Damen sehen, wie ihr sie gesehen habt. Dann berichteten ihr die Ritter, wie am ersten Tag Sir Palamides mit großem Ruhm den Preis gewann und am zweiten Tag Sir Tristan und am dritten Tag Sir Lanzelot. Und wer, fragte Ginevra, war der beste an allen drei Tagen? Bei Gott, antworteten die Ritter, Sir Lanzelot und Sir Tristan erlitten die wenigsten Niederlagen. Sir Palamides kämpfte sehr gut und tat sich mächtig hervor, aber er wandte sich gegen die Partei, mit der er zum Turnier kam, und dadurch verlor er einen großen Teil seines Ruhmes. Wie es aussah, war Palamides neidisch. Dann wird er nie Ruhm gewinnen, sagte Königin Ginevra, denn wenn ein neidischer Mann einmal Ruhm erntet, wird er dafür zweimal besiegt. Deshalb hassen alle Männer von Ehre einen neidischen Mann und erweisen ihm keine Gunst, dagegen erlangt einer, der ritterlich, freundlich und edel ist, allenthalben Gunst.

Kapitel 82

WIE EPINOGRIS AN EINEM QUELL KLAGTE, UND WIE PALAMIDES IHN DORT FAND UND VON BEIDER KUMMER. Inzwischen ritt Sir Palamides mit den zwei Königen und nahm mit ihnen Quartier. Am Morgen schied er von ihnen, worüber sie betrübt waren. Doch dann sandte der König von Irland einen seiner Mannen zu Palamides und gab ihm ein prächtiges Pferd, und der König von Schottland schickte ihm große Gaben. Gern hätten sie es gehabt, wenn Sir Palamides bei ihnen geblieben wäre, aber das wollte er auf gar keinen Fall. So verabschiedete er sich und ritt aufs Geratewohl dahin, bis es bald Mittag war. Da sah er in einem Wald bei einem Quell einen verwundeten Ritter liegen, der sein Pferd neben sich angebunden hatte. Der Ritter erhob die jammervollste Klage, die Sir Palamides je vernommen hatte, und er weinte unaufhörlich und seufzte dazu, als wolle er sterben. Da ritt Sir Palamides zu ihm, grüßte ihn freundlich und sagte: Edler

Ritter, warum jammert Ihr so? Ich will mich neben Euch legen und mit Euch klagen, denn ohne Zweifel bin ich viel trauriger als Ihr, ja ich darf sagen, mein Kummer ist hundertmal größer als Eurer. Darum laßt uns einander das Herz ausschütten. Zuerst, sagte der verwundete Ritter, bitte ich Euch, mir Euren Namen zu nennen, denn wenn Ihr kein Ritter der Tafelrunde seid, sollt Ihr meinen Namen nie erfahren, was auch aus mir werden mag. Edler Ritter, antwortete Sir Palamides, wie ich auch bin, gleichviel ob gut oder schlecht, mein Name ist Sir Palamides, Sohn und Erbe des Königs Astlabor, und Sir Safere und Sir Segwarides sind meine Brüder, und wenn ich auch nicht getauft bin, so sind doch meine beiden Brüder rechtmäßig getauft worden. O edler Ritter, erwiderte der Ritter, wohl mir, daß ich Euch getroffen habe, mein Name ist Epinogris, Sohn des Königs von Northumberland. Nun setzt Euch nieder und laßt uns einander klagen. Da begann Sir Palamides seine Klage: Ich will Euch sagen, was für ein Leid ich trage. Ich liebe die schönste Königin und Frau der Welt, nämlich Schön Isolde, die Frau des Königs Marke von Cornwall. Das ist sehr töricht, warf Epinogris ein, denn einer der besten Ritter der Welt liebt sie, und es ist Sir Tristan von Liones. Das ist wahr, fuhr Palamides fort, und niemand weiß das besser als ich, denn ich bin diesen Monat in Sir Tristans Gesellschaft in Schön Isoldes Nähe gewesen, Aber ach, ich unseliger Mann habe nun Tristans Gesellschaft und Schön Isoldes Neigung für immer verloren, und ich werde Isolde wohl nie wiedersehen. Sir Tristan und ich sind Todfeinde geworden. Wie nun, sagte Epinogris, da Ihr die schöne Isolde liebt: hat sie Euch je ein Zeichen ihrer Liebe gegeben oder Euch wissen lassen, daß sie Euch wiederliebt, oder hat sie Euch je irgendwelche Wonnen gewährt? Nein, bei meiner Ritterehre, antwortete Palamides, ich habe nie bemerkt, daß sie mich mehr liebt als alle Welt, und ich hatte auch nie Wonnen mit ihr, aber am letzten Tag sprach sie mir den härtesten Tadel aus, und der wird nie aus meinem Herzen weichen, denn ich handelte nicht ritterlich, und deshalb habe ich ihre und Sir Tristans Liebe auf ewig verscherzt. Oftmals habe ich mir große Mühe gegeben, um viele Taten um Schön Isoldes willen zu vollbringen. Sie war die Ursache dafür, daß ich Ruhm gewann. Doch wehe, nun habe ich allen Ruhm wieder verloren, und nie werden mir wieder solche Heldentaten gelingen wie in der Gesellschaft Sir Tristans.

WIE SIR PALAMIDES DIE DAME DES SIR EPINOGRIS ZURÜCKGEWANN.

Nein, nein, sagte Epinogris, Euer Leid ist rein gar nichts gegen meins; denn ich habe meine Dame mit eigenen Händen erobert und sie genossen und wieder verloren. Was für ein Unglückstag! Meine Dame war die Tochter eines Grafen. Als der Graf und zwei Ritter mit der Dame vom Turnier in Lonazep zurückkehrten, griff ich sie um der Dame willen an und erschlug den Grafen und den einen Ritter, der andere entfloh. So gewann ich die Dame und genoß die Nacht mit ihr. Am anderen Morgen hielten wir an diesem Quell Rast. Da kam ein fahrender Ritter namens Sir Helior le Preuse, ein kühner Mann, und forderte mich heraus, mit ihm um die Dame zu kämpfen. Zuerst kämpften wir zu Pferd, dann zu Fuß, aber schließlich verwundete mich Sir Helior so, daß er mich für tot liegenließ und meine Dame mitnahm. Deshalb ist mein Leid größer als Eures, denn ich habe den Genuß gehabt, Ihr nicht. Das ist wahr, erwiderte Palamides, aber da es für mich doch kein Heilmittel gibt, verspreche ich Euch, wenn ich Sir Helior treffe, Euch Eure Dame wiederzuverschaffen, es sei denn, er bezwingt mich. Dann half Palamides Sir Epinogris aufs Pferd, und sie ritten zu einer Einsiedelei, wo sich Sir Epinogris ausruhte. Sir Palamides jedoch legte sich draußen unter die Bäume. Nach einer Weile sah er einen Ritter daherreiten mit einem Schild, den er schon in der Hand Sir Ectors von Maris gesehen hatte. Ihm folgten etwa zehn Ritter, die sich wegen der Hitze im Schatten der Bäume hielten. Gleich dahinter kam ein Ritter mit einem grünen Schild und einem weißen Löwen darauf. Er führte auf einem Zelter eine Dame bei sich. Da sprengte der Ritter mit Sir Ectors Schild, welcher der Herr der zehn Ritter zu sein schien, wild auf Sir Helior los, denn er war es, der Sir Epinogris verwundet hatte. Als er nahe bei Sir Helior war, forderte er ihn auf, seine Dame zu verteidigen. Ich will sie verteidigen, sagte Helior, soweit meine Kraft reicht. Sie stießen so gewaltig aufeinander, daß einer den andern samt Roß zu Boden warf. Schnell sprangen sie wieder auf und hoben Schwert und Schild und fochten mit Macht über eine Stunde lang. Schließlich erwies sich der Ritter mit Sir Ectors Schild als stärker. Er schlug Sir Helior nieder, löste ihm den Helm und wollte ihm den Kopf abschlagen. Da schrie dieser um Gnade und bat, sein Leben zu schonen und seine Dame zu nehmen. Sogleich wappnete sich Sir Palamides, da er wußte, daß es um Epinogris' Dame ging, und er ihm seine Hilfe versprochen hatte. Sir Palamides ging stracks auf die Dame zu, nahm sie bei der Hand und fragte sie, ob sie einen Ritter namens Epinogris kenne. Wehe, erwiderte sie, daß er mir jemals begegnet ist, denn seinetwegen habe ich meine Ehre verloren, aber sein Verlust schmerzt mich am meisten. Nicht doch, Fräulein, sagte Palamides, kommt mit mir, Epinogris ist hier in dieser Einsiedelei. Ach, wie froh wäre ich, erwiderte die Dame, wenn er lebte. Wohin willst du mit dieser Dame? fragte der Ritter mit Sir Ectors Schild. Ich mache mit ihr, was mir gefällt, antwortete Palamides. Du sprichst allzu große Worte, sagte der Ritter, wenn du mir gegenüber auch im Vorteil sein magst, weil ich eben erst einen Kampf ausgefochten habe. Meinst du etwa, du könntest mir diese Dame so leicht abgewinnen? Glaube das ja nicht, und wenn du ein so guter Ritter wärest wie Sir Lanzelot oder Sir Tristan oder Sir Palamides, sie sollte dich teurer zu stehen kommen als mich. Da begannen sie den Kampf zu Fuß und teilten viele scharfe Streiche aus und verwundeten sich gegenseitig schwer. Sie kämpften über eine Stunde lang. Dann wunderte sich Palamides, wer dieser Ritter sein mochte, der so stark und so gut bei Atem war, und er sagte: Ritter, ich fordere dich auf, nenne mir deinen Namen. Ich nenne dir meinen Namen, antwortete er, wenn du mir deinen nennst. Das werde ich, versprach Palamides. Nun denn, sagte der Ritter, mein Name ist Safere, Sohn des Königs Astlabor, und Sir Palamides und Sir Segwarides sind meine Brüder. So höre, mein Name ist Sir Palamides. Da kniete Safere nieder und bat um Gnade. Sie lösten ihre Helme und küßten einander unter Tränen. Mittlerweile war Sir Epinogris von seinem Bett aufgestanden, denn er hatte die Schwertschläge gehört und sich gewappnet, um Sir Palamides beizustehen, wenn es not täte.

Kapitel 84

WIE SIR PALAMIDES SIR EPINOGRIS SEINE DAME ZURÜCKBRACHTE, UND WIE SIR PALAMIDES UND SIR SAFERE ANGEGRIFFEN WURDEN. Dann nahm Sir Palamides die Dame bei der Hand und führte sie zu Sir Epinogris. Beide fielen vor Freude in Ohnmacht. Als sie einander in den Armen lagen, sprach Sir Safere: Edler Ritter und edle Dame, es wäre schade, euch zu trennen. Jesus gebe euch Freude aneinander. Schönen Dank, edler Ritter, sagte Epinogris, und viel größerer Dank gebührt Sir Palamides, durch dessen Tapferkeit ich meine Dame wiedererlangt habe. Dann bat Epinogris Sir Palamides und Sir Safere, dessen Bruder, mit ihm zu seiner Burg zu reiten, damit er sicheres Geleit hätte. Herr, antwortete Palamides, wir sind bereit, Euch Geleit zu geben, weil Ihr schwer verwundet seid. So wurde Epinogris aufs Pferd gesetzt und seine Dame hinter ihm auf einen sanften Zelter. Dann ritten sie zu seiner Burg, wo sie gute Aufnahme und Bewirtung fanden, die beste, die Sir Palamides und Sir Safere in ihrem Leben gehabt hatten. Am anderen Morgen verabschiedeten sich Sir Safere und Sir Palamides und ritten, wohin sie der Zufall führte. Am Nachmittag schließlich hörten sie lautes Weinen und großen Lärm in einem Schloß. Herr, sagte da Sir Safere, laßt uns erkunden, was das für ein Lärm ist. Gut, antwortete Sir Palamides. So ritten sie zu dem prächtigen Tor des Schlosses. Dort saß ein alter Mann, der seinen Rosenkranz betete. Palamides und Safere stiegen ab, ließen ihre Pferde stehen und gingen zum Tor hinein. Da sahen sie eine große Zahl weinender Männer. Edle Herren, fragte Palamides, warum weint und trauert ihr? Einer der Ritter erkannte Sir Palamides und sagte zu seinen Gefährten: Edle Herren, hier ist der Ritter, der unseren Herrn in Lonazep erschlagen hat. Ich kenne ihn gut, es ist Sir Palamides. Da eilten sie zu den Waffen, alle, die Waffen tragen konnten, die einen zu Pferde, die anderen zu Fuß, sechzig an der Zahl. Als sie gerüstet waren, drangen sie mit großem Lärm auf Sir Palamides und Sir Safere ein und riefen: Sieh dich vor, Sir Palamides, du bist erkannt und sollst von Rechts wegen sterben, denn du hast unseren Herrn erschlagen. Deshalb werden wir dich jetzt töten, also wehre dich. Da stellten sich Palamides und Safere mit dem Rücken gegeneinander und teilten viele scharfe Streiche aus und empfingen auch viele. So kämpften sie gegen zwanzig Ritter und vierzig Edelleute und Freisassen fast zwei Stunden lang. Doch zum Schluß, obwohl sie sich sträubten, wurden sie überwältigt und ergriffen und in einen festen Kerker geworfen. Drei Tage später hielten zwölf Ritter Gericht über sie und fanden Sir Palamides schuldig am Tode ihres Herrn und Sir Safere nicht schuldig. Als Sir Safere freigelassen werden sollte, gab es großen Jammer zwischen ihm und Palamides, und Sir Safere wehklagte so bitterlich bei seinem Abschied, daß kein Erzähler den zehnten Teil davon berichten kann. Liebster Bruder, sagte Palamides, laß dein Jammern und Klagen. Wenn ich dazu verurteilt bin, einen schmachvollen Tod zu sterben, so sei es. Doch wenn ich gewußt hätte, was für ein Tod mir bestimmt ist, hätte ich mich niemals überwältigen lassen. So schied Sir Safere mit dem größten Schmerz und Kummer von seinem Bruder, den jemals ein Ritter trug. Am nächsten Morgen wurden zwölf Ritter bestimmt, die mit Sir Palamides zum Vater des Ritters reiten sollten, den Palamides erschlagen hatte. Sie banden ihm die Füße unter dem Bauch einer alten Stute fest. Dann ritten sie mit Sir Palamides zu einer Burg am Meer, die Pelownes hieß, und dort sollte das Urteil an Palamides vollstreckt werden. So lautete ihr Befehl. Als sie dicht an der Burg Freudenturm vorbeiritten, kam jemand aus dieser Burg heraus, der Sir Palamides kannte. Da dieser Ritter Palamides an ein lahmes Schlachtroß gebunden sah, fragte er ihn, warum man ihn so abführe. Ach, mein lieber Freund und Ritter, antwortete Palamides, ich reite meinem Tod entgegen, weil ich bei dem Turnier von Lonazep einen Ritter erschlagen habe. Wenn ich meinen hohen Herrn Sir Tristan nicht im Stich gelassen hätte, was ich nicht hätte tun dürfen, so könnte ich sicher sein, daß mir jetzt das Leben gerettet würde. Doch ich bitte Euch, Herr Ritter, empfehlt mich meinem Herrn Sir Tristan und meiner Herrin Königin Isolde und sagt ihnen, wenn ich mich jemals gegen sie vergangen habe, so bitte ich sie um Verzeihung. Auch beschwöre ich Euch, empfehlt mich meinem Herrn König Artus und allen meinen Gefährten von der Tafelrunde. Da weinte der Ritter aus Mitgefühl für Sir Palamides und ritt nach Freudenturm, so schnell ihn sein Pferd tragen konnte. Dort sprang er ab und lief zu Sir Tristan und teilte ihm alles mit, was er gehört hatte.

Kap. 85

WIE SIR TRISTAN SICH RÜSTETE, UM SIR PALAMIDES ZU RETTEN, DOCH SIR LANZELOT RETTETE IHN, EHE ER KAM. Als Sir Tristan hörte, daß Sir Palamides seinem Tode entgegenging, war er darüber sehr betrübt und sagte: Wenn ich auch zornig auf Sir Palamides bin, will ich doch nicht zulassen, daß er einen schimpflichen Tod stirbt, denn er ist ein sehr wackerer Ritter. Sogleich wappnete sich Sir Tristan, nahm sein Pferd und zwei Knappen und ritt in gestrecktem Galopp zur Burg Pelownes, wo das Todesurteil an Sir Palamides vollstreckt werden sollte. Die zwölf Ritter, die Palamides geleiteten, kamen an einem Quell vorüber, an dem Sir Lanzelot abgestiegen war. Er hatte sein Pferd an einen Baum gebunden, den Helm abgenommen und wollte an dem Quell trinken. Als Sir Lanzelot die Ritter kommen sah, setzte er den Helm wieder auf und ließ sie vorüberziehen. Da sah er, wie Sir Palamides gebunden zu einem schimpflichen Tod geführt wurde. O Jesus, rief Lanzelot, welches Mißgeschick hat ihn befallen, daß er so seinem Tod entgegengeht? Fürwahr, es wäre eine Schande für mich, diesen edlen Ritter so sterben zu lassen, wenn ich ihm helfen kann. Darum will ich ihm beistehen, was auch daraus werden mag, und wenn ich um Sir Palamides' willen sterben muß. Sir Lanzelot bestieg sein Pferd, nahm eine Lanze in die Hand und ritt den zwölf Rittern nach, die Sir Palamides abführten. Edle Herren, rief er ihnen zu, wohin führt ihr diesen Ritter? Es steht ihm übel an, so gebunden zu reiten. Da wendeten die zwölf Ritter jäh ihre Pferde und erwiderten: Ritter, wir raten dir, dich nicht um diesen Mann zu kümmern, denn er hat den Tod verdient und ist zum Tode verurteilt. Es tut mir leid, daß ich nicht in einem ordentlichen Verfahren für ihn bürgen kann, denn er ist ein viel zu guter Ritter, um einen so schimpflichen Tod zu erleiden. Deshalb, ihr Ritter, wehrt euch, so gut ihr könnt, denn ich will diesen Ritter retten oder sterben. Da legten sie ihre Lanzen ein, und Sir Lanzelot warf den vordersten samt seinem Pferd nieder und danach drei andere mit derselben Lanze. Dann splitterte seine Lanze, und Sir Lanzelot zog das Schwert und hieb nach rechts und nach links. Nach einer Weile war keiner von den zwölf Rittern übriggeblieben, denn er hatte sie alle zu Boden geworfen, und die meisten von ihnen waren schwer verwundet. Dann nahm Sir Lanzelot das beste Pferd, das er fand, band Sir Palamides los und setzte ihn darauf. So kehrten sie nach Freudenturm zurück. Da sah Palamides, wie Sir Tristan angeritten kam. Auch Sir Lanzelot erkannte ihn sofort, aber Sir Tristan erkannte Lanzelot nicht, weil er einen goldenen Schild auf der Schulter trug. Da machte sich Sir Lanzelot fertig, um mit Sir Tristan zu tjosten, damit dieser nicht merken sollte, daß er Sir Lanzelot war. Aber Sir Palamides rief Sir Tristan laut zu: O mein Herr, ich beschwöre Euch, kämpft nicht mit diesem guten Ritter, denn er hat mich vom Tode gerettet. Als Tristan ihn so reden hörte, ließ er sein Pferd gemächlich auf sie zutraben. Dann sagte Sir Palamides: Mein hoher Herr Sir Tristan, ich danke Euch sehr für Eure große Güte, daß Ihr Euer Leben für meine unverdiente Rettung einsetzen wolltet, denn ich habe Euch sehr gekränkt. Jedoch hat mich dieser edle Ritter ruhmvoll und mannhaft von den zwölf Rittern befreit und sie alle bezwungen.

WIE SIR TRISTAN UND SIR LANZELOT MIT PALAMIDES NACH BURG FREUDENTURM KAMEN, UND VON PALAMIDES UND SIR TRISTAN. ❧ Edler Ritter, sagte Sir Tristan zu Sir Lanzelot, woher kommt Ihr? Ich bin ein fahrender Ritter, antwortete Lanzelot, und gehe auf Abenteuer aus. Wie ist Euer Name? fragte Tristan weiter. Den will ich Euch jetzt nicht nennen. Dann sagte Sir Lanzelot zu Sir Tristan und Palamides: Da ihr euch nun gefunden habt, will ich euch verlassen. Nicht doch, erwiderte Tristan, ich erbitte von Eurer Ritterlichkeit, daß Ihr mit mir zu meiner Burg reitet. Sir Lanzelot antwortete:

Ich kann nicht mit euch reiten, denn ich habe an anderen Orten viel zu tun, so daß ich jetzt nicht bei euch verweilen kann. Ach, barmherziger Jesus, sagte Sir Tristan, ich bitte Euch bei Eurer Treue zum Orden der Ritterschaft, verbringt diese Nacht bei mir. Da gewährte ihm Sir Lanzelot diese Bitte. Und auch wenn Tristan ihn nicht darum gebeten hätte, wäre er mitgekommen oder ihnen bald nachgefolgt, denn Sir Lanzelot hatte sich aus keinem anderen Grunde in diese Gegend begeben, als um Sir Tristan zu treffen. Als sie in der Burg Freudenturm ankamen, stiegen sie ab, und ihre Pferde wurden in den Stall geführt. Dann legten sie ihre Rüstung ab, und als Sir Lanzelot den Helm gelöst hatte, erkannten ihn Sir Tristan und Sir Palamides. Da schloß Tristan Sir Lanzelot in die Arme, und das tat auch Schön Isolde, und Palamides kniete nieder und dankte Sir Lanzelot. Er aber hob ihn rasch auf und sagte: Ich versichere Euch, Sir Palamides, ich und jeder ehrenhafte Ritter dieses Landes mußte von Rechts wegen einem so edlen, erprobten und berühmten Ritter wie Euch beistehen und zu Hilfe kommen. So herrschte große Freude unter ihnen. Doch je öfter Sir Palamides die schöne Isolde sah, um so schwermütiger wurde er. Nach drei oder vier Tagen ritt Sir Lanzelot fort, und Sir Ector von Maris begleitete ihn, Dinadan und Palamides aber blieben noch über zwei Monate bei Sir Tristan. Aber Sir Palamides wurde von Tag zu Tag blasser und düsterer, daß sich alle wunderten, warum er hinwelkte. Eines Tages ging Palamides im Morgengrauen allein in den Wald. Dort fand er eine Quelle und schaute hinein, und im Wasserspiegel erblickte er sein Gesicht, das verstört und bleich war und seinem früheren überhaupt nicht ähnelte. Was kann das bedeuten? fragte er sich. Ach, Palamides, Palamides, warum bist du so verwelkt und wurdest einst doch einer der schönsten Ritter der Welt genannt? Ich will so nicht mehr weiterleben, denn ich liebe, was ich niemals erlangen und besitzen kann. Damit legte er sich an dem Quell nieder und fing an, ein Lied auf Schön

Isolde und sich selbst zu dichten. Am gleichen Tage aber war Sir Tristan in den Wald geritten, um einen feisten Hirsch zu jagen. Doch wegen Sir Breunis Saunce Pité war er nie mehr unbewaffnet. Während er so im Wald auf und ab ritt, hörte er jemanden wunderbar laut singen, und das war Sir Palamides. Leise ritt Sir Tristan näher, denn er glaubte, da wäre ein fahrender Ritter. Er stieg ab und band sein Pferd an einem Baume fest und ging zu Fuß ganz nahe heran, und da sah er, wie Palamides an dem Quell lag und laut und kräftig sang. Sein Klagelied verherrlichte die edle Königin Schön Isolde und war wunderbar gedichtet und klang höchst schmerzlich und erbarmenswert. Sir Tristan hörte das ganze Lied von Anfang bis Ende mit an, und es betrübte und beunruhigte ihn sehr. Als er alles gehört hatte, wurde er über die Maßen zornig und wollte Palamides erschlagen, wie er da lag. Doch da fiel ihm ein, daß Palamides unbewaffnet war und einen edlen Namen hatte und er selbst auch, und das ließ ihn seinen Zorn zügeln. So trat er gemächlich an Sir Palamides heran und sagte: Ritter Palamides, ich habe dein Klagelied gehört und den Verrat vernommen, den du schon so lange gegen mich im Sinne hast. Deshalb sollst du sterben; und wenn es nicht eine Schande für jede Ritterehre wäre, solltest du meinen Händen jetzt nicht entkommen, denn nun weiß ich genau, du hast mir mit Verrat nachgestellt. Sage mir, wie du dich rechtfertigen willst. Herr, antwortete Palamides, damit will ich mich rechtfertigen: Ich liebe die Königin Schön Isolde mehr als alle Frauen der Welt, und ich weiß wohl, es wird mir um dieser Liebe willen so ergehen wie dem edlen Ritter Sir Kehydius, der aus Liebe zu Schön Isolde starb. Außerdem, Sir Tristan, will ich Euch sagen, daß ich Schön Isolde seit langem liebe und daß sie der Quell meines Ruhmes gewesen ist. Ohne sie wäre ich der simpelste Ritter der Welt. Durch sie und für sie habe ich all meinen Ruhm gewonnen, denn wenn ich an Schön Isolde dachte, erntete ich meist Ruhm, wo immer ich auch hinkam. Doch erhielt ich in all meinen Tagen niemals einen Lohn oder eine Huld von ihr und war stets ihr Ritter Ohnedank. Deshalb, Sir Tristan, fürchte ich den Tod nicht und wäre ebensogern tot wie lebendig. Wenn ich bewaffnet wäre wie Ihr, wollte ich gern mit Euch kämpfen. Ihr habt Euern Verrat klar bekannt, sagte Tristan. Ich habe an Euch keinen Verrat begangen, erwiderte Palamides, denn Liebe ist frei für alle Menschen, und wenn ich schon Eure Dame geliebt habe, so ist sie meine Dame so gut wie Eure. Wenn es hierbei überhaupt ein Unrecht gibt, so besteht es darin, daß Ihr sie genießt und Eure Lust an ihr stillt und ich das niemals konnte und es wohl niemals können werde, und doch werde ich sie lieben bis zum Ende meiner Tage so gut wie Ihr.

WIE EIN TAG FESTGESETZT WURDE FÜR DEN KAMPF ZWISCHEN SIR TRISTAN UND SIR PALAMIDES, UND WIE SIR TRISTAN VERWUNDET WURDE. Da sagte Sir Tristan: Ich will mit Euch bis zum Äußersten kämpfen. Ich bin einverstanden, antwortete Sir Palamides, einen besseren Streit könnte ich nicht finden, und wenn ich von Eurer Hand sterbe, könnte ich von keinem besseren Ritter erschlagen werden. Da ich nun weiß, daß ich die Liebe der schönen Isolde niemals erlangen werde, möchte ich ebensogern sterben wie leben. Dann setzt einen Tag fest, sagte Sir Tristan, an dem der Kampf stattfinden soll. In vierzehn Tagen, antwortete Palamides, will ich Euch hier in der Nähe auf der Wiese bei der Burg Freudenturm erwarten. Pfui Schande, erwiderte Tristan, wollt Ihr so lange warten? Laßt uns morgen kämpfen. Nein, nein, sagte Palamides, denn ich bin sehr geschwächt, weil ich lange krank gewesen bin aus Liebe zu Schön Isolde. Deshalb will ich mich erst erholen, damit ich wieder bei vollen Kräften bin. Dann gelobten Tristan und Palamides, sich am fünfzehnten Tag an dem Quell zu treffen. Ich erinnere mich, sagte Tristan, daß Ihr Euer Versprechen schon einmal gebrochen habt, als ich Euch vor Breunis Saunce Pité und den neun Ritter gerettet hatte. Damals verspracht Ihr mir, mich an dem Grabmal bei Camelot zu treffen, und seid dann nicht gekommen. Wie Ihr wißt, antwortete Palamides, war ich an dem Tag im Kerker und konnte mein Gelübde nicht halten. Bei Gott, sagte Sir Tristan, wenn Ihr Euer Gelübde gehalten hättet, wäre es zu dieser Auseinandersetzung heute nicht gekommen. Danach trennten sich Sir Tristan und Sir Palamides. Sir Palamides nahm sein Pferd und seine Rüstung und ritt an den Hof des Königs Artus. Von dort kehrte er mit vier Rittern und drei Waffenknechten wieder nach Freudenturm zurück. Mittlerweile jagte Sir Tristan auf alle Art Wild. Drei Tage vor dem festgesetzten Zweikampf jagte er einen Hirsch, und der Bogenschütze, der auf den Hirsch schoß, traf durch Mißgeschick Sir Tristan in den Oberschenkel, und der Pfeil brachte ihm eine tiefe Wunde bei und tötete sein Pferd. Als Sir Tristan so verwundet war, wurde er sehr traurig, denn er blutete stark. Da bestieg er ein anderes Pferd und ritt nach Freudenturm in großer Trübsal, weniger wegen seiner Wunde am Schenkel als wegen seines Gelübdes, in drei Tagen mit Sir Palamides zu kämpfen. Weder Mann noch Frau konnte ihn auf irgendeine Weise trösten, auch die Königin Schön Isolde nicht, denn immer meinte er, Sir Palamides hätte die Wunde verursacht, damit er nicht imstande wäre, am festgesetzten Tage mit ihm zu kämpfen.

WIE SIR PALAMIDES AM TAG DES KAMPFES EINTRAF, SIR TRISTAN ABER NICHT KOMMEN KONNTE, UND VON ANDEREN DINGEN. Aber kein Ritter in der Umgebung Sir Tristans wollte glauben, daß Sir Palamides jemals eigenhändig oder durch Absprache mit anderen Sir Tristan verletzen würde. Am fünfzehnten

Tag kam Sir Palamides mit vier Rittern und drei Waffenknechten vom Hof des Königs Artus zu dem Quell. Die Begleiter brachte er mit, um Zeugen des Kampfes zu haben. Der eine Waffenknecht trug seinen Helm, der andere seine Lanze und der dritte sein Schwert. So erschien Sir Palamides auf dem Kampfplatz und wartete dort fast zwei Stunden. Dann schickte er einen Knappen zu Sir Tristan und forderte ihn auf, zum Kampf anzutreten und sein Versprechen zu halten. Als Sir Tristan hörte, daß der Knappe nach Freudenturm gekommen war, befahl er ihn sogleich zu sich an sein Bett. Hoher Herr Sir Tristan, sagte der Knappe, mein Herr Palamides erwartet Euch auf der Wiese und möchte wissen, ob Ihr Euch zum Kampf stellt oder nicht. Ach, mein lieber Freund, antwortete Sir Tristan, glaube mir, ich bin sehr betrübt über diese Botschaft. Deshalb berichte Sir Palamides, wenn ich wohlauf wäre, läge ich nicht hier, und er hätte es nicht nötig, nach mir zu senden, wenn ich reiten oder gehen könnte. Sage ihm, daß ich kein Lügner bin. Und darum zeigte ihm Sir Tristan die Wunde an seinem Schenkel, die sechs Zoll tief war. Da du nun meine Wunde gesehen hast, sage deinem Herrn, daß ich ihn nicht täusche und daß mir gesund zu sein lieber wäre als alles Gold des Königs Artus. Teile Palamides mit, daß ich in allen Ecken und Winkeln des Landes nach ihm suchen werde, sobald ich genesen bin. Das verspreche ich bei meiner Ritterehre. Und wenn ich ihn finde, stehe ich ihm voll zum Kampf zur Verfügung. Mit dieser Antwort kehrte der Knappe zurück, und als Palamides erfuhr, daß Tristan verwundet war, freute er sich und sagte: Nun bin ich sicher, daß ich keine Niederlage erleide, denn ich weiß wohl, ich hätte einen schweren Stand gegen ihn gehabt und sehr wahrscheinlich den kürzeren gezogen, denn er ist der stärkste Ritter im Kampf, der jetzt lebt, Sir Lanzelot ausgenommen. Danach ritt Sir Palamides weiter, wohin ihn der Zufall führte. Nach einem Monat war Sir Tristans Wunde verheilt. Da schwang er sich in den Sattel und ritt von Land zu Land und bestand vielerlei Abenteuer, wohin er auch kam. Überall forschte er nach Sir Palamides, konnte ihn aber während des ganzen Sommers nirgends finden. Während Sir Tristan so nach Sir Palamides suchte, bestand er viele große Kämpfe siegreich, wodurch aller Ruhm Sir Tristan zufiel und von Sir Lanzelot wich. Deshalb wollten Sir Lanzelots Brüder und Verwandte Sir Tristan töten. Aber als Sir Lanzelot erfuhr, was seine Leute im Schilde führten, sagte er ihnen frei heraus: So hört, wenn euer Neid auf den hohen Herrn Sir Tristan so groß ist, daß ihr ihm mit Gewalt, Schmach oder Schurkerei begegnet, dann werde ich die besten von euch mit meinen eigenen Händen erschlagen, so wahr ich ein Ritter bin. Welche Schande, ihm wegen seiner edlen Taten nachzustellen, um ihn zu erschlagen! Gott verhüte, daß je ein so edler Ritter wie Sir Tristan durch Verrat umkommt! Die Kunde hiervon drang nach Cornwall und bis nach Liones. Dort waren alle froh und jubelten. Dann sandten die Leute von Liones Sir Tristan Briefe der Zuneigung und viele reiche Gaben, um zu seinem Unterhalt beizusteuern. Immer wieder kehrte Sir Tristan nach Freudenturm zurück, wo sich Schön Isolde aufhielt, die ihn liebte wie ihr Leben.

11. Buch

WIE SIR LANZELOT ZU SEINEM ABENTEUER AUSRITT, UND WIE ER EINE LEIDENDE DAME VON IHREN STARKEN SCHMERZEN BEFREITE, UND WIE ER MIT EINEM DRACHEN KÄMPFTE.

AN einem Pfingstsonntag kam einmal ein Einsiedler an den Hof des Königs Artus, als die Ritter der Tafelrunde gerade alle an ihrem Platz saßen. Und der Einsiedler fragte den König und alle Ritter, warum der Gefährliche Sitz leer sei. Die Antwort lautete: Auf diesem Platz soll nie jemand sitzen außer einem, es sei denn, daß der umgekommen wäre. Da fragte der Einsiedler: Wißt ihr, wer das ist? Nein, erwiderten Artus und die Ritter, wir wissen es nicht, wer auf diesem Platz sitzen soll. Aber ich weiß es, sagte der Einsiedler. Derjenige, der den Gefährlichen Sitz einnehmen wird, ist noch nicht gezeugt und geboren, doch er wird in diesem Jahr gezeugt werden und wird später den heiligen Gral finden. Als der Einsiedler dies verkündet hatte, verließ er den Hof. Nach diesem Pfingstfest ritt Sir Lanzelot auf Abenteuer aus, und sein Weg führte ihn über die Brücke von Corbin. Dort kam er zu einer stattlichen Burg, und unterhalb der Burg lag eine schöne Stadt voller Menschen; und alle Leute, Männer wie Frauen, riefen: Willkommen, Sir Lanzelot vom See, Krone der Ritterschaft, denn Ihr werdet uns aus einer großen Gefahr heraushelfen. Was meint ihr mit diesen Zurufen? fragte Sir Lanzelot. Ach, edler Ritter, antworteten sie, hier in dieser Burg lebt eine unglückliche Dame, die schon viele Jahre Qualen erleidet, denn sie muß sich immer in brühend heißem Wasser aufhalten. Erst kürzlich war Sir Gawein hier und konnte ihr nicht helfen, und so überließ er sie ihrer Qual. Dann darf auch ich sie in ihrer Qual lassen, erwiderte Sir Lanzelot.

Nein, sagten die Leute, wir wissen wohl, daß Sir Lanzelot sie retten wird. Wohlan, sagte Lanzelot, dann zeigt mir, was ich tun soll. Darauf führten sie Sir Lanzelot in die Burg, und als er zu dem Gemach kam, in dem sich die Dame befand, öffneten die eisernen Türen ihre Schlösser und Riegel. Und Sir Lanzelot ging hinein, und es war so heiß darin wie in siedendem Wasser. Da nahm er die Dame bei der Hand und führte sie hinaus, und sie war die schönste Frau, die er je gesehen hatte, und sie war splitternackt. Durch Zauber hatten Königin Morgan le Fay und die Königin von Nordwales diese Qualen über sie gebracht, weil sie als die schönste Dame des Landes galt. Fünf Jahre hatte sie die Qualen schon ertragen und konnte nicht davon befreit werden, bis der beste Ritter der Welt sie bei der Hand genommen hätte. Dann brachten die Leute ihr Kleider. Und als sie angezogen war, hielt sie Sir Lanzelot für die schönste Frau der Welt, Königin Ginevra ausgenommen. Und die Dame sagte zu Sir Lanzelot: Herr, wollt Ihr mit mir zu einer Kapelle hier in der Nähe gehen, damit wir Gott Lob und Dank sagen? Edle Dame, antwortete Sir Lanzelot, kommt, ich begleite Euch. Nachdem sie ihre Andacht verrichtet hatten, priesen alle Leute, gebildete und ungebildete, Gott und Sir Lanzelot und sprachen: Edler Ritter, da Ihr diese Dame befreit habt, sollt Ihr uns auch von einem Drachen erlösen, der hier in einem Grabmal haust. Da nahm Sir Lanzelot seinen Schild und erwiderte: Bringt mich hin. Was ich Gott und euch zu Gefallen tun kann, will ich tun. Und als er zu dem Grabmahl kam, sah er auf dem Stein in goldenen Buchstaben geschrieben: Es wird ein Leopard aus königlichem Blut kommen und diesen Drachen töten, und dieser Leopard wird in diesem fremden Lande einen Löwen zeugen, der alle anderen Ritter überragen wird. Dann hob Sir Lanzelot die Grabplatte an, und heraus kam ein gräßlicher und höllischer Drache und spie Feuer. Da zog Sir Lanzelot sein Schwert und kämpfte lange mit dem Drachen, und nach großen Mühen erschlug er ihn schließlich. In diesem Augenblick kam König Pelles, der gute und edle Ritter, und er und Sir Lanzelot begrüßten einander. Edler Ritter, sagte der König, wie ist Euer Name? Nennt ihn mir, bei Eurer Ritterehre.

Kapitel 2

WIE LANZELOT ZU KÖNIG PELLES KAM UND VOM HEILIGEN GRAL, UND WIE LANZELOT MIT ELAINE, DER TOCHTER DES KÖNIGS PELLES, GALAHAD ZEUGTE.

Herr, antwortete ihm Lanzelot, mein Name ist Sir Lanzelot vom See. Und mein Name ist König Pelles. Ich bin König des Fremden Landes und nahe verwandt mit Joseph von Arimathia. Beide freuten sich sehr über ihr Zusammentreffen, und sie gingen in die Burg, um sich zu erquicken. Da flog eine Taube zum Fenster herein und trug etwas in ihrem Schnabel, das wie ein kleines goldenes Weihrauchfaß aussah. Auf einmal verbreitete sich ein Duft wie von allen Spezereien der Welt, und im Nu standen alle Arten von Speisen und Getränken auf dem Tisch, die man sich nur denken konnte. Dann kam ein junges und schönes Fräulein herein und trug ein goldenes Gefäß in den Händen, und davor kniete der König demütig nieder und sprach ein Gebet, und mit ihm alle anderen. O Jesus, sagte Sir Lanzelot, was bedeutet das? Dies ist die größte Kostbarkeit, antwortete der König, die je ein Mensch auf Erden besessen hat. Wenn diese Kostbarkeit zerstört wird, dann wird auch die Runde Tafel zerbrechen; denn wisset, was Ihr hier gesehen habt, das ist der heilige Gral. Danach verbrachten der König und Sir Lanzelot den Tag gemeinsam. Und gern hätte König Pelles ein Mittel gefunden, um Sir Lanzelot zu veranlassen, mit seiner Tochter Elaine das Lager zu teilen; denn der König wußte wohl, daß Sir Lanzelot mit der schönen Elaine ein Kind zeugen würde, das Sir Galahad heißen und ein wackerer Ritter werden sollte, der alle Gefahren von dem Fremden Land abwenden und zum heiligen Gral gelangen würde. Da trat eine Dame vor, die hieß Lady Brisen und sagte zum König: Herr, vernehmt, Sir Lanzelot liebt keine andere Frau als allein Königin Ginevra. Deshalb handelt nach meinem Rat. Ich will ihn dazu bringen, mit Eurer Tochter das Lager zu teilen, und er soll glauben, er liege bei Königin Ginevra. O edle Dame, erwiderte der König, hofft Ihr, das zustande zu bringen? Herr König, antwortete sie, ich verbürge mich bei meinem Leben, laßt mich nur machen. Lady Brisen war nämlich eine der größten Zauberinnen, die damals auf der Welt lebten. Darauf sandte Lady Brisen einen Mann zu Sir Lanzelot, den er gut kannte. Und dieser Mann brachte ihm einen Ring, der einem glich, den Ginevra getragen hatte, und er tat so, als käme er von ihr. Als Sir Lanzelot dieses Zeichen sah, jubelte er vor Freude. Wo ist meine Dame? fragte er. Auf der Burg Case, antwortete der Bote, nur fünf Meilen von hier. Da nahm sich Sir Lanzelot vor, noch in dieser Nacht dort zu sein. Inzwischen ließ Lady Brisen auf Befehl des Königs Pelles Elaine von fünfundzwanzig Rittern zur Burg Case geleiten. Gegen Abend ritt Sir Lanzelot zu dieser Burg und wurde dort ehrenvoll von Leuten empfangen, die vertraute Diener der Königin Ginevra zu sein schienen. Als Sir Lanzelot abgestiegen war, fragte er, wo sich die Königin befinde. Lady Brisen antwortete, sie liege im Bett. Darauf zogen sich die Leute zurück, und Sir Lanzelot wurde in das Gemach geführt. Sogleich brachte ihm Lady Brisen einen Becher Wein, und als er ihn getrunken hatte, war er so berauscht und toll, daß er nicht mehr warten konnte, sondern sich unverzüglich in das Bett legte und glaubte, das Fräulein Elaine wäre die Königin Ginevra. Und Sir Lanzelot war voller Freude, und Elaine war es nicht minder, als sie Lanzelot in ihren Armen hielt. Denn sie wußte, daß sie in dieser Nacht Galahad von ihm empfangen würde, der sich als der beste Ritter der Welt bewähren sollte. So lagen sie zusammen bis in den späten Vormittag hinein, und alle Fenster des Gemachs waren abgedichtet, daß nichts vom Tag zu sehen war. Dann kam Sir Lanzelot zu sich, und er stand auf und ging zum Fenster.

WIE SIR LANZELOT BEKÜMMERT WAR, ALS ER MERKTE, DASS ER BEI ELAINE GELEGEN HATTE, UND WIE SIE MIT GALAHAD NIEDERKAM. Und als er das Fenster öffnete, wich der Zauber; und da wußte er, daß er einen Fehltritt begangen hatte. Wehe, sagte er, daß ich das erleben mußte; jetzt ist meine Ehre befleckt. Und er zog sein Schwert und rief: Du Verräterin, wer bist du, bei der ich die ganze Nacht gelegen habe? Du sollst auf der Stelle von meiner Hand sterben. Da sprang die schöne Elaine splitternackt aus dem Bett und kniete vor Sir Lanzelot nieder und sagte: Hochedler Ritter aus königlichem Blut, ich bitte Euch um Gnade, und so wahr Ihr als der edelste Ritter der Welt bekannt seid, tötet mich nicht; denn ich trage durch Euch in meinem Schoß den, der zum berühmtesten Ritter der Welt werden soll. Ah, heimtückische Verräterin, erwiderte Sir Lanzelot, warum hast du mich betrogen? Sage mir sofort, wer du bist. Herr, antwortete sie, ich bin Elaine, die Tochter des Königs Pelles. Dann, sagte Sir Lanzelot, will ich Euch diese Tat verzeihen. Und damit schloß er sie in die Arme und küßte sie, denn sie war so schön wie kaum eine andere und munter und jung und klug dazu. So wahr mir Gott helfe, sagte Sir Lanzelot, ich kann Euch nicht tadeln, aber wenn ich Lady Brisen finde, die diesen Zauber auf uns beide gelegt hat, dann will ich ihr den Kopf abschlagen, denn nie ist ein Ritter so betrogen worden wie ich in dieser Nacht. Darauf legte Sir Lanzelot seine Kleider an und wappnete sich und nahm freundlich Abschied von Elaine. Da sagte sie: Hoher Herr Sir Lanzelot, ich beschwöre Euch, kommt zu mir zurück, sobald Ihr könnt, denn ich habe mich der Weissagung gefügt, die mir mein Vater verkündete. Und da er mir befahl, diese Weissagung zu erfüllen, habe ich den größten Schatz und die schönste Zier hingegeben, die ich je besaß, nämlich meine Unschuld, die ich nie wiedererlangen werde; deshalb, edler Ritter, seid gütig zu mir. Dann brach Sir Lanzelot auf und ritt zurück zur Burg Corbin, wo sich ihr Vater aufhielt. Und als ihre Zeit herankam, brachte Elaine einen schönen Knaben zur Welt, und sie nannten ihn Galahad, weil Sir Lanzelot bei seiner Taufe auch so genannt worden war; den Namen Sir Lanzelot vom See hatte ihm erst später die Dame vom See gegeben. Und Galahad wurde gut gepflegt und versorgt. Nachdem Elaine entbunden hatte und zur Kirche gegangen war, kam ein Ritter zu Ihr, der hieß Sir Bromel la Pleche und war ein mächtiger Herr. Schon lange hatte er Elaine geliebt und wollte sie immer gern heiraten. Sie konnte ihn auf keine Weise loswerden, bis sie eines Tages zu ihm sagte: Sir Bromel, ich werde Euch niemals lieben, denn meine Liebe gehört dem besten Ritter der Welt. Wer ist das? fragte Sir Bromel. Es ist Sir Lanzelot vom See, antwortete sie, den liebe ich und keinen anderen. Werbt also nicht länger um mich. Ihr sprecht gut, erwiderte Sir Bromel. Da Ihr mir dies gesagt habt, werdet Ihr Euch nicht lange an Sir Lanzelot erfreuen, denn ich will ihn erschlagen, wo immer ich ihn treffe. Herr, sagte Lady Elaine, verübt keinen Verrat an ihm. Seid versichert, meine Dame, entgegnete Sir Bromel, ich werde um Sir Lanzelots willen die Brücke von Corbin ein Jahr lang besetzt halten, und er soll weder zu Euch kommen noch von Euch gehen, ohne daß ich mit ihm zusammentreffe.

WIE SIR BORS ZU LADY ELAINE KAM UND GALAHAD SAH, UND WIE ER VOM HEILIGEN GRAL GESPEIST WURDE. Durch Zufall kam Sir Bors von Ganis, Sir Lanzelots Neffe, auf der Suche nach Abenteuern über die Brücke von Corbin. Da kämpfte Sir Bromel mit ihm, und Sir Bors warf Sir Bromel mit einem mächtigen Stoß über den Schweif seines Pferdes hinunter. Darauf zog Sir Bromel als ein tapferer Ritter sein Schwert und hob den Schild, und Sir Bors stieg vom Pferd. Dann hieben sie viele scharfe Streiche gegeneinander und fochten so lange, bis Sir Bromel schließlich zu Boden stürzte. Da löste ihm Sir Bors den Helm und wollte ihn erschlagen, doch Sir Bromel flehte um Gnade und ergab sich Sir Bors. Unter der Bedingung will ich dir das Leben schenken, sagte Sir Bors, daß du dich am nächsten Pfingstfest zu Sir Lanzelot begibst und dich ihm als besiegter Ritter unterwirfst. Ich will es tun, antwortete Sir Bromel, und er gelobte dies auf das Kreuz des Schwertes. Und so ließ Sir Bors ihn ziehen und ritt in die Burg Corbin zu König Pelles. Als der König und seine Tochter Elaine hörten, daß Sir Bors ein Neffe Sir Lanzelots war, hießen sie ihn herzlich willkommen. Dann sagte Lady Elaine: Wir wundern uns sehr, wo Sir Lanzelot bleibt, denn er war nocht nicht wieder hier. Wundert Euch nicht, erwiderte Sir Bors, denn seit einem halben Jahr hält ihn Königin Morgan le Fay, die Schwester des Königs Artus, gefangen. Ach weh, sagte Lady Elaine, das tut mir leid. Und immer sah Sir Bors das Kind in ihren Armen an, und es schien ihm, als wäre es Sir Lanzelot sehr ähnlich. Wahrhaftig, sagte Elaine, dieses Kind hat er mit mir gezeugt. Da weinte Sir Bors vor Freude, und er betete zu Gott, es möchte ein ebenso tüchtiger Ritter werden wie sein Vater. Darauf kam eine weiße Taube herein mit einem kleinen goldenen Weihrauchfaß im Schnabel, und auf einmal standen alle Arten von Speisen und Getränken da; und eine Jungfrau brachte den heiligen Gral und sagte laut vor allen: Wisset, Sir Bors, dieser Knabe ist Galahad, der auf dem Gefährlichen Platz sitzen und zum heiligen Gral gelangen und seinen Vater Sir Lanzelot bei weitem übertreffen wird. Als sie da zum Gebet niederknieten, erhob sich ein Duft wie von allen Spezereien der Welt. Dann flog die Taube davon, und die Jungfrau verschwand mit dem heiligen Gral, wie sie gekommen war. Diese Burg, sagte Sir Bors zu König Pelles, kann man mit Recht die Burg der Abenteuer nennen, denn hier gibt es viele seltsame Abenteuer. Das ist wahr, antwortete der König, dies ist wirklich ein Ort der Abenteuer, und hier kommen nur wenige Ritter her, die in Ehren wieder fortgehen. Und sei er noch so stark, hier muß sich ein Ritter bewähren. Erst kürzlich erntete der wackere Sir Gawein hier nur wenig Ruhm. Ich sage Euch, fuhr König Pelles fort, hier wird kein noch so kühner Ritter Ehre gewinnen, wenn er nicht selbst ein Mann von Ehre und guter Lebensführung ist und Gott liebt und fürchtet. Das ist seltsam, sagte Sir Bors. Ich weiß nicht, was das alles bedeutet, denn es geschehen viele seltsame Abenteuer in diesem Land, und deshalb möchte ich die Nacht über in dieser Burg bleiben. Das solltet Ihr nicht, sagte König Pelles, denn es ist schwer, ohne Schande davonzukommen. Was für ein Abenteuer mir auch bevorsteht, sagte Sir Bors, ich will es auf mich nehmen. Dann rate ich Euch, erwiderte der König, geht erst zur Beichte. Das will ich gern, sagte Sir Bors. So wurde Sir Bors die Beichte abgenommen. Allen Frauen gegenüber war Sir Bors keusch und rein gewesen, außer einer, der Tochter des Königs Brandegoris, mit der er ein Kind gezeugt hatte, das Elian hieß. Dann wurde Sir Bors zu seinem Bett in einem schönen, großen Gemach geführt, und die Türen ringsum wurden geschlossen. Und Sir Bors schickte alle Leute fort, denn er wollte niemanden bei sich haben. Aber keinesfalls wollte er die Rüstung abnehmen, sondern legte sich gewappnet auf sein Bett. Da sah er plötzlich im Schein eines hereindringenden Lichts deutlich eine starke und lange Lanze, die gerade auf ihn zukam und deren Spitze wie eine Fackel zu brennen schien. Ehe Sir Bors wußte, wie ihm geschah, hatte ihm die Lanze eine tiefe Wunde in die Schulter gestoßen, die ihm große Schmerzen verursachte. Kaum hatte er sich vor Schmerzen wieder hingelegt, kam ein gewappneter Ritter mit dem Schild über der Schulter und dem Schwert in der Hand herein und rief Sir Bors zu: Steht auf, Herr Ritter, und kämpft mit mir! Ich bin schwer verwundet, antwortete er, aber ich will es mit Euch aufnehmen. Und Sir Bors stand auf und nahm seinen Schild, und dann schlugen sie lange gewaltig aufeinander ein. Schließlich trieb Sir Bors seinen Gegner rückwärts bis zu einer Tür, und da ging der Ritter in das Gemach hinein und ruhte sich lange Zeit aus. Dann kam er erfrischt wieder heraus und begann mit gewaltiger Kraft den Kampf mit Sir Bors von neuem.

WIE SIR BORS SIR PEDIVERE DAZU ZWANG, SICH ZU ERGEBEN, UND VON WUNDERBAREN ABENTEUERN UND WIE SIR BORS SIE BESTAND.

Da Sir Bors verhindern wollte, daß der Ritter wieder in das Gemach gehen und dort rasten konnte, stellte er sich zwischen ihn und die Tür, und er schlug ihn nieder, und der Ritter ergab sich ihm. Wie heißt Ihr? fragte Sir Bors. Herr, war die Antwort, mein Name ist Pedivere von den Geraden Marken. Da ließ Sir Bors ihn schwören, am nächsten Pfingstfest an den Hof des Königs Artus zu gehen und sich ihm als ein von Sir Bors überwundener Ritter zu unterwerfen. Danach entfernte sich Sir Pedivere. Nun legte sich Sir Bors zur Ruhe nieder, doch da ertönte großer Lärm in seinem Gemach, und Pfeile und Bolzen flogen hageldicht durch die Luft, Sir Bors wußte nicht, ob durch Fenster oder Türen, und viele trafen ihn und verwundeten ihn an den Stellen, an denen er nicht geschützt war. Dann kam ein furchtbarer Löwe herein, und Sir Bors wandte sich gegen ihn, und sogleich entriß ihm der Löwe den Schild, doch Sir Bors schlug ihm mit dem Schwert den Kopf ab. Gleich darauf erschien ein greulicher Drache, auf dessen Stirn goldene Buchstaben geschrieben zu sein schienen, und Sir Bors war es, als ob die Schriftzeichen etwas über König Artus besagten. Dazu kam noch ein schrecklicher alter Leopard; und es begann ein heftiger und langer Kampf. Schließlich spie der Drache hundert kleine Drachen aus seinem Schlund, und diese kleinen Drachen töteten binnen kurzem den alten Drachen und rissen ihn in Stücke.

Darauf betrat ein alter Mann die Halle und setzte sich auf einem schönen Stuhl nieder, und um seinen Hals schienen sich zwei Nattern zu ringeln. Der Mann nahm seine Harfe und sang ein altes Lied, wie Joseph von Arimathia in dieses Land gekommen war. Als das Lied zu Ende war, hieß der alte Mann Sir Bors von dannen gehen: Denn Ihr werdet hier keine Abenteuer mehr finden, und Ihr habt in Ehren bestanden und werdet Euch von nun an noch besser bewähren. Dann schien es Sir Bors, daß eine schneeweiße Taube mit einem kleinen goldenen Weihrauchfaß im Schnabel hereingeflogen kam. Und mit einem Mal legte sich der Sturm, der zuvor so gewaltig getobt hatte, und die ganze Halle war voll süßer Düfte. Dann sah Sir Bors vier Kinder, die vier kostbare Kerzen trugen, und einen alten Mann in ihrer Mitte mit einem Weihrauchfaß in der einen Hand und einer Lanze in der anderen, und diese Lanze hieß die Lanze der Rache.

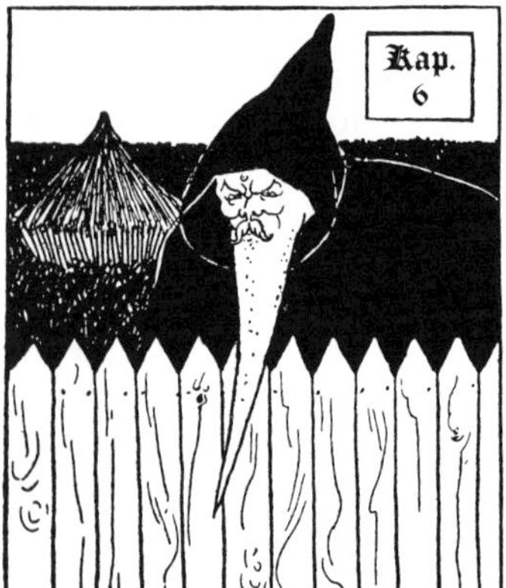

WIE SIR BORS ABREISTE, UND WIE KÖNIGIN GINEVRA SIR LANZELOT VORWÜRFE MACHTE, UND WIE ER SICH ENTSCHULDIGTE. ❧ Geht nun zu Euerm Vetter Sir Lanzelot, sagte der alte Mann zu Sir Bors, und berichtet ihm von diesem Abenteuer, das zu bestehen von allen Rittern der Erde ihm am besten angestanden hätte, aber die Sünde steckt so tief in ihm, daß er solche heiligen Taten nicht vollbringen kann. Denn wäre seine Sünde nicht, würde er alle anderen Ritter seiner Zeit überragen. Und sagt Sir Lanzelot, in weltlichen Abenteuern übertrifft er alle an Mannhaftigkeit und Heldenmut, aber in den geistlichen Dingen steht er vielen anderen Rittern nach. Dann sah Sir Bors vier schön gekleidete Edelfrauen auf sich zukommen, und sie schritten in ein Gemach, in dem es glänzte wie von hellem Sonnenlicht, und die Frauen knieten vor einem auf vier Säulen ruhenden silbernen Altar nieder, und ein Mann, der einem Bischof ähnelte, kniete ebenfalls vor diesem silbernen Tische. Als Sir Bors in die Höhe blickte, sah er ein silbernes Schwert über seinem Haupte schweben, dessen Glanz seine Augen blendete, und er vernahm eine Stimme, die sagte: Geh von hinnen, Sir Bors, denn du bist jetzt noch nicht würdig, hier zu verweilen. Da ging er rückwärts zu seinem Lager. Am anderen Morgen begrüßte ihn König Pelles mit großer Freundlichkeit, und dann nahm Sir Bors seinen Abschied und ritt nach Camelot. Dort fand er Sir Lanzelot vom See und erzählte ihm von seinem Abenteuer bei König Pelles in Corbin. Und so verbreitete sich am Hof von König Artus das Gerücht, Lanzelot hätte mit Elaine, der Tochter des Königs Pelles, ein Kind gezeugt. Darüber wurde Königin Ginevra zornig, und sie machte Sir Lanzelot viele Vorwürfe und nannte ihn einen falschen Ritter. Da berichtete Sir Lanzelot der Königin, wie er durch Zauber dazu gebracht worden war, bei Elaine zu liegen, die die Gestalt der Königin angenommen hatte. Und die Königin verzieh Sir Lanzelot. Damals war König Artus gerade in Frankreich und führte Krieg gegen den mächtigen König Claudas und eroberte viele seiner Ländereien. Und als der König zurückkam, ließ er ein großes Fest ausrufen, an dem alle Herren und Damen von ganz England teilnehmen sollten, mit Ausnahme derjenigen, die sich gegen ihn erhoben hatten.

Kapitel 7

WIE LADY ELAINE, GALAHADS MUTTER, MIT GROSSEM HOFSTAAT NACH CAMELOT KAM, UND WIE SIR LANZELOT SICH DA VERHIELT. Als Lady Elaine von diesem Fest erfuhr, ging sie zu ihrem Vater und bat ihn um Erlaubnis, zu diesem Fest, reiten zu dürfen. König Pelles antwortete: Ich bin sehr dafür, daß Ihr hingeht, aber bei meiner Liebe und bei meinem Segen, seht zu, daß Ihr in allen Dingen aufs beste ausgestattet seid; und spart dabei keine Kosten. Ihr braucht nur Eure Wünsche zu äußern, und Ihr sollt alles haben, was Ihr benötigt. Dann wurde mit Hilfe von Lady Brisen, ihrer Kammerfrau, alles so ausgeführt, daß nie eine Dame reicher ausgestattet war. Und Elaine wurde von zwanzig Rittern und zehn Damen und Edelfrauen begleitet, dazu kamen insgesamt hundert Pferde. Als sie in Camelot eintraf, sagten König Artus und Königin Ginevra und alle Ritter, so schön und so prächtig gekleidet wäre noch keine Dame am Hofe gewesen. Und König Artus ging ihr entgegen und begrüßte sie, und das taten die meisten Ritter der Tafelrunde, wie Sir Tristan, Sir Bleoberis und Sir Gawein und viele andere, die man gar nicht aufzählen kann, ebenfalls. Aber als Sir Lanzelot sie erblickte, schämte er sich sehr, weil er an dem Morgen, als er mit ihr zusammengewesen war, das Schwert gegen sie gezogen hatte, und er wollte sie nicht begrüßen und nicht mit ihr sprechen; und doch hielt er sie für die schönste Frau, die er je in seinem Leben gesehen hatte. Als nun Lady Elaine bemerkte, daß Sir Lanzelot nicht mit ihr sprechen wollte, wurde sie so traurig, daß sie meinte, das Herz müßte ihr zerspringen, denn sie liebte ihn über alle Maßen. Da sagte sie zu ihrer Kammerfrau Lady Brisen: Die Unfreundlichkeit Sir Lanzelots bringt mich fast um. Ach, seid unbesorgt, erwiderte Lady Brisen, ich will veranlassen, daß er heute nacht mit Euch das Lager teilt, aber Ihr müßt verschwiegen sein. Das wäre mir lieber als alles Gold der Erde, sagte Lady Elaine. Laßt mich nur machen, meinte Lady Brisen. Als Elaine dann zur Königin Ginevra geführt wurde, sprachen die Damen wohl freundlich miteinander, aber es kam nicht von Herzen. Doch alle Männer und Frauen bewunderten die Schönheit Lady Elaines und ihre reiche Ausstattung. Für die Nacht befahl die Königin, daß Lady Elaine in einem Gemach dicht neben ihrem schlafen sollte, und so wurde alles vorbereitet. Dann sandte die Königin zu Sir Lanzelot und forderte ihn auf, in der Nacht zu ihr zu kommen. Sonst bin ich sicher, sagte die Königin, Ihr geht zu Lady Elaine ins

Bett, mit der Ihr Galahad gezeugt habt. Ach, Frau Königin, antwortete Sir Lanzelot, das dürft Ihr nicht sagen, denn das geschah gegen meinen Willen. Dann, sagte die Königin, richtet es so ein, daß Ihr zu mir kommt, wenn ich nach Euch sende. Hohe Frau, erwiderte Lanzelot, ich werde Euch nicht enttäuschen und Euerm Befehl folgen. Kaum war diese Verabredung zwischen ihnen getroffen, erfuhr Lady Brisen durch ihre Künste auch schon davon und erstattete ihrer Herrin Bericht. Wehe, rief diese, was soll ich tun? Laßt mich nur machen, sprach Lady Brisen, ich werde ihn an meiner Hand zu Euerm Bett führen, und er soll glauben, ich sei die Botin der Königin Ginevra. Nun ist mir wohl, sagte Lady Elaine, denn die ganze Welt liebe ich nicht so sehr wie Sir Lanzelot.

WIE LADY BRISEN SIR LANZELOT DURCH ZAUBEREI AN ELAINES BETT FÜHRTE, UND WIE KÖNIGIN GINEVRA IHN SCHALT. ❧ Als dann alle schlafen gegangen waren, kam Lady Brisen an Sir Lanzelots Bett und flüsterte: Sir Lanzelot, schlaft Ihr? Meine Herrin, die Königin Ginevra, erwartet Euch. O mein schönes Fräulein, sagte Sir Lanzelot, ich bin bereit, mit Euch zu gehen, wohin Ihr wollt. Und er warf ein langes Gewand um und ergriff sein Schwert; und Lady Brisen führte ihn an der Hand zu Elaines Bett und entfernte sich und ließ sie beisammen. Und Elaine war glücklich, und das war Sir Lanzelot auch, denn er glaubte, er hätte eine andere in den Armen; und sie küßten und umschlangen einander. Inzwischen aber sandte Königin Ginevra eine ihrer Zofen zu Sir Lanzelot, und als sie das Bett kalt und leer fand, kehrte sie zur Königin zurück und berichtete ihr alles. Ach, rief die Königin, wo ist dieser falsche Ritter? Dann verlor sie fast den Verstand und wand und wälzte sich wie toll und konnte vier oder fünf Stunden nicht schlafen. Nachdem Sir Lanzelot so lange gewacht hatte, wie es ihm gefiel, schliefen er und Lady Elaine ein. Und im Schlaf schwatzte er wie ein redseliges Frauenzimmer von der Liebe zwischen ihm und der Königin Ginevra. Er sprach so laut, daß ihn die Königin in ihrem Gemach hörte, und da kam sie fast von Sinnen vor Zorn und Schmerz und wußte nicht, was sie tun sollte. Schließlich hustete sie so laut, daß Sir Lanzelot erwachte und sie daran erkannte. Da wußte er wohl, daß er nicht bei der Königin gelegen hatte, und wie ein Besessener sprang er im Hemd aus dem Bett, und die Königin trat ihm entgegen und sprach: Du heimtückischer Verräter, hebe dich hinweg von meinem Hof und lasse dich nicht mehr in meinem Gemach blicken und wage es ja nicht, jemals wieder vor mein Angesicht zu treten. Weh mir! rief Sir Lanzelot. Und er nahm sich ihre Worte so zu Herzen, daß er vor Kummer ohnmächtig zu Boden sank. Da verließ ihn Ginevra. Als Sir Lanzelot aus seiner Ohnmacht erwachte, sprang er aus einem Fenster in den Garten, wo er von Dornen an Gesicht und Körper arg zerkratzt wurde; und er rannte fort und wußte nicht, wohin, und war tief im Wahnsinn. Und so lief er zwei Jahre lang umher, und niemand konnte ihn erkennen.

WIE KÖNIGIN GINEVRA LADY ELAINE VOM HOF VERWIES, UND WIE SIR LANZELOT DEN VERSTAND VERLOR. Als die Königin Sir Lanzelot so hart zusetzte, wachte Lady Elaine auf und sah, wie er in Ohnmacht fiel und dann aus dem Fenster sprang. Da sprach sie zu Königin Ginevra: Frau Königin, Ihr seid sehr zu tadeln wegen Sir Lanzelot, jetzt habt Ihr ihn ganz verloren, denn ich sah an seiner Miene, daß er seinen

Verstand nie wieder zurückerlangen wird. Wehe Euch, Frau Königin, Ihr begeht eine schwere Sünde und fügt Euch selber große Schmach zu, denn Ihr habt selbst einen Gemahl, und es ist Eure Pflicht, ihn zu lieben; und keine Königin auf dieser Welt hat einen solchen König wie Ihr. Und wenn Ihr nicht wäret, würde die Liebe Sir Lanzelots mir gehören, und ich habe Grund, ihn zu lieben, denn er hat mir die Unschuld genommen und mit mir einen Sohn gezeugt, der Galahad heißt und einmal der beste Ritter der Welt sein wird. Lady Elaine, erwiderte die Königin, ich befehle Euch, meinen Hof zu verlassen, sobald der Tag anbricht. Um der Liebe willen, die Ihr Sir Lanzelot schuldet, verratet sein Geheimnis nicht, denn wenn Ihr es tut, wird es sein Tod sein. Was das angeht, sagte Lady Elaine, so glaube ich, ist er für immer dahin, und das ist Euer Werk. Weder Ihr noch ich werden jemals wieder mit ihm glücklich sein, denn als er aus jenem Fenster sprang, stieß er die schrecklichsten Klagelaute aus, die ich je vernommen habe. Weh mir, sagte die schöne Elaine, und Weh mir! sagte Königin Ginevra, jetzt ist gewiß, daß wir ihn für immer verloren haben. Am Morgen nahm Lady Elaine Abschied, denn sie wollte nicht länger verweilen. Und König Artus begleitete sie mit über hundert Rittern ein Stück durch den Wald. Unterwegs erzählte sie Sir Bors von Ganis alles, was sich in der Nacht zugetragen hatte und wie Sir Lanzelot um den Verstand gekommen und aus dem Fenster gesprungen war. Ach, rief Sir Bors, was ist aus meinem Herrn Sir Lanzelot geworden? Herr, antwortete Elaine, ich weiß es nicht. Wehe, sagte Sir Bors, ihr beiden habt diesen wackeren Ritter zugrunde gerichtet. Was mich angeht, erwiderte Lady Elaine, so habe ich nie etwas gesagt oder getan, was ihn irgendwie kränken könnte, aber von den harten Worten der Königin Ginevra fiel er ohnmächtig zu Boden, und als er wieder zu sich kam, ergriff er sein Schwert und sprang im Hemd aus dem Fenster mit dem jammervollsten Wehklagen, das ich je von einem Menschen gehört habe. Nun lebt wohl, Lady Elaine, sagte Sir Bors, und haltet

König Artus mit einer Geschichte auf, so lange Ihr könnt, denn ich will zu Königin Ginevra zurückkehren und ein Wörtchen mit ihr reden. Und Euch ersuche ich, wenn Ihr jemals meine Dienste wünscht, gebt gut acht und haltet Ausschau nach Sir Lanzelot. Bei meinem Leben, antwortete die schöne Elaine, ich will alles tun, was in meiner Macht steht, denn ich möchte ebensogern wissen, wo er ist, wie Ihr oder einer seiner Sippe oder Königin Ginevra, und Grund genug dazu habe ich so gut wie irgend jemand. Und seid versichert, fuhr Elaine fort, ich wollte lieber mein Leben hingeben, ehe ihm etwas zustößt, aber ach, ich mache mir keine Hoffnungen mehr, ihn wiederzusehen, und der Hauptschuldige hieran ist Lady Ginevra. Hohe Frau, sagte da Lady Brisen, ich bitte Euch von Herzen, laßt Sir Bors ziehen und heißt ihn eilen und mit allen Mitteln nach Sir Lanzelot suchen, denn der ist ganz und gar von Sinnen; und doch wird er geheilt werden, wenn auch nur durch ein Wunder. Da weinten Lady Elaine und Sir Bors von Ganis, und so schieden sie, und Sir Bors ritt geradenwegs zu Königin Ginevra. Als sie Sir Bors erblickte, brach sie in einen Strom von Tränen aus. Pfui über Eure Tränen, rief Sir Bors von Ganis, denn Ihr weint nur, wenn es zu spät ist. Welch ein Verhängnis, daß jemals einer von Sir Lanzelots Sippe euch erblickte, denn nun habt Ihr den besten Ritter unseres Geschlechts ins Verderben gestürzt. Er war unser Oberhaupt und unsere Zuflucht; und ich möchte behaupten und beweisen, daß kein König unter Christen wie Heiden einen Ritter von solchem Adel und solch höfischer Wesensart, gepaart mit Schönheit und Sanftmut, finden kann. Wehe, was sollen wir tun, die wir von seinem Blute sind. Und mit Sir Bors klagten Sir Ector und Sir Lionel.

Kap. 10

WIE KÖNIGIN GINEVRA UM SIR LANZELOT TRAUERTE, UND WIE ER VON RITTERN SEINER SIPPE GESUCHT WURDE. ☙ Als Königin Ginevra sie so sprechen hörte, fiel sie in einer tödlichen Ohnmacht zu Boden. Sir Bors hob sie auf und benetzte ihre Stirn mit Wasser; und als sie wieder zu sich kam, kniete sie nieder, hob ihre beiden Hände und beschwor die drei Ritter, Sir Lanzelot zu suchen. Und tut alles, um ihn zu finden, denn ich weiß, er ist von Sinnen. Da schieden Sir Bors, Sir Ector und Sir Lionel von der Königin, weil sie vor Kummer nicht länger verweilen wollten. Die Königin sandte ihnen reiche Schätze zur Entschädigung für ihre Ausgaben, und dann nahmen sie ihre Pferde und ihre Rüstungen und machten sich auf den Weg. Sie zogen von Land zu Land, durch Wälder und Wildnisse und Einöden und suchten und befragten alle Leute, die ihnen begegneten, um etwas über einen Mann zu erfahren, der nur mit einem Hemd bekleidet war und ein Schwert in der Hand trug. So ritten sie fast ein Vierteljahr in die Kreuz und in die Quer und kamen an viele Orte und fanden oft nur schlechte Unterkunft. Doch trotz all ihrer Bemühungen hörten die drei kein Sterbenswörtchen über ihn, und sie waren über die Maßen bekümmert. Schließlich begegneten Sir Bors und seine Gefährten einem Ritter, der Sir Melion de Tartare hieß. Nun, edler Ritter, fragte Sir Bors, wohin wollt Ihr? Sie kannten sich nämlich schon von früher. Herr, antwortete Melion, ich bin auf dem Weg zum Hof des Königs Artus. Dann bitten wir Euch, sagte Sir Bors, berichtet König Artus und Königin Ginevra und allen Mitgliedern der Tafelrunde, daß wir auf keine Weise erfahren können, was aus Sir Lanzelot geworden ist. Das versprach Sir Melion und zog von dannen. Als er an den Hof kam, erzählte er, was Sir Bors von Sir Lanzelot gesagt hatte. Da übernahmen es Sir Gawein, Sir Iwein, Sir Sagramore le Desirous, Sir Aglovale und Sir Parzival von Wales auf den inständigen Wunsch des Königs Artus und insbesondere der Königin, ganz England, Wales und Schottland nach Sir Lanzelot abzusuchen, und achtzehn Ritter leisteten ihnen Gefolgschaft; und diesen dreiundzwanzig Rittern fehlte es an keinerlei Ausrüstung. Inzwischen litt Sir Lanzelot Sorge, Kummer und Schmerz und dazu Kälte, Hunger und Durst. Und die edlen Ritter brachen auf und ritten zu zweit, zu dritt, zu viert und zu fünft und vereinbarten immer den Punkt ihres nächsten Zusammentreffens. So begaben sich Sir Aglovale und Sir Parzival zusammen zu ihrer Mutter, die eine Königin war. Als sie ihre beiden Söhne erblickte, weinte sie vor Freude. Dann sagte sie: Ach, meine lieben Söhne, als euer Vater erschlagen wurde, hinterließ er mir vier Söhne, von denen zwei schon nicht mehr leben. Den Tod meines edlen Sohnes Sir Lamorak wird mein Herz niemals verwinden. Und dann sank sie vor Aglovale und Parzival auf die Knie und beschwor sie, zu Hause zu bleiben. Ach, liebe Mutter, antwortete Sir Parzival, wir können nicht, denn wir stammen von Vater und Mutter aus königlichem Geblüt, und deshalb geziemt es uns, Waffen- und Ruhmestaten zu vollbringen. Ach, meine lieben Söhne, sagte sie da, euretwegen geht meine Lebenskraft dahin, und Wind und Wetter vermag ich nicht mehr zu trotzen, und schuld daran ist auch der Tod eures Vaters, König Pellinores, der von den Händen Sir Gaweins und seines Bruders Sir Gaheris schimpflich erschlagen wurde, nicht in mannhaftem Streit, sondern durch Verrat. Ach, meine lieben Söhne, jammervoll ist meine Klage über den Tod eures Vaters und den Tod Sir Lamoraks, der an Ritterlichkeit nur wenige seinesgleichen hatte. Denkt immer daran, meine lieben Söhne. Und als die Stunde des Abschieds kam, war nur Weinen und Schluchzen am Hof, und die Königin fiel inmitten ihres Hofes ohnmächtig nieder.

WIE EIN DIENER SIR AGLOVALES ERSCHLAGEN WURDE, UND WELCHE RACHE SIR AGLOVALE UND SIR PARZIVAL DAFÜR NAHMEN.

Als sie wieder erwachte, sandte sie ihren Söhnen einen Knappen nach mit reichen Gaben. Der Knappe holte sie bald ein, doch sie ließen nicht zu, daß er mit ihnen ritt, sondern schickten ihn wieder nach Hause, um ihre Mutter zu trösten und sie demütig um ihren Segen zu bitten. Der Knappe wurde aber von der Nacht überrascht und suchte ein Obdach, und durch Mißgeschick kam er zu einem Schloß, in dem ein Baron wohnte. Dieser fragte ihn, woher er käme und wem er diente. Herr, antwortete der Knappe, ich diene einem wackeren Ritter namens Sir Aglovale. Das sagte der Knappe, weil er glaubte, er würde um Sir Aglovales willen besser behandelt, als wenn er erzählt hätte, er diente der Königin, Aglovales Mutter. Nun, Bursche, sagte der Schloßherr, wenn du zu Sir Aglovale gehörst, sollst du schlecht aufgenommen werden, denn Sir Aglovale hat meinen Bruder erschlagen, und deshalb sollst du als Abschlagszahlung sterben. Und der Herr befahl seinen Leuten, ihn fortzuführen und zu töten. Sie zerrten ihn aus dem Schloß heraus und erschlugen ihn ohne Gnade. Am anderen Morgen ritten Sir Aglovale und Sir Parzival an einem Kirchhof vorbei, auf dem sich Männer und Frauen versammelt hatten, um sich einen toten Knappen anzuschauen und ihn dann zu begraben. Wer ist das, fragte Sir Aglovale, den ihr so anstarrt? Ein frommer Mann trat vor und sagte: Edler Ritter, hier liegt ein Knappe, der heute nacht schimpflich erschlagen wurde. Warum wurde er erschlagen, guter Mann? fragte Sir Aglovale. Edler Herr, antwortete der Mann, der Knappe suchte heute nacht Quartier bei dem Herrn dieses Schlosses, und weil er sagte, er diene einem wackeren Ritter des Königs Artus mit Namen Sir Aglovale, befahl der Herr, ihn zu erschlagen, und so geschah es. Ich danke Euch, erwiderte Sir Aglovale, ihr werdet seinen Tod bald gerächt sehen, denn ich selbst bin jener Ritter, um dessentwillen der Knappe erschlagen wurde. Dann rief Aglovale Sir Parzival zu sich und hieß ihn rasch absteigen. Sie übergaben die Pferde ihren Leuten und gingen zu Fuß zu dem Schloß. Am Tor trug Sir Aglovale dem Pförtner auf: Geh zu deinem Herrn und sage ihm, Sir Aglovale ist hier, um dessentwillen der Knappe in der Nacht erschlagen wurde. Sogleich meldete der Pförtner dies seinem Herrn, dessen Name Goodewin war. Darauf wappnete der sich unverzüglich und kam in den Hof und sagte: Wer von euch ist Sir Aglovale?

Hier bin ich, erwiderte Aglovale. Weshalb hast du heute nacht den Knappen meiner Mutter erschlagen? Ich habe ihn um deinetwillen erschlagen, erwiderte Sir Goodewin, denn du hast meinen Bruder Sir Gaudelin getötet. Was deinen Bruder angeht, sprach Sir Aglovale, so gebe ich zu, daß ich ihn getötet habe, denn er war ein falscher Ritter und ein Verräter an Damen und guten Rittern, aber für den Tod meines Knappen sollst du sterben. Ich werde mich zu wehren wissen, sagte Sir Goodewin. Dann drangen sie grimmig aufeinander ein wie zwei Löwen, und Sir Parzival kämpfte mit allen übrigen, die ihm entgegentraten. Nach einer Weile hatte Sir Parzival alle erschlagen, die ihm Widerstand leisteten, denn er teilte so scharfe Streiche aus, daß ihm keiner standhielt. Und Sir Aglovale streckte Sir Goodewin zu Boden, löste ihm den Helm und schlug ihm den Kopf ab. Dann gingen sie zu ihren Pferden, und sie ließen den toten Knappen zu einer Priorei tragen und bestatteten ihn dort.

WIE SIR PARZIVAL SEINEN BRUDER HEIMLICH VERLIESS, UND WIE ER EINEN GEFESSELTEN RITTER BEFREITE, UND VON ANDEREN DINGEN. Danach ritten sie durch viele Länder und erkundigten sich überall nach Sir Lanzelot, konnten aber nirgends etwas über ihn erfahren. Schließlich kamen sie zu einer Burg, die hieß Cardican, und dort fanden Sir Parzival und Sir Aglovale Unterkunft. Um Mitternacht ging Sir Parzival heimlich zu Aglovales Knappen und sagte: Steh auf und mache dich fertig, wir wollen zusammen fortreiten. Herr, antwortete der Knappe, ich möchte schon gern mit Euch reiten, wohin Ihr wollt, aber wenn ich meinem Herrn, Euerm Bruder, in die Hände falle, wird er mich erschlagen. Sorge dich deshalb nicht, denn ich werde dich schützen, sagte Sir Parzival. So ritten sie zusammen fort und kamen am Nachmittag an eine steinerne Brücke, wo sie einen Ritter fanden, der mit einer Kette um den Leib fest an einen steinernen Pfeiler gebunden war. Ach, edler Ritter, rief der Gefesselte, ich beschwöre Euch, löst mir die Kette! Wer seid Ihr, fragte Sir Parzival, und warum hat man Euch so festgebunden? Ich will es Euch sagen, antwortete der Mann. Ich bin ein Ritter der Tafelrunde, und mein Name ist Sir Persides. Durch Zufall kam ich hierher und fand Unterkunft in der Burg, die einer sittenlosen Dame gehört. Sie verlangte von mir, ich sollte ihr Geliebter werden, und da ich sie abwies, hetzte sie ihre Leute auf mich, noch bevor ich mich wappnen konnte. So wurde ich gebunden, und ich weiß, ich werde hier sterben, wenn mich nicht ein tapferer Mann von meinen Fesseln befreit. Seid guten Mutes, erwiderte Sir Parzival, da Ihr ein Ritter der Tafelrunde seid wie ich, werde ich im Vertrauen auf Gott Eure Ketten zerbrechen. Damit zog Sir Parzival sein Schwert und schlug mit solcher Gewalt auf die Kette, daß er sie durchschnitt und außerdem den Panzer von Sir Persides durchdrang und ihn leicht verletzte. O Jesus, rief Sir Persides, das war ein gewaltiger Streich, wie ich ihn kaum jemals zu spüren bekam. Wenn die Kette nicht gewesen wäre, hättet Ihr mich erschlagen. In diesem Augenblick sah Sir Persides einen Ritter in vollem Galopp aus der Burg herausgesprengt kommen. Vorsicht, Herr, rief Persides, dort kommt einer, der will mit Euch kämpfen. Laßt ihn kommen, erwiderte Sir Parzival. Mitten auf der Brücke stieß er mit diesem Ritter zusammen, und er versetzte ihm einen solchen Stoß, daß er ihn glatt aus dem Sattel und über das Brückengeländer schleuderte, und hätte nicht ein kleines Boot unter der Brücke gehalten, der Ritter wäre ertrunken. Dann nahm Sir Parzival das Pferd des Ritters und hieß Sir Persides aufsitzen, und so ritten sie in die Burg und ließen der Herrin die Forderung übermitteln, Sir Persides' Diener freizugeben, sonst würden sie alle erschlagen, die sich ihnen in den Weg stellten. Aus Furcht willigte sie ein. Da erblickte Sir Parzival die Dame auf der Balustrade des Turmes. Ach, Frau, rief er, wie steht diese Sitte einer Dame an, gute Ritter zu verderben, wenn sie nicht ihre Geliebten werden wollen? Wahrhaftig, das ist ein schändlicher Brauch für eine Dame, und wenn ich mir nicht gerade eine große Sache vorgenommen hätte, würde ich Euern üblen Bräuchen ein Ende machen. Danach brachte Sir Persides Sir Parzival auf seine eigeneBurg und bereitete ihm dort die beste Aufnahme. Nachdem er am anderen Morgen die Messe gehört und gefrühstückt hatte, hieß er Sir Persides zu König Artus reiten: Und berichtet dem König, wie wir uns getroffen haben, und meinem Bruder Sir Aglovale, wie ich Euch gerettet habe. Sagt ihm, er soll mir nicht folgen, denn ich bin auf der Suche nach Sir Lanzelot vom See; und wenn er es doch versuchen sollte, so wird er mich nicht finden, und laßt ihn wissen, ich will weder ihn noch den Hof wiedersehen, bis ich Sir Lanzelot gefunden habe. Auch bestellt Sir Kay, dem Seneschall, und Sir Mordred, daß ich im Vertrauen auf Jesus so großen Ruhm zu erlangen hoffe wie sie und daß ich ihnen den Hohn und Spott, den ich von ihnen empfing, als ich zum Ritter geschlagen wurde, niemals vergessen werde und daß ich nicht an den Hof zurückkehren will, bis mich die Leute mehr rühmen als sie. Und so ritt Sir Persides zu König Artus und berichtete dort von Sir Parzival. Als Sir Aglovale von seinem Bruder sprechen hörte, sagte er: Er hat mich auf schnöde Weise verlassen.

Kap. 13

WIE SIR PARZIVAL MIT SIR ECTOR ZUSAMMENSTIESS, UND WIE SIE LANGE KÄMPFTEN UND EINER DEN ANDEREN BEINAHE ERSCHLUG.

Herr, entgegnete Sir Persides, bei meinem Leben, er wird sich als einer der edelsten Ritter der Welt bewähren, die jetzt leben. Das mag schon sein, sagten Sir Kay und Sir Mordred, aber als er zum Ritter geschlagen wurde, kam uns das sehr unwahrscheinlich vor. Was das angeht, sagte König Artus, muß er durchaus ein wackerer Kämpe werden, denn auch sein Vater und seine Brüder waren edle Ritter. Sir Parzival indessen ritt lange dahin, bis er in einem Wald einem Ritter mit einem zerhauenen Schild und einem zerbeulten Helm begegnete. Kaum hatten sie einander erblickt, machten sie sich auch schon zum Kampf bereit, und sie stießen mit solcher Wucht gegeneinander, daß Sir Parzival zu Boden geworfen wurde. Rasch erhob er sich, nahm Schild und Schwert und rief dem Ritter zu: Steig ab, dann wollen wir bis zum Äußersten kämpfen. Hast du noch nicht genug? fragte der Ritter. Damit stieg er vom Pferd, und sie schritten aufeinander zu und hieben los mit edlen Schwertern und schlugen und stachen und verwundeten einander schwer. So kämpften sie fast einen halben Tag und ruhten kaum, und keiner von ihnen hatte weniger als fünfzehn Wunden, und die bluteten so stark, daß sie sich nur wie durch ein Wunder auf den Beinen halten konnten. Aber Sir Parzivals Gegner war ein erprobter und kluger Fechter. Sir Parzival war zwar jung und stark, doch nicht so erfahren im Kampf. Und dann sprach Sir Parzival zuerst: Herr Ritter, haltet ein Weilchen ein, wir kämpfen schon allzu lange wegen eines nichtigen Streites, und deshalb sagt mir jetzt Euern Namen, denn mir war bisher noch keiner so ebenbürtig wie Ihr. So wahr mir Gott helfe, erwiderte der Ritter, mich hat bisher noch kein Ritter so verwundet wie Ihr, obwohl ich schon viele Kämpfe ausgetragen habe. Ich gehöre zu den Rittern der Tafelrunde, und mein Name ist Sir Ector von Maris. Ich bin ein Bruder des wackeren Ritters Sir Lanzelot vom See. Ach, sagte Sir Parzival, und mein Name ist Sir Parzival von Wales. Ich habe mir die Aufgabe gestellt, Sir Lanzelot zu suchen. Nun bin ich sicher, ich werde mein Ziel nie erreichen, denn Ihr habt mich zu Tode verwundet. Das ist nicht wahr, sagte Sir Ector, denn ich bin von Euch schwer getroffen worden und lebe nicht mehr lange. Darum bitte ich Euch, sagte Sir Ector zu Sir Parzival, reitet zu einer Priorei hier in der Nähe und holt mir einen Priester, damit ich meinen Heiland empfangen kann. Und wenn Ihr an den Hof des Königs Artus kommt, so sagt meinem Bruder Sir Lanzelot nicht, daß Ihr mich erschlagen habt, denn dann würde er Euer Todfeind werden. Sagt ihm vielmehr, ich sei auf der Suche nach ihm getötet worden. Wehe, erwiderte Sir Parzival, Ihr sprecht, was nie sein wird, denn ich bin vor Blutverlust so schwach, daß ich kaum stehen kann, wie sollte ich da aufs Pferd steigen?

WIE SIE BEIDE DURCH DAS WUNDER DES HEILIGEN GRALS GEHEILT WURDEN. Dann begannen sie beide über alle Maßen zu klagen. Das hilft uns nicht, sagte schließlich Sir Parzival, und er kniete nieder und betete in tiefer Andacht zum allmächtigen Jesus, denn er war damals einer der besten Ritter der Welt, in denen der wahre Glaube lebte. Da erschien ihnen das heilige Gefäß des Grals mit mannigfachem holdem Duft, aber sie konnten nicht recht erkennen, wer das Gefäß trug, nur Sir Parzival gewahrte einen Schimmer von dem Gefäß und der Jungfrau, die es trug, denn er war rein und keusch. Und sogleich waren sie beide heil an Haut und Gliedern wie nur je in ihrem Leben, und sie dankten Gott mit großer Inbrunst. O Jesus, sagte Sir Parzival, was kann das bedeuten, daß wir geheilt sind und doch eben noch im Sterben lagen? Ich weiß sehr wohl, wie das kommt, sagte Sir Ector. Es kommt von einem heiligen Gefäß, das von einer Jungfrau getragen wird, und darin ist ein Teil des heiligen Blutes Unseres gesegneten Herrn Jesus Christus; doch es ist nur einem vollkommenen Mann sichtbar. So wahr mir Gott helfe, sagte Sir Parzival, mir war, als sah ich ein Fräulein, das war ganz in Weiß gekleidet und trug ein Gefäß in beiden Händen, und in diesem Augenblick war ich geheilt. Dann nahmen sie ihre Pferde und ihre Harnische und besserten ihre zerbeulten Rüstungen aus, so gut sie konnten. Danach stiegen sie in den Sattel und ritten plaudernd von dannen. Sir Ector von Maris erzählte Sir Parzival, daß er schon lange auf der Suche nach seinem Bruder Sir Lanzelot war und noch nie etwas über ihn erfahren hatte: In viele seltsame Abenteuer bin ich geraten auf dieser Suche. Und so erzählten sie einander von ihren Erlebnissen.

12. Buch

WIE SIR LANZELOT IN SEINEM WAHNSINN EIN SCHWERT ERGRIFF UND MIT EINEM RITTER FOCHT UND DANACH IN EIN BETT SPRANG.

SEIT nun seit Jahren lief Sir Lanzelot wie toll von Ort zu Ort in Kälte und Regen und ertrug viel Ungemach und nährte sich von den Früchten, die er fand, und trank Wasser und hatte kaum andere Kleidung als Hemd und Hosen. Wie er so umherzog, kam er auf eine schöne Wiese, auf der ein Zelt stand, und daneben hing an einem Baum ein weißer Schild, und zwei Schwerter hingen dabei, und zwei Lanzen lehnten an einem Baum in der Nähe. Als Sir Lanzelot die Schwerter sah, sprang er auf das eine zu, packte es und zog es aus der Scheide. Und dann schlug er gegen den Schild, daß die ganze Wiese von dem Lärm erdröhnte und es klang, als kämpften zehn Ritter miteinander. Da kam ein Zwerg aus dem Zelt und lief auf Sir Lanzelot zu und wollte ihm das Schwert entreißen. Sir Lanzelot faßte ihn bei den Schultern und schleuderte ihn so heftig zu Boden, daß er sich fast das Genick brach. Da rief der Zwerg um Hilfe. Es erschien ein stattlicher Ritter in einem schönen scharlachroten, mit grauem Pelz besetzten Gewand. Als er Sir Lanzelot erblickte, hielt er ihn für toll, und er sagte mit freundlicher Stimme: Guter Mann, leg das Schwert nieder, denn ich glaube, dir tun Schlaf und warme Kleider mehr not, als dieses Schwert zu schwingen. Was das angeht, antwortete Sir Lanzelot, komm mir nicht zu nahe, und wenn du es doch tust, werde ich dich erschlagen. Als der Ritter das hörte, ging er rasch zurück in das Zelt, und der Zwerg legte ihm die Rüstung an; denn er wollte Sir Lanzelot das Schwert mit Gewalt wegnehmen. Als Sir Lanzelot ihn in voller Rüstung und mit dem Schwert in der Hand aus dem Zelt treten sah, sprang er mit aller Kraft auf ihn los und schlug ihm einen solchen Hieb über den Helm, daß der Streich sein Hirn erschütterte und das Schwert in drei Stücke zersprang. Der Ritter fiel wie tot zur Erde, und das Blut brach ihm aus Mund, Nase und Ohren hervor. Dann rannte Sir Lanzelot in das Zelt und warf sich in das warme Bett; doch in dem Bett war eine Dame, die nahm ihr Gewand und lief hinaus. Als sie ihren Herrn wie tot am Boden liegen sah, schrie und weinte sie wie von Sinnen. Über diesen Lärm erwachte der Ritter aus seiner Ohnmacht und öffnete matt die Augen. Dann fragte er, wo der Wahnsinnige sei, der ihm einen solchen Schlag versetzt habe: So einen Hieb habe ich noch nie von einem Mann erhalten. Herr, sagte der Zwerg, es wäre unrühmlich, ihm etwas anzutun, denn er ist toll. Seid versichert, er war ein Mann von großem Ruhme, aber er ist wegen eines Herzenskummers in Wahnsinn verfallen. Mir scheint, er sieht ganz wie Sir Lanzelot aus, den ich auf dem großen Turnier bei Lonazep gesehen habe. Gott behüte, sagte der Ritter, daß der edle Ritter Sir Lanzelot in einen solchen Zustand geraten ist, aber wer er auch sein mag, ich will ihm keinen Schaden zufügen. Der Name dieses Ritters war Bliant. Dann sagte er zu dem Zwerg: Reite schnell zu meinem Bruder Sir Selivant auf die Weiße Burg und berichte ihm von meinem Abenteuer und heiße ihn herkommen und eine Sänfte mitbringen, dann wollen wir diesen Ritter auf meine Burg tragen.

WIE SIR LANZELOT IN EINER SÄNFTE ZUR WEISSEN BURG FORTGETRAGEN WURDE, UND WIE ER SEINEN WIRT, SIR BLIANT, RETTETE. Der Zwerg beeilte sich und kam in Begleitung von Sir Selivant und sechs Männern mit einer Sänfte zurück, und sie nahmen das Federbett samt Sir Lanzelot auf und trugen alles mit sich fort zur Weißen Burg, und Lanzelot wachte nicht auf, bis er in der Burg war. Dann banden sie ihn an Händen und Füßen und gaben ihm gut zu essen und zu trinken und brachten ihn wieder zu seiner alten Kraft und Schönheit, aber seinen Verstand konnten sie ihm nicht zurückgeben und auch nicht, daß er sich selber kannte. So blieb Sir Lanzelot mehr als anderthalb Jahre dort und wurde angemessen gekleidet und in jeder Weise gut behandelt. Eines Tages nahm der Herr dieser Burg, Sir Bliant, seine Rüstung und ritt mit einer Lanze auf Abenteuer aus. In einem Wald begegneten ihm zwei fahrende Ritter, der eine war Sir Breunis Saunce Pité, der andere sein Bruder Sir Bertelot, und diese beiden ritten zugleich gegen Sir Bliant und brachen ihre Lanzen an ihm. Dann zogen sie das Schwert, und es kam zu einem heftigen und langen Kampf. Schließlich wurde Sir Bliant schwer verwundet und fühlte sich schwach, und da flüchtete er sich zu Pferde in seine Burg. Seine Gegner kamen im Galopp unter die Burg, wo Sir Lanzelot an einem Fenster lag und sah, wie zwei Ritter Sir Bliant mit gezogenem Schwert verfolgten. Und wenn er auch von Sinnen war, tat ihm Sir Bliant doch leid. Da zerbrach Sir Lanzelot die Ketten an seinen Beinen und Armen, wobei er sich die Hände verletzte. Dann rannte er zu einem Tor hinaus und stieß auf die beiden Ritter, die hinter Sir Bliant her waren. Mit den bloßen Händen zog er Sir Bertelot vom Pferd und entriß ihm das Schwert, und damit wandte er sich gegen Sir Breunis und versetzte ihm einen solchen Hieb über den Kopf, daß er rückwärts von seinem Pferde fiel. Als Sir Bertelot seinen Bruder zu Fall kommen sah, nahm er seine Lanze und wollte Sir Lanzelot durchbohren, doch das bemerkte Sir Bliant und schlug Sir Bertelot die Hand ab. Da ergriffen Sir Breunis und Sir Bertelot die Flucht. Als Sir Selivant hinzukam und sah, was Sir Lanzelot für seinen Bruder getan hatte, dankte er mit seinem Bruder Gott, daß sie ihm Gutes erwiesen hatten. Aber weil sich Sir Lanzelot beim Zersprengen seiner Ketten verletzt hatte, bedauerte Sir Bliant, daß sie ihn jemals gebunden hatten. Bindet ihn nicht mehr, sagte Sir Selivant, denn er ist heiter und freundlich. Dann zeigten sie Sir Lanzelot ihre große Freude, und sie fesselten ihn auch nicht wieder, und so blieb er noch über ein halbes Jahr dort. Eines Morgens sah er einen mächtigen Eber und viele Hunde auf sich zukommen. Aber der Eber war so stark, daß die Hunde ihm nichts anhaben konnten, und die Jäger kamen, teils zu Pferd, teils zu Fuß, hinterher und bliesen auf ihren Hörnern. Da beobachtete Sir Lanzelot, wie einer der Reiter abstieg und sein Pferd an einen Baum band und den Spieß an den Baum lehnte.

WIE SIR LANZELOT GEGEN EINEN EBER KÄMPFTE UND IHN TÖTETE, ABER DABEI VERWUNDET UND IN EINE EINSIEDELEI GEBRACHT WURDE.

Sir Lanzelot band das Pferd los, an dessen Sattelbaum ein Schwert hing, nahm den Spieß, sprang in den Sattel und ritt dem Eber nach, bis er ihn in der Nähe einer Einsiedelei mit dem Hinterteil gegen einen Baum gepreßt fand. Sir Lanzelot sprengte mit dem Spieß gegen den Eber, doch der Spieß zersplitterte. Darauf drehte sich der Eber blitzschnell um und riß dem Pferd Lunge und Herz aus dem Leib, daß Sir Lanzelot zu Boden fiel, und bevor er sich von seinem Pferd frei machen konnte, stieß ihm der Eber die Hauer tief in den Schenkel. Da wurde Sir Lanzelot zornig, sprang auf die Füße, zog das Schwert und schlug dem Eber mit einem Streich den Kopf ab. In diesem Augenblick kam der Einsiedler heraus und sah Sir Lanzelots tiefe Wunde, und er bedauerte ihn und wollte ihn in seine Einsiedelei hineinführen. Doch als Sir Lanzelot ihn sprechen hörte, wurde er so wütend wegen seiner Wunde, daß er auf den frommen Mann loslief, um ihn zu erschlagen, und da rannte der Einsiedler fort. Als Sir Lanzelot ihn nicht einholen konnte, warf er ihm das Schwert hinterher, denn er konnte wegen des Blutverlustes nicht mehr von der Stelle. Der Einsiedler aber kehrte um und fragte Sir Lanzelot, wie er verwundet worden sei. Kerl, sagte Sir Lanzelot, dieser Eber hat mich arg gebissen. Dann kommt mit mir, antwortete der Einsiedler, ich werde Euch heilen. Mach dich fort, erwiderte Sir Lanzelot, und laß mich in Ruhe. Da entfernte sich der Einsiedler und traf einen guten Ritter mit vielen Mannen. Herr, sagte der Einsiedler, nahe bei meinem Hause liegt der stattlichste Mann, den ich je gesehen habe. Er ist von einem Eber schwer verletzt worden, und doch hat er den Eber getötet. Aber ich bin sicher, fuhr der Einsiedler fort, wenn ihm niemand hilft, wird der wackere Mann an der Wunde sterben, und das wäre ein Jammer. Da ließ der Ritter auf den Wunsch des Einsiedlers einen Karren holen. Darauf legten sie den Eber und Sir Lanzelot, denn dieser war so schwach, daß er alles mit sich geschehen ließ, und so wurde Sir Lanzelot in die Einsiedelei gebracht. Der Einsiedler heilte seine Wunde, konnte aber nicht die rechte Nahrung für ihn finden, und so verschlechterte sich sein Zustand, und er wurde an Leibes- und Geisteskräften schwächer und verfiel in noch tieferen Wahnsinn als vorher. Eines Tages lief er in den Wald und kam durch Zufall in die Stadt Corbin, wo sich Lady Elaine aufhielt, die Galahad, Sir Lanzelots Sohn, zur Welt gebracht hatte. Und er lief quer durch die Stadt zu der Burg, und die Jünglinge der Stadt rannten alle hinter ihm her und bewarfen ihn mit Erdklumpen und versetzten ihm viele harte Schläge. Und immer wenn Sir Lanzelot einen von ihnen fassen konnte, warf er ihn so hin, daß er ihm nicht wieder zu nahe kam, und einigen brach er sogar Beine und Arme. So floh er in die Burg, und Ritter und Knappen kamen heraus und nahmen sich Sir Lanzelots an. Wie sie ihn anschauten, meinten sie, nie einen so stattlichen Mann gesehen zu haben. Und da sie so viele Narben an ihm entdeckten, hielten sie ihn für einen wackeren Kämpen. Dann ließen sie Kleider für ihn kommen und Stroh für ein Lager und wiesen ihm einen Schlafplatz zu. Und jeden Tag warfen sie ihm etwas zu essen hin und setzten ihm zu trinken vor, aber nur wenige gaben ihm das Essen in die Hände.

Kapitel 4

WIE SIR LANZELOT VON LADY ELAINE ERKANNT, IN EIN GEMACH GEBRACHT UND DURCH DEN HEILIGEN GRAL GEHEILT WURDE. Nun hatte König Pelles einen Neffen namens Castor, der wollte

vom König zum Ritter geschlagen werden, und das geschah auch zu Lichtmeß. Als Sir Castor zum Ritter erhoben worden war, verschenkte er viele Gewänder. Er ließ auch den Narren kommen, und das war Sir Lanzelot. Er gab ihm ein scharlachrotes Gewand und alles was dazu gehörte. Als sich Sir Lanzelot wie ein Ritter gekleidet hatte, war er so schön und wohlgestalt wie kein anderer am Hofe. Und Sir Lanzelot ging in den Garten und legte sich bei einem Brunnen nieder und schlief ein. Nach dem Mittag kam Lady Elaine mit ihren Mädchen zum Zeitvertreib in den Garten, und wie sie so hin und her liefen, sahen die Mädchen einen stattlichen Mann bei dem Brunnen schlafen. Still, sagte Lady Elaine, sprecht kein Wort und zeigt mir den Mann. Als sie ihn erblickte, erkannte sie ihn sofort und wußte, daß es Sir Lanzelot war; und da brach sie so herzerschütternd in Tränen aus, daß sie zu Boden sank. Nachdem sie lange Zeit geweint hatte, erhob sie sich und rief ihre Mädchen und sagte, sie sei krank. Sie verließ den Garten und ging geradenwegs zu ihrem Vater, nahm ihn beiseite und sprach: O Vater, jetzt brauche ich Eure Hilfe, und wenn Ihr mir nicht beisteht, dann sind meine frohen Tage für immer vorbei. Was gibt es, Tochter? fragte König Pelles. Herr, antwortete sie, ich ging zum Spielen in Euern Garten, und bei dem Brunnen fand ich Sir Lanzelot vom See im Schlafe liegen. Das kann ich nicht glauben, erwiderte König Pelles. Wahrhaftig, sagte sie, er ist dort, doch ich glaube, er muß den Verstand verloren haben. Dann verhaltet Euch ruhig, riet der König, ich will mich darum kümmern. Dann ließ er vier seiner engsten Vertrauten zu sich rufen und dazu seine Tochter Elaine. Als sie zu dem Brunnen kamen und Sir Lanzelot sahen, erkannte ihn Lady Brisen sogleich. Herr, sagte Lady Brisen, wir müssen klug mit ihm verfahren, denn er hat den Verstand verloren. Wenn wir ihn unsanft wecken, wissen wir alle nicht, was er tun wird. Deshalb wartet, und ich will einen solchen Zauber auf ihn werfen, daß er erst in einer Stunde aufwacht, und das tat sie auch. Kurz darauf befahl der König, alle Leute sollten sich fernhalten und niemand in die Nähe des Weges kommen, den er zu gehen gedachte. Dann hoben die vier Männer und Damen Sir Lanzelot auf und trugen ihn in einen Turm und dort in ein Gemach, in dem der heilige Gral stand. Neben dem heiligen Gefäß legten sie Sir Lanzelot nieder. Ein heiliger Mann kam und enthüllte das Gefäß, und durch die Wunderkraft dieses heiligen Gefäßes wurde Sir Lanzelot geheilt und wiederhergestellt. Als er aufwachte, stöhnte und seufzte er und klagte, daß ihm sehr elend sei.

WIE SIR LANZELOT, NACHDEM ER GEHEILT WAR UND SEINEN VERSTAND WIEDERERLANGT HATTE, SICH SCHÄMTE, UND WIE ELAINE EINE BURG FÜR IHN FORDERTE.

Als Sir Lanzelot König Pelles und Elaine erblickte, schämte er sich und sagte: O Herr Jesus, wie bin ich hierhergekommen? Um Gottes willen, hoher Herr, laßt mich wissen, wie ich hierhergekommen bin! Herr, antwortete Lady Elaine, in dieses Land seid Ihr als ein Wahnsinniger gekommen. Hier hat man Euch wie einen Narren gehalten, weil niemand wußte, wer Ihr wart, bis mich durch Zufall eines meiner Mädchen zu Euch führte, als Ihr an dem Brunnen lagt und schlieft. Wie ich Euch sah, erkannte ich Euch. Das berichtete ich meinem Vater, und so wurdet Ihr zu diesem heiligen Gefäß gebracht, und durch seine Kraft seid Ihr geheilt. O barmherziger Jesus, sagte Sir Lanzelot, wenn das wahr ist, wie viele wissen dann hier von meinem Wahnsinn? Bei Gott, antwortete Elaine, nur mein Vater, ich und Lady Brisen. Um Christi willen, sagte Sir Lanzelot, haltet es geheim und laßt es niemand auf der Welt erfahren, denn ich schäme mich sehr, daß mir dies Unheil zugestoßen ist und ich auf ewig aus dem Lande Logris, das heißt England, verbannt bin. So lag Sir Lanzelot noch länger als vierzehn Tage in Schmerzen, bevor er sich wieder regen konnte. Eines Tages sagte er zu Elaine: Lady Elaine, um Euretwillen habe ich viel

Mühsal, Not und Ungemach erduldet, ich brauche das nicht näher auszuführen, Ihr wißt es. Dennoch weiß ich wohl, ich habe mich gegen Euch vergangen, als ich das Schwert zog, um Euch an jenem Morgen zu töten, nachdem ich bei Euch gelegen hatte. An alledem war schuld, daß Ihr und Lady Brisen mich dazu gebracht habt, gegen meinen Willen mit Euch das Lager zu teilen; und wie Ihr sagt, wurde in jener Nacht Euer Sohn Galahad gezeugt. Das ist wahr, sagte Lady Elaine. Wollt Ihr nun um meinetwillen zu Euerm Vater gehen, fuhr Sir Lanzelot fort, und mir eine Wohnstätte verschaffen? Denn an den Hof des Königs Artus kann ich nie zurückkehren. Herr, erwiderte Lady Elaine, ich will mit Euch leben und sterben, und wenn Euch mein Leben nichts, mein Tod hingegen etwas nützen könnte, so wißt, ich wollte für Euch sterben. Ich will zu meinem Vater gehen, und ich bin sicher, es gibt nichts, was ich nicht von ihm begehren kann. Und wo Ihr seid, mein hoher Herr Sir Lanzelot, zweifelt nicht, da werde ich sein und Euch dienen, so gut ich kann. Und sogleich ging sie zu ihrem Vater und sagte: Herr, Sir Lanzelot wünscht, auf einer Eurer Burgen zu bleiben. Nun, Tochter, antwortete der König, so soll er die Burg Bliant beziehen, und Ihr sollt bei ihm sein und mit Euch zwanzig der schönsten Damen des Landes aus edlem Hause. Und zehn Ritter sollt Ihr bei Euch haben, denn wir sind alle geehrt durch Sir Lanzelots Blut.

Kap. 6

WIE SIR LANZELOT AUF DIE FROHE INSEL KAM UND SICH DORT LE CHEVALER MAL FET NANNTE. Dann ging Lady Elaine zu Sir Lanzelot und berichtete ihm, was ihr Vater für ihn und für sie angeordnet hatte. Bald darauf kam der Ritter Sir Castor, der Neffe des Königs Pelles, zu Sir Lanzelot und fragte ihn nach seinem Namen. Herr, antwortete Sir Lanzelot, mein Name ist Le Chevaler Mal Fet, das heißt der Ritter, der sich versündigt hat. Herr, sagte Sir Castor, das mag wohl sein, doch mich dünkt, Euer Name müßte Sir Lanzelot vom See sein, denn ich habe Euch früher gesehen. Herr, erwiderte Lanzelot, Ihr sprecht nicht wie ein edler Ritter. Gesetzt den Fall, mein Name wäre Sir Lanzelot und ich hätte Grund, meinen Namen zu verbergen, was macht es Euch aus, mein Geheimnis zu wahren, da es Euch doch nicht schadet? Aber seid versichert, wann immer es in meiner Macht steht, will ich Euch schaden, das gelobe ich Euch wahrlich. Da kniete Sir Castor nieder und flehte Sir Lanzelot um Gnade an: Ich will nie verlauten lassen, wer Ihr seid, solange Ihr in diesem Lande weilt. Da verzieh ihm Sir Lanzelot. Danach ritt er mit König Pelles und zehn Rittern und Lady Elaine mit zwanzig Damen nach der Burg Bliant, die eisengepanzert auf einer Insel stand, die von tiefem und breitem Wasser umgeben war. Als sie ankamen, nannte Sir Lanzelot die Burg die Frohe Insel, und er selbst hieß nur Le Chevaler Mal Fet. Dann ließ sich Sir Lanzelot einen Schild machen, der war ganz schwarz, und in der Mitte sah man eine gekrönte Königin aus Silber, und vor ihr kniete ein gewappneter Ritter. Einmal an jedem Tag, trotz aller Kurzweil, die ihm die Damen bereiteten, schaute er in die Richtung des Königreichs Logris, wo König Artus und Königin Ginevra lebten. Und dann brach er in Tränen aus, als müßte ihm das Herz brechen.

VON EINEM GROSSEN TURNIER AUF DER FROHEN INSEL, UND WIE SIR PARZIVAL UND SIR ECTOR HINKAMEN, UND WIE SIR PARZIVAL MIT SIR LANZELOT KÄMPFTE. ❧ Eines Tages erfuhr Sir Lanzelot von einem Turnier, das nur drei Meilen von seiner Burg entfernt stattfand, und er rief einen Zwerg zu sich und hieß ihn zu diesem Turnier gehen: Ehe die Ritter wegreiten, rufe dort aus, so daß alle es hören können, auf der Frohen Insel, das heißt auf der Burg Bliant, wohne ein Ritter, und sage, sein Name sei Le Chevaler Mal Fet, und er wolle mit allen Rittern kämpfen, die da kommen. Und wer diesen Ritter besiegt, der soll ein schönes Mädchen und einen Jagdfalken bekommen. Diesem Aufruf folgten fünfhundert Recken, und niemals sah man während der Herrschaft des Königs Artus einen Ritter, der solche Waffentaten vollbrachte wie Sir Lanzelot an diesen drei Tagen, denn er bezwang alle fünfhundert, aber kein einziger von ihnen wurde erschlagen. Danach gab Sir Lanzelot ihnen allen ein großes Fest. Wie dies im Gange war, kamen Sir Parzival von Wales und Sir Ector von Maris bei der Frohen Insel an. Als sie die festliche Burg erblickten, wollten sie hineingehen, aber sie konnten es nicht wegen des breiten Wassers, und eine Brücke war nicht zu finden. Da sahen sie auf der anderen Seite eine Dame mit einem Falken auf der Hand, und Sir Parzival rief sie an und fragte sie, wer in der Burg sei. Edle Ritter, antwortete sie, hier in der Burg ist die schönste Frau des Landes, ihr Name ist Elaine. Auch haben wir in dieser Burg den schönsten und stärksten Mann, den es jetzt gibt, und er nennt sich Le Chevaler Mal Fet. Wie ist er in dieses Land gekommen? fragte Sir Parzival. Wahrlich, antwortete das Fräulein, er kam in dieses Land als ein Verrückter und wurde von Hunden und Jünglingen durch die Stadt Corbin gehetzt, doch durch das heilige Gefäß des Grals erhielt er seinen Verstand wieder, aber er kämpft mit keinem Ritter außer vormittags oder mittags. Wenn ihr in die Burg kommen wollt, müßt ihr auf die andere Seite reiten. Dort werdet ihr ein Boot finden, das euch und eure Pferde herüberbringt. So ritten sie herum und kamen zu dem Boot. Sir Parzival stieg ein und sagte zu Sir Ector von Maris: Wartet hier auf mich, bis ich weiß, was für ein Ritter er ist, denn es wäre eine Schmach für uns, wenn wir beide mit ihm kämpfen wollten, wo er doch allein ist. Macht, was Ihr wollt, erwiderte Sir Ector, ich warte hier, bis ich von Euch höre. Dann fuhr Sir Parzival über das Wasser, und am Burgtor sagte er zu dem Pförtner: Geh zu dem wackeren Ritter in der Burg und melde ihm, hier ist ein fahrender Ritter, der mit ihm kämpfen will. Herr, antwortete der Pförtner, reitet hinein, und Ihr kommt zum Turnierplatz, wo Euch die Herren und Damen zuschauen können. Kaum hatte Sir Lanzelot die Botschaft erhalten, war er auch schon gerüstet, und Sir Parzival und Sir Lanzelot rannten mit solcher Wucht gegeneinander und ihre Lanzen waren so stark, daß beide Ritter samt ihren Pferden zu Boden stürzten. Dann machten sie sich von ihren Pferden frei und zogen edle Schwerter heraus und hieben einander Stücke von ihren Schilden und drangen aufeinander ein wie zwei Eber und schlugen sich gegenseitig tiefe Wunden. Nachdem sie länger als zwei Stunden gekämpft hatten, sprach Sir Parzival: Edler Ritter, ich bitte Euch, nennt mir Euern Namen, denn ich bin noch nie mit einem solchen Kämpen zusammengetroffen. Herr, antwortete Sir Lanzelot, mein Name ist Le Chevaler Mal Fet, und nun nennt mir Euern Namen, ich bitte Euch, edler Ritter. Gewiß, sagte Sir Parzival, mein Name ist Sir Parzival von Wales. Ich bin ein Bruder des wackeren Ritters Sir Lamorak von Wales, und König Pellinore war unser Vater, und Sir Aglovale ist mein anderer Bruder. Wehe, rief Sir Lanzelot, was habe ich getan, daß ich mit einem Ritter der Tafelrunde gekämpft habe, dessen Gefährte ich einst war?

Kap. 8

WIE SIE EINANDER ERKANNTEN UND VON IHRER RITTERLICHKEIT, UND WIE SEIN BRUDER SIR ECTOR ZU LANZELOT KAM UND VON IHRER FREUDE. ❧ Bei diesen Worten kniete Sir Lanzelot nieder und warf Schild und Schwert von sich. Sir Parzival wunderte sich, was das zu bedeuten hatte, und sagte: Herr Ritter, wer Ihr auch seid, ich bitte Euch, bei den hohen Gesetzen der Ritterehre, nennt mir Euern wahren Namen. Da antwortete er: So wahr mir Gott helfe, mein Name ist Sir Lanzelot vom See. Ich bin der Sohn des Königs Ban von Benwick. Wehe, rief Sir Parzival, was habe ich getan? Mich schickte die Königin, um Euch zu suchen, und so habe ich Euch an die zwei Jahre lang gesucht, und dort jenseits des Wassers wartet Sir Ector von Maris, Euer Bruder, auf mich. Doch, um Gottes willen, vergebt mir meine Missetaten, die ich hier begangen habe. Sie sind schnell vergeben, antwortete Sir Lanzelot. Dann schickte Sir Parzival nach Sir Ector von Maris, und als Sir Lanzelot ihn erblickte, lief er auf ihn zu und schloß ihn in die Arme. Da kniete Sir Ector nieder, und beide weinten miteinander, daß alle Mitleid hatten, die es sahen. Schließlich kam Lady Elaine hinzu, und sie bot ihnen so große Gastfreundschaft, wie es nur immer in ihrer Macht stand. Und sie berichtete Sir Ector und Sir Parzival, wie Sir Lanzelot in das Land gekommen und wie er geheilt worden war. Dabei wurde bekannt, wie lange sich Sir Lanzelot bei Sir Bliant und bei Sir Selivant aufgehalten und wie er sie zuerst getroffen und sich dann wegen des Ebers von ihnen getrennt hatte, und wie er schließlich von dem Einsiedler geheilt und dann nach Corbin gekommen war. Und Sir Parzival und Sir Ector blieben eine Weile bei Sir Lanzelot und Lady Elaine auf der Frohen Insel.

WIE SIR BORS UND SIR LIONEL ZU KÖNIG BRANDEGORIS KAMEN, UND WIE SIR BORS SEINEN SOHN HELIN LE BLANK FAND, UND VON SIR LANZELOT.

Auch Sir Bors von Ganis und Sir Lionel hatten Sir Lanzelot an die zwei Jahre lang gesucht, aber keine Spur von ihm gefunden. Wie sie so ritten, kamen sie durch Zufall zu dem Schloß des Königs Brandegoris, und da war Sir Bors wohlbekannt, denn er hatte fünfzehn Jahre vorher mit der Tochter des Königs ein

Kind gezeugt, das Helin le Blank hieß. Als Sir Bors den Knaben sah, gefiel er ihm über alle Maßen. Und die Ritter fanden gute Aufnahme. Am anderen Morgen trat Sir Bors vor den König und sagte: Hier ist Helin le Blank, der, wie man sagt, mein Sohn ist. Darum will ich ihn mitnehmen an den Hof des Königs Artus. Herr, erwiderte der König, Ihr könnt ihn gern mitnehmen, aber er ist noch in sehr zartem Alter. Dennoch, sagte Sir Bors, will ich es tun und ihn an den berühmtesten Hof der Welt bringen. Als Sir Bors schied, herrschte großes Wehklagen über die Abreise Helins, und viele Tränen wurden vergossen. Doch Sir Bors und Sir Lionel ritten mit ihm fort und kamen nach einiger Zeit nach Camelot zu König Artus. Als König Artus hörte, daß Helin ein Sohn von Sir Bors und ein Neffe des Königs Brandegoris war, erhob er ihn zu einem Ritter der Tafelrunde, und er bewährte sich als ein tüchtiger und tapferer Kämpe. Eines Tages gingen nun Sir Ector und Sir Parzival zu Sir Lanzelot und fragten ihn, ob er mit ihnen zu König Artus zurückkehren wolle. Nein, antwortete Sir Lanzelot, auf gar keinen Fall, denn ich bin an dem Hofe so übel behandelt worden, daß ich mich entschlossen habe, nie mehr dorthin zu gehen. Herr, sagte Sir Ector, ich bin Euer Bruder, und Ihr seid der Mann, den ich am meisten auf der Welt liebe. Wenn ich wüßte, daß es Euch zur Unehre gereichte, so könntet Ihr sicher sein, ich würde Euch niemals zuraten. Aber König Artus und alle seine Ritter und besonders Königin Ginevra klagten und trauerten so sehr, daß es erstaunlich zu sehen und zu hören war. Ihr müßt daran denken, welch großen Ruhm und glänzenden Ruf Ihr genießt und daß man von Euch mehr spricht als von irgendeinem anderen Ritter, denn es gibt keinen, der Euch und Sir Tristan gleichkommt. Deshalb, Bruder, fuhr Sir Ector fort, macht Euch fertig und reitet mit uns an den Hof. Ich möchte behaupten, daß niemals ein Ritter dort willkommener war als Ihr. Ich weiß genau und kann beweisen, daß die Königin zwanzigtausend Pfund aufgewandt hat, um Euch suchen zu lassen.

Nun denn, Bruder, sagte Sir Lanzelot, so will ich Euerm Rat folgen und mit Euch reiten. So trafen sie ihre Vorbereitungen und verabschiedeten sich von König Pelles und Lady Elaine. Und als Sir Lanzelot von ihr gehen sollte, trauerte Lady Elaine gar sehr. Mein hoher Herr Sir Lanzelot, sagte sie, am kommenden Pfingstfest sollte Euer und mein Sohn Galahad zum Ritter geschlagen werden, denn er ist nun volle fünfzehn Winter alt geworden. Handelt nach Euerm Belieben, sagte Sir Lanzelot. Möge er sich als ein guter Ritter bewähren, Gott sei ihm gnädig. Ich zweifle nicht, sagte Lady Elaine, daß Galahad sich als der beste Mann seiner Sippe erweisen wird außer einem. Dann wird er ein ganz tüchtiger Mann werden, antwortete ihr Sir Lanzelot.

WIE SIR LANZELOT MIT SIR PARZIVAL UND SIR ECTOR AN DEN HOF KAM UND VON DER GROSSEN FREUDE DARÜBER. Danach machten sie sich auf den Weg, und nach fünf Tagen kamen sie in Camelot an, das englisch Winchester heißt. Der König und alle Ritter hießen Sir Lanzelot auf das herzlichste willkommen. Sir Parzival und Sir Ector berichteten von allen Abenteuern, und Königin Ginevra weinte dabei, als ob sie sterben sollte. Doch dann wurde die Königin frohen Herzens. O Jesus, sagte König Artus, ich wundere mich, aus welchem Grunde Ihr, Sir Lanzelot, so von Sinnen kamt. Ich und viele andere sind der Meinung, es war aus Liebe zur schönen Elaine, der Tochter des Königs Pelles, mit der Ihr einen Sohn gezeugt haben sollt, dessen Name Galahad ist und der, wie die Leute sagen, Wunder vollbringen wird. Mein König, antwortete Sir Lanzelot, wenn ich eine

Torheit beging, so habe ich meinen Lohn dafür erhalten. Und darauf sprach der König nicht weiter darüber. Doch Sir Lanzelots ganze Sippe wußte, um wessentwillen er den Verstand verloren hatte. Und dann wurden überall große Festlichkeiten veranstaltet, und es herrschte bei allen lauter Jubel. Viele vornehme Herren und Damen freuten sich sehr, als sie hörten, daß Sir Lanzelot wieder an den Hof zurück gekommen war.

WIE SCHÖN ISOLDE SIR TRISTAN RIET, ZU DEM GROSSEN FEST ZU PFINGSTEN AN DEN HOF ZU GEHEN. In diesen mehr als zwei Jahren, in denen Sir Lanzelot vermißt worden war, verbreitete sich Sir Tristans Ruhm überall im ganzen Lande Logris, denn Sir Tristan hatte sehr viele seltsame Abenteuer zu bestehen, und er führte sie alle höchst männlich und ruhmvoll zu Ende. Als dann Sir Tristan nun nach dem Freudenturm heimkehrte, erzählte ihm Schön Isolde von dem großen Fest, das am nächsten Pfingsttag stattfinden sollte, und von Sir Lanzelot, wie er zwei Jahre vermißt und von Sinnen gewesen und durch den heiligen Gral geheilt worden war. Ach, sagte Sir Tristan, schuld daran war ein Zerwürfnis zwischen ihm und Königin Ginevra. Das weiß ich, antwortete Lady Isolde, denn Königin Ginevra schrieb mir einen Brief und öffnete mir ihr Herz und ließ Euch bitten, ihn zu suchen. Jetzt ist er, Gott sei Dank, heil und gesund wieder am Hof. Darüber bin ich sehr froh, sagte Sir Tristan, und nun wollen wir unsere Vorbereitungen treffen, denn wir beide wollen zusammen bei dem Fest erscheinen.

Herr, sagte Isolde, wenn es Euch recht ist, möchte ich nicht hingehen, denn um meinetwillen sind Euch viele gute Ritter feindlich gesinnt. Das hat Euch viel mehr Mühsal eingebracht als nötig gewesen wäre. Dann will ich auch nicht teilnehmen, erwiderte Sir Tristan, wenn Ihr nicht dabeisein wollt. Gott behüte, sagte Schön Isolde, da würden alle Königinnen und Damen schlecht von mir reden; wie sehr würde man Euch, der Ihr als einer der edelsten Ritter der Welt geltet und ein Ritter der Tafelrunde seid, bei einem solchen Fest vermissen! Und was werden die Ritter untereinander sagen? Seht, wie Sir Tristan jagt und beizt und ansonsten mit seiner Dame auf seiner Burg hockt und seinen Ruhm vergißt! Wehe, werden manche sagen, es ist schade, daß er je zum Ritter geschlagen worden ist und daß er je die Liebe einer Dame gewinnen konnte. Und was sollen die Königinnen und Damen über mich reden? Daß ich besser tot wäre, weil ich einen so edlen Ritter von seinem Ruhm abhalte? Bei Gott, antwortete Sir Tristan, das ist von Euch sehr gut gesprochen und in edlem Sinne geraten. Daran merkte ich nun, daß Ihr mich herzlich liebt, und wie Ihr mir geraten habt, so will ich es auch machen. Aber ich werde ganz allein reiten, kein Ritter oder Knappe soll mich begleiten. Am nächsten Dienstag will ich aufbrechen und keine andere Kampfrüstung mitnehmen als meine Lanze und mein Schwert.

WIE SIR TRISTAN UNGEWAPPNET FORTRITT UND SIR PALAMIDES BEGEGNETE, UND WIE SIE MITEINANDER KÄMPFTEN UND SIR PALAMIDES IHN SCHONTE. ❧ Als der Tag kam, nahm Sir Tristan Abschied von Schön Isolde, und sie gab ihm vier Ritter mit, die er nach einer halben Meile Weges wieder zurückschickte. Eine Meile weiter gewahrte Sir Tristan Sir

Palamides, der gerade einen Ritter niedergestreckt und fast auf den Tod verwundet hatte. Da reute es Tristan, daß er nicht gewappnet war, doch er hielt an. In diesem Augenblick erkannte Sir Palamides ihn und rief laut: Sir Tristan, endlich haben wir uns wiedergetroffen! Und bevor wir auseinandergehen, wollen wir unsere alte Rechnung begleichen. Was das angeht, erwiderte Sir Tristan, so hat noch nie ein Christenmensch damit prahlen können, daß ich vor ihm geflohen wäre, und auch Ihr, Sir Palamides, der Ihr ein Sarazene seid, sollt Euch niemals rühmen können, Sir Tristan von Liones wäre vor Euch davongelaufen. Und damit spornte Sir Tristan sein Pferd und sprengte mit aller Gewalt gegen Sir Palamides und zerbrach seine Lanze an ihm in hundert Stücke und zog sogleich sein Schwert. Und er wendete sein Pferd und gab Palamides sechs mächtige Streiche über den Helm, Palamides aber stand still da und schaute Sir Tristan an und staunte über seine Wut und seine Tollkühnheit. Dann sagte sich Sir Palamides: Hätte Sir Tristan sich gewappnet, wäre es schwer, ihn von diesem Kampf abzuhalten. Wenn ich ihn angreife und erschlage, ist es eine Schande für mich, wohin ich auch gehe. Dann sprach Sir Tristan: Du feiger Ritter, was hast du vor? Warum willst du nicht mit mir kämpfen? Glaube nicht, ich könnte deiner Niedertracht nicht standhalten! Ach, Sir Tristan, entgegnete Palamides, du weißt sehr gut, daß ich nicht mit dir kämpfen kann, denn du bist nicht gerüstet und ich bin gewappnet, und wenn ich dich erschlage, bringt es mir Schmach. Und du weißt auch, daß ich deine Kraft und Kühnheit im Kampf kenne. Das ist wahr, antwortete Sir Tristan, und ich verstehe deinen Edelmut wohl. Nun gut, sagte Sir Palamides, beantworte mir jetzt eine Frage, die ich dir stellen will. Stell sie nur, sagte Sir Tristan, und ich will dir ehrlich antworten, so wahr mir Gott helfe. Gesetzt den Fall, sagte Sir Palamides, du wärst in allen Stücken gewappnet wie ich und ich ohne Rüstung wie du, bei deiner Ritterehre, was würdest du mit mir machen? Ach, erwiderte Tristan, nun verstehe ich dich, ich soll mein eigenes Urteil sprechen. Bei

Gottes Segen, was ich sagen werde, sage ich nicht aus Furcht vor dir. Du sollst wissen, Sir Palamides, für diesmal würde ich dich ziehenlassen und nicht mit dir kämpfen. Das will ich auch nicht, antwortete Palamides, deshalb reite deines Weges. Ich kann selbst entscheiden, erwiderte Sir Tristan, ob ich reiten oder bleiben will, aber ich wundere mich über eins, Sir Palamides, nämlich daß du ein so guter Ritter bist und doch nicht getauft werden willst, wo doch dein Bruder, Sir Safere, schon seit langem getauft ist.

WIE SIR TRISTAN DEN HARNISCH EINES VERWUNDETEN RITTERS NAHM UND ERNEUT MIT SIR PALAMIDES KÄMPFTE.

Was das angeht, sagte Sir Palamides, so mag ich mich noch nicht taufen lassen wegen des Gelübdes, das ich vor Jahren abgelegt habe, obschon ich an Jesus Christus und an seine gnadenreiche Mutter Maria glaube. Doch muß ich noch einen Kampf kämpfen, und wenn ich den ausgefochten habe, will ich mich gern taufen lassen. Bei meinem Leben, entgegnete Sir Tristan, diesen einen Kampf sollst du nicht lange suchen. Gott verhüte, daß du durch meine Schuld noch länger ein heidnischer Sarazene bleibst. Dort ist ein Ritter, den du verwundet und niedergeworfen hast; hilf mir, seine Rüstung anzulegen, dann will ich dein Gelübde bald erfüllen. Wie du es wünschst, sagte Palamides, soll es geschehen. So ritten sie beide zu dem Ritter, der auf einer Bank saß, und Sir Tristan grüßte ihn, und er gab den Gruß matt zurück. Herr Ritter, sagte Sir Tristan, ich bitte Euch, nennt mir Euern wahren Namen. Herr, antwortete er, mein Name ist Sir Galleron von Galway, ich bin ein Ritter der Tafelrunde. Bei Gott, sagte Sir Tristan, Eure Wunden dauern mich; doch ich möchte Euch bitten, mir Eure gesamte Rüstung zu leihen, denn Ihr seht, ich bin ungewappnet und muß mit diesem Ritter kämpfen. Herr, antwortete der verwundete Ritter, Ihr könnt sie gern haben. Doch seht Euch vor, ich warne Euch, dieser Ritter ist stark. Außerdem bitte ich Euch, nennt mir Euren Namen und den Namen des Ritters, der mich bezwungen hat. Herr, mein Name ist Sir Tristan von Liones, und der Ritter, der Euch verwundet hat, heißt Sir Palamides. Er ist der Bruder des wackeren Ritters Sir Safere, doch er ist noch ungetauft. Ach, sagte Sir Galleron, es ist schade, daß ein so tüchtiger Ritter und edler Waffenheld nicht getauft ist. Bei Gott, sagte Sir Tristan, entweder ich erschlage ihn oder er erschlägt mich, aber er soll getauft werden, bevor wir auseinandergehen. Hoher Herr Sir Tristan, sagte Sir Galleron, Euer Ruf und Ruhm ist in vielen Ländern wohlbekannt, und Gott schütze Euch heute vor Schmach und Verderben. Dann nahm Sir Tristan Sir Galleron, der ein edler Ritter und von mächtiger Gestalt war und viele Waffentaten vollbracht hatte, die Rüstung ab. Als Sir Galleron ohne Harnisch war, konnte er sich auf den Beinen halten, obgleich er im Rücken eine Wunde von einer Lanze hatte, doch so gut es ging, half er, Sir Tristan die Rüstung anzulegen. Dann stieg Sir Tristan auf sein eigenes Pferd und nahm Sir Gallerons Lanze zur Hand, und indessen war auch Sir Palamides bereit. So sprengten sie gegeneinander, und jeder traf den anderen mitten auf den Schild, und dabei zerbrach Palamides' Lanze, und Sir Tristan warf Sir Palamides' Pferd nieder. So rasch er konnte, machte sich Sir Palamides von seinem Pferd frei, nahm den Schild und zog das Schwert. Das sah Sir Tristan und stieg ab und band sein Pferd an einen Baum.

WIE SIR TRISTAN UND SIR PALAMIDES LANGE MITEINANDER KÄMPFTEN UND SICH DANN VERSÖHNTEN, UND WIE SIR TRISTAN IHN VERANLASSTE, SICH TAUFEN ZU LASSEN. Dann fochten sie miteinander wie zwei wilde Eber und hieben und stachen und schritten vorwärts und rückwärts und seitwärts wie tapfere und erprobte Kämpfer. Doch Sir Palamides fürchtete die Kraft Sir Tristans, und daher machte er es ihm oft möglich, zu verschnaufen. So kämpften sie über zwei Stunden lang, und oft versetzte Sir Tristan Sir Palamides so wuchtige Streiche, daß er ihn in die Knie zwang, und Sir Palamides hieb von Sir Tristans Schild viele Stücke ab und verwundete ihn schließlich, denn er war ein ausgezeichneter Kämpfer. Darüber ergrimmte Sir Tristan mächtig und stürzte sich mit solcher Gewalt auf Sir Palamides, daß dieser langhin zu Boden fiel, doch behende sprang er wieder auf die Füße. Da verwundete Sir Tristan ihn schwer an der Schulter. Dann focht Sir Tristan mit voller Kraft weiter, doch Sir Palamides blieb ihm nichts schuldig, sondern schlug viele scharfe Streiche zurück. Schließlich verdoppelte Sir Tristan seine Streiche und hieb durch Zufall Sir Palamides das Schwert aus der Hand, und wenn Palamides sich nach seinem Schwert gebückt hätte, wäre er erschlagen worden. So stand er da und blickte bekümmerten Herzens nach seinem Schwert. Sieh an, sagte Sir Tristan, jetzt bin ich im Vorteil über dich, so wie du vorhin über mich. Aber nie soll man an einem Hof oder unter guten Rittern sagen, Sir Tristan hätte einen waffenlosen Ritter erschlagen. Deshalb nimm dein Schwert und laß uns diesen Kampf zu Ende führen. Was diesen Kampf angeht, sagte Palamides, so vermag ich wohl, ihn zu

Ende zu führen, aber ich habe keine große Lust dazu; denn ich habe dich nicht so schwer beleidigt, daß wir nicht Freunde sein könnten. Alles, womit ich dich gekränkt habe, geschah nur aus Liebe zu Schön Isolde. Sie ist, so darf ich sagen, unvergleichlich unter allen Damen, und ich wollte ihr niemals Unehre machen. Durch sie habe ich den größten Teil meines Ruhmes gewonnen, und sie selbst habe ich niemals gekränkt. Alle Kränkungen, die ich begangen habe, richteten sich gegen deine Person, und dafür hast du mir heute viele scharfe Streiche versetzt, und ein paar habe ich dir zurückgegeben. Ich muß sagen, daß ich nie einem Mann gegenüberstand, der so stark und so gut bei Atem war, außer Sir Lanzelot vom See. Deshalb bitte ich dich, Sir Tristan, vergib mir alle Kränkungen, die ich dir angetan habe, und bring mich noch heute zur nächsten Kirche und laß mich zuerst beichten und Absolution erlangen und dann die wahre Taufe empfangen. Danach wollen wir zusammen zu König Artus reiten und an dem großen Fest teilnehmen. Steig in den Sattel, erwiderte Sir Tristan, und alles soll geschehen, wie du sagst. All deine Bosheiten möge Gott dir vergeben, ich tue es auch. Nur eine Meile von hier entfernt befindet sich der Bischof von Carlisle, der dir das Sakrament der Taufe reichen soll. So bestiegen sie ihre Pferde, und Sir Galleron ritt mit ihnen. Als sie zu dem Bischof kamen, trug Sir Tristan ihr Anliegen vor. Darauf füllte der Bischof ein großes Gefäß mit Wasser, und nachdem er es geweiht hatte, nahm er Sir Palamides die Beichte ab und taufte ihn, und Sir Tristan und Sir Galleron waren seine Paten. Bald danach brachen sie auf und ritten nach Camelot, wo sich König Artus und Königin Ginevra und die meisten Ritter der Tafelrunde aufhielten. Und der König und alle am Hof waren froh, daß Sir Palamides getauft war. Am nächsten Tag brachen dann alle Ritter der Tafelrunde auf und zogen in die verschiedensten Richtungen davon. Sir Tristan aber kehrte wieder nach Burg Freudenturm zurück, und Sir Palamides folgte dem bellenden Tier.

13. Buch

WIE AM VORABEND DES PFINGSTFESTES EIN FRÄULEIN IN DIE HALLE VOR KÖNIG ARTUS KAM UND SIR LANZELOT ERSUCHTE, MIT IHR ZU GEHEN UND EINEN ZUM RITTER ZU SCHLAGEN, UND WIE ER SIE BEGLEITETE.

ALS am Vorabend des Pfingstfestes alle Mitglieder der Tafelrunde nach Camelot gekommen waren, die Messe gehört hatten und die Tafel zum Mahle gerichtet war, erschien ein sehr schönes Edelfräulein in der Halle. Sie war im Galopp geritten, und ihr Pferd war schweißbedeckt. Sie stieg ab, trat vor den König und grüßte ihn. Er sprach: Fräulein, Gott segne Euch. Herr König, erwiderte sie, sagt mir um Gottes willen, wo Sir Lanzelot ist. Ihr seht ihn dort, antwortete der König. Da ging sie zu Sir Lanzelot und sagte: Sir Lanzelot, ich grüße Euch im Namen des Königs Pelles und bitte Euch, mit mir in einen nahen Wald zu kommen. Darauf fragte Sir Lanzelot das Fräulein, woher sie stamme. Ich gehöre zum Hof des Königs Pelles, antwortete sie. Was wollt Ihr von mir? fragte Lanzelot. Das werdet Ihr erfahren, wenn Ihr hinkommt. Nun gut, sagte er, ich will gern mit Euch gehen. Dann hieß Sir Lanzelot seinen Knappen sein Pferd satteln und seine Rüstung bringen. Dieser Befehl wurde in aller Eile ausgeführt. Da trat die Königin zu Lanzelot und sprach: Wollt Ihr uns an diesem hohen Fest verlassen? Hohe Frau, sagte das Edelfräulein, er wird morgen zur Mittagszeit wieder bei Euch sein. Wenn ich nicht wüßte, erwiderte die Königin, daß er morgen wieder hier ist, würde ich ihm nicht erlauben, mit Euch zu gehen. So brach Sir Lanzelot mit dem Edelfräulein auf. Sie ritten in in einen Wald und in ein tiefes Tal, wo sie ein Nonnenkloster sahen. Dort wartete ein Knappe und öffnete die Tore. Sie ritten hinein und stiegen ab. Da kam eine stattliche Schar auf Sir Lanzelot zu und hieß ihn freudig willkommen. Dann führten sie ihn in das Gemach der Äbtissin und nahmen ihm die Rüstung ab, und dabei sah er auf einem Bett zwei seiner Vettern liegen, Sir Bors und Sir Lionel. Er weckte sie, und als sie ihn erkannten, waren sie voller Freude. Welches Abenteuer, sagte Sir Bors, hat Euch hierhergebracht? Wir dachten, wir würden Euch morgen in Camelot treffen. Ein Edelfräulein hat mich hergebracht, antwortete Sir Lanzelot, aber ich weiß nicht, aus welchem Grunde. Während sie so miteinander sprachen, kamen zwölf Nonnen herein und brachten Galahad mit, der überaus schön und wohlgestalt war, daß man in der Welt kaum seinesgleichen finden konnte. Alle diese Damen weinten. Herr, sagten sie, wir bringen Euch hier diesen Jüngling, den wir in Pflege hatten, und wir bitten Euch, ihn zum Ritter zu schlagen, denn in den Orden der Ritterschaft könnte er von keinem würdigeren Mann aufgenommen werden. Sir Lanzelot betrachtete den jungen Knappen und sah, daß er sanft und zurückhaltend war wie eine Taube und so anmutige Züge hatte, daß er meinte, nie einen so schönen und wohlgebauten Mann dieses Alters gesehen zu haben. Dann fragte Sir Lanzelot: Kommt dieser Wunsch von ihm selbst? Ja, antworteten er und alle anderen. Dann, sagte Sir Lanzelot, soll er morgen zu Ehren des hohen Festes in den Orden der Ritterschaft eintreten. Abends wurde Sir Lanzelot glänzend bewirtet, und am anderen Morgen schlug er Galahad auf dessen Wunsch zum Ritter und sagte: Gott mache einen tüchtigen Mann aus Euch, an Schönheit übertrifft Euch keiner.

WIE BUCHSTABEN AUF DEM GEFÄHRLICHEN SITZ GESCHRIEBEN STANDEN, UND VON DEM WUNDERBAREN ABENTEUER DES SCHWERTES IN EINEM STEIN.

❧ Und nun, edler Herr, sagte Sir Lanzelot, wollt Ihr mit mir an den Hof des Königs Artus kommen? Nein, antwortete er, das möchte ich jetzt nicht. Dann verabschiedete sich Sir Lanzelot und nahm seine beiden Vettern mit. Am Vormittag des Pfingstfestes erreichten sie Camelot. Der König und die Königin waren bereits zur Kirche gegangen, um den Gottesdienst zu hören. Als sie zurückkamen, freuten sie sich sehr über die Ankunft von Sir Bors und Sir Lionel und der ganze Hof ebenfalls. Da entdeckten die Barone, daß an den Sitzen rings um die Tafel in goldenen Lettern geschrieben stand: Hier soll der sitzen, und der soll hier sitzen. So gingen sie die Runde herum, bis sie zu dem Gefährlichen Sitz kamen, auf dem in frischen Goldbuchstaben stand: Vierhundertvierundfünfzig Winter nach der Passion Unseres Herrn Jesus Christus soll dieser Sitz besetzt werden. Da riefen sie alle: Das ist eine wunderbare und abenteuerliche Sache. Sir Lanzelot zählte die Jahre von der Passion Unseres Herrn bis zu jenem Tage. Wie es scheint, sagte er, soll dieser Sitz heute besetzt werden, denn heute ist das Pfingstfest nach dem vierhundertundfünfzigsten Jahr. Wenn ihr alle einverstanden seid, schlage ich vor, diese Buchstaben heute zu verdecken, bis derjenige kommt, der dieses Abenteuer bestehen soll. Da ließen sie ein seidenes Tuch kommen, um die Schrift auf dem Gefährlichen Sitz zu verhüllen. Gleich darauf ließ der König zum Mittagsmahl rufen. Herr König, sagte Sir Kay, der Seneschall, wenn Ihr jetzt zum Mahle geht, brecht Ihr Euern alten Brauch, denn Ihr pflegtet an diesem Tage nicht zu speisen, bevor Ihr ein Abenteuer erlebt hattet. Das ist wahr, antwortete der König, aber ich habe mich so darüber gefreut, daß Sir Lanzelot und seine Vettern heil und gesund an den Hof zurückgekehrt sind, und darüber habe ich meinen alten Brauch vergessen. Während sie so sprachen, kam ein Knappe herein und sagte zum König: Herr, ich bringe Euch wunderbare Kunde. Was denn? fragte der König. Hier unten im Fluß habe ich einen großen Stein gesehen, der auf dem Wasser schwimmt und in dem ein Schwert steckt. Da erwiderte der König: Dieses Wunder will ich sehen, und alle Ritter begleiteten ihn. Als sie zum Fluß kamen, fanden sie einen schwimmenden Stein, der wie roter Marmor aussah. Darin steckte ein schönes, prächtiges

Schwert, dessen Knauf mit Edelsteinen und zierlichen Lettern aus Gold besetzt war. Die Barone lasen die Schrift, sie lautete: Kein Mann wird mich herausziehen, außer dem, an dessen Seite ich hängen soll, und er wird der beste Ritter der Welt sein. Als der König die Schrift gelesen hatte, sagte er zu Sir Lanzelot: Edler Freund, dieses Schwert müßte Euch gehören, denn ich bin sicher, Ihr seid der beste Ritter der Welt. Da antwortete Sir Lanzelot sehr ernst: Gewiß, Herr, ist es nicht mein Schwert, und ich besitze nicht die Kühnheit, meine Hand daran zu legen, denn es ist nicht bestimmt, an meiner Seite zu hängen. Auch wird derjenige, der versucht, das Schwert an sich zu nehmen, und dem das nicht gelingt, von dem Schwert eine solche Wunde empfangen, daß er danach nicht mehr lange leben wird. Und wißt ferner, daß an diesem nämlichen Tag die Abenteuer des heiligen Grals, der das heilige Gefäß genannt wird, beginnen.

WIE SIR GAWEIN VERSUCHTE, DAS SCHWERT HERAUSZUZIEHEN, UND WIE EIN FROMMER, ALTER MANN GALAHAD HERBEIFÜHRTE. ❧ Nun, edler Neffe, sagte der König zu Sir Gawein, versucht Ihr es mir zuliebe. Herr, erwiderte dieser, seid gnädig und erlaßt es mir. Versucht es, sagte der König, ich befehle es Euch. Herr, antwortete Gawein, Euerm Befehl will ich gerne gehorchen. Damit packte er das Schwert am Griff, konnte es aber nicht von der Stelle bewegen. Ich danke Euch, sagte der König. Sir Gawein, fügte Sir Lanzelot hinzu, denkt daran, dieses Schwert wird Euch so scharf treffen, daß Ihr wünschen werdet, Ihr hättet es selbst um die beste Burg dieses Reiches nie angefaßt. Ich konnte mich dem Willen und Befehl meines Onkels nicht widersetzen, antwortete Sir Gawein. Als das der König hörte, reute es ihn sehr; und er hieß Sir Parzival, er solle es ihm zuliebe versuchen. Er erwiderte: Gern, um Sir Gawein Gesellschaft zu leisten. Damit legte er die Hand an das Schwert und zog gewaltig daran, aber es bewegte sich nicht. Danach waren noch andere so kühn, die Hand daran zu legen. Jetzt könnt Ihr zu Euerm Mahle gehen, sagte Sir Kay zum König, denn Ihr habt ein wunderbares Abenteuer gesehen. So gingen sie alle in den Saal. Jeder Ritter kannte seinen Sitz und nahm darauf Platz, und junge Ritter trugen die Gerichte auf. Als sie alle bedient und alle Plätze außer dem Gefährlichen Sitz besetzt waren, geschah ein wunderbares Abenteuer. Alle Türen und Fenster des Palastes schlossen sich von selbst. Dennoch war es in der Halle nicht sehr dunkel geworden, und darüber waren alle höchst erstaunt. Schließlich sprach König Artus zuerst: Bei Gott, edle Gefährten und Herren, wir haben heute Wunder gesehen, doch ich glaube, bevor es Nacht wird, werden wir noch größere Wunder erleben. Unterdessen kam ein frommer alter Mann herein, ganz in Weiß gekleidet, und keiner der Ritter wußte, woher er gekommen war. Er brachte einen jungen Ritter mit, der trug eine rote Rüstung, war aber ohne Schwert und Schild, nur eine leere Scheide hing an seiner Seite. Beide waren sie zu Fuß. Der Alte sagte: Friede sei mit euch, ihr edlen Herren. Dann wandte er sich an König Artus: Herr König, ich bringe Euch hier einen jungen Ritter, der aus königlichem Geblüt und aus dem Geschlecht Josephs von Arimathia stammt und der die Wunder dieses Hofes und fremder Reiche vollenden wird.

Kapitel 4

WIE DER ALTE MANN GALAHAD ZUM GEFÄHRLICHEN SITZ GELEITETE UND IHN HINEIN SETZTE, UND WIE ALLE RITTER STAUNTEN. Über diese Worte freute sich der König sehr und sagte zu dem frommen Mann: Ihr seid herzlich willkommen und der junge Ritter ebenso. Dann hieß der alte Mann den jungen die Rüstung ablegen, und da trug er ein Gewand aus roter Seide, und legte ihm einen mit Hermelin besetzten Mantel um die Schultern. Darauf sagte er zu dem jungen Ritter: Herr, folgt mir! und führte ihn geradenwegs zu dem Gefährlichen Sitz neben Sir Lanzelot. Der Alte hob das Tuch hoch und fand eine Inschrift, die lautete: Hier sitzt Galahad, der hohe Prinz. Herr, sprach der Alte, Ihr seht, dies ist Euer Platz. Dann ließ sich der junge Ritter beherzt auf diesem Sitz nieder und sagte zu dem alten Mann: Nun könnt Ihr Eures Weges gehen, denn Ihr habt gut erfüllt, was Euch aufgetragen war. Grüßt meinen Großvater, König Pelles, und König Peschere und sagt ihnen, ich werde sie besuchen kommen, sobald ich kann. So entfernte sich der fromme Mann, und zwanzig berittene Knappen stießen zu ihm, und sie ritten ihres Weges. Da staunten alle Ritter der Tafelrunde sehr über Sir Galahad, daß er auf dem Gefährlichen Sitz Platz nehmen durfte und noch so zarten Alters war. Sie wußten nicht, woher er kam, außer allein von Gott, und sie sagten: Das ist er, der zum heiligen Gral gelangen wird, denn hier saß noch keiner, dem es nicht übel ergangen wäre. Sir Lanzelot betrachtete seinen Sohn und hatte große Freude an ihm. Sir Bors sagte zu seinen Gefährten: Bei meinem Leben, dieser junge Ritter wird großen Ruhm erlangen. Die Nachricht von diesem Ereignis ging im ganzen Hof herum und kam auch zur Königin. Und sie wollte wissen, was für ein Ritter es wagen durfte, auf dem Gefährlichen Sitz Platz zu nehmen. Viele sagten zur Königin, er sei Sir Lanzelot sehr ähnlich. Ich vermute, sagte die Königin, es ist Galahad, den Lanzelot mit der Tochter des Königs Pelles gezeugt hat, als er durch Zauber dazu gebracht wurde, mit ihr das Lager zu teilen. Ich möchte ihn gern sehen, denn er muß ein edler Mann sein, das ist sein Vater auch, und dafür berufe ich mich auf die ganze Tafelrunde. Als das Mahl vorbei war und sich alle erhoben, ging der König zu dem Gefährlichen Sitz, hob das Tuch auf und fand da den Namen Galahad. Er zeigte ihn Sir Gawein und sprach: Edler Neffe, nun haben wir Sir Galahad unter uns, den edlen Ritter, der uns allen Ehre machen wird, und bei meinem Leben, er wird den heiligen Gral vollenden, ganz wie Sir Lanzelot es uns vorausgesagt hat. Dann wandte sich König Artus an Galahad und sagte: Herr, Ihr seid willkommen, denn Ihr werdet viele gute Ritter zu der Suche nach dem heiligen Gral bewegen, und Ihr werdet vollbringen, was nie ein Ritter zu Ende führen konnte. Dann nahm ihn der König bei der Hand und schritt aus dem Palast zum Fluß hinunter, um Galahad das Abenteuer des Steins zu zeigen.

WIE KÖNIG ARTUS GALAHAD DEN STEIN ZEIGTE, DER AUF DEM WASSER SCHWAMM, UND WIE GALAHAD DAS SCHWERT HERAUSZOG. ❧ Das hörte die Königin und kam mit vielen Damen nach und zeigte ihnen den Stein, der auf dem Wasser schwamm. Herr, sagte der König zu Sir Galahad, hier ist das größte Wunder, das ich je gesehen habe. Vortreffliche Ritter haben sich daran versucht und haben versagt. Herr König, erwiderte Galahad, das ist nicht erstaunlich, denn dieses Abenteuer gehört nicht ihnen, sondern mir. Da ich dieses Schwertes sicher war, habe ich keins mitgebracht, und hier an meiner Seite hängt die Scheide. Sogleich legte er die Hand an das Schwert und zog es mit Leichtigkeit aus dem Stein. Er steckte es in die Scheide und sagte zum König: So geht es besser als zuvor. Herr, sagte der König, einen Schild wird Gott Euch senden. Nun habe ich das Schwert, sagte Galahad, das einst dem wackeren Ritter Balin le Savage gehörte, einem sehr tüchtigen Kämpen. Mit diesem Schwert erschlug er seinen Bruder Balan. Das war ein großer Jammer, denn er war ein wackerer Ritter. Sie töteten sich dabei gegenseitig wegen eines schmerzlichen Streiches, den Balin meinem Großvater König Pelles versetzt hatte, der noch nicht davon genesen ist und auch nicht genesen wird, bis ich ihn heile. In diesem Augenblick sahen sie eine Dame auf einem weißen Zelter den Fluß entlang auf sie zu geritten kommen. Sie grüßte den König und die Königin und fragte nach Sir Lanzelot. Er antwortete selbst: Hier bin ich, edle Dame. Da sprach sie unter Tränen: Wie sich Euer Ruhm seit heute morgen verändert hat! Fräulein, warum sagt Ihr das? fragte Lanzelot. Ich spreche die Wahrheit, erwiderte das Fräulein, denn bis zum heutigen Tag wart Ihr der beste Ritter der Welt, aber wenn das jetzt einer behauptete, wäre er ein Lügner, denn es gibt jetzt einen besseren als Euch, was durch das Abenteuer mit dem Schwert bewiesen ist, das Ihr nicht anzufassen wagtet. Darin liegt die Veränderung und der Niedergang Eures Namens. Denkt also stets daran, daß Ihr von nun an nicht mehr glauben solltet, der beste Ritter der Welt zu sein. Ich weiß sehr wohl, erwiderte Lanzelot, daß ich niemals der beste war. Doch, sagte das Fräulein, das wart Ihr und seid noch der beste von allen sündhaften Männern der Welt. Und Euch, Herr König, schickt Nacien der Einsiedler Botschaft, daß Euch die größte Ehre zuteil werden wird, die je einem König in Britannien zufiel. Ich sage Euch auch weshalb, denn heute wird der heilige Gral in Euerm Hause erscheinen und Euch und alle Eure Gefährten von der Tafelrunde speisen. Danach entfernte sie sich und ritt den gleichen Weg zurück, den sie gekommen war.

WIE KÖNIG ARTUS ALLE RITTER ZU EINEM TURNIER AUF DER WIESE BEI WINCHESTER VERSAMMELTE, BEVOR SIE AUSEINANDERGINGEN. ❧ Ich bin sicher, sagte der König, auf der Suche nach dem heiligen Gral werdet ihr alle von der Tafelrunde hier fortgehen, und ich werde euch nie wieder beisammen sehen. Deshalb möchte ich, daß ihr alle an einem Tjosten und Turnier auf der Wiese von Camelot teilnehmt, damit nach euerm Tode die Menschen davon sprechen mögen, was für gute Ritter an einem Tag hier beisammen waren. Diesem Rat und und Begehren des Königs stimmten alle zu. Sie legten ihre Rüstung an, die zum Tjosten gehörte. Aber dieser Vorschlag des Königs diente nur dem Zweck, Galahad sich bewähren zu sehen, denn der König fürchtete, er würde nach seiner Abreise nicht so bald an den Hof zurückkommen. So versammelten sich die höheren und die niederen Ritter auf der Wiese. Sir Galahad legte auf die Bitte des Königs und der Königin einen trefflichen Harnisch an und setzte einen Helm auf, aber einen Schild wollte er trotz aller Bitten des Königs nicht nehmen. Dann baten ihn Sir Gawein und andere Ritter, eine Lanze anzunehmen, und das tat er auch. Die Königin stieg mit ihren Damen auf einen Turm, um dem Turnier zuzuschauen. Sir Galahad stellte sich mitten auf der Wiese auf und fing an, Lanzen zu brechen, daß alle über ihn staunten, denn er übertraf alle anderen Ritter. Nach kurzer Zeit hatte er viele gute Ritter der Tafelrunde bezwungen, außer zweien, das waren Sir Lanzelot und Sir Parzival.

WIE DIE KÖNIGIN GALAHAD ZU SEHEN WÜNSCHTE, UND WIE DANN ALLE RITTER VOM HEILIGEN GRAL GESPEIST WURDEN, UND WIE SIE ALLE GELOBTEN, AUF DIE SUCHE NACH DEM HEILIGEN GRAL AUSZUZIEHEN.

Auf die Bitte der Königin hieß ihn Artus dann absteigen und den Helm öffnen, damit die Königin sein Gesicht sehen konnte. Nachdem sie ihn betrachtet hatte, sagte sie: Wahrlich, ich darf wohl sagen, daß Sir Lanzelot ihn gezeugt hat, denn nie waren zwei Männer einander ähnlicher, und es ist deshalb kein Wunder, daß er ein wackerer Held ist. Da fragte eine Dame, die neben der Königin stand: Frau Königin, sollte er, bei Gott, wirklich ein so trefflicher Ritter sein? Ja, wahrlich, antwortete die Königin, denn seinen Vorfahren nach stammt er von allen Seiten von den besten Rittern der Welt und von höchstem Geblüt ab: Sir Lanzelot stammt im achten Grad von Unserem Herrn Jesus Christus ab und Sir Galahad im neunten. Deshalb darf ich sagen, sie sind die vornehmsten Edelleute der Welt. Danach begaben sich der König und alle Edlen heim nach Camelot und gingen zur Vesper in das große Münster und danach zum Abendessen, bei dem jeder Ritter an seinem Platz saß wie zuvor. Mit einem Male hörten sie ein Krachen und Donnern, daß sie meinten, die ganze Halle müßte einstürzen. Inmitten dieses Getöses brach ein Sonnenstrahl herein, siebenmal heller als der Tag, und alle wurden von der Gnade des Heiligen Geistes erleuchtet. Da schauten die Ritter einander an, und jeder kam dem anderen schöner vor, als er ihn jemals gesehen hatte. Lange Zeit brachte keiner ein Wort heraus, und so schauten sie einander nur an, als wären sie stumm. Dann erschien der heilige Gral in der Halle, mit reichem, golddurchwirktem Damast bedeckt, aber keiner konnte ihn sehen oder erkennen, wer ihn trug. Die Halle füllte sich mit süßen Düften, und jeder Ritter erhielt die Speisen und Getränke, die er am meisten auf dieser Welt liebte. Nachdem der heilige Gral durch die Halle getragen worden war, verschwand er plötzlich, und keiner wußte, wohin er getragen worden war. Da fanden sie alle ihre Sprache wieder. Der König dankte Gott für die große Gnade, die er ihnen hatte zuteil werden lassen. Wahrlich, sagte der König, wir müssen Unserm Herrn Jesus sehr danken für das, was er uns heute zu Ehren dieses hohen Pfingstfestes erwiesen hat. Nun, sagte Sir Gawein, wir sind heute gut bedient worden und haben die Speisen und Getränke bekommen, die wir uns wünschten, aber in einem sind wir betrogen worden, wir konnten nämlich den heiligen Gral nicht sehen, er war so prunkvoll verdeckt. Deshalb gelobe ich hier, daß ich morgen, ohne länger zu zögern, auf die Suche nach dem heiligen Gral ausziehen werde und daß ich ein Jahr und einen Tag und nötigenfalls auch länger fortbleiben und nicht eher an den Hof zurückkehren werde, bis ich ihn deutlicher gesehen habe, als das hier möglich war. Und wenn mir das nicht gelingt, so werde ich zurückkehren als einer, der gegen den Willen Unseres Herrn Jesus Christus nichts ausrichten kann. Als die Ritter der Tafelrunde Sir Gawein so sprechen hörten, erhoben sich die meisten von ihnen und gelobten dasselbe wie er. König Artus war darüber sehr bekümmert, denn er wußte wohl, sie konnten ihre Gelübde nicht zurücknehmen. Wehe, sagte König Artus zu Sir Gawein, Ihr habt mich fast getötet mit Euerm Gelübde, denn durch Euer Beispiel habt Ihr mich der schönsten und treuesten Gefolgschaft von Rittern beraubt, die je in einem Reiche der Welt versammelt war. Denn wenn sie von hier fortgehen, werden sie in dieser Welt nie wieder alle zusammenkommen, weil viele auf dieser Suche sterben werden. Das grämt mich sehr, denn ich habe sie geliebt wie mein Leben, und deshalb macht es mich sehr traurig, daß diese Gemeinschaft auseinandergeht. Ich war daran gewöhnt, sie in meiner Gesellschaft zu haben.

WIE DER KÖNIG UND DIE DAMEN WEGEN DES SCHEIDENS DER RITTER BITTER KLAGTEN, UND WIE SIE AUFBRACHEN.

Damit füllten sich seine Augen ganz mit Tränen, und er sagte: Gawein, Gawein, Ihr habt mir großen Kummer gemacht. Ach, sagte Sir Lanzelot, tröstet Euch, die Gralssuche wird uns große Ehre bringen und viel mehr, als wenn wir an einem anderen Ort stürben, denn des Todes sind wir alle sicher. Ach, Lanzelot, antwortete der König, die große Liebe, die ich mein ganzes Leben lang für euch hegte, läßt mich so schmerzliche Worte reden. Kein christlicher König hatte jemals so viele würdige Männer an seinem Tisch wie ich heute in meiner Tafelrunde, und das ist mein großer Schmerz. Als die Königin und die Damen und Edelfrauen die Nachricht hörten, gab es so viel Kummer und Trauer, daß es keine Zunge berichten kann, denn die Ritter hatten sie geehrt und geliebt. Am meisten von allen aber klagte Königin Ginevra. Ich wundere mich, sagte sie, warum mein Gemahl sie fortziehen läßt. So war der ganze Hof in Aufruhr wegen des Abschieds dieser Ritter. Viele der Damen, die Ritter liebten, wären mit ihrem Geliebten gegangen, wenn nicht ein alter Ritter in kirchlichem Gewand mit lauter Stimme gesagt hätte: Edle Herren, die ihr die Suche nach dem heiligen Gral gelobt habt, euch sendet Nacien der Einsiedler Botschaft, daß keiner auf diese Suche eine Dame oder Edelfrau mitnehmen soll, denn das ziemt sich nicht für einen so hohen Dienst. Und ich warne euch, wer nicht rein und ohne Sünde ist, wird die Wunder Unseres Herrn Jesus Christus nicht erschauen. Deshalb ließen sie ihre Damen und Edelfrauen zurück. Danach kam die Königin zu Galahad und fragte ihn, aus welcher Sippe und aus welchem Land er stamme. Er teilte ihr seine Herkunft mit. Ihr seid der Sohn Lanzelots? fragte sie. Darauf sagte er weder ja noch nein. Bei Gott, meinte die Königin, Ihr braucht Euch Eures Vaters nicht zu schämen, denn er ist der trefflichste Ritter und stammt von den besten Männern der Welt ab und hat in seinem Geschlecht in allen Linien Könige. Daher müßtet auch Ihr in Euern Taten ein sehr tüchtiger Mann sein, und tatsächlich ähnelt Ihr ihm sehr. Da schämte sich Sir Galahad ein wenig und sagte: Hohe Frau, wenn Ihr alles genau wißt, warum fragt Ihr mich dann? Denn wer mein Vater ist, wird bald bekannt werden. Dann begaben sie sich zur Ruhe. Um seines hohen Standes willen wurde Galahad in das Gemach des Königs Artus geführt und ruhte in dessen Bett. Sobald der Tag anbrach, erhob sich der König, denn er hatte die ganze Nacht vor Schmerz nicht geschlafen. Er ging zu Gawein und zu

Lanzelot, die aufgestanden waren, um die Messe zu hören. Da sagte der König wieder: Ach Gawein, Gawein, Ihr habt mich verraten, denn Ihr werdet meinen Hof nie wieder zu solchem Ansehen bringen, und Ihr werdet um meinetwillen nie so traurig sein wie ich um Euretwillen. Bei diesen Worten liefen ihm die Tränen die Wangen hinab, und er fuhr fort: Ach, Ritter Lanzelot, ich bitte Euch um Euern Rat, denn ich möchte diese Fahrt verhindern, wenn es geht. Herr König, erwiderte Sir Lanzelot, Ihr habt gestern so viele ruhmvolle Ritter den Schwur ablegen sehen, auf keine Weise davon abzulassen. Das weiß ich wohl, sagte der König, aber ihre Abreise wird mich so traurig machen, daß mich keinerlei Freuden darüber hinwegtrösten können. Dann gingen der König und die Königin zur Kirche. Sogleich befahlen Lanzelot und Gawein ihren Mannen, ihnen die Rüstung zu bringen. Und als sie bis auf Schild und Helm gewappnet waren, gingen sie zu ihren Gefährten, die ebenso gerüstet waren, und hörten mit ihnen den Gottesdienst. Danach wollte der König wissen, wie viele an der Suche nach dem heiligen Gral teilnehmen wollten. Die Zählung ergab einhundertundfünfzig, und alle waren Ritter der Tafelrunde. Dann setzten sie ihre Helme auf und empfahlen sich der Königin. Da war Weinen und großes Klagen. Die Königin zog sich in ihr Gemach zurück, damit niemand ihren großen Schmerz bemerken sollte. Als Sir Lanzelot die Königin vermißte, ging er zu ihr, und als sie ihn erblickte, rief sie laut: O Sir Lanzelot, Ihr habt mich verraten und dem Tod überliefert, da Ihr meinen Herrn so verlaßt. Ach, hohe Frau, erwiderte Sir Lanzelot, ich bitte Euch, seid mir nicht ungnädig, denn ich komme zurück, sobald es meine Ehre erlaubt. Wehe, sagte sie, daß ich Euch jemals begegnet bin! Doch möge der, der am Kreuz den Tod für die ganze Menschheit erlitten hat, Euch und Eurer ganzen Gefolgschaft gutes Geleit und Schutz gewähren. Damit nahm Sir Lanzelot Abschied und gesellte sich zu seinen Gefährten, die auf ihn warteten. Sie stiegen in den Sattel und ritten durch die Straßen von Camelot, und alle, ob arm oder reich, weinten, auch der König wandte sich ab und konnte vor Tränen nicht sprechen. Nach einer Weile kamen sie zu einer Stadt und Burg, die Vagon hieß. Dort machten sie halt. Der Burgherr, ein alter Mann namens Vagon, war ein Mann von rechter Lebensart. Er öffnete ihnen die Tore und bewirtete sie für die Nacht aufs beste. Am nächsten Morgen kamen sie alle überein, sich zu trennen. Sie gingen unter Tränen und in trauriger Stimmung auseinander, und jeder Ritter schlug den Weg ein, der ihm am besten dünkte.

WIE GALAHAD ZU EINEM SCHILD KAM, UND WIE ES DENEN ERGING, DIE ES UNTERNAHMEN, DIESEN SCHILD ZU TRAGEN. ❧ Sir Galahad war noch immer ohne einen Schild, und er ritt vier Tage, ohne daß ihm ein Abenteuer zustieß. Am vierten Tage kam er dann zur Weißen Abtei und er wurde dort mit großer Ehrerbietung empfangen und in ein Gemach geführt, wo man ihm seinen Harnisch abnahm. Da bemerkte er zwei Ritter der Tafelrunde, der eine war König Bagdemagus und der andere Sir Iwein. Als sie ihn sahen, gingen sie auf ihn zu und begrüßten ihn freudig. Dann begaben sie sich zum Abendessen. Ihr Herren, sagte Sir Galahad, was für ein Abenteuer hat euch hergeführt? Herr, antworteten sie, man hat uns erzählt, daß es hier einen Schild gibt, den niemand tragen kann, der nicht binnen drei Tagen ins Verderben gerät oder stirbt oder für immer verstümmelt wird. Und, Herr, erklärte König Bagdemagus, ich werde ihn morgen tragen, um dieses seltsame Abenteuer zu versuchen. In Gottes Namen, sagte Sir Galahad. Wenn mir das Abenteuer mit diesem Schild nicht gelingt, setzte Bagdemagus hinzu, sollt Ihr es versuchen, denn ich bin sicher, Euch wird es nicht fehlschlagen. Da willige ich gern ein, erwiderte Galahad, denn ich habe keinen Schild. Am nächsten Morgen standen sie auf und hörten die Messe. Dann erkundigte sich König Bagdemagus, wo der abenteuerliche Schild wäre. Sogleich führte sie ein Mönch hinter einen Altar, wo der Schild hing, weiß wie Schnee und mit einem roten Kreuz in der Mitte. Herr, sagte der Mönch, dieser Schild darf an keines Ritters Schulter hängen, er sei denn der würdigste Ritter der Welt. Deshalb rate ich Euch, überlegt es Euch gut. Nun, sagte König Bagdemagus, ich weiß wohl, daß ich nicht der beste Ritter der Welt bin, aber ich werde trotzdem versuchen, ihn zu tragen. Und so trug er den Schild aus der Abtei und sagte zu Sir Galahad: Wenn Ihr nichts dagegen habt, bitte ich Euch, hier zu verweilen, bis Ihr erfahrt, wie es mir ergangen ist. Ich werde hier auf Euch warten, antwortete Galahad. König Bagdemagus nahm einen Knappen mit, der später Sir Galahad berichten sollte, was ihm zugestoßen war. Nachdem sie zwei Meilen geritten waren, gelangten sie in einem schönen Tal zu einer Einsiedelei, aus der ein stattlicher Ritter herauskam, der genau wie sein Pferd ganz in Weiß gekleidet war. Er sprengte in vollem Galopp mit eingelegter Lanze auf sie zu, und König Bagdemagus richtete seine Lanze gegen ihn, doch sie zerbrach an dem weißen Ritter. Dieser aber traf ihn so wuchtig, daß seine Lanze den Kettenpanzer durchstieß und ihm in die rechte Schulter fuhr, denn der Schild schützte ihn nicht. So wurde er vom Pferd geworfen. Da stieg der weiße Ritter ab, nahm ihm den Schild weg und sagte: Ritter, du hast eine große Torheit begangen, denn diesen Schild darf nur einer tragen, dem keiner der Lebenden gleichkommt. Darauf ging er zu dem Knappen des Königs Bagdemagus und sagte: Trage diesen Schild zu dem edlen Ritter Sir Galahad, den du in der

Abtei gelassen hast, und grüße ihn von mir. Herr, fragte der Knappe, wie ist Euer Name? Kümmere dich nicht um meinen Namen, erwiderte der Ritter, denn es kommt dir nicht zu, ihn zu erfahren, und anderen Erdenmenschen auch nicht. Doch sagt mir um Jesu Christi willen, edler Herr, fuhr der Knappe fort, aus welchem Grunde darf diesen Schild keiner tragen, ohne daß ihn ein Unheil trifft? Da du mich so bittest, antwortete der Ritter, dieser Schild gehört keinem anderen als Sir Galahad. Darauf ging der Knappe zu Bagdemagus und fragte ihn, ob er ernsthaft verwundet wäre oder nicht. Ja, wahrhaftig, sagte dieser, und ich werde kaum dem Tod entrinnen. Der Knappe holte ihm sein Pferd und brachte ihn mit großer Mühe in die Abtei. Dort wurde er sanft heruntergehoben, und sie nahmen ihm die Rüstung ab und legten ihn in ein Bett und untersuchten seine Wunden. So lag er lange und kam gerade noch mit dem Leben davon.

WIE GALAHAD MIT DEM SCHILD DAVONZOG, UND WIE KÖNIG EVELAKE DIESEN SCHILD VON JOSEPH VON ARIMATHIA EMFANGEN HATTE. ❧ Sir Galahad, sagte der Knappe, der Ritter, der Bagdemagus verwundet hat, läßt Euch grüßen und er bittet Euch, diesen Schild zu tragen, durch den große Abenteuer kommen sollen. Gott und dem Geschick sei Dank, erwiderte Galahad. Darauf ließ er seine Rüstung kommen, bestieg sein Pferd, hängte den weißen Schild über die Schulter und empfahl sie der Gnade Gottes. Sir Iwein sagte, er wolle ihm Gesellschaft leisten, wenn er nichts dagegen habe. Das darf nicht sein, entgegnete Galahad, denn ich muß allein ziehen, nur dieser Knappe soll mich begleiten. So blieb Iwein zurück. Nach einer Weile gelangte Galahad zu der Einsiedelei, wo der weiße Ritter auf ihn wartete, und sie grüßten einander höflich. Herr, fragte Galahad, mit diesem Schild sind viele Wunder verknüpft? Da antwortete der Ritter: Es geschah zweiunddreißig Jahre nach der Passion Unseres Herrn Jesus Christus, daß der edle Ritter Joseph von Arimathia, der Unseren Herrn vom Kreuz abnahm, mit einer großen Schar seine Sippe von Jerusalem fortzog. Nach vielen Anstrengungen kamen sie zu einer Stadt, die Sarras hieß. Zur gleichen Zeit führte ein König namens Evelake großen Krieg gegen die Sarazenen und besonders gegen einen reichen und mächtigen König, der Evelakes Vetter war und dessen Land an dieses Reich grenzte. Er hieß Tolleme la Feintes. Eines Tages traten die beiden zum Kampf gegeneinander an. Da ging Joseph, der Sohn Josephs von Arimathia, zu König Evelake und sagte zu ihm, er werde besiegt und erschlagen werden, wenn er nicht seinen alten Glauben aufgebe und sich dem neuen Glauben zuwende. Dann lehrte er ihn den rechten Glauben an die heilige Dreifaltigkeit, dem er sich aus ganzem Herzen anschloß. Sodann wurde im Namen dessen, der am Kreuze starb, dieser Schild für König Evelake gemacht. Und durch seinen rechten Glauben besiegte er König Tolleme, denn als Evelake im Kampf stand, wurde der Schild von einem Tuch verhüllt, und wenn er in große Gefahr geriet, ließ er das Tuch wegnehmen. Dann sahen seine Feinde die Gestalt eines Mannes am Kreuz, wodurch sie alle bezwungen wurden. Dabei geschah es, daß einem Mann des Königs Evelake eine Hand abgeschlagen wurde und er sie in der anderen Hand hielt. Joseph rief diesen Mann zu sich und hieß ihn in tiefer Andacht das Kreuz berühren. Sobald der Mann das Kreuz berührte, war die Hand wieder heil wie zuvor. Kurze Zeit darauf geschah das Wunder, daß das Kreuz auf dem Schild verschwand, und niemand wußte, wo es hingekommen war. Danach ließ sich König Evelake taufen und die meisten Leute der Stadt ebenfalls. Wenig später wollte Joseph weiterziehen, doch König Evelake bestand darauf, ihn zu begleiten. Durch Zufall kamen sie in dieses Land, daß damals Großbritannien genannt wurde. Hier stießen sie auf einen mächtigen heidnischen Wüterich, der Joseph ins Gefängnis warf. Zum Glück drang die Kunde davon zu einem würdigen Mann namens Mondrames, und der rief um des großen Ruhmes willen, den Joseph genoß, sein Volk zusammen und kam in das Land Großbritannien und setzte diesen heidnischen Wüterich ab, tötete ihn und befreite Joseph aus dem Gefängnis. Danach wurde das ganze Volk zum christlichen Glauben bekehrt.

Kapitel 11

WIE JOSEPH MIT SEINEM BLUT EIN KREUZ AUF DEN WEISSEN SCHILD MALTE, UND WIE GALAHAD VON EINEM MÖNCH ZU EINEM GRAB GEFÜHRT WURDE. Nicht lange danach legte man Joseph auf sein Sterbebett. Darüber klagte König Evelake sehr und sagte: Um Euretwillen habe ich mein Land verlassen, und da Ihr nun aus der Welt scheiden sollt, hinterlaßt mir ein Zeichen, damit ich an Euch denke. Joseph antwortete: Das will ich sehr gern. Bringt mir den Schild, den ich Euch gab, als Ihr gegen König Tolleme zu Felde zogt. Dann blutete Joseph stark aus der Nase, daß das Blut auf keine Weise gestillt werden konnte. Und er zeichnete mit seinem eigenen Blut ein Kreuz auf den Schild. Nun habt Ihr ein Zeichen meiner Liebe, denn Ihr werdet diesen Schild nie betrachten, ohne an mich zu denken, und das Kreuz wird immer so frisch sein wie jetzt. Jeder aber, der diesen Schild trägt, soll es bereuen, bis ihn einst der edle Ritter Galahad nimmt, der letzte meines Geschlechts. Er soll ihn tragen und wunderbare Taten vollbringen. Wo soll ich den Schild verwahren, fragte König Evelake, damit dieser würdige Ritter ihn bekommt? Laßt ihn dort, wo Nacien der Einsiedler bestattet werden wird. Denn dorthin wird jener edle Ritter am fünfzehnten Tag nach seiner Aufnahme in den Orden der Ritterschaft kommen. Jener Tag, der damals festgesetzt wurde, an dem er den

Schild empfangen sollte, ist heute gekommen, und in der Abtei liegt Nacien der Einsiedler begraben. Danach verschwand der weiße Ritter. Das alles hatte der Knappe mit angehört, und er stieg von seinem Pferd und kniete zu Galahads Füßen nieder und bat ihn, mit ihm ziehen zu dürfen, bis er ihn zum Ritter geschlagen hätte. Wenn ich Euch nun nicht abweise? Dann wollt Ihr mich zum Ritter schlagen? fragte der Knappe. Der Orden wird in mir mit Gottes Gnade ein würdiges Mitglied finden. So versprach ihm Sir Galahad, seine Bitte zu erfüllen, und kehrte wieder zu der Abtei zurück, von der sie gekommen waren. Dort wurde Sir Galahad mit großer Freude empfangen. Kaum war er abgestiegen, erzählte ihm ein Mönch von einem Grab auf dem Kirchhof, in dem ein solcher Lärm war, daß der, der ihn vernahm, wahrlich fast den Verstand oder seine Fassung verlieren mußte. Herr, sagten sie, wir glauben, es ist ein Teufel.

VON DEM WUNDER, DAS SIR GALAHAD IN DEM GRAB SAH UND HÖRTE, UND WIE ER SIR MELIAS ZUM RITTER MACHTE. Führt mich hin, sagte Galahad. Und das taten sie. Er war noch in voller Rüstung, nur ohne Helm. Nun, sagte der fromme Mann, geht zu dem Grabstein und hebt ihn hoch. Als er das tat, ertönte ein gewaltiger Lärm, und eine Stimme rief jammernd, daß alle es hören konnten: Sir Galahad, Knecht Jesu Christi, komme mir nicht zu nahe, denn du stößt mich wieder dahin zurück, wo ich schon so lange gewesen bin. Aber Galahad fürchtete sich nicht und hob den Stein hoch. Da drang ein stinkender Qualm hervor, und dann sprang das abscheulichste Wesen heraus, das er je in Menschengestalt gesehen hatte. Er bekreuzigte sich und wußte, daß es ein Teufel war. Dann hörte er eine Stimme rufen: Galahad, ich sehe so viele Engel um dich herum, daß meine Macht dir nichts anhaben kann. In diesem Augenblick erblickte Sir Galahad in dem Grab eine Leiche in voller Rüstung und mit einem Schwert neben sich. Nun, lieber Bruder, sagte Galahad, wir wollen diese Leiche entfernen, sie ist nicht würdig, auf diesem Friedhof zu liegen, denn der Ritter war ein falscher Christ. Danach gingen sie in die Abtei zurück. Als Galahad die Rüstung abgelegt hatte, kam ein frommer Mann herein, setzte sich neben ihm nieder und sagte: Herr, ich will Euch erklären, was das alles bedeutete, was Ihr in dem Grab gesehen habt. Dieser gewappnete Leichnam bedeutete die Verderbtheit der Welt und die große Sünde, die Unser Herr in der Welt fand. Die Verruchtheit war so groß, daß der Vater den Sohn nicht liebte und der Sohn nicht den Vater, und das war einer der Gründe, weshalb Unser Herr Fleisch und Blut eines reinen Jünglings annahm. Unsere Sünden waren damals so groß, daß fast alles Schlechtigkeit war. Wahrlich, sagte Galahad, ich glaube, Ihr habt recht. So begab sich Sir Galahad zur Nachtruhe, und am Morgen machte er den Knappen zum Ritter und fragte ihn nach seinem Namen und aus welchem Geschlecht er stamme. Herr, antwortete er, man nennt mich Melias von Lile, und ich bin der Sohn des Königs von Dänemark. Nun, edler Herr, sagte Galahad, da Ihr von Königen und Königinnen abstammt, seht zu, daß die Ritterschaft ganz von Euch Besitz ergreift, denn Ihr müßt ein Spiegel aller Ritterlichkeit sein. Herr, antwortete Sir Melias, das ist wahr. Aber da Ihr mich zum Ritter geschlagen habt, müßt Ihr mir von Rechts wegen meine erste Bitte erfüllen, wenn sie vernünftig ist. Dem stimmte Galahad zu. Und Melias fuhr fort: Dann möchte ich auf dieser Suche nach dem heiligen Gral mit Euch reiten dürfen, bis uns ein Abenteuer trennt. Das gewähre ich Euch, erwiderte Galahad. Dann brachten Männer Sir Melias Rüstung, Lanze und Pferd, und Sir Galahad und er ritten aus und fanden eine ganze Woche lang kein Abenteuer. Eines Montagmorgens, nachdem sie in einer Abtei übernachtet hatten, kamen sie zu einem Kreuz, an dem zwei Wege auseinandergingen. An diesem Kreuz stand geschrieben: Fahrender Ritter, der du auf Abenteuer ausgehst, sieh hier zwei Wege. Der eine Weg warnt dich, ihn nicht zu gehen, denn nur der wird auf ihm fortkommen, der ein frommer und würdiger Ritter ist. Wenn du aber den linken gehst, wirst du leicht Ruhm gewinnen, denn du wirst auf diesem Wege bald auf die Probe gestellt werden. Herr, sagte Melias zu Galahad, wollt Ihr mir erlauben, den linken Weg zu nehmen, denn dort werde ich meine Kraft bald beweisen können. Es wäre besser, erwiderte Galahad, Ihr rittet diesen Weg nicht, denn mir scheint, ich könnte auf diesem Wege besser davon kommen als Ihr. Nein, hoher Herr, ich bitte Euch, überlaßt mir dieses Abenteuer. Nehmt es in Gottes Namen, sagte Galahad.

VON DEM ABENTEUER, DAS MELIAS HATTE, UND WIE GALAHAD IHN RÄCHTE, UND WIE MELIAS IN EIN KLOSTER GEBRACHT WURDE. ☙ Dann ritt Melias länger als zwei Tage durch einen Wald, bis er zu einer schönen Wiese kam, auf der eine hübsche Hütte aus Zweigen stand. In der Hütte sah er einen Stuhl, auf dem eine fein gearbeitete goldene Krone lag. Auch waren Tücher auf der Erde ausgebreitet, und viele köstliche Speisen standen darauf. Sir Melias betrachtete dies alles und fand es wunderbar. Hungrig war er nicht, doch die goldene Krone hatte es ihm sehr angetan. So bückte er sich, hob sie auf und ritt mit ihr davon. Gleich darauf hörte er einen Ritter hinter sich herkommen, der rief: Ritter, lege die Krone weg, die dir nicht gehört, und verteidige dich! Da bekreuzigte sich Sir Melias und sagte: Großer Herr des Himmels, hilf und rette deinen jungen Ritter. Dann sprengten sie mit voller Kraft gegeneinander. Der andere Ritter stach dabei Sir Melias durch den Harnisch in die linke Seite, so daß er wie tot zur Erde fiel. Er nahm die Krone und ging seines Weges. Sir Melias lag still da und konnte sich nicht bewegen.

Glücklicherweise kam Sir Galahad vorbei und fand ihn in dieser Gefahr. Er fragte: Ach Melias, wer hat Euch verwundet? Es wäre doch besser gewesen, den anderen Weg zu reiten. Als Sir Melias ihn sprechen hörte, sagte er: Herr, um Gottes willen laßt mich nicht in diesem Walde sterben, sondern bringt mich in die Abtei hier in der Nähe, damit ich beichten und die Sakramente empfangen kann. Es soll geschehen, antwortete Galahad, aber wo ist der, der Euch verwundet hat? In diesem Augenblick hörte Galahad unter den Bäumen einen lauten Ruf: Ritter, gib acht! Herr, sagte Melias, seht Euch vor, das ist er, der mich niedergeworfen hat. Sir Galahad antwortete: Herr Ritter, kommt, wenn Ihr es wagt! Dann rannten sie gegeneinander, so schnell ihre Pferde laufen konnten, und Galahad traf ihn so, daß seine Lanze ihm in die Schulter drang. Er stürzte vom Pferd, und im Fallen zerbrach Galahads Lanze. Da kam ein zweiter Ritter unter den Bäumen hervor und brach eine Lanze an Galahad, noch bevor dieser wenden konnte. Darauf zog Galahad sein Schwert und schlug ihm den linken Arm ab, so daß er zur Erde fiel. Dann floh er, und Sir Galahad sprengte hinter ihm her. Danach kehrte er zu Sir Melias zurück, stieg ab und setzte ihn behutsam vor sich aufs Pferd, denn die Lanzenspitze steckte noch in seinem Körper. Sir Galahad hielt ihn in seinen Armen und brachte ihn so zu der Abtei. Dort nahm er ihm die Rüstung ab und trug ihn in sein Zimmer. Dann verlangte Sir Melias nach den Sakramenten, und als er sie empfangen hatte, sagte er zu Sir Galahad: Nun mag der Tod kommen, wenn es ihm beliebt. Damit zog er die Lanzenspitze aus seinem Körper und fiel in Ohnmacht. Ein alter Mönch, der früher ein Ritter gewesen war, kam und betrachtete Sir Melias. Er untersuchte ihn gründlich und sagte dann zu Sir Galahad: Binnen sieben Wochen will ich ihn mit Gottes Hilfe von seiner Wunde heilen. Da war Sir Galahad froh und sagte, er wolle drei Tage bleiben. Danach fragte er Sir Melias, wie es ihm ginge, und dieser sagte, es hätte sich, Gott sei Dank, zu bessern begonnen.

WIE GALAHAD FORTRITT, UND WIE ER DEN AUFTRAG ERHIELT, ZUR MÄGDEBURG ZU REITEN UND DEN RUCHLOSEN BRAUCH ABZUSCHAFFEN. Nun will ich weiterziehen, sagte Galahad, denn ich habe noch einiges vor. Wie viele gute Ritter waren dieser verwundete Ritter und ich auf der Suche nach dem heiligen Gral. Da sagte der fromme Mann: Er wurde wegen seiner Sünden verwundet. Ich wundere mich, fuhr der fromme Mann, gegen Melias gewandt, fort, wie Ihr eine so große Sache wie den hohen Orden der Ritterschaft auf Euch zu nehmen wagtet ohne vorherige Beichte. Das war der Grund für Eure schmerzliche Verwundung. Denn der Weg zur Rechten bezeichnete die Straße Unseres Herrn Jesus Christus und der Frömmigkeit und Treue. Der andere Weg aber ist der Weg der Sünder und Ungläubigen. Der Teufel sah Euern Stolz und Hochmut, wie Ihr die Suche nach dem heiligen Gral aufnehmen wolltet. Das beides brachte Euch zu Fall, denn der heilige Gral kann nur durch tugendhaftes Leben gefunden werden. Auch bedeutete die Schrift auf dem Kreuz himmlische und ritterliche Taten in Gottes Werken und unritterliche Taten in weltlichen Werken. Hochmut ist die oberste aller Todsünden. Er brachte Euch dazu, Euch von Galahad zu trennen. Und als Ihr die goldene Krone nahmt, sündigtet Ihr durch Habsucht und Diebstahl. All das waren keine ritterlichen Taten. Der fromme Ritter Galahad kämpfte mit den zwei Rittern, welche die beiden Todsünden verkörperten, die von Euch ganz Besitz ergriffen hatten. Sie konnten Galahad nicht standhalten, denn er ist ohne Todsünde. Danach nahm Galahad Abschied und empfahl sie alle Gott. Melias sagte: Sir Galahad, sobald ich reiten kann, will ich Euch suchen. Gott schenke Euch Genesung, erwiderte Galahad, nahm sein Pferd und ritt viele Tage kreuz und quer, wohin ihn seine Abenteuer führten. Schließlich verließ er eines Tages eine Burg, die Abblasoure hieß, ohne eine

Messe gehört zu haben, was er sonst immer tat, wenn er von einer Burg oder einem Ort schied. Als Sir Galahad dann auf einen Berg kam, fand er eine alte Kapelle, in der niemand war, denn alles war öde und verlassen. Dort kniete er vor dem Altar nieder und flehte Gott um guten Rat an. Während er betete, hörte er eine Stimme: Geh nun, du abenteuernder Ritter, zur Mägdeburg und schaffe dort die gottlosen Bräuche ab.

WIE SIR GALAHAD MIT DEN RITTERN DER BURG KÄMPFTE UND DEN RUCHLOSEN BRAUCH ABSCHAFFTE.

Als Sir Galahad das hörte, dankte er Gott und stieg in den Sattel. Er war noch keine halbe Meile geritten, da sah er in einem Tal vor sich eine starke Burg mit breiten Gräben, und dicht daneben floß ein schöner Fluß, der hieß Severn. Dort begegnete er einem alten Mann. Sie grüßten einander, und Galahad fragte ihn nach dem Namen der Burg. Edler Herr, antwortete er, das ist die Mägdeburg. Es ist eine verruchte Burg, und verrucht sind alle, die darin verkehren, denn alles Erbarmen ist draußen, und alle Büberei und Freveltat ist drinnen. Deshalb, Herr Ritter, rate ich Euch umzukehren. Herr, erwiderte Galahad, ich werde nicht umkehren. Dann sah Sir Galahad seine Rüstung nach, ob alles in Ordnung war, und nahm den Schild vor. Gleich darauf begegnete er sieben schönen Mädchen, die zu ihm sprachen: Herr Ritter, es ist eine große Torheit von Euch, wenn Ihr hier weiterreitet, denn Ihr habt das Wasser vor Euch. Warum sollte ich das Wasser nicht passieren? entgegnete Galahad. Bald darauf traf er auf einen Knappen, der sagte: Herr, die Ritter in der Burg verbieten Euch weiterzureiten, bis sie wissen, was Ihr wollt. Edler Herr, antwortete

Galahad, ich komme, um die ruchlosen Bräuche dieser Burg abzuschaffen. Wenn Ihr das wollt, sagte der Knappe, werdet Ihr viel zu tun haben. Geht nun, sagte Galahad, und meldet mein Begehr. Da ging der Knappe in die Burg, und gleich darauf kamen sieben Ritter heraus, alles Brüder. Als sie Galahad sahen, riefen sie: Ritter, gib acht, von uns hast du nichts zu erwarten als den Tod. Wie, fragte Galahad, wollt ihr alle auf einmal mit mir kämpfen? Ja, antworteten sie, darauf kannst du dich verlassen. Da legte Galahad die Lanze ein und warf den vordersten zu Boden, daß er sich fast das Genick brach. Darauf führten die anderen wuchtige Stöße gegen seinen Schild, daß ihre Lanzen barsten. Dann zog Sir Galahad das Schwert und griff sie so heftig an, daß es wunderbar zu sehen war. So zwang er sie mit seiner gewaltigen Kraft, das Feld zu räumen. Galahad setzte ihnen nach, bis sie sich in die Burg retteten und durch ein anderes Tor entflohen. Da trat ein alter Mann in einem geistlichen Gewand auf Sir Galahad zu und sagte: Herr, hier sind die Schlüssel zur Burg. Da öffnete Sir Galahad die Tore und sah so viele Menschen, daß er sie nicht zählen konnte. Alle riefen: Herr, Ihr seid willkommen, denn wir warten hier schon lange auf unsere Befreiung. Eine Edelfrau sprach zu ihm: Wenn diese Ritter jetzt auch geflohen sind, werden sie heute nacht doch zurückkommen und wieder ihre üblen Bräuche fortsetzen. Was soll ich Eurer Meinung nach tun? fragte Galahad. Laßt alle Ritter herkommen, die ihr Land von dieser Burg zu Lehen haben, antwortete sie, und laßt sie schwören, die Bräuche wieder einzuführen, die in früheren Zeiten üblich waren. Das will ich gern, erwiderte Galahad. Da brachte sie ihm ein Horn aus Elfenbein, das reich mit Gold verziert war, und sagte: Herr, blast dieses Horn, das man zwei Meilen im Umkreis hört. Nachdem Sir Galahad das Horn geblasen hatte, setzte er sich auf ein Bett. Ein Priester kam zu ihm und erzählte: Es ist jetzt sieben Jahre her, daß die sieben Brüder auf diese Burg kamen und vom Burgherrn beherbergt wurden, der Herzog

Lianour hieß und Gebieter über dieses ganze Land war. Und als sie die Tochter des Herzogs erblickten, die sehr schön war, gerieten sie in ihrer Hinterlist und Falschheit in Streit miteinander. Der Herzog in seiner Güte wollte sie trennen. Da erschlugen sie ihn und seinen ältesten Sohn. Dann bemächtigten sie sich des Mädchens und der Schätze der Burg und zwangen alle Ritter mit Gewalt zu Gehorsam, Knechtschaft und Tribut und plünderten und beraubten das arme Volk seiner ganzen Habe. Eines Tages sagte die Tochter des Herzogs zu ihnen: Ihr habt mir großes Unrecht angetan, daß ihr meinen Vater und meinen Bruder erschlagen und euch unseres Landes bemächtigt habt. Doch sollt ihr diese Burg nur wenige Jahre besetzt halten, denn es wird ein Ritter kommen, der euch alle bezwingt. So prophezeite sie vor sieben Jahren. Wohlan, erwiderten die sieben Ritter, da Ihr dies voraussagt, soll keine Dame und kein Ritter diese Burg passieren, sondern sie sollen hier gefangengehalten werden oder sterben, bis der Ritter kommt, der uns aus dieser Burg vertreibt. Weil sie aber so viele Mädchen ins Verderben stürzten, wurde die Burg Mägdeburg genannt. Da sagte Sir Galahad: Ist sie hier, um derentwillen die Burg verlorenging? Nein, antwortete der Priester, sie starb drei Tage, nachdem ihr solche Gewalt angetan worden war. Seitdem haben sie sich ihre jüngere Schwester genommen, die mit anderen Frauen große Qualen erduldet. Mittlerweile waren die Ritter des Landes eingetroffen. Galahad ließ sie der Tochter des Herzogs Huldigung und Lehenstreue schwören. Am anderen Morgen meldete man Galahad, Gawein, Gareth und Iwein hätten die sieben Brüder erschlagen. Das mag wohl sein, sagte Sir Galahad, nahm seine Rüstung und sein Pferd und empfahl sie der Gnade Gottes.

Kapitel 16

WIE SIR GAWEIN, DER GALAHAD FOLGTE, IN EINE ABTEI KAM, UND WIE IHM EIN EINSIEDLER INS GEWISSEN REDETE.

Sir Gawein war nach seinem Aufbruch viele Tage kreuz und quer geritten und schließlich zu der

Abtei gekommen, in der Sir Galahad den weißen Schild erhalten hatte. Dort erfuhr er den Weg, auf dem er Sir Galahad folgen konnte. So ritt er zu der Abtei, in der Melias verwundet lag, und Melias erzählte ihm von den wunderbaren Abenteuern, die Sir Galahad vollbracht hatte. Fürwahr, sagte Sir Gawein, ich bin nicht glücklich darüber, daß ich einen anderen Weg eingeschlagen habe als er. Wenn ich ihn aber finde, will ich ihn wegen der wunderbaren Abenteuer, die er vollbringt, nicht so bald wieder verlassen. Herr, sagte einer der Mönche, er wünscht Eure Gesellschaft nicht. Warum? fragte Sir Gawein. Weil Ihr verderbt und sündig seid, war die Antwort, und er ist in allem gesegnet. Während sie so sprachen, kam Sir Gareth angeritten, und sie begrüßten einander mit großer Freude. Am nächsten Morgen hörten sie die Messe und ritten danach zusammen weiter. Unterwegs trafen sie Sir Iwein les Avoutres, der, wie er berichtete, noch kein Abenteuer gefunden hatte. Wir auch nicht, erwiderte Sir Gawein. So gelobten die drei Ritter, sich auf dieser Suche nicht zu trennen, wenn es das Schicksal nicht so fügte. Der Zufall führte sie zur Mägdeburg. Die sieben Brüder erspähten die drei Ritter und sagten: Da uns ein einziger Ritter aus dieser Burg vertrieben hat, wollen wir um Sir Galahads willen alle Ritter des Königs Artus vernichten, die wir bezwingen können. Damit griffen die sieben Ritter die drei an. Es gelang Sir Gawein, einen der Brüder zu erschlagen, und jeder seiner Gefährten erschlug einen weiteren, und danach töteten sie die übrigen. Dann ritten sie auf die Burg zu, aber sie verfehlten den Weg, den Sir Galahad genommen hatte. So trennten sie sich voneinander. Sir Gawein kam auf seinem Wege zu einer Einsiedelei, wo ein frommer Mann das Vespergebet von Unserer Lieben Frau sprach. Sir Gawein bat ihn um Herberge aus Barmherzigkeit, und der fromme Mann gewährte sie gern und fragte ihn, wer er sei. Ich bin ein Ritter des Königs Artus, antwortete er, und bin auf der Suche nach dem heiligen Gral. Mein Name ist Sir Gawein. Herr, sagte der fromme Mann, ich möchte wissen, wie es zwischen Gott und Euch steht.

Wenn Ihr es wünscht, erwiderte Sir Gawein, will ich Euch gern mein Leben offenbaren. Und er erzählte dem Einsiedler, wie ein Mönch in einer Abtei ihn einen sündigen Ritter genannt hatte. Das durfte er wohl sagen, entgegnete der Einsiedler, denn als Ihr zum Ritter geschlagen wart, hättet Ihr Euch ritterlicher Taten und eines tugendhaften Lebens befleißigen sollen, und das Gegenteil habt Ihr getan, denn Ihr habt viele Jahre ruchlos gelebt. Sir Galahad hingegen ist rein und sündigt nicht, und das ist der Grund, weshalb er das vollbringen wird, was Euch und Euresgleichen nicht gelingt. Ihr habt das unwürdigste Leben geführt, das wohl je ein Ritter geführt hat. Wahrlich, und wäret Ihr nicht so ruchlos, dann wären die sieben Ritter von Euch und Euern zwei Gefährten niemals erschlagen worden; denn Sir Galahad hatte sie am Tage vorher allein besiegt, aber seine Lebensart ist so, daß er einen Menschen nicht leichthin erschlägt. Ich will Euch auch sagen, daß die Mägdeburg ein Sinnbild für die frommen Seelen ist, die vor der Fleischwerdung Jesu Christi im Kerker waren. Die sieben Ritter bedeuteten die sieben Todsünden, die damals in der Welt herrschten, und ich darf den frommen Galahad mit dem Sohn des Hohen Vaters vergleichen, der aus dem Schoß einer Jungfrau kam und alle Seelen aus der Knechtschaft loskaufte. So befreite Sir Galahad alle Frauen aus der Burg des Jammers. Und nun, Sir Gawein, sagte der fromme Mann, müßt Ihr Buße tun für Eure Sünden. Was soll ich als Buße tun? Was ich Euch auferlegen werde, sagte der fromme Mann. Nein, antwortete Sir Gawein, ich mag keine Buße tun, denn wir Ritter erleiden oft große Not und Qual. Nun gut, entgegnete der fromme Mann und schwieg. Am nächsten Morgen verabschiedete sich Sir Gawein von dem Einsiedler. Durch einen Zufall stieß er dann auf Sir Aglovale und Sir Griflet, zwei Ritter der Tafelrunde. Sie ritten vier ganze Tage miteinander und fanden kein Abenteuer. Am fünften Tag trennten sie sich wieder, und jeder von ihnen schlug seinen Weg aufs Geratewohl ein.

WIE SIR GALAHAD MIT SIR LANZELOT UND SIR PARZIVAL ZUSAMMENSTIESS UND SIE NIEDERWARF UND DANACH FORTRITT.

Nachdem Sir Galahad die Mägdeburg verlassen hatte, ritt er durch einen einsamen Wald, und dort begegneten ihm Sir Lanzelot und Sir Parzival, aber sie erkannten ihn nicht, denn er trug eine neue Rüstung. Sogleich legte Sir Lanzelot die Lanze ein und zerbrach sie an Sir Galahad. Galahad versetzte ihm einen solchen Stoß, daß er ihn samt dem Pferd zu Boden warf. Dann zog er das Schwert und wandte sich gegen Sir Parzival. Er schlug ihm so über den Helm, daß das Schwert bis zum Stahlrand durchdrang, und wäre es nicht seitlich abgewichen, wäre Sir Parzival erschlagen worden. Von diesem Streich sank er aus dem Sattel. Dieser Kampf fand vor einer Einsiedelei statt, in der eine Klausnerin wohnte. Und als sie Sir Galahad davonreiten sah, sagte sie: Gott sei mit dir, du bester Ritter der Welt. Und gewiß, fügte sie laut hinzu, daß Lanzelot und Parzival es hören konnten, wenn diese beiden Ritter dich so gut gekannt hätten wie ich, dann hätten sie nicht gegen dich gekämpft. Als Sir Galahad das vernahm, fürchtete er, erkannt zu werden, und so gab er seinem Pferd die Sporen und sprengte davon. Da merkten die beiden, daß es Galahad war, und bestiegen ihre Pferde und ritten ihm rasch nach. Aber binnen kurzem verloren sie ihn aus den Augen. Da kehrten sie bekümmert um. Laßt uns von der Klausnerin Kunde einholen, sagte Parzival. Tut das, wenn Ihr wollt, erwiderte Sir Lanzelot. Als Sir Parzival zu der Klausnerin kam, erkannte sie ihn sehr wohl und Sir Lanzelot ebenso. Aber Sir Lanzelot ritt davon und kreuz und quer durch einen dichten Wald. Er blieb auf keinem Pfad, sondern folgte dem Zufall. Schließlich kam er an ein steinernes Kreuz, von dem zwei Wege in das öde Land ausgingen. Neben dem Kreuz lag ein Stein aus Marmor, aber es war so dunkel, daß Sir Lanzelot nicht erkennen konnte, was es war. Dann schaute sich Sir Lanzelot um und entdeckte eine alte Kapelle. Dort glaubte er Leute zu finden. Daher band er sein Pferd an einen Baum und hängte seinen Schild an einen Ast, ging dann zur Kapellentür und fand sie zerbrochen und verfallen. Im Inneren sah er einen schönen Altar, der reich mit frischem Seidentuch ausgestattet war und auf dem ein prächtiger Silberleuchter mit sechs großen Kerzen stand. Als Sir Lanzelot das Licht sah, wollte er gern in die Kapelle hineingehen, aber er konnte keinen Zugang finden, und darüber war er sehr traurig. Da kehrte er um, nahm seinem Pferd Sattel und Zaumzeug ab und ließ es grasen. Er selbst legte seinen Helm ab und gürtete sein Schwert los und streckte sich vor dem Kreuz auf seinem Schild zum Schlafen aus.

Kapitel 18

WIE SIR LANZELOT HALB IM SCHLAF UND HALB IM WACHEN EINEN KRANKEN MANN SAH, DER IN EINER SÄNFTE GETRAGEN WURDE UND DEN DER HEILIGE GRAL HEILTE. Halb schlafend und halb wachend sah er zwei schöne weiße Zelter auf sich zukommen, die eine Sänfte trugen, in der ein schwerkranker Ritter lag. Als er nahe an dem Kreuz war, hielt er an. All das bemerkte Sir Lanzelot, denn er schlief nicht wirklich, und er hörte den Ritter sagen: O gnädiger Herr, wann werde ich von diesem Leiden befreit? Wann wird das heilige Gefäß zu mir kommen, durch das ich geheilt werden soll? Ich habe lange gelitten für ein kleines Vergehen. So klagte der Ritter noch lange, und Sir Lanzelot hörte alles mit an. Auf einmal sah Sir Lanzelot, wie der Leuchter mit den sechs Kerzen zu dem Kreuz kam, aber er konnte niemanden erkennen, der ihn trug. Dann erschien auch der silberne Tisch und danach das heilige Gefäß des Grals, das Lanzelot früher in König Pescheres Haus gesehen hatte. In diesem Augenblick richtete sich der kranke Ritter auf, hob beide Hände empor und sagte: Lieber, gnädiger Herr, der du hier in diesem heiligen Gefäß bist, nimm dich meiner an und erlöse mich von dieser Krankheit. Damit bewegte er sich auf Händen und Füßen so dicht an das heilige Gefäß heran, daß er es berührte und küßte, und sogleich war er gesund. Da sagte er: Großer Gott, ich danke dir, denn ich bin von dieser Krankheit geheilt. Nachdem das heilige Gefäß einige Zeit verblieben war, schwebte es mit dem Leuchter und dem Licht wieder in die Kapelle zurück, daß Lanzelot nicht wußte, wo es hingekommen war; denn er war so von Sünde behaftet, daß er keine Kraft hatte, sich zu erheben und sich dem heiligen Gefäß zu nähern. Deshalb sagten ihm später viele Leute Schande nach, aber er tat nun Buße. Dann erhob sich der kranke Ritter und küßte das Kreuz. Sogleich brachte ihm sein Knappe die Rüstung und fragte, wie es ihm gehe. Wahrlich, antwortete er, durch Gottes Gnade recht gut. Durch das heilige Gefäß bin ich geheilt worden, aber ich wundere mich über diesen schlafenden Ritter, der nicht die Kraft hatte aufzuwachen, als das heilige Gefäß erschien. Ich glaube, erwiderte der Knappe, er lebt in irgendeiner Todsünde, von der er noch nicht losgesprochen worden ist. Wahrhaftig, sagte der Ritter, wer er auch sei, er ist unglücklich, denn mir scheint, er ist ein Mitglied der Tafelrunde und befindet sich auf der Suche nach dem heiligen Gral. Herr, sagte der Knappe, hier habe ich Euch Eure gesamte Rüstung gebracht, außer Helm und Schwert, und deshalb rate ich Euch, nehmt Helm und Schwert dieses Ritters, und das tat er. Und als er in allen Stücken gewappnet war, nahm er Sir Lanzelots Pferd, denn das war besser als sein eigenes, und so ritt er fort.

Kap. 19

WIE EINE STIMME ZU SIR LANZELOT SPRACH, UND WIE ER FAND, DASS SEIN PFERD UND SEIN HELM VERSCHWUNDEN WAREN, UND WIE ER DANN ZU FUSS GING. Plötzlich erwachte

Sir Lanzelot und richtete sich auf, um darüber nachzudenken, was er gesehen hatte und ob er geträumt hätte oder nicht. Da vernahm er eine Stimme, die sagte: Sir Lanzelot, du bist härter als dieser Stein, bitterer als dieses Holz und nackter und bloßer als das Blatt am Feigenbaum. Deshalb geh fort von hier und entferne dich von diesem heiligen Ort. Als Sir Lanzelot das hörte, war er sehr betroffen und wußte nicht, was er tun sollte. Er ging fort und weinte bitterlich und verfluchte die Stunde, da er geboren war. Er meinte, er könnte nie wieder zu Ruhm gelangen, denn diese Worte bohrten in seinem Herzen, bis er wußte, warum die Stimme so zu ihm gesprochen hatte. Dann ging er zu dem Kreuz und merkte, daß sein Helm, sein Schwert und sein Pferd verschwunden waren. Da nannte er sich einen elenden Wicht und den unseligsten von allen Rittern und sagte. Meine Sünden und meine Schlechtigkeit haben mir große Schande gebracht; denn als ich aus weltlichen Wünschen weltliche Abenteuer suchte, habe ich sie immer vollbracht und war an allen Orten der Sieger und wurde in keinem Streit bezwungen, ob er nun gut oder schlecht war. Und nun, da ich die Abenteuer der heiligen Dinge auf mich nehme, sehe und begreife ich, daß mir meine alte Sünde hinderlich ist und Schande macht, so daß ich keine Kraft hatte, mich zu bewegen oder zu sprechen, als das heilige Gefäß vor mir erschien. So klagte er, bis der Tag anbrach und er die Vögel singen hörte. Das tröstete ihn etwas. Aber da er sein Pferd und Helm und Schwert vermißte, wußte er wohl, daß Gott ihm zürnte. Er ging zu Fuß in den Wald und kam zu einem Hügel und fand eine Einsiedelei und einen Klausner darin, der gerade die Messe hielt. Da kniete Sir Lanzelot nieder und rief wegen seiner schlechten Taten den Herrgott um Gnade an. Nach der Messe rief Sir Lanzelot den Klausner zu sich und bat ihn, aus Barmherzigkeit seine Lebensbeichte anzuhören. Das will ich gern, sagte der fromme Mann. Gehört Ihr etwa zum Hof des Königs Artus und zur Tafelrunde? Ja, wahrhaftig, und mein Name ist Sir Lanzelot vom See, der gar berühmt war, doch nun hat sich mein Glück gewendet, und ich bin der elendeste

Mensch auf Erden. Der Klausner sah ihn an und wunderte sich, weshalb er so niedergeschlagen war. Herr, sagte der Klausner, Ihr solltet Gott mehr danken als jeder andere Ritter, denn er hat Euch mehr weltlichen Ruhm gewinnen lassen als alle anderen. Aber Eure Anmaßung, Euch in Eurer Todsünde in die Gegenwart seines Fleisches und seines Blutes zu begeben, war schuld daran, daß Ihr mit weltlichen Augen nichts sehen konntet. Denn er erscheint nicht vor Sündern, es sei denn zu ihrem großen Schaden und zu ihrer großen Schande. Kein Ritter der Welt schuldet Gott solchen Dank wie Ihr, denn er hat Euch Schönheit, Anmut und Kraft vor allen anderen Rittern gegeben. Deshalb seid Ihr auch mehr als andere Menschen verpflichtet, Gott zu lieben und zu fürchten, denn Eure Stärke und Mannhaftigkeit nützt Euch wenig, wenn Gott gegen Euch ist.

WIE SIR LANZELOT BEICHTETE, UND WIE ER KLAGTE, UND WIE IHM GUTE BEISPIELE GEZEIGT WURDEN. ❧ Da weinte Sir Lanzelot in tiefer Kümmernis und sagte: Ich weiß wohl, Ihr habt recht. Herr, sagte der fromme Mann, verbergt keine alte Sünde vor mir. Wahrlich, antwortete Lanzelot, es fällt mir schwer, zu beichten, denn seit vierzehn Jahren habe ich nie etwas gebeichtet, was ich begangen habe. Das ist nun meine Schande und mein Unglück. Dann erzählte er dem frommen Mann sein ganzes Leben, wie er eine Königin maßlos und über die Maßen lange geliebt hatte. Alle meine großen Waffentaten habe ich zumeist um der Königin willen vollbracht, und um ihretwillen habe ich gekämpft für Recht und Unrecht. Nie bin ich nur um Gottes willen in einen Kampf gegangen, sondern um Ruhm zu gewinnen und mehr geliebt zu werden, und wenig oder gar nicht habe ich Gott dafür gedankt. Dann sagte Sir Lanzelot: Ich bitte Euch, ratet mir. Ich will Euch guten Rat geben, erwiderte der Klausner, wenn Ihr mir versichert, soweit es in Eurer Macht steht, nicht wieder mit dieser Königin zusammenzutreffen. Das versprach Sir Lanzelot bei seinem Leben. Seht zu, daß Euer Mund und Euer Herz übereinstimmen, sagte der fromme Mann, und ich versichere Euch, Ihr werdet mehr Ruhm gewinnen, als Ihr jemals hattet. Heiliger Vater, sagte Sir Lanzelot, ich wundere mich über die Stimme, die jene seltsamen Worte zu mir sprach, von denen ich Euch berichtete. Wundert Euch nicht darüber, antwortete der fromme Mann, denn es scheint wohl, daß Gott Euch liebt. Ihr versteht doch, daß ein Stein seiner Natur nach hart ist und einer mehr als der andere. Das bedeutet, auf Euch bezogen, Sir Lanzelot, da Ihr trotz des Guten, das Gott Euch geschickt hat, nicht von Eurer Sünde lassen wolltet, daß Ihr härter seid als Stein und Euch weder durch Wasser noch durch Feuer erweichen laßt und deshalb die Stimme des Heiligen Geistes nicht in Euch eindringen kann. Nun bedenkt, daß es in der ganzen Welt keinen Ritter gibt, dem der Herrgott so viel Gnade zuteil werden ließ wie Euch, denn er hat Euch Schönheit und Anmut gegeben und Geist und Verstand, Gutes und Böses zu unterscheiden. Er hat Euch Tapferkeit und Stärke verliehen und Tüchtigkeit, auf daß Ihr immer die Oberhand behieltet, wo Ihr auch hinkamt. Nun duldet das Unser Herr nicht länger, vielmehr sollt Ihr ihn kennenlernen, ob Ihr wollt oder nicht. Und die Stimme nannte Euch bitterer als Holz, weil dort, wo zuviel Sünde wohnt, wenig Süße sein kann. Deshalb werdet Ihr mit einem alten, verfaulten Baum verglichen. Nun habe ich Euch gezeigt, warum Ihr härter seid als Stein und bitterer als der Baum. Und jetzt sollt Ihr sehen, warum Ihr nackter und bloßer seid als der Feigenbaum. Als Unser Herr am Palmsonntag in Jerusalem predigte, fand er das Volk ganz verhärtet, und keiner in der ganzen Stadt wollte ihn beherbergen. Da ging er aus der Stadt und fand mitten auf dem Weg einen Feigenbaum, der schön und wohlbelaubt war, aber keine Früchte trug. Da verfluchte Unser Herr den Baum. Mit diesem Feigenbaum war Jerusalem gemeint, das

Blätter hatte und keine Früchte. Als der heilige Gral vor Euch gebracht wurde, da fand er in Euch keine Frucht und keine reinen Gedanken und keinen guten Willen, sondern nur Lüsternheit. Wahrlich, sagte Sir Lanzelot, alles, was Ihr gesagt habt, ist wahr, und von nun an bin ich entschlossen, mit Gottes Gnade nie wieder so verwerflich zu handeln, sondern der Ritterlichkeit zu folgen und Heldentaten zu vollbringen. Der fromme Mann erlegte Sir Lanzelot angemessene Buße auf und ließ ihn geloben, wahrem Rittertum zu folgen. Dann sprach er ihn von seinen Sünden frei und bat ihn, den Tag über bei ihm zu bleiben. Das will ich gern, sagte Sir Lanzelot, denn ich habe weder Helm noch Pferd noch Schwert. Was das angeht, sagte der fromme Mann, so werde ich Euch gleich morgen zu einem Pferd verhelfen und zu allem, was Euch gehörte. Sir Lanzelot aber empfand tiefe Reue.

14. Buch

WIE SIR PARZIVAL ZU EINER KLAUSNERIN KAM UND SIE UM RAT FRAGTE, UND WIE SIE IHM MITTEILTE, DASS SIE SEINE TANTE WÄRE.

NACHDEM nun Sir Lanzelot davongeritten war, um Sir Galahad einzuholen, kehrte Sir Parzival wieder zu der Klausnerin zurück, von der er Kunde über jenen Ritter zu erhalten hoffte, dem Sir Lanzelot nachgeritten war. Er stieg vor ihrem Fenster ab, und die Klausnerin öffnete es und fragte Sir Parzival, was er wollte. Heilige Frau, antwortete er, ich bin ein Ritter vom Hofe des Königs Artus, und mein Name ist Sir Parzival von Wales. Als die Klausnerin seinen Namen hörte, freute sie sich sehr; denn sie liebte ihn mehr als jeden anderen Ritter, und das aus gutem Grund, denn sie war seine Tante. Da hieß sie die Tore öffnen, und sie bereitete ihm die beste Aufnahme und versah ihn mit allem, was sie zur Verfügung hatte. Am anderen Morgen ging Sir Parzival zu der Klausnerin und fragte sie, ob sie den Ritter mit dem weißen Schild kenne. Herr, sagte sie, warum wollt Ihr das wissen? Wahrlich, antwortete Sir Parzival, ich finde keine Ruhe, bis ich weiß, wer dieser Ritter ist, und bis ich mit ihm kämpfen kann. Denn so leicht kann ich ihn nicht ziehen lassen, nachdem er Schande über mich gebracht hat. Ach, Parzival, erwiderte sie, wollt Ihr mit ihm kämpfen? Ich sehe, Ihr möchtet gern aus Übermut erschlagen werden wie Euer Vater. Heilige Frau, sagte Sir Parzival, Euern Worten nach scheint Ihr mich zu kennen. Ja, entgegnete sie, das sollte ich wohl, denn ich bin Eure Tante, obwohl ich in einem Kloster lebe. Einst nannte man mich die Königin des Weiten Landes und die Königin über die größten Reichtümer der Welt. Doch meine Reichtümer gefielen mir nie so gut wie jetzt meine Armut. Da weinte Sir Parzival aus reinem Mitleid, als er seine Tante so wiederfand. Ach, edler Neffe, sagte sie, wann habt Ihr zuletzt von

Eurer Mutter gehört? Er antwortete: Ich habe nichts von ihr gehört, aber wenn ich schlafe, träume ich oft von ihr. Ich weiß nicht, ob sie tot ist oder noch am Leben. Lieber Neffe, sagte sie, Eure Mutter ist tot, denn nachdem Ihr sie verlassen hattet, überfiel sie solcher Kummer, daß sie bald darauf, nachdem sie gebeichtet hatte, verschied. Gott sei ihrer Seele gnädig, erwiderte Sir Parzival, das schmerzt mich sehr, aber wir müssen alle aus dem Leben scheiden. Und nun, liebe Tante, sagt mir, wer der Ritter ist. Mich dünkt, es ist der, der am Pfingstsonntag die rote Rüstung trug. Er ist es, antwortete sie, und er soll stets eine rote Rüstung tragen. Dieser Ritter hat nicht seinesgleichen, denn er vollbringt alles durch Wunder, und er wird nie von einem Erdenbewohner bezwungen werden.

Kapitel 2

WIE MERLIN DIE RUNDE TAFEL MIT DER WELT VERGLICH, UND WIE ER ERKLÄRTE, WIE DIE RITTER, DIE ZUM HEILIGEN GRAL GELANGTEN, ERKANNT WERDEN SOLLTEN. Und dann fuhr sie fort: Einst ließ Merlin die Runde Tafel herstellen als Gleichnis für die runde Gestalt der Welt; und die Runde Tafel bezeichnet die Welt mit Recht, denn Christen wie Heiden kommen zu dieser Tafel. Wenn sie zu Mitgliedern der Tafelrunde erwählt werden, halten sie sich für begnadeter und berühmter, als wenn sie die halbe Welt erobert hätten. Ihr habt gesehen, daß sie Väter und Mütter und ihre ganze Sippe und Frauen und Kinder aufgeben, um zur Gefolgschaft der Tafelrunde zu gehören. Ihr stellt es an Euch selber fest, denn seit Ihr von Eurer Mutter gegangen seid, wolltet Ihr nie wieder zu ihr zurückkehren, so gute Gefährten habt Ihr in der Tafelrunde gefunden. Nachdem Merlin die Runde Tafel hatte herstellen lassen, verkündete er, durch die Mitglieder der Tafelrunde würde die Wahrheit des heiligen Grals überall bekannt werden. Man fragte ihn, wie man die Männer erkennen könnte, die den heiligen Gral erlangen und vollenden sollten. Da antwortete er, es sollten drei weiße Stiere sein, die ihn vollenden würden, und zwei davon sollten noch jungfräulich und der dritte völlig keusch sein. Einer von den dreien sollte seinen Vater so überragen, wie der Löwe den Leoparden an Stärke und Kühnheit überragt. Die Merlin so sprechen hörten, sagten zu ihm: Da ein solcher Ritter kommen wird, solltest du durch deine Künste einen Sitz bestimmen, auf dem niemand sitzen soll außer dem, der alle anderen Ritter überragt. Merlin antwortete, er wolle das tun. Darauf ließ er den Gefährlichen Sitz herrichten, auf dem Galahad bei dem Mahle am letzten Pfingstsonntag Platz nahm. Nun, hohe Frau, sagte Sir Parzival, habe ich so viel über ihn gehört, daß ich niemals von mir aus mit Sir Galahad kämpfen, sondern ihm immer freundlich begegnen werde. Könnt Ihr mir, liebe Tante, um der Liebe Gottes willen einen Weg zeigen, wie ich ihn finden kann? Sehr gern wäre ich in seiner Gesellschaft. Edler Neffe, erwiderte sie, Ihr müßt zu einer Burg reiten, die Goothe heißt. Dort hat er einen Vetter, bei dem Ihr übernachten könnt. Dann folgt dem Weg, den er Euch weist, so schnell Ihr könnt. Und wenn er nichts über ihn zu sagen vermag, reitet geradenwegs zur Burg Carbonek, wo der verwundete König liegt, denn dort sollt Ihr genaue Kunde von ihm erhalten.

WIE SIR PARZIVAL IN EIN KLOSTER KAM, WO ER KÖNIG EVELAKE FAND, DER EIN ALTER MANN WAR.

Dann schied Sir Parzival von seiner Tante zu beider großem Schmerz. Er ritt bis zur Zeit der Vesper, als er eine Glocke läuten hörte. Da erblickte er ein Haus, das von festen Mauern und tiefen Gräben umgeben war. Dort klopfte er ans Tor und wurde eingelassen. Er stieg ab, wurde in ein Zimmer geführt, und bald war ihm der Harnisch abgenommen. Er wurde vorzüglich bewirtet und untergebracht. Am anderen Morgen hörte er die Messe und fand in der Kapelle einen Priester am Altar bereit. Auf der rechten Seite sah er einen verschlossenen Kirchenstuhl und hinter dem Altar ein schönes und prächtiges Bett mit Tüchern wie von Gold und Seide. Da bemerkte Sir Parzival, daß darin ein Mann oder eine Frau lag, genau konnte er es nicht erkennen, denn das Gesicht war zugedeckt. Nach einer Weile hörte er auf hinzuschauen und wandte seine Aufmerksamkeit dem Gottesdienst zu. Als das Sanctus kam, richtete sich die Gestalt, die in dem Bett lag, auf und nahm das Tuch vom Gesicht. Es war ein sehr alter Mann mit einer goldenen Krone auf dem Kopf, seine Schultern waren nackt und unverhüllt bis zum Nabel. Sir Parzival sah, daß sein Körper voll schwerer Wunden war an Schultern und Armen und im Gesicht. Und immer streckte er die Arme nach dem Leib des Herrn aus und rief: Lieber, gnädiger Herr Jesus Christus, vergiß mich nicht! Dann legte er sich wieder nieder und verharrte im Gebet. Er sah aus, als wäre er dreihundert Jahre alt. Als die Messe vorüber war, brachte der Priester die Hostie zu dem kranken König. Nachdem er sie genommen hatte, setzte er die Krone ab und befahl, sie auf den Altar zu legen. Da fragte Sir Parzival einen der Mönche, wer der König wäre. Herr, antwortete der fromme Bruder, Ihr habt doch von Joseph von Arimathia gehört, wie er von Jesus Christus in dieses Land geschickt wurde, um das Christentum zu lehren und zu predigen, wodurch er viele Verfolgungen durch die Feinde Christi erdulden mußte. In der Stadt Sarras bekehrte er einen König, der Evelake hieß. Und dieser König kam mit Joseph in dieses Land und bemühte sich immer, in der Nähe des heiligen Grals zu sein. Einmal kam er ihm so nahe, daß Unser Herr ihm zürnte. Aber dennoch näherte er sich ihm mehr und mehr, bis Gott ihn fast mit Blindheit schlug. Da flehte der König: O Herr, seid gnädig, laßt mich nicht sterben, bis der gute Ritter vom neunten Grade meines Geschlechts gekommen ist, damit ich sehe, wie er zum heiligen Gral gelangt, und ihn küssen kann.

WIE SIR PARZIVAL VIELE GEWAPPNETE EINEN TOTEN RITTER TRAGEN SAH, UND WIE ER MIT IHNEN KÄMPFTE.

Als der König so betete, hörte er eine Stimme, die sagte: Dein Gebet ist erhört, und du wirst nicht sterben, bis er dich geküßt hat. Wenn dieser Ritter kommt, wirst du dein klares Augenlicht wiedererhalten und alles sehen. Deine Wunden werden heilen, aber vordem werden sie sich nicht schließen. So widerfuhr es König Evelake, der nun seit dreihundert Wintern dieses heilige Leben führt. Die Leute erzählen, der Ritter, der ihn heilen soll, wäre nun am Hof. Herr, setzte der fromme Mann hinzu, ich bitte Euch, sagt mir, wer Ihr seid und ob Ihr vom Hof des Königs Artus und der Tafelrunde kommt. Ja, fürwahr, antwortete er, und mein Name ist Sir Parzival von Wales. Als der fromme Mann diesen Namen hörte, war er voller Freude. Danach nahm Sir Parzival Abschied und ritt bis zur Mittagsstunde. Dann traf er in einem Tal etwa zwanzig Gewappnete, die auf einer Bahre einen erschlagenen Ritter trugen. Als sie Sir Parzival erblickten, fragten sie ihn, woher er käme. Er antwortete: Vom Hofe des Königs Artus. Sogleich schrien sie alle auf einmal: Tötet ihn! Sir Parzival schlug den ersten samt seinem Pferd zu Boden. Dann hieben ihm sieben der Ritter zugleich auf den Schild, und die übrigen töteten sein Pferd, so daß er zu Boden stürzte. Sie hätten ihn erschlagen oder gefangengenommen, wäre nicht der gute Ritter Sir Galahad in seiner roten Rüstung zufällig auf seinen Abenteuern des Weges gekommen. Als er alle diese Ritter über den einen herfallen sah, rief er: Schont mir das Leben dieses Ritters! Und dann sprengte er auf die zwanzig Gewappneten zu, so schnell ihn sein Pferd tragen konnte, und stieß mit der Lanze den vordersten Mann samt Roß zu Boden. Als seine

Lanze zerbrach, packte er das Schwert und hieb nach links und nach rechts, daß es wunderbar zu sehen war. Mit jedem Steich streckte er einen nieder oder setzte ihn außer Gefecht, daß sie schließlich den Kampf aufgaben und in einen dichten Wald flohen. Sir Galahad verfolgte sie. Da bedauerte es Sir Parzival sehr, daß er kein Pferd hatte, denn er hatte Sir Galahad erkannt. Er rief laut: Ah, edler Ritter, wartet und laßt mich Euch danken, denn Ihr habt mich gerettet! Aber Sir Galahad ritt in solcher Eile, daß er bald außer Sicht kam. So schnell er konnte, lief Sir Parzival zu Fuß laut rufend hinter ihm her. Dann begegnete er einem Freisassen, der auf einem Karrengaul ritt und an der Hand ein mächtiges Streitroß führte, das schwärzer war als ein Bär. Ach, lieber Freund, sagte Parzival, bei allem, was ich für Euch tun kann, und so wahr ich Euch treu und ritterlich dienen will, sobald Ihr es von mir verlangt, leiht mir das schwarze Pferd, damit ich einen Ritter einholen kann, der vor mir reitet. Herr Ritter, sagte der Freisasse, ich bitte Euch, verlangt das nicht von mir, denn ich darf es nicht tun. Denn wißt, das Pferd gehört einem Mann, der mich erschlagen würde, wollte ich es Euch oder einem anderen leihen. Ach, sagte Parzival, noch nie hatte ich so großes Leid wie jetzt, da ich diesen Ritter verloren habe. Herr, antwortete der Bauer, Ihr tut mir leid, und Ihr könnt ein gutes Pferd wohl gebrauchen. Aber ich darf Euch dieses Pferd nicht geben, es sei denn, Ihr nehmt es mir weg. Das will ich nicht tun, erwiderte Sir Parzival. So schieden sie; und Sir Parzival setzte sich unter einen Baum nieder und klagte sehr. Wie er so dasaß, kam ein Ritter auf dem Pferd daher, das der Bauer geführt hatte, und er war in voller Rüstung.

WIE EIN FREISASSE VON IHM BEGEHRTE, ER SOLLTE IHM WIEDER ZU SEINEM PFERD VERHELFEN, UND WIE SIR PARZIVALS ACKERGAUL GETÖTET WURDE, UND WIE ER DAFÜR EIN SCHLACHTROSS ERHIELT. Gleich darauf kam der Bauer hinterhergeritten, so schnell er konnte. Er fragte Sir Parzival, ob er einen Ritter auf seinem schwarzen Pferd gesehen habe. Ja, wahrhaftig, antwortete er, warum fragt Ihr danach? Ach Herr, er hat mir das Pferd mit Gewalt weggenommen, und deshalb wird mich mein Herr erschlagen, wenn er mich findet. Nun, sagte Sir Parzival, was soll ich für Euch tun? Ihr seht, ich bin zu Fuß, aber wenn ich ein gutes Pferd hätte, würde ich deins bald zurückholen. Herr, erwiderte der Bauer, nehmt meinen Gaul und seht, was Ihr damit erreichen könnt. Ich werde Euch zu Fuß folgen, um zu sehen, was Ihr ausrichtet. Da bestieg Sir Parzival den Gaul und verfolgte den Ritter, so schnell es ging. Schließlich sah er ihn. Da rief er: Ritter, mache kehrt! Dieser wendete sein Pferd und legte die Lanze gegen Sir Parzival ein und stieß sie dem Gaul mitten in die Brust, daß er tot zur Erde stürzte und Parzival zu Fall kam, und dann machte sich der Ritter davon. Sir Parzival war rasend vor Zorn und schrie: Warte, ruchloser Ritter! Du feiger und falscher Ritter, mach kehrt und kämpfe zu Fuß mit mir! Aber dieser antwortete gar nicht und setzte seinen Weg fort. Als Sir Parzival sah, daß er nicht umkehren wollte, warf er Helm und Schwert von sich und sagte: Jetzt bin ich elend, verflucht und unselig vor allen anderen Rittern. Und dieser Kummer plagte ihn den ganzen Tag, bis es Nacht war. Dann verließen ihn die Kräfte, und er legte sich nieder und schlief bis Mitternacht. Da wachte er auf und sah vor sich eine Frau, die mit scharfer Stimme zu ihm sprach: Sir Parzival, was tust du hier? Er antwortete: Ich tue weder Gutes noch sehr Schlimmes. Wenn du gelobst, mir einen Wunsch zu erfüllen, sobald ich dich rufe, will ich dir mein Pferd leihen, und es soll dich tragen, wohin du willst. Sir Parzival war froh über dieses Anerbieten und versprach, ihr Begehren zu erfüllen. Dann warte hier, und ich will dir ein Pferd holen. Bald kam sie zurück und brachte ein tiefschwarzes Pferd mit. Als Parzival das Pferd sah, staunte er, weil es so stark und so prächtig gezäumt war, aber dennoch war er kühn genug und sprang hinauf. Als er im Sattel saß, gab er dem Pferd die Sporen, und so ritt er durch einen Wald, und der Mond schien hell. In kaum einer Stunde trug ihn das Pferd vier Tagereisen weit, bis er an ein tosendes Wasser kam, und in dieses Wasser wollte ihn das Pferd hineintragen.

VON DER GROSSEN GEFAHR, IN DIE SIR PARZIVAL DURCH SEIN PFERD GERIET, UND WIE ER EINE SCHLANGE UND EINEN LÖWEN KÄMPFEN SAH. ❧ Als Sir Parzival dicht an das Ufer herankam, sah er das Wasser so wild brausen, daß er sich fürchtete hindurchzureiten. Und er machte auf seiner Stirn das Zeichen des Kreuzes. Dieses Zeichen ließ das Pferd scheuen, und es warf Sir Parzival ab und sprang in das Wasser und wieherte und brüllte, und es schien, als ob das Wasser brenne. Da merkte Sir Parzival, daß es ein Teufel war, der ihn in sein Verderben tragen wollte. Und er rief seinen Herrgott an und betete zu ihm, er möchte ihn vor allen solchen Versuchungen bewahren. So betete er die ganze Nacht, bis es Morgen ward und der Tag anbrach. Da gewahrte er, daß er sich in einem wilden Gebirge befand, das auf allen Seiten vom Meer umschlossen war. Kein Rettung verheißendes Land erblickte er, sondern nur wilde Tiere. So ging er in ein Tal, und dort sah er, wie eine Schlange einen jungen Löwen am Genick gepackt hatte und davontrug und auf Sir Parzival zukam. Sogleich kam ein mächtiger Löwe brüllend und tobend hinter der Schlange her. Sir Parzival wunderte sich darüber und eilte hinzu, aber da hatte der Löwe die Schlange auch schon eingeholt und ging auf sie los. Sir Parzival wollte dem Löwen helfen, denn er war von den zweien das edlere Tier. Er zog das Schwert und nahm den Schild vor und versetzte der Schlange einen solchen Streich, daß sie eine tödliche Wunde empfing. Als der Löwe das sah, wurde er so zahm und freundlich, wie es ein wildes Tier gegen einen Menschen nur sein kann. Wie Sir Parzival das merkte, legte er seinen Schild beiseite, der zerbrochen war, und setzte den Helm ab, um Atem zu holen, denn vom Kampf mit der Schlange war er sehr erhitzt. Und immer strich der Löwe um ihn herum und schmiegte sich an wie ein Schoßhund. Da streichelte er ihm Nacken und Schultern und dankte Gott, daß dieses wilde Tier zu ihm so freundlich war. Um die Mittagsstunde nahm der Löwe sein Junges, packte es mit dem Maul und trug es dahin, woher er gekommen war. Und dann war Sir Parzival allein. Er galt damals als einer der Männer der Welt, die am tiefsten an Jesus Christus glauben, und davon gab es nur wenige, denn in jenen Tagen schonte der Sohn den Vater sowenig wie einen Fremden. So fand Sir Parzival in Jesus Trost und betete zu Gott, daß ihn keine Versuchung von seinem Dienst abbringen und er vielmehr als sein treuer Kämpe ausharren möge. Nachdem er gebetet hatte, sah er den Löwen wieder auf sich zukommen, und dieser legte sich ihm zu Füßen nieder. So schlief er die ganze Nacht mit dem Löwen zusammen. Und Sir Parzival träumte einen wunderbaren Traum, in dem ihm zwei Frauen begegneten, und die eine saß auf einem Löwen und die andere auf einer Schlange, und die eine war jung und die andere alt. Ihm war, als sagte die jüngere: Sir Parzival, mein Herr grüßt dich und sendet dir Botschaft, daß du dich morgen wappnest, denn du mußt morgen mit dem stärksten Recken der Welt kämpfen. Wenn du bezwungen wirst, kommst du nicht damit davon, daß du eines deiner Glieder verlierst, sondern du wirst bis an das Ende der Welt mit Schmach beladen sein. Da fragte er, wer denn ihr Herr sei. Und sie antwortete, es sei der mächtigste Herr der Welt, und damit verschwand sie so plötzlich, daß er nicht wußte, wohin.

Kapitel 7

VON DEM TRAUMGESICHT, DAS SIR PARZIVAL ERSCHIEN, UND WIE SEIN GESICHT GEDEUTET WURDE, UND VON SEINEM LÖWEN.

Dann kam die andere Frau, die auf der Schlange ritt, zu ihm und sagte: Sir Parzival, ich klage Euch an, daß Ihr mir Leid zugefügt habt, während ich Euch doch nichts getan habe. Wahrlich, hohe Frau, erwiderte er, ich habe weder Euch noch einer anderen Dame ein Leid zugefügt. Doch, antwortete sie, und ich will Euch sagen, wodurch. Ich habe an diesem Ort lange Zeit eine Schlange gehalten, die mir diente, und gestern habt Ihr sie erschlagen, als sie ihre Beute holte. Sagt mir, aus welchem Grunde Ihr sie erschlagen habt, denn der Löwe gehörte Euch nicht. Hohe Frau, entgegnete Sir Parzival, ich weiß wohl, daß der Löwe nicht mir gehörte. Doch ich tat es, weil der Löwe von edlerer Natur ist als die Schlange, und ich glaube nicht, daß ich mich damit gegen Euch vergangen habe. Doch was wollt Ihr von mir? Als Buße für mein Tier will ich, sagte sie, daß Ihr mein Gefolgsmann werdet. Darauf antwortete er: Das will ich nicht auf mich nehmen. Wahrhaftig, sagte sie, Ihr wart nie etwas anderes als mein Diener, seit Ihr Jesus Christus gehuldigt habt. Und deshalb versichere ich Euch, wenn ich Euch an irgendeinem Ort unbehütet finde, werde ich Euch wie einen behandeln, der einst mein Gefolgsmann war. Darauf verschwand sie und ließ Sir Parzival schlafen, den diese Gesichte sehr quälten. Am Morgen stand er auf und bekreuzigte sich und fühlte sich sehr schwach. Da bemerkte er auf dem Meer ein Schiff, das auf die Insel zusteuerte. Als es anlegte, ging Sir Parzival hin und fand es innen und außen mit weißem Damast überzogen. Auf dem Verdeck stand ein alter Mann in einem Chorhemd, der wie ein Priester aussah. Herr, rief Sir Parzival, Ihr seid willkommen. Gott schütze Euch, sagte der fromme Mann, woher seid Ihr? Ich bin vom Hof des Königs Artus und ein Ritter der Tafelrunde, antwortete Sir Parzival, und ich bin auf der Suche nach dem heiligen Gral. Ich befinde mich hier in großer Not und habe die Hoffnung aufgegeben, aus dieser Wildnis zu entkommen. Fürchtet Euch nicht, sagte der fromme Mann, wenn Ihr ein wahrhafter Ritter seid, wie es der Orden der Ritterschaft verlangt, und so reinen Herzens, wie es Euch geziemt, so braucht Ihr nicht zu befürchten, daß irgendein Feind Euch etwas anhaben kann. Wer seid Ihr? fragte Sir Parzival. Ich komme aus einem fremden Land, sagte der fromme Alte, und ich bin hier, um Euch zu trösten. Herr, fragte Sir Parzival, was bedeutet der Traum, den ich diese Nacht hatte? Und darauf erklärte dieser ihm alles: Die Frau, die auf dem Löwen ritt, bedeutet das neue Gesetz der heiligen Kirche, das heißt Treue, Hoffnung, Glaube und Taufe. Wenn sie jünger aussah, als die andere, so ist das sehr begründet, denn sie wurde aus der Passion und Auferstehung Unseres Herrn Jesus Christus geboren. Sie kam aus großer Liebe zu Euch, um Euch den großen Kampf anzukündigen, den Ihr ausfechten müßt. Mit wem soll ich kämpfen? fragte Sir Parzival. Mit dem gewaltigsten Kämpen der Welt, antwortete der alte Mann, und wie die Frau sagte, wenn Ihr nicht gewinnt, werdet Ihr nicht mit dem Verlust einiger Gliedmaßen davonkommen, sondern bis ans Ende der Welt mit Schmach beladen sein. Die Frau auf der Schlange bedeutet das alte Gesetz, und die Schlange stellte einen Teufel dar. Wenn sie Euch anklagte, weil Ihr ihren Diener getötet habt, so hat das nichts auf sich; und die Schlage, die Ihr erschlagen habt, war der Teufel, auf dem Ihr zu diesem Felsen geritten seid. Als Ihr das Zeichen des Kreuzes machtet, da nahmt Ihr ihm seine Macht. Wenn sie Euch aufforderte, zur Buße ihr Gefolgsmann zu werden, so wollte sie Euch dazu bringen, an sie zu glauben und Eure Taufe aufzugeben. Danach befahl er Sir Parzival fortzugehen, und er sprang über Bord an Land. Da verschwand alles so schnell, daß er nicht wußte, wo das Schiff hingekommen war. Dann stieg Sir Parzival in die Felsen hinauf und kam zu dem Löwen, der ihm immer Gesellschaft leistete, und er streichelte ihm den Rücken und hatte große Freude an ihm.

WIE SIR PARZIVAL EIN SCHIFF AUF DIE INSEL ZUKOMMEN SAH, UND WIE DIE HERRIN DES SCHIFFES SIR PARZIVAL VON IHRER ENTERBUNG BERICHTETE. So verweilte Sir Parzival bis zum Mittag. Da sah er ein Schiff so schnell über das Meer fahren, als ob der ganze Wind der Welt es triebe. Und es legte an dem Felsen an. Sir Parzival eilte hin und fand das Schiff mit Seide ausgeschlagen, die schwärzer war als je ein Bär. Darauf stand eine Edelfrau von großer Schönheit. Sie war so reich gekleidet, daß keine ihr gleichkam. Als sie Sir Parzival sah, sagte sie: Wer hat Euch in diese Wildnis gebracht, aus der Ihr kaum entkommen könnt? Ihr werdet hier vor Hunger und Ungemach sterben. Hohe Frau, sagte Sir Parzival, ich diene dem besten Manne der Welt. Er wird mich in seinem Dienst nicht sterben lassen, denn wer anklopft, dem wird aufgetan, und wer bittet, der wird erhalten, und wer ihn sucht, vor dem verbirgt er sich nicht. Da sagte sie: Sir Parzival, wißt Ihr, wer ich bin? Woher wißt Ihr meinen Namen? erwiderte Sir Parzival. Ich kenne Euch besser als Ihr glaubt, sagte sie. Ich komme aus einem tiefen Wald, wo ich den roten Ritter mit dem weißen Schild getroffen habe. Ach, hohe Frau, sagte er, diesen Ritter möchte ich sehr gern treffen. Herr Ritter, antwortete sie, wenn Ihr mir bei der Treue, die Ihr Eurer Ritterschaft schuldet, geloben wollt, mir allzeit zu dienen, wenn ich Euch rufe, werde ich Euch zu diesem Ritter führen. Ja, sagte er, ich verspreche, Euer Begehr zu erfüllen. Nun, sagte sie, so will ich Euch berichten. Ich sah ihn in einem Wald, als er zwei Ritter in ein Wasser trieb, das Mortaise heißt, und aus Todesfurcht sprengten die zwei Ritter in das Wasser und gelangten hinüber, und der rote Ritter folgte ihnen nach, doch sein Pferd ertrank, und nur dank seiner großen Stärke gelangte er ans Ufer. So erzählte sie ihm, und Sir Parzival war sehr froh darüber. Dann fragte sie ihn, ob er in letzter Zeit etwas gegessen habe. Nein, hohe Frau, ich habe wahrhaftig schon fast drei Tage nichts gegessen, aber ich habe kürzlich mit einem frommen Mann gesprochen, der mich mit guten und frommen Worten sehr erquickte. Ach, Herr Ritter, erwiderte sie, dieser Mann ist ein Zauberer und Schönredner. Wenn Ihr ihm glaubt, werdet Ihr völlig in Schmach geraten und auf diesem Felsen verhungern und von wilden Tieren gefressen werden, Ihr seid doch ein junger Mann und tüchtiger Ritter, ich werde Euch helfen, wenn Ihr wollt. Wer seid Ihr, fragte Sir Parzival, die Ihr mir so große Freundlichkeit erweist? Ich bin eine Edelfrau, antwortete sie, die enterbt worden ist. Ich war einst die reichste Frau der Welt. Hohe Frau, fragte Sir Parzival, wer hat Euch enterbt? Ich habe großes Mitleid mit Euch. Herr, sagte sie, ich lebte mit dem mächtigsten Mann der Welt zusammen, und er verlieh mir so viel Schönheit und Glanz, daß keine mir gleichkam. Auf diese große Schönheit war ich ein wenig stolzer, als ich es hätte sein sollen. Auch sprach ich ein Wort, das ihm nicht gefiel. Daraufhin duldete er mich nicht mehr in seiner Gesellschaft und vertrieb mich von meinem Besitz und enterbte mich. Er hatte kein Mitleid mit mir und mit keinem meiner Räte und Hofleute. Da er mir so mitgespielt hat, Herr Ritter, haben meine Freunde und ich ihm viele seiner Männer weggenommen und zu meinen Gefolgsleuten gemacht. Sie bitten mich nie um etwas, was ich ihnen nicht gewähre und noch viel mehr dazu. So waren ich und meine Diener stets gegen ihn, und ich kenne keinen guten Ritter und keinen tüchtigen Mann, den ich nicht auf meine Seite bringe, wenn ich es will. Da ich weiß, daß Ihr ein wackerer Ritter seid, bitte ich Euch, mir zu helfen. Als Ritter der Tafelrunde dürft Ihr keine enterbte Edelfrau im Stich lassen, wenn sie Euch um Hilfe bittet.

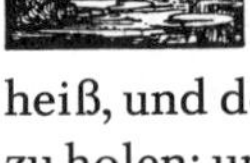

WIE SIR PARZIVAL IHR HILFE VERSPRACH UND LIEBE VON IHR BEGEHRTE, UND WIE ER VON DEM TEUFEL ERRETTET WURDE. Da versprach ihr Sir Parzival alle Hilfe, die er ihr leisten könne, und sie dankte ihm dafür. Nun war es um diese Zeit sehr heiß, und deshalb rief sie eine Zofe zu sich und bat sie, ein Zelt zu holen; und das tat diese und stellte es am sandigen Ufer auf. Herr, sagte sie, nun könnt Ihr Euch in der Hitze des Tages ausruhen. Da dankte er ihr, und sie nahm ihm Helm und Schild ab, und er schlief lange Zeit. Als er erwachte, bat er sie um etwas zu essen. Ihr sollt genug bekommen, sagte sie. So wurde aufgetafelt, daß er staunte, denn es gab alle erdenklichen Arten von Speise. Auch trank er, so schien es ihm, den stärksten Wein, den er je getrunken hatte. Davon geriet er mehr in Hitze, als es gut für ihn war. Da betrachtete er die Edelfrau, und er hielt sie für das schönste Geschöpf, das er je gesehen hatte. Und Sir Parzival forderte sie zur Liebe auf und bat sie, die Seine zu werden. Das verweigerte sie ihm auf eine Art, die ihn nur noch mehr nach ihr entbrennen ließ, und er hörte nicht auf, sie um ihre Liebe zu bitten. Als sie ihn vollends in Glut gebracht hatte, sagte sie: Sir Parzival, ich werde Euern Willen nur erfüllen, wenn Ihr mir gelobt, von nun an mein treuer Diener zu sein und alle meine Befehle auszuführen. Wollt Ihr mir das schwören, so wahr Ihr ein Ritter seid? Ja, antwortete er, schöne Frau, bei meiner Treue. Wohlan, sagte sie, nun könnt Ihr nach Euerm Wohlgefallen mit mir tun, was Ihr wollt. Ihr sollt wissen, Ihr seid der Ritter, den ich am meisten auf der Welt begehre. Dann mußten zwei Knappen in der Mitte des Zeltes ein Bett herrichten. Sogleich entkleidete sie sich und legte sich hinein. Und Sir Parzival legte sich nackt neben sie. Durch gnädigen Zufall sah er sein bloßes Schwert auf dem Boden liegen, auf dessen Knauf ein rotes Kreuz mit dem Zeichen des Kruzifixes war, und da besann er sich auf sein Rittertum und das Gelübde, das er vorher dem frommen Mann gegeben hatte. Und er machte das Zeichen des Kreuzes auf seine Stirn. In dem Augenblick stürzte das Zelt zusammen und verwandelte sich in Rauch und eine schwarze Wolke.

WIE SIR PARZIVAL SICH AUS REUE SELBER IN DEN SCHENKEL STACH UND IN DER DAME DEN TEUFEL ERKANNTE.

Da fürchtete sich Sir Parzival und schrie laut: Lieber, gnädiger Herr Jesus Christus, lasse mich nicht in Schmach kommen, der ich fast verloren war, wäre deine große Gnade nicht gewesen. Dann sah er die Edelfrau in ein Schiff steigen, und sie sagte: Sir Parzival, Ihr habt mich verraten. So fuhr sie davon, und der Wind tobte und brüllte, daß es schien, als ob das Wasser hinter ihr brenne. Da überkam Sir Parzival großes Weh, und er zückte sein Schwert und sagte: Da mein Fleisch mich beherrschen will, werde ich es strafen. Damit stieß er sich das Schwert in den Schenkel, daß das Blut hervorspritzte, und er rief: O Herrgott, nimm dies zur Wiedergutmachung für das, was ich dir angetan habe! Dann kleidete er sich an und wappnete sich und nannte sich einen Unseligen und sprach: Beinahe wäre ich verloren gewesen und hätte eingebüßt, was ich nie wiedererlangt hätte, nämlich meine Unschuld. Dann stillte er seine blutende Wunde mit einem Stück seines Hemdes. Während er so klagte, sah er dasselbe Schiff von Osten kommen, auf dem am Tag zuvor der fromme Mann gewesen war, und der edle Ritter schämte sich sehr und fiel in Ohnmacht. Als er zu sich kam, ging er mit unsicheren Schritten zu dem frommen Mann und grüßte ihn. Da fragte er Sir Parzival: Wie ist es Euch ergangen, während ich fort war? Herr, antwortete er, eine Edelfrau war hier und verführte mich zur Todsünde. Und dann berichtete er ihm alles. Kanntet Ihr die Frau nicht? fragte der fromme Mann. Nein, erwiderte er, aber ich weiß wohl, daß ein Teufel sie mir zu meiner Schmach geschickt hat. O guter Ritter, sagte er, Ihr seid ein Tor, denn diese Frau war der Oberteufel der Hölle, sie hat Macht über alle Teufel, und sie war auch die alte Frau, die Ihr in Euerm Traumgesicht auf der Schlange reiten saht. Darauf erzählte er Sir Parzival, wie Jesus Christus den Teufel, der der glänzendste Engel des Himmels gewesen war, wegen seiner Sünden aus dem Himmel vertrieb und wie ihm dadurch sein Erbe verlorenging. Und das war der mächtige Kämpe, mit dem Ihr kämpfen solltet und der Euch bezwungen hätte, wäre die Gnade Gottes nicht gewesen. Nun hütet Euch, Sir Parzival, und nehmt dies als warnendes Beispiel. Darauf verschwand der fromme Mann. Sir Parzival aber wappnete sich und stieg in das Schiff und fuhr davon.

15. Buch

WIE SIR LANZELOT ZU EINER KAPELLE KAM UND DORT EINEN HUNDERTJÄHRIGEN FROMMEN MANN IN EINEM WEISSEN HEMD TOT VORFAND.

SIR Lanzelot wurde drei Tage von dem Einsiedler beherbergt. Dieser gab ihm ein Pferd, einen Helm und ein Schwert, und um die Mittagsstunde brach Sir Lanzelot auf. Als er eine Weile geritten war, erblickte er ein kleines Haus, und wie er näher kam, sah er eine Kapelle und daneben einen alten Mann, der sehr prächtig ganz in Weiß gekleidet war, und zu diesem sprach er: Gott zum Gruß! Gott schütze Euch, erwiderte der fromme Mann, und mache Euch zu einem guten Ritter. Da stieg Sir Lanzelot ab und trat an die Tür der Kapelle und sah im Innern einen toten alten Mann in einem weißen Hemd aus sehr feinem Tuch. Herr Ritter, sagte der fromme Mann, dieser Tote sollte nicht in solcher Weise gekleidet sein, wie Ihr ihn seht, denn darin hat er den Eid seines frommen Ordens gebrochen, dem er über hundert Winter angehört hat. Darauf gingen sie in die Kapelle hinein, und der fromme Mann legte eine Stola um und nahm ein Buch, aus dem er Beschwörungsformeln sprach. Bald darauf erschien eine grauenhafte und schreckenerregende Gestalt, daß niemand so beherzt und stark ist, um sich nicht davor zu fürchten. Dieser Teufel sprach: Du hast mir arg zugesetzt, nun sage mir, was du von mir willst. Ich will, antwortete der fromme Mann, daß du mir sagst, wie mein Ordensbruder gestorben und ob er gerettet oder verdammt ist. Darauf entgegnete der andere mit furchtbarer Stimme: Er ist nicht verloren, sondern gerettet. Wie kann das sein? fragte der fromme Mann. Mir schien, er führte kein gutes Leben, denn er brach sein Ordensgelübde, um ein solches Hemd zu tragen, was er nicht tun durfte; und wer sich gegen seinen Orden vergeht, der versündigt sich. Aber nein, sagte der Teufel, dieser Tote stammt aus einem berühmten Geschlecht. Einst führte der Graf von Vale großen Krieg gegen dieses Mannes Neffen, der Aguarus hieß. Als Aguarus merkte, daß der Graf stärker war als er, holte er sich Rat bei seinem Onkel, der hier tot liegt, wie Ihr seht. Und da bat dieser um Erlaubnis, seine Einsiedelei verlassen zu dürfen, und unterstüzte seinen Neffen gegen den mächtigen Grafen. So kam es, daß durch die Weisheit, Tapferkeit und Kraft dieses toten Mannes der Graf und drei seiner Barone gefangen wurden.

VON DEM TOTEN MANN, DEN EINST MÄNNER HATTEN TÖTEN WOLLEN, WAS IHNEN ABER NICHT GELANG, UND WIE SIR LANZELOT DAS HAAR DES TOTEN MANNES NAHM.

Daraufhin wurde zwischen dem Grafen und Aguarus Frieden und ein fester Vertrag geschlossen, daß der Graf nie wieder Krieg gegen ihn führen sollte. Und dieser tote Mann zog sich wieder in seine Einsiedelei zurück. Doch dann ließ der Graf durch zwei seiner Neffen Rache an ihm nehmen. Eines Tages kamen sie, als er gerade die Messe zelebrierte, und sie warteten, bis er damit zu Ende war. Dann stürzten sie sich auf ihn mit gezogenem Schwert und wollten ihn erschlagen, aber kein Schwert konnte ihm mehr anhaben als einem Stück Stahl, denn der Hohe Herr, dem er diente, schützte ihn. Da errichteten sie einen großen Scheiterhaufen, zogen ihn aus und schnitten ihm das Haar ab. Der Einsiedler fragte sie: Wollt ihr mich verbrennen? Es steht nicht in eurer Macht, mich umzubringen oder auch nur einen Faden zu versengen, wenn einer an meinem Körper wäre. Oho, sagte einer von ihnen, das werden wir schon sehen. Dann nahmen sie ihm alles ab, zogen ihm dies Hemd an und warfen ihn ins Feuer. Darin lag er lebendig die ganze Nacht, bis der Tag anbrach. Am Morgen kam ich vorbei und fand ihn tot, aber weder Haut noch Haar waren versengt. So nahm ich ihn mit großer Furcht aus dem Feuer und legte ihn hierher, wo ihr ihn seht. Und nun laßt mich gehen, denn ich habe euch die Wahrheit gesagt. Und er verschwand mit großem Getöse. Der fromme Mann und Sir Lanzelot waren sehr froh, und Sir Lanzelot verbrachte die Nacht bei ihm. Herr Ritter, sagte der fromme Mann, seid Ihr nicht Sir Lanzelot vom See? Ja, antwortete er. Was sucht Ihr in diesem Land? Sir Lanzelot antwortete: Ich bin auf der Suche nach dem heiligen Gral. Nun, erwiderte der Einsiedler, suchen könnt Ihr ihn wohl, aber selbst wenn er hier wäre, hättet Ihr nicht die Kraft, ihn zu sehen, so wenig wie ein Blinder ein glänzendes Schwert sehen kann. Das kommt von Eurer Sünde, sonst wäret Ihr eher dazu in der Lage als irgendein anderer. Da begann Sir Lanzelot zu weinen, und der fromme Mann fragte ihn: Habt Ihr gebeichtet, seit Ihr auf der Suche nach dem heiligen Gral seid? Ja, Herr, antwortete Sir Lanzelot. Nachdem am anderen Morgen der fromme Mann die Messe gelesen hatte, begruben sie den Toten. Danach fragte Sir Lanzelot: Vater, was soll ich tun? Ich bitte Euch, antwortete der Einsiedler, nehmt den Haarschopf dieses heiligen Mannes und tragt ihn auf Eurer Haut, und er wird Euch ein starker Schutz sein. Das will ich tun, antwortete Sir Lanzelot. Ferner erlege ich Euch auf, kein Fleisch zu essen, solange Ihr Euch auf der Suche nach dem heiligen Gral befindet, keinen Wein zu trinken und täglich die Messe zu hören, wenn Ihr könnt. So nahm Lanzelot das Haar und legte es an seinen Körper. Dann zog er zur Vesperzeit weiter. In einem Wald begegnete ihm ein Edelfräulein auf einem weißen Zelter, und dieses fragte ihn: Herr Ritter, wohin reitet Ihr? Fräulein, erwiderte Lanzelot, ich habe kein Ziel und reite, wohin mich das Schicksal führt. Ach, Sir Lanzelot, sagte sie, ich weiß, was für ein Abenteuer Ihr sucht. Ihr wart ihm schon viel näher als jetzt, und doch sollt Ihr es deutlicher sehen als zuvor, und das werdet Ihr bald erfahren. Dann fragte Sir Lanzelot, wo er eine Herberge für die Nacht finden könne.

Heute werdet Ihr keine finden, aber morgen kommt Ihr zu einer guten Herberge, dort werdet Ihr Trost finden in Euerm Zweifel. Gott befohlen! sagte Lanzelot und ritt weiter bis zu einem Kreuz, und hier verbrachte er die Nacht.

VON EINEM GESICHT, DAS SIR LANZELOT HATTE, UND WIE ER DEM EINSIEDLER DAVON BERICHTETE UND IHN UM RAT FRAGTE. Er ließ sein Pferd auf die Weide, nahm Helm und Schild ab und sprach an dem Kreuz sein Gebet, daß er nie mehr in Todsünde verfallen möge. Danach legte er sich nieder. Kaum war er eingeschlafen, kam ihm eine Vision, daß ein Mann vor ihn trat, der ganz von Sternen umgeben war und eine goldene Krone auf seinem Haupt trug und sieben Könige und zwei Ritter in seinem Gefolge hatte. Sie alle knieten nieder und beteten das Kreuz an und streckten die Hände zum Himmel empor und sagten: Lieber Vater im Himmel, komm und erscheine vor uns und gib jedem, was er verdient hat. Da schaute Lanzelot zum Himmel hinauf, und die Wolken schienen sich zu öffnen, und ein alter Mann mit einer Schar von Engeln stieg herab und trat unter sie und gab jedem seinen Segen und nannte sie seine Diener und wahren und treuen Ritter. Dann ging er zu einem dieser Ritter und sprach: Ich habe alles verloren, was ich auf dich gesetzt hatte, denn du hast als Krieger gegen mein Gebot gehandelt und unwürdigen Kampf zu eitlem Ruhm geführt, mehr der Welt als mir zu Gefallen. Deshalb sollst du umkommen, wenn du mir nicht gibst, was mir gebührt. Diese Vision hatte Sir Lanzelot an dem Kreuz. Am anderen Morgen nahm er sein Pferd und ritt weiter bis zum Mittag. Da begegnete ihm derselbe Ritter, der ihm Pferd, Helm und Schwert genommen hatte, während er schlief, als der heilige Gral an dem Kreuz erschienen war. Sir Lanzelot begrüßte ihn nicht freundlich, sondern rief laut: Ritter, wehre dich, denn du hast sehr übel an mir gehandelt! Dann legten sie die Lanzen ein, und Sir Lanzelot sprengte so ungestüm gegen ihn, daß er ihn samt seinem Pferd zur Erde warf und ihm fast das Genick gebrochen hätte. Darauf stieg Sir Lanzelot ab und nahm das Pferd des Ritters, das vorher ihm gehört hatte, und schwang sich wieder in den Sattel. Das andere Pferd band er an einen Baum, damit der Ritter es finden sollte, wenn er sich wieder erhob. Dann ritt Sir Lanzelot weiter bis zum Abend und stieß schließlich auf einen Einsiedler, und sie grüßten einander. Bei diesem frommen Mann blieb Sir Lanzelot über Nacht, und er versorgte sein Pferd, so gut es ging. Dann fragte ihn der fromme Mann: Woher seid Ihr? Ich bin vom Hof des Königs Artus, und mein Name ist Sir Lanzelot vom See. Ich bin auf der Suche nach dem heiligen Gral und bitte Euch, mir eine Vision zu erklären, die ich an dem Kreuz hatte. Und so erzählte er ihm alles.

WIE DER EINSIEDLER SIR LANZELOTS VISION DEUTETE UND IHM ERÖFFNETE, DASS SIR GALAHAD SEIN SOHN WAR. Siehe, Sir Lanzelot, sagte der fromme Mann, an dieser Vision kannst du deine hohe Abkunft erkennen. Vierzig Jahre nach der Passion Jesu Christi betete Joseph von Arimathia für den Sieg des Königs Evelake über seine Feinde. Und von den sieben Königen und zwei Rittern war Nappus der erste, ein heiliger Mann. Der zweite hieß nach seinem Großvater Nacien, und in ihm wohnte unser Herr Jesus Christus. Der dritte war Helias le Grose, der vierte hieß Lisais und der fünfte Jonas. Dieser verließ sein Land und kam nach Wales und vermählte sich dort mit der Tochter Manuels, wodurch er das Reich Gallien erhielt, und er lebte dann in diesem Land. Von ihm stammt dein Großvater, König Lanzelot, ab, der die Tochter des Königs von Irland heiratete und ein ebenso würdiger Mann war wie du; und von ihm stammt König Ban ab, dein Vater, der letzte der sieben Könige.

Was die Engel zu dir sagten, Sir Lanzelot, bedeutet, daß du der Gemeinschaft der sieben nicht ebenbürtig bist. Und der neunte Ritter wurde mit einem Löwen verglichen, denn er wird alle irdischen Ritter überragen. Es ist Sir Galahad, den du mit der Tochter des Königs Pelles gezeugt hast. Du solltest Gott mehr danken als jeder andere Mensch, denn als irdischer Sünder hast du in der ganzen Ritterschaft nicht deinesgleichen und wirst es nie haben. Doch hast du Gott wenig gedankt für all die großen Gaben, die er dir verliehen hat. Herr, sprach Sir Lanzelot, Ihr sagt, dieser wackere Ritter ist mein Sohn. Das solltest du besser wissen als jeder andere, erwiderte der fromme Mann, denn du hast die Tochter des Königs Pelles fleischlich erkannt und mit ihr Galahad gezeugt, und er war es, der am Pfingstfest auf dem Gefährlichen Sitz Platz nahm. Deshalb mache öffentlich bekannt, daß du ihn mit König Pelles' Tochter gezeugt hast, das wird dir und deinem ganzen Geschlecht zur Ehre gereichen. Und ich rate dir, dränge ihn niemals dazu, mit dir zu kämpfen. Mir scheint, sagte Lanzelot, der gute Ritter sollte für mich zu Gott beten, damit ich nicht wieder in Sünde verfalle. Du kannst sicher sein, erwiderte der fromme Mann, sein Gebet wird dir sehr helfen. Doch soll der Sohn nicht unter der Verworfenheit des Vaters leiden und der Vater nicht unter der Verworfenheit des Sohnes, sondern jeder soll seine eigene Bürde tragen. Also suche du allein Gott, und er wird dir in allen deinen Nöten beistehen. Nach diesem Gespräch gingen sie beide zum Abendessen und begaben sich dann zur Ruhe. Das Haar stach so in Sir Lanzelots Haut, daß es ihm große Beschwerden bereitete, aber er duldete es demütig und ertrug den Schmerz. Am Morgen hörte er die Messe und wappnete sich und nahm Abschied.

WIE SIR LANZELOT MIT VIELEN RITTERN KÄMPFTE, UND WIE ER GEFANGENGENOMMEN WURDE. ☙ Sir Lanzelot hielt sich nicht an eine Straße, sondern ritt in einen Wald. Als er Ausschau hielt, sah er vor sich eine weite Ebene und eine stattliche Burg, und vor der Burg standen viele seidene Zelte in bunten Farben. Und er glaubte, fünfhundert Ritter zu Pferde in zwei Parteien zu erkennen. Die von der Burg saßen alle auf schwarzen Pferden mit schwarzem Rüstzeug, und die von draußen waren auf weißen Pferden mit weißem Rüstzeug, und sie bekämpften einander, daß Sir Lanzelot staunte. Schließlich schien es ihm, als ob die von der Burg den kürzeren zögen, und er beschloß, zur Mehrung seines ritterlichen Ruhmes die schwächere Partei zu unterstützen. So sprengte er auf die Seite derer von der Burg und warf einen Ritter samt seinem Pferd zur Erde. Dann stürzte er sich ins Getümmel und vollbrachte wunderbare Waffentaten und streckte viele Ritter zu Boden, daß alle, die es sahen, staunten. Doch die weißen Ritter hielten sich immer nahe bei Sir Lanzelot, um ihn zu ermüden und außer Atem zu bringen. Da aber kein Mann ununterbrochen durchhalten kann, ließ Sir Lanzelots Kraft schließlich nach, und er wurde so schwach, daß er kaum noch den Arm heben konnte, um einen Streich zu führen, und es war ihm, als hätte er gar keine Arme. Da ergriffen sie ihn und schleppten ihn in einen Wald, und dort hießen sie ihn absteigen und sich ausruhen. Durch sein Versagen wurde die ganze Mannschaft der Burg bezwungen. Dann sagten die weißen Ritter zu ihm: Gott sei Dank, daß wir Euch jetzt bei uns haben, denn wir werden Euch in unserer Gefangenschaft halten. Darauf verließen sie ihn, ohne viele Worte zu verlieren. Und Sir Lanzelot begann, bitterlich zu klagen: Noch niemals war ich bisher bei einem Turnier oder Kampf, in dem ich nicht gesiegt hätte, und jetzt bin ich schändlich bezwungen. Ich bin nun sicher, daß ich schwerer mit Sünde beladen bin als je zuvor. So ritt er in Kummer und Verzweiflung einen halben Tag dahin, bis er in ein tiefes Tal kam. Und da er den steilen Berg nicht hinaufreiten konnte, stieg er unter einem Apfelbaum aus dem Sattel, nahm Helm und Schild ab und ließ sein Pferd grasen. Dann legte er sich nieder und wollte schlafen. Doch da war ihm, als träte ein alter Mann vor ihn und sagte: Ach, treuloser und kleingläubiger Lanzelot, warum wendet sich dein Wille so leicht der

Todsünde zu? Nach diesen Worten verschwand der Mann, und Lanzelot wußte nicht, was aus ihm geworden war. Da nahm er sein Pferd und wappnete sich und ritt weiter. Auf seinem Wege kam er zu einer Kapelle, neben der eine Klausnerin wohnte, die von einem Fenster aus auf den Altar blicken konnte. Sie rief Sir Lanzelot mit lauter Stimme, denn sie hielt ihn für einen fahrenden Ritter. Als er sich näherte, fragte sie ihn, wer er sei und woher er komme und auf was für einer Fahrt er sich befinde.

WIE SIR LANZELOT EINER FRAU VON SEINER VISION ERZÄHLTE, UND WIE SIE SIE AUSLEGTE. ❧ Und er erzählte ihr alles und berichtete getreulich, wie es ihm in dem Kampf ergangen war. Er sprach zu ihr von der Vision, die ihm beim Einschlafen gekommen war, und bat sie, ihm zu erklären, was sie zu bedeuten habe, denn er wußte nicht recht, was er davon halten sollte. Ach, Lanzelot, antwortete sie, solange Ihr weltliches Rittertum verfochtet, wart Ihr der wunderbarste und heldenhafteste Mann der Welt. Da Ihr Euch nun aber den geistlichen Abenteuern verschrieben habt, braucht Ihr Euch nicht zu wundern, wenn das Geschick in dem Kampf gestern gegen Euch war, denn dieser war nur ein Zeichen Unseres Herrn. Und doch war kein Zauber dabei, die Ritter waren alle wirkliche Ritter. In dem Kampf sollte sich zeigen, wer über mehr Ritter verfügt, Eliazar, der Sohn des Königs Pelles, oder Argustus, der Sohn des Königs Harlon. Eliazar und seine Partei waren ganz in Weiß gekleidet, Argustus und seine Schar ganz in Schwarz. Was dies alles bedeutet, will ich Euch nun erklären. Am Tage des Pfingstfestes, als König Artus hofhielt, kamen irdische Ritter und Könige zum Turnier zusammen, das bedeutet, sie begaben sich auf die Suche nach dem heiligen Gral. Sie waren in Schwarz gekleidet, denn diese Farbe bezeichnet die Sünden, die sie nicht gebeichtet haben. Die weiße Kleidung der anderen bedeutet Reinheit und Keuschheit. So begannen sie die Suche. Dann erblicktet Ihr die Sünder und die frommen Männer, und als Ihr saht, daß die Sünder bezwungen wurden, halft Ihr ihnen aus Stolz und weltlichem Hochmut. All das müßt Ihr auf dieser Suche zurücklassen, auf der Ihr viele finden werdet, die Euresgleichen, aber auch solche, die Euch überlegen sind. Du bist so schwach im Vertrauen und Glauben, und deshalb wurdest du ergriffen und in den Wald gebracht. Dort erschien den weißen Rittern der heilige Gral, aber dein Glauben und deine Treue waren so gering, daß du trotz aller Ermahnungen des frommen Mannes nicht auf den heiligen Gral warten konntest. Als du dich mit den Sünden verbündetest, war das die Ursache deines Mißgeschicks, das dich Gutes von Bösem und vom eitlen Ruhm der Welt, der keinen Pfifferling wert ist, unterscheiden lehren sollte. Dein großer Stolz ließ dich bitter beklagen, daß du nicht alle weißen Ritter bezwungen hast, deren Kleidung doch Reinheit und Keuschheit bezeichnet. Deshalb zürnte dir Gott, denn er liebt auf dieser Suche solche Taten nicht. Und deine Vision bedeutet, daß deine Treue gering und dein Glaube schwach ist; und deshalb wirst du in den tiefen Schlund der Hölle hinabgestoßen werden, wenn du dich nicht vorsiehst. Nun habe ich dich vor deiner eitlen Ruhmsucht und vor deinem Hochmut gewarnt, denn du hast manches Mal gegen deinen Schöpfer gefehlt. Hüte dich vor den ewigen Qualen, denn mit dir habe ich von allen irdischen Rittern das meiste Mitleid, und ich weiß wohl, du hast unter allen irdischen sündigen Männern nicht deinesgleichen. Danach lud die Klausnerin Sir Lanzelot zum Essen ein, und nachdem sie gespeist hatten, verabschiedete er sich, stieg in den Sattel und ritt in ein tiefes Tal, und dort gewahrte er einen Fluß und einen hohen Berg. Durch dieses strudelnde Wasser mußte er hindurch, es ging nicht anders, und im Namen Gottes ritt er gefaßten Herzens hinein. Als er an das andere Ufer gelangte, begegnete ihm ein gewappneter Ritter, Roß und Reiter waren schwarz wie ein Bär. Ohne ein Wort warf dieser Sir Lanzelots Pferd zu Boden und ritt sogleich von dannen. Und Sir Lanzelot nahm seinen Helm und seinen Schild und dankte Gott für sein Abenteuer.

16. Buch

WIE SIR GAWEIN VON DER SUCHE NACH DEM HEILIGEN GRAL SEHR MÜDE WAR, UND WIE IHM EIN WUNDERBARER TRAUM KAM.

ALS Sir Gawein sich von seinen Gefährten getrennt hatte, ritt er lange, ohne irgendein Abenteuer zu erleben. Er fand nicht einmal den zehnten Teil der Abenteuer, wie er sie sonst gewohnt war, und zwischen Pfingsten und Michaelis hatte er kein Abenteuer, das ihm gefiel. Eines Tages traf Gawein dann mit Sir Ector von Maris zusammen, und sie freuten sich von Herzen über das Wiedersehen. Sie erzählten einander alles und beklagten sich sehr, daß sie keine Abenteuer finden konnten. Wahrhaftig, sagte Sir Gawein zu Sir Ector, ich bin dieser Suche bald überdrüssig und habe keine Lust, noch weiter in fremde Länder zu ziehen. Eines wundert mich, erwiderte Sir Ector, ich bin zwanzig Rittern begegnet, alles Gefährten von mir, und sie führten die gleiche Klage. Ich möchte wissen, sagte Sir Gawein, wo Euer Bruder Sir Lanzelot ist. Wahrlich, antwortete Sir Ector, ich habe noch nichts von ihm gehört und auch nicht von Sir Galahad, Sir Parzival und Sir Bors. Laßt sie nur, sagte Sir Gawein, denn diese vier haben nicht ihresgleichen. Und wäre nicht ein Makel an Sir Lanzelot, könnte sich von allen irdischen Männern keiner mit ihm messen, aber wenn er sich nicht mehr bemüht, ist er wie wir. Falls diese vier einander getroffen haben, wird es ihnen nicht recht sein, daß irgend jemand zu ihnen stößt, denn wenn nicht sie zu dem heiligen Gral gelangen, geben sich die übrigen vergebliche Mühe, ihn zu finden. So ritten Ector und Gawein länger als acht Tage. An einem Samstag kamen sie zu einer Kapelle, die war so verfallen, daß niemand dort zu verweilen schien. Dort stiegen sie ab, stellten ihre Lanzen neben die Tür und traten in die Kapelle ein und beteten lange und ließen sich auf den Kirchenstühlen nieder. Wie sie über dieses und jenes sprachen, befiel sie Müdigkeit, und sie schliefen ein, und da hatten sie beide seltsame Träume. Sir Gawein war es, als betrete er eine Wiese mit saftigem Gras und Blumen, auf der eine Herde von einhundertfünfzig Stieren weidete. Sie waren wild und schwarz, nur drei waren weiß, und einer davon hatte einen schwarzen Fleck, doch die beiden anderen waren so glänzend weiß, daß sie nicht weißer sein konnten. Diese drei Stiere waren mit zwei starken Seilen zusammengebunden. Die übrigen Stiere sprachen unter sich: Gehen wir fort von hier, und suchen wir uns eine bessere Weide! Und einige gingen fort, und andere kamen wieder, aber sie waren so mager, daß sie sich kaum auf den Beinen halten konnten. Von den weißen Stieren kehrte der eine zurück, die anderen aber nicht. Als dieser weiße Stier wieder bei den anderen auftauchte, erhob sich großes Gebrüll, weil den Stieren das Gras knapp wurde, und sie liefen nach allen Richtungen auseinander. Das war das Gesicht, das Gawein in dieser Nacht hatte.

VON SIR ECTORS TRAUMGESICHT, UND WIE ER MIT SIR IWEIN LES AVOUTRES KÄMPFTE, SEINEM SCHWURBRUDER.

Sir Ector von Maris hatte ein ganz anderes Gesicht. Ihm war, als ständen sein Bruder Sir Lanzelot vom See und er von einem Stuhle auf und sprängen jeder auf ein Pferd und sagten zueinander: Gehen wir suchen, was wir nicht finden werden. Und ein Mann schien Sir Lanzelot zu schlagen und ihm den Kettenpanzer herunterzureißen und einen anderen umzutun, der ganz verknotet war. Dann setzte ihn der Mann auf einen Esel, und er ritt darauf, bis er zu dem schönsten Quell kam, den er je gesehen hatte. Sir Lanzelot stieg ab und wollte an dem Quell trinken. Als er sich bückte, wich das Wasser vor ihm zurück, und da kehrte Sir Lanzelot um, dorthin, wo er hergekommen war. Währenddessen wähnte Sir Ector, daß er auf seinem Ritt zu dem Hause eines reichen Mannes kam, in dem eine Hochzeit gefeiert wurde. Dort sah er einen König, der zu ihm sagte: Herr Ritter, hier ist kein Platz für Euch. Da kehrte er zu dem Stuhl zurück, aus dem er sich erhoben hatte. Nach einer Weile erwachten Gawein und Ector, und sie erzählten einander von ihrem Traum und staunten sehr. Wahrlich, sagte Ector, ich werde nicht wieder froh, bis ich Botschaft von meinem Bruder Lanzelot habe. Während sie so in ihr Gespräch vertieft dasaßen, erschien eine Hand und ein Stück Arm bis zum Ellbogen, bekleidet mit roter, golddurchwirkter Seide, und ein schmuckloser Zügel hing daran. Die Faust hielt eine große Kerze, die sehr hell leuchtete. Diese Erscheinung schwebte an ihnen vorbei in die Kapelle hinein und verschwand dann, daß sie nicht wußten, wohin. Da ertönte eine Stimme aus der Höhe und sagte: Ihr Ritter, eure Treue ist gering und euer Glauben schwach, deshalb können euch die Abenteuer des heiligen Grals nicht zuteil werden. Danach sprach Gawein zuerst: Ector, habt Ihr diese Worte gehört? Ja, wahrhaftig, antwortete Ector, ich habe alles gehört. Laßt uns nun zu einem Einsiedler gehen, der unsere Träume zu deuten vermag, fuhr Sir Ector fort, denn mir scheint, wir mühen uns vergeblich. So ritten sie weiter. In einem Tal begegnete ihnen ein Knappe zu Pferd, und sie grüßten ihn freundlich. Könnt Ihr uns den Weg zu einem Einsiedler zeigen? fragte Gawein. Hier in der Nähe lebt einer auf einem Hügel, aber der Weg ist zu steil und schlecht für ein Pferd, deshalb müßt ihr zu Fuß gehen. Ihr findet dort eine Hütte, in der Nacien wohnt, der heiligste Mann in diesem Lande. Danach ritten sie weiter, und in einem Tal stießen sie auf einen gewappneten Ritter, der sie zum Kampf herausforderte, sobald er sie erblickte. Bei Gott, sagte Sir Gawein, seit ich von Camelot ausritt, hat mich nur ein einziges Mal einer herausgefordert. Laßt mich mit ihm kämpfen, warf Ector ein. Nein, entgegnete Gawein, erst wenn ich geschlagen bin, wäre es mir recht, wenn Ihr an meine Stelle trätet. Und die beiden Ritter stellten sich zum Kampf auf und sprengten gegeneinander, so schnell ihre Pferde laufen konnten, und durchstießen des anderen Schild und Harnisch. Gawein wurde an der linken Seite verwundet, aber seinem Gegner durchbohrte die Lanze die Brust und kam hinten wieder heraus. So fielen sie beide aus dem Sattel, und im Fallen zerbrachen beide ihre Lanzen. Rasch stand Gawein wieder auf, packte sein Schwert und nahm den Schild vor. Doch das war nicht mehr nötig, denn der Ritter hatte keine Kraft, sich zu erheben. Da sagte Gawein: Bekennt Euch geschlagen, oder ich töte Euch. Ach, antwortete der Ritter, ich bin dem Tode nahe, Gott zuliebe und aus Ritterlichkeit führt mich zu einer Abtei, damit ich meinen Schöpfer empfangen kann. Herr, sagte Gawein, ich kenne kein Haus der Andacht in der Nähe. Setzt mich vor Euch aufs Pferd, erwiderte der Ritter, und ich will Euch den Weg zeigen. Gawein half ihm in den Sattel und setzte sich hinter ihn, um ihn zu stützen, und so gelangten sie zu einer Abtei, wo sie gut aufgenommen wurden. Sofort nahm man dem Ritter die Rüstung ab, und er empfing das Abendmahl. Danach bat er Gawein, die Lanzenspitze aus seinem Körper zu entfernen. Gawein fragte ihn, wer er sei, da er ihn nicht kannte. Ich bin vom Hofe des Königs Artus, antwortete er, und ich gehöre zur Tafelrunde, und wir beide sind Schwurbrüder. Doch nun, Sir Gawein, habt Ihr mich erschlagen. Mein Name ist Iwein les Avoutres, ich bin der Sohn des Königs Uriens, und ich war auf der Suche nach dem heiligen Gral. Gott vergebe Euch, denn man wird immer sagen, daß der eine Schwurbruder den anderen getötet hat.

WIE SIR GAWEIN UND SIR ECTOR ZU EINER EINSIEDELEI KAMEN, UM ZU BEICHTEN, UND WIE SIE DEM EINSIEDLER VON IHREN GESICHTEN ERZÄHLTEN. Wehe, rief Gawein, daß mir dieses Mißgeschick zugestoßen ist! Klagt nicht, erwiderte Iwein, ereilt mich auch der Tod, so könnte ich doch durch die Hand keines viel ruhmreicheren Mannes sterben. Aber wenn Ihr an den Hof kommt, empfehlt mich dem hohen Herrn König Artus und allen denen, die am Leben geblieben sind, und gedenkt meiner um der alten Brüderschaft willen. Da weinten Gawein und Ector. Dann zogen Iwein und Gawein gemeinsam die Lanzenspitze heraus, und sogleich schied Iweins Seele vom Leib. Sir Gawein und Sir Ector begruben ihn, wie es einem Königssohn zukommt, und ließen auf den Grabstein schreiben, von wem er erschlagen worden war. Dann ritten Gawein und Ector tief bekümmert über ihr Mißgeschick weiter, bis sie zu dem steilen Berg kamen. Sie banden ihre Pferde fest und gingen zu Fuß zu der Einsiedelei. Als sie auf dem Gipfel anlangten, gewahrten sie eine ärmliche Hütte und neben der Kapelle einen kleinen Garten, in dem Nacien der Einsiedler Wurzeln und Kräuter sammelte, von denen er sich seit langer Zeit nährte. Wie er die fahrenden Ritter erblickte, ging er ihnen entgegen und grüßte sie, und sie erwiderten seinen Gruß. Edle Herren, sagte er, welches Abenteuer führt euch hierher? Wir wollten Euch bitten, antwortete Gawein, uns die Beichte abzunehmen. Herr, sagte der Einsiedler, ich bin bereit. Dann erzählten sie ihm so viel, daß er wohl merkte, wer sie waren, und er beschloß, ihnen gut zu raten, wenn er es vermochte. Zuerst berichtete Gawein von dem Gesicht, das ihm in der Kapelle erschienen war, und danach Ector von dem seinen. Herr, sagte der Einsiedler zu Sir Gawein, die schöne Wiese mit der Herde ist als die Tafelrunde zu verstehen. Diese Wiese bedeutet Demut und Geduld, Dinge, die immer grün und lebendig sind, denn niemand kann je Demut und Geduld bezwingen. Deshalb wurde auch die Tafelrunde gegründet, deren Ritterschaft zu allen Zeiten so durch Brüderlichkeit miteinander verbunden war, daß sie nicht überwunden werden konnte. In der Herde waren einhundertfünfzig Stiere, aber sie grasten nicht auf dieser Wiese, obgleich sie Demut und Geduld hätten im Herzen tragen müssen, doch bis auf drei waren sie hochmütig und schwarz. Unter den Stieren ist die Gefolgschaft der Tafelrunde zu verstehen, die ihre Sünde und Schlechtigkeit wegen schwarz ist. Schwärze bedeutet, keine frommen und tugendhaften Werke getan zu haben. Die zwei weißen Stiere bezeichneten Sir Galahad und Sir Parzival, denn diese sind jungfräulich rein und makellos. Der gefleckte Stier steht für Sir Bors von Ganis, der sich nur einmal gegen die Keuschheit vergangen, sich aber seitdem so rein gehalten hat, daß ihm sein Fehltritt vergeben ist. Diese drei waren am Halse festgebunden, weil sie sich der Keuschheit und Reinheit verschrieben haben und nicht dem Hochmut verfallen sind. Die schwarzen Stiere, die verkündeten, sie wollten fortgehen, waren die Ritter, die sich am hohen Pfingstfest ohne Beichte auf die Suche nach dem heiligen Gral begaben. Sie konnten die Wiese der Demut und Geduld nicht betreten und wandten sich deshalb öden Ländern zu, und das bedeutet Tod, denn viele von ihnen werden sterben. In ihrer Sünde werden sie einander erschlagen, und die entkommen, werden so abgemagert sein, daß man sie kaum noch sehen kann. Und von den drei weißen Stieren wird der eine zurückkommen, die anderen beiden aber nicht.

WIE DER EINSIEDLER IHRE GESICHTE AUSLEGTE. ❧ Danach sprach Nacien zu Ector: Es ist wahr, Sir Lanzelot und Ihr kamt von einem Stuhl. Dieser Stuhl bedeutet Würde und Hoheit Eurer Abstammung. Doch ihr beiden Ritter sucht, was ihr nimmer finden werdet: den heiligen Gral; denn er ist das Geheimnis Unseres Herrn Jesus Christus. Daß Sir Lanzelot vom Pferde fiel, soll heißen, er hat den Hochmut aufgegeben und sich der Demut verschrieben. Er rief laut um Gnade für seine Sünden und ist voller Reue, und Unser Herr hat ihn in ein Gewand mit vielen Knoten gekleidet, das ist das Haar, das er täglich trägt. Der Esel, auf dem er ritt, ist ein Tier der Demut; denn auch Gott wollte auf keinem Streitroß oder Zelter reiten. Der Quell, dessen Wasser zurückwich, als Lanzelot davon trinken wollte, stellte die Gnade Gottes dar: je mehr sie einem Menschen zuteil wird, desto größer wird sein Verlangen danach. Sobald Lanzelot in die Nähe des heiligen Grals gelangte, ging er in sich und hielt sich nicht für würdig genug, dem heiligen Gefäß so nahe zu sein, denn er war von vielen Jahren des Lebens in Todsünde gezeichnet. Als er niederkniete, um an dem Quell zu trinken, gewahrte er die große Vorsehung des heiligen Grals, doch da er dem Teufel vierundzwanzig Jahre gedient hat, soll er vierundzwanzig Tage büßen. Dann wird er nach Camelot zurückkehren und einen Teil von dem berichten, was ihm widerfahren ist. Nun will ich Euch erklären, was die Hand mit der Kerze und dem Zügel bedeutet: Darunter ist der Heilige Geist zu verstehen, der stets barmherzig ist, und der Zügel ist ein Zeichen der Enthaltsamkeit. Denn wenn sie das Herz eines Christen zügelt, hält sie ihn so kurz, daß er nicht in Todsünde verfällt. Die Kerze aber, die Klarheit und Licht verbreitet, bedeutet den rechten Weg Jesu Christi. Und weiter sprach Nacien: Ihr treulosen und kleingläubigen Ritter, an diesen drei Dingen fehlt es euch: Barmherzigkeit, Enthaltsamkeit und Wahrhaftigkeit. Deshalb könnt ihr das hohe Abenteuer des heiligen Grals nicht bestehen.

VON DEM GUTEN RAT, DEN DER EINSIEDLER IHNEN GAB. Gewiß, sagte Gawein, Ihr sprecht die Wahrheit, das sehe ich deutlich. Ich bitte Euch, frommer Mann und heiliger Vater, sagt mir, warum wir nicht auf so viele Abenteuer treffen, wie wir das sonst gewohnt sind. Das will ich Euch gern erklären, erwiderte der fromme Mann. Der Grund ist, daß der heilige Gral, den Ihr suchen wollt und nicht findet, Sündern nicht erscheint. Wundert Euch nicht, wenn es Euch und vielen anderen mißlingt, denn Ihr seid ein treuloser Ritter und ein verruchter Mörder, und fromme Männer schätzen andere Dinge als Mord. Wenn Sir Lanzelot auch lange in Sünde lebte, hat er doch, seit er auf die Suche nach dem heiligen Gral auszog, keinen Menschen getötet und wird dies auch nicht tun, bis er nach Camelot zurückkehrt. Denn er hat es auf sich genommen, der Sünde zu entsagen. Wenn er standhaft wäre und in seinen Gedanken nicht leicht zum Rückfall neigte, wäre er nach seinem Sohn Galahad der nächste, der das Abenteuer besteht. Aber Gott kennt seine Gedanken und seine Unbeständigkeit, und doch wird er als ein heiliger Mann sterben. Herr, sagte Gawein, nach Euern Worten mühen wir uns wegen unserer Sünden vergeblich auf dieser Suche. Wahrlich, erwiderte der fromme Mann, hundert Männer wie Ihr werden nichts als Schmach ernten. Als sie diese Worte vernommen hatten, verabschiedeten sie sich, und der fromme Mann rief Gawein zu: Es ist schon lange her, daß Ihr zum Ritter geschlagen wurdet, und in all der Zeit habt Ihr nie Euerm Schöpfer gedient. Jetzt seid Ihr ein so alter Baum, daß weder Leben noch Frucht in Euch ist. Hütet Euch, Unserem Herrn nur die bloße Rinde zu geben, da der Teufel die Blätter und die Frucht hat. Herr, entgegnete Gawein, wenn ich Zeit hätte, würde ich mich mit Euch unterhalten, aber mein Gefährte ist schon gegangen und wartet unten im Tal auf mich. Nun, sprach der fromme Mann, Ihr tätet besser daran, guten Rat anzunehmen. Danach entfernte sich Gawein und kam zu Ector, und sie bestiegen ihre Pferde und ritten davon, bis sie zum Haus eines Waldhüters kamen, der sie aufs beste versorgte. Am anderen Morgen schieden sie und ritten lange, ohne daß sie ein Abenteuer fanden.

WIE SIR BORS EINEM EINSIEDLER BEGEGNETE, UND WIE DIESER IHM DIE BEICHTE ABNAHM, UND VON DER BUSSE, DIE ER IHM AUFERLEGTE. ❧ Nachdem Sir Bors von Camelot aufgebrochen war, begegnete er einem frommen Mann, der auf einem Esel ritt, und Sir Bors grüßte ihn. Der fromme Mann merkte sogleich, daß er einer der fahrenden

Ritter auf der Suche nach dem heiligen Gral war. Wer seid Ihr? fragte der fromme Mann. Ich bin ein Ritter, der auf der Suche nach dem heiligen Gral gern einen Rat hätte, antwortete Sir Bors, denn der wird großen irdischen Ruhm erwerben, der dieses Abenteuer besteht. Gewiß, entgegnete der fromme Mann, das ist wahr, denn es wird der beste Ritter der Welt und der edelste der ganzen Gefolgschaft sein. Aber wisset, es wird dies nur durch Reinheit, das heißt durch rückhaltlose Beichte, gelingen. So ritten sie zusammen, bis sie zu einer Einsiedelei kamen, und dort bat der fromme Mann Sir Bors, die Nacht bei ihm zu bleiben. Da stieg Sir Bors aus dem Sattel und legte die Rüstung ab, und dann begehrte er zu beichten. Sie gingen in die Kapelle, und Sir Bors beichtete freimütig. Danach saßen sie bei Brot und Wasser zusammen. Ich bitte Euch, sagte der fromme Mann, eßt keine anderen Speisen, bis Ihr an dem Tisch sitzt, auf dem der heilige Gral sein wird. Herr, erwiderte Sir Bors, das will ich tun, doch wie könnt Ihr wissen, daß ich dort sitzen werde? Das weiß ich eben, sprach der fromme Mann, aber es werden nur wenige von Euren Gefährten bei Euch sein. Alles ist willkommen, entgegnete Sir Bors, was Gott mir schickt. Auch sollt Ihr, sagte der fromme Mann, zum Zeichen der Reue statt eines Hemdes ein Bußgewand tragen. Deshalb bitte ich Euch, legt Eure Kleider und Euer Hemd ab. Das tat Sir Bors. Dann gab ihm der Mann eine scharlachne Kutte, die er statt eines Hemdes tragen sollte, bis er die Suche nach dem heiligen Gral vollendet hatte. Und der fromme Mann fand, daß Sir Bors ein sauberes und standhaftes Leben geführt hatte, und er staunte, daß er nicht der Fleischeslust erlegen war, bis auf das eine Mal, da er Helin le Blank gezeugt hatte. Dann wappnete sich Sir Bors, nahm Abschied und ritt davon. Nach einer Weile sah er auf einem alten, dürren Baum, der keine Blätter mehr hatte, einen riesigen Vogel sitzen, und um ihn herum hockten junge Vögel, die vor Hunger fast verendet waren. Da stieß sich der alte Vogel den großen und scharfen Schnabel in die Brust, daß er verblutete und inmitten seiner Jungen starb. Und von seinem Blut erlangten die jungen Vögel neue Lebenskraft. Sir Bors erkannte darin ein bedeutungsvolles Zeichen. Als sich der große Vogel nicht mehr erhob, ritt er seines Weges. Zur Zeit der Vesper kam er zu einem wehrhaften hohen Turm, und dort fand er gastliche Herberge.

WIE SIR BORS VON EINER DAME BEHERBERGT WURDE, UND WIE ER ES AUF SICH NAHM, FÜR IHR LAND EINEN KAMPF AUSZUFECHTEN.

Als er die Waffen abgelegt hatte, wurde er zu einer jungen, schönen und freundlichen Dame geführt. Sie empfing ihn mit großer Freude und ließ ihn bei sich niedersitzen und ihm zum Abendessen Fleisch und viele Leckerbissen auftragen. Aber Sir Bors dachte an seine Buße und bat einen Knappen, ihm Wasser zu bringen. Als es ihm gebracht worden war, brockte er Brot hinein und aß es. Mir scheint, sagte die Dame, meine Speisen schmecken Euch nicht. Wahrlich, antwortete Sir Bors, Gott lohne es Euch, hohe Frau, aber ich mag heute nichts anderes essen. Da sprach sie nicht weiter darüber, denn sie wollte sein Mißfallen nicht erregen. Nach dem Essen unterhielten sie sich noch. Darüber kam ein Knappe herein und sagte: Herrin, Ihr müßt Euch für morgen einen Kämpen suchen. Diese Burg und Euer Land werden in die Hände Eurer Schwestern fallen, wenn Ihr keinen Ritter findet, der für Euch mit Pridam le Noire kämpfen will. Da klagte sie sehr und sprach: Ach, mein Gott, warum hast du mir dieses Land gegeben, wenn es mir nun ohne Grund und Recht entrissen werden soll? Als Sir Bors das vernahm, sagte er: Ich werde Euch Trost verschaffen. Herr, erwiderte sie, laßt Euch berichten, daß dieses ganze Land einst einem König namens Aniause gehörte. Zum Unglück liebte er eine Edelfrau, die ein gut Teil älter ist als ich. In ihre Obhut gab er sein ganzes Land und unterstellte ihr alle seine Leute, und sie führte etliche üble Bräuche ein, durch die viele seiner Gefolgsmänner umkamen. Als der König dies merkte, ließ er sie aus dem Lande jagen und übergab das Land in meinen Besitz. Doch kaum war dieser würdige König gestorben, begann jene Frau den Krieg gegen mich. Sie hat schon viele meiner Männer vernichtet oder mir entführt, daß mir kaum noch einer geblieben ist und ich nur noch diesen hohen Turm besitze. Und nun will sie mir auch noch diesen Turm nehmen, wenn ich keinen Ritter finde, der gegen ihren Kämpen antritt. Sagt mir, fragte Sir Bors, wer ist dieser Pridam le Noire? Er ist der gefürchtetste Mann im ganzen Land, antwortete sie. Ihr könnt ihm bestellen lassen, sagte Sir Bors, daß Ihr einen Ritter gefunden habt, der in Gottes und Euerm Streit mit jenem Pridam kämpfen wird. Da war die Dame nicht wenig froh, und sie ließ bestellen, daß sie einen Kämpen habe, und sie versorgte Sir Bors aufs beste. Er aber lehnte es ab, in einem Bett zu schlafen, sondern legte sich auf den Fußboden, denn er wollte kein anderes Lager haben, bis er zum heiligen Gral gelangt war.

Kapitel 8

VON EINEM TRAUMGESICHT, DAS SIR BORS IN DIESER NACHT HATTE, UND WIE ER MIT SEINEM GEGNER KÄMPFTE UND IHN BESIEGTE. Als er eingeschlafen war, hatte er eine Vision. Zwei Vögel kamen zu ihm, der eine weiß wie ein Schwan, der andere wunderbar schwarz, aber nicht so groß wie der erste und einem Raben ähnlich. Der weiße Vogel sprach zu ihm: Wenn du mir zu essen gibst und mir dienst, schenke ich dir alle Reichtümer der Welt und mache dich so schön und weiß, wie ich es bin. Danach verschwand er, und der schwarze Vogel sagte: Wenn du willst, diene mir morgen und nimm mich zu dir. Meine Schwärze ist mehr wert als das Weiß des anderen. Dann flog er fort. Und Sir Bors hatte ein neues Gesicht: Ihm war, als käme er zu einem großen Haus, das eine Kapelle zu sein schien, und dort fand er einen Stuhl, und links daneben stand ein wurmzerfressener und morscher Baum. Auf der rechten Seite waren zwei Blumen, die wie Lilien aussahen, und die eine wollte der anderen ihre Weiße nehmen, aber ein frommer Mann trennte sie, daß sie einander nicht berührten, und darauf brachen aus jeder Blume viele Blumen und eine Fülle von Früchten hervor. Da glaubte er, den frommen Mann sagen zu hören: Beginge nicht der eine große Torheit, der diese beiden Blumen verderben ließe, um den verfaulten Baum zu stützen, damit er nicht zusammenbricht? Herr, sagte Sir Bors, mir scheint, daß dieser Baum zu nichts nütze ist. Dann hüte dich, sagte der fromme Mann, daß dir ein solches Abenteuer nie zustößt. Darauf erwachte er und bekreuzigte sich mitten auf der Stirn. Dann stand er auf und kleidete sich an. Da kam die Herrin des Turmes herein, und sie begrüßten einander und gingen zum Gottesdienst in die Kapelle. Danach traf eine Schar von Rittern ein, die die Dame herbeigerufen hatte, um Sir Bors zum Kampf zu geleiten. Und als Sir Bors gewappnet war, bat ihn die Dame, einen kleinen Imbiß zu nehmen. Nein, hohe Frau, antwortete er, ich will nichts zu mir nehmen, bis ich mit Gottes Gnade den Kampf überstanden habe. So sprang er auf sein Pferd und brach mit seinen Mannen auf. Als sich die beiden Frauen gegenüberstanden, begann die, für die Sir Bors kämpfen sollte, ihre Anklage: Ihr habt Unrecht getan, mir das Land zu entreißen, das mir König Aniause gab, und ich bedauere sehr, daß es zu diesem Streit kommen soll. Ihr habt keine Wahl, entgegnete die andere, es sei denn, Euer Ritter gibt den Kampf auf. Dann wurde verkündet, daß die Dame des Ritters, der den anderen im Zweikampf bezwänge, alles Land erhalten sollte. Und die Ritter nahmen Anlauf und stießen mit solcher Wucht zusammen, daß sie Schild und Harnisch durchstießen und ihre Lanzen splitterten und sie einander schwer verwundeten. Beim zweiten Gang fielen sie beide samt ihren Pferden zu Boden. Sogleich standen sie wieder auf, packten ihr Schwert und hieben einander über den Kopf, daß jeder tiefe Wunden davontrug und heftig blutete. Sir Bors fand in dem Ritter stärkeren

Widerstand, als er erwartet hatte, denn jener Pridam war ein sehr tüchtiger Recke und hielt im Kampf wacker mit. Da ließ ihn Sir Bors nahe herankommen. Dann drang er immer heftiger auf ihn ein, und der andere wich in Todesfurcht zurück. Dabei fiel er der Länge nach hin, und Sir Bors zog so heftig an seinem Helm, daß er ihn herunterriß, und mit dem flachen Schwert versetzte er ihm mächtige Streiche übers Gesicht und forderte ihn auf, sich zu ergeben, oder er würde ihn erschlagen. Da bat dieser um Gnade und sagte: Edler Ritter, um Gottes Barmherzigkeit, tötet mich nicht. Ich will Euch geloben, nie wieder gegen Eure Dame Krieg zu führen und ihr immer zu dienen. Da ließ Bors von ihm ab, und die alte Dame floh mit all ihren Rittern.

WIE SIR BORS DURCH SEINEN SIEG DER DAME IHRE LÄNDER WIEDERVERSCHAFFTE UND DANN SEINEN ABSCHIED NAHM, UND WIE ER SIR LIONEL BEGEGNETE, DER GEBUNDEN WAR UND MIT DORNENRUTEN GESCHLAGEN WURDE, UND FERNER VON EINER JUNGFRAU, DIE ENTEHRT WERDEN SOLLTE. Dann rief Sir Bors all die zu sich, die Ländereien seiner Dame in Besitz hielten, und erklärte, er würde sie alle töten, wenn sie der Dame nicht die Dienste leisteten, zu denen sie gemäß ihrem Lehen verpflichtet wären. Die meisten von ihnen leisteten ihr Huldigung, und die es nicht taten, wurden aus dem Lande gejagt. So erhielt die junge Dame durch die Tatkraft des Sir Bors von Ganis ihren ganzen Besitz zurück. Als wieder Ruhe und Frieden in das Land eingezogen waren, nahm Sir Bors Abschied. Die

Dame dankte ihm gar sehr und wollte ihn mit reichen Gaben beschenken, aber er nahm nichts an. Dann brach Sir Bors auf und ritt den ganzen Tag, und am Abend kam er zum Haus einer Dame, die ihn gut kannte und ihn mit Freuden beherbergte. Bei Tagesanbruch ritt Sir Bors weiter, und in einem Wald begegnete ihm um die Mittagsstunde ein seltsames Abenteuer. An einer Weggabelung traf er zwei Ritter, die seinen Bruder Lionel ganz nackt mit vor der Brust gefesselten Händen auf einem schweren Pferd mit sich führten. Beide hielten sie Dornenruten in der Hand, mit denen sie kräftig auf ihn einschlugen, so daß an mehr als hundert Stellen Blut aus seinem Körper drang, aber er sprach kein Wort. Wie einer, der starken Herzens ist, duldete er alles, was sie ihm antaten, als spüre er keinen Schmerz. Sogleich machte sich Sir Bors bereit, seinen Bruder zu retten. Doch wie er sich zur anderen Seite wandte, erblickte er einen Ritter, der eine schöne Edelfrau bei sich hatte und sie verbergen wollte, wo der Wald am dichtesten war, um sie möglichst gut vor denen zu verstecken, die ihn suchten. Die Schutzlose schrie mit lauter Stimme: Heilige Maria, hilf deinem Kind! Da sah sie Sir Bors dahergeritten kommen, und als er nahe heran war, hielt sie ihn für einen Ritter der Tafelrunde und erhoffte Beistand von ihm. Und so beschwor sie ihn: Bei der Treue, die Ihr dem schuldet, in dessen Dienst Ihr steht, und bei der Treue die Ihr dem hohen Orden der Ritterschaft schuldet, und um des edlen Königs Artus willen, der Euch vermutlich zum Ritter geschlagen hat, helft mir und laßt es nicht zu, daß dieser Ritter mich schändet. Über diese Worte war Bors sehr bekümmert, und er wußte nicht, was er tun sollte. Wenn ich meinen Bruder seinem Schicksal überlasse, wird er getötet, und das möchte ich nicht um alles in der Welt. Wenn ich aber dem Mädchen nicht helfe, wird sie ewige Schande treffen, und sie wird ihre Jungfräulichkeit verlieren. Da richtete er die Augen zum Himmel und bat unter Tränen: Lieber Herr Jesus Christus, dessen Gefolgsmann ich bin, schütze meinen Bruder Lionel, daß diese Ritter ihn nicht erschlagen. Dann will ich aus christlicher

Nächstenliebe und um Marias willen diesem Mädchen beistehen.

WIE ES SIR BORS UNTERLIESS, SEINEN BRUDER ZU BEFREIEN, UND DAFÜR DAS FRÄULEIN RETTETE, UND WIE IHM BERICHTET WURDE, SEIN BRUDER WÄRE TOT. Darauf wandte er sich gegen den Ritter, der das Edelfräulein entführt hatte, und rief: Herr Ritter, laßt die Hände von dem Mädchen, oder Ihr seid ein toter Mann. Da ließ dieser das Mädchen los. Er war in allen Stücken gewappnet, nur hatte er keine Lanze. Er hob den Schild und zog das Schwert. Da traf ihn Sir Bors so wuchtig mit der Lanze, daß sie durch Schild und Harnisch in die linke Schulter drang und er zu Boden geschleudert wurde. Als Sir Bors die Lanze herauszog, wurde der Ritter ohnmächtig. Da sprach Sir Bors zu dem Mädchen: Was sagt Ihr nun? Jetzt seid Ihr von diesem Ritter befreit. Herr, antwortete sie, ich bitte Euch, bringt mich dahin, von wo mich dieser Ritter entführt hat. Das will ich gern tun, sprach Sir Bors, und er nahm das Pferd des verwundeten Ritters, half dem Edelfräulein hinauf und begleitete sie zu dem gewünschten Ort. Herr Ritter, sagte sie, Ihr habt mehr vollbracht, als Ihr glaubt, denn wenn ich meine Jungfräulichkeit verloren hätte, wären fünfhundert Männer dafür gestorben. Wer war der Ritter, der Euch in den Wald geschleppt hat? Meiner Treu, erwiderte sie, er ist mein Vetter. Ich weiß nicht, mit welchen Künsten ihn der Teufel angestachelt hat, aber gestern führte er mich heimlich von meinem Vater fort, denn keiner von den Mannen meines Vaters mißtraute ihm. Wenn er mir die Unschuld geraubt hätte, hätte er für diese Sünde sterben müssen, und sein Name wäre für immer mit Schande beladen und entehrt gewesen. Während sie so miteinander sprachen, kamen zwölf Ritter, die sie suchten, und ihnen berichtete sie sogleich, wie Sir Bors sie gerettet hatte. Da freuten sie sich über alle Maßen und ersuchten ihn, zu ihrem Vater, einem mächtigen Herren, mitzukommen, wo er herzlich willkommen sein sollte. Nein, erwiderte Sir Bors, das geht jetzt nicht, denn ich habe in diesem Land ein großes Abenteuer zu bestehen. Und so verabschiedete er sich von ihnen. Danach ritt Sir Bors seinem Bruder Lionel nach und folgte den Hufspuren der Pferde, und so war er lange Zeit auf der Suche. Da holte er einen Mann in einem kirchlichen Gewand ein, der auf einem kräftigen, tiefschwarzen Pferd saß und zu ihm sagte: Herr Ritter, was sucht Ihr? Ich suche meinen Bruder, antwortete Sir Bors. Ich sah ihn erst vor kurzem, als zwei Ritter ihn schlugen. Ach, Bors, seid nicht verzagt und verzweifelt nicht, wenn ich Euch verkünde, was wirklich geschehen ist, denn wahrlich, er ist tot. Dann zeigte er ihm in einem Gebüsch einen frischen Leichnam, und der kam ihm ganz so vor, als wäre er der Körper Lionels. Da überwältigte ihn solcher Schmerz, daß er ohnmächtig zur Erde sank und lange Zeit liegenblieb. Als er wieder zu sich kam, sagte er: Lieber Bruder, da wir jetzt auf ewig getrennt sind, wird mein Herz nie wieder froh werden, und nun soll der, den ich zu meinem Herrn erwählt habe, mein Beistand sein. Nach diesen Worten hob er den Leichnam auf und legte ihn aufs Pferd. Dann sagte er zu dem Mann: Kannst du mich zu einer Kapelle führen, in der ich diesen Leichnam bestatten kann? Kommt, antwortete er, hier ist eine ganz in der Nähe. Und so ritten sie weiter, bis sie zu einer schönen Burg kamen, vor der eine alte, verfallene Kapelle stand. Dort stiegen sie beide ab und legten den Leichnam Lionels in eine marmorne Gruft.

WIE SIR BORS EINEM PRIESTER SEINEN TRAUM ERZÄHLTE UND WELCHEN RAT IHM DER PRIESTER GAB.

Lassen wir ihn hier, sagte der fromme Mann, und gehen wir in unsere Herberge. Morgen wollen wir ihm dann eine Messe lesen.

Herr, fragte Bors, seid Ihr ein Priester? Jawohl, erwiderte dieser. Dann deutet mir bitte einen Traum, den ich in der vorigen Nacht hatte. Sprecht, sagte er. Und Bors erzählte ihm den Traum von dem großen Vogel im Wald und von dem weißen und dem schwarzen Vogel und dem morschen Baum und den weißen Blumen. Herr, den einen Teil will ich Euch heute deuten, den anderen morgen. Der weiße Vogel bedeutet eine Edelfrau, schön und reich, die Euch fleischlich liebt und schon lange geliebt hat, und wenn Ihr ihre Liebe verschmäht und kein Mitleid mit ihr habt, wird sie bald sterben. Und der große Vogel will Euch dazu bringen, sie zu verschmähen. Ihr solltet sie aber weder aus Angst noch aus Gottesfurcht verschmähen, aber Ihr wollt das tun, um als keusch zu gelten und den eitlen Ruhm der Welt zu gewinnen. Wenn Ihr sie verschmäht, wird Euer Vetter Sir Lanzelot, der wackere Ritter, sterben. Deshalb wird man Euch einen Mörder nennen sowohl an Euerm Vetter Sir Lanzelot vom See als auch an Euerm Bruder Sir Lionel, den Ihr leicht hättet retten können, aber Ihr meintet, ein Mädchen retten zu müssen, das Euch nichts anging. Sagt selbst, was das größere Unheil ist, der Tod Eures Bruders oder der Verlust ihrer Jungfräulichkeit. Dann fragte er: Habt Ihr nun die Bedeutung Eures Traumes verstanden, wie ich sie Euch erklärt habe? Fürwahr, antwortete Sir Bors, Eure Deutung meines Traumes habe ich wohl verstanden. Und der Mann in dem schwarzen Gewand fuhr fort: Dann ist es Eure Schuld, wenn Euer Vetter Sir Lanzelot stirbt. Das wäre schlimm für mich, erwiderte Bors, denn nicht um alles in der Welt möchte ich zusehen, wie Sir Lanzelot durch meine Schuld umkommt. Wählt nun das eine oder das andere, sagte der fromme Mann. Danach führte er Sir Bors in einen hohen Turm, und dort fand er Ritter und Damen, und die Damen hießen ihn willkommen und nahmen ihm den Harnisch ab. Als er in seinem Wams war, brachten sie ihm einen Mantel, der mit Hermelin besetzt war, und den legten sie ihm um. Dann bewirteten sie ihn so gut, daß er bald seinen Kummer und Schmerz vergaß und über seinem Entzücken an diesen Freuden

und Köstlichkeiten nicht mehr an seinen Bruder und an seinen Vetter dachte. Da trat aus einem Gemach die schönste Dame zu ihm, die er je gesehen hatte und die prächtiger gekleidet war als jemals Königin Ginevra oder eine andere Edelfrau. Seht, Sir Bors, sagten sie, hier ist die Dame, in deren Dienst wir alle stehen. Sie ist wahrlich die reichste und schönste Frau der Welt,

und sie liebt Euch mehr als alle anderen Ritter und will nur Euch haben. Als Sir Bors diese Worte vernahm, war er bestürzt. Doch dann entbot sie ihm ihren Gruß, und er grüßte sie wieder, und sie ließen sich nieder und sprachen über viele Dinge. Sie bat ihn, ihr Geliebter zu werden, denn sie habe ihn vor allen Männern der Erde gern und wolle ihn reicher machen, als es je ein Mann in seinen Jahren war. Sir Bors aber gefiel diese Rede gar nicht, er wollte auf keinen Fall sein Keuschheitsgelübde brechen, und so wußte er nicht, was er ihr antworten sollte.

WIE DER TEUFEL IN GESTALT EINES WEIBES SIR BORS VERFÜHREN WOLLTE, UND WIE ER DURCH GOTTES GNADE ENTKAM. Wehe, Sir Bors, rief sie, wollt Ihr meinen Willen nicht tun? Hohe Frau, erwiderte er, in dieser Sache will ich keiner Frau der Welt zu Willen sein, denn mein Bruder ist erst kürzlich erschlagen worden. Ach Bors, sagte sie, ich habe Euch so lange geliebt wegen der großen Schönheit, die ich in Euch fand, und wegen Eurer kühnen Taten, von denen ich gehört habe, daß Ihr Euch nicht weigern könnt, diese Nacht bei mir zu liegen. Deshalb bitte ich Euch, gewährt mir dies. Wahrhaftig, antwortete er, das werde ich unter keinen Umständen tun. Da fing sie so heftig an zu klagen, als müßte sie sterben. So weit habt Ihr mich nun gebracht, Sir Bors, sprach sie, daß ich mir den Tod wünsche. Und sie nahm ihn an der Hand und bat ihn, sie anzuschauen. Ihr werdet sehen, wie ich aus Liebe zu Euch sterbe. Ach, erwiderte er, das werde ich nie sehen. Da wandte sie sich ab, nahm zwölf ihrer Edelfrauen mit und stieg auf eine hohe Zinne, und als sie oben angelangt waren, rief eine der Edelfrauen: Sir Bors, edler Ritter, habt Mitleid mit uns allen und laßt meine Herrin ihren Willen haben! Tut Ihr es nicht, müssen wir mit unserer Herrin den Tod erleiden und uns von diesem hohen Turm hinabstürzen. Und wenn Ihr uns wegen einer so geringen Sache sterben laßt, werden alle Damen und Edelfrauen Schmach über Euern Namen bringen. Da schaute er zu ihnen hinauf, und sie schienen ihm alle wie Damen von hohem Rang und waren prächtig und schön anzusehen. Obwohl er großes Mitleid mit ihnen hatte, war er nicht darüber im Zweifel, daß lieber sie alle ihre Seele verlieren sollten als er die seine. In diesem Augenblick stürzten sie sich hinunter. Darüber erschrak er und wunderte sich sehr, und er bekreuzigte sich. Gleich darauf vernahm er ein großes Getöse und lautes Schreien, wie wenn alle Teufel der Hölle um ihn wären, und plötzlich waren der Turm und die Dame und die Edelfrauen und die Kapelle, zu der er seinen Bruder gebracht hatte, verschwunden. Da hob er beide Hände zum Himmel empor und sprach: Du lieber Herr und Vater im Himmel, wie knapp bin ich der Gefahr entronnen! Er wappnete sich und bestieg sein Pferd und ritt davon. Nach einer Weile hörte er zu seiner Rechten eine Glocke läuten, und als er dem Klang folgte, kam er zu einer Abtei, die von hohen Mauern umgeben war, und dort wurde er eingelassen. Man hielt ihn für einen Ritter auf der Suche nach dem heiligen Gral und führte ihn in ein Gemach und nahm ihm den Harnisch ab. Dann sagte Sir Bors: Wenn ein heiliger Mann in diesem Hause ist, so laßt mich bitte mit ihm sprechen. Darauf führte ihn einer zu dem Abt, der in einer Kapelle war. Und Sir Bors grüßte ihn, und jener grüßte ihn wieder. Herr, sprach Sir Bors, ich bin ein fahrender Ritter. Und er berichtete ihm von seinem Abenteuer. Herr Ritter, sagte der Abt, ich weiß nicht, wer Ihr seid, doch ich hätte nie gedacht, daß ein Ritter Eures Alters so fest in der Gnade Unseres Herrn Jesus Christus stehen könnte. Dennoch sollt Ihr Euch zur Ruhe begeben, denn es ist zu spät, um Euch anzuhören, aber morgen werde ich Euch raten, so gut ich kann.

VON DEN HEILIGEN DINGEN, DIE EIN ABT SIR BORS MITTEILTE, UND DEN GUTEN RATSCHLÄGEN, DIE ER IHM GAB.

Diese Nacht wurde Sir Bors gut beherbergt. Am anderen Morgen hörte er in aller Frühe die Messe, und der Abt kam zu ihm, und sie begrüßten einander. Dann sagte Sir Bors, er befinde sich mit seinen Gefährten auf der Suche nach dem heiligen Gral, und ein frommer Mann habe ihm aufgetragen, von Brot und Wasser zu leben. Darauf sprach der Abt: Unser Herr Jesus Christus zeigte sich Euch in Gestalt einer Seele, die große Pein um uns litt, denn er wurde gekreuzigt und vergoß sein Herzblut für die Menschheit. Das war der Sinn des einen Gesichts, das vor Euch erschien, denn durch das Blut des großen Vogels wurden seine Jungen wieder zum Leben erweckt. Und der kahle Baum bezeichnet die Welt, die nackt ist und ohne Frucht, es sei denn, sie käme von Unserem Herrn. Als Ihr für die Dame kämpftet, stellte König Aniause, der vorher in jenem Lande herrschte, Jesus Christus dar, den König der Welt. Und der Zweikampf bedeutet folgendes: Die Dame, für die Ihr strittet, müßt Ihr verstehen als das neue Gesetz Jesu Christi und die heilige Kirche, die andere Dame hingegen bedeutet das alte Gesetz und den Teufel, der allzeit gegen die heilige Kirche Krieg führt, deshalb habt Ihr mit Recht gekämpft. Ihr seid Ritter Jesu Christi, und so müßt Ihr Beschützer der heiligen Kirche sein. Der schwarze Vogel bedeutet die heilige Kirche, die da sagt: Ich bin schwarz, doch Er ist schön. Unter dem weißen Vogel müßt Ihr den Teufel verstehen, und ich will Euch sagen, wieso der Schwan außen weiß und innen schwarz ist: Es ist die Heuchelei, die gelb und blaß aussieht und äußerlich den Dienern Christi ähnelt, aber innen ist sie gräßlich vor Schmutz und Sünde und täuscht die Welt mit ihrer Bosheit. Auch erschien Euch der Teufel in Gestalt eines frommen Mannes und tadelte Euch, weil ihr Euern Bruder um einer Dame willen im Stich gelassen habt; und er führte Euch zu einem Leichnam, der Euerm Bruder ähnlich sah, doch ist Euer Bruder noch am Leben. All dies geschah, um Euch zu verwirren und zu Verzweiflung und Unzucht zu führen, denn der Teufel wußte, daß Ihr zarten Herzens seid. Er wollte nur erreichen, daß Ihr das gesegnete Abenteuer des heiligen Grals nicht besteht. Der dritte Vogel bedeutete den heftigen Kampf mit den schönen Damen, die alle Teufel waren. Der verdorrte Baum bezeichnet Euern Bruder Lionel, der vertrocknet ist ohne Tugend, und deshalb sollte er der morsche Baum und der wurmzerfressene Baum heißen, denn er ist ein Mörder und handelt entgegen den Regeln des Ordens der Ritterschaft. Die zwei weißen Blumen bedeuten zwei keusche Menschen; der eine ist ein Ritter, der gestern verwundet wurde, und der andere ist das Edelfräulein, das Ihr gerettet habt. Als sich die eine Blume der anderen zuneigte, zeigte dies, daß der Ritter sie und sich selbst schänden wollte. Ihr, Sir Bors, wäret ein schlimmer Tor und in großer Gefahr gewesen, wenn Ihr zugesehen hättet, wie diese zwei Blumen verdarben, und den morschen Baum gestützt hättet. Denn hätten die beiden zusammen gesündigt, wären sie verdammt gewesen. Aber da Ihr beide gerettet habt, darf man Euch einen wahren Ritter und Diener Jesu Christi nennen.

Kap. 14

WIE SIR BORS SEINEN BRUDER SIR LIONEL TRAF, UND WIE SIR LIONEL SIR BORS ERSCHLAGEN WOLLTE.

Danach verabschiedete sich Sir Bors von dem Abt und ritt den ganzen Tag und fand für die Nacht Unterkunft bei einer alten Dame. Am nächsten Morgen zog er weiter bis zu einer Burg in einem Tal. Da begegnete er einem Freisassen, der in großer Eile auf einen Wald zu ritt. Kannst du mir sagen, rief ihn Sir Bors an, ob es hier irgendein Abenteuer gibt? Herr, antwortete er, vor dieser Burg wird ein großes Turnier stattfinden. Was für Männer werden daran teilnehmen? fragte Sir Bors. Der Graf von den Ebenen wird auf der einen Seite stehen und der Neffe der Herrin von Hervin auf der anderen. Da beschloß Bors hinzugehen, weil er dort vielleicht seinen Bruder Lionel oder einen anderen der Gralssucher treffen könnte. Und er lenkte sein Pferd zu einer Einsiedelei, die sich am Waldrand befand. Als er dort ankam, erblickte er seinen Bruder Lionel, der gewappnet am Eingang der Kapelle saß, um den Morgen abzuwarten, an dem das Turnier stattfinden sollte. Als Sir

Bors ihn erblickte, war seine Freude so groß, daß sie sich kaum beschreiben läßt. Er stieg vom Pferd und sagte: Lieber guter Bruder, wie kommt Ihr hierher? Und Lionel erwiderte: Spielt Euch nicht so auf! Wenn es nach Euch gegangen wäre, hätten sie mich erschlagen. Als mich die beiden Ritter fortführten und schlugen, habt Ihr mich im Stich gelassen, um einer Edelfrau beizustehen, und mich so der Gefahr des Todes ausgesetzt. Noch nie hat ein Bruder so treulos am anderen gehandelt. Für diese Missetat müßt Ihr sterben, Ihr habt es verdient. Seid deshalb vor mir auf der Hut. Sobald ich meine Waffen zur Hand habe, sollt Ihr das zu spüren bekommen. Als Sir Bors merkte, wie zornig sein Bruder war, kniete er nieder und bat um Gnade. Er streckte beide Hände empor und flehte ihn an, sein Verhalten zu verzeihen. Nein, erwiderte Lionel, das werde ich nie, und wenn ich die Oberhand gewinne, das schwöre ich bei Gott, sollt Ihr sterben, denn es wäre ein Jammer, wenn Ihr länger lebtet. Damit legte er seinen Harnisch an, stieg aufs Pferd und sprach: Bors, sieh dich vor! Ich werde dich behandeln wie einen Schuft und Verräter, denn du bist der treuloseste Ritter, der je einem so würdigen Stamm entsproß wie dem des Königs Bors von Ganis, der unser Vater war. Besteige also dein Pferd, denn das ist für dich günstiger. Wenn du das aber nicht tust, werde ich gegen dich anrennen, wie du zu Fuß hier stehst. Dann werde ich die Schande und du den Schaden haben, aber diese Schande kümmert mich nicht. Als Sir Bors begriff, daß er mit seinem Bruder kämpfen oder aber sterben mußte, wußte er nicht, was er tun sollte. Da riet ihm sein Herz vom Kampf ab, denn Lionel war vor ihm geboren, und er schuldete ihm Ehrerbietung. So kniete er vor den Hufen von Lionels Pferd nieder und sprach: Mein lieber Bruder, habt Mitleid mit mir und tötet mich nicht. Seid vielmehr der großen Liebe eingedenk, die zwischen uns beiden sein sollte. Aber Lionel kehrte sich nicht daran, was Sir Bors sagte, denn der Teufel hatte ihn so angestachelt, daß er darauf aus war, ihn zu töten. Als Lionel sah, daß Sir

Bors nicht aufstehen und kämpfen wollte, sprengte er über ihn hinweg, daß sein Pferd Sir Bors mit den Hufen traf, ihn kopfüber zur Erde warf und ihn so schwer verletzte, daß er glaubte, er müßte ohne Beichte sterben. Da wurde er vor Kummer ohnmächtig, und Lionel stieg aus dem Sattel, um ihm den Kopf abzuschlagen. Als er Sir Bors den Helm herunterreißen wollte, sprang der Einsiedler dazwischen, ein frommer und sehr alter Mann, der alles mit angehört hatte, und warf sich auf Sir Bors.

Kapitel 15

WIE SIR COLGREVANCE MIT LIONEL KÄMPFTE, UM SIR BORS ZU RETTEN, UND WIE DER EINSIEDLER ERSCHLAGEN WURDE. ❧ Dann rief er Lionel zu: Ach, edler Ritter, laß Gnade walten gegen mich und deinen Bruder. Wenn du ihn erschlägst, wird dich die Sünde töten, denn Sir Bors ist einer der würdigsten Ritter der Welt und von sehr edler Gesinnung. Bei Gott, Priester, erwiderte Lionel, wenn Ihr nicht sofort zur Seite tretet, werde ich Euch erschlagen und ihn verschonen. Dann, sagte der fromme Mann, erschlagt lieber mich als ihn, denn um mich ist es nicht halb so schade. Wohlan, entgegnete Lionel, ich bin einverstanden. Und er packte sein Schwert und schlug so heftig zu, daß der Kopf des Einsiedlers davonrollte. Doch war seine Wut damit noch nicht gestillt, sondern er ergriff seinen Bruder beim Helm, löste ihn und hätte ihm unweigerlich den Kopf abgeschlagen. Durch den Willen Unseres Herrn aber tauchte in diesem Augenblick Sir Colgrevance, ein Ritter der Tafelrunde, dort auf. Als er sah, daß der fromme Mann erschlagen worden war, wunderte er sich sehr, welchen Grund das haben mochte. Da bemerkte er, daß Lionel im Begriff war, seinen Bruder zu töten, und er erkannte Sir Bors, den er sehr liebte. Sogleich sprang er vom Pferd, ergriff Lionel bei den Schultern, zog ihn von Sir Bors zurück und rief: Lionel, wollt Ihr Euern Bruder erschlagen, einen der würdigsten Ritter der Welt? Das darf kein wackerer

Mann dulden. Wie, entgegnete Lionel, wollt Ihr mich daran hindern? Wenn Ihr Euch hier einmischt, werde ich zuerst Euch und dann ihn erschlagen. Wollt Ihr ihn wirklich erschlagen? fragte Colgrevance. Gewiß will ich ihn erschlagen, antwortete Lionel, wer immer auch etwas dagegen haben mag, denn er hat mir so viel angetan, daß er es wohl verdient hat. Dann wandte sich Lionel gegen Bors und wollte ihm den Kopf spalten, doch Colgrevance stellte sich dazwischen und sprach: Wenn Ihr Euch erkühnt und noch weiter geht, werdet Ihr es mit mir zu tun bekommen. Darauf nahm Lionel den Schild vor und fragte ihn, wer er sei. Er antwortete: Ich bin Colgrevance, einer von Bors' Gefährten. Und Lionel forderte ihn heraus und versetzte ihm einen mächtigen Streich über den Helm. Da zog Colgrevance sein Schwert und verteidigte sich mannhaft, denn er war ein sehr wackerer Ritter. Der Kampf dauerte so lange, daß sich Bors schließlich ein wenig aufrichtete und sah, wie der gute Colgrevance um seinetwillen mit seinem Bruder kämpfte. Dieser Anblick machte ihn sehr traurig und bekümmert, denn er meinte, wenn Colgrevance seinen Bruder erschlüge, würde er nie wieder froh werden, wenn aber sein Bruder Colgrevance erschlüge, würde die Schmach für immer auf ihm lasten. So wollte er aufstehen und sie trennen, aber er hatte nicht die Kraft, sich auf den Füßen zu halten. Er mußte warten, bis Colgrevance zu unterliegen begann. Lionel war ein trefflicher und kühner Ritter und hatte seinem Gegner Harnisch und Helm durchbohrt, daß dieser dem Tode nahe war, soviel Blut hatte er verloren, und es war ein Wunder, daß er überhaupt noch stehen konnte. Als Colgrevance sah, daß Sir Bors aufgerichtet dasaß, sagte er: Ach, Bors, warum kommt Ihr nicht und rettet mich aus Todesgefahr, in die ich geraten bin, um Euch zu helfen, der Ihr eben noch dem Tode nahe wart? Wahrlich, entgegnete Lionel, das soll Euch nichts nützen, denn keiner von euch wird den anderen retten, ihr sollt beide von meiner Hand sterben. Als Bors diese Worte hörte, nahm er seine ganze Kraft zusammen, erhob sich und setzte den Helm auf. Da erst gewahrte er den von Sir Lionel erschlagenen Einsiedler, und er begann, voll Schmerz über seinen Tod zu klagen.

WIE SIR LIONEL SIR COLGREVANCE ERSCHLUG, UND WIE ER DANACH SIR BORS ERSCHLAGEN WOLLTE.

Colgrevance aber rief Sir Bors mehrmals zu: Warum wollt Ihr mich hier um Euretwillen sterben lassen? Wenn es Euch gefällt, daß ich für Euch den Tod erleide, so ist es mir um so lieber, dadurch einen würdigen Mann zu retten. Bei diesen Worten schlug ihm Sir Lionel den Helm vom Kopf. Da wußte Colgrevance, daß er nicht entrinnen konnte, und er sprach: Liebster Jesus, worin ich auch gefehlt habe, sei meiner Seele gnädig und nimm das Leid, das mein Herz aus Güte duldet, und die barmherzige Tat, die ich hier vollbringen wollte, als Teil der Buße zum Heil meiner Seele. Kaum hatte er diese Worte gesprochen, traf ihn Lionel so heftig, daß er zu Boden stürzte. Nachdem Lionel Colgrevance getötet hatte, rannte er wie ein Besessener gegen seinen Bruder an und versetzte ihm einen solchen Streich, daß er niedersank. Sir Bors, der voller Demut war, bat ihn, Gott zuliebe von diesem Kampf abzulassen: Denn, lieber Bruder, wenn ich Euch erschlüge oder Ihr mich, würden wir beide an dieser Sünde sterben. Und sollte ich Euch bezwingen, so möge Gott mir niemals beistehen, wenn ich nicht Gnade gegen Euch übte. Dann zog Bors unter Tränen sein Schwert und sagte: Lieber Bruder, Gott kennt meine Absicht. Aber, ach, Ihr habt heute sehr übel gehandelt und einen heiligen Priester erschlagen, der nie etwas Schlechtes getan hat. Und Ihr habt einen edlen Ritter erschlagen, der zu unseren Gefährten gehörte. Ihr wißt wohl, daß ich Euch nicht sehr fürchte, aber ich fürchte den Zorn Gottes, denn dies ist ein unnatürlicher Kampf. Darum möge Gott ein Wunder an uns tun. Lieber Gott, sei mir gnädig, wenn ich mein Leben gegen meinen Bruder verteidige. Damit hob Bors den Arm und wollte seinen Bruder treffen.

WIE EINE STIMME SIR BORS ZURIEF, SEINEM BRUDER NICHTS ZULEIDE ZU TUN, UND WIE SICH EINE WOLKE ZWISCHEN SIE SENKTE. ❧ In diesem Augenblick vernahm er eine Stimme, die zu ihm sprach: Fliehe, Bors, und rühre ihn nicht an, sonst wirst du ihn erschlagen. Und eine Wolke senkte sich zwischen sie, aus der Feuer hervorloderte, und eine wunderbare Flamme verbrannte beider Schilde. Vor Schreck fielen sie zu Boden und blieben lange Zeit ohnmächtig liegen. Als sie wieder zu sich kamen, sah Bors, daß sein Bruder keinen Schaden genommen hatte. Da hob er beide Hände empor, denn er hatte befürchtet, Gott hätte Rache an ihm genommen. Darauf hörte er eine Stimme: Bors, geh fort von hier und bleibe nicht länger bei deinem Bruder, sondern begib dich geradenwegs zum Meer, wo Sir Parzival auf dich wartet. Darauf sagte er zu seinem Bruder: Mein lieber Bruder, vergebt mir Gott zuliebe alles, womit ich mich gegen Euch vergangen habe. Und dieser antwortete: Gott verzeihe Euch, wie ich es auch tue. So schied Sir Bors von ihm und machte sich auf den kürzesten Weg zum Meer. Der Zufall führte ihn zu einer Abtei, die nahe am Meer gelegen war. Dort verbrachte er die Nacht. Als er schlief, kam zu ihm eine Stimme und hieß ihn, zum Meer zu gehen. Da stand er auf und machte das Zeichen des Kreuzes auf seine Stirn, nahm seinen Harnisch und sattelte sein Pferd. An einer Stelle, an der die Mauer eingefallen war, ritt er hinaus und hielt nicht eher an, bis er das Meer erreicht hatte. Am Strand fand Sir Bors ein Schiff, das war ganz mit weißer Seide ausgekleidet, und das bestieg er im Vertrauen auf Jesus Christus. Kaum hatte er das Schiff betreten, stach es in See und fuhr so schnell, daß es ihm schien, als flöge es dahin. Es wurde so rasch dunkel, daß er niemand erkennen konnte. So schlief er bis zum Anbruch des Tages. Dann erwachte er und sah mitten auf dem Deck einen Ritter liegen, der war ganz gewappnet, nur ohne Helm. In ihm erkannte er Sir Parzival von Wales. Da freute er sich sehr, aber Sir Parzival erschrak über ihn und fragte ihn, wer er sei. Ach, edler Herr, antwortete Bors, kennt Ihr mich nicht? Ich möchte wissen, erwiderte Parzival, wie Ihr hierherkommt, es sei denn, Unser Herr hat Euch selbst hergebracht. Da lächelte Sir Bors und nahm den Helm ab, und jetzt erkannte ihn Parzival, und beide waren voll unbeschreiblicher Freude. Dann erzählte Bors, wie er auf das Schiff gekommen war und auf wessen Rat, und beide berichteten einander von den Versuchungen, in die sie geführt worden waren. So fuhren sie immer weiter hinaus aufs Meer und kreuzten hin und her. Sie trösteten einander und waren oft im Gebet versunken. Schließlich sagte Sir Parzival: Jetzt fehlt uns nur noch Sir Galahad, der edle Ritter.

17. Buch

WIE SIR GALAHAD AUF EINEM TURNIER KÄMPFTE, UND WIE ER VON SIR GAWEIN UND SIR ECTOR VON MARIS AN SEINEM WEISSEN SCHILD ERKANNT WURDE.

NACHDEM Galahad Sir Parzival vor den zwanzig Rittern gerettet hatte, kam er in einen riesigen Wald, in dem er viele Tage ritt und mancherlei Abenteuer bestand. Dann schlug er den Weg zum Meer ein. Da kam er an einer Burg vorbei, bei der ein großes Turnier abgehalten wurde. Die Ritter von draußen aber kämpften so trefflich, daß die von der Burg am Unterliegen waren, obwohl sie genug wackere Ritter hatten. Als Galahad sah, daß die drinnen in größter Not waren und am Eingang der Burg erschlagen wurden, beschloß er, ihnen zu helfen. Er legte eine Lanze ein und traf den ersten so, daß dieser zu Boden fiel und die Lanze in Stücke brach. Dann zog er sein Schwert und sprengte in das dichteste Kampfgetümmel und vollbrachte wunderbare und erstaunliche Waffentaten. Unter den Rittern draußen aber waren Sir Gawein und Sir Ector von Maris. Als sie den weißen Schild mit dem roten Kreuz erblickten, sagte der eine zum anderen: Dort ist der edle Ritter und hohe Prinz Sir Galahad. Wer zum Kampf gegen ihn antreten wollte, müßte ein rechter Tor sein. Durch Zufall geriet Galahad an Sir Gawein und traf ihn so scharf, daß er ihm den Helm und die eiserne Haube bis zum Kopf spaltete und Gawein zu Boden fiel. Der Streich war so gewaltig, daß er bis zur Erde hinunterfuhr und dabei die Schulter des Pferdes zerschnitt. Als Ector Gawein am Boden liegen sah, ritt er beiseite, weil er es für unklug hielt, gegen Galahad anzutreten. Auch ließ er sich von natürlicher Liebe leiten, denn er war sein Oheim. So schlug Galahad durch seine große Tapferkeit die

Ritter der äußeren Partei zurück, und die aus der Burg kamen heraus und vertrieben alle Gegner. Als Galahad sah, daß keiner von ihnen zurückkehrte, stahl er sich heimlich davon, daß keiner wußte, wo er geblieben war. Bei meinem Kopf, sagte Gawein zu Ector, nun werden die Wunder wahr, von denen Lanzelot vom See sprach. Das Schwert, das in dem Stein steckte, hat mir wahrhaftig einen solchen Streich versetzt, daß ich ihn nicht für die beste Burg der Welt haben wollte. Niemals zuvor habe ich einen solchen Streich von der Hand eines Mannes empfangen. Mir scheint, sagte Ector, Euer Abenteuer ist nun zu Ende. Eures nicht, erwiderte Gawein, aber meins ist vorbei, und ich werde nicht weitersuchen. Dann wurde Gawein auf eine Burg getragen, und dort nahm man ihm den Harnisch ab und legte ihn in ein prächtiges Bett. Ein Arzt stellte fest, daß er am Leben bleiben und innerhalb eines Monats wieder gesund sein konnte. Ector blieb bei Gawein und wollte ihn nicht verlassen, bis er wieder geheilt war. Der edle Ritter Galahad aber ritt so lange, bis er gegen Abend in die Nähe der Burg Carbonek kam. Als die Nacht hereinbrach, fand er Unterkunft in einer Einsiedelei. Der fromme Mann freute sich, als er einen fahrenden Ritter sah. Nachdem sie sich zur Ruhe begeben hatten, klopfte ein Edelfräulein an die Tür und rief nach Galahad. Der fromme Mann ging zur Tür, um zu erfahren, was sie wollte. Sir Ulfin, sagte sie zu dem Einsiedler, ich bin ein Edelfräulein und möchte mit dem Ritter sprechen, der bei Euch ist. Der fromme Mann weckte Galahad und sprach: Steht auf und redet mit einem Edelfräulein, das Euch dringend zu brauchen scheint. Galahad ging zu ihr und fragte sie, was sie wolle. Galahad, sagte sie, ich möchte, daß Ihr Euch wappnet und Euer Pferd besteigt und mir folgt. Ich werde Euch binnen drei Tagen das größte Abenteuer zeigen, das je ein Ritter gesehen hat. Sogleich wappnete sich Galahad, nahm sein Pferd und befahl den Einsiedler in Gottes Obhut. Er hieß die Dame voranreiten, und er wollte ihr folgen, wohin sie ihn führte.

WIE SIR GALAHAD MIT EINEM FRÄULEIN RITT UND ZU DEM SCHIFF KAM, AUF DEM SIR BORS UND SIR PARZIVAL WAREN. ❧ Sie ritt so schnell, wie ihr Zelter sie tragen konnte, bis sie das Meer erreichten, das Collibe genannt wurde. Bei Einbruch der Nacht kamen sie zu einer Burg in einem Tal, die mitten in einem Fluß lag und von starken und hohen Mauern geschützt wurde. In diese Burg ritt sie mit Galahad, und er wurde mit großer Freude begrüßt, denn die Burgherrin war die Herrin des Edelfräuleins. So wurde ihm der Harnisch abgenommen, und das Fräulein fragte: Hohe Frau, sollen wir den ganzen Tag hier verbringen? Nein, antwortete sie, nur bis er gegessen und ein wenig geschlafen hat. So speiste er und schlief danach eine Weile, bis das Mädchen ihn rief. Beim Licht der Fackeln wappnete er sich. Als das Mädchen und er im Sattel saßen, brachte die Burgherrin Galahad einen schönen und kostbaren Schild. Danach ritten sie, bis sie ans Meer kamen. Dort fanden sie das Schiff, auf dem Bors und Parzival waren, die ihnen von Bord aus zuriefen: Sir Galahad, Ihr seid willkommen, wir haben lange auf Euch gewartet! Als er sie hörte, fragte er sie, wer sie wären. Dann bat er das Fräulein abzusteigen. Herr, sagte das Fräulein, laßt Euer Pferd hier, und ich lasse meins auch hier. Sie nahmen nur Sattel und Zaumzeug mit, bekreuzigten sich und bestiegen das Schiff. Die beiden Ritter empfingen sie mit großer Freude, und sie erkannten einander. Der Wind erhob und trieb sie über das Meer an einen wundersamen Ort. Als es tagte, nahm Galahad seinen Helm ab und legte sein Schwert beiseite. Er fragte seine Gefährten, woher dieses schöne Schiff käme. Wahrlich, antworteten sie, Ihr wißt es so gut wie wir, allein von der Gnade Gottes. Danach berichteten sie einander von allen ihren schweren Abenteuern und von ihren großen Versuchungen. Fürwahr, sagte Galahad, ihr seid Gott sehr verpflichtet, denn ihr seid großen Gefahren entronnen. Wäre das Edelfräulein nicht gewesen, wäre ich nicht hierhergekommen, denn ich hatte schon geglaubt, ich würde euch in diesen fremden Ländern niemals wiederfinden. Ach, Galahad, sagte Bors, wenn Euer Vater Lanzelot hier wäre, wäre uns wohl, denn dann, scheint mir, fehlte uns nichts. Das ist nicht möglich, entgegnete Galahad, es sei denn, Unser Herrgott wollte es so. Mittlerweile hatte sich das Schiff weit vom Lande Logris entfernt und war zwischen zwei hohe, wunderbare Felsklippen gelangt. Aber dort konnten sie wegen der Brandung nicht landen. Es lag da jedoch ein anderes Schiff, und auf das konnten sie ohne Gefahr gelangen. Gehen wir hinüber, sagte das Edelfräulein, dort werden wir neue Abenteuer finden, das ist der Wille Unseres Herrn. Sie fanden das Schiff reich versehen, konnten aber weder Mann noch Frau darauf entdecken. Doch am Heck des Schiffes sahen sie eine Inschrift, die eine schreckliche und wunderbare Botschaft enthielt: Mensch, der du dieses Schiff betrittst, gib acht, daß du stark bist im Glauben, denn ich bin der reine Glaube; sieh dich deshalb vor, wenn du eintrittst, denn wenn du strauchelst, kann ich dir nicht helfen. Da sagte das Edelfräulein: Parzival, wißt Ihr, wer ich bin? Nein, erwiderte er, das weiß ich nicht. So hört, sprach sie, ich bin Eure Schwester, die Tochter des Königs Pellinore, und wißt, Ihr seid der Mann, den ich am meisten auf der Welt liebe. Wenn Ihr nicht im vollkommenen Glauben an Jesus Christus steht, so betretet auf keinen Fall dieses Schiff, denn Ihr würdet darauf umkommen, da es so vollkommen ist, daß es keinen Sünder auf sich duldet. Als Parzival vernahm, daß sie seine Schwester war, freute er sich von Herzen und sprach: Liebe Schwester, ich werde auf das Schiff gehen, und wenn ich ein sündiger oder treuloser Ritter bin, dann will ich darauf umkommen.

WIE SIR GALAHAD DAS SCHIFF BETRAT UND EIN SCHÖNES BETT MIT WUNDERBAREN DINGEN FAND, UND VON EINEM SCHWERT. ❧ Galahad bekreuzigte sich und trat hinein. Das Edelfräulein folgte ihm und danach Sir Bors und Sir Parzival. Sie staunten, wie schön und prächtig es war. In der Mitte des Schiffes stand ein prunkvolles Bett, und darauf fand Galahad eine in Seide gehüllte Krone. Am Fußende lag ein schönes und kostbares Schwert, das über einen halben Fuß aus der Scheide gezogen war. Das Schwert trug verschiedene Verzierungen. Der Knauf war aus Edelsteinen und schillerte in allen möglichen Farben, und jede Farbe hatte ihre besondere Kraft. Der Korb des Griffes war aus zwei Rippen verschiedener Tiere gearbeitet. Das eine Tier war eine Schlange, die in Kaledonien vorkommt und Teufelsschlange genannt wird. Ihr Knochen hat die Eigenschaft, daß die Hand, die ihn berührt, nicht müde oder verletzt wird. Das andere Tier ist ein nicht sehr großer Fisch, der den Euphratstrom bewohnt und Ertanax genannt wird. Seine Knochen verleihen bei Berührung so viel Willen, daß jede Müdigkeit und jeder Gedanke an vergangene Freuden oder Leiden vergehen und nur das gilt, was unmittelbar vor Augen steht. Dieses Schwert soll niemand führen können außer einem, der alle anderen überragt. In Gottes Namen, sagte Parzival, ich will versuchen, es zu schwingen. So packte er das Schwert, konnte es aber nicht handhaben. Meiner Treu, sagte er, jetzt habe ich versagt. Nun legte Sir Bors seine Hand daran und versagte ebenfalls. Dann betrachtete Galahad das Schwert und erkannte darauf Buchstaben von Blut: Laßt sehen, wem es gelingen wird, mich aus der Scheide zu ziehen. Er muß tapferer sein als alle anderen. Wer mich zieht, der soll nie durch Versagen seines Körpers unterliegen oder zu Tode verwundet werden. Bei meinem Glauben, sagte Galahad, ich würde dieses Schwert aus der Scheide ziehen, aber der Spruch ist so abschreckend, daß ich meine Hand nicht daranlegen werde. Ihr Herren, sagte das Edelfräulein, so wißt, daß es keinem Mann erlaubt ist, dieses Schwert zu ziehen, außer Galahad. Einst kam dies Schiff im Reiche Logris an, als ein tödlicher Krieg zwischen König Labor, dem Vater des verwundeten Königs, und König Hurlame, einem Sarazenen, herrschte. Aber Hurlame war gerade getauft worden, so daß viele ihn später für einen der weisesten Männer der Welt hielten. Eines Tages versammelten König Labor und König Hurlame ihre Leute an der Küste, gerade dort, wo das Schiff landete. König Hurlame wurde besiegt, und seine Männer wurden erschlagen. Aus Furcht um sein Leben floh Hurlame auf das Schiff, wo er dieses Schwert fand. Er zog es und trat heraus und traf auf König Labor, der damals in der ganzen Christenheit den stärksten Glauben hatte. Als König Hurlame König Labor erblickte, schwang er das Schwert und schlug ihm so gewaltig auf den Helm, daß er mit dem ersten Streich ihn und sein Pferd bis zum Erdboden spaltete. Das geschah im Reiche Logris. Darauf befiel schreckliche Pestilenz und großes Unheil beide Reiche, und es wuchs von da an weder Korn noch Gras und kaum eine Frucht, und im Wasser gedieh kein Fisch. Und das Land dieser beiden Reiche wird wegen dieses schmerzlichen Streiches das Wüste Land genannt. Als König Hurlame das Schwert so schneiden sah, machte er kehrt, um die Scheide zu holen. Er betrat das Schiff und schob das Schwert in die Scheide. Kaum hatte er das getan, fiel er tot am Bett nieder. So wurde sichtbar, daß keiner das Schwert ziehen kann, ohne daß er getötet oder verwundet wird. Er lag da, bis eine Jungfrau auf das Schiff kam und ihn über Bord warf, denn wegen des Verbotes wagte es kein Mann der Welt, das Schiff zu betreten.

Kapitel 4

VON DEN WUNDERN DES SCHWERTES UND DER SCHEIDE. ❧ Danach betrachteten sie die Scheide, die aus Schlangenhaut zu sein schien, und darauf waren Buchstaben aus Gold und Silber. Nur der Gürtel sah ärmlich aus und paßte nicht recht zu dem reichen Schwert. Die Inschrift lautete: Wer mich schwingen will, muß kühner sein als jeder andere, damit er mich so mannhaft trägt, wie ich getragen werden sollte. Und der, zu dem ich gehöre, wird niemals bezwungen werden, solange er diesen Gürtel trägt. Und niemand wird so töricht sein, diesen Gürtel abzulegen, denn er darf nur von den Händen einer Jungfrau entfernt werden. Sie muß die Tochter eines Königs und einer Königin sein und ihr Leben lang im Willen wie in der Tat stets Jungfrau bleiben. Wenn sie ihre Unschuld verliert, wird sie den schändlichsten Tod sterben, den je eine Frau gestorben ist. Herr, sagte Parzival, dreht das Schwert um, damit wir sehen, was auf der anderen Seite ist. Es war rot wie Blut und trug Lettern schwarz wie Kohle, die besagten: Wer mich am meisten lobt, wird mich in großer Not zu tadeln haben. Wem ich am besten dienen sollte, gegen den werde ich den größten Verrat üben; und das wird einmal geschehen. Edler Bruder, sagte Parzivals Schwester, vierzig Jahre nach der Passion Jesu Christi wurde Nacien, der Schwager des Königs Mordrains, durch das Gebot Unseres Herrn auf eine Insel im Westen verschlagen, die mehr als vierzehn Tagereisen von diesem Land entfernt ist und Turnance genannt wird. Dort fand er an einem Felsen dieses Schiff liegen. Er sah das Bett und dieses Schwert, wie wir gehört haben. Es fehlte ihm aber der Mut, es herauszuziehen. Acht Tage blieb er dort, und am neunten erhob sich ein Sturm, der ihn von der Insel wegtrieb und zu einer anderen Felseninsel brachte. Dort traf er auf den größten Riesen, den je ein Mensch gesehen hat. Sogleich wollte der schreckliche Riese ihn erschlagen. Nacien blickte um sich und konnte nicht fliehen, aber er hatte auch nichts bei sich, womit er sich hätte wehren können. So rannte er nach diesem Schwert, und als er es aus der Scheide gezogen hatte, pries er es sehr. Dann schwang er es, und dabei zerbrach es in der Mitte. Ach, rief Nacien, was ich am meisten pries, muß ich jetzt am meisten tadeln, und damit warf er die Stücke des Schwertes auf das Bett. Dann sprang er von Bord, um mit dem Riesen zu kämpfen, und er erschlug ihn. Anschließend kehrte er auf das Schiff zurück. Der Wind erhob sich und trieb ihn über das Meer. Durch Zufall kam er zu einem anderen Schiff, auf dem sich König Mordrains befand, der im Hafen des gefährlichen Felsens gar schlimm von einem Teufel heimgesucht worden war. Als sie einander erblickten, freuten sie sich sehr und erzählten von ihren Abenteuern und wie das Schwert Nacien in höchster Not im Stich gelassen hatte. Nachdem Mordrains das Schwert gesehen hatte, lobte er es sehr: Es ist nur wegen der Schlechtigkeit in dir selbst zerbrochen, denn du bist in irgendeine Sünde verstrickt. Dann nahm Mordrains das Schwert und setzte die Stücke zusammen, und sie fügten sich so fest wie nur zuvor. Er steckte das Schwert in die Scheide und legte es auf das Bett. Darauf vernahmen sie eine Stimme: Verlaßt dieses Schiff für eine Weile und geht auf das andere, damit ihr nicht in Todsünde verfallt. Denn wenn ihr in Todsünde gefunden werdet, könnt ihr nicht entrinnen, sondern müßt zugrunde gehen. So begaben sie sich auf das andere Schiff. Als Nacien über Bord trat, fuhr ihm ein Schwert in den rechten Fuß, daß er der Länge nach mit dem Gesicht auf die Planken stürzte und rief: O Gott, wie bin ich verwundet! Eine Stimme sprach: Nimm das für deine Verwegenheit, mit der du dieses Schwert zogst. Du empfängst eine Wunde, denn du warst nie würdig, es zu handhaben, wie die Inschrift besagt. Bei Gott, Fräulein, sagte Galahad, Ihr kennt Euch in diesen Dingen recht gut aus.

Kap. 5

WIE KÖNIG PELLES DURCH BEIDE SCHENKEL GESTOCHEN WURDE, WEIL ER DAS SCHWERT HERAUSZOG, UND ANDERE WUNDERBARE GESCHICHTEN.

Herr, fuhr sie fort, dann gab es einen König, der hieß Pelles, der verwundete König. Solange er reiten konnte, trat er für das Christentum und die heilige Kirche ein. Eines Tages war er auf der Jagd in einem seiner Wälder, der bis ans Meer reichte. Schließlich verlor er seine Hunde und seine Ritter bis auf einen einzigen. So kamen die beiden bis nach Irland und fanden dort das Schiff. Als Pelles die Inschrift entziffert hatte, betrat er es, denn er führte ein vollkommenes Leben. Sein Ritter aber hatte nicht den Mut, auf das Schiff zu gehen. Pelles entdeckte das Schwert und zog es so weit heraus, wie ihr es sehen könnt. In diesem Augenblick kam eine Lanze angeflogen und fuhr ihm durch beide Schenkel. Seitdem konnte er nicht geheilt werden und wird es auch nicht, bis wir zu ihm kommen. Wurde also König Pelles, Euer Großvater, fragte sie, nicht für seine Verwegenheit verwundet? Bei Gott, Fräulein, erwiderte Galahad. Sie gingen näher an das Bett heran, um alles genau zu betrachten. Über dem Kopfende hingen zwei Schwerter. Außerdem sahen sie drei Spindeln, von denen die eine weiß wie Schnee, die andere rot wie Blut und die dritte grün wie Smaragd war, und das war auch im Inneren ihre natürliche Farbe. Mit diesen Spindeln verhält es sich so, sagte das Fräulein: Als die sündige Eva die Frucht pflückte, um derentwillen Adam und sie aus dem Paradies vertrieben wurden, nahm sie den Zweig mit, an dem der Apfel gehangen hatte. Dieser Zweig war schön und grün und erinnerte sie an den Verlust, der von dem Baum gekommen war. Sie beschloß, den Zweig so lange wie möglich zu bewahren. Da sie aber nichts hatte, um ihn darin aufzuheben, steckte sie ihn in die Erde. So wuchs durch den Willen Unseres Herrn der Zweig in kurzer Zeit zu einem großen Baum, dessen Stamm, Zweige und Blätter so weiß wie Schnee waren. Das zeigte, daß eine Jungfrau ihn gepflanzt hatte. Aber danach kam Gott zu Adam und hieß ihn sein Weib fleischlich lieben, wie es die Natur gebot. Und Adam lag bei seinem Weib unter diesem Baum, der danach grasgrüne Zweige trieb, und alle seine Ableger wurden ebenfalls grün. Als sie unter dem Baum einander beiwohnten, wurde Abel gezeugt. Der Baum trug die grünen Äste lange Zeit. Viel später erschlug Kain unter dem nämlichen Baum Abel, woraus ein großes Wunder entstand; denn als Abel unter dem grünen Baum den Todesstreich empfing, erhielt der Baum eine neue Farbe und trieb rote Zweige. Das war das Zeichen des Blutes. Und alle Ableger, die aus dem Baum sprossen, starben, aber der Baum wuchs und entfaltete sich wunderbar und wurde der schönste und erquickendste Baum, den je ein Mensch sah. So stand der Baum lange, bis König Salomo, König Davids Sohn, regierte und das Land von seinem Vater erbte. Salomo war weise und kannte den Lauf der Sterne und viele andere Dinge. Aber er hatte ein böses Weib, und deshalb glaubte er, es gäbe keine guten Frauen, und er verachtete sie in seinen Büchern. Eines Tages sprach eine Stimme zu ihm: Salomo, wenn ein Weib einem Manne Trübsal bereitet, kümmere dich nicht darum, denn es wird ein Weib kommen, das den Menschen hundertmal größere Freuden schenkt, als diese Trübsal Leiden bringt. Und dieses Weib wird aus deinem Geschlecht stammen. Als Salomo diese Worte vernahm, erkannte er, daß er selbst und die Weisheit, die er aus alten Büchern gelernt hatte, töricht waren. So zeigte ihm der Heilige Geist die Ankunft der glorreichen Jungfrau Maria an. Er fragte die Stimme, ob das am Ende seines Geschlechts geschehen sollte. Nein, antwortete die Stimme, es wird noch ein Mann kommen, der wird jungfräulich sein und der letzte deines Stammes. Er wird ein so guter und tapferer Ritter sein wie Herzog Josua, dein Schwager. Damit habe ich dir nun in deinem Zweifel Gewißheit verschafft.

WIE SALOMO AUF RAT SEINES WEIBES DAVIDS SCHWERT NAHM UND VON ANDEREN WUNDERBAREN DINGEN. Da war Salomo froh, daß ein solcher Mann aus seinem Geschlecht hervorgehen sollte, und er wunderte sich und grübelte darüber nach, wer das sein und wie er heißen mochte. Sein Weib bemerkte, daß er über etwas nachsann, und nahm sich vor, es zur geeigneten Zeit herauszufinden. Sie wartete die Gelegenheit ab und fragte ihn dann nach dem Grunde seiner Nachdenklichkeit. Er erzählte ihr alles, was die Stimme ihm verheißen hatte. Wohlan, sagte sie, ich will aus dem besten und dauerhaftesten Holz, das man finden kann, ein Schiff bauen lassen. Salomo sandte nach den besten Zimmerleuten des Landes, und als sie das Schiff fertiggestellt hatten, sprach seine Gemahlin zu Salomo: Herr, da dieser Ritter alle anderen vor ihm und nach ihm an Ritterlichkeit übertreffen soll, bitte ich Euch, geht in den Tempel Unseres Herrn, wo das Schwert König Davids, Eures Vaters, liegt, welches das wunderbarste und schärfste Schwert ist, das je ein Ritter führte. Dieses Schwert nehmt und entfernt den Knauf und laßt einen neuen aus Edelsteinen herstellen, die so kunstvoll gefügt sind, daß niemand merkt, daß er nicht aus einem Stück ist. Danach macht einen wunderbaren Griff, wie ihn noch niemand gesehen hat, und eine prachtvolle Scheide. Wenn Ihr das alles vollbracht habt, will ich einen Gürtel dazu anfertigen lassen nach meinem Geschmack. Alles dies gab König Salomo nach ihrem Rat in Auftrag. Als das Schiff zur Ausfahrt bereit war, ließ die Dame ein großes und prächtiges Bett anfertigen und legte die mit Seide überzogene Krone an das Kopfende und das Schwert ans Fußende. Aber der Gürtel war aus Hanf, und darüber ärgerte sich der König. Herr, Ihr müßt verstehen, sagte sie, ich habe nichts so Kostbares, das würdig wäre, ein Schwert von solchem Wert zu tragen, zu dem eine Jungfrau andere Ritter führen soll, ich weiß auch nicht, wann das sein wird. Dann ließ sie für das Schiff eine Hülle aus Seidenstoff machen, die jedem Wetter standhalten sollte. Schließlich ließ die Dame einen Zimmermann zu dem Baum kommen, unter dem Abel erschlagen worden war. Schneide mir aus diesem Baum so viel Holz heraus, sagte sie, wie ich für eine Spindel brauche. Ach, hohe Frau, antwortete der Zimmermann, dies ist der Baum, den unsere Urmutter gepflanzt hat. Tu es, entgegnete sie, oder ich bringe dich um. Als er zu arbeiten begann, traten Blutstropfen aus dem Holz. Da wollte er wieder aufhören, aber sie ließ es nicht zu, und er schnitt so viel von dem roten Holz ab, wie zu einer Spindel nötig war. Dann befahl sie ihm, das gleiche Maß von dem grünen und von dem weißen Holz zu nehmen. Als die drei Spindeln fertig waren, ließ sie sie am Betthimmel anbringen. Darauf sagte König Salomo zu seinem Weib: Ihr habt Wunderbares vollbracht, und wenn jetzt die ganze Welt hier wäre, könnte niemand außer Unserem Herrn selbst erraten, wozu das alles bestimmt ist. Und selbst Ihr, die Ihr doch alles vollbracht habt, wißt nicht, was es bedeutet. Laßt es gut sein, antwortete sie ihm, früher, als Ihr glaubt, werdet Ihr sicher mehr erfahren.

EINE WUNDERBARE GESCHICHTE VON KÖNIG SALOMO UND SEINEM WEIBE.

In jener Nacht lagerte Salomo mit einer kleinen Gefolgschaft dicht bei dem Schiff. Während er schlief, war ihm, als käme eine große Schar von Engeln vom Himmel herab und ließe sich auf dem Schiff nieder und besprengte es ganz mit Wasser, das von einem Engel in einem silbernen Gefäß gebracht wurde. Einer der

Engel ging zu dem Schwert und zeichnete Buchstaben auf den Griff. Danach ging er auf das Verdeck und schrieb dort: Mensch, der du dieses Schiff betrittst, gib acht, daß du stark bist im Glauben, denn ich bin der reine Glaube. Als Salomo diese Inschrift sah, war er bestürzt und wagte nicht, das Schiff zu betreten, sondern zog sich zurück. Gleich darauf trieb das Schiff aufs Meer hinaus und fuhr so schnell, daß er es bald aus den Augen verlor. Dann vernahm er eine leise Stimme: Salomo, der letzte Ritter deines Geschlechts soll in diesem Bett ruhen. Salomo ging und weckte sein Weib und erzählte ihr das Abenteuer mit dem Schiff. Nach diesem ausführlichen Bericht des Edelfräuleins betrachteten die drei Gefährten das Bett und die drei Spindeln lange Zeit. Schließlich waren sie sicher, daß sie eine natürliche Färbung hatten und nicht bemalt waren. Dann hoben sie ein Tuch auf, das auf dem Boden lag, und fanden darunter etwas, das wie eine kostbare Börse aussah. Parzival hob sie auf und entdeckte ein Schriftstück darin, das er vorlas. Es berichtete von der Herkunft der Spindeln und des Schiffes. Wo werden wir nun die Edeldame finden, fragte Galahad, die uns einen neuen Gürtel für das Schwert macht? Edler Herr, antwortete Parzivals Schwester, seid unbesorgt, denn mit Gottes Beistand werde ich einen Gürtel für das Schwert beschaffen, der zu ihm paßt. Da öffnete sie eine Truhe und nahm einen Gürtel heraus, der wundervoll mit goldenen Fäden gewirkt und reich mit kostbaren Edelsteinen besetzt und mit einer goldenen Spange verziert war. Seht, ihr Herren, rief sie, hier ist ein Gürtel, der zu dem Schwert passen würde. Der größte Teil dieses Gürtels, müßt ihr wissen, wurde aus meinem Haar gefertigt, das ich sehr liebte, solange ich noch ein den weltlichen Freuden verschriebenes Weib war. Aber als ich erfuhr, daß mir dieses Abenteuer bestimmt war, schnitt ich mein Haar ab und flocht diesen Gürtel im Namen Gottes. Wie gut, daß wir Euch getroffen haben, sagte Sir Bors, denn Ihr habt uns wahrlich große Not erspart, in die wir geraten wären, wenn wir Eure Kunde nicht gehabt hätten. Sie ging zu dem Schwert und befestigte den Gürtel daran. Wie heißt dieses Schwert, fragten die Ritter, und wie sollen wir es nennen? Der Name des Schwertes, antwortete das Edelfräulein, ist: Das Schwert mit dem seltsamen Gürtel, und die Scheide heißt: Beweger des Blutes, denn kein Mann, der Blut in sich hat, soll je den einen Teil der Scheide sehen, der aus dem Baum des Lebens gemacht ist, ohne dabei an Abel zu denken. Dann sagten sie zu Galahad: Im Namen Jesu Christi bitten wir Euch, daß Ihr Euch mit diesem Schwert gürtet, das im Reiche Logris so begehrt ist. Ich will das Schwert zuerst anfassen, um euch Mut zu machen, sagte Galahad, doch glaubt mir, es gehört mir nicht mehr als euch. Dann packte er das Schwert mit festem Griff, und das Fräulein gürtete es ihm um die Hüften. Nun ist es mir gleichgültig, ob ich sterbe, sagte sie, denn jetzt darf ich mich zu den gesegneten Jungfrauen der Welt zählen, da ich den würdigsten Ritter der Welt ausgestattet habe. Fräulein, sprach Galahad, Ihr habt so viel getan, daß ich bis an das Ende meiner Tage Euer Ritter sein werde. Danach gingen sie zu ihrem Schiff zurück, und der Wind trieb sie rasch hinaus aufs Meer. Sie hatten aber weder zu essen noch zu trinken an Bord. Am nächsten Morgen sichteten sie die Burg Carteloise, die auf dem Gebiet von Schottland liegt. Als sie im Hafen gelandet waren, sagte das Edelfräulein: Ihr Herren, hier kommen Männer, die euch sogleich angreifen würden, wenn sie wüßten, daß ihr vom Hof des Königs Artus seid. Fräulein, erwiderte Galahad, der uns von den Klippen fortgeführt hat, wird uns vor ihnen retten.

Kapitel 8

WIE GALAHAD UND SEIN GEFOLGE ZU EINER BURG KAMEN UND DORT ANGEGRIFFEN WURDEN, UND WIE SIE IHRE GEGNER ERSCHLUGEN.

Während sie so miteinander sprachen, trat ein Knappe zu ihnen und fragte sie, wer sie wären. Sie antworteten, sie gehörten zum Hof des Königs Artus. Ist das wahr? rief der Knappe. Bei meinem Leben, ihr seid in einer schlimmen Lage. Dann ging der Knappe wieder in die Felsenfestung hinein. Nach einer Weile hörten sie einen Hornruf.

Eine Edelfrau kam auf sie zu und fragte sie, woher sie wären, und sie sagten es ihr. Edle Herren, sprach sie, um Gottes willen kehrt um, wenn ihr könnt, denn hier erwartet euch der Tod. Nein, entgegneten sie, wir wollen nicht umkehren, denn der wird uns beistehen, in dessen Dienst wir getreten sind. Darüber kamen wohlgewappnete Ritter herbei und forderten sie auf, sich zu ergeben, sonst müßten sie sterben. Dieses Ergeben, entgegneten sie, wird euch teuer zu stehen kommen. Damit gaben die Ritter ihren Pferden die Sporen, und Sir Parzival warf den ersten zu Boden, nahm dessen Pferd und bestieg es, und Galahad tat dasselbe. Sir Bors machte es ebenso, denn sie hatten ihre Pferde zurückgelassen, als sie das Schiff bestiegen. Als sie im Sattel saßen, drangen sie heftig auf ihre Gegner ein, und die aus der Burg flohen in die starke Festung. Die drei Ritter verfolgten sie bis in die Burg, stiegen ab und schlugen sie mit ihren Schwertern nieder und drangen in die Halle ein. Als sie sahen, wie viele sie erschlagen hatten, hielten sie sich für große Sünder. Ich meine, sagte Bors, wenn Gott sie geliebt hätte, hätten wir sicher nicht die Kraft gehabt, sie zu töten. Vielmehr haben sie sich so gegen Unseren Herrn vergangen, daß er ihnen nicht gestattete, länger auszuhalten. Sprecht nicht so, erwiderte Galahad, wenn sie sich gegen Gott vergingen, ist die Rache nicht unser, sondern sein. Da trat aus einem Gemach ein frommer Mann. Es war ein Priester, und er trug den Leib des Herrn in einem Kelche. Als er die Toten in der Halle liegen sah, war er sehr überrascht. Galahad nahm den Helm ab und kniete nieder, und das taten seine beiden Gefährten auch. Herr, sagten sie, fürchtet Euch nicht vor uns, denn wir sind vom Hof des Königs Artus. Da fragte sie der fromme Mann, warum die vielen Männer erschlagen worden wären, und sie berichteten es ihm. Wahrlich, sagte der fromme Mann, und wenn ihr so lange lebtet, wie die Welt besteht, ihr hättet keine bessere Tat tun können als diese. Ich bereue sehr, erwiderte Galahad, da sie doch getauft waren. Nein, bereut nichts, entgegnete er, denn sie waren nicht getauft, und ich werde euch sagen, was ich über diese Burg weiß. Noch vor einem Jahr gehörte sie dem Grafen Hernox. Er hatte drei Söhne, treffliche Ritter, und eine Tochter, das schönste Edelfräulein weit und breit. Die drei Brüder liebten ihre Schwester so, daß sie in sinnlicher Liebe zu ihr entbrannten und sie zwangen, ihnen zu Willen zu sein. Weil sie aber nach ihrem Vater rief, erschlugen sie sie, ergriffen den Vater und warfen ihn fast zu Tode verwundet in den Kerker. Ein Vetter von ihr rettete ihn. Und dann begingen sie große Missetaten, erschlugen fromme Leute und Priester und ließen Kirchen niederreißen, damit kein Gottesdienst mehr abgehalten werden konnte. Eben heute schickte ihr Vater nach mir, um zu beichten und den Leib Unseres Herrn zu empfangen. Aber solche Schmach hat noch nie ein Mann erlitten wie ich heute von den drei Brüdern. Doch der Graf hieß mich alles erdulden und sagte, sie würden es nicht mehr lange so treiben, denn drei Diener Unseres Herrn würden sie vernichten, und das ist nun eingetroffen. Daraus mögt ihr ersehen, daß Unser Herr euch wegen dieser Taten nicht zürnt. Wahrlich, sagte Galahad, wenn es Unserem Herrn nicht gefiele, hätten wir niemals so viele Männer in so kurzer Zeit erschlagen können. Dann führten sie den Grafen Hernox aus dem Kerker in die Mitte der Halle, und er erkannte Galahad sogleich, obwohl er ihn niemals zuvor gesehen hatte außer durch die Offenbarung Unseres Herrn.

WIE DIE DREI RITTER MIT PARZIVALS SCHWESTER IN EINEN TIEFEN WALD KAMEN, UND VON EINEM HIRSCH UND VIER LÖWEN UND ANDEREN DINGEN.

Vor Rührung traten ihm Tränen in die Augen, und er sagte zu ihm: Lange habe ich auf Euer Kommen gewartet. Nun nehmt mich um Gottes willen in Eure Arme, damit meine Seele in den Armen eines so frommen Mannes, wie Ihr es seid, aus dem Leibe scheiden kann. Gern, erwiderte

Galahad. Jemand sagte laut, daß alle es hörten: Galahad, gut hast du mich an Gottes Feinden gerächt. Nun obliegt es dir, sobald du kannst, zu dem verwundeten König zu gehen, denn er soll durch dich Genesung finden, auf die er so lange gewartet hat. Darauf schied die Seele des Grafen aus seinem Leibe, und Galahad ließ ihn bestatten, wie es ihm zukam. Bald danach zogen die drei Ritter weiter und Parzivals Schwester mit ihnen. In einem tiefen Wald erblickten sie vor sich einen weißen Hirsch, den vier Löwen geleiteten. Sie entschlossen sich, den Tieren zu folgen, um zu erfahren, wohin sie gingen. Sie ritten ihnen ein großes Stück nach, bis sie in ein Tal kamen. Dort war eine Einsiedelei, in der ein frommer Mann wohnte. Der Hirsch und die Löwen traten dort ein. Als sie dies sahen, gingen sie in die Kapelle und erblickten den Klausner in priesterlichem Gewande und in der Rüstung Unseres Herrn. Er war gerade im Begriff, die Messe des Heiligen Geistes zu zelebrieren, und so hörten sie die Messe an. Doch wie staunten sie, als sich der Hirsch während des Offertoriums in einen Menschen verwandelte, der sich auf einen prächtigen Stuhl am Altar niedersetzte. Die Löwen verwandelten sich ebenfalls, einer in einen Menschen, der zweite in einen anderen Löwen, der dritte in einen Adler und der vierte in einen Ochsen. Sie nahmen dort Platz, wo der Hirsch saß, und verschwanden dann durch ein Glasfenster, ohne daß es zerbrach. Eine Stimme sprach: Auf diese Weise gelangte Gottes Sohn in den Schoß der Jungfrau Maria, deren Jungfräulichkeit weder zerstört noch verletzt wurde. Bei diesen Worten fielen die drei Ritter wie betäubt zu Boden, und eine strahlende Helligkeit umfing sie. Als sie wieder zu sich kamen, gingen sie zu dem frommen Mann und baten ihn, alles in Wahrheit zu erklären. Was habt ihr gesehen? fragte er, und sie erzählten es ihm. Ach, ihr Herren, sagte er, seid willkommen. Nun weiß ich wohl, ihr seid die guten Ritter, die zum heiligen Gral gelangen werden, denn Unser Herr wird euch große Geheimnisse offenbaren. Wohl kann Unser Herr mit einem Hirsch verglichen werden, denn ein alter Hirsch wird wieder jung durch sein weißes Fell. Gerade so erwachte Unser Herr wieder vom Tod zum Leben. Denn er legte das Fleisch ab, das sterblich war und das er im Schoß der gesegneten Jungfrau Maria angenommen hatte. Aus diesem Grunde erschien Unser Herr als ein fleckenlos weißer Hirsch. Seine vier Begleiter sind als die vier Evangelisten zu verstehen, die einen Teil der Taten Jesu Christi niederschrieben, die er einst vollbrachte, als er Mensch war unter Menschen. Und merket wohl, nie zuvor konnte je ein Ritter diese Wahrheit erkennen, und oft hat sich früher Unser Herr frommen Männern und guten Rittern in der Gestalt eines Hirsches gezeigt. Doch werdet ihr, glaube ich, von nun an weiter nichts sehen. Da waren sie sehr froh und blieben den ganzen Tag dort. Am nächsten Morgen zogen sie weiter, nachdem sie die Messe gehört und sich von dem frommen Mann verabschiedet hatten. Sie kamen an einer Burg vorbei, von der ihnen ein gewappneter Ritter nachfolgte. Er rief sie an: Ihr Herren, hört, was ich euch sage.

WIE SIE WEGEN EINES SELTSAMEN BRAUCHES, DEM SIE SICH NICHT FÜGEN WOLLTEN, FESTGEHALTEN WURDEN, UND WIE SIE KÄMPFTEN UND VIELE RITTER ERSCHLUGEN. ❧ Ist die Edeldame, die ihr bei euch habt, eine Jungfrau? Herr, erwiderte sie, ich bin eine Jungfrau. Da nahm er ihre Zügel und sprach: Beim heiligen Kreuz, Ihr sollt mir nicht entkommen, bevor Ihr Euch dem Brauch dieser Burg unterworfen habt: Laßt sie gehen, sagte Parzival, Ihr seid ein Tor, denn eine Jungfrau ist überall frei, wohin sie auch kommt. Mittlerweile kamen zehn oder zwölf gewappnete Ritter aus der Burg heraus und mit ihnen Edelfrauen, die eine silberne Schüssel trugen. Sie sagten: Dieses Edelfräulein muß dem Brauch dieser Burg Genüge tun. Was ist der Brauch dieser Burg? fragte Galahad. Herr, antwortete ein Ritter, jede Jungfrau, die hier vorüberkommt, muß diese Schüssel mit Blut von ihrem rechten Arm füllen. Schande über euch, erwiderte Galahad, daß ihr solche Bräuche pflegt. Doch so wahr mir Gott helfe, ich versichere euch, von diesem Edelfräulein werdet ihr nichts bekommen, solange ich lebe. Bei Gott, fügte Parzival hinzu, lieber möchte ich erschlagen werden. Und ich auch, sagte Sir Bors. Wahrlich, entgegnete der Ritter, dann sollt ihr sterben, denn ihr könnt euch gegen uns nicht behaupten, und wenn ihr die besten Ritter der Welt wäret. Dann rannten sie gegeneinander, und die drei Gefährten warfen die zehn Ritter zu Boden und griffen nach ihren Schwertern und hieben sie nieder und töteten sie. Darauf sprengten sechzig Gewappnete aus der Burg. Edle Herren, riefen die drei Gefährten, habt Mitleid mit euch und kämpft nicht gegen uns! Nein, ihr Herren, erwiderten die Ritter von der Burg, wir raten euch, zieht euch zurück, denn ihr seid die besten Ritter der Welt. Also kämpft nicht weiter, ihr habt schon genug getan. Wir wollen euch so ziehen lassen, aber auf unserem Brauch müssen wir bestehen. Wahrlich, sagte Galahad, ihr sprecht umsonst. So wollt ihr sterben? fragten sie. Soweit sind wir noch nicht, versetzte Galahad. Dann begannen sie zu kämpfen, und Galahad zog das Schwert mit dem seltsamen Gürtel und hieb nach rechts und nach links und tötete alle, die sich ihm entgegenstellten. Er vollbrachte solche Wunder, daß alle, die ihn sahen, glaubten, er wäre kein Mensch, sondern ein Ungeheuer. Seine beiden Gefährten standen ihm wacker zur Seite, und so hielten sie sich tapfer, bis die Nacht hereinbrach und sie notgedrungen aufhören mußten. Da trat ein Ritter zu den drei Gefährten und sprach: Wenn ihr hereinkommen und für die Nacht

Herberge nehmen wollt, seid ihr willkommen. Wir versichern euch bei unserem Leben und bei unserer Ritterehre, euch morgen in demselben Zustand zu entlassen, in dem ihr heute hereinkommt, ohne jede Falschheit. Wenn ihr erst den Grund unseres Brauches kennt, werdet ihr, das dürfen wir sagen, euch fügen. In Gottes Namen, sagte das Edelfräulein, geht hinein und schont mich nicht. Gehen wir, sagte Galahad. So betraten sie die Burg. Als sie abgestiegen waren, wurden sie herzlich aufgenommen. Nach einer Weile fragten die drei Ritter nach dem Brauch der Burg und wozu er diene. Was es damit für Bewandtnis hat, erwiderten sie, wollen wir euch ehrlich sagen.

WIE PARZIVALS SCHWESTER EINE SCHÜSSEL IHRES BLUTES OPFERTE, UM EINE DAME ZU HEILEN, WODURCH SIE STARB, UND WIE IHR LEICHNAM AUF EIN SCHIFF GEBRACHT WURDE. In der Burg lebt eine Edelfrau, der wir samt dieser Burg gehören. Vor vielen Jahren kam eine Krankheit über sie, und nachdem sie lange gelegen hatte, bekam sie ein Fieber, und kein Arzt konnte sie heilen. Schließlich sagte ein alter Mann, wenn sie eine Schüssel voll Blut von einer Jungfrau bekommen könnte, die rein in Gedanken und Taten und die Tochter eines Königs wäre, so könnte ihr dieses Blut Genesung bringen, wenn sie ganz damit eingesalbt würde. Darum wurde dieser Brauch eingeführt. Ich sehe wohl, edle Ritter, sagte Parzivals Schwester, daß die Edelfrau dem Tode nahe ist. Und wenn Ihr so viel Blut von Euerm Blut opfert, warf Galahad ein, müßt Ihr sterben. Wenn ich sterbe, um sie zu retten, fuhr sie fort, werde ich für mich großen Ruhm erlangen und Seelenheil und Ehre für mein ganzes Geschlecht. Ein Schaden ist besser als zwei. Deshalb soll der Kampf nicht fortgesetzt werden, und ich will mich morgen dem Brauch eurer Burg unterwerfen. Da erhob sich großer Jubel, denn sonst hätte es am nächsten Tag einen Kampf auf Leben und Tod gegeben. Sie blieb bei ihrem Entschluß, ob es den anderen gefiel oder nicht. Die drei Gefährten wurden für die Nacht aufs beste versorgt, und am Morgen hörten sie die Messe, und Parzivals Schwester bat, man solle die kranke Dame herbeibringen. So wurde sie gebracht, und es stand schlimm um sie. Da sagte das Fräulein: Wer wird mich zur Ader lassen? Einer trat vor und ließ sie zur Ader. Sie blutete so stark, daß die Schüssel voll wurde. Dann hob sie die Hand und bekreuzigte sich und sagte zu der Dame: Edle Frau, ich habe mein Leben gegeben, um Euch gesund zu machen. Wenn Ihr Gott liebt, betet für mich. Damit fiel sie in Ohnmacht. Galahad und seine zwei Gefährten sprangen herzu, hoben sie auf und wollten das Blut stillen, aber sie hatte so viel Blut verloren, daß sie nicht überleben konnte. Als sie wieder zu sich kam, sprach sie: Lieber Bruder Parzival, ich sterbe, um diese Dame zu heilen. Aber ich bitte Euch, begrabt mich nicht in diesem Lande, sondern legt mich, sobald ich tot bin, im nächsten Hafen in ein Boot und laßt mich fahren, wohin das Geschick mich treibt. Wenn ihr drei nach der Stadt Sarras kommt, um dort zum heiligen Gral zu gelangen, werdet ihr mich da bei einem Turm am Meer gelandet finden. Dort begrabt mich an geweihter Stätte. Und soviel will ich Euch sagen, daß Galahad an der nämlichen Stätte bestattet werden wird und Ihr ebenfalls. Unter Tränen versprach Parzival, ihr diesen Wunsch zu erfüllen. Dann ertönte eine Stimme: Ihr Herren und Gefährten, morgen um die erste Betstunde sollt ihr drei euch voneinander trennen, bis euer Abenteuer euch zu dem verwundeten König führt. Da verlangte die Jungfrau nach dem Leib Christi, und als sie ihn empfangen hatte, schied ihre Seele vom Körper. Die Dame aber wurde am ganzen Leib mit dem

Blut eingerieben und noch am selben Tag geheilt. Sir Parzival schrieb auf, wie seine Schwester ihnen in all den seltsamen Abenteuern geholfen hatte, und gab ihr das Blatt in die rechte Hand. So legte er sie in eine Barke und bedeckte sie mit schwarzer Seide. Da erhob sich ein Wind und trieb die Barke aufs Meer, und alle Ritter sahen ihr nach, bis sie außer Sicht kam. Dann begaben sie sich alle zur Burg zurück, und plötzlich brachen Sturm und Donner, Blitz und Regen los, als ob die Erde bersten wollte, und die halbe Burg stürzte zusammen. Erst nach der Vesper ließ das Unwetter nach. Dann erblickten sie einen gewappneten Ritter, der am Körper und am Kopf schwer verwundet war und rief: O Gott, steh mir bei, denn jetzt tut es not! Ihn verfolgte ein anderer Ritter mit einem Zwerg und rief ihm von ferne zu: Bleibt stehen, Ihr entkommt mir nicht! Da hob der verwundete Ritter die Hände zum Himmel empor, damit er in dieser Not nicht sterben müßte. Wahrlich, sagte Galahad, ich will ihm helfen im Namen Gottes, den er anruft. Herr, erwiderte Bors, ich werde es tun, denn da es nur ein einzelner Ritter ist, braucht Ihr nicht einzugreifen. Einverstanden, sagte Galahad. So nahm Bors sein Pferd, empfahl sich Gott und ritt hinterher, um den verwundeten Ritter zu retten.

Kap. 12

WIE GALAHAD UND PARZIVAL AUF DER BURG VIELE GRÄBER VON JUNGFRAUEN FANDEN, DIE VERBLUTET WAREN. Galahad und Parzival verbrachten die ganze Nacht in einer Kapelle, um für das Heil von Sir Bors zu beten. Am nächsten Morgen legten sie ihren Harnisch an und wandten sich der Burg zu, weil sie wissen wollten, was aus den Insassen geworden war. Als sie hinkamen, fanden sie weder Mann noch Weib, die nicht durch die Rache Unseres Herrn getötet waren. Da vernahmen sie eine Stimme: Diese Rache ist für das Vergießen des Blutes von Jungfrauen. Hinter der Kapelle entdeckten sie einen Friedhof mit sechzig prunkvollen Grabstellen, und diese Stätte war schön und gepflegt, und der

Sturm hatte dort offenbar nicht gewütet, denn dort waren all die guten Jungfrauen bestattet, die um der kranken Dame willen umgebracht worden waren. Auch fanden sie den Namen einer jeden, und hinzugefügt war, von welchen Ahnen sie abstammte. Alle waren aus königlichen Geblüt, und zwölf waren Königstöchter. Sie verließen den Ort und kamen dann in einen Wald. Nun müssen wir uns trennen, sagte Parzival zu Galahad. Laßt uns deshalb zu Unserem Herrn beten, daß wir bald wieder zusammentreffen. Sie nahmen ihre Helme ab und küßten einander und weinten über ihren Abschied.

WIE SIR LANZELOT DAS SCHIFF BETRAT, AUF DEM SIR PARZIVALS SCHWESTER TOT LAG, UND WIE ER SEINEM SOHN SIR GALAHAD BEGEGNETE.

Nachdem Sir Lanzelot den Fluß Mortaise erreicht hatte, schwebte er in großer Gefahr. Und er wartete auf das Abenteuer, das Gott ihm schicken würde, legte sich nieder und schlief ein. Im Schlaf hatte er eine Erscheinung. Eine Stimme sprach zu ihm: Lanzelot, steh auf, nimm deine Rüstung und steige in das erste Schiff, das du findest. Als er diese Worte vernahm, sprang er auf und sah eine große Helligkeit um sich. Da hob er die Hand und bekreuzigte sich, nahm Harnisch und Waffen und machte sich bereit. Der Zufall führte ihn an das Meer, wo er ein Schiff fand, das weder Segel noch Ruder hatte. Kaum war er auf dem Schiff, erfüllte ihn eine große Seligkeit, wie er sie noch nie empfunden hatte, und sein Herz ging auf in seinen Gedanken und Wünschen. Da sagte er: Liebster Herr Jesus Christus, ich weiß nicht, woher meine Seligkeit stammt, doch sie übersteigt alle irdischen Freuden, die ich genossen habe. In dieser Seligkeit legte er sich auf den Planken des

Schiffes nieder und schlief, bis der Tag anbrach. Als er aufwachte, entdeckte er ein schönes Bett, und darin lag ein totes Edelfräulein, Sir Parzivals Schwester. Während Lanzelot sie betrachtete, bemerkte er in ihrer rechten Hand ein Schreiben, das ihm Auskunft über all ihre Abenteuer und über ihre Herkunft gab. Bei dieser Jungfrau verbrachte Sir Lanzelot über einen Monat. Und wenn ihr wissen wollt, wovon er lebte: Er, der das Volk Israels in der Wüste mit Manna speiste, speiste auch ihn. Und jeden Tag wurde er von der Gnade des Heiligen Geistes gesättigt, während er seine Gebete sprach. Eines Abends ging er am Ufer spazieren, um sich zu erholen, denn er war des Aufenthalts auf dem Schiff ein wenig überdrüssig. Da hörte er das Stampfen eines Pferdes, und als es näher kam, erkannte er einen Ritter. Er ließ ihn vorbeireiten und wandte sich zu dem Schiff zurück, denn dort stieg der Ritter ab, nahm Sattel und Zaumzeug, ließ das Pferd stehen und betrat das Schiff. Da rief ihm Lanzelot zu: Ihr seid willkommen! Der Ritter erwiderte den Gruß und fragte: Wer seid Ihr, daß mein Herz solche Zuneigung zu Euch empfindet? Mein Name ist Lanzelot vom See, war die Antwort. Herr, sagte der Ritter, dann seid Ihr willkommen, denn Ihr wart mein Anfang in dieser Welt. Ach, erwiderte Lanzelot, seid Ihr Galahad? Ja, wahrhaftig, antwortete er, kniete nieder und bat Sir Lanzelot um seinen Segen. Dann nahm er den Helm ab und küßte ihn. Und beide freuten sich so sehr, daß keine Zunge ihre Freude beschreiben könnte, und manches freundliche Wort wurde gesprochen, wie es zwischen Vater und Sohn natürlich ist. Danach erzählten sie einander von ihren Abenteuern und Wundern, die ihnen auf den vielen Fahrten zugestoßen waren, seit sie den Hof verlassen hatten. Als Galahad das Edelfräulein tot in dem Bett liegen sah, erkannte er sie wohl, und er berichtete von ihrem großen Ruhm und daß sie die beste Jungfrau war, die je gelebt hatte, und daß es sehr schade um sie wäre. Als Lanzelot hörte, wie Galahad zu dem wunderbaren Schwert gekommen war und wer es gefertigt hatte und welche Wunder damit verbunden waren, bat er seinen Sohn, ihm das Schwert zu zeigen. Und Lanzelot küßte den Knauf und das Blut und die Scheide und sagte: Wahrlich, noch nie habe ich von so hohen, wunderbaren und seltsamen Abenteuern gehört. So wohnten Lanzelot und Galahad ein halbes Jahr auf diesem Schiff und dienten Gott Tag und Nacht nach ihren besten Kräften. Oft kamen sie zu fernen und menschenleeren Inseln und bestanden dort viele seltsame und gefährliche Abenteuer. Aber diese Abenteuer waren solche mit wilden Tieren und nicht mit der Suche nach dem heiligen Gral verbunden.

WIE EIN RITTER SIR GALAHAD EIN PFERD BRACHTE UND IHN AUFFORDERTE, SEINEN VATER SIR LANZELOT ZU VERLASSEN. Dann geschah es an einem Montag, daß sie an einem Waldrand zu einem Kreuz kamen, und dort sahen sie einen gewappneten Ritter ganz in Weiß auf einem prächtigen Pferd, und er führte an seiner rechten Hand ein weißes Pferd. Als er heran war, grüßte er die beiden Ritter im Namen des Höchsten und sagte: Galahad, du bist nun lange genug bei deinem Vater gewesen, verlaß das Schiff und besteige dieses Pferd und gehe, wohin dich die Abenteuer auf der Suche nach dem heiligen Gral führen. Da ging Galahad zu seinem Vater, küßte ihn zärtlich und sprach: Mein lieber Vater, ich weiß nicht, ob ich Euch wiedersehen werde, bevor ich den Leib Jesu Christi erschaue. Ich bitte Euch, erwiderte Lanzelot, betet zum Hohen Vater, daß er mich in seinem Dienst erhalte. So bestieg Galahad das Pferd, und eine Stimme ertönte: Gedenket, recht zu tun, denn ihr werdet einander nicht wiedersehen vor dem schrecklichen Tag des Gerichts. Nun, mein Sohn Galahad, sagte Lanzelot, da wir uns trennen müssen und einander nicht wiedersehen werden, will ich zum Hohen Vater beten, er möge Euch und mich behüten. Herr, erwiderte Galahad, kein Gebet hilft so wie Eures. Damit ritt Galahad in den Wald. Lanzelot kehrte zum Schiff zurück. Der Wind erhob sich und trieb ihn über einen Monat auf dem Meer hin und her.

Er schlief nur wenig, sondern betete zu Gott, ein Zeichen des heiligen Grals sehen zu dürfen. Eines Nachts landete er um Mitternacht an der Rückseite einer schönen und stattlichen Burg. Nach dem Meer zu stand ein Pförtchen offen, und nur zwei Löwen bewachten den Eingang. Der Mond schien hell. Plötzlich hörte Sir Lanzelot eine Stimme: Lanzelot, verlaß dieses Schiff und geh in diese Burg, und du wirst viel von dem sich erfüllen sehen, wonach du verlangst. Da legte er den Harnisch an und nahm seine Waffen. Er ging zu der Pforte, und als er die Löwen sah, zog er sein Schwert. Plötzlich traf ihn ein Schlag auf den Arm, daß ihm das Schwert entglitt, und eine Stimme rief: O treuloser und kleingläubiger Mann, warum traust du deinem Schwert mehr als deinem Schöpfer? Er, in dessen Dienst du dich gestellt hast, kann dir mehr nützen als deine Rüstung. Da sprach Lanzelot: Lieber Herr Jesus Christus, ich danke dir für deine große Gnade, daß du mein Vergehen rügst. Nun sehe ich wohl, daß du mich als deinen Diener angenommen hast. Dann hob er sein Schwert auf und steckte es in die Scheide zurück. Er bekreuzigte sich auf der Stirn und ging auf die Löwen zu. Sie gebärdeten sich drohend, als wollten sie ihn angreifen. Dennoch kam er ohne Schaden an ihnen vorbei und gelangte in die Burg und in den Palast. Dort waren alle im Schlaf. Lanzelot schritt gewappnet durch Türen und Tore, denn sie standen alle offen. Schließlich gelangte er zu einem Gemach, dessen Tür verschlossen war. Er versuchte sie zu öffnen, vermochte es aber nicht.

Kapitel 15

WIE SIR LANZELOT VOR DER TÜR DES GEMACHES STAND, IN DEM DER HEILIGE GRAL WAR. Da versuchte er mit aller Kraft, die Tür zu öffnen. Dann lauschte er und vernahm eine Stimme, die so süß klang, daß sie keinem irdischen Wesen zu gehören schien, und ihm war, als sagte die Stimme: Preis und Ehre dem Vater im Himmel. Lanzelot kniete vor der Tür nieder, denn er wußte wohl, daß der heilige Gral in dem Gemach war, und er betete: Liebster Herr Jesus Christus, wenn ich jemals etwas Gottgefälliges getan habe, dann erbarme dich meiner und verstoße mich nicht wegen meiner Sünden, die ich in früherer Zeit begangen habe, und zeige mir etwas von dem, was ich suche. Da öffnete sich die Tür zu dem Gemach, und es drang eine große Helligkeit heraus, als ob alle Fackeln der Welt das Haus strahlend erleuchteten. Er näherte sich der Tür und wollte eintreten. Aber sogleich sprach eine Stimme zu ihm: Fliehe, Lanzelot, und tritt nicht ein, denn das kommt dir nicht zu. Wenn du dennoch eintrittst, wirst du es büßen. Da zog er sich in tiefer Kümmernis zurück. Doch mitten in dem Gemach erblickte er einen silbernen Tisch mit dem heiligen Gefäß darauf, das mit roter Seide bedeckt war. Viele Engel waren versammelt, von denen einer eine brennende Wachskerze trug und ein anderer ein Kreuz und die Altargeräte. Vor dem heiligen Gefäß sah er einen frommen Mann im Priestergewand, der gerade die Messe zu zelebrieren schien. Bei ihm standen drei Männer, von denen zwei den dem Aussehen nach jüngsten in die Hände des Priesters gaben. Dieser hob ihn in die Höhe, als wolle er ihn dem Volke zeigen. Da staunte Lanzelot nicht wenig, denn er meinte, die Last müßte zu groß für den Priester sein und ihn zu Boden drücken. Als er sah, daß niemand dem Priester half, schritt er rasch auf die Tür zu und sagte: Lieber Herr Jesus Christus, betrachte es nicht als Sünde, wenn ich dem frommen Mann helfe, der dringend der Hilfe bedarf. Damit trat er in das Gemach und ging auf den silbernen Tisch zu. Als er in seine Nähe kam, traf ihn ein Hauch, der mit Feuer vermischt schien und ihm so scharf ins Gesicht schlug, daß er glaubte, er würde ihm das Gesicht verbrennen. Er stürzte zu Boden und hatte keine Kraft aufzustehen, denn er hatte die Macht über seinen Körper verloren und konnte nichts mehr hören und sehen. Dann spürte er, wie ihn viele Hände aufhoben und aus dem Gemach hinaustrugen, ohne daß er aus seiner Ohnmacht erwachte. Danach ließen sie ihn scheinbar tot liegen. Am nächsten Morgen, als es heller Tag war, fanden die Leute der Burg Lanzelot vor der

Tür zu dem Gemach. Sie wunderten sich alle, wie er hereingekommen war, und betrachteten ihn und fühlten ihm den Puls, um zu sehen, ob noch Leben in ihm war. Sie merkten, daß er noch lebte, aber er konnte weder stehen noch seine Glieder regen. So nahmen sie ihn auf und legten ihn in einem Gemach in ein weiches Bett, weitab von allen Leuten. Dort ruhte er vier Tage. Der eine sagte, er lebe noch, und der andere widersprach ihm. Im Namen Gottes, erklärte ein alter Mann, ich sage euch die Wahrheit, er ist nicht tot, sondern so voller Leben wie der Stärkste von euch. Deshalb rate ich euch, pflegt ihn gut, bis Gott ihm wieder Leben schickt.

WIE SIR LANZELOT VIERUNDZWANZIG TAGE UND EBENSO VIELE NÄCHTE WIE TOT DALAG, UND VON VERSCHIEDENEN ANDEREN DINGEN. So sorgten sie für Lanzelot vierundzwanzig Tage und ebenso viele Nächte, und immer lag er reglos wie ein Toter, doch am fünfundzwanzigsten Tag, nach der Mittagsstunde, öffnete er die Augen. Als er Leute um sich sah, brach er in Klagen aus und sagte: Warum habt ihr mich geweckt, denn mir war wohler, als mir jetzt ist. O Jesus Christus, wer wäre so begnadet, daß er in aller Offenheit deine verborgenen Wunder schauen dürfte, wo kein Sünder weilen kann? Was habt Ihr gesehen? fragten die Leute um ihn. Ich habe so große Wunder gesehen, antwortete er, daß keine Zunge sie zu schildern und kein Herz sie zu denken vermag. Und wäre nicht mein Sohn vor mir dagewesen, hätte ich viel mehr gesehen. Danach erzählten sie ihm, wie er vierundzwanzig Tage und Nächte dagelegen hatte. Da glaubte er, das wäre die Buße gewesen für die vierundzwanzig Jahre, die er in Sünde verbrachte. Als Sir Lanzelot sich umschaute, sah er das härene Hemd, das er fast ein Jahr getragen hatte, und er bedauerte sehr, daß er das Versprechen, das er dem Einsiedler gab, gebrochen hatte. Dann fragten sie ihn, wie es ihm ginge. Wahrhaftig, erwiderte er, mein Körper ist heil, Unser Herr sei gelobt. Doch ihr Männer, um Gottes willen, sagt mir, wo ich bin. Da antworteten sie, er wäre in der Burg Carbonek. Eine Edelfrau brachte ihm ein Hemd aus feinem Linnen, doch er nahm es nicht an, sondern zog das härene Hemd wieder über. Herr, sagten sie, die Suche nach dem heiligen Gral ist für Euch nun zu Ende, und Ihr werdet von dem heiligen Gral nie mehr zu sehen bekommen, als Ihr gesehen habt. Ich danke Gott für das, antwortete Lanzelot, was er mich in seiner großen Gnade sehen ließ, denn es genügt mir. Ich glaube, kein Mann der Welt hat besser gelebt als ich und so viel vollbracht wie ich. Mit diesen Worten zog er das härene Hemd an und darüber ein leinenes Hemd, und danach legte er ein frisches, neues scharlachfarbenes Gewand an. Nachdem er so gekleidet war, staunten alle, denn sie sahen nun, daß er der edle Ritter Sir Lanzelot war, und sie fragten: Hoher Herr Sir Lanzelot, seid Ihr es? Und er antwortete: Ja, ich bin es. So erfuhr König Pelles, daß der Ritter, der so lange wie tot dagelegen hatte, Sir Lanzelot war. Da freute sich der König sehr und begab sich zu ihm. Als Lanzelot ihn kommen sah, ging er auf ihn zu, und der König begrüßte ihn sehr herzlich. Dann berichtete ihm König Pelles, daß seine schöne Tochter gestorben sei. Darüber wurde Lanzelot sehr traurig und sprach: Herr, ich beklage den Tod Eurer Tochter, denn sie war eine sehr schöne Dame, frisch und jung. Wohl weiß ich, daß sie den besten Ritter gebar, den es auf Erden gibt oder jemals gegeben hat, seit Christus zur Welt kam. Der König behielt ihn vier Tage bei sich, und am anderen Morgen nahm Lanzelot Abschied von ihm und seinen Mannen und dankte ihnen für ihre große Mühe. Während sie in der Haupthalle zu Tisch saßen, den der heilige Gral mit allen möglichen Speisen, die sich ein Herz nur erträumen konnte, gedeckt hatte, schlossen sich plötzlich die Fenster und Türen ohne jemandes Zutun. Darüber waren sie alle sehr bestürzt und wußten nicht, was sie tun sollten. Auf einmal klopfte ein Ritter an das Haupttor und rief: Öffnet das Tor! Doch niemand tat es. Und immer wieder rief er: Macht auf! Keiner rührte sich. Schließlich verdroß es den König so sehr, daß er sich erhob und an ein Fenster trat, unter dem der Ritter stand. Er sagte zu ihm: Herr Ritter, Ihr dürft jetzt hier nicht hereinkommen, solange der heilige Gral bei uns ist. Geht woandershin. Ihr seid gewiß kein Ritter dieses Abenteuers, sondern einer, der dem Teufel untertan ist und den Dienst Unseres Herrn verlassen hat. Über diese Worte des Königs war der Ritter sehr erbost. Herr Ritter, fuhr da der König fort, wenn Ihr so gern eintreten wollt, sagt mir, aus welchem Lande Ihr seid. Herr König, antwortete er, ich bin aus dem Reiche Logris, und mein Name ist Ector von Maris, Bruder des hohen Herrn Sir Lanzelot. Im Namen Gottes, erwiderte der König, mich reuen meine Worte, denn Euer Bruder ist hier. Als Ector von Maris hörte, daß sein Bruder in der Burg war, der Mann, den er am meisten auf der Welt liebte und fürchtete, sagte er: O Gott, nun verdoppelt sich mein Kummer und meine Schmach. Sehr wahr hat der fromme Mann vom Berge zu Gawein und zu mir von unseren Träumen gesprochen. Dann ritt er aus dem Hof, so schnell ihn sein Pferd trug, und verließ die Burg.

Kap. 17

WIE SIR LANZELOT NACH LOGRIS HEIMKEHRTE UND VON DEN ABENTEUERN, DIE IHM UNTERWEGS BEGEGNETEN.

Sir Lanzelot war betrübt, als er von König Pelles erfuhr, daß sein Bruder dagewesen war. So verabschiedete er sich, nahm seine Waffen und sagte, er wolle in das Reich Logris ziehen, das er in den letzten zwölf Monaten nicht gesehen hatte. Mit einem Gottbefohlen! brach er auf und ritt lange, bis er schließlich zu einer weißen Abtei kam, wo er für die Nacht sehr freundlich aufgenommen wurde. Am nächsten Morgen stand er auf und hörte die Messe. Vor dem Altar fand er ein prächtiges Grab, das erst frisch angelegt worden war. Als er es näher betrachtete, bemerkte er an den Seiten goldene Buchstaben, welche besagten: Hier liegt König Bagdemagus von Gore, den ein Neffe des Königs Artus, Sir Gawein mit Namen, erschlug. Darüber war Lanzelot sehr bekümmert, denn er liebte Bagdemagus mehr als jeden anderen, und hätte ihn ein anderer umgebracht als Gawein, er wäre dem Tode nicht entronnen. So sprach er zu sich selbst: O Gott, der Verlust eines solchen Mannes ist ein schwerer Schlag für den Hof des König Artus. Danach ritt Lanzelot weiter und kam zu der Abtei, in der Galahad das Abenteuer mit den Gräbern erlebte und den weißen Schild mit dem roten Kreuz gewann. Er erhielt ein sehr gutes Nachtlager. Am folgenden Morgen erreichte er Camelot und traf dort König Artus und die Königin an. Aber viele von den Rittern der Tafelrunde waren erschlagen oder umgekommen, mehr als die Hälfte. Drei waren jedoch schon heimgekehrt, und das waren Sir Gawein, Sir Ector und Sir Lionel, außerdem noch andere, die nicht aufgezählt zu werden brauchen. Der ganze Hof freute sich sehr über die Rückkehr Sir Lanzelots, und der König wollte viel über seinen Sohn Galahad wissen. Lanzelot berichtete dem König von den Abenteuern, die ihm seit seiner Abreise zugestoßen waren. Er erzählte ihm auch von den Abenteuern Galahads, Parzivals und Bors', wie er sie aus dem Brief des toten Fräuleins erfahren und wie sie ihm Galahad berichtet hatte. Wollte Gott, sagte der König, sie wären alle drei hier. Das wird niemals sein, erwiderte Lanzelot, denn zwei von ihnen werdet Ihr nie wiedersehen, aber einer wird zurückkehren.

Kap. 18

WIE GALAHAD ZU KÖNIG MORDRAINS KAM UND VON ANDEREN ABENTEUERN. Nachdem sich Galahad von Parzival getrennt hatte, ritt er lange dahin, ohne daß ihm ein Abenteuer zustieß. Schließlich kam er zu einer Abtei, in der sich König Mordrains befand. Als Galahad das hörte, beschloß er, zu bleiben und ihn aufzusuchen. Am anderen Morgen nach der Messe begab er sich zu ihm, und der König, der lange blind gewesen war, erkannte ihn sogleich. Er wandte sich ihm zu und sagte: Galahad, Diener Jesu Christi, auf dessen Kommen ich so lange gewartet habe, nimm mich in deine Arme und laß mich an deiner Brust ruhen, denn du bist vor allen Rittern rein wie die Lilie, das Sinnbild der Jungfräulichkeit, und du bist die Rose, die Blume aller Tugenden von der Farbe des Feuers. Denn das Feuer des Heiligen Geistes ist so in dir entzündet, daß mein Fleisch, das vom Alter abgestorben war, wieder jung geworden ist. Als Galahad seine Worte vernahm, schloß er ihn und seinen ganzen Leib in die Arme. Da sagte Mordrains: Lieber Herr Jesus Christus, jetzt ist mein Wunsch erfüllt. Nun bitte ich dich, daß du jetzt zu mir kommst und mich heimholst, so wie ich bin. Sogleich erhörte Unser Herr dieses Gebet, und die Seele schied aus dem Körper. Galahad ließ ihn bestatten, wie es einem König gebührte, und danach zog er weiter. Er kam in einen gefährlichen Wald, wo er den Quell fand, dessen Wasser siedend heiß in einem mächtigen Bogen emporquillt. Sobald Galahad seine Hand hineinlegte, hörte es auf zu brodeln, und die Hitze entwich und brannte nicht mehr. Denn das Sieden war ein Zeichen der Unzucht, die damals sehr im Schwange war. Doch vor Galahads reiner Jungfräulichkeit mußte die Hitze weichen. Dies wurde im ganzen Land als ein Wunder angesehen, und der Quell wurde von da an immer Galahads Quell genannt. Danach führte ihn sein Abenteuer in das Land Gore und zu der Abtei, in der Lanzelot zuvor gewesen war. Dort fand er das Grab des Königs Bagdemagus. Er stieg in eine Krypta unter der Kirche und sah ein Grab, das in hellen Flammen loderte. Da fragte er die Mönche, was das wäre. Herr, antworteten sie, ein wunderbares Abenteuer, das nur der bestehen kann, der alle Ritter der Tafelrunde an Güte und Ritterlichkeit übertrifft. Ich möchte, sagte Galahad, daß ihr mich hinführt. Gern, erwiderten sie. So führten sie ihn in ein Gewölbe. Er ging die Stufen hinunter und gelangte zu dem Grab. Da verschwanden die Flammen, und das Feuer, das viele Tage gelodert hatte, erlosch. Darauf ertönte eine Stimme: Ihr habt allen Grund, Unserem Herrn zu danken, der Euch das Glück zuteil werden läßt, die Seelen aus irdischer Pein zu befreien und sie in die Wonnen des Paradieses zu versetzen. Ich bin von Euerm Geschlecht und habe dreihundertvierundfünfzig Jahre in dieser Hitze verbracht, um von der Sünde geläutert zu werden, die ich gegen Joseph von Arimathia beging. Galahad nahm den Leichnam in seine Arme und trug ihn in die Kirche. Die Nacht über blieb Galahad in der Abtei, und am Morgen ließ er für den Toten eine Messe lesen und bestattete ihn vor dem Hochaltar.

WIE SIR PARZIVAL UND SIR BORS MIT SIR GALAHAD ZUSAMMENTRAFEN, UND WIE SIE ZUR BURG CARBONEK KAMEN. Danach verabschiedete er sich und ritt viele Tage, bis er zu dem verwundeten König kam. Die ganze Zeit über folgte ihm Parzival und fragte überall, ob Galahad dagewesen wäre. So berichtete ihm einer, wie die Abenteuer von Logris vollbracht worden waren. Schließlich holte er ihn ein. Eines Tages ritten sie aus einem großen Wald heraus, da kam von der anderen Seite Sir Bors auf sie zu, ganz allein. Es braucht nicht gesagt zu werden, daß sie sich freuten. Sie begrüßten einander sehr herzlich, und dann berichteten sie von ihren Abenteuern. Sir Bors sagte: Wie lange habe ich nicht bei Menschen übernachtet, sondern immer in wilden Wäldern und Gebirgen, und Gott war stets mein Trost. So ritten sie eine weite Strecke, bis sie die Burg Carbonek erreichten. Als sie in die Burg kamen, erkannte sie König Pelles. Großer Jubel erhob sich bei allen in der Burg, denn an der Ankunft der Ritter erkannten sie, daß sie die Suche nach dem heiligen Gral vollbracht hatten. Eliazar, der Sohn des Königs Pelles, zeigte ihnen das zerbrochene Schwert, mit dem Joseph durch den Schenkel gestochen worden war. Bors legte seine Hand daran, als ob er es wieder zusammenfügen wollte, aber es ging nicht. Da reichte er es Parzival, aber der hatte auch nicht mehr Kraft als er. Versucht Ihr es nun, sagte Parzival zu Galahad, wenn es je ein Mensch vollbringen kann, dann Ihr. Galahad nahm die Stücke und fügte sie wieder zusammen, daß man die Bruchstellen nicht mehr erkennen konnte und das Schwert aussah, als wäre es gerade erst geschmiedet worden. Nachdem das Abenteuer des Schwertes vollendet worden war, übergaben die Insassen der Burg das Schwert an Bors, denn er war ein wackerer Ritter und ein würdiger Mann. Kurz vor dem Abendessen erhob sich plötzlich ein heftiger Wind, der mit glühender Hitze blies, daß viele Männer vor Schreck umfielen. Sogleich ertönte eine Stimme: Wer nicht am Tische Jesu Christi sitzen darf, der stehe auf, denn nun sollen die wahren Ritter gespeist werden. Darauf gingen alle fort, außer König Pelles und seinem Sohn Eliazar, beides fromme Männer, und einer Jungfrau, seiner Nichte. Diese drei und die drei Gefährten blieben, sonst niemand. Bald danach sahen sie gewappnete Ritter zur Tür der Halle hereinkommen. Sie legten Helme und Harnische ab und sagten zu Galahad: Herr, wir haben uns sehr beeilt, um mit Euch an diesem Tisch zu sitzen und das heilige Mahl zu teilen. Galahad erwiderte: Ihr seid willkommen, doch woher stammt ihr? Drei von ihnen sagten, sie seien aus Gallien, drei andere, sie seien aus Irland, und die letzten drei erklärten, sie seien aus Dänemark. Während sie so saßen, brachten vier Edelfrauen ein hölzernes Bett aus einem Gemach heraus.In dem Bett lag ein frommer Mann. Er war sehr krank und trug eine goldene Krone auf dem Haupt. Mitten in der Halle setzten sie das Bett ab und zogen sich zurück. Dann hob der Kranke den Kopf und sprach: Galahad, Ritter, Ihr seid willkommen, denn ich habe sehnlich auf Euch gewartet, da ich seit langem in solcher Not bin. Doch nun vertraue ich auf Gott, daß die Zeit gekommen ist, da mein Schmerz Linderung findet und ich aus dieser Welt scheiden kann, wie es mir schon lange versprochen worden ist. Da rief eine Stimme: Es sind drei unter euch, die nicht auf der Suche nach dem heiligen Gral sind. Sie mögen diesen Ort jetzt verlassen.

WIE GALAHAD UND SEINE GEFÄHRTEN VOM HEILIGEN GRAL GESPEIST WURDEN, UND WIE IHNEN UNSER HERR ERSCHIEN. Da gingen König Pelles, sein Sohn und seine Nichte. Nun schien es ihnen, als schwebe ein Mann mit vier Engeln vom Himmel herab, gekleidet wie ein Bischof und mit einem Kreuz in der Hand. Die vier Engel trugen ihn in einem Stuhl und setzten ihn an dem silbernen Tisch nieder, auf dem der heilige Gral stand. Auf seiner Stirn schien geschrieben zu stehen: Seht hier Joseph, den ersten Bischof der Christenheit, den Unser Herr in der Stadt Sarras in sein geistliches Amt einsetzte. Darüber staunten die drei Ritter, denn der Bischof war mehr als dreihundert Jahre tot. O Ritter, sagte er, wundert euch nicht, denn auch ich war einmal ein Mensch. In diesem Augenblick hörten sie, wie sich die Tür zum Gemach öffnete, und sie erblickten vier Engel. Zwei von ihnen trugen Wachskerzen, der dritte ein Tuch und der vierte eine Lanze, die wundersam blutete, daß drei Tropfen in einen Behälter fielen, den der Engel in seiner anderen Hand hielt. Sie setzten die Kerzen auf den Tisch, deckten das Tuch über den Behälter und steckten die Lanze aufrecht hinein. Danach traf der Bischof Vorbereitungen wie für das heilige Meßopfer. Er nahm eine Oblate, die wie ein Brot geformt war. Als er sie emporhob, senkte sich die Gestalt eines Kindes hernieder mit einem roten Gesicht, das wie Feuer leuchtete. Das Kind schlüpfte in das Brot hinein, und alle konnten sehen, daß das Brot aus einem fleischlichen Leib bestand. Danach legte der Bischof das Brot wieder in das heilige Gefäß und tat, was einem Priester beim Meßopfer zukommt. Dann ging er zu Galahad, küßte ihn und hieß ihn seine Gefährten küssen. Er tat es sogleich. Diener Christi, sagte der Bischof, ihr sollt jetzt an diesem Tisch von köstlichen Gerichten speisen, die noch nie ein Ritter gekostet hat. Als er das gesagt hatte, verschwand er. In großer Furcht setzten sie sich an den Tisch und verrichteten ihre Gebete. Dann blickten sie auf und sahen einen Mann aus dem heiligen Gefäß aufsteigen, der alle Zeichen der Passion Jesu Christi trug und deutlich blutete. Er sprach: Meine Ritter und meine Diener und meine treuen Kinder, die ihr aus dem sterblichen weltlichen Leben ins geistliche Leben getreten seid, ich will mich nun nicht länger vor euch verbergen, sondern ihr sollt jetzt einen Teil meiner Geheimnisse und meiner verborgenen Dinge sehen: Nehmt und empfangt jetzt das heilige Mahl, das ihr so sehr begehrt habt. Danach nahm er das heilige Gefäß und kam zu Galahad. Der kniete nieder und empfing seinen Heiland, und nach ihm empfingen ihn alle seine Gefährten. So süß fanden sie ihn, daß es ihnen wie ein Wunder vorkam. Dann sprach der Heiland zu Galahad: Mein Sohn, weißt du, was ich in meinen Händen halte? Nein, antwortete er, wenn Ihr es mir nicht sagen wollt. Dies ist die heilige Schüssel, sprach er, aus der ich am Gründonnerstag das Lamm aß. Nun hast du gesehen, was du am meisten zu sehen begehrtest, und dennoch hast du es nicht offen gesehen, wie du es in der Stadt Sarras an der geweihten Stätte sehen wirst. Darum mußt du von hier fortgehen und dieses heilige Gefäß mit dir nehmen, denn in dieser Nacht soll es aus dem Reiche Logris weggebracht werden und wird nie mehr hier zu sehen sein. Und weißt du, warum? Es wird von den Menschen in diesem Lande nicht behandelt und verehrt, wie es ihm zukommt, denn sie haben sich einem schlechten Leben zugewandt; darum will ich ihnen die Ehre entziehen, die ich ihnen erwiesen habe. Geht ihr drei also morgen zum Meere, wo ihr euer Schiff bereitfinden werdet, und nehmt das Schwert mit dem seltsamen Gürtel mit und niemand weiter als Sir Parzival und Sir Bors. Auch will ich, daß ihr etwas von dem Blut dieser Lanze mitnehmt, um damit dem verwundeten König die Beine und den ganzen Körper einzureiben. Davon wird er genesen. Herr, fragte Galahad, warum sollen die anderen Gefährten nicht mit uns gehen? Aus diesem Grunde: So wie ich von meinen Aposteln den einen hierhin und den anderen dorthin schickte, so will ich, daß ihr euch trennt. Zwei von euch werden in meinem Dienste sterben, aber einer wird wiederkommen und Botschaft bringen. Dann gab er ihnen seinen Segen und verschwand.

WIE GALAHAD DEN VERWUNDETEN KÖNIG MIT DEM BLUT VON DER LANZE EINRIEB UND VON ANDEREN EREIGNISSEN. ❧ Galahad ging sogleich zu der Lanze, die auf dem Tisch war, und berührte mit seinen Fingern das Blut. Dann wandte er sich zu dem verwundeten König und rieb ihm die Glieder ein. Darauf erhob sich dieser von seinem Bett und konnte wie ein gesunder Mensch wieder auf seinen Füßen stehen. Er kleidete sich an und dankte Unserm Herrn, daß er ihn geheilt hatte. Aber er wandte sich nicht einem weltlichen Leben zu, sondern begab sich in ein Kloster der weißen Mönche und wurde ein sehr heiliger Mann. In der nämlichen Nacht sprach um Mitternacht eine Stimme zu ihnen: Meine Söhne und Stiefsöhne, meine Freunde und nicht meine Krieger, geht nun dahin, wo ihr hofft, das Beste zu vollbringen, wie ich es euch gebot. Ach, gedankt sei dir, Herr, daß du uns gnädig deine Söhne nennst. Nun erweist es sich wohl, daß unsere Mühe nicht vergebens war. In aller Eile nahmen sie ihre Harnische und verabschiedeten sich. Die drei Ritter aus Gallien aber waren sehr vornehme Edelleute. Einer von ihnen hieß Claudine, er war der Sohn des Königs Claudas. Galahad bat jeden einzelnen von ihnen, falls sie an den Hof des Königs Artus kämen, seinen Vater Sir Lanzelot und alle Gefährten von der Tafelrunde zu grüßen und dies ja nicht zu vergessen. Damit brachen Galahad, Parzival und Bors auf und erreichten nach drei Tagen das Meer. Sie fanden das Schiff, das ihnen bezeichnet worden war. Als sie an Bord kamen, sahen sie in der Mitte des Schiffes den silbernen Tisch, den sie bei dem verwundeten König gelassen hatten, und den heiligen Gral, der mit einem prächtigen roten Seidentuch zugedeckt war. Da freuten sie sich, daß sie diese Dinge bei sich hatten, und sie traten näher und knieten vor dem heiligen Gefäß nieder. Galahad betete lange zu Unserem Herrn und ersuchte ihn, aus dieser Welt scheiden zu dürfen, wenn es sein Wunsch sein sollte. Er betete so innig, daß eine Stimme zu ihm sprach: Galahad, deine Bitte soll gewährt werden. Wenn du den Tod deines Leibes wünschst, sollst du ihn finden, und dann wird dir das Leben der Seele zuteil werden. Parzival hörte das und forderte ihn bei ihrer Freundschaft auf, ihm zu sagen, warum er dies erbat. Das will ich Euch sagen, erwiderte Galahad. Als wir gestern einen Teil der Abenteuer des heiligen Grals sahen, war mein Herz von solcher Freude erfüllt, wie sie wohl noch nie ein Mensch verspürt hat. Darum weiß ich, wenn mein Leib tot ist, wird meine Seele jeden Tag die große Freude haben, die Heilige Dreifaltigkeit und die Majestät Unseres Herrn Jesus Christus zu sehen. So lange waren sie auf dem Schiff, daß sie zu Galahad sagten: Herr, in diesem Bett solltet Ihr liegen, denn so lautet die Inschrift. Da legte er sich nieder und schlief lange Zeit, und als er erwachte, schaute er sich um und sah vor sich die Stadt Sarras. Wie sie an Land gehen wollten, bemerkten sie das Schiff, in das Parzival seine Schwester gelegt hatte. Bei Gott, sagte Parzival, meine Schwester hat die Verabredung gut eingehalten. Dann reichte Galahad den silbernen Tisch aus dem Schiff und gab ihn Parzival und Bors, und sie faßten ihn an der Vorderseite an und Galahad an der hinteren Seite. So wandten sie sich der Stadt zu. Am Stadttor sahen sie einen alten gebückten Mann. Den rief Galahad an und bat ihn, den schweren Tisch mit tragen zu helfen. Wahrlich, erwiderte der alte Mann, seit zehn Jahren kann ich nur mit Krücken gehen. Sorge dich nicht, sagte Galahad, steh auf und zeige deinen guten Willen. Da versuchte er es und war gesund wie je zuvor. Er lief zu dem Tisch und faßte an der einen Seite an und Galahad auf der anderen. Mit Windeseile verbreitete sich die Nachricht überall in der Stadt, daß ein Krüppel von wundersamen Rittern geheilt worden war. Danach gingen die drei Ritter zum Hafen zurück und trugen Parzivals Schwester in den Palast und bestatteten sie mit solchem Gepränge, wie es einer Königstochter gebührte. Als nun die drei Gefährten vor den König der Stadt kamen, der Estorause hieß, fragte er sie, woher sie wären und was für ein Ding sie auf dem silbernen Tische mitgebracht hätten. Sie berichteten ihm die Wahrheit über den heiligen Gral und die Kraft, die Gott ihm verliehen hatte. Der König war aber ein Tyrann und stammte aus dem Geschlecht der Heiden. Er ließ sie ergreifen und in einer tiefen Höhle in den Kerker werfen.

Kap. 22

WIE SIE IM GEFÄNGNIS VOM HEILIGEN GRAL GESPEIST WURDEN, UND WIE GALAHAD ZUM KÖNIG GEKRÖNT WURDE.

Kaum waren sie dort, schickte ihnen Unser Herr den heiligen Gral, von dessen Gnade sie immer gespeist wurden, solange sie im Kerker waren. Am Ende des Jahres geschah es, daß König Estorause krank wurde und fühlte, daß er sterben mußte. Da sandte er nach den drei Rittern, und sie kamen vor ihn. Er bat sie flehentlich um Gnade für das, was er ihnen angetan hatte. Sie vergaben ihm in Güte, und darauf starb er sogleich. Als der König tot war, waren alle in der Stadt bestürzt und wußten nicht, wer nun König werden sollte. Während sie sich so berieten, kam eine Stimme zu ihnen und hieß sie, den jüngsten der drei Ritter zu ihrem König zu wählen: Denn er wird gut für euch und alles, was euer ist, sorgen. So machten sie Galahad unter Zustimmung der ganzen heiligen Stadt zum König und hatten ihn doch zuerst töten wollen. Als er die Herrschaft angetreten hatte, ließ er einen Schrein aus Gold und Edelsteinen bauen, der das heilige Gefäß auf dem silbernen Tische in sich aufnahm. Jeden Tag in der Frühe traten die drei Gefährten vor ihn und verrichteten ihre Gebete. Nach einem Jahr und an ebendem Tag, an dem Galahad die goldene Königskrone zuerst aufgesetzt hatte, standen Galahad und seine Gefährten früh auf und gingen in den Palast. Dort sahen sie vor dem heiligen Gefäß einen Mann in der Gestalt eines Bischofs knien. Er hatte eine große Engelschar um sich, als wäre er Jesus Christus selbst. Der Mann erhob sich und begann, eine Messe Unserer Lieben Frau zu lesen. Als er das heilige Meßopfer vollzogen hatte, rief er Galahad und sprach zu ihm: Komm näher, du Diener Jesu Christi, und du sollst sehen, was du so sehr zu schauen begehrt hast. Da begann er heftig zu zittern, als sein sterbliches Fleisch die geistlichen Dinge erblickte. Er streckte die Hände gen Himmel und rief: Herr, ich danke dir, denn jetzt sehe ich, was so lange Zeit meine Sehnsucht gewesen ist. Hoher Herr, nun möchte ich nicht länger leben, wenn es dir gefällt. Da nahm der fromme Mann den Leib Unseres Herrn in die Hand und reichte ihn Galahad. Er empfing ihn froh und demütig. Weißt du nun, wer ich bin? fragte der fromme Mann. Nein, antwortete Galahad. Ich bin Joseph von Arimathia, den Unser Herr geschickt hat, um dir Gesellschaft zu leisten. Und weißt du, warum er mich geschickt hat und keinen anderen? Weil du mir in zwei Dingen gleichst, nämlich darin, daß du die Wunder des heiligen Grals geschaut hast und daß du rein und jungfräulich geblieben bist, wie ich es war und noch bin. Nachdem er diese Worte gesprochen hatte, ging Galahad zu Parzival und zu Sir Bors und küßte sie und befahl sie Gott und sprach: Edle Herren! Grüßt meinen Vater Sir Lanzelot von mir, sobald ihr ihn seht. Sagt ihm, er möge an die Unbeständigkeit dieser Welt denken. Mit diesen Worten kniete er vor dem Tisch nieder und betete. Dann ging seine Seele plötzlich zu Jesus Christus, und eine große Engelschar trug sie zum Himmel empor, daß es die beiden Gefährten gut beobachten konnten. Darauf sahen sie eine Hand vom Himmel kommen, aber keinen Körper, und diese Hand ergriff das heilige Gefäß und die Lanze und trug beides zum Himmel. Seitdem hat nie wieder ein Mensch die Kühnheit besessen, zu sagen, er habe den heiligen Gral gesehen.

VON DER KLAGE, DIE PARZIVAL UND BORS ERHOBEN, ALS GALAHAD TOT WAR, UND WIE SIR PARZIVAL STARB, UND ANDERE DINGE.

Als Parzival und Bors sahen, daß Galahad tot war, huben sie ein solches Klagen an wie nie zwei Männer zuvor. Und wenn sie nicht fromme Männer gewesen wären, hätten sie leicht der Verzweiflung anheimfallen können. Die Menschen in Stadt und Land trauerten sehr. Dann wurde Galahad bestattet, und gleich darauf zog sich Sir Parzival aus der Stadt in eine Einsiedelei zurück und legte ein geistliches Gewand an. Sir Bors weilte stets bei ihm, aber er wechselte seine weltliche Kleidung nicht, weil er beabsichtigte, wieder in das Reich Logris zurückzukehren. So führte Sir Parzival ein Jahr und zwei Monate in der Einsiedelei ein heiliges Leben und schied dann aus dieser Welt. Bors ließ ihn neben seiner Schwester und neben Galahad im geweihten Boden bestatten. Als Bors nun sah, daß er so weit abgeschieden und allein lebte, als wäre er in Babylon, wappnete er sich und verließ Sarras. Er kam ans Meer und bestieg ein Schiff, und ein gutes Geschick brachte ihn in das Reich Logris. So schnell er konnte, ritt er nach Camelot, wo sich der König aufhielt. Am

Hof wurde er mit großer Freude empfangen, denn sie hatten alle geglaubt, er wäre tot, da er so lange außer Landes gewesen war. Nach dem Essen ließ der König gewandte Schreiber kommen, die die hohen Abenteuer der guten Ritter aufzeichnen sollten. Als Bors dem König die Abenteuer des heiligen Grals berichtet hatte, wie sie ihm und seinen Gefährten Parzival und Galahad zugestoßen waren, erzählte Lanzelot die Gralsabenteuer, die er erlebt hatte. All dies wurde in großen Büchern aufgeschrieben und in Schreinen in Salisbury aufbewahrt. Dann sagte Sir Bors zu Sir Lanzelot: Euer Sohn Galahad läßt Euch durch mich grüßen und ebenso König Artus und den ganzen Hof, und dasselbe trug mir Sir Parzival auf. Ich habe sie beide eigenhändig in der Stadt Sarras begraben. Ferner, Sir Lanzelot, läßt Euch Galahad bitten, an die Unbeständigkeit dieser Welt zu denken, wie Ihr ihm gelobtet, als Ihr über ein halbes Jahr mit ihm zusammen verbrachtet. Das ist wahr, erwiderte Lanzelot, jetzt vertraue ich darauf, daß sein Gebet mir hilft. Dann schloß Lanzelot Sir Bors in die Arme und sagte: Edler Vetter, Ihr seid mir herzlich willkommen, und wenn ich je etwas für Euch und die Eurigen tun kann, so sollt Ihr meinen armseligen Körper jederzeit bereit finden, solange Leben in mir ist. Das verspreche ich Euch und will nie davon abgehen. Seid auch gewiß, edler Vetter Sir Bors, Ihr und ich werden uns nie mehr trennen, solange unser Leben währt. Herr, erwiderte er, dies ist auch mein Wille.

18. Buch

VON DER FREUDE, DIE KÖNIG ARTUS UND KÖNIGIN GINEVRA ÜBER DIE VOLLENDUNG DER SUCHE NACH DEM HEILIGEN GRAL HATTEN, UND WIE LANZELOT IN SEINE ALTE LIEBE ZURÜCKFIEL.

ALS die Suche nach dem heiligen Gral vollbracht war und alle Ritter, die sie überlebt hatten, zur Tafelrunde zurückgekehrt waren, erhob sich großer Jubel am Hof. Besonders König Artus und Königin Ginevra freuten sich sehr über alle, die heimkehrten, und von Herzen froh waren der König und die Königin über Sir Lanzelot und Sir Bors, denn sie waren auf der Suche nach dem heiligen Gral lange Zeit fort gewesen. Bald fing Sir Lanzelot wieder an, häufig zu Königin Ginevra zu gehen, und er vergaß sein Gelübde und die Vollkommenheit, die er auf der Gralssuche erlangt hatte. Denn wäre Sir Lanzelot in seinen geheimen Gedanken und in seinem Herzen nicht der Königin so verbunden gewesen, wie er es Gott dem äußeren Anschein nach war, kein Ritter hätte ihn auf der Suche nach dem heiligen Gral übertroffen. Aber seine Gedanken waren stets bei der Königin, und nun liebten sie einander heißer als je zuvor und trafen so oft heimlich zusammen, daß viele am Hofe darüber sprachen, besonders Sir Agrawein, Sir Gaweins Bruder, denn er hatte eine lose Zunge. Nun kamen aber täglich Damen und Fräulein zu Sir Lanzelot und baten ihn, ihr Streiter zu sein. In allen diesen Dingen bemühte sich Sir Lanzelot jeden Tag, Unserem Herrn Jesus Christus Ehre zu erweisen. Sooft er konnte, zog er sich aus der Gesellschaft der Königin Ginevra zurück, um üble Nachrede und Gerüchte zu vermeiden; und deswegen war die Königin erzürnt über Sir Lanzelot. Eines Tages rief sie ihn in ihr Gemach und sagte: Sir Lanzelot, ich sehe und fühle von Tag zu Tag, daß deine Liebe nachläßt, denn du suchst nicht mehr freudig meine Gegenwart, sondern bist immer dem Hofe fern und beschäftigst dich neuerdings mehr mit Kämpfen und Angelegenheiten von Damen und Edelfrauen als je zuvor. Ach, hohe Frau, erwiderte Lanzelot, darin müßt Ihr mich aus mehreren Gründen entschuldigen. Der eine ist, daß ich erst kürzlich auf der Suche nach dem heiligen Gral war, und ich danke Gott für seine große Gnade und halte es durchaus nicht für meinen Verdienst, wenn ich auf dieser Suche so viel gesehen habe wie nur je ein sündiger Mensch. Wenn ich nicht heimlich daran gedacht hätte, wieder zu Eurer Liebe zurückzukehren, wie ich es getan habe, dann hätte ich so große Wunder geschaut wie mein Sohn Galahad oder Parzival und Sir Bors. Bedenkt, Frau Königin, der hohe Dienst, in dem ich mich eifrig bemüht habe, läßt sich nicht so leicht vergessen. Auch wißt ihr wohl, daß es an diesem Hofe viele Leute gibt, die über unsere Liebe reden und Euch und mich arg belauern, wie Sir Agrawein und Sir Mordred. Sie fürchte ich mehr um Euretwillen, denn mir dürfte es gelingen, in großer Not zu entkommen und mich zu retten, während Ihr alles ertragen müßt, was man über Euch sagt. Wenn Ihr durch Leichtsinn und Torheit in Gefahr geratet, dann gibt es keine andere Hilfe oder Rettung als durch mich und mein Blut. Seid gewiß, hohe Frau, unsere Unbedachtheit wird große Schmach und Verleumdung über uns bringen, und es täte mir leid, Euch entehrt zu sehen. Das ist der Grund, weshalb ich es mehr als je zuvor auf mich nehme, für Damen und Jungfrauen einzutreten, denn die Leute sollen glauben, daß darin meine Freude und mein Vergnügen liegen.

WIE DIE KÖNIGIN SIR LANZELOT BEFAHL, DEN HOF ZU MEIDEN, UND VON DEM SCHMERZ, DEN LANZELOT DARÜBER EMPFAND.

Während dieser ganzen Zeit stand die Königin wortlos da und ließ Sir Lanzelot reden. Als er alles gesagt hatte, brach sie in Tränen aus und schluchzte lange. Als sie wieder sprechen konnte, sagte sie: Lanzelot, nun merke ich wohl, daß du ein falscher, heimtückischer Ritter und ein gemeiner Wüstling bist und andere Frauen liebst und verehrst und für mich nur Verachtung und Spott übrig hast. Verstehe wohl, fuhr sie fort, jetzt erkenne ich deine Falschheit, und deshalb werde ich dich nie mehr lieben. Wage du nie wieder, mir vor die Augen zu treten! Auf der Stelle verbanne ich dich von diesem Hof und befehle dir, nie wieder zurückzukehren. Ich verwehre dir meine Gesellschaft, bei Todesstrafe sollst du mich nicht mehr sehen. Darauf zog sich Sir Lanzelot zutiefst bekümmert zurück und konnte sich vor Schmerz kaum aufrecht halten. Dann ließ er Sir Bors, Sir Ector von Maris und Sir Lionel zu sich rufen und eröffnete ihnen, daß ihn die Königin vom Hofe verbannt hatte und er sich in seine Heimat begeben wollte. Edler Herr, sagte Sir Bors von Ganis, wenn Ihr meinem Rat folgen wollt, so scheidet nicht aus diesem Land. Ihr müßt bedenken, daß Ihr sehr berühmt seid und als der edelste Ritter der Welt geltet und daß Ihr Euch große Dinge vorgenommen habt. In ihrem Eifer tun Frauen oft etwas, was sie nachher sehr bereuen. Deshalb rate ich Euch, nehmt Euer Pferd und reitet zu dem frommen Klausner in der Nähe von Windsor. Er war einst ein guter Ritter und heißt Sir Brastias. Dort wartet, bis ich Euch bessere Nachricht sende. Bruder, erwiderte Lanzelot, glaubt mir, es tut mir bitter leid, dieses Reich zu verlassen, aber die Königin hat mich in solchem Zorn verbannt, daß sie mir wohl nie wieder so gewogen sein wird, wie sie es einmal war. Sagt das nicht, entgegnete Sir Bors, denn sie hat Euch schon oft gezürnt und war nachher die erste, die es bereute. Ihr habt recht, sagte Lanzelot, ich will Euern Rat doch befolgen, Pferd und Rüstung nehmen und zu dem Klausner Sir Brastias reiten. Dort will ich warten, bis ich Nachricht von Euch erhalte. Doch, lieber Bruder, ich bitte Euch, verschafft mir, wenn Ihr es könnt, die Liebe meiner Königin Ginevra wieder. Herr, antwortete Sir Bors, Ihr braucht mich in dieser Sache nicht zu drängen, denn Ihr wißt genau, ich werde alles unternehmen, um Euch einen Gefallen zu tun. Dann brach der edle Ritter Sir Lanzelot schweren Herzens so rasch auf, daß keiner wußte, was aus ihm geworden war, außer Sir Bors. Als Lanzelot fortgeritten war, ließ sich die Königin weder gegen die Angehörigen von Sir Lanzelots Sippe noch gegen sonst jemand ihren Kummer anmerken. Aber seid gewiß, im Innern war sie schwermütig, doch sie ertrug es nach außen mit stolzer Miene, als ob sie nichts fühlte und sich nicht grämte.

WIE BEI EINEM MAHL, DAS DIE KÖNIGIN VERANSTALTETE, EIN RITTER VERGIFTET WURDE, UND WIE SIR MADOR DAS DER KÖNIGIN ZUR LAST LEGTE. Dann veranstaltete die Königin in London für die Ritter der Tafelrunde ein Festmahl, um nach außen hin zu zeigen, daß sie an den anderen Rittern der Tafelrunde ebensolchen Gefallen fand wie an Sir Lanzelot. Vierundzwanzig Ritter sollten an einem geheimen Ort allein mit der Königin speisen. Dazu lud sie Sir Gawein ein und seine Brüder Sir Agrawein, Sir Gaheris, Sir Gareth und Sir Mordred. Ferner nahmen teil Sir Bors von Ganis, Sir Blamore von Ganis, Sir Bleoberis von Ganis, Sir Galihud, Sir Galihodin, Sir Ector von Maris, Sir Lionel, Sir Palamides und sein Bruder Safere, Sir La Cote Male Taile, Sir Persant, Sir Ironside, Sir Brandiles, Sir Kay der Seneschall, Sir Mador de la Porte, Sir Patrise, ein Ritter aus Irland, Aliduke, Sir Astamore und Sir Pinel le Savage, ein Vetter des wackeren Ritters Sir Lamorak von Wales, den Sir Gawein und seine Brüder heimtückisch erschlagen hatten. Es wurde ein großes Festmahl mit allerlei leckeren Speisen hergerichtet. Sir Gawein hatte aber die Gewohnheit, täglich beim Mittag- und Abendessen alle Arten von Obst zu essen, insbesondere Äpfel und Birnen. Wer immer Sir Gawein zu Tisch lud, setzte ihm köstliches Obst vor, und das tat auch die Königin, um Sir Gawein zu erfreuen, denn er war von sehr hitzigem Temperament. Sir Pinel haßte Gawein, weil er seinen Vetter Sir Lamorak umgebracht hatte, und aus Rache tat Sir Pinel Gift in einige Äpfel, um Sir Gawein zu töten. Gegen Ende des Mahles wollte es das Mißgeschick, daß der wackere Ritter Patrise, ein Vetter von Sir Mador de la Porte, einen vergifteten Apfel nahm. Als er ihn gegessen hatte, schwoll er so an, daß er barst und plötzlich tot niederfiel. Da sprangen alle Ritter betroffen und voller Wut vom Tische auf und waren fast von Sinnen, und sie wußten nicht, was sie sagen sollten. Da Königin Ginevra zum Festmahl eingeladen hatte, richteten sie alle ihren Verdacht gegen sie. Frau Königin, sprach Gawein, bedenkt wohl, daß dieser Nachtisch für mich bestimmt war, denn jeder der meine Gewohnheit kennt, weiß, daß ich gern Obst esse, und jetzt wäre ich beinahe getötet worden. Darum fürchte ich, hohe Frau, es wird Schande über Euch kommen. Die Königin stand ganz starr und war so bestürzt, daß sie nicht wußte, was sie antworten sollte. Damit ist die Sache noch nicht erledigt, sagte Sir Mador de la Porte, denn ich habe hier einen hochedlen Ritter meiner Sippe verloren, und wegen dieser Schmach und Arglist will ich mich bis zum Äußersten rächen. Danach klagte Sir Mador die Königin offen wegen des Todes seines Vetters Sir Patrise an. Und alle standen still da, keiner wollte ein Wort gegen ihn sprechen, denn sie verdächtigten alle die Königin, weil sie das Mahl hatte herrichten lassen. Die Königin war so entsetzt, daß sie nur in bittere Tränen ausbrechen konnte und darauf ohnmächtig zu Boden fiel. Über diesen Lärm kam König Artus zu ihnen, und als er von dem Unglück hörte, war er über die Maßen betrübt.

Kap. 4

WIE SIR MADOR DIE KÖNIGIN DES VERRATS BESCHULDIGTE, UND WIE SICH ZUERST KEIN RITTER FAND, DER FÜR SIE KÄMPFEN WOLLTE. Sir Mador blieb vor dem König stehen und beschuldigte die Königin unablässig des Verrats, denn es war damals üblich, jede Art von schändlichem Mord Verrat zu nennen. Edle Herren, sagte König Artus, dieses Unglück schmerzt mich sehr, doch der Fall liegt so, daß ich in diesen Streit nicht eingreifen kann; ich muß ein gerechter Ritter sein. Ich bedauere, daß ich nicht für mein Weib kämpfen darf, denn ich glaube, diese Tat kam nicht von ihr. Daher hoffe ich, man wird sie nicht gänzlich verachten. Sicherlich wird ein guter Ritter eher sein Leben aufs Spiel setzen, als daß meine Königin durch falsche Anschuldigung auf dem Scheiterhaufen stirbt. Seid darum nicht so voreilig, Sir Mador, denn sie ist vielleicht doch nicht ganz ohne Freunde. Setzt deshalb den Tag des Zweikampfes fest, und sie wird sich einen guten Ritter wählen, der sich Euch stellt, sonst wäre es eine große Schmach für mich und meinen ganzen Hof. Mein gnädiger Herr, erwiderte Sir Mador, Ihr müßt mir verzeihen, denn obwohl Ihr Eurer Stellung nach unser König seid, seid Ihr doch nur ein Ritter wie wir und daher wie wir dem Rittertum verpflichtet. Deshalb bitte ich Euch, verübelt es uns nicht, wenn wir vierundzwanzig Ritter, die wir zu diesem Mahle geladen wurden, allesamt großen Verdacht gegen die Königin hegen. Was sagt ihr Herren? fragte Sir Mador. Und sie antworteten alle der Reihe nach, sie könnten die Königin nicht freisprechen, denn sie habe das Essen bereiten lassen, und entweder müsse sie schuld sein oder jemand aus der Dienerschaft. Ach, sprach die Königin, ich habe zu diesem Mahl in guter Absicht geladen. Der allmächtige Gott verhelfe mir zu meinem Recht, denn ich hatte nie Böses im Sinn, und ich stelle mich unter Gottes Schutz. Mein König, sagte Sir Mador, ich bitte Euch, so wahr Ihr ein gerechter König seid, bestimmt einen Tag, an dem ich zu meinem Recht kommen kann. Gut, erwiderte der König, erscheint heute in vierzehn Tagen gewappnet und beritten auf der Wiese von Westminster, und wenn dann ein Ritter den Kampf mit Euch aufnimmt, so tut Euer Bestes. Gott wird zeigen, auf wessen Seite das Recht ist. Wenn an diesem Tage kein Ritter für sie eintritt, dann muß meine Königin den Feuertod sterben, und sie soll dann bereit sein für die Vollstreckung des Urteils. Ich bin es zufrieden, antwortete Sir Mador. Danach gingen die Ritter alle auseinander. Als der König und die Königin allein waren, fragte der König, wie sich die Sache zugetragen habe. So wahr mir Gott helfe, entgegnete die Königin, ich weiß es nicht. Wo ist Sir Lanzelot? fragte König Artus. Wenn er hier wäre, würde er sich nicht sträuben, für Euch zu kämpfen. Herr, antwortete die Königin, ich weiß nicht wo er ist, aber sein Bruder und seine Anverwandten meinen, er halte sich nicht in diesem Reiche auf. Das tut mir leid, sagte König Artus. Wenn er da wäre, würde er diesen Streit bald beenden. Daher rate ich Euch, fuhr der König fort, geht zu Sir Bors. Er wird um Sir Lanzelots willen für Euch kämpfen; bei meinem Leben, er wird sich Euch nicht versagen. Ich sehe wohl, keiner von den vierundzwanzig Rittern, die bei diesem Essen waren, bei dem Sir Patrise umgebracht wurde, wird für Euch eintreten, und keiner wird für Euch sprechen, und Ihr werdet an diesem Hofe arg verleumdet werden. Wehe, sprach die Königin, ich kann gar nichts tun; aber nun vermisse ich Sir Lanzelot sehr, denn wäre er hier, würde er meinem Herzen bald Trost bringen. Was klagt Ihr? fragte der König. Könnt Ihr Sir Lanzelot nicht auf Eurer Seite halten? Vergeßt nicht, fuhr der König fort, wer Sir Lanzelot auf seiner Seite hat, hat den ruhmvollsten Mann der Welt auf seiner Seite. Geht nun und fordert Sir Bors auf, an Sir Lanzelots Stelle den Kampf für Euch auszufechten.

Kap. 5

WIE DIE KÖNIGIN SIR BORS ERSUCHTE, FÜR SIE ZU KÄMPFEN, UND WIE ER UNTER EINER BEDINGUNG ZUSAGTE, UND WIE ER SIR LANZELOT DAVON NACHRICHT GAB. So verließ Ginevra den König und rief Sir Bors zu sich in ihr Gemach und bat ihn um Beistand. Hohe Frau, sagte er, was soll ich tun? Meine Ehre gestattet nicht, daß ich in diese Sache eingreife, denn ich habe auch an dem Essen teilgenommen und muß deshalb befürchten, daß die anderen Ritter ihren Verdacht auf mich lenken. Ihr seht nun, hohe Frau, daß Euch Sir Lanzelot fehlt, denn er hätte Euch weder im Recht noch im Unrecht im Stich gelassen, was er Euch wohl bewiesen hat, wenn Ihr in Gefahr wart. Doch nun habt Ihr den aus diesem Lande vertrieben, der Euch und uns allen jeden Tag Ehre machte. Darum wundere ich mich, hohe Frau, wie Ihr es über Euch bringt und mich auffordert, für Euch auch nur das Geringste zu tun. Ach, edler Ritter, antwortete die Königin, ich unterwerfe mich gänzlich Eurer Gnade. Ich will meinen Fehler wiedergutmachen und Euerm Rat folgen. Damit fiel sie auf die Knie nieder und flehte Sir Bors an, Erbarmen mit ihr zu haben: Sonst werde ich einen schmählichen Tod erleiden und habe ihn doch nicht verdient. In diesem Augenblick kam König Artus und fand die Königin auf den Knien vor Sir Bors. Da hob Sir Bors sie auf und sagte: Hohe Frau, Ihr dürft nicht vor mir knien. Ach, edler Ritter, sprach der König, habt Mitleid mit meiner Königin, denn ich bin sicher, daß sie zu Unrecht verdächtigt wird. Darum, ritterlicher Mann, versprecht ihr, für sie zu kämpfen, ich bitte Euch um Sir Lanzelots willen. Mein König, erwiderte Sir Bors, Ihr verlangt die größte Sache von mir, die nur jemand von mir verlangen kann. Bedenkt, wenn ich für die Königin kämpfe, werde ich viele meiner Gefährten von der Tafelrunde erzürnen. Aber dennoch will ich um Sir Lanzelots willen und Euch zuliebe zusagen, an dem festgesetzten Tag der Streiter der Königin zu sein, falls nicht ein besserer Ritter kommt als ich, der für sie kämpfen möchte. Wollt Ihr mir das bei Eurer Ehre versprechen? fragte der König. Ja, Herr, antwortete Sir Bors, ich werde weder Euch noch die Königin im Stich lassen. Wenn aber ein besserer Ritter kommt als ich, dann soll er den Kampf übernehmen. Da waren der König und die Königin über die Maßen froh, und sie dankten ihm von Herzen und verabschiedeten sich. Danach ritt Sir Bors heimlich zu Sir Lanzelot, der sich bei dem Klausner Sir Brastias aufhielt, und berichtete ihm alles. O Gott, sagte Sir Lanzelot, nun hat sich alles glücklich so gefügt, wie ich es haben wollte. Ich bitte Euch, macht Euch zum Kampf bereit, aber zögert, solange Ihr könnt, bis Ihr mich kommen seht. Ich bin sicher, Mador ist ein hitziger Kopf, wenn er gereizt ist, und je länger Ihr ihn hinhaltet, um so kampfbegieriger wird er sein. Herr, erwiderte Bors, laßt mich nur machen, und zweifelt nicht, es wird nach Euerm Willen geschehen. Dann ritt Sir Bors wieder an den Hof zurück. Und bald erzählte man sich dort überall, Sir Bors wolle für die Königin kämpfen, und viele Ritter waren deshalb zornig auf ihn. Denn es gab nur wenige Ritter am ganzen Hof, die nicht glaubten, die Königin wäre im Unrecht und hätte diesen Verrat begangen. Da antwortete Sir Bors seinen Gefährten von der Tafelrunde: Bedenkt doch, ihr edlen Herren, es wäre eine Schande für uns alle, wenn wir duldeten, daß die edelste Königin der Welt offen geschmäht wird, da doch ihr und unser Herr der berühmteste und christlichste König der Welt ist, der uns allenthalben zum Ruhm geführt hat. Viele entgegneten ihm darauf: Was unseren hochedlen König Artus angeht, so lieben wir ihn ebenso wie Ihr, aber Königin Ginevra mögen wir nicht, weil sie gute Ritter ins Verderben bringt. Edle Herren, sagte Sir Bors, mir scheint, ihr sprecht nicht, wie ihr sprechen solltet, denn solange ich lebe, habe ich noch nie bemerkt oder sagen hören, daß sie einem guten Ritter Verderben gebracht hätte. Vielmehr war sie, soweit ich weiß, zu allen Zeiten eine Stütze edler Ritter. Sie war immer mild undd freigebig gegen gute Ritter mit allem, was sie besaß, und mit ihren Gaben und ihrer Gunst war sie die großherzigste Dame, die ich je gesehen oder von der ich je gehört habe. Deshalb würden wir alle schändlich handeln, wenn wir zuließen, daß die Gemahlin unseres hochedlen Königs einen schmählichen Tod stirbt. Ihr sollt wissen, fuhr Sir Bors fort, ich werde dies nicht dulden. Und ich möchte behaupten, die Königin ist nicht schuld am Tod von Sir Patrise, denn sie hatte nie etwas gegen ihn oder einen anderen der vierundzwanzig Ritter, die an dem Essen teilnahmen. Ich bin überzeugt, sie hat uns aus Zuneigung zu dem Mahl geladen und nicht in böser Absicht, und der Beweis dafür wird zweifellos erbracht werden, denn wie die Sache auch ausgeht, es war Verrat unter uns. Darauf sagten einige zu Sir Bors: Wir können Euern Worten wohl glauben. Und so waren einige von ihnen froh und andere nicht.

WIE AM FESTGESETZTEN TAG SIR BORS SICH RÜSTETE, UM FÜR DIE KÖNIGIN ZU KÄMPFEN, UND WIE DIES EIN ANDERER FÜR IHN ÜBERNAHM.

Am Vorabend des Tages, an dem der Kampf stattfinden sollte, ließ die Königin Sir Bors zu sich kommen und fragte ihn, was er zu tun gedenke. Wahrlich, hohe Frau, antwortete er, ich werde tun, was ich Euch versprochen habe, das heißt, ich werde Euch nicht im Stich lassen, falls nicht ein besserer Ritter als ich erscheint, der für Euch kämpfen will. Dann, hohe Frau, bin ich meines Versprechens ledig. Darf ich dies dem hohen Herrn Artus berichten? fragte die Königin. Macht das, wie Ihr wollt, hohe Frau. Da ging die Königin zum König und überbrachte ihm die Antwort von Sir Bors. Zweifelt nicht an Sir Bors, sagte der König, ich halte ihn für einen der besten Ritter der Welt und den zuverlässigsten Mann. So brach der Morgen an, und der König und die Königin und alle Ritter, die zur Zeit am Hof waren, machten sich auf den Weg nach der Wiese bei Westminster, auf der der Kampf stattfinden sollte. Als der König mit der Königin und vielen Rittern der Tafelrunde angekommen war, wurde die Königin in den Gewahrsam des Burgvogtes gegeben und auf einem eisernen Gerüst ein großer Scheiterhaufen errichtet, denn falls Sir Mador de la Porte den Sieg davontrug, sollte sie verbrannt werden. Es war nämlich in jenen Tagen Brauch, daß weder Gunst noch Liebe oder Verwandtschaft zählten, sondern ein gerechtes Urteil gefällt wurde, und zwar über einen König ebenso wie über einen Ritter und über eine Königin wie über eine arme Edelfrau. Mittlerweile traf Sir Mador de la Porte ein und schwor vor dem König, daß die Königin an seinem Vetter Sir Patrise Verrat begangen habe. Das wolle er im Kampf Mann gegen Mann jedem beweisen, der es bestreite. Kurz danach kam Sir Bors von Ganis und sprach: Königin Ginevra ist im Recht, und mit meinen Händen will ich beweisen, daß sie des Verrats nicht schuldig ist, den man ihr vorwirft. Dann mache dich bereit, sagte Sir Mador, und es wird sich zeigen, ob du im Recht bist oder ich. Sir Mador, erwiderte Sir Bors, ich kenne Euch als einen wackeren Ritter, dennoch fürchte ich Euch nicht allzusehr, sondern ich vertraue auf Gott, daß ich imstande sein werde, Eurer Bosheit standzuhalten. Ich habe meinem hohen Herrn Artus und meiner Königin versprochen, daß ich in dieser Sache bis zum Äußersten kämpfen werde, falls nicht ein besserer Ritter kommt als ich und an meine Stelle tritt. Ist das alles? fragte Sir Mador. Entweder du stellst dich mir jetzt zum Kampf, oder du verzichtest. Nehmt Euer Pferd, versetzte Sir Bors, und ich denke, Ihr werdet nicht lange warten müssen, bis Euch Antwort zuteil wird. Danach zogen sie sich in ihre Zelte zurück und rüsteten sich, wie sie es für das beste hielten, und stiegen in den Sattel. Zuerst erschien Sir Mador auf dem Kampfplatz, den Schild über der Schulter und die Lanze in der Hand. Er ritt auf und ab und rief Artus zu: Heißt Euern Kämpen herauskommen, wenn er es wagt. Da schämte sich Sir Bors und nahm am Ende der Schranken Aufstellung. In diesem Augenblick sah er einen gewappneten Ritter auf einem weißen Pferd und mit einem seltsamen Schild und einem fremden Wappen in aller Eile aus dem Wald herausgesprengt kommen. Bei Sir Bors hielt er an und sprach: Edler Ritter, ich bitte Euch, seid nicht erzürnt, doch dieser Kampf gehört einem besseren Ritter als Euch, also zieht Euch bitte zurück. Wißt, ich habe heute einen langen Ritt hinter mir. Diesen Kampf sollte ich führen, das gelobte ich Euch, als ich kürzlich mit Euch sprach, und von ganzem Herzen danke ich Euch für Euern guten Willen. Da ritt Sir Bors zu König Artus und teilte ihm mit, es sei ein Ritter gekommen, der den Kampf für die Königin ausfechten wolle. Was für ein Ritter ist es? fragte der König. Ich weiß es nicht, antwortete Sir Bors, aber er hatte mir versprochen, heute hier zu sein. Und nun, mein König, sagte Sir Bors, bin ich entlassen.

WIE SIR LANZELOT FÜR DIE KÖNIGIN GEGEN SIR MADOR KÄMPFTE, UND WIE ER SIR MADOR BESIEGTE UND DIE KÖNIGIN RECHTFERTIGTE. ❧ Da rief der König jenen Ritter zu sich und fragte ihn, ob er für die Königin kämpfen wolle. Deshalb bin ich hergekommen, antwortete er, und nun, Herr König, haltet mich nicht länger auf, denn ich habe wenig Zeit. Sobald ich diesen Kampf ausgefochten habe, muß ich weiterziehen, denn ich habe anderenorts viel zu tun. Doch ich sage euch, fuhr der Ritter fort, es ist eine Schande für euch Ritter von der Tafelrunde, zu dulden, daß eine so edle Dame und herrliche Frau wie Königin Ginevra bei euch getadelt und geschmäht wird. Da wunderten sich alle, was für ein Ritter das sein mochte, der diesen Kampf auf sich nahm, denn keiner von ihnen erkannte ihn, außer Sir Bors. Schließlich sprach Sir Mador de la Porte zum König: Nun laßt mich endlich wissen, mit wem ich kämpfen soll. Dann nahmen sie jeder am anderen Ende des Kampfplatzes Aufstellung, legten die Lanze ein und sprengten mit aller Kraft gegeneinander, und Sir Madors Lanze barst in Stücke, die Lanze seines Gegners aber hielt und stieß Sir Madors Pferd samt dem Reiter mit großem Schwung rückwärts zu Boden. Aber kraftvoll und rasch machte sich Sir Mador von seinem Pferd frei, nahm den Schild vor und zog das Schwert und forderte den anderen Ritter auf, abzusteigen und zu Fuß mit ihm zu kämpfen. Der andere sprang aus dem Sattel wie ein tapferer Mann und nahm ebenfalls Schild und Schwert zur Hand. Dann hieben sie mächtig aufeinander ein und versetzten sich gegenseitig viele scharfe Streiche und gingen vorwärts und rückwärts und hieben und stachen und schwangen die Klingen. Wütend wie zwei wilde Tiere fochten sie fast eine Stunde lang, denn Sir Mador war ein starker Ritter und in vielen harten Kämpfen wohlerprobt. Aber schließlich zwang ihn sein Gegner in die Knie und schritt auf ihn zu, um ihn vollends zu Boden zu werfen. Da sprang Sir Mador plötzlich wieder auf, und wie er sich erhob, stach er den Ritter in den Schenkel, daß das Blut herausschoß. Als der Ritter die Wunde spürte und sein Blut fließen sah, ließ er Sir Mador wieder auf die Füße kommen und versetzte ihm dann einen solchen Hieb über den Helm, daß er ihn der Länge nach zu Boden streckte. Rasch bückte er sich, um ihm den Helm vom Kopf zu reißen. Da bat Sir Mador den Ritter, sein Leben zu schonen, und er bekannte sich besiegt und nahm seine Anschuldigungen gegen die Königin zurück. Ich schenke dir dein Leben nicht, erwiderte der Ritter, wenn du die Königin nicht für immer freisprichst und wenn du nicht gelobst, auf dem Grabstein von Sir Patrise jede Bemerkung zu unterlassen, Königin Ginevra hätte irgend etwas mit diesem Verrat zu tun gehabt. All das soll geschehen, sagte Sir Mador, ich trete öffentlich und für immer von meinem Streit zurück. Danach wurde Sir Mador von seinem Knappen in sein Zelt geführt, und der andere Ritter begab sich geradenwegs zu der Tribüne, auf der König Artus saß. Mittlerweile war die Königin zum König gekommen, und die beiden küßten einander vor Freude. Als der König den Ritter sah, beugte er sich zu ihm herunter und dankte ihm, und das gleiche tat die Königin; und der König bat ihn, den Helm abzunehmen und zur Erfrischung einen Becher Wein zu trinken. Wie er den

Helm absetzte, erkannte jeder Ritter in ihm Sir Lanzelot vom See. Sogleich nahm der König die Königin bei der Hand und ging zu Sir Lanzelot und sprach: Herr, habt Dank für die große Tat, die Ihr heute für mich und meine Königin vollbracht habt. Mein König, antwortete Sir Lanzelot, Ihr wißt, es ist meine Pflicht, in jedem Streit für Euch und für meine Herrin, die Königin, zu kämpfen, denn Ihr habt mich in den hohen Orden der Ritterschaft aufgenommen. An jenem Tag erwies mir Eure Königin große Huld, sonst wäre ich in Schande gekommen. An dem Tag, an dem Ihr mich zum Ritter schlugt, verlor ich durch meine Hast das Schwert, und Eure Königin fand es und gab es mir, als ich es brauchte, sonst wäre ich unter allen Rittern in Schmach gefallen. Darum, mein hoher Herr Artus, gelobte ich ihr an diesem Tage, im Recht oder im Unrecht stets ihr Ritter zu sein. Nehmt meinen Dank für diese Tat, sagte der König, und seid versichert, ich werde Euern Freundesdienst lohnen. Die ganze Zeit über schaute die Königin Sir Lanzelot an und weinte so aus Herzensgrund, daß sie vor Leid fast zu Boden sank, weil Lanzelot ihr einen solchen guten Dienst erwiesen hatte, wo sie doch so unfreundlich gegen ihn gewesen war. Danach traten die Ritter seiner Sippe zu ihm und begrüßten ihn mit großer Freude, und alle Ritter der Tafelrunde, die anwesend waren, hießen ihn willkommen. Sir Mador aber gab man in ärztliche Pflege, und Sir Lanzelots Wunde wurde geheilt. Und nun herrschten Freude und Frohsinn am Hof.

WIE DURCH DAS FRÄULEIN VOM SEE DIE WAHRHEIT BEKANNT WURDE UND VON VERSCHIEDENEN ANDEREN DINGEN. Eines Tages kam das Fräulein vom See, die Nimue hieß und mit dem wackeren Ritter Sir Pelleas verheiratet war, an den Hof. Sie hatte König Artus und allen seinen Rittern durch ihre Magie und Zauberkunst immer große Dienste erwiesen. Als sie hörte, daß die Königin wegen des Todes von Sir Patrise in Bedrängnis war, eröffnete sie allen, daß sie keine Schuld daran trug. Sie nannte als Täter Sir Pinel und erklärte, aus welchem Grunde er es getan hatte. So war die Königin von dem Verdacht befreit, und der Ritter Pinel floh in sein Land. Da wußten alle, daß Sir Pinel bei dem Festmahl die Äpfel vergiftet hatte, um Sir Gawein zu töten, weil Sir Gawein und seine Brüder Sir Lamorak von Wales erschlagen hatten, der ein Vetter Sir Pinels war. Sir Patrise wurde in der Westminster-Abtei bestattet, und auf seinem Grabmal stand: Hier liegt Sir Patrise von Irland, umgebracht von Sir Pinel le Savage, der Äpfel vergiftete, um Sir Gawein zu töten. Durch unglücklichen Zufall aß Sir Patrise einen von diesen Äpfeln und barst danach auseinander. Ferner wurde in der Grabschrift vermerkt, daß Königin Ginevra wegen des Todes von Sir Patrise durch Sir Mador de la Porte des Verrats bezichtigt worden war und daß Sir Lanzelot mit ihm kämpfte und ihn im Zweikampf bezwang. All dies sollte dazu dienen, die Königin von jedem Verdacht zu reinigen. Sir Mador warb lange Zeit täglich um die Gunst der Königin, die er mit Sir Lanzelots Hilfe schließlich erlangte, und damit war alles vergeben. So verging die Zeit bis zum Tage Mariä Himmelfahrt. Zwei Wochen vor dem Fest ließ der König ein großes Turnier ausrufen. Es sollte in Camelot, das ist Winchester, stattfinden. Der König ließ verkünden, er und der König der Schotten würden gegen alle kämpfen, die sich ihnen stellen wollten. Diesem Aufruf folgten viele Ritter. Es kamen der König von Nordwales, König Anguish von Irland, der König mit den hundert Rittern, der hohe Prinz Galahalt, der König von Northumberland und viele edle Herzöge und Grafen aus verschiedenen Ländern. Und König Artus rüstete sich für dieses Turnier und wollte seine Königin mitnehmen, aber sie lehnte ab und sagte, sie sei krank und könne nicht reiten. Das bedauere ich sehr, entgegnete der König, denn in den letzten sieben Jahren war keine so edle Schar beisammen, ausgenommen an dem Pfingstfest, als Galahad von unserem

Hofe fortzog. Wahrlich, antwortete die Königin, Ihr müßt meine Entschuldigung annehmen, ich kann nicht mitgehen, und das tut mir leid. Viele meinten, die Königin wollte wegen Sir Lanzelots vom See nicht teilnehmen, denn der war auch nicht bereit, den König zu begleiten, und erklärte, die Wunde, die ihm Sir Mador geschlagen habe, sei noch nicht verheilt. Darüber war der König betrübt und sehr zornig. So ritt er mit seinem Gefolge nach Winchester. Unterwegs nahm der König in einer Stadt namens Astolat Quartier, die jetzt auf englisch Guildford heißt, und er verbrachte die Nacht auf der Burg. Nachdem der König weggeritten war, ließ die Königin Sir Lanzelot zu sich rufen und sprach zu ihm: Sir Lanzelot, Ihr seid sehr zu tadeln, daß Ihr zurückbleibt, wenn mein Gemahl fortreitet. Was, meint Ihr, werden Eure und meine Feinde sagen und denken? Nichts anderes als: Seht, wie Sir Lanzelot und die Königin immer zurückbleiben, wenn der König fort ist, damit sie ihre Lust aneinander stillen können. Das werden sie sagen, sprach die Königin, zweifelt nicht an meinen Worten.

WIE SIR LANZELOT NACH ASTOLAT RITT UND EINE SCHLEIFE ERHIELT, DIE ER AUF BITTEN EINER JUNGFRAU AN SEINEM HELM TRAGEN SOLLTE. ❧ Edelste Frau, erwiderte Sir Lanzelot, ich sehe, Ihr seid neuerdings klug geworden. Deshalb will ich mich diesmal von Euerm Rat leiten lassen und heute nacht ruhen und mich morgen zeitig auf den Weg nach Winchester machen. Aber ich sage Euch, ich werde auf dem Turnier gegen den König und seine ganze Gefolgschaft stehen. Das könnt Ihr halten, wie Ihr wollt, antwortete die Königin, aber wenn Ihr meinem Rat folgt, so kämpft nicht gegen Euern König und Eure

Gefährten, denn unter ihnen sind viele treffliche Ritter Eurer eigenen Sippe, wie Ihr wohl wißt, ich brauche sie nicht aufzuzählen. Hohe Frau, entgegnete Sir Lanzelot, ich bitte Euch, zürnt mir nicht, aber ich will jedes Abenteuer auf mich nehmen, das Gott mir schickt. Am anderen Morgen hörte Sir Lanzelot zeitig die Messe, frühstückte und nahm Abschied von der Königin und brach auf. Schnell ritt er dahin und erreichte gegen Abend Astolat und kam zur Burg eines alten Barons, der Sir Bernard von Astolat hieß. Als Sir Lanzelot dort Quartier nahm, erblickte ihn König Artus, der in einem Garten neben der Burg spazierenging, und er erkannte ihn wohl. Wie gut, sagte König Artus zu den Rittern, die bei ihm in dem Garten waren, jetzt habe ich einen Ritter gesehen, der bei dem Turnier, zu dem wir jetzt gehen, seinen Mann stehen wird. Ja, ich möchte behaupten, er wird wunderbare Taten vollbringen. Wer ist das, bitte sagt es uns! riefen viele der Ritter. Das werdet ihr von mir jetzt noch nicht erfahren, entgegnete der König. Und lächelnd begab er sich in seine Gemächer. Als Sir Lanzelot in seinem Zimmer war und den Harnisch abgelegt hatte, kam der alte Baron zu ihm, um ihm seine Aufwartung zu machen und ihn auf die beste Art willkommen zu heißen, aber er erkannte Sir Lanzelot nicht. Edler Herr, sagte Sir Lanzelot zu seinem Gastgeber, ich möchte Euch bitten, mir einen Schild zu leihen, den nicht jedermann kennt, denn meiner ist allzu bekannt. Herr, antwortete er, Ihr sollt haben, was Ihr begehrt, denn mir scheint, Ihr seid einer der stattlichsten Ritter, die es gibt, und deshalb will ich Euch einen Freundesdienst erweisen. Ich habe nämlich zwei Söhne, die erst kürzlich zum Ritter geschlagen worden sind. An diesem Tage wurde der älteste, Sir Tirre, verwundet, so daß er nicht reiten kann. Seinen Schild könnt Ihr haben, denn der ist, das darf ich sagen, nur hier und sonst an keinem anderen Ort bekannt. Mein jüngster Sohn heißt Lavaine. Wenn es Euch recht ist, soll er Euch zu dem Turnier begleiten. Er ist für sein Alter stark und tapfer. In meinem Herzen fühle ich, daß Ihr ein edler Ritter seid, deshalb nennt mir bitte Euern Namen. Das müßt Ihr mir jetzt erlassen, versetzte Sir Lanzelot. Wenn Gott mir in dem Turnier Erfolg schenkt, komme ich zurück und sage ihn Euch. Ich bitte Euch jedoch, fuhr Sir Lanzelot fort, laßt Euern Sohn Sir Lavaine mit mir ziehen und gebt mir den Schild seines Bruders. All das soll geschehen, sagte Sir Bernard. Nun hatte dieser alte Baron aber eine Tochter namens Elaine le Blank, die die schönste Jungfrau von Astolat genannt wurde. Sie schaute Sir Lanzelot mit zärtlichen Blicken unverwandt an und wurde von so heißer Liebe zu ihm ergriffen, daß sie ihn bat, bei dem Turnier ein Pfand von ihr zu tragen. Schönes Fräulein, antwortete Sir Lanzelot, wenn ich Euch das gewährte, dürftet Ihr sagen, daß ich Euch zuliebe mehr täte, als ich je für eine Dame oder ein Fräulein getan habe. Dabei erinnerte er sich, daß er verkleidet zu dem Turnier gehen wollte. Und da er noch nie zuvor irgendein Zeichen einer Dame getragen hatte, beschloß er, diesmal eines von ihr anzunehmen, damit ihn keiner von seiner Sippe erkennen sollte, und er sagte: Edles Fräulein, ich bin bereit, ein Zeichen von Euch an meinem Helm zu tragen. Was ist es? Zeigt es mir. Herr, erwiderte sie, es ist eine scharlachrote Schleife, schön mit großen Perlen bestickt. Sogleich brachte sie ihm die Schleife. Lanzelot nahm sie und sagte: Noch nie habe ich so viel für ein Fräulein getan. Dann gab Lanzelot der schönen Jungfrau seinen Schild in Verwahrung und bat sie, ihn aufzuheben, bis er wiederkomme. Sir Lanzelot vom See wurde an diesem Abend fröhliche Rast und gute Aufnahme zuteil, denn solange sie nur durfte, blieb das Fräulein Elaine in seiner Nähe.

Kap. 10

WIE DAS TURNIER IN WINCHESTER ANFING, UND WELCHE RITTER DARAN TEILNAHMEN. Nachdem nun König Artus drei Tage in Astolat geweilt hatte, um auf seine edlen Ritter zu warten, brach er eines Morgens in aller Frühe auf. Da rüsteten sich auch Sir Lanzelot und Sir Lavaine. Beide trugen einen weißen Schild, und Sir Lanzelot nahm die rote Schleife mit sich. Sie nahmen Abschied von Sir Bernard, dem alten Baron, und seiner Tochter, der schönen Jungfrau von Astolat, und ritten, bis sie nach Winchester kamen. Dort waren schon viele Könige, Herzöge, Grafen und Barone und zahllose edle Ritter eingetroffen. Durch Vermittlung von Sir Lavaine wurde Sir Lanzelot heimlich bei einem reichen Bürger untergebracht, so daß niemand in der Stadt erfuhr, wer sie waren. Dort blieben sie bis Mariä Himmelfahrt, wo das große Fest stattfinden sollte. Dann bliesen die Trompeten zum Streit, und König Artus nahm auf einer hohen Tribüne Platz, um zu sehen, wer am besten kämpfte. Der König erlaubte nicht, daß Sir Gawein von seiner Seite wich, denn dieser hatte noch nie den Sieg davongetragen, wenn Sir Lanzelot auf dem Kampfplatz war, und oftmals war Sir Gawein bezwungen worden, wenn Lanzelot verkleidet zu einem Turnier kam. Dann nahmen einige Könige, wie König Anguish von Irland und der König der Schotten, auf der Seite des Königs Artus Aufstellung. Auf die andere Seite traten der König von Nordwales und der König mit den hundert Rittern und der König von Northumberland und der hohe Prinz Sir Galahalt. Aber diese drei Könige und der Herzog waren zu schwach, um sich gegen die Partei des Königs Artus zu behaupten, denn zu ihm hielten die wackersten Ritter der Welt. Dann ritten die beiden Scharen auseinander und jeder rüstete sich aufs beste, um möglichst gut abzuschneiden. Auch Sir Lanzelot machte sich bereit und befestigte die rote Schleife an seinem Helm. Mit Sir Lavaine brach er heimlich von Winchester auf und ritt in ein Laubwäldchen, hinter die Partei der Gegner von König Artus, und dort verhielten sie sich still, bis der Kampf begann. Der König der Schotten warf den König von Northumberland nieder und der König mit den hundert Rittern König Anguish von Irland. Darauf stieß Sir Palamides, der auf Artus' Seite stand, mit Sir Galahalt zusammen, und sie warfen sich gegenseitig zu Boden, und jede Partei half ihrem Herren wieder in den Sattel. Darauf griffen beide Seiten stürmisch an. Fünfzehn Ritter von der Tafelrunde und einige andere schlugen den

König von Northumberland und den König von Nordwales zurück. Als Sir Lanzelot das sah, während er sich in dem Laubwäldchen versteckt hielt, sagte er zu Sir Lavaine: Seht, dort ist eine Schar von wackeren Rittern, sie halten zusammen wie Eber, die von Hunden gejagt werden. Das ist wahr, antwortete Sir Lavaine.

WIE SIR LANZELOT UND SIR LAVAINE GEGEN DIE PARTEI DES KÖNIGS ARTUS AUF DEN KAMPFPLATZ RITTEN, UND WIE LANZELOT VERWUNDET WURDE.

Nun, sagte Sir Lanzelot, wenn Ihr mir ein wenig beistehen wollt, werdet Ihr sehen, wie jene Schar, die diese Ritter jetzt auf uns zutreibt, bald ebenso schnell zurückweicht, wie sie gegen uns vorrückte. Herr, schont mich nicht, entgegnete Sir Lavaine, ich werde tun, was in meinen Kräften steht. Da ritten Sir Lanzelot und Sir Lavaine in das dichteste Gedränge, und Sir Lanzelot warf mit einer einzigen Lanze Sir Brandiles, Sir Sagramore, Sir Dodinas, Sir Kay und Sir Griflet zu Boden, und Sir Lavaine streckte Sir Lucas den Kellermeister und Sir Bedivere nieder. Dann nahm Sir Lanzelot eine neue Lanze und stieß Sir Agrawein, Sir Gaheris, Sir Mordred und Sir Meliot von Logris nieder, und Sir Lavaine bezwang Sir Ozanna le Cure Hardy. Darauf nahm Sir Lanzelot sein Schwert und hieb nach rechts und nach links und warf mit großer Kraft Sir Safere, Sir Epinogris und Sir Galleron vom Pferd. Die Ritter von der Tafelrunde zogen sich zurück, nachdem sie sich ihre Pferde wieder verschafft hatten, soweit es ging. Barmherziger Jesus, rief Sir Gawein, was ist das für ein Ritter, der so wunderbare Waffentaten vollbringt? Ich weiß wohl, wer es ist, erwiderte König Artus, aber vorerst will ich es nicht sagen. Herr König, fuhr Sir Gawein fort, nach der Art, wie er reitet und seine Streiche austeilt, würde ich sagen, es ist Sir Lanzelot, aber anscheinend ist er es doch nicht, denn er trägt eine rote Schleife an seinem Helm, und ich weiß, daß er niemals bei einem Turnier das Pfand einer Dame getragen hat. Laßt gut sein, antwortete König Artus, er wird sich besser zu erkennen geben und mehr vollbringen, ehe das Turnier zu Ende ist. Die Gegner von König Artus aber waren frohen Mutes und hielten sich nun gut, sosehr sie vorher bedrängt gewesen waren. Da riefen Sir Bors, Sir Ector von Maris und Sir Lionel die Ritter ihrer Sippe zu sich, wie Sir Blamore von Ganis, Sir Bleoberis, Sir Aliduke, Sir Galihud, Sir Galihodin, Sir Bellangere le Beuse. Diese neun Ritter aus Lanzelots Geschlecht warfen sich mächtig in den Kampf, denn sie waren alle wackere Männer. Aus großem Haß und Zorn trachteten sie danach, Sir Lanzelot und Sir Lavaine zu verderben, die sie nicht erkannten. Sie kämpften verbissen und streckten viele Ritter von Nordwales und Northumberland nieder. Als Sir Lanzelot sie so wüten sah, nahm er eine Lanze zur Hand. In diesem Augenblick stießen Sir Bors, Sir Ector und Sir Lionel alle zugleich mit ihren Lanzen nach ihm. Mit ihrer vereinten Kraft warfen sie Sir Lanzelots Pferd in den Sand, und durch Mißgeschick traf Sir Bors Sir Lanzelot durch den Schild hindurch in die Seite, daß die Lanze brach und die Spitze stecken blieb. Als Sir Lavaine seinen Herrn auf der Erde liegen sah, sprengte er gegen den König der Schotten und warf ihn nieder. Mit Gewalt entriß er ihm das Pferd, führte es Sir Lanzelot zu, und allen zum Trotz half er ihm in den Sattel. Dann ergriff Sir Lanzelot eine Lanze und stieß Sir Bors samt seinem Pferd zu Boden. Auf die gleiche Weise verfuhr er mit Sir Ector und Sir Lionel, und Sir Lavaine warf Sir Blamore von Ganis nieder. Danach zog Sir Lanzelot das Schwert, aber seine schmerzende Wunde ließ ihn glauben, er wäre dem Tode nahe. Dennoch versetzte er Sir Bleoberis einen solchen Hieb über den Helm, daß er ohnmächtig zur Erde stürzte. Ebenso bediente er Sir Aliduke und Sir Galihud. Und Sir Lavaine schlug Sir Bellangere nieder, den Sohn Alisanders le Orphelin. Mittlerweile saß Sir Bors wieder im Sattel und hieb gleichzeitig mit Sir Ector und Sir Lionel mit dem Schwert auf Sir Lanzelots Helm. Als dieser ihre Streiche und seine Wunde spürte, die ihn so schmerzte, beschloß er, sich mit aller Kraft zu wehren, solange er noch durchzuhalten vermochte. Er versetzte Sir Bors einen solchen Schlag, daß sein Kopf ganz heruntersank, und er riß ihm den Helm ab und hätte ihn erschlagen können. Doch er stieß ihn nur zu Boden und brachte dann Sir Ector und Sir Lionel in gleicher Weise zu Fall. Er hätte sie töten können, aber als er ihr Gesicht sah, brachte er es nicht übers Herz, und so ließ er sie liegen. Danach stürzte er sich in das dichteste Getümmel und vollbrachte zusammen mit dem wackeren Ritter Sir Lavaine die wunderbarsten Waffentaten, die je ein Mensch gesehen oder von denen er je gehört hat. Mehr als dreißig Ritter schlug Sir Lanzelot mit dem Schwert nieder, die meisten von ihnen waren Mitglieder der Tafelrunde. Auch Sir Lavaine hielt sich sehr tapfer und trug über zehn Ritter der Tafelrunde den Sieg davon.

WIE SIR LANZELOT UND SIR LAVAINE DAS TURNIER VERLIESSEN, UND IN WELCHER GEFAHR SICH LANZELOT BEFAND. ❧ Barmherziger Jesus, sagte Sir Gawein zu Artus, ich möchte wissen, wer der Ritter mit der roten Schleife ist. Herr, antwortete König Artus, das werdet Ihr noch erfahren, bevor er wegreitet. Dann ließ der König das Schlußsignal blasen, und die Herolde erkannten dem Ritter mit dem weißen Schild und der roten Schleife den Preis zu. Da traten der König mit den hundert Rittern, der König von Nordwales, der König von Northumberland und der hohe Prinz Sir Galahalt zu Sir Lanzelot und sprachen: Edler Ritter, Gott segne Euch, Ihr habt heute viel für uns getan. Deshalb bitten wir Euch, mit uns zu kommen und die Ehre und den Preis zu empfangen, wie Ihr es rühmlich verdient habt. Meine edlen Herren, erwiderte Sir Lanzelot, wenn ich Dank verdient habe, so habe ich ihn teuer erkauft, und das bereue ich, denn ich werde wohl nicht mit dem Leben davonkommen. Darum, ihr edlen Herren, bitte ich euch, laßt mich ziehen, wohin ich will. Ich bin schwer verwundet. Ich mache mir nichts aus dieser Ehre, und ich möchte mich lieber ausruhen als Herr der ganzen Welt sein. Nach diesen Worten stöhnte er qualvoll, und dann ritt er in scharfem Galopp davon, bis er einen Waldrand erreichte. Dort war er fast eine Meile vom Kampfplatz entfernt und sicher, nicht gesehen zu werden, und er sagte mit lauter Stimme: O edler Ritter Sir Lavaine, helft mir, diese Lanzenspitze aus meiner Seite zu ziehen, denn sie schmerzt mich so, daß sie mich fast umbringt. Mein Herr und Gebieter, antwortete Sir Lavaine, ich würde Euch gern diesen Gefallen tun, aber ich fürchte sehr, daß Ihr in Lebensgefahr geratet, wenn ich die Spitze herausziehe. Ich befehle Euch, sagte Sir Lanzelot, wenn Ihr mich liebt, zieht sie heraus. Darauf stiegen sie beide vom Pferd, und sogleich entfernte Sir Lavaine die Lanzenspitze. Sir Lanzelot stieß einen lauten Schrei aus und ein gräßliches Stöhnen, und ein Strom von Blut schoß aus der Wunde, daß er sich niedersetzen mußte und blaß und sterbenselend in Ohnmacht sank. Ach, rief Sir Lavaine, was soll ich tun? Dann drehte er Sir Lanzelot so, daß er gut Luft bekam, aber er lag fast eine halbe Stunde wie tot. Schließlich schlug er die Augen auf und sagte: O Lavaine, helft mir auf mein Pferd, denn kaum zwei Meilen von hier lebt ein freundlicher Einsiedler, der einst ein sehr edler Ritter mit reichen Besitzungen war. Aus großer Frömmigkeit hat er freiwillig Armut auf sich genommen und seinen Ländereien entsagt. Sein Name ist Baldwin von Britannien. Er ist ein sehr guter Wundarzt und Heilkundiger. Helft mir nun auf und seht zu, daß ich hinkomme, denn mein Herz gibt mir Hoffnung, ich werde von der Hand meines Blutsverwandten nicht sterben. Mit großer Mühe half ihm Sir Lavaine in den Sattel, und sie ritten im Galopp dahin. Und immer tropfte das Blut aus Sir Lanzelots Wunde zur Erde. Ein glückliches Geschick führte sie zu der Einsiedelei, die an einem Wald neben einem hohen Felsen lag und an der ein munteres Wasser vorbeifloß. Sir Lavaine schlug mit dem Lanzenende an das Tor und rief laut: Macht auf, um Jesu willen! Da kam ein Knabe heraus und fragte, was sie begehrten. Liebes Kind, sagte Sir Lavaine, geh und bitte deinen Herrn, den Einsiedler, Gott zuliebe einen Ritter einzulassen, der schwer verwundet ist und den ich heute, das sage deinem Herrn, größere Waffentaten vollbringen sah, als ich je von einem Manne rühmen hörte. Rasch lief der Knabe hinein und brachte den Einsiedler heraus, der ein sehr frommer Mann war. Als Sir Lavaine ihn sah, bat er ihn im Namen Gottes um Beistand. Was ist er für ein Ritter? fragte der Einsiedler. Ist er vom Hof des Königs Artus oder nicht? Ich weiß nicht, woher er kommt und wie er heißt, antwortete Sir Lavaine, aber ich weiß, daß ich ihn heute wunderbare Waffentaten verrichten sah. Auf wessen Seite stand er? fragte der Einsiedler. Herr, erwiderte Sir Lavaine, er kämpfte heute gegen König Artus, und er gewann den Preis gegen alle trefflichen Ritter der Tafelrunde. Ich habe das Turnier beobachtet, sagte der Einsiedler, und ich sollte ihn nicht lieben, weil er gegen meinen König Artus stand, denn ich war einmal ein Ritter der Tafelrunde, aber ich danke Gott, daß mein Sinn jetzt auf andere Dinge gerichtet ist. Aber wo ist er? Laßt ihn mich sehen. Da führte Sir Lavaine den Einsiedler zu ihm.

WIE LANZELOT ZU EINEM EINSIEDLER GEBRACHT WURDE, UM VON SEINER WUNDE GEHEILT ZU WERDEN, UND VON ANDEREN DINGEN. ❧ Als der Einsiedler ihn erblickte, wie er jämmerlich blutend gegen den Sattelbogen gelehnt saß, meinte er, ihn zu erkennen, aber da er vor Blutverlust so bleich war, erkannte er ihn nicht. Was für ein Ritter seid Ihr, fragte der Einsiedler, und woher stammt Ihr? Mein edler Herr, antwortete Sir Lanzelot, ich bin ein Fremdling, ein fahrender Ritter, der durch viele Reiche zieht, um Ruhm zu gewinnen. Da besann sich der Einsiedler, und an einer Narbe auf seiner Wange erkannte er Sir Lanzelot. Ach, rief der Einsiedler, mein Gebieter, warum verbergt Ihr Euern Namen vor mir? Ich sollte Euch wahrhaftig kennen, denn Ihr seid der edelste Ritter der Welt. Ich weiß wohl, Ihr seid Sir Lanzelot. Herr, erwiderte dieser, da Ihr mich kennt, helft mir Gott zuliebe, wenn Ihr könnt, denn ich will von meinen Qualen befreit sein, und wenn ich sterben müßte. Habt keine Furcht, sagte der Einsiedler, Ihr sollt leben und wieder gesund werden. Der Einsiedler rief zwei seiner Bediensteten. Sie trugen Lanzelot in das Haus, nahmen ihm den Harnisch ab und legten ihn in ein Bett. Sogleich stillte der Einsiedler ihm das Blut und gab ihm guten Wein zu trinken, der Sir Lanzelot erfrischte und wieder zu sich brachte. Denn damals waren die Einsiedler anders als heute; es gab in jenen Tagen keinen Einsiedler, der nicht ein Mann von Ruhm und Tapferkeit gewesen wäre. Diese Einsiedler übten Gastfreundschaft an jedermann und halfen Menschen, die in Not waren. Lassen wir nun Sir Lanzelot in dieser Einsiedelei, und wenden wir uns König Artus zu. Als die Könige der beiden Parteien zusammenkamen und das große Fest gefeiert werden sollte, fragte König Artus den König von Nordwales und seine Schar, wo der Ritter mit der roten Schleife sei: Bringt ihn vor mich, damit er Lob und Ehre und den Preis empfängt, wie er sich gebührt. Da sprachen der hohe Prinz Sir Galahalt und der König mit den hundert Rittern: Wir fürchten, diesen Ritter hat ein Unheil getroffen, und er wird weder Euch noch einen von uns jemals wiedersehen können. Das ist die bedauerlichste Kunde, die wir je von einem Ritter gehört haben. Wehe, rief König Artus, wie kann das sein, ist er so schwer verwundet? Wie ist sein Name? Wahrhaftig, antworteten sie alle, wir wissen seinen Namen nicht, noch woher er kam und wohin er wollte. Ach, sagte der König, das ist für mich die schlimmste Nachricht, die mich in den letzten sieben Jahren traf. Nicht um alle meine Ländereien wollte ich erfahren, daß dieser edle Ritter erschlagen worden ist. Kennt Ihr ihn? fragten sie alle. Ob ich ihn kenne oder nicht, erwiderte Artus, ihr werdet von mir nicht erfahren, wer es ist, wenn der allmächtige Jesus mir nicht gute Nachricht von ihm sendet. In diese Hoffnung stimmten alle ein. Bei meinem Leben, sagte Sir Gawein, wenn der treffliche Ritter wirklich so schwer verwundet ist, wäre es ein großer Schaden und Jammer für dieses ganze Land. Er ist einer der edelsten Ritter, den ich je im Kampf Lanze und Schwert führen sah. Und falls er zu finden ist, werde ich ihn finden, denn ich bin sicher, er ist nicht weit von dieser Stadt entfernt. Geht behutsam mit ihm um, wenn Ihr ihn findet, sagte König Artus, er könnte in einem solchen Zustand sein, daß er nicht bei vollem Bewußtsein ist. Gott behüte, entgegnete Sir Gawein, aber ich werde erfahren, wer er ist, wenn ich ihn finden kann. Sogleich ritt Sir Gawein mit einem Knappen im Umkreis von sechs oder sieben Meilen rund um Winchester, aber er kam wieder und hatte nichts von Lanzelot gehört. Zwei Tage später kehrte König Artus mit seinem ganzen Gefolge nach London zurück. Dabei traf es sich, daß Sir Gawein in Astolat bei Sir Bernard Quartier nahm, wo auch Sir Lanzelot gewohnt hatte. Als Sir Gawein nun in seinem Zimmer der Ruhe pflegte, kamen der alte Baron und seine Tochter Elaine zu ihm, um mit ihm zu plaudern und Neuigkeiten zu erfahren und zu hören, wer sich auf dem Turnier in Winchester am meisten hervorgetan hatte. Bei Gott, sagte Sir Gawein, da waren zwei Ritter mit weißen Schilden, und einer von ihnen trug eine rote Schleife am Helm. Der war ganz gewiß der beste Ritter, den ich jemals bei einem Turnier kämpfen sah, denn er warf vierzig Ritter der Tafelrunde nieder, und sein Gefährte schlug sich gleichfalls höchst rühmlich. Gott sei gelobt, sagte die schöne Jungfrau von Astolat, daß sich dieser Ritter so bewährt hat, denn er ist der Mann in der Welt, den ich als ersten geliebt habe, und er wird wahrlich der letzte sein, den ich jemals lieben werde. Schönes Mädchen, fragte Sir Gawein, ist dieser wackere Ritter Euer Geliebter? Gewiß, Herr, erwiderte sie, er ist mein Geliebter. Dann wißt Ihr seinen Namen? fragte Sir Gawein. Nein, wahrhaftig, sagte das Fräulein, ich weiß seinen Namen nicht und auch nicht, woher er kommt, aber ich gelobe vor Euch und Gott, daß ich ihn liebe. Wie habt Ihr ihn kennengelernt? fragte Sir Gawein.

WIE SIR GAWEIN BEI DEM HERRN VON ASTOLAT QUARTIER NAHM UND DORT ERFUHR, DASS ES SIR LANZELOT GEWESEN WAR, DER DIE ROTE SCHLEIFE GETRAGEN HATTE. Da erzählte sie ihm, wie sich alles zugetragen hatte und wie ihr Vater dem Ritter ihren Bruder mitgab, damit er ihm diene, und ihm den Schild ihres Bruders Sir Tirre lieh: Seinen eigenen Schild hat er bei mir zurückgelassen und aus welchem Grunde hat er das getan? fragte Sir Gawein. Weil sein Schild bei vielen edlen Rittern zu gut bekannt war, antwortete das Fräulein. Ich bitte Euch, fuhr Sir Gawein fort, laßt mich einen Blick auf diesen Schild werfen. Herr, sagte sie, er liegt in meiner Kammer unter einer Hülle. Wenn Ihr mitkommt, will ich ihn Euch zeigen. Nein, widersprach Sir Bernard, laßt ihn holen! Als der Schild gebracht wurde, nahm Sir Gawein die Hülle ab und erkannte an dem Wappen sogleich, daß es Sir Lanzelots Schild war. Ach, barmherziger Jesus, rief Sir Gawein, nun ist mir das Herz noch schwerer als zuvor. Warum das? fragte Elaine. Dazu habe ich allen Grund, erwiderte Gawein. Ist der Ritter, dem dieser Schild gehört, Euer Geliebter? Ja, fürwahr, sprach sie, er ist mein Geliebter, wollte Gott, ich wäre seine Geliebte. So wahr mir Gott helfe, sagte Gawein, Ihr habt gut gewählt, schönes Fräulein, denn wenn er Euer Geliebter ist, so liebt Ihr den ruhmvollsten Ritter der Welt und den vortrefflichsten Mann. So schien es mir auch, sagte das Fräulein, denn so viele Ritter ich auch bisher sah, vor ihm habe ich keinen anderen gemocht. Gebe Gott, sprach Gawein, daß ihr euch aneinander erfreuen könnt, doch ist das noch sehr unsicher. Trotzdem ist das Glück Euch hold. Ich kenne diesen Ritter seit vierundzwanzig Jahren, und ich habe noch nie gesehen oder sagen hören, dafür stehe ich ein, daß er jemals bei einem Turnier das Pfand einer Dame, einer Edelfrau oder eines Fräuleins getragen hätte. Darum seid Ihr, schöne Jungfrau, ihm zu großem Dank verpflichtet. Aber ich fürchte, Ihr werdet ihn in dieser Welt nicht mehr sehen, und das ist ein großer Jammer. Wehe, rief sie, wie kann das sein, ist er erschlagen worden? Das habe ich nicht gesagt, entgegnete Sir Gawein, aber Ihr sollt wissen, er ist gefährlich verwundet und allen Anzeichen und menschlichem Ermessen nach dem Tode näher als dem Leben. Und nun hört, er ist der edle Ritter Sir Lanzelot, ich erkenne ihn an seinem Schild. Ach, sagte die schöne Jungfrau von Astolat, wie ist er verwundet worden? Da antwortete Sir Gawein: Der Mann, der ihn am meisten liebt, hat ihn so verwundet. Ich bin sicher, wenn jener Ritter das wüßte, es wäre der größte Schmerz, der je sein Herz getroffen hat. Mein lieber Vater, sagte da Elaine, erlaubt mir, ihn zu suchen, sonst verliere ich gewiß darüber den Verstand. Ich will nicht ruhen, bis ich ihn und meinen Bruder Sir Lavaine finde. Handelt so, wie Ihr selbst für richtig haltet, erwiderte ihr Vater, denn die Verwundung dieses edlen Ritters tut mir sehr leid. Da bereiteten sie alles für ihre Abreise vor, und die Jungfrau brach noch vor Sir Gawein auf und klagte über alle Maßen. Am nächsten Morgen kam Sir Gawein zu König Artus und berichtete ihm, wie er Sir Lanzelots Schild bei der schönen Jungfrau von Astolat gefunden hatte. Das wußte ich alles schon, sagte der König. Aus diesem Grunde ließ ich Euch nicht an diesem Turnier teilnehmen. Ich habe gesehen, wie er spätabends in Astolat Quartier nahm. Aber ich staune darüber, daß er das Pfand eines Fräuleins trug, denn das hat er bis jetzt noch nie getan. Bei meinem Leben, antwortete Gawein, die schöne Jungfrau von Astolat liebt Sir Lanzelot über die Maßen. Was das zu bedeuten hat, kann ich nicht sagen, doch ist sie ausgeritten, um ihn zu suchen. Als dann der König und sein Gefolge nach London kamen, machte Sir Gawein dem ganzen Hof bekannt, daß es Sir Lanzelot gewesen war, der den Sieg im Turnier errungen hatte.

VON DEM SCHMERZ, DEN SIR BORS ÜBER LANZELOTS WUNDE EMPFAND, UND DEM ZORN, IN DEN DIE KÖNIGIN GERIET, WEIL LANZELOT DIE SCHLEIFE GETRAGEN HATTE.

Als Sir Bors das hörte, wurde er sehr traurig und die Männer seiner Sippe ebenfalls. Doch als Königin Ginevra erfuhr, daß Sir Lanzelot die rote Schleife der schönen Jungfrau von Astolat getragen hatte, kam sie vor Zorn fast von Sinnen. So schnell es ging, ließ sie Sir Bors von Ganis holen und sprach zu ihm: Ach, Sir Bors, habt Ihr gehört, wie schändlich Sir Lanzelot mich verraten hat? Hohe Frau, antwortete Sir Bors, ich fürchte, er hat sich selber und uns alle verraten. Es wäre nicht schade um ihn, wenn er umkäme, sagte die Königin, denn er ist ein falscher und treuloser Ritter. Frau Königin, erwiderte Sir Bors, ich bitte Euch, sprecht nicht so über ihn, denn ich mag solche Worte über ihn nicht hören. Wie, Sir Bors, entfuhr es der Königin, soll ich ihn nicht einen Verräter nennen, wenn er bei dem großen Turnier in Winchester die rote Schleife an seinem Helm trug? Hohe Frau, entgegnete Sir Bors, ich bedaure sehr, daß er die Schleife trug, aber ich möchte behaupten, er tat es in keiner bösen Absicht, sondern nur, damit ihn keiner von seiner Sippe erkennen sollte. Er hat ja bisher noch nie das Zeichen einer Dame getragen. Schande über ihn, rief die Königin, trotz all seinem Stolz und seiner Prahlerei wart Ihr ihm im Turnier überlegen. Nein, hohe Frau, sagt das nie wieder, denn er hat mich und meine Gefährten geschlagen und hätte uns töten können, wenn er gewollt hatte. Pfui über ihn, sagte die Königin, ich habe Sir Gawein vor meinem Gemahl davon reden hören, welche wunderbare und große Liebe zwischen der schönen Jungfrau von Astolat und Lanzelot bestände. Hohe Frau, erwiderte Sir Bors, ich kann Sir Gawein nicht zu sagen verwehren, was ihm beliebt. Aber ich möchte behaupten, Sir Lanzelot liebt keine Dame, kein Edelfräulein und keine Jungfrau mehr als die andere, er liebt alle in gleicher Weise. Ihr könnt deshalb sagen, was ihr wollt, aber verlaßt Euch darauf, ich werde in aller Eile aufbrechen und ihn suchen, und ich werde ihn finden, wo er auch ist, und Gott sende mir gute Botschaft von ihm. Unterdessen schwebte Sir Lanzelot in Lebensgefahr. Als nun die schöne Elaine nach Winchester kam, suchte sie überall nach ihm. Durch Zufall war Sir Lavaine ausgeritten, um sich zu erholen und sein Pferd in Bewegung zu halten. Als Elaine ihn erblickte, erkannte sie ihn sogleich und rief laut nach ihm. Er kam zu ihr, und sie fragte ihren Bruder, wie es Sir Lanzelot ginge. Wer hat Euch gesagt, Schwester, daß der Name meines Herrn Sir Lanzelot ist? Da erzählte sie ihm, Sir Gawein habe ihn an seinem Schild erkannt. Danach ritten sie zusammen zu der Einsiedelei, und Sir Lavaine führte sie zu Sir Lanzelot hinein. Als sie ihn so krank und bleich in seinem Bett liegen sah, brachte sie kein Wort hervor, sondern sank plötzlich ohnmächtig zu Boden und lag lange bewußtlos. Nachdem sie wieder zu sich gekommen war, seufzte sie und sagte: Ach, Sir Lanzelot, warum hat es Euch so schwer getroffen? Darauf fiel sie erneut in Ohnmacht. Da bat Lanzelot Sir Lavaine, sie aufzuheben: Und bringt sie zu mir. Als sie sich erholt hatte, gab ihr Sir Lanzelot einen Kuß und sprach: Schönes Mädchen, warum seid Ihr so erregt? Ihr macht mir Kummer, deshalb beruhigt Euch wieder, denn wenn Ihr gekommen seid, um mich zu trösten, seid Ihr mir sehr willkommen. Diese kleine Wunde, die ich habe, wird mit Gottes Hilfe bald heilen. Aber ich möchte wissen, wer Euch meinen Namen genannt hat. Da berichtete ihm die schöne Jungfrau, wie Sir Gawein bei ihrem Vater Quartier genommen und ihn an seinem Schild erkannt hatte. Ach, sagte Sir Lanzelot, ich bedaure, daß mein Name bekannt geworden ist, denn ich bin sicher, daraus wird Unheil erwachsen. Im Geiste stellte sich Sir Lanzelot vor, daß Sir Gawein der Königin Ginevra erzählte, wie er die rote Schleife getragen hatte und für wen. Daß dies Ärger geben würde, wußte er wohl. Die Jungfrau Elaine aber wich nicht von Sir Lanzelots Seite, sondern wachte über ihn Tag und Nacht und pflegte ihn mit großer Hingabe. Dann bat Lanzelot Sir Lavaine, in Winchester nach Sir Bors Ausschau zu halten. Er könne ihn an einer Narbe an der Stirn erkennen. Ich bin sicher, sagte Sir Lanzelot, Sir Bors wird nach mir suchen, denn er ist der wackere Ritter, der mich verwundet hat.

WIE SIR BORS LANZELOT SUCHTE UND IHN IN DER EINSIEDELEI FAND UND VON DEN KLAGEN BEIDER. So stellte Sir Lavaine Wachen aus, die auf einen solchen Mann achtgeben sollten, und als Sir Bors von Ganis auf der Suche nach seinem Vetter Lanzelot nach Winchester kam, erfuhr Sir Lavaine davon, ritt zu ihm und sagte ihm, wer er war und wem er diente. Edler Ritter, sprach Sir Bors, ich bitte Euch, bringt mich zu dem hohen Herrn Sir Lanzelot. Herr, antwortete Sir Lavaine, steigt in den Sattel, und noch in dieser Stunde sollt Ihr ihn sehen. Sogleich brachen sie auf und kamen zu der Einsiedelei. Als Bors Sir Lanzelot so bleich in seinem Bett liegen sah, verlor er die Fassung und konnte vor Rührung und Mitleid nicht sprechen, sondern weinte ergriffen lange Zeit. Als er seiner Stimme wieder mächtig war, sprach er: O hoher Herr Sir Lanzelot, Gott segne Euch und sende Euch rasche Genesung. Ich bin voller Trauer über mein Mißgeschick und mein Unglück, denn nun muß ich mich einen Unseligen nennen. Ich fürchte, Gott zürnt mir sehr, weil er mir die Schande zuteil werden ließ, Euch, unser aller Anführer und unser aller Ehre, so zu verwunden. Darum nenne ich mich einen Unseligen. Wehe, daß je ein so niedriger Ritter wie ich die Kraft haben sollte, durch Mißgeschick den edelsten Ritter der Welt zu verwunden. Als ich Euch so schmählich angriff, und noch dazu mit solcher Übermacht, und als Ihr mich hättet töten können, da habt Ihr mich geschont, ich Euch aber nicht, denn ich und die anderen Ritter meiner Sippe kämpften bis zum Äußersten gegen Euch. Ich wundere mich, daß mein Herz und mein Blut mir den Dienst nicht versagten, und deshalb, hoher Herr Sir Lanzelot, bitte ich Euch um Vergebung. Edler Vetter, erwiderte Sir Lanzelot, Ihr seid herzlich willkommen, doch Ihr sprecht zuviel Gutes von mir, und das gefällt mir nicht. Ich habe bekommen, was ich suchte, denn in meinem Stolz wollte ich euch alle besiegen, und nun bin ich durch diesen Stolz beinahe erschlagen worden. Das war meine eigene Schuld, denn ich hätte mich euch zu erkennen geben können, dann wäre ich nicht verwundet worden. Es ist ein altes Sprichwort: Es geht hart zu, wenn Verwandte und Freunde gegeneinander kämpfen. Da gibt es keine Gnade, sondern Kampf auf Leben und Tod. Darum, edler Vetter, hören wir auf, darüber zu reden, und nehmen wir alles so entgegen, wie Gott es uns sendet. Lassen wir die Sache auf sich beruhen und reden wir von etwas Angenehmerem. Was geschehen ist, läßt sich nicht ungeschehen machen. Sehen wir zu, daß ich bald wieder gesund werde. Da beugte sich Sir Bors über sein Bett und erzählte Sir Lanzelot, daß die Königin sehr zornig auf ihn sei, weil er bei dem großen Turnier die rote Schleife getragen hatte. Das kränkt mich sehr, sagte Sir Lanzelot, denn ich habe keinen Zorn verdient, und alles, was ich tat, geschah nur, weil ich nicht erkannt sein wollte. Eben das habe ich zu Eurer Entschuldigung auch vorgebracht, sagte Sir Bors, aber es war alles vergeblich, und sie drückte sich mir gegenüber viel schärfer aus, als ich es hier tue. Aber ist das die schöne Jungfrau von Astolat, die Euch so umsorgt? Ja, entgegnete Sir Lanzelot, ich kann sie auf keine Weise von mir fernhalten. Warum solltet Ihr sie von Euch fernhalten? fragte Sir Bors. Sie ist doch ein sehr schönes, wohlgestaltes und gebildetes Fräulein. Wollte Gott, lieber Vetter, Ihr könntet sie lieben, doch kann und darf ich Euch in dieser Sache keinen Rat geben. Aber an dem Eifer, mit dem sie sich um Euch bemüht, sehe ich wohl, daß sie Euch von ganzem Herzen liebt. Das tut mir leid, erwiderte Sir Lanzelot. Herr, sagte Sir Bors, sie ist nicht die erste, die sich vergeblich um Euch bemüht, und das ist sehr schade. So plauderten sie noch lange von vielen anderen Dingen. Und dann nach drei oder vier Tagen fühlte Sir Lanzelot, daß er von seiner Wunde genesen würde.

Kapitel 17

WIE SIR LANZELOT VERSUCHTE, WIEDER WAFFEN ZU TRAGEN, UND WIE SEINE WUNDE WIEDER AUFBRACH.

Dann berichtete Sir Bors, daß ein großes Turnier zwischen König Artus und dem König von Nordwales verabredet sei. Es sollte am Allerheiligentag bei Winchester stattfinden. Ist das wahr? fragte Sir Lanzelot. Dann müßt Ihr noch ein Weilchen bei mir bleiben, bis ich wieder ganz gesund bin, denn ich fühle mich schon recht stark und kräftig. Dafür sei Gott Dank, erwiderte Sir Bors. So blieben sie fast einen Monat beisammen, und immer bemühte sich die Jungfrau Elaine rastlos bei Tag und Nacht um Sir Lanzelot, daß nie ein Kind um seinen Vater oder ein Weib um seinen Gatten liebevoller besorgt war als die schöne Jungfrau von Astolat. Darum gefiel sie Sir Bors sehr gut. Eines Tages beauftragten Sir Lanzelot,

Sir Bors und Sir Lavaine den Einsiedler, im Wald verschiedene Kräuter zu suchen, und Sir Lanzelot bat die schöne Elaine, für ihn Kräuter für ein Bad mitzubringen. Mittlerweile ließ sich Sir Lanzelot die Rüstung anlegen, denn er wollte erproben, ob ihm seine Wunde erlaubte, Harnisch und Lanze zu tragen, oder nicht. Als er im Sattel saß, legte er die Lanze ein und gab seinem Pferd heftig die Sporen. Das Pferd war ausgelassen und wild, weil es einen Monat lang nicht aus dem Stall gekommen war. Es machte einen gewaltigen Satz, als es die Sporen zu spüren bekam, und er, der auf diesem edelsten Pferd der Welt saß, spannte die Muskeln und zügelte es und behielt dabei die Lanze eingelegt. Um das Pferd vorwärtszutreiben, strengte sich Sir Lanzelot mit solcher Kraft an, daß die Narbe seiner Wunde innen wie außen aufbrach und das Blut so stark herausdrang, daß er sich vor Schwäche nicht mehr im Sattel halten konnte. Da rief Sir Lanzelot: Ach, Sir Bors und Sir Lavaine, zu Hilfe, mein Ende ist nahe! Mit diesen Worten fiel er wie ein toter Mann vom Pferd. Sir Bors und Sir Lavaine sprangen hinzu und jammerten über die Maßen. Es ergab sich, daß die Jungfrau Elaine ihre Klagerufe hörte. Als sie zu der Stelle geeilt kam und Sir Lanzelot in seiner Rüstung am Boden liegen sah, schrie und weinte sie wie von Sinnen. Sie küßte ihn und tat, was sie konnte, um ihn wieder zu sich zu bringen. Ihren Bruder und Sir Bors schalt sie und nannte sie Verräter, weil sie ihn aus dem Bett gelassen hatten, und sie rief, sie seien an seinem Tode schuld. In diesem Augenblick kam der heilige Einsiedler Sir Baldwin von Britannien, und als er Sir Lanzelot in diesem Zustand fand, sagte er nicht viel, aber er war höchst zornig und befahl: Tragt ihn hinein! So brachten sie ihn in die Einsiedelei, nahmen ihm die Rüstung ab und legten ihn ins Bett. Die Wunde blutete immerzu, und er lag reglos da. Schließlich steckte ihm der Einsiedler etwas in die Nase und füllte ihm einen Schluck Wasser in den Mund. Darauf erwachte Sir Lanzelot aus seiner Ohnmacht, und der Einsiedler stillte ihm das Blut. Als Sir Lanzelot wieder sprechen konnte, fragte ihn der

Einsiedler, warum er sein Leben aufs Spiel gesetzt habe. Herr, antwortete Sir Lanzelot, weil ich glaubte, ich wäre wieder stark genug, und weil Sir Bors mir erzählte, daß am Allerheiligentag ein großes Turnier zwischen König Artus und dem König von Nordwales stattfinden soll. Ich wollte erproben, ob ich daran teilnehmen könnte oder nicht. Ach, Sir Lanzelot, sagte der Einsiedler, Euer Kampfgeist und Euer Mut sind bis zu Euerm letzten Tag nicht zu brechen. Aber jetzt hört meinen Rat: Laßt Sir Bors ziehen. Er soll sich bei dem Turnier schlagen, so gut er kann; und wenn das Turnier vorüber ist und er zurückkehrt, werdet Ihr so gesund sein wie er, wenn Ihr meinen Rat befolgt.

WIE SIR BORS HEIMKEHRTE UND KUNDE VON SIR LANZELOT BRACHTE, UND VON EINEM TURNIER UND WEM DER PREIS ZUGESPROCHEN WURDE. ❧ Da rüstete sich Sir Bors, und beim Abschied sagte Sir Lanzelot zu ihm: Lieber Vetter, grüßt alle, die zu grüßen mir zukommt. Und ich bitte Euch, kämpft mit all Eurer Kraft bei dem Turnier, damit Ihr mir zuliebe Sieger werdet. Ich will mit Gottes Gnade hier auf Euch warten, bis Ihr wiederkommt. So brach Sir Bors auf und kam an den Hof des Königs Artus und berichtete ihm, wie er Sir Lanzelot zurückgelassen hatte. Das betrübt mich, sagte der König, aber wenn er am Leben bleibt, wollen wir alle Gott danken. Dann erzählte Sir Bors der Königin, in welche Lebensgefahr Sir Lanzelot geriet, als er wieder zu reiten versuchte. Alles, was er tat, hohe Frau, geschah aus Liebe zu Euch, denn deshalb wollte er an dem Turnier teilnehmen. Pfui über ihn, den treulosen Ritter, rief die Königin, es täte mir leid, wenn er am Leben bliebe. Am Leben wird er bleiben, erwiderte Sir Bors, und wer das anders haben wollte, außer Euch, Frau Königin, dem wollten wir, die wir von seinem Blute sind, das Leben verkürzen helfen. Aber Ihr wart schon oft auf Sir Lanzelot erzürnt, Frau Königin, und am Ende hat er sich immer als ein treuer Ritter erwiesen. Mit diesen Worten schied Sir Bors. Dann rüsteten sich alle Ritter der Tafelrunde, die damals am Hofe weilten, für das Turnier am Allerheiligentag, und aus verschiedenen Ländern kamen viele Ritter an. Als Allerheiligen nahte, erschienen der König von Nordwales, der König mit den hundert Rittern und Sir Galahalt von Surluse, der hohe Prinz. Zu der Partei des Königs Artus kamen König Anguish von Irland, der König von Northumberland und der König von Schottland. Sir Gawein trat zuerst zum Kampf an und vollbrachte große Waffentaten. Die Herolde zählten, daß er zwanzig Ritter niederwarf. Zur gleichen Zeit kam Sir Bors von Ganis auf den Kampfplatz und warf ebenfalls zwanzig Ritter nieder. So wurde der Preis zwischen ihnen geteilt, weil sie zuerst begonnen und am längsten ausgehalten hatten. Sir Gareth vollbrachte auch große Waffentaten und warf dreißig Ritter zu Boden, aber er verweilte danach nicht, sondern entfernte sich und verlor dadurch den Preis. Sir Palamides bezwang an diesem Tage zwanzig Ritter und verschwand danach plötzlich, so daß vermutet wurde, Sir Gareth und er wären zu anderen Abenteuern ausgeritten. Als das Turnier zu Ende war, kehrte Sir Bors zu seinem Vetter Sir Lanzelot zurück. Zu beider großer Freude war Sir Lanzelot wieder auf den Beinen, und Sir Bors berichtete ihm, was sich bei dem Turnier zugetragen hatte. Ich wundere mich, sagte Sir Lanzelot, warum Sir Gareth nicht dageblieben ist, nachdem er solche Waffentaten vollbracht hatte. Darüber wunderten wir uns alle, erwiderte Sir Bors, doch außer Euch, Sir Tristan und Sir Lamorak von Wales habe ich noch nie einen Ritter so viele in so kurzer Zeit niederstrecken sehen wie Sir Gareth. Niemand von uns wußte, wohin er gegangen war. Bei meinem Leben, fügte Sir Lanzelot hinzu, er ist ein edler Ritter und ein starker Mann mit kräftigem Atem. Wenn es darauf ankäme, so wäre er, glaube ich, jedem anderen

Ritter ebenbürtig. Er ist edel und von höfischer Sitte, treu und gütig, mild und freigebig, und in ihm ist kein Falsch, sondern er ist gerade, ehrlich und aufrichtig. Danach rüsteten sie sich, um von dem Einsiedler Abschied zu nehmen. Eines Morgens stiegen sie mit Elaine le Blank zu Pferd. Als sie nach Astolat kamen, wurden sie gut aufgenommen, und Sir Bernard, der alte Baron, und sein Sohn Sir Tirre hießen sie herzlich willkommen.

VON DER GROSSEN KLAGE DER SCHÖNEN JUNGFRAU VON ASTOLAT, ALS LANZELOT WEITERZIEHEN WOLLTE, UND WIE SIE AUS LIEBE ZU IHM STARB. ☙ An dem Tage, an dem Sir Lanzelot weiterziehen wollte, kam die schöne Elaine mit ihrem Vater, Sir Lavaine und Sir Tirre zu ihm und sprach: Hoher Herr Sir Lanzelot, wie ich sehe, wollt Ihr nun fortziehen. Edler und ritterlicher Herr, habt Mitleid mit mir und laßt mich nicht aus Liebe zu Euch sterben. Was soll ich tun? fragte Sir Lanzelot. Ich möchte, daß Ihr mein Gemahl werdet, erwiderte Elaine. Schönes Fräulein, ich danke Euch, antwortete Sir Lanzelot, doch fürwahr, ich bin entschlossen, mich nie zu verehelichen. Wollt Ihr dann, edler Ritter, sagte sie, mein Geliebter sein? Jesus behüte mich, entgegnete Sir Lanzelot, damit würde ich die große Freundschaft Eures Vaters und Eures Bruders schlecht lohnen. Wehe, rief sie, dann muß ich aus Liebe zu Euch sterben. Das sollt Ihr nicht, sagte Sir Lanzelot, denn wißt, schöne Jungfrau, ich hätte in den Stand der Ehe treten können, wenn ich gewollt hätte, aber ich habe nie im Sinn gehabt, mich zu verheiraten. Aber da Ihr mich so liebt, wie Ihr sagt, will ich Euch für Eure Zuneigung und Freundlichkeit auch etwas Gutes erweisen. Wenn Ihr einmal Euer Herz einem wackeren Ritter schenkt, der Euch heiraten will, werde ich Euch und Euern Erben jährlich tausend Pfund geben. Dies ist die Gegengabe, schöne Dame, für Eure Güte, und solange ich lebe, werde ich immer Euer Ritter sein. Von alldem will nichts, erwiderte die Jungfrau, denn wenn Ihr mich nicht heiratet oder wenigstens mein Geliebter werdet, dann, seid gewiß, Sir Lanzelot, werde ich das nicht überleben. Schönes Fräulein, antwortete Sir Lanzelot, Ihr müßt mir verzeihen, wenn ich Euch beides versage. Da schrie sie schrill auf und fiel ohnmächtig zu Boden. Von Frauen wurde sie in ihre Kammer getragen, und dort erhob sie jammervolle Klage. Bevor Sir Lanzelot aufbrach, fragte er Sir Lavaine, was er tun wolle. Was sollte ich anderes tun als Euch folgen, antwortete Sir Lavaine, es sei denn, daß Ihr mich von Euch jagt oder mir befehlt, Euch zu verlassen. Dann kam Sir Bernard zu Sir Lanzelot und sprach zu ihm: Ich bin sicher, meine Tochter Elaine wird um Euretwillen sterben. Daran vermag ich nichts zu ändern, entgegnete Sir Lanzelot, obwohl es mich sehr traurig macht. Ich berufe mich auf Euch, daß mein Anerbieten angemessen ist, und es tut mir leid, daß sie mich so liebt. Dazu habe ich ihr nie Anlaß gegeben, und Euer Sohn wird bestätigen, daß ich ihr weder anfangs noch später Hoffnungen und Versprechungen gemacht habe. Ich stehe als Ritter dafür ein, daß sie, was mich angeht, in Tat und Gedanken nichts anderes ist als eine reine Jungfrau. Ihre Not beklage ich sehr, denn sie ist fürwahr ein schönes, gutes, edles und gebildetes Mädchen. Vater, sagte Sir Lavaine, ich bezeuge, daß Sir Lanzelot ihre Jungfräulichkeit unberührt gelassen hat. Doch es geht ihr wie mir, denn seit ich Sir Lanzelot gesehen habe, kann ich mich nicht mehr von ihm trennen und will es auch jetzt nicht, wenn ich ihn begleiten darf. Darauf nahm Sir Lanzelot Abschied und brach mit Sir Lavaine nach Winchester auf. Als König Artus erfuhr, daß Lanzelot heil und gesund zurückgekehrt war, freute er sich sehr, und ebenso froh waren Sir Gawein und alle Ritter der Tafelrunde außer Sir Agrawein und Sir Mordred. Königin Ginevra jedoch zürnte Lanzelot mächtig und wollte unter keinen Umständen mit ihm sprechen, sondern hielt sich von ihm fern. Mit allen Mitteln versuchte Sir Lanzelot, ein Wort mit der Königin zu wechseln, doch vergebens. Währenddessen war die schöne Jungfrau von Astolat Tag und Nacht so voller Trauer, daß sie keinen Schlaf mehr fand und weder aß noch trank, sondern unaufhörlich über den Verlust Sir Lanzelots klagte. Nach zehn Tagen war sie völlig entkräftet und dem Tode nahe. Sie beichtete und empfing den Leib des Herrn. Und noch immer klagte sie über Sir Lanzelot. Da forderte ihr Beichtvater sie auf, solche Gedanken zu lassen. Doch sie erwiderte: Warum sollte ich solche Gedanken lassen? Bin ich nicht ein irdisches Weib? Solange ich atme, darf ich klagen; denn ich glaube, ich begehe keine Sünde, wenn ich einen irdischen Mann liebe. Gott ist mein Zeuge, daß ich nie einen anderen als Sir Lanzelot geliebt habe noch jemals lieben werde und daß ich eine reine Jungfrau bin. Da Gott es zuläßt, daß ich aus Liebe zu einem so edlen Ritter sterben soll, flehe ich zum Hohen Vater im Himmel um Gnade für meine Seele. Die unsäglichen Leiden, die ich erdulde, mögen einen Teil meiner Sünden ausgleichen. Liebster Herr Jesus, du bist mein Zeuge, daß ich nie eine große Sünderin gegen deine Gebote gewesen bin. Nur diesen edlen Ritter Sir Lanzelot habe ich über alle Maßen geliebt. Dieser brennenden Liebe vermochte ich nicht zu widerstehen, und deshalb muß ich nun sterben. Danach rief sie ihren Vater Sir Bernard und Ihren Bruder Sir Tirre und bat ihren Vater von Herzen, ihr Bruder möchte einen Brief schreiben, den sie diktieren wollte. Das gewährte ihr der Vater. Als der Brief Wort für Wort nach ihrem Wunsch geschrieben war, verlangte sie von ihrem Vater, es sollte jemand bei ihr wachen, bis sie tot wäre. Solange mein Körper noch warm ist, gebt mir diesen Brief in meine rechte Hand und schließt ihn fest darin ein, bis ich kalt bin. In meinen kostbarsten Kleidern legt mich dann in ein prächtiges Bett und bringt mich auf einem Wagen zum nächsten Ort an der Themse. Dort setzt mich auf einer Barke ab und gebt mir einen Mann mit, der mich zuverlässig steuern kann. Und die Barke laßt ganz mit schwarzem Seidenstoff verkleiden. Dies alles, Vater, so bitte ich Euch, laßt geschehen. Getreulich versprach ihr Vater, es solle alles ihrem

Wunsch gemäß getan werden. Bald darauf starb sie, und ihr Vater und ihr Bruder erhoben jammervolle Klage. Das Bett mit ihrem Leichnam wurde auf dem kürzesten Wege zur Themse gefahren und auf eine Barke gebracht. Ein Mann steuerte das Boot bis nach Westminster. Dort ruderte er lange auf und ab, ehe ihn jemand bemerkte.

WIE DER LEICHNAM DER JUNGFRAU VON ASTOLAT ZU KÖNIG ARTUS GELANGTE UND BESTATTET WURDE, UND WIE SIR LANZELOT DEN MESSPFENNIG OPFERTE. ☙ Durch Zufall sprachen König Artus und Königin Ginevra miteinander an einem Fenster, und als sie auf die Themse hinausschauten, erblickten sie die schwarze Barke und wunderten sich, was sie zu bedeuten hätte. Sogleich schickte der König nach Sir Kay und zeigte ihm das Boot. Herr König, sagte Sir Kay, da gibt es gewiß Neuigkeiten. Geht hin, befahl der König, nehmt Sir Brandiles und Sir Agrawein mit und erstattet mir Bericht. Die Ritter stiegen in die Barke und fanden dort die schöne Leiche in dem prächtigen Bett. Am Ende der Barke saß ein armer Mann, der kein Wort reden wollte. Darauf kehrten die Ritter zum König zurück und erzählten ihm, was sie vorgefunden hatten. Diesen schönen Leichnam will ich sehen, sagte der König. Er nahm die Königin bei der Hand und ging hinunter. Der König ließ die Barke am Ufer festmachen und betrat sie mit der Königin und einigen Rittern. Er erblickte das schöne Fräulein in dem prächtigen Bett, gekleidet in kostbare Gewänder aus golddurchwirktem Gewebe. Es sah aus, als ob sie lächelte. Die Königin bemerkte den Brief in ihrer rechten Hand und wies den König darauf hin. Der König nahm ihn an sich und sprach: Ich bin sicher, dieser Brief wird berichten, wer die Dame war und warum sie hierhergebracht wurde. Darauf verließen der König und die Königin die Barke und befahlen einem aus ihrem Gefolge, sie zu bewachen. Dann ließ der König viele Ritter in sein Gemach rufen und erklärte, er wolle den Inhalt des Briefes in aller Öffentlichkeit kennenlernen. Er öffnete ihn und befahl einem Schreiber, den Brief vorzulesen. Er lautete folgendermaßen: Hochedler Ritter Sir Lanzelot, nun hat uns der Tod getrennt, weil Ihr mich nicht liebtet. Ich, die man die schöne Jungfrau von Astolat nannte, habe Euch geliebt, und darum klage ich allen Frauen mein Leid. Doch betet wenigstens für meine Seele und bestattet mich und opfert mir den Meßpfennig. Dies ist meine letzte Bitte. Gott ist mein Zeuge, daß ich als reine Jungfrau gestorben bin. Betet für meine Seele, Sir Lanzelot, so wahr Ihr ohnegleichen seid. Das war der ganze Inhalt des Briefes. Und als er verlesen war, weinten der König und die Königin und alle Ritter vor Rührung und Mitleid. Dann wurde Sir Lanzelot geholt, und als er den Inhalt des Briefes Wort für Wort vernommen hatte, sagte er: Hoher Herr Artus, der Tod dieses schönen Fräuleins betrübt mich sehr. Gott weiß, ich habe ihren Tod nicht willentlich verursacht, und das wird mir Sir Lavaine, ihr eigener Bruder, bestätigen, der sich hier befindet. Ich leugne nicht, fuhr Sir Lanzelot fort, daß sie schön und tugendhaft und ich ihr sehr zugetan war, aber sie liebte mich über alle Maßen. Ihr hättet ihr etwas Güte und Freundlichkeit erweisen und dadurch ihr Leben retten können, warf die Königin ein. Hohe Frau, entgegnete Sir Lanzelot, sie wollte sich mit nichts anderem abfinden, sondern wollte durchaus meine Frau oder meine Geliebte werden. Das konnte ich ihr beides nicht gewähren. Aber ich erbot mich, ihr und ihren Erben für die mir erwiesene Liebe jährlich tausend Pfund zu geben, und sie sollte irgendeinen Ritter heiraten, zu dem sich ihr Herz am meisten hingezogen fühlte. Denn, hohe Frau, ich mag nicht zur Liebe gezwungen werden, weil Liebe aus dem Herzen kommen muß und nicht durch irgendwelchen Zwang. Das ist wahr, sagte der König, die Liebe vieler Ritter entspringt freier Zuneigung, denn wenn ein Ritter gebunden ist, verliert er sich selber. Dann wandte sich der König an Sir Lanzelot: Es liegt nun bei Euch, ihr ein ehrenvolles Begräbnis zu verschaffen. Das will ich nach besten Kräften tun, antwortete Sir Lanzelot. Viele Ritter kamen, das schöne Mädchen zu sehen. Am nächsten Morgen wurde sie reich bestattet, und Sir Lanzelot opferte ihr den Meßpfennig und mit ihm alle Ritter der Tafelrunde, die anwesend waren. Danach fuhr der arme Mann mit der Barke wieder fort. Weil sie ohne Grund zornig auf ihn gewesen war, ließ die Königin Sir Lanzelot zu sich kommen und bat ihn um Vergebung. Es ist nicht das erste Mal, sagte Sir Lanzelot, daß Ihr mir ohne Grund gezürnt habt, doch ich muß es ertragen, wie sehr ich auch darunter leide. So verging der Winter bei Jagden und Spielen, und die großen Herren fochten manches Turnier aus, und überall erwarb Sir Lavaine große Ehre, so daß er bei vielen Rittern der Tafelrunde in hohem Ansehen stand.

VON GROSSEN KAMPFSPIELEN WÄHREND DER GANZEN WEIHNACHTSZEIT UND VON EINEM GROSSEN TURNIER, DAS KÖNIG ARTUS VERANSTALTETE, UND VON SIR LANZELOT. Nach Weihnachten wurde dann jeden Tag um einen Diamanten getjostet. Wer am besten tjostete, sollte den Diamanten haben. Aber Sir Lanzelot wollte sich nicht beteiligen, solange nicht ein großes Turnier ausgerufen würde. Sir Lavaine hingegen schlug sich stets sehr wacker und wurde am meisten gelobt, denn es kam ihm kaum einer gleich. Alle Ritter meinten deshalb, Sir Lavaine sollte am nächsten Pfingstfest zum Ritter der Tafelrunde erhoben werden. Daher rief König Artus nach Weihnachten seine Ritter zusammen, und sie beschlossen, ein großes Turnier und Tjosten zu veranstalten. Der König von Nordwales sagte zu Artus, er wolle auf seiner Seite König Anguish von Irland, den König mit den hundert Rittern, den König von Northumberland und den hohen Prinzen Sir Galahalt haben. Diese vier Könige und der mächtige Herzog bildeten die Partei der Gegner des Königs Artus und der Ritter der Tafelrunde. So wurde ausgerufen, daß das Turnier zu Lichtmeß bei Westminster stattfinden sollte. Darüber freuten sich viele Ritter und bereiteten sich gut auf das Turnier vor. Königin Ginevra schickte nach Sir Lanzelot und sprach zu ihm: Ich rate Euch, reitet nie wieder so verkleidet zu einem Turnier, daß Euch Eure Leute nicht erkennen. Für dieses Turnier will ich Euch eine goldene Schleife geben, und ich bitte Euch, strengt Euch um meinetwillen an, damit Ihr Ruhm gewinnt. Aber ich gebiete Euch bei meiner Liebe, teilt den Euren mit, daß Ihr die goldene Schleife an Euerm Helm tragen werdet. Hohe Frau, erwiderte Sir Lanzelot, es soll geschehen. Danach hatten sie beide große Freude miteinander. Als er die Zeit für gekommen hielt, teilte er Sir Bors mit, er wolle allein mit Sir Lavaine zu dem frommen Einsiedler reiten, der im Wald von Windsor lebte und Sir Brastias hieß. Dort wollte er sich erholen und gründlich ausruhen, um am Tage des Turniers frisch zu sein. So verschwand Sir Lanzelot mit Sir Lavaine, und kein Mensch wußte, wo er sich aufhielt, außer den edlen Männern seiner Sippe. Bei dem Einsiedler wurde er sehr gut aufgenommen. Täglich ging Lanzelot zu einem Quell dicht bei der Einsiedelei und legte sich dort nieder. Er beobachtete das Sprudeln und Murmeln des Quells, und manchmal schlief er ein. In jenem Walde aber wohnte eine Dame, die eine große Jägerin war und täglich auf die Jagd ging und stets ihren Bogen bei sich führte. In ihrer Begleitung befanden sich niemals Männer, sondern immer nur Frauen, und sie waren im Bogenschießen geübt und konnten sehr wohl auf der Pirsch wie auf dem Anstand Wild erlegen. Sie waren mit Pfeil und Bogen, Hörnern und Jagdmessern ausgerüstet und hatten viele gute Hunde zum Aufspüren wie zum Hetzen. Nun geschah es, daß diese Dame mit ihrem Hund eine Hirschkuh jagte, die durch Gebüsch und Wald floh. Mit einigen ihrer Frauen verfolgte die Dame diese Hirschkuh immer weiter und lenkte sie durch das Gebell der Hunde auf ein Wasser zu, um sie dort zu stellen. So kam es, daß die Hirschkuh zu dem Quell gelangte, an dem Sir Lanzelot im Schlummer lag. Weil sie sehr erhitzt war, ließ sie sich im seichten Wasser nieder und blieb lange liegen, und die Hunde suchten die Umgebung ab, denn sie hatten die Spur verloren. Kurz darauf erschien die Jägerin, die am Verhalten ihres Hundes merkte, daß sich die Hirschkuh an dem Quell befand. Rasch legte sie einen starken Pfeil auf und zielte, doch der Schuß verfehlte die Hirschkuh und traf zum Unglück Sir Lanzelot ins Gesäß. Vor Schmerz sprang Lanzelot wie rasend auf und erblickte die Dame, die ihn verwundet hatte. Als er sah, daß es eine Frau war, sprach er: Dame oder Fräulein, was Ihr auch seid, zur Unzeit tragt Ihr einen Bogen. Der Teufel hat Euch das Schießen gelehrt.

WIE SIR LANZELOT VON EINER EDELFRAU VERWUNDET WURDE UND DANACH ZU EINEM EINSIEDLER KAM UND VON ANDEREN DINGEN. Vergebung, edler Herr, erwiderte die Dame, ich bin eine Edelfrau und pflege hier in diesem Walde zu jagen. Weiß Gott, ich habe Euch nicht gesehen. Aber hier in diesem Quell lag eine Hirschkuh, und ich glaubte, gut zu zielen, doch meine Hand war nicht ruhig. Wehe, rief Sir Lanzelot, Ihr habt mir Unheil gebracht. Darauf entfernte sich die Dame, und Sir Lanzelot zog mit aller Kraft den Pfeil heraus, doch die Spitze blieb in seinem Gesäß stecken, und Lanzelot schleppte sich stark blutend zu der Einsiedelei. Als Sir Lavaine und der Einsiedler sahen, daß Sir Lanzelot verwundet war, wurden sie zuerst sehr traurig und dann über die Maßen zornig, aber sie wußten nicht, wie und durch wen es zu der Verletzung gekommen war. Mit großer Mühe zog der Einsiedler die Pfeilspitze aus Sir Lanzelots Gesäß, und dieser verlor dabei viel Blut. Die Wunde war sehr schlimm und unangenehm, denn sie befand sich an einer solchen Stelle, daß Sir Lanzelot nicht im Sattel sitzen konnte. Erbarme dich, Jesus, sagte Sir Lanzelot, ich darf mich den unseligsten Mann der Welt nennen, denn immer, wenn ich am liebsten Ruhm gewinnen möchte, stößt mir ein Unglück zu. So hilf mir nun, Jesus, und wenn mir niemand beisteht als Gott, ich will zu Lichtmeß an dem Turnier doch teilnehmen, was auch daraus werden mag. Alles, was dazu beitragen konnte, Sir Lanzelot zu heilen, wurde getan. Als der Tag kam, ließen sich Sir Lanzelot und Sir Lavaine samt ihren Pferden ausrüsten, als ob sie Sarazenen wären, und so ritten sie zum Turnier. Der König von Nordwales, König Anguish von Irland, der König mit den hundert Rittern und der hohe Prinz Sir Galahalt brachten jeder hundert erprobte und kampfbereite Ritter mit. Auf seiten des Königs Artus waren der König der Schotten, König Uriens von Gore, König Howel von der Bretagne und Chaleins von Clarance, ebenfalls jeder mit hundert Rittern. König Artus selbst kam mit zweihundert Rittern ins Feld, die meisten von ihnen Ritter der Tafelrunde. Als Richter nahmen alte Ritter auf den Tribünen neben der Königin Platz, um den Sieger zu ermitteln.

Kapitel 23

WIE SIR LANZELOT UND ANDERE RITTER SICH AUF DEM TURNIER BEWÄHRTEN. Dann bliesen sie zum Turnier. Der König von Nordwales stieß mit dem König der Schotten zusammen und brachte ihn zu Fall, und der König von Irland warf König Uriens nieder. Der König von Northumberland stieß König Howel von der Bretagne zu Boden und der hohe Prinz Sir Galahalt Chaleins von Clarance. Das brachte König Artus in Zorn, und er sprengte gegen den König mit den hundert Rittern und warf ihn nieder, und mit derselben Lanze brachte er noch drei andere Ritter zu Fall. Auch nachdem seine Lanze zerbrochen war, hielt sich König Artus trefflich. Dann erschienen Sir Gawein, Sir Gaheris, Sir Agrawein und Sir Mordred auf dem Kampfplatz, und jeder von ihnen schlug einen Ritter nieder und Sir Gawein vier. Danach entstand ein dichtes Kampfgedränge, denn es kamen die Ritter von Sir Lanzelots Sippe und mit ihnen Sir Gareth und Sir Palamides und viele Ritter der Tafelrunde, und sie setzten den vier Königen und dem mächtigen Herzog so zu, daß diese ins Hintertreffen gerieten, aber Herzog Galahalt, der hohe Prinz, bot mit seiner kühnen Waffengewalt den Rittern der Tafelrunde Trotz. All dies beoachtete Sir Lanzelot. Dann sprengte er mit Sir Lavaine wie der Donner ins Feld. Sir Bors und die Ritter seiner Sippe erkannten Lanzelot sogleich und sagten allen: Hütet euch vor dem Ritter mit der goldenen Schleife am Helm, denn das ist Sir Lanzelot vom See. Aus großer Freundschaft warnte Sir Bors auch Sir Gareth. Ich bin sehr froh, antwortete Sir Gareth, daß ich weiß, wer er ist. Aber wer reitet mit ihm in der gleichen Rüstung? fragten alle. Das ist der wackere und edle Ritter Sir Lavaine, erwiderte Sir Bors. So traf Sir Lanzelot mit Sir Gawein zusammen und warf ihn mitsamt seinem Pferd zu Boden. Mit der gleichen Lanze stieß er noch Sir Agrawein, Sir Gaheris und Sir Mordred nieder. Sir Lavaine geriet an Sir Palamides, und sie prallten so heftig zusammen, daß beider Pferde stürzten. Als sie wieder im Sattel saßen, trat Sir Lanzelot gegen Sir Palamides an und brachte ihn zu Fall. So warf Sir Lanzelot, ohne einmal innezuhalten und so schnell er seine Lanzen wechseln konnte, dreißig Ritter nieder, die meisten von ihnen Ritter der Tafelrunde. Die Ritter seiner Sippe aber hielten sich fern von ihm und machten sich an anderen Stellen des Feldes zu schaffen. Als König Artus Sir Lanzelot solche Heldentaten vollbringen sah, wurde er sehr zornig und rief Sir Gawein, Sir

Gaheris, Sir Agrawein, Sir Mordred, Sir Kay, Sir Griflet, Sir Lucas den Kellermeister, Sir Bedivere, Sir Palamides und dessen Bruder Sir Safere zu sich und griff mit ihnen Sir Lanzelot und Sir Lavaine an. Das sahen Sir Bors und Sir Gareth. Ich fürchte sehr, sagte Sir Bors, der hohe Herr Lanzelot wird einen schweren Stand haben. Bei meinem Leben, erwiderte Sir Gareth, ich will Sir Lanzelot zu Hilfe eilen, wie das auch ausgehen mag, denn er ist der Mann, der mich zum Ritter geschlagen hat. Ich rate Euch, tut das nicht, sagte Sir Bors, es sei denn, Ihr verkleidet Euch. Ihr werdet mich verkleidet sehen, versetzte Sir Gareth. Er ritt zu einem walisischen Ritter, den Sir Gawein schwer verwundet hatte und der sich gerade ausruhte, und bat ihn bei seiner Ritterehre, mit ihm den Schild zu tauschen. Das will ich gern, erwiderte der walisische Ritter. Sir Gareth nahm den Schild, der grün aussah und auf den ein Mädchen gemalt war, und sprengte auf Sir Lanzelot zu und rief: Ritter, gebt acht, dort kommt König Artus mit zehn edlen Rittern, um Euch zu bezwingen. Ich will Euch beistehen um alter Freundschaft willen, die Ihr mir entgegengebracht habt. Ich danke Euch, antwortete Sir Lanzelot. Herr, fuhr Sir Gareth fort, übernehmt Ihr Sir Gawein, ich werde mich an Sir Palamides halten, und Sir Lavaine soll sich mit dem edlen König Artus messen. Wenn wir sie bezwungen haben, wollen wir drei uns dicht beisammen halten. Dann waren König Artus und seine Ritter heran, und Sir Lanzelot stieß mit Sir Gawein zusammen, daß dessen Sattelbaum brach und er rücklings zu Boden fiel. Sir Gareth versetzte dem wackeren Ritter Sir Palamides einen solchen Stoß, daß er samt seinem Pferd in den Sand stürzte. Dann rannten König Artus und Sir Lavaine gegeneinander an und brachten sich gegenseitig samt ihren Pferden zu Fall, daß sie lange Zeit liegenblieben. Danach warf Sir Lanzelot Sir Agrawein, Sir Gaheris und Sir Mordred nieder, und Sir Gareth bezwang Sir Kay, Sir Safere und Sir Griflet. Als Sir Lavaine wieder im Sattel saß, stieß er Sir Lucas den Kellermeister und Sir Bedivere zu Boden. Schließlich entstand ein hitziges Kampfgemenge. Sir Lanzelot sprengte hierhin und dorthin und hieb und riß Helme herunter, und keiner konnte seinen Lanzenstößen und Schwertstreichen standhalten. Sir Gareth vollbrachte solche Waffentaten, daß sich alle wunderten, wer der Ritter mit dem grünen Schild war, denn er stieß und hieb mehr als dreißig Ritter nieder. Sir Lavaine aber streckte zwanzig Ritter in den Sand. Auch Sir Lanzelot staunte über Sir Gareth, aber er erkannte ihn nicht, und wären Sir Tristan von Liones und Sir Lamorak von Wales noch am Leben gewesen, Sir Lanzelot hätte ihn für einen von beiden gehalten. Während Sir Lanzelot, Sir Gareth und Sir Lavaine kämpften, fochten Sir Bors, Sir Ector von Maris, Sir Lionel, Sir Bleoberis, Sir Galihud, Sir Galihodin, Sir Pelleas und viele andere von König Bans Sippe in einer anderen Gruppe und setzten dem König mit den hundert Rittern und dem König von Northumberland hart zu.

Kap. 24

WIE KÖNIG ARTUS ÜBER DIE WAFFENTATEN BEI DEM TURNIER STAUNTE, UND WIE ER HINRITT UND SIR LANZELOT FAND. ❧ So zog sich dieses Turnier lange hin, bis die Nacht hereinbrach. Die Ritter der Tafelrunde versammelten sich immer wieder um König Artus, aber der König war über die Maßen zornig, daß er und seine Mannen an diesem Tage nicht die Oberhand behielten. Da sprach Sir Gawein zum König: Ich möchte wissen, warum Sir Bors von Ganis und alle seine Leute aus Sir Lanzelots Geschlecht heute den ganzen Tag nicht um Euch waren; da steckt doch etwas dahinter. Bei meinem Kopf, entgegnete Sir Kay, Sir Bors ist schon den ganzen Tag dort drüben auf der rechten Seite des Feldes, und dort hat er sich mit seinen Leuten ruhmvoller geschlagen als wir. Das mag schon sein, sagte Sir Gawein, aber ich befürchte immer Arglist. Denn bei meinem Leben, der Ritter mit der goldenen Schleife ist Sir Lanzelot, ich erkenne ihn an seiner Art zu reiten und an seinen mächtigen Streichen, und der andere Ritter in den gleichen Farben ist der junge Sir Lavaine. Der Ritter mit dem grünen Schild aber ist mein Bruder Sir Gareth. Er hat sich verkleidet, damit ihn niemand zwingen kann, gegen Sir Lanzelot zu kämpfen, weil der ihn zum Ritter geschlagen hat. Bei meinem Kopf, sagte Artus, Neffe, Ihr habt recht, deshalb sagt mir nun, was ich tun soll. Herr König, antwortete Sir Gawein, ich rate Euch, laßt zum Aufbruch ins Lager blasen, denn wenn es Sir Lanzelot vom See ist und mein Bruder Sir Gareth ihm beisteht und sie die Unterstützung des jungen Ritters Sir Lavaine haben, so glaubt mir, hat es wahrlich keinen Zweck, gegen sie zu kämpfen, es sei denn, wir fallen mit zehn oder zwölf Rittern über jeweils einen von ihnen her, und das wäre keine Ehre, sondern Schmach. Ihr habt recht, sagte der König, es wäre eine Schande für uns, wenn wir sie in solcher Überzahl länger angreifen wollten, denn sie sind drei wackere Ritter, namentlich der mit der goldenen Schleife. So wurde zum Aufbruch geblasen, und sogleich schickte König Artus den vier Königen und dem mächtigen Herzog eine Botschaft, der Ritter mit der goldenen Schleife solle sich nicht entfernen, bevor der König mit ihm gesprochen hätte. König Artus stieg aus dem Sattel, legte die Rüstung ab, schwang sich auf ein Pferd und ritt zu Sir Lanzelot, den er immer im Auge behalten hatte. Bei den vier Königen und dem Herzog fand er ihn, und Artus lud sie alle zum Abendessen ein. Sie nahmen gern an. Nachdem sie ihre Rüstung abgelegt hatten, erkannte König Artus Sir Lanzelot, Sir Lavaine und Sir Gareth. Ah, Sir Lanzelot, sagte der König, heute habt Ihr mir und meinen Rittern tüchtig eingeheizt. So begaben sie sich alle in des Königs Quartier, und dort gab es ein großes Festmahl und Belustigungen, und Sir Lanzelot erhielt den Preis. Die Herolde verkündeten, er habe fünfzig Ritter niedergestreckt, Sir Gareth fünfunddreißig und Sir Lavaine vierundzwanzig. Sir Lanzelot berichtete dem König und der Königin, wie ihn die Jägerin im Wald von Windsor mit einem breiten Pfeil ins Gesäß getroffen und ihm eine sechs Zoll tiefe und ebenso lange Wunde beigebracht hatte. Artus aber tadelte Sir Gareth, weil er seine Partei verlassen und zu Sir Lanzelot gehalten hatte. Mein König, erwiderte Sir Gareth, er hat mich zum Ritter geschlagen, und als ich ihn in solcher Bedrängnis sah, hielt ich es für meine Pflicht, ihm beizustehen in seinem harten Kampf gegen so viele edle Ritter. Als ich erfuhr, daß er Sir Lanzelot vom See war, schämte ich mich, so viele Ritter gegen ihn allein zu sehen. Fürwahr, sagte König Artus zu Sir Gareth, Ihr sprecht gut und habt Euch ehrenvoll gehalten und großen Ruhm erworben. Solange ich lebe, will ich Euch als Freund schätzen und Euch noch mehr vertrauen. Denn es gereicht einem Ritter zum Ruhme, wenn er einem anderen ehrenhaften Ritter im Augenblick großer Gefahr beispringt. Kein ehrenhafter Mann wird zusehen können, wie einem anderen ehrenhaften Manne Schmach angetan wird. Wer aber keine Ehre besitzt und feige ist, wird nie Edelmut und Güte zeigen, wenn er einen Mann in Gefahr sieht, denn dann wird ein Feigling niemals Erbarmen haben. Ein wackerer Mann aber wird sich immer so verhalten, wie er möchte, daß sich andere gegen ihn verhalten. Dann wurden zu Ehren der Könige und Herzöge große Feste, Gelage, Belustigungen und Spiele veranstaltet, und großes Gepränge wurde entfaltet. Wer da ritterlich, aufrichtig und treu gegen seinen Freund war, den hielt man damals hoch in Ehren.

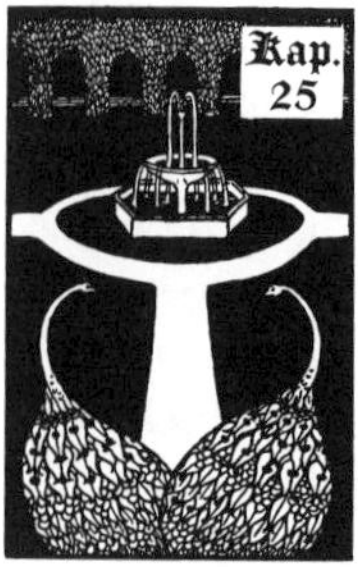

WIE TREUE LIEBE MIT DEM SOMMER VERGLICHEN WIRD. ☙ So verging die Zeit von Lichtmeß bis nach Ostern, und der Monat Mai kam, wo jedes fröhliche Herz zu blühen und Frucht zu treiben beginnt. Denn so wie Sträucher und Bäume im Mai blühen und Frucht treiben, so treibt ähnlich auch jedes fröhliche Herz, das irgendwie Liebe verspürt, Knospen und Blüten in fröhlichen Taten. Dieser wonnevolle Monat Mai gibt allen Liebenden Mut, sich mehr als in jedem anderen Monat in irgendeiner Weise zu betätigen, und zwar aus mehreren Gründen. Wie Strauch und Baum verjüngen sich Mann und Frau, und Liebende rufen alte Zärtlichkeit und Liebesdienst und manche Wohltat, die durch Nachlässigkeit vergessen wurde, ins Gedächtnis zurück. Denn wie Schnee und Eis des Winters den grünen Sommer stets zerstören und verderben, vollbringt dies unbeständige Liebe bei Mann und Frau. Und viele Menschen sind recht unbeständig. Alle Tage sieht man, wie wir wegen eines leichten Hauchs des Winterfrostes welken und treue Liebe, die so viel gekostet hat, um wenig oder nichts beiseite schieben. Dies ist weder Weisheit noch Beständigkeit, sondern Schwäche der Natur und höchst unehrenhaft für den, der sich so verhält. Wie der Monat Mai in vielen Gärten blüht und prangt, soll deshalb jeder Mann von Ehre in gleicher Weise sein Herz in dieser Welt erblühen lassen, vor allem zu Gott und dann zur Freude derer, denen er seine Treue gelobt hat. Denn es hat nie einen ehrenhaften Mann oder eine ehrenhafte Frau gegeben, die nicht einen Menschen mehr als einen anderen geliebt hätten. Waffenehre kann nie zunichte gemacht werden, doch gebührt Gott zuerst der Ruhm, und zweitens muß der Grund des Kampfes eine Dame sein. Solch eine Liebe nenne ich tugendhaft. Aber heutzutage können die Menschen nicht sieben Tage lieben, ohne all ihr Verlangen zu stillen. Eine derartige Liebe kann nicht von Dauer sein, denn wo es schnelle Erfüllung und rasche Glut gibt, folgt schnelle Abkühlung. So geht es mit der Liebe heutzutage: schnell heiß, schnell kalt. Früher war die Liebe anders. Männer und Frauen konnten sieben Jahre lieben, ohne daß wollüstige Begierden zwischen ihnen entstanden. Damals gab es Liebe und Treue und Beständigkeit, und so war es mit der Liebe auch in den Tagen des Königs Artus. Daher vergleiche ich die heutige Liebe mit Sommer und Winter: Wie es dann heiß und dann kalt ist, so wandelbar ist die Liebe heute. Darum, ihr Liebenden, ruft euch den Monat Mai ins Gedächtnis, wie es die Königin Ginevra tat, denn solange sie lebte, war sie eine treue Liebende, und darum fand sie ein gutes Ende.

19. Buch

WIE KÖNIGIN GINEVRA MIT EINIGEN RITTERN DER TAFELRUNDE GANZ IN GRÜN GEKLEIDET ZUM MAIENUMZUG RITT.

SO geschah es im Monat Mai, daß Königin Ginevra zehn Ritter der Tafelrunde zu sich rief und ihnen eröffnete, sie wolle am nächsten Morgen in der Frühe den Maienzug durch die Felder und Wälder von Westminster unternehmen. Seht zu, daß ihr alle gut beritten und ganz in Grün, entweder in Seide oder in Tuch, gekleidet seid. Ich werde zehn Damen mitbringen, und jeder Ritter soll eine Dame hinter sich aufs Pferd nehmen und einen Knappen und zwei Freisassen bei sich haben. So trafen sie freudig ihre Vorbereitungen, und dies waren die Namen der Ritter: Sir Kay der Seneschall, Sir Agrawein, Sir Brandiles, Sir Sagramore le Desirous, Sir Dodinas le Savage, Sir Ozanna le Cure Hardy, Sir Ladinas vom wilden Wald, Sir Persant von Indien, Sir Ironside von den roten Ebenen und Sir Pelleas der Liebende. Am nächsten Morgen bestiegen sie ihre Pferde und ritten mit der Königin zum Maifest durch Wälder und Wiesen, wie es ihnen gefiel, voller Freude und Entzücken. Spätestens um zehn Uhr aber wollte die Königin wieder bei König Artus sein, und das gedachte sie auch einzuhalten. Sieben Meilen von Westminster entfernt jedoch wohnte der Ritter Meliagaunce, ein Sohn des Königs Bagdemagus, auf einer Burg, die ihm König Artus verliehen hatte. Dieser Ritter Meliagaunce liebte seit vielen langen Jahren die Königin Ginevra sehr. Oft hatte er schon auf der Lauer gelegen, um die Königin zu entführen, aber wegen Sir Lanzelot hatte er immer davon Abstand genommen, denn er getraute sich nicht, die Königin anzurühren, wenn Sir Lanzelot in ihrer Gesellschaft oder in der Nähe war. Damals war es üblich, daß die Königin nie ohne ein großes Gefolge

von bewaffneten Männern ausritt, und es gab viele gute Ritter, meist junge Männer, die Ruhm zu erwerben trachteten. Bei Kämpfen oder Turnieren trugen sie nie ihr eigenes Wappen, sondern glatte weiße Schilde, und darum hießen sie die Ritter der Königin. Wenn sich jemand durch rühmliche Taten hervorgetan hatte, wurde er am nächsten Pfingstfest, sofern welche erschlagen oder gestorben waren – und es verging kein Jahr, in dem das nicht geschah –, anstelle

eines Toten unter die edlen Ritter der Königin aufgenommen. So waren sie alle aufgestiegen, bevor sie berühmte Männer wurden, Sir Lanzelot und alle übrigen. Der Ritter Meliagaunce nun hatte die Königin und ihr Vorhaben wohl erspäht und bemerkt, daß Sir Lanzelot nicht bei ihr war und auch keine bewaffneten Männer, sondern nur die zehn edlen Ritter, die zum Maienzug ganz in Grün gekleidet waren. Da nahm er zwanzig seiner Bewaffneten und hundert Bogenschützen, um die Königin und ihre Ritter zu überfallen, denn dies schien ihm die beste Gelegenheit, die Königin in seine Gewalt zu bringen.

WIE SIR MELIAGAUNCE DIE KÖNIGIN UND ALLE IHRE RITTER, DIE IM KAMPF SCHWER VERWUNDET WURDEN, GEFANGENNAHM.

Wie nun die Königin und ihre Ritter das Maifest feierten und sich mit Blumen und Grün geschmückt hatten und fröhlich und guter Dinge waren, brach plötzlich Sir Meliagaunce mit hundertsechzig gerüsteten Kriegern aus dem Gehölz und befahl der Königin und ihren Rittern, stehenzubleiben und sich nicht zu rühren. Verräter, rief Königin Ginevra, was hast du vor? Schämst du dich nicht? Denke daran, daß du ein Königssohn und ein Ritter der Tafelrunde bist und jetzt im Begriff stehst, Schmach über den edlen König zu bringen, der dich zum Ritter geschlagen hat. Du machst der ganzen Ritterschaft und dir selbst Schande. Doch das sage ich dir, mich wirst du nicht schänden, lieber schneide ich mir die Kehle durch. Mag es sein, wie es will, antwortete Sir Meliagaunce, Ihr sollt wissen, hohe Frau, ich habe Euch viele Jahre lang geliebt, doch ergab sich noch nie eine so günstige Gelegenheit, Euch in meine Hände zu bekommen, wie jetzt. Deshalb will ich Euch nehmen, wie ich Euch finde. Da redeten die zehn Ritter alle auf einmal und sagten: Sir Meliagaunce, bedenkt, Ihr setzt Eure Ehre aufs Spiel und bringt uns in Gefahr, obwohl wir ohne Rüstung sind. Ihr habt einen großen Vorteil über uns, und es sieht so aus, als hättet Ihr uns aufgelauert, aber ehe Ihr der Königin und uns Schande bereitet, wollen wir lieber aus dem Leben scheiden. Wenn wir uns anders verhielten, träfe uns ewige Schmach. Da sagte Sir Meliagaunce: Wehrt euch, so gut ihr könnt, und schützt die Königin. Da zogen die zehn Ritter der Tafelrunde ihre Schwerter. Die anderen rannten mit ihren Lanzen gegen sie an, doch die zehn Ritter hielten ihnen mannhaft stand und schlugen die Lanzen zur Seite, daß keine sie verwundete. Danach kämpften sie mit dem Schwert, und bald lagen Sir Kay, Sir Sagramore, Sir Agrawein, Sir Dodinas, Sir Ladinas und Sir Ozanna mit tiefen Wunden am Boden. Sir Brandiles, Sir Persant, Sir Ironside und Sir Pelleas kämpften weiter, aber auch sie wurden schwer verwundet. Doch bevor die zehn Ritter niedergestreckt waren, hatten sie vierzig ihrer besten und kühnsten Gegner erschlagen. Als die Königin ihre Ritter so schrecklich verwundet sah und merkte, daß sie am Ende getötet würden, rief sie aus Mitleid und Kummer Sir Meliagaunce zu: Erschlag meine edlen Ritter nicht. Ich will unter der Bedingung mit dir gehen, daß du sie schonst und vor weiteren Wunden bewahrst und daß sie mit mir kommen können, wohin immer du mich führst. Denn ich will mich lieber töten als dir folgen, wenn diese meine edlen Ritter nicht bei mir sind. Hohe Frau, erwiderte Meliagaunce, um Euretwillen sollen sie mit Euch in meine Burg gebracht werden, aber Ihr seid in meiner Gewalt und reitet mit mir. Da bat die Königin die vier Ritter, den Kampf abzubrechen, und sagte, sie wolle sich von ihren Rittern nicht trennen. Hohe Frau, antwortete Sir Pelleas, wir wollen Euch folgen. Was mich angeht, so ist es mir gleich, ob ich lebe oder sterbe.

Kapitel 3

WIE SIR LANZELOT KUNDE VON DER GEFANGENSCHAFT DER KÖNIGIN ERHIELT, UND WIE SIR MELIAGAUNCE EINEN HINTERHALT FÜR SIR LANZELOT ANLEGTE. Auf das Geheiß der Königin stellten sie den Kampf ein und hoben die verwundeten Ritter aufs Pferd, die einen sitzend, die anderen quer über den Sattel gelegt, und ihr Anblick war jämmerlich. Dann befahl Sir Meliagaunce der Königin und allen ihren Rittern, niemand von ihrem ganzen Gefolge solle sich entfernen, denn er fürchtete sehr, Lanzelot vom See könnte eine Nachricht erhalten. Das bemerkte die Königin und rief heimlich einen ihrer Pagen zu sich, der ein schnelles Pferd besaß, und sagte zu ihm: Mach dich davon, wenn der Augenblick günstig ist, und überbringe Sir Lanzelot vom See diesen Ring und bitte ihn bei seiner Liebe und wenn er noch jemals Freude an mir haben will, zu mir zu kommen und mich zu befreien. Und schone dein Pferd nicht, weder im Wasser noch auf dem Lande. Der Page nutzte einen günstigen Moment, sprang aufs Pferd und gab ihm die Sporen und jagte davon, so schnell er konnte. Als Sir Meliagaunce ihn fliehen sah, begriff er, daß dies auf Befehl der Königin geschehen war, um Sir Lanzelot zu benachrichtigen. Einige der besten Reiter setzten ihm nach und schossen auf ihn, aber der Page entkam. Da sagte Sir Meliagaunce zur Königin: Hohe Frau, Ihr seid im Begriff, mich zu verraten, aber ich werde dafür sorgen, daß Sir Lanzelot nicht so leicht zu Euch gelangt. Und in aller Eile ritt er mit ihr und allen anderen zu seiner Burg. Unterwegs legte Sir Meliagaunce seine besten Bogenschützen, dreißig an der Zahl, in einen Hinterhalt, wo sie Sir Lanzelot auflauern sollten. Er befahl ihnen, wenn sie einen Ritter auf einem weißen Roß des Weges kommen sähen, sein Pferd zu töten, sich mit ihm selbst aber in keiner Weise auf einen Kampf einzulassen, denn er sei zu stark, um überwunden zu werden. Schließlich erreichten sie die Burg, aber die Königin ließ keinen ihrer zehn Ritter und keine ihrer Damen aus den Augen, sondern hielt sie stets in ihrer Nähe; und Sir Meliagaunce wagte aus Furcht vor Sir Lanzelot nicht, als Herr aufzutreten, denn er glaubte, daß dieser bestimmt Kunde erhalten hatte. Nach einer Weile erreichte der Page Westminster und fand auch gleich Sir Lanzelot. Nachdem er seine Botschaft bestellt und ihm den Ring der Königin übergeben hatte, sprach Sir Lanzelot: Weh mir, nun bin ich für immer in Schmach, wenn es mir nicht gelingt, diese edle Dame vor Schande zu bewahren. Dann verlangte er schnellstens nach seiner Rüstung. Inzwischen berichtete der Page, daß die zehn Ritter tapfer gekämpft hatten und besonders Sir Pelleas keiner standhalten konnte, wie sie aber doch schließlich zu Boden geworfen wurden und die Königin ihr Leben dadurch rettete, daß sie sich bereit erklärte, mit Sir Meliagaunce zu ziehen. Ach, seufzte Sir Lanzelot, daß diese edle Dame so zugrunde gehen soll. Ich gäbe ganz Frankreich, wenn ich gewappnet dabeigewesen wäre. Als Sir Lanzelot gerüstet im Sattel saß, bat er den Pagen der Königin, Sir Lavaine mitzuteilen, warum er so plötzlich fortgeritten war: Und bitte ihn, bei seiner Liebe zu mir, er möge mir folgen und nicht rasten, bis er zur Burg von Sir Meliagaunce kommt. Dort wird er von mir hören, wenn ich am Leben bin. Wir werden die Königin und die zehn Ritter befreien, die Meliagaunce verräterisch entführt hat. Ich werde es ihm und allen, die es mit ihm halten, schon zeigen.

Kapitel 4

WIE SIR LANZELOTS PFERD GETÖTET WURDE, UND WIE SIR LANZELOT AUF EINEM KARREN FUHR, UM DIE KÖNIGIN ZU BEFREIEN. ❧ Sir Lanzelot ritt, so schnell er konnte, und er ließ sein Pferd in der Gegend der Westminsterbrücke durch die Themse nach Lambeth hinüberschwimmen. Nach kurzer Zeit erreichte er den Platz, an dem die zehn edlen Ritter mit Sir Meliagaunce gekämpft hatten. Von da an folgte Sir Lanzelot der Spur, bis er zu einem Walde kam, in den ein gerader Weg hineinführte. Dort riefen ihm die dreißig Bogenschützen zu, er solle umkehren. Wie kommt ihr dazu, erwiderte Sir Lanzelot, mir, einem Ritter der Tafelrunde, zu befehlen, von meinem Weg abzuweichen? Diesen Weg sollst du nicht gehen, oder du mußt ihn zu Fuß gehen, denn wisse, wir werden dein Pferd töten. Das ist kein Meisterstück, erwiderte Sir Lanzelot, mein Pferd zu töten, aber auch wenn mein Pferd tot ist, gebe ich keinen Pfifferling für euch, und wenn ihr noch fünfhundert mehr wäret. Da schossen sie auf Lanzelots Pferd und trafen es mit vielen Pfeilen, und Sir Lanzelot machte sich von seinem Pferd frei und ging zu Fuß, aber es waren so viele Hecken und Gräben zwischen ihm und den Bogenschützen, daß er nicht an sie herankam. Pfui Schande, rief Lanzelot, daß ein Ritter einen anderen so verrät, aber es ist ein altes Sprichwort: Ein guter Mann ist immer nur in Gefahr, wenn er es mit Feiglingen zu tun bekommt. So ging Sir Lanzelot eine Weile zu Fuß, aber seine Rüstung, sein Schild und seine Lanze behinderten ihn sehr, und doch wollte er nichts davon zurücklassen, denn er fürchtete Sir Meliagaunces Verrat. Da kam zum Glück ein Karren daher, auf dem Holz geladen werden sollte. Fuhrmann, rief Sir Lanzelot, was verlangst du, wenn du mir erlaubst, auf deinen Karren zu steigen, und wenn du mich zu einer Burg fährst, die keine zwei Meilen von hier entfernt ist? Du kommst mir nicht auf meinen Wagen, antwortete der Fuhrmann, ich muß Holz für meinen Herrn Sir Meliagaunce holen. Mit dem will ich sprechen. Mit mir kommst du nicht, entgegnete der Fuhrmann. Da sprang Sir Lanzelot auf ihn zu und versetzte ihm einen solchen Hieb, daß er tot zu Boden fiel. Der andere Fuhrmann, sein Gefährte, bekam es mit der Angst zu tun und fürchtete, es würde ihm ebenso ergehen, und da schrie er: Edler Herr, schont mein Leben. Ich bringe Euch, wohin Ihr wollt. Dann befehle ich dir, sprach Sir Lanzelot, daß du mich auf diesem Karren vor das Tor von Sir Meliagaunces Burg fährst. Steigt auf, sagte der Fuhrmann, Ihr sollt bald dort sein. Und der Fuhrmann fuhr im Galopp dahin, und Sir Lanzelots Pferd folgte dem Wagen, obwohl mehr als vierzig starke und scharfe Pfeile in seinem Leib steckten. Unterdessen wartete Lady Ginevra mit ihren Frauen länger als anderthalb Stunden an einem Erkerfenster, bis sie einen gewappneten Ritter auf einem Karren erblickten. Seht, hohe Frau, sagte eine der Damen, dort kommt ein stattlich gewappneter Ritter auf einem Karren. Ich nehme an, er wird zum Galgen gefahren. Wo? fragte die Königin. Da erkannte sie an seinem Schild, daß es Sir Lanzelot vom See war. Und dann sahen sie, wie sein Pferd hinter dem Karren herlief und ihm die Eingeweide heraushingen, daß es darauf trat. Ach, sagte die Königin, nun erkenne ich wohl, daß der gut daran ist, der einen treuen Freund hat. Doch es muß sehr schlecht um dich bestellt sein, du hochedler Ritter, wenn du auf einem solchen Karren fährst. Darauf tadelte sie die Dame, die gesagt hatte, Sir Lanzelot führe zum Galgen. Das war eine böse Rede und ein schlechter Vergleich, sagte die Königin, den edelsten Ritter der Welt mit einem so schändlichen Tod in Verbindung zu bringen. Jesus beschütze und bewahre ihn vor allem Übel. Mittlerweile hatte Sir Lanzelot das Burgtor erreicht. Dort stieg er ab und rief, daß es in der ganzen Burg widerhallte: Wo bist du, Sir Meliagaunce, du heimtückischer Ritter der Tafelrunde? Du Verräter, komm heraus mit deiner ganzen Rotte, denn ich, Sir Lanzelot vom See, bin hier und will mit dir kämpfen. Mit diesen Worten riß er das Tor auf und schleuderte es gegen den Pförtner. Dann schlug er ihm mit dem Handschuh so über das Ohr, daß er das Genick brach.

WIE SIR MELIAGAUNCE DIE KÖNIGIN UM VERZEIHUNG BAT, UND WIE SIE SIR LANZELOT BESÄNFTIGTE UND VON ANDEREN DINGEN. ❧ Als Sir Meliagaunce von der Ankunft Sir Lanzelots hörte, lief er zur Königin Ginevra, warf sich vor ihr auf die Knie und sprach: Vergebung, hohe Frau, ich vertraue gänzlich auf Eure Gnade. Was habt Ihr auf einmal? fragte Königin Ginevra. Fürwahr, ich konnte sicher sein, daß mich ein wackerer Ritter befreien würde, wenn auch Artus, mein Gemahl nichts von Euerm Anschlag weiß. Hohe Frau, erwiderte Sir Meliagaunce, alles, was ich Euch angetan habe, will ich wiedergutmachen, ganz wie Ihr es wünscht, und ich empfehle mich Eurer Gnade. Was soll ich tun? fragte die Königin. Ich möchte nur, antwortete Sir Meliagaunce, daß Ihr alles in Eure Hände nehmt und Sir Lanzelot zurückhaltet. Alles, was diese bescheidene Burg Euch und ihm zu bieten vermag, sollt Ihr haben. Morgen könnt Ihr dann mit Euerm ganzen Gefolge nach Westminster zurückkehren. Nun verfügt über mich und meinen ganzen Besitz. Ihr sprecht gut, sagte die Königin, Frieden ist immer besser als Krieg, und je weniger Aufhebens, desto besser für meine Ehre. Danach gingen die Königin und ihre Damen hinunter zu Sir Lanzelot, der über die Maßen zornig im inneren Burghof stand, wo er auf den Zweikampf wartete und immerfort rief: Du Verräter, komm heraus! Da trat die Königin auf ihn zu und sprach: Sir Lanzelot, warum ereifert Ihr Euch so? Ha, versetzte Sir Lanzelot, warum fragt Ihr mich das? Mir scheint, Ihr solltet zorniger sein als ich, denn Ihr habt den Schaden und die Schande. Dagegen ist mein Schaden klein, nur mein Pferd wurde getötet. Aber die Ruchlosigkeit macht mich wütender als der Verlust. Gewiß, erwiderte die Königin, Ihr habt recht, und ich danke Euch von Herzen, aber jetzt müßt Ihr friedlich mit mir hineingehen, denn ich bin hier die Herrin. Alles Übel wird sich zum besten wenden. Der Ritter bereut seine Missetat sehr. Hohe Frau, sagte Sir Lanzelot, wenn Ihr Euch schon mit ihm versöhnt habt, kann ich mich nicht dagegenstellen, obwohl Sir Meliagaunce schändlich an mir gehandelt hat, und noch dazu auf feige Weise. Wenn ich gewußt hätte, daß Ihr so schnell mit ihm einig werdet, wäre ich nicht in solcher Eile zu Euch gekommen. Warum sprecht Ihr so? erwiderte die Königin. Tun Euch Eure guten Taten leid? Seid gewiß, ich habe mich nicht aus Zuneigung oder Liebe mit ihm versöhnt, sondern um schändlichen Gerüchten vorzubeugen. Hohe Frau, antwortete Sir Lanzelot, Ihr wißt sehr wohl, daß ich Verleumdungen und schmähliche Reden immer verabscheut habe. Doch kein König, keine Königin und kein Ritter auf der Welt, außer König Artus und Ihr, hohe Frau, könnte mich daran hindern, Sir Meliagaunce in den Tod zu schicken. Das weiß ich wohl, sagte die Königin, aber was wollt Ihr mehr, da doch alles so geschehen soll, wie Ihr es haben wollt. Hohe Frau, erwiderte Sir Lanzelot, wenn Ihr zufriedengestellt seid, hat es keine Not, mich könnt Ihr bald zufriedenstellen. Darauf nahm die Königin Sir Lanzelot bei der Hand, von der er den Handschuh abgestreift hatte, und führte ihn in ihr Gemach, und dort hieß sie ihn die Rüstung ablegen. Dann fragte Sir Lanzelot, wo die zehn schwerverwundeten Ritter seien, und Ginevra brachte ihn zu ihnen. Sie freuten sich sehr über sein Kommen, und Sir Lanzelot erhob bittere Klage über ihre Wunden und erzählte ihnen, wie Meliagaunce feige und verräterisch Bogenschützen ausgesandt hatte, um sein Pferd zu töten, und wie froh er gewesen war, daß er auf einem Karren fahren konnte. So klagten sie einander ihr Leid und hätten nur gar zu gern Rache genommen, hielten sich aber wegen der Königin zurück. Noch lange danach wurde Sir Lanzelot der Ritter von dem Karren genannt. Nachdem die Königin und Sir Lanzelot freudig und froh beisammengesessen hatten, versprach er ihr, in der Nacht, wenn alles schliefe, durch den Garten zu ihrem Fenster zu kommen, das mit Eisen vergittert war. Dann erschien Sir Lavaine am Burgtor und rief: Wo ist mein Herr, Sir Lanzelot vom See? Da wurde Sir Lanzelot geholt, und als Sir Lavaine ihn sah, sagte er: Mein hoher Herr, ich weiß wohl, daß Ihr in arger Bedrängnis wart, denn ich habe Euer ganz von Pfeilen durchbohrtes Pferd gefunden. Was das angeht, antwortete Sir Lanzelot, so bitte ich Euch, sprecht von anderen Dingen und laßt das auf sich beruhen. Wir werden die Sache ein andermal bereinigen, wenn sich eine bessere Gelegenheit dazu ergibt.

WIE SIR LANZELOT IN DER NACHT ZUR KÖNIGIN KAM UND BEI IHR LAG, UND WIE SIR MELIAGAUNCE DIE KÖNIGIN DES VERRATS BESCHULDIGTE.

❧ Dann wurden die Wunden der verletzten Ritter untersucht und mit heilkräftigen Salben bestrichen. Damit verging die Zeit bis zum Abendessen, und die Königin und alle ihr Ritter wurden aufs beste bewirtet. Als die Zeit gekommen war, zogen sie sich in ihre Gemächer zurück, doch duldete die Königin nicht, daß die verwundeten Ritter von ihr getrennt wurden. So legte man sie auf Betten und Kissen dicht neben das Zimmer der Königin, damit sie selbst nach ihnen sehen konnte, daß es ihnen an nichts mangelte. Als nun Sir Lanzelot in dem für ihn bestimmten Gemach war, rief er Sir Lavaine zu sich und sagte ihm, er müsse in der Nacht zu Lady Ginevra gehen. Herr, erwiderte Sir Lavaine, laßt mich bitte mit Euch gehen, denn ich fürchte sehr, Sir Meliagaunce führt Verrat im Schilde. Nein, entgegnete Sir Lanzelot, ich danke Euch, aber ich möchte niemand bei mir haben. Dann ergriff Sir Lanzelot sein Schwert und ging heimlich zu dem Ort, an dem er zuvor eine Leiter entdeckt hatte. Er nahm die Leiter und trug sie durch den Garten und legte sie an das Fenster, an dem die Königin auf ihn wartete. Sie unterhielten sich dort über viele Dinge, und dann wollte Sir Lanzelot zur Königin hinein. Glaubt mir, sagte die Königin, ich wünschte so sehr wie Ihr, daß Ihr bei mir drinnen sein könntet. Wollt Ihr von ganzem Herzen, hohe Frau, daß ich bei Euch wäre? Ja, wahrhaftig, antwortete die Königin. Dann will ich aus Liebe zu Euch meine Kraft beweisen, sagte Sir Lanzelot. Damit packte er die Stäbe des Eisengitters und zog mit solcher Gewalt daran, daß er sie glatt aus dem Gemäuer herausriß. Dabei schnitt einer der Eisenstäbe seinen Handballen durch bis auf den Knochen. Als Sir Lanzelot in das Gemach der Königin sprang, sagte sie: Macht keinen Lärm, denn meine verwundeten Ritter liegen ganz in der Nähe. Dann ging Sir Lanzelot mit der Königin zu Bett und beachtete die Wunde an seiner Hand nicht, sondern genoß alle Wonnen und Freuden, bis der Morgen graute. Da er nicht schlief, sah er, daß er nicht länger verweilen konnte, und er nahm Abschied und verließ das Gemach durch das Fenster, das er so gut wieder einsetzte, wie es ging, und begab sich auf sein eigenes Zimmer. Dort erzählte er Sir Lavaine, wie er sich die Hand verletzt hatte, und Sir Lavaine stillte das Blut und legte ihm einen Verband an und zog einen Handschuh darüber, damit niemand etwas merkte. An diesem

Morgen schlief die Königin lange in ihrem Bett, bis es neun Uhr war. Da trat Sir Meliagaunce in das Gemach der Königin und fand ihre Zofen angekleidet vor. Um Himmels willen, sagte Sir Meliagaunce, was fehlt Euch, hohe Frau, daß Ihr so lange schlaft? Mit diesen Worten schlug er den Vorhang zurück, um nach ihr zu schauen, und sah, daß Laken und Kissen über und über mit Blut beschmiert waren. Da nahm Sir Meliagaunce an, einer der verwundeten Ritter hätte die ganze Nacht bei der Königin geschlafen. Aha! rief Sir Meliagaunce, Ihr seid meinem Herrn König Artus untreu gewesen. Nun ist auch klar, daß Ihr die verwundeten Ritter nur deshalb neben Euer Gemach legen ließt. Ich werde Euch vor König Artus des Verrates bezichtigen: Hier ist der Beweis für Eure schändliche Tat. Daß diese Ritter alle oder zumindest einige von ihnen falsch sind, dafür werde ich einstehen, denn in dieser Nacht hat ein verwundeter Ritter bei Euch geschlafen. Das ist nicht wahr, entgegnete die Königin, das werden sie alle bestätigen. Als die zehn Ritter Sir Meliagaunces Worte vernahmen, riefen sie alle wie mit einer Stimme: Du lügst und beschuldigst uns fälschlich einer solchen schändlichen Tat, und das werden wir dir beweisen. Wähle für den Kampf, wen von uns du willst, sobald unsere Wunden geheilt sind. Das ist nicht nötig, ihr Herren, antwortete Sir Meliagaunce, spart euch eure stolzen Worte. Ihr könnt euch doch selber überzeugen. Als sie das Blut sahen, schämten sie sich sehr, aber Sir Meliagaunce war heilfroh, daß er einen solchen Vorteil über die Königin Ginevra erlangt hatte, denn damit gedachte er, seinen eigenen Verrat zu vertuschen. Während dieser Auseinandersetzung kam Sir Lanzelot vom See herein und fand sie alle in sehr großer Erregung.

Kap. 7

WIE SIR LANZELOT FÜR DIE KÖNIGIN EINTRAT UND ES AUF SICH NAHM, GEGEN SIR MELIAGAUNCE ZU KÄMPFEN, UND WIE SIR LANZELOT IN EINER FALLE GEFANGEN WURDE. Was ist hier für ein

Lärm? fragte Sir Lanzelot. Da berichtete ihm Sir Meliagaunce, was er gefunden hatte, und zeigte ihm das Bett der Königin. Wahrlich, sagte Sir Lanzelot, es war weder angemessen noch ritterlich von Euch, das Bett einer Königin zu berühren, während es zugezogen war und sie darin lag. Ich möchte behaupten, König Artus selbst hätte die Vorhänge nicht geöffnet, wenn sie im Bett war, außer wenn er sich zu ihr legen wollte. Ihr habt Unehre und Schmach über Euch gebracht. Ich weiß nicht, was Ihr meint, erwiderte Sir Meliagaunce, aber ich bin sicher, in dieser Nacht hat ein verwundeter Ritter bei ihr geschlafen. Deshalb will ich mit meinen Händen vor meinem Herrn Artus beweisen, daß sie eine Verräterin ist. Seht Euch vor, sagte Sir Lanzelot, wenn Ihr das behaupten und beweisen wollt, werdet Ihr dafür einstehen müssen. Sir Lanzelot, antwortete Sir Meliagaunce, ich rate Euch, seid vorsichtig. Wenn man Euch auch als den besten Ritter der Welt rühmt, solltet Ihr doch nicht in einem ungerechten Streit fechten, denn Gott hat seine Hand in jedem Kampf. Gott muß man fürchten, entgegnete Sir Lanzelot, aber daß in dieser Nacht einer der zehn verwundeten Ritter bei Königin Ginevra geschlafen hat, bestreite ich entschieden. Ich will mit meinen Händen beweisen, daß Ihr sie zu Unrecht beschuldigt. Halt! rief da Sir Meliagaunce, hier ist mein Handschuh, daß sie meinen Herrn König Artus verraten und diese Nacht mit einem der verwundeten Ritter geschlafen hat. Ich nehme Euern Handschuh auf, antwortete Sir Lanzelot. So wurden ihre Siegel an den Handschuhen angebracht und diese dann den zehn Rittern übergeben. An welchem Tage wollen wir kämpfen? fragte Sir Lanzelot. Heute in acht Tagen auf der Wiese bei Westminster, erwiderte Sir Meliagaunce. Das ist mir recht, sagte Sir Lanzelot. Da wir nun miteinander kämpfen müssen, fuhr Sir Meliagaunce fort, bitte ich Euch, so wahr Ihr ein edler Ritter seid, begegnet mir in der Zwischenzeit nicht mit Verrat oder Hinterlist, und auch keiner Eurer Leute soll dies tun. Bei Gott, erwiderte Sir

Lanzelot, Ihr solltet wissen, daß ich niemals so gesinnt war. Ich kann mich auf alle Ritter berufen, die mich kennen, daß ich niemals Verrat geübt oder mich zu Verrätern gesellt habe. Dann laßt uns zu Tisch gehen, sagte Meliagaunce. Nach dem Essen könnt Ihr mit der Königin und ihrem Gefolge nach Westminster reiten. Das will ich gern, antwortete Sir Lanzelot. Da sagte Sir Meliagaunce zu Sir Lanzelot: Möchtet Ihr nicht die Räume der Burg besichtigen? Sehr gern, antwortete Sir Lanzelot. So gingen sie zusammen von Zimmer zu Zimmer, denn Sir Lanzelot dachte nicht an Gefahr. Ehrenhafte und tapfere Männer argwöhnen ja sehr selten einen Hinterhalt, denn sie glauben, andere Menschen wären so wie sie selbst. Wer aber Verrat im Sinn hat, bringt einen Mann oft in große Gefahr. Und so erging es Sir Lanzelot. Wie er nichts Böses ahnend mit Sir Meliagaunce durch die Burg ging, trat er auf eine Falltür. Der Fußboden gab nach, und Sir Lanzelot stürzte mehr als zehn Klafter tief in ein Verlies voller Stroh, Sir Meliagaunce aber ging seiner Wege und tat so, als wüßte er nicht, wo Lanzelot war. Bald danach wurde Sir Lanzelot vermißt, und alle wunderten sich, wo er geblieben war. Da meinten die Königin und viele andere, er wäre, wie es seine Gewohnheit war, plötzlich fortgeritten. Denn Sir Meliagaunce hatte Sir Lavaines Pferd schnell wegbringen lassen, um diese Deutung für alle glaubhaft zu machen. So verging die Zeit bis nach dem Essen, und Sir Lavaine gab keine Ruhe, bis Sänften für die verwundeten Ritter gebracht und sie hineingelegt wurden. Dann machte sich die Königin mit ihren Damen und Edelfräulein und dem anderen Gefolge auf den Weg nach Westminster. Dort erzählten die Ritter König Artus, wie Sir Meliagaunce die Königin des Hochverrats bezichtigt und wie Sir Lanzelot seinen Handschuh aufgenommen hatte: Und heute in acht Tagen werden sie den Zweikampf vor Euch ausfechten. Bei meinem Kopf, sagte König Artus, ich fürchte, Sir Meliagaunce hat sich ein bißchen viel vorgenommen, aber wo ist Sir Lanzelot? Herr, antworteten sie, wir wissen nicht, wo er ist, aber wir glauben, er ist auf Abenteuer ausgeritten, wie er es oftmals tut, denn er hat Sir Lavaines Pferd genommen. Laßt ihn nur, sagte der König, man wird ihn finden, wenn er nicht durch Verrat in eine Falle geraten ist.

Kap. 8

WIE SIR LANZELOT VON EINER DAME AUS DEM KERKER BEFREIT WURDE UND EIN WEISSES ROSS BESTIEG UND RECHTZEITIG FÜR DEN ZWEIKAMPF ZUR STELLE WAR. ☙ Währenddessen lag Sir Lanzelot in großen Nöten in dem Verlies. Jeden Tag kam aber eine Dame zu ihm und brachte ihm zu essen und zu trinken, und sie warb um seine Gunst und wollte mit ihm das Lager teilen, doch immer wieder wies sie der edle Ritter ab. Sir Lanzelot, sagte sie, Ihr seid nicht klug, denn ohne meine Hilfe kommt Ihr nie aus diesem Kerker heraus, und Eure Königin Ginevra wird durch Eure Schuld verbrannt werden, wenn Ihr am Tag des Kampfes nicht dort seid. Gott verhüte, erwiderte Sir Lanzelot, daß sie durch meine Schuld verbrannt wird, doch sollte ich wirklich nicht dort sein können, werden der König und die Königin und alle ehrenhaften Männer wohl wissen, daß ich entweder tot oder krank oder eingekerkert bin. Alle Männer, die mich kennen, werden von mir sagen, daß ich in großer Not sein muß, wenn ich an dem Tage nicht dort erscheine, und ich bin sicher, daß ein wackerer Ritter meiner Sippe oder ein anderer, der mich liebt, meinen Streit übernehmen wird. Ihr könnt mir deshalb durchaus nicht bange machen, und wenn es im ganzen Lande keine Frau gäbe als Euch, wollte ich doch nichts mit Euch zu tun haben. Dann beladet Ihr Euch mit Schmach, sprach die Dame, und seid für immer verloren. Was weltliche Schmach angeht, so stehe mir Jesus bei, und was mein Unglück angeht, so ist mir willkommen, was Gott mir auch sendet. An dem Tage, an dem der Kampf stattfinden sollte, kam sie wieder zu ihm und sagte: Sir Lanzelot, mir scheint, Ihr seid zu hartherzig, aber wenn Ihr mich nur ein einziges Mal küßt, will ich Euch befreien und Euch Eure Rüstung und das beste Pferd in Sir Meliagaunces Stall verschaffen. Euch küssen, antwortete Sir Lanzelot, das kann ich, ohne meine Ehre zu verlieren. Doch seid gewiß, wenn ich etwas Unehrenhaftes dabei fände, würde ich es nicht tun. Da küßte er sie, und sie führte ihn hinaus und brachte ihn zu seiner Rüstung. Als er gewappnet war, geleitete sie ihn zu einem Stall, in dem zwölf gute Rosse standen, und hieß ihn darunter das beste zu wählen. Sir Lanzelots Blick blieb an einem Schimmel hängen, der ihm am meisten gefiel, und er befahl dem Stallburschen, diesem Pferd den besten Kampfsattel anzulegen, der zu finden war, und so geschah es. Dann nahm er seine Lanze zur Hand und hängte sein Schwert um, und er befahl die Dame Gott und sagte: Liebe Frau, diese gute Tat werde ich Euch mit meinen Diensten vergelten, wenn es je in meiner Macht steht.

WIE SIR LANZELOT ZUR SELBEN STUNDE AUF DEM KAMPFPLATZ ANKAM, ALS SIR MELIAGAUNCE IHN ERWARTETE UND SICH ZUM KAMPF BEREITMACHTE.

Inzwischen war Königin Ginevra zu einem großen Scheiterhaufen gebracht worden, wo sie verbrannt werden sollte. Denn Meliagaunce war sicher, so meinte er, daß Sir Lanzelot zu diesem Kampf nicht kommen würde. Immer wieder rief er König Artus zu, ihm sein Recht zu verschaffen oder aber Sir Lanzelot vom See auf den Kampfplatz zu schicken. Da waren der König und der ganze Hof entsetzt und beschämt, daß die Königin verbrannt werden sollte, weil Sir Lanzelot ausblieb. Mein König, sagte Sir Lavaine, Ihr könnt sicher sein, daß es um Sir Lanzelot nicht gut steht, denn wenn er lebte, wäre er hier, es sei denn, er ist krank oder gefangen. Noch nie hat man gehört, daß er jemand im Stich ließ, für den er kämpfen wollte. Deshalb, mein

König, ersuche ich Euch um die Erlaubnis, heute hier für meinen Herrn zu streiten und die hohe Frau Königin zu retten. Habt Dank, edler Sir Lavaine, sagte König Artus, ich bin sicher, alles, was Sir Meliagaunce meiner Gemahlin vorwirft, ist falsch. Ich habe mit allen zehn verwundeten Rittern gesprochen, und es ist nicht einer unter ihnen, der, wenn er geheilt und kampffähig wäre, es Sir Meliagaunce nicht im Zweikampf beweisen würde, daß er die Königin zu Unrecht beschuldigt. Das will ich auch tun an Stelle meines Herrn Sir Lanzelot, sagte Sir Lavaine, wenn Ihr mir die Erlaubnis dazu gebt. Ich gebe Euch die Erlaubnis, antwortete König Artus. Haltet Euch tapfer, denn ganz gewiß ist gegen Sir Lanzelot Verrat geübt worden. Da wappnete sich Sir Lavaine und bestieg sein Pferd, und er ritt in die Schranken, um den Kampf auszufechten. Gerade als die Herolde rufen wollten: Laissez les aller!, kam Sir Lanzelot angesprengt, so schnell sein Pferd laufen konnte. Da rief Artus: Halt! Wartet! Und Sir Lanzelot wurde zu Pferd vor König Artus gerufen und berichtete öffentlich vor dem König und allen anderen, wie Sir Meliagaunce die ganze Zeit über gegen ihn gehandelt hatte. Als der König, die Königin und alle Ritter von Sir Meliagaunces Verrat hörten, waren sie darüber entsetzt. Ginevra durfte in großem Vertrauen auf ihren Kämpen wieder neben dem König Platz nehmen. Danach gab es nichts weiter zu sagen, sondern Sir Lanzelot und Sir Meliagaunce rüsteten sich zum Kampf und nahmen ihre Lanzen. Wie der Donner prallten sie zusammen, und Sir Lanzelot stieß seinen Gegner glatt vom Pferd. Da stieg Sir Lanzelot ab, packte sein Schwert und nahm den Schild vor, und Sir Meliagaunce stellte sich ihm in gleicher Weise entgegen. Sie führten viele mächtige Streiche gegeneinander. Schließlich versetzte Sir Lanzelot dem Meliagaunce einen solchen Schlag über den Helm, daß er seitwärts zu Boden taumelte und laut schrie: Hochedler Ritter Sir Lanzelot vom See, schont mein Leben! Ich ergebe mich und bitte Euch, so wahr Ihr ein Ritter der Tafelrunde seid, tötet mich nicht, denn ich bekenne mich geschlagen und lege mein Leben in des Königs und Eure

Hände. Da wußte Sir Lanzelot nicht, was er tun sollte. Um alle Güter der Welt hätte er gern an Sir Meliagaunce Rache genommen, und er schaute zur Königin Ginevra, ob sie ihm durch Zeichen oder Miene ihren Willen zu erkennen geben würde. Da schüttelte die Königin den Kopf, als wollte sie sagen: Erschlage ihn! Als nun Sir Lanzelot wußte, daß sie Meliagaunce getötet sehen wollte, hieß er ihn aufstehen und den Kampf bis zum Äußersten fortführen. Nein, erwiderte Sir Meliagaunce, ich stehe nicht auf, bis Ihr meine Unterwerfung annehmt. Ich will Euch weit entgegenkommen, sagte Sir Lanzelot, und meinen Kopf und die linke Hälfte meines Oberkörpers entblößen, so daß sie ungeschützt sind, und ich will mir die linke Hand auf den Rücken binden lassen, daß ich nichts mit ihr anfangen kann. So werde ich mit Euch kämpfen. Da sprang Sir Meliagaunce auf die Füße und rief laut: Mein König, vernehmt dieses Angebot! Ich will es annehmen. Laßt ihn also nach seinem Vorschlag entwaffnen und binden. Was sagt Ihr da? sprach König Artus zu Sir Lanzelot, wollt Ihr bei diesem Angebot bleiben? Ja, hoher Herr, antwortete Sir Lanzelot, ich gehe nie von dem ab, was ich einmal gesagt habe. Da nahmen Sir Lanzelots Bedienstete auf dem Kampfplatz ihm den Helm und auf der linken Seite die Rüstung ab und banden ihm den linken Arm auf den Rücken, daß er ohne Schild oder einen anderen Schutz war, und so stellte er sich seinem Gegner. Manche Dame und mancher Ritter staunten gar wohl, daß Sir Lanzelot sein Leben derart aufs Spiel setzte. Mit hocherhobenem Schwert ging Sir Meliagaunce vor, und Sir Lanzelot bot ihm offen den ungeschützten Kopf und die entblößte linke Seite dar, aber wie Meliagaunce ihm einen Streich auf den Kopf versetzen wollte, sprang Lanzelot rasch zur Seite und wehrte den Hieb mit dem Schwert in der rechten Hand geschickt ab. Dann schlug Sir Lanzelot mit solcher Wucht auf Sir Meliagaunces Helm, daß das Schwert ihm den Schädel in zwei Teile spaltete. Nun blieb nichts mehr zu tun übrig, als den Leichnam vom Kampfplatz zu schleifen. Auf dringendes Bitten der Ritter der Tafelrunde erlaubte der König, daß Meliagaunce begraben wurde, und auf dem Grabstein wurde vermerkt, wer ihn erschlagen hatte und aus welchem Grunde. Und danach schätzten und liebten König Artus und Königin Ginevra Sir Lanzelot noch mehr als je zuvor.

WIE SIR URRE AN DEN HOF DES KÖNIGS ARTUS KAM, UM HEILUNG VON SEINEN WUNDEN ZU FINDEN, UND WIE KÖNIG ARTUS ANFANGEN WOLLTE, IHN ZU BEHANDELN.

Damals lebte im Lande Ungarn ein wackerer Ritter namens Sir Urre. Er war ein fahrender Ritter, und wenn er hörte, daß irgendwo Ruhmestaten vollbracht wurden, reiste er hin. So geschah es eines Tages, daß er bei einem großen Turnier in Spanien mit dem Sohn eines spanischen Grafen, der Sir Alphegus hieß, aus Ehrgeiz bis zum Äußersten kämpfte. Das Geschick wollte es, daß er Sir Alphegus erschlug, doch in diesem Kampf hatte er selber sieben tiefe Wunden empfangen, drei am Kopf und vier am Körper und an der linken Hand. Sir Alphegus' Mutter aber war eine große Zauberin. Aus Rache für den Tod ihres Sohnes bewirkte sie mit ihren geheimen Künsten, daß Sir Urres Wunden niemals heilen, sondern immer wieder schwären und bluten sollten, bis der beste Ritter der Welt sie untersucht hätte. Dessen rühmte sie sich, und so wurde bekannt, daß Sir Urre nie genesen würde. Da ließ Sir Urres Mutter eine Sänfte bauen und zwischen zwei Zelter hängen und legte ihn hinein. Mit Sir Urres Schwester, einem schönen Fräulein namens Felelolie, und einem Pagen, der die Pferde zu versorgen hatte, brachte sie ihn in viele Länder. Sieben Jahre lang reiste sie durch alle christlichen Reiche, doch nirgends fand sie einen Ritter, der ihrem Sohn helfen konnte. So kam sie auch nach Schottland und England und gelangte durch glücklichen Zufall kurz vor dem Pfingstfest an den Hof König Artus', der damals in Carlisle gehalten wurde. Dort machte sie öffentlich bekannt, sie sei in dieses Land gekommen, damit ihr Sohn geheilt werde. König Artus ließ die Dame zu sich rufen und fragte sie, warum sie den verwundeten Ritter in sein Land gebracht habe. Höchstedler König, antwortete die Dame, ich habe ihn hierhergebracht, damit er von seinen Wunden genese, die in all diesen sieben Jahren nicht verheilt sind. Dann erzählte sie dem König, wo und von wem er verwundet worden war und wie die Mutter seines Gegners in ihrem Hochmut mit dem Zauber geprahlt hatte, durch den die Wunden nicht heilen würden, bis der beste Ritter der Welt sie untersucht hätte. Und so bin ich durch alle christlichen Reiche gezogen, um ihn zu heilen, außer diesem Land. Wenn es mir nicht gelingt, hier Heilung für ihn zu finden, will ich mich nicht weiter mühen, und das ist ein Jammer, denn er war ein wackerer und edler Ritter. Wie ist sein Name? fragte Artus. Mein guter und gnädiger Herr, erwiderte sie, sein Name ist Sir Urre vom Berg. Seid willkommen, sagte der König, Ihr seid zu guter Stunde in dieses Land gekommen. Ich bin sicher, daß Euer Sohn geheilt wird, wenn ihn überhaupt ein Christenmensch heilen kann. Um allen anderen Männern von Ehre Mut zu machen, will ich selbst versuchen, Euern Sohn zu behandeln. Alle Könige, Herzöge und Grafen, die zur Zeit anwesend sind, sollen das danach auch tun. Das will ich ihnen gebieten, und ich weiß wohl, sie werden gehorchen und mein Gebot befolgen. Ich versichere Euch, wandte sich König Artus an Urres Schwester, ich fange nicht an, ihn nach besten Kräften zu behandeln, weil ich etwa glaube, daß ich durch meine Taten so würdig wäre, Euern Bruder zu heilen, sondern ich möchte andere Männer von Ehre ermutigen, meinem Beispiel zu folgen. Dann trug der König allen Königen, Herzögen, Grafen und allen edlen Rittern, die an seinem Hofe weilten, auf, zur Wiese von Carlisle zu kommen. Es waren dort einhundertzehn Ritter der Tafelrunde versammelt, vierzig aber waren abwesend. Wie es sich für uns geziemt, beginnen wir mit König Artus, der damals der berühmteste Mann der ganzen Christenheit war.

WIE KÖNIG ARTUS UND NACH IHM VIELE ANDERE RITTER DER TAFELRUNDE SIR URRE BEHANDELTEN, UND WIE KÖNIG ARTUS SIR LANZELOT BEFAHL, DIE BEHANDLUNG ZU ÜBERNEHMEN, UND WIE SIR URRE SOGLEICH GEHEILT WARD UND SIE GOTT DANKTEN. ❧ König Artus betrachtete Sir Urre und meinte, er müßte ein sehr stattlicher Mann sein, wenn er gesund wäre. Er ließ ihn aus der Sänfte heben und auf den Boden legen, und er selbst kniete auf einem goldenen Kissen nieder. Dann sagte der edle Artus: Guter Ritter, mich jammern Eure Wunden. Um den anderen edlen Rittern Mut zu machen, erlaubt mir bitte, Eure Wunden zu behandeln. Edelster, christlicher König, erwiderte Urre, verfahrt nach Euerm Wunsch, denn ich bin der Gnade Gottes und Euerm Gebot ausgeliefert. Darauf untersuchte ihn Artus behutsam, und da fingen einige seiner Wunden wieder an zu bluten. Dann untersuchten auf Befehl des Königs Artus alle einhundertzehn Ritter der Tafelrunde Sir Urres Wunden, aber keiner vermochte sie zu heilen. Barmherziger Jesus, rief da König Artus, was ist mit Sir Lanzelot vom See, daß er zu dieser Zeit nicht hier ist? Während sie so von mancherlei Dingen sprachen, gewahrte einer, wie Sir Lanzelot auf sie zu geritten kam, und er meldete es dem König. Still, gebot der König, sagt ihm nichts, bis er bei uns ist. Als Sir Lanzelot König Artus sah, stieg er vom Pferd, ging zu ihm und grüßte ihn und alle anderen. Kaum hatte Sir Urres Schwester Sir Lanzelot erblickt, lief sie zu ihrem Bruder, der in der Sänfte lag, und sagte: Bruder, eben ist ein Ritter angekommen, dem sich mein Herz sehr zuneigt. Liebe Schwester, erwiderte Sir Urre, auch mein Herz erwärmt sich für ihn, und ich hoffe gewiß, nun geheilt zu werden, denn mein Gefühl vertraut ihm mehr als allen anderen, die mich untersucht haben. Dann sprach Artus zu Sir Lanzelot: Ihr müßt tun, was wir getan haben. Und er erzählte ihm, wie viele von ihnen Sir Urre untersucht hatten. Gott behüte, antwortete Sir Lanzelot, daß ich mir anmaßen sollte, etwas zu vollbringen, was so viele Könige und Ritter versucht haben und nicht zu vollbringen vermochten. Ihr habt keine Wahl, sagte König Artus, denn ich befehle Euch zu tun, was wir alle getan haben. Mein höchst gerühmter König, entgegnete Sir Lanzelot, Ihr wißt wohl, ich darf und will gegen Euer Gebot nicht ungehorsam sein, aber wenn ich könnte oder dürfte, seid versichert, ich würde es nicht auf mich nehmen, diesen verwundeten Ritter in der Absicht zu berühren, alle anderen Ritter zu übertreffen. Jesus bewahre mich vor solchem Hochmut. Ihr versteht das falsch, sagte König Artus, Ihr sollt es nicht aus irgendeiner Anmaßung heraus tun, sondern Euch uns anschließen, da Ihr doch ein Ritter der Tafelrunde seid. Ich versichere Euch, wenn es Euch nicht gelingt, ihn zu heilen, werde ich getrost sagen, es ist kein Ritter in diesem Lande, der ihm helfen kann. Deshalb ersuche ich Euch nochmals, tut, was wir getan haben. Dann baten fast alle Könige und Ritter Sir Lanzelot, den Kranken zu untersuchen. Auch der verwundete Sir Urre richtete sich mühsam auf und sagte zu Sir Lanzelot: Ritterlicher Herr, ich bitte Euch Gott zuliebe, heilt meine Wunden, denn mir scheint, seit Ihr hier seid, schmerzen sie nicht mehr. Ach, edler Herr, sagte Sir Lanzelot, wollte doch Jesus geben, daß ich Euch helfen könnte! Es bedrückt mich sehr, daß dies von mir verlangt wird, denn nie war ich würdig genug, eine so hohe Aufgabe zu erfüllen. Dann kniete Sir Lanzelot neben dem verwundeten Ritter nieder und sagte: Hoher Herr Artus, ich muß tun, was Ihr verlangt, aber es ist nicht nach meinem Herzen. Danach hob er die Hände empor und blickte nach Osten und sprach leise zu sich selbst: Du gesegneter Vater, Sohn und Heiliger Geist, ich erflehe von deiner Gnade, daß mein bescheidener Ruhm und meine Ehre gewahrt bleiben und daß du, Heilige Dreieinigkeit, mir die Kraft verleihst, diesen siechen Ritter durch deine große Tugend und Güte zu heilen, doch nicht, lieber Herr, durch mich selbst. Dann bat Sir Lanzelot Sir Urre, ihm seinen Kopf zu zeigen. Demutsvoll kniend, untersuchte er die drei Wunden gründlich, daß sie ein wenig bluteten, und mit einem Male schlossen sich die Wunden und sahen aus, als wären sie schon sieben Jahre heil gewesen. In gleicher Weise untersuchte er die drei anderen Wunden an seinem Körper, und sie heilten ebenfalls. Zuletzt untersuchte er die Wunde an der Hand, und sofort war sie verheilt. Da knieten König Artus und alle anderen Könige und Ritter nieder und dankten und lobten Gott und seine heilige Mutter. Und Sir Lanzelot weinte lange wie ein Kind, das Schläge bekommen hat. Darauf ließ König Artus Sir Urre in Begleitung von Priestern und frommen Männern mit Gesängen und Lobpreisungen Gottes auf feierlichste Weise nach Carlisle bringen. Als dies geschehen war, verschaffte ihm der König die prächtigsten Gewänder, die man sich vorstellen konnte. Da gab es nur wenige Ritter an seinem Hofe, die stattlicher waren als er, denn er war wohlgestalt und von kräftiger Statur. Als König Artus ihn fragte, wie er sich fühle, antwortete er: Hoher Herr, ich habe mich nie so wohl gefühlt. Wollt Ihr tjosten und Waffentaten vollbringen? fragte Artus. Wenn ich die Ausrüstung dazu hätte, erwiderte Urre, wäre ich sogleich dabei.

Kap. 12

WIE KÖNIG ARTUS EIN TURNIER VERANSTALTETE, IN DEM HUNDERT RITTER GEGEN HUNDERT ANDERE KÄMPFTEN, UND WIE SIR URRE UND SIR LAVAINE DEN PREIS ERHIELTEN, UND VON ANDEREN DINGEN. Da bereitete Artus ein Turnier vor, in dem eine Partei von hundert Rittern gegen hundert andere Ritter stehen sollte. An diesem Tage kämpften sie um einen Diamanten. Es nahm aber keiner der gefährlichen Ritter teil, und so trugen Sir Urre und Sir Lavaine den Sieg davon, denn jeder von ihnen bezwang dreißig Ritter. Mit Zustimmung aller Könige und Herren wurden Sir

Urre und Sir Lavaine zu Rittern der Tafelrunde erhoben. Und Sir Lavaine verliebte sich in Lady Felelolie, Sir Urres Schwester. Sie wurden unter großem Jubel getraut, und König Artus übergab jedem von ihnen den Landbesitz eines Barons. Sir Urre wollte sich nicht wieder von Sir Lanzelot trennen, sondern diente ihm mit Sir Lavaine die ganze Zeit. Sie galten am Hof als gute und waffentüchtige Männer und vollbrachten viele edle Taten und gönnten sich keine Ruhe, denn sie waren immer auf der Suche nach Abenteuern. So lebten sie an diesem Hofe lange Zeit in großem Ruhm und Glück. Tag und Nacht aber lauerte Sir Agrawein, Sir Gaweins Bruder, Königin Ginevra und Sir Lanzelot vom See auf, um Schmach und Schande über sie zu bringen. Aus Bosheit nannten Ritter und Damen Sir Lanzelot den Ritter vom Karren, weil er einmal auf einem Karren gefahren war, als wäre er zum Tod am Galgen verurteilt worden. Um allen zu trotzen, fuhr er tatsächlich ein Jahr lang auf einem Karren und stieg von der Zeit an, da er in dem Streit für die Königin Sir Meliagaunce erschlug, zwölf Monate nicht in den Sattel. In diesem Jahr bestand er mehr als vierzig Kämpfe.

20. Buch

WIE DIE BEIDEN UNSELIGEN RITTER SIR AGRAWEIN UND SIR MORDRED SIR GAWEIN DRÄNGTEN, DIE LIEBE ZWISCHEN SIR LANZELOT UND KÖNIGIN GINEVRA NICHT LÄNGER STILLSCHWEIGEND ZU DULDEN.

IM Monat Mai knospet und erblüht jedes fröhliche Herz. Die Jahreszeit ist heiter und erquicklich zu schauen, und Mann und Weib freuen sich über die frischen Blumen des kommenden Sommers, denn der Winter mit seinen rauhen Winden und Stürmen zwingt Mann und Weib dazu, sich dicht an den Ofen zu hocken. In eben dieser Maienzeit erhob sich ein großes Unheil, das nicht aufhörte, bis die besten Ritter der Welt vernichtet und erschlagen waren. An all dem waren zwei unselige Ritter schuld, die Sir Agrawein und Sir Mordred hießen und Brüder Sir Gaweins waren. Sir Agrawein und Sir Mordred hatten stets einen heimlichen Haß gegen König Ginevra und Sir Lanzelot gehegt und bei Tag und Nacht Sir Lanzelot nachgespürt. Das Unheil nahm seinen Lauf, als Sir Gawein und seine Brüder im Gemach des Königs Artus waren und Sir Agrawein öffentlich, daß viele Ritter es hören konnten, erklärte: Ich wundere mich, daß wir alle uns nicht schämen, zu sehen und zu wissen, daß Sir Lanzelot Tag und Nacht bei der Königin liegt. Es ist eine Schande, wie wir alle dulden, daß ein edler Mann wie König Artus auf solche Weise entehrt wird. Darauf entgegnete Sir Gawein: Bruder Agrawein, ich ersuche und gebiete Euch, solche Dinge in meiner Gegenwart nicht zu äußern, denn merkt Euch, ich will damit nichts zu tun haben. Bei Gott, sagten Sir Gaheris und Sir Gareth, auch wir, Bruder Agrawein, wollen mit Euern Taten nichts zu schaffen haben. Doch ich will es, warf Sir Mordred ein. Das sieht

Euch ähnlich, sagte Sir Gawein, Ihr seid immer ein Freund allen Unheils. Doch ich wollte, Ihr ließet das sein und zeigtet Euch nicht so geschäftig, denn ich weiß, was daraus entstehen wird. Entstehe daraus, was wolle, entgegnete Sir Agrawein, ich will es dem König enthüllen. Nicht mit meiner Zustimmung, versetzte Sir Gawein, denn wenn daraus Krieg und Fehde zwischen Sir Lanzelot und uns erwachsen, so seid gewiß, Bruder, viele Könige und mächtige Herren werden zu Sir Lanzelot halten. Auch müßt Ihr bedenken, wie oft Sir Lanzelot den König und die Königin gerettet hat, und die Besten von uns wären schon längst tot, wenn Sir Lanzelot nicht tüchtiger als wir gewesen wäre. Das hat er wahrlich oft bewiesen. Was mich angeht, fuhr Sir Gawein fort, ich werde um der Tat eines Tages willen mich nie gegen Sir Lanzelot stellen, denn er hat mich damals von König Carados aus dem Turm der Schmerzen befreit und ihn erschlagen und damit mein Leben gerettet. Auch euch, Agrawein und Mordred, hat Sir Lanzelot in ähnlicher Weise mit noch zweiundsechzig anderen vor Sir Turquine gerettet. Mir scheint, Brüder, solche Freundestaten und solche Freundschaft sollten nicht vergessen werden. Tut, was Ihr wollt, sagte Agrawein, ich will es nicht länger verhehlen. Bei diesen Worten kam König Artus herein. Nun, Bruder, haltet Euern Mund, sagte Sir Gawein. Das werden wir nicht, erwiderten Agrawein und Mordred. Ihr wollt nicht? rief Sir Gawein. Gott sei euch gnädig, ich will eure Geschichten nicht hören und nichts mit euch zu tun haben. Das wollen wir auch nicht, pflichteten ihm Sir Gareth und Sir Gaheris bei, denn wir wollen über diesen Mann nichts Schlechtes sagen. Weil Sir Lanzelot mich zum Ritter geschlagen hat, sagte Sir Gareth, kommt mir üble Nachrede über ihn auf keine Weise zu. Damit gingen die drei fort und klagten sehr. Wehe, sagten Sir Gawein und Sir Gareth, nun wird großes Unheil über dieses Reich kommen und die edle Gefolgschaft der Tafelrunde zersprengt werden.

WIE SIR AGRAWEIN IHRE LIEBE KÖNIG ARTUS ENTHÜLLTE, UND WIE KÖNIG ARTUS DIE ERLAUBNIS GAB, LANZELOT ZU ERGREIFEN. Da fragte König Artus, worum sie so stritten. Mein König, antwortete ihm Agrawein, ich werde Euch berichten, was ich nicht mehr verschweigen kann. Ich sprach mit meinen Brüdern Gawein, Gaheris und Gareth über etwas, was uns allen bekannt ist, daß nämlich Sir Lanzelot ein Verhältnis mit Eurer Königin hat, und zwar seit langer Zeit. Wir sind Söhne Eurer Schwester und wollen das nicht länger dulden. Wir alle wissen, daß Ihr über Sir Lanzelot stehen solltet. Ihr seid der König, der ihn zum Ritter geschlagen hat, und wir wollen beweisen, daß er ein Verräter gegen Eure Person ist. Wenn das stimmt, was ihr sagt, antwortete König Artus, dann ist er nichts anderes. Aber ich möchte die Sache nicht gern weiterbetreiben ohne Beweise, denn Sir Lanzelot ist ein kühner Ritter. Ihr wißt, er ist der beste von uns allen. Wenn man ihn nicht auf frischer Tat ertappt, wird er den zum Kampf herausfordern, der die Anklage vorbringt, und ich kenne keinen Ritter, der es mit ihm aufnehmen könnte. Deshalb möchte ich, wenn es wahr ist, was ihr sagt, daß ihr ihn bei der Tat ergreift. Der König war nämlich sehr erbost darüber, daß es Gerüchte über Sir Lanzelot und Ginevra gab. Zwar vermutete er etwas, aber er wollte nichts davon hören. Denn Sir Lanzelot hatte sehr oft so viel für ihn und die Königin getan, daß er ihn wahrlich über alle Maßen liebte. Mein König, sagte Sir Agrawein, reitet morgen zur Jagd, und zweifelt nicht, Sir Lanzelot wird Euch nicht begleiten. Wenn die Nacht hereinbricht, sendet der Königin Botschaft, daß Ihr die Nacht über wegbleibt, und schickt nach Euern Köchen. Dann werden wir ihn, bei unserem Leben, in dieser Nacht bei der Königin ertappen und ihn tot oder lebendig zu Euch bringen. Ich bin einverstanden, antwortete der König, aber ich rate euch, nehmt zuverlässige Gefährten mit. Herr, sagte Agrawein, mein Bruder Sir Mordred und ich werden zwölf Ritter der Tafelrunde mitnehmen. Seht euch vor, erwiderte König Artus, ich warne Euch vor seiner Tapferkeit. Laßt uns nur machen, sagten Sir Agrawein und Sir Mordred. Am nächsten Morgen ritt der König zur Jagd aus und ließ der Königin bestellen, er würde die ganze Nacht ausbleiben. Sir Agrawein und Sir Mordred nahmen sich zwölf Ritter und verbargen sich in einem Gemach in der Burg von Carlisle. Alle zwölf stammten aus Schottland und gehörten entweder zu Sir Gaweins Sippe oder waren seinen Brüdern treu ergeben. Als es Nacht wurde, sagte Sir Lanzelot zu Sir Bors, er wolle zur Königin gehen und mit ihr sprechen. Herr, erwiderte Sir Bors, ich rate Euch, geht diese Nacht nicht zu ihr. Warum? fragte Sir Lanzelot. Ich traue Sir Agrawein nicht, antwortete Sir Bors, er lauert Euch täglich auf, um Schande über Euch und uns alle zu bringen. Noch nie war mir so bange davor, daß Ihr zur Königin geht, wie gerade heute. Denn ich fürchte, der König bleibt heute Nacht nur fort, weil er Euch und der Königin durch jemand auflauern lassen will. Jedenfalls sieht es mir sehr nach Verrat aus. Habt keine Furcht, sagte Sir Lanzelot, ich will nur hingehen und gleich wiederkommen und mich nicht aufhalten. Herr, erwiderte Sir Bors, das bedaure ich, denn ich befürchte, wenn Ihr heute Nacht geht, werdet Ihr großes Unheil über uns alle bringen. Lieber Neffe, sagte Sir Lanzelot, ich wundere mich sehr, daß Ihr so sprecht, da doch die Königin nach mir gesandt hat. Ich bin wahrlich kein solcher Feigling, sondern sie soll sehen, daß ich ihrem gnädigen Rufe folge. Gott sei mit Euch, sagte Sir Bors, und lasse Euch gesund und heil zurückkommen.

WIE SIR LANZELOT IM GEMACH DER KÖNIGIN ÜBERRASCHT WURDE, UND WIE SIR AGRAWEIN UND SIR MORDRED MIT ZWÖLF RITTERN KAMEN, UM IHN ZU ERSCHLAGEN.

Sir Lanzelot nahm sein Schwert unter den Arm und machte sich, nur mit einem Mantel bekleidet, auf den Weg und begab sich so in große Gefahr. Unbehelligt gelangte er zum Gemach der Königin und wurde dort schnell eingelassen. Dann waren die Königin und Sir Lanzelot beisammen, aber ob sie im Bett lagen oder sich anders vergnügten, soll nicht weiter erwähnt werden, denn die Liebe war zu jener Zeit nicht, wie sie heutzutage ist. Während sie so beieinander waren, kamen Sir Agrawein und Sir Mordred mit zwölf Rittern der Tafelrunde und riefen: Sir Lanzelot vom See, du Verräter, jetzt bist du ertappt. So schrien sie mit lauter Stimme, damit der ganze Hof es hören sollte. Die vierzehn waren in allen Stücken gewappnet, als wollten sie eine Schlacht schlagen. Wehe, sagte Königin Ginevra, jetzt sind wir beide verloren. Hohe Frau, erwiderte Sir Lanzelot, habt Ihr in Euerm Gemach nicht eine Rüstung, damit ich meinen bloßen Leib bedecken kann? Wenn Ihr eine habt, dann gebt sie mir, und ich werde mit Gottes Hilfe ihre Bosheit bald zum Schweigen bringen. Ach, antwortete die Königin, ich habe weder Rüstung noch Schild, Schwert oder Lanze. Ich bin in großer Furcht, daß unsere lange Liebe nun ein unseliges Ende findet, denn ich höre an dem Lärm, daß da viele edle Ritter sind. Sicherlich sind sie alle wohl gewappnet, und Ihr könnt ihnen keinen Widerstand leisten. Darum werdet Ihr wohl erschlagen werden, und mich wird man verbrennen. Wenn Ihr nur fliehen könntet, würdet Ihr mich ohne Zweifel retten, in welcher Gefahr ich mich auch befände. Weh mir, entgegnete Sir Lanzelot, in meinem ganzen Leben stand es nie so schlimm um mich, daß ich schimpflich erschlagen werden sollte, weil ich ohne Rüstung war. Unterdessen schrien Sir Agrawein und Sir Mordred in einem fort: Du Verräter, komm heraus aus dem Gemach der Königin, wir haben dich so in die Enge getrieben, daß du uns nicht entrinnen kannst! O barmherziger Jesus, sagte Sir Lanzelot, dieses schändliche Schreien und Lärmen ertrage ich nicht. Es wäre besser, auf der Stelle zu sterben, als diese Qual zu erdulden. Dann nahm er die Königin in die Arme, küßte sie und sagte: Höchst edle christliche Königin, ich bitte Euch, betet für meine Seele, wenn ich erschlagen werden sollte. Ihr wart stets meine einzige gütige Dame, und ich war nach meinen Kräften allzeit Euer treuer und ergebener Ritter. Ich habe Euch im Recht und im Unrecht immer Beistand geleistet von dem Tage an, da mich König Artus zum Ritter geschlagen hat. Ich bin ganz sicher, mein Neffe Sir Bors und alle übrigen meiner Sippe und auch Sir Lavaine und Sir Urre werden nicht zögern, Euch vor dem Feuertod zu retten. Darum seid getrost und geht mit meinem Neffen Sir Bors und mit Sir Urre. Sie werden alle Eure Wünsche erfüllen, soweit sie es nur vermögen, damit Ihr wie eine Königin auf meinen Ländereien leben könnt. O nein, Lanzelot, sagte die Königin, ich will nicht länger leben als du. Wenn du erschlagen wirst, will ich um Jesu Christi willen so demütig in meinen Tod gehen wie nur je eine christliche Königin. Nun, hohe Frau, da der Tag gekommen ist, an dem wir von unserer Liebe scheiden müssen, will ich mein Leben so teuer wie möglich verkaufen. Mir ist tausendmal mehr bange um Euch als um mich. Doch jetzt trüge ich lieber eine feste Rüstung, als daß ich Herr über die ganze Christenheit wäre, damit die Menschen von meinen Taten zu reden haben, ehe ich erschlagen werde. Wahrlich, sagte die Königin, ich wollte, Gott fügte es so, daß sie mich ergriffen und erschlügen und Euch entkommen ließen. Das wird nimmer geschehen, erwiderte Sir Lanzelot. Gott bewahre mich vor solcher Schande, doch Jesus, sei du mein Schild und Harnisch!

WIE SIR LANZELOT SIR COLGREVANCE ERSCHLUG UND SICH MIT DESSEN HARNISCH WAPPNETE UND DANACH SIR AGRAWEIN UND SEINE ZWÖLF RITTER ERSCHLUG. Nach diesen Worten wickelte Sir Lanzelot seinen Mantel fest um den Arm. Die Ritter hatten währenddessen eine große Bank aus der Halle geholt und stießen damit gegen die Tür. Ihr Herren, rief Sir Lanzelot, laßt euer Lärmen und Stoßen! Ich werde die Tür öffnen. Dann könnt ihr mit mir machen, was ihr wollt. Nur zu, tu das, antworteten sie alle, denn du kannst es doch nicht mit uns allen aufnehmen. Laßt uns in das Gemach ein, und wir werden dein Leben schonen, bis du vor König Artus stehst. Da riegelte Lanzelot die Tür auf und öffnete sie mit der linken Hand ein wenig, so daß nur ein Mann auf einmal hindurchgelangen konnte. Es drängte sich ein wackerer Ritter vor, ein großer und starker Mann, der Colgrevance von Gore hieß. Er holte mit dem Schwert zu einem mächtigen Streich gegen Sir Lanzelot aus, doch der wich zur Seite und versetzte ihm einen solchen Schlag auf den Helm, daß er tot über die Türschwelle fiel. Dann zog Sir Lanzelot mit aller Kraft den toten Ritter zur Tür herein und legte mit Hilfe der Königin und ihrer Damen rasch Sir Colgrevances Rüstung an. Und noch immer schrien Sir Agrawein und Sir Mordred: Verräter, komm heraus aus dem Gemach der Königin! Hört auf mit dem Geschrei! rief Sir Lanzelot zurück. Ich sage Euch, Sir Agrawein, Ihr werdet mich heute nacht nicht in Eure Gewalt bekommen. Deshalb rate ich euch allen, geht von dieser Tür weg und hört mit dem Gebrüll und den Verleumdungen auf. Ich verspreche euch bei meiner Ritterehre, wenn ihr abzieht und keinen Lärm mehr macht, werde ich morgen vor dem König und euch allen erscheinen, und dann werden wir sehen, wer von euch mich des Verrates beschuldigen wird. Dort werde ich euch Rede stehen, wie es einem Ritter geziemt, und erklären, daß ich nicht in unlauterer Absicht zur Königin gekommen bin, und das will ich mit meinen Händen an euch beweisen. Pfui über dich, Verräter, erwiderten Sir Agrawein und Sir Mordred, ob du willst oder nicht, wir werden dich ergreifen und töten, wenn es uns gefällt. Denn du sollst wissen, König Artus hat es uns überlassen, ob wir dich verschonen oder erschlagen. Ihr Herren, sagte Sir Lanzelot, läßt sich nicht anders mit Euch reden? Dann seht euch vor! Damit riß Sir Lanzelot die Tür weit auf und stellte sich ihnen kraftvoll und ritterlich entgegen, und gleich mit dem ersten Streich tötete er Sir Agrawein. Nach kurzer Zeit lagen zwölf von dessen Anhängern entseelt am Boden, denn keiner von ihnen konnte den Streichen Sir Lanzelots standhalten. Auch Sir Mordred wurde verwundet, aber er floh in großer Hast. Dann kehrte Sir Lanzelot zur Königin zurück und sagte: Hohe Frau, das Ende unserer treuen Liebe ist gekommen, denn von nun an wird König Artus für immer mein Feind sein. Doch wenn es Euch gefällt, hohe Frau, mit mir zu kommen, werde ich Euch vor allen Gefahren schützen. Das wäre nicht gut, antwortete die Königin. Da Ihr nun soviel Unheil angerichtet habt, scheint es mir besser zu sein, Ihr verhaltet Euch ganz ruhig, und wenn Ihr seht, daß sie mich morgen in den Tod schicken wollen, dann mögt Ihr mich retten, wenn Ihr könnt. Das will ich, sagte Sir Lanzelot, denn zweifelt nicht, solange ich lebe, werde ich Euch immer beistehen. Dann küßte er sie, und jeder gab dem anderen einen Ring, und so verließ er die Königin und ging in sein Gemach.

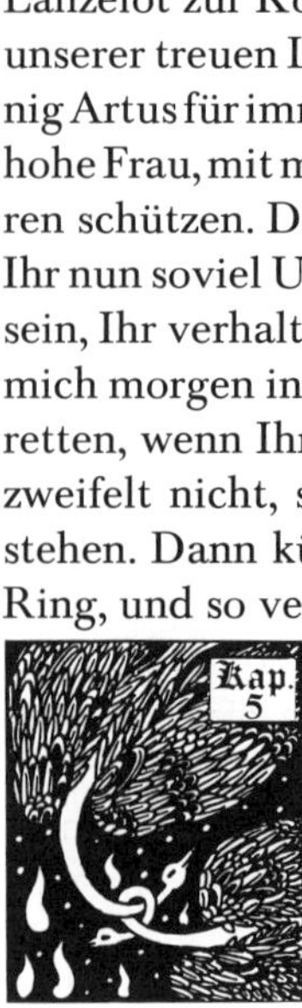

WIE SIR LANZELOT ZU SIR BORS KAM UND IHM BERICHTETE, WAS SICH EREIGNET HATTE UND IN WELCHER GEFAHR ER GEWESEN UND WIE ER ENTKOMMEN WAR. Als Sir Bors Sir Lanzelot erblickte, war er froh wie nie zuvor über seine Rückkehr. Barmherziger

Jesus, rief Sir Lanzelot, warum seid ihr in Waffen? Was hat das zu bedeuten? Herr, antwortete Sir Bors, nachdem Ihr von uns gingt, waren wir alle, wir von Eurer Sippe und Eure Anhänger, so voller Unruhe, daß einige von uns nackt aus ihren Betten sprangen und im Traum ihre bloßen Schwerter ergriffen. Deshalb glauben wir, es steht uns ein harter Kampf bevor. Auch schien es uns, Ihr wärt durch Verrat gefangen, und darum rüsteten wir uns, um Euch beizustehen, in welcher Gefahr Ihr auch immer sein mochtet. Mein lieber Neffe, sagte Sir Lanzelot zu Sir Bors, jetzt sollt Ihr erfahren, daß ich in dieser Nacht in einer schlimmeren Lage war als jemals in meinem Leben, und dennoch bin ich entkommen. Und er erzählte alles, was sich zugetragen hatte. Darum, meine Freunde, sagte Sir Lanzelot, bitte ich euch alle, mir die Treue zu halten, in welcher Not ich mich auch befinde, denn nun bricht der Krieg über uns herein. Herr, antwortete Sir Bors, uns ist alles willkommen, was Gott uns schickt. Wir haben durch Euch viel Glück und Ehre erfahren, deshalb wollen wir auch das Leid mit Euch teilen. Und alle die wackeren Ritter sagten: Laßt den Mut nicht sinken, denn es gibt keine Ritterschar unter dem Himmel, der wir nicht ebenso zusetzen könnten wie sie uns. Seid also unbesorgt. Wir wollen alle zusammenrufen, mit denen wir gut befreundet sind, und wir werden tun, was Ihr befehlt. Habt Dank, erwiderte Sir Lanzelot, für euern reichen Trost. In meiner großen Not lieber Neffe, stärkt Ihr mich sehr, und ich bin Euch sehr verpflichtet. Doch eines, mein lieber Neffe, sollt Ihr in aller Eile für mich tun, noch bevor der Tag anbricht: Haltet in den Quartieren Umschau bei denen, die hier in der Nähe des Königs untergebracht sind, wer zu mir hält und wer nicht, denn jetzt muß ich meine Freunde von meinen Feinden unterscheiden. Herr, antwortete Sir Bors, ich will mir die größte Mühe geben. Bis sieben Uhr sollt Ihr wissen, wer von denen, die Ihr genannt habt, zu Euch steht. Darauf ließ Sir Bors zu sich rufen Sir Lionel, Sir Ector von Maris, Sir Blamore von Ganis, Sir Bleoberis von Ganis, Sir Gahalantine, Sir Galihodin, Sir Galihud, Sir Menadeuke, Sir Villiars le Valiant, Sir Hebes le Renoumes, Sir Lavaine, Sir Urre von Ungarn, Sir Nerovens und Sir Plenorius. Die beiden letzteren hatte Sir Lanzelot zu Rittern geschlagen, und den einen hatte er auf einer Brücke besiegt. Deshalb wollten sie sich nie gegen ihn stellen. Dazu kamen noch Sir Harry le Fise du Lake, Sir Selises von der Burg der Schmerzen, Sir Melias von Lile und Sir Bellangere le Beuse, der Sohn Sir Alisanders le Orphelin, dessen Mutter Alice, die schöne Pilgerin, mit Sir Lanzelot verwandt war und der deshalb zu ihm hielt. Ferner erschienen Sir Palamides und sein Bruder Sir Safere, Sir Clegis von Sadok, Sir Dinas und Sir Clarius von Cleremont. Diese vierundzwanzig Ritter scharten sich zusammen und waren bald gewappnet und beritten. Sie gelobten Sir Lanzelot, seinem Befehl zu folgen. Dann stießen aus Nordwales und Cornwall um Sir Lamoraks und Sir Tristans willen noch an die achtzig Ritter zu ihnen. Ihr Herren, sprach Sir Lanzelot sie an, ihr wißt, seit ich in dieses Land kam, war ich dem hohen Herrn König Artus und der hohen Frau Königin Ginevra immer wohlgesinnt und habe ihnen nach Kräften gedient. In jener Nacht ließ mich die hohe Frau Königin zu sich rufen, weil sie mit mir sprechen wollte. Obwohl ich ihre Person durchaus entschuldigen muß, wurde vermutlich Verrat geübt und ich nach einem ausgeklügelten Plan beinahe erschlagen, aber da Jesus mich schützte, entrann ich aller Bosheit und Hinterlist. Darauf berichtete der edle Ritter Sir Lanzelot ihnen allen, wie er im Gemach der Königin hart bedrängt worden und schließlich entkommen war. Deshalb, ihr edlen Herren, fuhr Sir Lanzelot fort, bin ich sicher, es wird zu einem Krieg gegen mich und die Meinen kommen. Weil ich in jener Nacht Sir Agrawein, Sir Gaweins Bruder, und mindestens zwölf seiner Anhänger erschlagen habe, wird es gewiß einen Kampf auf Leben und Tod geben, denn König Artus hatte diese Ritter geschickt, um Verrat an mir zu üben. In der Hitze seines Zorns wird der König die Königin zum Feuertod verurteilen, und ich kann nicht dulden, daß sie um meinetwillen verbrannt wird. Wenn er mich anhört und meinen Streit ausfechten läßt, will ich im Kampf beweisen, daß die Königin ihrem Gemahl eine treue Gattin ist. Aber ich fürchte, in seiner Wut wird der König mich nicht gewähren lassen, wie ich es verlangen darf.

VON DER BERATUNG UND DEM BESCHLUSS, DEN SIR LANZELOT UND SEINE FREUNDE FASSTEN, UM DIE KÖNIGIN ZU RETTEN.

Mein Herr Sir Lanzelot, sagte Sir Bors, ich rate Euch, das Üble mit dem Guten zu nehmen und es in Geduld zu tragen und Gott dafür zu danken. Und da die Dinge nun einmal so stehen, lege ich Euch nahe, auf Euch achtzugeben, denn wenn Ihr nur wollt, gibt es in der ganzen Christenheit keine Ritterschar, die Euch etwas anhaben könnte. Auch rate ich Euch, daß Ihr Königin Ginevra, wenn sie in Gefahr kommt, ritterlich rettet, denn sie ist durch Euch in Not geraten. Tätet Ihr das nicht, würde die ganze Welt bis ans Ende aller Tage Eure Schmach verkünden. Da Ihr bei ihr angetroffen wurdet, ob Ihr nun recht oder unrecht tatet, ist es Eure Pflicht, ihr beizustehen, damit sie nicht erschlagen oder in einen schmählichen Tod geschickt wird. Denn wenn sie so stürbe, fiele die ganze Schmach auf Euch. Jesus bewahre mich vor solcher Schmach, sagte Sir Lanzelot, und behüte und errette die Königin vor Schurkerei und schändlichem Tod. Möge sie nie durch meine Schuld ins Verderben kommen. Also, meine edlen Herren, meine Verwandten und Freunde, was wollt ihr tun? Da antworteten sie alle: Wir wollen Euch folgen. So beantwortet mir dies, fuhr Sir Lanzelot fort: Wenn der hohe Herr Artus auf böse Einflüsterungen hin morgen die Königin in seinem Zorn zum Feuertod verurteilt, was sollten wir nach eurem Rat am besten unternehmen? Wie mit einer Stimme antworteten sie alle: Herr, es scheint uns am besten, daß Ihr die Königin nach Ritterart rettet. Denn sollte sie verbrannt werden, geschähe das um Euretwillen. Und wenn man Euer habhaft werden könnte, würdet Ihr wahrscheinlich denselben oder einen noch schändlicheren Tod finden. Und, Herr, da Ihr die Königin oftmals, wenn es um andere Männer ging, vor dem Tode bewahrt habt, scheint uns, Ihr seid es Eurer Ehre um so mehr schuldig, sie aus einer Gefahr zu retten, in die sie Euretwegen geraten ist. Da stand Sir Lanzelot reglos da und sagte dann: Edle Herren, ich versichere euch, es täte mir leid, etwas zu tun, das euch und meiner Sippe Unehre machte. Ich möchte durchaus nicht, daß die Königin eines schändlichen Todes stirbt. Aber wenn ich, wie ihr mir ratet, sie rette, muß ich dabei viel Schaden anrichten und vielleicht einige meiner besten Freunde töten. Das würde ich sehr bedauern, denn unter ihnen wären vielleicht einige, die sich gern zu mir schlagen würden, wenn sie es fertigbrächten, gegen König Artus ungehorsam zu sein. Und falls es mir gelingt, sie zu retten, wo soll ich sie unterbringen? Das soll unsere geringste Sorge sein, erwiderte Sir Bors. Was tat doch der edle Ritter Sir Tristan mit Eurer Hilfe? Hatte er die schöne Isolde nicht fast drei Jahre bei sich auf der Burg Freudenturm? Dies geschah auf Euern Rat, und die Burg gehört Euch. Wenn Ihr wollt, könntet Ihr das gleiche tun und die Königin mit leichter Mühe entführen, wenn sie der König zum Feuertod verurteilen sollte. Auf Freudenturm könnt Ihr sie so lange unterbringen, bis der Zorn des Königs verflogen ist. Dann könnt Ihr die Königin dem König in großen Ehren wieder übergeben und vielleicht Dank und Freundschaft für das ernten, was anderen Strafe eintragen würde. Das ist zu gefährlich, antwortete Sir Lanzelot, Sir Tristan kann mir als Warnung dienen. Ihr wißt ja, wie es ihm erging, als er auf Grund von Abmachungen die schöne Isolde von Freudenturm zu König Marke zurückbrachte, und wie schändlich ihn der Verräter König Marke erschlug, als er harfespielend vor seiner Herrin

Schön Isolde saß: ein scharfes Schwert stieß er ihm von hinten ins Herz. Es schmerzt mich, von seinem Tod zu sprechen, denn in der ganzen Welt findet sich kein solcher Ritter. All das ist wahr, entgegnete Sir Bors, aber ein Umstand kann Euch und uns allen Mut machen: Ihr wißt wohl, König Artus und König Marke waren niemals von gleicher Sinnesart. Noch nie konnte ein Mann beweisen, König Artus hätte sein Wort nicht gehalten. So beschlossen sie alle, was auch daraus entstünde, die Königin zu retten, wenn es so käme, daß sie am nächsten Morgen verbrannt werden sollte. Auf Sir Lanzelots Rat verbargen sie sich alle in einem Wald dicht bei Carlisle und verhielten sich still, um abzuwarten, was der König tun würde.

Kap. 7

WIE SIR MORDRED EILENDS ZUM KÖNIG RITT, UM IHM VON DEM KAMPF UND VOM TOD SIR AGRAWEINS UND DER ANDEREN RITTER ZU BERICHTEN. Nachdem nun Sir Mordred dem edlen Ritter Sir Lanzelot entkommen war, bestieg er schleunigst sein Pferd und ritt, verwundet und zerschlagen und blutbedeckt, sogleich zu König Artus und berichtete ihm, wie alles abgelaufen war und daß außer ihm alle anderen erschlagen worden waren. Jesus erbarme dich, wie kann das sein? rief der König. Habt ihr ihn im Gemach der Königin gefunden? Ja, bei Gott, dort haben wir ihn ohne Rüstung angetroffen, doch er erschlug Sir Colgrevance und wappnete sich mit seiner Rüstung. Barmherziger Jesus, sagte der König, er ist ein erstaunlich starker Ritter. Es schmerzt mich sehr, daß Sir Lanzelot mein Gegner ist. Ich bin sicher, die edle Gefolgschaft der Tafelrunde wird nun für immer auseinanderfallen, denn manch edler Ritter wird zu ihm stehen. Da es nun so gekommen ist, erfordert es meine Ehre, daß die Königin sterben muß. In solch zorniger Erregung gebot er, daß die Königin zum Tode verurteilt werden sollte. Denn der Rechtsbrauch war in jenen Tagen so, daß es für jeden, von welchem Stand oder Rang auch immer, der des Ehebruchs für schuldig befunden wurde, keine andere Strafe als den Tod gab, und als Beweis für ein solches rasches Urteil galt entweder das Verhalten oder das Ergreifen auf frischer Tat. So wurde auch mit der Königin Ginevra verfahren. Daß Sir Mordred nur schwer verwundet entkam und dreizehn Ritter der Tafelrunde erschlagen wurden, war für König Artus Beweis und Grund genug, zu befehlen, daß die Königin auf dem Scheiterhaufen verbrannt werden sollte. Da ergriff Sir Gawein das Wort und sagte: Hoher Herr Artus, ich würde Euch raten, nichts zu übereilen, sondern dieses Urteil über die hohe Frau Königin aufzuschieben, und das aus vielerlei Gründen. Einer davon ist, daß Sir Lanzelot, wenn er auch im Gemach der Königin angetroffen wurde, doch vielleicht nicht mit unlauterer Absicht dahin kam; denn wie Ihr wißt, ist die Königin Sir Lanzelot sehr verpflichtet, mehr als jedem anderen Ritter. Oftmals hat er ihr das Leben gerettet und für sie gekämpft, wenn sie der ganze Hof im Stich ließ. So hat sie vielleicht in guter und nicht in böser Absicht nach ihm geschickt, um ihn für seine Taten zu belohnen. Vielleicht hat die hohe Frau Königin Sir Lanzelot deshalb heimlich zu sich kommen lassen, weil sie glaubte, auf diese Weise der üblen Nachrede am sichersten aus dem Wege zu gehen. Wir tun ja oft im besten Glauben Dinge, die dann zum Schlimmsten ausschlagen. Ich meine, fuhr Sir Gawein fort, die hohe Frau Königin ist euch beiden gut und treu, und ich bin sicher, Sir Lanzelot wird sich gegen jeden Ritter behaupten, der Schmach und Schande über ihn bringen will, und in gleicher Weise wird er für Königin Ginevra einstehen. Das glaube ich gern, erwiderte König Artus, doch ich will mit Sir Lanzelot nicht so verfahren, denn er vertraut so sehr auf seine Stärke, daß er niemanden fürchtet. Deshalb soll er nie mehr für meine Königin kämpfen, sondern sie soll nach dem Gesetz gerichtet werden. Und wenn ich Sir Lanzelots habhaft werde, so soll er, verlaßt Euch darauf, eines schändlichen Todes sterben. Verhüte Jesus, sprach Sir Gawein, daß ich das je erlebe. Warum sagt Ihr das? fragte König Artus. Ihr habt wahrhaftig keinen Grund, Sir

Lanzelot zu lieben, denn er hat in der vergangenen Nacht Euern Bruder Sir Agrawein, einen sehr wackeren Ritter, und beinahe auch Euern Bruder Sir Mordred erschlagen und dreizehn andere edle Ritter dazu, und erinnert Euch, er hat Euch außerdem zwei Söhne, Sir Florence und Sir Lovel, genommen. Herr König, entgegnete Sir Gawein, all das ist mir bekannt, und ihr Tod schmerzt mich sehr. Aber da ich sie gewarnt und meinen Brüdern und meinen Söhnen vorausgesagt habe, wozu es schließlich kommen würde, wenn sie meinen Rat mißachteten, will ich mich nicht einmischen und ihren Tod nicht rächen. Ich habe ihnen gesagt, daß es zu nichts Gutem führt, sich mit Sir Lanzelot anzulegen. Wenn ich auch den Tod meiner Brüder und meiner Söhne beklage, so sind sie doch selber schuld an ihrem Tode, denn oft habe ich meinen Bruder Sir Agrawein gewarnt und ihn auf die Gefahren hingewiesen, in die wir jetzt geraten sind.

WIE SIR LANZELOT UND DIE MÄNNER SEINER SIPPE DIE KÖNIGIN VOR DEM FEUERTOD RETTETEN, UND WIE LANZELOT VIELE RITTER ERSCHLUG. ❧ Da sagte der edle König Artus zu Sir Gawein: Lieber Neffe, ich bitte Euch, legt Euern besten Harnisch an und führt mit Euern Brüdern Sir Gaheris und Sir Gareth die Königin zum Scheiterhaufen. Dort soll sie ihr Urteil empfangen und den Tod erleiden. Nein, mein höchst edler Herr, erwiderte Sir Gawein, das will ich nimmermehr tun. Denn wißt, ich will nicht dabei sein, wenn eine so edle Königin wie die hohe Frau Ginevra ein schändliches Ende findet. Mein Herz würde es nicht ertragen, sie sterben zu sehen, und man soll mir niemals nachsagen, ich hätte Euch meine Zustimmung zu ihrem Tode gegeben. Da sprach der König zu Sir Gawein: Erlaubt Euern Brüdern Sir

Gaheris und Sir Gareth, dabeizusein. Herr König, antwortete Sir Gawein, wegen der vielen Gefahren, die dort drohen, werden sie nur sehr ungern anwesend sein, aber sie sind noch jung und können es sich nicht leisten, das abzulehnen. Darauf sprachen Sir Gaheris und der wackere Ritter Sir Gareth zum König Artus: Herr, Ihr könnt uns wohl befehlen, dort zu sein, aber verlaßt Euch darauf, wir tun es sehr gegen unseren Willen. Wenn wir auf Euern strengen Befehl hin kommen müssen, werdet Ihr unser Verhalten dort sicher entschuldigen: Wir werden waffenlos erscheinen und keinen Kriegsharnisch tragen. In Gottes Namen, erwiderte der König, macht euch also fertig, denn ihr Urteil soll bald vollstreckt werden. Wehe, sagte Sir Gawein, daß ich diesen traurigen Tag noch erleben muß. Da wandte sich Sir Gawein ab und weinte bitterlich und zog sich in sein Gemach zurück. Danach wurde die Königin aus Carlisle hinausgeführt und dort bis aufs Hemd entkleidet. Darauf wurde ihr Beichtvater zu ihr gebracht, damit sie ihre Sünden bekennen konnte. Viele Herren und Damen weinten und klagten und rangen die Hände, aber es gab nur verhältnismäßig wenige, die Waffen tragen wollten, um den Tod der Königin zu verhindern. Da war aber einer, den hatte Sir Lanzelot zu der Stätte gesandt, um die Zeit auszukundschaften, zu der die Königin sterben sollte. Als dieser Mann die Königin bis aufs Hemd entkleidet beichten sah, gab er Sir Lanzelot ein Zeichen. Der sprang mit seinen Gefährten sogleich in den Sattel, und sie gaben den Pferden die Sporen und sprengten hin zu dem Feuer. Alle, die sich ihnen entgegenstellten, wurden erschlagen, und keiner konnte Sir Lanzelot standhalten, so daß alle, die Waffen trugen und Widerstand leisteten, getötet wurden, unter ihnen viele edle Ritter. Während Sir Lanzelot in diesem Getümmel nach allen Seiten hieb, wollte es das Mißgeschick, daß er Gaheris und den edlen Ritter Sir Gareth erschlug, die unbewaffnet und nicht auf der Hut waren. Sir Lanzelot hatte sie nicht erkannt, und so fand man sie tot, wo das Gedränge am dichtesten gewesen war. Nachdem Sir Lanzelot alle, die sich ihm widersetzten, erschlagen oder in die Flucht getrieben hatte, ritt er sogleich zu Lady Ginevra, ließ ihr ein Gewand und einen Mantel überwerfen und hieß sie dann hinter ihm aufsitzen und bat sie, guten Mutes zu sein. Die Königin war sehr froh, dem Tode entronnen zu sein, und sie dankte Gott und Sir Lanzelot. So ritt Sir Lanzelot mit der Königin nach Freudenturm und hielt sie dort, wie es einem edlen Ritter geziemt. Viele große Herren und etliche Könige sandten Sir Lanzelot manch wackeren Kämpen, und zahlreiche edle Ritter scharten sich um ihn. Als überall bekannt wurde, daß König Artus und Sir Lanzelot verfeindet waren, freuten sich viele Ritter über ihren Streit, andere jedoch waren darüber sehr bekümmert.

Kap. 9

VON DEM SCHMERZ UND DER KLAGE DES KÖNIGS ARTUS UM DEN TOD SEINER NEFFEN UND ANDERER WAKKERER RITTER UND AUCH UM DIE KÖNIGIN, SEIN WEIB. Als König Artus erfuhr, auf welche Weise die Königin dem Scheiterhaufen entronnen war, und er vom Tod seiner edlen Ritter, besonders des Sir Gaheris und Sir Gareth hörte, wurde er vor Schmerz ohnmächtig. Nachdem er aus seiner Ohnmacht erwacht war, sagte er: Wehe, daß ich je eine Krone auf meinem Haupte trug! Denn nun habe ich die wackerste Gefolgschaft edler Ritter verloren, die je ein König der Christenheit um sich geschart hatte. Ach, meine guten Ritter sind mir erschlagen worden. Binnen zwei Tagen habe ich vierzig Ritter verloren und dazu die edle Gefolgschaft Sir Lanzelots und seiner Sippe, denn nun verträgt es sich nicht mehr mit meiner Ehre, sie je wieder bei mir zu haben. Welch ein Unglück, daß dieser Zwist je entstand! Nun, meine lieben Gefährten, fuhr der König fort, gebiete ich euch, daß niemand Sir Gawein vom Tod seiner beiden Brüder unterrichtet, denn ich bin überzeugt, wenn er erfährt, daß Sir Gareth tot ist, wird er fast von Sinnen kommen. Barmherziger Jesus, warum hat Lanzelot bloß Sir Gareth und Sir Gaheris erschlagen, wo doch Sir Gareth ihn mehr liebte als alle anderen Männer auf Erden. Das ist wahr, warfen einige Ritter ein, aber sie wurden in dem Durcheinander erschlagen, als Sir Lanzelot im dichtesten Gewühl um sich hieb. Da sie ungewappnet waren, erschlug er sie. Aber er wußte nicht, wen er vor sich hatte, sie wurden durch Mißgeschick getötet. Ihr Tod, sagte Artus, wird den erbittertsten Krieg auf Leben und Tod auslösen, den es je gab. Ich bin sicher, wüßte Sir Gawein, daß Sir Gareth erschlagen ist, ich hätte keine Ruhe vor ihm, bis ich Sir Lanzelots ganze Sippe und ihn selbst oder er mich vernichtet hätte. Darum, glaubt mir, war mir das Herz nie so schwer wie jetzt. Ich beklage den Verlust meiner guten Ritter mehr als den Verlust meiner schönen Königin, denn Königinnen könnte ich genug haben, aber eine solche Gefolgschaft wackerer Ritter wird niemals wieder zusammenkommen. Ich darf behaupten, daß kein König in der ganzen Christenheit jemals eine solche Gefolgschaft besaß. Wehe, daß Sir Lanzelot und ich jemals in Streit geraten mußten! Ach, Agrawein, Agrawein, Jesus möge deiner Seele vergeben, denn die Bosheit, die du und dein Bruder Sir Mordred gegen Sir Lanzelot hegten, ist schuld an all diesem Jammer. Bei diesen Klagen weinte der König immerzu, bis er schließlich in Ohnmacht sank. Bald darauf kam einer zu Sir Gawein und berichtete ihm, wie die Königin von Sir Lanzelot entführt und an die vierundzwanzig Ritter erschlagen worden waren. O Jesus, schütze meine Brüder! rief Sir Gawein, denn er wußte wohl, daß Sir Lanzelot die Königin retten oder aber im Kampf sterben würde. Wahrhaftig, er wäre kein Mann von Ehre gewesen, wenn er die Königin nicht gerettet hätte, denn sie wäre um seinetwillen verbrannt worden. Darin hat er nur ritterlich gehandelt, sagte Sir Gawein, ich hätte an seiner Stelle auch so gehandelt. Aber wo sind meine Brüder? Ich wundere mich, daß ich nichts von ihnen höre. Ich muß Euch sagen, antwortete der Mann, Sir Gareth und Sir Gaheris sind tot. Das verhüte Jesus, rief Sir Gawein, um alles in der Welt möchte ich nicht, daß sie erschlagen wären, und besonders nicht mein lieber Bruder Sir Gareth!

Herr, erwiderte der Mann, er ist tot, und das ist ein großer Jammer. Wer hat ihn erschlagen? fragte Sir Gawein? Herr, antwortete der Mann, Lanzelot hat sie beide erschlagen. Das kann ich nicht glauben, versetzte Sir Gawein, daß er meinen Bruder Sir Gareth getötet hat, denn ich weiß, Gareth liebte ihn mehr als mich und alle seine Brüder und den König dazu. Auch ich bin überzeugt, wenn Sir Lanzelot meinen Bruder Sir Gareth gebeten hätte, zu ihm zu halten, er hätte zu ihm gestanden gegen den König und uns alle. Herr, sagte der Mann, wie man sich erzählt, hat er ihn erschlagen.

Kap. 10

WIE KÖNIG ARTUS AUF SIR GAWEINS BEGEHREN BESCHLOSS, GEGEN SIR LANZELOT KRIEG ZU FÜHREN, UND WIE ER SEINE BURG FREUDENTURM BELAGERTE. Weh mir, sagte Sir Gawein, nun ist all meine Freude geschwunden. Darauf verlor er die Besinnung und fiel nieder und blieb lange wie tot liegen. Als er aus seiner Ohnmacht erwachte, schrie er vor Schmerz auf und rief: Wehe! Und er lief schreiend und weinend zum König: O König Artus, mein Oheim, mein guter Bruder Sir Gareth ist erschlagen und auch mein Bruder Sir Gaheris, zwei edle Ritter! Da weinten sie beide und fielen ohnmächtig nieder. Als sie wieder zu sich gekommen waren, sprach Sir Gawein: Herr, ich will meinen Bruder Sir Gareth sehen. Ihr könnt ihn nicht sehen, antwortete der König, denn ich habe ihn und Sir Gareth bestatten lassen, weil ich wußte, daß Euer Kummer maßlos sein würde. Der Anblick Sir Gareths hätte Euern Schmerz nur noch verdoppelt. Ach, mein König, sagte Sir Gawein, wie hat er meinen Bruder erschlagen? Mein guter Dienstherr, ich bitte Euch, sagt es mir. Wahrlich, antwortete der König, ich will Euch berichten, was man mir erzählt hat: Sir Lanzelot hat ihn und auch Sir Gaheris getötet. Ach, sagte Sir Gawein, sie trugen doch keine Waffen gegen ihn, keiner von beiden. Ich weiß nicht, wie es zuging, sagte der König, aber es heißt, Sir Lanzelot erschlug sie beide im dichtesten Getümmel und erkannte sie nicht. Nun laßt uns überlegen, wie wir ihren Tod rächen können. Mein König, Herr und Oheim, sprach Sir Gawein, hört, ich will Euch jetzt ein Gelübde ablegen und es bei meiner Ritterehre halten: Von heute an werde ich Sir Lanzelot verfolgen, bis einer von uns den anderen erschlagen hat. Darum ersuche ich Euch, mein Herr und König, rüstet Euch zum Krieg, denn ich will mich an Sir Lanzelot rächen. Wenn Euch an meinem Dienst und meiner Liebe liegt, so beeilt Euch und bietet Eure Freunde auf. Ich gelobe bei Gott, um den Tod meines Bruders zu rächen, will ich Sir Lanzelot in den sieben Königreichen suchen, und ich werde ihn erschlagen oder er mich. Ihr braucht nicht so weit zu suchen, erwiderte der König, denn wie ich hörte, erwartet er mich und Euch in Freudenturm, wo ihm viele Leute zuströmen. Das glaube ich wohl, sagte Sir Gawein, doch, mein König, bietet Eure Freunde auf, und ich will die meinen aufbieten. Es soll geschehen, antwortete der König, und ich denke, ich werde stark genug sein, ihn aus dem festesten Turm seiner Burg herauszuholen. Dann sandte der König Briefe und Aufforderungen in alle Gegenden Englands und befahl seine Ritter zu sich. Und es kamen viele Ritter, Herzöge und Grafen, und sie bildeten ein starkes Heer. Als sie alle versammelt waren, teilte ihnen der König mit, wie Sir Lanzelot ihm die Königin entführt hatte, und danach bereiteten sie sich darauf vor, Sir Lanzelot in Freudenturm zu belagern. Davon erfuhr Sir Lanzelot. Er umgab sich mit zahlreichen wackeren Rittern, denn viele hielten zu ihm, die einen um seinetwillen und die anderen um der Königin willen. Beide Seiten waren mit allem wohl versorgt, was zum Kriege gehört. Das Heer des Königs Artus war aber so stark, daß Sir Lanzelot ihm nicht in offener Schlacht entgegentreten wollte, denn er kämpfte sehr ungern gegen den König. So zog sich Sir Lanzelot, reichlich mit Proviant versehen, in seine starke Burg zurück und hielt Stadt und Burg mit so vielen edlen Männern besetzt, wie er zur Verfügung hatte. Dann näherten sich König Artus und Sir Gawein mit ihrem mächtigen Heer und belagerten Freudenturm, Stadt und Burg, und beide Seiten machten sich stark. Aber lange Zeit wollte Sir Lanzelot auf keinen Fall seine Burg verlassen, und er duldete auch nicht, daß einer seiner Ritter einen Ausfall aus der Burg oder Stadt machte, und so vergingen fünfzehn Wochen.

VON DEM GESPRÄCH ZWISCHEN KÖNIG ARTUS UND SIR LANZELOT, UND WIE KÖNIG ARTUS IHN SCHMÄHTE. ❧ Dann geschah es eines Tages zur Erntezeit, daß Sir Lanzelot über die große Mauer schaute und von oben König Artus und Sir Gawein zurief: Ihr beiden Herren, ihr seht, eure Belagerung ist vergebens. Hier gewinnt ihr keinen Ruhm, sondern nur Schimpf und Schande. Wenn ich Lust hätte, mit meinen wakkeren Rittern herauszukommen, würde ich diesem Krieg sehr bald ein Ende machen. Komm heraus, rief Artus zurück, wenn du es wagst, und ich gelobe dir, ich werde mich dir mitten auf dem Felde stellen. Gott behüte, erwiderte Sir Lanzelot, daß ich jemals gegen den hochedlen König kämpfe, der mich zum Ritter geschlagen hat. Pfui über deine schönen Worte, sagte der König, denn sei versichert, ich bin dein Todfeind und werde es bleiben, solange ich lebe. Du hast meine guten Ritter und edle Männer meiner Sippe erschlagen, die ich niemals ersetzen kann. Auch hast du bei meiner Königin gelegen und hast sie viele Jahre besessen und mir dann wie ein Verräter mit Gewalt entführt. Mein höchst edler Herr und König, antwortete Sir Lanzelot, Ihr könnt sagen, was Ihr wollt, denn Ihr wißt wohl, ich will nicht mit Euch streiten. Aber wenn Ihr sagt, ich hätte Eure guten Ritter erschlagen, so weiß ich, daß es stimmt, und es tut mir sehr leid. Doch ich war gezwungen, mit ihnen zu kämpfen, um mein Leben zu retten, sonst hätte ich zulassen müssen, daß sie mich erschlagen. Was aber Königin Ginevra betrifft, so gibt es außer Eurer Hoheit und Sir Gawein keinen Ritter unter dem Himmel, der es wagen darf, gegen mich zu behaupten, ich hätte jemals Verrat an Euch geübt. Wenn es Euch gefällt zu sagen, ich hätte die hohe Frau, Eure Königin, viele Jahre besessen, so werde ich darauf eine deutliche Antwort geben und gegen jeden Ritter der Welt außer Eurer Hoheit und Sir Gawein beweisen, daß Königin Ginevra Euch so treu ist wie nur irgendeine Frau ihrem Gemahl. Zwar hat es ihrer Gnade gefallen, gütig zu mir zu sein und mir mehr Freundlichkeiten zu erweisen als irgendeinem anderen Ritter, doch nach allem, was ich für sie getan habe, habe ich wiederum ihre Zuneigung verdient. Denn oftmals habt Ihr, hoher Herr, in Euerm Zorn eingewilligt, sie zu verbrennen und umzubringen. Dann fiel es mir zu, für sie zu kämpfen, und noch bevor ich mit ihren Gegnern fertig war, gaben sie ihre Lügen zu, und sie wurde in allen Ehren freigesprochen. Zu solchen Zeiten, fuhr Sir Lanzelot fort, wart Ihr mein Freund, hoher Herr, und Ihr wart mir dankbar, wenn ich Eure Königin vor dem Feuertod rettete, und Ihr verspracht, mir immer ein gnädiger Herr zu sein. Doch nun, glaube ich, belohnt Ihr mich gar schlecht für meine guten Dienste. Auch scheint mir, mein hoher Herr, ich hätte viel von meiner Ritterehre verloren, wenn ich geduldet hätte, daß Eure Königin verbrannt würde, denn dies wäre durch meine Schuld geschehen. Da ich nun für Eure Königin oft in fremdem Streit gekämpft habe, scheint mir, hatte ich jetzt ein um so größeres Recht, für sie in meinem eigenen Streit zu kämpfen. Deshalb, mein guter gnädiger Herr, nehmt Eure Königin in Gnaden wieder an, denn sie ist treu, wahr und gut. Pfui über dich, du heimtückischer Verräter, entgegnete Sir Gawein, ich sage dir, mein Onkel König Artus wird seine Königin und dich in seine Gewalt bekommen und euch beide erschlagen, wenn es ihm beliebt. Das mag wohl sein, antwortete Sir Lanzelot, aber seid gewiß, Sir Gawein, hätte ich Lust, einen Ausfall aus dieser Burg zu machen, stünde Euch ein viel schwererer Kampf bevor, wenn Ihr mich und die Königin in die Hand bekommen wollt, als Ihr ihn jemals ausgefochten habt. Spar dir deine stolzen Worte! erwiderte Sir Gawein. Was die hohe Frau Königin angeht, so will ich nichts Schlechtes über sie sagen. Aber du, falscher und verräterischer Ritter, was für einen Grund hattest du, meinen guten Bruder Sir Gareth zu töten, der dich mehr liebte als meine ganze Sippe? Du hast ihn mit deinen eigenen Händen zum Ritter geschlagen, warum hast du ihn, der dich so sehr liebte, dann getötet? Es hilft mir nichts, antwortete Sir Lanzelot, mich zu rechtfertigen, aber bei Jesus und bei der Treue, die ich dem hohen Orden der Ritterschaft schulde, ich hätte dabei ebenso meinen Neffen Sir Bors von Ganis erschlagen können. Weh mir, daß ich so unselig war, Sir Gareth und Sir Gaheris nicht zu erkennen. Du lügst, Verräter, rief Sir Gawein, du hast ihn erschlagen, um mich zu kränken. Darum merke dir, ich werde Krieg gegen dich führen, solange ich lebe. Das tut mir leid, sagte Sir Lanzelot, ich sehe, es hat keinen Zweck, eine Verständigung zu suchen, solange Ihr, Sir Gawein, so rachedurstig seid. Wäret Ihr das nicht, würde ich ohne Zweifel die Gnade meines hohen Herrn Artus zurückgewinnen. Das mag sein, Verräter, sagte Sir Gawein, zu lange Zeit haben ich und wir alle in deinem Schatten gestanden, und du hast viele unserer wackeren Ritter umgebracht. Ihr sprecht, wie es Euch beliebt, erwiderte Sir Lanzelot, doch kann niemand von mir sagen und öffentlich beweisen, ich hätte je durch vorbedachten Verrat einen guten Ritter erschlagen, wie Ihr, Sir Gawein, verfahren seid. Das habe ich nie getan, sondern nur zu meiner Verteidigung, wenn ich dazu gezwungen war, um mein Leben zu retten. Ah, falscher Ritter, sagte Sir Gawein, damit meinst du Sir Lamorak. So höre denn, ich habe ihn erschlagen. Ihr habt ihn nicht allein erschlagen, sagte Sir Lanzelot, das wäre zuviel für Euch gewesen, denn Sir Lamorak war einer der besten Ritter der ganzen Christenheit, und sein Tod war für alle ein großer Jammer.

WIE SIR LANZELOTS VETTERN UND BLUTSVERWANDTEN IHN ANSTACHELTEN, EINEN AUSFALL ZU MACHEN, UND WIE SIE SICH ZUM KAMPF RÜSTETEN. Schon gut, sagte Sir Gawein zu Lanzelot, da du mich wegen Sir Lamorak schmähst, merke dir, ich werde hier nicht von der Stelle weichen, bis ich dich so weit habe, daß du meinen Händen nicht entrinnen kannst. Das glaube ich wohl, erwiderte Sir Lanzelot, daß ich wenig Gnade zu erwarten habe, wenn ich in Eure Hände falle. Der edle König Artus aber hätte seine Königin gern wieder angenommen und sich mit Sir Lanzelot versöhnt, doch Sir Gawein wollte dies durchaus nicht zulassen. Dann stachelte Sir Gawein viele Männer gegen Sir Lanzelot auf, und diese nannten ihn alle im Chor einen falschen und verräterischen Ritter. Als Sir Bors von Ganis, Sir Ector von Maris und Sir Lionel diese Schmähe rufe hörten, baten sie Sir Palamides und Sir Lavaine und viele andere ihrer Sippe zu sich. Sie alle gingen zu Sir Lanzelot und sprachen: Hoher Herr Sir Lanzelot, Ihr sollt wissen, daß wir sehr ergrimmt sind über die schweren Beleidigungen, die Sir Gawein gegen Euch ausgesprochen hat. Deshalb ersuchen wir Euch, wenn Ihr Wert auf unsere Dienste legt, haltet uns nicht länger innerhalb dieser Mauern. Denn frei herausgesagt, wir wollen ins Feld reiten und mit ihnen kämpfen. Ihr aber verhaltet Euch so, als ob Ihr Furcht hättet. All Eure schönen Reden werden Euch nichts nützen. Ihr könnt sicher sein, Sir Gawein wird es nicht zulassen, daß Ihr Euch mit König Artus versöhnt. Darum kämpft für Euer Leben und für Euer Recht, wenn Ihr es wagt. Ach, antwortete Sir Lanzelot, es ist mir sehr zuwider, aus dieser Burg hinauszureiten und zu kämpfen. Dann rief er laut zu König Artus und Sir Gawein hinunter: Ihr Herren, da man mich so auffordert und bestürmt, ins Feld zu reiten, bitte und beschwöre ich euch, daß weder Ihr, mein hoher Herr Artus, noch Ihr, Sir Gawein, in den Kampf eingreift. Was sollten wir sonst tun? fragte Sir Gawein. Ist es nicht die Sache des Königs, diesen Streit mit dir auszufechten? Und wegen des Todes meines Bruders Sir Gareth kommt es mir zu, gegen dich zu kämpfen, Sir Lanzelot. Dann muß ich wohl oder übel kämpfen, sagte Sir Lanzelot. Doch bedenkt, mein Herr König und Sir Gawein, es wird euch reuen, wenn ich gegen euch antrete. So trennten sie sich, und jede der beiden Parteien rüstete sich und traf große Vorkehrungen für den Kampf am nächsten Morgen. Sir Gawein ließ anordnen, daß viele Ritter sich in einen Hinterhalt legen, Sir Lanzelot auflauern und ihn überwältigen und töten sollten. Am nächsten Morgen erschien König Artus mit drei großen Scharen gewappnet im Feld, und Sir Lanzelots Gefolgschaft ritt trefflich gerüstet zu drei Toren hinaus, Sir Lionel zum ersten, Sir Lanzelot zum mittleren und Sir Bors zum dritten Tor. So zogen sie aus nach Ordnung und Regel wie edle Ritter, und nachdrücklich gebot Sir Lanzelot allen seinen Mannen, König Artus und Sir Gawein in jeder Weise zu schonen.

WIE SIR GAWEIN SIR LIONEL NIEDERWARF, UND WIE SIR LANZELOT KÖNIG ARTUS WIEDER AUFS PFERD HALF.

Dann ritt Sir Gawein aus der Schlachtreihe des Königsheeres vor und forderte zum Tjosten heraus. Als ein kampflustiger Ritter rannte Sir Lionel sogleich gegen Sir Gawein an, Sir Gawein aber stieß Sir Lionel durch den Leib, daß er wie tot zu Boden fiel, und Sir Ector von Maris und andere trugen ihn in die Burg.

Darauf begann ein heißer Kampf, und viele wurden erschlagen. Immer tat Sir Lanzelot, was er konnte, um die Männer von der Partei des Königs Artus zu schonen. Aber Sir Palamides, Sir Bors und Sir Safere streckten viele Ritter nieder, denn sie waren gefährliche Streiter. Zusammen mit Sir Blamore von Ganis, Sir Bleoberis von Ganis und Sir Bellangere le Beuse richteten sie viel Schaden an. König Artus aber hielt sich immer in Lanzelots Nähe, um ihn zu töten, und Sir Lanzelot ließ ihn gewähren und wollte nicht zurückschlagen. Schließlich traf Sir Bors auf König Artus und warf ihn mit einer Lanze nieder. Er stieg ab, zog sein Schwert und sagte zu Sir Lanzelot: Soll ich diesem Krieg ein Ende machen? Und er wollte König Artus erschlagen. Nicht so ungestüm, erwiderte Sir Lanzelot, bei Euerm Leben, laßt von ihm ab, denn ich werde niemals dulden, daß dieser hochedle König, der mich zum Ritter geschlagen hat, getötet oder in Schande gebracht wird. Mit diesen Worten stieg Sir Lanzelot vom Pferd, hob den König auf, half ihm wieder auf sein Pferd und sprach: Mein König, um Gottes willen macht diesem Kampf ein Ende, denn Ihr gewinnt hier keinen Ruhm. Zwar könnte ich bis zum Äußersten gehen, aber ich habe Euch immer geschont, doch weder Ihr noch die Eurigen schonen mich. Hoher Herr, bedenkt, was ich an vielen Orten getan habe, und nun werde ich übel belohnt. Als König Artus wieder im Sattel saß, schaute er Sir Lanzelot an, und da stürzten ihm die Tränen aus den Augen angesichts der großen Ritterlichkeit, die Sir Lanzelot mehr als jeder andere Mann besaß. Der König konnte ihn nicht länger ansehen und ritt fort und sprach: Wehe, daß dieser Krieg jemals begann. Daraufhin zogen sich die beiden Parteien aus dem Kampf zurück, um sich auszuruhen und die Toten zu begraben, und den Verwundeten legten sie heilende Salben auf. So verbrachten sie die Nacht. Am nächsten Morgen rüsteten sie sich erneut zum Kampf, und Sir Bors ritt in der vordersten Reihe. Grimmig wie ein Eber kam Sir Gawein mit einer mächtigen Lanze daher. Als Sir Bors ihn erblickte, wollte er die Schande rächen, die Sir Gawein seinem Bruder Sir Lionel am Vortage zugefügt hatte. Und so legten sie ihre Lanzen ein, da sie einander erkannten, und sie sprengten mit solcher Wucht gegeneinander und prallten so wild zusammen, daß jeder den anderen durchbohrte und sie beide zur Erde sanken. Darauf stießen die Heere aufeinander, und beide Seiten hatten viele Tote zu beklagen. Sir Lanzelot hob Sir Bors auf und schickte ihn in die Burg zurück, und er und Sir Gawein starben nicht an ihren Wunden, denn beide fanden Hilfe. Da forderten Sir Lavaine und Sir Urre Sir Lanzelot auf, seinen Teil zu tun und zu kämpfen, wie sie es getan hatten: Wir sehen, daß Ihr zaudert und Euch zurückhaltet, das fügt uns großen Schaden zu. Darum bitten wir Euch, schont Eure Feinde nicht mehr als sie Euch. Ach, antwortete Sir Lanzelot, ich habe nicht das Herz, gegen meinen König zu kämpfen. Immer scheint es mir, ich täte etwas, was ich nicht tun sollte. Hoher Herr, sagte Sir Palamides, wenn Ihr sie heute schont, werden sie Euch niemals Dank wissen. Falls sie Euch in ihre Hände bekommen, seid Ihr ein toter Mann. Da sah Sir Lanzelot ein, daß sie ihm die Wahrheit sagten. Und er strengte sich mehr an als zuvor, und zwar auch deshalb, weil sein Neffe Sir Bors schwer verwundet worden war. Schon nach kurzer Zeit, um die Vesper herum, stand es besser um Sir Lanzelot und seine Partei, doch ihre Pferde gingen bis zu den Fesseln im Blut, so viele Kämpfer waren erschlagen worden. Da gebot Sir Lanzelot aus Mitleid seinen Rittern Einhalt und erlaubte der Partei des Königs Artus, sich zurückzuziehen. Sir Lanzelot kehrte mit seiner Gefolgschaft heim in die Burg, und beide Parteien begruben ihre Toten und pflegten ihre Verwundeten. Nach Sir Gaweins Verwundung waren die von der Partei des Königs Artus nicht mehr so begierig auf den Kampf wie vordem. Die Nachricht von diesem Krieg verbreitete sich über die ganze Christenheit und drang schließlich bis zum Papst, und dieser bedachte die große Trefflichkeit des Königs Artus und Sir Lanzelots, die als die wackersten Ritter der Welt gepriesen wurden. Daher rief der Papst einen edlen Geistlichen zu sich, der gerade in der Nähe war, nach dem französischen Buch der Bischof von Rochester. Dem übergab er versiegelte Bullen an König Artus von England, in denen er ihm bei Strafe des Interdikts über ganz England gebot, seine Königin Ginevra wieder zu sich zu nehmen und sich mit Sir Lanzelot zu versöhnen.

WIE DER PAPST SEINE BULLEN ERLIESS, UM FRIEDEN ZU STIFTEN, UND WIE SIR LANZELOT DIE KÖNIGIN ZU KÖNIG ARTUS BRACHTE.

Als dieser Bischof nach Carlisle kam, zeigte er dem König die Bullen. Nachdem der König diese gelesen hatte, wußte er nicht, was er tun sollte. Sehr gern hätte er sich wieder mit Sir Lanzelot ausgesöhnt, aber das wollte Sir Gawein nicht dulden, doch mit der Rückkehr der Königin waren sie beide einverstanden. Darauf gab der König dem Bischof sein großes Siegel und die Zusicherung, so wahr er ein gesalbter König sei, daß Sir Lanzelot ungeschoren kommen und gehen könne und daß der Königin weder vom König noch von sonst irgend jemand wegen der vergangenen Dinge Vorwürfe gemacht werden sollten. Diese Festlegungen erhielt der Bischof auch schriftlich, um sie Sir Lanzelot vorzulegen. Als der Bischof in Freudenturm ankam, zeigte er Sir Lanzelot, was der Papst an Artus und an ihn geschrieben hatte, und machte ihn auf die Gefahren aufmerksam, die ihm drohten, wenn er dem König die Königin vorenthielt. Es war niemals meine Absicht, antwortete Sir Lanzelot, die Königin dem hohen Herrn Artus vorzuenthalten. Aber da sie um meinetwillen getötet werden sollte, hielt ich es für meine Pflicht, ihr Leben zu retten und sie zu schützen, bis die Dinge besser stünden. Ich danke Gott, daß der Papst ihr Frieden gebracht hat, und Gott weiß, es macht mich tausendmal froher, sie zurückzubringen, als mich ihre Entführung je gemacht hat. Dies verheißt mir sicheres Geleit beim Kommen und Gehen und gibt der Königin ihre alte Freiheit wieder, und nichts, was bisher gemutmaßt wurde, soll ihr von diesem Tage an Gefahr bringen. Andernfalls, fuhr Sir Lanzelot fort, werde ich sie auch vor noch stärkeren Angriffen zu beschützen wissen. Das braucht Ihr nicht zu befürchten, sagte der Bischof, denn wisset wohl, gegenüber dem Papst gibt es keinen Ungehorsam. Es brächte weder dem Papst noch meiner bescheidenen Person Ehre ein, wenn wir erführen, daß Ihr in Bedrängnis wäret und der Königin Gefahr und Schande drohten. Darauf zeigte er Sir Lanzelot alle seine Schreiben, die vom Papst wie auch die von König Artus. Das ist Sicherheit genug, sagte Sir Lanzelot. Ich kann der Handschrift und dem Siegel meines Herrn vollauf vertrauen, denn er hat mir gegenüber sein Versprechen noch nie gebrochen. Reitet deshalb voraus zum König und empfehlt mich seiner Gnade und laßt ihn wissen, daß ich, so Gott will, die hohe Frau Königin Ginevra heute in acht Tagen selbst zu ihm bringen werde. Und sagt meinem hochverehrten König, daß ich bis zum Äußersten für die Königin einstehe und nicht etwa aus Furcht jemanden verschone, außer den König selbst und Sir Gawein,und auch das mehr dem König zuliebe als um seinetwillen. Darauf nahm der Bischof Abschied und kam zum König nach Carlisle. Er berichtete ihm alles, was Sir Lanzelot geantwortet hatte, und da stürzten dem König die Tränen aus den Augen. Dann versah sich Sir Lanzelot mit hundert Rittern, die alle ganz in grünen Samt gekleidet gingen, mit dem sie auch ihre Pferde bis zu den Fesseln bedeckten, und jeder Ritter hielt einen Ölzweig in der Hand zum Zeichen des Friedens. Der Königin folgten vierundzwanzig Edelfrauen in der gleichen Kleidung, und hinter Sir Lanzelot ritten zwölf junge Edelmänner auf stattlichen Rossen, alle in grünem Samt und mit goldenen Gürteln um die Hüften und die Pferde mit dem gleichen Tuch bis an die Fesseln bedeckt und mit an die tausend goldenen, edelstein- und perlenbesetzten Spangen verziert. Die Königin und Sir Lanzelot aber waren ganz in weißes, golddurchwirktes Tuch gekleidet. So ritten Sir Lanzelot und die Königin von Freudenturm nach Carlisle und in die Burg hinein. Alle sahen es, und vielen standen die Tränen in den Augen. Im Burghof stieg Sir Lanzelot vom Pferd, reichte der Königin den Arm und führte sie vor den Thron des Königs Artus, bei dem Sir Gawein und viele andere große Herren saßen. Vor dem König knieten Sir Lanzelot und die Königin nieder, und da waren viele kühne Ritter bei König Artus, die weinten so gerührt, als sähen sie ihr eigen Fleisch und Blut vor sich. Der König saß reglos da und sprach kein Wort. Als Sir Lanzelot seine Miene sah, erhob er sich und half auch der Königin Ginevra auf und begann dann, höchst ritterlich zu sprechen.

WIE SIR LANZELOT DEM KÖNIG DIE KÖNIGIN ÜBERLIESS, UND WAS SIR GAWEIN FÜR EINE SPRACHE GEGEN SIR LANZELOT FÜHRTE. ❧ Ihr, mein hochverehrter König, vernehmt, auf des Papstes und Euer Gebot habe ich Euch die Frau Königin, meine Herrin, gebracht, wie es das Recht verlangt. Wenn es hier einen Ritter gibt, welchen Rang er auch habe, Eure eigene Person ausgenommen, der da etwas anderes sagt oder zu behaupten wagt, als daß sie rein und Euch ergeben ist, dem will ich, Sir Lanzelot vom See, an seinem Leib beweisen, daß sie Euch eine treue Gattin ist. Ihr habt auf Lügner gehört, das hat den Streit zwischen Euch und mir verursacht. Es hat eine Zeit gegeben, hoher Herr Artus, da wart Ihr sehr zufrieden mit mir, wenn ich für Eure Königin kämpfte. Ihr wißt sehr wohl, mein hochedler König, daß ihr schon früher großes Unrecht angetan worden ist. Da es Euch oftmals gefallen hat, wenn ich für sie focht, scheint mir, mein guter Herr, hatte ich um so mehr Grund, sie vor dem Feuertod zu retten, als sie um meinetwillen verbrannt werden sollte. Die Euch diese Geschichten erzählt haben, waren Lügner. Und das ist auf sie zurückgefallen; denn hätte mir nicht der allmächtige Gott beigestanden, hätte ich niemals die vierzehn Ritter bezwingen können, die im Gegensatz zu mir gewappnet und vorbereitet waren. Denn die hohe Frau Königin hatte mich zu sich rufen lassen, ich weiß nicht aus welchem Grund. Aber kaum hatte ich die Tür hinter mir geschlossen, riefen Sir Agrawein und Sir Mordred, ich sei ein Verräter und meineidiger Ritter. Damit hatten sie recht, warf Sir Gawein ein. Sir Gawein, erwiderte Sir Lanzelot, der Kampf hat bewiesen, daß sie nicht recht hatten. Wahrlich, Sir Lanzelot, sagte der König, ich habe dir keinen Anlaß gegeben, mir das anzutun, was du mir angetan hast, denn ich habe dich und die Deinen mehr geehrt als alle meine anderen Ritter. Mein guter Herr, antwortete Sir Lanzelot, wenn es Euch nicht mißfällt, solltet Ihr bedenken, daß ich und die Meinen Euch bei verschiedenen Gelegenheiten oft bessere Dienste geleistet haben als alle anderen Ritter. Und als Ihr mehrfach hart bedrängt wart, habe ich Euch aus mancher Gefahr gerettet. Immer habe ich mich nach meinen besten Kräften mit Freuden bemüht, Euch und Sir Gawein einen Gefallen zu erweisen. Bei Kampfspielen und Turnieren wie auch in ernsten Schlachten, zu Pferde und zu Fuß, habe ich Euch, Sir Gawein und viele andere von Euren Rittern oftmals gerettet. Und jetzt will ich mich rühmen, fuhr Sir Lanzelot fort. Ihr sollt alle wissen, daß ich niemals einem Ritter begegnet bin, dem ich nicht überlegen gewesen wäre, wenn ich mich bis zum Äußersten angestrengt hätte, Gott sei's gedankt. Hatte ich so treffliche Ritter zum Gegner wie Sir Tristan und Sir Lamorak, war ich ihnen freundlich gesinnt und erkannte ihren Wert. Gott ist mein Zeuge, es machte mich niemals zornig oder sehr traurig, wenn ich zusehen mußte, wie ein wackerer Ritter Ruhm gewann. Immer freute es mich, wenn ich auf einen Ritter traf, der mir zu Pferde und zu Fuß standhalten konnte. Auf jeden Fall war Sir Carados vom Turm der Schmerzen ein sehr edler Ritter und ein überaus starker Mann, wie Ihr wohl wißt, Sir Gawein; denn den muß man einen edlen Ritter nennen, der Euch mit seiner Muskelkraft aus dem Sattel zog und Euch quer vor sich an seinen Sattelbaum band. Da, Sir Gawein, habe ich Euch gerettet und Sir Carados vor Euern Augen erschlagen. Auch kam ich dazu, wie sein Bruder Sir Turquine Euern Bruder Sir Gaheris in ähnlicher Weise vor sich festgebunden fortführte, und ich half Euerm Bruder und tötete jenen Sir Turquine und befreite aus seinem Kerker vierundsechzig Ritter des Königs Artus. Ich möchte sagen, daß ich niemals so starke und tapfere Ritter wie Sir Carados und Sir Turquine angetroffen habe, denn mit ihnen habe ich bis zum Äußersten gekämpft. Deshalb scheint mir, Sir Gawein, fügte Sir Lanzelot hinzu, Ihr solltet Euch von Rechts wegen genau an diese Dinge erinnern; denn nur dann, wenn Ihr mir Euern guten Willen zeigt, kann ich zu Gott hoffen, die Gnade meines hohen Herrn Artus wiederzuerlangen.

VON DEM GESPRÄCH ZWISCHEN SIR GAWEIN UND SIR LANZELOT UND MANCH ANDEREM WORTWECHSEL. Der König mag tun, was er will, erwiderte Sir Gawein, aber sei versichert, Sir Lanzelot, mit dir werde ich mich niemals versöhnen, solange ich lebe, denn du hast drei meiner Brüder erschlagen, zwei davon schimpflich und meuchlerisch, da sie nicht gewappnet waren und sich gegen dich auch niemals gewappnet hätten. Wollte Gott, sie wären gewappnet gewesen, sagte Sir Lanzelot, denn dann wären sie noch am Leben. Ich habe Sir Gareth mehr geliebt, als alle meine Verwandten, und mein Leben lang werde ich um seinen Tod trauern, und das nicht aus Furcht vor Euch, sondern aus vielen anderen Gründen. Einer davon ist, daß ich ihn zum Ritter geschlagen habe, der zweite, daß er mich mehr liebte als alle anderen Ritter, der dritte, daß er überaus edel, wahr, höflich und sanftmütig und von guten Sitten war, und viertens wußte ich, als ich von Sir Gareths Tod erfuhr, Ihr würdet mir nie wieder Freundschaft schenken, sondern immerwährender Krieg würde zwischen uns sein, und ich wußte auch, Ihr würdet meinen edlen Herrn Artus dazu bringen, für immer mein Todfeind zu werden. So wahr mir Gott helfe, ich habe Sir Gareth und Sir Gaheris nicht willentlich erschlagen. Wehe, daß sie an jenem unseligen Tag ungewappnet waren. Aber ich erbiete mich, fuhr Sir Lanzelot fort, wenn es der Gnade meines Königs und Euch, Sir Gawein genehm ist, daß ich von Sandwich aus bis nach Carlisle in meinem Hemd barfuß pilgere und alle zehn Meilen ein Ordenshaus errichten lasse, von welchem Orden, könnt Ihr bestimmen, mit einem Kloster, wo sie vor allem für Sir Gareth und Sir Gaheris bei Tag und Nacht singen und Messen lesen sollen, und jedes Ordenshaus soll ausreichend Unterhalt bekommen. All dies will ich vollbringen, so weit meine Einkünfte reichen. Jedes dieser frommen Häuser soll so gebaut und mit allen Dingen ausgestattet sein, wie es sich für eine heilige Stätte geziemt, das verspreche ich Euch treulich. Dies, Sir Gawein, scheint mir, wäre würdiger, gottgefälliger und besser für ihre Seelen, als wenn Ihr, mein edler König, und Ihr, Sir Gawein, Krieg gegen mich führt, denn davon werdet Ihr keinen Nutzen haben. Da brachen alle Ritter und Damen, die anwesend waren, erschüttert in Tränen aus, und Tränen rannen auch über König Artus' Wangen. Sir Lanzelot, sagte Sir Gawein, ich habe deine Rede und dein großes Anerbieten wohl vernommen, doch du sollst wissen, der König mag tun, was ihm beliebt, aber ich werde dir den Tod meiner Brüder und besonders Sir Gareths Tod niemals verzeihen. Wenn sich König Artus mit dir versöhnt, wird er meinen Dienst verlieren, denn du bist falsch gegen den König und gegen mich. Herr, erwiderte Sir Lanzelot, der Mann lebt nicht, der das ertragen kann; wenn Ihr, Sir Gawein, mich so schwer beschuldigt, müßt Ihr mir erlauben, Euch gebührend zu antworten. Nein, antwortete Sir Gawein, das ist jetzt zu spät. Daran ist der Papst schuld, denn er hat meinem königlichen Oheim geboten, seine Königin wieder anzunehmen und sich mit dir, Sir Lanzelot, für jetzt zu vertragen, und darum sollst du so sicher wieder gehen, wie du gekommen bist. Aber in diesem Lande sollst du nicht länger als vierzehn Tage bleiben, das mache ich dir zur Bedingung. Dies haben der König und ich vor deiner Ankunft beschlossen. Anderenfalls, dessen sei versichert, wärest du nicht hierhergekommen, es sei denn, wider deinen Willen. Verstieße es nicht gegen das Gebot des Papstes, würde ich Mann gegen Mann mit dir kämpfen und dir an deinem Leib beweisen, daß du falsch gegen König Artus und gegen mich gewesen bist. Wenn du wieder von hier fort bist, will ich dir das zeigen, wo immer ich dich finde.

WIE SIR LANZELOT VOM KÖNIG SCHIED UND VON BURG FREUDENTURM ÜBER DAS MEER FUHR, UND WELCHE RITTER MIT IHM GINGEN.

Da begann Sir Lanzelot zu seufzen und die Tränen rannen ihm über das Gesicht. Dann sprach er: Ach, du edles christliches Reich, das ich mehr geliebt habe als alle anderen Reiche! In dir habe ich den größten Teil meines Ruhmes errungen, und nun muß ich auf solche Weise von hier scheiden. Wahrlich, es reut mich, daß ich je in dieses Land gekommen bin, da ich nun unverdient und grundlos in Schande daraus verbannt werde. Aber das Glück ist wechselhaft, und Fortunas Rad dreht sich. Es gibt keine Beständigkeit, das beweisen viele alte Chroniken, wie die vom edlen Hektor, von Troilus und von Alexander, dem mächtigen Eroberer. Wenn sie auf dem Gipfel ihrer Herrlichkeit standen, stürzten sie in die tiefste Tiefe. Und so geht es mir jetzt. In diesem Reich war ich berühmt, und der Ruhm der ganzen Tafelrunde wurde durch mich und die Meinen mehr vergrößert als durch irgend jemand sonst. Doch nun, Sir Gawein, kann ich auf meinen eigenen Ländereien leben wie jeder andere Ritter auch. Und wenn Ihr, verehrter König, mich in meinem eigenen Land zusammen mit Sir Gawein mit Krieg überziehen wollt, werde ich euch Widerstand leisten, so gut ich kann. Doch wenn Ihr, Sir Gawein dorthin kommt, so bitte ich Euch, bezichtigt mich nicht des Verrats oder der Falschheit, denn wenn Ihr das tut, muß ich Euch die gebührende Antwort erteilen. Gib dir nur Mühe, erwiderte Sir Gawein, doch nun beeil dich und verlasse diesen Ort, aber sei versichert, wir werden dir bald folgen und, bei deinem Leben, selbst deine stärkste Burg erobern. Das wird nicht nötig sein, versetzte Sir Lanzelot, denn wenn ich so hochmütig wäre wie Ihr, glaubt mir, dann würde ich Euch mitten auf freiem Feld entgegentreten. Mach kein langes Gerede, sagte Sir Gawein, sondern liefere die Königin ab und verschwinde von diesem Hof. Nun, sagte Sir Lanzelot, hätte ich gewußt, was hier vor sich geht, ich hätte es mir zweimal überlegt, ob ich herkomme. Denn wenn mir die Königin so lieb gewesen wäre, wie Ihr es ihr nachredet, hätte ich sie wohl den besten Rittern unter dem Himmel zum Trotz bei mir behalten können. Danach sagte Lanzelot zu Ginevra, daß der König und alle anderen es hörten: Hohe Frau, nun muß ich von Euch und dieser edlen Gesellschaft für immer scheiden. Ich bitte Euch, betet für mich und sprecht gut von mir, und wenn Euch falsche Zungen verleumden sollten, gebt mir rasch Nachricht, und wenn Euch ein Ritter im Zweikampf rechtfertigen kann, dann will ich Euch rechtfertigen. Damit küßte Sir Lanzelot die Königin und sagte dann laut: Nun wollen wir sehen, wer hier zu sagen wagt, die Königin sei meinem Herrn Artus nicht treu; sehen wir, wer zu sprechen wagt! Mit diesen Worten führte er die Königin zum König und nahm danach Abschied und ging fort. Und alle, die es sahen, ob König,

Herzog oder Graf, ob Baron oder Ritter, ob Dame oder Edelfräulein, sie alle weinten vor tiefer Erschütterung, außer Sir Gawein. Als der edle Sir Lanzelot sein Pferd nahm und aus Carlisle hinausritt, da schluchzten und weinten viele aus Schmerz über sein Scheiden. So verließ Sir Lanzelot den Hof für immer und begab sich nach Freudenturm, das er von da an immer Schmerzensturm nannte. Als er in Freudenturm ankam, rief er seine Gefolgsleute zu sich und fragte sie, was sie tun wollten. Da antworteten sie alle mit einer Stimme, sie wollten ihm folgen. Meine lieben Gefährten, sagte Sir Lanzelot, ich muß aus diesem schönen Reiche scheiden. Es schmerzt mich sehr, daß ich ohne Ehre scheide, denn ein Verbannter scheidet niemals in Ehren. Ich bin bekümmert, weil ich befürchten muß, daß die Chronisten nach meiner Zeit berichten werden, ich sei aus diesem Lande vertrieben worden. Doch könnt ihr sicher sein, ihr edlen Herren, wenn ich nicht die Schande befürchtete, hätten die hohe Frau Königin und ich uns niemals getrennt. Danach sprachen edle Ritter, wie Sir Palamides und sein Bruder Sir Safere, Sir Bellangere le Beuse, Sir Urre, Sir Lavaine und viele andere: Herr, wenn Ihr gewillt seid, in diesem Lande zu bleiben, werden wir Euch niemals im Stich lassen. Und wenn Ihr nicht in diesem Lande bleiben wollt, wird Euch keiner von diesen wackeren Ritter hier verlassen, und zwar aus mehreren Gründen. Einer davon ist, wir alle, die wir nicht von Eurer Sippe sind, werden nie mehr am Hofe willkommen sein. Und da wir in Eurer Not und Kümmernis in diesem Reiche zu Euch stehen, könnt Ihr versichert sein, daß wir genausogut mit Euch in andere Länder ziehen und Euch dort dienen werden. Meine edlen Herren, sagte Sir Lanzelot, ich verstehe euch sehr wohl und danke euch, so gut ich kann. Hört denn, ich werde alle meine Einkünfte und alle meine Länder, die mir von Geburt zustehen, unter euch verteilen, und mein Anteil soll nicht größer sein als eurer, denn wenn ich meine persönlichen Bedürfnisse befriedigen kann, verlange ich keine anderen Reichtümer. Ich hoffe, euch mit Gottes Hilfe in meinen Ländern so guten Unterhalt zu bieten, wie ihn nur je Ritter genossen haben. Da antworteten alle Ritter wie mit einer Stimme: Schmach über den, der Euch verlassen will! Wir sind uns alle darüber im klaren, daß es in diesem Reiche keine Ruhe mehr geben wird, sondern Streit und Zwietracht, da nun die edle Gefolgschaft der Tafelrunde zerfallen ist. Durch die würdige Gefolgschaft der Tafelrunde ist König Artus erhöht worden, durch ihren Ruhm lebten der König und sein ganzes Reich in Ruhe und Frieden, und zu einem guten Teil, sagten sie, verdankten sie das Eurer edlen Gesinnung.

WIE SIR LANZELOT DIE MEERFAHRT ÜBERSTAND, UND WIE ER AUS DEN RITTERN, DIE MIT IHM GEGANGEN WAREN, GROSSE HERREN MACHTE. Fürwahr, sagte Sir Lanzelot, ich danke euch allen für eure freundlichen Worte. Jedoch weiß ich wohl, daß das Reich nicht durch mich allein gesichert war, aber so gut ich konnte, tat ich meine Pflicht. Ich habe in meinen Tagen manchen Aufruhr erlebt, den ich niederschlagen konnte, aber nun, glaube ich, werden wir bald wieder von solchen Aufständen hören, und das beklage ich sehr. Vor allem, fürchte ich, wird Sir Mordred Unruhe stiften, denn er ist sehr neidisch und neigt zu Gewalttaten. So beschlossen sie alle, mit Sir Lanzelot in dessen Reich zu ziehen. Sie packten ihre Sachen und bezahlten alle, die Forderungen an sie zu stellen hatten. Volle hundert Ritter brachen mit Sir Lanzelot sogleich auf und gelobten, ihn weder im Glück noch im Unglück zu verlassen. In Cardiff schifften sie sich ein und segelten nach Benwick, worunter manche Bayonne verstehen und manche Beaune, das durch seinen Wein bekannt ist. In Wahrheit aber waren Sir Lanzelot und seine Neffen Herren von ganz Frankreich und von allen Ländern, die zu Frankreich gehörten. Durch sein edles Heldentum hatte Sir Lanzelot all dies für sich und seine Sippe gewonnen. Sir Lanzelot ließ seine Städte und Burgen ausrüsten und ausstatten, und alle Bewohner des Landes unterwarfen sich Sir Lanzelot. Nachdem er so Ordnung geschaffen hatte, berief er binnen kurzem ein Parlament ein, und er krönte Sir Lionel zum König von Frankreich, Sir Bors zum König aller Länder des Königs Claudas und Sir Ector von Maris, seinen jüngsten Bruder, zum König von Benwick und zum König von ganz Guyenne, das war Sir Lanzelots eigenes Land. Außerdem machte er Sir Ector zum Fürsten über sie alle. So verteilte er sein Land und verlieh allen seinen edlen Rittern einen höheren Rang, zuerst den Männern seiner eigenen Sippe. Sir Blamore ernannte er zum Herzog von Limousin, Sir Bleoberis zum Herzog von Poitiers, Sir Gahalantine zum Herzog der Auvergne und Sir Galihodin zum Herzog von Sentonge. Sir Galihud wurde Graf von Périgord, Sir Lavaine Graf von Armagnac und Sir Urre Graf von Astarac. Sir Palamides erhob er zum Herzog der Provence und Sir Safere zum Herzog von Languedoc, und Sir Dinas den Seneschall, machte er zum Herzog von Anjou und Sir Clarius zum Herzog der Normandie. Dazu belohnte er viele andere seiner edlen Ritter, die aufzuzählen hier zu lang wäre.

Kapitel 19

WIE KÖNIG ARTUS UND SIR GAWEIN EIN GROSSES HEER RÜSTETEN, UM GEGEN SIR LANZELOT KRIEG ZU FÜHREN. ❧ Mittlerweile rüsteten König Artus und Sir Gawein ein großes Heer, das sechzigtausend Mann stark war, und trafen alle Vorbereitungen, um mit diesem Heer von Cardiff aus übers Meer zu setzen. König Artus ernannte seinen Sohn Sir Mordred zum obersten Regenten von ganz England und stellte auch Königin Ginevra unter seine Obhut. So fuhr der König übers Meer und landete in Sir Lanzelots Gebiet, und um Sir Gaweins Rache Genüge zu tun, ließ er, wohin er auch kam, alles niederbrennen und verwüsten. Als Sir Lanzelot die Nachricht erhielt, daß König Artus und Sir Gawein in seinem Reich gelandet waren und überall schreckliche Zerstörungen und Verwüstungen anrichteten, sprach Sir Bors: Hoher Herr Lanzelot, es ist eine Schande, daß wir sie so durch unser Land ziehen lassen. Ihr könnt Nachsicht gegen sie üben, solange Ihr wollt, sie werden Euch keine Gnade erweisen, wenn sie Euch ergreifen. Und der bedächtige und kluge Sir Lionel fügte hinzu: Sir Lanzelot, ich rate Euch, laßt uns unsere stark befestigten Städte halten, bis die Eindringlinge Hunger und Kälte spüren und erschöpft sind. Dann wollen wir mit frischen Kräften über sie herfallen und sie niedermachen wie Schafe auf der Weide, damit alle Fremden an diesem Beispiel sehen, was geschieht, wenn man in unser Land einfällt. Danach sprach König Bagdemagus zu Sir Lanzelot: Herr, Eure Rücksichtnahme wird Schande über uns alle bringen und ist bereits die Ursache all diesen Kummers, denn wenn sie weiter durch unser Land ziehen, werden sie uns alle vernichten, während wir uns in Höhlen verbergen. Dann sagte Sir Galihud: Herr, es sind Ritter aus königlichem Geblüt innerhalb dieser Mauern, die nicht mehr lange warten wollen. Darum gebt uns die Erlaubnis, so wahr wir Ritter sind, ihnen im Feld entgegenzutreten. Wir werden sie schlagen, daß sie die Stunde verfluchen, zu der sie in dieses Land kamen. Schließlich sprachen sieben Brüder aus Nordwales, sieben edle Ritter – und man hätte in sieben Königreichen suchen müssen, um sieben solche Ritter zu finden–, und sie sagten alle zugleich: Sir Lanzelot, um Christi willen, laßt uns mit Sir Galihud hinausreiten, denn wir sind es nicht gewohnt, uns in Burgen oder Städten zu verkriechen. Dann sprach Sir Lanzelot, der aller Oberherr war: Ihr edlen Herren, glaubt mir, ich reite sehr ungern mit meinen Rittern aus, um Christenblut zu vergießen, und wie ich wohl weiß, ist mein Reich noch zu ausgesogen von dem gewaltigen Krieg, den König Claudas jüngst gegen dieses Land und meinen Vater König Ban und meinen Oheim König Bors geführt hat, um schon wieder ein

Heer zu unterhalten. Deshalb wollen wir uns jetzt noch hinter unseren starken Mauern halten, und ich werde einen Boten zu König Artus schicken, um über einen Vertrag zu verhandeln, denn Frieden ist besser als fortwährender Krieg. So sandte Lanzelot ein Fräulein in Begleitung eines Zwerges aus, das König Artus ersuchen sollte, den Krieg gegen sein Land einzustellen. Am Zelt des Königs Artus stieg sie ab und traf dort einen edlen Ritter, Sir Lucas, den Kellermeister, der sie fragte: Edles Fräulein, kommt Ihr von Sir Lanzelot vom See? Ja, Herr, antwortete sie, ich bin gekommen, um mit dem König zu sprechen. Ach, erwiderte Sir Lucas, der hohe Herr Artus möchte sich gern mit Lanzelot versöhnen, aber Sir Gawein läßt es nicht zu. Ich bete zu Gott, Fräulein, daß Ihr Erfolg habt, denn wir alle, die wir um den König sind, wünschen Sir Lanzelot von allen Rittern der Welt das Beste. Nach diesen Worten führte Sir Lucas das Fräulein dahin, wo der König und Sir Gawein saßen, damit sie ihre Botschaft bestellen konnte. Nachdem sie gesprochen hatte, traten dem König Tränen in die Augen, und alle Edlen waren froh, daß sie dem König raten konnten, sich mit Sir Lanzelot auszusöhnen, mit Ausnahme Sir Gaweins, der sagte: Mein König, was wollt Ihr tun? Wollt Ihr jetzt umkehren, wo Ihr bei dieser Unternehmung schon so weit vorangekommen seid? Die ganze Welt würde von Eurer Feigheit reden. Nein, erwiderte Artus, seid versichert, Sir Gawein, ich werde Euerm Rat folgen, und doch, scheint mir, lassen sich seine vernünftigen Vorschläge schlecht zurückweisen. Aber da ich schon so weit gezogen bin, will ich, daß Ihr dem Fräulein Antwort gebt, denn ich kann aus Befangenheit nicht sprechen, weil das, was sie vorschlägt, ehrenwert und gut ist.

WAS FÜR EINE BOTSCHAFT SIR GAWEIN AN SIR LANZELOT SANDTE, UND WIE KÖNIG ARTUS DIE STADT BENWICK BELAGERTE. ❧ Da sprach Sir Gawein: Fräulein, sagte Sir Lanzelot, es ist vergebliche Mühe, meinem Oheim jetzt mit Bittgesuchen zu kommen. Wenn er sich hätte um Frieden bemühen wollen, hätte er das vorher tun müssen, jetzt ist es zu spät. Ferner bestellt ihm, daß ich bei der Treue, die ich Gott und der Ritterschaft schulde, gelobe, nicht Ruhe zu geben, bis einer von uns beiden den anderen getötet hat. Da weinte das Fräulein und entfernte sich, und vielen standen Tränen in den Augen. Sir Lucas geleitete das Fräulein zu ihrem Zelter, und sie kehrte zu Sir Lanzelot zurück, der von seinen Rittern umgeben war. Als Sir Lanzelot die Antwort vernommen hatte, liefen ihm Tränen die Wangen hinunter. Da traten seine edlen Ritter vor ihn und sagten: Sir Lanzelot, warum seid Ihr so bekümmert? Denkt daran, wer Ihr seid und was wir für Männer sind, und laßt uns edle Ritter ihnen in offener Feldschlacht entgegentreten. Das könnte leicht geschehen, antwortete Sir Lanzelot, aber ich bin nie so ungern in einen Kampf gegangen. Deshalb bitte ich euch, ihr edlen Herren, bei eurer Liebe zu mir, laßt euch von mir leiten, denn ich will diesem edlen König, der mich zum Ritter geschlagen hat, immer ausweichen. Und wenn ich nicht mehr anders kann, dann werde ich mich verteidigen müssen. Das wird mir und uns allen mehr zur Ehre gereichen, als wenn wir uns jetzt mit diesem edlen König messen, dem wir alle gedient haben. Da schwiegen sie alle still und begaben sich für diese Nacht zur Ruhe. Als am nächsten Morgen bei Tagesanbruch Ritter Ausschau hielten, sahen sie, daß die Stadt Benwick von allen Seiten belagert war, und daß die Belagerer eifrig Leitern aufrichteten. Doch die Verteidiger wehrten die Angreifer ab und schlugen sie mit großer Gewalt von den Mauern und Wällen zurück. Danach kam Sir Gawein wohlgewappnet auf einem starken Schlachtroß und mit der Lanze in der Hand vor das Haupttor geritten und rief: Sir Lanzelot, wo bist du? Wagt es keiner von deinen stolzen Rittern, eine Lanze mit mir zu brechen? Da rüstete sich Sir Bors, ritt zur Stadt hinaus und stellte sich Sir Gawein zum Kampf. Aber Sir Bors wurde vom Pferd gestoßen und beinahe erschlagen. Man rettete ihn jedoch und trug ihn in die Stadt zurück. Danach ritt Sir Lionel,

Sir Bors' Bruder, hinaus und wollte ihn rächen. Sie legten ihre Lanzen ein und sprengten gegeneinander, und wuchtig sießen sie zusammen, aber Sir Gawein hatte solches Glück, daß er Sir Lionel zu Boden warf und ihn schwer verwundete; und Sir Lionel wurde aufgehoben und in die Stadt getragen. Von da an kam Sir Gawein Tag für Tag, und jedesmal streckte er einen oder zwei Ritter nieder. So ging es ein halbes Jahr lang, und auf beiden Seiten wurden viele Ritter erschlagen. Eines Tages nun erschien Sir Gawein, in allen Stücken gewappnet, auf einem edlen Pferd und mit einer mächtigen Lanze in der Hand, und rief mit lauter Stimme: Wo bist du, Sir Lanzelot, du Verräter? Warum verbirgst du dich in Höhlen und hinter Mauern wie ein Feigling? Komm nur heraus, du falscher Ritter, und auf der Stelle werde ich den Tod meiner drei Brüder an dir rächen. Diese Worte vernahm Sir Lanzelot sehr genau, und die Männer seiner Sippe und seine anderen Ritter scharten sich um ihn und sagten alle zugleich: Sir Lanzelot, nun müßt Ihr Euch wie ein Ritter wehren, sonst ladet Ihr für immer Schande auf Euch. Da Ihr nun des Verrats bezichtigt worden seid, ist es Zeit, daß Ihr Euch rührt. Allzu lange habt Ihr geschlafen und mehr als genug ertragen. Gott steh mir bei, sagte Sir Lanzelot, mich grämen Sir Gaweins Worte, denn er hat einen schweren Vorwurf gegen mich erhoben. Ich weiß so gut wie ihr, daß ich mich wehren muß, sonst wäre ich ein Feigling. Dann ließ Sir Lanzelot sein stärkstes Pferd satteln und Harnisch und Waffen holen und zum Burgtor bringen, und er rief zu König Artus hinunter: Hoher Herr Artus und edler König, der Ihr mich zum Ritter geschlagen habt, wisset, ich bin um Euretwillen sehr betrübt, daß Ihr mich so bedrängt. Ich habe immer Nachsicht gegen Euch gezeigt, denn wenn ich rachsüchtig gewesen wäre, hätte ich mich Euch im Feld entgegengestellt und Eure kühnsten Ritter ganz zahm gemacht. Nun habe ich ein halbes Jahr gezögert und Euch und Sir Gawein gewähren lassen, doch jetzt kann ich es nicht länger ertragen und muß mich wehren, da Sir

Gawein mich des Verrats beschuldigt hat. Es ist sehr gegen meinen Willen, mit jemand von Eurer Sippe zu kämpfen, aber nun kann ich es nicht mehr umgehen. Ich werde dazu getrieben wie ein wildes Tier, das gestellt worden ist. Darauf erwiderte Sir Gawein: Sir Lanzelot, wenn du zu kämpfen wagst, hör mit deinem Geschwätz auf und komme heraus, damit wir unseren Herzen Luft machen. Da wappnete sich Sir Lanzelot rasch und bestieg sein Pferd, und beide Ritter ergriffen eine starke Lanze. Das Heer draußen verharrte reglos an der Seite, und die edlen Ritter strömten in so großer Zahl aus der Stadt heraus, daß Artus staunte und zu sich selber sprach: Wehe, daß Sir Lanzelot jemals mein Gegner werden mußte, denn nun sehe ich, er hat mich geschont. Danach wurde vereinbart, daß sich den beiden Streitern niemand nähern oder sich einmischen sollte, bis einer von ihnen tot wäre oder sich ergeben hätte.

WIE SIR LANZELOT UND SIR GAWEIN MITEINANDER KÄMPFTEN, UND WIE SIR GAWEIN BEZWUNGEN UND SCHWER VERWUNDET WURDE. Darauf ritten Sir Gawein und Sir Lanzelot ein großes Stück auseinander und sprengten dann, so schnell ihre Pferde laufen konnten, mit aller Macht aufeinander zu, und jeder traf den anderen mitten auf den Schild. Aber die Ritter waren so stark und ihre Lanzen so fest, daß die Pferde den Zusammenprall nicht aushielten und zu Boden stürzten. Da machten sie sich von ihren Pferden frei und nahmen die Schilde vor. Sie standen Mann gegen Mann und versetzten einander viele wuchtige Streiche, daß das Blut an vielen Stellen hervorspritzte. Sir Gawein aber war von einem heiligen Mann die Gabe verliehen worden, daß seine Stärke an jedem Tag vom Vormittag bis zur Mittagszeit drei Stunden lang so zunahm, daß sich seine Kraft verdreifachte, und das verhalf Sir Gawein zu hohem Ruhm. Aus diesem Grunde hatte König Artus angeordnet, daß alle Kämpfe wegen irgendwelcher Streitigkeiten, die vor König Artus ausgetragen wurden, am Vormittag um neun Uhr beginnen sollten. Außer König Artus wußten damals aber nur sehr wenige Ritter von diesem Vorteil Sir Gaweins. Während Sir Lanzelot nun mit Sir Gawein focht, spürte er, wie dessen Stärke immer größer wurde, und er wunderte sich und fürchtete sehr, bezwungen zu werden. Ihm schien, er hätte es mit einem Teufel und nicht mit einem Menschen zu tun. Sir Lanzelot wich aus und wehrte ab und suchte Deckung hinter seinem Schild und schonte seine Kräfte drei Stunden lang, und während dieser Zeit brachte Sir Gawein viele scharfe Streiche und schwere Treffer an, daß alle Ritter staunten, wie Sir Lanzelot sie aushielt, aber nur wenige merkten, welche Anstrengung ihn das kostete. Nach der Mittagsstunde besaß Sir Gawein nur noch seine eigene Kraft. Als Sir Lanzelot merkte, daß Sir Gaweins Kraft nachließ, richtete er sich hoch auf, trat neben ihn und sprach: Sir Gawein, ich spüre, Ihr seid am Ende. Nun muß ich meinen Teil tun, denn ich habe heute unter großen Schmerzen viele schwere und gefährliche Streiche von Euch hinnehmen müssen. Und mit doppelter Wucht ließ Sir Lanzelot sein Schwert auf Sir Gaweins Helm niedersausen, daß er zu Boden sank. Da wandte sich Sir Lanzelot von ihm ab. Warum wendest du dich ab? fragte Sir Gawein. Dreh dich um, Verräter, und töte mich, denn wenn du mich am Leben läßt, werde ich wieder mit dir kämpfen, sobald ich geheilt bin. Wenn Gott will, antwortete Sir Lanzelot, werde ich Euch standhalten, doch wisset, Sir Gawein, ich erschlage keinen Ritter, der am Boden liegt. So kehrte Sir Lanzelot in die Stadt zurück, und Sir Gawein wurde in das Zelt des Königs Artus getragen, wo Ärzte seine Wunden mit heilkräftigen Salben behandelten. Und von der Mauer herab rief Sir Lanzelot: Nun, mein König, ich wünsche Euch einen guten Tag, und ich versichere Euch, vor diesen Mauern gewinnt Ihr keinen Ruhm, und wenn ich meine Ritter herausführte, müßte mancher Mann sterben. Darum, hoher Herr Artus, gedenkt der alten Freundschaft, und was immer mir zustößt, Jesus geleite Euch allerorten.

VON DER KLAGE, DIE KÖNIG ARTUS ÜBER DIESEN KRIEG ERHOB, UND VON EINEM NEUEN KAMPF, IN DEM SIR GAWEIN DANN WIEDERUM UNTERLAG. Wehe, daß es je zu diesem unseligen Krieg kam, sagte der König, denn Sir Lanzelot schont mich überall und ebenso meine Sippe. Das zeigt sich heute deutlich an meinem Neffen Sir Gawein. Dann wurde König Artus sehr krank vor Kummer über Sir Gaweins schwere Wunden und wegen des Krieges mit Sir Lanzelot. Die Partei des Königs Artus setzte indessen die Belagerung mit wenig Angriffslust fort, und die innen hielten ihre Burg und verteidigten sich, wenn es not tat. Drei Wochen lang lag Sir Gawein krank in seinem Zelt und erhielt alle erdenkliche ärztliche Pflege. Sobald er wieder gehen und reiten konnte, wappnete er sich in allen Stücken, bestieg ein Pferd, nahm eine Lanze zur Hand und kam vor das Haupttor von Benwick geritten. Dort rief er mit lauter Stimme: Wo bist du, Sir Lanzelot? Komm heraus, du Verräter und Feigling, denn ich, Sir Gawein, bin hier und will dir beweisen, was ich über dich sage. Das hörte Sir Lanzelot, und er sprach: Sir Gawein, ich beklage Eure schlimmen Worte und bedauere, daß Ihr Eure Beschimpfungen nicht lassen wollt. Ich kenne Eure Kraft und weiß, was Ihr ausrichten könnt, und Ihr wißt sehr wohl, daß Ihr mir keinen großen Schaden tun könnt. Komm herunter, du heimtückischer Ritter, erwiderte Sir Gawein, und beweise das Gegenteil mit deinen Händen! Du hast mich im letzten Kampf durch Mißgeschick verwundet, doch nun bin ich gekommen, um das wieder auszugleichen. Ich will dich heute so zu Boden werfen, wie du es mit mir getan hast. Gott verhüte, sagte Sir Lanzelot, daß Ihr mich je so in Eure Gewalt bekommt wie ich Euch, denn dann wären meine Tage zu Ende. Doch glaubt nicht, ich werde lange zögern. Da Ihr mich so unritterlich des Verrats bezichtigt habt, sollt Ihr mit mir beide Hände voll zu tun bekommen. Darauf wappnete sich Sir Lanzelot, bestieg sein Pferd, ergriff eine mächtige Lanze und ritt zum Tor hinaus. Die Heere beider Seiten, das von drinnen und das von draußen, versammelten sich und nahmen in voller Rüstung und mannhafter Schlachtordnung Aufstellung. Beide Parteien wurden verpflichtet, sich still zu verhalten und dem Kampf der beiden edlen Ritter zuzuschauen. Diese legten ihre Lanzen ein und prallten wie der Donner zusammen, und Sir Gaweins Lanze zerbarst an Sir Lanzelot in hundert Stücke, Sir Lanzelot aber traf mit größerer Wucht, so daß sich Sir Gaweins Pferd aufbäumte und Pferd und Reiter zu Boden stürzten. Da machte sich Sir Gawein rasch von seinem Pferd frei, nahm den Schild vor, zog voll Kampfbegier sein Schwert und rief Sir Lanzelot zu: Steig ab, du Verräter! Wenn mich auch dieses Pferd enttäuscht hat, so wird dich der Sohn eines Königs und einer Königin nicht enttäuschen. Sir Lanzelot stieg ab, nahm den Schild vor und zog das Schwert, und so standen sie im Zweikampf und teilten viele scharfe Streiche aus, daß alle Männer beider Parteien staunten. Als Sir Lanzelot spürte, wie Sir Gaweins Stärke auf wunderbare Weise zunahm, hielt er sich zurück und schonte seinen Atem und seine Kraft und nahm hinter seinem Schilde Deckung. Er wich aus und wehrte ab und schritt zur Seite und zurück, um Sir Gaweins Streiche und seinen Mut zu schwächen. Sir Gawein aber strengte seine ganze Kraft an, um Sir Lanzelot zu vernichten, denn wie Sir Gaweins Stärke zunahm, wuchs auch seine Bosheit. Drei Stunden lang setzte er Sir Lanzelot so gewaltig zu, daß dieser ihn nur mit großer Mühe abwehren konnte. Als die drei Stunden vergangen waren, spürte Sir Lanzelot, daß Sir Gawein über nicht mehr als seine eigene Kraft verfügte, und er sprach: Nun hat sich zweimal erwiesen, daß Ihr ein sehr gefährlicher Ritter und ein starker Mann seid. An den zwei Tagen habt Ihr erstaunliche Taten vollbracht, und mit Eurer zunehmenden Stärke habt Ihr manchen sehr edlen und tapferen Ritter getäuscht. Da Ihr aber, wie ich fühle, Eure großen Taten jetzt hinter Euch habt, muß ich nun meine Taten tun. Dann schritt Sir Lanzelot auf Sir Gawein zu und verdoppelte seine Streiche, und Sir Gawein wehrte sich mit aller Kraft, aber dennoch führte Sir Lanzelot einen solchen Streich auf Sir Gaweins Helm und gerade auf die alte Wunde, daß Sir Gawein besinnungslos niedersank. Als er wieder zu sich kam, schlug und stach er im Liegen nach Sir Lanzelot und sagte: Verräter, noch bin ich nicht tot. Komm her und führe diesen Kampf bis zum Äußersten. Ich kämpfe nicht weiter, erwiderte Sir Lanzelot. Wenn Ihr wieder auf den Beinen seid, will ich mit Euch kämpfen, solange Ihr Euch auf den Füßen halten könnt. Aber Gott bewahre mich vor der Schande, auf einen verwundeten Mann einzuschlagen, der nicht stehen kann. Darauf wandte er sich ab und ging auf die Stadt zu. Sir Gawein aber rief ihm immer nach: Verräter! Und schließlich rief er: Wisse, Sir Lanzelot, wenn ich geheilt bin,werde ich wieder mit dir kämpfen, und ich werde nicht Ruhe geben, bis einer von uns erschlagen ist. So ging die Belagerung weiter, und Sir Gawein lag fast einen Monat krank. Als er fast geheilt war und binnen drei Tagen wiederum mit Sir Lanzelot kämpfen wollte, trafen bei König Artus Nachrichten aus England ein, die ihn und sein ganzes Heer zum Abzug veranlaßten.

21. Buch

WIE SIR MORDRED SICH AUFSPIELTE UND KÖNIG VON GANZ ENGLAND WERDEN UND DIE KÖNIGIN GINEVRA, SEINES VATERS WEIB, EHELICHEN WOLLTE.

ALS Sir Mordred Regent von ganz England war, ließ er Briefe schreiben, als ob sie von jenseits des Meeres gekommen wären. In diesen Briefen stand, König Artus wäre im Kampf mit Sir Lanzelot erschlagen worden. Daraufhin rief Sir Mordred seine Barone zusammen, hielt ein Parlament ab und ließ sich zum König wählen. Die Krönung fand in Canterbury statt, und Mordred veranstaltete ein Fest, das vierzehn Tage dauerte Danach begab er sich nach Winchester und nahm die Königin Ginevra mit. Offen erklärte er, er wolle sie, die seines Oheims und seines Vaters Weib war, heiraten. So setzte er einen Tag für die Hochzeit fest und bereitete alles für die Feier vor. Darüber war Königin Ginevra tieftraurig, aber sie durfte ihr Herz nicht entdecken, sondern sprach freundlich und fügte sich zum Schein Mordreds Willen. Eines Tages bat sie Sir Mordred, nach London gehen zu dürfen, um allerlei Dinge zu kaufen, die zur Hochzeit nötig waren. Da sie immer freundlich sprach, traute ihr Sir Mordred durchaus und gab ihr die Erlaubnis zur Reise. Als sie in London ankam, quartierte sie sich im Tower ein und ließ ihn in aller Eile mit Proviant aller Art versehen. Sie versammelte Krieger und hielt so den Tower besetzt. Als Sir Mordred erfuhr, wie er getäuscht worden war, geriet er über alle Maßen in Zorn, zog mit einem starken Heer nach London und belagerte den Tower. Wiederholt griff er ihn heftig an, setzte viele mächtige Wurfmaschinen ein und bedrängte ihn mit großen Geschossen. Aber all das nützte Sir Mordred nichts, denn Königin Ginevra ließ weder im guten noch im bösen mit sich reden und wollte sich seinen Händen nie wieder anvertrauen. Da kam der Bischof von Canterbury, ein edler Priester und heiliger Mann, und sprach zu Sir Mordred: Herr, was tut Ihr? Wollt Ihr Gott mißfallen und Schmach über Euch und die ganze Ritterschaft bringen? Ist König Artus nicht Euer leiblicher Oheim, nämlich der Bruder Eurer Mutter, und hat er Euch nicht mit Ihr gezeugt, mit seiner eigenen Schwester? Wie könnt Ihr also Eures Vaters Weib zur Ehe begehren? Laßt ab von diesem Vorhaben, Herr, sonst muß ich Euch in Acht und Bann tun. Tu dein Schlimmstes, erwiderte Sir Mordred, ich werde dir dennoch trotzen. Herr, antwortete der Bischof, ich fürchte mich nicht, das zu tun, was mir zukommt. Auch habt Ihr das Gerücht verbreiten lassen, der hohe Herr Artus sei erschlagen worden, doch das ist nicht wahr. Ihr wollt in diesem Land einen Schurkenstreich begehen. Halt den Mund, du falscher Priester, versetzte Sir Mordred, wenn du mich noch weiter reizt, werde ich dir den Kopf abschlagen lassen. Darauf entfernte sich der Bischof von Canterbury und verkündete den Bannfluch auf die nachdrücklichste Weise. Sir Mordred aber ließ den Bischof suchen, um ihn zu töten. Da floh dieser und nahm einen Teil seines Besitzes mit. In der Nähe von Glastonbury ließ er sich nieder und lebte dort als Klausner in einer Kapelle in Armut und frommem Beten, denn er wußte wohl, daß ein schrecklicher Krieg bevorstand. Währenddessen versuchte Sir Mordred durch Briefe und Botschaften und alle erdenklichen guten und bösen Mittel, Königin Ginevra zu bewegen, aus dem Tower von London herauszukommen, aber vergebens. Sie antwortete ihm kurz und bündig, öffentlich wie insgeheim, sie würde sich lieber umbringen als sein Weib werden. Da erhielt Sir Mordred die Nachricht, König Artus habe die Belagerung Sir Lanzelots aufgegeben und kehre mit einem starken Heer heim, um sich an Sir Mordred zu rächen. Sir Mordred schickte Briefe an alle Barone seines Landes, und viel Kriegsvolk strömte ihm zu. Denn damals war unter dem Volk die Rede im Umlauf, unter Artus gäbe es kein anderes Leben als Krieg und Zwist, unter Sir Mordred aber wäre alles eitel Freude und Seligkeit. So wurde König Artus verunglimpft und verleumdet. Und es gab viele, die König Artus aus dem Nichts in die Höhe gebracht und denen er Ländereien gegeben hatte und die jetzt kein gutes Wort für ihn einlegten. Ihr Engländer alle, seht ihr nicht, was das für ein Unglück war? Mit ihm, dem trefflichsten Ritter und edelsten König der Welt, der die Gesellschaft edler Ritter über alles liebte und der ihnen allen Schutz und Hort war, mit ihm waren diese Engländer nun nicht mehr zufrieden. So sahen damals Brauch und Sitte in diesem Land aus, und manche Leute sagen, wir hätten solch Verhalten noch nicht aufgegeben und vergessen. Ach, das ist ein großer Fehler an uns Engländern, daß wir nie mit einer Sache lange zufrieden sind. Damals verhielten sich die Leute so: Sir Mordred gefiel ihnen besser als König Artus, also schlugen sich viele auf Mordreds Seite und erklärten, sie wollten im Guten wie im Bösen bei ihm bleiben. Sir Mordred zog mit einem starken Heer nach Dover, denn er hatte gehört, Artus wolle dort landen. Er gedachte seinen eigenen Vater mit Gewalt aus seinem Lande zu vertreiben. Der größte Teil von England hielt zu Sir Mordred und seinem Heer, so neuerungssüchtig waren die Menschen.

WIE KÖNIG ARTUS, NACHDEM ER KUNDE DAVON ERHALTEN HATTE, HEIMKEHRTE UND NACH DOVER KAM, WO SIR MORDRED IHM ENTGEGENTRAT, UM SEINE LANDUNG ZU VERHINDERN, UND VOM TODE SIR GAWEINS. ❧ Sir Mordred wartete mit seinem Heer in Dover, als König Artus mit einer mächtigen Flotte von großen und kleinen Schiffen eintraf. Mordred lag in Bereitschaft, seinen Vater mit Gewalt daran zu hindern, das Land zu betreten, über das er König war. Dann landeten die edlen Krieger auf großen und kleinen Booten, und auf beiden Seiten wurden viele wackere Ritter erschlagen, und mancher treffliche Baron wurde bezwungen oder getötet. König Artus schlug sich so tapfer, daß ihn niemand daran hindern konnte, an Land zu gehen, und seine Ritter folgten ihm kühn entschlossen. So landeten sie Sir Mordred und seiner ganzen Streitmacht zum Trotz und warfen diesen zurück, daß er und alle seine Leute die Flucht ergriffen. Am Ende der Schlacht ließ König Artus seine Toten bestatten, und dabei fand man den edlen Sir Gawein, der mehr tot als lebendig in einem großen Boot lag. Als Sir Artus erfuhr, daß Sir Gawein so schwer verwundet war, ging er zu ihm und brach in erschütternde Klagen aus. Er schloß Sir Gawein in die Arme und fiel dreimal in Ohnmacht. Nachdem er wieder zu sich gekommen war, sprach er: Ach, Sir Gawein, Sohn meiner Schwester, hier liegst du nun, der Mann, den ich am meisten auf der Welt geliebt habe. Nun ist meine Freude für immer dahin. Und jetzt, lieber Neffe, will ich dir mein Herz eröffnen: Sir Lanzelot und du, ihr wart meine größte Freude und mein sicherster Trost, doch nun habe ich euch beide verloren, und darum ist alle irdische Freude von mir gewichen. Mein Oheim, erwiderte Sir Gawein, meine Todesstunde ist nun gekommen, und an allem sind meine eigene Voreiligkeit und mein Eigensinn schuld. Denn ich habe einen Hieb auf die alte Wunde bekommen, die mir Sir Lanzelot geschlagen hat, und ich fühle, daß ich daran sterben muß. Wäre Sir Lanzelot noch bei Euch, hätte dieser unselige Krieg mit Mordred nie begonnen, von dem ich auch die Ursache bin; denn Sir Lanzelot und die Männer seiner Sippe hielten durch ihren Heldenmut alle Eure aufsässigen Feinde in Botmäßigkeit und Furcht. Ihr werdet Sir Lanzelot nun sehr vermissen. Doch wehe, ich wollte mich mit ihm nicht versöhnen, fuhr Sir Gawein fort, und darum bitte ich Euch, lieber Oheim, gebt mir Papier, Feder und Tinte, damit ich eigenhändig an Sir Lanzelot schreiben kann. Als Papier und Tinte gebracht waren, richtete König Artus Sir Gawein auf, der schon sehr schwach war und vorher bereits gebeichtet hatte. Sir Gawein schrieb den folgenden Brief: An Sir Lanzelot, den edelsten aller Ritter, die ich während meines ganzen Lebens selbst kennengelernt oder von denen ich je gehört habe. Ich, Sir Gawein, Sohn des Königs von Orkney und Neffe des edlen Königs Artus, sende Dir Grüße und lasse Dich wissen, daß ich am zehnten Tag des Monats Mai einen Hieb auf die alte Wunde erhalten habe, die du mir vor der Stadt Benwick geschlagen hast. Durch diese Wunde ist jetzt meine Todesstunde gekommen. Alle Welt soll wissen, daß ich, Sir Gawein, Ritter der Tafelrunde, selbst meinen Tod gesucht habe und daß ich nicht durch Deine Schuld, sondern aus eigenem Willen sterbe. Darum bitte ich Dich, Sir Lanzelot, kehre in dieses Reich zurück und besuche mein Grab und bete für meine Seele, so gut Du kannst. Ein edlerer Mann hätte mich nicht töten können. Ferner, Sir Lanzelot, bei all der Liebe, die je zwischen uns war, zögere nicht, sondern komm eilends über das Meer und stehe mit Deinen wackeren Rittern dem edlen König, der Dich zum Ritter geschlagen hat, dem hohen Herrn Artus, bei. Er ist in großer Not durch einen schurkischen Verräter, meinen Halbbruder Sir Mordred. Dieser hat sich zum König krönen lassen und war im Begriff, die hohe Königin Ginevra zu heiraten. Er hätte es getan, wenn sie sich nicht in den Tower von London geflüchtet hätte. König Artus und wir alle landeten am zehnten Tag des Monats Mai bei Dover und schlugen den Verräter Sir Mordred in die Flucht, und dabei traf mich ein unglücklicher Hieb auf Deine Wunde. Und an diesem Tage wurde dieser Brief geschrieben, wenige Stunden vor meinem Tode, von meiner eigenen Hand und mit meinem Herzblut unterzeichnet. Danach weinten Sir Gawein und König Artus und verloren die Besinnung. Nachdem sie wieder zu sich gekommen waren, ließ der König Sir Gawein den Leib des Herrn reichen. Dann bat Sir Gawein den König, nach Sir Lanzelot zu schicken und ihm höhere Ehre zu erweisen als allen anderen Rittern. Zur Mittagsstunde gab Sir Gawein seinen Geist auf.

Der König ließ ihn in einer Kapelle auf der Burg von Dover begraben, und dort kann man seinen Schädel sehen und die Wunde, die ihm Sir Lanzelot im Zweikampf schlug. Darauf erhielt der König Nachricht, daß sich Sir Mordred bei Barham Down erneut zum Kampf vorbereite. Am nächsten Morgen ritt der König hin, und es kam zu einer blutigen Schlacht, in der auf beiden Seiten viele Krieger erschlagen wurden. Schließlich trug die Partei von König Artus den Sieg davon, und Sir Mordred und seine Anhänger flohen nach Canterbury.

WIE KÖNIG ARTUS SIR GAWEINS GEIST ERSCHIEN UND IHN WARNTE, AN DIESEM TAGE NICHT ZU KÄMPFEN.

Der König ließ seine Toten bestatten und seine Verletzten pflegen und ihre Wunden mit lindernden Salben bestreichen. Danach wandten sich viele Leute König Artus zu und erklärten, Sir Mordred führe zu Unrecht gegen König Artus Krieg. Mit seinem Heer zog König Artus an der Küste entlang nach Westen auf Salisbury zu, und dann wurde zwischen ihm und Sir Mordred ein Tag vereinbart, an dem sie auf einem Hügel bei Salisbury, nicht weit von der Küste entfernt, aufeinandertreffen sollten. Dieser Tag war der Montag nach Trinitatis, und König Artus war sehr froh, daß er an Sir Mordred Rache nehmen konnte. Sir Mordred zog viele Krieger um London herum zusammen, denn Kent, Sussex, Essex, Suffolk und Norfolk hielten zum größten Teil zu Sir Mordred. So folgten viele edle Ritter Sir Mordred, andere wiederum dem König, die Anhänger Sir Lanzelots aber schlugen sich zu Sir Mordred. Am Abend des Sonntags Trinitatis hatte König Artus einen seltsamen Traum. Ihm war, als säße er in einem prachtvollen Goldgewand auf einem Gerüst in einem Sessel, und der Sessel war an einem Rad befestigt. Tief unter ihm war ein gräßliches, tiefes schwarzes Wasser voller Schlangen und Würmer und furchtbarer und schrecklicher wilder Tiere. Auf einmal war dem

König, als drehte sich das Rad und er fiel hinab unter die Schlangen, und jedes Tier packte ihn an einem seiner Glieder. Da schrie der König in seinem Bett auf: Hilfe! und seine Ritter, Knappen und Freisassen stürzten herein und weckten ihn. Doch er war so benommen, daß er nicht wußte, wo er war. Darauf fiel er wieder in Schlummer, aber es war kein Schlaf und auch kein rechtes Wachen. So meinte der König wahrhaftig, Sir Gawein käme zu ihm mit einer Anzahl schöner Damen. Als König Artus ihn erblickte, sagte er: Willkommen, mein Schwestersohn, ich glaubte, du wärest tot, und nun sehe ich, daß du lebst. Wie danke ich dem allmächtigen Jesus! O lieber Neffe, was sind das für Damen, die mit dir gekommen sind? Herr, antwortete Sir Gawein, das sind Damen, für die ich in gerechtem Streit gekämpft habe, als ich noch lebte. Gott hat ihnen auf ihr dringendes Bitten die Gnade verliehen, mich zu Euch zu geleiten, weil ich für sie eingetreten bin. Und Gott hat mir erlaubt, Euch vor dem Tod zu warnen. Denn wenn Ihr morgen mit Sir Mordred kämpft, wie Ihr es vereinbart habt, dann zweifelt nicht, Ihr werdet erschlagen werden und die meisten Krieger auf beiden Seiten dazu. Um der großen Gnade und Liebe willen, die Euch der allmächtige Jesus entgegenbringt, und aus Erbarmen mit Euch und den vielen anderen wackeren Männern, die dort ihren Tod finden sollen, hat mich Gott in seiner besonderen Güte zu Euch geschickt, um Euch zu warnen, morgen keinesfalls zu kämpfen, sondern durch großes Entgegenkommen einen Monat Aufschub zu erwirken. Binnen eines Monats wird nämlich Sir Lanzelot mit all seinen edlen Rittern kommen, Euch ehrenvoll retten und Sir Mordred und alle seine Anhänger erschlagen. Darauf verschwanden Sir Gawein und die Damen. Sogleich rief der König seine Ritter, Knappen und Junker zu sich und gebot ihnen, eilends seine Barone und weisen Bischöfe herbeizuholen. Als sie gekommen waren, erzählte ihnen der König seinen Traum, wie Sir Gawein zu ihm gesprochen und ihn gewarnt hatte, wenn er morgen kämpfte, würde er erschlagen werden. Dann erteilte der König Sir Lucas dem Kellermeister und seinem Bruder Sir Bedivere den Auftrag, zwei Bischöfe mitzunehmen und nach bestem Vermögen zu verhandeln: Schließt einen Vertrag über einen Monat mit Sir Mordred und zögert nicht, ihm Ländereien und Reichtümer anzubieten, soviel ihr für gut haltet. So gelangten sie dahin, wo Sir Mordred mit einem gewaltigen Heer von hunderttausend Mann lag. Sie redeten lange auf Sir Mordred ein, bis er schließlich damit einverstanden war, wenn er Cornwall und Kent sofort bekommen sollte und nach Artus' Tod schließlich ganz England.

Kapitel 4

WIE WEGEN EINER NATTER DIE SCHLACHT BEGANN, IN DER MORDRED ERSCHLAGEN UND ARTUS TÖDLICH VERWUNDET WURDE.

Ferner kamen sie überein, König Artus und Sir Mordred sollten einander zwischen ihren Heeren zum Vertragsabschluß begegnen, und jeder von ihnen sollte vierzehn Gefolgsleute mitbringen. Mit dieser Botschaft kehrten sie zu Artus zurück. Da sagte er: Ich bin froh, daß dies vollbracht ist. Bevor sich Artus zu dem Treffpunkt begab, warnte er sein ganzes Heer für den Fall, daß sie ein gezücktes Schwert sähen: Dann greift sofort kühn an und erschlagt diesen Verräter Sir Mordred, denn ich traue ihm in keiner Weise. Ähnlich wies Sir Mordred sein Heer an: Wenn ihr ein gezücktes Schwert seht, greift sofort heftig an und schlagt alles nieder, was sich euch entgegenstellt. Ich traue dieser Waffenruhe nicht, denn ich weiß, mein Vater will sich an mir rächen. So trafen sie wie vereinbart zusammen und erzielten bestes Einvernehmen über den Vertrag. Es wurde Wein geholt, und sie stießen miteinander an. In diesem Augenblick kroch eine Natter aus einem kleinen Heidebusch heraus und biß einen Ritter in den Fuß. Als der Ritter den Biß spürte, blickte er hinunter und sah die Natter. Da zückte er sein Schwert, um die Natter zu töten, und dachte sich nichts Böses weiter dabei.

Als aber die beiden Heere das gezückte Schwert gewahrten, bliesen sie die Trompeten, Posaunen und Hörner und brüllten grimmig. Daraufhin stürmten die beiden Heere gegeneinander. König Artus bestieg sein Pferd und rief: Wehe, was für ein unseliger Tag! Er ritt zu seiner Partei, und Sir Mordred tat desgleichen. Niemals hat es je in einem christlichen Land eine so blutige Schlacht gegeben. Alles fiel wütend übereinander her und focht und hieb, und gar mancher tödliche Streich fiel, und zornige Worte flogen hinüber und herüber. Oftmals sprengte König Artus durch Sir Mordreds Schlachtreihen und hielt sich so wacker, wie es einem edlen König zukommt. Niemals schonte er sich, und Sir Mordred setzte ihm gewaltig zu und brachte ihn in große Gefahr. So kämpften sie den ganzen langen Tag und hielten nicht inne, bis die meisten edlen Ritter auf der kalten Erde lagen. Noch weiter ging die Schlacht, bis die Nacht hereinbrach und hunderttausend Tote den Hügel bedeckten. König Artus geriet außer sich vor Zorn, daß seine Leute so hingemetzelt wurden, und blickte um sich. Da merkte er, daß von seinem ganzen Heer und allen seinen wackeren Rittern nur noch zwei am Leben waren, nämlich Sir Lucas der Kellermeister und sein Bruder Sir Bedivere, und auch sie waren schwer verwundet. Barmherziger Jesus, rief der König, wo sind meine edlen Ritter geblieben? Wehe, daß ich je diesen schmerzlichen Tag erleben mußte, denn nun ist mein Ende gekommen. Aber, bei Gott, ich wüßte gern, wo dieser Verräter Sir Mordred steckt, der an all diesem Unheil schuld ist. Da gewahrte König Artus, wie Sir Mordred inmitten eines Haufens toter Männer auf seinem Schwert lehnte. Jetzt gebt mir meine Lanze, sagte Artus zu Sir Lucas, denn dort drüben habe ich den Verräter erspäht, der dieses ganze Unglück herbeigeführt hat. Herr, laßt ihn, erwiderte Sir Lucas, denn er ist fluchbeladen. Und wenn Ihr diesen unglücklichen Tag übersteht, könnt Ihr sehr wohl an ihm Rache nehmen. Edler Herr, erinnert Euch an Euern nächtlichen Traum und an das, was Euch der Geist Sir Gaweins prophezeit hat.

Gott hat Euch in seiner großen Güte bisher geschützt. Deshalb laßt ihn jetzt um Gottes willen gehen, hoher Herr. Gelobt sei Gott, Ihr habt die Schlacht gewonnen, denn hier sind wir drei am Leben, aber bei Sir Mordred lebt keiner mehr. Und wenn Ihr jetzt abbrecht, ist dieser verruchte Schicksalstag vorüber. Tod oder Leben, entgegnete der König, ich sehe ihn jetzt dort allein, und er soll mir nicht entrinnen, denn eine bessere Gelegenheit wird sich niemals finden. Gott steh Euch bei, sagte Sir Bedivere. Dann packte der König seine Lanze mit beiden Händen, sprengte auf Sir Mordred los und rief: Verräter, jetzt hat deine Todesstunde geschlagen! Als Sir Mordred König Artus hörte, rannte er ihm mit dem gezückten Schwert entgegen. Mit der Lanze stieß König Artus Sir Mordred unter dem Schild in den Leib, daß die Lanze über einen Klafter tief durch ihn hindurchfuhr. Als Sir Mordred spürte, daß er eine tödliche Wunde empfangen hatte, richtete er sich mit seiner ganzen Kraft auf und hieb mit dem Schwert, das er in beiden Händen hielt, seinem Vater einen solchen Streich seitlich gegen den Kopf, daß das Schwert Helm und Hirnschale durchschlug. Danach stürzte Sir Mordred tot zur Erde, und der edle Artus sank bewußtlos zu Boden; er kam zu sich, aber er verlor immer wieder die Besinnung. Sir Lucas der Kellermeister und Sir Bedivere versuchten wiederholt, ihn aufzuheben. Schließlich nahmen sie ihn in ihre Mitte und geleiteten ihn, der sehr schwach war, zu einer kleinen Kapelle unweit vom Strand. Dort fühlte sich der König wohl. Da ertönte Geschrei vom Schlachtfeld herüber. Geht, Sir Lucas, sagte der König, und laßt mich wissen, was dieser Lärm auf dem Feld bedeutet. Obgleich er an vielen Stellen schwere Wunden trug, ging Sir Lucas hinaus. Er sah im Mondlicht, wie Plünderer und Räuber auf das Schlachtfeld gekommen waren, um den edlen Rittern Spangen und Perlen und kostbare Ringe abzunehmen. Wer noch nicht ganz tot war, den erschlugen sie um des Harnischs oder anderer Habseligkeiten willen. Als Sir Lucas begriff, was sie taten, kehrte er zum König zurück, so schnell er konnte, und berichtete ihm, was er gehört und gesehen hatte. Darum ist es nach meiner Meinung am besten, sagte Sir Lucas zu König Artus, wenn wir Euch in eine Stadt bringen.

WIE KÖNIG ARTUS BEFAHL, SEIN SCHWERT EXCALIBUR INS MEER ZU WERFEN, UND WIE ER DAMEN IN EINER BARKE ÜBERGEBEN WURDE.

Ich wollte, das könnte geschehen, sagte der König, aber ich kann nicht stehen, es arbeitet so in meinem Kopf. Ach, Sir Lanzelot, fuhr der König fort, heute habe ich dich sehr vermißt. Wehe, daß ich gegen dich war, denn nun ist mein Tod gekommen, vor dem mich Sir Gawein im Traum gewarnt hat. Dann wurde der König auf der einen Seite von Sir Lucas und auf der anderen von Sir Bedivere hochgehoben. Dabei fiel er in Ohnmacht. Aber auch Sir Lucas verlor beim Heben die Besinnung, und seine Eingeweide traten aus dem Leib heraus. Damit brach dem edlen Ritter das Herz. Als der König wieder zu sich kam, sah er, wie Sir Lucas mit Schaum vor dem Mund und herausgequollenen Eingeweiden zu seinen Füßen dalag. Wehe, klagte der König, das ist ein bitterer Anblick für mich, diesen edlen Herzog so um meinetwillen sterben zu sehen, denn er wollte mir helfen und brauchte doch nötiger als ich Hilfe. Ach, er dachte nicht an sich selber, sein Herz drängte ihn, mir zu helfen. Nun sei Jesus seiner Seele gnädig! Da weinte Sir Bedivere um den Tod seines Bruders. Laß das Trauern und Weinen, sagte der König, denn all das kann mir nicht helfen. Wenn ich am Leben bliebe, würde ich den Tod Sir Lucas' immerfort beklagen, aber meine Zeit eilt schnell davon. Darum nimm du mein gutes Schwert Excalibur und geh damit zum Strand. Ich gebiete dir, wirf mein Schwert ins Wasser und komm zurück und berichte mir, was du gesehen hast. Hoher Herr, sagte Bedivere, ich will Euerm Gebot folgen und Euch schnell Nachricht bringen. Unterwegs betrachtete er das edle Schwert, dessen Knauf und Griff ganz mit Edelsteinen besetzt war, und er sagte sich: Wenn ich dieses kostbare Schwert ins Wasser werfe, entsteht daraus nichts Gutes, sondern nur Schaden und Verlust. So verbarg er Excalibur unter einem Baum, ging rasch zum König zurück und sagte, er hätte das Schwert ins Meer geworfen. Was hast du gesehen? fragte der König. Herr, antwortete Sir Bedivere, ich habe nichts gesehen als Wellen und Wind. Du sprichst nicht die Wahrheit, erwiderte der König, geh also wieder hin und führe mein Gebot aus. Sosehr du mir lieb und teuer bist, schone das Schwert nicht, sondern wirf es ins Wasser. Darauf kehrte Sir Bedivere um und nahm das Schwert in die Hände, und es schien ihm Sünde und Schmach, dieses edle Schwert wegzuwerfen. So verbarg er es abermals, kehrte zurück und berichtete dem König, er wäre am Wasser gewesen und hätte sein Gebot erfüllt. Und was hast du gesehen? fragte der König. Herr, antwortete Sir Bedivere, nichts als Wasserwogen und Wellenrollen. Ah, du treuloser Verräter, sagte König Artus, nun hast du mich zweimal betrogen. Wer hätte das von dir gedacht, der du mir so lieb und teuer warst? Man nennt dich einen edlen Ritter, und du betrügst mich wegen eines kostbaren Schwertes. Geh jetzt noch einmal, doch beeile dich, denn dein langes Zaudern bringt mein Leben in große Gefahr. Mir ist schon kalt. Wenn du jetzt nicht tust, was ich dir befehle, werde ich dich mit meinen eigenen Händen erschlagen, wenn ich dich je wiedersehen sollte, denn wegen meines prächtigen Schwertes wolltest du mich tot sehen. Da ging Sir Bedivere, nahm das Schwert rasch aus dem Versteck und trat ans Wasser. Dort band er den Gurt um den Griff und warf das Schwert, so weit er nur konnte ins Meer. Sogleich reckte sich eine Hand aus dem Wasser, griff danach und schüttelte und schwang es dreimal. Dann verschwand die

Hand mit dem Schwert im Wasser. Sir Bedivere kehrte zum König zurück und berichtete ihm, was er gesehen hatte. Ach, sagte der König, hilf mir von hier fort, ich fürchte, ich habe schon zuviel Zeit verloren. Da nahm Bedivere den König auf den Rücken und trug ihn ans Wasser. Als sie am Strand ankamen, wartete dicht am Ufer eine kleine Barke mit vielen schönen Frauen darin. Unter ihnen waren drei Königinnen.

Sie alle trugen schwarze Kapuzen und weinten laut, als sie König Artus erblickten. Lege mich nun in die Barke, sagte der König zu Sir Bedivere. Behutsam tat er das, und da empfingen ihn die drei Königinnen mit trauriger Klage. Sie setzten sich nieder, und König Artus legte sein Haupt in den Schoß der einen. Diese Königin sprach: Ach, lieber Bruder, warum seid Ihr so lange von mir fortgeblieben? Wehe, diese Wunde an Euerm Kopf ist gar zu kalt geworden. So stießen sie vom Land ab. Als Sir Bedivere sah, wie sie sich von ihm entfernten, rief er: Ach, hoher Herr Artus, was soll nun aus mir werden, da Ihr von mir geht und mich allein hier laßt unter meinen Feinden? Sei getrost, erwiderte der König, und tu, was du vermagst, denn auf mich kannst du dich nicht mehr verlassen. Ich will in das Tal von Avalon gehen, um dort meine schwere Wunde heilen zu lassen. Wenn du nichts mehr von mir hörst, bete für meine Seele. Immerzu weinten und klagten die Königinnen und Damen, daß es jammervoll anzuhören war. Als Sir Bedivere die Barke aus den Augen verlor, weinte und klagte er heftig und schlug dann den Weg in den Wald ein. Er lief die ganze Nacht, und am Morgen bemerkte er zwischen zwei verwitterten Bäumen eine Kapelle und eine Klause.

WIE SIR BEDIVERE IHN AM MORGEN TOT IN EINER KAPELLE FAND, UND WIE ER DORT BEI DEM KLAUSNER BLIEB. ❧ Da war Sir Bedivere froh und ging in die Kapelle hinein. Dort sah er einen Einsiedler neben einem frischen Grab ausgestreckt am Boden liegen. In ihm erkannte er den früheren Erzbischof von Canterbury, der Sir Mordred mit dem Bann belegt hatte. Herr, sagte Sir Bedivere, was für ein Mann ist da begraben, daß Ihr so innig für ihn betet? Lieber

Sohn, antwortete der Klausner, ich weiß es nicht genau, aber ich habe eine Vermutung. Heute nacht, um die Mitternachtsstunde, kam eine Anzahl von Damen hierher, und sie brachten einen Leichnam und baten mich, ihn zu bestatten. Sie spendeten hundert Kerzen und gaben mir hundert Byzantiner. Ach, sagte Sir Bedivere, das war der hohe Herr König Artus. Er liegt nun hier in dieser Kapelle begraben. Darauf fiel Sir Bedivere in Ohnmacht, und als er wieder aufwachte, fragte er den Klausner, ob er dableiben und unter Fasten und Beten bei ihm leben dürfe. Freiwillig gehe ich nimmermehr von hier fort, sagte Sir Bedivere, sondern ich will alle Tage meines Lebens hier für meinen König Artus beten. Ihr seid mir willkommen, sagte der Klausner, denn ich kenne Euch besser, als Ihr glaubt. Ihr seid der tapfere Sir Bedivere, und der edle Herzog Sir Lucas der Kellermeister war Euer Bruder. Da erzählte ihm Sir Bedivere, was sich zugetragen hatte. Er blieb bei dem Klausner, der vordem Bischof von Canterbury gewesen war, legte dürftige Kleider an und diente dem Klausner demütig und fastete und betete. Mehr konnte ich in den glaubhaften Büchern über Artus nicht finden, und was die Gewißheit von seinem Tode anlangt, habe ich nie mehr gehört oder gelesen, als daß er auf einem Schiff hinweggeführt wurde, auf dem drei Königinnen waren, nämlich seine Schwester Königin Morgan le Fay, die Königin von Nordwales und die Königin von den Wüsten Ebenen. Ferner war Nimue auf dem Schiff, die oberste Dame vom See, die mit dem guten Ritter Pelleas vermählt war. Diese Dame hatte viel für König Artus getan, und sie ließ es niemals zu, daß sich Sir Pelleas an irgendeinen Ort begab, wo ihm Lebensgefahr drohte. So lebte er bis ins hohe Alter mit ihr in großer Ruhe. Über die Bestattung des Königs Artus habe ich nie mehr erfahren können, als daß Damen ihn zu seinem Begräbnis brachten. Daß ein solcher Leichnam bestattet wurde, darüber hat der Klausner, der ehemals Bischof von Canterbury war, Zeugnis abgelegt. Doch der Klausner wußte nicht mit Gewißheit, ob es sich wahrhaftig um den Leichnam des Königs

Artus handelte, denn diese Geschichte geht auf Sir Bedivere, einen Ritter der Tafelrunde, zurück.

Kapitel 7

VON DEN VERSCHIEDENEN ANSICHTEN ÜBER DEN TOD DES KÖNIGS ARTUS, UND WIE KÖNIGIN GINEVRA IN DAS NONNENKLOSTER VON ALMESBURY EINTRAT.

Doch in vielen Gegenden von England aber gibt es etliche Leute, die meinen, König Artus sei nicht tot, vielmehr lebe er nach dem Willen Unseres Herrn Jesus an einem anderen Ort. Die Leute sagen, er würde wiederkommen und das heilige Kreuz erobern. Ich behaupte nicht, daß dies so sein wird, vielmehr will ich sagen, daß er in dieser Welt ein anderes Leben angenommen hat. Aber viele Leute versichern, auf seinem Grabstein stünde geschrieben: HIC JACET ARTHURUS, REX QUONDAM REXQUE FUTURUS. Als Königin Ginevra erfuhr, daß König Artus und alle seine edlen Ritter und auch Sir Mordred und alle übrigen erschlagen waren, stahl sie sich mit fünf Damen heimlich davon und begab sich nach Almesbury. Dort trat sie in ein Nonnenkloster ein und trug weiße und schwarze Kleider und nahm so große Buße auf sich wie nur je eine sündige Frau in diesem Lande. Nie konnte jemand sie mehr fröhlich machen. Sie fastete und betete und verteilte Almosen, daß alle Leute staunten, wie tugendhaft sie geworden war. So wurde sie Äbtissin und Oberin, wie es sich gebührte.

WIE SIR LANZELOT, ALS ER VOM TOD DES KÖNIGS ARTUS UND SIR GAWEINS UND DEN ANDEREN DINGEN HÖRTE, NACH ENGLAND KAM.

Als Sir Lanzelot in seinem Lande davon hörte, daß Sir Mordred zum König von England gekrönt worden war und Krieg führte gegen König Artus, seinen eigenen Vater, und ihn daran hindern wollte, in seinem eigenen Reich zu landen, und als er obendrein erfuhr, daß Sir Mordred den Tower von London belagerte, weil sich die Königin nicht mit ihm vermählen wollte, wurde er über alle Maßen zornig und sprach zu den Männern seiner Sippe: Wehe diesem doppelten Verräter Sir Mordred. Jetzt reut es mich, daß ich ihn je entrinnen ließ, denn große Schmach hat er dem hohen Herrn König Artus angetan. Ich merke gar wohl an dem schmerzlichen Brief, den mir Sir Gawein geschickt hat, Jesus sei seiner Seele gnädig, daß König Artus in großer Gefahr schwebt. Ach, daß ich es erleben muß, wie dieser edle König, der mich zum Ritter gemacht hat, von seinem Untertan in seinem eigenen Reich so arg bedroht wird. Die schmerzlichen Worte des Briefes, den mir Sir Gawein vor seinem Tode schickte und in dem er mich bat, sein Grab aufzusuchen, werden mir nie aus dem Herzen weichen, das versichere ich euch. Er war einer der edelsten Ritter, die je gelebt haben. In was für einer unseligen Stunde bin ich doch geboren, daß ich das Mißgeschick haben sollte, Sir Gawein zu erschlagen und dazu den wackeren Sir Gaheris und meinen Freund Sir Gareth, den hochedlen Ritter. Mit Recht darf ich sagen, daß ich ein Unseliger bin, da ich solches Unheil anrichten konnte. Doch ach, es wird mir wohl nicht beschieden sein, diesen Verräter Sir Mordred zu erschlagen. Laßt Euer Klagen, sagte Sir Bors, und nehmt zuerst Rache für den Tod Sir Gaweins. Es wäre gut, wenn Ihr Sir Gaweins Grab aufsuchtet. Zweitens rächt dann den hohen Herrn Artus und die hohe Frau Ginevra. Ich danke Euch, antwortete Sir Lanzelot, Ihr seid immer auf meinen Ruhm bedacht. Dann rüsteten sich Sir Lanzelot und sein Heer in aller Eile, um mit Booten und Galeeren nach England überzusetzen. Sie fuhren übers Meer und landeten in Dover mit sieben Königen, und die Zahl ihrer Krieger war erschreckend groß. Als Sir Lanzelot die Männer von Dover nach König Artus fragte, berichteten sie ihm, daß er erschlagen wurde und mit ihm am selben Tage Sir Mordred und hunderttausend Mann. Ferner erzählten sie, wie Sir Mordred König Artus die erste

Schlacht bei seiner Landung lieferte, wobei der treffliche Sir Gawein den Tod fand, und wie bald danach Sir Mordred auf dem Hügel von Barham gegen den König kämpfte und der König dort Sir Mordred tötete. Wehe, rief Sir Lanzelot, das ist die schlimmste Nachricht, die ich jemals erhalten habe. Und nun, ihr edlen Herren, führt mich an Sir Gaweins Grab. Etliche Leute aus der Stadt führten ihn zur Burg von Dover und zeigten es ihm. Da kniete Sir Lanzelot nieder und weinte und betete von Herzen für Sir Gaweins Seele. An diesem Abend ließ er eine Totenfeier ausrichten, und alle, die kamen, erhielten so viel Fleisch, Fisch, Wein und Bier, wie sie haben wollten, und jeder Mann und jede Frau bekam zwölf Pence. Sir Lanzelot stand im Trauergewand und teilte dieses Geld eigenhändig aus, und immerzu weinte er und bat die Leute, für Sir Gaweins Seele zu beten. Am anderen Morgen trafen alle Priester und Geistlichen ein, die in Stadt und Land erreichbar waren, und sie sangen das Requiem. Zuerst opferte Sir Lanzelot, und er opferte hundert Pfund, und die sieben Könige opferten jeder vierzig Pfund; ferner waren da tausend Ritter, und jeder von ihnen opferte ein Pfund. Die Opferung dauerte vom Morgen bis in die Nacht. Sir Lanzelot lag zwei Nächte auf Sir Gaweins Grab und betete und weinte. Am dritten Tag rief er die Könige, Herzöge, Grafen, Barone und Ritter zusammen und sprach: Ihr edlen Herren, ich danke euch allen, daß ihr mit mir in dieses Land gezogen seid, doch wir sind zu spät gekommen, und das werde ich beklagen, solange ich lebe. Aber gegen den Tod kann niemand an. Da die Dinge nun so stehen, will ich ausreiten und die hohe Frau Königin Ginevra aufsuchen, denn wie ich sagen höre, hat sie große Pein und schwere Krankheit erlitten. Wie ich erfuhr, ist sie nach Westengland geflohen. Wartet deshalb hier auf mich, aber wenn ich binnen vierzehn Tagen nicht zurück bin, dann besteigt mit eurer Gefolgschaft eure Schiffe und fahrt heim in euer Land.

Kapitel 9

WIE SIR LANZELOT AUSZOG, KÖNIGIN GINEVRA ZU SUCHEN, UND WIE ER SIE IN ALMESBURY IM NONNENKLOSTER FAND.

Da trat Sir Bors von Ganis vor und sagte: Sir Lanzelot vom See, was habt Ihr nun vor? Wollt Ihr jetzt in dieses Land reiten? Glaubt mir, Ihr werdet dort wenig Freunde finden. Sei dem, wie ihm wolle, erwiderte Sir Lanzelot, wartet ruhig hier, denn ich will zu meiner Reise aufbrechen, und weder Mann noch Kind soll mich begleiten. Es war zwecklos zu streiten, und Sir Lanzelot ritt fort in Richtung Westen. Dort suchte er sieben oder acht Tage und kam schließlich zu einem Nonnenkloster. Als er so den Kreuzgang entlangschritt, erkannte ihn Königin Ginevra. Sowie sie seiner ansichtig wurde, fiel sie dreimal in Ohnmacht, und die Damen und Edelfräulein hatten alle Mühe, die Königin aufrecht zu halten. Als sie wieder sprechen konnte, rief sie die Damen und Edelfräulein zu sich und sagte: Ihr wundert euch, edle Damen, warum es mir so erging. Es geschah durch den Anblick jenes Ritters, der dort steht. Deshalb bitte ich euch, schickt ihn zu mir. Als Sir Lanzelot zu ihr gebracht worden war, sprach sie zu all den Damen: Durch diesen Mann und durch mich ist dieser ganze Krieg und der Tod der edelsten Ritter der Welt verursacht worden, und weil wir einander geliebt haben, ist mein hochedler Herr und Gemahl erschlagen worden. Darum, Sir Lanzelot, bin ich jetzt fest entschlossen, nur noch an mein Seelenheil zu denken, und ich vertraue auf Gottes Gnade und hoffe, daß ich nach meinem Tode das gesegnete Antlitz Christi sehen und beim Jüngsten Gericht zu seiner Rechten sitzen darf. Denn viele, die einst gesündigt haben wie ich, sind Heilige im Himmel. Deshalb, Sir Lanzelot, bitte und beschwöre ich Euch von Herzen bei aller Liebe, die je zwischen uns war, daß Ihr mir nie mehr vor die Augen kommt. Ich gebiete Euch um Gottes willen, meidet meine Nähe und kehrt in Euer Königreich zurück. Bewahrt es vor Krieg und Verderben. Wie sehr ich Euch auch geliebt habe, mein Herz erträgt es nicht, Euch zu sehen, denn durch Euch und mich sind die besten der Könige und Ritter ums Leben gekommen. Geht also in Euer Reich, Sir Lanzelot, und nehmt Euch dort ein Weib. Lebt mit ihr in Glück und Freude. Und ich bitte Euch von Herzen, betet für mich zu Unserem Herrn, daß ich die Sünden meines Lebens wiedergutmachen kann. Holde Frau, erwiderte Sir Lanzelot, wollt Ihr wirklich, daß ich in mein Reich zurückkehren und mich dort einem Weib vermählen soll? Nein, hohe Frau, ich versichere Euch, das werde ich nie tun. Denn was ich Euch gelobt habe, werde ich niemals brechen. Vielmehr will ich dasselbe Los, das Ihr auf Euch genommen habt, auch auf mich nehmen, um Jesus zu gefallen. Und ich werde immer besonders für Euch beten. Wenn Ihr das tun wollt, sagte die Königin, dann haltet Euer Gelübde, aber ich kann nicht glauben, daß Ihr Euch nicht wieder der Welt zuwenden werdet. Hohe Frau, antwortete er, Ihr sprecht, wie es Euch in den Sinn kommt, und doch wißt Ihr, daß ich mein Wort immer gehalten habe. Gott strafe mich, wenn ich der Welt nicht entsage, wie Ihr es getan habt. Schon auf der Suche nach dem heiligen Gral hätte ich alle Eitelkeit der Welt aufgegeben, wenn nicht Eure Liebe gewesen wäre. Hätte ich das damals vom Gefühl, Willen und Verstand her getan, dann hätte ich alle anderen Ritter übertroffen, die ausgezogen waren zur Suche nach dem heiligen Gral, außer meinen Sohn Sir Galahad. Da Ihr, hohe Frau, Euch nun der Buße zugewandt habt, ist es für mich recht und billig, daß auch ich Buße tue. Gott, der Herr, ist mein Zeuge, daß Ihr meine höchste Freude auf Erden wart, und wenn es jetzt in Euerm Sinn gewesen wäre, hätte ich Euch als Gemahlin an meiner Seite mit in mein Reich genommen.

WIE SIR LANZELOT ZU EINEM KLAUSNER KAM, DER VORDEM ERZBISCHOF VON CANTERBURY GEWESEN WAR, UND WIE ER DAS MÖNCHSGEWAND ANLEGTE. ❧ Da Ihr Euch aber anders entschieden habt, will auch ich, das versichere ich Euch aufrichtig, von nun an Buße tun und bis an mein Lebensende beten, wenn ich einen Einsiedler finde, sei er von einem grauen oder weißen Orden, der mich aufnimmt. Darum, hohe Frau, bitte ich Euch, küßt mich noch einmal und dann niemals wieder. Nein, erwiderte die Königin, das tue ich nimmermehr, und Ihr solltet solchen Wünschen entsagen. Darauf trennten sie sich. Aber ein so hartherziger Mensch hat noch nicht gelebt, der nicht geweint hätte angesichts ihres Jammers. Sie klagten, als würden sie mit Spießen gestochen. Wiederholt wurden sie ohnmächtig, und die Damen trugen die Königin in ihr Gemach. Als Sir Lanzelot zu sich kam, stieg er auf sein Pferd und ritt den ganzen Tag und die ganze Nacht durch einen Wald und weinte unaufhörlich. Schließlich bemerkte er zwischen zwei Felsen eine Klause und eine Kapelle. Als er eine helle Glocke zur Messe läuten hörte, ritt er hin, stieg ab, band sein Pferd am Tor fest und hörte die Messe. Der Klausner, der die Messe sang, war der Bischof von Canterbury, und sowohl der Bischof als auch Sir Bedivere erkannten Sir Lanzelot. Nach der Messe sprachen sie miteinander. Als Sir Bedivere seine ganze Geschichte erzählt hatte, brach Sir Lanzelot fast das Herz vor Kummer. Er hob die Hände und rief: Ach, wer kann dieser Welt trauen! Dann kniete er nieder und bat den Bischof, ihm die Beichte abzunehmen und Absolution zu erteilen. Anschließend ersuchte er den Bischof, ihn als seinen Ordensbruder bei sich aufzunehmen. Da antwortete der Bischof: Das will ich gern. Er warf Sir Lanzelot eine Kutte über, und der Ritter diente Gott Tag und Nacht mit Beten und Fasten. Währenddessen wartete das große Heer in Dover. Schließlich nahm sich Sir Lionel fünfzehn hohe Herren und ritt mit ihnen nach London, um Sir Lanzelot zu suchen. Dabei wurden Sir Lionel und viele seiner Herren erschlagen. Da ließ Sir Bors von Ganis das große Heer heimfahren, und Sir Bors, Sir Ector von Maris, Sir Blamore und Sir Bleoberis und andere von Sir Lanzelots Sippe beschlossen, kreuz und quer durch ganz England zu reiten und Sir Lanzelot zu suchen. Sir Bors ritt so lange, bis ihn der Zufall zu der Kapelle führte, in der sich Sir Lanzelot aufhielt. Er hörte eine kleine Glocke zur Messe rufen und stieg ab und hörte die Messe. Als sie vorüber war, kamen der Bischof, Sir Lanzelot und Sir Bedivere zu Sir Bors, und als Sir Bors Sir Lanzelot in der Ordenskutte sah, bat er den Bischof um die Erlaubnis, dasselbe Gewand tragen zu dürfen. Da legte ihm der Bischof eine Kutte um, und Sir Bors blieb und betete und fastete. Binnen eines halben Jahres kamen Sir Galihud, Sir Galihodin, Sir Blamore, Sir Bleoberis, Sir Villiars, Sir Clarius und Sir Gahalantine zu dieser Klause und blieben dort. Als sie sahen, daß sich Sir Lanzelot so dem frommen Leben zugewandt hatte, verspürten sie keine Lust weiterzureiten, sondern legten das Ordensgewand an wie er. So verbrachten sie sechs Jahre in strenger Buße. Dann erhielt Sir Lanzelot das Priestergewand des Bischofs und sang zwölf Monate lang die Messe. Die anderen Ritter waren nur damit beschäftigt, fromme Bücher zu lesen und bei der Messe zu helfen, die Glocke zu läuten und allerlei körperliche Arbeiten zu verrichten. Ihre Pferde liefen, wohin sie wollten, denn weltliche Güter bedeuteten den Rittern nichts mehr. Sie beachteten die Pein nicht, die sie erduldeten, da sie sahen, welche Buße mit Beten und Fasten Sir Lanzelot, der edelste Ritter der Welt, auf sich genommen

hatte und wie er von den Kasteiungen abmagerte. Eines Nachts erschien Sir Lanzelot ein Gesicht, das ihm gebot, bei Vergebung seiner Sünden nach Almesbury zu eilen: Wenn du hinkommst, wirst du Königin Ginevra tot finden. Darum hole ihren Leichnam und bestatte ihn neben ihrem Gemahl, dem edlen König Artus. Diese Erscheinung kam dreimal in einer Nacht zu Sir Lanzelot.

Kap. 11

WIE SIR LANZELOT MIT SEINEN SIEBEN GEFÄHRTEN NACH ALMESBURY GING UND DORT KÖNIGIN GINEVRA TOT FAND UND SIE NACH GLASTONBURY BRACHTE.

Da stand Sir Lanzelot vor Tagesanbruch auf und berichtete dem Klausner davon. Ich rate Euch, sagte der Klausner, macht Euch bereit und seid nicht ungehorsam gegen die Erscheinung. So ging Sir Lanzelot mit seinen sieben Gefährten zu Fuß von Glastonbury nach Almesbury, was etwas über dreißig Meilen sind. Sie brauchten dazu zwei Tage, denn sie waren schwach und kamen nur langsam vorwärts. Als Sir Lanzelot das Nonnenkloster von Almesbury erreichte, war Königin Ginevra eine halbe Stunde zuvor gestorben. Ihre Damen erzählten Sir Lanzelot, Königin Ginevra habe ihnen vor ihrem Tode gesagt, daß Sir Lanzelot schon fast ein Jahr lang Priester sei: Er kommt her, so schnell er kann, um meinen Leichnam zu holen, und neben meinem Gemahl König Artus wird er mich bestatten. Ferner habe sie gesagt, daß alle es hörten: Ich flehe dich an, allmächtiger Gott, lasse mich Sir Lanzelot mit meinen weltlichen Augen nicht wiedersehen. Das, so erzählten die Damen, sei zwei Tage lang ihr Gebet gewesen, bis sie tot war. Sir Lanzelot betrachtete ihr Gesicht, aber er weinte nicht sehr, sondern seufzte. Alle Zeremonien des Totengottesdienstes verrichtete er selbst und sang die Totengesänge zur Nacht, und am Morgen sang er die Messe. Dann legten sie den Leichnam der Königin in die Sänfte. Ringsum wurden hundert Fackeln angebrannt, und Sir Lanzelot und seine sieben Gefährten folgten der Sänfte und sangen und lasen manch heiliges Gebet, und Weihrauch wurde auf dem Leichnam entzündet. So gingen Sir Lanzelot und seine Gefährten zu Fuß von Almesbury nach Glastonbury. Als sie zu ihrer Kapelle und der Klause kamen, hielten sie in großer Inbrunst eine Totenfeier. Am anderen

Morgen sang der Klausner, der vordem Bischof von Canterbury gewesen war, feierlich das Requiem. Als erster opferte Sir Lanzelot, danach seine sieben Gefährten. Dann wurde die Königin dreißigfach von Kopf bis Fuß mit gewachstem Tuch aus Rennes umwickelt und mit einer Hülle aus Blei umgeben und danach in einen Marmorsarg gelegt. Als sie in die Erde gesenkt wurde, fiel Sir Lanzelot in Ohnmacht und lag lange unbeweglich, bis der Klausner kam und ihn zu sich brachte. Ihr seid zu tadeln, sagte er, denn Ihr mißfallt Gott, wenn Ihr solchen Schmerz bezeigt. Wahrlich, antwortete Sir Lanzelot, ich bin sicher, Gott nicht zu mißfallen, denn er kennt mein Herz. Mein Schmerz galt und gilt nicht irgendeiner Sündenlust, und er wird niemals enden. Als ich ihrer Schönheit und ihres Adels gedachte, die auch der König besaß, und dann ihren Leichnam und seinen Leichnam so beisammen liegen sah, wollte mein Herz meinem geplagten Leib fast den Dienst versagen. Und als ich bedachte, wie beide, die unvergleichlich unter allen Christenmenschen waren, durch meine Schuld und meinen Stolz und meinen Hochmut dahinsanken, fuhr mir der Gedanke an ihre Güte und meine Härte so ins Herz, daß ich mich nicht aufrecht halten konnte.

WIE SIR LANZELOT ZU KRÄNKELN ANFING UND DANACH STARB, UND WIE SEIN LEICHNAM NACH BURG FREUDENTURM GEBRACHT UND DORT BESTATTET WURDE. ❧ Von dem Tage an aß und trank Sir Lanzelot fast nichts mehr, und er wurde immer schwächer, magerte ab und welkte dahin. Auch der Bischof und seine Gefährten konnten ihn nicht zum Essen bewegen, so daß er nahezu eine Elle kleiner wurde, als er gewesen war, und die Leute ihn nicht mehr erkannten. Unablässig betete er bei Tag und Nacht, doch manchmal verfiel er in einen unruhigen Schlummer. Aber immer lag er auf dem Grab des Königs Artus und der Königin Ginevra. Weder der Bischof noch Sir Bors oder einer seiner Gefährten konnten ihm irgendwelchen Trost bringen, es half nichts. Nach sechs Wochen legte sich Sir Lanzelot krank ins Bett, ließ den Bischof und seine getreuen Gefährten kommen und sagte mit trauriger Stimme: Herr Bischof, ich bitte Euch, verseht mich mit allem, was ein Christenmensch braucht. Das wird nicht nötig sein, erwiderten der Bischof und alle seine Gefährten, Euch bedrückt nur Euer schweres Blut, morgen werdet Ihr mit Gottes Gnade wiederhergestellt sein. Edle Herren, sagte Sir Lanzelot, ich versichere euch, mein geplagter Leib will in die Erde. Ich habe dafür mehr Anzeichen, als ich nennen will. Deshalb waltet Eures Amtes. Nachdem er so den Leib des Herrn und die Letzte Ölung und damit alles bekommen hatte, was ein Christenmensch haben soll, bat er den Bischof, seine Gefährten möchten seinen Leichnam nach der Burg Freudenturm bringen, die manche mit Alnwick und andere mit Bamborough gleichsetzten. Es tut mir zwar sehr leid, sagte Sir Lanzelot, aber ich habe ehedem das Gelübde getan, ich wollte auf Freudenturm beerdigt werden. Damit ich nun mein Gelübde nicht breche, bitte ich euch alle, bringt mich dorthin. Da war Weinen und Händeringen unter seinen Gefährten. Zu einer bestimmten Nachtstunde gingen sie alle zu Bett, denn sie schliefen alle in einem Raum. Nach Mitternacht, gegen Morgen, fing der Bischof im Schlaf plötzlich laut zu lachen an. Darüber erwachten die Gefährten, gingen zu ihm hin und fragten ihn, was mit ihm wäre. Ach, barmherziger Jesus, erwiderte der Bischof, warum habt ihr mich geweckt? Nie in meinem Leben war ich so froh und glücklich. Weshalb? fragte Sir Bors. Wahrlich, antwortete der Bischof, Sir Lanzelot war bei mir mit mehr Engeln, als ich je an einem Tag Menschen gesehen habe. Und ich sah, wie die Engel Sir Lanzelot zum Himmel emportrugen, und die Tore des Himmels öffneten sich vor ihm. Das ist nur ein wirrer Traum, sagte Sir Bors, ich zweifle nicht, es geht Sir Lanzelot ganz gut. Das mag wohl sein, entgegnete der Bischof. Geht zu seinem Bett, dann wird sich die Wahrheit erweisen. Als Sir Bors und seine Gefährten zu dem Bett kamen, fanden sie Sir Lanzelot tot. Er schien zu lächeln, und der süßeste Duft umgab ihn, den sie je gespürt hatten. Da fingen sie an zu weinen und rangen die Hände und stimmten die größte Klage an, die je Menschen erhoben haben. Am nächsten Morgen sang ihm der Bischof das Requiem. Danach legten der Bischof und die neun Ritter Sir Lanzelot in die gleiche Pferdesänfte, in die Königin Ginevra gelegt worden war, bevor sie bestattet wurde. So gingen der Bischof und alle anderen mit dem Leichnam Tag für Tag, bis sie nach Freudenturm kamen. Und stets brannten hundert Fackeln um die Sänfte herum. Dort bahrten sie ihn mitten im Chor der Kapelle auf und sangen und lasen viele Psalmen und Gebete. Sein Gesicht lag offen und unbedeckt da, daß alle Menschen ihn sehen konnten. Es war so Brauch in jenen Tagen, daß alle berühmten Männer mit offenem Gesicht lagen, bis sie bestattet wurden. Mitten in der Totenfeier kam Sir Ector von Maris, der seinen Bruder Sir Lanzelot sieben Jahre lang in ganz England, Schottland und Wales gesucht hatte.

WIE SIR ECTOR SEINEN BRUDER SIR LANZELOT TOT FAND, UND WIE CONSTANTIN NACH ARTUS REGIERTE, UND VOM ENDE DIESES BUCHES. Als Sir Ector Lärm im Chor der Kapelle von Freudenturm hörte und Licht sah, stieg er vom Pferd und ging in die Kapelle. Dort sah er Männer singen und weinen. Sie alle erkannten Sir Ector, doch er erkannte sie nicht. Da ging Sir Bors zu Sir Ector und sagte ihm, daß der Tote sein Bruder Sir Lanzelot sei. Darauf warf Sir Ector Schild, Schwert und Helm von sich, und als er Sir Lanzelot ins Gesicht schaute, fiel er ohnmächtig nieder. Als er wieder erwachte, klagte er so jammervoll um seinen Bruder, daß es keine Zunge beschreiben kann. Ach, Lanzelot, sagte er, du warst das Haupt aller christlichen Ritter, und ich sage getrost, da du nun hier liegst, daß du niemals von einem irdischen Ritter besiegt worden bist. Du warst der ritterlichste Mann, der je einen Schild trug. Deinen Freunden warst du der beste Freund, der je ein Pferd bestieg; und unter allen sündigen Männern warst du der treueste Liebende, der je ein Weib geliebt hat. Du warst der gütigste Mann, der je einen Schwertstreich führte, und der tapferste Krieger, der je im Kampfgetümmel unter Rittern focht. Du warst der sanftmütigste und liebenswürdigste Mann, der je in der Halle mit Damen speiste, und der unerbitterlichste Ritter gegen deinen Todfeind, der je die Lanze einlegte. Sie weinten und klagten über alle Maßen. Vierzehn Tage lang ließen sie Sir Lanzelots Leichnam aufgebahrt, dann begruben sie ihn in großer Feierlichkeit. Danach zogen sie alle mit dem Bischof von Canterbury zu seiner Klause und blieben dort über einen Monat zusammen. Dann wurde Sir Constantin, der Sohn von Sir Cador von Cornwall, zum König von England gewählt. Er war ein sehr edler Ritter und regierte dieses Reich mit Ruhm und Ehre. König Constantin sandte nach dem Bischof von Canterbury, denn er hatte erfahren, wo er war. So verließ dieser seine Klause und wurde wieder in sein Bistum eingesetzt. Sir Bedivere blieb Einsiedler bis an das Ende seiner Tage. Sir Bors von Ganis, Sir Ector von Maris, Sir Gahalantine, Sir Galihud, Sir Galihodin, Sir Blamore, Sir Bleoberis, Sir Villiars le Valiant und Sir Clarius von Clermont jedoch zogen heim in ihre Länder, obwohl König Constantin sie gern bei sich behalten hätte. Sie wollten aber nicht in diesem Reich bleiben. In ihren Ländern lebten sie alle als heilige Männer. In einigen englischen Büchern steht, sie hätten nach dem Tode Sir Lanzelots England nie mehr verlassen, doch drückt sich darin nur die Parteinahme der Verfasser aus. Das französische Buch berichtet, und das ist beglaubigt, daß Sir Bors, Sir Ector, Sir Blamore und Sir Bleoberis, nachdem sie in ihren Ländern Ordnung geschaffen hatten, in das Heilige Land zogen, dorthin, wo Jesus Christus lebte und starb. Dies zu tun, hatte ihnen Sir Lanzelot geboten, bevor er aus der Welt schied, sagt das Buch. Diese vier Ritter fochten in vielen Kämpfen gegen die Ungläubigen. Und sie starben dort an einem Karfreitag zum Ruhme Gottes.

Hier endet das Buch von König Artus und den edlen Rittern seiner Tafelrunde, die, wenn sie alle beisammen waren, einhundertvierzig waren. Ich bitte euch alle, ihr edlen Herren und Damen, die ihr dieses Buch von Artus und seinen Rittern von Anfang bis Ende lest, betet für mich, solange ich am Leben bin, daß Gott mir ein gutes Ende schicke, und wenn ich tot bin, bitte ich euch alle, betet für meine Seele. Dieses Buch wurde beendet im neunten Jahre der Regierung des Königs Eduard des Vierten von Thomas Malory, dem Ritter. Jesus in seiner großen Macht steh ihm bei, wie er bei Tag und Nacht Jesu Diener ist.

So endet dieses edle und freudenreiche Buch, genannt LE MORTE DARTHUR, obgleich es von der Geburt, dem Leben und den Taten des besagten Königs Artus handelt, von den edlen Rittern seiner Tafelrunde, ihren wunderbaren Fahrten und Abenteuern, von der Suche nach dem heiligen Gral und am Ende von ihrer aller schmerzlichem Scheiden aus dieser Welt. Dieses Buch wurde ins Englische übertragen von Sir Thomas Malory, dem Ritter, wie zuvor gesagt, und wurde von mir in einundzwanzig Bücher und in Kapitel eingeteilt und gedruckt und fertiggestellt in der Abtei zu Westminster am letzten Tage des Juli im Jahre Unseres Herrn MCCCCLXXXV.

Caxton me fieri fecit.

Anhang

Der Übersetzung liegt William Caxtons Erstdruck (1485) in der Ausgabe von H. Oskar Sommer (London 1889 – 91) zugrunde. Parallel dazu wurde die vollständige neuenglische Fassung des Caxtonschen Textes in der Edition der »Everyman's Library« (London 1906) verwendet. An einigen Stellen wurde die Ausgabe von Eugène Vinaver (Oxfort University Press, 2. Auflage, London 1971), die auf einem erst 1934 in der Bibliothek des Winchester College entdeckten Manuskript beruht, zu Rate gezogen. Den Ausgangspunkt für die deutsche Fassung bildet die Übersetzung von Hedwig Lachmann, die 1913 im Insel-Verlag erschien und die ebenfalls auf den Editionen von Sommer und der »Everyman's Library« fußt.

Während sich die Lachmannsche Übersetzung bemüht, das Original bis in die Details hinein getreu zu reproduzieren, versucht die Neuübersetzung, bei größtmöglicher Nähe zum Original zugleich eine Brücke zum heutigen Leser zu schlagen. Der Inhalt blieb bis auf geringe Ausnahmen unangetastet und ungekürzt. Lediglich bei einigen Randepisoden und einigen längeren Aufzählungen, insbesondere bei Namen von Nebengestalten, erfolgten behutsame Streichungen.

Um den Charakter des Originals zu wahren, wurde, was dem Leser vielleicht zunächst befremdlich erscheinen mag, auf die Benutzung von Anführungszeichen bei der wörtlichen Rede verzichtet. Wie in Malorys Handschrift wird der Text der Kapitel fortlaufend ohne Absatz gedruckt. Damit soll auch der chronikähnliche Charakter des Bandes hervorgehoben werden. Beibehalten ist ebenso die von Caxton vorgenommene Einteilung in Bücher und Kapital, nur sind in wenigen Fällen, wenn es aus Gründen der inhaltlichen Zusammengehörigkeit erforderlich erschien, Kapitelanfänge geringfügig vor- oder zurückverlegt worden.

Ein schwieriges Problem stellte die Schreibung der Namen

dar. Im allgemeinen folgt sie Malorys Schreibung, etwa auch bei den zahlreichen wunderlich anmutenden französischen Namen, für die auf die Anmerkungen verwiesen sei. Um den Stoff aber näher an den deutschen Leser heranzubringen und vertrauten Assoziationen Rechnung zu tragen, wurden die Namen einiger Zentralgestalten in geläufigere Formen gebracht. So steht zum Beispiel für Arthur – Artus, für Tristram – Tristan, für Launcelot – Lanzelot, für Percivale – Parzival und für Guenever – Ginevra.

Die gemächliche, aufzählende und wiederholende, parataktische Erzählweise Malorys sollte weitgehend erhalten bleiben. Um das Erzähltempo des umfangreichen Werkes jedoch ein wenig zu beschleunigen, erschien es angezeigt, einige wiederholende Floskeln zu kürzen und die sprachliche Ausdrucksform etwas zu straffen, ohne in Syntax und Wortwahl stark zu modernisieren und damit das besondere Fluidum des Originals zu zerstören. Daher wurde mit gebotener Zurückhaltung manche allzu lange Satzreihe aufgelöst und manches allzu stereotype »und« oder »dann« unterdrückt, oder es wurden hier und da stets gleichbleibende Wendungen leicht variiert.

Der Übersetzer hofft, daß es ihm gelungen ist, zwischen Scylla und Charybdis hindurchzusteuern und eine Übertragung vorzulegen, die dem Original dieses fünf Jahrhunderte alten Werkes in Geist und Buchstaben nahe geblieben und gleichzeitig für uns Heutige leichter und genußreicher zu lesen ist.

Helmut Findeisen

Sir Harry le Fise du Lake: Sir Harry der Sohn vom See
Berrant le Apres: Berrant der Tapfere
Sir Kainus le Strange: Sir Kainus der Fremde
Mondrames: irrtümliche Leseart für Mordrains, Evelakes Taufnamen
Helias le Grose: Helias der Dicke
Helin le Blank: Elian der Weiße
Sir Pridam le Noire: Sir Pridam der Schwarze
Sir Pinel le Savage: Sir Pinel der Wilde
Elaine le Blank: Elaine die Weiße
Laissez les aller!: Laßt sie beginnen!
Sir Villiars le Valiant: Sir Villiars der Tapfere
von Sandwich bis nach Carlisle: Sandwich liegt an der Straße von Dover in Kent im Südosten Englands, Carlisle im Nordwesten nahe der schottischen Grenze; also: quer durch ganz England.
Glastonbury: Ort in Somersetshire, Südwestengland
Hic Jacet Arthurus, Rex Quondam Rexque Futurus:
Hier liegt Artus, der einstige König und der künftige König.
Almesbury: heute Amesbury, Ort in Wiltshire, nahe Salisbury
Alnwick, Bamborough: Alnwick und Bamburgh sind zwei Orte mit alten Burgruinen in Nordhumberland nördlich von Newcastle.
Caxton me fieri fecit: Caxton ließ mich erscheinen

Wo die Küste Cornwalls im Nordwesten weit über hundert Meter steil in den Atlantischen Ozean abfällt, gewahrt man auf zwei durch eine Talschlucht getrennten Höhenrücken die Trümmer einer Burg. Die Verbindung von Fels und Mauerwerk ist so frappierend, daß man heute kaum mehr entscheiden kann, was die Natur, was menschliche Kunst geleistet hat. Die Burganlagen auf den beiden Erhebungen sind früher einmal durch eine Hängebrücke verbunden gewesen. Man kann sich gut vorstellen, daß hier dereinst ein stattliches, Meer und Land beherrschendes Schloß gestanden hat. Fragt man einen einfachen Menschen aus der Umgebung, was das wohl einmal gewesen sei, wird einem nicht ohne einen gewissen Lokalstolz geantwortet: »Das ist Tintagil, König Artus' Burg.«

Dem Leser unseres Buches ist Tintagil ein Begriff geworden. Freilich ist Tintagil nicht der einzige Ort der Handlung; Artus residiert in Camelot, London sieht schon gleich am Anfang seine Wahl zum König, Ginevra reitet nach Westminster, man jagt im Walde von Windsor, das fünfte Buch führt Artus nach Italien, und die Bücher zwanzig und einundzwanzig spielen zum Teil in Frankreich. Und wie das Geschehen um König Artus an vielerlei Orten angesiedelt ist, so hat sich auch die Sage durch alle Lande verbreitet. Die seltsamen Abenteuer, das Märchenhafte des Stoffes, die Verstiegenheit der ritterlichen Ideale fanden Anklang in ganz Europa, vorab in Frankreich, sodann in Deutschland, aber auch in Italien, Spanien, Schweden, Norwegen, Island und bei den slawischen Völkern. Ja, selbst in Kleinasien kannte man den König Artus.

Man kann sich von der Beliebtheit dieser Geschichte heutzutage kaum noch einen Begriff machen. Recht bezeichnend ist eine Stelle im »Dialogus miraculorum« des Cäsarius von Heisterbach (um 1180 – 1240), wo erzählt wird, daß die

Mönche einst bei der abendlichen Predigt eingeschlafen seien, ja daß einige laut geschnarcht hätten, woraufhin der Abt seine Rede mit den Worten »Es war einmal ein König, der hieß Artus ... « unterbrochen und dadurch seine Mönche aus dem Schlaf gerissen habe.
Die umfassendsten Darstellungen der Sage finden wir in den großen Prosaromanen Frankreichs aus dem 13. Jahrhundert, und auf ihnen beruht die schönste Artus-Dichtung des ausgehenden Mittelalters, der »Morte Darthur« von Thomas Malory.

I

Wer war dieser Thomas Malory?
Sein Vater, John Malory, bekleidete im 15. Jahrhundert verschiedene Ämter in der Grafschaft Warwickshire. 1413 ist er als Parlamentsmitglied für diese Grafschaft bezeugt. Er starb 1434. Sein Sohn, unser Thomas Malory, ist Anfang des 15. Jahrhunderts geboren. Er war zunächst in ähnlicher Stellung wie sein Vater und diente dann im Heer von Richard Beauchamp, Graf von Warwick, bei der Belagerung von Calais. Auch er saß für Warwickshire im Parlament (1444 oder 1445). Aber dann erfolgte ein merkwürdiges Abgleiten. Nachdem er schon 1443 wegen eines Eigentumsdeliktes angeklagt worden war, wurde er 1450 beschuldigt, er habe mit anderen in einem Hinterhalt gelegen, um den Herzog von Buckingham zu ermorden. Ein Einbruch vom 25. Mai 1450 ist ebenso aktenkundig wie verschiedene Raubzüge gegen Schlösser im Juni oder Juli 1451. Am 23. Juli 1451 ist er inhaftiert worden, aber nach fünf Tagen soll er wieder ausgebrochen sein. Weiter wird berichtet, daß er die Zisterzienserabtei Combe überfallen und Geld und Wertsachen entwendet habe; am nächsten Tage sei er mit mehreren Helfershelfern wiedergekommen, habe achtzehn Türen erbrochen, den Abt beschimpft und noch mehr Geld gestoh-

len. Bis zu seiner erneuten Festnahme müssen neun Monate vergangen sein. Der Prozeß ist mehrfach verschoben worden. 1454 wurde er gegen Bürgschaft auf freien Fuß gesetzt. Er ist dann einige Zeit in Essex nachweisbar. Aber wieder hört man von einem geplanten »Raub«. Allein dieser Anschlag mißlang, und bereits der 16. Oktober 1454 sieht ihn wieder in Haft. Die Akten melden seinen Ausbruch am 30. Oktober und seine erneute Gefangennahme am 18. November. Das Jahr 1456 bringt eine große Amnestie (man ist im Zeitalter der Rosenkriege mit all ihrem Hin und Her), aber Malory kann nur ganz kurze Zeit frei gewesen sein. In Ludgate ist er wieder festgenommen worden, und dann blieb er für fünf oder sechs Jahre mit gelegentlichen Unterbrechungen in Haft. Die letzte bezeugte Festnahme geschah im Januar 1460.
Nach den Akten läßt sich nicht mehr feststellen, wieviel an den Anschuldigungen wahr ist; denn man kennt durchweg nur die Anklagen, aber weder Zeugenaussagen noch Prozeßberichte, noch etwa gar eine Nachricht darüber, ob er der Verbrechen, die ihm angelastet wurden, überführt worden ist. Jedenfalls ist er, wie Vinaver, der führende Fachmann in der Malory-Forschung, darlegt, von 1450 an stets entweder »a fugitive from the law«, das heißt, einer, der sich auf der Flucht vor dem Gesetz befand, oder »a knight-prisoner«, ein ritterlicher Gefangener. Sein Name taucht in den Listen der Ritter auf, die den sogenannten »Königsmacher« Warwick 1462 auf einem Zug nach Northumberland begleiteten. Warwick war unsprünglich ein Anhänger der Weißen Rose, des Hauses York, ging aber später zur Roten Rose, zum Haus Lancaster, über, wie es Shakespeare im dritten Teil von »König Heinrich VI.« (3. Aufzug, 3. Szene) dargestellt hat. Malory hat wahrscheinlich die politische Schwenkung Warwicks mit vollzogen, auch er wird sich auf die Seite der Lancaster gestellt haben. Warum er freilich dann von einer Amnestie ausgeschlossen blieb, die Edward IV. 1468 allen Lancaster-Anhängern zuteil werden ließ, ist

bis heute noch ungeklärt. Dagegen steht sein Todesdatum – 14. März 1471 – hinreichend fest. Begraben ist er in der Kirche der Grauen Brüder bei Newgate. In manchen Darstellungen der englischen Literaturgeschichte wird behauptet, er sei hingerichtet worden, was jedoch höchtwahrscheinlich unrichtig ist. Der Kolophon zum letzten Buch des »Morte Darthur« verbindet einen Appell um Befreiung mit Beteuerungen der Frömmigkeit und der Reue. Danach darf man annehmen, daß wesentliche Teile des Werkes in Zeiten der Haft geschrieben wurden.

Die Delikte Malorys dürfen nach den Ergebnissen neuerer Forschungen nicht allzu tragisch genommen werden. So hatte die Kirche ihm wohl als »Zehnten« mehr weggenommen, als er für angemessen hielt, und sein Angriff auf die Zisterzienserabtei Combe ist wohl als eine zeitgemäße Vergeltungsmaßnahme anzusehen.

II

In der Tat war das 15. Jahrhundert eine Epoche heftigster Gegensätze. Manche Historiker betrachten sie als eine Periode allgemeinen Verfalls, andere betonen das entschiedene Anwachsen des Wohlstandes, die Zunahme von Handel und Industrie. In Wirklichkeit ist keine von diesen beiden Auffassungen falsch, aber jede, für sich genommen, ist unvollständig. Die feudalen Verhältnisse und die feudale Art der Produktion waren in Auflösung begriffen, während die charakteristischen Kennzeichen bürgerlicher Lebensweise und bürgerlicher Wirtschaft sich außerordentlich schnell herausbildeten.

William Caxton (um 1424 – 1491), der erste englische Buchdrucker, ist ein typischer Vertreter dieses Zeitalters. Sowohl die Kaufleute des aufstrebenden Bürgertums als auch die Angehörigen des Adels waren im ganzen viel stärker literarisch interessiert als ihre Vorfahren vor fünfzig bis hundert

Jahren. Noch ein Jahrhundert zuvor kamen die Bücher im wesentlichen aus den Klöstern. Das Abschreiben von Manuskripten war eine der Hauptbeschäftigungen im Klosterleben. Das Laienpublikum des 15. Jahrhunderts war jedoch viel größer und zum andern viel zu sehr mit Dingen des Erwerbs beschäftigt, um selbst Bücher zu schreiben. Und die wenigen Schreiber konnten die steigende Nachfrage nicht befriedigen. So schufen die literarisch interessierten Teile von Adel und Bürgertum letzten Endes die Voraussetzungen für die Buchdruckerkunst.

Caxton hatte seine Tätigkeit in Flandern begonnen. Der dortige burgundische Hof sah sein Ideal nicht so ausschließlich wie die italienischen Fürsten im klassischen Altertum, sondern vielmehr in einer Wiederbelebung des Rittertums. Die burgundischen Herzöge waren die eigentlichen Begründer der für Laien bestimmten Bibliotheken. Sie stellten erstmalig die Literatur der Vorzeit in großen Sammelausgaben, sogenannten »Recueils«, zusammen.

In Brügge hatte Caxton bei Colard Mansion die Kunst des Buchdrucks erlernt, ehe er seine Wirkungsstätte Ende 1476 nach Westminster verlegte. Er schwärmte für die edle Rittersitte, und nicht zuletzt deshalb gehörte der »Morte Darthur« zu den ersten Werken, die er druckte (1485) – ein Unternehmen, mit dem er der englischen Literatur sein wohl wertvollstes Geschenk machte. Ein Zweitdruck wurde 1498 durch Wynkin de Worde veranstaltet. Mit der Drucklegung des »Morte Darthur« verfolgte Caxton ausgesprochen ethische Ziele. So können wir in einem Vorwort lesen: »Alles ist zu unserer Belehrung geschrieben und zur Warnung, daß wir nicht in Laster oder Sünde fallen, sondern vielmehr Tugend üben und ihr folgen.« Auch sonst ermahnt er in seiner Vorrede sein Publikum zur Lektüre von Büchern, die sich mit dem heiligen Gral, mit Lanzelot, Galahad, Tristan, Parzival oder Gawein beschäftigen.

Es mag auf den ersten Blick befremdlich erscheinen, daß Cax-

ton, der doch selbst dem wohlhabenden Bürgertum angehörte, sich so stark den fast abgestorbenen Idealen des Rittertums zuwandte. Diese Haltung ist wesentlich seinen »burgundischen« Erlebnissen zuzuschreiben, zum anderen aber auch seinem ausgesprochenen Konservatismus, wie er aus all seinen Vor- und Nachreden – auch aus der Vorrede zum »Morte Darthur« – hervorgeht. Hinzu kommt, daß es neue Ideale, neue Leitbilder für eine frühbürgerliche Welt noch nicht gab. So neigte letztlich das Großbürgertum dazu, sich feudalen Traditionen anzugleichen.
Caxton beklagte die Degeneration seiner Zeitläufte. Wie sehr für ihn, den konservativen Großbürger, das Rittertum Ruhm und Ehre verkörperte, zeigt auch seine Übersetzung des »Ordre de Chevalerie« (Der Orden der Ritterschaft). Und ebenso war es Malorys Ziel, weniger den Pomp und Glanz mittelalterlicher Feste als vielmehr die moralische Bedeutung des Rittertums herauszustellen.
Allerdings ging Caxton mit seinem Autor Malory sehr sorglos um. Die Bucheinteilung ist bei ihm recht willkürlich, noch schlimmer die Kapiteleinteilung. Es kommt sogar vor, daß mitten in einer Rede ein neues Kapitel anfängt. Manche Stellen des Malory-Textes sind so, wie sie Caxton druckt, schlechthin dunkel. Der deutsche Gelehrte Oskar Sommer, der den »Morte Darthur« 1889 bis 1891 in diplomatischem Abdruck herausgegeben hat, verzeichnet nicht weniger als vierhundert Fehler!

III

Wohl jedem Leser drängt sich bei der Lektüre von Malorys Werk die Frage auf: Hat es überhaupt einmal einen König namens Artus gegeben?
Die einzig mögliche Antwort auf diese Frage ist: Wir wissen es nicht genau, aber er mag schon existiert haben. Die erste, aber nur flüchtige Erwähnung des Artus (englisch Arthur)

taucht 697 bei Adamnan im »Leben des heiligen Columba«, des Apostels Schottlands, auf. Dagegen berücksichtigt ihn der älteste britische Geschichtsschreiber Gildas (etwa 500-570) in seiner Geschichte Britanniens seit der römischen Eroberung, »De excidio et conquestu Britanniae«, nicht. Auch in der »Historia ecclesiastica gentis Anglorum« des großen Beda Venerabilis (um 672-735), die die Geschichte Englands bis 731 berichtet, finden wir ihn noch nicht.

Das älteste historische Werk, das Artus kennt, ist die mit dem Namen Nennius verbundene »Historia Britonum«. Diese datiert aus der ersten Hälfte des 9. Jahrhunderts und stellt die Kompilation einer nordwalisischen, um 697 entstandenen Geschichte der Briten und zahlreicher, zum Teil mündlicher Quellen dar. Hier figuriert Artus als Kämpfer gegen die von Vortigern ins Land gerufenen Sachsen. Der Name Artus ist übrigens ursprünglich römisch: Artorius. In Rom gab es eine gens Artoria, und Artorius als Name eines römischen Offiziers ist uns in England bereits um die Mitte des zweiten Jahrhunderts bezeugt. Ebenso wissen wir, daß dieser Name nicht selten von geborenen Briten übernommen wurde.

Es mag nun tatsächlich einen obersten britischen Befehlshaber dieses Namens gegeben haben. Er könnte gegen Ende des 5. Jahrhunderts gelebt haben. Seine Feinde wären dann – sehr im Gegensatz zu der später sich an seine Person knüpfenden Sage – die Angeln und Sachsen, also die »Engländer«, gewesen. Überdies wird vermutet, daß er auch gegen die Pikten und vielleicht sogar gegen verräterische Briten gekämpft haben könnte. Jedenfalls besteht kein Grund zu der früher oft geäußerten Vermutung, daß sich seine Wirksamkeit im wesentlichen auf den Norden Englands beschränkt habe. Vielmehr müßte er seine größten Erfolge in Wessex errungen haben. Seine Kämpfe dürften im letzten Jahrzehnt des 5. Jahrhunderts stattgefunden haben; das Jahr 500 stellt einen gewissen Höhepunkt dar. Sein Tod wäre etwa zwanzig Jahre später anzusetzen: Mutmaßlich wurde er in einem der

Bürgerkriege getötet, die Gildas erwähnt, ohne, wie gesagt, den Namen Artus zu nennen. Die Erinnerung an ihn muß das ganze 6. Jahrhundert über lebendig gewesen sein. Knaben wurden nach ihm genannt. Seine Taten, besonders die Schlacht von Badon, wurden in der mündlich überlieferten walisischen Literatur erzählt. Nennius fußte zweifellos auf diesen walisischen Traditionen, seine Erfindung jedenfalls ist Artus nicht.

Das nächste Geschichtswerk, das Artus allerdings mehr beiläufig erwähnt, sind die Annales Cambriae, also die Annalen von Wales, aus der zweiten Hälfte des 10. Jahrhunderts. Es gibt da zwei Einträge, die sich auf Artus beziehen. Der erste steht unter dem Jahr 516, wo die Schlacht von Badon als »bellum Badonis« erscheint, in der Artus drei Tage und drei Nächte das Kreuz Christi auf den Schultern getragen haben soll und in der die Briten einen großen Sieg errungen hätten. Der zweite, unter der Jahreszahl 537, meldet die Schlacht bei Camlaun, in der sowohl Artus als auch Medraut (Mordred) fielen. Ob beide auf der gleichen Seite kämpften, ist nicht berichtet.

Das ist im Grunde alles, was man von Artus vor seinem eigentlichen »Schöpfer«, Geoffrey of Monmouth, sagen kann. Man wird zugeben müssen, daß es nicht eben viel ist. Um so leichter hatte es Geoffrey, seinen Artus zu kreieren, da er ja keine allzu genau fixierte Gestalt vorfand.

Einige schwer datierbare kymrische Handschriften sollten aber noch erwähnt werden, die gleichfalls vor 1200 und unabhängig von Geoffrey entstanden sind. Hierhin gehört vor allem die in Prosa abgefaßte Geschichte »Kulhwch ac Olwen« aus der zeitweise hochgeschätzten Sammlung »Mabinogion« (»Erzählungen des Bardenlehrlings«). Da ist Artus nicht mehr nur der große Krieger einer heldischen Vorzeit, sondern schon eine repräsentative Königsfigur, die allerdings wesentlich härtere Züge trägt und viel mehr Aktivität zeigt als in den alten französischen Artus-Epen.

Im eigentlichen Sinne verdanken wir jedoch *Geoffrey of Monmouth* die Gestalt des »Musterkönigs« Artus. Geoffrey lebte in der ersten Hälfte des 12. Jahrhunderts, und sein Werk heißt »Historia regum Britanniae« (um 1135). Es handelt sich dabei um eine Mischung von Pseudohistorie und romantischer Erzählung. Geoffrey berichtet im ersten Buch seines Werkes, wie Brutus, der Urenkel des Aeneas, nach langen Irrfahrten an der Themse ein neues Troia gründet und damit zum Stammvater der Briten wird. Die »Briten« schreiben sich von Brutus her. Die beiden folgenden Bücher handeln von der Geschichte seiner Nachfolger bis zur Ankunft der Römer. Dabei finden wir mancherlei Gestalten, die in der späteren Literatur eine Rolle spielen, so König Locrine (in einem anonymen Schauspiel der Elisabethanischen Periode und in einem 1887 entstandenen Drama von Swinburne), Gorboduc mit seinen Söhnen Ferrex und Porrex (im ersten klassizistischen englischen Drama von Sackville und Norton, 1561), König Lear mit seinen drei Töchtern Goneril, Regan und Cordelia (in dem 1605 entstandenen Stück Shakespeares). Die Bücher IV und V handeln von der römischen Eroberung. Britannien muß Rom Tribut zahlen, der dann König Cymbelines Söhne Guiderius und Arviragus verweigern (Shakespeares Romanze »Cymbeline«, 1609). Buch VI beschreibt die unglückliche Zeit nach dem Abzug der Römer, die Kämpfe mit den Pikten und Skoten und den Einfall der Sachsen unter Hengist und Horsa. Das VII. Buch enthält die Geschichte und die Prophezeiungen Merlins. Auf seine Weissagungen hin kommt es zum Zusammenschluß der Briten. Zuerst ist es Aurelius, der die heidnischen Sachsen über den Humber zurückdrängt und die von ihnen zerstörten Kirchen wieder aufbaut, später liegt der dem Leser des »Morte Darthur« wohlbekannte Uther Pendragon mit den Sachsen in Streit, dann aber natürlich auch Artus. Hier bietet Geoffrey in den Büchern IX bis XI einen langen Bericht über viele Kriege. Artus unterwirft Sachsen, Pikten, Skoten, Iren, aber auch

Island, Gotland, die Orkneys, Norwegen, Gallien und schließlich sogar Rom. Zwischen seinem schottischen und seinem irischen Feldzug heiratet er Ginevra, die bei Geoffrey Guanhumara heißt. Während seines römischen Feldzugs beauftragt er die Königin und Mordred mit der Verwaltung Britanniens und muß bei seiner Rückkehr die Rebellion Mordreds erfahren. Artus siegt über Mordred bei Richborough und Winchester, aber bei Cambula (dem Fluß Camel) schlägt Mordred zurück. In dieser Schlacht kommen beide, Artus und Mordred, um, und Artus wird nach der Zauberinsel Avalon zur Heilung seiner Wunden fortgetragen. Geoffrey setzt die Entführung in das Jahr 542.

So hat Geoffrey auf schmalster historischer Grundlage ein großes Phantasiegebäude errichtet. Er schuf die Gestalt des unfehlbaren ritterlichen Königs, des hochedlen Artus. Der Streit der Gelehrten geht heute darum, wieviel keltische Tradition, wieviel freie Erfindung ist. Das Problem ist aber im Grunde gar nicht so wichtig und wird obendrein kaum jemals bis ins letzte Detail zu lösen sein. Viel wesentlicher ist demgegenüber die Frage: Was hat Geoffrey eigentlich gewollt? Besser als die großen englischen Sammelwerke unterrichtet hierüber der deutsche Anglist Walter Schirmer in seinem Buch »Die frühen Darstellungen des Arthurstoffes« von 1958. Über die Absichten Geoffreys gibt es danach drei einander widersprechende Thesen. Die erste geht davon aus, Geoffrey habe das Buch aus reinem Interesse am Altertum schreiben wollen. Diese Auffassung ist unglaubwürdig. Eine zweite These besagt, Geoffrey habe für seine walisischen Landsleute Propaganda machen und ihre von den Engländern ignorierte Vorgeschichte glorifizieren wollen. Das ist jedoch wenig wahrscheinlich, denn Geoffrey weiß von den Walisern wenig Gutes zu vermelden. Ja, wir wissen nicht einmal sicher, ob er ein Waliser war. Wesentlich einleuchtender erscheint die dritte Auffassung. Aus den dürftigen biographischen Notizen, die wir über Geoffrey besitzen, wissen wir, daß er in den Krei-

sen des normannischen Adels verkehrte und entschieden die Politik der Normannen vertrat. Er bekannte sich besonders zu Robert von Gloucester, dem illegitimen Sohn Heinrichs I. (1100-1135), dem die »Historia« gewidmet ist. Im neunten Kapitel des XI. Buches findet sich die folgende Stelle: »Warum, du nachlässige Nation, die du durch das Gewicht deiner Schändlichkeit am Boden liegst, die du immer wieder nach Bürgerkriegen dürstest, warum hast du dich so geschwächt durch diese Streitigkeiten im Innern des Landes? In alter Zeit hast du die Königreiche unterworfen, die weitab liegen; du warst ein edler Weinstock, aber nun bist du entartet in einen Stock mit bitterem Wein. Nicht einmal dein eigenes Land, deine eigenen Frauen und Kinder kannst du vor deinen Feinden beschützen: Mach nur so weiter mit deinen inneren Schwierigkeiten und mißachte die Worte des Evangeliums, daß ein in sich zerspaltenes Königreich nicht Bestand haben kann. Dein Königreich hat sich gegen sich selbst aufgeteilt, das Wüten des Bürgerkrieges und die Wolke des Neides haben deinen Sinn verdüstert. Dein Stolz hat dir verboten, nur einem Herrn gehorchen. Daher mußt du nun zuschauen, wie dein Land verwüstet wird von den gottlästernden Heiden, wie deine Häuser zusammenstürzen, was deine Nachfahren in Zukunft betrauern werden. Denn sie werden die Brut der barbarischen Löwin über deine Städte und Festungen herrschen sehen, und kaum jemals wird es ihnen möglich sein, den Ruhm ihrer einstigen Macht wiederzuerlangen.«
Diese Stelle birgt den Schlüssel zum Verständnis für Geoffreys Absichten. Zwar fußt sie auf einer ganz ähnlichen Ermahnung von Gildas in dessen Geschichte Britanniens, aber Geoffrey hat sie gleichsam umfunktioniert. Für ihn war Heinrich I. der große König, der die Einheit verbürgte. Bei den Streitigkeiten, die dem Tod Heinrichs I. folgten, sehnte er sich einen neuen Heinrich (»alter Henricus«) herbei, und als Idealbild schuf er seinen Artus.
Schirmer legt zwingend dar, wie Artus bei Geoffrey zur

menschlich möglichen Verkörperung des »regnum« wird. Dem »regnum«, dem mittelalterlichen Ordo-Gedanken, stehen die Barbaren gegenüber, die Pikten, Skoten und auch (!) die Sachsen. Die Idealvorstellung eines Universalreiches ist das »Rückgrat« von Geoffreys staatspolitischem Traktat. Der Normannenstaat Heinrichs I. erscheint ihm als »Träger des regnum-Gedankens« und muß im Vergleich gesehen werden mit dem Reich des Artus, das »Exemplum und Parallele, Vorbild und Vorstufe darstellt« (Schirmer). Geoffreys »Historia« will – namentlich in den Artus behandelnden Büchern – dazu beitragen, den durch die Verletzung des Ordo-Gedankens drohenden Zusammenbruch zu verhindern. Und dieser Absicht verdankt Europa seinen lebendigsten Sagenquell!

Diese These Schirmers rückt die Gestalt des Artus in die Nähe von Charlemagne und Aeneas. Dabei verschlägt es wenig, daß Artus im Grunde ein Kelte war. Auch der französische Charlemagne war ja im Grunde kein Franzose. Ebenso wurde Artus im Bewußtsein der Menschen schnell zum »Engländer«.

Freilich haben bereits Zeitgenossen und wenige Jahrzehnte nach Geoffrey wirkende Schriftsteller sich weidlich über seine mehr als phantasievolle Darstellung aufgehalten, wofür als Kuriosum hier ein Beleg eingefügt sei. Giraldus Cambrensis berichtet im »Itenerarium Cambrensis« (1191) : »Ein Kambrier (d.h. Waliser) hatte Umgang mit unheimlichen Geistern, sah sie, sprach mit ihnen, nannte sie einzeln beim Namen. Wenn jemand log, erkannte er es sogleich, da er einen Dämon ihm über die Zunge springen sah. Auch ein lügenhaftes Buch bezeichnete er an der lügenhaften Stelle sogleich mit dem Finger. Als die Geister ihn einst zu sehr belästigten, legte man ihm das Evangelium Johannis auf den Magen, worauf sie sogleich wie Vögel davonflogen. Als ihm aber Geoffrey of Monmouths „Historia" zur Probe aufgelegt wurde, setzten sie sich nicht nur auf seinen ganzen Körper, sondern auch auf das aufgelegte Buch, und zwar immer wieder und wieder und immer ekelerregender.«

Solche Kritik richtete sich nicht zuletzt gegen die mythische Erhöhung, die Geoffrey der Gestalt des Königs Artus zuteil werden ließ. So bringen nach den Prophezeiungen Merlins im VII. Buch die Bücher VIII bis X unter anderem die legendenhafte Geburt des Artus, die Geschichte vom Schwert Caliburn (Excalibur) und Artus' Aufenthalt auf Avalon, aber noch nicht den Gedanken seiner Wiederkehr, den ja im Grunde auch Malory nicht hat.

Daß ein Buch wie die »Historia« des Geoffrey, die ganz auf einen politischen Zweck hinzielte, einen nahezu unübersehbaren literarischen Einfluß ausgeübt hat, verdankt es in erster Linie dem Stoff und seiner geschickten Darbietung, in zweiter Linie aber der Umgestaltung durch den anglo-normannischen Legendendichter und Reimchronisten *Wace* (1100-1175). Er ist der Verfasser der in mehr als 15000 Achtsilblern verfaßten »Geste des Bretons«, gewöhnlich »Brut« genannt (1155). »Brut« steht im Walisischen für »Reputation«, »Gerücht«, auch einfach »Lärm«; weiter aber hat es die Bedeutung von »volkstümlicher Tradition«, »Chronik«, »Geschichte«. Dagegen scheint Wace vor allem an den ersten Helden seines Gedichtes, Brutus, den Urenkel des Aeneas und Stammvater der Briten, gedacht zu haben. Mit seinem »Brut« schuf er eine freie Versübertragung von Geoffreys »Historia«. Darin ist alles schon viel stärker ins Höfische umgeformt. Artus ist nun nicht mehr nur der große Kriegsherr, sondern schon der großzügige Feudalherr, wie er ins ritterliche Weltbild paßt. Bei Geoffrey war noch kein Raum gewesen für die Liebe und die höfische Welt der Frauen. Wace sucht das allenthalben zu ändern. Seine anerkannte Patronin war Eleanor (um 1122–1204), die Gemahlin Heinrichs II., die England die Troubadourpoesie vermittelte.

Und aus dieser höfischen Umgebung kommt in die Geschichten um Artus ein ganz neuer Zug. So wurde der Ehebruch

Ginevras bei Geoffrey noch als »nefanda« bezeichnet – als etwas, worüber man besser nicht redet. Es heißt bei ihm: »Hierüber nun freilich wird Geoffrey schweigen.« Der Ehebruch Uther Pendragons war bei Geoffrey noch ziemlich plump dargestellt worden; bei Wace wird Uther durch die »feine Art« Igraines so erregt, daß er nicht mehr schlafen und essen kann. Überhaupt ist der Kult der Frau bei Wace schon stark entwickelt, im Grunde mehr als drei Jahrhunderte später bei unserem Malory.

Eleanor ist es gewesen, die Wace den Auftrag zur Versifizierung von Geoffreys »Historia« gab. In seinen paarweise gereimten Achtsilblern finden wir den gleichen Stil wie in den für die Königin sonst noch gedichteten Romanen: »hier wie dort ein minutiöses Verweilen bei sachlichen Detailschilderungen, ungelenk pathetische Auflösung des Berichts in Anreden und Dialogen, Hervorhebung sentimentaler Motive, Eingehen auf abenteuerliche Episoden« (Olschki). Die Schilderung des Artushofes wird mit den graziösen Verschen beschlossen: »Ne tot mensonge ne tot voir,/ ne tot folie ne tot savoir« (»Nicht alles Lüge, nicht alles Wahrheit, nicht ganz Torheit und nicht ganz Weisheit«).

Von höchster Bedeutung für die Fortentwicklung der Artussage ist die Tatsache, daß Wace als erster die Tafelrunde, den »Round Table«, erwähnt. Die Herkunft dieses Sagenelementes ist in Dunkel gehüllt. Keltische Quellen sind leider nicht vorhanden. Es wird berichtet, daß ein Zimmermann aus Cornwall den Runden Tisch gefertigt habe. 1600 (später nur 150) hätten daran sitzen können. Gleichwohl habe Artus ihn mit sich herumtragen können.

Daneben ist – woran bei Wace noch nicht zu denken ist – eine andere Version vom Ursprung des Tisches in Umlauf gekommen. Danach ist der Round Table eine von Joseph von Arimathia (vgl. Markus 15,43) geschaffene Nachbildung des Abendmahlstisches. Von da leitet sich auch die Existenz des »Gefährlichen Sitzes« her, wie wir ihn bei Malory finden. Es

ist natürlich der Platz des Judas, der »Siege Perilous«, auf dem nur der wahre Gralsheld – bei Malory nicht Parzival, sondern Galahad – sitzen darf.
In noch späteren französischen Fassungen wird berichtet, daß Merlin einen Tisch nach dem Vorbild des Tisches von Joseph von Arimathia geschaffen habe, und damit wird der Runde Tisch zu einem wirksamen Bindeglied zwischen Artus- und Gralssage. Merlin fertigt den Tisch für Uther, von da kommt er in den Besitz von Lodegrance, den König von Cameliard, der ihn an Artus gibt, zusammen mit einer Schar von Rittern, sobald dieser Lodegrances Tochter Ginevra heiratet. Dann erst wird die Tafelrunde zu einem förmlichen Ritterorden, zu dem nur die Tapfersten zugelassen werden.
Von Wace aus gabelt sich die Artustradition in eine heroische und eine romantische Richtung. Die heroische feiert Artus als Reichsgründer, als den Besieger fremder Völker, der es sogar wagt, dem römischen Kaiser entgegenzutreten. Dieser Weg führt zum politischen und nationalen Epos, das in *Layamons »Brut«* (um 1200) seine Vollendung erreicht. Auf derselben Linie liegt dann runde hundertfünfzig Jahre später das alliterierende mittelenglische Gedicht »Morte Arthure«, und die gleiche Tradition ist es, die – trotz allen romantischen Beiwerks – Malorys Werk aus dem 15. Jahrhundert und auch noch Spensers »Feenkönigin« vom Ende des 16. Jahrhunderts prägt.
Der andere, der romantische Weg führt nach dem Kontinent, nach Frankreich. Von ihm wird im vierten Abschnitt die Rede sein.
Layamons Bearbeitung steht zwischen Chronik und Versepos. Gegenüber Wace ist der Stoff nochmals erheblich aufgeschwemmt: Bei Wace sind es 14866 Zeilen, bei Layamon 32241. Und selbst wenn man berücksichtigt, daß es sich bei Layamon eigentlich um 16121 Langzeilen handelt, so bleibt doch eine erhebliche Ausweitung bestehen. Layamon machte aus dem Stoff eine heroische Dichtung. Sie ist wie der »Beo-

wulf« in alliterierenden Langzeilen geschrieben. Allerdings haben wir es mit einer ausgesprochenen Mischform zu tun, denn man begegnet wiederholt auch dem Endreim. Gegenüber dem eleganten, aber manchmal auch etwas geschwätzigen Redefluß eines Wace haben wir es bei Layamon mit kraftvoller Unförmigkeit zu tun. Dazu paßt auch die gegenüber Wace veränderte sittliche Haltung. Artus ist nicht mehr der gütige Edelkönig, sondern der gefürchtete Eroberer. Er kann höchst grausam sein, selbst gegen die eigenen Leute. Er neigt zur Wut, mit schlechten Nachrichten darf man ihm nicht kommen – wehe dem Boten!

Layamon scheint in eine Umgebung zu gehören, in der der sänftigende Einfluß der Frauenverehrung, der Courtoisie, unbekannt war. Während der halbfranzösisch dichtende Wace etwa dem Gawein die Überzeugung zuspricht, daß alle großen Taten der Ritterschaft entweder um der Freundschaft oder aber um der Liebe zu einer Frau willen geschähen, ignoriert Layamon die Frauen, sosehr er kann. Für die Weiterentwicklung der Artusdichtung war sein an Naturbildern und Wunderglauben reiches Epos von weit geringerer Bedeutung als das schon als höfisch anzusprechende Werk von Wace. Was die erheblichen Ausweitungen bei Layamon anlangt, so nahm man früher vielfach an, sie seien Erfindungen von Layamon selbst. Aber es darf heute als erwiesen gelten, daß er einer französischen erweiterten Wace-Fassung folgte, die allerdings verloren ist. Doch glauben einige Forscher – so vor allem Loomis –, daß Layamon auf mündliche Erzählungen zurückgegriffen habe.

Damit ist das heiße Eisen der keltischen Elemente in der Artussage berührt. Über diesen Punkt bestehen noch einander sehr widersprechende Thesen. Am stärksten wird die mündliche keltische Überlieferung von Loomis betont. Er geht davon aus, daß Artus am Ende des 12. Jahrhunderts – also vor oder zumindest ziemlich gleichzeitig mit der Entstehung der französischen Sagenfassungen, auf die wir im vierten Abschnitt zu sprechen kommen – in Kleinasien (zum Beispiel Syrien) bekannt war. Noch vorher finden sich Artus-Überlieferungen in Italien (Modena, Otranto) sowie auf Sizilien. Loomis begründet dies mit der Anwesenheit französischer Kolonisten in diesen Gegenden. Wenn er auch zugibt, daß Geoffrey und Wace in klerikalen wie höfischen Kreisen vermutlich viel gelesen worden sind, so meint er doch, daß die Verbreitung des Sagenstoffes vor allem bretonischen Geschichtenerzählern, sogenannten »conteurs«, zuzuschreiben sei. Zwar gebe es keine direkten Zeugnisse, aber wo man so viele Beispiele mündlicher Überlieferung im Mittelalter habe, sei es leicht, zu folgern, daß dieselben Geschichtenerzähler – Bretonen und damit also Kelten – die fränkischen Heere nach dem Morgenland begleiteten und ihre Geschichten dorthin mitbrachten.

Loomis baut auf solchen Voraussetzungen sehr weitreichende Theorien auf, die nicht unwidersprochen geblieben sind. Sowohl der Amerikaner Bruce wie Schirmer warnen vor einer Überschätzung des keltischen Einflusses. Schirmer wendet vor allem ein, daß die einzelnen Fäden keltischer Mythologie, die Liste walisischer Namen und all die frühen Geschichten von der Geburt des Artus, seinem Ende durch Mordred, die nach Loomis cornischen Ursprungs sind und durch bretonische Erzähler verbreitet seien, nie vor Geoffrey of Monmouth zusammenhängend dargestellt wurden. Auch Bruce wendet sich dagegen, das Element individueller Erfindung und ausgesprochen literarischer Überlieferung zu unterschätzen. Auch das bereits erwähnte »Mabinogion«, in dem Artus vorkommt, ist nach neuesten Forschungen als eine Übersetzung aus dem Französischen ins Walisische anzusprechen. Somit kann man es keinesfalls als keltische Vorstufe späterer Artus-Dichtungen betrachten.

Aber das letzte Wort in der Frage der keltischen Überlieferungen der Artusstoffe ist zweifellos noch nicht gesprochen.

In den letzten Jahrzehnten hat es zahlreiche Spekulationen der vergleichenden Mythologie zu diesem Sagenkreis gegeben. Man suchte den Ursprung der Sagen um Artus in Liedern des Pandschab und leitete die Tristansage aus Persien her. Die italienische Forschung dagegen sah in ihnen jüngere Umformungen antiker Vorbilder. So wird für Tristan der Einfluß der bekannten Episoden von Hero und Leander, Pyramus und Thisbe sowie Iason und Medea geltend gemacht. Klassische Anklänge sind unverkennbar, aber man geht wohl nicht fehl, wenn man sie für literarische Zutaten zu einem Stoff hält, der seine poetische Lebenskraft überall in Nord und Süd, Ost und West bewiesen hat.

Die heroisch-altertümelnde, unhöfische Linie Layamons läßt sich in mittelenglischer Zeit noch etwas weiter verfolgen, wenn auch im ganzen nur drei Werke in Frage kommen. Das erste ist die Geschichte von *»Sir Gawein und dem Grünen Ritter«*. An diese Geschichte findet sich bei Malory auch nicht der leiseste Anklang. Gleichwohl ist es eine der schönsten Romanzen. Sie ist voll wundersamer Begebenheiten und reich an glanzvollem Episodenwerk, dazu herrlich in ihren Naturschilderungen, zumal in der Beschreibung rauher, winterlicher Natur, auch topographisch typisch englische Landschaft darstellend. Die Form ist strophisch. Die Strophen bestehen aus einer wechselnden Anzahl endreimloser, aber alliterierender Langzeilen (jeweils 12 bis 38), an die sich vier kreuzweise reimende Kurzzeilen mit je drei Haupthebungen anschließen. Das Gedicht, das 2530 Zeilen umfaßt, gehört zu den schönsten Werken der mittelalterlichen englischen Literatur.

Das zweite Werk ist der bereits erwähnte alliterierende *»Morte Arthure«*. Dieser wurde früher oft – so von dem Leipziger Anglisten Wülker – irrtümlich dem schottischen Dichter Huchown zugeschrieben. Auch das künstlerische Urteil Wülkers, der diese Dichtung über Layamon und sogar über Malorys stellt, ist nicht recht verständlich. Das Gedicht schildert im wesentlichen nur den Tod des Artus, diesen aber sehr aus-

führlich. Von diesem Werk hat Caxton vielleicht den Titel für die Schöpfung Malorys entlehnt.
Als drittes wäre der strophisch abgefaßte, endreimende mittelenglische *»Morte Arthur«* vom Ende des 14. Jahrhunderts zu nennen. Aber dieses Werk stammt nachweislich schon direkt von einer französischen Prosaromanze, dem »Mort Artu«. Solche metrischen Romanzen finden sich in England bis ins 15. Jahrhundert hinein. Im ganzen sind sie mehr oder weniger langweilig und künstlerisch mittelmäßig. Der strophische »Morte Arthur« ist von allen noch die beste.
Die Führung in der Behandlung der Geschichten um Artus war an Frankreich übergegangen. Der Grund dafür ist in der geschichtlichen Entwicklung Englands zu suchen: Nach der normannischen Eroberung sprach der Adel französisch, las also auch französische Darstellungen nach der Art von Wace und später französische Originale. Im 14. Jahrhundert sah man diese Stoffe im allgemeinen bereits als Schöpfungen einer längst vergangenen Epoche an. Es existieren zwar, wie wir gesehen haben, einige mittelenglische Romanzen über Artus, aber sie gehören dem Norden Englands und wohl gar Schottland an, jedenfalls den zurückgebliebenen Teilen der Insel, wo die alten feudalen Ideale und der literarische Geschmack sich am wenigsten geändert hatten.

IV

Am Anfang der Weiterentwicklung der Sagen um Artus in Frankreich steht *Chrétien de Troyes* (etwa 1130 bis 1190), der die überkommenen Stoffe im Sinne des höfischen Liebesideals neu erzählt. Wenn es Vorstufen hierzu gegeben haben sollte, so sind sie restlos verschwunden. Immerhin darf man annehmen, daß vieles Stoffliche bretonischen Ursprungs ist. Fünf große Rittergedichte von ungleicher Länge und Bedeutung hat Chrétien verfaßt: »Erec«, »Cligès«, »Lancelot«, »Yvain« und das Fragment »Perceval«. Solche Rittergedichte und ihre

späteren Prosaauflösungen bezeichnet man am besten mit dem in England verbreiteten Begriff »romances« (Romanzen).
Chrétiens »Romanzen« sind ihrer Natur nach Geschichten von Abenteuern, und zwar mit starkem Interesse an Liebesaffären, in denen ein hochgeborener junger Ritter und seine geliebte Dame die Hauptrolle spielen. Artus selbst ist sozusagen sakrosankt. Wenn er auch gar nicht mehr mit eigenen Heldentaten in Erscheinung tritt, so bleibt er doch anerkannt als größter und edelster König. »Aus dem stolzen Kriegsherrn ist das würdige Oberhaupt der Ritterschaft geworden, das sich mehr durch tadelfreies ritterliches Benehmen und die einem Grandseigneur anstehende Großzügigkeit als durch den längst nicht mehr nötigen Beweis eigner kämpferischer Tätigkeit auszeichnet« (Brogsitter). So finden wir ihn ja weitgehend auch bei Malory.

Chrétien war der wichtigste literarische Exponent der feudalen Gesellschaft seines Zeitalters. Seine Romanzen spiegeln das Leben der aristokratischen Klassen des ausgehenden 12. Jahrhunderts wieder. Er war aufs engste mit dem Hof der Gräfin Marie von der Champagne verbunden, die der Ehe Ludwigs VII. von Frankreich mit der berühmten Eleonore von Poitiers entstammte, welche später Gemahlin des englischen Königs Heinrich II. geworden war. Die Stellung der Frau ist zu Chrétiens Zeit eine ganz andere als im frühen Mittelalter. Man sieht das schon daran, daß Frauen jetzt auch die großen Lehen erben können. Dieser Tatbestand ist übrigens auch bei Malory erwähnt. Eine höhere Wertschätzung der Frau zeigte sich zuerst im Süden Frankreichs, im Land der Eleonore von Poitiers, hatte doch hier der Gedanke der gesellschaftlichen und geistigen Emanzipation am festesten Fuß gefaßt.

Ludwig VII. (1137–1180) hatte mit Eleonore am zweiten Kreuzzug teilgenommen. Die Kreuzzugsstimmung hat sich auch Chrétien mitgeteilt, und man nimmt heute an, daß hierin einer der Gründe zu suchen ist, warum die Artussage mit der Gralslegende verbunden worden ist.

Die Bedeutung Chrétiens kann schwerlich überschätzt werden. Er hat Zeitgenossen und Nachfahren nachhaltigst angeregt, unter anderem Hartmann von Aue (»Erec« und »Iwein«) und Wolfram von Eschenbach (»Parzival«). Der weite Wald der mittelalterlichen höfischen Epik ist aus seiner Saat, aus seinem Pflanzgarten entstanden. Und wie fruchtbar hat sich diese hochpoetische Tradition bis ins 19. Jahrhundert hinein entwickelt!

Die französische Linie der Artusdichtung wurde fortgesetzt durch *Robert de Boron* (Ende des 12. Jahrhunderts). Dieser ist für drei Neuerungen in der Behandlung der Sage verantwortlich: Er führte das religiöse Element ein, er gab sich ausgesprochen historisch, und er inaugurierte die zyklische Form. Er plante jedenfalls eine Trilogie mit den Teilen »Joseph von Arimathia«, »Merlin« und »Perceval«. Erhalten sind uns nur der »Joseph von Arimathia« und 504 Zeilen vom »Merlin«. Gleichwohl verdanken wir ihm die Begründung des Artus-*Zyklus*.

Sein »Joseph« und sein »Merlin« sind die ersten Versepen, die eine Auflösung in Prosa erfuhren. Gerade diese Prosaauflösungen sind für Malorys Werk von höchster Wichtigkeit, denn wie er sich ja selbst immer wieder auf »das französische Buch« beruft, so haben auch die neuesten Forschungen (namentlich Vinaver) klärlich erwiesen, daß die französischen Prosaromane seine Hauptquelle sind. Dabei hat er das meiste ziemlich unverändert übernommen und allein im Detail manches abgewandelt.

Entstanden ist der *Große Prosa-Lanzelot-Gral-Zyklus* zwischen 1215 und 1230. Er enthält fünf Teile, die Erzählung vom heiligen Gral, die Merlinsage, die Lanzelot-Geschichte im engeren Sinne, die Gralssuche und den Tod des Artus. Zwischen dem »Merlin« und dem »Lancelot« klaffte eine Lücke; denn Merlin endigte einige Zeit, bevor Lanzelot in Erscheinung trat. Deshalb hatten die Romanciers eine Fortsetzung zum Merlin geschaffen, die sogenannte »Suite de Merlin«, die

bald auch »Livre d'Artus« (»Das Buch von Artus«) genannt wurde.
Das Hauptanliegen dieser Prosaromane oder -romanzen bestand in der Ausarbeitung des rein erzählerischen Elementes und nicht etwa in der Entwicklung einer Fabel. Es handelt sich also, wie wir es von Malory teilweise auch noch sagen können, um eine Anhäufung von Episoden, die voneinander unabhängig sind und einer inneren Einheit ermangeln.
Cervantes, der große Verspotter der Ritterromane, hat das durchaus richtig empfunden, wenn er im 47. Kapitel seines »Don Quijote« den Domherrn sagen läßt: »Ich habe noch keine Rittergeschichte gesehen, in der der Körper der Fabel mit allen seinen Gliedern ein zusammenhängendes Ganzes bildete, so daß die Mitte dem Anfang und das Ende dem Anfang und der Mitte entspräche. Alles ist vielmehr aus so fremdartigen Teilen zusammengestoppelt, als hätte man sich mehr bemüht, eine Chimära oder ein andres Ungeheuer darzustellen, als ein wohlgestaltetes Bild zu schaffen.«
So sind Zusammenhang und Proportionalität tatsächlich nie die starke Seite dieser literarischen Erzeugnisse gewesen, aber während sich die Gralsgeschichten immer noch in vergleichsweise mäßigen Dimensionen bewegen, gehören die Lanzelot-Geschichten zu den längsten Erzählwerken der Weltliteratur überhaupt. Noch beliebter als der »Lancelot« war, was schon die Zahl der Handschriften beweist, der Tristan-Roman, der auch bei Malory ein Drittel des Ganzen ausmacht. Der erste der Prosaromane von Tristan entstand schon 1225-1230, die letzte Ausgabe erschien 1586. Diese Prosafassung ist ungeheuer weit ausgesponnen und schwerfälliger als die Lanzelot-Romane. Aber die »himmlischen Irrwege« dieser Prosaromane haben die poesiefreudigen Menschen Europas jahrhundertelang entzückt. Es bleibt für die Wissenschaft eine schier unüberwindliche Schwierigkeit, allein den Inhalt dieser literarischen Ungetüme zu erfassen. Darüber hinaus stellen sie, was die Chronologie der Komposition, die Identität der Ver-

fasser und die Quellen anlangt, den Literarhistoriker vor manches Problem. Selbst Wissenschaftlern wie Bruce und Loomis, die die Erforschung des ganzen Komplexes zu ihrer Lebensaufgabe machten, ist auf diesem Gebiet das meiste noch fraglich.
Die Bevorzugung dieser Stoffe und ihre weite Verbreitung erscheinen uns heutzutage schwer erklärbar. Erich Köhler meint in seinem Buch »Ideal und Wirklichkeit in der höfischen Epik«: »Ort- und Zeitlosigkeit sowie Irrealität des höfischen Romans sind – nur scheinbar paradoxerweise – der adäquate Ausdruck für einen räumlich wie zeitlich prinzipiell unbegrenzten geschichtlichen Führungsanspruch.« Damit ist ausgesprochen, daß diese ganze Sagenwelt in ihrer höfisch-ritterlichen Gestaltung einem bestimmten historischen Auftrag folgt. Nicht umsonst steht sie im Dienst der am meisten am politischen Geschehen der Zeit beteiligten Dynastien, denen der Champagne und Flanderns. Daß in dieser Epik eine Welt brutaler Grausamkeit und eine Welt berückender Schönheit nebeneinander existieren, ja sich gegenseitig durchdringen, übt bis auf den heutigen Tag eine außerordentliche Faszination aus. Gerade das kam dem Anspruch der feudalen Gesellschaft entgegen. Und um so besser konnte die so starke Gegensätze umfassende Einheit wirken, weil sie eine reine Phantasiewelt ist. Die Welt der Wunder trat nun hinein in eine Welt, die mehr und mehr einer zu großer Höhe sich entwickelnden Etikette verpflichtet war. Die weite Spannung zwischen brutaler Gewalt und holdem Frauendienst macht gerade den Reiz dieser Sagenwelt aus.

V

Aus der schier unübersehbaren Zahl der Personen im »Morte Darthur« sind eine Reihe von Gestalten mehr oder weniger stark herausgehoben. *Artus* selbst tritt jedoch, wie schon in den französischen Epen und Romanen, hinter den anderen Helden der Tafelrunde zurück. Er ist zum nicht »würdigen Oberhaupt« der Ritterschaft geworden. Allerdings bringt Malory denn doch die Geschichten von seiner Zeugung, seiner Geburt, seiner Bewährung am Schwert Excalibur, von seinen früheren Kriegen, dem Feldzug gegen Kaiser Lucius und schließlich von seinem Tod. Dagegen verhält sich Malory gegenüber dem Gedanken von der einstigen Wiederkehr des Artus skeptisch. Im siebenten Kapitel des XXI. Buches heißt es schlicht: »Die Leute sagen, er würde wiederkommen und das heilige Kreuz erobern. Ich behaupte nicht, daß dies so sein wird, vielmehr will ich sagen, daß er in dieser Welt ein anderes Leben angenommen hat.« Von dem ewigen Leben in Avalon, von dem die Romanciers berichten, mag Malory nichts wissen. Diese messianischen Elemente lagen ihm nicht. Bei Wace und Layamon hieß es, Artus sei nicht gestorben, sondern werde wiederkommen und seinem Volke und Reich neue Macht verleihen. Diese an Barbarossa gemahnende Mythe wird als die »bretonische Hoffnung« bezeichnet.

In *Merlin* (ursprünglich walisisch »Myrddin«) begegnen wir einer der am meisten von Geheimnis umwitterten Gestalten dieser ganzen Sagenwelt. Er hat etwas Faszinierendes: halb Mensch, halb Dämon. Geoffrey of Monmouth, der ihn nach einer knappen Erwähnung bei Nennius als erster einführt, behauptet, er sei der Sohn eines Incubus (Buhlteufels) und einer britischen Königstochter. Schon vor dem Abschluß seiner »Historia« hatte Geoffrey das Werk »Prophetiae Merlini« geschrieben, das im wesentlichen dann in das VII. Buch der »Historia« eingegangen ist. Bruce nimmt an, daß Merlin ganz Geoffreys Geschöpf und daß keine volkstümliche Tradition im Spiele ist. Andere Gelehrte sind dessen nicht so sicher. So nimmt man keltischen Einfluß an, aber auch der Vordere Orient und Indien werden herangezogen. Man hat als Vorbild für die Weissagungen sogar auf die Prophezeiungen der Sibylle aus dem VI. Buch von Vergils »Aeneis« hingewiesen. Die ganze Dämonen- und Spukwelt ist bei Geoffrey mit geschichtlichen Vorstellungen und Fakten so eng verwoben, daß man nicht umhin kann, diese phantastischen Gestalten plastisch und all ihr Zaubergebaren als poetische Realität zu empfinden.

Das Motiv der Einmauerung Merlins in einen Felsen ist uralt. Nach einer Überlieferung, die Geoffrey in den »Prophezeiungen« berichtet, habe König Vortigern ihn als Bauopfer vergraben lassen wollen. Durch seine Weissagungen habe er sich jedoch freigekauft und später Vortigerns Sohn Uther Pendragon zu der Gestalt des Herzogs von Cornwall verholfen, in welcher dieser, wie Malorys erste Kapitel aufs fesselndste erzählen, mit Igraine, des Herzogs Frau, den nachmaligen König Artus zeugte. Sicher hat hier die antike Amphitryon-Sage einen gewissen Einfluß ausgeübt.

Die breitere Ausführung der Merlingeschichten ist dem schon erwähnten Robert de Boron zuzuschreiben. Freilich ist von seinem »Merlin« das meiste verloren, aber er ist der Ausgangspunkt für die Prosafassung. Die Geschichte von Merlins Einschließung in die Felsenhöhle ist da wiedergegeben, doch kommt diese Episode erstmalig schon im Prosa-Lanzelot vor. Man darf vermuten, daß ihr ein altes orientalisches Erzählmotiv zugrunde liegt, das Thema vom weisen Mann, der von einem Weibe getäuscht wird.

Gawein ist ursprünglich der Lieblingsheld der Artusromane. Namentlich in dem mittelenglischen Gedicht von »Sir Gawein und dem Grünen Ritter« erscheint er noch ganz makellos. Später, in Wolframs »Parzival«, ist er im Gegensatz zum Titelhelden das glänzende Weltkind. Das ist bei Chrétien de Troyes noch nicht vorgebildet, aber immer ist er doch der führende Artusritter und ein Maßstab für andere. Daß er bei unserm Malory erheblich dunklere Züge trägt, liegt an der Auffassung, die der französische Prosa-Tristan von ihm hat. Diese weniger freundliche Konzeption der Gawein-Gestalt setzt sich dann bis hin zu Tennysons »Königsidyllen« (1888) fort.

Interessant ist, daß sich bei Malory zweifellos mythische

Bezüge in der Gawein-Gestalt finden. Das einundzwanzigste Kapitel des XX. Buches berichtet, wie seine Stärke mit dem Stand der Sonne wächst und wieder abnimmt: »Sir Gawein aber war von einem heiligen Mann die Gabe verliehen worden, daß seine Stärke an jedem Tag vom Vormittag bis zur Mittagszeit drei Stunden lang so zunahm, daß sich seine Kraft verdreifachte, und das verhalf Sir Gawein zu hohem Ruhm ... Nach der Mittagsstunde besaß Sir Gawein nur noch seine eigene Kraft.«

Lanzelot, der Sohn des Königs Ban, der Vater des Galahad, kommt bei Geoffrey of Monmouth und Wace noch gar nicht vor. Chrétien de Troyes erwähnt ihn zuerst im »Erec« (um 1170). Er gibt ihm hier in einer Art Rangliste den dritten Platz nach Gawein und Erec, obwohl er im weiteren Verlauf des »Erec« keine besondere Rolle spielt. Aber Chrétien trug sich wahrscheinlich schon während der Arbeit am »Erec« mit dem Gedanken an ein eigenes Lanzelot-Epos. Wahrscheinlich ist es Chrétien gewesen, der ihn zum Entführer und Liebhaber Ginevras werden ließ. Vornehmlich mit seinem »Lancelot«, auch »Le Conte de la Charette« (»Geschichte vom Karrenritter«) genannt, hat er seinen Dichterruhm erworben.

Ursprünglich bestand keine Verbindung zwischen den Lanzelot-Geschichten und dem Gral. Chrétiens »Lancelot« enthält noch keine Anspielung auf den Gral, wie umgekehrt in seinem »Perceval« Lanzelot nicht auftritt. Der Schöpfer des Galahad verband erstmalig die beiden Themen. Die Prosafassung der sogenannten »Queste del Saint Graal« (Gralssuche) will vor allem Galahad für Parzival als Gralsgewinner substituieren und in seiner Person die strengen Ideale der Askese und Keuschheit darstellen. Dieses asketische Ideal hat Malory aus dem »französischen Buch« übernommen. Da Galahad der Sohn Lanzelots ist, komme es zwangsläufig zu einer Verknüpfung von Lanzelot-Geschichten und Gralssage. Bei Malory ist das Entschwinden des Grals nicht unmittelbar mit der Schlußkatastrophe verbunden. Vielmehr ist es recht eigent-

lich der Konflikt zwischen Lanzelots ritterlichem Dienst als Liebhaber und seiner ritterlichen Loyalität gegen seinen Lehnsherrn, was zu Artus' Scheiden aus dieser Welt führt.
Die Liebesgeschichte Lanzelot-Ginevra zeigt die höfische Liebe in ihrer reinsten und ernsthaftesten Form. Wie groß der Ruhm dieser Szenen schon lange vor Malory war, geht aus zwei Stellen in Dantes »Göttlicher Komödie« (1472) hervor. Die eine findet sich im sechzehnten Gesang des »Paradiso«. Dante redet da seinen Ahnherrn Cacciaguida mit »Ihr« statt mit »du« an, was Beatrice als hochmütigen Ahnenstolz mit einem Lächeln leicht tadelt. Dieses Lächeln wird in Vers 13 ff. mit dem Husten einer Dame bei Ginevras erstem Fehltritt verglichen. Ausführlicher noch wird in der Paolo-Francesca-Episode des »Inferno« (5. Gesang, Vers 127 ff.) auf Lanzelot und Ginevra eingegangen. In der Übersetzung von Karl Witte lautet die Stelle:

»Wir lasen eines Tages zum Vergnügen
Von Lanzelot, wie Liebe ihn umstrickte,
Allein und unbeargwohnt waren wir.
Oft hieß des Buches Inhalt uns einander
Scheu ansehn und verfärbte unsre Wangen;
Doch nur ein Punkt war's, welcher uns bewältigt.
Denn als wir, wie das langersehnte Lächeln
Von solchen Liebenden geküßt ward, lasen,
Da küßte, dem vereint ich ewig bleibe,
Am ganzen Leibe zitternd, mir den Mund.
Zum Kuppler ward das Buch und der's geschrieben.
An jenem Tage lasen wir nicht weiter.«

Ginevra ist bei Malory trotz ihres Ehebruches das Urbild der wahrhaft Liebenden. Deshalb hat sie auch ein gutes Ende: sie stirbt im Schloß der Kirche. Daß sie Nonne wurde, berichtet auch schon die französische Vorlage, aber Malory geht hier mehr ins Detail. Entsprechend ihrem exemplarischen Lebenswandel wird sie sogar Äbtissin. Im übrigen schwankt ihr Charakterbild in den verschiedenen Fassungen des Stoffes

sehr stark. So wird sie in den Prosaromanen durch Mordred, König Artus' Neffen oder, in manchen Darstellungen, seinen im Inzest gezeugten Sohn, gewaltsam entführt, wohingegen bei Geoffrey und Wace die Königin dieser Entführung gar nicht abgeneigt ist. Malory sieht in ihr ein unglückliches Opfer, wenigstens soweit Mordred im Spiele ist.
Auch *Tristan* büßt übrigens bei Dante im zweiten Kreis der Hölle (5. Gesang des »Inferno«). Dieser Kreis beherbergt die Sünder der erotischen Leidenschaft. Tristan befindet sich hier in Gesellschaft von Achilles, von Paris und anderen, »die unsrer Welt die Lieb entrissen hat«.
Tristan ist ursprünglich eine keltische Gestalt aus Schottland; später erst wurde er auch in Wales bekannt. Daher gehörte Tristan ursprünglich nicht zur Tafelrunde, was man auch bei Malory noch deutlich herausspürt. Englische Forscher sprechen deshalb von einer »Arthurisierung« Tristans.
Die Geschichte der Sage von Tristan und Isolde gehört zu den verwickelsten Problemen bei der Erforschung mittelalterlicher Literatur. Es gibt vier Kernmotive: einmal das von der Feenliebe (nur eine Fee konnte Tristans Wunde heilen), sodann die Ehebruchsfabel, gipfelnd in der Flucht und dem Waldleben der Liebenden. Diese beiden Motive dürften schon in der keltischen Urform gegeben gewesen sein. Hinzu trat dann die Werbungssage (Werbung für den Oheim Marke) und endlich das Motiv des Liebestranks.
Chrétien hat kein Werk über Tristan verfaßt. Auf die Nachwelt gekommen ist er durch die neun Fragmente des Anglonormannen Thomas, die zwischen 1150 und 1170 entstanden sind. Tristan unterscheidet sich von vornherein vom üblichen Idealbild der Ritterlichkeit. Er ist eine Künstlernatur. Er zeichnet sich durch seine musikalische Begabung, seine Fechtkunst, sein Schachspiel aus, aber auch durch seine Schlauheit beim Verbergen von Geheimnissen. Zwar steckt in seinem Charakter viel Archaisches, aber dazu tritt mannigfacher neuer Zuwachs. Die keltische Überlieferung, die eine einfache

Entführungsgeschichte gewesen sein dürfte, hat in den Händen der französischen Erzähler etwas ganz Neues angenommen, und dies Neue ist die Atmosphäre der französischen ritterlichen Gesellschaft. So ist etwa der Konflikt zwischen Leidenschaft und Gesetz ganz unkeltisch; denn die Lösung des Ehebandes war bei den Kelten leicht, und der Gedanke weiblicher Tugend war bei ihnen an sich wenig ausgeprägt. Malorys Quelle ist der französische Prosa-Tristan, namentlich was die Bücher XI und XII anlangt. Nach dem XII. Buch bricht Malory ab, und das Ende der Tristan-Geschichte wird uns im »Morte Darthur« gar nicht geboten. Daß Marke im Gegensatz zu dem von Gottfried von Straßburg und Richard Wagner entworfenen Bild eine äußerst negative Rolle spielt, dürfte keltisches Rezidiv sein.

Parzival war in dem unvollendeten Epos der Chrétien de Troyes der Gralsgewinner. Bei Geoffrey of Monmouth und bei Wace kommt er noch nicht vor. Sein Name wird genau wie der des Lanzelot erstmalig in Chrétiens »Erec« genannt, und dann gewinnt er ständig an Rang bis zum »Conte del Graal«. Aber schon in der »Queste del Saint Graal« aus dem großen Prosazyklus ist er nur einer von drei Rittern, die auf die Gralssuche gehen, und diese Version übernimmt auch Malory. Galahad übertrifft Parzival und ist schließlich der Gralsgewinner.

Es gibt zwei Gründe für die Verdrängung Parzivals: einmal die enge Verbindung der Gralsgeschichte mit der Lanzelot-Geschichte und zum anderen einen sozusagen mehr theologischen Grund. Galahad hat keine solche »Vergangenheit« wie Parzival, und überdies wurde sein Name mit dem biblischen Ortsnamen Gilead aus der Davidsgeschichte bewußt in Zusammenhang gebracht. Man wollte darin im Mittelalter eine mystische Christus-Symbolik erkennen. Gleichwohl bleibt die Rolle, die Parzival im großen französischen Prosazyklus und damit auch bei Malory spielt, recht bedeutsam. Er darf zwar nicht in den heiligen Gral hineinblicken, aber er

darf immerhin in Visionen mancherlei Einblick in die Mysterien des Grals tun, und in das normale irdische Leben kehrt er nie zurück.
Die noch zu erschließende Urform der Gralssage ist verwandt mit dem Märchen vom »Tischlein deck dich« und zahlreichen Sagen verwandten Sinnes bei den verschiedensten Völkern. Solch uraltes Märchengut hat sich mit christlicher Erlösungssehnsucht gepaart. So spendet die Gralsschale Speise und Trank, verleiht ewige Jugend und ist zugleich der Abendmahlskelch und das Gefäß, in dem Christi Blut von Joseph von Arimathia aufgefangen wurde.
Es gibt drei Hauptgruppen von Theorien über den Ursprung des Grals. Die erste betont mehr die christliche Herkunft, die zweite weist auf keltische Folklore hin, die von den Franzosen unvollkommen christianisiert wurde. Eine dritte glaubt an die Entstehung aus einem Vegetationsritual, das den Verfall der alten Welt des Heidentums überlebte und sich bis ins Mittelalter hinein erhielt. Derartige Gedankengänge sind zuerst 1842 von Simrock verfochten worden, sind aber erst im 20. Jahrhundert zu ernsthaften Gegnern der älteren Theorien geworden. Man hat den Gral in jüngster Zeit mit den Eleusinischen Mysterien in Zusammenhang bringen wollen. Auch der Adonis-Mythos ist herangezogen worden. Aber man muß doch wohl zugeben, daß einmal unsere Kenntnis der Mysterien zu fragmentarisch und vage ist und daß zum anderen die Zeitspanne zwischen den dürftigen Berichten darüber und dem Erscheinen des Grals in der Literatur runde tausend Jahre beträgt.
Chrétiens »Conte del Graal«, also seine »Perceval«-Dichtung, ist es wohl gewesen, worin zum ersten Mal der Gralsmythos im Zusammenhang mit der Tafelrunde des Königs Artus erwähnt wird. Malory hält sich in dieser Hinsicht besonders genau an die französische Prosafassung, die »Queste«. Die asketische Grundhaltung behält er bei, aber er ist weit weniger lehrhaft als seine Quelle.

Malorys »Morte Darthur« wurde, wie wir aus dem Kolophon zum XXI. Buch wissen, im neunten Jahr der Regierung des Königs Eduard des Vierten, also 1469, beendet. Ehe dann Caxton am 31. Juli 1485 die Drucklegung abschloß, war das Werk bereits mehrfach kopiert worden. In seinem Vorwort erklärte Caxton, er habe das Werk nach einer ihm überlassenen Handschrift gedruckt, »die Sir Thomas Malory aus gewissen französischen Büchern zusammengestellt und ins Englische übertragen hat«. Bis 1634 gab es fünf Ausgaben des »Morte Darthur«, dann 182 Jahre lang gar keine. Sieben erschienen sodann zwischen 1816 und 1889, und seitdem wuchs ihre Anzahl beträchtlich. Einen genauen Nachdruck veröffentlichte H. O. Sommer 1889 bis 1891. 1934 entdeckte der britische Gelehrte W. F. Oakeshott in der Fellows' Library Winchester einen handschriftlichen Text des »Morte Darthur«, den er für wesentlich authentischer ansehen durfte als Caxtons Druck. Dieser Fund wurde von Oakeshott in der Times bekanntgegeben und fand in ganz England starkes Interesse. Trotz vieler Fehler und Auslassungen gestattet diese Handschrift, den eigentlichen Malory besser zu erkennen, als das bisher möglich war. Auf Grund dieser Entdeckung gab 1947 Eugène Vinaver eine kritische Monumentalausgabe heraus.

Caxton erklärt im Vorwort, er habe seine »copye« »mit der schlichten Kunst«, die Gott ihm verliehen habe, abgefaßt. So habe er auch das Ganze in einundzwanzig Bücher eingeteilt und jedes Buch in Kapitel. Aber er hat sich weit größere Freiheiten genommen. Vor allem wollte er den Eindruck erwecken, als handle es sich um ein einziges Werk. Deshalb gab er ihm auch den einheitlichen Titel »Le Morte Darthur«, der von den nachfolgenden Herausgebern übernommen wurde, wobei manche immerhin das Geschlecht von »mort« richtigstellten. Nur Southey (1816) und Dent (1817) behielten ihn

nicht bei, weil das Buch ja tatsächlich ganz andere Stoffe und Motive enthält als nur einfach den Tod des Artus.
Die Kolophone am Ende jedes Buches wurden von Caxton getilgt außer dem letzten. Ferner glättete er und kürzte zum Teil erheblich (besonders Buch V). Immer zeigt sich das Bestreben, das Ganze als eine einheitliche Komposition erscheinen zu lassen, weshalb wahrscheinlich auch die gängige Einteilung in Bücher und Kapitel vorgenommen wurde. Malory selbst macht einen Unterschied zwischen einer Werkreihe oder Werkserie einerseits und der einzelnen Erzählung (»Romanze«) andrerseits. Der abschließende Kolophon lautet: »Hier endet das Buch von König Artus und den edlen Rittern seiner Tafelrunde, die, wenn sie alle beisammen waren, einhundertundvierzig waren. [Und] so endet dieses ... Buch, genannt Le Morte Darthur.« Das ganze Buch ist eine Sammlung, die durch Aneinanderreihung einzelner Artus-Geschichten zustande kam, der »Tod des Artus« aber ist die Geschichte eben vom Tode dieses Helden und umfaßt die Bücher XX und XXI des vorliegenden Werkes. Der umfangreiche Mittelteil (Bücher VI bis XIX) hat mit dem Vorhergehenden und dem Folgenden unmittelbar nichts zu tun. Der schon erwähnte Malory-Forscher Vinaver ist der Ansicht, daß es sich bei Malorys Werk um eine Reihe ursprünglich unabhängig voneinander niedergeschriebener Erzählungen handle. Er vergleicht Malory mit Balzac und meint, es sei nicht mehr Einheit in der ganzen Reihe der Artus-Erzählungen als in der »Menschlichen Komödie«, obgleich in beiden Fällen eine gewisse Konsistenz in der Szenerie, der Atmosphäre und sogar in der Auswahl und Behandlung der Charaktere vorhanden sei. Die Theorie Vinavers scheint uns noch immer die plausibelste. Es sei aber nicht verschwiegen, daß sie mancherlei Widerspruch gefunden hat.
Die acht Haupterzählungen des Werkes sind nach Vinaver im Grunde »Romanzen«. Die erste Romanze wäre dann die Erzählung von König Artus und dem Kaiser Lucius, die bei Cax-

ton das Buch V ausmacht und im wesentlichen eine gedrängte Bearbeitung des alliterierenden mittelenglischen Gedichts »Morte Arthure« darstellt.

Das »französische Buch«, von dem Malory immer wieder spricht, muß man sich als ein Riesenmanuskript vorstellen, das wahrscheinlich in drei oder vier Bände geteilt war und mehrere »Romanzen« des Artus-Prosa-Zyklus in folgender Reihenfolge enthielt:

1. »Merlin« mit einer Fortsetzung;
2. Bruchstücke des »Lancelot«;
3. »Gareth« (?);
4. »Tristan«, der an sich in drei verschiedenen französischen Handschriften erhalten ist, wovon das »französische Buch« allerdings nur eine kennt;
5. Die »Queste del Saint Graal«;
6. Der »Mort Artu«, allerdings in einer Fassung, die von der sonstigen französischen Überlieferung abweicht und etliches Neue über Lanzelot hinzufügt.

Derartige kombinierte Romanzen tauchen in Frankreich relativ spät auf. Wahrscheinlich ist daher im Grunde Malorys Quelle nur etwa hundert Jahre älter als der »Morte Darthur«.

Die Geschichte von König Artus (bei Caxton Buch I bis IV) geht auf die »Suite de Merlin« zurück. Dann schuf Malory aus drei Fragmenten des französischen Prosa-Lancelot das Buch, »welches von Sir Lanzelot vom See handelt«. Bei Caxton ist es Buch VI. Ihm folgte das Buch von Gareth (Buch VII).

Die Malory-Forschung hat festgestellt, daß jede Episode im Gareth-Buch Malorys eine Parallele in den mittelalterlichen französischen Romanzen, besonders im Prosa-Lanzelot, aber auch im Prosa-Tristan hat. Trotzdem kann man auch heute noch nicht von einer »Quelle« sprechen. Von der mittelhochdeutschen Literatur erinnert der »Wigalois« des Wirnt von Gravenberg (kurz nach 1204) am meisten an Gareth. Auch dort tritt ein »schöner Unbekannter«, ein Sohn Gaweins, auf. Nach der französischen Prosafassung des »Tristan« entstand die Geschichte von »Sir Tristan von Liones«, die Caxtons Bücher VIII bis XII umfaßt. Dann kehrte Malory zum eigentlichen Artuszyklus zurück und benutzte »La Queste del Saint Graal« und »La Mort Artu«. Das ergab bei ihm die Gralsgeschichten (Caxtons Bücher XIII bis XVII) sowie die Geschichten um Sir Lanzelot und Königin Ginevra (die Bücher XVIII und XIX). Schließlich folgte Malorys letzte Romanze, die Erzählung vom Tode des Königs Artus (Caxtons Bücher XX und XXI), wozu er mit Sicherheit außer dem bereits erwähnten »Mort Artu« auch die mittelenglische strophische Dichtung »Le Morte Arthur« benutzte.

Wir können uns bei dieser Sammlung durchaus einer unverkennbaren Einheit der Stimmung und des Stils erfreuen, wenn es auch überflüssig erscheint, nach einer Einheit der Struktur oder des Plans zu suchen. Malory ist nicht nur der große Übersetzer, er ist ein meisterlicher Erzähler, dem es gelungen ist, die französische Artus-Legende mit seinem eigenen Lebensgefühl, seinem eigenen Geschmack, seinem eigenen Genie in Übereinstimmung zu bringen und in schöpferischer Nachahmung etwas Originäres zu schaffen. Was ihn über seine französischen Quellen hinaushebt, ist vor allem die Behandlung des Details. Im Gegensatz zu den französischen Mustern schätzt er die Tugenden Treue und Beständigkeit, Waffengewandtheit und Tapferkeit höher als die höfische Liebe, der er wenig Verständnis entgegenbringt, so wenig wie der für die französischen Romanzen typischen kasuistischen Analyse des Gefühls oder andererseits dem übernatürlichen Geschehen. Es bleibt eines der Rätsel der Literarhistorie, warum in Malorys »Morte Darthur«, obgleich es weniger Wunder und mehr realistisches Detail gibt, das Gefühl für das Wunderbare nicht abgeschwächt, sondern intensiviert erscheint. Malory war die Doktrin der Gnade fremd, worauf das ganze Gebäude der französischen »Queste del Saint Graal« beruhte. So läßt er die langen theologischen Abhandlungen des französischen Autors einfach weg. Dem waren sie wichtiger gewesen als alles Erzählwerk. Malory läßt die Geschichte ohne doktrinäre Interpretation für sich sprechen. Er übernimmt aus der »Queste« die Geschichte von Galahad, dem Sohn Lanzelots, und läßt, wie Vinaver sehr feinsinnig bemerkt, »die göttliche Ironie« durchscheinen, wonach die Zeugung Galahads gleichzeitig der »Hauptverstoß gegen den höfischen Kodex war und dennoch nach dem göttlichen Plan seine einzige Daseinsberechtigung«.

Vinaver zitiert eine Stelle aus dem »Times Literary Supplement«, die treffend die verschiedenartigen Elemente von Malorys dichterischer Aussage charakterisiert: »Wir sollten an Malory nicht herangehen, wie wir etwa an die Kathedrale von Liverpool herangehen, sondern wie wir die von Wells betrachten. In Liverpool sehen wir, was ein einzelner Künstler beabsichtigt hat. In Wells sehen wir etwas, woran viele Generationen gearbeitet haben, was niemand so vorausgesehen oder gar beabsichtigt hat, wie es jetzt ist, und was gewissermaßen eine Stellung zwischen den Werken der Kunst und denen der Natur einnimmt ... So gibt es bei Malory eine mittelenglische Krypta, eine anglonormannische Kapelle, ein bißchen jüngstes Französisch und schließlich ein bißchen fast ganz echten reinen Malory.«

Zu dem »bißchen fast ganz echtem Malory« gehört auch die unverwechselbare Mischung von bequemem Unterhaltungston und elegischem Ton, der – bisweilen auch etwas predigerhaft – das »Vanitas! Vanitatum vanitas«, den endlichen Verfall alles Vorhandenen, das Sterben von Pomp und Glanz, den unaufhaltsamen Untergang der Artuswelt empfinden läßt. Malory hält sich in seinem »Morte Darthur« gleichermaßen frei von der zu seiner Zeit noch oft anzutreffenden Roheit wie von übertriebener Künstlichkeit. Er versteht es, Pathos und Simplizität, romantische Verspieltheit und epische Ehrlichkeit harmonisch zu vereinen. Seine Sprache hat die ganze Kraft feierlicher Rede und gleichzeitig die ganze Ungezwungenheit volkstümlicher Erzählung. Sie ist traditionsgebunden und gleichzeitig neu erschaffen. Sie ist rhythmisch bewegt und voller Musikalität und eröffnet sich voll beim lauten Lesen.

VII

Das Nachleben der Artuswelt in den folgenden Jahrhunderten ist unübersehbar. Es seien aber wenigstens einige markante Erscheinungen gestreift.

Der erste, der hier erwähnt werden muß, ist *Edmund Spenser* (1552–1599), dessen »Feenkönigin« (1590/96) einen Höhepunkt der nichtdramatischen Renaissancedichtung bedeutet. Dieses Werk war gedacht als großes romantisches Epos, wie es die Italiener in den Rolanddichtungen eines Bojardo und Ariost besaßen. Die Artussage sollte dem Werk Stoff und Farbe geben. Ursprünglich hatte Spenser dabei sogar an Malorys Werk als Vorbild gedacht. Aber bei ihm trat an die Stelle der naiven Erzählung weitgehend eine moralische und noch mehr allegorische Auslegung. Spensers Ziel war, wie er selbst in einem Brief an seinen Freund Sir Walter Raleigh ausführt, das Idealbild »eines Gentleman oder einer edlen Person in tugendhafter und edler Zucht« zu formen. Wie Rinaldo bei Tasso sollte der junge Artus bei Spenser als Ideal eines vollkommenen Ritters gezeigt werden. Darüber hinaus wollte er in zwölf Büchern die zwölf Tugenden der aristotelischen Ethik in der Gestalt von zwölf Rittern allegorisch darstellen. Er hat jedoch nur sechs Bücher und zwei Gesänge eines siebenten vollendet.

Aus der Zeit der Restauration ist *John Dryden* (1631 bis 1700) zu nennen. Er verfaßte 1691 den Text zu einer Oper von Purcell, »König Arthur«. Aber darin ist wenig echte Artussage, das meiste ist Drydensche Erfindung.

In den berühmten »Denkmälern alter Dichtung« (1765) des Bischofs *Thomas Percy*, die auf die deutsche Dichtung, auf Bürger, Herder und Goethe einen so großen Einfluß haben sollten, finden sich auch zwei Artuslieder. Beide stehen im ersten Buch des dritten Bandes. Das erste handelt vom Tod des Artus und läßt die Möglichkeit seiner einstigen Wiederkehr offen. Das andere trägt den Titel: »Die Legende von König Arthur«. Es ist im beliebten Bänkelsängerton gehalten. Artus erzählt darin seine Geschichte selbst und schildert sogar seinen Tod. Darüber hinaus enthält der erste Band noch eine Ballade auf Lanzelot; sie berichtet in gedrängter Form die uns aus dem VI. Buch des »Morte Darthur« bekannte Geschichte von Lanzelot und Turquine.

Walter Scott (1771–1832) hat sich wider Erwarten von der Artussage nur wenig anregen lassen. Allein in der Verserzählung »Die Hochzeit von Triermain« (1813) taucht die Gestalt des Artus auf; aber auch hier ist er keineswegs der weltbeherrschende Fürst. Im übrigen hatte Scott noch vor der Abfassung seiner zahlreichen Versnovelletten auch ein mittelenglisches Tristan-Epos herausgegeben, und gegen Ende der Einleitung zu »Marmion« (1808) wird der Artuswelt und ihrer Nachdichter Spenser und Dryden ausdrücklich Erwähnung getan.

Von den Romantikers hat *William Wordsworth* (1770 bis 1850) in seiner »Romanze von der Wasserlilie« (1835) die Gestalten des Artus, Merlin, Parzival, Kay, Galahad, Agrawein und anderer verwertet. *Leigh Hunt* (1784–1859) zeigt in der Geschichte von Rimini« (1816) – einer Nachbildung von Dantes Paolo-und-Francesca-Episode – mancherlei freilich nicht immer glückliche Einflüsse, auch stilistischer Art, aus dem Malory.

Der vor allem durch seine »Letzten Tage von Pompeji« berühmte *Edward Bulwer-Lytton* (1803–1873) hat sich an einem »König Arthur« versucht (1849), allein das Werk ist nie volkstümlich geworden. Daran ist die allegorische Grundkonzeption schuld. Bulwer-Lytton hat viel hinzu erfunden und fremde – nordische – Mythologie hineinzubringen versucht.

Fragte man jedoch heute einen gebildeten Durchschnittsengländer nach dem Nachleben des Artus in der englischen Literatur, würde er sofort *Alfred Lord Tennyson* (1809–1892) nennen. Und in der Tat hat sich Tennyson von 1832 bis 1888, also länger als 50 Jahre, mit dem Artusstoff beschäftigt, insbesondere auch mit Malory, den er in seiner Familie vorzulesen pflegte. 1832 erschien die »Lady von Shalott«, 1842 schuf er den »Tod Arthurs«. Aber erst 1888 vollendete Tennyson die umfangreiche Dichtung der »Königsidyllen«. Dieses typisch viktorianische Werk hatte großen Erfolg. Im Gegensatz zu Bulwer tritt das allegorische Element sehr zurück. Seine stimmungsvollen Naturschilderungen, die kunstvollen Reime und der frische Erzählton vermögen uns auch heute noch anzusprechen.

Tennyson hegte eine Vorliebe für Malory. Aber er tadelte an ihm die nach seiner Meinung totale Zusammenhanglosigkeit. Die meisten seiner Abweichungen rühren von dem Bestreben her, eine kunstvolle Verbindung herzustellen. Das geschieht zum einen durch die stärkere Hervorhebung der Person des Artus, der bei Tennyson immer Mittelpunkt ist, während er bei Malory stellenweise nur den dekorativen Hintergrund bildet, zum anderen durch die verfeinerte Entwicklung des Lanzelot-Ginevra-Dramas und endlich durch die Herausarbeitung der Wechselwirkung zwischen dem Schicksal und Glück des Artus, Lanzelots und Ginevras Sünde und dem sittlichen Wert der Ritter. Ein Kausalnexus zwischen diesen Elementen läßt sich bei Malory nur erahnen.

Ein weiterer Vorwurf, den Tennyson gegen Malorys Werk erhoben hat, ist der, daß Malory keine rechte Moral habe. Er sei, so heißt es im Epilog zu den »Königsidyllen«, »vom ehebrecherischen Finger einer Zeit berührt, die zwischen Krieg und Lüsternheit schwanke«. Tennyson war durch und durch Viktorianer, und manche Stelle, die an ein Tabu rührte, ließ er einfach weg; so erschien ihm etwa das Verhältnis von Tristan und Isolde überaus sträflich.

Auch *Matthew Arnold* (1882–1888) fühlte sich von den Sagen um Artus angezogen. Er dichtete »Tristram und Iseult« (1852), um sich selbst durch diese Bekenntnispoesie von den Leiden-

schaften zu lösen. Die Liebenden werden bei ihm von der Leidenschaft verzehrt, bis sie zu Schatten verblassen, wohingegen die zweite Isolde, die Isolde la Blanche Mains des alten Buches, sich in schöner Gelassenheit vollendet.
Eine Reihe von Artusgedichten, unter anderem die »Verteidigung Guineveres«, »König Arthurs Grab« und »Sir Galahad«, verfaßte der sozialistische Dichter *William Morris* (1834–1896).
Berühmter noch ist *Algernon Charles Swinburnes* (1837–1909) »Tristram of Lyonesse« (1882) geworden. Das Werk steht in krassem Gegensatz zu Tennyson. Bei diesem verkörpert Tristan den schlimmsten Verfall des Rittertums. Swinburne hingegen kann nicht genug Worte finden, um das Liebespaar zu preisen. Der Liebestrank spielt eine ähnliche Rolle wie in Richard Wagners »Tristan und Isolde«. Außer auf Malory fußt Swinburne in dem 1882 vollendeten Werk auf jenem mittelenglischen »Sir Tristram«, den Walter Scott herausgegeben hatte. Stärker von Malory beeinflußt ist dagegen seine »Geschichte von Balen« (1896), die vor allem die Geschehnisse des II. Buches unseres »Morte Darthur« erzählt.
Auch an Parodien der Artusstoffe hat es nicht gefehlt. Am bekanntesten ist die von *Mark Twain* (1835–1910): »Ein Yankee an König Artus' Hof« (1889). »Hier wird ein moderner Amerikaner ins Britannien des 6. Jahrhunderts versetzt und schwingt sich durch seine naturwissenschaftlichen Kenntnisse zu einer Art Ministerstelle auf. Er versucht unter mancherlei Aventüren, den Rittern um Artus in »Zivilisations-Kinderstuben« die Segnungen des Fortschritts beizubringen, das altmodische Feudalwesen abzuschaffen und nach Artus' Tode eine kurzlebige Republik auszurufen. Fast ohne Einschränkung werden die Schattenseiten des späteren Mittelalters in diese Frühzeit projiziert, und die Haltung zur mittelalterlichen Kirche ist die einer aufgeklärten Abneigung« (Walter Fischer).
Die Artusgeschichten sind bis in die Gegenwart hinein höchst lebendig. Dies hat eine englische Rundfunksendung des Jahres

1953 erwiesen, die sich ganz an den »Morte Darthur« anschloß und einen Riesenerfolg hatte. Sie hieß »Die Suche nach dem heiligen Gral«. Und »Times Literary Supplement« verzeichnete 1958 als einen Bestseller den Artusroman »Der einstige und zukünftige König«. Es ist, als ob Chrétien de Troyes recht behalten sollte, wenn er im »Yvain« sagt: »Ich bin voll und ganz der Meinung der Bretonen, daß Artus' Name immerdar leben wird«.

Eine noch größere Wirkung als im englischsprachigen Raum rief die Artussage in der deutschen Dichtung hervor, wo sie in der mittelhochdeutschen Blütezeit zu den besten Schöpfungen der höfischen Epik führte – knapp drei Jahrhunderte vor Malory! *Hartmann von Aue* (um 1168 bis nach 1210) schenkte der deutschen Literatur den »Erec« und den »Iwein«. *Wolfram von Eschenbach* (um 1170 bis um 1220) gestaltete seinen »Parzival« im Sinne einer christlichen Erlösungsidee, aber der Weg, den Parzival gehen muß, seine Entwicklung vom »reinen Toren« zum ganz seiner Seele bewußten Mann, ist ganz Wolframs Erfindung. *Gottfried von Straßburg* (um 1200) war Wolframs größter Zeitgenosse, aber auch sein größter Gegner. Mit »Tristan« stellte er dem »Parzival« sein Ritterepos gegenüber. Im Gegensatz zu Wolframs oft schwer verständlicher, dunkler Redeweise ist es von einer bemerkenswerten Klarheit in Ausdruck und Aufbau, dabei voller Zartheit und stellenweise geradezu zierlich.

Viele deutsche Dichter widmeten sich im Hochmittelalter der Artussage und ihren Helden, und noch Kaiser Maximilian (1459–1519), der »letzte Ritter«, der in der berühmten Ambraser Handschrift sammelte, was das Hochmittelalter hervorgebracht hatte, schätzte die Gestalt des Königs Artus über alles. Deshalb auch ließ er von Peter Vischer 1513 eine Artus-Statue machen und sie neben seinem projektierten Grab in Innsbruck aufstellen.

Obgleich der »Parzival« zu den ersten Büchern gehörte, die in Deutschland gedruckt wurden, kann man Wirkungen vom

16. bis 18. Jahrhundert kaum feststellen. Der Schweizer *Johann Jakob Bodmer* (1698–1783) versuchte eine neuhochdeutsche Übertragung, der Text selbst wurde 1753 zum ersten Male wieder gedruckt. Aber erst die Romantiker schufen wirkliche Zugänge zu dieser versunkenen Welt. Wenn es bei ihnen auch keine eigentliche Artusdichtung gibt, so führen doch besonders die »jüngeren« Romantiker Brentano, Arnim, Görres und auch Fouqué der deutschen Literatur, wie Franz Mehring hervorhebt, aus den Schätzen der mittelhochdeutschen und nordischen Dichtung »frisches Blut« zu. Nicht zuletzt ließen auch August Wilhelm von Schlegels Berliner Vorlesungen von 1803/04, in denen er unter anderem den Parzival eingehend würdigte, das Interesse für die großen Sagen-Komplexe des Mittelalters wachsen. Und dann war *Karl Immermann* (1796 bis 1840) der erste, der in seiner dramatischen Mythe »Merlin« (1832) und dem unvollendeten Epos »Tristan und Isolde« (1841) die Artuswelt zu neuem Leben zu erwecken suchte.

Für *Richard Wagner* (1813–1883) war die Aufgabe leichter als für Immermann; denn da, wo die dichterische Gestalt unzulänglich war, deckte seine musikalische Deutung die Risse und Nähte zu, man denke nur an die As-Dur-Partie im zweiten Akt von »Tristan und Isolde« (1857/59) und Tristans Vision der übers Meer schreitenden Geliebten. Auch im »Parsifal« (1877–82) ist es die Musik, die vom Ideengehalt mehr verrät, als Worte je können. Es sei an den Karfreitagszauber und die gewaltige Verwandlungs-Musik im 3. Akt des Werkes erinnert. »Parsifal«, der »reine Tor«, der blindlings seinem ungestümen Willen folgt, widersteht der Verführung Kundrys, wird durch Mitleid wissend, bändigt im Dienste Gottes seinen Willen, reift zum vollbewußten Mann, erlöst Amfortas und wird schließlich König im Reich des Grals.

Die sogenannte Neuromantik ist vielfach von den Sagen vom Gral und König Artus angezogen worden. Der seltsame Reiz des Fremden und Fernen, das Wunderbare, das Bunte lockte und wurde vielfältig ausgekostet. Aber mit den Neuromantikern ist die Darstellung der Artuswelt nicht abgeschlossen. In der Sammlung »Der Aufbruch« (1914) des frühen Expressionisten *Ernst Stadler* (1883–1914) finden wir das tiefe und schöne Gedicht »Parzifal vor der Gralsburg«. In jüngster Zeit ist die Gestalt Lanzelots in *Paul Dessaus* 1969 uraufgeführter gleichnamiger Oper wiederauferstanden. Dieses Werk, in dem das auf Jewgeni Schwarz' »Drachen« fußende, dichterisch geformte Libretto *Heiner Müllers* und die intervallisch bizarre, alle Register der modernen Kompositionstechnik ziehende Tonkunst Dessaus zu expressiver Synthese gelangen, bietet sich als ein im Märchenhaften angesiedeltes politisches Lehrstück dar. Lanzelot, weiland königlicher Ritter, erscheint hier als revolutionärer Protagonist des Volkes, der mit Unterstützung der Arbeiter und Gefangenen den Drachen, Sinnbild einer auf Terror und Ausbeutung gegründeten Diktatur, besiegt und tötet. Gerade die Schöpfung Dessaus deutet an, in welchem Maße und auf welche Weise die den alten Sagenstoffen innewohnenden Vorstellungen für die Kunst unserer Tage nutzbar gemacht werden können.

VIII

Dem Leser der voranstehenden Ausführungen wird bewußt geworden sein, daß es sich bei der Geschichte der Artuswelt in der europäischen Dichtung um eines der interessantesten, aber auch schwierigsten Kapitel der Literaturgeschichte handelt. Im Nachwort wurde der Versuch gemacht, in der gebotenen Kürze einen Überblick über das gesamte Gebiet zu geben. Der Verfasser baut auf einer ganzen Reihe von Publikationen auf, die er im folgenden nennt. Vielleicht wird mancher Leser sich gern eingehender mit den vorliegenden Forschungsergebnissen beschäftigen.
Als maßgeblicher Text des »Morte Darthur« wird mit Recht immer noch die kritische Ausgabe von *H. Oskar Sommer* ge-

nannt (3 Bände, London 1889–1891). Diese Ausgabe enthält eine ausführliche Einleitung, eine Quellenuntersuchung und ein Glossar. Freilich ist sie durch den Fund von W. F. Oakeshott zum Teil überholt. Dieser wird von der kritischen Monumentalausgabe berücksichtigt, die 1947 *Eugène Vinaver* veranstaltet hat (E. Vinaver, »The Works of Sir Thomas Malory«, 3 Bände, Oxford 1947). Für durchschnittliche Ansprüche genügt jedoch bereits die Handausgabe von *Ernest Rhys* (in Everyman's Library, London 1933). Auch diese wohlfeile Edition enthält eine Einleitung und ein Glossar. Sie verwendet im Gegensatz zu den kritischen Ausgaben die heutige englische Orthographie.

Es gibt zwei Standardwerke, die alles Wissenswerte über Artus zusammentragen: *James Douglas Bruce,* »Evolution of Arthurian Romance from the Beginnings to the Year 1300« (2 Bände, 2. Auflage Göttingen und Baltimore 1928, neu gedruckt Gloucester, Mass., 1958) und *Roger Sherman Loomis,* »Arthurian Literature in the Middle Ages« (Oxford 1959). Letzteres ist ein Sammelwerk von Beiträgen zahlreicher Wissenschaftler. Loomis als Herausgeber hat selbst mehrere Aufsätze beigesteuert. Der Band enthält auch eine Untersuchung über Malory aus der Feder von Eugène Vinaver. In diesem Zusammenhang sind auch die »Essays on Malory« von *Walther Oakeshott* u. a., herausgegeben von *J. A. W. Bennett* (Oxford 1963) und *R. H. Wilson,* »Characterization in Malory: A Comparison with his Sources« (Chicago 1934) zu nennen.

Für den geschichtlichen Hintergrund zu Caxton und seiner Zeit sei die »Volksgeschichte Englands« von *A. L. Morton* (Berlin 1956) genannt. Wertvolle Anregungen finden sich auch bei *Dorothea Siegmund-Schultze,* »Die Frau in der englischen Literatur des 15. Jahrhunderts« (Habilitationsschrift Leipzig 1960).

»Die frühen Darstellungen des Arthurstoffes« (Köln und Opladen 1958) von *Walther F. Schirmer* unterrichten erschöpfend über Geoffrey, Wace, Layamon und andere Frühformen.

Über die französischen Epen und Prosazyklen findet man Auskunft bei *Leonardo Olschki,* »Romanische Literaturen des Mittelalters« (Wildpark-Potsdam o.J.).
Richard Wülker, »Die Arthursage in der englischen Literatur« (Leipzig 1894) ist immer noch brauchbar, wenn auch im einzelnen überholt.
Für die Wirkungsgeschichte aufschlußreich ist *M. G. C. Reid,* »The Arthurian Legend. Comparison and Treatment in Modern and Mediæval Literature« (Edinburgh 1960).
Eine klare Einführung in die Problematik und Entwicklung der Artusstoffe bietet *E. K. Chambers,* »Arthur of Britain« (London 1927).
Sehr informativ, namentlich für den Studenten, und über den gesamten Komplex nach dem neuesten Stand der Forschung berichtend ist *Karl Otto Brogsitter,* »Artusepik« (Stuttgart 1965, in der Sammlung Metzler).
Über die Ritualtheorien zum Gral orientiert man sich bei *Jessie Saidlay Weston,* »From Ritual to Romance« (London 1920).

Walther Martin

INHALT

Zweites Buch

Drittes Buch

VIERTES BUCH

FÜNFTES BUCH

Sechstes Buch

Siebentes Buch

Achtes Buch

Neuntes Buch

Zehntes Buch

Elftes Buch

Zwölftes Buch

Dreizehntes Buch

Vierzehntes Buch

Fünfzehntes Buch

Sechzehntes Buch

Siebzehntes Buch

Achtzehntes Buch

Neunzehntes Buch

Zwanzigstes Buch

EINUNDZWANZIGSTES BUCH

Anhang